65

沈从文研究资料（下）

SHENCONGWEN YANJIUZILIAO

邵华强 编

中国社会科学院
文学研究所 总纂

中国文学史资料全编

现代卷

知识产权出版社

内容提要：

沈从文，原名沈岳焕，我国现代著名作家。本书多方搜求、广泛收录了不同时期对沈从文生平、创作的研究和回忆文章，并编制了沈从文的年谱、总书目和研究资料目录，全面收集了关于沈从文的研究资料。

责任编辑：马　岳　　**责任校对：**韩秀天
装帧设计：段维东　　**责任出版：**卢运霞

图书在版编目（CIP）数据

沈从文研究资料 / 邵华强编．—北京：知识产权出版社，2011.3
（中国文学史资料全编·现代卷）
ISBN 978-7-5130-0431-2
Ⅰ．沈…　Ⅱ．邵…　Ⅲ．①沈从文（1902～1988）—人物研究　②沈从文（1902～1988）—文学研究　Ⅳ．①K825.6　②I206.6
中国版本图书馆 CIP 数据核字（2011）第 036823 号

中国文学史资料全编·现代卷
沈从文研究资料（下）
邵华强　编

出版发行：知识产权出版社

社　址：北京市海淀区马甸南村 1 号	邮　编：100088
网　址：http://www.ipph.cn	邮　箱：bjb@cnipr.com
发行电话：010-82000860 转 8101/8102	传　真：010-82005070/82000893
责编电话：010-82000860 转 8171	责编邮箱：mayue@cnipr.com
印　刷：北京市凯鑫彩色印刷有限公司	经　销：新华书店及相关销售网点
开　本：720mm×960mm　1/16	总印张：52.5
版　次：2011 年 8 月第一版	印　次：2011 年 8 月第一次印刷
总字数：770 千字	定　价：106.00 元（上、下）

ISBN 978-7-5130-0431-2/K・076(3343)

目　录

沈从文研究资料（上）

沈从文研究资料（下）

沈从文《看虹摘星》（节录）

〔中国台湾〕孙　陵

孔子曾说：“朝闻道，夕死可矣！”九·一八后，我立志救国，贡献牺牲，奋斗了八年，走过许多地方，看到许多事情，经过一些危险，到了山水幽静、风气朴素的桂林，安定下来，静观国际强权横行，风云变幻，国内救国主张，言论驳杂，我深感对人生真义，有深入追求的必要。于是我在桂林住了几个月，又在28年冬天去了昆明。我要到昆明寻师访友，我希望能在昆明发现解答我心中谜语的人。

随着西南联大的成立，北方学者已集中昆明。这时期的昆明社会是保守的，我一到昆明便有人告诉我因有男女学生在公园挽臂而过被叫进警察派出所打手心。在电影院里有人用扩音机口头翻译并加解释，不时提醒观众注意银幕上的活动：“他们要接吻了！他们要拥抱了！……”

沈从文这时正和杨振声几个人接受教育部委托，整理几种教材，作为教书工作之外的副业。沈从文是出名的多产作家和大兵作家，真正提携沈从文的是杨振声。

沈从文真正可以说是一个文弱书生，个子矮矮的，声音低低的，长长的头发披到脑后，手指纤细，长衫布鞋，不要说没有一丝一毫的“大兵”气息，便是“湖南人”的气息，在他的身上也难以发觉。虽然在他的作品里，总带有浓厚的湘西色彩。

沈从文不仅以多产出名，他的修辞学也能自成一家，接受他的影响的有萧乾、李广田、何其芳、芦焚、方敬、汪曾琪……等等一大批人。他这时在“联大”讲解的教材大概就是《战国策》，我当时曾问过，已记不清楚。他的讲解能力并不高超，但学生还是欢迎他，他除了讲课之外，有许多别的东西值得学生们喜欢他。

29年春天，他和几位教授计划出刊物，就是后来以小册子形式问世的《战国策》，他们几位教授似乎正对《战国策》发生兴趣。当时世局的纵横诡诈，角力伐谋，风起云飞，瞬息万变，确予人以公理不彰，强权横行的战国时代历史重演之感。

但是渺小的个人，必须在莽莽苍苍的地球上，找到他生命的立足点，不然则必被汹涌无知之狂涛席卷以去。而这生命的立锥不能求之于周延世界的山河大地，却只能求之于一己的方寸之间。这正是我访问昆明的目的之一，希望有人指点迷津，顿见生命真相。当时曾有几位值得敬佩的朋友给了我帮助，因为他们提供了思想，我虽不同意，但是启发了我，我可从不同意的反面，再向自己的心灵深处，追求能够使我满意的答案。

……

沈从文这时也正在探求，他一再表示一个人在年青时读的书都是无用的，要到了中年再读才有用处。他这时也在读佛经，但是他注意的是那些美妙的故事，并不是它的哲理。我想他这时一定是醉心于佛洛伊特的学说，因为这时有红学专家之称的吴宓，正和一位“女诗人”在谈恋爱，那位女诗人在我们看来并无可取，曾自印诗集，而附作者相片多幅，图旁加注日：“美女拈花图”，“美女倚栏图”。……与某政要离婚，又与一中学生结婚。这位女诗人年近40，小丈夫仅18岁，而吴宓对之眷念不衰，情之所钟，良足感叹。胜利后曾于上海得吴由武昌来信，告以某女士已死，言下不胜伤感。当时沈从文曾一再认为吴宓需要性欲的大解放，那时他的恋爱病便自然好了。其实真正能治“痴情”病的，是禁欲的佛学，并不是纵欲的佛洛伊特心理学，佛学助人彻悟，佛洛伊特只是使人更加迷惘。当时我深深感觉沈从文不真懂爱情，并且把吴宓的价值大为降低了。

沈从文在爱情上不是一个专一的人，他追求过的女人总有几个人，而且，他有他的观点，他一再对我说：

“打猎要打狮子，摘要摘天上的星子，追求要追求漂亮的女人。”

他又说："女子都喜欢虚情假意，不能说真话。"

他对于女人有些经验，他对我说的是善意的，我复述也并无恶意，虽然我并不同意。这时他还发表了一篇小说《看虹摘星录》，完全是摹拟劳伦斯的，文字再美又有何用？几位对他要好的朋友，都为了这篇小说向他表示关心的谴责。他诚恳地接受，没有再写第二篇类似的东西。

摘自台湾正中书局1961年版《浮世小品》

论沈从文《边城》的结构、象征及对比手法

〔中国香港〕王润华

一、从沈从文小说之新评价谈起

1934年，沈从文从事创作正好十年，他乘《阿金》短篇小说集出版时，写了一篇《习题》的前记，他很感慨地说：

> ……我只想造希腊小庙，选山地作基础，用坚硬石头堆砌它。精致，结实，匀称，形体虽小而不纤巧，是我理想的建筑。这神庙供奉的是“人性”。作成了，你们也许嫌它式样太旧了，形体太小了，不妨事。我已说过，那原来不是特别为你们中某某人作的。它或许目前不值得注意，将来更无希望引人注意；或许比你们寿命长一点，受得住风雨寒暑，受得住冷落，幸而存在，后来人还须要它。这我全不管，我不过要那么作，存心那么作罢了……[1]

这段话可视为一把打开沈从文的艺术观及其作品价值的钥匙。他首先要在小说里供奉“人性”，表示他关注人类生存的基本问题，以及“对人类精神价值的确定”。其次他要他的小说“受得住风雨寒暑，受得住冷落”，慢慢才被人发现“须要它”，表示他拥有“忠于艺术的精神”，不讨好读者，忠于个人创见，这样才经得住历史的考验，严格的

---

[1] 见《阿金》，（上海开明，1943），页2～3。

分析，广泛的比较。这两点正是造成沈从文今天在中国文学上愈来愈受重视的主要原因。由此也可见沈从文似乎很了解他的作品的价值所在，当时流传的命运，以及今天的成功❶。

在中国新文学头三十年的著名小说中，许多因为所攀附的时代与环境之改变，所宣传之政治与思想问题之重要性之消失，今天读来不但日益乏味，而且已圮塌成一堆只有历史价值的废墟。可是沈从文的小说，由于文字技巧和形式结构，能够经得起严密的分析和广泛的比较，再加上对人类永恒的人性问题有深入的了解，我们愈来愈发现其可读性很高，复杂性很大。根据 1975 年哈佛大学出版的《中国现代文学研究目录》（A Bibliography of Studies and Translations of Modern Chinese Literatre 1918 ~ 1942），从 1969 至 1972 年，单单在美国与澳洲，平均每二年就有一篇以沈从文为对象的高级学位论文或专书完成或出版❷。夏志清在《沈从文的短篇小说》中，曾有深入的观察。他说沈从文“对现代人处境关注之情，是与华茨华斯、叶慈和福克纳等西方作家一样迫切的。”此外他又说到沈从文“丰富的想像力和对艺术的挚诚”❸。聂华苓在 1972 年出版的英文专著《沈从文研究》中，认定沈从文的小说可列为“现代小说”，她在这本书中，以现代批评家的手法，分析他的主题、风格和意象。聂华苓在结论中还说，沈从文的成功小说都经得起“小心、批判性的细读”（Hismore successful stories，nonetheless，will stand careful criticalscrutiny），她还说沈从文是一位象征主义小说家，他小说中的“乡下人”意义非常重大。他是 20 世纪世界各国小说常出现的“现在疏离人”（A modern alienated man）的雏形，这人物超

❶ 夏志清在《沈从文的短篇小说》（收集在《文学的前途》，台北纯文学，1974）中说：“沈从文在中国文学上的重要性，当然不单止建筑在他的批评文字和讽刺作品上，也不是因为他提倡纯朴的英雄式生活的缘故。他对现代中国文学和生活方式的批评，固然非常中肯，非常有见地；他对人类精神价值的确定，固然中时害——但造成他今天这个重要地位的，却是他丰富的想像力和对艺术的挚诚。我们若把他早期的小说，拿来和他 30 年代写成的或修正过的（沈从文是现代中国作家中唯一有改写习惯的一个），互相比较一下，那么，令我们感到惊异的，不单是他艺术方面的成长，而且还有忠于艺术的精神。”（页 116 ~ 270）

❷ 参考 Donald Gibbs and Yun-chen Li，A Bibliography of Studies and Translations of Modern Chinese Literature，1918 ~ 1942（Harvard Univevsity Press，1975）P.163 ~ 166

❸ 见夏志清《沈从文的短篇小说》，《文学的前途》，页 101 及 117。

越种族关系，成为现代小说的重要人物❶。

上面这些新见地，可以解释为什么近十年来，沈从文的声誉在中国以外的国家愈来愈提高，普遍受到学术研究者的重视。

二、《边城》再评价之缘起

沈从文的《边城》为大家熟悉的一本小说，现在30岁的读书人，多数都读过，即使没有读过小说，也看过被改编成电影的《翠翠》。也许由于这本中篇小说很通俗，很少人以严肃的眼光来看待它。沈从文自己早在1943年就识穿读者对他作品的一般态度：

> ……我的作品能够在市场上流行，实际上近于买椟还珠，你们能欣赏我故事的清新，照例那作品背后蕴藏的热情却忽略了，你们能欣赏我文字的朴实，照例那作品背后隐伏的悲痛也忽略了。原因很简单，你们是城市中人。城市中人生活太匆忙，太杂乱，耳朵眼睛接触声音光色过分疲劳，加以多睡眠不足，营养不足，虽俨然事事神经异常尖锐敏感，其实除了色欲意识以外，别的感觉官能都有点麻木不仁……❷

沈从文这段话原来对他的一般作品而言，但用在《边城》上面，是最恰当的。现代小说注重间接的“呈现”，不采取教训式的“诉说”，因此草率的态度，必会令读者失察“蕴藏”和“隐伏”在人物故事后面的意义。

近年来一些研究沈从文的专论，如美国的麦唐纳（William Mac Donald）的博士论文《沈从文小说中的人物与主题》（Characters and Themes in Shen Tsung-Wen），澳洲普林斯（Anthony Prince）的博士论文《沈从文的生平与著作》（The Life and Works of Shen Tsung-Wen），都是集中注意力在短篇小说上面。长篇的《长河》在1966年，美国哥

❶ 参考Hua-Ling Nieh：Shen Tsung-wen（Non York：Twayne Publishers，1972）P.124。

❷ 见《阿金》，页5。

伦比亚大学有人写过硕士论文[1]，《边城》则到目前还未见有人作过深入详细的分析。

虽然如此，在上面提过的论文中，作者经常提出偶然性的对《边城》的看法与评价。夏志清在《沈从文的短篇小说》中说：

> ……在他成熟的时期，他对几种不同文体的运用，可说已到随心所欲的境界，计有玲珑剔透牧歌式的文体，里面的山水人物，呼之欲出。这是沈从文最拿手的文体，而《边城》是最完善的代表作……[2]

聂华苓说"在《生》中，沈从文是一个雕刻家，在《边城》中，他成为一个画家。"不过她却令我失望的说："以艺术而论，《边城》不是沈从文的最好作品。"[3]

沈从文自己很看重《边城》。他在几篇谈到自己的创作的文章中，如《边城》的《题记》、《长河题记》以及《阿金》的《习题》，都特别以《边城》来解释他的创作世界。像下面这段话，沈从文似乎很欣赏《边城》的艺术手法，与主题内容：

> ……这作品原本近于一个小房子的设计，用料少，占地少，希望它既经济而又不缺少空气和阳光。我要表现的本是一种"人生的形式"，一种"优美、健康、自然，而又不悖乎人性的人生形式。"我主意不在领导读者去桃源旅行，却想借重桃源上行七百里酉水流域一个小城市中几个愚夫俗子，被一件人事牵连在一处时，各人应有的一分哀乐，为人类"爱"字件一度恰如其分的说明……[4]

---

[1] 见《中国现代文学研究目录》，页163～166。

[2]《文学的前途》，页117。

[3]《沈从文研究》页88。

[4]《阿金》，页6

当然，一个作者创作的动机与意图不一定能够如愿以偿的达到和实现。当我们解释与评价一部文学作品时，也不能根据作者的创作意图。不过沈从文本人对《边城》的重视，以及上引其他学者对它的见解，是引起我细读《边城》的一些启示。

三、《边城》的山水画结构

我在上面曾引用聂华苓的话，说沈从文在《边城》表现出画家的本事，夏志清也有“里面的山水人物，呼之欲出”的见解。他们都不约而同的观察到《边城》有山水画的素质，实在很有见地，可惜两人都没有深入的去解释其内涵。读《边城》，实在应该从作品基本的结构出发。夏志清曾用西洋文学的文体“牧歌体”（Pastor al prose）来概括其特色。小心推敲过《边城》，基于小说之组织与意义之表现手法，我认为它与中国传统的山水画有许多类同的地方，虽然前者用语言文字，后者用线条色彩作为表达媒介。

我所说“中国山水画的结构”的定义，首先只是指中国传统的山水画，运用原始自然的山水人物，来表现某一种主题。中国山水画的画格，与西洋风景画最不同之处，在于后者严密的受到画家选择焦点（Focal Point）的观点（Point of View）所左右，而前者一向采用透视法（Perspective），因此观点便在距离中消失。所以相传是王维的“学画秘诀”说：“凡画山水，意在笔先，丈山尺树，寸马分人。”即使画面上所谓“前景”之景物，都距离看画的人很远，咫尺千里的原则，使山水画家不但从远处看风景，而且从上往下看，背景内容，或空间的感觉，构成画的主要部分[1]。

其次是指山水画的构图。山水画家喜欢拿山峦河川，岩石，树木，与脱俗之古典人物来构图。不过一草一木，一山一水可能都有自然的象征意义，譬如一块大岩石，可能含有持道稳重之意，一棵苍松，可能指长寿。自然界的景物，成为最有诗意，最永恒的语言。

第三点是指中国山水画，擅用默写法，而不重对写，所以有吴道

---

[1] 参考 Jean Buhot，Chinese Art and Japanese Art（New York：Doubleday，1967），P.124 ~ 129。

子写嘉陵山水，一日而成之传说，因为他们画山水，并不是由对写真景而成，乃是游后的追记。他们相信逼近真山，则山的全形反不可见，必须周回数里，然后山的真形可图。

现在让我们更进一步看看沈从文怎样利用上述三个山水画的特点作为《边城》的基本结构。

沈从文在《长河·题记》中回忆说：

> 民国二十三年的冬天，我因事从北平回湘西，由沅水坐船上行，转到家乡凤凰县。去乡已十八年，一入辰河流域，什么都不同了。表面看来，事事物物自然都有了极大进步，试仔细注意注意，便见出在变化中堕落趋势。最明显的事，即农村社会所保有那点正直素朴人情美，几乎快要消失无余，代替而来的却是近二十年实际社会培养成功的一种唯实唯利庸俗人生观……[1]

后来他便写了《边城》。描述他旅途中所见乡下之一角，他的写实，其实不是写生式的对写，而是追记一个桃源世界，沈从文自己也承认这世界已消灭了。这种写作手法，与山水画的默写法，与唐朝张璪所说“外师造化，中得心源”的原则非常相似。

从上述第一个特点去看《边城》，我们处处发现都是山水画的自然景物。例如小说开始的这两段：

> 由四川过湖南去，靠东有一条官路，这官路将近湘西边境到了一个地方名为“茶峒”的小山城时，有一小溪，溪边有座白色小塔，塔下住了一户单独的人家。这人家只一个老人，一个女孩子，一只黄狗。
>
> 小溪流下去，绕山岨流，约三里便汇入茶峒大河，人若过溪越小山走去，则只一里路就到了茶峒城边。溪流如弓背，山路如弓弦，故远近有了小小差异。小溪宽约廿丈，河床为大片石头作成。静静的河水即或深到一篙不能落底，却依然清澈透明，河中

[1] 沈从文，《长河》（上海开明，1943），页1。

游鱼来去皆可以计数……❶

这一段简洁朴素之美丽文字，往往使人想起美国海明威（Ernest Hemingnay 1899 ~ 1961）之文笔。他在《战地春梦》（A Farewell to Arms）也以类似的一段开始：

> In the late summer of that year we lived in a house in a village that looked across the river and the plain to the mountains.In the bed of the-river there were pebbles and boulders，dry and white in the sun，and the water was clear and swiftly moving and blue in the channels. Troops went by the house and down the road and the dust they raised pow-dered the leaves of the trees.The trunks of the trees too were dusty and the leaves fell early that year and we saw the troops marching along theroad and the dust rising……❷

整本《边城》几乎都是由这座山水所构成，小说人物，只是点缀山水间之小黑点而已，更谈不上将个别人物放大和给予个性之强调。聂华苓也观察到这点，她说：“他的人物只是淡淡几笔。”（His characters here are just sketches）他似乎相信“逼近真山，则山的全形反不可见”的原则，人物总是放在遥远的地方。人物经常以“躺在临溪大石上睡着了”，“管理这渡船的，就是住在塔下的那个老人”，或“祖父睡着，翠翠同黄狗也睡着了”的样式出现。这些人物，如山水画上面的，只是淡淡几画，山水间的小黑点而已。

用透视法看到山水图，人物与自然是和谐共存，各自的位置大小也符合“丈山尺树，寸马分人”的比例。单单取名就富有暗示性。翠翠的祖父连姓氏名字都没有，他就叫做祖父，像山水画与原始自然打成一片的人物。翠翠自己也没有名字，后来取名翠翠，是“为了住处两山多篁竹，翠色逼人来，老船夫随便给这个可怜的孤雏，拾取一个

❶《边城》（昆明：开明，1943）。

❷ Ernest Heming way，《A Farewell to Arms》（New York：Chales Scribners，Sons，1929），P.3。

近身的名字，叫作翠翠。”（页 3）

在《边城》，人与自然平等的观念最明显的表现在第七章。端午节前，祖父跟翠翠约好，端午赛龙舟时，祖父看守渡船，翠翠同黄狗去河街看热闹。过了一天，翠翠反悔，以为要看赛龙舟，则两人一起去看，要守船则两人都不去。

……翠翠就说：“我走了！谁陪你？”

祖父说：“你走了，船陪我。”

翠翠把一对眉毛皱拢去苦笑着，“船陪你！嗨，嗨，船陪你。”

…………

“爷爷，我决定不去，要去让船去，我替船陪你。”（页 36～37）

上面引用过“祖父睡着了，翠翠同黄狗也睡着了”的句子，黄狗在《边城》是一个重要角色，它同时也是中国文学中最生动的关于狗的描写。祖父逝世时，雷雨大作，船也被水冲走，白塔也倒塌，这些都是人与物及自然平等和谐，共同生存的原始写照。

四、自然象征

要深一层了解《边城》，我们应听取沈从文的劝告，不要停止在“清新”或“朴素”上，背后蕴藏的意义也必须探讨。我在“山水结构”中所提出的第二点，可作为进入这内在世界的途径。因此接下来，让我们分析山水人物在小说中之投影。

上面说过“外师造化，中得心源”这句张璪的名言，它所以成为古今画家不移的定理，是因为能将思想意义移入自然万物（造化）之中，正是艺术品所应表现的最高境界。因此中国山水画中的一草一木，一山一石，都分别帮忙展示作者赋予作品中的特殊意义。像传统的山水画，《边城》也大量运用自然象征（Natural Symbolism），这些自然象征的内涵比因袭而成、传统的象征要来得难于摸索，因为有些虽然是人类共同的经验，其所代表意义却是不一而定，尚未广泛通行的，有时甚至近于私有的或个人的象征（Private Symbolism）。

美国诗人佛罗斯特（Robert Frost）是以大量运用自然象征而吸引住广大读者的一位诗人。他有一首题名《雪夜林畔》（Stopping by Woods on a Snowy Evening）的诗，最后一段是这样：

这森林真可爱，黝黑而深邃。
可是我还要去赶赴约会，
还要赶好几里路才安睡，
还要赶好几里路才安睡。❶

从字面的意义来说，这是旅人的真实经验与感想，然而在自然象征的语法中，冬天黄昏的森林，有暮年境况之暗指，"睡"有"死"之含义。构成这种象征的意象，有时是宇宙间的自然现象，小说中人物的实际经验，或者其他的事物，我们对它的联想出自共同经验的认同。

围绕祖父身边的"死亡""白塔"与"渡船"

读《边城》如果我们忽视其客观投影（Objective Corelative），则像祖父这个人物，会被误作一个死板的人物。我们看一幅"寒江独钓图"，或一幅"松下听涛图"，孤舟中垂钓江心的渔父，和松下的道人，虽然均由极简单的几笔所构成，只是一个黑点，无名又无典故，他们所代表的意义却很复杂。《边城》中的祖父就是类似的人物。

祖父是一个70岁的老人，五十年的渡船工作，使他的生命将近结束。作者用了许多睡觉、疲倦的意象来暗示他的生存情况。小说的开头第一章，就有疲倦的感觉：

有时候倦了，躺在临溪大石上睡着了，人在隔岸喊过渡，翠翠不让祖父起身，就跳下船去，很敏捷地替祖父把路人渡过……（页4）

❶ 本诗为夏菁译，见林以亮编，《美国诗选》（香港，今日世界，1961）页167~168。

于是翠翠是接棒人的意思便明显起来，请看第六章祖父与孙女的对话：

> "人大了就应当守船呢。"
> "人老了应当守船。"
> "人老了应当歇憩。"（页33）

这里"歇憩"与"睡觉"意义相同。在第十九章，翠翠说爷爷"发痧"，劝他"躺到荫下去歇歇"，后来老船夫回去"躺到床上睡了"。最后祖父在一个雷雨之夜病逝，第二天，翠翠还以为他仍然在睡觉：

> ……醒来时天已亮了，雨不知在何时业已止息，只听到溪西沟岸里注水入溪的声音。翠翠爬起来看看祖父还似乎睡得很好……（页115）

翠翠天真无邪，不知道死亡之可怕，根本不知道什么是死亡，所以她还以为他"睡得很好"。

祖父的意志很倔强，不承认老，也不休息，沈从文巧妙的以他临终前还打草鞋来展示他的个性。在第十九章里，老船夫感到身体不舒服，"觉得很疲倦，就要翠翠守船，自己回家睡去了。"后来翠翠不放心，赶回家看他，"先以为祖父一定早睡了，谁知还坐在门限上打草鞋。"翠翠说："爷爷，你要多少双草鞋，床头上不是还有十四双吗？怎样不好好的躺一躺？"（页114）

祖父五十年以来，每天都离不开渡船，他就是渡船，渡船就是他，因此之故，祖父逝世后，船也被洪水冲走了，翠翠是先看见船失踪后，才发现爷爷的逝世。

> 翠翠看看屋前悬崖并不崩坍，故当时还不注意渡船的失去。但再过一阵，她上下搜索不到这东西，无意中回头一看，屋后白塔已不见了，一惊非同小可。赶忙向屋后跑去，才知道白塔业已坍倒，大堆砖石极凌乱的摊在那儿，翠翠吓慌得不知所措，只锐

声叫她的祖父。祖父不起身，也不答应，就赶回家里去，到得祖父床边摇了祖父许久，祖父还不作声。原来这个老年人在雷雨将息时已死去了。（页 116）

白塔也是祖父的化身。相传塔的起源是为了保存释加牟尼的圣骨而建造，后来用作表示信仰虔诚，或镇压风水，或作纪念物。祖父是塔下唯一的一家，他是朴实，勤俭，和平，快乐的最后象征，所以众人要尽力捐献，把它重建起来。这表示善良之人性还活着。后来祖父埋在塔下，就等于桃源的朴实，和平与快乐，也埋在这里。当我们看见佛塔，我们便想起圣骨的所在，信仰之所在，茶峒的人看见白塔，他们便知道消失中的桃源世界之所在，美好的遗风旧俗已长眠于此。因为如此，每个经过白塔坐渡船的人，都表现得特别善良，朴实，与热情。这是一座最纯朴的人性之塔，它代表沈从文所说“民族品德的消失与重造”[1]。

翠翠的投影：竹筏、竹林与森林

翠翠在祖父逝世后，在乡人的安排下，取代祖父，继续摆渡的工作，下面这段情节，就含有这种意义：

……不多久，全茶峒里外便皆知道这个消息了。河街上船总顺派人找了一只空船，带了一副白木匣子，即刻向碧溪岨撑去。城中杨马兵却同一个老军人，赶到碧溪岨去，砍了几十根大毛竹，用葛藤编作筏子，作为来往过渡的临时渡船……（页 117）

“临时渡船”象征翠翠，因为它是竹编的。上面已说过，翠翠就是竹子的化身，所以用竹子编竹筏，就等于把翠翠安排作摆渡人。在第十二章里，老大天保想要娶翠翠为妻，有一次他说：“我还想把碧溪岨两个山头买过来，在界线上种一片大南竹，围着这一条小溪作为我的寨子！”（页 74 ~ 75）不懂自然象征语法的人，一定看不懂其言外之意。

---

[1] 《长河题记》，《长河》，页 3。

翠翠是竹，长河上的渡船，她自然是大自然的女儿，她每次进城，心里都恐惧不安，回到城外之荒野，她才快乐。我们不止一次发现她把竹林当作避难所。她小时，每次遇到陌生人，都“作成随时皆可举步逃入深山的神气”，长大后，每遇到婚姻问题也如此。譬如第一次知道顺顺托媒人为儿子攀亲，她便“装作追赶菜园地的鸡”，向屋后白塔跑去了。另一次傩送经过喊渡河，翠翠一认出是她喜欢的人，“大吃一惊，同小兽一样回头便向山竹林里跑掉了。”（页3～4）所以竹林是她的纯真世界之表征。

桃源的原始典型

《边城》的小说背景只是取茶峒小山城外河边之一角——河街及碧溪岨。如果我们说马远作画全景不多，画湖不满幅，画山或树皆不及顶，山水之一角有反映南宋偏安之残山剩水，而“边城”则是象征现代文明所尚未侵袭，人性败坏之风尚未吹遍的世外桃源之一角，事实上，沈从文也有把背景布置成类似中国文学中陶潜的《桃花源记》所描写的世外桃源。请看下面这段武陵人家的色调：

> ……若溯流而上，则三丈五丈的深潭皆清澈见底。深潭中为白日所映照，河底小小白石子，有花纹的玛瑙石子，全看得明明白白。水中游鱼来去，皆如浮在空气里。两岸多高山，山中多可以造纸的细竹，长年作深翠必有人家，凡有人家处必可沽酒。夏天则晒晾在日光下耀目的紫花布衣裤，可以作为人家所在的旗帜。秋冬来时，人家房屋在悬崖上的，滨水的，无不朗然入目……（页7）

单单河的意象，就带来浓厚的原始纯朴之感觉。人类文化的源头都诞生自河的两岸。在《边城》，“人家房子多一半着陆，一半在水”。河水安静时，清澈见底，暴涨时，激流中浮沉着牲畜船只。这是大自然的旋律，人们就随着它而安静和动乱。水是边城的人快乐的源泉，例如端午赛龙舟，河中捉鸭子的欢乐场面一再出现，但是也是痛苦的源头，因老大后来覆船死于河中。

五、过去与现在对比

沈从文小说中的农村世界，一方面充满原始神秘性、朴素、快乐，另一方面由于受到现代文明商业之冲击，完美之人性逐渐腐蚀，理想慢慢消失。他写了《边城》之后，在《题记》中说：

> ……我并不即此而止，还预备给他们一种对照的机会，将在另外一个作品里，来提到二十年来的内战，使一些首当其冲的农民，性格灵魂被大力所压，失去了原来的朴质，勤俭，和平，正直的型范以后，成了一个什么样子的新东西……（页3）

后来沈从文便写了《长河》。

事实上，在《边城》里，沈从文已经把逐渐成对比的两种背景呈现出来。对比的手法，帮忙我们看到，即使在桃源世界，这批武陵人的民族品德也开始变了样子。

两种歌唱

边城虽然是一个世外桃源，它浪漫的情调也在消失中。沈从文为了表现今不如昔的转变，故意安排两年来的中秋节夜晚，都没有好月亮。整夜男女对唱的事情，只是梦，不是事实。以前翠翠的妈妈，不知引来多少恋歌，而翠翠，只有一次就消失了。现在每天夜晚到来，河街吊脚楼便有妓女唱歌陪客，通宵达旦。这两种歌唱，正代表过去与现在的社会风尚、农村的面貌。良好的传统与风俗之没落，代之而起的是以金钱物质为基础的一种歌唱。

碾坊与渡船

祖父的渡船与王团总在河街新置的碾坊又是强烈的对比。翠翠的嫁妆是渡船，娶她的人便要取代祖父摆渡的生涯。王团总把碾坊当作女儿的嫁妆，以这笔不小的财产，希望替女儿争取爱情。这只渡船与碾坊所代表的，是茶峒这地方精神与物质的冲突，前者如爷爷五十年摆渡生涯所代表的，是热忱、朴实和品德之体现，碾坊是钱财贸易所代表的人生态度。

人物的对比

《边城》里面的人物，像爷爷与船总顺顺，翠翠与河边卖身的妓女，顺顺的两位儿子与毛手毛脚的水手，都分别代表桃源世界各方面的过去与现在之变化。顺顺虽然还有几分豪爽，可是金钱财产，已是他做人的最重要目的，他赚钱有术，因此从军人摇身一变，成为河街之有钱人。祖父永远还是以热情忠厚为人生目的，别人赏他一些小钱，他竟要生气似的与人大闹一场。顺顺是目前河街商业阶层成功的代表，祖父是过去乡村美好品德的化身。

为了商人与水手的需要，边城里产生很多“眉毛扯得极细，脸上擦了白粉”，“大大的发髻上敷了香味极浓俗的油类”的娼妓，尽管比城市的娼妓要单纯可爱，可是与翠翠比较，则又显示出活在山水之间，与活在物质金银之间的女人已有很大的差别。翠翠每次到河边街，总是带着恐惧的心情，每次听到粗鄙的话，非常不习惯。顺顺的两个儿子与其他的水手也不一样。前者代表年轻一代淳朴风俗，后者是朴实之崩溃象征。老大老二不要碾坊，而要渡船，这是精神至上主义，水手们每次上岸，急着追求的是女人，这是纵欲主义。

通过从精神趋向物质，灵与欲之冲突，沈从文把一个民族最后一块最有原始民风的桃源乐土之困境表达出来。这种困境，他自己称为“变化中堕落趋势”。而“堕落趋势”是《边城》的一大重要旨意。他在《长河题记》中说（上已引），在 1934 年回湘西，发现乡村的进步之中，带有堕落趋势。“最明显的事，即农村社会所保有那点正直素朴人情美，几乎快要消失无余，代替而来的却是近二十年实际社会培养成功的一种唯实唯利庸俗人生观……”因此他结束这段旅程后，便写了《边城》和《湘行散记》。明白这点，我们更能领会沈从文上引“作品背后隐伏的悲痛”那句话之意义了。

结　论

沈从文的《边城》，就如钱钟书的《围城》，如果单看其显现于外层的写实结构，这本小说也十分简易通俗，因为作者采用全能观点，把西水流域一个世外桃源的小山城之一角的人情风俗描写出来。不过在生动的山水画那样的写实后面，深藏着由象征和对比手法所表现的复杂题旨。因此要细读《边城》，至少需要从上面所分析的三个层次与角度来探讨。也只有这样去了解，我们才知道这是一本深具复杂性的作品。

聂华苓用近似新批评的方法去分析沈从文最成功的短篇小说如《柏子》、《龙朱》、《萧萧》、《会明》、《丈夫》、《静》等篇，她认为沈从文的小说经得起严格的分析，具有“现代小说”的结构。以本人上面分析《边城》的结果，证明聂华苓的评语贴切又准确。

原载1977年9月香港《南北极》第88期

论沈从文的创作
——《中国新文学史》节选

〔中国香港〕司马长风

未熟的天才——沈从文

沈从文湖南凤凰县人(1902～　),他似乎是中国第一个职业作家。也是一个最特出的作家，他小学毕业之后当兵，自廿岁起弃武从文，像奇迹一样走上了文学创造之路。他早在1922年便开始在北京《晨报》副刊上写小说，到1928年他已有《鸭子》(小说、散文、戏剧、诗合集)、《蜜柑》、《入伍后》、《老实人》、《阿丽思中国游记》五部小说集出版了。但在《中国新文学大系》的三册小说集中，竟没有选录他一篇作品，是一严重的错漏。

虽然，沈从文的第一流作品，到1929年以后，即到30年代才出现，但是他的初期作品在当时仍属鹤立鸡群，大部分诞生期和成长期的作家，都望尘莫及。有些作品足可与鲁迅和郁达夫媲美。对这样一个作家和他的作品，必须做较深入的了解。在品鉴他的小说之前，试看他写作的见解。

㈠在执笔写作时："我除了用文字捕捉感觉与事象外，俨然与外界绝缘，不相粘附。我以为应当如此，必须如此。一切作品都需要个性，都必须浸透作者人格和感情，想达到这个目的，写作时要独断，要彻底的独断!"主张"匠心独运，不落巢臼，社会上流行的风格，流行的款式，尽可置之不问。"这说明他对于文学具献身的虔诚，在创造时不睬文学以外任何东西。他连说两个“要独断”，表示执之甚坚。他没有受过多少教育，在小说创作上有这样大的成就，与他这种纯洁和虔诚大有关系。他在写作时，没有牵扰，可以专心凝志，不像鲁迅篇篇要考虑是否合乎“揭出病苦”的尺度。

㈡他对人生有一纯朴的信仰：“因为我活到这世界里有所爱。美丽，清洁，智慧以及对全人类幸福的幻影，皆永远觉得是一种德性，也因此永远使我对它崇拜和倾向。”这点爱心和善意，使他看见每个生命里的智慧之光，这与鲁迅专用冷隽如刀之眼，专看每人内心的丑恶恰成对比。

㈢有一点他和鲁迅完全一样，那就是创造的活动胶着于乡土。他说：“到 15 岁以后，我的生活同一条长河无从离开。这一大堆日子中我差不多无日不与河水发生关系，走长路皆得住宿到桥边与渡头，值得回忆的哀乐人事常是湿的。……从汤汤流水上，我明白了多少人事，学会了多少知识，见过了多少世界！”

了解上述三点，对沈从文的作品便思过半了。

沈从文的初期作品，虽然多以乡土（湘西辰河流域）的人和事为题材，但使人从无“千部一腔，千人一面”的印象。角色无非士兵、农夫、苗人，景物无非田禾、山村、河水、渡头，可是写了千百篇，仍能引人入胜，读之不疲，这因为他写的每个人物都有个性，每一景物都有特色，每一篇小说都有独特的境界。

以《牛》那篇小说为例，写绰号大牛伯的农夫和他一条牛的故事。情节简单到极点。一天在耕田时，牛伯一时生气用木榶打了牛脚一下，把牛打瘸了，不能耕地了。于是牛伯周章起来，一方面对牛感到疚歉，同时想尽办法医治牛脚；先是自己给它敷药，请同村的兽医诊治不成，又牵到外村请兽医给它诊治；因为正赶上播种期，耽误不得，他焦切狼狈到处去借牛，借不到牛，用了很高的价钱雇了两个短工代牛拉犁，可是两个人还不及一条牛，他益发感到那条牛可爱，也益发感到疚歉，好容易牛的脚医好了。他和牛恢复了快乐的劳作，他开始作起好梦来，希望 12 月买一条花母牛给它做伴，牛也想到丰收后“梦到主人穿新衣，它自己则角上缠红布，……”庆祝丰收。把人和牛写成相依为命的伙伴。可是结果怎样呢？

“到了 12 月，荡里所有的牛全被衙门征发到一个不可知的地方去了。大牛伯只有成天到保正去探信一件事可做，顺眼无意中望到弃在自己屋角的木榔槌，就后悔为什么不重重的一下把那畜生的脚打断。”

本来是一首人与牛的牧歌，可是末尾淡淡几句话，就把它转成“苛政猛于虎”的写意画了！这是何等的手笔！

另一篇叫做《夜》的小说，是沈从文初期作品的代表作。写五个士兵夜行迷途到孤家荒村投宿的故事。那孤家村里只见一个忧愁、孤独的老人，这老人使他们疑惑重重，他一方面热心的照顾他们吃夜饭，一方面又把卧房扣上一把铜锁。作者初疑心他是吃人肉的黑店首领，继而误会他是深山里的神仙，及看堂屋里挂着画，桌上有一部庄子，又疑心他是赤松子一流的高人隐士。可是他竟有兴致陪他们围着篝火，听他们讲故事。作者首先讲到他祖父打长毛（太平军）时，死里逃生的故事。黑小胖子讲了和苗女的情史；脸上有疤的士兵讲他月夜遇虎，惊逃受伤的故事；一个渔家出身的士兵讲了撒网捕到大蛇的故事，带兵的班长讲了被苗人捉到洞里又逃出的冒险传奇；这些本都是引子，最后他央求老人讲个故事，可是老人一直推托，直到天光大亮，老人被迫不过，就说：“我到房里去看看，你若一定要故事，你随了我来。”他跟着去了，卧房的门一打开，看见床上躺着一具干瘪的老妇死尸！

“这是我的故事，这是我的一个妻，一个老同伴，我们因为一种愿心一同搬到这孤村里来，住了十六年，如今这个人，恰恰在昨天将近晚饭的时候死去了。若不是你们来我就得伴她睡一夜。……”

他们惊愕不止。天亮后离开了老人的家。他们出了院子，听见老人掘土的声音，正准备将亡妻入土了。

任何人读完这篇小说，都不会立刻离开它，被一种牧歌式的诗情所醉，被豁然有所憬悟的意境所迷，许久许久，不能回转到现实里来。

沈从文初期的创作，因受知识和经验的限制，每犯结构不紧凑，文字不简练的毛病，这里所介绍的《牛》和《夜》也是这样。但这是用严格的艺术尺度来衡量，如果不以研究的眼光来读，并不感到松懈和冗长，因为沈从文那支笔有裹胁你一直读下去的魔力。

前面已经说过，沈从文的一流作品——也是中国小说的一流作品，到 30 年代才出现，因此对他的作品进一步讨论，留在第四篇再说。

沈从文的《边城》

在“成长期”一篇里，本书以“未熟的天才”介绍过沈从文。进入收获期（1929～1937）以后，他的作品乃告圆熟，不但尽除讲故事的习气、文字冗赘的毛病，并且在技巧上推陈出新，独创一格。更由于他30年代之初即回到北方，远离了上海的骂战漩涡，得专心埋头于创作，故收获特丰，遂成为文坛的巨星。

沈从文在中国有如19世纪法国的莫泊桑或俄国的契诃夫，是短篇小说之王；中长篇小说作品较少，但是仅有的几篇如《边城》、《长河》等全是杰作。这里仅评介30年代的代表作《边城》。

诗是文学的结晶，也是品鉴文学的具体尺度。一部散文、戏剧或小说的价值如何，要品尝她含有多少诗情，以及所含诗情的浓淡和纯驳。

《边城》仅约七万字，可能是最短的一部长篇小说，实际上则是一部最长的诗。全书二十一节，每节两千到三千多字，每一节是一首诗，连起来成一首长诗；又像是二十一幅彩画连成的画卷。这是古今中外最别致的一部小说，是小说中飘逸不群的仙女。她不仅是沈从文的代表作，也是30年代文坛的代表作。

《边城》的情节非常简单，描写一山水如画的古渡头，有一孤处的人家，里面住着摆渡的老船夫和小孙女。老船夫年逾古稀，小孙女翠翠情窦初开。茶峒城里码头大哥顺顺，有两个儿子，都那么雄健、那么俊，看了翠翠都倾了心。翠翠先见过二老暗中动了情，大老托人说媒，老船夫满心欢喜，可是翠翠不应承；大老精神恍惚下船去，跌在激流里送了命。顺顺全家怪了老船夫，误会他颠三倒四，二老也暂时收起那份情。老船夫不顾一切找上门去向顺顺和二老解释，都遭受了冷淡。二老又下船走了。老船夫大病一场却在风雨之夜归天了，遗下孤苦伶仃的小翠翠。故事到这里便结束了。二老的吉凶未卜，翠翠的福祸不知，可是山依然那么青，水依然那么绿，小城依然那么熙熙攘攘。

平凡的人物，平凡的梦，平凡的坎坷，可是却表现了不平凡的美。

这部小说在技巧上有左列几个特点：

（1）写人物每用烘托法，例如他写二老岳云，不正面描写他如何漂亮、如何英勇，却在老船夫的话中露出来：

“……我听着船上人说，你上次押船，船到三门下面白鸡关滩口出了事，从急浪中你援救过三个人。你们在滩上过夜，被村子里的女人见着了，人家在你棚子边唱歌一整夜，是不是真有其事？”

（2）作者是写景的圣手，且用最少的朴素文字，三言两语就把你引进一个天地里去。

“小溪流下去，绕山岨流，约三里便汇入茶峒大河，人若过溪越小山走去，则只一里路就到了茶峒城边。溪流如弓背，山路如弓弦，故远近有小小差异。”

（3）白居易在《琵琶行》里有一名句：“此时无声胜有声”。沈从文的《边城》颇多暗示笔法，不把话说到尽，专在纸上无字的部分显才华，引你不时闭上眼睛玩味，像嗅一朵鲜花似的。例如翠翠初会二老是在一个赛龙舟的端午节；之后她很久没见他，只在心里偷偷想。书中第八节末尾写端午节又来了，只淡淡的说：

“远处鼓角已起来了，她知道绘有朱红长线的龙船这时节已下河了。细雨还依然落个不止，溪面一片烟。”

翠翠心中急想进城去看龙舟，再遇见二老；听到鼓声，她心中正有千言万语，可是作者只告诉我们：“溪面一片烟。”

（4）《边城》里所有的对话，真正是人民的语言，那些话使你嗅出泥味和土香。看老船夫对孙女说：

“翠翠，我看了个好碾坊，碾盘是新的，水车是新的，屋上的稻草也是新的，水坝管着一绺水，急溜溜的，抽水闸板时，水车转得如陀螺。”

（5）《边城》的结尾别有心裁，既不随俗唱大团圆，也不矫情的写成过哀而伤的大悲剧，他只这样写：

“可是到了冬天，那倒圮坍了的白塔，又重新修好了，那个在月下唱歌、使翠翠在睡梦里为歌声把灵魂轻轻浮起的青年人还不曾回到茶峒来。

……

这个人也许永远不会回来了，也许明天回来！”

这一悬疑的归结，暗示了随时听死神召唤的水手生涯的悲剧性，也暗示人生不可知的命运，同时与全书如梦如烟的迷离气氛妙相应合。

沈从文在《边城》的《题记》里谦虚但极具自信的说，他这部书不屑与上海滩上那些造谣生事的作家争读者，他只写给那些关心民族的过去和未来的人们看的。他说：

“这作品或者只能给他们一点怀古的幽情，或者只能给他们一次苦笑，或者又将给他们一个噩梦，但同时也说不定，也许尚能给他一种勇气和信心！”

他说的并不夸张。他在《边城》里用不少笔墨写那老船夫，不收受过渡者的赏钱，有时推却不过收一点，因此颇感周章，包扎点草烟答谢那些美意；在夏天煮一大缸凉茶，免费赠饮那些困惫的旅人。这些淳朴的人性，正是沈从文永也写不厌的灵感泉源。

沈从文的《八骏图》

平心静气涉览一下百余位作家、三百余部作品之后，历来文学史上那些自我欺骗的一面之辞，党同伐异的门户之见，都不攻自破，化为泡影。首先必须承认一简单事实，即无论就量而说，还是就质而论，沈从文都是短篇小说之王。不但睥睨30年代，即到今天也还没有受到任何有力的挑战。

沈从文在30年代的短篇小说，杰作不是一二篇，而是几十篇，《八骏图》写思想过剩、情爱无常的知识分子固然入木三分，读来如饮春醪，至于《萧萧》的童养媳，《新与旧》里落寞的刽子手，《菜园》里孑遗小城的旗人母子，以及《十四夜间》、《灯》里的老兵，《月下小景》里的少寨主和异族美女的情歌，《若墨医生》等都有非凡的魅力牵引你进入他的世界，睎嗟赏叹，留连忘返。在这里品鉴一下为人熟知，但少为人道破的《八骏图》。

文学批评大家刘西渭在比论《边城》和《八骏图》时说：

“《边城》是一首诗，是二老唱给翠翠的情歌。《八骏图》是一首绝句，犹如那女教员留在沙滩上神秘的绝句。”

在结论中他又说：

“如果有人问我，‘你欢喜《边城》还是《八骏图》如若不得不选择的时候？’我会脱口而出，同时把‘欢喜’改做‘爱’，‘我爱《边城》’！……”

与《边城》相较，《八骏图》逊了一筹，这是真的；但，《八骏图》依然是出类拔萃的杰作。

在技巧上，《八骏图》所花的技心匠意绝不比《边城》少，可是《边城》所写的是带有泥香土味的乡下人，那些简单、庄严的灵魂，无论什么时候都不忘记摸摸良心的纯种中国人；而《八骏图》写的则是一群受过新教育的知识分子，受过欧风美雨的变种中国人，知行乖离，内心空虚，生命之根被拔出土壤，不知归属的人们。这些人们无论写得多俏多妙，都没有那些遇事摸良心的乡下人可爱。

先说《八骏图》的结构。

主人公达士，是个名作家，暂别心爱的未婚妻，去中国北方最美的城市——青岛，出任某大学暑期讲座教授。

情节从达士写给未婚妻的情信展开。他像任何热恋中的人一样，每天一封信，不厌其详的报告身边琐事，异地见闻。很自然的谈到同楼住的七个教授。加上他自己恰是八骏。

他在信中报告，六个教授心理都有毛病，教授甲书桌上放着全家福的照片，可是枕边放着《扣花抱兜》，一部《疑雨集》，一部《五百家香艳诗》，蚊帐里还挂着半裸体的美女广告画。

教授乙，把糟糠放在家里，说一个人过独身生活，洒脱、方便。在海滩上“从女人一个脚印上拾起一枚闪放珍珠光泽的小小蚌螺壳，用手指轻轻的很情欲的拂拭着壳上黏附的砂子。”

教授丙，自认是个没有恋爱观的老人了，可是在欣赏希腊爱神照片时，眼睛专在胴体的凸处凹处用功夫；提起美丽的内侄女，脸上有奇异的表情。

教授丁是对恋爱持有怪论的人，他主张默默的爱一个少女，但不求爱求婚，直等她过了四十岁人老珠黄，才去向她表白；她的生命虽已衰老，可是自己内心的爱情依然新鲜活泼。

教授戊是个婚后一年又离婚的人，对女子有掩不住的愤慨。他说，如你拜倒她们之前往往碰钉子，但是看准机会不用言语，只用动作即可一鼓成擒……

达士认为这六个人都有病，自认负有医治他们灵魂的道义。

唯有教授庚，像是个正常人，因为他在恋爱，常有个二十五岁、看来只有二十岁，穿黄色旗袍的女郎来会他。那黄衣女郎有两只“能说话能听话”的眼睛，能震慑俏皮角色不敢妄动，却引老实人发生幻想；眼睛“永远有一种羞怯之光，这个光既代表贞洁，同时也充满了情欲。”

这女子像空中的云，使人捉摸不定，她与庚教授的爱也捉摸不定，她在达士的心里也有点捉摸不定。

达士的未婚妻来信催促，八骏中已知道六骏，急切想知道第七骏，可是达士将庚教授和那女郎的事情却保留在日记本上。大概黄衣女看出了他的破绽，当暑期讲座行将结束时，达士忽然接到一封信，淡淡两句话：

“学校快结束了，舍得离开海吗？（一个人）”

小说一开始就暗示达士怎样爱海了，到海边散步是他的日课。这封信这样短，这样含蓄，这样难以抵抗。达士以医治他人灵魂自负，而且即将返回未婚妻的怀抱，因此他接到这封信初时很镇定“不觉得幸福也不觉得骄傲”。

他去电报局向未婚妻拍发了报告行期的电报。一切到此本可结束了，可是当他到海滩散步时，看见沙滩上留下的两行字：

“这个世界也有人不了解海，不知爱海。也有人了解海，不敢爱海”。

这就是刘西渭所说的“神秘的绝句”了。但达士仍能力持镇静，还得意的自言自语：

“鬼聪明，你还是要失败的。你太年轻了，不知道某一个人害过了某种病，就永远不至于再传染了……”

可是当他继续在海滩上走，他看有人画了“一对美丽的眼睛。旁边还那么写着：‘瞧我，你认识我！’……”

本定在当晚起行的，可是临上火车他变了主意，重拍一封电报给未婚妻：

“瑷瑷：我害了点小病，今天不能回来了。我想在海边多住三天；病会好的。达士。”

小说的结尾写道：

“一件真实事情，这个自命为医治人类灵魂的医生，的确已害了一点儿很蹊跷的病。这病离开海，不易痊愈的，应当用海来治疗。”

读者你读过莫泊桑的“项链”没有？你会记得读后所感到的惊奇与豁醒。但惊奇与豁醒之后，也就一笑置之了。读完“八骏图”，你在感到惊奇与豁醒之后，不可能把它一笑置之，而是不由自主的进入一迷离恍惚的境界，沉思瞑想，反复玩味，你也许有点感到眩惑，但你内心会涌现一种喜悦：感到发现了真实人生的一角。

我们都熟悉“耐人寻味”一句成语，但是读过《八骏图》之后，你才能体会“耐人寻味”的真义。因为全篇都是风趣的含蓄，微妙的暗示。

当达士一搬进教授宿舍，老王就看见他随身带着老舍著的《离婚》那本小说，并借去看了，他临去收拾行李时，老王又送还《离婚》，暗示他与瑷瑷甜如蜜的爱情将出现裂痕和瑕疵；其次，老王告诉他一位朱先生写过一本小说：《投海》，他到青岛第一天，望见紫色的黄昏，想起紫色的信笺，以及紫色信笺上一段紫色的回忆。当时他被一女子追求，而他追求瑷瑷，瑷瑷则对另一男子有好感。因此达士慨叹：“这世界没有‘新’，连烦恼也是很旧了的东西。”

现在教授庚追求黄衣女，黄衣女追求他，而他已是瑷瑷的未婚夫，人生原没有什么新奇呀！还有末尾达士拍电报给未婚妻，只告三天假，看来平淡无奇，仔细玩索才能解赏旖旎风光。

刘西渭确是沈从文的知己，他说：

“……司汤达是一个热情人，而他的智慧（狡猾）知道撒谎，……乔治桑是一个热情人，然而不唯抒情，而且说教。沈从文先生是热情的，然而他不说教；……”又：“沈从文先生从来不分析，一个认真热情的人；”又：“沈从文先生在画画，不在雕刻；他对于美的感觉叫他不忍心分析，因为他怕揭露人性的丑恶。”

《八骏图》便正是这样。他用彩笔把人物的面貌和行为画出来，他不分析，不说教，也无所主张，任由读者去品尝。有人可能见到揭露丑恶，有人可能见到讽刺黑暗，有人可能见到人性的真实，无可奈何的挣扎。如刘西渭所说：“他在写一个文人学者内心的情态，……不是分析出来的，而是四面八方烘染出来的。他的巧妙全在用过去反衬现时，而现实只为推陈出新，仿佛剥笋，直到最后，裸露一个无常的人性。‘这世界没有新’，新却不速而至。真是新的吗？达士先勿需往这里想，因为他已不是主子，而是自己的奴隶。”

无常的人性，无常的爱，无常的欲，这正是《八骏图》所写的主题。人一堕入无常之网，便成为奴隶。往深处想这是悲剧，信目而想则是喜剧。“八骏图”这样美，这样妙，如一块精雕的钻石，从各角度闪耀迷人的光彩。但是与《边城》相比，则稍显智力经营的痕迹，不像《边城》那样行云流水，天衣无缝。

沈从文的《湘行散记》

在中长篇小说及短篇小说两章里，沈从文都被当作少数最优秀的作家介绍；笔者曾不断提醒自己是否有偏爱之嫌。在散文这一章里，依原定计划，沈从文和老舍、巴金合成一组，当作次要散文作家来评介，一则因为他们都是小说大家，已经据有辉煌地位，二则除了巴金，沈从文和老舍都是专业小说家，甚少散文创作，没有必要再与散文作家争篇幅。虽然我素知沈从文的散文数量虽少，质量可极高，单是那部《从文自传》就已经灿烂夺目，在30年代足称散文大家。

现代散文大宗师周作人即曾予极高的评价。1935年冬在《论语》杂志举办的“我最爱读的三本书”征文中，他所举的第一本书即是《从文自传》。先驱女作家也是散文大家的陈衡哲也说：“中文写得最好该数他了。”尽管考虑到这些，最初我仍是把他放在老舍、巴金一起了。可是当我重新读过《湘行散记》，立刻幡然改图，把沈从文从三人小组中抽出来，列入优秀散文作家里去。

沈从文的文字也有缺点，一是杂有湘西土腔，二是白话不够白。方言土腔难解，白话不够白，则沾有文言气味；但这些微疵掩不住他那光芒万丈的才华。

沈从文的笔是彩笔，写出来的文章像画出来的画。画的是写意画，只几笔就点出韵味和神髓、轻妙而空灵。这本是中国文学艺术的宝贵传统。叶绍钧、郑振铎诸人的散文，像是徒步而行的旅人，走的又是山路，读起来比自己写还要辛苦，读了几十行还得不到一滴水的滋润，感到举步维艰；沈从文的散文，则像顺流而下的船，不着一点气力，“轻舟已过万重山”。

沈从文在新文学收获期，出版的散文集有《湘行散记》、《记丁玲》、《记胡也频》、《废邮底存》及《从文自传》。代表作是《湘行散记》收录有十一篇散文。这是他1934年初返乡的游记。同类的作品最为人称颂的是郁达夫的《屐痕处处》，但与《湘行散记》相比则顿然失色；还有何其芳的《还乡日记》，那是何其芳走下坡路的作品，既失去了原来的精致，又带着生涩的社会愤慨，更难与《湘行散记》相比了。

先说沈从文还乡这件事，实在非同小可，因为旅途太艰难。他从北平水陆辗转去到湖南的常德，这一大段旅程放下不说，单是从常德到他的家乡凤凰县即要十一天的险恶水路（坐小船逆流过险滩），来回总要三个星期。如不是思乡之心、念土之情太切，谁肯花这么多时间，费这么多辛苦做还乡之游？沈从文太爱他的乡土，太爱那条“三丈深也清见底”的沅河了。十六年前他离开那条长河闯荡世界时才18岁，还乡时32岁。离乡时是个小兵，现在是北大教授、名作家了。一个生命，两个天地，十六载似水年华，脚一踏上乡土，心中多少感慨！《湘行散记》便是这一激动心情的纪录。本书十一篇文章篇篇有各自的风情，在这里“偃鼠饮河不过满腹”，只能摘引几个片断略见一斑。

> ……在这条河里在这种小船上作乘客，最先见于记载的一人，应当是那疯疯癫癫的楚逐臣屈原。在他自己的文章里，他就说道：“朝发汪渚，夕宿辰阳。”若果他那文章还值得称引，我们尚可以就“沅有芷兮澧有兰”与“乘舲上沅”这些话，估想他当年或许就坐了这种小船，溯流而上，到过出产香草香花的沅州。沅州上游不远有个白燕溪，小溪谷里生芷草，到如今还随处可见。这种兰科植物生根在悬崖罅隙间，或蔓延到松树枝丫上，长叶飘拂，花朵下垂成一长串，风致楚楚。……除了兰芷以外，还有不少香草香花，在溪边崖下繁殖。那种黛色无际的崖石，那种一丛丛幽香眩目的奇葩，那种小小洄漩的溪流，合成一个如何不可言说迷人心目的圣境！若没有这种地方，屈原便疯一点，据我想来他文

章未必就能写得那么美丽。

——摘自《桃源与沅州》

在这里他以屈原来加浓沅江风物的重量和华贵，同时又以沅江的兰芷来衬托屈原的风概和文采，使人物和山川，芳草与诗心，历史和现代，交溶在一起吐露芬芳。

书中一篇的题目是《1934 年 1 月 18》，那是他回到第二故乡——辰州的日子，是全书最精彩的一篇，读来如感到作者悲壮的心悸。

望着汤汤的流水，我心中好像忽然澈悟了一点人生，同时又好像从这条河上，新得到了一点智慧。……山头一抹淡淡的午后阳光感动我，水底各色圆如棋子的石头也感动我。我心中似乎毫无渣滓，透明烛照，对万汇百物，对拉船人与小小船只，皆那么爱着，十分温暖的爱着！我的感情早已融入这第二故乡一切光景声色里了。……

下面一段独白，雄浑苍淳，物我古今兼忘于刹那，是 30 年代散文的一朵花。

看到日夜不断、千古长流的河水里石头和砂子，以及水面腐烂的草木，破碎的船板，使我触着一个使人感觉惆怅的名词。我想起“历史”。一套用文字写成的历史，除了告诉我们一些另一时代另一群人在这地面上相砍相杀的故事以外，我们决不会再多知道一些要知道的事物。但这条河流，却告给了我若干年来若干人类的哀乐！小小灰色的渔船，船舷船顶站满了黑色沉默的鹭鸟，向下游缓缓划去了。石滩上走着脊梁略弯的拉船人。这些东西於历史似乎毫无关系，百年前或百年后皆仿佛同目前一样。他们那么忠实庄严的生活，担负了自己那分命运，为自己，为儿女，继续在这世界中活下去。不问所过的是如何贫贱艰难的日子，却从来不逃避为了求生而应有的一切努力。在他们生活爱情得失里，也依然摊派了哭、笑、吃、喝。对于寒暑的来临，他们便更比其他世界上人感到四时交替的严肃。历史对于他们俨然毫无意义，然而提到他们这点千年不变无可记载的历史，却使人引起无言的哀戚。

……

读到这里好像宇宙间一切声音都静止了，一切活动都停息了，只见无声的历史一幕幕在脑海驰过，只见那一泻七百里的沅江，一去不回头的涌流。

好的散文都写出独我的意境；最好的散文则每显露人生和宇宙的庄严！这时候人语即天声！上述的一段独白正是这样。

在这里使每个在历史中无名的自我，感到一种深沉的悲哀。这悲哀一经道出，便化为松快。

何其芳的散文，在文字技巧上登峰造极，但是质地太单薄，观察和感受的幅度太窄，无非青春和爱情的叹息；而沈从文将整个的民族、数千年的历史，浓缩为心灵的哀欢，在这一点上沈从文是巨人，何其芳是侏儒。但是，何其芳能看出散文的衰颓，自觉的为散文创格而努力，为现代散文树立了格调和风范，赋予散文以新生命，则是文学史上一块不可动摇的里程碑。

沈从文的《湘西》

沈从文，真不愧是乡土作家。他在战前的作品，无论小说和散文，十九都与他湘西那条辰河有关。战时战后，他的创作生涯依然萦绕着辰河。长篇小说《长河》与散文的杰作《湘西》，都仍是梦绕辰河。

这个期间，凝吸沈从文的血最多的，当然是《长河》；散文作品并不多。

《湘西》可以说是《湘行散记》的续编。后者着重抒情的忆往写景，前者偏重叙事纪闻，多少有点报告文学的气味，但是也无伤那浓于酒的诗意和乡愁。

大概一谈到自己的乡土，沈从文就将心肝肺一股脑儿倾吐出来了。《湘西》全书八篇文章，加上题记和引子共十篇，读起来篇篇都美得叫人心花怒放。虽然这么说，仔细的考究，仍然是那篇《凤凰》最好，因为我们的作家是凤凰人，湘西是他的大家乡，凤凰则是他的母土。

《凤凰》全文万余字，一口气读完毫不感到冗长。这是新文学运动以来叙事文的杰作，只有他自己写的《从文自传》，可与之相比。

《凤凰》的引人入胜，当然也与内容的光怪陆离有关。诸如湘西人神错综的风格，包括“蛊婆”、“女巫”及“落洞”少女；再如游侠田三怒的传奇等；但是如果没有沈从文这支笔，这些东西也就没有那么简明、美妙。如所写“落洞”而死的少女：

> “死时女子必觉得洞神已派人前来接她，或觉得洞神亲自换了新衣骑了白马来接她，耳中有万鼓竞奏，眼睛发光，脸色发红，含笑死去。死时且显得神气清明，美艳照人。真如诗人所说：‘她在恋爱中，含笑死去。’家中人多眼泪莹然相向，无可奈何。只以为女儿被神所眷爱致死，料不到女儿因在人间无可爱悦，却爱上了神。在人神恋与自我恋情中消耗其如花生命，终於衰弱死去。”

从这段文字看，沈从文保持了一贯的风格，一方面是最少欧化成分，另一方面文言气息相当重。但是具有不可抗拒的美。

其他如《沅陵的人》、《沪溪、浦市、箱子岩》诸篇也都是杰作。足可与同代散文大家争辉。

另一本文集《昆明冬景》，只辑有五篇文章，唯《昆明冬景》一篇是纯粹散文。另1947年发表的那篇《从现实学习》，概述从三十年代战后的个人生活和文坛动态，是《从文自传》的续篇，也是叙事文的杰作。

沈从文《昆明冬景》

《昆明冬景》这本小书（仅57页），在图书目录中，多被当作散文集来排列，其实全书五篇文章，仅《昆明冬景》一篇是散文，其他四篇都是批评，而且是引起波澜的批评。例如其中《特殊与一般》一文，被认为有“反对作家从政”的罪嫌，屡遭受左翼批评家的毒骂。

《昆明冬景》中的四篇批评，内容又分两类：一是批评当时文坛风气，有《真俗人假道学》、《谈保守》和《一般与特殊》三篇，另一篇则是《谈朗诵诗》，讨论当时流行的朗诵诗。

沈从文是位双脚踏实土地的作家，他的小说和散文，固然踏实有分量，有珠玉之美；他的批评，也沉甸甸的，使人不能忽略。而《谈朗诵诗》这篇文章，分量尤重。研究新诗流变的人，非认真研读不可。

《谈朗诵诗》不但告诉我们，诗人们在诗会上以朗诵的方法研究、锻炼诗歌的史实和沿革，并且告诉我们，新诗从诞生到抗战时期，朗诵诗之流行，发展起伏的大势。关于前者，他告诉我们有关的诗会活动（见下页表）。

上述四个诗会，几网罗了所有全国的第一流诗人，其重要性可想而知；可是迄该时为止，很少有人提起。沈从文这篇记载，成了孤腔独唱，具有无可代替的历史价值。

"新月诗歌会"，关于各诗会的活动时间，大约在1923～1925年的时间，《诗刊》诗会在1926年，"读诗会"在1936～1937年，"中国讽谣学会"则在1937年。

沈从文对于诗的意见，可从他述评"读诗会"的一段话见之。

诗　会	集会地点	参加者
新月社诗会	北平松树胡同	徐志摩及新月社诸人
《诗刊》诗会	北平京畿道闻一多家中	徐志摩、闻一多、朱湘、刘梦苇、孙大雨、饶孟侃、杨子惠、朱大枏等
读诗会	北平后门朱光潜家中	北京大学有梁宗岱、冯至、孙大雨、罗念生、周作人、叶公超、废名、卞之琳、何其芳、徐芳等；清华大学有朱自清、俞平伯、王了一、李健吾、林庚、曹葆华等；此外还有林徽因、周煦良、沈从文等
中国讽谣学会	北平中南海公园 北平研究院戏剧陈列馆	胡适、顾颉刚、罗常培、容肇祖、常惠、佟晶心、吴世昌、杨刚、徐芳、李素英等

"这个集会在我这个旁观者的印象上，得来一个结论，就是：新诗

若要极端‘自由’，就完全得放弃某种形式上由听觉得来的成功。但是这种‘新’很容易成为‘晦’，为不可解。……若不然，想要从听觉上成功，那就得牺牲一点自由，无妨稍稍向后走，走回头路，在辞藻与形式上多注意点，得到诵读传达的方便。……”

文中并再三强调“在语言上求适合惯性”，即中国话的惯性，也就是切近口语。基本倾向与朱自清、李广田无殊。沈从文还有一篇长文《从现实学习》(约一万五千字)，发表于1947年10月，也具有重大历史意义，可与《谈朗诵诗》相互应。

《从现实学习》，基本格调是《从文自传》的续编，后者所叙经历时间自1902～1920，前者则自1921～1947。

这篇长文叙及1928～1937，以上海及北平为中心的文坛动态，特别具有深义。它使我们在左翼控制下的上海文坛之外，得知京派作家(在北方的作家)，在延续和发展文学创作，培育新秀作家方面获得的巨大成就，这一点本书在中卷第十八章已有说明了。

《昆明冬景》其他三篇批评文字，都是感时之作，针对当时文坛风气而发，综括主要论点如左：

(1)反对把文学当作宣传工具：

“在这时提起技巧，很自然会成为一种迂论，一种反世俗见解。原因是有句话在可解不可解情形下流行。一切文字都是宣传。

“‘一切文字都是宣传’，正如说‘一切文字都可载道’，可是自从在作家间流行这句话后，有好些人从此以后似乎只记着‘宣传’两个字。……标语口号盛行时，什么标语口号能产生什么后果就不大明白。于是社会给这东西笼统定下一个名辞，‘宣传品’。这名辞内容，包含了‘虚伪’，‘浮夸’，‘不落实’，‘无固定性’，‘一会儿就成为过去’种种意义，又给创造它的人一个称谓，‘宣传家’。……”

(2)省察五四以来的作家以及对社会的影响：

“五四运动之起，可说是少数四十岁以下的读书人，与多数青年人，对中国人‘顺天委命’行为之抗议，以及‘重新作人’的觉醒。伴同五四而来的新文学运动，便是这种抗议与自觉的表现。拿笔的多有用真理教育他人的意识。……因此二十年来新文学作家在中国成一特殊阶级。……年事较长的，视之为捣乱分子，……年事较轻的，又视之为唯一指导者，盲目崇拜与重视……加上文学作者自身对于社会的态度，因外来影响，一部分实际成为政治的附庸。……一部分以嘲讽调笑为事，另一部分又结合浪漫情绪与宗教情绪为一，对于常态人生不甚注意，对于男女欢爱却夸大其辞。……结果二十年来的新文学运动，虽促进了某一方面的解放与进步，同时也就增加某一方面的纷乱和堕落。文字所能建设的信仰，得失参半。”

这段话批评了三派作家，“成为政治附庸”是指左派作家；专事“嘲讽调笑”，似乎指林语堂一派作家；“不注意常态人生”，偏夸大男女欢爱，似指张资平一类作家而言。

（3）痛责作家不坚持文学本业：

“……这或者正说出了数年前有人提出的那一个问题：‘为什么中国无伟大文学作品产生’？伟大文学作品的条件必贴近人生，透澈了解人生，用直率而单纯的心与眼，从一切生活中生活过来的人，才有希望写作这种作品。世上多雅人、多假道学、多蜻蜓点水的生活法、多情感被阉割的人生观、多轻微妒嫉、多无根传说……多有几个仿佛极俗的作家，肯三十年一成不变，继续做他的事业，情形会不同多了。”

他在《从现实学习》中说：“我以为作家本无足贵，可贵者应是他产生的作品。”而当时他目击的作家们，则蜂拥於搞政治、搞宣传，脱离大众生活而高喊口号、扮假道学，於是他不能忍受，发出了棒喝，也因此引来了毒烈的反噬。

沈从文由于是有棱角的独立作家，所以既为左派作家所恨，又为政府当局所忌，他时处于左右夹攻，孤立无援的状态，在《从现实学习》中也有所透露：

“这是乡下人的第四段旅程，相当长，相当寂寞，相当辛苦。但却依然用那个初初北上向现实学第一课的素朴态度接受下来了。尤其是战争结束前二年，一种新式纵横之术，正为某某二三子所采用，在我物质精神生活同感困难时期，对我所加的毁谤袭击。另一方面，我的作品一部分，又受个愚而无知的检查制度所摧毁。……”

沈从文在 1949 年以前，所遭受的困厄，与 1949 年以后的磨折相比，实微不足道。从文学史上来看，最令人可惜的是他被封埋的文采。

沈从文的《长河》

中国人在时间上热爱历史，在空间上热爱乡土。中国现代作家，也无不热爱自己的乡土，但是没有人及得上沈从文那么热爱乡土。他自己曾说“我的写作与水的关系”，所说的水，即是他的故乡湘西最大的一条河——辰河。他的四部名作：《边城》、《湘行散记》、《湘西》和《长河》，全以辰河为背景。

《长河》是沈从文最后一部长篇小说，也是最好的一部小说，可惜是未完成的小说。手头这部开明书店一九四九年一月第五版的《长河》，书末印着：“第一卷完”。从第一卷这个说法推测，全书起码有四卷，否则可用上、中、下三卷来标示。

《边城》全书仅八万字，《长河》第一卷即近十二万字，如果是四卷，应该共有近五十万字左右，可见是一部巨著。这是沈从文写作以来，用心最深，致力最大的一部小说，可惜，我们只能欣赏这第一卷！

虽然，只是残缺不全的第一卷，分量还是这么沉重，如果没有巴金的《人间三部曲》，还是战时战后时期，最杰出的小说。

现行的《长河》并非原著，而是屡遭删削的一部书。他在《题记》中直述其事：

“……作品最先在香港发表，即被删节了一部分，致前后始终不一致。去年重写分章发表时，又有部分篇章不能刊载。到预编在桂林印行送审时，且被检查处认为思想不妥，全部扣留，幸得朋友为辗转交涉，径送重庆复审，重加删节，方能发还付印。”

119 页第 11 行，竟用括号印着“被中央宣传部删去一大段”字样。

从《题记》及第一卷内容看出来，《长河》全书的规模，想以湘西为背景，写在国共内战的时代风暴中（1927～1936）发生的变化。作者所谓“就我所熟悉的人事作题材，来写这个地方一些平凡人物，生活上的‘常’与‘变’，以及在两相乘除中所有的哀乐。”

作者特别关心所说的“常”，那是指：“农村社会所保有那点正直素朴的人情美”，“祖母或老姑母行勤俭治生、忠厚待人处，以及在素朴自然景物下，衬托简单信仰，蕴蓄了多少抒情诗气氛。”这些传统文化，在乡土上生长的优美部分，像那条辰河一样，是沈从文灵感涌流不尽的泉源。

《长河》第一卷，全书十一章，因为章法特别，必须逐章说几句。

一、人与地——这是全书的楔子，写辰河流域的风土，民初起三十年来的变局，把湘西放在中国的衬景里，绘了一幅写意画。

二、秋（动中有静）——写秋红时节辰河中游的小码头吴家坪，从码头到萝葡溪中间的枫树坳，看守滕家祠堂，兼摆渡的老鳏夫昵称“满满”的老水手。书中女主角十五岁乡下姑娘夭夭和她的二姐，也亮了相。

三、橘子园主人和老水手——写满满和萝葡溪首富，橘林主人滕长顺的交情，以及滕家的家人家史。

四、吴家坪的人事——写吴家坪商务会长、土霸保安队长和乡绅滕长顺各自地位，相互关系。

五、摘橘子——黑里俏和枣子脸——黑里俏是夭夭，枣子脸是她二姐，在摘橘子季节的劳作和生活。

六、大帮船队拢码头时——写河运及水手的生活，水手与河街的祖景风情。

七、买橘子——写土霸保安队长，到滕家敲诈，要一船橘子，私运到下游发洋财，被婉拒，气得那土霸要砍橘树，归途碰见了黑里俏的夭夭，土霸动了心，种下了孽因。

八、一有事总不免麻烦——从下游回来的船群，水手纷传“调兵遣将”、“时局有变”；有货运出的会长劳神周年，土霸来找他，会长顺便调解了土霸与长顺的过节。

九、枫木坳——夭夭要去赶场不成，跑到老水手处闲聊，老水手跟她讲城市繁华，她却说舍不得离开橘子树。

十、巧而不巧——土霸偕马弁骑马来到枫树坳，与夭夭撞个正着，他唱情歌、说烂话，挑逗十五岁含苞未放的夭夭，正在风雷险恶之际，夭夭的黑三哥随船回来了，给夭夭解了围。黑三哥是条铁汉子，听说土霸敲诈橘子，怒火冲天的嚷着：“沙脑壳、沙脑壳，我总有一天我要用斧头砍一两个！”

十一、社戏——吕家坪一年一度酬神戏。土霸不看戏，盯住夭夭；

夭夭找老水手说闲话，说了句："好看的应该长远存在"，老水手感慨的说："依我想，好看的总不会长久。好碗容易打破，好花容易冻死——好人不会长寿。好人不长寿，恶徒活千年，天下事难说！"黑三哥接应老水手的话笑着说："我当了天帝，一定要枪毙好多好多人！做官的不好，也得枪毙。"

《长河》第一卷，可以说是全书的布局，才进入主要情节，便临终卷，戛然而止了！

虽然只是全书的序幕，而且是"断简残篇"，但是，依然惹人爱不释手。看得出来，沈从文呕尽了心血，一字一句都精光四射。比《边城》还要充实，而且更深刻、更入微。读他人的小说，要看几十页，或才遇到掩卷赞叹的美，可是读《长河》，从头到尾，却是沁魂的美，因为密度太大、光度太强，以致有睁不开眼睛，喘不过气的感觉。读过《长河》你才知道什么叫"美不胜收"。

《主妇》里的碧碧，《萧萧》里的萧萧，《边城》里的翠翠，都使人难忘，可是与《长河》里的夭夭比，就都逊色了，因为作者写《长河》时，笔特别酣、墨特别饱，而且似乎蓄意要给中国现代小说留下典范，因此那黑里俏的夭夭，不止如见其人，如闻其声，似乎握到她汗湿的小手，听到她喘气的声息，以及心脏的跳动，灵魂的独白。

《边城》是散文诗的画卷，《长河》具有这些、但不止这些，还可听到时代的锣鼓，鉴察人性的洞府，生存的喜悦，毁灭的哀愁，从而映现历史的命运。

那样纯真那样俏，心地柔美得像春蚕，一碰就破的夭夭，总是被放在凶神恶鬼，保安队长的旁边；使美善与丑恶碰头，纯洁与肮脏接触，这是《长河》的迫力和焦点。在《巧而不巧》那一章，当保安队长在枫树坳调戏夭夭的情景，简直是无边的恐怖。

"辰河"流域的男男女女，和中国各地乡下人一样，欲望那么低、那么合理、山河那么美、四季那么准确运行、风俗故常那么合适，他们一无所求，只求过太平日子；事实上他们却一直在战乱中挣扎。试看一个村妇的惶惑："只记起五年前'共产党'来了又走了，'中央军'来了，又走了，现在又听人说'新生活'也快要上来了，不明白新生活是什么样子，会不会拉人杀人。……既真有其事，保不定一来了到处村子又是乱乱的，人呀马呀的挤在一处，要派夫派粮草，家家有份。每天有敲锣通知三点钟村子里开会，男男女女都要去，好开群众大会，好枪毙人！大家都要大喊大叫，打倒土豪、消灭反动分子。这批人马刚走，另外一群就来了，又是派夫派粮草，家家有份。又是开会、杀人……”又：“妇人把话问够后，简单的心断定‘新生活’当真又要上来了，不免惶恐之至。她想起家中床下砖地中埋藏的那二十四块现洋钱，异常不安，认为情形实在不妥，还得趁早想办法，于是背猪笼，忙匆匆的赶路走了，两只小猪大约也间接受了点惊恐，一路尖起声音叫下坳去。”

“新生活”本与兵灾无关，可是不识字的乡下人，竟谈虎色变。

读了这些话，真使人兴起“无言的哀戚”。勤良的老百姓，怎么也得不到太平日子，过自己简单的生活。

抗战前夕的1936年，湘西已经两年没有内战，没有大军过境，没有大股土匪为患，日子像日子，人们生活的兴致也旺起来了，对于无恶不作的保安队长，种种骚扰压榨，都感到大可忍受了，于是吕家坪在那橘子红似火的秋天，大演酬神社戏。男女老幼坐在凄艳的秋光里，吃零食看戏，忘却陈年的灾苦，梦想未来的岁月。《长河》最后一章“社戏”，特别使人心醉。可是就在社戏开锣前，便传来时局有变的凶讯：“我们这地方又要遭殃，不久又要乱起来的，又有枪，又有人，又有后面撑腰，怎么不乱？”这显然是地方性的变乱，而抗日战争的大乱紧接着就要来了。可是，可爱的吕家坪的男女，仍在伏波宫前鸩酣看戏，夭夭仍在作着怎样把橘树园，搬到鹦鹉洲（武昌）的好梦。这一大灾难衬景里的欢乐，成为《长河》全书的主轴。

此外，书中风景之美，人物之活，诗情之浓，所有对《边城》的那些赞赏，都可移在《长河》身上。

选自香港昭明出版社版《中国新文学史》

沈从文杂感

〔日本〕宫原哲雄
高　鹏　译

沈从文在中国，是以 20 年代后半期到 30 年代，以其清新而抒情的作品《边城》、《灯》和《月下小景》等，而博得声誉的作家。其文风被认为是新月派。

他的作品，在日本，通过《现代中国文学全集》(河出书房)、《中国的革命和文学》(平凡社)等。虽然也有所介绍，但是，了解他的作品的人却不多。其名声自然无法与鲁迅相比，同时也低于老舍、巴金、茅盾和郁达夫。但是，我认为仅就其小说，特别是《灯》和《边城》等作品的抒情性和故事性这点来看，理应给予更高的评价。固然，应当承认在他的诸多作品之中的确也有些拙作。不过，此处所写，仅是我平素所感、认识肤浅及不足之处，尚望批评指正。

沈从文，1902 年生于湖南省西部边境称做“镇筸”(民国后改称凤凰县)的山城小镇。他的家庭是当地名流，据说其祖曾任云南昭通镇守使，还任过贵州总督。其父和祖父一样也是军人，但却不甚得意。因此，其父将期望寄托于他和弟弟身上。按《从文自传》所写，他生于那种家庭，为了受到军人子弟的教养，自幼进入私塾，但他却逃避书本，而与大自然为友到处游玩。15 岁时，他加入地方军队，成为一名士兵(实际上由于出身名门而受到优待)，亲身体验了军队生活。因此，幼年与自然的交往和在军队中的生活体验，都给予他在以后作品中出现的对大自然美景的描写，和对野性的赞美带来极大的影响。事实上，他的作品取材于军队生活的为数不少。

他决心从事文学创作这一职业，也是在军队期间。他在军队中认识了姓文的秘书，由于他的一本《辞源》，才开始接触近代文学，并由于某印刷厂工人的书，才引起他对“五·四”以后的白话文的关心。现在，把时间的顺序颠倒过来，首先听听他在接触白话文时说的话。

“这印刷工人使我很感谢他，因为他的一些新书，我虽时时刻刻为人生现象自然现象所神往倾心，却不知道为新的人生智慧光辉而倾心。我从那儿知道了些新的，正在另一片土地同一日头所照及的地方的人，如何去用他们的脑子，对于目前社会作一度检讨与批判，又如何幻想一个未来社会的标准与轮廓。（略）我对新书投了降，不再看《花间集》，不再写曹娥碑，却喜欢看《新潮》和《改造》了。”（《自传》，以下无特殊标记均相同）

在此之前，可以说他的生活只限于军队内部，他是借助于新文学才了解到另一新的世界。“为了读这些新书，知识与权力相比，我愿意得到智慧，放下权力。”他怀着这种愿望，通过文学了解到“我明白人活到社会里应当有许多事情可做，应当为现在的别人去设想，为未来的人类去设想，应当如何去思索生活，且应当为大多数人牺牲，为自己一点点理想受苦，不能随便马虎过日子，不能委屈过日子。”

他最早读到的近代文学是《圣诞赞歌》（A Christmas Carol），《滑稽外史》（Nicholas Nicholby），《奥列佛·退斯特》（即《雾都孤儿》Oliver Twist）等三本书。从中很能够说明他以后的文学创作风格。尽管引文过长，但仍需要引用有关部分。

“或许我所谈及的依然是些陈腐的道理，但是，其中却有使道理包含在现象之中的妙处，我并不想知道道理，我是个倾心于现象的人。我不论见到什么，都不能加以社会的判断并评定其好坏。（略）我只是以会否使自己快乐而加以判断。一直不能使我感到厌倦的就是看一切。不论宇宙万象是移动的或是静止的，我都要抓住其最美丽、最调和的姿态。（略）我不了解所有与人类生活有关的美和丑。换而言之，就是我不理解伦理的美，在接近人生时，我常常具有着艺术家的感情。这绝不是所谓圣人君子的感情。”

以后，他在北京一开始从事创作，就接近了胡适等人的新月派，这一期间的情况，该文已清楚地表明。并且，从此文中亦可看出他的心情完全是一个艺术至上主义者的心情。他是从否定社会或伦理与文学之间的关系来认识文学的。所以，只要考虑一下他写这篇文章的时间，就会发现他的兴趣已经多少改变了。《从文自传》的出版是在 1931 年，当时他作为“落后者”而受到批评。在此之前一年，“左翼作家联盟”成立。同年，他那来到北京的朋友胡也频被杀害。他对待胡也频、丁玲夫妇犹如自家亲人一般，沈一直担心他们的左翼活动太危险，而这一担心已成为事实。他认为“如果使文学附属于经济条件和政治环境，并受其控制，那么，文学就会由于动荡时代的经济和政治而不能独立，那就没有从事文学的必要。”(《记丁玲》)。从文中可以看出，对于抱有否定政治“看一切”的态度而生活的沈从文，该文意味着文学不是为了他人，而纯粹是为了自己。进而言之，他像个读者一般在追寻能够真实评价自己作品的人们。而在某种程度上承认这点的正是新月派这一组织。

沈从文是在接触到新文学后，才对自己以往的生活感到怀疑的，而他从事文学活动的直接起因是某位友人的突然死亡。尽管他在自己的作品中，是那样毫无伤感地描写许多人的死亡，但是，亲密朋友的死亡却给予他莫大的打击。他说：“到能够去的地方去。尽量地去看看未知的世界。把自己的生命做抵押，赌一下试试看，究竟是自己支配自己，比听任命运摆布是好还是坏。”(《从文自传》)。就是这样，才使他考虑到北京去的。

他来到北京，开始了作家的创作学业。这是在 1923 年，他 20 岁的时候。正如他以后所说，在北京他是个“乡下人”，而且“进到了永远无从毕业的学校”(《从文自传》)。由于他始终是个“乡下人”，始终是个“野小子”，尽管当个作家他成功了，但结果却由于他那乡下人的固执而招致了失败。

在北京，他和胡也频、丁玲结识交往，并在胡也频的推荐下得以发表作品的机会。他在 1927 年发表的作品《入伍后》获得好评。之后，陆续发表了《柏子》、《会明》、《丈夫》等作品，从而奠定了作家的地位。他是位非常多产的作家。从 1927 年发表《入伍后》得到公认后，至 1934 年发表了《边城》的数年之间，连续发表了数十篇作品，他那绚丽流畅的笔风，连茅盾也不能不为之惊叹，称赞他是“文字的魔术师”。目前，在日本得到的只是他作品中的一部分，仅将这些作品，按题材分类，大致可分为五种：

（一）取材于他亲身经历过的军队生活。

（二）取材于居住在他的家乡，湖南省西部的少数民族，“苗族”的生活。

（三）取材于小市民的都市生活。

（四）按他的风格改编的童话及传说。

（五）像《从文自传》、《记丁玲》、《记胡也频》等传记文章。

通观其全部作品，可以说是对广阔而优美的大自然的赞颂。这一赞歌流经他的作品深处。在上述分类中，特别是属于（一）、（二）类的作品，这一倾向尤为强烈。比较起来，在（三）类写小市民的作品中，其倾向虽弱，但从中亦可嗅到浓郁的野性——倾心于自然的乡愁气息。分析其作品倾向，仅以他那强烈地追求自然的美这点，就可以把“作家沈从文”，划归为一个艺术至上主义者。

取出这些作品的任何一篇，都令人感到他那无可比拟的豪放情感和丰富的色彩。他用独特的优美文笔，描绘出我们现代人难以想像的未开化的野蛮而神秘世界。只要阅读这些作品，都会欣赏赞同茅盾对他的“妙笔生花的文字魔术师”的评语。在他那些始终令人强烈感到异国情调的作品中，又巧妙地换进近代文学的技巧，在读者面前构筑起与现实世界相隔绝的自我世界，从而一下扣住读者心弦。这一世界是他亲身经历达二十年之久的，自然与野性所统治的世界。在他所描绘的世界中，人类非常朴实单纯，他们毫无激情的死去，简直惧怕对命运的反抗。在这一世界中，死亡是轻而易举，并深受自然所支配的。

描写边境小镇的摆渡老船夫的孙女“翠翠”和该镇名门子弟之间恋爱的《边城》，描写青春焕发的苗族王子的《龙朱》，以及描写该苗族王子的恋爱悲剧的《月下小景》等作品的世界只不过是具有现实性的虚构世界。而且，读者置身其中，只能充当旁观者的角色。不过，一旦为其美丽的文章所吸引，进入这一世界，也就不会出现那样的问题。他所构筑的世界，是一个不容许带入现实问题的世界。而这一世界中的居民，却对自己的这一世界感到满足。这个世界是个完全的，而且是一个仅此而完结的世界，其居民只不过是沈从文所构筑的这一世界中的一个点缀而已。

沈从文向读者展现出一个完全的世界。这只是沈从文个人的世界，而不是我们的世界。他是用自我感觉描绘出能使自己快乐的世界。而读者是否感到愉快，这将不是主要问题。在这个世界里，他度过了幼年和少年时期。这是个对自然的生活充满憧憬的世界。因此，他的这个世界是光明的、健康的，充满着对野性的赞美。在他的作品世界中所展现的人和自然，却是幼年才能看到的光明和健康，这和后来的社会主义文学中所具有的那种对未来希望所表露的光明和健康不同。它非常单纯。这是一种野性的光明和健康。

《边城》等作品的登场人物，大多不具有现实的生活感。人物的感情活动与生活于近代现代的种种制约中的人们迥然不同。他想要描写的不是人，而是自然。在《边城》中，虽然也是描写恋爱，但那种恋爱是他的流派的恋爱，带有作者所虚构的世界的特色，其中，更为广泛地描写了边城的优美大自然和在这自然中的生活。正如作者在《边城》题记中所表白那样："怀着对农民和兵队的不可言喻的爱情"，和对这些朴实的人们的生活方法的共同感情而创作的。所以，他承认"这些作品对于身受城市的教育的知识人是非常遥远的。"，莫如说他是怀着对现代的都市文明的批判和厌恶感情，而写出《边城》的。这和在《龙朱》及《月下小景》中所描写的恋爱一脉相通，是同样地朴实而尽情浪漫。他对野性的赞美，其根源就在于此。对于生活于现代社会的种种限制之中的读者，正当他们为繁杂的社会观念和政治观念而感到厌烦时，沈从文作品中，仅其自然的观念这一点，无疑起到一剂清凉药的作用，诱使人们产生原始般的野性的乡愁。

至于他的一系列描写军队的作品，情况大致相同。由于他经历过军队的现实生活之故，所以，在他的作品中，到处呈现对那些无知而粗犷的下级军人的无限信任和爱慕，以及对他们所生活的自然所授予的温柔目光。在这些作品中，他的学问和知识，不仅没有使作品朦胧不清，而是向人们展现出真正的人性的存在。

与上述的描写边境小镇，描写军队的作品相比，描写居住在都市的小市民的作品，似乎不太成功。以《八骏图》为代表的诸多作品，其数量虽大，但大都缺少对自然和对野性的赞美的主题，因此，还不能形成一个完整的世界。其结果，必然是人物平淡而缺乏亲切感，也不可能把读者引入这一世界。

其中逸射出一线光彩的是《灯》。作品中，他又使惯用的素材——老兵登场。描写了与他自己的身份相仿的知识分子与朴实忠厚的老兵之间的内心交流，从而取得成功。即使他写都市的题材，也只有使军队登场，才能获得成功。仅从这点来看，他的主题必须是野性——大自然。

疲于都市生活的某知识分子，向来访的某女性诉说灯的由来。这是该文题名的由来。作品中出现的老兵的姿态完全是他的军队作品中的军人姿态的再现。作品展现的那些粗野、朴实、细腻的感情，以及蕴藏在内心的形象，绝非是都市生活中所能经历的。其中浮现出力求触及内心世界的作者自身的形象。一旦踏入文章的境界，你就能够和作品中所描写的老兵士一样的人们生活在一起，就不致为无聊的琐事而虚度年华。在作品的世界中，至少能使自身感到满足。可是，现实中的沈从文，也和他所描写的知识分子一样，眼前积着种种烦恼，从而无法使自己的感情更为朴实单纯。在这篇作品中，所流露出对都市文明的批判和厌腻的感情，要比其他作品为多，并以明显的方式展现在读者面前。

虽然，在前面我谈到他接近于新月派。但是，在他和新月派之间，却划着一条明显的界线。之所以如此，是因为新月派对都市文明持有意向性。而沈从文却与此相反，表现出对自然——野性的回归性。那么，人们必然会产生疑问，即为什么他接近新月派？前面我已对此疑问作出回答。即新月派接受了沈从文的艺术至上主义的作品。在当时，能够容忍沈从文的那种厌烦把理论带入作品世界的只有新月派。尽管新月派在都市文明的意向观点上与沈从文格格不入、差距甚大。

如上所述，沈从文作品的最大特点是，在他的作品中，几乎看不到同一时代的作家所共同存在的思想倾向性。或者说，他敢于拒之门外。在他的描绘与丁玲交往的作品《记丁玲》中，可以看到几处颇为明显的否定政治的言论。他认为文学并非必须受到政治和经济的支配。这是艺术至上主义者沈从文的论点。基于这一论点之上，他为了描写一个“优美的，健康的，自然的，而又不违反人性的人生形式”（《习作选代序》)，而致力于构筑起这一世界。

他的这种态度，在以后受到了批判。

抗日战争开始时期，他在西南联大任教授时，仍然坚持反政治主义的言行，并对国共内战也是同样。这从他厌恶与现实保持过于密切的关系的这种态度来看，这是必然的。那么，作为文学者而受到责难，那也是必然的了。这对于渴望描写生活于朴素的大自然中的人们的沈从文说来，视而不见社会和人类的关系的这种观点，使他脱离了现实的人类——人民。

在解放后的中国，他已不从事作家的活动，并且，也没有受到作家的那种高度评价。仅我所知，除去在1951年11月的《大公报》上，分四次刊载了他的长达一万多字题名为《我的学习》的长篇自我批评文章外，只发表过几篇与考古有关的论文。现在对他的情况不详。

本文原文载于日本《咿哑》刊物第三号上，作者经历不详。

原载1982年《文学研究动态》第21期

沈从文的小说

——《中国现代小说史》第八章

〔美〕夏志清
刘绍铭　译

在《凤子》的第十章里，那位“城里客人”看了当地土著的宗教仪式后，就很兴奋的对总爷说：

> 你前天和我说神在你们这里是不可少的，我不无惑疑，现在可明白了。我自以为是个新人，一个尊重理性反抗迷信的人，平时厌恶和尚，轻视庙宇，把这两件东西外加上一群到庙宇对偶像许愿的角色，总拢来以为简直是一出恶劣不堪的戏文。在哲学观念上，我认为神之一字在人生方面虽有它的意义，但它已成历史的，已给都市文明弄下流，不必需存在，不能存在了。在都市里它竟可说是虚伪的象征，保护人类的愚昧，遮饰人类的残忍，更从而增加人类的丑恶。但看看刚才的仪式，我才明白神之存在，依然如故。不过它的庄严和美丽，是需要某种条件的，这条件就是人生情感的素朴，观念的单纯，以及环境的牧歌性。神仰赖这种条件方能产生，才能增加人生的美丽。缺少了这些条件，神就灭亡。我刚才看到的并不是什么敬神谢神，完全是一出好戏；一出不可形容不可描绘的好戏。是诗和戏剧音乐的源泉，也是它的本身。声音颜色光影的交错，织成一片云锦，神就存在于全体。在那光景中我俨然见到了你们那个神。我心想，这是一种如何的

奇迹！我现在才明白你口中不离神的理由。你有理由。我现在才明白为什么二千年前中国会产生一个屈原，写出那么一些美丽神奇的诗歌，原来他不过是一个来到这地方的风景记录人罢了。屈原虽死了两千年，九歌的本事还依然如故。若有人好事，我相信还可从这古井中，汲取新鲜透明的泉水！❶

这一段话，若拿来当一个现代中国作家的“宗教观”来看，虽嫌天真，但其中自有其智慧，与当时的功利唯物思想，恰成一强烈的对照。在这里，沈从文并没有提出任何超自然的新秩序；他只肯定了神话的想像力之重要性，认为这是使我们在现代的社会中，唯一能够保全生命完整的力量。在这方面，他创作的目标是与叶慈相仿的：他们都强调，在唯物主义文化的笼罩下，人类得跟神和自然，保持着一种协调和谐的关系。只有这样才可以使我们保全做人的原始血性和骄傲，不流于贪婪与奸诈。沈从文与他同期的大部分作家另外一个不同之点是，他虽然对资产阶级生活方式的无聊与堕落感到深恶痛绝，却拒绝接受马克思主义乌托邦式的梦想。因为这种乌托邦一出现，神祇就要从人类社会隐没了。他对古旧中国之信仰，态度之虔诚，在他同期作家中，再也找不出第二个。这个古旧的中国，农村的“封建”经济，极少受到现代贸易方式的影响（更不用说其他的现代意识形态了），因此范围越来越缩小了。可是沈从文对此信心不减，而且还能在这种落后的甚至怪诞的生活方式下，找出赋予我们生命力量的人类淳朴纯真的感情来。但沈从文并不是一个一切唯原始是尚的人，更不是一个感情用事，好迷恋过去，盲目拒绝新潮流的作家。虽然他有些作品是可以称为“牧歌”型的，但综观其小说文体，不但写到社会各方面，而且对当时形势的认识，也非常深入透彻。他的作品显露着一种坚强的信念，那就是，除非我们保持着一些对人生的虔诚态度和信念，否则中国人——或推而广之，全人类——都会逐渐的变得野蛮起来。因此，沈从文的田园气息，在道德意识来讲，其对现代人处境关注之情，是与华茨华斯、叶慈和福克纳等西方作家一样迫切的。

❶ 见《神之再现》(《凤子》第十章)，载在北平出版的《文学杂志》一卷三期（1937），P.143 ~ 144。

为了表示他与其他作家的不同，沈从文很喜欢强调自己的农村背景（以别于在大都市受教育出身的作家）。在《习题》里他这样写道："我实在是个乡下人，说乡下人我毫无骄傲，也不在自贬，乡下人照例有根深蒂固永远是乡巴佬的性情，爱憎和哀乐自有它独特的式样，与城市中人截然不同！他保守，顽固，爱土地，也不缺少机警，却不甚懂诡诈。他对一切事照例十分认真，似乎太认真了，这认真处某一时就不免成为'傻头傻脑'。"[1]像其他许多现代中国作家一样，沈从文出身虽然贫苦，但总算是个书香门第，绝非乡巴佬。但他既自称"乡下人"，自有一番深意。一方面，这固然是要非难那班在思想上贪时髦，一下子就为新兴的主义理想冲昏了头脑，把自己的传统忘记得一干二净的作家。第二方面，他自称为"乡下人"，无非是要我们注意一下他心智活动中一个永不枯朽的泉源。这就是他从小在内地就与之为伍的农夫、士兵、船伕和小生意人。他对这些身价卑微的人，一直忠心不贰。

直到他廿岁突然想到北京去读书，准备将来从事写作为止，沈从文的生活，可说与那个当时正受西方精神和物质影响下的中国毫无关系。沈从文 1902 年出生，湘西凤凰人，祖父沈洪富，"22 岁左右时，便曾作过一度云南昭通镇守使。同治二年又作过贵州总督"。他的父亲和叔伯辈都做过军人，但却没有搞出什么名堂来。由于他父亲在他童年的大部分时间中，都驻守在北京，因此对他也疏于管教。他常常逃课，在家乡附近到处游山玩水，也因此看尽了人生和自然百态。有关这一段的生活，他在《从文自传》(这本自传实在是他一切小说的序曲)这样写道："就为的是白日里太野，各处去看，各处去听，还各处去嗅闻：死蛇的气味，腐草的气味，屠户身上的气味，烧碗处土窑被雨淋以后放出的气味，要我说来虽然无法用言语去形容，要我辨别却十分容易。蝙蝠的声音，一只黄牛当屠户把刀刺进它喉中时叹息的声音，藏在田塍土穴中大黄喉蛇的鸣声，黑暗中鱼在水面拨刺的微声，全因到耳边时分量不同，我也记得那么清清楚楚。"[2]

---

[1] 见《习题》,《阿金》(1949 年开明版) P.3 ~ 4。此文原为《从文小说习作选》之序言。

[2] 见《从文自传》(1934 年开明版修正本)，P.21。

13 岁那年，“将军后人”的沈从文，征得母亲同意，进了在当地举办的预备兵技术班。他在班里学不到什么军事知识，却跟一个名叫“藤师傅”的老教头交上了朋友。这个藤师傅好像是一个从侠义小说跑出来的人物，真是十八般武艺，件件皆能，难怪13岁的沈从文，对他敬佩异常。约摸过了两年，沈从文得到当事人的许可，得用补充兵的名义，驻防辰州（沅陵），四个月后又移防到怀化。在这个小乡镇里耽了只不过一年零四个月，他却看过七百个人被砍头。后来，他追随着各个不同的部队散布到湖南、四川、贵州各地方去。除了军职以外，他还做过警察局的文书，管过税务，也做过报馆的校对。

在这一段混迹江湖的日子中（他是湘西沅水上下流船只的常客），沈从文结交了各式各样的人物，如军官、土匪、私娼和舟子。因此小小的年纪，他就已接触过成人世界里情欲、堕落与英雄色彩的一面。在这许多他经历过的事件中，有些看来是非常邪恶的，但换了另一种眼光看，却是人类精神一种美的表现。这些事件，都留给他深刻的印象。后来，在《从文自传》和不少短篇小说中，他就把那些最令他难忘的人物和事件记录下来。《三个男子和一个女人》就是这样的一个故事。一个年纪轻轻的豆腐店老板，在他私恋的女子死了以后，把她从坟墓里挖出来，背到山洞去睡了三天三夜。后来事发，判了死刑，他一点也不后悔，连说：“美得很，美得很”。另外一个例子是《大王》，讲的是一个改过自新的土匪（生平曾亲手杀过两百多个人）在某一司令官处当弁目（保镖），忠心不渝，不料后来因一个女人的牵连，竟给司令官杀了。❶

这一段流浪的岁月，对沈从文后来的写作生活，非常重要，不但因为他可以从此获得不少见识和刺激性的经验，而且，最重要的是，使他增加了对历史感和事实的认识。就由于这种认识，他后来面对左派强迫附和的压力时，也不为所动。中国人民的生活，美的见过了，丑的也见过了，因此，他一开始就能够拒绝接受共产党解释中国社会结构的滥调：封建主义与帝国主义。

❶《三个男子和一个女人》与《大王》均收入金隄和Robert Payne编译的《中国土地》（The Chinese Earth）中。

在这一段流浪期间，沈从文碰到不少因缘际会，也交到了一些对他有帮助的朋友，对他后来从事文学创作的决心，发生过很大的影响。这个时候，他读了林纾翻译的狄更斯的作品，为书中的人物情节着迷（他的构想力与这位英国小说家有若干相像的地方），废寝忘食地读上几个月。上海来的报纸，令他大开眼界，因为里面所载的事，对他完全陌生，是一个“新中国”。

在报馆当校对时（这是他在 1922 年上北京前最后的一个差事），他认识了一个印刷工头，与他同住在一间房子里，并因他介绍，读到许多自五四以来所出版的新书杂志。在此以前，沈从文临过帖、细心地读过《辞源》、更读过古诗古文；可是跟中国的新思想与新文学接触，这是第一次。这可把他迷住了。他苦思了四日四夜后，才把要到北京去上学的决心告诉上司，上司非常鼓励他，还在经济上帮了他的忙。那时他已经 20 岁，而中国现代文学中一个最杰出的、想像力最丰富的作家的生命，就在这时开始。

在北京苦写了两年后，沈从文渐露头角，开始受到英美派胡适、徐志摩、陈源等人的注意。1924 年后，他的文章，常在上述这班人的刊物上发表，即北京《晨报副刊》、《现代评论》、《新月》等。表面看来，这一批英美派教授和学者跟这个连一句英文都不会说的“乡下人”实在没有什么相同的地方。丁玲在 1950 年就这么说过：“沈从文是一个常处于动摇的人，又反对统治者（沈从文在青年时代的确也有过一些这种情绪），又希望自己也能在上流社会有些地位……沈从文因为一贯与新月社、现代评论派有些友谊，所以他始终有些羡慕绅士阶级……他很想能当一位教授。”[1]丁玲的话，当然大错特错，沈从文跟那些教授作家能建立友谊，主要因为意气相投。到了 1924 年，左派在文坛上的势力，已渐占上风，胡适和他的朋友，面对这种歪风，只有招架之力。在他们的阵营中，论学问渊博的有胡适自己，论新诗才华的有徐志摩，可是在小说方面，除了凌叔华外，就再没有什么出色的人才堪与创造社的作家抗衡了。他们对沈从文感兴趣的原因，不但因为他文

[1] 见丁玲《一个真实人的一生——记胡也频》，此文为《胡也频选集》序言（1951 年北京出版），P.17。

笔流畅，最重要的还是他那种天生的保守性和对旧中国不移的信心。他相信要确定中国的前途，非先对中国的弱点和优点实实际际的弄个明白不可。胡适等人看中沈从文的，就是这种务实的保守性。他们觉得，这种保守主义跟他们所倡导的批判的自由主义一样，对当时激进的革命气氛，会发生拨乱反正的作用。他们对沈从文的信心没有白费，因为胡适后来致力于历史研究和政治活动，徐志摩于 1931 年撞机身亡，而陈源退隐文坛——只剩下了沈从文一人，卓然而立，代表着艺术良心和知识分子不能淫不能屈的人格。

沈从文是个勤于写作，不断求进步的短篇小说家。一开始时，他大概还没有体会到写小说原来要顾虑到那么多技术性的东西的。他常常在文体与主题上做各种不同的试验，写了一连串的短篇小说，有好的，有坏的，更有写后连他自己也不知是什么东西的。共产党批评家，看到他这种锲而不舍的精神（慢慢地，他已摸索出一种个人的文体），对当前政治问题避而不谈的态度，不大把他放在眼内，只觉得他是个多产但意识形态幼稚的作家而已。可是，过了几年，他在文坛上的地位越来越重要了。到 1934 年他接编《大公报》文艺副刊时，他已成为左派作家心目中的右派反动中心。从那时开始，到抗战胜利之后，他一直是共产党批判的对象。他被认为是“国民党走狗”，为统治阶级和地主阶级引风拨火。可是，滑稽的是，他在 40 年代间，与政府的关系并不好。对这些莫须有的攻击，沈从文觉得不屑一顾，而他后来的表现，也在证明他是一个真正的艺术家，对自己的作品极有信心。早在 1936 年，他就颇以自己的“落后”为荣了：“两千年前的庄周，仿佛比当时多少人都落后了一点。那些人早死尽了。到如今，你和我爱读秋水马蹄时仿佛面前还站有那个落后的人。”❶

沈从文艺术的成长在最初的阶段缓慢得近乎痛苦。他开始写作时，全凭自己摸索，对西方的小说传统，可说全无认识。由 1924 年到 1928 年间，他为生活所迫，大量的生产小说，把自己丰富的想像力都滥用了。而这几年间，本应是他的学习阶段，他的故事也真像说个不完似的，有关他身边琐事的、学生的、集居沿海各城市中的小资产阶级和

❶ 见《静默》，载《文季月刊》一卷六期（1936 年 11 月），P.1132。

无产阶级生活的、湘西如诗如画的风土人情、苗区的俊男俏女——这一切一切都出现于他的小说中。虽然这些小说，大体说来，都能够反映出作者对各种错综复杂经验的敏感观察力，但在文体上和结构上，他在这一阶段写成的小说，难得有几篇没有毛病的。由于他对现代短篇小说结构没有什么认识，所以沈从文的叙述方法，都是传统性的。这本来没有什么关系，可是，大概是由于缺少正统训练之故，他常出怪主意，在小说中往往不问情由的加插了一大段散文式的按语和噜苏描述。他对西方小说本来不熟，可是看了《阿丽思漫游奇境记》后，就模仿了路易·喀罗的笔法，写了一本名为《阿丽思中国游记》的讽刺性作品。而《月下小景》则是仿照《十日谈》（The Dacameron）所组成的佛家故事，“全部分出自《法苑珠林》所引诸经”（见《月下小景·题记》)。其实，沈从文很早就写得一手好文章，简洁、流畅。可是，大概是为了要补偿不谙洋文的自卑心理，他偏要写出冗长的、像英文“掉尾句”一样的断断续续的句子来。

苏雪林对他这一时期的小说，批评得至为中肯：

> 次则用字造句，虽然力求短峭简练，描写却依然繁冗拖沓。有时累累数百言还不能达出“中心思想”。有似老妪谈家常，叨叨絮絮，说了半天，听者尚茫然不知其命意之所在；又好像用软绵绵的拳头去打胖子，打不到他的痛处。他用一千字写的一段文字，我们将它缩成百字，原意仍不失。因此他的文字不能像利剑一般刺进读者心灵，他的故事即写得如何悲惨可怕，也不能在读者脑筋里留下永久不能磨灭的印象。[1]

上面的评语，用于沈从文的苗族故事上，最恰当不过了。1932年以来，沈从文诚然很少再写这一类的小说，但他既自己选了三个这一类的故事（《月下小景》、《小白羊》和《龙朱》）给翻译成英文（载于金隄和 Robert Payne 编的《中国土地》TheChinese Earth 上），这就表示他实在对这类题材有所偏爱了。照理说，他既常往来于湖

[1] 见苏雪林《沈从文论》，为《沈从文选集》之序言，P.15。

南、贵州和四川之间，他对苗人生活习俗的认识，应该是没问题的了。但这种认识是缺乏人类学研究根据的，不够深入，因此沈从文往往把这些土著美化了。举例来说，在描写苗族青年恋人的欢乐与死亡时，沈从文就让自己完全沉溺于理想主义的境界。结果是，写出来的东西与现实几乎毫无关系。我们即使从文字中也可看出他这种过于迷恋牧歌境界与对事实不负责的态度。且看他怎样介绍他心爱的人物龙朱：

> 郎家苗人中出美男子，仿佛是那地方的父母公全曾参预过雕塑阿波罗神的工作，因此把美的模型留给儿子了。族长龙朱年十七岁，是美男子中的美男子。这个人，美丽强壮像狮子，温和谦驯如小羊。是人中模型。是权威。是力。是光。种种比譬全是为了他的美。其他德行则与美一样，得天比平常人都多。❶

这一段的头二句，简直不知所谓。“像狮”、“像羊”这一类的形容词也是无聊得很。自然，像这一个“坏”的例子，在他的“坏”小说中，也真是个例外。不过沈从文既能写出这种文体来，我们就知道他成熟得多慢了。他卖文为活的生涯，一直到在学校教书时才见好转。1929年，他办的两种杂志（《人间》和《红与黑》）都先后失败，他便受聘到当时胡适做校长的“吴淞中国公学”去教中文。1930年他在国立武汉大学教了一个学期，次年即到青岛大学任中国文学系教授，一直到1934年为止。从1934年到战后，他历任北大和西南联大的中文系教授，后来返回北大。在三十年间，他绰约多姿的文体，已自成一家，不能不使人承认，这是他教学期间，对中文各种文体变化苦心钻研的结果。这几年也是他私生活最快乐的时期，恋爱的成功与婚姻的幸福给他添了新的创作灵感，他常出门旅行，有几次回到家乡去耽了一段颇长的时期，使他与当地老百姓的感情，又重新培养起来。从1930年到1937年间这一段日子，他的写作收获极丰，短篇小说集计有《如

---

❶ 见《龙朱》，《沈从文选集》，P.146。在载于《春》（1947 年开明版）的自修正本里，沈从文把“阿波罗神”四字改为“天王菩萨”，更不伦不类。

蘋集》、《浮世辑》、《八骏图》、《新与旧》、《主妇集》等；中篇小说有《边城》。此外还有两个出色的散文集子（《从文自传》和《湘行散记》）和比较次要的文评、传记文章等。

沈从文既写了这么多的小说，包括的范围又这么广，因此，在我们讨论他个别作品之前，最好先弄清楚他对人生一般的看法。首先，他认为人类若要追求更高的美德，非得保留如动物一样的原始纯良天性不可。他觉得，一个人即使没有高度的智慧与感受能力，照样可以求得天生的快乐和不自觉地得来的智慧。这种看法，当然是道家的和罗曼蒂克的看法。在《会明》这一个早期的小说中（其中有不少累赘啰嗦的片断），火夫会明，在军队里消磨了三十多年，但一点没有气馁，非常心安理得地盼望目前境况之好转。他目前只有一个模模糊糊的希望，希望有一天能住在西部边境一个阔大的森林里。他这个梦想是从都督蔡锷一次训话得来的，蔡将军说要开发西北，在那里驻军队，一面垦辟荒地，一面生产粮食。别人常戏弄他的"呆处"，可是他不以为意，照样抽他的旱烟，梦想着树林。为了要打军阀和打反革命，会明随同军队，移到前线去。他觉得，仗既然要打，最好就赶快动手，因为一到了夏天，尸体就容易发臭。可是一连等了几天都无动静，他就到离驻防处不远的一个小村落去买点补给品，顺便就和村民聊起来。有一次，村里有个人送了一只母鸡给他，他带回帐篷来了。自此以后，喂母鸡，等候母鸡生蛋给了他一种前所未有的快乐。没多久，二十只嫩黄乳白的小鸡孵下来了。就是这样每天忙着照料小鸡，他连要住在边陲森林中的梦也忘了。后来和议局势成熟，会明随军队撤回原防地：

> 在前线，会明是火夫，回到原防地会明也是火夫。不打仗，他仿佛觉到去那大树林涯很远，插旗子到堡上，望到这一面旗被风吹的日子还无希望。但他喂鸡，他细心的料理它们，多余的草烟至少能对付四十天，他是很幸福的。六月来了，这一连人没有一个腐烂，会明望到这些人微笑时，那微笑的意义，是没有一个人明白的。❶

❶ 见《会明》，《黑夜》（1949 年开明版），P.16。

在这一个简单的故事中，我们不难从会明对那些小鸡自然流露出来的开心与快乐，看出沈从文对道家纯朴生活的向往。会明不但是个华茨华斯诗中的人物，而且还是个永恒不变的"中国佬"（Chinaman），对土地长出来的智慧，坚信不移，又深懂知足常乐的道理，使自己的生活，不流于卑俗。更能表达这种纯真与自然的力量的，是《萧萧》（1929 年初稿，1935 年修订）。在中国内地贫穷的区域里，常有"童养媳"这种风俗。萧萧是个孤儿，12 岁嫁到农家时，"小丈夫"才 3 岁，还在吃奶。依地方规矩，"过了门，她喊他弟弟。她每天应作的事是抱弟弟到村前柳树下去玩，饿了，喂东西吃，哭了，就哄他"。到 14 岁时，萧萧已经发育成熟，帮工中有名叫花狗者，靠唱山歌和花言巧语骗了她的身子。没几个月后，萧萧肚皮渐大，花狗就弃她而去。萧萧急起来了，到庙里许愿，吃了一大把香灰，又常常到溪里去喝冷水。但这些方法都没有用，腹中的孩子，还在慢慢长大，终被家人发觉了。于是她婆婆家的祖父就请了萧萧的伯父来，商量是否要依规矩沉潭淹死，或卖给人家作妾。伯父不忍把萧萧沉潭，萧萧也只好在丈夫家中住下，直等到有主顾来看人再走：

这件事既经说明白，倒又像不怎么要紧，大家反而释然了。先是小丈夫不能再同萧萧在一处，到后又仍然如月前情形，姊弟一般有说有笑的过日子了。

丈夫知道了萧萧肚子中有儿子的事情，又知道因为这样萧萧才应当嫁到远处去。但是丈夫并不愿意萧萧去，萧萧自己也不愿去，大家全莫名其妙，像逼到要这样做，不得不做。

在等候主顾来看人，等到十二月，还没有人来。

萧萧次年二月间，坐草生了一个儿子，圆头大眼，声响宏壮，大家都把母子二人照料得好好的，照规矩吃蒸鸡和江米酒补血，烧纸谢神。一家人都欢喜那儿子。

生下的既是儿子，萧萧不嫁别处了。

到萧萧正式同丈夫大拜堂圆房时，儿子年纪十岁，已能看牛割草，成为家中生产者一员了。平时喊萧萧丈夫做大叔，大叔也答应，从不生气。

> 这儿子名叫牛儿，牛儿十二岁也娶了亲，媳妇年长六岁。媳妇年纪大，方能诸事作帮手，对家中有帮助。唢呐吹到门前时，新娘在轿中呜呜的哭着，忙坏了那个祖父，曾祖父。
>
> 这一天，萧萧抱了自己新生的月毛毛，却在屋前榆蜡树篱笆看热闹，同十年前抱丈夫一个样子。❶

萧萧的身世，使我们想到福克纳小说《八月的光》里的利娜·格洛芙（Lena Grove）来。两人同是给帮工诱奸了的农村女，可是两人人格之完整，却丝毫未受侵害。由此看来，沈从文与福克纳对人性这方面的纯真，感到相同的兴趣（并且常以社会上各种荒谬的或残忍的道德标准来考验它），不会是一件偶然的事。他们两人都认为，对土地和对小人物的忠诚，是一切更大更难达致的美德，如慈悲心、豪情和勇气等的基础。萧萧所处的，是一个原始社会，所奉信的，也是一种残缺偏差的儒家伦理标准。可是，事发后，她虽然害怕家庭的责难和惩罚，但这段时间并不长，而且，也没有在她身心，留下什么损害的痕迹。读者看完这小说后，精神为之一爽，觉得在自然之下，一切事物，就应该这么自然似的。

像萧萧这样的女孩子，纯洁无邪，事事对人信任，常在沈从文的小说出现。在《三三》中，与题目同名的女主角，自那位从城里来的青年人因肺病死后，就觉得很伤心，对他怀念不已，因为有一段日子，这位青年是她念念不忘的人。《边城》的女主角翠翠，是个老舟子的孙女儿，每天都耐心地等着那个情歌唱得像竹雀一样好听的、但却爱闹脾气的"青年人"回来。可是，三三与翠翠却不同于萧萧。萧萧的自我意识是潜伏着的，而这两位乡下姑娘却是初恋的代表，内心充满了渴切的情怀和希望。但也仅止于希望而已，因为她们的爱情，永远得不到成人的满足。

如果我们可以把沈从文的小说世界分成两边，一边是露西（Lucy）形态的少女（如三三、翠翠），那么另外一边该是华茨华斯的第二种人物：饱经风霜、超然物外，已不为喜怒哀乐所动的老头子。《生》（1933

❶ 见《萧萧》，《新与旧》，P.27～28。

年）所描写的，便是一个在北京城什刹海杂戏场内玩傀儡的老头子。他今年已六十多岁了，手上只有一对傀儡，一名王九，一名赵四，表演摔跤。这老头生意显然不好，因为他在表演时，还要躲躲闪闪的，希望能避过收小摊捐的巡警。故事的背景，相当热闹，可是故事的本身，却仅是一篇平凡的写实人道主义作品而已，只有到结尾两段时，我们才进入了老头子的内心世界：

> 他于是同傀儡一个样子坐在地下，计数身边的铜子，一面向白脸傀儡王九笑着，说着前后相同既在博取观者大笑，又在自作嘲笑的笑话。他把话说得那么亲昵，那么柔和。他不让人知道他死去了的儿子就是王九，儿子的死乃由于同赵四相拼也不说明。他决不提这些事。他只让人眼见傀儡王九与傀儡赵四相殴相扑时，虽场面上王九常常不大顺手，上风皆由赵四占去，但每次最后的胜利，总仍然归那王九。
>
> 王九死了十年，老头子在北京城圈子里外表演王九打倒赵四也有了十年，那个真的赵四，则五年前在保定府早就害黄疸病死掉了。❶

这一个文字要言不繁的结局，把整个故事提升到很高的一个境界。老头子不断的把他儿子与赵四相拼的一段往事，以演傀儡戏的手法重演出来，使人更觉得他孤寂之中带有一种伟大，如华茨华斯两首名诗里的老人迈格尔（Michael）和捞水蛭者（Leech Gatherer）一样。

在《夜》这个故事里，沈从文颇有点悠然自得地记述这件往事：有一次，他和军队里四个伙伴出差时迷了路，投宿到一个老头子的家里。晚上这五个大兵轮流讲故事时，老头只是静静的听着，仿佛满怀心事似的。后来他们迫着他也说一故事来凑兴时，他说没有什么故事可讲的：

> 可是，说来说去天已亮了，荒鸡在远处喊了，我把故事说完

❶ 见《生》，《沈从文选集》P.50。

时，几个听故事的同伴已无心再谈故事，大家皆要打盹了。我独显得精神十足，极恳切的要求老人家的话语。我要多知道他怎么就成了他的过去。老年人望了火堆一会，望到四个兵士皆低头无语，就说："我到我房里去看看，你若一定要故事，你随了我来。"我当真跟到他走去，他开了锁，我欢喜极了。我以为他一定有许多宝物在房中，并且一定还得传授我什么秘法同兵书，因为我从他的神气上看得出他那种不高兴人间世的样子，我觉这真正隐者的态度可以原谅，恭恭敬敬的跟到他后面，进到那小房里。

可是使我失望极了。房中除了一些大小干果坛罐，就是一铺大床。这里床上分分明明的是躺着一个死妇人。一个黄得黄脸像蜡，又瘦又小，干瘪如一个烤白薯在风中吹过一个月的样子的死人。

我说，"这是怎么，你家死了人！"

他一点不失却见时态度，用他那忧郁的眼色对我望着，口中只轻轻的叹了一口气。

我说，"这究竟是什么要紧事，我不明白！"

"这是我的故事，这是我的一个妻，一个老同伴，我们因为一种愿心一同搬到这孤村中来，住了十六年，如今我这个人，恰恰在昨天将近晚饭的时候死去了。若不是你们来我就得伴她睡一夜。……我自己也快死了，我的故事是没有，我就有这些事情，天亮了，你们自己烧火热水去，我要到后面挖一个坑，既然是不高兴再到这世界上多吃一粒饭做一件事，我还得挖一个长坑，使她安静静的睡到地下等我。……"

当这故事的作者和他的伙伴离开时：

我听到一个锄头在屋左边空地掘土的声音，无力的，迟钝的，一下两下的用铁锹咬着湿的地面。❶

这故事结构相当松懈（因为非此不能把几个不同的故事串在一

❶ 见《夜》,《沈从文甲集》（上海，国光，1930），P.322 ~ 324。

起），也是沈从文小说中较弱的一个。可是在故事末段时，这老人留下给我们的印象，实在令人难忘。而且，这老人更代表了人类真理高贵的一面：他不动声色，接受了人类的苦难，其所表现出来的端庄与尊严，实在叫人敬佩。相较之下，叶慈因自己老态龙钟而表现出来的愤懑之情，以及海明威短篇小说《一个干净明亮的地方》中那个患了“空虚感失眠症”的老头子，都显得渺小了。

天真未凿，但快将要迈入成人社会的少女；陷于穷途绝境，但仍肯定生命价值的老头子——这都是沈从文用来代表人类纯真的感情和在这浇漓世界中一种不妥协的美的象征。这个世界，尽管怎样堕落，怎样丑恶，却是他写作取材时唯一的世界：除非我们留心到他用讽刺手法表露出来的愤怒、他对情感和心智轻佻不负责态度的憎恨，否则我们不会欣赏到小说牧歌性的一面。对左派批评家和读者的指责（说他只是一个以娱乐别人为目标的文体家），沈从文非常冷静的答辩道：“你们能欣赏我故事的清新，照例那作品背后蕴藏的热情却忽略了；你们能欣赏我文字的朴实，照例那作品背后隐伏的悲痛也忽略了。”[1]沈从文对人类纯真的情感与完整人格的肯定，无疑是对自满自大、轻率浮躁的中国社会的一种极有价值的批评。这种冷静明智的看法（vision），不但用于浑朴的农村社会适当，用于懒散的、懦弱的、追求着虚假价值的，与土地人情断绝了关系的现代人，也很适宜。

在沈从文描写现代都市生活的小说中，讽刺性越明显的，越不成功。此无他，他说教说得太明显之故也。但其中也有几个写得很好的，把现代中国的病态一针见血的写了出来。1937年刊出的《大小阮》就是一个例子。大阮是个拘谨的人，过的是旧派士大夫阶级的生活，颇懂得享受，最后竟回到母校去当院长。小阮则是个机会主义者，性情冲动，说是为了追求革命利益而过着出生入死的生活，最后死于狱中。对小阮这种“烈士行为”的看法，沈从文尽量避免采取任何党派立场，既不称赞，也不反对。他对中国这种革命青年的态度，颇像英国批评家兼诗人马修·安诺德对浪漫诗人的评价一样：他们的热心和勇气都够了，可是懂的却不多。

[1] 见《习题》,《阿金》, P.5。

沈从文在中国文学上的重要性，当然不单止建筑在他的批评文字和讽刺作品上，也不是因为他提倡纯朴的英雄式生活的缘故。他对现代中国文学和生活方式的批评，固然非常中肯，非常有见地；他对人类精神价值的确定，固然切中时害——但造成他今天这个重要地位的，却是他丰富的想像力和对艺术的挚诚。我们若把他早期的小说，拿来和它们后来的改正本（沈从文是现代中国作家中唯一有改写习惯的一个），或者其他 30 年代的成熟小说，互相比较一下，那么，令我们感到惊异的，不单是他艺术方面的成长，而且还有忠于艺术的精神。在他成熟的时期，他对几种不同文体的运用，可说已到随心所欲的境界。计有玲珑剔透牧歌式的文体，里面的山水人物，呼之欲出；这是沈从文最拿手的文体，而《边城》是最完善的代表作。此外还有受了佛家故事影响的叙述体，笔调简洁生动。最后值得一提的是他模仿西方句法成功后的文体（他早期也模仿过，但不成功，这点我们在前面提过了）。他对这种文体的处理，花了很大的心机。我们试拿他的《主妇》（1936）做例子。这故事写的是一个结婚三年的女人，一天早上起来，在床上胡思乱想：

> 一朵眩目的金色葵花在眼边直是晃，花蕊紫油油的，老在变动，无从捕捉。他想起她的生活，也正仿佛是一个不可把握的幻影，时刻在那里变化，什么是真实的，什么是最可信的，说不清楚。她很快乐。想起今天是个希奇古怪的日子，她笑了。
>
> 今天八月初五。三年前同样一个日子里，她和一个生活全不相同性格也似乎有点古怪的男子结了婚。为安排那个家，两人坐车从东城跑到西城，从天桥跑到后门，选择新家里一切应用的东西……正同姊姊用剪子铰着小小红喜字，预备放到糕饼上去，成衣人送来了一袭新衣。“是谁的？”“小姐的。”拿起新衣跑进新房后小套间去，对镜子试换新衣。一面换衣一面胡胡乱乱的想着：
>
> ……一切都是偶然的，这一时或此一时。想碰头太不容易，要逃避也枉费心力。一年前还老打量着穿件灰色学生制服，扮个男子过北平去读书，好个浪漫的想像！谁知道今天到这里却准备

办新娘子，心甘情愿给一个男子作小主妇。❶

以上的事，都是在这女主角的脑海中发生的。为了要捕捉一个人在回忆时各种流荡飘忽的印象和感受，沈从文的句法，显然受了西方现代小说家的影响。

当然，沈从文的文体和他的“田园视景”是整体的，不可划分的，因为这二者同是一种高度智慧的表现，一种“静候天机，物我同心”式创造力（negative capability）之产品。能把一棵树的独特形态写好、能把一个舟子和一个少女朴实无华的语言、忠厚的人格和心态历历勾划出来，这种才华，就是写实的才华。虽然沈从文受了自己道德信念的约束，好像觉得非写乡土人情不可，我个人却认为，最能表现他长处的，倒是他那种凭着特好的记忆，随意写出来的景物和事件。他是中国现代文学中最伟大的印象主义者。他能不着痕迹，轻轻的几笔就把一个景色的神髓，或者是人类微妙的感情脉络勾划出来。他在这一方面的功夫，直追中国的大诗人和大画家，现代文学作家中，没有一个人及得上他。在《逃的前一天》、《山道中》以及许多短篇小说和长篇小说的无数片断中，我们都可以找到表现了沈从文高度印象主义写作技巧的例子。

沈从文的小说中，我打算拿出来做最后一个例子的是《静》，因为在这短短的十多页里，我们可以看到他艺术上各方面的成就——他描写情景的印象派手法和他对处于战乱忧患中的人类尊严的关心。故事讲的是一个饱经离乱之苦的家庭，男的在军中，女的带着儿女疏散到一个小镇去暂住，等候三个男人的消息和接济。母亲肺病咯血，得躺在床上养病。大女儿和媳妇到外边求神问卜去了，丫头翠云在洗衣服。春天的日子极长。全家中比较从容自由的只有十五岁的岳珉和她的小侄儿北生（五岁）。因为年纪的关系，他们没有完全给家庭所处

❶《主妇集》（香港，建文书局，1959），P.2～3。（作者案：这段文字，是刘绍铭译本章时加引的，因为国内读者看不到这篇小说。不妨再引《主妇》首段，该段文字更代表沈从文运用西方句法的圆熟：“碧碧睡在新换过的净白被单上，一条琥珀黄绸面薄棉被裹着温暖身子。长发披拂的头埋在大而白的枕头中，翻过身时，现出一片被枕头印红的小脸，睡态显得安静和平。眼睛闭成一条微微弯曲的线。眼睫毛长而且黑，嘴角还镶了一小涡微笑。”

的窘境困住。而沈从文这篇美丽动人的小说，就是环绕着这两个人身上发生的。

故事开始时，岳珉正在后楼顶晒台上看风筝，没多久，北生就爬着楼梯上来了。从晒台望开去，是一大片春意，“河对面有一个大坪，绿得同一块大毡茵一样，上面还绣得有各样颜色花朵。”楼下的房子，本来就昏暗得发霉，更加上一个抱病的老太婆，所以，若非到这晒台上来，这两个小孩是难得看到这些春天的景色的。难怪北生一看到小河旁边“……有三匹白马，两匹黄马，没人照料，在那里吃草，从从容容，一面低头吃草一面散步……就狂喜的喊着：‘小姨，小姨，你看！’小姨望了他一眼，用手指指楼下，这小孩子懂事，恐怕下面知道，赶忙把自己手掌捂到自己的嘴唇，望望小姨，摇了一摇那颗小小的头颅，意思像在说：‘莫说，莫说。不要让他们知道！’”❶

但最需要阳光、春风、绿草坪和那“又青又软”的小河的，却是岳珉。在这苦闷的沉寂中，她想到许多自己的问题，特别是到上海读书的愿望。她看着一个小尼姑从小庵堂里出来到河边去洗菜和洗衣服，自己也觉得快乐了一阵子。可是不多久，那种闷人的静寂又回来了。她回到房间去看她母亲：

> “你咳嗽不好一点吗？”
>
> “好了好了，不要紧的，人不吃亏，我自己不小心，早上吃鱼，喉头稍稍有点火，不要紧的。”
>
> 这样问答着，女孩便想走过去，看看枕边那个小痰盂。病人明白那个意思了，就说：“没有什么。”又说：“珉珉你站在那边莫动，我看看，这个月你又长高了！简直像个大人了。”
>
> 女孩岳珉害羞似的笑着，“我不像竹子吧，妈妈。我担心得很，15岁就这样高，不好看。人长高了要笑人的。”❷

岳珉的姊姊和嫂嫂下课回家后，家里几个人又聊起来。到了傍晚，

❶ 见《静》，《黑凤集》（1943年开明版），P.40。

❷ 同上。P.46。

岳珉又上晒楼去了，既不是为看风筝，也不是为看新娘子骑马过渡，她只在栏干边傍看，眺望到一切远处近处，心里也慢慢的平静下来。下楼后，母亲、嫂子和姊姊三人都睡了，北生也不知在什么时候坐在地下小绒狗旁睡着了。在厨房里，翠云丫头正偷偷地用无敌牌牙粉，当作水粉擦脸。这个时候，岳珉突然听到隔壁有人拍门，心便骤然跳跃起来，以为是爸爸和哥哥回来了。

可是，没多久，一切又重归静寂。岳珉不知道她那个在军队里做事的爸爸，已经殉职了。

沈从文的后记，只有一句："为纪念姊姊亡儿北生而作。"由此可见故事中，都与作者亲人有点关系，这点我们可从他流露于文中那份含蓄而亲切的感情看出来。但是即使我们不知道作者的生平，对我们欣赏这故事一点也没有妨碍。因为沈从文在这篇作品中成功地营造了一种静穆的气氛，一种由各主角无援无助的心境衬托出来的悲情：她们虽然勉强地说些轻松的话，却一样难遣忧怀。这种悲伤的气氛，从这家庭住的昏暗屋子与屋子外无边的春色比对中，最容易令人感觉出来。晒楼上所看到的各种细节——小河、草坪、风筝、马匹、小尼姑和新娘子——在故事中都各别变成了自由和幸福的象征，远离这个逃难家庭之外。除沈从文外，30 年代的中国作家，再没有别人能在相同的篇幅内，写出一篇如此富有象征意味、如此感情丰富的小说来。

选自 1979 年 9 月香港友联出版社版《中国现代小说史》，
夏志清著，刘绍铭等译。英文原版 1961 年
美国耶鲁大学出版社初版。

与沈从文会见记

〔美〕许芥昱
李国威　译

许芥昱先生一家四人，于1973年漫游中国大陆，回美后著成不公开发行的《故国行》（英文）一书。本文为其中之一章。

“我始终受到保护，也获得很好工作机会。”他一坐到我的房间的椅上，就先说出这第一件事。现在，他把蓝色尖顶帽子除下了，露出他那鬓发全灰却未秃光的头。他的双颊，在40年代相当平坦的，现在却是饱满得很，当时他在中国西南部的昆明，教导过我如何写短篇小说，而他的眼镜也从金属架的变成半玳瑁边的了。“还是老样子，”他说：“近视，我一直都是，就算到了71岁半的年纪，也丝毫没有改变。”他笑了起来，比我以往所习惯的敏感、端凝、而且带点闪烁的浅笑，就更见其开朗和坦诚了。

他的运道一定很不错，想想，重门深锁的故宫博物院，藏有数以千计的艺术珍品，而手握钥匙的仅有沈从文和他亲手训练的一两名助手罢了。华中地区河南、华西的四川，以及接近他老家湖南凤凰县的地方，出土了无数文物。他把古代中国的神秘外衣从这些物品上轻轻褫去。

“现在我们设计了一个万无一失的工作方法，绝对不会出错，每一件文物都跳不出这个方法的掌心。这就像是填字游戏一样，纵横两道都填上了之后，一个个谜底都给露了出来，那感觉是近乎神奇的。”他再次笑了起来，揉搓着双手，充满童真的兴奋与欢乐。我体会得到，他一定热爱触摸那些一千、一千五百年前埋葬的陶器的裂缝，腐旧的丝绸碎片。“你看，一块丝绸，是我们由汉朝坟墓中发掘出来的，”他用大拇指与食指构成一个正方形。“我们拿它的织线与图表中的样本比较，可立即确定它的性质，以及生产的时期与地区。再拿编织的方法同另一个图表对照，就可推断出织工的身份，甚至借此确定穿衣人的身份。还有图案，噢，对了，图案是最宝贵的资料。由于历史上每一阶层的贵族都有独特的装饰图案，一针一线都可追寻，这都是最可靠的说明和证据……”

“可是，话得说回来，你们如何拟订那些方法及图表？”

“这是研究的累积，长期综合古代文献、历史及考古学资料的结果。目前仍在累积之中，每一件研究过的物品，可以构成整个拼图的一部分。例如，我们现在拥有一千多个分析仔细的图像，每个细微部分都告诉我们那个时代人民的一些特殊生活方式。马衣及马鞍图表告诉我们，在历史上某一段时间，谁以什么身份作战或谁在一次狩猎行程中做了什么事。根据衣服我们填补了正史中留下的空隙，使旧小说及故事的人物获得生命；根据马鞍，我们认识古代中国的战争；根据颜料，我们发现中国化学技术运用的奥秘……真美！”就像一个刚蒙上帝恩宠的虔诚教徒一样，沈从文，这个曾经显赫一时的短篇小说及长篇小说作家，脸上充满喜悦的光芒。他那兴奋的声音滔滔不绝，告诉我他过去二十年来泰半时间浸淫于丝绸研究中，初步总结的资料，已经填满三部巨著，在1959年出版。由1959年到现在，他完成了对唐宋两代古镜、战国时代漆器的研究及初步草稿，另外完成一部中国玻璃历史发展的研究，一部古代翡翠研究，一部中国陶马及一部狮子雕刻进化的研究，又完成一部中国手工艺历史的著作，以及一部洋洋二十四万言，附有四万幅插图的中国服装研究巨著。这些作品许多已经出了试行本，但他并不认为任何一部可以作最后定本。解放后，他在故宫博物院里，以非常特别的研究员身份，完成这一切工作，有优厚的薪酬，无限的研究基金，以及不受政治运动风潮的影响。最后一点无疑给他提供了珍贵的工作机会。同时由于他是全国政协的要员，始终受到不寻常的保护。

可是，他的短篇小说呢？

“我最后所写的东西是 1962 年的几首诗，当时我和其他几位作家在江西革命圣地井冈山一处风景区，准备写部小说，才过了一百多日。我们原定在那儿逗留三年。”

“那一年，你没有写过其他东西？为什么逗留不够三年？”

“我总算写了一点东西。内容涉及一位革命烈士，她同我妻子娘家有点渊源。她出身于大家庭。后来我发现自己无法写下去，就离开那儿，将未完成的草稿毁掉。”

“可是，为什么？你不是写过、出版过数十篇成功的故事及小说吗？”

“那是过去的时代了。现在小说要求的内容不同。我写不出来。”

“不，你是可以写的。你曾经教导过我如何写作，三十年了，有一天我到昆明校园外你的房间探望你，你所说的每一句话我都记得。你曾邀请我在那一年夏天，到你郊外的房子去，和你一起，什么也不做，只是写作；可惜我要返回成都探望我的父母。那时候你告诉我永远不要失去写作的冲动。你说：‘其他东西，无论怎样困难，都可失而复得。可是，写作的冲动就像生命一样，一去不返。’是不是这个问题已经发生在你身上？”

“有人叫我写过，不止一次。1962 年不过是其中一次。可是时代已转变了，我再没有写作所需的生活经验。”

“你有，是的，你有，比我们大部分人还要多。想想你所经历的事情……”我勾起了他的回忆：1902 年 11 月 29 日出生，1922 年与丁玲、胡也频结伴，在北京开始写作，当时只有他们是职业性作家；1927～1930 年，中国历史上最动荡的时期，在上海教授创作；其后在武汉逗留一年，青岛两年……

“在武汉大学与青岛大学，我和文学院院长闻一多共同工作。江青（毛泽东妻子）当时是青岛大学图书馆的管理员。”沈从文说。

由 1933 年开始，他返回北京，担任大公报文艺版编辑，并从事短篇小说创作。大公报是当时最有影响力的日报。在沦陷前夕，他追随大学的逃难行列，到了云南的昆明。我在那儿遇见了他，跟随他学习。

“那时候，你经常穿着黑色的长袍，”我代他回忆，一直尝试把他带回往昔创作的日子里。“你留长头发，以当时一般的标准，算是很长了；你的眼镜是金属边。你租住的房间刚好面对城墙内的狭窄街道，城墙外有一条壕沟，每天我们都要经过城墙返回校园，房间比现在这个细小，在楼上，前后有窗。每一次我到那儿和你见面，你把房中唯一的椅子让给我坐，而你就坐在硬板床的边缘，手肘搁在前窗下的小桌子上。我们可以听见卖小食的人，在种满尤加利树的街道上叫卖。”

“那些日子是美好的，对不对？”他说。好一会，他侧躺了身子，让灰色的头发贴着椅背的垫子，眼睛仰视着空白的天花板。这时刻，他让自己神游于织线、丝绸及颜色图案之外。

“你一定记得那篇文章，你从我手里把它拿走的，然后瞒着我，替我选择了笔名，刊登在报上。就是那篇批评卞之琳的新诗集《鱼目集》的论文。文章里面有些争论性的句子，引起卞之琳的注意，他毫不犹疑，向我表达了他对那个批评他诗集的莽撞年轻人的感想。我想那个笔名，不能瞒倒任何人吧！”

“卞一向喜欢隐晦，比我们更甚，”他笑了。

“在我 1945 年 4 月离开了中国，此后你做些什么事情？”

“我随大学迁回北京，在北京大学教授写作，同时在辅仁大学兼课。解放后，辅仁改组成为现在的人民大学。新大学的行政中心已经同我续约，但我决定及时引退，不再向学生灌输发霉的东西。他们现在需要不同的指引，我不能误人子弟，叫他们用落后的马车去走超级公路。”

“我明白你当时的感想，但我不同意你的推论方式。先别管它，你放弃了教书工作之后做些什么呢？立即开始研究中国古代文物？”

“十二位老资格的大学教授，拿黑板交换故宫博物院内开放的腐旧文物——呀，这种推论方式你又会不喜欢了，可是你不明白这些古物的挑战。在 1950 年，我们十二个人开始研究像洪水一样由中国各地涌进来的资料。渐渐，不够几年，他们十一个人都返回了他们的教书岗位，留下我独个儿看守古物。”

“他们怎样了？我是说，那些作家，你的同代人？”

我一直尝试把他诱导回他的创作生涯里去，免得他滔滔不绝的再谈上半小时那些丝袍与金线的故事；告诉我那些“盲眼”专家怎样用手把它们拆解，因为它们太纤幼了，毕竟非肉眼所能看见，得用触觉代替视觉。

“你是说丁玲她们？”他来到酒店后已经提过丁玲两次，现在又提起她了。我回想到沈从文与丁玲一起度过的年轻日子，以及她一些特别影射沈从文的作品。“她还不错，在黑龙江。我最后一次见她，是在1964年她前来参加文化工作者代表大会的时候。”

“在黑龙江什么地方？”

“不晓得。不过，我上次见她，她的精神和健康都很好。像她这样的人，生活得还好，你无须担心。”他说话的坚决语气，使我想起了袁可嘉脸上的笑容，那时候我向袁问及田间与艾青的下落，他只是笑笑，一句话便打发了我的问题：“这你倒用不着担心，他们还好。”

随后沈从文提到一堆名字，都是30与40年代雄霸中国文坛的作家。几位上了年纪的研究文学的学者和教授，他们仍旧活着，与外文研究所所长冯至一起，居住在北京东南区的一座大院子里，我到那儿拜访过。“从事文学工作的人，似乎死得比较早呀！”他开列了一张短名单后，叹道。

“是不是因为他们个性太敏感，所以生存意志薄弱了？”

“也不全是。看看我，72岁了，还活得不错。”

“你的样子比以前健康得多了，更加强壮。”

“巴金住在上海。”他说。

“我后悔两星期前在那里的时候不知道，不过我会记着下次，六月到那里时，去拜访他。他仍在写作吗？”

“一点点。你晓得他是作家协会上海分会的主席。我偶尔也有同他见面，而且通讯联络。他很好，你到上海时，向旅游社的接待处申请；他们认识他，一定的，他们会安排你和他见面，就像安排你和我一样。”

在今日的会面之前，我曾按照接待员给我的地址，写了两封信，寄给故宫博物院的沈从文。故宫博物院离我居住的酒店不过十分钟的步行路程。接待处的同志鼓励我自己写信，他们说，这方法比他们替我联络这些人更快。我猜他们的意思是，我可以自行联络，无须通过他们。两个星期后，沈从文写了一封客气的回信给我，简述他的工作状况，并建议我通过接待处的人，安排一次会面。“那样最方便，”他在信末写着。我将这件事再次交给接待处同志处理。又一个星期过去，然后我们在这里，面对面的坐在我酒店的房间中。

我将自己经历的始末向沈从文略为叙说，并要求他留下住址，好让我下次可以去看望他。“我想都没有想过你会亲自来这里；论情论理，我是你的学生，应该到府上拜候。”

“过去的师生关系已经没有意义。现在你是宾客，我应该来见你。你无须要我的住址。如果你要再见我，就用同样的方法：向接待处的同志申请。你认识楼下的刘同志，他是北京大学毕业生，应该很方便。”

“可是我希望看看老师的生活情形，”我表示不同意。

他没有理会我的坚持，只是简单的说说他的日常生活。他夫人张兆和是《人民文学》的编辑（我想起来了，臧克家的夫人也是。）他两个儿子，都已成家立室，加入全国工业大队，研制机械用具。“如果他们仍走我的路，才真的后悔哩，”沈说。“他们倒不缺乏教育，”他急忙补充：“虽然他们中学毕业之后立即投身工厂，但读书成绩很好，古典文学修养也还不错。这些年轻人博览群书，写作也不坏。”他两位媳妇，也是工厂工人。

他在不久之前，才开始大多数时间留在家里工作，地址却不愿意向我透露。是不是因为他为了参考材料的方便，而他所处理的东西太珍贵了，所以不想在家里接待宾客？他提到将家里所有翡翠及珍贵收藏品捐给博物院，其中包括一批价值连城的古代中国纸张，约有六百多种，有些年代湮远上达宋代。“将个人的收藏品捐给政府让人民分享，是一件好事；问题是现在每一件物品都被锁起来，即使是我最好的朋友，也不能进去看看那些过去放在我家里的东西，更不要说拍照了。不方便的地方就在这里。”文化大革命之后，博物院仍然关闭。有些人说，其中几间博物院，可能在今年 10 月 1 日开放，但无人知道确实的情形。

他在书桌旁度过大部分时间。“你有没有从事什么运动？你怎样保持身体健康？”我问。“我每天吃四十条蚕，”他说。

“什么？”

“四十个蚕蛹。医生说，它们可以降低我的血压，果然有效。几个星期内，血压由惊人的二百五十度降至一百八十度。因此我继续吃蚕蛹。”

“可是……”

“我也有做运动。每年我可以选择一个地方，度假一两个月。身为政协委员有若干便利。”不过，自文革至今，政协尚未恢复活动，因此他今年不会去任何地方。在解放之后十二个年头，他到过中国大部分地方。他带着清晰的回忆，诉说每一处的美丽风景。他最后一次到农村去，是在 1969 年（他没有说他到农村去是跟农人学习，或其他类似事情）。他获得配给一间舒适的小房子，坐落在优美的环境中。周围有五万亩的稻田，青葱而茂盛。他不曾参与任何体力劳动。将近两年的时间，他就在那里居住、休息，所做的事情不多。那地方是湘西，离湖北的咸宁不远，清华大学大部分学系的学生，都到那儿接受文化改造，自建房子耕种土地。在他们前去之前，那地方从未见过耕犁。

目前他正在从事他的古代丝绸、刺绣及服装研究工作。三卷作品，早在 1963 年便已准备出版试行本，但其后屡次发生事情。“最高当局已经批准发表，”他举高一只手，手指向上伸直。“可是，仍有事情。现在总编辑死了，我又要修改其中一些部分，”他笑道。

“你说你已暂时完成关于一百种物品的研究，这些物品，你有优先发言权。发生了什么问题？为什么你不发表一部分或全部。”

“每部分都要首先通过审核，你也明白，而且，国家有其他事情要优先处理。我也不打算将全部发表；有些需要进一步整理。”

他不能获得足够的熟练助手，即使他只要求他们绘画图案，或摹描图案。“所有艺术院学生，都想开拓自己的艺术前途。摹描图案，或绘画一幅挂毡的幼线，不能满足他们，不能使他们愿意逗留超过两年。两年后，我又要从头做起，训练一个新助手。大部分大学毕业生甚至不懂拿毛笔写字。但这是我的工作所需要的。”同能干的学者合作更坏。原有的十一位学者，都已返回他们的教书岗位。“教书是容易的，”沈说：“因为教师可以从学院的资料室取得教材，而我们就要自行组织第一手的资料。”他尝试过高薪聘请助手。“我有钱，”他说：“而且无须留着用。一个能干的助手，我可以付给月薪二百元人民币，可是仍然找不到人。那些真正能干的，很快就找到自己的事业，不会长久留下来，帮我整理出土文物。”

72 岁了，二十年来的努力，使他另立名声，成为中国古代文物权威，可是沈从文担心他那种工作，不能延续下去。要全盘了解中国古代文物或历代的生活面貌，必须花上多年的时间；只有成熟的学者，通过创造性的研究，用他的智慧分析及总结资料，才能胜任。到目前为止，中国仍未有成立任何机构训练这种学者，而上了年纪的，又接近死亡边缘。

不过，任何忧虑都不能使他沮丧，他愉快地走下台阶，向巴士站走去，不许我替他召唤计程车，也不乘搭博物院可以供应的职员私用汽车。他和我滔滔不绝谈了三小时后，拒绝留下吃晚饭。他的夫人为他准备了晚餐。一架八号无轨电车开上来，我抓着他的手，然后目送他敏捷的登上电车；他的手仍是那么柔软，尽管不再像我一向所熟悉的那般女性化。他离去了，可是，他所说的有关1922年决心写作为生的话——真正能干的人加入了革命；真正聪明的人成为政府官员，只有我们三个笨蛋仍要做职业作家——以及有关1962年决定封笔的话——一个人不能成为踏脚石，也不可以做绊脚石——仍旧余音不绝。

1973年5月11日北京

原载香港《明报月刊》1976年3月第11卷第3期

《沈从文评传》（选译）

〔美〕聂华苓
虞建华　邵华强　译

第八章　沈从文小说中的人物

在《阿丽思中国游记》的序言中，沈从文说他从一个原始材料中能引出五十个不同的联想。这个说法听起来放肆，其实不然。沈从文小说的精华有着一种五光十色的效果，也许不是看得到的，不是技术上的，而是象征性的。而且他也有着广阔的文学形式进行尝试、发展，从中向日益觉醒的中国人民传输最初的种族自豪感。沈从文享有至少发表了五十本著作的荣耀，其中包括诗歌、短篇小说、长篇小说、论文、寓言、传记、旅行见闻、剧本和文艺批评。作家的这种包罗万象的视野自然需要同样纵观全貌的人类观。这一点出色地表现在沈从文作品中刻划的各行各业的登场人物：职员、教授、青年、政客、地主、作家、官僚、土匪、船民、姘妇、妓女、劳工、商人、走私贩、店老板、猎人等等。展示的每个人物都是为了分析探讨，而不是为了挖苦或谴责。

艺术的每一方面都有其独特的风格；每个艺术家都有他自己的特殊中心——主题或领域，在其中，他的视野和特长理想地结合在一起。沈从文的领域可以被称作“乡下人”——那些地里耕作的人，水上为家的人。

我实在是个乡下人，说乡下人我毫无骄傲，也不在自贬，乡下人照例有根深蒂固永远是乡巴佬的性情，爱憎和哀乐自有它独特的式样，与城市中人截然不同！他保守，顽固，爱土地，也不缺少机警却不甚懂诡诈。他对一切事照例十分认真，似乎太认真了，这认真处某一时就不免成为“傻头傻脑”。❶

以上摘自序文《习题》的这一段，记下了沈从文的定义：什么是乡下人或者乡下人该是怎么样的。

《湘行散记》是一篇小经典，详细地刻划了沈从文的“乡下人”：

这里是一群会寻快乐的乡下人，有捕鱼的，打猎的，有船上水手与编制竹缆工人。若我的估计不错，那个坐在我身旁，伸出两只手向火，中指节有个放光顶针的，一定还是一位农村成衣人。这些人每到大端阳时节，皆得下河去玩一整天的龙船，平常日子都在这个地方，按照一种分定，很简单的把日子过下去。每日看过往船只摇橹扬帆来去，看落日同水鸟。虽然也有人事上的得失，到恩怨纠纷成一团时，就陆续发生庆贺或仇杀。然而从整个说来，这些人生活却仿佛同“自然”已相融合，很从容的各在那里尽其性命之理，与其他无生命物质一样，惟在日月升降寒暑交替中放射分解。❷

在沈从文的许多小说中，这些要素构成了最高法则：他的人物，不管是发迹的还是微贱的，在自然的疆界之外常常没有真正的存在，因为他们这些人必须与这些要素和睦相处。这里有他们的激情，有他们的固执——他们在生命的整个过程中，坚持自己的法规，而人生对他们也许是既友善又敌对。也就是说，主要地带着这种观念（虽然这种意识可能是潜在的，但也是高雅的），流浪汉沈从文同受尊敬的中国作家沈从文一起成熟。沈从文没有忽视他周围世界的阴暗一面，这也

❶ 沈从文，《习题》(《阿金》序言)，第3～4页。

❷ 沈从文，《箱子岩》，收编在《湘行散记》中（昆明，开明书店，1943年），第73页。

是他的功劳。就像现实中不可避免地充满着邪恶一样，他的小说也受卑劣的感染。就连乡下人也逃脱不了人类败落的侵蚀：他有深情但不可爱，他年轻却又老衰，他纯洁而又贪心。从另一方面说，乡下人是个少数，风雨飘摇，被人误解。一句话，他是进步和消极间的文化姻缘所生下的孤苦伶仃的文明私生子。

沈从文的"乡下人"在某种程度上是加缪的"陌生人"的表亲。两人都是孤立的。"陌生人"存在于一个不信神的，没有准则的社会；而"乡下人"生活在一个被文明蹂躏的世界。两人都凭感官，他们须得依靠摸、看、听、闻。在感觉以外，他们都不盼望从生活中得到些什么——除了死。然而两人的对比在死亡那儿结束。"陌生人"反叛死神，蔑视死亡，而"乡下人"承认死是免不了的，他生活在死的影子下，与它和平相处。"陌生人"和"乡下人"都没有前途，没有希望，没有幻想，但奇怪的是，因为什么也没有，他们继续生活着，生活着，不管概念多么模糊，活着总是好的。说到底，"陌生人"和"乡下人"都是可笑的。

虽然沈从文的人物代表了人类处境的各个方面，我们对他小说的评论将特别集中在他的"乡下人"身上：与时间空间脱节的荒唐的"乡下人"；被现代文明虐待的孤立的"乡下人"；被战争和革命变形的"乡下人"；理想的"乡下人"；与"城里人"相对的"乡下人"。由于沈从文对中国文坛的主要贡献是他的短篇小说，我们的评论也将集中在他的短篇小说上。

I.《三个男子和一个女人》

沈从文在他自传中描写的可怕事件（见第二章），差不多原封不动地被取出，有血有肉地构成作者病态的但又引人入胜的短篇小说《三个男子和一个女人》。这个自传中的事件是关于一个年青的豆腐店老板，他在一个青年女子下葬的当夜，挖了她的坟墓。在离墓不远的一个秘密石洞里，这个盗墓人与女子的尸体同睡三天以后，他把女尸送回墓穴。

下面是这篇短篇小说中关于这事件的一段：一支军队在雨中行进，去新的岗位。他们驻进一座凄凉的家族祠堂。他们到达时司号兵爬上石狮吹响军号。街的尽头跑出两只白色的狗，接着一个姑娘的声音把它们唤回。两只狗转身跑开了。司号兵不慎从石狮上跌下，摔瘸了腿。在另一个士兵（故事的讲叙者）的陪同下，他常去豆腐店看店主人工作。当两个士兵遇到那两只白色大狗，而且远远地看到它们的女主人，一个漂亮的姑娘时，他们的来访变得更有兴味了。两个士兵尽量设法得到狗的信任。他们显出愚蠢无知时，或者欺侮狗时，年轻的店主人只是一旁微笑。甚至当士兵们嘲骂他时，他还是微笑。这样安然无事地过了六个月，两个士兵现在已成了狗的朋友，但同姑娘却仍然那样疏远。他俩谁也不能从这个笑容可掬的年轻店主人那儿引出任何反应。有一天他们听人说那女子吞下金片自杀了。司号兵从祠堂里消失了，回来后告诉另一个士兵他去盗墓了，但是有人抢在他的前面，因为那女子的尸体不见了。随后他们发觉店主人也失踪了。他们后来听说，女尸在一个石洞里找到了。

这位光荣的年轻豆腐店老板就是沈从文的荒唐“乡下人”。传记中的事件和短篇小说的不同之处在于小说中多了两个人物。作者为什么要加上两个人物？他是怎样描绘荒唐“乡下人”的？小说是从这样一段开始的：

> 没有什么人知道军队中开差要落雨的理由。
>
> 我们自己是找不出那个理由的。或者这事情团部的军需能够知道，因为没有落雨的时候，开差的草鞋用得很少，落了雨，草鞋的耗费就多了。落雨开差对于军需也许有些好处。这事我们并不清楚，照例非常复杂，照例团长也不大知道，因为团长是穿皮靴的。不过每次开拔总同落雨有一种密切关系，这是本年来我们的巧遇。❶

故事的开始充满荒唐，单调枯乏，使人想起加缪的《陌生人》，提醒人们自然的变幻莫测。首先介绍给读者是年轻的司号兵：

---

❶ 沈从文，《三个男子和一个女人》，收编在《新与旧》中（昆明：良友图书公司，1944 年），第 42 页。

号兵爬到石狮子上去，一手扳着那为夕阳所照及的石狮，一手拿着那支紫铜短小喇叭，吹了一通问答曲的曲子，声音飘荡到这晚风中，极其悠扬动人。

其时满天是霞，各处人家皆起了白白的炊烟，在屋顶浮动。许多年青妇人带着惊讶好奇的神气，身穿新浆洗过的月蓝布衣裳，胸前挂着花围裙，抱了小孩子，远远的站在人家屋檐下看热闹。❶

作者对司号兵身上的品质衰败作了高超的处理，他不巧从石狮上摔下来后永远成了瘸子。很快，伤残的司号兵在物质上、精神上、道德上不可救药地堕落了。在这时，作者的注意力转到了狗上：

我们每天想方设法花钱买了东西，送给那只狗吃，同这个畜生要好。在先，这畜生竟像知道我们存心不良，送它的东西嗅了一会就走　开了。但到后来这东西由豆腐铺老板投过去时，两条狗很聪明的望了一下老板，好像看得出这东西并不是毒药，所以吃下了。……❷

时间略久，那两只狗同我们做了朋友，见我们来时，带着一点谨慎小心的样子，走过豆腐铺来同我们玩。我们又恨这畜生又爱这畜生，因为即或玩得很好，只要听到那边喊叫，就离开我们走去了。❸

作为直叙，这几段提供了现实方面的资料，这些段落还添加了另一层意思：这三个男人与狗的关系中内含的心理上的潜流。两只狗是双重的象征：他们既代表死亡的无情，又代表死亡的诱惑力。（它们起着象征作用——小说中普遍的象征手法将在本书的下一部分讨论。）两个士兵恨狗就像人恨死的形象一样。然而狗的主人却是他们的美梦中

❶ 沈从文，《三个男子和一个女人》，第45页。

❷ 沈从文，《三个男子和一个女人》，第52页。

❸ 沈从文，《三个男子和一个女人》，第53页。

所暗中渴望的，由于这个缘故，他们不得不对这两只牲畜表示好感。这一奇怪的群合中，看来只有年轻的豆腐店老板受到偏爱。在故事的发展中，他是狗所代表的死亡的真正朋友。

谁是店老板？他怎么个样子？

豆腐店老板是一个年青人，强健结实，沉默少言，每天愉快的作工，同一切人做生意，……

我们只知道他是从乡下搬来的，间或也有乡下亲戚来到他的铺子里，看那情形，这人家中一定也不很穷。他生意做得不坏，他告诉我说，他把积下的钱都寄回乡下去。问他是不是预备讨一个太太，他就笑着不说话。他会唱一点歌，嗓子很好，声音调门都比我们营里人高明。他又会玩一盘棋，人并不识字，"车""马""象""士"却分得很清楚。他做生意从未用过账簿，但赊欠来往数目，都能用记忆或别的方法记着，不至于使它错误。他把我们当成朋友看待，不防备我们，也不谄谀我们。……

我同到我那同伴瘸脚号兵，在他豆腐铺里谈到对面人家姑娘，有时免不了要说出一些粗话蠢话，或者对于那两只畜生，常常做出一点可笑的行为，这个年青老板，总是微笑着，在他那微笑中我们虽看不出什么恶意，却似乎有点神秘。我便说：

"你笑什么？你不承认她是美人么？你不承认这两只狗比我们有福气么？"照例这种话不会得到回答。即或回答了，他仍然只是忠厚诚实 而几几乎还像有点女性害臊神气的微笑。

"为什么还好笑？你们乡下人，完全不懂美！你们一定喜欢大奶大臀的妇人，喜欢母猪，喜欢水牛，为的是肥大合用。但是这因为你不知道美人，不知道好看的东西。"

有时那跛子号兵，也要说："娘个狗，好福气！"且故意窘那豆腐铺老板，问他愿不愿意变成一只狗，好得每天与那小姑娘亲近的机会。❶

---

❶ 沈从文，《三个男子和一个女人》，第53～55页。

这几段也许比故事中其他地方更能显示沈从文在人物塑造上的技巧。这两个士兵只是用来作舞台道具，是二流人物，用来加强主要人物的：那就是带着“痴”笑豆腐店老板。在士兵的眼里，这种笑是一个“乡下人”的笑，因此值得轻蔑。这种笑是高深莫测的，是一种固定物，是构成令人费解的面具的脸上唯有的宽慰，这种笑不仅是豆腐店老板的，也属于这一整个社会阶级的。那两个士兵把店主人拖去看犯人的尸体，以此来嘲弄他，他对着尸体也笑了。作者似乎在说，这一笑既是这个面对死亡无所惧怕的年轻“乡下人”的武器，也是他的避难法宝。这一笑把他和死联结在一起，也把他与那个女子联结在一起。

> 这时那个姑娘走出门来，站在她的大门口，两只白狗非常谄媚的在女人身边跳跃，绕着女人打围，又伸出红红的舌头舐女人的小手。
>
> 我们暂时都不说话了，三个人望到对面，后来那女人似乎也注意到我们两个人的脸上，有些蹊跷，完全不同往日了。便望着我们微笑；又似乎毫不害怕我们，也毫不疑心我们对她有所不利。❶

“乡下人”和那女子脸上带的是同样的面具——那种天真的笑。此外，在一个被士兵糟蹋的地方，他俩是象征上的童男贞女。那女子有刺激力又遥不可及，会使人联想起死亡，也许她就是死的化身。士兵们由于无法接近女子而感到不快。他们互相骂街，打拳架。道德和身体上的衰败（司号兵）与自卑心理加软弱（讲叙者）发生冲突。夹在中间不可摧毁的店主人以他难以测知的笑抵挡了偏执和暴行。

故事叙述到这里，“乡下人”还没直接说过一句话。他是通过当兵的讲叙者的观点被描绘出来的，就好像作者故意在“乡下人”和读者之间放进一层玻璃，听不到声音，没有称得上智力的任何暗示，读者除了透明体外一无所有。这一技巧激化了荒唐的气氛——这种文学手段同样被加缪用来描绘他的“陌生人”。

那女子的自杀（她吞下了几块金片）也是荒唐的，这与全文协调

❶ 沈从文，《三个男子和一个女人》，第60页。

一致。自杀很突然，作者不作解释，不予辩护。他们心爱人的死对三个男人起着不一样的影响。深深的忧郁袭击了跛足号兵。班长，也就是讲叙者，更带些哲学味道。他对女子的死，找到了自己奇特的理论基点：既然花瓶（那姑娘）从未真正归属于他，瓶碎了他也不须苦恼。年轻的"乡下人"不像以前那样乐观了，此外他并没有其他任何感情的表示。在这个关口，故事从荒唐中退出，进入了超自然的领域。司号兵从祠庙里失踪了。回来时满身污垢，显得心绪不宁。他反复提到村里迷信说法中的一个不祥的暗示：一个吞下金片死去的姑娘，如在死后七天内被一个男人拥抱的话，她还能复活。姑娘葬下两天后，司号兵找她的坟墓，希望实现这个预言。然而姑娘的尸体不见了。现在三个男主人公提出了三个不同的观点：司号兵带着他残废人对姑娘的爱；讲叙者带着他庸人的贪婪；店主人，一个蒙昧人，有着他与那青年女子的共鸣。根据沈从文的看法，因为店主人是个蒙昧人，他不应该在由跛足号兵和空壳班长之流所代表的文明上留下任何脚印。沈从文所给的只是对"乡下人"最有限的描绘；但他的人物的精髓是清楚易见的：他那难以捉摸的笑，他与那女子精神上的连结。作者给我们的是预感，而不是轮廓；二流人物进行猜测但不完全卷入悲剧。通过气氛的烘托，沈从文围绕着他那微不足道的"乡下人"，间接地塑造了一个寓言——然而微不足道只是指他的看不见的社会价值而已。《三个男子和一个女人》以它的文静优雅和热情指出，我们把我们中间的"陌生人"叫作"白痴"是在自作自受。当"乡下人"失踪，女子的尸体在离墓穴半里路的石洞中找到时，我们不感到突然，知道的只是过去的隐身人最终向我们现露了他隐去的面目。

II.《建设》

在小城沿河的茶馆里，一个旧货店老板同一个退役士兵正在神秘地商谈一项第二天晚上要成交的买卖。旁边一张桌上，一个工人和一个驻守城里的士兵在听他们的谈话。工人一点也不明白他们在讲些什么。而士兵却猜测出他们在谈非法买卖枪支，其中一人将到什么地方去偷枪。士兵告诉工人他想去抢那笔走私枪支非法赚得的钱。工人对这一建议有点犹豫，士兵嘲笑他。最后，工人发誓参加这一犯罪活动。

第二天，工人在为一所外国教会组织资助的校舍运送建筑木材时，由于脑子里想的全是计划好的抢劫，他的左手被木料割伤了。他开始淌血，他的血沾在木材上。晚上，工人和士兵又来到茶馆，但走私贩没有搞到枪支，工人离开茶馆沿河走去。他在一棵树下小便时听到有人过来。这是教会组织派去给建筑工程工人讲道的教士。教士以为这个工人喝醉了，想把他送回家去。工人拒绝了。教士企图拘留那人，在扭扯中他摸到了工人带在身边用来抢劫枪支走私贩的小铁锤。教士指责工人身带武器，抓住他受伤的左手。工人用锤子朝教士头上砸去。

这个没有明显理由就杀死教士的工人是个与现代文明脱节疏离的“乡下人”。沈从文对现代中国社会状况的悲剧性的看法，在工人身上体现出双重意义：一是外部，或者现实主义的意义；二是内部，或内在意识，心理上的意义。

> 这汉子，是乡下人出身，是来到这工程处以后，每天拿三角钱工薪，按时做工头分派的工作，按时从那湫陋木板屋中钻出，而又按时蹲到泥地中做事吃粗米饭的人物。一个最规矩的最合用的工人，一个“虽愚蠢却诚实”，值得教会中派来的牧师用圣雅各名分哄骗永远这样做工的动物。❶

这个愚蠢而诚实的“乡下人”在一个“所有人力都为一个聪明工程师的计划动员起来”的世界，是格格不入的。这个世界的语言对他是陌生的：

> “大哥，我不明白他们说的是什么。”
> “是盒子。”
> “‘盒子’？”
> “匣子。”
> “什么‘匣子’‘盒子’？”
> “是我那个东西，明白了么？”

❶ 沈从文，《建设》，收编在《沈从文子集》中（上海：新月，1931年）第148页。

"噢，我清楚了……"❶

"乡下人"在这里只有体壳在场；对他的描写是清楚直接的。然而士兵的嘲笑驱使他成了同谋，我们可以看到他的内心活动：

这汉子，在夜里，在那又臭又脏的住处，用一床旧棉絮包裹了全身睡觉时，就做梦，梦到与人打架，得了胜仗，从那被打的人抱兜里掏了七八块钱的角子，捏满了。醒过后，爬起来走出房子，站在寒气逼人的月光下洒尿……❷〔着重号为引者加——译者〕

与工人脑中想像形成对比的是沈从文对兽性世界的描写，而工人必须生活在这个世界里。"日光照到那些脏脸上，愈显得他们不是人了……总而言之想从这三百人中找出一副端正一点的脸子也是很难的……"❸工头用编号叫工人，把他们当贼对待。他们感到厌烦时，就朝沟里的烟盒子扔石头取乐。在这样一种压抑的气氛中，难怪那个工人在运送建校木材时会对抢劫枪支走私计划着迷。随着故事发展到它不可避免的结局，作者每一步都给读者一个暗示。

在推木料车过河街时，也只是想到这一件事情，河街上小孩子喊他做傻瓜，这傻瓜，他似乎没听到孩子们的揶揄。……左手掌轧出了血，这汉子，只轻轻的骂了一句娘，把手掌放在腿上擦，血全擦到那肮脏的破烂的蓝青布上面，成了一片黑色，到后来到干土处时，就抓了一把泥土，敷到那手掌上面。❹

沈从文的语言非常简洁，但却尖锐地把那个工人的思想揭示给了读者。这是一个信仰地上泥土，偶然甚至像地上泥土的蒙昧人的思想，因而他有时会被别人看作傻瓜。但是从另一层意义上看，沈从文的语言显

❶ 沈从文，《建设》，第146页。

❷ 沈从文，《建设》，第150~151页。

❸ 沈从文，《建设》，第154页。

❹ 沈从文，《建设》，第165~166页。

示了对现代中国的一种看法：“乡下人”被现代文明（工业，技术，基督教和教育）所创伤，这种文明以外国教会组织建造学校作为象征，他的伤只有家乡大地的泥土才能治愈。这种看法在许多地方都反复作了强调。

> 矮子见到乡下人在对他笑，他更得意了。
>
> “哥，你那手真可惜，就只糟塌到这些小事上头！你打过老虎么？你捉过野猪么？你在乡下，会爬树么？你在什么时候也把你那一双胳膊，抱过妇人的腰么？……❶

这就是作者对与工业社会脱节的蒙昧人的概念。暗示的意思是，一个蒙昧人如果要受伤须得在自然世界生存必须的苦斗中受伤——比方说，打死一只老虎。但是具有讽刺意义的是这个工人的手是由于工业事故损伤的。

> 乡下人因为是在上坡引所以顾不得手上的伤，那左手又搭上木料去了。手掌的泥土皆已为新血染湿，那血还同时染红了木料……〔矮子〕要乡下人小心一点莫把血涂脏木料，因为这木料是做礼堂屋顶用的。❷〔着重号为引者加——译者〕

当然，这一段是非常有象征性的：现代中国（由新学校代表）要依靠“乡下人”的血方能存在。重要的是，只是当工人得知枪支走私贩没能偷到枪时，他才感到伤口疼痛。离开茶馆，他听到赌徒们的声音，也想赌博。他把手伸进裤袋，摸到了他带着准备抢劫用的小铁锤。“他仿佛今夜非要生一点事不可”❸这是许多沈从文受虐待的人物看来不能摆脱的荒唐但又关键的时刻。就是那股潜伏的黑暗动力，如此固执，不得到满足不肯罢休。

> 这工人这时所选择的路却是沿河的一条。天气有理由让他在

---

❶ 沈从文，《建设》，第168页。

❷ 沈从文，《建设》，第170～171页。

❸ 沈从文，《建设》，第177页。

> 这时候做一种遐想。他正想到那里会遇到那卖枪的汉子，或者另外一个人，手上或腰兜里有的是银元赤金戒子，就利用了那一只完全的手，把身上所藏的小铁锤，在脑部或什么方便地方一下，于是就得了一些意外的财喜，他这思想是在他平常日子没有的思想。……❶

沈从文在把“乡下人”推向毁灭，也就是谋杀教士之前，探索了他的内在意识。然而小说并不随着教士的死而告结束。就连教士躺在他的脚下死去时，他还是不明白。他像往常那样去干活。他对他的犯罪麻木不仁。第二天晚上，他那当兵的朋友带他去会一个妓女。士兵把他朋友的手放在那女人胳膊上时，她感到他的一股猛烈、不可控制的冲力。就像士兵说的那样，他是“初出山的老虎，因为陌生，他一切都怕”。❷

一年以后，教会组织决定为死去的教士竖一块纪念碑。那个工人就是派去挖碑基的人之一。由于他干得十分卖力，得到了奖金。他回到那个肥臀大脚的妓女那儿，同她过了一夜。

在《中国现代作家论》中，30年代左翼批评家贺玉波写道：沈从文的大部分作品是空虚的，除了零碎的画面和生活小事的记录外，便一无所有了。根本没有远见……。❸从表面上看，沈从文的作品似乎只是些“零碎的画面和生活小事的记录”——生活中的一些细琐。但是沈从文的表面现实完全与内在的回响谐振，他把内在的回响埋在笔底，用以唤起他对人类景况的看法。在《建设》中，他写的是被现代文明虐待的“乡下人”。故事可以以教士的死作为结束，此时“乡下人”的黑色影象在尸体上方徘徊，但如果这样作者对“乡下人”的塑造就不完全，只有把他置在“零碎的画面和生活小事的记录”中，证明人心原始的单纯，人物塑造才会完美无缺。“乡下人”第一第二次同妓女碰面，接着发生的胡闹，他建碑得到的奖金——这些都是高超的最后几

❶ 沈从文，《建设》，第179页。

❷ 沈从文，《建设》，第188页。

❸ 贺玉波，《中国现代作家论》（上海：光华书店，1 932年），第142页。

笔润色，也进一步证明了沈从文不仅是一个杰出的艺术家而且也是一个杰出的人文主义者——他对现代中国承担的义务是无可挑剔的。

尽管《建设》有它的成就，但这篇小说是沈从文结构不严的作品之一。对工人生活的描写疏散而且太长；作者对工人、士兵、富人和穷人的评论显得与故事不合体。过量的描写和评论分散了故事的中心目标，那就是写受虐待的人物“乡下人”的纯朴。

III.《会明》

会明是个军队伙伕，他的连队一直在同中国的军阀作战。会明系在腰上的上三角军旗是十年作战唯一的纪念品。他的强烈愿望是有朝一日他能把“军旗插到堡上去”，指的是中国边境某处的一个森林，在那儿军队将征服荒野，生产粮食，保卫国家。他是十年前从一个督军的讲话中得到这个想法的。这位督军曾说：“晦，勇敢点，插到那个地方去!”现在会明的连队又在同军阀作战了。三天来太平无事。会明不喜欢这种闲散，因为如果战事拖过夏天，士兵的尸体会腐烂发臭。另外，加快作战步子会使他更接近他梦寐以求的森林，在那儿他能插上他的旗帜。但是一点动静也没有。去山上躲避作战部队的村民回来了，会明从他们那儿弄到一只鸡。鸡每天下一个蛋，最后孵出二十只小鸡。这个新发展使伙夫兴奋得忘了周围的环境。他照料小鸡，享受着其中的乐趣，就像母亲对待她的孩子那样。他对鸡越爱越深，与此同时，对战争越来越感到厌恶。听到消息说最初宣战的军阀头目已经调停了，他非常高兴。看来他再也不能去边界森林插他的军旗了，但同鸡在一起他感到满足快乐。夏天来临时，没有一具腐尸污染新鲜的空气。

小说《会明》是沈从文作过最大努力的作品之一，会明是他最成功的人物之一。他也是一个“乡下人”，一个被革命和战争赶出家园的蒙昧人。

> 他以前是农夫，民国革命，改了业。改业后，他做的是伙夫，在一个军队中……
>
> 身高四尺八寸，长手长脚长脸，脸上那个鼻子分量也比他人长大沉重。长脸的下部分，生了一片胡子，这个本来长得象野草，

因为剪除，所以不能下垂，却横横的蔓延发展成为一片了。……❶〔着重号为引者加——译者〕

沈从文就像猎人跟踪猎物的气味一样追随他最喜爱的原始模型，我们又一次看见了原始主义的化身。每一个描写的字都是精心选出的。这些字汇在一起是一首“乡下人”整体的赞歌：他的身体部分使人联想到野兽精力——他脸上的部分使人联想起原始大地以及发展企图受到抑制的自然特性。这个“乡下人”也是个陌生人，一个处在充满革命和战争的世界上的陌生人。即便这样，他仍不失为一个对自然信仰强烈的人：

他把一切戏弄放在脑后，眼前所望所想只是一幅阔大的树林，树林中没有会说笑话的军法，没有爱标致的中尉，没有勋章，没有钱，此外嘲笑同小气也没有，树林印象是从都督蔡锷一次训话所造成，这树林，所指的是中国边境，或者竟可以说是外洋，在这好像外洋地方，军队为保卫国家驻了营，作着所谓伟大事业，一面垦辟荒地，一面生产粮食。

在那种地方，也有过年过节，也放哨，也打仗，也有草烟吃，但仿佛总不是目下军中的情形。那种生活在什么时候就出现，怎么样就出现，问及他时是无结论的。或者问他，为什么这件事比升官发财有意义，他也说不分明。他还不忘记都督尚说过“把你的旗插到堡上去”那一句话。军旗在他身上，只有一面的，他所以保留下来，就是相信有一天用得着这东西。到了那日，他是预备照所说方法做去的。❷

关于《会明》这一篇，夏志清在《中国现代小说史》中说：“他（沈从文）把没有高度发展的理智和感情能力，一个人还是能取得本能的快乐和无意识的智慧这一观点归于浪漫主义和道家学说。”❸会明的本

❶ 沈从文，《会明》，收编在《黑夜》（香港：万里，1960年）中，第1页。
❷ 沈从文，《会明》，第3～4页。
❸ 夏志清，《中国现代小说史》（纽黑文，耶鲁大学出版社，1961年），第199～200页。

能快乐和无意识智慧不归咎于道家学说，而应归咎于“乡下人”。道家脱离世界；“乡下人”生活在世界中，虽然他的祖国是大自然。他从感觉中得到快乐，从体验中获取无意识的智慧。他是现实的，世俗的，而道家却不是这样。“他不为同情，不为国家迁都或党的统一，——他只为‘冲上去就可以发三个月的津贴’。”[1]他在战争中经验丰富，几乎能预期战争的发展。

> 到前线了，他的职务还是伙夫。他预备在职分上仍然参预这热闹事情。他老早就编好了草鞋三双，还有绳子，饭碗，成束的草烟，都预备得完完全全。他另外还添制了一个火镰，是用了大的价钱向一个卖柴人匀来的。他算定这热闹快来了。望到那些运输辎重的车辆，很沉重的从身边过去时，车轨深深的埋在泥沙里，他就呐喊，笑那拉车的马无用。他在开向前防的路上，肩上的重量不下一百二十斤，但他还唱歌，一歇息，就大喉咙说话。[2]

他津津乐道地品味着战争的激动、疲倦、渴望、兴奋、混乱、惊恐和无聊。他被战争深深吸引，以致夜里常常被想像中的枪声惊醒。战争使他面对灾难和冒险。战争意味着战场上腐尸的臭气，这构成了讨厌的夏季作战场面。在这个黑暗和死亡的世界上唯有的光明之处，就是梦想中的边境森林，军旗有一天能在那儿飘扬。但当小鸡出壳后，会明连这个幻景也抛弃了。“小鸡从薄薄的蛋壳里出到日光下，一身嫩黄乳白的茸毛，啁啾的叫喊，把会明欢喜到快成疯子。……[3]

夏志清看到了“在伙夫对小鸡自发的爱以及小鸡使他产生的喜悦中所证实的纯朴的道家善德。”[4]但是，驱使会明对小鸡欣喜若狂的是“乡下人”的生活感，而不是道家德行。“乡下人”由于太实际，太直觉而成不了道教徒。

---

[1][2] 沈从文，《会明》，第 5 页。

[3] 沈从文，《会明》，第 13 页。

[4] 夏志清，《中国现代小说史》，第 200 ~ 201 页。

> 回到原防会明仍然也是伙夫。不打仗，他仿佛觉到去那大树林涯很远，插旗子到堡上，望到这一面旗被风吹的日子还无希望。但他喂鸡，很细心的料理它们，多余的草烟至少能对付四十天，他是很幸福的。六月来了，这一连人没有一个腐烂，会明望到这些人微笑时，那微笑的意义，是没有一个人明白的。❶

最后会明的笑证明他是又一个沈从文的“乡下人”，在《三个男子和一个女人》中，同样的笑，无辜者的笑，托出了豆腐店老板这个人物。尽管存在战争，一个有能力笑的“乡下人”，是一个能存活的人。

IV.《新与旧》

《新与旧》写的是关于一个刽子手的故事，由两部分组成。故事的每部分——“清朝”和“民国”——讲一个事件：处决罪犯。第一部分的开始，刽子手这个人物是个技艺熟练的青年；后来，他是个被遗忘的老人。他个人对他这一行的反应并没随着小说或生活的一部分发展到另一部分而改变，但别人对他作为一个刽子手的反应却改变了。

“清朝”：边界城镇里最有技术的年轻刽子手杨金标接到命令去处决一个罪犯。他干得干净利索。受刑人的头一落到地上，刽子手马上跑到城隍庙，跪在菩萨面前，躲进香案底下。县太爷到来时，听说有人被害，杀人犯在逃，便佯作吃惊。刽子手从桌下出来，坦白了他的罪行。那个发布执行令的知县假装对杀人感到生气，下令将杀人者痛打一顿。刽子手遭打后，因他干得出色而得到一笔赏金。

“民国”：刽子手现在已是个老人。皇朝已变成了中华民国。死刑剧增，到了政府被迫用枪执行的地步。这一来，年迈的刽子手的技术过时了。但他得到了另一个差使作为补偿：看城门。有一天，政府官员命令他重操旧业，用他的旧大刀处死一男一女。事毕后，他又跑到城隍庙，双膝跪倒，躲到香案下。香客把这个拿着带血大刀的老人当作杀人犯，当作疯子。他们想抓住他。士兵们朝他开枪。过一会，他被抓住时，受到了侮辱和虐待。我们后来了解到，刽子手刀下最后的

❶ 沈从文，《会明》，第16页。

死者是共产党，军方当局用旧方式处死他，企图杀一儆百。这个不幸的老刽子手自始至终不明白他充当这个角色的原因。他最后恰如其分地被称为“最后一个刽子手”。

从过去到现在，从人们对刽子手不断变化的反应，以及从刽子手本人经受的变化中，小说在时间的变迁上取得了戏剧性的效果。但有讽刺意味的是刽子手这个人物的行为和反应却没有变化。

“清朝”中有这样几段：

> 到了城隍庙，菩萨面前磕了三个头，赶忙躲藏到神前香案下去，不作一声，静候下文。
>
> 过一会儿，县太爷带领差役鸣锣开道前来进香。上完香，一个跑风的探子，忙匆匆的从外边跑来，跪下同事：“禀告老爷，城外某处有一平民被杀，尸首异处，流血遍地，凶手去向不明。”
>
> 县太爷虽明明白白在稍前一时，还亲手抹朱勒了一个斩条，这时节照习惯却俨然吃了一惊，装成毫不知道的神气，把惊堂木一拍，“青天白日之下，有这等事？”
>
> 即刻差派员役，城乡各处搜索，且限令出差人员，得即刻把人犯捉来。又令人排好公案，预备人犯来时在神前审讯。那作刽子手的战兵，估计太爷已坐好堂，赶忙从神桌下爬出，跪在太爷面前请罪。禀告履历籍贯，声明西城外那人是他杀的，有一把杀人血刀呈案作证。
>
> 县太爷把惊堂木一拍，装模作样的打起官腔来问案。刽子手一面对杀人事加以种种分辩，一面就叩头请求太爷开恩。到结果，太爷于是连拍惊堂木，喝叫差役“与我重责这无知乡愚四十红棍！”差役把刽子手揪住在冷冰冰四方砖下，“一五一十”“十五二十”那么打了八下，面告太爷棍责已毕。一名衙役把个小包封递给县太爷，县太爷又将它向刽子手身边掼去。刽子手捞着了赏钱……[1]

“民国”中有以下两段：

[1] 沈从文，《新与旧》，收编在《新与旧》（昆明：良友图书公司，1944 年）中，第 92 页。

他便走到人犯身边去，擦擦两下，两颗头颅都落了地。见了喷出的血，他觉得这梦快要完结了，一种习惯的力量使他记起三十年前老规矩，头也不回，拔脚就跑。跑到城隍庙，正有一群妇女在那里敬神，庙祝哗哗地摇着签筒。老战兵不管如何，一冲进来爬在地下就只是磕头，且向神桌下钻去。庙里人见着那么一个人，手执一把血淋淋的大刀，以为不是谋杀犯也就是杀老婆的疯子，吓得要命忙跑到大街上去喊叫街坊。

一会儿，从法场上追来的人也赶到了，同大街上的闲人七嘴八舌一说，皆知道他是守北门的老头子，皆知道他杀了人，且同时断定他已发了疯。……❶

如果说《建设》中的工人是个与地点脱节的“乡下人”，那么《新与旧》中的刽子手是个与时间脱节的“乡下人”。判定刽子手有罪，并根据早期法规处罚他的这一场表演，加上市民们发现刽子手躲在香案下时的大惊小怪，说明了随着时间迁移所出现的心理和道德的变化。在过去，甚至合法的处决也一般被认为是非正义的，刽子手对受害者负有责任。在一种意义上，这是公平对待：犯人受法律处决；杀犯人的人受到处罚，执行法律得到赏钱。而现时代，杀人从不被认为是非正义的，而且，杀人为了示众。甚至自认有罪也被看作是发疯。过去，读者看到的县太爷是一个热衷虐待的人，企图把责任的污名加在刽子手身上，来解脱自己的罪责，于是责罚了执行者。而现在，负责处决的官员沉溺于把死刑搞成公开展示。三十年代的左翼批评家韩侍桁在他的文章《沈从文先生的小说》中写道：“全部地讲，是一些作者偶然感觉着有趣的琐碎无聊的事件，他的目的也就是在把自己对于那事件所感受到的趣味再传给读者，因为他所写的材料无论描写得多么细致，对于社会的进展与对于个人在社会上的责任的认识，毫无启示。……”❷很明显，韩侍桁只读了沈从文的表面，没有探索到比表面更深的地方，

❶ 沈从文，《新与旧》，第100页。

❷ 韩侍桁，《沈从文先生的小说》，收录在《文学评论集》中（上海：现代书局，1934年），第93页。

也许他根本不懂作者作品中隐藏的多层意思。沈从文确实关心他那时的社会境况。就如我们能在《新与旧》中清楚看到的那样，他避开观念形态，采用人的着眼点；或者用沈从文自己写给一位诗人信中的话来说："一个聪明作家写人类痛苦是用微笑表现的。"❶

V.《八骏图》

在沈从文眼中，与"乡下人"相对应的是"城里人"。《八骏图》写的是城里的知识分子。标题指的是八位教授，但这里有讽刺的意味。教授之一达士先生在海滨青岛暑期学校教书。那儿，教职人员合住在一所达士先生称之为"天然疗养院"的房子里。他写信给未婚妻说："我诊断他们都是病人。我说得一点不错，这不是笑话。这些教授中至少有两个人还有点儿疯狂……这些人虽富于学识，却不曾享受过什么人生。便是心灵上的欲望，也被抑制着，堵塞着……我将把这些可尊敬的朋友神气，一个一个慢慢的写出来给你看。"❷达士先生认为他是个精神上、身体上都健全的人，有资格当一个医生。他讲的故事由八个知识分子的特写组成。

教授甲：

> 房中小桌上放了张全家福的照片，六个胖孩子围绕了夫妇两人。太太似乎很肥胖。
>
> 白麻布蚊帐里，有个白布枕头，上面绣着点蓝花，枕旁放了一个旧式扣花抱兜，一部《凝雨集》，一部《五百家香艳诗》。大白麻布蚊帐里挂一幅半裸体的香烟广告美女画。
>
> 窗台上放了个红色保肾丸小瓶子，一个鱼肝油瓶子，一帖头痛膏。❸

这一段出色地描写了一个小资产阶级中年知识分子的环境和摆设，根据作者习惯的口味和行文的简练，我们很快得到了教授甲身份

---

❶ 沈从文，《给一个写诗的》，收录在《废邮存底》中（昆明：开明书店，1943 年），第 9 页。

❷ 沈从文，《八骏图》，收编在《春灯集》中（香港：万里，1960 年），第 57 页。

❸ 沈从文，《八骏图》，第 58 ~ 59 页。

的线索：与胖太太和六个孩子一起照的正规的全家福照片同画有半裸体美女的香烟广告形成对照，说明了教授甲的真实生活和他的欲望之间带有讽刺意味的差异。绣花白枕头与《五百家香艳诗》也形成对照，说明了构成教授甲性格的敏锐和粗俗间讽刺性的模棱两可的混合。这些差异是他反常生活方式的结果，这种生活引起了他的肾病和头痛。

作者接下去通过达士先生同教授乙、丙、丁、戊、己五个人的谈话，给他们一一作了特写，他把这些谈话原原本本汇报给他的未婚妻。

教授乙有个妻子和三个孩子，他离开了家乡，把他们都丢弃了。他从来没有回去过。他宁愿独身生活，因为这样更适合于他自己的生活模式。和达士先生在海滨谈扯时，他看见好几个穿着游泳衣的姑娘：

> 其中一个穿着件红色浴衣，身材丰满高长，风度异常动人。赤着两只脚，经过处，湿砂上便留下一列美丽的脚印。教授乙低下头去，从女人一个脚印上拾起一枚闪放真珠光泽的小小蚌螺壳，用手指轻轻的很情欲的拂拭着壳上粘附的砂子。❶

沈从文不需着墨太重，便向他的读者提供了了解教授乙这个人物的机会——他向读者提供了这位受挫中年人的敏感、压抑的色欲。在作者熟练的笔底，他像个活动木偶，但这是个对周围发生的一切都敏感的木偶。他对红色浴衣，赤裸的脚和湿的沙都作出反应，这些东西激发了读者的感觉，正如在故事中激发了教授乙的感觉一样。

教授丙谈了一个男人和一个女人间的精神恋爱。他谈的那个女人生了病去看医生，医生说她的病是由她同她情人的不正常的关系引起的，并建议她发展她本性中的“兽性”。她死了。她的情人结了婚。有人问及教授丙对爱的看法时，他回答说他年岁太大，对这个主题没有什么看法；但是，在此同时，他目不转睛地注视着爱的女神维纳斯的画像。他的眼光只是在询问达士先生班里一个漂亮姑娘时，才离开画片，这个姑娘正巧是教授丙的内侄。然后，他的眼光又回到维纳斯的画像上。

---

❶ 沈从文，《八骏图》，第 60～61 页。

这里主要是对话，大部分与精神恋爱者的故事有关。当作者用弗洛伊德心理分析来剖析面对他内侄的教授丙时，教授丙没留下多少遮盖，可以说他显得半身裸露。

其他三个教授每人以他自己的方式，在对待女人上显出病态。第七个，教授庚是这所“天然疗养院”中唯一的健康人。达士先生找出了原因：他常常接待一个漂亮姑娘的来访。达士先生在给他未婚妻的信中描写了六个得病的教授，但对教授庚和他的女友不作评论，这位姑娘达士先生自己在笔记本中也认为长得漂亮。他克制自己不到姑娘那儿去，以防姑娘和她的情侣也得“病”，至少他是这么想的。他打算第二天，也就是暑期学校结束的那天，回到他的未婚妻那儿去。后来，当他沿着海滨散步时，发现沙滩上写着一些字：“这个世界也有人不了解海，不知爱海。也有人了解海，不敢爱海。”❶再走过去，他遇到湿沙滩上塑出的一对漂亮的眼睛。他决定在海边再逗留三天。

当达士先生对其他人各种各样的病态渐渐变得挖苦时，我们作为读者了解了这种真正精神机能病的性质。当达士先生在观察其他几个时，作者让读者观察达士先生本人。这样，故事就带有双重讽刺，讽刺又由于双重的观点而变得明晰。我们在多大程度上能信任这位中心报道者？我们到底能不能信任他？但是尽管这样，作者从不说明，从不泄露我们的“医生”达士先生，由于他的缠身病魔而应受到鄙视。我们可以以沈从文告诉我们的要素来理解这个故事：对话、手势、物体；我们也可以从达士先生未婚妻写给他的信中找到另一个主题：“你给我为历史学者教授辛画的那个小影，我已见到了。你一定把它放大了点。你说到他向你说的话，真不大像他平时的为人。可是我相信你画他时一定很忠实。……这个速写同你给其他先生们的速写一样各自有一种风格，有一种跃然纸上的动人风格。……”❷

处理“城里人”并不是沈从文的拿手。他在塑造“乡下人”方面更加神通广大。他的“城里人”是带陈套的，因为他的脑子里似乎总

❶ 沈从文，《八骏图》，第 80 页。

❷ 沈从文，《八骏图》，第 72 页。

是带着“乡下人”的概念，他把这个概念作为准绳，用以衡量其他的人物类型。

VI.《边城》

中篇小说《边城》代表了构成沈从文“乡下人”未被现代文明糟蹋的理想世界的概念。在这里，作者的意图是给读者提供他故事的印象主义的背景：自然景色、城市、风俗习惯和人民——这一切都融和一体，有明有暗地展示了出来。

> 那条河便是历史上知名的酉水，新名字叫白河。白河下游到辰州与沅水汇合后，便略显混浊，有出山泉水的意思。若溯流而上，则三丈五丈的深潭可清澈见底。深潭中为白日所映照，河底小小白石子、有花纹的玛瑙石子，全看得明明白白。水中游鱼来去，全如浮在空气里。两岸多高山，山中多可以造纸的细竹，长年作深翠颜色，逼人眼目。近水人家多在桃杏花里，春天时只需注意，凡有桃花处必有人家，凡有人家处必可沽酒。夏天则晒晾在日光下耀目的紫花布衣裤，可以作为人家的旗帜。秋冬来时，酉水中游如王村、岔涤、保靖、里耶和许多无名山村，人家房屋在悬崖上的，滨水的，无不朗然入目。黄泥的墙，乌黑的瓦，位置却永远那么妥贴，且与四周环境极其调合，……❶

在这样一个世界里，“便是作妓女，也永远那么浑厚”，“除了号兵每天上城吹号玩，使人知道这里还驻有军队以外，其余兵士仿佛并不存在。”❷沈从文在《三个男子和一个女人》中是雕塑家，在《边城》中成了画家。这里的人物只是速写，似乎他不愿意更深地发掘他们：他太爱他们了。

> 老船夫正在渡船上，同个卖皮纸的过渡人有所争持。一个不

---

❶ 沈从文，《边城》（根据 Ching Ti 和 Robert Payne 的英译 The Chinese Earth，London：George Allen and Unwin，Lta.，1947），第 7 页。

❷ 沈从文，《边城》，第 8，11 页。

能接受所给的钱，一个却非把钱送给老人不可。正似乎因为那个过渡人送钱气派有些强硬，使老船夫受了点压迫，这撑渡船人就俨然生气似的，迫着那人把钱收回，使这人不得不把钱捏在手里。但到船拢岸时，那人跳上了码头，一手铜钱向船舱里一撒，却笑眯眯的匆匆忙忙走了。老船夫手还得拉着船让别一个人上岸，无法去追赶那个人。就喊小山头的孙女：

“翠翠，翠翠，为我拉着那个卖皮纸的小伙子，不许他走！”

翠翠不知道是怎么回事，当真便同黄狗拦着那第一个下船人，那人笑着说：

“请不要拦我！……”

“不成，你不能走！”

正说着，第二个商人赶来了，就告给翠翠是什么事情。翠翠明白了，更紧拉着卖纸人衣服不放，只说：“不许走！不许走！”黄狗为了表示同主人意见一致，也便在翠翠身边汪汪的吠着。其余商人都笑着，一时不能走路。祖父气吁吁的赶来了，把钱强迫塞到那人手心里，并且搭了一大束草烟到那商人的担子上去，搓着两手笑着说：“走呀！你们上路走！”那些人于是全笑着走了。

翠翠说：“爷爷，我还以为那人偷你的东西同你打架！”

祖父就说：“嗨，他送我好些钱，我才不要这些钱！告他不要钱，他还同我吵，不讲道理！”

翠翠说：“全还给他了吗？”

祖父抿着嘴把头摇摇，闭上一只眼睛，装成狡猾得意神气笑着，把扎在腰带上留下的那枚铜子取出，送给翠翠，且说：

“礼轻仁义重，我留下一个。他得了我那把烟叶，可以吸到镇筸城了。”❶

《边城》充满着这种愉快的特写。虽然命运悲惨，那儿的人们忠厚朴实。他们是些简单、平常的人，像是孩子，还有待于长年的生长成熟。他们的生存状态是凝固不变的。故事对惯于现代生活的人的各种

❶ 沈从文，《边城》，第31～32页。

病疾，是一剂解毒药，因此它显得轻快和谐。至于艺术，这篇不在沈从文的最佳作品之列。作者喜欢这个故事，也许是因为他对失去的土地的怀念。他在《习题》一文中为这篇小说辩解说：

〔《边城》〕原本近于一个小房子的设计，用少料，占地少，希望他既经济而又不缺少空气和阳光。我要表现的本是一种“人生形式”，一种“优美，健康，自然而又不悖乎人性的人生形式。”我主意不在领导读者去桃源旅行，却想借重桃源上行七百里酉水流域一个小城小市中几个愚夫俗子，被一件人事牵连在一处时，各人应有的一分哀乐，为人类“爱”字作一个恰当的如其分的说明。……❶

VII.《泥涂》

在《边城》序言中，沈从文谈到他对“乡下人”非同一般的爱时，是这样说的：

〔我〕还预备给他们一个对照的机会，将在另外一个作品里，来提到二十年来的内战，使一些首当其冲的农民，性格灵魂被大力所压，失去了原来的朴质，勤俭，和平，正直的范型，……我将把这个民族为一个历史所带向一个不可知的命运中前进时，一些小人物在变动中的忧患，与由于营养不足所产生的“活下去”以及“怎样活下去”的观念和欲望，来作朴素的叙述。❷

那么，《泥涂》就是个关于这些“小人物”的故事。但是他们与我们前面讨论的沈从文故事中的“移居者”不同。在《泥涂》中，一群贫穷困乏的人住在一家工厂和一所监狱附近的贫民窟里。天花流行，许多人遭病身死。与此同时，工厂废料处理部的水从沟中自由溢出，在这个地区泛滥。居民代表向厂方提出，要求他们采取措施，解决出水问题，但厂方拒绝了。不久以后，贫民区发生了火灾，

❶ 沈从文，《习题》，第6页。

❷ 沈从文，《边城序》，见《边城》第3页。

这地区的许多居民变得无家可归。只是当工厂的水用来灭火时，大水才减退。

《泥涂》的真正主人公是那儿的一大群人。一个女人曾一度像是小说的中心。我们自始至终随着她走过这一段障碍路程，这些障碍像是专门为了绊倒她而设置的：天花，大水和火灾。我们最初在当店里遇见她，她想弄点钱给她得天花快死去的孩子抓药；我们最后瞥见她是在一个男人的棺材边，那是张师爷，他在火灾中死了。尽管她表面上充当着中心角色，这个人物从未充分展开过。读者几乎一直是通过别的人物的眼睛看到张师爷的；除了人们去工厂抗议大水时，他也从未对读者讲话，但他是个被读者更充分了解的人物。他当过农民，在军队当过上士（革命以后他丢失了这个职位），在贫民区他成了某种知识上的领袖，帮助不识字的人学文化。他是个鸦片鬼，但却没有钱过他的瘾，只能从偶然同他一起吸烟的巡警长那儿弄点鸦片灰。张师爷总是乐于助人。他在大火中“跑来跑去同疯狗一样”，帮孩子、鸡、猫逃出烈焰，后来在火中丧身。然而直到他死以后，沈从文才把笔墨集中在师爷这个人物上。

〔善堂管事〕一面开他那办事房的门，一面问来领棺木的人，死人叫什么名字，多大年岁，住什么地方，其中一个就说：“名字叫张师爷。”

想不到那管事的就姓章，所以很不平的问着：“怎么，谁是什么张师爷李师爷？”

那人就说：“大家都叫他张师爷。”

管事的于是当真生气了，“这里的棺材就没有为什么师爷预备的，一片手掌大的板子也没有！你同保甲去说吧。我们这里不办师爷的差，这是为贫穷人做善事的机关！”

这管事因为生气了，到后还说：“你要他自己来吧，我要见这师爷一次！”

那陪同善堂管事来的商人，明白是死者师爷这两个字，触犯活的师爷的忌讳了，就从旁打圆儿说：“不是那么说，他们一定弄不明白。大家因为常常要这个人写点信，做点笔墨事情，所以都师爷师爷的叫他。您就写一个张三领棺材一口得了，不然写李四也行，这人活时是一个又随便又洒脱的人，死了也应是一个和气的鬼，不会在死后不承认用一个张三名义领一副匣子的。”❶

上面这一段向我们指出了一个双重的问题：一个怕死的人和一个甚至死后也不被当作个人看待的人。事实上，在张师爷死以前，作者几乎不给读者机会来了解他。他接着写到这个死者：

所谓棺木，就是四块毛板拼了两头的一个长匣子，因为这匣子短了一点，只好把这英雄的腿膝略略屈着，旁边站了一些人，都悄悄静静的不说话，那时祖贵正在那里用钉锤打四角，从那个空罅，还看到这个上士的一角破军服。……❷

从棺材开口现出的弯曲的腿和破军衣是对真义的顿悟：这位以死亡为命运的人没有本体正身，甚至死后进坟墓也得由人替他塑形。只是从棺材开口处瞥见的军衣才提醒人们他是谁：

妇人回去时，天已快夜了，远远的就听到锣声，以为一定是失火那边他们记起了这个好人，为了救助别人的失火而死，有人帮张师爷叫道士起水开路。一面走一面还想，这个人死得还排场，死后还能那么热闹一夜，……可是再过去一点，才晓得一切全估计错了。原来打锣的还隔得远咧。妇人站到屋后望着，水荡边的白木匣子，在黑暗中还剩有一个轮廓，水面微微的放着光，冷清极了，那里一个人也没有。❸

就连张师爷的盛大仪式结果也只是幻觉。张师爷代表了旧的社会中一切好的和坏的方面，由于工业化文明的蔓延，这个社会一去不复

❶ 沈从文，《泥涂》，收编在《黑夜》中，第72～73页。

❷ 沈从文，《泥涂》，第74页。

❸ 沈从文，《泥涂》，第76页。

返了。作者处理这个人物的任何地方都是高超绝伦的，但他没把故事集中在张师爷这个人物身上。要是作者把他作为故事的中心人物，自始至终随着他这条线索去经历天花、大水、火灾这类混乱的事件，那么，张师爷这个人物就可以与鲁迅的阿Q相提并论了。

第九章　沈从文小说的主题，意象和风格

D.H.劳伦斯在一部后期小说《启示》中写道：我们所要的是……与宇宙——太阳和地球，与人类、民族和家庭重新建立活的有机的联系。从太阳开始，其余的都将慢慢地，慢慢地发生……[1]像劳伦斯一样，沈从文主张生活就是服从包括一切自然的节奏。沈从文相信，当人不能保持在自然节奏这个综合体里时，不协调便产生了。不管自然会有多么苛刻，劳伦斯和沈从文世界里的自然不是生活在哈代作品中阴沉的母体：一个皱着眉头，反复无常的自然，间发地折磨人类。对沈从文来说，自然是丰足和活力的化身——是自发的生命力量；是同理智、文明和历史截然不同的东西。正是这种自发生命力，才使得中国人能在几千年的战争、革命和自然灾害中存活下来。而另一方面，自然在受到压制时会变得具有破坏性。这第二个自然观可以解释中国性格的两重性：温和和猛烈。中国人像许多中国画卷一样文雅——像清澈的山泉，像平静的江湖。然而在平静和顺从后面也隐藏着雷雨的暴烈。沈从文的许多小说涉及蒙昧人的自发生命力，而另一些则探讨那些确确实实是水土不服的男男女女——这些是被现代文明虐待的男男女女。自然对他们是敌意的。沈从文最喜欢的主题是写处于丰足、暴力和无知各种不同心境的自然。

沈从文不仅仅是个人道主义者，他也是个文体家。他的同代人苏雪林说过："他的文字虽然很有疵病，而永远不肯落他人窠臼，永远新鲜活泼，永远表现自己，……无论什么平凡的题材也能写出不平凡的文字，……句法短峭简练，富有单纯的美。……[2]虽然苏雪林讲的是赞

[1] D.H.Lawrence，Apocalypse（New York：viking，1966），第200页。

[2] 苏雪林，《沈从文论》，见《沈从文选集》序言（上海：万象，1936年），第12～13页。

美之言，但他说及的只是沈从文作为文体家所取得的成就的表面部分。确实，沈从文作为一个现代作家，还有待于批评家作出继续评价。还很少有人注意他的比喻和象征技巧，而这些手法使他的语言具有诗歌的浓度和结构。一些人在沈从文的“简朴”和“直叙”方面却做了很多文章。不加阐述地把沈从文的风格说为简朴是不够的。批评家往往把别扭的文风与意义的深奥等同起来，忽视了这样一个事实：简明的风格不仅能有意义的深度，而且更重要的能隐藏其对称美。也许作为对沈从文“简朴”的称颂，批评家们只选择在一个水平上阅读他的作品；在这个水平上一切都清楚、正式、直截了当。但还存在着另一层水平，这层水平是内在的，难以捉摸的，但却带着不可抵抗的拉力。人们是在这第二层水平上，找到了错综复杂的含义。沈从文的句子有时可能显得拗口，而且有松垮的假象，但这些句子有一个总体的效果，形象比喻中潜伏着主题。沈从文曾写到：文字只有经过组织才“有热有光”。他也强调他的作品是“情绪的体操”，“一个习惯于情绪体操的作者，服侍文字必觉得比服侍女人还容易。”❶沈从文的语言是自发的：它阔达、质朴、敏感，能同时激起所有感官的共鸣。他就是把这种语言，这种诗歌的语言，日益娴熟地运用于几乎所有文学形式中。

在短篇小说集《阿金》的序言中，沈从文很好地解释了他对写作的态度。

> 你们能欣赏我故事的清新，照例那作品背后蕴藏的热情却忽略了，你们能欣赏我文字的朴质，照例那作品背后隐伏的悲痛也忽略了。……你们多知道要作品有“思想”，有“血”，有“泪”；且要求一个作品具体表现这些东西到故事发展上，人物语言上，甚至于一本书的封面上，目录上。你们要的事多容易办！可是我不能给你们这个。……你们所要的“思想”，我本人就完全不懂你说的是什么意义。……提到这点，我感觉异常孤独。……❷

---

❶ 沈从文，《情绪的体操》收编在《废邮存底》中，第41～43页。

❷ 沈从文，《习题》，第5～7页。

I.《夫妇》（一圈野花）

城里人璜某到一个村庄去休养病体。他听到有人喊他们抓到了一对“东西”。他发现抓到的不是他预想中的两只活野猪，而是一男一女，他感到吃惊。一些村民也在场观看。被抓的女人头上戴着一圈野花，表示罪孽。璜听说有人在山附近走过，碰到山谷里这对青年，他们的姿势非常有失体面。这一对被抓来了，在公共广场上示众。一个醉汉戏弄侮辱抓来的两人。一个行为举止像是当官模样的人开始询问那女人，他的语气浮华。她不作回答。人群骚动了。人群带着凶毒的兴趣要求道：“找磨子来，预备沉潭”，或“喂尿给男子吃，喂女子吃牛粪”。那个官员是地方法官，他现在发现被恶意诽谤的一对事实上是新婚夫妇。他们上女的娘家去，路上和暖的天气，诱人的草垛和山道上的野花使他们收住了脚步。他们开始了青年恋人一般会干的事。就在那时他们被村民们逮住了。官员和醉汉拒绝放走抓住的两人。最后，经璜的调解，当地基地军官明白了发生的事，插手干预，放走了他们。这一对离开时，璜向那女人要了那束野花，作为这一事件的纪念品。

自然遭亵渎，而后被赎救是这篇小说的基本主题。就像我们在他其他小说中看到的那样，沈从文不在小说的铺垫上多费笔墨，浪费时间，而立刻凸出了野花这个喻象。“到了近身才使他更吓，原来所缚定的是一对年轻男女。男女全是乡下人，皆很年轻，女的在众人无怜悯的目光下不作一声，静静的流泪，不知是谁还在女人头上插了极可笑的一把野花，这花几几乎用藤缚到头上的神气，女人头略动时那花冠即在空中摇摆，如在另一时看来当有非常优美的好印象”。❶

在D.H.劳伦斯的《儿子和情人》中，保罗和克拉拉第一次热恋时，石竹花瓣撒落在克拉拉的身上和他们调情的地上。冠在沈从文《夫妇》中年青新娘头上的野花和克拉拉身上的红石竹表现了同样的生命力量。这个象征在整篇小说中不断加深和再现。通过提及作为自然特征的活野猪，这一象征也得到了扩伸和发展。沈从文的生命力主要地由自然和动物代表。正如人群中有人把这对年轻人称作“东西”一样（其

❶ 沈从文，《夫妇》，收编在《八骏图》中（香港集星〔Jih-hsin 译音——译者〕图书公司，1960年），第13页。

用意是贬低他们），他们也确是大自然的孩子，而装饰他们的野花将他们固有生命的原始芳香外表化了。

作者为村民和城里人选用的不同词汇在人物塑造方面收到立竿见影的效果。他们谈到被抓的一对青年时，这些人物本能地联想到“活野猪”和“东西”。作者快速精练地向读者表达了乡民和城里人对自然的轻蔑态度。

> 捉来了，怎么处置？捉的人可不负责了。
>
> 既然已经捉来，大概回头总得把乡长麻烦麻烦，在红布案桌前，戴了墨镜坐堂审案，这事人人都这样猜想。为什么非一定捉来不可，被捉的与捉人的两方面皆似乎不甚清楚。……❶

小说中的村民代表了一种宗族的准则，一种固定在古代孔教上的不假思索的反射。他们没能力懂得他们想惩罚的到底是什么。

> ［被捉的］男子原先低头，已见到璜的黑皮鞋了。皮鞋不是他所习见的东西，故虽不忘却眼前处境，也仍然肆意欣赏了那黑色方嘴的皮鞋一番，且出奇那小管的裤过了。这时听人问他，问的话不象审判官，语气十分温和，就抬头来望望璜。人虽不认识，但这人已经看出璜是与自己同情的人了，把头略摇，表示这事所受的冤抑，且仿佛很可怜的微笑着。❷

“乡下人”没见过的方头黑皮鞋象征文明，也是一个“阴黑”的前兆。“乡下人”在这里又一次是陌生人，作者对他没作出任何解释。又一次，他的整个历史被他的一笑阐明了。璜又看看女人。女人年纪很轻，不到二十岁。穿一身极干净的月蓝麻布衣裳。浆洗得极硬，脸上微红，身体颀长，风姿不恶。身体风度却不像个普通乡下女人。……❸

❶ 沈从文，《夫妇》，第 14 页。

❷ 沈从文，《夫妇》，第 14 ~ 15 页。

❸ 同上，第 15 页。

从这一段里可以看出，沈从文是个非常有审美感的作家。他把读者引入一个精神世界，然后几乎看得见摸得着地倾倒出了他的感觉：蓝布料表示月的蔚蓝；漂白味带着太阳的印记；粗糙的亚麻布衣点出了农村粗犷的格调。每个物质细节都包含着与自然的关联。

有个满脸疙疸再加上一条大酒糟鼻子的汉子，象才喝了烧酒，把酒葫芦放下来到这里看热闹的样子，从人丛中挤进来，用大而有毛的手摸了女人的脸一下，在那里自言自语，主张把男女衣服剥下，一面用荆条打，打够了再送到乡长处去。……若非另一个人扯了这汉子的裤头，指点他有“城里人”在场……❶

在沈从文的描述中，人类行为巧妙地互相影响，花冠代表的自然生命力被肉色玷污，淫荡的代表是那个麻脸大红鼻子（自然的堕落）的醉汉。他粗鲁的言行，长毛的手，以及裤腿上的一扯，都说明了色欲，这种肉感只是由于城里人不恰当地在场而减退了。

不一会儿，一个“行伍出身军人模样的人”也混杂进了人群，“行伍人摹仿城中所常见的营官阅兵神气”，他拔起一根草条，在男青年的脸上抽过。他以税关人员的口气询问这一对男女青年。

那女子不答，抬头望望审问她的人的脸，又望望璜。害羞似的把头下垂，看自己的脚，脚上的鞋绣得有双凤，是只有乡中富人才会穿的好鞋。这有的夸奖女人的脚，一个无赖男子的口吻。那练长〔行伍人〕用同样微带轻薄的口吻问：“你从哪里来的，不说我要派人送你到县里去！”❷

通过行伍人我们能感觉到法律的无耻和对法律的滥用。作为法律的代表，他用草条抽过男青年的脸——“罪犯”的脸。但他询问时的轻浮样子表明了他到底是哪种角色：一个不比红鼻子醉汉好到哪儿的

❶ 沈从文，《夫妇》，第15～16页。

❷ 沈从文，《夫妇》，第17页。

人。青年妇女的绣花鞋暗示着一种愿望，一种藐视习俗的愿望，这一愿望是村民们固有的，他们竟被侵犯道德准则的对象所吸引，这一兴趣掩盖了他们的僵化刻板。

在沈从文更加精工细作的小说中常常可以发现，一些无关紧要的细小笔触往往能够超越，也确实超越出表面上的空洞。璜和行伍人是一棵朽树上的两根分叉，也就是市行政机关和法律。然而这两个人有着天壤之别。璜代表见习中的权威；而在行伍人身上人们能看到法律的凶狠和宽免。璜从城里来，但不能全盘接受城里的粗俗；行伍人沉醉在对城里操练的记忆中，不愿离开指挥操练的兵营军官。璜是个优柔寡断的人物，尽管他犹豫不决，还是他对法律概念有所认识。每个人以他自己的方式构成支配法律的行政机器必不可少的部分——行伍人作为执行者，璜代表道德心。

> 那练长〔行伍人〕，作成卖人情的样子，向那年青妇人说："你谢谢这先生，全是他替你们说话。"
>
> 那女人正在解除头上乡下人恶作剧为缠上的那一束花，听过这话后，就连花为璜作揖。这花束她并不弃，还拿在手里。……❶

作者再一次爽直而精细地把注意力集中到野花上，年轻的新娘遭到粗暴待遇、中伤和威吓，受尽无礼辱待。但她并不抗议：她是不可侵犯的。她抓住野花，正如她将永远依附任何属于自然的物体那样。

> 独立在山脚下桥边的璜，因微风送来花香，他忽觉得这件事可留一种纪念，想到还拿在女人手中的那一束花，于是遥遥的说：
>
> "慢点走，慢点走，把你们那一把花丢到地下，给了我。"❷

野花象征的生命力量，那种未可测知无从捉摸的特性，正是脱离城市的璜所渴求的，是他回春更新所需要的。这就是沈从文自然的加

❶ 沈从文，《夫妇》，第 22 页。

❷ 沈从文，《夫妇》，第 23 页。

冕典礼。这一瞬间无比动人，像是传接火炬的仪式。在交接中，自然的仙女进一步证实了她的芬芳和不可侵犯性，同时拯救了别人。如果说文明在传统习惯上占优势，在评判上缺乏远见，那么它也不是全然熟视无睹的：总会有一个璜这样的人去摸索较为人道的准则。而与此同时，“乡下人”（至少在沈从文的作品里）将继续占主导地位；他天使般的笑将长久永存。

II.《柏子》（唱歌的毛腿）

在《湘行散记》中，沈从文写到了河上船民的生活：

> 但古怪的是这些弄船人，他们逃避激流同漩水的方法，皆十分巧妙。他们得靠水为生，明白水，比一般人更明白水的可怕处。但他们为了求生，却在每个日子里每一时间皆有向水中跳去的准备。小船一上滩时，皆不能不向白浪里钻去，可是他们却又必有方法从白浪里找到出路。……❶

柏子大体上是这样一个船民，一个匆匆赶上岸同妓女约会的人。小说分成四部分：第一部分描写辰州的河和岸以及在高高的船桅上一边工作一边唱的船民；第二部分是柏子同妓女的幽会；第三部分写了柏子重新回到船上；第四部分写船启程离开。

小说开场段显示了沈从文的最佳描写技艺：

> 每一个船头船尾全站得有人，穿青布蓝布短汗褂，口里噙了长长的旱烟杆，手脚露在外面让风吹，——毛茸茸的像一种小孩子想像中的妖洞里喽啰毛脚毛手。看到这些手脚，很容易记起“飞毛腿”一类英雄名称。可不是，这些人正是……桅子上的绳索措定活车、拖车全无从着手时，看这些飞毛腿的本领，有的是机会显露！毛手毛脚所有的不单是毛，还有类乎钩子的东西，光溜溜的桅，只要一贴身，便飞快的上去了。为了表示上下全是儿戏，

❶ 沈从文，《一个多情水手和一个多情妇人》，收编在《湘行散记》中，第47～48页。

这些年青水手一面整理绳索一面还将在上面唱歌，那一边桅上，也有这样人时，这种歌便来回唱下去。❶

沈从文的开场活泼风趣，又结合了确立小说语气和主题的其他技术手段。关键的是描写船民的“毛腿”一词：蓬松长毛的手和脚，妖洞里毛手毛脚的小喽啰，飞毛腿。这些事实上与动物的形象相联系：毛以及暗示的飞的能力，这些特性又由于有唱的欲望而得到加强。

歌声一停止，唱歌地方代替了一盏红风灯以后，那唱歌的人便已到听歌人的身边了。……

其中之一的柏子，日里爬桅子唱歌，不知疲倦，到夜来，还依然不知道疲倦，所以如其它许多水手一样，在腰边板带中塞满了铜钱，小心小心的走过跳板到岸边了。先是在泥滩上走，没有月，没有星，细毛毛雨在头上落，两只脚在泥里慢慢翻成泥腿，快也快不了——目的是河街小楼红红的灯光……

开门后，一只泥腿在门里，一只泥腿在门外，身子便为两只胳膊缠紧了，在那新刮过的日炙雨淋粗糙的脸上，就贴紧了一个宽宽的温暖的脸子。❷

作者用电影的近镜头特写了两条泥腿，这一手法反复出现直到泥腿转变成活的小动物。动物给小说添加了自然主义的气氛，这种气氛只是被小说的基本形式结构所制止。一个镜头接一个镜头（反正我们在用电影术语了）在象征的语言中得到完成。柏子从河边到妓女房里这段进程，主要是通过主人公的泥腿来表示的：缓缓移动的腿变成了带泥的两脚，一只像是被阻止在门外，而另一只跨过了门槛。同一泥腿中包含着可以被认为是善恶双重结局的两个不同象喻：前脚暗示情欲，后脚点出了柏子踌躇的快乐，两者同时给人一种力量和强暴的印象。“进到里面的柏子，在一盏‘满堂红’灯下立定。妇人望他痴笑。

❶ 沈从文，《柏子》，收编在《阿金》中，第 50 ~ 51 页。

❷ 沈从文，《柏子》，第 53 ~ 54 页。

这一对是并肩立着，他比她高一个头，他蹲下去，像整理橹绳那样扳了妇人腰身时，妇人身便朝前倾。”❶

从点缀细雨和河滩的红色风灯到照亮那间屋子的“满堂红”灯，颜色配备反映出两种不同的感情，两种不同的景色，两种不同的气氛。故事随着风灯转到妓院的灯而得到发展。柏子抱着那女人，他们倒在床上。“灯光明亮，照着一堆泥脚迹在黄色楼板上。”❷这句句子本身构成完整的一段，故事的第一部分以它结束。句子的简明是带着迷惑性的，因为它包括了广阔的疆域。电影近镜头中的泥腿是小说第一部分不可分割的部分。在这部分的结尾，明晃晃的灯下（作者仍然用灯作为从一个镜头到另一个镜头变换的手段），一串泥脚印取代了近镜头中的泥腿。这些泥脚印使人联想起动物的形象：在夜间活动，带着虎狼的精力和欲望。

沈从文的同代人，批评家韩侍桁（在《文学评论集》中）把作者同低廉黄色杂志和色情作家张资平作比较。韩侍桁认为两者之间的主要分歧在于他们在性关系的处理上不同。沈从文的手法隐蔽，带挑动性，而张资平的是更带爆发性的描写。韩侍桁由此认为沈从文在激发读者的本能方面是个更有力的作家。他认为这只能使沈从文更加“危险”。这一评论虽然可以被认为是小赞扬中的大杀伤，但批评家确实承认沈从文的技能，承认他通过隐蔽、拨动人情的手段而取得预想效果的成就。

小说的第二部分一开始就提到柏子的脚印：“柏子纵横脚迹渐干了，在地板上也更其分明。灯光依然，对一对横搁在床上的人照得清清楚楚。”❸

从湿脚印到干脚印，这两个既有风味又经济的近镜头，铺垫了床上的场面——时间和人物的进化。小说的第二部分主要地写了柏子以及他与妓女间的调情。

“柏子，我说你是一头牛。”

“我不这样，你就不信我在下头是怎规矩！”

❶ 沈从文，《柏子》，第55页。

❷❸ 同上，第56页。

"你规矩，你赌咒你干净得可以进天王庙!"

"赌咒也只有你妈去信你，我不信。"❶

这是生活在河上的人无忧无虑、勇敢的语言。这种语言沈从文非常熟悉，这种语言他在散文《我的写作与水的关系》中提起过："我文字风格，假若还有些值得注意处，那只因为我记得水上人的言语太多了。"❷前面引用的那段对白中，就连亲热也带着动物的特性（牛）。像泥脚印一样，亲昵地称"牛"暗示了柏子的野兽精力和欲望。小说的第二部分又以泥腿的近镜头特写结束："柏子的泥腿从床沿下垂，绕了这腿的上部的是用红绸作就套鞋的小脚。"❸下垂的双腿示意欲望的减退；穿红绸套鞋的小脚意味着欲望的继续。

小说的第三部分，柏子拿着一支火把，回到了船上。肉欲的回忆仍然徘徊在他的左右——"妇人的笑，妇人的动，也死死的像蚂蝗一样钉在心上。"沈从文的散文手法反复地通过动物喻象表达欲望。"蚂蝗一样钉在心。"蚂蝗当然表示了一种几乎不可动摇的固执，但却是令人生厌的；"钉"字在多种涵义中加强了效果——尖锐，深透等等。情欲就像蚂蝗一样，不肯轻易放开，而且欲望能够深深地穿透一个人的皮肉：他"轻轻的唱着孟姜女，唱着打牙牌，到得跳板时，柏子小心小心的走过去，预定的十八摸便不敢唱了——因为老板娘还在喂小船老板的奶，听到哄孩子的声音，听到吮奶声音。"❹

在床上，柏子咬了妓女的乳房。现在他看到一个孩子在吸奶。母亲和妓女有亲缘的联系。母亲的乳房是生命的源泉，妓女的乳房也是如此：都滋育生命。沈从文谈到船民时说过：我觉得他们的欲望和悲哀都是圣洁的。泥浆，乳汁，河流和雨水：生命是一个循环，一切最终都必将回流到它们本来的源泉。

故事以孩子吮吸母乳的形象结束是合乎逻辑的。令人费解的是，作者又写了一部分，在帆船离开前，柏子两次上岸。在母亲和孩子场

❶ 沈从文，《柏子》，第 56 ~ 57 页。

❷ 沈从文，《我的写作与水的关系》，收编在《废邮存底》中，第 34 页。

❸ 沈从文，《柏子》，第 58 页。

❹ 沈从文，《柏子》，第 60 页。

面这一主题结尾以后，人们会感到小说中任何其他部分都是多余的。既然前面几部分已经是不可分割的，融合为一个严密的整体，读者不明白为什么作者认为有必要添加只能是无关紧要的材料，从而造成小说结构的不平衡。

虽然小说组织紧凑，心理上互相呼应，而且有着令人屏息的象征，《柏子》仍及不上如《三个男子和一个女人》这样的小说，后者内在的象征和不可侵犯的主题超越了小说更带自我意识的含义。幸好，沈从文笔下的每件东西都闪烁着他包罗万象的人道主义，从而转化了甚至最没希望的材料，使它们发出自己的光。

III.《静》（小尼姑院里的桃花）

《静》详细描写了流落到一个小城的一家战争难民的经历。那家的母亲病重在床；她的大女儿和女婿外出去找算命先生，问问家中困境的凶吉。女佣人正在院里洗衣服。十四岁的女孩岳珉和小男孩，她的侄子北生只是两人在一起，他们喜欢坐在破旧的阳台上，观望着面前的自然世界：石缝中长出的葡萄新枝，清澈的河流，蓝天上的风筝，鲜花盛开的绿色河岸，菜园子，小尼姑院红墙那边的桃花，吃草的马和牧马人。他们在阳台上感到很高兴。然而到了楼下，他们必须面对现实：战争和死亡的威胁。当他们返回阳台时，自然世界已经遥遥莫及了。他们来来去去，小说的戏剧性在宁静的自然生命力和战争，死亡的威胁之间起伏。下面是小说中从阳台上看到的自然世界的几段。

> 过一会，从里边有桃花树的小庵堂里，出来了一个小尼姑，戴黑色僧帽，穿灰色僧衣，手上提了一个篮子，扬长的越过大坪向河边走来。这小尼姑走到河边，便停在渡船上面一点，蹲在一块石头上，慢慢的卷起衣袖，各处望了一会，又望了一阵天上的风筝，才从容不迫的，从提篮里取出一大束青菜，一一拿到面前，在流水里乱摇乱摆。因此一来，河水便发亮的滑动不止……
>
> 洗菜的小尼姑那时也把菜洗好了，正在用一段木杵捣一块布

或是件衣裳，捣了几下，又把它放在水中拖摆几下，于是再提起来用力捣着。木杵声音印在城墙上，回声也一下一下的响着。这尼姑到后大约也觉得这回声很有趣了，就停顿了功夫，尖锐的喊叫："四林，四林。"那边也便应着"四林，四林。"再过不久，庵堂那边也有女人锐声的喊着："四林，四林。"且说些别的话语，大约是问她事情做完了没有。原来这就是小尼姑自己的名字！这小尼姑事作完了，水边也玩腻了，便提了篮子，故意从白布上面，横横的越过去，踏到那些空处，走回去了。❶

这里，沈从文又一次以他直接的，非常动情非常形象化的手法描写了景色。他语言本身简洁洗练，象征着自然生命力的宁静。沈从文的自然世界——桃花、河流、青菜和小尼姑名字的回声——各自有它独特的身份和绝对的个性，或者叫"不同性"。个性是物体和人类的自然形式。一个创造物只有当它认识了自己的"不同性"，才能同它物和睦相处。女孩和小男孩喜欢上阳台因为他们喜欢在一个他们自己的不同性以及自然的不同性协调相存的世界里。下面是来自"楼下"世界的一段。

她〔岳珉〕到房里去时，看到躺在床上的母亲，静静的如一个死人，很柔弱很安静的呼吸着，又瘦又狭的脸上，为一种疲劳忧愁所笼罩。母亲像是已醒过一会儿了，一听到有人在房中走路，就睁开了眼睛。

"珉珉你为我看看，热水瓶里的热水还剩多少。"

一面为病人倒出热水调合库阿可斯，一面望到母亲日益消瘦下去的脸，同那个小小的鼻子，女孩岳珉说："妈，妈，天气好极了，晒楼上望到对河那小庵堂里桃花，今天已全开了。"

病人不说什么，微微的笑着。想起刚才咳出的血，伸出自己那只瘦瘦的手来，摸了摸自己的额头，自言自语的说着，我不发烧。说了又望到女孩温柔的微笑着。那种笑是那么动人怜悯，使

❶ 沈从文，《静》，收编在《黑凤集》中（昆明：开明书店，1943年），第43页。

女孩岳珉低低的嘘了一口气。

“你咳嗽不好一点吗？”

“好了好了不要紧的，人不吃亏。早上吃鱼，喉头稍稍有点火，不要紧的。”

这样回答着，女孩便想走过去，看看枕边那个小小痰盂。病人明白那个意思了，就说：“没有什么。”又说：“珉珉你站到莫动，我看看，这个月你又长高了！”

女孩岳珉害羞似的笑着，“我不像竹子罢，妈妈。我担心很，人太长高了要笑人的！”❶

过一会儿，她们开始谈起她们的梦，梦见的船，在军队的父亲，她们相信他随时都会来把她们接走。母亲和女儿温柔地互相倾斜着伸出拥抱的手臂，我们作为读者发现了两个不同世界的象征含义：自然世界（以女孩，小尼姑院的桃花，女孩所像的竹枝为代表）和死亡及战争世界（以母亲，她咳出的血，她梦中把全家带到安全地方去的船为代表）。

在故事的结尾，女孩听到门铃响，心想她父亲终于来了。紧接着又是一阵寂静。

女孩岳珉便不知所谓的微微的笑着。日影斜斜的，把屋角晒楼柱头的影子，映到天井角上，恰恰如另外一个地方，竖立在她们所等候的那个爸爸坟上一面纸制的旗帜。❷

这几行抑制，挽歌似的文字是沈从文的散文典型的：简朴、直接，却带着凶兆。这一段本身是含蓄的大成。女孩的笑暗示了（1）心理的含义：女孩朝着她阳台上看到的世界笑，那个世界远不可及；（2）讽刺的含义：女孩笑所显示的与现实——她父亲的坟墓形成对照；（3）象征的含义：在父亲坟上的纸旗代表的被战争和死亡毁坏的世界里，

❶ 沈从文，《静》，第 44 ~ 45 页。

❷ 沈从文，《静》，第 49 页。

女孩的笑代表了自然的生命力。

《静》显示了沈从文的成就，他是一个意象主义者，一个讽刺结构家和一个塑造肉体、心理都丰满的人物的大师。小说也显示了他诗歌般语言的力量，象征着自然生命力赖以存在的安宁。

IV.《萧萧》（花狗和毛虫）

《萧萧》这篇小说写的是一个嫁给一个三岁男孩的十二岁乡下姑娘。她很快发育成了成年女子而她的丈夫仍然很小。她的工作就是照料她幼小的丈夫，还到地里干活。每天，她带他到地头，同他一起玩，喂他吃，听他唱一首下流的民歌，那是一个叫花狗的长工教他的。年轻的妻子萧萧不很懂其中的意思。花狗开始与她调情，他的做法她也不很懂其中的意思。然而当她年长了一些，花狗装着同她丈夫玩，唱着使她脸红的歌企图通过他接近她时，她开始懂得了他的意思。春天的某一日，她把身子给了花狗。后来，当花狗发现萧萧怀了孕时，他逃走了。萧萧不喜欢有东西在她肚子里长着，她也想逃走。但她夫家发现了她的秘密。一家人感到蒙受耻辱，决定把她嫁给别人作为惩罚，所有这些时间里不让她年小的丈夫同她在一起。因为没人要她，她还得呆在这一家。渐渐地，家里人似乎忘却了耻辱，又允许年小的丈夫到他妻子那儿去。萧萧生下了一个男婴，当她开始同她丈夫睡觉时，她的儿子已经十岁了。他也是这样，只有十二岁时就同一个十八岁的姑娘结了婚。

《萧萧》涉及的是与沈从文的孔教社会概念相对照的自然的单纯。作者用了与他的主题匀称地平行的风格：富有自然形象和比喻的直叙。当然，萧萧的情人花狗代表了兽欲。萧萧被描写为“……像一株长在园角落不为人注意的蓖麻，大叶大枝，日增茂盛。”

而她婆婆“虽生来像一把剪，把凡是给萧萧暴长的机会都剪去了，但乡下人的日头同空气都帮助人长大，却不是折磨可以阻拦得住。[1]〔着重号为引者加——译者〕

见了花狗，小孩子〔小丈夫〕只有欢喜，不知其他。他原要

[1] 沈从文，《萧萧》，收编在《新与旧》中，第13页。

花狗为他编草虫玩，做竹箫哨子玩，花狗想方法支使他到一个远处去，便坐到萧萧身边来，要萧萧听他唱那使人脸红的歌。她有时觉得害怕，不许丈夫走开，有时又像有了花狗在身边，打发丈夫走去也好一点。终于有一天，萧萧就给花狗变成妇人了。

那时节，丈夫走到山下采刺莓去了，花狗唱了许多歌，到后却向萧萧说，我想了你二三年。他又说，我为你睡不着觉。他又说，我赌咒把这事情告给人。听了这些话仍然不懂什么的萧萧，眼睛只注意到他那一对膀子，耳朵只注意到最后一句话。末了花狗大便又唱歌给她听，她心里乱了。她要他当真对天赌咒，赌了咒，一切好像有了保障，她就一切尽他了。到丈夫返身时，手被毛虫螫伤，肿了一片，走到萧萧身边，萧萧捏紧这一只小手，且用口去呵它，吮它，想起刚才的糊涂，才仿佛明白作了一点糊涂事。❶〔着重号为引者加——译者〕

这两段可排入沈从文最佳手笔之列，显示了他语言的朴实无华和敏锐细微。小丈夫被毛虫螫的手是单纯和自然的动物性的绝妙比喻。因为萧萧感到她与花狗的性关系问心有愧，她企图减轻丈夫的伤痛，她对这一伤痛承担责任。

一切她所想到的方法都没有能够使她与自己不喜欢的东西分开。大肚子只有丈夫一人知道，他却不敢告这件事给父母晓得。因为时间长久，年龄不同，丈夫有时候对于萧萧的怕同爱，比对于父母还深切。

她还记得那花狗赌咒那一天的事情，如同记着其他事情一样。到秋天，屋前屋后毛毛虫更多了，丈夫像故意折磨她一样，常常提起几个月前被毛毛虫所螫的话，使萧萧难过。她因此极恨毛毛虫，见了那小虫就想作脚去踹。❷〔着重号为引者加——译者〕

❶ 沈从文，《萧萧》，第 15 页。

❷ 沈从文，《萧萧》，第 18 ~ 19 页。

沈从文自然地、巧妙地回到毛虫，毛虫既代表了罪行又代表了欲望。这是作者流畅文体的又一例证，他的文体能膨胀，能扩伸，没有过分的华美，却不因此缺少光彩。这是散文体作家的诗。

> 这儿子名叫中儿。中儿十二岁时也接了亲，媳妇年长六岁。……〔婚礼〕这一天，萧萧抱了自己新生的月毛毛，却在屋前榆蜡树篱笆看热闹，同十年前抱丈夫一样。[1]〔着重号为引者加——译者〕。

最后，一切都烟消云散了。即便是受过侮辱、谴责、惩罚和被淹死的威胁，萧萧像《夫妇》中的新娘一样完整无缺，不可侵犯。榆蜡树和新生婴孩示意的是与萧萧有密切关系的自然生命力，这一自然力使得她不管作为故事中的人物还是在更广泛意义上作为一个人，都完整无缺。但是作者的故事还没有结束——还有萧萧的儿子同比他大几岁的姑娘的婚事。这意味着人的故事是循环发生的。萧萧是个比《边城》中的农村姑娘翠翠更能被人理解的人物。

萧萧也许是单纯的化身，而翠翠则代表了沈从文的理想。前者并不十全十美，但却真实——后者十全十美，但不是真实的。

V.《三个男子和一个女人》（石洞里的蓝色野菊花）

《三个男子和一个女人》是沈从文最优秀的小说之一，它有好几个方面高超绝伦：紧凑的结构、成功的人物塑造、内在有机的象征和不可侵犯的主题。小说的人物塑造在前一章已讨论过了。现在我们关心的是主题、形象比喻和风格。

小说的开始几段中，作者描写了一支军队在雨中开拔到一个新岗位去。

> 队伍走了四天，到了我们要到的地点。天气是很有趣味的天气，等到队伍已经达到目的地，忽然放了晴，有太阳了。一定有许多人要笑它，以为太阳在故意同我们作对。好罢，这个我们可

---

[1] 沈从文，《萧萧》，第21页。

管不了许多。我们是移到这里来填防的，原来所驻的军队已走了，把部队开来补缺，别人做什么无聊事我们还是要继续来作。❶

前几段对雨的描写造成了一种荒唐和单调的气氛，这一气氛在这段得到加强。此外，这一段也暗示了自然的不可预测性和死亡的必然性。作者继续示意死亡是怎样的。当士兵们在祠堂里扎下营，号兵在祠堂前石狮上吹起军号时，沈从文描写了如下场面：

在街的南端，来了两只狗，有壮伟的身材，整齐的白毛，聪明的眼睛，如两个双生小孩子，站在一些人的面前，这东西显然是也知道了祠堂门前发生了什么事情，特意走来看看的。

这对大狗引起了我们一种幻想。我们的习惯是走到任何地方看到了一只肥狗，心上就即刻有一个杀机兴起，极难遏止的，可是另外还有更使人注意的，是听到有一个女子的声音喊“阿白”，“阿白”，清朗而又脆弱，喊了两声，那两只狗对我们望望，仿佛极其懂事，知道这里不能久玩，返身飞跑去了。❷

狗没有冒失莽撞，作者也不是怂恿屠杀。在象征意义上，狗代表死亡——牲畜。同时狗又有人性，聪明。就是说狗是一个矛盾心理的象征；它既代表了死亡的兽性又代表了死亡的诱惑力。狗一听到那女子的“脆弱”声音，立刻就跑开了。这里，女子的声音是与死联系在一起的爱的化身。作者在语气上没有过分，在陈述中没有夸张，但提示了小说的主题：爱和死。

两条狗拒绝不吃两个士兵给的食物，但接受了年轻豆腐商给的食物。

时间略久，那两只狗同我们做了朋友，见我们来时，带着一点谨慎小心的样子，走过豆腐铺来同我们玩。我们又恨这畜生又

❶ 沈从文，《三个男子和一个女人》，第43页。

❷ 沈从文，《三个男子和一个女人》，第45～46页。

爱这畜生，因为即或玩得很好，只要听到那边喊叫，就离开我们走去了。❶〔着重号为引者加——译者〕

这一段包含了两个士兵对死亡的矛盾心理态度。这态度与豆腐店老板的不同：他和那两只狗互相吸引，而狗又与那女子联系在一起。就这样，通过狗的象征（死亡），店主人与那女子发生了联系。作者以极其精细的手法，将“乡下人”推向他的末日！他与死亡的结合。

这时那个姑娘走出门来，站在她的大门前，两只白狗非常谄媚的在女人身边跳跃，绕着女人打围，又伸出红红的舌头舐女人的小手。❷〔着重号为引者加——译者〕

这里又一次表明，作者在唤起他故事的潜在黑暗力量方面，是无懈可击的。象征的运用比比皆是，这些象征无疑是具体的：红的舌头舐着小手，狗像秃鹫一样环绕着那女子。虽然这场面以及暗指的末日并不可怕，但死亡的接近却是迫在眉睫的。在小说的结束，那女子吞下一些金子自杀了。她的尸体从坟穴里消失；豆腐店老板也消失了。“这少女尸骸有人在去坟半里的石峒里发现，赤光着身子睡在洞中石床上，地下身上各处撒满了蓝色野菊花。”❸

石洞，裸尸，蓝色野菊花：这些是死和爱以它们的自然形式结成姻缘的自然象征。

译自美国 Twayne 出版社版《沈从文评传》，聂华苓著

❶ 沈从文，《三个男子和一个女人》，第 53 页。

❷ 沈从文，《三个男子和一个女人》，第 60 页

❸ 同上，第 74 页。

沈从文的生活和作品中的“乡下人”

〔澳大利亚〕A·J·普林斯
邵华强　虞建华　译

A. 1949年前的生涯

沈从文是中国现代文学史上一位重要的作家，也是一位多产作家。从1926年到1949年，他发表的短篇小说、长篇小说、戏剧、诗歌、游记、传记、书信、评论和寓言等各种文学样式的作品不下五十卷。但他主要是作为一位小说家而闻名于世的。同时他还创作了一些诗歌和戏剧，但数量很少，差不多都是一些尝试性的或应景的作品。虽然他是一个受到人们普遍欢迎的作家（当然也常遭到批评家们的攻击），但是由于他在根本上对政治缺乏兴趣，又始终坚持把他的创作限定在个人生活经验的范围内，所以他始终像是一个文学舞台的局外人。他虽然是作为一个作家和教师生活在这个世界上的，却仍然从他的乡村出身中找到了他对这个世界感到冷漠的起因和理由。在一篇题为《习题》[1]的文章中，他说道：

> 我和你虽然共同住一个都市里，有时居然还有机会同在一节火车上旅行，一张桌子上吃饭，可是说真话，你我原是两路人。……

[1] 它是作为1943年出版的沈从文小说集《阿金》的序言发表的（此文即1936年上海良友图书印刷公司版《从文小说习作选》的《习作选集代序》——译者）。

我实在是个乡下人。……乡下人照例有根深蒂固永远是乡巴佬的性情，爱憎和哀乐自有它独特的式样，与城市中人截然不同。

这种“乡下人”的感受，不仅使他在经常遭遇的敌对的政治和文学势力中找到了自己的身份和完整性，而且还给了他一份中心素材，围绕着这份中心素材，他构造起他自己的文学世界，充分地利用那些他早年在家乡湘西农村生活中发生的事件和那里的人物、景物和声响。此外，在中国当时正经历着的社会和政治动乱之中，这种“乡下人”的感受还给了他一种能够反驳他的批评者的特别的优势地位，使他能够在他的文章和小说中，按照他自己的独立的价值标准来评价当时的潮流。

下面我们将从上述的观点来考察沈氏的生活和工作，以便了解在哪一种意义上，沈从文本人可被看作一个“乡下人”？“乡下人”形象、价值的哪些方面进入了沈氏的小说？沈的“乡下人”在现代中国的历史演进中具有哪些重要意义？为了了解沈从文是如何从他自己的经历中形成他的乡下人概念和城乡对比概念的，我们先把他在1949年前的生活作一简短而又概要的叙述，然后以此为背景，对他生活的某些方面作进一步的更为详尽的考察（也参考沈的部分小说）。在对出现在他创作中的乡村、城市作过调查之后，我们再来叙及1949年以后沈氏的经历，这时，沈从文已停止了他的创作。

据沈从文的一个学生说[1]，沈从文于1902年11月29日出生在湘西凤凰地区。如我们下面将会看到的，他的学生时代，绝大部分是在校外度过的。到1917年，他开始参加军事训练。以后的几年则在湖南漫游，好几次入伍又退伍。在此期间，沈从文一面找了个办事员的工作，一面自学（指从书本中获得知识），学到了相当多的历史知识（中国的），文学知识（包括西方的和中国古典的）和书法知识（他对此发生了极大的兴趣）。后来，他受了1919年“五四”运动以后出现的由《新潮》、《新青年》等杂志传播的“新”的白话文学和思想的影响，决

[1] 许芥昱，他曾于1973年5月在北京与沈从文谈话。《中国文坛》（Penguin Books 1976）P.131～139。

定到北京去读书。

他于1922年到达北京，时年20岁。在以后的三年里，他一面努力自学，一面设法挣钱维生。在此期间，他结识了左翼作家胡也频（后来的共产党人，1907~1931年）和丁玲（生于1904年）夫妇俩，这两人后来也许是沈最亲密的朋友，沈曾替他们立过传❶。也正是这个时候，他初次尝试创作诗歌、剧本和短篇小说。他在提到这段经历时说，他是“无日无夜写下去，把所有作品寄给各报章杂志，在毫无结果的等待中，学习对于工作失败的抵抗力和适应力”❷。渐渐的，他的短篇作品开始以各种笔名发表在北京的报纸上。1925年，他为《现代评论》周刊❸任发行员和校对员工作。这家刊物发表了他好多早期的短篇小说，散文，诗歌和戏剧。同年（6月29日），一篇以他学生生活为素材的短篇小说发表在有声望的《语丝》周刊❹上——标志着沈开始走上作家的道路。1926年，他的第一本著作《鸭子》（也叫烤鸭）出版了——这是一部包括九个剧本，九篇小说，七篇散文和五首诗歌的综合性集子。下一年又出版了两本小说和散文集，第二部著作在“新月社”——一个由胡适、徐志摩和其它北京的大学教师在1924年创立的组织结构松散的文学团体（稍后，这个团体出版了有影响的《新月》月刊〔1928~1932〕，沈的不少作品最初都发表在这刊物上）的印记下出版。

1927年3月，南京被国民党夺取，并成为他们的首都。在北京，沈从文说❺，一种对无聊的文学作品的需求正在增长，而上海则成了重要的出版活动中心。《现代评论》编辑部迁往上海。当沈从文放弃了与胡也频、丁玲一起定下的去日本留学的模糊计划时，他的一些作品已在上海得到了发表。1927年底，他离开北京前往上海。第二年，他与

❶ 他曾写的两部传记是：一部短篇的《记胡也频》（1932），一部长篇的两卷本著作《记丁玲》（1935）和《记丁玲续》（1940）。胡在1931年被国民党处死，丁玲现在仍然生活在中国大陆。（见许芥昱 Op · Cit，P.136）。

❷《从现实学习》这是沈从文1947年写的一篇长文。文章按照他当时的观点，总结了他到那时候为止的生活。见《沈从文小说散文选》第86页（香港新学书店1957年）。

❸《现代评论》，1924~1928。

❹ 1924~1931：由鲁迅和他的弟弟周作人创办的。

❺《记丁玲》，P.122~123。

胡也频、丁玲合作，办起了两个极其短命的杂志:《红黑》月刊和《人间》月刊。同时，沈继续从事写作，尽管他办的杂志是失败了，他还是使他的著作出版了——包括一部受刘易斯·卡罗尔（Lewis Carroll）启发而创作的《阿丽思中国游记》。

然而，对于沈从文来说，这是一段动乱不安的时期。由于办杂志的失败，以及他必须供养从1926年在北京时起就跟他生活在一起的妹妹和生病的母亲，他借了很多债，而一天比一天更紧张和沉闷的政治气氛，甚至对他同胡也频、丁玲之间的友谊也提出了严峻的考验。幸而他还能挣钱，不仅仅是靠出售他的小说，而且还可以依靠教书。自1929年起，他在吴淞"中国公学"教了一段时期书，而他未来的妻子此时正在那儿读书。他还在暨南大学文学系担任"中国小说史"的课程。1930年8月，他到武昌，在武汉大学任教。翌年4月又丢掉了这个职位。1931年5月，他回到北京。也正是在这一年，他父亲去世了，他的朋友胡也频被捕（1月17日），并且在2月7日被国民党处死。

尽管这样，沈从文的小说集还是不断出版，并受到了更广泛的欢迎。1930年他出版了《沈从文甲集》，第二年又出版了《沈从文子集》。据说❶他的自传《沈从文自传》——他20岁以前的生活和经历的一个逼真的描写——也写于这一年。这时候沈从文已成为一个受人欢迎的、成功的作家了，已有一大批令人敬备的好作品作为资本了。

1931年5月16日，在徐志摩来信的怂恿下，沈从文动身上北京，那儿已经在燕京大学的校园里替他找好了一处舒适、僻静的寓所。起初他感到很高兴，他说道：

> 北平的北风和阳光，比起上海南京的商业和政治来，前者也许还更能督促我，鼓励我，爬上一个新的峰头，贴近自然，识认人生。❷

但是，没有多久，他就很快地找到了对新环境不满的理由，一个

---

❶ 周进（译音——译者）:《中国新文学史》（1976年台北战国出版公司）（译音——译者）P.443。

❷《从现实学习》P.92。

朋友从上海来信问他是否发现了北京的进步时，他回答说，他宁愿回上海[1]。他这时候的不顺利和沮丧，无疑问地部分来自他在向张兆和求爱时遭到的困难。张兆和是他以前的一个学生，住在老家苏州。不过，1932 年底，他们订了婚，次年九月结婚。在他的序文《习题》中，沈简单平淡地提到他的结婚：

> 机会凑巧等到对于一个女子发生爱情时，也还得昏头昏脑的恋爱，抛下日常正当事物不作，无日无夜写那种永远写不完同时也永远写不妥的信，而且结果就结了婚。

但是，撇开这一段略带嘲弄口气的话，看来他的婚姻是很幸福的。婚姻带来了两个儿子和两部小说[2]，这一对小说是对于他的妻子和他们分享的爱情的充满深情的赞词。

沈从文没有在北京逗留得太久。以后的三年（1931 ~ 1933）中他四处奔波，往返于上海、苏州、武汉和其它各地。在这段时期里，他较大的一部分时间是在靠近山东海滨的青岛度过的，他在那里的青岛大学教了两年书。他很少从教书中得到快乐（他总是宁愿写作），但是，海边的阳光和开阔空间对于他是一种新的体验，并且显然给了他一个很深的印象。

1934 年初，沈从文回到他阔别十八年的家乡，小住了几天。这次旅行似乎再次确认和加深了他的生活和创作真正源泉基于农村的这种感受。他的《自传》或许就是这个旅行的结果。《边城》——也许是他最著名的一部小说——肯定由此产生。旅行特写集《湘行散记》也是如此。这一年，他同时成为也许是当时最有影响的日报《大公报》的文艺副刊的编辑。

以后的四年，从 1934 年至 1938 年，尽管政治局势一天比一天紧张——1933 年日军入侵北平地区；5 月，中日双方在塘沽签署停战协定，宣布北平以北的一个广大地区为非军事区——可他多少还算是平

---

[1] 见《中年》，1931 年，载《虎雏集》（新中国书局，上海，1932 年）。

[2] 都叫《主妇》，分别作于 1936 年和 1945 年。

静地在北平度过。然而，这个地区，某种程度上还包括北平地区，仍然大部分在日本人的控制之下。因而，显然是表示一种爱国姿态，沈从文为了和一些朋友（他们也是教师）一起编写供华北的中小学生阅读的基础读物，他辞去了国立大学的教师职位。现在他的正式职衔只是小学汉语助理教员，但在这四年中，与许多著名学者在一起，他多少对他的新工作还感到满意。同时在此期间，他还修改了已经出版的著作（约三十五卷——沈是一个没完没了的修改者），并且出版了新著。新著包括更多的短篇小说集，书信体论文集一册、一部简短的胡也频传记和一部冗长的两卷本的丁玲传记❶。

1937年7月7日，中日军队在离开北京不远的地方正式交战。中日战争爆发了。两个月后，沈从文逃难到南方：

> 只可惜工作来不及作更大的开展，战争来了。一切书呆子的理想，和其他人的财富权势，以及年青一辈对生活事业的温馨美梦，同样都顷刻间失去了意义。于是大家沉默无言在一个大院中火炉旁，毁去了数年来所有的资料和成绩，匆匆离开了北平，穿过中国中部和西南部，转入云南。❷

离开北京后，他首先去武汉，1937年冬又折回湘西，这样他就能在凤凰度过约四个月时间。就像1934年那样，他在湘西的体验，引导他写出了一部长篇小说和一部补充性的散文集——即一部虽未完成却够冗长的《长河》及一部对于他家乡湘西地区的描写性评述的散文集《湘西》。看来除这两部主要著作外，他在这段时间写得并不多，据他说，这是由战争带来的不安定的环境造成的。1938年初他还在湘西，但到1939年，他继续向南逃难到西南地区云南省昆明。

在昆明，他得以在西南联大任教，可是，环境却一点都不如意。政治高于一切，像其他所有作家一样，他迫不得已地去从事战时宣传。

❶ 参看P.701注解②。《记胡也频》是应一位在北京的一家英语报社工作的美国青年请求而写的。丁玲于1933年失踪了（应为1936年），沈一直以为她也像胡一样已被处死。实际上，她只是被关押在南京，两年后从那儿脱身，投奔延安。

❷《从现实学习》P.96。

（实际情形是，他在一家名为《全民抗战》的杂志编辑部工作了一段时期。）亲密的朋友死了，钱经常发生问题（他的妻子也在当教师）。同时，他抱怨说，他遭到了“毁谤”性“袭击”，“我的一部分作品，又受个愚而无知的检查制度所摧毁”。[1]这个恼人的环境是不适宜于写作的。所以尽管他在那儿呆了很久（从1938年到1946年），却似乎并没有写出多少新作品来，只是修改了大量的早期作品。

1945年9月，日本正式投降。翌年，沈回到北京，用他的话说，就是回到了“离开了九年，相熟已二十五年”的地方[2]。大学老师们回到了他们原来的岗位上去，沈从文得以在北京大学和辅仁大学任教。从这时起到共产党建立政权这短短的三年，也许是沈从文作为小说家的最后阶段。《长河》改订稿出版了，大量的显示着创作上新进展的小说、散文开始产生了。他的创造力的复兴已经明显地到来，他的战后的文学创作新方式的试验也已经开始。然而，共产主义者在1949年的胜利结束了所有这一切，甚至差一点还结束了他的生命（由于遭到较重的政治压力，他企图自杀而未遂）。沈还是幸存了下来。而且，虽然他不能够再写小说，他的创造能力还是找到了新的出路。为了追溯同时体现在沈从文本人和他的小说的主人公身上的“乡下人”的来源，发展及其意义，探讨他1949年后的生涯之前，我想再来回顾一下他那一段我们已经讨论过的生活和工作时期。

B. 作为一个乡下人的沈从文

对沈从文的“乡下人”的任何考察，应该从他的出生地开始。这个出生地是一座“小小的”处于“极偏僻的角隅上”的小城（据他自己在《自传》中所称），位于同贵州、四川交界处的湖南西部，历史上叫做“镇筸”，是湘西凤凰地区的行政中心，建成于清朝，当时是作为镇抚和剿灭原先占领着这个地区的苗民残留部落的军事前哨。[3]因此，

[1]《从现实学习》P.99。

[2]《从现实学习》P.100。

[3]《从文自传》（香港文利出版社，1960年版）。

与其它大多数市镇不同，它在商业上、经济上持完全的独立。❶大量的正规部队驻扎在那儿，总数约六七千人，超出当地居民人口一千左右。这里，投身于军事是没有什么耻辱的。而沈的家庭又有一个比较光荣的过去，祖父已经升到高级的市民和军人阶层，虽然沈的父亲只是一位上校，他"告诉我祖父的许多勇敢光荣的故事，以及他在庚子年(1900年)间所得的一份经验。"❷这些故事所反映的军人品质，一定给青年沈从文留下了一个良好的印象。他常常带着尊敬的口吻说起具有这种品质的人。例如，他带着留恋的感情回顾他童年时代镇箪城的那些士兵。他说，他们常常要去打仗：

> 本地军人互相砍杀虽不出奇，但行刺暗杀却不作兴。这类善于殴斗的人物，有军营中人物，有哥老会中老么，有好打抱不平的闲汉，在当地另成一帮，豁达大度，谦卑接物，为友报仇，爱义好施，且多非常孝顺。但这类人物为时代所陶冶，到民国五年以后也就渐渐消失了。❸

沈自己在整个青少年时代都在军队度过，他刚开始创作时所用的一个笔名就叫"小兵"(他是一个体格弱小的人)。于是，人们发现士兵的形象经常出现在他的小说中，成为他的"乡下人"形象的一个具体表现。

另一方面，就沈的性格来说，他当然是一个艺术家，而不是个士兵。甚至他的父亲，据他自己说，也"仿佛早就看出我不是个军人，不希望我作将军。"❹沈自称，母亲对他性格的影响要比父亲大。他在《自传》中，对母亲作了应有的赞颂：

> 她"所见的事情很多，所读的书也似乎较爸爸读的稍多。""我等兄弟姐妹的初步教育，便全是这个瘦小、机警、富于胆气与常

❶《从文自传》P.3。

❷《从文自传》P.10。

❸《从文自传》P.24。

❹《从文自传》P.10。

识的母亲担负的。我的教育得于母亲的不少，她告我认字，告我认识药名，告我思考和决断——做男子极不可少的思考以后的决断。”❶

沈从文甚至在体格上也像他的母亲而不像父亲。由于童年多病，他的体格既小又瘦。这一点更使得他羡慕他自己所缺乏的品质。他那曾姓的朋友的粗鲁、大胆，他的高大、健壮武士样的外貌吸引了他，还有像从前的强盗头子刘云亭的强壮体魄，他的胆量，他的敏捷的行动和直率的思想感情也深深吸引了他。他还对从父亲那儿获得的勇气以及他在军队里获得的强壮的体质这两件事怀着感激。在这一切中，人们感到了他对某种世界的怀恋；这种世界成了他的组成部分，而他却不是这个世界的一部分。这种怀恋看来构成沈从文的“乡下人”形象的重要部分。

另一个组成部分则是沈从文对于乡村鲜明景物和声响的美的感受。当他还是一个孩子的时候，出于他自己的愿望和他的一位堂兄的怂恿，他千方百计地逃学。那位堂兄

他开始带我到他家中桔柚园中去玩，到城外山上去玩，到各种野孩子堆里去玩，到水边去玩。他教我说谎，用一种谎话对付家中，又用另一种谎话对付学塾，引诱我跟他各处跑去。❷

这种熟练的说谎无疑是他的文学才能的最初的表现形式。沈从文自我评论道：“我最先所学，同时拿来致用的，也就是根据各种经验来制作各种谎话。”❸

如果这些谎话是他的小说创作的最初尝试以及未来作品的先兆的话，那么他的素材就是他的围绕着镇箪的“各种经验”。这些经验为他其后的一生提供了想像的源泉。正如他在《自传》中所说的：

❶《从文自传》P.8。
❷《从文自传》P.11。
❸《从文自传》P.12。

> 白日里太野，各处去看，各处去听，还各处去嗅闻，死蛇的气味，腐草的气味，屠户身上的气味，烧碗处土窑被雨淋以后放出的气味，要我说来虽当时无法用言语去形容，要我辨别却十分容易。蝙蝠的声音，一只黄牛当屠户把刀刯进它喉中时叹息的声音，藏在田塍土穴中大黄喉蛇的鸣声，黑暗中鱼在水面拨剌的微声，全因到耳边时分量不同，我也说得那么清清楚楚。因此回到家里时，夜间我便做出无数希奇古怪的梦。经常是梦向天上飞去，一直到金光闪烁中，终于大叫而醒。这些梦直到将近二十年后的如今，还常常使我在半夜里无法安眠，既把我带回到那个“过去”的空虚里去，也把我带往空幻的宇宙里去。❶

这些帮助造就这位未来作家的梦境和幻想，由于逃学时常遭到惩罚，反而有增无减；因为他在挨打之后，时常被迫跪在孔夫子的牌位前，手握一炷香，一直到它燃尽为止。他说，“我应感谢这种处罚，使我无法同自然接近时，给我一个练习想像的机会。”他解释道：

> 我一面被处罚跪在房中的一隅，一面便记着各种事情，想像恰如生了一对翅膀，凭经验飞到各种动人的事物上去，按照天气寒暖，想到河中的鳜鱼被钓起离水以后拨剌的情形，想到天上飞满风筝的情形，想到空山中歌呼的黄鹂，想到树木上累累的果实。……❷

他所见到的事物不仅仅使他赏心悦目，而且还激发出他的好奇心。这种好奇心更属于艺术家和知识分子的特点，而与一个真正的安分守己的“乡下人”的旨趣相距甚远：

> 为什么骡子推磨时得把眼睛遮上？为什么刀得烧红时在盐水里一淬方能坚硬？为什么雕佛像的会把木头雕成人形，所贴的金

---

❶《从文自传》P.21 ~ 22。

❷《从文自传》P.14。

那么薄又用什么方法作成？为什么小铜匠会在一块铜板上钻一个圆眼，刻花时整整齐齐？这些古怪事情实在太多了。❶

但是，乡村生活自有它较黑暗的一面，对此，无论沈从文还只是一个孩子时或是已经成为一名成熟了的作家时，他都是有着充分的认识的。沈从文按照中国古老的文学传统，常常倾向于把乡村理想化为这样的一个地方：在那儿（譬如在镇筸）“兵卒纯善如平民，与人无侮无忧。农民勇敢而安分，且莫不敬神守法。”❷然而，农村生活，正如他所熟知的，并不总是像田园诗一般的：

两世纪来满清的暴政，以及这暴政而引起的反抗，血染红了每一条官路和每一个碉堡。❸

他第一次遭遇的，或许也是使他最记忆犹新的这样的流血经历，就是一开始在凤凰地区遭到失败的1911年共和反清革命。（它只是在两年后才获得成功。）在起义流产后的那个上午，他父亲带他去看堆在衙门前的四百多个人头和一大串耳朵。这以后，每天都有一百多个人从乡下拉来，即在城墙外斩首，这样的事情持续了约一个月。最后，在一些有影响的地方绅士向上级当局发出限制屠杀的呼吁之后，那些被抓者的命运就被决定于抽筊：两根竹筊使得每三个“犯人”中的两个有恢复自由的机会。少年沈从文和他的伙伴们还以观看这些杀人和数尸体来自娱，等到他成为一名成熟的作家之后，回顾往事，就不免对这些长期遭受苦难的农民深感同情。这些农民无法理解（这点并不令人吃惊）他们之所以要被迫害被屠杀的原由：

看那些乡下人，如何闭了眼睛把手中一副竹筊用力抛去，有些人到已应开释的时候还不敢睁开眼睛。又看着些虽应死去，还想念到家中小孩与小牛猪羊的，那份颓丧那份对神埋怨的神情，

❶《从文自传》P.21。

❷❸《从文自传》P.2。

真使我永远忘不了。

我刚好知道“人生”时，我知道的原来就是这些事情。❶

这就是经常出现在沈从文小说中的“乡下人”的另一面：受苦受难，常常做环境或上帝的不明不白的牺牲品，有时蔑视地、有时超然地、有时则是顺从地接受命运的安排。不过，他们仍然自始至终地保持着淳朴的天性和某种力量，这种力量来自对生活现实的依恋。有时，他却证实自己足以战胜敌对的生活环境，像同名小说里的伙头军“会明”，在死亡中点燃起生命的火焰，就此而言，这个人物正像沈从文自己。

沈自然为他亲眼看到的这许许多多的事实而感到震惊。他这样说道：我“看到许多所谓人类做出的蠢事，简直无从说起。”❷不过，从另一角度讲，他发现自己还能够接受这些事情，但并不像一个真正的乡下人那样逆来顺受，而是带着一种发自艺术家感情深处的超然态度。他说（虽然这回他说的仅是一个可悲的而不是野蛮的事情）：我“注意到这些时，始终没有丑恶的感觉，只觉得这是‘人’的事情。”❸他用更加普通的措词解释道：

我不大能领会伦理的美。接近人生时我永远是个艺术家的感情，却绝不是所谓道德君子的感情。❹

沈从文还从狄更斯那儿发现了这种品质。狄更斯的小说，他最初读到的是林纾（1852～1924年）翻译的：

我喜欢这些书，因为他告给我的正是我所要明白的。他不如别的书尽说道理，他只记下一些生活现象。❺

也是在他《自传》的另一段文字中，他归纳要点，指出正是这些深刻

❶《从文自传》P.29。

❷❸《从文自传》P.72。

❹❺《从文自传》P.93。

的农村经历，不管它们的道德性质如何，使他感到永远与城里人格格不入，促使他把自己当“乡下人”看待：

这一份经验在我心上有了一个分量，使我活下来永远不能同读“子曰”的城市中人爱憎感觉一致了。从那里……我看了些平常人不看过的一些蠢事，听了些平常人不听过的喊声，且嗅了些平常人不嗅过的气味；使我对于城市中人在狭窄的生活里产生的作人善恶观念，不能引起多少兴味，一到城市中来生活，弄得忧郁强执不像一个“人”的感情了。❶

在他过军队生活的那些年里，沈从文有充分的机会去观察残酷无情的野蛮行为。例如有一个叫做“怀化”的小镇上，他的工作就是记录那些被拷问的“犯人”们的所谓的供词。那些士兵们，包括青年时期的沈从文，带着冷漠的宿命论，接受了所有这一类事情。沈评述道：“如果我们还把这一类事称为‘可怜’的话，那么，我想，我们只是把这种怜悯心用于另外的场合。”❷另外，沈从文还在这些士兵中间建立了亲密的感情，这种感情他一直保存至今。在一篇名为《我的教育》的自传体作品中，他谈到了这一点：

在一队中我们真是很关爱的，被打了就代为找药，输光了就借钱扳本，有酒全是大家平分，有事情也是大家争去做。❸

后来，当他成为一名作家和大学教师后，他仍然在心里坚持地、虽不是那么令人信服地认为自己是一个士兵和乡下人：

我虽然已经好像一个读书人了，可是事实上一切精神却更近于一个兵士，到他们身边时，我们谈到的问题，实在比我到一个学生身边时可谈的更多。就现在说来，我同任何一个下等人就似

❶《从文自传》P.72。

❷❸《我的教育》(《新月》月刊第二卷第6、7期、第19期，1929年9月)。

乎有很多方面的话可谈，他们那点感想，那点希望，也大多数同我一样，皆从实生活取证来的。可是若同一个大学教授谈话，他除了说说从书本上学来的那一套心得以外，就是从报纸上得来的他那一分感想，对于一个人生命的构成，总似乎缺少一点什么似的。可交换的意见，也就很少很少了。❶

现在，回到“乡村生活对沈从文创作艺术的影响”这问题上来。人们注意到，他常常称赞乡民们所用的语言，比如说，河上船民们的歌，他写道：

这些粗人野人，在那吃酸菜臭牛肉说野话的口中，高兴唱起歌来时，所唱的又正是美丽动人的歌！❷

另外，在同一本书中，他带着愉快和赞赏的口吻谈到那些污秽而生动的诗歌，这是水手们在劳动时创作出来以为自娱的。在另一篇文章中，他甚至那么说：“我文字风格，假若还有些值得注意处，那只因为我记得水上人的言语太多了。”❸

他用同样的语调称赞那曾姓的朋友（前面提到过的那位粗壮的青年士兵）的语言技能：

我还不曾遇见过什么学者，比这个朋友更能明白中国格言谚语的用处。他说话全是活的，即便是诨话野话，也莫不各自有出处，而且妙趣百出，庄谐杂陈，言之成章。他那言语比喻丰富处，真像是大河流水，永无穷尽。❹

这位朋友在人物刻划上也是非常在行的，沈在另一处谈到：

❶《从文自传》P.101。
❷《湘行散记》（香港文利出版社，1960年版）P.59。
❸《我的写作生活与水的关系》（《废邮存底》香港文利出版社，1960年版）。P.34。
❹《湘行散记》P.70。

> 从他口中说出的每一个女子（他勾引了她们），都仿佛各有一份不同的个性，他却只用几句最得体最风趣的言语描出。我到后来写过许多小说，描写到某种不为人所齿及的年轻女子的轮廓，不致于失去她当然的点线，说得对，说得准确，就多数得力于这朋友的叙述。❶

乡村生活除了影响到他自己的语言运用外，还给他的小说创作提供了许多性格鲜明、能够直接进入他的故事中去的真实的乡下人形象，许多这样的人也确实进入了他的小说。曾姓的朋友可能是一例，士兵刘云亭，从前土匪头子，肯定又是一例。关于这个人物，沈在“自传”里整整用了一章的篇幅来写他。不过，最突出的一个例子，也许是他在自传中记载着的，后来又加工成为两篇独立小说的事件。这次事件发生在沅河旁的一个叫做“榆树湾”的小镇上，那儿的一个商会会长的女儿生病死去了，她刚被埋葬的那个夜晚，她的尸体被住在同一条街上的一个卖豆腐的青年掘了出来，他把姑娘的尸体带到一个山洞里，在那里呆了三天，然后又重新把她放入坟墓。这事被发觉后，他被抓到官府，经审讯后被判处死刑。沈从文当时跑去看那个青年人：

> 临刑稍前一时，他头脑还清清楚楚，毫不胡涂，也不嚷吃嚷喝，也不乱骂，只沉默的注意到自己一只受伤脚踝。我问他：“脚被谁打伤的？”他把头摇摇，仿佛记起一件极可笑的事情，微笑了一会，轻轻的说：“那天落雨，我送她回去，我也差一点滚到棺材里去了。”我又问他：“为什么你做这件事？”他依然微笑，向我望了一眼，好像当我是个小孩子，不会明白什么是爱的神气，不理会我。但过了一会，又自言自语轻轻的说：“美得很，美得很。”另一个兵士就说：“疯子，要杀你了，你怕不怕？”他就说：“这有什么可怕的。你怕死吗？”那兵士被反问后有点害羞了，就大声恐吓他说：“癫狗肏的，你不怕死吗，等一会儿就要杀你这癫子

❶《从文自传》P105。

的头!”那男子于是又柔弱地笑笑，便不做声了。那微笑好像在说：“不知谁是癞子。”我记得这个微笑，十余年来在我印象中还异常明朗。❶

1931年，沈从文在这个事件的基础上写了一部题名为《医生》的小说，作品通过一虚构的人物，医生的叙述，并带上传统的鬼怪故事和基调。❷数年之后，他又另外出了一本改写本，名为《三个男子和一个女人》。这一次，他对记载在“自传”上的真实事件作了较少的改动，但是，虚构的成分却扩展了，并且与真实的内容结合得好多了。卖豆腐的那个人物作了更充分的处理，还引进了另外两个角色：一个是军队的下士，是故事的叙述者；另一个是他的朋友，一个年轻、跛足的司号兵。在刚才引述的那段叙述里，我们注意到两个可以称之为“乡下人”的代身出现了（不包括沈自己）：一个是卖豆腐的，死去的脸上却留着平静的微笑，他被毁于对那个美人的真诚的爱；一个是高声恐吓别人的士兵，他的冷漠无情的假面具，把一种不能言喻的过敏神情隐蔽了起来。于是，这儿就有了沈从文的乡村的两个方面——善和恶，爱和恨，生和死——这两个方面以某种方式在相不可摆脱地纠缠在一起。在《三个男子和一个女人》中，也出现了两种类型的乡下人。他们第一次是在豆腐铺相遇的，在那里，两个士兵与年轻的店主人用一种既粗鲁又谨慎的方式交上了朋友，顺便一提的是，据说“他很会唱一点歌，嗓子很好，声音调门都比我们营里人高明。”❸但是，当另外两个人粗俗地评论着那个年轻女子时，卖豆腐的只是微笑着。故事中的那个女子虽是他们经常看到的，却是一个不可企及的绝代美人，两条白狗总是护卫着她。有时候，卖豆腐人的这种神秘的笑触怒了故事的叙述人：

为什么还好笑？你们乡下人，完全不懂美！你们一生欢喜大

❶《从文自传》P.71。

❷ 它刊登在小说杂志《小说月报》第21卷第8号（1921·8），也载《虎雏集》。

❸《新与旧》（上海良友图书印刷公司，1945年第二版）P.54。

奶大臀的妇人，喜欢母猪，喜欢水牛。这因为你们不知道美人，不知道好看的东西。❶

于是，两种类型的乡下人用他们不同的方式感受爱和美。然而，在这个故事中，那个卖豆腐的年轻人，为他的爱而死去；而那两个士兵，仍然像故事的开头一样，是许许多多环境的孤弱的牺牲者之一："没有什么人知道军队中开差要落雨的理由……"❷

C. 沈从文和都市

但是，沈从文的乡村观念不光是由他在乡村的经历造成的，而且也只是通过与都市的生活经历作对比而形成的。因此，我们再来看一看沈的生活经历的另一面，看一看他作为一个市民、作家和教师的经历，恐怕是比较合适的。

沈从文抱着努力学习，"拯救国家"❸的强烈愿望，在20岁那年来到北京。不久便在北方的冬天经历了极度贫困的考验：

先是在一个小公寓湿霉霉的房间，零下十二度的寒气中，学习不用火炉过冬的耐寒力。再其次是从饥寒交迫无望无助状况中，学习进图书馆自行摸索的阅读力。❹

有一个时期他几乎要在绝望中放弃原先所抱的希望，重新回到军队中去。但是，他最终还是在困苦中幸存了下来。支撑他的，无疑是他对自己的创造力的信心，就像他1936年所写的小说《生存》中的那个青年画家一样：

但是点上灯，对那未完成的画幅照照，在那画幅上他却俨然

---

❶《新与旧》P.45。

❷ 同上，P.42。

❸《从现实学习》P85。

❹《从现实学习》P.86。

见出了一线光明。他心情忽然又变了。他那成功的自信，用作品在这大城中建树自己的雄心，回到身边来了。❶

但是，城市里还有比他的物质环境更使他苦恼的事情。像别的许多人一样，他为在中国统治阶层到处可见的道德和理智的败坏而感到忧伤。但他又不像有些人那样，对来自学生、知识分子或作家的改良抱着很大的希望。他埋怨说，从前，学生把他们的时间分别化在政治活动和学习上，但到了20年代后期，忽视学习，"像是一种有普遍性的传染病。""这些人将来若上了台，"他惊叹道："能为国家作什么事？"❷"当然"，他挖苦道：

做官固然得有人，作事还要人，挂个作家牌子，各处活动，终日开会吃点心，固然要人，低头从事工作更要人。❸

换言之，国家更需要像忠实、正直的乡下人那样有献身精神的人们，而不需要都市的那种虚浮的四处奔波的活动家。

沈从文来到上海，发现上海的情况比北京更糟糕。在南京，他出席了一个有四五百个作者参加的文学家晚会。这惹得他禁不住问"热闹是否即进步，或稍稍有点进步的希望"❹吗？而对于上海，他说，就"争辩口号术语真假得失而言，成了南方的中心。"❺文学舞台在他看来是一片无益的混乱：

为适应环境更需要眼尖手快，以及能忽彼忽此。有昨日尚相互恶骂，今日又握手言欢的。在今天刚发表雄赳赳的议论，大家正为他安全担心，隔一日却已成为什么老伙计的。也有一面兼营舞场经理，赌场掌柜，十分在行，一面还用绿色水笔写恋爱诗，

❶《沈从文小说选集》（人民文学出版社，北京，1957年）P.356。另外还收《主妇集》（1939年，商务印书馆）。

❷《从现实学习》P.89。

❸《从现实学习》，P.90。

❹❺《从现实学习》P.95。

红色水笔写革命诗的。[1]

当然，这正是都市生活的一个方面。在沈看来，都市是一个过分拥挤和使人丧失人性的环境。在他的一篇早期的诗歌（1926年）中，清楚地反映出他自己的感觉。他描绘一只关在笼子里的狒狒从笼子里往外看着外面朝笼里看的人“那些人”，它评论道：“……正像是罾罶里鱼一样，……大大小小的几乎是腮贴了腮。”[2]

当沈移居上海时，他作为一名作家和教师，已经为自己挣得了荣誉和地位。他的写作不只是从一个意义上维持了他的生活，但对都市环境里教书他却感到很不满意。如我们在下面摘自他的半自传体小说《灯》里面的那段话里所能看到的那样：[3]

> 这算什么生活呢？一天爬上讲台去，那么庄严，那么不儿戏，也同时是那么虚伪，站在那小四方木台子上，谈这个那个，说一些废话谎话，这本书上如此说，那本书上又如此说。说了一阵，自己仿佛受了催眠，渐渐觉得已经把问题引到严重方面去。待听到什么声音一响，憬然有所觉悟，再注意一下学生，才明白原来有几个快要在本学期终了就戴方帽儿的学士某君，已经伏在桌上打盹，这一来，头绪完全为这现象把它纷乱了。……从学校返回家里，坐近满是稿件和新书新杂志的桌前，很努力的把桌面匀出一点空间，放下从学校带回来的一束文章，一行一行的来过目……我忽然感到小小冤屈，……现在所处的世界，仍然不是自己所习惯的世界。都会生活得厌倦、生存得厌倦、愿意同这世界一切好处离开，愿意再去做十四吊钱的屠税收捐员，坐到团防局，听为雨水汇成小潭的院中青蛙叫嚷，用夺金标笔写索靖出师颂同钟繇宣示表了。[4]

---

[1]《从现实学习》P.91。

[2] 见《现代评论》第3卷第61期（1929年2月6日）P.10～11。

[3]《沈从文小说选集》P.123～124。

[4] 索靖是晋朝（265～420）的一名书法家，以他的草书著名。钟繇是魏朝（220～264）一位有名的书法家。

在这种情况下，甚至他的创作也遇到了很大的困难。在一篇写于1930年初的自传体小说《楼居》❶中，他描绘了盛夏的一天，那时他正打算写小说《菜园》。闷热妨碍了他的睡眠。三个月前赶来同他、妹妹和母亲一起生活的哥哥病了，而且已经四天不吃东西了。母亲患肺结核病，命在旦夕，但沈没钱送她进医院。他本人也因为经济窘状而不能把自己认为写得不满意的作品撕掉。到头来，他花了整整三天的苦思冥想，才写完了小说。但他还是企图（非常不成功地）使他母亲相信，用不了多久他就可以挣得足够的钱送他们回家乡。

重返北京，特别是青岛之行，看来比在上海时稍稍恢复了他的精神，但随即战争的恐怖发生了，向南的迁徙开始了。那时候，甚至“广大无垠的海洋和天空，”也“无不有钢铁爆炸作成的死亡与流血。”❷他在昆明比在北京或上海时更接近乡村，但是，战争的压力扭曲了社会结构：

> 即耳目所及，无不为战事所造成的法币空气所渗透。地方本来的厚重质朴还保留在多数有教养的家庭中，随物质活动来的时髦，却装点到社会表面。❸

总之，沈在乡村和都市的经历，使他觉得只有在乡村，人们才真正是他们自己，而如果住在都市，生活就会被那儿不自然的、心灵上不健康的环境搞得无聊和不正常。由于这个缘故，他才写乡村，并明确地把自己算作乡下人。然而，尽管沈出生在乡村，并且事实上也确实具有许多乡下人的观点和品质，但归根到底，他不能算是个乡下人，就如——举个类似的例子来说——D.H.劳伦斯算不上是个原始人一样。沈当然是一个受过教育的人，并且从二十岁起就是一个市民。而且，更确切一点，他还是一位艺术家，他的乡村不管如何基于现实之上，仍只是一个艺术家的想像之物。这种想像还包含着模糊和矛盾的

❶《小说月报》（1930年3月20卷3号P.581～586）。

❷《从现实学习》P.99。

❸《从现实学习》P.96。

东西，这似乎反映了沈从文自己性格上的矛盾。

至此，我们也许应该来分析一下出现在沈从文小说中的他的乡村蓝图；尤其是看一看他的“乡下人”和“城里人”各采取了什么形态，他们代表了什么价值，以及他们怎样相互影响。

D. 沈从文小说中的乡村和城市

（1）乡下人

正如以上所提到的那样，任何与沈从文本人有关联的对“乡下人”的考察，应该从乡下人所处的环境开始分析，因为形成乡下人性格的主要因素显然就是乡村本身。在中篇小说《边城》和长篇小说《长河》的序言里，沈从文解释了他希望通过艺术来保留“湘西一小角隅”的乡村生活图景这个目的。他看到那里的安宁和自然世界，在“进步”和战争的冲击下正迅速地消亡着，他为此感到忧虑。对于这个世界，乡下人是天生敏感的，虽然在其它方面可能是愚昧的：

> 四狗不认字，所以当前一切都无诗意。然而听一切大小虫子的叫，听晾干了翅膀的蚱蜢各处飞，听树叶上的雨点向地下跳跃，听在身边一个人的心跳，全是诗的。[1]

在短篇小说《虹桥》（1946 年）中，四个从云南前往西藏的年轻人在途中停留了下来，其中三个受过绘画训练的人，想要捕捉被天空中鲜艳的彩虹点缀得格外美丽的山区景色，他们讨论起显然是徒劳无益的关于同自然界争美，或是通过艺术来捕捉自然美的问题来。正在这个时候，这个旅行小队中最年轻的一个，把他们的视力引向了正从营火中升起的烟雾上去，对于画家来说，捕捉烟雾是比捕捉彩虹更令人生畏的要求。沈试图在这儿作出自己对景物的描绘，以此来总结故事并指出其中的含义：

[1]《八骏图》P.125（文化生活出版社，1936 年 4 月第 3 版）。《雨后》这篇小说最早登载在《小说月报》第 29 卷第 9 号（1928 年 9 月），署名甲辰。

那个出自马帮饮食向上飏起的素色虹霓，先是还只一条，随即是三条五条，大小无数条，负势竞上一直向上升腾，到了一个高点时，于是如同溶解似的，慢慢的在松树顶梢摊成一张有形无质的乳白色罽毹，绿的淡清的边，下坠流注到松石间去。于是白的，绿的，黑的，一起逐渐溶成一片，成为一个狭而长的装饰物，似乎在几个年青人脚下轻轻的摇荡。远近各处都镀上夕阳下落的一种金粉。且逐渐变成蓝色和紫色。日头落下去了，两百里外的一列雪岫上十来个雪峰，却转而益发明亮，如一个一个白色金锥，向银青色泛紫的净洁天空上指。四个人都为这个入暮以前新的变化沉默了下来，尤其是三个论画的青年，觉得一切意见一切成就都失去了意义。❶

这里的关键在于，这些青年人的看法是城里人的看法，他们企图从一个敏感的局外人观点出发来鉴赏自然的美。然而，一个真正的乡下人，如前面一篇小说中提到的四狗，是不必去“鉴赏”这种美的，因为他本来就是这种自然美的一个部分，正如《虹桥》中一位青年画家在前一段评论中所说的那样：

但那个人接受自然的状态，把生命谐合于自然中，形成自然一部分的方式，比起我们来赏玩风景搜罗画本的态度，实在高明的多！❷

乡下人的生活是与自然协调一致的。同样，他们的生活也同过去协调一致，因此他们大都是保守的。小说《灯》中的老兵便是典型的一例。正像篇名“灯”是一种象征性的事物一样，这个老兵也是一个象征性的人物：

……〔山歌〕好的都完了。好人和好风俗，都被一个不认识

❶《沈从文小说散文选》P.61。

❷《沈从文小说散文选》，P.58。

的运气带走了。就像这个灯，我上年和老爷到乡下去住，就全是用这样的灯❶

因此，故事的叙述人就像少年沈从文手握一束香，跪在那里受罚时一样，陷入了遐想：

望着那清莹透明的灯罩，以及从那里放散的薄明微黄的灯光，面前站的是那古典风度的军人，总使我常常记起那些驻有一营人马的古庙，同小乡村的旅店，发生许多幻想。我曾经和那些东西太相熟，因为都市生活的缠缚，又太和那世界隔远了。❷

（为了避免在这里造成一种片面性，也许应当指出，赏识构成乡下人保守主义基础的忠厚老实的美德，并不一定意味着完全赞成这种保守主义。譬如，在写于昆明的一篇论文《谈保守》中，他有力地攻击了中国的“守旧”和“迷信”，把它们与“愚蠢”和“自私”等同起来。另一方面，他也攻击现代教育缺乏道德基础，因而有害之处多于有利之处。最后，他似乎是建议把怀疑当作医治国病的良药，并用此来削弱“保守主义”和“激进主义”的基础——因为在他看来，如果怀疑到底，就将会达到真理。❸）

还有，如《边城》告诉我们的那样，乡下人是诚实而又勤劳的：

这些人既重义轻利，又能守信自约，即便是娼妓，也常较之讲道知羞耻的城市中绅士还更可信任。❹

……出有不名头的人？我以为这种人，不生在我们这小地方，也不碍事。我们有聪明、正直、勇敢、耐劳的年青人，就够了。❺

---

❶《沈从文小说选集》P.125。

❷《沈从文小说选集》P.123。

❸《昆明冬景》（上海文化生活出版社，1939 年版）。

❹《边城》（香港文利出版社，1960 年）P.12。

❺《边城》（香港文利出版社，1960 年）P.52。

乡下人的正直、大方，还集中体现在柑桔上。作为一种象征，这柑橘是一条贯穿于小说《长河》始终的线索：

过路人口渴吃橘子，在村里可不必花钱，一到吕家坪镇上，便是极酸的狗矢柑，虽并不值钱，也有老妇人守在渡口发卖了。❶

但首要的是，乡下人是重视生（尽管他把死也当作生存的一部分）和爱的。小说《会明》（写于 1929 年。沈从文也赞颂军队里的伙夫，在沈当兵时，这些人曾吸引了他的感情）中的主人公便是热爱生活的典型的一例。虽然小说告诉我们，主人公会明是一个长着一片毛胡子的大高个子，但他，仅有"一个平凡的脑袋"，是一个心地善良的人：

他一面发育到使人见来生出近于对鬼神的敬畏，一面却天真如小狗，忠厚驯良如母牛。❷

会明幻想着有一天能被遣送到某个遥远的地方去屯垦戍边，这梦支撑着他在战争的恐怖、炮火和腐烂的尸体中挺了过来：

树林中没有会说笑话的军法，没有爱标致的中尉，没有勋章，没有钱，此外嘲笑同小气也没有。❸

由于和谈取得了进展，战火平息了下来。在这间歇的安宁之中，会明与村民们交上了朋友。有一个村民送了一只母鸡给他。这母鸡生了二十个蛋。当这些蛋孵出小鸡来时，会明是多么高兴啊。到小说结尾时，会明似乎不再像从前那样向往到边境去了：

但他喂鸡，很细心的料理它们。多余的草烟至少能对付四十

❶《长河》（香港文利出版社，1960 年）P.40。

❷《沈从文小说散文选》P.39。

❸《沈从文小说散文选》P.40。

> 天。一切说来他是很幸福的。六月来了，天气好热！这一连人幸好没有一个腐烂。会明望到这些兄弟呆呆的微笑时，那微笑的意义❶，没有一个人明白。再过些日子，秋老虎一过，那些小鸡就会扇着无毛翅膀，学着叫“勾勾喽”了。一切说来他是很幸福的，满意的。❷

“会明”庆祝生战胜了死。要了解乡下人的性爱生活，我们可以回头来读读沈在1928年写成的小说《柏子》。这部小说是沈在《习作选》中自己挑出来作为对乡下人的生活态度图解的。它的情节十分简单。柏子是一名水手，他的船停泊在辰州，这地方他大概每隔两月便要来逗留一下。他冒着风雨，去探望以卖身为业的情妇。他和情妇一起睡觉、抽鸦片、喝茶、聊天度过一个晚上后，十分满足地回到船上。像会明一样，柏子是个头脑简单的人，他的爱所缺乏的深度和敏感，由于爱的真诚而得到了弥补：

> 以后也将高高兴兴的作工，高高兴兴的吃饭睡觉，因为今夜已得了前前后后的希望，今夜所“吃”的足够两个月的咀嚼，不到两个月他可又回来了。❸

因为这一缘故，沈认为他们的爱是健康的。也是在《习题》中，他明确地把这种爱拿来跟他在另一部小说中所描写的城市知识分子的神经过敏的爱情作对比。❹然而，正像沈的“乡下人”本身存在着模棱两可的地方一样，小说中似乎也存在着同样的问题。当柏子来到船上，听见了什么声音后，他的忘情的享乐主义多少也有点收敛了：

> 到得跳板边时，柏子小心小心的走过去，预定的十八摸便不敢唱了——因为老板娘还在喂小船老板的奶，听到哄孩子的声音，

❶ 比较一下上文所引的那段中那个年轻的豆腐铺老板的微笑。

❷《沈从文小说选集》P.49。

❸《阿金》（香港文利出版社，1960年）P.59～60。

❹ 指《八骏图》，见下文。

听到吮奶声音。❶

也许这里暗示着一个类比：柏子自己天真的爱中有一些幼稚的东西；而且对比之下，他的爱是一时的，根本不会有结果的。后来，在修改这篇小说时，沈在结尾处加了一小段，大意是说，像柏子的船一样，当事情办完后必须再次出发——这里显然又一次暗示了一种短暂的、基本上不卷入个人感情的性关系。

（2）城里人

我们拿乡下人这幅画像来同沈从文小说中的城里人作对比。城里人的环境最客气地说也是不自然，说得严重些是肮脏的（就像在一些显示出很深的狄更斯影响的小说所描写的那样）。小说 开始这样写道：

> 晚风带着一点儿余热，从吴淞吹过上海闸北，承受了市里阴沟脏水的稻草浜一带，便散放出一种为附近穷苦人家所习惯的臭气。❷

而在结尾处，又清楚地暗示出：这样一个环境与自然的生活和美好的事物相隔得多么遥远：

> 不知什么地方，有什么东西落到水里去，如一只从浜旁自己奋身掷入浜中去的癞蛤蟆，咚的一声，浜中的死水，便缓缓的摇动起来，仿佛在凉风中微微发抖，小小的波纹啮着那粪船的近旁，作出细碎声音，接着就非常沉静了。
>
> 某个地方有一只雄鸡在叫，像是装在大瓮坛里，究竟在什么地方也仍然听不分明。两个粪夫知道自己快要忙碌做事，各人蹲在一个石墩上，打算到自己的生活。天上有流星正在陨落，抛掷着长而光明的线，非常美丽悦目。❸

❶《阿金》P.60。

❷《春》（香港文利出版社版，1960 年）P.90。

❸《春》（香港文利出版社版，1960 年）P.110。

但是，说到城市生活，沈从文更关心中上层阶级的人，在他看来，这些人主要毛病在于对现实生活的无知，尽管他们自命博学。在小说《知识》[1]中，一个留洋回来的地主儿子这样写信给他从前大学里尊敬的导师：

> 老骗子，你应当死了，你教我十来年书，还不如我那个地方一个大字不识的乡下人聪明，……（你）所知道的全是活人不用知道的，人必需知道的你却一点不知道！[2]

这样，笔下的富裕市民的生活便显得平庸肤浅。

> 一般绅士为了娱悦自己，多数念点佛，学会静坐，会打太极拳，能谈相法，听京戏，懂鉴赏金石书画；另外的事情，就是喝一点酒，打打牌。[3]

城市生活的最后结果是典型的精神机能病，或是一种感情上，心灵上，有时候是体质上的衰弱。因而在小说《三三》（1931 年）中，女主人公的舅妈对那个年轻、漂亮的生客的那张很有象征性的苍白的脸和他的拐棍这样评论道：

> 谁清楚城里人那些病名字。依我想，城里人喜欢害病，所以病的名字特别多。[4]

城里人的不健康的身心状况，特别表现在他们的性欲望上。正如沈解说的那样：

> 城市中人生活太匆忙，太杂乱，耳朵眼睛接触声音光色过分

[1]《知识》，见《新与旧》。

[2]《新与旧》P.138。

[3]《沈从文小说选集》P.50（引自《绅士的太太》）。

[4]《沈从文小说选集》P.169。

疲劳，加之多睡眠不足，营养不足，虽俨然事事神经异常尖锐敏感，其实除了色欲以外，别的感官都有点麻木不仁。❶

举例来说，在小说《有学问的人》(1928 年)中可以读到这么一个情节：一个三十多岁的物理学家坐在一张沙发上，旁边是他妻子的朋友，一个离了婚比他小十岁的女人。太阳落山后，屋子里更加昏暗。虽然他俩对生活感到厌烦，并且互相被私情所吸引，但又谁也不能唤起活力，以便付诸行动。最后，当科学家扭亮电灯，不一会儿，他妻子和孩子也回来了，他俩才感觉到松了一口气❷。另一篇沈从文直接用来同《柏子》❸作对比的这样的小说是《八骏图》。小说叙述了八个在青岛暑期学校作特邀演讲的著名学者，作家他们在爱情上的不同态度。其中一个经常注意年轻的女学生；另一个，虽然爱着一个女人，却拒绝向她表示爱情；第三个，结婚才一年就离婚了，对所有当妻子的抱着玩世不恭的态度；如此等等。最后，故事述说者发现，那个他觉得特别漂亮的年轻女人似乎被他吸引住了，尽管他一直认为她是爱着八个人中的另一个的。这一发现使得他给他的未婚妻打了一份电报，说他"害了点小病"，要在青岛多住上三天。❹

《薄寒》(1930 年)的女主人公，由于她对乡村的曲解，在这点上显得特别有趣。她是一个中学教员，对她自己的生活，对迷着她的那些斯文胆怯的青年男子都感到厌倦。她借助想像"邪恶"的乡村里的强壮男人和士兵，以求减轻生活的厌烦。(从这里，人们看到，不自然的城市环境的影响是怎样歪曲了根深蒂固的、活生生的乡村生活意识的。)她想："军人当真是以杀人放火为生活的么？""军人比城市中培养出来的人还坏么？"❺她感到惊疑不定，其时，她真的看见了一个高个子的军人，迈着沉重的步履，带着"乡下人的气氛"：

❶《习题》(《阿金》P.5)。

❷《八骏图》P.47 ~ 63。

❸《习题》，指《八骏图》。

❹ 此作载于以本篇名为题的小说集中，后稍作修改后收入《春灯集》。

❺《新与旧》P.145。

她想：这是能杀人的人。……（他）从（她）前面走过，仿佛每一个脚步的重量全落在她心上。❶

在公园里，她走上去坐在军人旁边，听任他同她调情。但是很显然，真正的军人并不像她所想像的那样。小说的结尾写道：

（她）上了车。新秋的风吹到脸上，她笑了，“世界上男子全是蠢东西”。❷

（3）相互影响

沈从文的一些小说是分开地谈到乡下人的世界和城里人的世界的，但在有些情况下，两个世界是互相交叉的，或者是把它们放在一个故事里作为明显对比的，偶然我们还看到城市对乡下人产生的不可避免的吸引，例如在《三三》中：

自从两个客人到来后，碾坊里有点不同过去的样子，母女两人说话，提到“城里”的事情，就渐渐多了。城里是什么样子，城里有些什么好处，两人本来全不知道。❸

后来，我们看到母亲梦想着三三结婚去城市，而三三（她像沈的小说中的许多类似的年轻女主角一样，可以被看作乡村美丽、单纯的化身）本人却很有见地：

“你将来是一定要到城里去的！”
“怎么一定？我偏不上城里去！”
“那自然好极了。”
两人又走着，三三忽然又说：“娘，娘，为什么你说我要到城

❶《新与旧》P.146。
❷《新与旧》P.155。
❸《沈从文小说选集》P.180。

里去？你怎么个想起这事情？”

母亲忙分辩说：“你不去城里，我也不去城里。城里天生是为城里人预备的；我们自然有我们的碾坊，不会离开的。”❶

在其它小说中，如《长河》中，城市在许多方面都是以掠夺农村的强盗面貌出现的。在这部小说的序言中，沈从文忧伤地谈到了他在1934年还乡时，在家乡到处可见的现代文明的标志：香烟，罐头，别着自来水笔，戴着银色手表的年轻人，这些人稍有太阳便“赶紧戴上”的太阳镜。这小说中，加在农村头上的不祥之兆是以“新生活”运动这一讽刺喜剧式的面具出现的。“新生活”运动是一个国民党发起的，用以“改进”中国道德，“开导”农民的运动。这个运动要是本身算不上（如小说中的一个人物担心的那种）实际力量的话，它的危险事实上在于它所代表的一种象征，一种行将到来的凶兆：

〔老水手〕以为“新生活一来，这地方原来的一切，都必然全要有些变化，天天姐妹生活也一定要变化”，可是其时看看两个女的，却正在船边伸手玩水，用手捞取水面漂浮的瓜藤菜叶，自在从容之至。❷

在小说的那个时代里，另一个再加直接的威胁来自城市官僚对农村的经济剥削。如小说中的一个人所说：“桔子很补人，挤水也好吃！”一个乡下人对此评论道：

好！大家就挤下去，好在桔子树多，总挤不干。可是挤来挤去也就差不多了。❸

再次，这小小的乡村还遭受到战争的威吓，正好比飞到河中小洲

❶《沈从文小说选集》P.186。

❷《长河》P36。

❸《长河》P70。

逃避四周山火的鹌鹑鸟一样，如果现在还有人要抓它们的话，它们就无处可飞了，原因则如老水手取笑天天时所说的那样：

> 为的是和你一样，见这里什么都好，以为是洞天福地，再也舍不得离开。❶

沈在一篇早年创作的，比《三三》、《长河》少一点田园诗风味的小说《夫妇》（1929 年）中，特别分明地把城乡的对比和它们各自内在的矛盾表现了出来。它讲到有一对年轻人在"光天化日"之下在一条山间小路旁热恋，被几个乡民抓住。乡民们渴望看见他们被鞭打，或者用其它适当的出丑方式来惩罚他们。而当弄清楚他们并不是私奔的情人，而是一对正式的夫妇后，他们的那股劲头才减弱了一点。最后，由于主人公——显然是个国民党官员——的好心帮助，他们才被放了出来。这篇小说给乡民们画了一幅难看的肖像画，甚至其中还包括了小孩子。这些乡下小孩高兴地跑来跑去找寻带刺的棍棒，好用来打这一对男女。与沈通常的作品相比，这篇小说所表现的乡下人形象就显得较为灰暗。然而，作品的主要意图是为了在这对年轻的乡下恋人与那个精神颓唐姓黄的官员之间形成对比；前者在自然中，在相互的爱中享受着自由自在的快乐，而后者因为"神经衰弱"而来乡村休养。他表现得比那些带着狭隘道德观的乡民在感情上更易受感染。他的感情为这对青年人所触动，正如他们被乡村的美所触动一样，但是，就像《有学问的人》中的人物一样，他还是不能作出环境要求他作出的感情上的努力，于是就重新返回毫无变化的单调的城市中去：

> 他记起这一天来的一切事，觉得自己的世界真窄。倘若自己有这样的一个太太，他这时也将有一些看不见的危险伏在身边了。因此开始觉得住在这里是厌烦了的地方了。地方风景虽美，乡下人与城市中人一样无味，他预备明后天进城。❷

---

❶《长河》，P.174。

❷《阿金》P.103。

E. 风格

前面已经提到，沈从文的乡下人所体现的价值是从他自己的生活中自然而然地形成的，并且清楚地表现在他的小说中。乡下人的某些特点或许还可以从他的风格以及他普遍的文学表现手法中看出来。他一开始接触文学，便接受了各种各样的影响：狄更斯、《天方夜谭》和中国历史❶。至于中国文学，他最初掌握的是古典文学方面的知识。当他第一次被一位年轻的印刷工人引导到当代文学上来时，他以一种可笑的方式显露了他的无知：

> 我问那本封面上打赤膊人像的书是什么，他告了我是《改造》以后，我又问他那《超人》是什么东西，❷我还记得他那时的样子，脸庞同眼睛皆圆圆的，简直同一匹猫儿一样，“唉，伢俐，怎么个未巧？一个天下闻名的女诗人……也不知道么？”“我只知道唐朝女诗人鱼玄机是个道士。”“新的呢？”“我只知道随园❸女弟子。”“再新一点？”我把头摇摇，不说话了。我看到他那神气我倒觉得有点害羞，我实在什么也不知道。❹

在这一段有关新文学的对话的描写中，从头到尾地透露出了他的冷嘲。他接着还谈到，当他进一步研究了他朋友的杂志以后，如何感觉到，他已经把握了文言体和白话体之间的基本区别：

---

❶ 这是在沈家宅，属于几位富裕的亲戚的。沈的青少年时代，曾有一年半时间在那儿度过；另外还在沈家宅隔壁的那所由沈家捐助的学校图书馆。见《自传》P.92～95 和散文《芷江县的熊公馆》，载《沈从文散文小说选》P.106～114。

❷《改造》是从1920年起在上海出版的一家进步党的月刊。《超人》是诗人兼小说家冰心（谢婉莹，生于1902年）写的一部小说集书名。

❸“随园”是诗人袁枚（1716～1798）在南京庄园的名字，他在这里主持了一个诗歌书院，其中有数名女弟子。

❹《从文自传》P.139～140。

其一落角用“也”字同“焉”字，其一落角却用“呀”字同“啊”字，其一写一件事越说得少越好，其一写一件事越说得多越好。❶

他的朋友听到这一种解释后，立即辩解说，新文学具有一种不可缺少的特性，叫做“思想”，对此，沈评论道：

当时我不明白什么是思想，觉得十分忸怩。若猜得着十年后我写了些文章，被一些连看我文章上所说的话语意思也不懂的批评家，胡乱来批评我文章“没有思想”时，我即不懂“思想”是什么意思，当时似乎也就不必怎样惭愧了。❷

当然，青年沈从文不久以后便像那个时代其他有抱负的作家一样，被卷入了热情之中。但是，当他成熟起来后，他对新文学的态度似乎变得更带批评性和疏远了，这是因为他的“乡下人”的气质顽强地在表现着自己。在他的文字中，在他的不断的试验中，人们可以觉察一种倾向，即轻巧、松快的“纯”白话文风格，由于省略了不必要的虚词，不用比较书面化的词汇，以及在某些情况下舍弃冗长复杂的句式，而变得较简练和古典化了。至少，一个现代批评家看得出，这个风格是同沈的乡下人出身有关系：

他的作品以一个特殊的风格而著名，这种风格由于省略了语音的辅助成分而有点生硬。有些人把这看作是新文言体，不认为他的作品是用活泼的、口语化的语言写成的。……事实上，这些语言特点是住在文化程度相对较低的边远地区人民所特有的。作者能够在他的文体上取得某种成就这一事实，无疑是他作品成功的一个证明。❸

❶《从文自传》P.140。

❷《从文自传》P.140 ~ 141。

❸ 周进（译音——译者）OP.Cit、P.443。

F. 1949年后

沈从文作为一名小说家的生涯，到1949年便结束了。他失去了在大学的职位，到故宫博物馆当抄写员。由于受到政治上的冲击，他意气沮丧到想要自杀。1950年，他屈从于压力，进入了人民革命大学政治研究院。下一年，他在《大公报》上发表了一篇题为《我的学习》的文章，承认了他的错误(主要是指以前相信文学不应该为政治服务)，把他的作品说成是"无益于人民革命"，并且有点出人意外地提到了佛教、弗洛伊德和乔哀斯对他的作品的不好影响。❶

在政治学院度过十个月后，他被允许返回故宫博物院原来的工作岗位上去。1956年，他又向共产党政协代表大会写了一份检讨。虽然这份检讨中是根据要求用谦卑和忏悔的词语写成的，并且行文小心，称颂了马克思列宁主义、毛主席和新时代，但是人们注意到，他仍然提到了他的乡下人出身，并宣称：在我身上老式农民的执拗并没有完全除掉。❷虽然经历了这些风风雨雨，乡下人看来仍然好好地活在北京。

下一年，一部包括二十二篇小说的集子，为应付检查作了适当的修改（显然改动是很小的）后，由人民文学出版社出版了。所有篇目所标明的日期都是1949年以前的。但在前言中，他一面为仅能提供旧作品表示歉意，一面又表示希望有一天他能再次拿起笔来歌颂"人民的胜利"。他再一次把自己划为"乡下人"，并用与往日一样的热情谈起了他的家乡——湘西。他甚至对自己过去从事的小说创作的技巧流露出自豪感。❸

1961年，沈参加了一次公家组织的赴江西的旅行，那儿是20年代红军的诞生地。沈以此为题材，写了五首旧体诗。1963年，一本散文集出版了，大多数篇目仍然是赞美乡村的。但是，这些年来，他的主要的创造力和热情看来始终都放在故宫里的探究上。当他早年在军

❶ 见聂华苓《沈从文》(纽约，1972年Twayne出版社）P.114~116。

❷ 同上书，P.116~117。

❸《沈从文小说选集·题记》P.4~6。

队的时候，有一个时期，作为一个司令官的私人秘书，他在一幢大宅第里工作。宅子里收藏着许多古玩和古典文献、名画、青铜器、瓷器、石刻和古书。这些东西曾在一段时期内成了他乐于调查研究的对象。❶现在，当作为一个作家被迫沉默下来后，他又转而恢复了他往日作为一个文物研究者的热情。1959 年，他出版了一部关于中国古代纺织品的三卷巨著。以后，他写了一系列长长短短的有关中国古代物质文明所有方面——诸如唐、宋的镜子、战国的漆器、玻璃制作、中国的耕马、蓄须的历史，从史前时代以来的手工艺史，等等——有价值的论文。1973 年，他负责登记和研究从全国各地源源送入博物馆来的新发掘出来的文物❷。于是，沈找到了一条新的实现他创造力的机会，能够在这个充满敌意的，差不多要把他整个儿毁灭的环境中，照样创作出在文化和艺术上有真价值的作品来。像他一直自称的乡下人一样，他依靠顽强的忍耐力而幸存了下来，并且直到最后也没有牺牲他的正直。

在他的《小说选集》的《题记》中，他谦虚地谈到了他的缺点，但人们不难从中觉察出他的自得之意：

> 社会变化既异常激烈，我的生活工作方式却极其窄少变化，加之思想又保守凝固，自然使得我这个工作越来越落后于社会现实，似乎当真变成了一个自办补习学校中永远不毕业的留级生。❸

但实际上，沈对于“社会现实”总是认识非常清醒的。他所不满意的是对现实的两种陈腐回答，即要么采取逃避主义，要么报以革命——他在小说《大小阮》❹中，出色、同情地探究了这两种选择。他的“乡下人”是基于他自己的经历和最深的感受之上的，对社会现实第三种回答的一种尝试。当然，艺术家的想像不必就等于政治行动的纲领。但它可以从另一些方面为社会作出一份贡献，而这些恐怕是更为重要

❶ 见《从文自传》P.133 ~ 134。沈对图章、铭文的研究在稍早一些时间的沈家宅就开始了。

❷ 见许芥昱 oP.Cit、P.131 ~ 132。

❸《沈从文小说选集·题记》P.4。

❹ 写于 1935 年，收《主妇》和《沈从文小说选集》。

的方面。不管怎样，到1947年，沈觉得他已经说了他所想说的一切，并且在他沉默前的二年，就已经准备了结了他的这一番努力：

> 我的工作在解释过去，说明当前，至于是否有助于未来，正和个人的迂腐顽固处，将一例交给历史结算去了。❶

译自澳大利亚《东方学研究会会刊》第13卷，1978年出版。

❶《从现实学习》P.100。

《沈从文笔下的中国》（选译）

〔美〕金介甫
虞建华　邵华强　译

序　言

如果要举出几位中国新小说的主要作家，30年代中期的许多文学爱好者会这样说："第一是鲁迅，第二便是沈从文。"这两位作家的名字在此前后都不曾被相提并论。但在那个历史时期，不管是在卓越的艺术才华上，还是在用来把握20世纪中国社会生活的本质的能力上，他们都显得同样的伟大。虽然当鲁迅已经投身于社会革命的时候，沈从文依然主张中国回复到自发的乡村社会中去，他的这个社会理想同鲁迅的理想一样，是抽象而不切实际的。

从文学史和文学批评的角度来说，这两位作家在中国现代白话小说的发展中都各自开辟了新的领域，创立了新的标准。鲁迅或许以《狂人日记》这篇小说单枪匹马地创造了新型小说。他以自己的精心之作对文学创作作出了贡献；他的作品大部分是在十年之内完成的。而沈从文则以其多产的作品吸引了广大读者，并一直以不拘一格的语言和文学上的尝试激励年轻的中国，这些尝试担负了清除新文学的无形禁锢的使命。一些读者喜欢沈从文别具风味的作品；另一些企图寻找更熟悉的文学题材的读者，则决意从此不再读他的作品。毋庸置疑，沈从文确实比鲁迅晚了好几年才达到鲁迅的艺术水准。鲁迅这位年长的作家不仅受过中国古典文学的训练，而且学过西方的文学技巧。在他最早期的著作中，他以堪称最佳文言文学的细腻洗炼的笔触表达了人的感情和性格动机。而沈从文则差不多完全靠粗糙的自学；他早期作品是散乱的，有时是斑斓的。1924 年，当他最初的一些作品出版时，他的进展并不很快。但到了 30 年代，他的小说也以其笔调和富有感召力的特点受人称誉，这就更使人惊叹了。

虽然这两位作家在自己的黄金时代都创作了不需文学理论家评价的最好作品，但他们都认为“严肃”的文学是由它对现实生活和社会结构的影响所确认的，在这点上他们和许多同人、读者一样。鲁迅在理论上是革命者，实践上至少是社会批评家；沈从文也在社会批判方面一试身手，但支配这位年轻小说家创作的，似乎是为梁启超那一代人所熟知的老式的目的概念。他企图通过小说中表达的理想，直接地寻求改变人与人之间的关系以及他所生活的世界的关系。沈从文的作品有时表现出一种乐观主义，他的观点对当时其他知识分子似乎是陌生的。

在沈从文和鲁迅的作品中，可以找到一种产生于这两位作家的社会意识的共有的感召力。随着 1917 年白话文运动，特别是在 1919 年五四学生运动以后，各种各样的外国文学的影响涌入中国。在这股潮流中，沈从文和鲁迅可看作从中国人角度看待中国的作家。他们本人都受到外国文学的影响（鲁迅较为深刻地、而沈从文则朴素无知地受到其影响），但他们在早年生活中都没有产生过失去文化根基的感觉。他们在以后作为作家的生涯中，都未废弃用对传统的风土人情以精致的描绘来唤醒中国农村的才能，也未废弃对这个古老社会中经常是默默然的感情交流和人们之间联系的敏锐感触。鲁迅在青年时背叛了他周围的世界，但不能不正视这一世界，或是要让它自然死亡，或是准备一种新秩序的到来；那些乐观一些的革命者希望这种新秩序强大无比，占据旧社会的呼吸空间，使它窒息。沈从文也反对许多儒家纲常，但他对新的和旧的秩序都未见倾心；同鲁迅相比，他在何等程度上更多地歌颂了一种他认作来自中国的一个角落、来自受儒家影响最少的社会阶层的传统遗产呢？他从未涉足异国，也没有学过外国语，甚至在二十多岁以前连中国的城市和沿海也难得瞥见，所以他的社会观必然是朴素的，即便是富于异乡情调的。

在抗日战争和国内战争的洗劫之后，也就是在革命文学的时代，鲁迅被尊为五四时期典型的革命作家。而沈从文，在人民共和国是不合时宜的人，在台湾是遭到禁止的人，同鲁迅相比之下就陷入了默默无闻的境地。他那独特的政治见解和既非革命激进亦非完全保守的社会立场，总是让他同时代有思想意识的作家感到困惑。在40年代以前，批评家们对沈从文不知所措，无法为了论战将他排档归类，尽管他出身地主家庭，生活却比大多数五四作家贫困。他在对普通人民富有同情心的描写中表现出的传神和真实，是受过良好教育的城市革命作家所不能企及的。

促使写作本书的是沈从文对中国社会状况的敏锐感受，而不是他对中国新文学的成熟的促进，也不是他作品在这方面的文学价值。本书是通过文学而进行的地方史研究；其中的见解主要来自沈从文的作品，而这些作品所具有的如我们所分析的那种力量，又是主要来自于沈本人在连年兵火和社会变迁的亲身经历，实际上也就是他对中国农村一个地区的人种学现象的深刻体会。此书也得益于他对那个地区即湘西的历久不衰的毕生的兴趣；得益于他没有受社会分析模式的先入之见的约束；得益于他缺少在描绘所看到的现象时的民族主义的自我意识。这点同鲁迅对照一下是有益的。鲁迅那篇对他的医学学生时代的有名介绍中讲了当教师放映一部表现一群将要被日本士兵处决的中国人的幻灯片时他所受到的震动，那些围观这个场面的其他中国人的麻木不仁给鲁迅以巨大的冲击，以至于促使他当时决心从事一项促进社会改革的事业。沈从文从未看到过在帝国主义命令下进行的杀人——他对杀人的反应与鲁迅的不同或许也在这里——但是杀人场面的本身。以及大家参与这件事情，对他以后来说就具有特殊的含义并带有一种戏剧性的感觉。我们能否这样说，在西方影响之前，是沈从文代表了中国人的声音，而鲁迅的声音则来自一种外国观点和外国影响下产生的自我意识本身。

当然，在这个研究中我们深深意识到在沈从文的观点和历史事实之间的区别。我们认识到在这历史事实上存在着非同寻常的争论，而且，这段中国历史上混乱时期中的史实也未曾有过令人满意的定义。

因此，我们尽可能引用互为比较的史料以作参考。在搜集沈从文的历史的和社会的观点时，我们当然把重心放在他的非小说的作品和相对更直截了当更现实主义的作品上，而不是放在那些对它们的解释分歧较大的、其中的意思当然会被有意搞得模糊不清或众说纷纭的那些作品上。这样一种材料选择不可避免地要忽视那些代表沈从文艺术顶峰的作品，以及沈的那些表达世界最普遍的人道主义倾向的作品。研究中国文学的朋友可能还会对我们很少提到沈从文作品中以及他思想经历中的文学价值感到扫兴。我们确实企图与他的写作意识、他的人生观中的一般美学价值协调起来。这里提供的个人经历方面的、风俗制度方面的、甚至文学语言方面的材料应该是进一步评价沈从文小说的必要背景。但是，我们的目的不是文学批评，甚至也不是对沈的文学作品的考察；这里我们尤其舍略了他的成熟的和后期的创作年代（30年代和40年代）中那些与湘西和中国农村没有直接关系的作品。在沈从文作品的探讨方面，我们这个研究或许可以被当作对他的非小说的作品，和他的小说中那些对社会历史研究最有价值的成分的考察。

把沈从文的小说和其它作品当作社会历史的附录来读，有一种双重的报偿，它使模糊不清的社会生活各种性质明了化了，而文学常常具有揭示社会生活的独特力量。同时它也提供了一些别处难以得到的严酷史实。沈从文的洞察力受到他知识和经历的限制，他又是常常出现在自己作品中心的，但沈从文本人几乎是作为一位有代表性的人物，作为一名活动在一个地区较大历史范围内的士兵、探索者和出身破落家庭的低层人物而为我们熟知。行伍生涯，当地风俗，苗寨生活，乡间幽默和民间传说都进入了他作品的视界。沈的特长是描绘而不是作社会学的解释，但他的一些作品可以理解成从文化交界区的一个最佳视角出发对中国文化所作的广泛的批判；他力图从一个地区性的少数民族（苗）的观点出发，而不是从西方观点的角度出发观察一个较大的文化，在最广泛的意义上，这仍然是在中国文化内部对中国文化所作的批判。

因此，本书具有一些基本倾向，它将参照沈从文的地区背景和社会背景，和他与五四时期知识界的其他成员的相互关系，把沈作为一名历史评论员来研究；它将论述沈对社会历史的洞察力的实质；它也将研究他的具有社会意识的作品中的一些主观的方面，把这些方面当作20世纪中国社会史和思想史之间互相影响的指示器。

本书的前四章是沈从文20岁以前的传略，重点放在他的乡村生活经历和士兵生活经历，以及这些经历为他提供的社会立场。第五章是这个传略的继续，考察沈从文转变为一个作家的过程，和他到达北京后获得的新的信仰和兴趣。本章还将较广泛地探讨他与五四时期的其他主要作家和思想家之间的关系，以及他在当时各种思潮中的思想态度。这些因素揭示了沈的文学作为社会生活的反映所具有的先天的限度。

考虑到沈从文的社会传统和文学宗旨，第六、七、八三章考察他对中国农村、特别是湘西的社会伦理方面具有模式意义的观点，它是一种由来自社会现实的材料所建成的理想图景。民间宗教、婚姻习俗、以及神话、民间传说、民歌中体现出来的民间创造力，这些沈从文都特别感兴趣，本书也将对它们作逐一的考察。或许这些题目表现出西方人种学思想对他的影响。但是沈用来把他的种种看法溶解为一个完整的观点的那些主要论著却似乎都是关于地区特点、尚武精神和苗族的少数民族文化的更加具有传统色彩的论著。考虑到20世纪中国地方主义和尚武精神的重要性，以及至少有一部分知识分子从未有过的热心于中华民族的人种起源和文化起源进行人种学的大胆的探讨，沈从文的较大范围的社会观点与他的更具体的地方历史的描述同样充分地合乎于他时代的趋向。我们不打算把沈从文的这种观点当作形成其艺术的一个因素来加以详细分析，以便更充分地探讨这种观点同社会历史的相互关系。

最后一章探寻沈从文社会观的后期发展线索。在沈的作家活动时期将要结束的时候，湘西自治政权不幸夭折；那个地方军阀——沈从文从前的长官、一度是他的模范——也失去了权势。这些事件在沈的作品中得到了反映；我们提出了这些事件对沈从文关于中国之未来的观点可能具有的影响这一点上。至此，我们关于一位作家（在40年代后期沈就很少写小说了），关于他的生活环境，以及两者间始终存在着的密切的相互作用的叙述，从年代的角度来说，就告结束了。

就这样，对湘西这一地区的看法，其几乎带有人的个性的特点（照李震一的意思），就作为沈从文广泛观察中的主要社会图景而出现了。在我们看来，沈从文揭示了在20年代和30年代最为盛行的中国地方主义的根源。通过他自己对一个地区文化特征的详细阐述，他表现了感情的深度和广度以及中国的一地区能被地方主义的狂热所笼罩的象征意义。他追寻了他那个地区的自治的尚武精神的发展线索，揭示了戎马生涯对当时的青年所具有的魅力，以及有时能激励一个青年为他的家乡而作战的热情。由此，他也揭明了用尚武精神来进行地方自治的时代基础。

沈从文对他所在地区的印象，带有许多个人的象征性联想，但也表明了罗斯·台雷尔所说的中国人的“地方感”。现代中国人依然不断倾心于作为祖国的中国土地与江河，倾心于故乡和小镇小村。当来自不同地区的中国人聚集在一起谈话的时候，话题必定转到像名菜、口音和当地民间英雄这样的家乡的特有的文化特色差异上。而同乡反过来又成为社会团体的基础。

沈从文在作品中同时证明了地方特性在社会方面的重要性和象征意义上的重要性。看来这种证明驳斥了认为地方主义在中国社会历史上微不足道的观点。主张现代化的理论也许往往会忽视地方主义有实质性意义的方面，其依据是以区域为基础的联合与分化从民族融合、文化一体化的必然趋势来看只是一种反动。当然，新的民族经济和民族文化的成长是不可否认的，但事实上也可以说民族融合会使得新型的地区经济分化成为可能；公众间交流网络的扩展通过传播大量各种观点并使互相冲突的地方观念和习惯方式进行更为接近的对抗，将会在思想意识领域内导致各种新型的地方主义。在西方最发达的国家里，乡土观念也是不肯善罢干休的，如英国的苏格兰“民族主义”，法国的布列塔尼地方主义。

在中国这个问题上，已故的约瑟夫·R·莱文生的观点是更引起争论的。莱文生把以下两者基本对立起来，一方面是那些其思想意识在传统时代受他们所在的省域（沈从文这个事例使我们马上希望把“省域”改读为“地区”）的限制的人，也就是那些大部分具有文化上“小传统”的人的地方观点和眼界，另一方面是有教养的到处游历的儒家大师的地区间交往的“大同主义”的观点和眼界，这些儒家大师的文化是同用通用书写语言表达的“大传统”相联系的。他发现五四知识分子既不对地方意识表示同情，也不对儒家的有限度的民族内部“大同主义”意识表示同情；儒家的意识在更广泛的外部世界的文化背景上看来也显得是“地方主义”的。地方主义意识在形式上而不是实质上在共产主义之下复活了。因为这种意识的活生生的、“地方主义的”内部根源已枯竭，而新的、主张国际间实行世界大同的共产主义的意识形态，认为地方小传统存在于一个阶级而不是一个地区之中，因而允许各种区域性的小传统成为国际整体中的一个部分。

我们认为，这种观点没有看清乡土意识的特殊重要性，也没有看清乡土意识本身依赖于一个单一中国的程度。地方特性一般来说向来只是中国人的意识中的一部分而不是它的全部，只是附属于民族特性而不是取而代之——虽然沈从文时代以前的狂热的地方主义者政治上抵制了中央集权的官僚制度。从正面来看，儒家大师始终以故乡的地方传统为自豪。这种地方传统经常体现在地理景色、历史圣地，以及体现在如烹调特色之类具体属性上，并不带有政治内涵。它也常常体现在高等学术的地方传统上（例如“浙系学派”），从而用大同主义概念来确定地方特性。如果不能把一个对外国无知人叫做民族主义的话，那么也不能把一个其眼界仅限于省域的人说成是一种乡土意识。

五四知识分子确实大部分有过一种失去根基的感觉，他们否认了高等学术的地方传统的价值，但由于离开他们的“小传统”太远，以至不能得到在那儿植根的乡土意识。沈从文就其没有失去传统根基而言是不同寻常的，并且，他像共产党人那样也愿意甚至热衷于从“小传统”中提炼道德规范，把它作为他的价值观中新的决定性成分——但也不超出人性的大同主义概念之外。人们或许会怀疑，就像莱文生或许会疑心那样，沈从文将其生活环境和当地乡民的有意等同起来，是不是一种真正的思想意识，因为它过于怀古了。但是，莱文生可能忽视了失去传统根基的五四知识分子羡慕他人作品中的“地方感”里具有传统根基的程度，虽然他们自己不能获得这种根基。沈从文作品中的地方色彩受到了那些不了解湘西（如果不是不了解整个中国农村的话）的失去根基的人们的赞扬，现实主义作品作为一种范畴，因为激起生动的时代感和地方感而受到广泛的好评。50 年代对地方传统的庆祝，不也或许直接表明了群众中“地方感”和缺少地方感的知识分子对获得它的不断追求的经久不衰的重要性吗？我们认为，沈从文的“地方感”是一种思想现象的代表，即便他所生活的地区在中国各个地区中并没有代表性。

这里提供了对沈从文作品以及他对湘西的非小说的介绍的新理解，目的在有助于弄清上述社会方面和思想方面的问题，而不是要关上对这些作品本身作更充分的文学评价的大门。这个不是从文学的角度所进行的研究甚至还必须使沈的作品超出目前研究所局限的狭小的解释范围。如果我们发现他的小说是由一种诗人般的回忆，对社会的敏锐感触和独一无二的本土的联想能力所激发的，那么对他的作品中的审美价值的研究就决不会受到妨碍。

第五章　作家沈从文：观点和哲学

为了衔接当兵的沈从文和青年作家沈从文之间的空白，从造就了他本人的双重社会现实过渡到他自己在文学中对这一现实更加确切的再创造，有三个问题必须解决。首先，沈从文是怎样成为作家的？由于谁他才得以进入北京的文学界？其次，他信奉什么文学、哲学、政治理论和主张，他是怎样获得这种理论和主张的？最后，到达北京后，他个人经历是怎样进一步形成沈从文的人生观的？是不是最初接触的城市生活激起了他对再也不能重返的乡村社会作出重新估价？

提出这些问题为的是最大范围地列出系统的假设、目的和无意识的偏见，而这些可能转达了，或者，从固定在现实主义上的观点来看，歪曲了沈从文在文学中对“社会现实”的描绘。沈从文是怎样成长为一个作家的？这方面他本人没有写过很能说明问题的东西。这样，完全以他个人历史来对待上面提到的几个问题，就没有可能，但是我们至少可以分析他对生活和艺术的态度，把他的态度置入1919年五四运动后各种冲突的理智倾向中间来加以探讨。如果根据由别人更充分地表达的当时普遍存在的几种思想流派，有比较地重温沈从文的哲学思想和文艺作品，我们就能搞清楚他观点的内含，甚至得到一些暗示，从而说明他是如何形成这些观点的。

沈从文的许多最早期作品，至今几十年无人问津。我们将集中讨论这些作品，因为这些早期作品最直接地反映了新思想、新生活方式对他社会观的冲击。此外，他的早期作品预示了他对家乡的思念，对生活的崇敬，对社会和政治的态度，他的主题等，也常常预示了沈从文30年代和40年代描写家乡著作中的意象，而这些年间的作品一般被认为是代表了沈从文成熟的后期小说。沈从文后期作品中的思乡情绪和理想主义与当时很大一部分文学中自觉的革命偏见和民族主义偏见十分不同，因此不是他寻求逃避当时政治、社会潮流给他带来的痛苦的个人特有手段。早在20年代中期，在学术城北京这个十分不同的环境中，沈从文已经形成了自己的文学格式和社会观点；他的后期小说把它们推到了顶点。这样，我们就有可能越过沈从文文学技巧令人眼花缭乱的发展以及他主题范围的辽阔疆域，看到众多的作品中哲学观的一致性和时间上的连贯性，我们甚至可以看到他与前一时代文学潮流之间的联系。

沈从文在学术城北京获得了新的科学人类观知识，获得了看待整个人类实验中中国社会的宽阔视野以及普遍的人道主义、世界主义和对文化、社会意义的多元概念。文化和社会意义典型地存在于这些浩瀚的理论之中。沈从文提倡博爱，或许还提倡泛神论。

沈从文把他对家乡的爱带到了北京。这点可以比较清楚地说明他的题材和他的一些社会准则，这些社会准则出现在他一生各阶段作品的一个重要部分里。他轻而易举地把他对湘西和苗人的特定的、排他的爱同他在北京获得的普遍看法协调起来。沈从文在湘西，在他最爱戴的人中看到了现代人道准则的化身，而学术城北京本身的宽容气氛独特地助长了他对地方色彩、社会习俗甚至部落人民的真正兴趣。就这样，沈从文人道理想的具体社会定义，具有了一种与众不同的地方色调。

时事的发展趋向，使沈从文感到悲痛，但是在对事态的反应上，他的文学却没有什么改变，因为使他忧伤的变化是技术、社会和道德上的转变；这些转变在他眼里如此广大，甚至国民党和共产党也似乎站在历史的同一边作战。在20年代中期，无论左派或是右派都尚未完成社会革命和民族主义的目标的时候，沈从文从湘西来到北京，目睹了变迁带来的巨大社会脱节。这一点也鼓舞了他带着爱去写农村，去设计一个生活的理想图景来对抗无神论、唯物主义、机械化和经济寄生现象。他把这几个概念同现代城市等同起来。当他认为他看到国民党和共产党干部及党控制的军队这股凶暴力量把这些概念强加在无辜的乡民身上时，他对这些理论和现象尤其感到憎恶。

给我们留下印象的另一点是：由于沈从文不能适应城市生活，他的思乡情绪变得更加强烈。沈从文思乡成疾，又因个人失败而感到心烦意乱。要不是穷困和内战，❶他晚至 1926 年可能就回湘西了。他对宗教的兴趣也许也是随这一阶段感情危机而产生的。在基本方面，我们将继续强调沈从文社会观发展中个人经历的因素。他从书本和讲演中学到了文学技巧和现代思想方法，但是看来没有一种思想和文学样板能像他个人对信念，对他作为一个乡下人、一个边远苗区爱国者的新含意的探索那样促进了他的创作力。

沈从文成为一个作家

从《自传》提供的证据（其中 1902 为沈从文的出生年有争议）计算，或者从阅读 20 年代和 30 年代简略的传记中，人们会得出这样的结论：沈从文是在 1922 年底到达北京的，我们可以相信他的记忆，那是个冬天。自那以后，作者几次明确地提到 1922 年。❷然而自传提供了自相矛盾的材料，说沈从文在离开湖南之前❸读了《创造周报》（该报 1923 年首次出版）。另一个传记作者怀疑沈从文是否出生于 1904 年，怀疑他在北京没有收入是否能生活两年，因此提出 1924 年为沈从文到达北京的时间。❹由于沈从文本人对日期记忆模糊，他的证实不一定被

---

❶ 沈从文，《第二个狒狒引》，发表于《晨报副刊》1425：3 1926 年 8 月 2 日）。这里沈从文指的是"我们的大王"（陈渠珍）被赶出他的领地。这可能指在北伐期间陈渠珍与贺龙的不和，也可能指 1925 年入侵川军中留存的土匪军队。

❷ 沈从文，《选集题记》，见《沈从文小说选集》（北京，1957）第 1 页。Kai-yu Hsu（许芥昱）The Chinese Literary seene：A Writer's Visit to the People's Republic of China（纽约，1975），第 134 页。《从现实学习》（1947），见《沈从文小说散文选》，第 86 页，其中也说到沈从文"五四运动后第三年"（即 1922 年）在北京。

❸ 沈从文，《从文自传》（上海 1943，1949），第 140 页。

❹ William Lewis MaeDonald "Characters and Themes in Shen Ts'ung-wen's Fiction"（未发表过的博士学位论文，华盛顿大学，1970 年）第 10，第 14 ~ 18 页。

看作是权威性的，但他 20 年代初期的贫寒生活可能是由他亲戚资助的，或者靠来自陈渠珍的汇款，或者靠打零工所得。他原先就打算一边学习一边工作。此外，他自 1924 年 12 月中旬开始在《晨报·北京栏》和《晨报副刊》上发表文章，这个日期比在此以前猜测的要早好几个月。[1]沈从文告诉我们，在第一篇最终被录用之前，他到处投稿。也许他确实早在 1923 年冬就到达北京，甚至如他自己宣布的那样，在 1922 年——如果他在湖南读的是《创造季刊》，而不是它的接替者《创造周报》。这一证明是不能得出结论的。肯定的一点是沈从文遭受了几年巨大的艰难困苦。

我们知道沈从文从 1924 年 11 月开始着手创作。[2]1925 年他的第一篇文章在文学杂志上出现时（这篇见经周作人同意后在《语丝》上发表的《福生》），或者 1926 年末他的第一本书出版时，他最终明白了他将作为一个作家取得成功。[3]在这些朝不保夕的年月里，沈从文受了谁，受了什么的影响才走上文学道路的呢？

根据沈从文的《自传》和后来的一些回忆，最初是他对文学的兴趣和文学的改造力量把他吸引到了北京。看来没有理由怀疑这一点。但是在沈从文回忆他到北京去是为了“追求理想”，这里有点美化的说法。[4]很明显，这位年青人认为通过文学促进改革与取得学者的地位是不可分割的。[5]

郁达夫的《给一位文学青年的公开状》差不多是仅有的材料可以说明沈从文在那些黑暗的日子里面对的问题以及他想成为一个正式学生的强烈愿望。沈从文对不能进而接受高等教育十分敏感，在追溯中，

---

❶ 沈从文，《一封未曾付邮的信》，见《晨报副刊》306：4（1924 年 12 月 22 日），这是我所查到的最早一篇。在此以前，他还在《晨报·北京栏》上化名发表过一篇文章，见《晨报·北京栏》1924 年 12 月 23 日通知沈从文去取稿酬的通知，和《记胡也频》第 3 ~ 6 页，王哲甫《中国新文学运动史》（北京，1933 年），第 318 页。

❷ 沈从文，《公寓中》，发表于《晨报副刊》18：3（1925 年 1 月 30 日），19：3 ~ 4（1925 年 1 月 31 日），这是篇日记，标着 11 月 16 日的日期。

❸ 谈《福生》，见沈从文的《记胡也频》（上海，1932 年），第 32 页。他的第一本书是《鸭子》（北京，1926 年）。

❹ 沈从文《从现实学习》，见《沈从文小说散文选》（香港，1957），第 84 ~ 86 页。

❺《从文自传》第 144 页；《选集题记》第 1 页。

他把进不了大学的理由归咎为没有钱或“命运”，并且挖苦了必须学罗马字母这一规定，这里完全有可能暗指了他取得成功的主要障碍。当一位评论作者在一篇发表的文章中把沈从文说成大学学生时，这位年青人发表了一篇防御性的嘲弄辩解的驳斥长信。❶

根据郁达夫的《公开状》，我们知道郁走访了他的化名收信人（我们只是现在才认出这个人是沈从文）。郁达夫收到了他表示失意的信件后，就去他的住处，后又带他出去吃午饭。虽然沈从文可能在北京大学旁听过郁达夫的课，但当时他在北京完全是个陌生人。《公开状》主要表达了郁达夫匆匆离别之后的一些想法。直到目前，这篇文章一直被当作创作品和讽刺文章来阅读，但是沈从文证实了这次访问，并示意信中的一个笑话事实上来自他们的那次会面。❷郁达大写道：

> 引诱你到北京来的，是一个国立大学毕业的头衔：你告诉我说你的心里，总想在国立大学弄到毕业，毕业以后至少生计问题总可以解决。现在学校都已考完，你一个国立大学也进不去，接济你的资斧的人〔指陈渠珍将军〕，又因为他自家的地位摇动，无钱寄你，你去投奔你同县而且带有亲属的大慈善家H〔指熊希龄〕，H又不纳，穷极无路，只好写信给你一个和你素不相识而你也明明知道是和你一样穷的我，在这样的状态之下，你还要口口声声的说什么“大学教育”，“念书”，我真佩服你的坚忍不拔的雄心。不过佩服虽可佩服，但是你的思想的简单愚直，也却是一样的可惊可异。现在你已经是变成了中性——半去势的文人了，有许多事情，譬如说高尚一点的，去当土匪，卑微一点，去拉洋车等事情，你已经是干不了的了。……❸

郁达夫在接二连三的挖苦中嘲笑了大学学位的价值，并且告诫他的年青人，不管他寻找工作，还是干革命，还是回到湖南他母亲和妹

❶ 沈从文，《致唯刚先生》，发表在《晨报副刊》105：78～80（1925年5月12日）。也可查看王哲甫文中沈从文自传的片断，第318页。

❷《从现实学习》，第86～87页。

❸ 郁达夫，《给一位文学青年的公开状》，见《达夫全集》（北京，1930）第1卷，第3页。

妹那儿，他都将失败。社会在那些地位比较低的人面前设下了重重障碍。最好还是从通过另一种劫掠发财的"H"（熊希龄）那儿去偷点什么！❶但事实上，沈从文已经得救了；才一月后，他的第一篇文学作品发表了。郁达夫插手了这件事。❷

徐志摩是沈从文最初与北京文学世界联系的又一条纽带，也是他接近英美派的通路。在沈从文 1936 年列出的那些他感恩的人中，徐志摩占首位，其他几个是胡适、林宰平、郁达夫、陈源和杨振声。❸这些朋友中包括徐志摩在内的一些人，❹后来给沈从文提供职业，帮他解决困难，沈从文又说在他最初的日子里如果没有徐志摩的帮助，他可能已经当了一各警察，或者已经死了。❺梁实秋也谈到了徐志摩帮助沈从文在《晨报副刊》上发表他最早一些文章的事。❻徐志摩事实上只是在 1925 年 10 月才当编辑的，但是在 1924 年，他和郁达夫一样，既是北京大学的教授，又是副刊的经常撰稿人。究竟是谁把沈从文介绍给了《晨报》这个问题，由于沈从文本人宣称他最初在这份报的"北京栏"上发表文章一事而混淆了。但是这些文章是化名的，不可能比他《文学副刊》上更有威信的作品早一个月以上。❼也许值得注意的是那个社会专栏上的幽默报道，它们有点像沈从文的讽刺"创作品"只是"记录"了事件，没有什么情节或结构，这种报道可能是他进入专业写作的前导。到 1925 年沈从文为英美派的另一刊物《现代评论》当发送员，也在其中发表文章，这回他帮着推荐发表了他朋友诗人胡也频的作品。❽

❶ 自 1912 年以来，熊希龄的名声被丑闻败坏。人们认为他参与了从热河颐和园中偷窃满洲珍宝一事。见 Booram，Howard L.and Richard C. Howard，eds.Biographical Dictionary of Republican China,（纽约，哥伦比亚大学出版社，1967 ~ 1973）第 2 卷，第 108 页。

❷ 王哲甫，第 318 页。

❸ 沈从文,《习题》，见《阿金》（香港，1960 年），第 8 页。

❹ 梁实秋,《谈徐志摩》（台北，1958 年），第 2 页。

❺《习题》，第 8 页。

❻ 梁实秋,《谈徐志摩》，第 2 页。

❼ 沈从文《记胡也频》（上海，1932），第 5 ~ 6 页；王哲甫，第 318 页。注意"北京栏"只是在 1924 年 12 月 1 日才创办。

❽《记胡也频》，第 36 页。

厄运切断了他谋取学位的道路，而朋友们却为他提供了发表文章的机会，然而沈从文到达北京时甚至不知道怎样用标点。❶人们会感到疑惑：他是怎样学习创作的？在他学习这一行业犹疑不定的阶段中，是谁给了他物质上和精神上的支持？他确实考虑过其它职业，包括摄影和参加北方军队。❷短篇小说《雨》尤其令人感兴趣，因为其中穿着长衫的主人公是个北京国立农业学院喊电话的跑腿。工作对他是新的，要求他寻遍学校宿舍，找学生接电话。他像雨那样忧郁，他感到忌妒，感到对学生轻微的恨，感到孤寂。❸我们确实知道沈从文曾申请过当一名图书馆小差使的低等工作，但被拒绝了。❹他可能没有把不那么高雅的非文学活动的经历和盘托出。

沈从文在1957年写到，他有许多朋友在农业学院以及北京和燕京大学学习文学。他常常是他们餐桌上的“不速之客”。❺也许他们在成为他理智伴侣的同时，也帮助他度过了1924年的寒冷和饥饿。沈从文也可能作为一个未注册的学生旁听了一些课程。❻他在图书馆度过许多时间，尤其是在北京师范大学图书馆的一个分馆里，阅读了新的或旧的任何他能看懂的东西，同时享受着阅览室内的温暖。❼不管时间是不是允许他有一个阶段临时准备应付入学考试，很明显沈从文被高等学府所吸引，并尽可能使自己接近学生生活。

除了他那些真诚的学生朋友之外，沈从文找到了未考上大学、献身文学的同路人胡也频和他生气勃勃充满魅力的女友丁玲。沈从文在有关他俩的回忆录中表明，胡也频和项拙、高长虹，还有其他朋友采纳沈从文的文章，在他们编的《京报·民众文艺周刊》上发表，沈从文对这一协作充满感情的回顾（胡也频才被国民党杀害），以及他搞错

---

❶《选集题记》，第1页。

❷《记胡也频》，第3，13～14页；《从现实学习》，第86页。

❸ 沈从文，《雨》之一，见《鸭子》，第111～115页。《雨》同其它八篇都编入小说类目，这几篇中有些主要是回忆录。

❹《致唯刚先生》，第8页。

❺《选集题记》第2，3页。

❻ 丁玲和胡也频是这么做的。见《记丁玲》（上海，1934），第100页。

❼ 同上，第1页。也可参看《遥夜一》，收于《鸭子》，第222页。

的日期可以使人推断，是胡也频发表了沈从文最初的一些文章。❶事实上《京报》副刊是1924年12月才出版的，❷沈从文也许直到1925年才遇到他那两个未来朋友的。他自己的回忆录指出，胡也频首次走访他时，他已在发表文章了。❸不管怎么样，沈从文在北京的那些年月里，这三人间的友谊给了他很大的精神支持。

还有一个可能性是沈从文的文学发展引起了教授学生们的关切注意，他们可能编辑了他的早期手稿出版，就像沈从文后来编辑别人的那样。徐志摩在1924年底或1925年初甚至邀请他参加新月社（1923年成立）的读诗会。❹后来在闻一多的家里，沈从文听过朱湘，刘梦苇，孙大雨和饶孟侃读诗。❺至少到1925～1926年，沈从文成了新月文学舞台的一部分。这一点使他成为这一组织的老资格追随者，也帮助解释了为什么在他们杂志出版的第一期（1928）上，一个挣扎着的湖南乡下人能与高雅的英美派作家一起发表文章。这是份深奥的刊物，致力于现代诗及介绍先驱的外国文学理论。

在沈从文和熊希龄的关系中，无疑还存在着一个未知的有趣故事。为什么一个以慈善和救济为职业的人要让他的穷亲戚挨饿？事实上，沈从文后来在熊希龄大约1925年4月起，至少1923年秋天他肯定在那儿了。再往后，他被孤儿院的图书馆雇用。❻沈从文在西山度过了1926年的大部分时间，他继续写作，走访丁玲和胡也频，最后回到北京的寄宿处过他半学生的生活。两本名人词典中说，那段时间前后，

❶《记胡也频》，第1～7页。我设想1页上“民国15年左右”的日期是排印错误所致。在第8页，丁玲在1928年的出现减去五年，我推论沈从文认为那一年是1923年，这个时间太早了。（这里再一次可以看到，也不可能是1926年，因为那时副刊已经停止出版了。）也请参看第13～15页，里面提到了副刊在春季停办——那是1925年。

❷ Boorman，第2卷，第180页。

❸《记胡也频》第5～6页。

❹ 我用的新月社成立的日期来自许芥昱的 The Intelleetual Biogzaphy of a Modern Chinese Poet: Wen I-to（未发表的博士论文，斯坦福大学，1959年），第85页第18脚注中引徐志摩文。注意，梁实秋也提供了新月社在北京期间的资料，但他当时不是其中的成员。

❺ 沈从文，《谈朗诵诗》，出自《昆明冬景》（桂林，1941年），第18～19页。

❻《记胡也频》，第17页。杨家骆《民国名人图鉴》（南京，1937年），第2卷第12：10页。胡自立《当代中国名人志》（上海，1939年）第333页。

沈从文在北京大学图书馆学习编目。一些有趣的故事从这一插段中展开。一种说法认为他是在那儿遇到徐志摩、林宰平、郁达夫和帮助他发表最初作品的其他人的。❶另一种说法声称，他在那儿遇到胡适并给他看了自己的作品。❷这一说法很明显结合了第一个传说与另一条小道片段，大意是：沈从文在大学里旁听胡适的课，课后他给胡适看了自己的一些小说，得到了胡适的推重。❸当然胡适在沈从文的文学经历中出了力：虽然他没有学位，胡适在1929年聘请他到吴淞中国公学任教。但是沈从文最初不可能是通过图书馆的关系打进出版刊物的，因为时间上不吻合。沈从文已经是个作家了。而另一方面，一度是沈从文门徒的陈纪滢也报道说，沈从文曾经为北大图书馆工作，就像在他之前的毛泽东那样。❹至少，我们可以证实沈从文在大学校园里出现过，由于他的书法才能，简短地从事过图书馆业务。沈从文还没有能力实现他成为“专业作家”的梦想，做到完全依靠他的创作才能来生活。

沈从文没在香山图书馆干多久。从一开始，那儿的气氛就带着毒素。他在1925年秋发表了《棉鞋》、《第二个狒狒》和《用A字记下来的事》后，他的上司对他进行了“威胁”。❺这几篇小说本身描写了沈从文对社会的不适应。第一篇小说的讲叙者谈了他的一双旧的破棉鞋。虽然这双鞋证明了他的贫困，使他让境况好的人瞧不起，但这双鞋仍不失为他钟爱的礼物。那个年青人在教育部门的上司（他称那青年人“沈”）指责挖苦他，说他毁坏名誉，使得讲叙者在最后叹道：“呵，呵，可怜的鞋子啊！我的同命运的鞋子啊！”❻沈从文在别处写到，他这篇小说是为纪念他香山的上司对他的责备而写的。❼《第二个狒狒》和它

---

❶ 胡自立，第333页。

❷ 杨家骆，《民国名人图鉴》第12～20页。

❸ 坦荡荡斋主，《现代中国名人外史》（北平，1935），第223页。

❹ 会谈记录，台北，1974年5月28日。

❺ 在《记胡也频》的第17～18页中，沈从文错把《“狒狒”的悲哀》当作《第二个狒狒》。提及的作品是《棉鞋》，载《晨报副刊》1276：113～118（1925年9月21日）；《第二个狒狒》，载于《晨报副刊》1255：138～140（1925年8月22日）；和《用A字记下来的事》，载于《晨报副刊》80：4～6（1925年9月5日）。

❻《棉鞋》，第6页。

❼《记胡也频》，第17页。

的续篇《用A字记下来的事》讲的是发生在一个生日晚会上的事——也许是熊希龄的生日会——三千客人参加了沈从文小说中的庆贺。很难判定哪个是小说中最冒犯的主题：是对观众在排座前后表示他们的社会地位的批判，还是对资产阶级观众驯顺思想以及他们对现代戏剧肤浅理解的挖苦；是对恃强欺弱的绅士及绅士打扮、一味奉迎的北京青年不恭维的画像，还是对小说主人公对观众中漂亮青年女子的欲望的揭露。《用A字记下来的事》中白日做梦的青年人，抓住衣袋里的一支铅笔，意欲使它变成一支手枪，好把周围的人统统摧毁。❶不管沈从文的外表形象像什么，他的内在本性是个作家，而不是图书馆职员。

从这些零碎资料的烟雾中，出现了一个在北京争斗的沈从文的形象。他是个瘦削敏感的青年，白手起家，随时准备跨进一个新世界，但主要具备的却是抄写员的技艺，国语又讲得很糟。他对过去军队司书的生活感到厌倦，但也许仍然不鄙视这种生活。❷好几回，他几乎屈就他职，去当警察、步兵或摄影师。沈从文渴望学术生涯的安稳和尊严，希望接近这种生活的文学讲坛，但却不能通过平常的途径进入。这方面他所感到的自怜，在他的一些著作中可以清楚看到。沈从文有可能成为一个图书馆职员，但是由于他坚持不懈的毅力，由于他对文学的爱，由于他的一些幸运的突破，他突然间成为一批学术名流的门徒，这些人在英美受过教育，思想非常开放。更奇特的是他属于这群人中更浪漫、更理想主义的那一侧，因为新月派包括了如闻一多和徐志摩这样的空想家，也包括了如胡适和潘光旦这样的实用主义者和科学家。

影响、信仰和倾向

沈从文不承认对文学理论有任何兴趣。❸理论是被用来反对他的，事实上他读得不够广泛（他不懂任何外语），没能掌握理论为自己辩解。

---

❶《用A字记下来的事》，第3页。

❷ 在他后期受到左翼攻击时，沈从文表明，他到北京来是因为他后悔在军队任职。见《从现实学习》，第83页。一篇较早发表的回忆录《致唯刚先生》（1925年）中，沈从文直率地承认了他对他身为军人的社会作用尚未"觉醒"，这也许是他离开军职不久记忆还清楚。

❸ 这是《边城·序言》的主题，香港南华书局，见第1～3页。

然而他完全意识到文学的社会作用，知道政治，也受他的时代的影响和偏见的约束。这里，我们试图从当时中国作者认为有意义的流派和主义出发，描绘出沈从文最喜爱的文学样式、写作方法和理论倾向，从而找出在什么程度上，沈从文范围广泛的文学尝试适合当时的何种较有自我意识、较为人拥戴的倾向。

最喜爱的读物

沈从文在儿童时期读了如《孟子》和《诗经》这类的孔教经典，但他没进展多深就转到了现代学校读书。到了他想读什么就读什么的时候，比如说在熊府，他的口味转到了新奇、冒险故事上:《天方夜谭》、狄更斯小说以及历史书如《史记》和《汉书》。《史记》中有关行刺和游侠的几章对他很有吸引力。沈从文年幼时就熟悉了如《聊斋志异》和《今古奇观》中这类的志怪小说和民间故事。❶沈从文军队题材的小说中描写到了有文化的军官爱读著名白话小说和侠客故事。❷沈从文也不例外。经典诗歌组成了另一种影响,《楚辞》是他儿童时最爱读的，而李商隐，也许还有曹植和其他人的诗伴随了沈从文部队行军的路程。❸在陈渠珍的司令部里，他恢复了对历史的兴趣，并把对书法的热衷扩大成为一种对艺术和艺术品的兴趣。这样，沈从文到达北京时带了两种文学的深爱：诗歌和不管是事实还是虚构的好故事。这些情趣反映在奇异的民间故事对他的吸引和他自己的创作品上。沈从文从未停止过写诗，但他运用同样的抒情才能创作小说，这些小说范围广大，包括了来自真实生活的传闻直到有会讲话动物植物的幻想故事。❹

沈从文在1957年回忆说，早期在北京，他的两个伟大“师傅”是《史记》和《圣经》。❺也许只是由于精明他才补充说他珍视后者因为它风格抒情。据我们所知，沈从文阅读的现代外国著作（翻译本）往往

---

❶《选集题记》，第3页。

❷ 当然贺龙也喜爱这类读物。肖三,《人物与纪念》（北京，1931年），第34页。

❸《选集题记》，第3页。

❹ 幻想成分在《阿丽思中国游记》（上海，1931年）和《小草与浮萍》（见《鸭子》，第200～209页）中可以看到。

❺《选集题记》，第1页。

是现实主义的或带有生动描写的。其中许多是法国和俄国作家。莫泊桑、都德、契诃夫、福楼拜和阿纳托尔·法朗士这些名字和他们的著作出现最多。可以推想沈从文也读当时流行的浪漫小说，比如《茶花女》，其中的人物进入了他的一首天真的爱情诗。❶在沈从文的一些早期作品中，他把外国作品当作样板，到了仿制的程度。比如说《第二个狒狒》中一段的结构是模仿 Tartarin de Tarascon（译成汉语是《达哈士孔的狒狒》）中一部分的。❷原文描写了都德的英勇猎人的武器；沈从文进行了改编来强调湘西地方色彩，他以苗族防卫军的老式武器取代了达尔达林的欧非异国武器！他的狒狒是个武术教员。

沈从文广泛阅读的是现代五四文学。1957 年他选出了鲁迅作为主要影响他的人。他记得的鲁迅不是个社会批评家，而是一个表达对农村回忆的人，激励了他也效法而行。❸到了 30 年代，我们才仔细的了解沈从文主要的文学爱好。在较年青的专业作家中，那时沈从文例举了丁玲、茅盾、巴金和曹禺；上一辈的非职业作家中，他例举了鲁迅、徐志摩和丁西林——这是一个有时被标为右翼作家的人对左翼文学成就出乎意料的承认。❹在他追溯白话文学运动时，沈从文把这一新文体的成功主要地归功于学者、政治活动家、散文家和诗人，而不是小说作家。这些人中，他按主次提名了胡适、陈独秀、李大钊、钱玄同、鲁迅、周作人、刘半农、沈尹默（历史学家和诗人）、刘大白（诗人）、沈玄庐（诗人）、叶绍钧、冰心、朱自清和俞平伯。在其它各种文体的重要作家名单中，沈从文在政治上不偏不倚，但明显地偏向北京作家。除了茅盾、田汉和郭沫若之外，上海作家们引人注目地消失了踪迹。❺

到了 30 年代，他对北京以及同他最初结伴的学院作家的偏爱几乎是不可动摇了。在他当天津《大公报·文艺副刊》（1934 年到 1936 年

---

❶《曙》，刊于《现代评论 2 周年增刊》（1927 年 1 月），第 245 页。

❷《第二个狒狒》第 6 ~ 7 页。比较阿尔方斯·都德的《达哈士孔的狒狒》（波士顿，1900 年），第 1 ~ 3 页。

❸《选集题记》，第 3 页。

❹ 沈从文，《新的文学运动与新的文学观》，见《烛虚》（上海，1941 年），第 61 页。当然巴金是，丁玲早已是沈从文的亲密私人朋友。

❺ 沈从文，《白话文问题》，收编在《烛虚》中，第 79 ~ 80 页。

4月1日）编辑时，沈从文成了创作上“京派”的一员——如果算不上领袖的话。“京派”这个名称用来与上海的“海派”形成对照。有人认为沈从文最早把“海派”一词用于当前的文学界；他采纳了早已公认的区分北京上海风格的京剧术语。❶在1932年的一次对报纸副刊编辑和作家鼓励“海派趣味”的攻击中，沈从文还把未提名的冒犯者称作“新礼拜六派”（来源于20世纪头二十年在《礼拜六》杂志上发表低级庸俗小说的作家）。❷当鲁迅还仍然是北京的大学教师时，上海的作家，尤其是创造社的论战家们如成仿吾和郭沫若，已经受到了出自北京人眼光的大量批判。在挖苦创造派的过分浪漫、洋腔洋调、吹毛求疵和原则问题上似乎朝秦暮楚的态度中，鲁迅、刘半农和其他人认为用创造社的上海基地的做作的色彩来批判他们的文学作品极为合适。❸沈从文认为30年代的“海派”同样背叛了文学的责任。很明显，他故意充当起像鲁迅那样的不偏不倚公断人的角色，仿效这位年长北京大师的嘲弄式的道歉，承认在文学运动中“落伍”了。❹

不管这个名词是怎样来的，沈从文1934年在他的副刊上发表的两篇文章给当时文学中的“海派”概念定了型。在沈从文看来，“海派”是个实实在在的轻蔑称号。这个称号不用于茅盾、叶绍钧、鲁迅以及其他当时在上海的正经作家，而是要给那些流言贩子、剽窃者的，也用于随流行口味改变方向的（事实上受出版商利益左右的）卑劣文人。

---

❶ 我不能断论谁最早把这一标签用在文学上。《一个天才的通信》（1929）第71页谈到“上海新海派”。《记丁玲》（写于1933年中期）第165页，用了“海派”一词。曹聚仁《山水、思想、人物》（香港，1956年），第137页称引用了鲁迅《上海文艺之一瞥》，见《鲁迅全集》（北京，1957年），第4卷，第229页。这是鲁迅1931年8月12日的讲话，曹聚仁称其中鲁迅谈到了一个“海派”。事实上这些字是曹聚仁放进鲁迅嘴里的；如果鲁迅用过这个词，那么他也不是在那篇讲话中用的。不管怎么样，鲁迅的讲话无疑激起了沈从文的进一步论辩。

❷ 沈从文，《上海作家》，发表于《小说月刊》13：179～181（1932年12月15日）。关于“礼拜六派”请参看E. Perry Link，Jr。The Rise of Modern Popular Fiction in Shanghai（未发表的博士论文，哈佛大学，1976年）。

❸ Leo Ou-fan Lee（李欧梵），The Romantic Generation of Modern Chinese Writers，（马萨诸塞州，剑桥，哈佛大学出版社，1973年），第25～26页。

❹ 沈从文，《不死日记》（上海，1928年12月）第67页。1928年8月13日的日记。比较鲁迅的《文坛的掌故》，见《鲁迅全集》第4卷，第96页。鲁迅在1928年8月10日的这篇文章中说自己“落伍”了。沈从文也写了一篇题为《落伍》的文章，刊于《新月》2·3（1929年5月）。

上海出版界讨厌的商业主义及个人提拔给了这些人特别的刺激。[1]但是他拒绝为这“派”选用另一个名字把这些弊病与所在地点区分开来。他还是不点名，使得许多作家搞不清他们是不是沈从文的攻击靶子，这样他手中的标签作为一种武器就更加灵活机动，但从当时的文艺批评中可以看出，他的目标是那些“不负责任的”消遣小说作家、黄色报刊作家和报纸副刊专栏作家，不一定是五四作家。沈从文从来不赞同半正派的爱情小说作家张资平，还有章衣萍，也不赞同张竞生（“性博士”）。[2]

但是上海说教的、更有学资的作家中，也有沈从文的攻击目标。也许最显赫的是林语堂。他和其他“幽默”小品作家在沈从文看来与他们假作高雅的程度同样危险。他们摆出社会批评家的架势，获得了发言权，并以此把“健康的”，严肃的文学运动转移到由资本家利润兴趣决定的颓废口味上去，或者转移到低劣、非建设性的社论文章上去，这些文章只是藐视人格，而不去解决严肃的问题。[3]沈从文甚至把无产阶级文学也看作是上海资本家制造的一时狂热，而不是一种政治信仰的真诚表达（丁玲和其他一些直接参加政治和文学活动的左派不在批判之列），所以他一定误解了许多左派的动机，将他们扫进了同一个垃圾箱。有些人确实把爱和革命结合起来。另一方面，极右的教条主义作家和国民党发起的“民族文学”的鼓吹者也同样引起沈从文的反感，这些人为江南官僚和他们的资本家后台的利益效劳。[4]他对似乎无关紧要的幽默散文文体的特别关注，也反映了他担心这种作品很可能会把“正经”文学挤出去，因为这种文体如此轻易地适应了国民党文化控制施加的限制。鉴于这些压力，1932 年的声明要求出版社采用有价值的

[1] 沈从文，《论“海派”》，载于《大公报》“文艺” 312（1934 年 1 月 10 日）和《关于“海派”》，载于《大公报》“文艺”（1934 年 2 月 21 日）。另一方面，在《一个天才的通信》第 84 ~ 85 页和《不死日记》第 14 页中，沈从文痛惜鲁迅的地位，讽刺了创造社。

[2] 关于两张一章，见《新的文学运动与新的文学观》，第 60 页。沈从文记载了自己早在 1926 年就通过小说《松子君》（收编在《人伍后》，第 76 ~ 77 页）反对张竞生的《性史》。

[3]《新的文学运动与新的文学观》，第 60 页。沈从文，《废邮存底》（香港，1960 年），第 38 ~ 39 页。

[4] 在《废邮存底》第 36 ~ 37 页中，沈从文批判了政府对文学的控制，并在《习题》（收编在《阿金》中，香港，1960 年）的第 5 ~ 6 页上提到了民族文学。

左翼作品，公正地批评它们，切实“同情它们”❶。沈从文的观点与马克思主义相像只是表面上的，但是在他看来，资本、出版审查和资产阶级趣味对文学运动构成的威胁比任何“主义”都大。

这是沈从文想阐明的一个真正区别呢，还仅仅是一个偏见——一个无疑为其它悲叹租界文化的人共有的偏见呢？陈西滢比较平心静气地把“京派”塑像成了传统，正统和优雅的代表。这一涵意如果不能用在他们的作品上，也适用于穿长衫的北京作家的个人作风。而“海派”则不同，他们强调新奇、变化、粗率、享乐主义和引进西方时髦，就像上海本身一样。在中日战争期间，沈从文提出了他自己更冷静的评论，阐述了他对上海的偏见。在其中，他把北京传统说成是进步的学院式的。他也暗示了，在一个像北京那样学院环境中产生的文学，保持着它的进步和健康。“文运与大学一脱离，就与教育脱离，萎靡、堕落、无生气，都是应有的结果。”❷教育同文学一样是改革的工具，沈从文也同样担心，如果教育脱离了文学运动，一样会衰退。在国民党统治下，学校甚至开始强调文言了。❸有些人确实认为“京派”就是“学院派”，❹沈从文对“京派”的鉴定因此部分地反映了他自己观点中与他新地位相一致的改变，那时他是个文学教授和进步中等教育的提倡者；他开始符合不受拘束但又小心谨慎的北京“学院作家”的模式。沈从文对上海的偏见，一定也带上了他对这个城市的商业主义、捧场、文化轻率和崇洋媚外这些现象的憎恶色彩。❺他同丁玲、胡也频1929年文学出版社的尝试，正是在上海的商业竞争考验中失败的。但更基本的，沈从文对北京集团范围以外的新文学潮流缺乏兴趣，这表现了他对20年代自由气氛的思念，在那时，大学教师、社会改革家和作家为一个共同事业而同心同德。沈从文是在这样的气氛中，成长为一个作家的。上海作品代表了与早期田园社会的告别。下面我们鉴别一下沈从文在那

❶《上海作家》，载于《小说月刊》1.3：179～181（1932年12月15日），第181页。

❷❸ 沈从文，《文运的重建》，收编《烛虚》中，第105页。

❹ 与陈纪滢会谈，台北，1974年5月28日。

❺ 这里我采用李欧梵用的法语“elrangerie”，见李欧梵，第31～32页。

个阶段发展起来的并以同样的固执坚持的其它倾向。

现实主义

现实主义学说的哲学方面受到许多五四作家的拥护。❶到处都在宣传现实主义技巧和不加美化的主题；最初中国文学运动的冲击目标，是要推翻传统的文学形式，创造一个能够清楚说明现代社会问题的新文体。虽然沈从文的著作不像是带着文学现实主义理论写成的，但是根据他同代人的态度来看，他常常支持现实主义的原则并从同一角度为自己的著作辩解，也并不奇怪。沈从文的许多著作确实集中写日常生活，显示了对社会风俗的敏感，生动而又无约束地记录了环境、行为和语言，像是“生活的切片”。起码，沈从文是个反对中国古典文学传统和理智遗产的战士。

从哲学水平上看，沈从文在某种意义上赞成观点的客观性，并为此进行争辩。他相信，一个“现实主义”文学不会提供历史、社会起因的明确观点；当然更不会示意道德规则。因此他在注重具体“现象”而不是“原则”方面（也许是孔教原则方面）赞成狄更斯。❷他反复宣布他从书本知识中解放了出来，因为生活和社会这本“大书”是他的先生。❸书本又代表了古典知识。沈从文与新知识分子中普遍存在的一个态度共鸣，这一态度由杜威的门徒陶行知作了最好的归纳。陶在“社会即学校”和“生活即教育”这类口号下，领导了中国的平民教育运动和农村教育运动。沈从文可能很直接地听到过这类谈论，因为平民教育促进会是1923年8月在北京组成的，由熊希龄夫人任主席。❹

沈从文的文学实践以实践周作人和闻一多 20 年代初的号召为目标，这一点值得注意：文学应该表达地方色彩，❺或者说在适当的地理和文化环境中描写生活，但是他的理论更加现实。他强调作家必须在

❶ McDougall，尤其是第 10，77 ~ 84，147 ~ 189 页。我的现实主义概念来自 George J · Becker 的 Documents of Modern Literary Realism（新泽西，普林斯顿，1967 年），第 3 ~ 38 页。

❷《从文自传》，第 93 页。

❸《从文自传》，第 9 页（章节标题）；第 145 页。沈从文，《烛虚》一文，见《烛虚》，第 31 页。

❹ Boorman，第 3 卷，第 245 页。晏阳初任执行书记。

❺ 许芥昱，The Intellectual Biograghy，第 61 页。

一个行业中取得经验后，才能写这方面的东西，必须训练自己观察得“对”，然后描写得“对”。他写道：“这些琐碎知识越广博丰富，写文章也就容易下笔了。知道太少，那写出来的就常常“不对”。❶一位才疏学浅、未出远门的东南亚读者问，他怎样才能学会写作？沈从文劝告他请教书本只需看它的文体；一个杰出的样板就足够了。然后，“你好好的去理解南洋的社会组织，丧庆仪式，人民的观念和信仰，上层与下层的一切，懂得多而且透彻，就这种特殊风光作背景，再注入适当的幻想成分，自然可以写得出很动人的故事的。”❷沈从文感到文学应该转达“人情”，但他总认为感情是宇宙中能具体化的一部分，能适当地表达出来。

沈从文的环境决定论和艺术应该记录生活这一单纯信仰可以在他1931年议事日程中看到。这是他写作目的最不寻常的展示，记录了他后来二十年间希望写的全部作品。沈从文希望根据这些命题创作：

1．黄河，写黄河两岸北方民族与这一条肮脏肥沃河流所影响的一切。

2．长江，写长江中部以及上下游的革命纠纷。

3．长城，写边地。

4．上海，写工人与市侩对立的生活。

5．北京，以北京为背景的历史的社会的综集。

6．父亲，纪念我伟大的爸爸。

7．母亲，纪念我饱经忧患的妈妈。

8．我，记述我从小到大的一切。

9．她，写一切在我生活中对我有过影响的女人。

10．故乡，故乡的民族性与风俗及特殊组织。

11．朋友，我的债主和我的朋友，如何使我生活。（这是我最不应该忘却的一本书。）❸

---

❶《废邮存底》，第54页。

❷《废邮存底》，第55页。

❸ 沈从文，《甲辰闲话》，载于《创作月刊》1·3：129（1931年7月）。

沈从文遵守他的宣言，充分地写了关于他本人，他的家乡地区和直接涉及到他生活的其它主题，但从来没动手写过黄河和其它他未曾在近处看到过的环境。

现实主义批评家通常指责沈从文鼓吹“为艺术而艺术”，但是在他的文学评论中，沈从文也同样反对把艺术和社会责任分割开来的理论。❶对沈从文来说，美感的培养本身帮助发展了无私的社会意识。此外，沈从文也为文学用于传递政治信息这一观点辩护，虽然自 20 年代末起，文学极端地从属于政治，只成了“工具”，也使沈从文感到悲痛。❷他认为文学传递的信息应该代表作者自己的观点，或者他从经验中取得的“真挚”感情，而不是作者自己尚未证实的现成教条。沈从文甚至能为胡也频的革命作品辩护，因为胡也频参加了实际的组织工作，懂得他在说些什么。❸

沈从文的主题在实践中不像在理论中那样较一致地表现为现实主义。人们常把他对城市肮脏贫困的概念（如《泥涂》和《腐烂》）同狄更斯比较；我们已经提到过，他的一些军队题材小说是现实主义的，但是沈从文的选择常常露出一个理想主义的目的。然而他的社会理想不是乌托帮式的，而仅仅代表了人们希望实现的、符合“人性”的生活最好方式。《边城》就体现了这种理想，描写了与传统的家庭观念、浪漫的爱融合一体的乡村生活。30 年代形成了对农民生活兴趣的大高潮，表现在学术研究的新倾向，农村建设运动和文学辩论中。沈从文写了这部小说作为他自己的贡献。沈从文感到不安的是，文学中的农民生活至此在概念上或者从属于右派“民族文学”的教义，或者从属于左派“农民文学”的原则。他们单纯的抽象观念无立足之地。❹

沈从文作品中现实主义手法的主要成分（部分地是从法国、俄国样板中学得的），无疑表现在他描写背景和日常语言上细致入微和注重精确方面。沈从文的非传统形式的独幕话剧，最突出地反映了他的这些能力，显而易见，他直接模仿了丁西林 1923 年到 1925 年间写的大受欢迎的独幕喜剧。沈从文关于现代婚姻误会的喜剧《盲人》，在西式

❶《废邮存底》，第 37～38 页，其中显示了这个理论的危险性。

❷ 沈从文，《自序》，《一个妇人的日记》，第 4 页。

❸《记丁玲》，第 165～166 页。

❹《习作选集代序》，见《从文小说习作选》，或《阿金》，第 5～6 页。

会客室的复杂背景中上演。喜剧依靠了如冒名顶替、在一个饶舌但又可爱的盲老人面前假装的调情、和人物中时髦和年龄间倒转的关系等手法。这是丁西林模式中典型的。❶

浪漫主义

直到 1926～1927 年，沈从文写了许多白话诗；他从来没有完全放弃过这一文学类型。他的早期诗大部分反映了他的抒情风格，自然比喻和对爱的这种感情；这一感情是他和以后形成新月社的人和《晨报》诗人共有的。这些人是沈从文最早的同伴。❷沈从文的抒情风格也许能从济慈、雪莱、布朗宁和其他英美派喜爱的诗人的观点上来欣赏，但是一种几乎是宗教的超越和赞颂气氛弥漫在对自我的歌颂以及阿谀自然之上。沈从文抒情风格更持续的影响产生于他小说的描写技艺。人们从沈从文的早期诗中比伊卡洛斯的比喻❸更能看到泰戈尔一侧的徐志摩。这里我们包括向情人倾诉衷肠的爱情诗如《我喜欢你》，其中的比喻赞颂了爱侣，贬低了自我；也包括自然诗如《春月》和《薄暮》（这首诗中"月亮"用的是苗文，为全国读者加了注），以及长篇牧歌诗《春》，诗行交替表达了一男一女倾吐爱情的场面，带着欧洲传统和湘西民歌共有的乡村形象比喻。❹爱情痛苦的甜蜜和心中人远不可及的情绪也同样表达在散文中，如《遥夜》之二，之五，和《月下》，这几篇可以归入散文诗的范畴。后两篇散文运用的泛神论和自然的比喻，《圣经》材料和基督教祷词，都极大地烘托了被爱人的形象，致使对女人的爱可被用于象征对上帝的爱，就像泰戈尔的许多诗那样。《月下》一开始就用了一段《雅歌》，这首歌周作人已经向五四公众解释了，就属于这样一种寓言。❺沈从文早期诗（大部分是自由体诗）中的浪漫主

---

❶ 沈从文，《盲人》，收编在《鸭子》中，第 1～25 页。

❷ 沈从文的手法像胡也频的自由体爱情诗。胡也频的诗更加西方化，诗文中有希腊、罗马的神和女神以及英文字。

❸ 李欧梵，在第 144～149，136～174 页中讲到伊卡洛斯。

❹ 湘西喻象包括"铁鞋"和"粑粑"。沈从文，《春》，载于《晨报副刊》69：52（1927 年 6 月）。

❺ 周作人，《圣书与中国文学》，收编在《艺术与生活》（北京，1926 年，香港重印 197 年），第 71～72 页。（1920 年文章。）

义陈腐题材，不应该遮盖起诗中的创新和实验本质。有时他的诗体屈从讽刺和社会评论的目的。

卢梭是徐志摩欣赏的人物，而沈从文崇拜他的《忏悔录》，❶但是沈从文的作品没有多少迹象可以证明浪漫主义理论对他有过直接的影响。他对原始的爱更直接地与他个人乡情联系在一起，他喜欢他家乡的苗族人民，也吸收了人类学家和民俗学者对原始人的眼光。他最初的作品证实了这些联系。20世纪初的人类学家，尤其是他们成果的非职业普及者，他们自己对原始人都有着一种特别的迷恋，这种情绪没有完全脱离自卢梭时代以来对群体和简朴生活的恋古的普遍向往。有些原始人中的性自由当然特别吸引了现代想像力。❷

沈从文后来写他的苗人小说《月下小景》时，夏多勃里昂的《阿达拉》和《雷乃》已经被译成中文。❸这些小说也许激发了沈从文写土著传奇，但是沈从文苗人小说的宗教方面，包括暗示的人的神力和宇宙光的比喻，主要地归因于泛神论的影响。事实上，夏多勃里昂看到有血有肉的土人后感到失望，宣称他自己“对野蛮人根本不热心，像卢梭先生那样”。❹他只是给夏克达斯提供古典法国教育，使阿达拉皈依基督教，以此使他的美国印第安人忠实于他的思想。这些人物不可能为《月下小景》的精神提供多大帮助。

---

❶ 沈从文，《论郭沫若》，收编在姚乃麟编辑的《现代作家论》（上海，1937年），第9页。沈从文对郭沫若自传中的普罗米修斯主义和妄自尊大的反感反映了他对那种浪漫主义的立场。

❷ George Woodcock，“The Lure of the Primitive”载于 The American Scholar 45·3：387～402（1976年夏）。

❸ 杨家骆，《民国以来出版新书总目提要》（上海，1933年，台北重印，1973年），第1卷，第533～534页，其中指出戴望舒在《少女之誓》中翻译了这两本小说，作者夏多勃里昂。

❹ 夏多勃里昂，《阿达拉》，由 Caleb Bingham 译（加里福尼亚州，斯坦福，1930年），第108页（序言）。我受 Richard Switzer Chateaubriand 一书的影响（纽约，1971年），第42～48页。夏多勃里昂不像沈从文那样为赞美原始性的宗教而写，而是为了显示基督教作为感觉体验要比《古典》（希腊，罗马）的和给《阿达拉》提供奇异背景的部落多神论来得优越。沈从文的小说和《阿达拉》之间最突出的类似点，在于两篇著作中都有一个土著人藐视关于贞洁的社会习俗（故事讲叙者认为这与天神或上帝的意志相违），最终导致了自杀。可是，《月下小景》的这个主题就是中国南方的一个普遍民间故事主题之一。沈从文也倾向于英雄主义的，直截了当的陈述，而不是像夏氏的感伤的、惊叹的和个人的叙说。苏雪林在《苏雪林选集》（台北，1961），第130页中，首先把沈从文和夏多勃里昂作比较。

新月派本身包括了像梁实秋这样的西方古典鼓吹者和追随卢梭主义的浪漫作家。就像梁实秋和梁实秋以前的传统思想家那样，沈从文相信存在着一个客观普遍的"人性"；他谈到自己作品时曾经说，他的作品是为"供奉人性"而建造的一个"希腊小庙"。❶沈从文把传统中的苗族人物同希腊神和英雄直接作比较，这样他的苗人小说直接地传送了一点人道主义和古典情味。然而我们缺少证据来证明沈从文像梁实秋一样受白壁德理论的影响。毫无疑问，他对苗人理想化的描绘，部分地产生于把这个备遭蔑视的民族描写成充分享有善德和普遍"人性"的民族这一愿望，他们同希腊人和一切民族都共有这样的"人性"。沈从文可能从周作人那儿得到提示，混淆古代和原始的界线。夏志清恰当地把沈从文的理想主义小说说成属于田园风格的、或"牧歌"的。❷沈从文乡村风味浓郁、诗行交替的《春》，确实会使人想起希腊罗马传统的牧歌。

沈从文的描写技巧也是中国古代诗歌传统的继续，这样的诗中，自然美本身拟人化了，不像西方浪漫主义眼光中的人从物质世界中分离一样。《边城》也不例外，虽然其中的女主人公也使人感到像卢梭意义上的自然的孩子：

> 那条河水便是历史上知名的酉水，新名字叫作白河。白河下游到辰州与沅水汇流后，便略显浑浊，有出山泉水的意思。若溯流而上，则三丈五丈的深潭可清澈见底。深潭中为白日所映照，河底小小白石子，有花纹的玛瑙石子，全看得明明白白。水中游鱼来去，全如浮在空气里。两岸多高山，山中多可以造纸的细竹，长年作深翠颜色，逼人眼目。近水人家多在桃杏花里，春天时只需注意，凡有桃花处必有人家，凡有人家处必可沽酒。夏天则晒晾在日光下耀目的紫花布衣裤，可以作为人家所在的旗帜。秋冬

❶《习题》第 2 ~ 3 页。对梁实秋作的少见的分析之一，请看 Marian Galik 的 Studies in Modern Chinese Literary Criticism: VII.Liang Shih—Ch'iu and New Humanism，载于 Asian and African Studies 9：29 ~ 51（1973 年）。

❷ C.T.Hsia（夏志清）A History of Modern Chinese Fiction：1917 ~ 1937（康涅狄格州，纽黑文，耶鲁大学出版社，1961）。

来时，酉水中游如王村、岔㳂、保靖、里耶和许多无名山村，人家房屋在悬崖上的，滨水的，无不朗然入目。黄泥的墙，乌黑的瓦，位置却永远那么妥贴，且与四围环境极其调和，使人迎面得到的印象，实在非常愉快。一个对于诗歌、图画稍有兴味的旅客，在这小河中，蜷伏于一只小船上，作三十天的旅行，必不至于感到厌烦。正因为处处若有奇迹可以发现，人的劳动的成果，自然的大胆处与精巧处，无一地无一时不使人神往倾心。[1]

沈从文著作中强烈存在的浪漫主义成分之一是幻想和梦境。《Lao Mei You hen!》（标题原文是拼音苗文：“妹子，真美啊!”）在“月下”开始：“在长期的苦恼中沉溺，我感到疲倦，乏力，气尽，希望救拔，置诸温暖。在一种空虚的想望中，我用我的梦，铸成了偶像一尊”[2]接下来的是一个梦境，孤独的讲叙者加入了一群苗家青年月下婚礼庆典。在《重君》和《遥夜》之二中，梦幻也是重要的。《槐化镇》以想像苏醒的场面开始，其中的讲叙者通过他所说的由于无聊而加强的自由联想力，巧妙地进入了他的主题。[3]梦幻和自由联想在沈从文后期小说农村人物的日常生活中尤其地位显著，比如说在《边城》中就是这样。然而他在成熟作品中对梦中生活的描写，说明了他更受弗洛伊德而不是浪漫气质的影响。沈从文也提醒我们，在他最喜爱的经典样板《红楼梦》中梦境和心理现实主义的重要性。[4]

在其它地方，沈从文所用的“梦”字，指的是下文在理想主义标题下要讨论的社会道德理想，如在《南行杂记》中就是这样。他在这篇文章里争辩说，文学必须为一个比为国家服务的真理更高的真理服务。“凭了人的灵敏的感觉，假借文字梦一样的去写，其他人感到一种幽美的情绪，悲悯的情绪，以及帮助别人发现那超乎普通注意以外的

---

[1]《边城》，第 7 页。请比较之岛由纪夫的田园诗的小说《喧嚣的海涛》，写于作者的“希腊阶段”。

[2] 沈从文，《Lao Mei You hen!》，载于《晨报副刊》1437：49（1926 年 8 月 30 日）。原刊标题印错。误为《Po Mei Zuo heu!》。

[3] 沈从文，《槐花镇》，收编在《鸭子》中，第 183 页。

[4] 沈从文，《小说作者和读者》，收编在《烛虚》中，第 85，87 页。

一种生活的味道，才算数。”[1]在另一篇早期作品的序言中，沈从文说年青人的感觉由于压迫和无能为力而变得敏锐，他们赋有奇特的“预卜”“将来世界的光明”的能力。但是光明的将来是一个有待实现的“梦想”，一个从文学上建筑起基础的“天国的梦想”。[2]沈从文像是以他自有的方式响应五四的号召：通过文学改造社会。但是更陈套的浪漫主义环节潜藏在他对青年的进一步建议中：在他们的追求中，梦本身将给他们以支撑力量。沈从文早期作品中最独特的浪漫主义影响来自他朋友郁达夫的主观、自怜气质。沈从文可能从郁达夫的小说中模仿了描写苦恼的陈词，但是截然不同的个性确实出现在他自己忧郁的自传体著作中。[3]这与他较乐观的小说中出现的人物个性不是不一致的，这些小说中的人物塑造了一个爱家庭爱自然的沈从文形象。与郁达夫不同，沈从文极少把忧郁的自传同对自然的爱结合在一个故事中。

沈从文的小说《绝食以后》就是这样描写了一个青年人的他受熟悉的独身生活忧伤折磨、与世疏离，面对饥饿、厌倦、偏执和性欲苦恼。他游走在北京的大街小巷中，甚至连郁达夫在《春风沉醉的晚上》中提供给他年青主人公的安慰也找不到。沈从文塑造的多余的人，感受到一切有生命和无生命物体的鄙视，回到他发霉的房间去睡了，神志恍惚。[4]

郁达夫本人的自传文体——书信和日记，也被沈从文运用在1924年11、12月间写的早期作品中，那时，他遇见郁达夫不久。这些作品符合一个用笔表达人生挫折，发泄对社会不满的文人的准则。《一封未曾付邮的信》因而把第三人称的“从文”描写为一个诅咒人生的人物，接着才把他写给一个陌生人的表示哀怨的信再现给读者。[5]《公寓中》（据知是在清华公寓中写的）事实上提供了郁达夫通常供认的道德败坏

[1] 沈从文，《南行杂记》，载于《晨报副刊》2192（1928年2月4日）。

[2] 沈从文，《到世界上自序》，载于《晨报副刊》2103：43（1927年10月27日）。

[3] 我的意思不是说沈从文小说字面上属于自传体，而是他倾倒出自己的个性，不是创造别人的。

[4] 沈从文，《绝食以后》，载于《晨报副刊》1240：31～32（1925年8月4日），1242：43～44（1925年8月6日）。我根据李欧梵的说法把屠格涅夫的“多余的人”一词用于中国小说，见李欧梵，第86页。

[5] 沈从文，《一封未曾付邮的信》，载于《晨报副刊》306：3～4（1924年12月22日）。

和精神堕落的目录：病疾、失眠、观淫癖、手淫及附随的罪感。日记作者被自怜所压倒，在圣诞节，他的最后一篇日记中，失声痛哭，不能自拔。虽然他可以来庆祝为“博爱”而死的耶稣的生日，或者庆祝蔡锷宣布西南正义抵抗袁世凯背叛共和的周年（1915 年 12 月 25 日），但是日记作者却不得不沉思他自己二十年以前的出生日——其后的日子是永远浪费了的二十年。[1]沈从文这一阶段的好几篇作品都表示了他开始认为自己过了成家立业的年龄这种思想。他求助基督教的爱和湖南的爱国主义，这点也突出了一个属于沈从文的独特意识。《遥夜》之四进一步显示了沈从文对多余的主人公类似自传的描绘。故事的讲叙者是一个乡下人，他在新年邀请他去家作客的社会上处境较好的人中间，自感到难堪窘迫。在一个充满浪漫的夫妻爱和家庭爱温暖的家庭里，他渴望爱的心理状况迅速发展成极度的妒忌，那家的温暖是他在欢乐的假期中有幸观察到的。[2]得不到满足的性狂想和色情白日梦在沈从文的早期小说中出现，如《重君》。我们可以论断这样一条直线的影响：从郁达夫到沈从文到丁玲。

沈从文 1928 年到 1929 年在上海期间，这种悲哀的色调在篇幅更长的作品中作为一科单独的文体存活了下来。《不死日记》和《一个天才的通信》把对社会和文学界的深刻讽刺与我们不陌生的佯作悲哀结合了起来。[3]疾病是这些著作中的一个重要症状。然而沈从文的非小说也提到呼吸道疾病。[4]如果他实践了自我真实的浪漫信条，那么他悲调的自传体作品，即使形式上夸张，也应该说记录了真实的感情。[5]沈从文表现的痛苦并不抄袭郁达夫对弊病浪漫式的罗列，包括耽迷酗酒和赌博。沈从文的人物是自怜的，但表现了愤怒而不是自我陶醉。这样

---

❶《公寓中》，载于《晨报副刊》19：4（1925 年 1 月 31 日）。

❷《遥夜》，载于《晨报副刊》30：4（1925 年 2 月 12 日）。

❸ 注意沈从文的《生之记录》之一（收编在《鸭子》中第 238～262 页）是《不死日记》和《一个天才的通讯》的先行。后两篇差不多是自我讥讽自我模仿的文章。作者提醒他的编辑，作为一个作家，按数量而不是质量付给稿费的情况使他感到异常困迫，因此他只是写些胡言乱语来填充字数。

❹《南行杂记》，载于《晨报副刊》21：92（1928 年 2 月 4 日）；《第二个狒狒引》。

❺ 沈从文比较直接地说，在《一个天才的通信》中，他是在写他当时的生活环境，第 9～10，12 页。

的人物无能为力但却不消沉低落——他们更属于社会的受害者和家庭地位的囚徒，而不是出现在郁达夫人物中的“神经衰弱”的奴隶。尽管样板给了沈从文启发，他无疑创造了一个他个人想像中的自己。由于沈从文人物反映了外部压迫而不是内在的弊病，不给他一个想像的个性来代替自己的个性。❶也许由于这个原因，到了 30 年代，沈从文取得与自怜再也不相称的社会地位，这种注重自我的作品于是从他的笔下消失了。当沈从文回顾中日战争期间的大众文学运动时，郁达夫的大名从他的记忆中抹去了。

科学人道主义：以生物和文化人类学的观点看待人

虽然周作人在战时中国并不得众望，但是沈从文在那时候还记得他的“人的文学”，把它当作五四的伟大促进口号之一。❷这一词组翻译过来为“人道的文学”，有看它道德和理想主义的含义。但在其它方面，正如戴维·彼拉德指出的那样，“人的文学”是“人类的文学”。❸周作人争辩说，道德和维持道德的文学虽然与各个社会有联系，但是已经从作为动物的人的普遍、客观的物质、精神需要上转移，这些需要可以从生物学、心理学和人类学上找到。沈从文的著作表明，他在北京的最初日子里读了周作人创新的散文以及他的杂志《语丝》。不管是读了周作人的文章，还是在北京大学旁听了他的讲座，还是与同时代的类似思想相协调，沈从文在许多事物上与周作人有相同的爱好。最主要的是他们都从人类学和心理社会学的类似角度上看人和人的道德。

在 1919 年，周作人感到：只有记载生物的生活现象的 Biologie〔原文如此，指的是生物学〕，才可供我们参考，定人类行为的标准。❹他宣称哈夫洛克·埃利斯的《性的心理》是“我的启蒙书”，并以这方面的

---

❶ 李欧梵，第 123 页中谈到，郁达夫的文学个性深刻地影响了郁达夫本人的生活。

❷《烛虚》，第 7 页。

❸ 周作人思想的科学方面参看 David Pollard 的 Chou Tso—jen and Cultivating one's Garden 载于 Asia Major U.S.11.2：180～198（1965 年）。

❹ 周作人，《夜读抄》（上海，1934 年，香港重印，1966 年），第 310 页中引用 1919 年的一篇文章。David Pollard 的 A Chinese Look 译，第 129 页。

中国专家著称。[1]周作人最初通过韦斯特马克，傅雷译的《金枝》和E. B. 泰勒的《原始文化》接触了伦理相对论。从安德鲁·郎的《习俗与神话》和《神话、仪式与宗教》那儿，他获得了用人类学观点解释神话的一些知识。[2]周作人后来以他关于希腊神话的著作而在作家中享有盛名，但是他一生中一直对家乡的民间传说大感兴趣。1918年，他和刘半农一起创立了北京大学民歌采集系，成了中国新的民间文学运动的领袖，这一学术领域同新文学运动本身一样新鲜，令人振奋。五四以后，周作人帮助组织了北京大学歌谣研究会，开办这个研究会的杂志。[3]

同这些看法相一致，周作人认为文学艺术是原始艺术的继续，原始艺术使原始艺术家得到“生理上的满足”，并且最初也带着宗教的目的。如果观众把原始艺术作为娱乐而不是礼仪来看的话，原始艺术便成了真正的艺术。[4]蔡元培也评论说，对原始人来说，宗教和艺术是不可分割的，但他认为美学意义是主要的而不是派生的；他们两人都以来自人类学的机能主义的和进化论的观点解释艺术。[5]

周作人从艺术主题转到了道德主题，他越过原始人，谈到人的动物本性，他认为这种动物本性主要存在于饥饿和性动力上（孟子也承认这点），这种动物性一定要得到满足，因为人确确实实是动物。周作人一定从哈夫洛克·埃利斯那儿学到了这点：社会习俗对自然的生物动力的压制会导致人们“耽溺于变态的嗜欲”。[6]他反对的是这种压制。

沈从文对原始文化的兴趣和羡慕是人所共知的。在《湘西》中，他分析了和描写了原始宗教和精神病；甚至在文学中，他努力如实地描绘出苗族风土人情。没有多少人知道他对民间传说有兴趣。我们发现早在1926年，沈从文发表了41首镇筸民歌，这些歌是他和他的朋友在湘西军队时收集的。在其它方面，他至少译出了一篇苗族语言，

---

[1] Ernst Wolff的Chou Tso-jen（纽约，1971年），第39～40页。

[2] Ernst Wolff的Chou Tso-jen（纽约，1971年），第41～42页。

[3] Ernst Wolff的ChouTso-jen（纽约，1971年），第20页。Laurence A. Schneider，Ku Chich—Kang and China’s New History（加利福尼亚州伯克利，1971年），第135～136页。

[4] Polland，A Chinese Look，第1～2页。

[5] 蔡元培，《蔡元培民族学论著》，中国民族学会编辑（台北，1962年），第14～16页。

[6] Polland，A Chinese Look，第125～126，130页。

回家以后，开始翻译和用音标记录苗族歌曲和地方还傩愿的戏剧的工作，以便把这些文化介绍给外部世界。❶这一愿望从未实现，但是沈从文早期作品的一部分，至少包括剧本、《鸭子》和《过年》，是以家乡轶事为基础写成的。❷此外，沈从文热衷于印度民间故事要比他写《月下小景》这本集子（1933）早得多。❸在《三兽窣堵波》（1926年）中〔堵波是内有神龛的印度塔——译者〕，沈从文把中国编写的阇陀伽本生经（第316，《裟裟》〔根据音译——译者〕）大众语言化了，创造了"狂言"形式的剧本。在一篇短文中，他推测了这个印度故事的起源和流传范围。他把故事的佛教色彩置之一旁，把作为"原始传说"进行讨论，把它与"居住在山野的原始的人"联系在一起，从而明显地把阇陀伽本生经的创造者和他的苗人等同起来！❹

沈从文决定用"狂言"形式推进文学革命这件事本身，只有联想到周作人掀起的对狂言的热狂才能理解。周作人作为一个民俗学家把日文的"狂言"译成中文，博得了文人们在评论上的喝彩。❺沈从文并不是由此得到鼓舞而写"中国狂言"的唯一作家。❻我们只是猜测，沈从文对托尔斯泰和古希腊的兴趣，同文学那样对圣经的兴趣，是否也同样受到了这位伟大文学家的激励。

虽然沈从文是业余爱好，显然是起源于他在学术城北京的为民俗而学民俗，培养出对民间文学的兴趣。在早期白话诗中他运用了苗人

❶ 沈从文，《箪人谣曲》，载于《晨报副刊》1498：59～60（1926年12月25日），1499：63～64（1926年12月27日），1500：67～68（1926年12月29日）。故事在《生之记录》，第265～267页上。

❷ 沈从文，《关于三兽窣堵波》，收编在《鸭子》中。第108～109页中说明了《鸭子》是以家乡民间故事为基础的。

❸ 沈从文：《月下小景》（上海，1936年）。除了作书名的一篇外，集中所有小说都是改写的阇陀伽本生经故事，1933年编写（一篇是1932年）。序言所标日期是1935年。

❹《关于三兽窣堵波》，第106～109页。另一个文学和人类学研究者是许地山，他1926年后是燕京大学教授，专门研究印度和佛教哲学。他的早期浪漫故事据说受到佛教和基督教的影响，浸注着宗教的爱。（Boorman，第2卷，148～149页。）同沈从文的作品进行比较将是有趣的。

❺ 这本书是周作人的《狂言十番》（北京，1926年）。见Wolff，第69页。赵景深写了一篇评论文章，在他的《文学讲话》中再版（上海，1936年），第187～196页。

❻ 另一篇中国的（所谓）"狂言"是王向辰（笔名老向）的《渭水河浜》，载于《现代评论》7.161：93～96（1928年1月7日）。沈从文的《鸭子》也是一篇"狂言"。

主题和镇筸民歌中的比喻，但是激励他的也许是“从民歌吸取新生命新形式”这一告诫，他记得这是新诗运动最早的口号之一。刘半农是这种风格的主要实验者。❶

到 1925 年，沈从文在一篇小说中提出了下意识的主题时，他已懂得了现代心理学。❷他的许多苗人小说由于赞扬性欲的即时满足而为人所共知；听说他对他性欲受压抑的专职同事也提供了相似的精神分析治疗。抗战期间，一个作家看了沈从文的所谓色情作品后，声称他在模仿 D. H. 劳伦斯。❸沈从文对他基于湘西传说的小说《月下小景》（1934）的一个主题，作了人类学的阐述，在其中，他间接的引用了周作人“初夜权”性心理解说。这表示他读了周作人的有关性心理的作品。❹沈从文的城市小说也常常表达性压抑导致的不健康的后果。《八骏图》中的小说家——故事的讲叙者，讽刺了中年大学教授，决心找出他们精神心理失常的根由。他们受的折磨大部分来自性压抑。一个教授在他周围布置了色情诗和裸体像，另一个盯着看穿游泳衣的青年女子，再另一个编造了精神恋爱的理论，如此等等。❺《湘西》是沈从文的这种顶巅之作，联系性欲压抑解释了内心疾病、神巫信仰和事物神话化。他解释说，原始迷信，至少在苗人中间，是心理上有益的；他追随机能主义，达到其合乎逻辑的结论，而蔡元培和费孝通却不能这样。❻

战争期间的作品构成了沈从文更充实的——如果说不上系统的话——哲学轮廓。像周作人那样，他的哲学强调人有一个适当的动物

❶ 沈从文，《谈朗诵诗》，收编在他的《昆明冬景》（桂林，1941）中，第 20 页。

❷ 在《用 A 字记下来的事》中，第 4 页。

❸ 孙陵，《浮世小品》（台北，1969 年），第 55 ~ 56 页。震动昆明的小说是《看虹录》和《摘星录》。我从未找到这两篇的中文本，但我设想沈从文把《看虹录》给金隄和罗伯特·白英翻译成英语，保留了这篇小说——会不会沈从文 The Chinese Earth，第 177 ~ 189 页上的“The Rainbow”？

❹ 请将沈从文的《月下小景》（收编在《月下小景》中第 16 页），与周作人的《初夜权序言》作比较。后者载于《语丝》2.103：491 ~ 493（1926 年 10 月 30 日）。

❺ 沈从文，《八骏图》，收编于《春灯集》（上海，1943 年，1949 年），第 47 ~ 82 页。题目《八骏图》可能来自明代宫廷画家郎世宁的画。此画原挂在北京的故宫博物院，现在可以在台北的故宫博物院见到。

❻《湘西》，第 82 ~ 99 页，见《烛虚》，第 27 ~ 28 页。关于费孝通，请参看 R.David Arkush 的 Fei Hsiao-tung and Sociology in Modern China（未发表的博士论文，哈佛大学，1976 年）。

本性，[1]因而有两种适当的生物需要，需要食物和性满足。[2]人生的这一方面他称作“生活”。然而人也有一个更高的、精神本性：“生命”，包括追求“抽象”。[3]在沈从文的解释中，更高级的“生命”与庸俗的或动物的“生活”有点背道而驰。忘却物质利益，聚集在更高的理想上，“生命”就会出现犹如狂癫的结构。它带着神性。而在其它时候，沈从文把“生命”说成是一种泛神的生命力。从感官观点来看，它是火焰，是闪光。[4]很明显，原始人带着疯狂的宗教寻求神力，因此懂得“生命”（生命存在于他自身之外，在多样宇宙中，也存在于他们的内心之中，原始、泛神的土著人更接近生命。[5]但是城里人的感觉被环境麻木，只知道生存中固有的败落和物质利益。他缺少内在的“生命”，因此不能接触外部的“生命”。然而至少有些精神与相同的城里人，那就是一个伟大的作家或艺术家，通过他的创造力，以他的“疯癫”寻求美和真的抽象理想，或者寻求帮助遭受践踏的社会的无私思想。[6]因此，沈从文像人类学家那样，把艺术和原始宗教的推动力看作在机能上是均等的。此外，虽然“生命”推动力超越一般生物行为，但它仍在生理范围之内。它以它永存的诱惑力，满足作者（或相信者）战胜死亡的心理需要。最后，创造力由“性本能”所引起。[7]尽管沈从文相信原创造的神性，但他关心的是为此提出一个“科学的”解释。通过创作达到神性，“看虹摘星”，是作者对生理需要的满足。

沈从文离开湘西前，一个影响他的生物或假生物理论是社会达尔文主义。沈从文早期作品表达了对城市生活的恐惧，这种生活是生存的竞争斗争，没有同情，没有相互帮助。[8]他的 20 年代后期和 30 年代的作

---

❶《烛虚》，第 21 ~ 24 页。

❷《小说作者和读者》，见《烛虚》第 90 ~ 92 页。

❸ 这些观点在《烛虚》中得到阐述，主要在其中的两篇：《潜渊》第 38 ~ 44 页和《生命》第 52 ~ 55 页。

❹《潜渊》，第 40 页。

❺ 对等的第一方面，请见《湘西》，第 55 ~ 56 页。

❻《小说作者和读者》，见《烛虚》第 90 ~ 94 页。

❼《小说作者和读者》，见《烛虚》第 91 页。

❽ 如在沈从文《一天是这样过的》，载于《晨报副刊》1293：43（1925 年 10 月 21 日）。另请参阅《公寓中》12 月 2 日的信。

品表达了对汉族衰退的担心。他所认为的汉人的“败落”在一定程度上有其物质生理含意，因为沈从文发现那些生活在艰难的边界环境中的人对这种堕落有免疫力。另一方面，同苗人的不衰的活力对比起来，汉人的跌落是一个道德堕落问题。这点与社会体系根据道德程度轮转衰落的中国传统观点产生共鸣。沈从文担心达尔文生存斗争世界中的汉人命运，这一点在中日战争期间尤为明显。他把这一战争比作战国时期。❶

理想主义

郁达夫的《公开状》滑稽地提议，到北方军去当兵是解决沈从文困境的办法之一。如果这位年青人在前线阵亡，死在中国的领土上，“在租界以外”，那么他的死虽然也许算不上一个爱国牺牲，但至少他能为雇用他的人而死，比在他的小屋里饿死冻死强。如果他活了下来，要是他能以进大学同样的努力精神来“宣传”他的“理想”，谁能说他最终不能感化改革他所在的整个师？❷

我们已经引用了新作家沈从文用以激励青年通过文学中的梦幻和理想改革社会的话。早在1902年，梁启超的杂志《新小说》就认为小说本身能够改造中国的道德，宗教和政府。他鼓吹“理想小说”。五四运动以后，文学中的理想主义在浪漫诗人和包括周作人在内的更倾向科学性的北京学院作家中都兴盛起来。

沈从文在战争阶段对“五四”运动的回忆中，举出了蔡元培的名字，称他是学术自由和在公民中培养抽象美感，“以美育代宗教说”的倡导者。❸虽然蔡元培将美学介入人类学与道德之间，他是另一个把道德基于人类学观点的人。他在德国学了人类学以及哲学和美学。1916年以后，他当北大校长时，创立了人类学的理论和材料。❹蔡元培著名的，也可以说特有的理论，始于这样的论述：原始宗教对所有人类内

❶《烛虚》，第1～12页，第21～28页。在后几章我要讲到沈从文把苗人作为对照汉人堕落的镜子。顾颉刚也希望中国的少数民族能使达尔文主义式地失去生气的汉文化精华重新焕发振作起来。见Schaeider，第153～154页。

❷ 郁达夫，《给一位文学青年的公开状》第7～8页。

❸《烛虚》，第69，82，105页。蔡元培刚逝世。

❹《蔡元培民族学论著》，第7～8页。

心活动方式都具有作用。他认为内心活动有三个方面：认识、意愿和感觉，如康德的定义那样，而不是现代心理学的定义。[1]原始宗教提供了“认识”，将“意愿”引导向利他主义，并且提供享受美的“感觉”的唯一场合。随着人的进步，科学剥夺了宗教的解释功能，对文化相对性的观察剥夺了宗教的激发功能，最后，艺术的世俗化也剥夺了宗教与“感觉”官能的一致性。比如说，原始人跳的舞蹈是“给神助乐”，但在现代，跳舞变得只是为自己添兴。(沈从文也谈到苗族神“踊跃歌舞娱神”。)[2]蔡元培显示了宗教是个空壳以后，归结说，道德必须随从现已独立存在的美感。[3]其结论之一是，对现代人来说，美学官能不应只是为了它本身而发展，因为它可以承担指导“意愿”的责任。

到了30年代，沈从文的理想主义也不仅仅停留在小说中提倡进步人生观的意义上，而是眼望高处，达到一种哲学的理想，或者叫“抽象”。他的一部分的“抽象”是“美”。“在有生中我发现了‘美’，那本身形与线即代表一种最高的德性，使人乐于受它的统制，受它的处治”。[4]像蔡元培的美学理想一样，沈从文的美要比感官能传递的更抽象。从青少年起，沈从文就欣赏绘画美，艺术品美和音乐美，他今天仍是这样，他的理想包含了所有这些美。“表现一抽象美丽印象，文字不如绘画，绘画不如数学，数学似乎又不如音乐。”[5]然而他通常更多地认为文学是传达能够改革社会的抽象观念的最好渠道。

> 一个人不仅仅能平安生存即已足，尚必需在生存愿望中，有些超越普通动物肉体基本的欲望，比饱食暖衣保全首领以终老更多一点的贪心或幻想，方能把生命引导向一个更崇高的理想上去

---

❶ 蔡元培理论中康德的方面（这部分尤其是蔡元培独到的）来自《判断力批判》。这里很明显蔡元培脑中有康德的认识、欲望和快乐与不悦感情这三种官能。见康德，《判断力批判》，由 James Creed 译。

❷《从文自传》，第3页。

❸ 归纳自蔡元培《蔡元培民族学论著》中《以美育代宗教说》。

❹《烛虚》，第31页。

❺《烛虚》，第33页。沈从文关于音乐居首的说法可能反映了他阅读康德的直接影响。《判断力批判》，第193页。

发展。这种激发生命离开一个动物人生观，向抽象发展与追求的欲望或意志，恰恰是人类一切进步的象征。这工作自然也就是人类最艰难伟大的工作。我认为推动或执行这个工作，文学作品实在比较别的东西更其相宜。❶

事实上，沈从文似乎相信蔡元培理论的一个变种：美学必须继承宗教的功能，沈从文认为文学将继承原始宗教的作用和热情。在 1933 年他写道："我们对于鬼神之力的迷信的时代算已过去了。然而如果能够把这种迷信或所谓'宗教情绪'，转而集中在人事方面，却并不是一种无意义的努力。作者若真有这种迷信，事实上他那作品也就可以希望成为符咒之一种，使多数人能受其催眠，或为之兴奋，对于人的能力发生信仰，产生变革，得到进步。"❷

沈从文不像蔡元培那样乐于否定宗教的现代意义。他描写盲目热衷宗教的苗人，就好像他们内在和谐的生活方式仍然为现代人提供了榜样。但他后期哲学也强调了道德理想进化论的进步发展，❸并同意了蔡元培关于这种发展产生的社会价值的性质和这种社会价值对本体、具体世界的联系这些观点。蔡元培像康德一样认为现象世界，就是可由感官领悟的具体世界（对沈从文说来是世俗的世界），反映了一个本体的"实在"的"现实"（自身的现实即是"物自身"，对有些人是"精神的"），我们欣赏这种"现实"就如通过艺术欣赏本体世界一样。这样，我们就可以通过一张火山的画片，超然地带着审美眼光欣赏一座火山，而不带有任何感情牵连（恐惧）——这种心理来自火山存在的事实，并毁坏我们日日生活中对火山的顾虑。❹沈从文也感到，就像我

---

❶《小说作者和读者》，《烛虚》第 85 页。

❷《废邮存底》，第 39 页。也见《烛虚》，第 27～28 页。

❸ 沈从文，《长庚》，见《烛虚》，第 51 页。

❹ Douglas G. Spelman，Ts'ai Yuan-p'ei，1868～1923（未发表的博士论文，哈佛大学，1974 年），第 129～130，225～227 页。美欣赏概念和火山比喻来自《判断力批判》，第 110 页。蔡元培本人的理论并不区分美和崇高，而是大量引用康德来描写"美"的一种一元化的抽象概念。在康德看来，美为道德感情作准备（第 119 页），象征着道德上的善（第 221～225 页），但并不产生道德规则。

们读文学作品那样，我们必须学会在具体世界中看本体。目标是超离物质利益的追求，虽然本体的视野会使冥想者神魂颠倒或者目瞪口呆，或者“如狂如癫”。沈从文的本体成“抽象”世界事实上是通过实体直觉而不是理性官能而领悟的。他仍然接受这种理论中反浪漫主义的暗示，即对本体的冥想阻断了“血泪”和狂热献身某种“主义”的极端行为。❶

蔡元培的理论本身能轻易地与托尔斯泰的爱、泰戈尔的泛神论和其它宗教意义的理论取得一致，也能与蔡元培曾拥护的无政府主义理论取得一致。他说，美学教育培养普济主义，或者消除自我和他人之间的隔阂，因而导致社会中的利他主义和互相帮助。美学教育也培养超越，或者说把无限微小的自我与崇高而无比广大的宇宙视为同一。当我们看到海洋不可思议的广阔和天际无穷无尽的繁星时，我们就是这样对伟大崇高作出反响的。❷

沈从文认为文学和其他接触美的方法也有上文两种作用。此外，大海和天空是他最喜爱的象征，象征着崇高的太极，或者与泰戈尔相似，象征着泛神的上帝和生命。❸对沈从文，海也代表了性结合，他把此描写为宇宙的圣礼。沈从文《雨后》中苗人主人公四狗凝望天空后，受到怂恿而继续他的性调情。“四狗没见过海，但是那么大，那么深，那么一望无际，天也可以说是海了。”❹同样的象征手法也在《八骏图》的结尾中出现。这里，小说家讲叙者开始认识到，他和被他哀怜的受压抑的中年教授们一样，受到不健康的社会约束对他性欲的限制。他拿起老舍的小说《离婚》；一个他想望的漂亮女教授在海边的沙滩上给他留下一对画出的大眼睛和一些字“这个世界也有人不了解海，不知爱海。另也有些人了解海，但不敢爱海”，❺他看到这些时，最终考虑离开他的未婚妻。故事的讲叙者受到诱引，留在海边，依照他知道的

---

❶ Spelman，第 229 ~ 230 页。沈从文在《习题》第 7 页挖苦了血泪。在《废邮存底》第 32 页上，他认为一个作家对人类事务必须特别不动感情。

❷ Spelman，第 227 ~ 228 页。繁星密布的天和威严庄重的海出现在《判断力批判》，第 122 页。

❸ 沈从文在《从现实学习》第 103 页上叙述到星星。

❹ 沈从文，《雨后》，收编在《八骏图》中，第 126 页。

❺《八骏图》，第 80 页。

心理上和宇宙上都有效的原则行事。

美学的哲理可能看来对中国当时面对的问题并不相宜，但蔡元培和沈从文这样的思想在五四早期却不古怪。实际上鲁迅1913年在教育部工作时，就提倡过美学教育。1920年，清华大学二十一岁的学生闻一多，受到浪漫诗人和康德的鼓舞，在校报上写道：艺术培养人的崇高感情，连接现实世界和想像世界，平庸和崇高，以及物质和精神。[1]后来（1928年），徐志摩在创造《新月月刊》时，提倡“创造的理想主义”。[2]理想主义作为一种哲学盛行，就像徐志摩思想的许多方面一样，还有待研究。沈从文的特性是，整个中日战争期间，他一直忠实于文学中理想力量的原始乐观主义和唯意志论观点。

沈从文的理想主义并不导致他像闻一多有时那样偏向“为艺术而艺术”，或者否认文学可以直接用来评论生活，因为他的文学理想有两个种类，这两个种类都回转到现象世界。沈从文运用哲学理想、抽象观念或美，来保卫他20年代末严酷的现实主义的作品。他认为抽象“美”不依赖传统道德。理解较为非实质的美，人们获得对人类社会（及其多种阶级、职业和生活经历）显然不属道德范围的现象的更广泛认识，也包括社会中表面上似乎丑的，暴力的东西。沈从文任性地向他的读者指出，“美”能存在于充满生机的人生的任何方面。[3]为了剥去旧社会的虚伪，从而加快新秩序的步伐，他保留了表达一种较难理解的美的权力，那就是直接与天神接触的原始人中的野蛮暴力。

然而在沈从文成熟阶段（1930～1937）的实际文学实践中，人们一定对他相对乐观的倾向、对他实现新月派常规理想“健康”和“尊严”，印

[1] 我感谢Patrick Hanan教授指出鲁迅思想的这一方面。见鲁迅的《儗播布美术意见书》，收编于《鲁迅全集》第7卷，第271～276页。关于闻一多，见许芥昱An Intellectual Biography，第35～36页。

[2] 李欧梵，第147。

[3]《从文自传》，第93页。在《湘西》（1938年）第93～94页中，沈从文描写了折磨审讯的野蛮形式，描绘了侠客精神的自然活力，他声称在湘西见到过的这种侠客精神的其它方面的残酷表现。他写道，“类乎这种事情还很多。都是浪漫与严肃、美丽与残忍、爱与怨，交缚不可分。”这里是与康德的另一个类比，康德说：“崇高的感觉是一种快乐……来自生命力暂受制止，但立刻随之而来一个更大力量的爆发这种感觉……”人们同时被崇高的事物吸取和排斥，康德称此为“消极快乐”。（《判断力批判》，第91页。）

象至深。他似乎在那儿构画另一种思想，一种人道制度和人与人间慈爱关系的社会理想。《龙朱》描写了一个几乎是理想人物的苗族主人公，沈从文把他比作男性美神阿波罗。《边城》充满了悲剧，但其中没有道德堕落的人物。沈从文宣称他的小说解释了“爱”，❶我们可以肯定他指的不仅仅是浪漫的爱情，因为故事围绕着一个渡船公和他孙女的关系展开。不管描写用的是现实主义手法，还是体现他的理想，沈从文坚持信仰美的力量，认为他在为社会的改善作出贡献。他以一种方式贡献了知识（军队生活和湘西——他的独特范围），以另一种方式推进了社会和道德的上升。

博爱的宗教

我们容易把沈从文哲学上的不一致归结为一个宗教的气质，但是他几乎像治疗学家指定锻炼——或恋爱——那样冷静地建议宗教或理智化的信仰作为医治人类病疾的药方。不管他本人信仰不信仰——我们猜想他希望像苗人那样有信仰——沈从文的部分哲学，许多文学比喻都依靠了别人表达的信仰的语言。

基督教是沈从文作品中一条不主要的线条。他的一些早期短篇小说和后期哲理文章装饰了引自《旧约》、《新约》的语句。早期小说中还密布着身带《圣经》的人物。没有迹象表明沈从文曾考虑过要成一个基督教徒，但他显然欣赏耶稣的“博爱”。在一生最黑暗的日子里，他阅读了富有诗意的白话《圣经》，很可能找到了不属于任何宗教派别的精神安慰。另一个促使沈从文探索基督教的因素可能是他在熊希龄孤儿院的工作，这座孤儿院是由中国基督教非圣职人员经办的。❷孤儿院确实是剧本《蒙恩的孩子》的背景，这是我们所知道的中心内容和比喻明显属于基督教的唯一作品。沈从文有时引用“雅歌”中数行在他的早期小说中出现，推进了沈从文的社会批判，故事的性爱倾向或者浪漫爱和宇宙爱的一致性。

《蒙恩的孩子》像沈从文一些思乡作品一样，充满了各种各样的爱。剧本是沈从文北京年代描写湘西背景以外的爱的少数作品之一。剧本唤起对小孤儿蒙恩的同情，他被他十岁的朋友们讥笑嘲弄。睡觉时他们听

---

❶《习题》，第 6 页。

❷ Boorman 第 2 卷，第 109 页，说是天主教，沈从文 1980 年说是基督教。

到他梦语中对漂亮的牧师夫人讲话，他称她母亲。事实上他母亲早已离开人世。那是圣诞节，所有其他孤儿都得到了礼物，但是蒙恩梦中的母亲赐给他一篮鸡蛋，并答应当复活节钟声敲响时亲吻他，睡梦中蒙恩被带到了耶稣复活的节日。当其他孤儿幽默地开了一阵玩笑之后，都到学校圣诞节集会时，蒙恩独自一人留在冷冷的教室里。经管负责人带着他八岁的儿子进来了，小孩拿着一个牧师夫人给他的玩具骆驼，沈从文这时将一个感人的父子之爱场面戏剧化了。经管人发现蒙恩在圣诞节孤独一人感到十分吃惊，当他得知这个孤儿开始在他的美梦中寻找安慰时，更觉得不安。蒙恩把梦幻想像为现实。因为醒来后，他把梦当作事实讲给别人听。那个小孩自愿把他的骆驼送给蒙恩作为礼物。当父亲和孩子离开教堂“上帝之爱的承受者”蒙恩被那基督般的孩子亲吻了一下，就好像实现了他的梦想。最终场面更充满感情。睡着的蒙恩又一次对他梦中的母亲讲话，大声地向她诉说他的担忧和挫折，而一个女护理在一旁听着，深深叹息。钟声敲响时，他目睹了耶稣活的现身。❶

泛神的喻象是沈从文著作中更重要的宗教趋向。他的早期自由体诗很可能反映出泰戈尔以及他的模仿者如冰心等的影响，而他30年代初和自那以后的作品，却用泰戈尔式的光、火焰、星辰和流星的比喻，赞美人、自然和人的艺术创造。❷对泛神信仰的信奉只是在战争阶段的作品中才变得明显，这些作品把理想和生命描写成上帝，把人道和互相帮助，描写成取消灵魂间隔阂的方法。通过爱，灵魂会合并成一个伟大的统一体，那就是宇宙的灵魂。沈从文先验的“生命”概念至少符合泰戈尔先验的“life”的中文译文“生命”两字，如在下面句子中出现的：“让你的生命到他们当中去，如一线之光”，和“闪电的一瞬中我看见你的创造对于我生命的伟大……”❸

---

❶ 沈从文，《蒙恩的孩子》，见《入伍后》，第173～199页。剧本的时间是“1926年圣诞节”。沈从文首次在1927年1月发表此作。孤儿院基督教中存在着一个天主教和新教的奇特混合。

❷ 注意，泰戈尔在英语译文中是个自由体诗人，但在原文孟加拉语中却不是。

❸ 前一句来自《新月集》中的《孩提之天使》，在《泰戈尔诗歌剧本选》中再版（纽约，1913年，1967年），第68页，由郑振铎在《泰戈尔传》一书中译成中文，《小说月报》13·2（1922年2月10日），第1页。第二句来自《诗选》中《采果集》第50首，第161页，赵景深译于《“采果集”选译》，载于《小说月报》14·10（1923年10月）。

沈从文像泰戈尔那样到处都发现美，并把美与上帝等同起来。他谈到“用泛神情感去接近”它。[1]美“或者是一个人，一件物，一种抽象符号的结集排比”，它使所有人肃然起敬。就像阿拉伯人亲吻沙土那样，人们通过接触上帝的造物来接触上帝。“这种美或由上帝造物之手所产生一片铜，一块石头，一把线，一组声音，其物虽小，可以见世界之大，并见世界之全。或即‘造物’，最直接最简便那个‘人’。流星闪电刹那即逝，即从此显示一种美丽的圣境，人亦相同。一微笑，一皱眉，无不同样可以显出那种圣境。”[2]沈从文30年代前期的小说和1931年的《自传》包含了如此相似的象征手法，从而暗示了，他战争期间的宗教作品只不过是把长久的宗教倾向明确化了。

19世纪90年代社会的和宇宙的普遍理论，如谭嗣同“仁”的理论和康有为由“魂、气”可以比作雷或闪电的人来组成大同的思想，可以说带有一些泛神论的倾向。梁启超讲到小说能开阔读者的经历，形成对自己的感情、对别人的感情的认识，几乎像是一个互相贯穿的宗教过程。在泰戈尔和沈从文的著作中，运用博爱，甚至文学来打碎人与人间界限和隔阂的改良希望，也具有真正精神上的色调。沈从文写到：好的文学作品教人为善。“我指的是这个读者从作品中接触了另外一种人生，从这种人生景象中有所启示，对人生或生命能作更深一层的理解。”[3]这样，灵魂在人类中水平地扩展开来，与此同时，朝终极向上伸展。水平地与社会现实混合，说明了沈从文的理论如何能与描叙性的现实主义相一致。

沈从文对他30年代的作品为何注入超自然的成分不作解释，他的回忆录里也未谈及泰戈尔。他一定读过泰戈尔的诗歌、剧本、短篇小说和哲学，这些作品是随1922到1923年形成高潮的译文的海洋涌进中国的。郑振铎的传记和献给这位哲人加诗人的1923年两期《小说月报》（泰戈尔纪念专号）（没有其它任何作家受到这份刊物的如此荣誉），在沈从文以一个作家出现之前，把泰戈尔放到了众人注目的中心。无疑这位印

[1]《潜渊》，第41页。

[2]《烛虚》，第31～32页。

[3]《小说作者和读者》，第84页。

度人的诗也在新月社聚会上诵读，新月社的命名用的就是他一本集子的书名。沈从文的恩主徐志摩，在泰戈尔 1924 年中国讲学旅行期间当他的翻译，此后，他个人变得与泰戈尔等同起来，并保持了这个地位，尽管这位印度诗人的名望后来迅速地跌落了。❶因此我们能由沈从文与徐志摩、陈梦家和其他新月派的持续联系，或由他为追求精神安慰而创作（就如我们从他的早期兴趣那样），在他的作品中找到先验的倾向。

沈从文战期著作《烛虚》中称赞的西方作家，也是些带宗教色彩的作者：但丁、歌德和托尔斯泰。❷托尔斯泰也是徐志摩喜爱的作家，❸普遍地与泰戈尔放在一起评论。❹两个作家都把他们的宗教同情和乌托邦哲学的普遍性用以为受践踏的大众，尤其是为乡村的民众服务。托尔斯泰的思想激发了日本“白桦”小说家武者小路实写的乌托邦“新村”运动，这一运动引起了周作人、鲁迅和蔡元培的注意；而泰戈尔以村为中心的农村公社建设的想法，很可能激发了徐志摩在浙江和江苏的农村改革计划。❺我们不知道沈从文是否对这类运动有真正的兴趣，但是有必要指出，在 1921 年后开始的政治两极化之前，实践中和文学中的农村乌托邦主义，被认为在五四知识分子这个广大范围内可以和谐共存。

泰戈尔把城市的阴暗影响用公社的“生命力量”、乡村自我调节的社会组织划分开来，这事实上与沈从文在每一点上都是相似的。像沈从文那样，泰戈尔强调农村集会和地方领导在保存地方艺术和工艺方面的重要性，提倡互相间的责任感、排除破坏的外来的势力和政治影响。❻两位作家都相应地对文化上，而不是对政治上的帝国主义保持警

---

❶ 李欧梵，第 144 ~ 149 页。关于泰戈尔的名望在中国跌落，参看 Stephen N.Hay，Asian ideas of East and West（马萨诸塞州，剑桥，1970 年），第 146 ~ 245 页。

❷《烛虚》，第 32，85 页。

❸ 高植，《志摩与我》，载于《小说月刊》1・2：106，114（1932 年 11 月 15 日）。

❹ 见 McDougall，第 86，144 页有关郭沫若和日本人的观点，也请参考翻译的宫岛新三郎之作《泰戈尔和托尔斯泰》，载于《小说月报》14・9（1923 年 9 月 10 日）。

❺ Chow Tse-tsuing（周策纵），The May Fourth Movement（加利福尼亚州，斯坦福，1967 年），第 190 页。周作人关于他访问过的“新村”的三篇文章出现在《艺术与生活》，第 401 ~ 468 页。关于徐志摩，看李欧梵，第 132 页。

❻泰戈尔的观点在 S.K.Dey 编辑的 Rabindranath Tagore on Rural Reconstruction 中再版（德里，1962 年）。特别请参看“Society and the State”（1904 年），第 9 ~ 21 页。

惕，因此不与他们本国的民族主义协调一致。

如果说沈从文农村生活的眼光像泰戈尔，那么他的文学实践表达了一个更像托尔斯泰的生活全景。文学中利他主义爱的重新设定，来自理想主义玄学的比喻，以及也许带点宗教的、非革命的无政府主义气味的感情，在沈从文的一些著作中显而易见。但这些从未转移他在现实主义小说方面的实验，从未阻止他在有情节、象征、偶然还有哲学启示的小说中，建筑有景色，有社会和有心理描写的更复杂的大厦。这些成分丰富了沈从文的作品，使他的短篇带有现代中国小说（如果不说诗歌的话）少有的理想主义尺度。沈从文在这些理想主义的作品中对“抽象观念”的意识，并没有同下面“现象”世界的直接、精确、发人深省的描写折衷妥协，这点对我们的研究最为重要。

传统影响

据沈从文看来，传统的思想和形式是他十分讨厌的东西。然而，传统的影响能间接地在他的文化范围内找到。沈从文承认他珍视的农村准则是固有保守的。[1]至少他的后期小说鼓励社会和睦，赞许地描写了传统的家庭关系。在形成健康的社会道德方面，沈从文关于知识分子职责对于教育和文学的观点，就像他形而上的宇宙观一样，与孔教思想有相同点。社会作为一个有机整体，被认为受道德衰退和崩溃的支配。而在另一方面，他在文学中诉诸自然准则，乡村乌托邦和隐居于过分活跃的文明世界之外的生活，这些方面，同道家十分相像。沈从文赞美苗人异于寻常的单纯，但把他们描写成《孟子》所述的孩童心灵的人。这些是广泛流行的中国准则，在一定程度上也是印度准则。泰戈尔本人单纯孩童心灵的概念，一定促使了他在中国更快被人接受。至少郑振铎理解为孩童心灵，他的泰戈尔传记就是以“孩提之天使”开头的，他也把同一个称号冠在这位诗人身上。[2]然而，沈从文从未明确地提出佛教和道家传统的权威，相反他批判过两个传统是从生活中隐退的体系，它们的影响毁坏了中国文明的健康发展。[3]沈从文对《庄

❶《习题》，第 3 ~ 4 页。

❷ 郑振铎，《泰戈尔传记》，载于《小说月报》132：1（1922 年 2 月 10 日）。

❸《潜渊》，第 41 页。

子》评价很好，[1]但这也许是因为它的文学质量，自由的观点，或者他发现其中有泛神论思想。

沈从文确实喜爱非说教的文学，这个概念很明显地包括了很大一部分中国诗歌，汉代的皇朝历史和白话小说。中国诗歌和小说毫无疑问在他观察的风格和方式上留下了痕迹，但他自己的小说、剧本和诗歌在形式上与旧文学大相径庭。也有一些是例外的，如《在别一个国度里》，其中包括一些讲叙者的插入部分。杰出的剧本《母亲》之一以押韵对句开始了序幕，但他涉及的背景却完全是两个北京大学生所处的现代困境。为了不让他们的父母知道他们没结婚生下的孩子，他们雇了一个保姆，将婴孩抚养在朋友家里。这些是楔子对句讲到的。结果无疑是闹剧式的。[2]

沈从文的爱的观念，不管是性爱还是宗教爱，都接受一个高于一般理性的原则的支配，而这点在未开化的大多数人看来似乎是愚蠢的。这种观念可能反映了在中国传统白话小说中的浪漫主义传统。“呆”和“痴”字原意是“迟钝”、“愚蠢”或“笨头笨脑”，但在《红楼梦》中却具有积极的含义，表达了小说主人公恋爱故事一个超验的命定的方面。[3]林培瑞提到在传统传奇中，甚至在20世纪的“鸳鸯蝴蝶派”小说中，用于浪漫感情的“呆”和“痴”，含有“无理性的”、“冲昏头脑的”、“迷恋”，甚至“疯狂的”迷恋，疯狂得不能自拔。[4]

沈从文的早期小说也用这种词汇把浪漫的爱描写为消极愚蠢的一种超然之举。然而，沈从文把爱看成是一个弱者自愿接受强制的、几乎客观的吸引力这一外部力量的奴役，而不是看成一种自我感情的陷入。对沈从文来说，爱是一种宗教行为，“呆”或“痴”存在天真、诚实和乡里人说的老实这些善德之中。在沈从文哲理著作中，非理性地忘却存在的利益，需经过愚钝、耽迷和理想典型前的痴呆，达到真正疯狂，那就是他刻划的人对美或对上帝的虔心体验。这个体验过程中

---

[1]《长庚》，见《烛虚》，第47，51页。

[2] 沈从文，《母亲》，载于《晨报副刊》1451：22（1926年3月10日）。

[3] Lucien Miller, Masks of Fiction in Dream of the Red Chamber（亚利桑那州特斯康，1975年），第79，82，94～95，179页。

[4] Link，第260～262，267页。

没有“清醒”、习俗口味介入的余地。[1]就这样，《老实人》(1927)中的主人公，一个被两个女人精神美所迷恋的小说家，天真地尾随着她们。他不能用语言表达他的思想，然而却被自己非理性的迷恋所奴役。两个姑娘断定他是疯了，喊了警察，在一种意义上，他的确疯了。[2]

军人方式的生活

由于沈从文从同情，甚至浪漫的角度描写了军人方式的生活，他在五四作家群中与众不同。地方偏见在施加着影响，他提到北洋军阀主义时只是加之嘲笑，而却常常把湘西的军队和土匪描写得理想化，至少描写成是存在于另一领地的无辜机构。[3]沈从文的军事浪漫主义接近游侠传统。这是他与传统文学和旧社会的最强联结之一，即使这种联结只是通过反传统而产生的。然而自1896年后，由梁启超和他的合作人蔡锷鼓吹的现代日本式军国主义的榜样，第一次世界大战中引人注目的德国军国主义的榜样，使人们重新评价教育改革中军事纪律和体格锻炼的好处。[4]清朝最后十年强调了抵抗帝国主义的军事教育。在此同时，蔡锷成了“军国民教育”和日本式发展样板的主要提倡者，他想以此来抵消他认为存在于国民之中的柔弱气质，这种柔弱在一个“适者生存”统治的世界中，危害了国家完整，不受侵害。他呼吁中国作家写军事生活的愉快，而不写士兵的痛苦，赞美战争和军事精神的荣耀和欢乐。蔡锷还相信湖南作为“中国的萨摩”，在重兴中华中有特殊的作用。[5]在20年代，军事化开始被认为是中国的最大祸根，但是在共和的头十年，军事化的优点仍然受到赞美，比如说，教育部长蔡元培在1912年提议将“军国民教育”作为共和教育三大支柱之首，其

[1] 比如说在《潜渊》第40，42页；《生命》第52～53页。

[2] 沈从文，《老实人》，收编在《一个妇人的日记》中，第97～149页。沈从文在《一个天才的通信》第40页上，讲到他自己甚至在儿童时期就疯了。

[3] 沈从文在《箪人谣曲》(载于《晨报副刊》98：60，1926年12月25日)中对他家乡“可爱的”士兵与北方兵作了对比。

[4] Hao Chang，Ling Ch'I—ch'ao and Intellectual Transition in China（马萨诸塞州，剑桥，1971年），第89，145，278页。

[5] 我关于蔡锷的材料来自 Willian R. Johnson 的 China's Revolution in the Rrovinces of Yunnan and Kweichow（未发表的博士论文，华盛顿大学，1962年），第55～58页。

它两项是“实利主义之教育“和”美学之教育”。[1]

沈从文的好几篇作品都唤起对蔡锷领导讨袁爱国运动的回忆，但最值得注意的是《会明》，这篇小说赞颂了单纯的中国最低层士兵的清廉正直。火夫兵会明“呆呆地”不动摇地依附着一个爱国军事化的理想，就像他依附这种理想的象征——一面1916年讨袁战争时的旗帜那样。这一想像来自蔡锷的一次演说，十年里就在他单纯的头脑中扎下了根。[2]这一点，考虑到沈从文与湖南军阀，与1897年长沙改革运动西部成员已知的联系，说明沈从文吸收了二十世纪初在湖南流行的改革军事化，这在全国也不是不普遍。

政 治 观 点

根据国内那时的标准，沈从文的作品不关心政治。我们知道这位作家没加入任何政党，也没有积极参加实际政治活动。国民党占领中国后，他发现自己在许多方面与政府对立，因此被政府怀疑为左翼作家。但他同左翼作家组织完全疏离，他的作品不反映出马克思主义的影响，也不带反帝国主义理论的影响。沈从文蔑视文学批评和文学辩论，同时坚持创作目标和文学实验的完全自由，从一开始他就发现自己在性情上与大部分左派文学事业格格不入。他似乎钦佩他那些转为共产党的朋友的勇气和理想，虽然考虑到国民党军队和地方反动武装的力量，他认为他们的斗争没有希望，是狂热的幻想。也许就是这个缘故，沈从文直到很后期才开始把共产主义也描写成他农村生活幻景的一个威胁。他拒绝用文学宣传革命，宣传推翻帝国主义，所以左翼作家认为他是右派，而事实上他是不是想要一个真正的社会革命，还是个问题。而在另一方面，沈从文对写普通人的爱好，包括诸如士兵、

[1] 关于这方面的一个主要讲话来自 Ssu-yu Teng（邓嗣禹）和 John K. Fairbank（费正清）的 China's Respouse to the West：A Docu- mentary Survey，1839～1923，（纽约，1966年），第235～238页。毛泽东写于长沙，五四运动前两年发表的他最初的文学尝试中，也提出中国能通过体育克服民族的虚弱，而“夫体育之主旨，武勇也”。毛泽东，《体育之研究》，载于《新青年》1917年4月号，又收编于《毛泽东集》（香港，1975年，复印东京1970～1972），第一卷，第40页。

[2] 《会明》，第2～4页。我觉得有趣的是会明这个名字与《西厢记》里的一个人物同音（惠明），那人也是个爱国的军队厨师。

船民和妓女这类低下的社会成员，始于20年代末。毫无疑问他受到了当时政治形势的激励。

沈从文的真实政治观点在他的作品中只是模糊地从反面构画出来。这些观点一般被认为是不受清规戒律约束的，像胡适的那样。然而，作为准则的自由和个人主义本身，在沈从文著作中不像在英美派的作品中那样地位显要。他提倡文学表达自由是一个主要例外。沈从文甚至不像徐志摩那样，把浪漫主义的爱当作自由和个人主义的表现加以颂扬。沈从文农村题材的作品更好地反映了作者自己的社会背景，也许代表了对地方自我调节的社会组织的一种模糊的无政府主义想像，这种想像与中央政治专制、强行税收和产生危害的官僚资本主义形成对立。沈从文的英雄常常是小土地拥有者，他们社会上受人尊敬，愿意出力帮助不幸的人。

沈从文的社会批评大部分也是否定的。他的早期作品提出了五四时期的常规批判，讽刺富贵和特权阶层。绅士，贪官和北方军阀是他的攻击目标，但也包括伪善的新资产阶级分子和现代学生这一亚文化群中那些追求享乐，对社会地位敏感的花花公子。有时候沈从文批判这些“寄生虫”的激烈态度，很可能反映他本人初到北京时期谋求社会地位的失败情绪。

沈从文的小说到1928年继续向左拐，这也许因为一年前国民党“清党”（清算属于共产党的党员）中，他在家乡的一些好友被杀害了。沈从文从一个共产党朋友那儿接到一份材料后，他在北京寄宿处的房间被搜查了四次。他遭到详细盘问，但没被逮捕。[1]这种压力也许促使他搬到了上海法租界，那里也能有表达个人观点的更大自由。沈从文的下一部巨著《阿丽思中国游记》（1928）表达了他对近期“清党”中政府杀戮无辜青年的最严厉的社会批判和极端不满，也表达了对中国奴从于英国和日本的讽刺。[2]上海的环境本身一定激发了沈从文的民族主义。人们比北京更实在地感到外国人的存在，而且这个城市是1925

---

❶《湘行散记》，第114～115页。

❷ 关于清党，沈从文在《阿丽思中国游记》第2卷的序言，第5页上最直言不讳地表达了自己的看法。关于帝国主义方面，见《阿丽思中国游记》第一卷，第六章，第109～142页。也请参看差不多同一时期写的《一个天才的通信》，第33页。

年反对帝国主义的五卅运动和国民党1927年清党的中心。李欧梵指出“阿丽思”中的讽刺对象说明了沈从文发现自己很难应付外国文化，包括咖啡店直到街上行走的欧洲人。❶

30年代，沈从文回到了他的世界主义观点。他抵制沙文主义的反日创作倾向，把矛头对准了国民党的“民族文学”。❷令人感兴趣的是沈从文迁至上海后，在一篇1929年写的小说中赞美了苗人的部族制，诋毁了“有政府”。❸然而我们没有理由证明他怀着无政府主义的政治观点，虽然他与无政府主义小说家巴金成了好朋友，成了亲密合作者。❹

30年代，当丁玲与她的丈夫投身共产党的工作时，沈从文的作品却越来越脱离政治。但是这两个朋友在1931年和1933年分别被捕以后，他写了为他们唱颂歌的回忆录。这些作品中被书刊检查删改得较少的几篇表明，他写了关于他们的革命活动，并为他们辩护，还辛辣地提到“对于作家除了愚蠢的杀戮以外，则从不作过一次聪明事情”的“政府”。❺沈从文至少写了两篇文章，让公众都知道丁玲失踪一事，激起他们对政府作为这一罪恶当事者的愤慨。事实上，其中一篇攻击包括迫害左翼作家，资助不关痛痒的低级散文家、残酷处决逃兵，以及其它枝节问题，所以他对丁玲事件的叙述，几乎在对国民党和政府政策的攻击中淹没。❻

30年代中期，沈从文写了许多文章，批判国民党书刊出版检查制度和教育中的反动倾向。❼他虽然因受到政府的文学控制而感到恼怒，

❶ 李欧梵，第32页。

❷《从现实学习》，第93页，《习题》第5～6页。

❸ 沈从文，《七个野人和最后一个迎春节》，收编在《旅店及其它》中（上海，1929年），第42页。

❹ 1934年前后，巴金与沈从文同室居住了大约半年。与张充和和傅汉思的会谈，1975年1月21日。沈从文、巴金和其他人编辑了《水星》杂志，在北平出版，第一期出版日期1934年10月10日。

❺《记丁玲》和《记胡也频》。引文只出现在天津《国闻周报》38期（1933年9月25日）中的《记丁玲》原文中。

❻ 沈从文，《丁玲女士被捕》，载于《独立评论》52～53：12～13（1933年6月4日）。另一篇文章是《丁玲女士失踪》，载于《大公报》的《文学副刊》，284期（1933年6月12日）。

❼ 如《禁书问题》，载于《国闻周报》11：9（1934年3月5日）；《论读经》，载于《国闻周报》12.4（1935年1月21日）。

因为自那时起，他的小说创作出现了一个分岔口。一方面，沈从文发表关于现代城市生活道德和心理问题的短篇小说，也写以农村为背景的描写生动、象征丰富的作品。这些作品虽然政治上不痛不痒，但从技巧上讲，却是他一生创作中最复杂的。

另一方面，他通过在汉语中可以叫作"指桑骂槐"的象征小说手段，试图隐蔽地批判政府的具体政策，特别是"新生活运动"。战争期间，沈从文在昆明的西南联大任教。在那儿，他比在政府严密监视下的重庆作家们享有较多的言论自由。

沈从文后期小说的田园风格因而掩饰了他对中国前途的失望，因为他的政治观点在几篇构思特别的作品中展现出来，如《新与旧》（1935年）、《乡城》（1940年以一个新笔名发表）和有历史意义，大规模的《长河》（1943年）[1]，虽然沈从文感到有责任继续写积极鼓舞的作品，但他的散文反映了中国知识分子对战时政府几乎清一色的绝望。[2]在沈从文看来，政府腐化，公众道德败落。事态的趋向使他沮丧，他遐想像自己去前线生活，但到底是留在国民党防线后面，还是跨入共产党的区域，他没作暗示。

> 死既死不成，还得思活计。
>
> 驻防在陕西的朋友×××来信说："你想来这里，极表示欢迎。我已和×将军说过了，来时可以十分自由，看你要看的，写你想写的。"我真愿意到黄河岸边去，和短衣汉子坐土窑里，面对汤汤浊流寝馈在炮火铁雨之中一年半载，必可将生命化零为整，单单纯纯的熬下去，走出这个琐碎，懒惰，敷衍，虚伪的衣冠社会。

[1] 沈从文的《长河》（香港，1960）和《新与旧》（见《新与旧》，上海，1945年2月）看来攻击"新生活运动"。虽然从理论上讲这个运动延续了整个中日战争时期，其实这个运动1934～1935年间才活跃。《沈从文小说选集》（1957）第150页中几十年后第一次提到《新与旧》的写作日期为1930年。这个日期，就像那本集子中标注的其它日期一样，是错误的。完全有理由可以相信，沈从文写这篇作品在它以《新和旧》在《独立评论》（151：17～23，1935年5月19日）上发表前不久。《乡城》用刘季的笔名在香港《大公报》发表（13，051，1940年6月24日）。沈从文这一阶段有更多的作品有待于发现。

[2]《从现实学习》，第96～100页；《烛虚》，第1～37页。

一份新的生活，或能够使我从单纯中得到一点新的信心。❶

然而沈从文那时已是个有家累的人了，整个战争时期，他一直留在昆明，他继续教书、写作、编辑，在青年作家中很受欢迎。他关心、鼓励年青作家。❷其他人写的回忆中没有他那时表示出明显的精神压抑的记录。据我们所知，战争期间沈从文远离统一战线文学工作，虽然在三十年代末华北遭到日本政治压力时，他编辑了爱国课本材料，❸在云南也参加了同样的工作（1939～1940 年），同他一起的是原来的合作者杨振声（沈从文曾去任教的青岛大学原校长）、朱自清和沈从文的妻妹张充和。❹依照国民党政府的意图，这些课文中有许多还不够政治。沈从文在中国革命的急流旋涡中后来的命运不在本书的研究范围之内。❺

沈从文不是通过固定的思想，而是带着宗教奇观去接近生活的。他还在摸索探寻时，就紧紧攀附在五四早期普遍、乐观和几乎不加区别地吸收一切的精神上，而那时，五四作家们早已采纳了更狭窄的惯例的历史观和中国运命观，连他自己也早已因事态转向而感到苦恼。这样，他就能不受约束，只要认为某些社会现象在一个较抽象的意义上是积极的，有生气的，就能以新的眼光来看待这些现象的复杂性。他认为探索这些现象的历史根源是文学实践力所不能及的。

沈从文也仍然相信文学改造社会理想的力量，但从不抱有作家能

---

❶《烛虚》，第 21 页。

❷ 受到沈从文鼓励的（大部分是战前）较有名的作家有：卞之琳、何其芳、李广田，臧克家、萧乾和汪曾祺（他后来写革命戏）见 Kai-yu Hsu（许芥昱）The Chinese Literary Scene：A Writer's Visit to the People's Republic of China，56～63 页。

❸《从现实学习》，第 94～95 页。刘绶松的《中国新文学史初稿》（北京，1936 年）第 2 卷第 62～63 页上说，沈从文十分反对抗日作品，认为这使创作不妥当地屈从政府的支配，是“公式主义”，因此也是“抗战八股”。郭沫若进行了反击。考虑到战争时期的气氛，沈从文这一立场是有勇气的。

❹ 与张充和与傅汉思的会谈，1975 年 1 月 21 日。

❺ 见马逢华，《怀念沈从文教授》，收编在《传记文学》2・1：13～16，结尾在第 6 页（1963 年 1 月）；Kai-yu Hsu，The Chinese Literary Scene，第 131～139 页。结论在 Hua-ling Nieh（聂华苓）的 Shen Ts'ung-Wen（纽约，1972）中第 11～22 页。

承担起观察者或改革天才角色的过分的幻想。这与郭沫若曾信奉的自我中心主义的那种泛神论截然对立。在沈从文眼里，有用的作家是能够战胜感情，能够战胜决定感情的直接社会压力的人，从而能以极大的毅力，使自己服从于事物的外部秩序，记录它的实质。沈从文对准则的探求，并不要求描写社会的所有方面或代表方面，但是他的探索确实引导他把注意力集中在日常生活中。他的描写如此深入细微，以致使历史学家对他的社会观察发生兴趣。沈从文对一个美好社会的具体看法，对题材的选择以及理想主义色彩不浓的小说中表现的洞察力，事实上比较明显地联系着他本人的生活经历以及社会和地方特性，而不是他在学术城北京环境中吸收的主张进步而又较抽象新奇的理论。

文化冲击：沈从文的都市化和思乡情绪

沈从文的最早期作品表现出一种强烈的倾向：反城市的偏见和对湘西农村乡情绵绵的赏识。[1]在我所查到的他最早期的 106 篇中，22 篇反映了现代中国城市（常常特指北京）生活的艰辛和荒唐。[2]这些作品有小说、书信、散文以及混杂不确定的文体，表现了一个力图对付

---

❶ 我查阅了沈从文 1924、1925 和 1926 年写的所有能找到的作品（93 篇）以及出现在《入伍后》和《一个妇人的日记》中的所有短篇小说（另有 13 篇）。到 1927 年底他准备离开北京时，沈从文至少写了 121 篇。收编在《入伍后》和《一个妇人的日记》中的 13 篇像是 1927 年初写的，或者更早。我在一份 1927 年的出版物上首次了解的其它 15 篇，不是刊登在一份 1927 年的杂志上，就是出现在《蜜柑》中。《蜜柑》中的短篇是 1927 年较后一段时间写的，表现出沈从文创作范围的突然开阔。

沈从文的短篇小说不是篇篇都注有日期的，但我们可以把杂志发表日期（写作和发表之间的间隔常常只有一到两个星期），或者把更加遥远的单本发表日期用于其中的短篇，从而得到未注日期文章的最晚写作日期。沈从文还有一些著作，尤其是早期作品，仍有待发现，就连 1924 年 ~ 1926 年间的 93 篇，完全可能只代表了他那些年发表总数的四分之三。而另一方面，沈从文告诉我们(《记胡也频》，第 29 页）他原手稿有三分之一没发表，在编辑的办公室里夭折了，因为他没时间，也没钱抄写存底。但是我们对 106 篇早期作品的探讨足以显示出沈从文早期创作可归为几个有限的模式，足以压倒其他读者可能持有的关于不同著作归类的不同观点。

❷ 这些作品是：《怯汉》、《重君》、《绝食以后》、《一件心的罪孽》、《一封未曾付邮的信》、《一个晚会》、《一天是这样过的》、《公寓中》、《老实人》、《棉鞋》、《生之记录》(1)、《松子君》、《到世界上自序》、《第二个狒狒》、《第二个狒狒引》、《一个妇人的日记》（也以《老实人》为题）中的《自序》，以及《我恨他的是……》、《我的邻》、《崖下诗人》、《遥夜》（四）、《雨》(II)、《用 A 字记录下来的事》。

社会的青年人的悲惨境地。另外还有两篇我们认为是不折不扣的书信，就像其它22篇那样，表达了他本人的呼喊和批判情绪。其它三篇小说没有经过那位悲伤青年的角色，可是还是讽刺学生、官吏和不受人赞佩的其他资产阶级类型人物，表达他对社会的批判。❶

而在另一个极端，34篇小说和回忆录赞颂了野外生活、当兵、乡间娱乐和传统亲密家庭生活的欢乐，这些在沈从文熟悉的湘西农村中依然能够找到。差不多所有描写农村的思乡小说都带有沈从文出生地的特色：地名，乡土语言和独特的文化和景色。34篇中5篇缅怀真实的或虚构的童年朋友，7篇构画了童年时代的沈从文家庭成员，8篇是对和平时期驻军生活的几乎田园诗般的描写，或者是浪漫化地描写土匪的片断。其它12篇也同样乡情缠绵，主题和题材上地方色彩常常更加鲜明。❷

沈从文也写了20首诗和散文诗，虽然有几首挖苦了社会上层，但是大部分与我们所作的城市、农村主题的分析没有直接联系。❸然而，另外七首诗或者带有农村风土人情（常常不超出苗人和湘西），或有描写老式的军队英雄。❹其它8篇，包括一集湘西民歌，一个苗家民间故事，一个阇陀伽本生经故事和一个传统戏剧形式表达的镇筸轶事，也以各自特有的方式表达了沈从文思念家乡和投入城市现代化怀抱的犹豫彷徨情绪。❺

❶ 两封信是：《致唯刚先生》和《扪虱》；小说是：《岚生同岚生太太》、《宋代表》、《到北海去》。

❷ 湘西的回忆方面有：童年朋友（真实的或虚构的）出现在《记陆弢》、《船上岸上》、《雪》、《瑞龙》和《黎明》中。家庭成员出现在剧本《蟋蟀》以及在《画师家兄》、《一个妇人的日记》、《炉边》、《玫瑰与九妹》、《在私塾》和《夜渔》中。思乡的军队小说和诗歌：《传事兵》、《移防》、《入伍后》、《刽子手》、《连长》、《叛兵》、《哨兵》、《在别一国度里》和《赌道》。其它方面有：《怯步者笔记》(《晨报副刊》)、《怯步者笔记》(《现代评论》)、《福生》、《槐花镇》、《腊八粥》、《卖糖复卖蔗》、《Lao Mei You hen!》、《代狗》、《赌徒》、《屠桌边》、《通信》、《往事》、《我的小学教育》。这里避免了重复。比如《生之记录》分成好几部分，其中之二在别处发表时命题为《怯步者笔记一》。

❸ 《旧约集句》、《秋》之一、《囚人》、《覻——瞟》、《西山的月》、《希望》、《绿的花瓶》、《梦》、《失路的小羔羊》、《到坟墓去》、《到坟墓的路》、《残冬》、《我喜欢你》、《遥夜》(一)、(二)、(三)、(五)、(九)、《萤火》和《月下》。

❹《长河小桥》、《春》、《春夜》、《狒狒的悲哀》、《还愿》、《薄暮》和《无题》。

❺《霄神》、《筸人谣曲》、《过年》、《三兽窣堵波》、《生之记录》(二)、《羊羔》、《鸭子》和《野店》。

不属于上述这些类目的还有10篇，包括两篇幻想作品[❶]和8篇不同于我们讲到的以诋毁城市来赞美农村这个主题的作品。其中4篇是剧本，是极其现代化的资产阶级背景下的误会喜剧。[❷]其它4篇写的是农村，但并不是完全积极的。《菌子》写的是沅水流域某城中一个愁苦的官员；作品讽刺式的开头一定是受了《阿Q正传》的启发。[❸]军队小说《副官》是以不偏不倚的、可能带讽刺的观点写的；《占领》在集中写士兵生活具体细节上也是现实主义的。这些小说预示了沈从文1928年迁至上海后写的现实主义小说（如《我的教育》）。第4篇《三贝先生家训》讽刺了绅士阶级的一员。

总括起来，沈从文写了49篇肯定农村和乡村民间艺术的作品，27篇否定城市生活的作品，20首诗和10篇其它作品。这些关于城市和农村的作品，不仅反映了沈从文固执的偏见，而且也反映了在他的立场他所到的社会。农村作品中的故事要不是发生在他自己家庭的话，至少发生在他的地区。大多数城市小说围绕着一个贫穷的青年人展开，他聪明但不是大学生（往往是作家和退役士兵），力图对付北京冷酷的环境。他的社会橱窗是他寄宿处的房间、拥挤的街道、他去避寒的图书馆和他较富有的亲戚朋友的家。这是1924到1927年间沈从文本人的困境。我们只能得出这样的结论：沈从文把自己放进了这些作品中，再现了像他这样一个农村青年孤身一人首次到一个陌生的北方城市寻求出路时所遭遇的困苦忧伤。沈从文看到的北京是座尘埃的城市，而不是雨水的城市。至于上海这座车辆和其它机械装置之城，沈从文更加感到格格不入。远离家园的沈从文突然进入城市环境，一定感到一种孤立；文化冲击和这种社会孤立的图画令人信服地出现在他的城市作品中，我们可以通过概括其基本一致的人物，对这些作品作出粗略的总结。在这时，沈从文比以往更深地赞赏湘西和农村生活中那些区别于中国北方的东西。这就是创造一个湘西地方文学和从他深爱的人、物中寻找细节的推动力。任何人企图从小说中找出有关作者本人的具

❶《小草与浮萍》和《水车》。

❷《盲人》、《蒙恩的孩子》、《母亲》（一）和（二）。

❸《菌子》的背景一定是沅州（那时代这是沅水上架桥的唯一地方）。沈从文带着爱和恨并存的矛盾心理回顾他在那儿的经历。

体情况，都有可能掉落错误的陷阱，但是我们不论是从沈从文小说人物那儿，还是非小说中作者本人那儿，都听到了同样社会批判的声音。

农村青年看城市生活

沈从文城市作品中的人物是个二十多岁的青年，他生活在繁忙活跃的城市社会，但与这个社会的任何部分都无所联系。生活在家庭中的人体会到爱和血缘的联系，而当兵的人在他的军队中也能找到类似的情感。就连《传事兵》中初来乍到的青年士兵也认识到军队“如同一个大的生物”，“在喇叭下活动起来”，每夜熄灯号后便是死一般的寂静。[1]但是那位城市青年被囚禁在他寄宿小室的四面墙中，切断了根源，身受寂寞孤单的折磨，他必须自己寻找生活之路。他可以在学生中交朋友，但他们的交往只是表面上的。因为他们不能理解这个农村背景和情趣包围的人的全部，所以他的灵魂注定是孤苦伶仃的。

这位年青人举目无亲，也没有关系，无法找到工作无法进入学校。他的贫困使他甚至迟迟进不了门，因为在城里，干什么都得给小费。[2]物质第一的城里人常常因为他穿不起好衣服而低估了他。《一个晚会》中的主人公是个受欢迎的青年作家，他由退役士兵变成了社会批评家。他被一群青年崇拜者执意请去讲演。他穿得如此寒酸，以致欢迎委员会那些衣冠楚楚的青年（他们从未遇见过这位作家）怀疑他是个流浪汉，是个结核病患者，是个扒手，或者甚至是个疯子。他们成功地阻止了他走上讲台。这位小说家被前来为他的思想喝彩的一群陌生人讥笑，嘘哄，“像生了癞子的小狗一样地对待”后，竭力想说清自己是谁，他却陷于绝境，只得不作讲演，悻悻离去。[3]

沈从文笔下的青年在一个陌生人的世界上没一个确定的身份，无法居于有钱但却无脸的千千万万人之上，他真正感到面临被城市贫民淹没的危险。在有些故事中，这种感觉促使他时时提防警察。如果他

---

[1] 沈从文，《传事兵》，载于《晨报副刊》1442：19（1926年9月11日）。

[2] 这件事确实使沈从文恼火。在《晨报》领款处，他不得不给看门的小费——他收入中相当的一部分——才能进门去领稿费。他在《阿丽思中国游记》第一卷，第49～68页中，用了整整一章讽刺城市的小费习俗和这种做法代表的狭小心地。

[3] 沈从文，《一个晚会》，载于《晨报副刊》1449：45～46（1926年9月29日），1450：51～52（1926年9月30日），1451：3～4（1926年10月2日）。

无意间作出反社会之举，他们可能逮捕他，而他却谁也求救不应。沈从文的另一篇多疑模式的小说《老实人》，讲的也是这种情况。小说写的是个贫困潦倒的青年作家，他发现两个青年女子在读他的作品，便开始尾随她们，希望在这个社会关系不断变迁的年代中能与她们谈谈话，也许交上朋友。到头来他得到四天监禁。❶

狭窄的住宅区使这个青年如此沮丧，但他走上街头也同样感到不安。街上到处是拥挤的陌生人群、嘈杂声、尘土和不可预测的横冲直撞的汽车。正如小说中一个人物看到的：

"汽车依然载了些活尸傀儡忙匆匆的死跑，还大声发出无耻的骄矜声气。马车洋车前的马与人，依然是流着汗，为一些尸首的搬运流着汗。每个小街口的墙上，新贴上的那些花花绿绿广告，为了另加有'爱国'一类字样，仍然有那些过路人在忙促里停下脚步来搜寻那字句中所说的利益。果摊上虽新加了些翠玉色皮子的圆形西瓜也不见出与前日的什么差异处来；而酸梅汤的坛子旁覆卧着的多棱玻璃杯，秩序与闪光还是一个样子。……这些东西使他腿软，使他腹鸣，使他由失望而憎恶而伤心。哟，这些没有生命了的东西也还来骄傲人！其实有生命的人与无生命的物，同样不能对谁某骄矜；只要你自己去设法就可接近她，占有她，吞灭她！然而这些过失他是不会承认的，即如说是知道。

魔鬼的人群啊！地狱的事物啊！我要离开你，于是，他便又返到他那小鸽笼般的湿霉房子中了。"❷

在人为创造的环境中，年青人的贫困尤其难以对付。由于他没钱买柴买药，他挨饿受冻，长期遭病。在农村，这些东西唾手可得。他像穷人那样生活，他不能逃避邻居——他的邻居都是这个城市环境的陌生人，也许是士兵；如果他碍他们的事，他们就会收拾他。作者沈从文一定遭受过这种不安宁，因为那种城里人的苦衷成了他悲叹故事和书信中最常见的主题。❸京剧的刺耳声音（但这并不减少他对南方地

❶《老实人》。

❷ 沈从文，《绝食以后》，载于《晨报副刊》1240：32（1925 年 8 月 4 日）。

❸ 沈从文，《我的邻》，收编于《一个妇人的日记》，第 47 ~ 58 页。《南行杂记》，载于《晨报副刊》2191（1928 年 2 月 3 日）。

方戏的爱，就像鲁迅那样），[1]士兵和赌徒的咒骂声，以及大学生的胡闹，显然使他苦恼到几乎不能工作的地步。喧闹和心理压抑到几乎不能工作的地步。喧闹和心理压抑会在一起也剥夺了沈从文笔下人物的睡眠。虽然这位青年心灵退化，但他作为一个作者，要生就必须继续写作。他的生活是体力上、精神上都疲惫不堪的生活。[2]

性欲得不到满足是沈从文笔下年轻人的另一个苦衷。在城里，青年姑娘剪短头发，穿着裸露的衣服。男女随便地混杂在一起。沈从文笔下那位敏感的主人公迷恋他所见的漂亮青年女子，虽然完全陌生，但在车上、集会上他可以随意选坐在她们身旁。只需向前几寸，他就能摸到她们，这一念头使得那青年心神错乱。[3]沈从文自己的观点是：性欲是人们感觉存在中唯一不受城市生活削弱的部分。耳中的嘈杂和眼前的纷乱麻木了城里人的其它感官，这些人像小说中的主人公一样，往往是营养不良，睡眠欠足。[4]

虽然这位现代城市青年可以希望自己找到一个妻子，但沈从文的人物很少抱有这种希望，因为他相信现代女性是被男人的金钱物质吸引的。他穷得没有这个资格。但是《遥夜》之四的讲叙者甚至在进入了上流社会之后，仍感到受到他乡村行为举止的妨碍。[5]沈从文笔下大部分人物浪漫渴望的背后，似乎都有一个更深的力不从心的感觉，这也许也存在于作者本人身上。而在另一方面，真正潇洒的上海摩登女子对沈从文根本没有吸引力，她们使他联想到了妓女。[6]

只是在《黎明》中，沈从文才写了思乡本身，但写的不是他笔下无处不在的青年人物的苦恼，而是一个“叔远”的怀乡情。叔远在好

---

[1] 鲁迅，《社戏》，收编于《呐喊》（香港，1967 年），第 185 ~ 198 页。

[2] 这在《不死日记》和《一个天才的通信》中经常反复出现。

[3] 沈从文，《遥夜》之五，载于《晨报副刊》52：4（1925 年 3 月 9 日）。这是散文形式的单恋诗，它的主题和对象是那位作家在车上遇见的一个青年女子。他无法表达自己的迷恋，深受折磨。长时间能相隔几寸与一个陌生而美貌的姑娘坐在一起所具有的引诱力，可以在《用 A 字记下来的事》上看到。

[4]《习题》，第 5 页。在《遥夜》之四中，讲叙者的感觉事实上麻木了。载于《晨报副刊》30：4（1925 年 2 月 12 日）。

[5]《遥夜》之四。

[6]《南行杂记》，载于《晨报副刊》2192（1928 年 2 月 4 日）。

几篇思乡小说中以讲叙者的童年朋友这一身份出现。其中一篇证实他也是凤凰人，乡土气比讲叙者更浓更重。四年前讲叙者陪他长途旅行来到北京，在一家同乡的旅店里一起学了两个月的《史记》，然后他回家了，因为他再也忍受不了了。❶如果所讲的都是事实，那么这一篇提供了沈从文个人经历的宝贵资料。❷沈从文在《黎明》中详述叔远从湘西到北京的旅行时，也许再现了他自己的情绪……未来的不可知的恐吓包围了小小的心，少年人的乡愁，呵，少年人不能载的乡愁！”❸

故乡的回忆

沈从文的旧生活在何种程度上精确地提供了新生活中缺乏的欢乐和感情安慰呢？他关于湘西的作品提供了范围广博的回答。集市场面、古老的军衔和军营里的声音、街上小贩的杂货和他们的吆喝、赌博行话、镇筸地方语、日常生活中普通人的笑话和误解、打油诗和当地闲话——这些主要地构成了沈从文早期生活片断的画像和拼贴，以怀旧的笔触再现于世。❹鉴于北方人不可能想像出像槐化这样的地方，《槐化镇》进而描写了镇里的窑洞、人对地方神鬼的传说、妇女洗菜的泉水和当地的铁炉。《记陆弢》再现了沅水码头的景色以及那儿的船民和纤夫。❺有几篇勾起对童年时代期待节日的回忆，尤其谈到了过节的食物。❻其余几篇再现了家庭生活的温暖气氛，回顾了沈从文兄弟姐妹间

❶ 沈从文，《船上岸上》，收编于《一个妇人的日记》，第1～2页。叔远的品质在这本集子的下一篇小说《雪》中仍然不起变化。

❷ 沈从文的朋友叫满叔远。见《记胡也频》，第16页。

❸ 沈从文，《黎明》，载于《晨报副刊》1410：54（1926年6月28日）。

❹ 关于集市和街贩，见《卖糖复卖蔗》，收编在《鸭子》中，第43～46页：《屠桌边》，收编在《入伍后》中，第109～120页；和《炉边》，收编在《入伍后》，第121～133页。关于赌博，《鸭子》中的《赌徒》篇，第34～42页。关于地方语和幽默对话，见《鸭子》中的《代狗》篇，第141～147页，《鸭子》中的《鸭子》篇，第69～78页和《鸭子》中的《羊羔》篇，第57～68页。

❺《槐化镇》；《记陆弢》，见《入落后》，第135～144页。《怯步者笔记》（载于《晨报副刊》1226：79～80，1925年7月16日）也想像了童年时对凤凰端午节的龙船的期望，那是在看到北京甚至连这种庆祝必须的河都没有以后写的。《怯步者笔记》（载于《现代评论》2·38：237～238，1925年8月29日）讽刺地将城市街上的喧嘈与农村的欢闹作了对比，从而贬低了前者。

❻《炉边》、《瑞龙》，载于《晨报副刊》1404：38～60（1925年11月26日）；《腊八粥》，收编在《鸭子》中，第148～156页。

逗弄取笑和他母亲同情爱抚的乐趣。《蟋蟀》通过现代戏剧的对话形式，现实主义地重现了那种场面。小说讲的是小从文童年企图把一些蟋蟀偷偷带进家里来的事。哥哥在母亲面前虽没揭露，但千方百计旁敲侧击，想把秘密抖漏出来，但从文最喜欢的小九妹出来给他解了围。他事先贿赂了她，答应送给她一只蟋蟀。在哥哥巧妙的盘问中，她作了辩解，而从文心中默默祈祷，别让他爱叫的斗士发出声响来，但其中一只蹦了出来，于是一切真相大白了。叙述的语气是幽默的。❶

像都德一样，沈从文思乡的一个特殊标志总是乡间的磨坊。❷沈从文在童年一定被磨坊复杂的机械结构、哀沉的低哼和那些年长的朋友们的稳步旋转所迷恋，就像他著作《边城》中的老渡公那样的迷恋。在《黎明》中，叔远离开湖南农村的一大牺牲就是与他家的磨坊分离。讲叙者企图减轻他自己的思乡折磨时，磨坊甚至象征了遥远未来的光明理想，他远离所熟悉所爱的一切，必须得到这种理想的支撑。❸

《船上岸上》成功地表现了那些北京人所陌生的场面和声音，这些开始形成了沈从文家的典型。小说以关于叔远的传记体的序言开始。序言展开了背景，体现了兄弟间那样亲密无间感情。作为叔远同伴的讲叙者然后开始叙说他沿着沅河的旅行。讲到一个解释某处地名来源的当地故事时，叙述停止，而在其它方面，则像一篇日记，或者一则航海记录。“从文”（叔远后来称讲叙者为“从文”）解释了河中船队在夜间如何停泊，船上呆久后如何适应陆地行走，船民上岸后船上的饭是怎么烧的。当他和叔远上岸进城去游赏时，读者免不了要看到一张罗列地方特产和小吃的目录单，听到对集市繁茂、鱼肉新鲜之类的一通评论，从文从一个老年妇女那儿买了梨，她使他想起了他的伯妈，

❶《蟋蟀》，收编在《鸭子》中，第 79 ~ 93 页。

❷ 磨坊和水轮在《阿金》中的《三三》（第 10 ~ 49 页）、《阿丽思中国游记》第二卷（159 ~ 188 页中有一只会说话的水轮，这与佛教中的生命之轮有某种联系）、以及无数其它小说中都是重要的。《边城》中的有关部分出现在第十章（香港编辑，第 51 页）。同样，桐油榨油坊在有关阿黑的一组小说中也占有中心的位置，主要的有《油坊》收编在《阿黑小史》（上海，1933 年），第 1 ~ 20 页。当然都德写了《磨坊信札》（波士顿，1900 年）。尤其参看《科尔尼耶师傅的秘密》，第 10 ~ 17 页。其中，一座老磨坊代表了过去的生活方式，与城市的机械化形成对照，这点与沈从文本人写的《长河》（第 101 ~ 102 页）一样。

❸《黎明》，载于《晨报副刊》1411：60（1926 年 6 月 30 日）。

她的诚实和好心肠成了他们的话题。然后两个朋友一边吃一边走，回到了码头。讲叙者回想道：我们“行为像一个船夫。也只有水平才吃这梨！梨子味酸得极浓，却正是我们所嗜，若非知道吃饭有鳜鱼，我们每人会非吃十个才知道止住。”❶

叔远和故事的讲叙者坐在石墩上，眺望着日落变幻的色彩，欣赏着船上煎鱼的香味。一些小黑点在沿着地平线灰白的云天上出现，激起了这两个孩子的好奇性；根据声音，他们知道遇见的是鹭鸶。从文接着说：“弯嘴渔鹭鸶值钱，这些便是那些打渔人用不着的直嘴鹭鸶。算作野鸟了。”❷

从文的思绪从鹭鸶转到了叔远家的白鹤。他问他的朋友是否在想同样的东西，这样他们开始了一连串回忆中的回忆。

> “怎么不，还有狗，还有那火枪，都会很寂寞。”狗是为远追逐田兔的，枪是不知打过多少山鸡的，所以远说到时就当真俨然见着他家那只黑狗卧在门前顶无聊似的等待主人回来！
>
> “我也念它呢，”我说，“我念它第一次咬我吓住了我，第二次同我亲热时扑上身来又吓了我！我就是一个招架不住，和我要好有个分寸，就对了。”❸

晚饭以后，他们听着舢板上沿河往来的小吃贩子的吆喝，欣赏月色阴郁的美和划手的歌。从停泊的船上传来唱戏的曲调，叔远听到后评说道：“麻阳人最长的是摇橹唱歌打号子，一到唱戏，简直像一只受伤的猪在嘶声大叫了。”❹两个朋友又去岸上逛了一圈后，就睡觉了。此行间他们看到了这座沿河小城关门过夜的景色，又一次看到了那位慈母般的老妇人。故事结束时叔远开始哭了。

通过暗示，沈从文思乡作品中湘西农村社会提出了一个取代恐怖的城市生活的人道抉择。在《一天是这样过的》中，作者作了明确的

---

❶《船上岸上》，第8页。

❷《船上岸上》，第8~9页。

❸《船上岸上》，第9页。

❹《船上岸上》，第11~12页。

选择。故事中的青年梦想摆脱丧失人性的城市竞争生活，与一个理想的爱人一起逃到一个幸福的境地去，他们要去湘西："若不愿于这些虫豸们喧嚣的世界中，同人掠夺食物时，我们就一同逃到革命宪法恩惠所未及的苗乡中去，做个村塾师厮守一生。"❶

农村的优越不仅仅存在于它的生活方式中，而且也表现在道德观念方面。卖梨老妇的诚实使《船上岸上》中的人物从文吃了一惊。他达到了更深的理解：

> 一种诚朴的语言，出于这样一种乡下妇人口中，使我就无端发愁。为什么乡下同城里凡事都得两样？城里所谓慈善人者，自己待遇与待人是——？城里的善人，有偷偷卖米照给外国人赚点钱，又有把救济穷民的棉衣卖钱作自己私有家业的。这人也为世所尊敬，脸上有道德光辉所照，因此多福多寿。我就熟悉不少这种城里人。乡下人则多么笨拙。这诚实，这城中人所不屑要的东西，为什么独留在一个乡下穷妇人心中盘据？良心这东西，也可以说是一种贫穷的元素，城市中所谓"道德家"其人者，均相率引避不欲真有一时一事纠缠上身，即小有所自损，亦必大张其词使通国皆知他在行善事。依我看，不是这妇人太傻，而是城市中人太聪明能干。❷

沈从文在他的后期，根据1933年和1937年两次重新追溯起的他本人的社会观察，创造了一种地方小说，这些小说在某些方面回答了我们探讨的那些偏见和个人向往。然而他写的地区是真实的，这个地区的特点及其自发的发展也是真实的。下面几章中，我们将从另一个角度——沈从文对湘西社会的社会材料加工方面——来探讨他的作品。

---

❶ 沈从文，《一天是这样过的》，载于《晨报副刊》1293：43（1925年10月21日）。

❷《船上岸上》，第6~7页。被沈从文用作反面例子的城里人，十分像他可能通过专门搞救济和慈善工作的熊希龄认识的一些人。没完成的句子好像在原文中不完整。一些母语为汉语的人认为这一段的句法不合惯例。

第八章　湘西人的自发性和创造性

沈从文是用写作来改变人们对男女之间关系的传统态度的许多中国新知识分子之一。为了冲破旧的包办婚姻和禁止寡妇和离婚女子再嫁的妇女贞洁观，五四作家光明正大态度严肃地描写较不受约束的男女间的交往，也包括婚姻之外的性关系。有些小说家确实对未婚男女关系的社会和心理后果有所顾虑，但沈从文不属其列。他认为儒家的贞洁在道德上是伪善的，生理上是不健康的。在他的小说中没有任何迹象表明他不全力赞成性的自发表现。

沈从文的小说的内容别具一格。他写苗族人或边远地区乡民间的浪漫的和不受拘束的爱，但从民众主义甚至"土著人"的角度，而不是从现代的角度出发，对旧传统进行攻击。他的苗族恋爱故事很能感染现代读者，因为读者把这些故事作为对爱的力量和原始活力的赞美来理解和欣赏。但像《雨后》这篇小说甚至可能迎合了贪色的眼光，其题目也带有色情的暗示。

有些批评家认为沈从文关于苗人的小说太不现实，不值一读；但我们却认为这些小说确实代表沈从文眼光中的苗族的某些方面，并希望对这些方面进行探讨。这里我们再一次说明，如果不广泛引证非小说记载作比较，要想从小说中得到社会和人类学方面的资料是不可能的，但我们至少可望观察到沈从文在尽力反映另一种生活方式——其外部"社会现实"对他是显而易见的，但其内在含意却仍是奇异美妙的——，然后从这点出发，我们可以着手探讨有关人类生活其它道路这类更重大的课题。

重温沈从文的作品，我们认为通过对实际社会习俗的描写，他事实上可能已经抓住了苗族生活的精神实质。男女青少年在工作和社会活动中随便混杂，青年自由选择对象，以互相对情歌求爱和婚前性关系，这些都是苗族传统中有案可稽的方面。这种行为的存在是当地有社会地位的汉族人所十分关注的，一些人对这种现象（如沈从文反映的那样）产生兴趣，而另一些却表示了强烈的道德谴责。而年轻的毛泽东则在1927年观察到湖南的贫农"性的方面也比较的有自由"，"三角及多角关系”“几乎是普遍的。”[1]人类学方面的实地调查无可辩驳地证实了，青年人的性自由十分广泛，遍及中国南部和西南部的山地民族（包括较少汉族化的傣族，尤其是瑶族）和东南亚（包括东南亚高山人本身，及越南北方和南方讲孟——高棉语和马来——波利尼西亚语的“姆瓦”和“kha”族人）。[2]青年人的性自由常常与男女互对情歌并提，情歌往往带有色情色彩，典型地通过花草树木的比喻取得其效果。马塞尔·格拉内把藏、西和西南部的苗和 Laqua 族的这种表现提到了汉学的范围，以证明他的理论：中国北方秦以前已经有这种社会风俗，《诗经》中的情歌相当于古代的、可能经过修改的男女对歌[3]，甚至正如受到西方影响的汉族知识分子对孔教贞洁观及其对妇女的压制逐渐开始感到惭愧，受到当地汉族影响的湘西苗族人由于没有孔教贞洁观而逐渐开始感到惭愧，导致了沈从文在《湘西》中描写的苗族姑娘的心理病态。但汉族化并没有完全摧毁盛大的苗族祭祀，致使它至今仍是汉族人嘲笑的明显对象之一，同样，汉化也没有完全摧毁古老的苗族社会风俗。不管湘西的苗族的社会风俗改变了多少，总可以从苗族的原籍贵州找到丰富的对比材料。

---

❶ 引自《湖南农民运动考察报告》（1927 原文），收入《毛泽东集》（香港，1976），I，P.237，根据东京 1970 年的原本。

❷ 见 Le Bar 等，第 22 页（彝族），29 页（傈僳），32 页（拉祜），36 页（哈尼），47 页（Naga，即印——缅边疆的族），68，75，80 页（苗），83 ~ 84，87，90，92 页（瑶），109，119，121，147 页（一些讲孟——高棉语的高地群体），177，184 页（Senoi-Semang，马来半岛高山人），195 页（掸），202 页（泰国北方和东北的“暹罗”傣），209 ~ 210 页（泰泐，摆夷），217 页（寮），229 页（仲家），231 页（壮），242 页（海南黎族）。关于“姆瓦”（越南语，即“野蛮人”）见 Roy Pinney, Vanishing Tribes (New York, 1968)，第 71 ~ 72 页；Roland Dorgelès, “Twentieth—Century‘Savages’: The Mois of Indo—China Suddenly Assaulted by White Man’s Civilization,”Asia26.6：539 ~ 542，573ff.（June1926）。F.W.Mote 在第 516 页上写到，从共产党政权逃到泰国的云南难民对傈僳和瑶族人评价很好，“但他们（难民）不赞成他们（傈瑶族人）的荒淫的性道德观。”

❸ Granet 引证了许多东南亚和华南的资料，他写到了应答轮唱歌队，即兴对唱，在芦笙伴奏下的舞蹈，赛歌，用以嘲笑奚落的歌，节日择偶以及高地民族把年轻人从分散的村寨里召集起来的困难等。见 Marcel Granet，Festivals and Songs of Ancient China，Eve Edwards 译（伦敦，1932 年），第 138 ~ 145，259 ~ 281 页。Granet 以南方调情为模本，对《诗经》中恋歌的阐述有点过分（他的假设是，以歌求爱一定大部分在节日期间进行），但尽管《诗经》中有许多花草树木的比喻可以使人联想起南方情歌，他令人费解地忽视了其中的性爱象征。Granet 所关心的是说明这些歌曲“不是表达个人感情的”，因此一定有其宗教礼仪方面的重要性。

沈从文的社会背景因而促使他从一个同其它五四作家远不相同的角度来写无拘无束的相爱带来的欢乐。他不写尚待实现的城市或社会主义理想，而是用积极的眼光来看待已经生活在一个较为自由的自发社会之内的乡下人。当然，沈从文视野中的世界可能主要把基于苗族士兵讲的当地故事和传说，而不是第一手的观察。然而，他在湘西传奇中插入了真正的山歌，并从民间传说中汲取情节；至少在这个范围内，可以说他抓住了高地人求爱的真正精神。在这方面他不仅赞扬乡下人的体魄和社会交往中的自发性，而且也赞扬他们下里巴人的创造性。

如果要论证沈从文不受世俗束缚的性观点是他的又一湘西遗传特征，而不是他到北京和上海后不久熟识的五四作家所特有的不落陈套的观点和豪放不羁的生活方式的反映，那么我们恐怕离题太远了。沈从文在一个上层阶级家庭中长大，只是到了北京以后，他才（至少在理论上）显示了接受西方心理学理论的倾向，这种理论批判对性动力的压制。而只是成了作家以后，他才蔑视流言，与丁玲和胡也频组成了一个“三人家庭”。我们也不会否认沈从文个人心理特质的作用；一个真正伟大艺术家的内向敏感性常常会导致他打破俗例，来思索人和社会的问题。

而另一方面，我们几乎没有任何关于沈从文成为作家后的性生活的可靠证明，他没有按照当时的流行做法，把这些记录在浪漫的日记中，加以赞美。至少在青年时代，他接触异性时似乎显得十分羞怯。关于沈从文的最恶毒的谣言说他对生活在一起的妹妹怀有兴趣，但这只是纯粹的中伤。在沈从文到达北京之前，他的军队生活及他与船民一起的旅行肯定早已教给了他与孔教格格不入的性观点。但奇怪的是，他只写船民与妓女相会，却从不写士兵（或他自己）与她们相会。我们只得将沈从文是如何形成他的性观点的这一评判置之一边，而直接注意他确实写了乡民间无拘无束的性爱这一事实。他的描写带着一定的认识，充满热情，这种热情是一个至少在回忆中与乡民视为一体，在感情上与他们融合一片的人才有的。

苗民的性爱

山里人难以接近，对他们私下求爱习俗的研究固然就困难重重了。

而且苗族风俗因地而异。但是性道德上极端拘谨的中华人民共和国的研究者们却提出了一个关于苗族婚姻恋爱风俗的大胆、全面的概要，出人意外。他们像是与沈从文随声附和，赞赏苗族风俗，以攻击儒家道德准则。但却拒不指出“摇马郎”（这种行为对汉族十分陌生，因此没有现成的词汇可表达）是典型的性结合的前奏曲；其结果并不一定是两人的婚姻。

在贵州，男女两相恋慕的情歌叫作“马郎歌”，每一个村子都有一片供青年男女公开自由社交活动的草场，叫做“马郎坡”，青年男女公开自由社交的活动称作“摇马郎”。每到农闲时节，青年的男子们，成群结队的从一村到一村去“摇马郎”，他们到了一个村子里，就在“马郎坡”上吹芦叶嘘嘘作声，该村的少女们便盛装出迎，双方开始歌唱，在歌声里谈起爱情来。一次又一次，一年又一年，双方情投意合了，就可以谈婚事；❶双方的父母，在原则上是不能干涉的。

在湘西，唱歌也一样是苗族青年男女相恋的手段。虽然没有“马郎坡”这一专门为公开自由社交而设的草场，但他们在赶场、集会，或者在春天采蕨挑葱、冬天割草砍柴，以及牧牛猎畜的时候，都可用美丽而富于情感的歌声，互相表示爱慕，逐渐靠近，建立感情，以后便约会；双方了解后，便互相交赠纪念品，请媒人征求父母的意见。若遇女方父母不准，女方即自己跑到男家来；若男方家里不准时，男方也宁愿带着爱人另居（在朋友家），不要父母的家产。这种男女婚姻自由的追求，曾被汉族封建统治阶级视为“野蛮”的表现，实际上这正是苗族青年历来向封建婚姻制度作斗争的表现。❷

为了更加充分地正确评价支配苗族男女间关系的风俗，帮助我们

❶ Bernatzik 在第 106 ~ 107 页上非常详细地叙述了一个苗族姑娘青春期的心理发展。这与《边城》中的女主人公翠翠的心理发展之相似，令人不可思议。

❷ 马少侨，第 8 页。

理解沈从文作品中提及的各种各样的习俗，让我们转向其它观察家的实地调查，先看一下贵州苗族故园最初的习惯是怎样的。苗族男女之间的关系常常比上面关于“摇马郎”的叙述更加多样化，更不拘谨刻板。许多苗族群体的青年在好些社会场合都能纵情享受婚前的探索：自发地在私下、以“马郎”的形式或在重大的节日里。婚姻习俗又是另一回事。许多苗族群落已经屈从汉族的婚姻观，姻婚成了父母通过媒妁操纵的一项买卖。然而这并不一定意味着青年人婚前自由、甚至他们选择自己配偶的愿望的结束，其结果常常是私奔和讼争。❶

苗族人不搞男女隔离，即使在日常生活中也是如此。M.P.米基观察到，贝壳苗“青年人成长过程中远远比当地汉族人少受传统清规的束缚。如清扫牲口棚、塘里钓鱼、收割时和新年节日里，他们一起劳动，一起玩耍。”❷

几乎所有观察者都认为，婚前友谊和以各种不同理由发生的性关系在贵州苗民和迁移至东南亚的苗族人中相当普遍。陈国钧证实黑苗也是如此。他在对贵州苗族和仲家（傣）风俗习惯的概观中讲到：青年人允许利用几乎所有娱乐场合寻找配偶，唱歌和体验性生活。❸吴泽霖同样发现黔东南短裙黑苗在阴历一月芦笙舞上发生恋爱，不受父母叔伯的干涉；在其它时间，尤其在节日里，他们也到山坡上去。❹D.C.格雷厄姆对川苗婚前性关系作了不少报道，这种关系不一定导致婚姻。尽管存在着包办婚姻，川苗有着他们的“罗米欧和朱莉叶”。如父母不能为他们找到对象，孩子们仍得在集市、节日或通过新年山坡上“马郎”活动自己去寻找。一个尤为奇特的做法是，一个男人婚前与他舅家女儿和他父亲的姐妹（他的“客妻”）私通，川苗社会对此并不加追究。这样的关系以后还可以在暗中继续保持。❺贝纳希观察到，泰国北部的苗族人享有“广泛的性自由”并且公开调情（他的年青老挝翻译便是其一），但性关系是偷偷进行的，以免别人的闲话。未婚青年在田

❶ Clarke，第 28 ~ 30 页。

❷ Mickey，Cowrie Shell Miao，第 49 页。

❸《贵州苗夷社会研究》，第 133，9 ~ 10 页。

❹《贵州苗夷社会研究》，第 18 ~ 19 页。

❺ Graham，“Customs”，第 27，32 ~ 36，57 页。Songs and Stories，第 4 ~ 5 页。

边相会，夜间在田间小舍里热恋。[1]

许多人确实认为"马郎坡"是由历史上称作"马郎"的青年之舍发展而来的，这种房舍是村案公立的，未婚青年不受父母干涉，去相会、唱歌和调情。[2]"马郎"这个词可能出自傣语，黑苗在清朝就已用了，有时也用来指男情侣。几乎可以肯定，古代汉族旅行见闻和地方志上广泛记载的傣、壮族等。苗青年之舍，也叫花房，至少在海南黎族（语言上同仡佬同属一系）和黔西花苗中留存至20世纪。[3]1909年永绥地方志记载的湘西黑苗一小群体的马郎舍可能在时代上有差错。[4]

陈国钧得出结论：贵州求爱特别集中在农闲季节（因为不同村寨的年轻人相会需要在山地行走很长时间），也常常在重大的节日期间。年轻人穿上最漂亮的衣服，参加跳芦笙、跳花、跳场、斗牛和赛马，以此来吸引异性。这些民间娱乐在方圆好几里内所有村寨都知道的固定时间和地点举行，吸引着大批人参加。[5]节日期间的行为举止在安南苗族中最名声狼藉，致使阿巴迪把节庆说成是"赶婚姻场"[6]（请参看格拉内文）；在贵州远西的花苗中节庆同样盛负丑名，他们的道德在道德家看来"败坏得不能再坏了"；[7]在花苗、青苗和贵州安顺的仲家中也是如此。在安顺，农历新年的前三天被认为是青年人的"放三天"。在这以后，花苗和青苗分别举行跳花，往往持续整整三天。当地传说，周朝的卫宣公为了追求齐国女子而首先发起了这种舞。跳舞每年同一时间在固定的"花坡"上举行，青年、老人都参加。男人带上插着雉毛的头饰，吹起芦笙，参加者绕着一棵插入山坡的10英尺高的"花树"围成一圈。姑娘小伙穿上新衣服，一天之中可能要换上几套。这种舞既用于求得人丁兴旺，也用于求得庄稼丰收（当地汉族人也支持跳这

---

❶ Bernatzik，第127～129页。

❷ De Beauclair，Tribal Cultures，第176～177页。Eberhard，Local Cultures，第316～318页关于古代起源，见 Chang Kwang-Chih，第90页。

❸ 关于黎族，见 Le Bar 等，第242页。关于花苗的"花室"，见 Hudspeth，第20页，尤其请参看 Franck，第493页。

❹《湘西苗族调查报告》，第19页。另外，第94页也可作参考。

❺《贵州苗夷社会研究》，第9～10页。

❻ Abadie，第167页。

❼ Clarke，第35页。

种舞，以期从中得益）。每年插秧后或水稻成熟后跳的跳场，也是为了这样的目的❶

因此，《龙朱》生动地描叙了20世纪贵州、或19世纪或当代湘西重大节日期间苗族人求爱的图情。

> 白耳族男女结合，在唱歌庆大年时，端午时，八月中秋时，以及跳年刺牛大祭时，男女成群唱，成群舞。女人们，各自穿了峒锦衣裙，各戴花擦粉，供男子享受。平常时，大好天气下，或早或晚，在山中深洞，在水滨，唱着歌，把男女吸到一块来，即在太阳下或月亮下，成了熟人，做着只有顶熟的人可做的事。在此习惯下，一个男子不能唱歌他是种羞辱，一个女子不能唱歌她不会得到好丈夫。抓出自己的心，放在爱人的面前，方法不是钱，不是貌，不是门阀也不是假装的一切，只有真实热情的歌。所唱的，不拘是健壮乐观，是忧郁，是怒，是恼，是眼泪，总之还是歌。一个多情的鸟绝不是哑鸟。一个人在爱情上无力勇敢自由，那在一切事业上也全是无希望可言，这样人决不是好人！❷

沈从文很可能自己把汉族名称加在苗族节日之上，但苗族节日的日期无疑是假借而来的，即使在安顺也是如此；苗族节日与汉族完全同时同日。❸

沈从文常常指出或者暗示（如在《月下小景》中）月光帮助了苗族人的求爱活动，这自有他的道理。求爱与月光结合在一起，在汉族民间传说中也并非陌生的主题；汉族人在关于苗瑶两族求爱的口头传说中也早有所提。安顺人往往在农历四月月光明媚的夜晚进行“摇马郎”；米基也发现年轻人是否跳芦笙舞要依是否出月亮而定。陈国钧讲到“跳月”、“坐月”和“赶月”这些专门安排贵州苗族青年寻找对象的场合。杨力行显然看到过跳月，觉得跳月“是一个富有诗意的，浪

❶《贵州苗夷社会研究》，第181，195～199页。

❷ 沈从文，《龙朱》，第25～26页。

❸《贵州苗夷社会研究》第180～189页和Graham，Songs and Stories，第7页可作参考。

漫的，并且充满了青年男女们活力的集会”。每年春天的月夜，青年人围着一个击铜鼓的老妇人跳舞，小伙子吹起芦笙，姑娘们摇响木铃。适时，一对对有情人偷偷溜开，去相恋，去互换誓约。[1]

一些调查者曾决心观察“马郎坡”上的活动。双方的接触通常是通过对歌和树叶哨吹出的曲子约定的；这方面我们将在后面讨论。据观察，“马郎坡”上的行为有时是很守规矩的，姑娘甚至有长年妇女陪伴。沈从文的《雨后》一文中，好像都有姑娘的妹妹作陪伴。短裙黑苗的“摇马郎”必须在长者看不到而过路人能看到的地方进行，由他们作证；姑娘小伙子必须相隔五英尺远，不能拥抱。然而对生活在附近的长裙黑苗来说，身体接触并不是一条禁规。[2]M.P.米基认为她看到的“马郎”活动也可能有长年妇女的陪同。在新年时节，姑娘们一面款待来自其它贝壳苗寨的男青年，一面围坐在篝火旁绣花、吹笛、唱歌。“一群带着孩子的妇女坐在第三堆篝火旁，但并不去干涉（青年人）互相逗弄、抢夺头巾和饰品、追赶扔出的东西。[3]赫兹佩思对花苗的父母甚至放纵青年人到这等地步感到不安：“吹着芦笙的人月夜来到一个村寨的外围，音乐对姑娘们有不可抗拒的吸引力，她们出门去会吹笙人。对过歌，跳过像摆姿势样的舞后，就与来人一起度夜。如有哪个母亲怂恿她十四岁的女儿去会那些小伙子，也并非什么奇闻怪事。”[4]

当川苗在“马郎坡”相遇，小伙或姑娘先碰触对方，捏捏手，然后谈情说爱。为了避开别人，一方往往拿走对方的手巾，而对方借口要找手巾而离开。然后他们在树林里相爱（相当于沈从文的小说里的山洞）。性关系以后，常常互赠手绢或戒子，互相发誓结婚，表示永远忠诚。这也与沈从文小说中青年人发的誓类同。然后，他们必须告诉父母，安排大事。[5]贝纳希写到泰国的苗族人是单独相会的，互相对唱

---

[1]《贵州苗夷社会研究》，第 9 页；杨力行，《湘西南苗瑶的娱乐集会及节令》，载于《湖南文献》2：32（1969 年 4 月）。

[2]《贵州苗夷社会研究》，第 18～19 页。

[3] Mickey，Cowrie Shell Miao，第 74，49 页（引文出处）。

[4] Hudspeth，第 13 页。

[5] Graham，Customs，第 35～36 页。

以后，进行长时间的性挑逗，包括拥抱、缠腿、紧挨着躺和用嘴咬。❶

婚姻习俗各不相同。吴泽霖的确发现黑苗、花苗和青苗的婚姻是以爱情为基础，由双方自由缔结的。❷甚至连约束重重的水家“苗”（属侗—水—莫语系），也有青年人冒着被赶出家庭的危险，在社交场合相会，产生爱情后私奔的例子。❸但是陈国钧等人在他们调查的苗族人中看到有许多包办婚姻，然而常常发现新娘在怀孕以前不与丈夫而与自己的父母住在一起。一些资料表明，第一个孩子并不一定是丈夫所生。❹川苗理论上是实行包办婚姻的；唱歌的作用好像转到了媒人的身上，媒人热衷参加对歌比赛，甚至可以用唱的形式来商谈新娘的身价。汉族式的婚姻和尚存的性自由间的摩擦，导致了不少通奸、私奔甚至社会监督下的不贞行为。❺贝纳希发现泰国苗族人常常是在怀孕、私奔或非法同居以后才结婚的。法国观察者发现安南同样有私奔现象。❻

湘西的情况如何呢？我们手头资料远不足以使我们作出任何结论，但凡是有文献有记载的地方，我们都可以看到贵州风俗习惯的外廓和残余。贵州习俗在19世纪肯定起着主导作用。

凌纯声和芮逸夫说湘西苗族青年“婚前的两性生活颇为自由”。遗憾的是这并不是他们调查的中心点；他们提供的情况简短零碎，这也许反映了湘西风俗中确存的多样化和一个迅速变革的时代中所产生的社会混乱。凌纯声和芮逸夫重弹湘西地方志和文人学士的陈腐题材，谈到苗族父母不禁止未婚女儿去发生性关系，而把这当作女儿是否合人心意的证明。如果女儿带着情人回家，父母就会杀鸡款待。他们也注意到了，求爱是与称为“跳年”（请参看《龙朱》)、“跳月”和“调秋”的湘西集体活动一起进行的。那时，姑娘小伙成群对歌，一直唱到天亮。然后，他们混杂到了一起，喝酒笑闹，偷偷溜开去相爱——

---

❶ Bernatzik，第134～135页。

❷《贵州苗夷社会研究》，第81页。也请参看第18～19页。

❸《贵州苗夷社会研究》，第91～92页。

❹《贵州苗夷社会研究》，第9～10页。Eberhard，Local Cultures，第317页；同样，请参看Mickey，Cowrie Shell Miao，第50页。

❺ Graham，Customs，第34～35页。

❻ Bernatzik，第143～144页。

或者用汉族人表示不满的说法：去“放野”。[1]我们至少确切知道，青年男女仍有许多机会，如“椎牛”、婚礼等，一起相处，互相对歌。另一个尚未丢失的风俗是在农闲时节建造结实的秋千架，像阜氏转轮那样在两个转轮上挂上四个秋千。男女青年坐在一起，一边荡秋千一边来回对唱。还有一个历史悠久的传统是苗族的鼓舞，参加的男女混杂在一起；这种做法使儒家正人君子大为愤慨，地方官府冠以“淫祀”加以禁止，到了1933年已濒临失传。[2]而在另一方面，解放后的资料汇编表明，婚姻需征得父母的同意。结婚也要得到女方舅舅的允许，因为他的儿子有娶她为新娘的优先权。如果舅舅无子，需要偿付给他一笔钱。[3]

我们几乎没有其它有关资料了。汉族化的苗族人石宏规在30年代讲到，湘西苗族男女青年混坐在一起唱歌，喝酒直至满口醉言，然后互相取笑。随之，相爱的一对对进行性结合；这并不被看成是错误行为。卫聚贤例举了通过媒妁而联结的婚姻，也谈了通过三月里山坡上唱歌求爱而结缔的良缘。盛襄子回顾了在向神还愿的祭祀上、婚礼上、中秋节，尤其在“椎牛”仪式上男女一起跳的鼓舞。盛襄子至少部分地引用了严如熤19世纪的描写，说到“椎牛”仪式之后，选出唱得最好的姑娘小伙子跳舞、对歌。有时举行比赛来决定谁是最好的歌手。竞争者投下赌注：姑娘押上发叉和戒子，小伙子押上丝绸。然后，男女混在一起，喝酒至醉，“放野”。[4]

地方志记录了早期湘西人丰富多彩的求爱风俗。青苗允许男女青年在新年合着芦笙唱歌跳舞三天（安顺的做法也同样）。清江黑苗的青年爬上一座山，轮流唱歌跳舞，一起喝酒至醉。另一苗族群体的未婚

---

[1]《湘西苗族调查报告》，第94页。

[2]《湘西苗族调查报告》，第98，142，186页（关于节令和婚姻）；第238～239页（关于秋千，并附有照片）。也请参见 Granet，Festivals，第266页关于安南傣族秋千的描述。凌纯声和芮逸夫在《湘西苗族调查报告》第202页为当地官府禁止鼓舞感到痛惜。根据 Alley，China's Hinterland，第293页记载，鼓舞事实上留存了下来。

[3]《湘西苗族调查报告》，第94～95页。

[4] 石宏规，第13～14页；卫聚贤，《红苗见闻录》，第101～102页；盛襄子，《湖南之苗瑶》，第64～65页。

青年举行月下聚会，男的跳鼓舞，女的唱歌。❶

性关系上过去的那种自发性正在迅速消失。在这种背景下，沈从文小说人物对传统习俗衰亡的信口评说，变得更加辛辣尖锐了。在小说《灯》中，那位像是作者自我画像的年轻教授怀旧地讲到他青少年时代在湘西军队唱的镇筸民间情歌，“我小时不明白”。“太放肆了，每天吃我们现在所说过的那种狗肉，唱我们现在所说的这种山歌，真是小神仙。”听他讲的士兵较晚参军，只得回答说：“我们是不好意思唱那种山歌的。一个正派军人这样撒野算是犯罪。”青年教授一定明白他家乡到底是否有人唱这种歌，于是回答说，“好的都完了！好人同好风俗，都被一个不认识的运气带走了。就像这样灯……”❷

性自由的另一方面，即寡妇和离婚女了享有的宽容待遇，在沈从文的思想上显然地位重要。婴儿出生之前离婚是相当容易的，女方便可提出（凌纯声、芮逸夫证实了湘西情况如此）。克拉克谈到一个黔西苗寨时说，三十岁以上的苗族妇女也许有一半人在同她们现在的丈夫安居下来之前，与目前仍活着的男人结过一次或两次婚。离了婚的人仍可自由地在跳月、赶月、“摇马郎”等场合进行“自由恋爱”，至少贵州苗族的情况如此。❸

凌纯声和芮逸夫发现，湘西苗族寡妇享有婚外性自由，此外她也不必为亡夫服丧一段时间。只要得到亡夫兄弟的同意，她任何时候都可以再婚。贵州长裙黑苗的寡妇，在丈夫尚奄奄一息的时候，就可以去“摇马郎”。❹联想到这些事情上汉族上层阶级戒规森严的惯俗，沈从文对此的极度关注就不难理解了。

苗族求爱恋歌

口头文学，包括歌谣在内，担负着保存没有文字的苗族民间传统的重任。歌谣有时长而详尽，阐述洪水传说、风俗的起源、玄秘世界的本质及其道德责任，有的用以纪念大事件或者败坏无法雪耻的仇人的名声，有的只是讲一个有趣的故事。也有用于订婚的歌，为打猎、捕

❶《湘西苗族调查报告》，第19～20页。

❷ 沈从文，《灯》，收编在《春灯集》中（上海，1949年），第26页。

❸《湘西苗族调查报告》，第98页；Clarke，第79页，《贵州苗夷社会研究》，第9～10页。

❹《湘西苗族调查报告》，第98～99页；《贵州苗夷社会研究》，第21～22页。

鱼、栽树唱的歌以及在婚礼、丧葬、节庆、送客和其它需要正式谈话形式的社会场合唱的歌。❶年长者常常因多则能唱几百首歌而赢得声誉。❷苗民也举行歌咏比赛，看谁知道得最多；节日里还有村寨间的赛歌。村寨里甚至可能派送一个嗓子好、有前途的小伙子到遥远的村子去当学生，这样他可以跟随名歌手学艺，回村后作为一个领歌手和村寨教师更能为自己的乡亲争得荣耀。❸像沈从文小说中的人物龙朱这样的歌手，受到老幼的敬重，在苗乡很大范围内驰名，也成了异性爱慕的对象。而一个不能唱歌的人，实际上是一个受到排斥的人，无法在婚礼、丧葬、祭祀上履行社会义务，无法找到对象，从他们的最高文化传统中分隔了开来。在一些苗族群体中，集体唱歌在节令求爱上也有其作用。❹

像其它许许多多东南亚的种族群体一样，苗族人也会独唱的抒情求爱歌。山歌（有些带有猥亵的双关含义）在汉族传统中也并不陌生，但今天在华南的少数民族中最好地保存了下来，如客家人和香港的船民（疍家，可能起源于非汉民族的一个种姓）。❺广东人特别欣赏沈从文小说中的那种求爱，使它在他们自己的汉族民间故事中得以流传，故事中的刘三妹在变成石头之前与白鹤秀才对歌。有些苗族人今天把刘三妹尊为对歌的始祖。埃伯哈德注意到了广西瑶族和讲傣语的各民族同本地苗族一起尊崇刘三妹及许多他归为女神的人，也一起信桃花源的传说。❻现在要定论哪个种族或原始种族首创了这种今天从越南到

---

❶ Graham，Songs and Stories，第 4 页；参看整篇论文中他翻译的歌谣。Graham，Customs，第 31～32 页；《湘西苗族调查报告》，第 362～415 页；杨力行，《湘西南苗瑶的歌谣和舞蹈》，载于《湖南文献》4：30～33（1969 年 8 月）。更加冗长的歌在节庆和婚礼上表演。

❷ Graham, Songs and Stories, 第 4 页。在贝壳苗中，女巫能唱的最多，见 Mickey，Cowrie Shell Miao，第 50 页。

❸ 杨力行，《湘西南苗瑶的歌谣和舞蹈》，第 31 页。Graham，Songs and Stories，第 133 页上记录了一首关于两个男人出门去学新歌的歌谣。

❹ Abadie，第 167 页。

❺ 香港船民有南方风俗的全套本领，包括在比赛、婚礼等场合由唱歌能手对唱的不加掩饰的猥亵情歌。歌中常以花作为色情象征。E.N.Andersor，Jr.，The Folksongs of the Hong Kong Boat People，载 Journal of American Folklore 80.317：285～296（July-sept.1967）。

❻ Eberhard，Local Cuttures，第 122～123 页，杨力行，《湘西南苗瑶的歌谣和舞蹈》，第 30～32 页。

西藏和哈萨克广为流传的山歌也许已为时太晚，但在汉苗混居的湘西和广西大苗山地区，苗族而不是汉族传统，在这方面更占优势。

苗族音乐与汉族不同，但是很少有人能在理论上对此加以阐述。情歌的歌词有的是固定不变、人人皆知的，也有的是即兴凑合的。王兴瑞对海南岛讲瑶语的“苗人”作了可贵的研究，他们的求爱风俗与真正的苗族人十分相似。他指出，海南“苗人”不管才能高低，人人都能背诵歌谣的固定唱词，但比起自然涌流出的恋歌歌词，这些就显得僵硬刻板。凌纯声和芮逸夫观察到，湘西苗族也有即兴发挥的歌谣，“唱过即完”，但他们像几乎所有其它调查人员一样，在他们的研究报告中只记下了唱词固定的歌谣。❶这些民歌大部分都是经过汉语翻译才为人所知的。即席唱词与对唱的另一方和前一首歌的主题直接有关，如斩头去尾，当然就不知所云了。唱词固定的歌本身用以表达对赛歌对方的挖苦、赞扬或思慕；可以推想，即兴歌谣至少也包括这些范围。因此，对沈从文借龙朱、傩佑和其他恋中人之口唱出的代表即兴“苗歌”的自由体情歌，我们几乎无法判定它们主题上的真实性。（沈从文为了同一效果在非苗小说中插入了真正的镇筸山歌，是用汉语编写，以汉语押韵；但那些绚丽多采的自由体“苗歌”则不同，它们提示读者应该想像到，这些歌是用原始语言唱的。）沈从文的歌所表达的社会背景和思想感情范围并不一定不现实，但是歌中的比喻很多似乎西方化了；一些歌直截了当，主题统一，社会观明事达理，说明这些歌很可能是对真品的不高明的仿造。这些歌像沈从文的早期白话诗。但从另一方面看，作者至少在尽力表现苗族人歌谣中大量运用的植物和其它比喻。以下是贝纳希翻译的苗歌，从中我们确实应该注意到，我们不能以太多情善感太自我陶醉为理由，来奚落沈从文所写的苗歌。

现在我要离家走，想起了你的拥抱，我心里喜悠悠。现在必须走，只想再回头。我的心飞上了天，随云去飘游（意即你使我心醉）。回来再握你的手，到死说话说不够（意即他将终身娶她为

---

❶ 王兴瑞，《海南岛之苗人》（广东，1948 年），第 71 页。《湘西苗族调查报告》，第 362 ~ 363 页。

妻）。你给我什么呀，来满足我的心，堵住我的口？（显然暗指性行为，这是情人间唯一沉默的时刻。）给我的我要交还你啊，还到白了头。❶

吴泽霖简单地描叙了短裙黑苗中间苗歌是如何在“摇马郎”中实际运用的。一方以唱歌的形式提出一个问题，开始了双方的对话。如果引起了对方的兴趣，对方就以歌相还。吴泽霖认为这些歌是即兴唱出的，自由流畅。生动活泼。对歌一直要持续到日落归家。海南“苗”同样允许姑娘小伙子在春天成群到山坡上去，然后歌手们选择异性对歌人。当他们的歌开始往来对答时，两人也逐渐接近；每方都想在这样的歌战中赢得胜利。如果一方对对方的嗓子感到失望，或以他（她）机智的歌暴露了对方才智有限，他（她）可以走开，再找一个值得倾诉爱情的对象。川苗甚至把苗歌分成两类，有的是情侣相隔很远，如在对面山坡上时大声唱的，有的是恋人相近，如依偎在怀里时轻声吟唱的。可以想像，后一类歌不用于斗舌，而更多的是甜言蜜语。❷

沈从文表现的歌谣中的色情成分反映了社会现实。阿巴迪发现安南节令上唱的苗歌“都是猥亵甚至色情的。”拉戎基埃说得更详细：“他们的歌谣总带着色情味，而且从不脱离这样的主题：唱歌人向一过路女子求爱，问她有什么新事奇闻，请她到身边来坐，随后便不加检点了。如她继续赶她的路，他就责骂她嘲笑她。”D.C.格雷厄姆声称，“大

---

❶ Bernatzik，第 197 页。

❷《贵州苗夷社会研究》，第 19 页；王兴瑞，第 70 ~ 71 页；Graham，Customs，第 32 页。Granet 在 Festivals and Songs 第 273 页中引了这首安南彝族的歌谣；这首歌告诉我们年轻人怎样在第一次相会时通过对歌来互相了解。

小伙：姑娘你从哪方来？
姑娘你家住哪里？
我在这里想着你。
从前没有见过你。

姑娘：你讲起话来真聪明，
你讲起话来真有理。
若想和我结成双，
走近来让我看看你。

约百分之九十的（川苗）情歌中提到已婚男子与其他女人、已婚女子与其他男人或并无意结婚的未婚青年之间的桃色事件，几乎所有这样的歌中都讲到或暗示了男女之恋归终于性爱，而纯正的情歌……是很难找到的。”❶格雷厄姆翻译的一些传奇歌谣中包括有反对父母干涉女儿爱情的内容；有一首歌讲的是某家为面对悬崖的女儿卧室修建一道特殊的外门以便她和她的情侣能一起度夜，对此加以赞扬（请比较沈从文的镇筸歌谣第十七首）。❷

拉戎基埃描写的似乎是“沿路唱”的苗歌，歌词中含有色情的比喻，是对陌生人唱，请她去幽会。有一首贝壳苗唱的歌谣，是根据告别新娘歌的曲调填入歌词的。米基发现这首歌的含义与一首类似的安龙苗歌一样，他认为那首安龙歌“显然是一个男青年提出的性要求”：

安龙苗歌

寨边来过多少回。
凉山浇出凉瓜来。
切开凉瓜喝凉水。
你不来当我意中人，
我一去再不把头回。

贝壳苗歌

高山顶栽花红又红，
妹妹（我）盼哥再相逢。
哥哥（你）采花采走有十年；
十处相会九成功。
小路长长马草红。❸

广西大苗山（像凤凰一样，是个汉苗混居的地区）的苗民能以汉

❶ Abadie，P.169.；Lunjet de Lajonguière，P.312，译文在 Bernatzik，第 196 页。Graham，Customs，P.57。

❷ Graham，Songs and Stories，P.150～151，155.Customs，P.33。

❸ Mickey，Cowrie Shell Miao，第 50 页。也请参看第 74 页。

语山歌来表达同样的求恋含意，下面便是许多这类山歌中的一首，这类歌苗汉人都唱，称其为“挑逗歌”；苗族人还有自己更长的苗语情歌。

哥（唱歌人）是高山一个泉，
妹是山脚一块田。
泉水流到山脚下，
妹不收留也枉然。❶

镇 筸 山 歌

汉语的四行七言民歌（往往一二四行尾押韵）给沈从文的一些小说如《雨后》、《萧萧》和《长河》增添了情趣，这些歌在形式上、恋情上、主题和社会启示上与大苗山的汉苗“挑逗歌”和“愿结交歌”几乎一样。这些都是真正的当地民歌。沈从文用在《雨后》结尾的那首歌，作为“湘西民歌”出现在另一个民俗学家1955年编的文集中；❷这首显然是沈从文最喜爱的歌谣之一，因为《长河》中割草的青年和《雨》中五明对他的恋人阿黑也都唱过这支歌。沈从文作品中和文集中的歌词不完全一样，说明了即使歌词固定的歌谣，也随方言和个人喜爱不同而产生细微的变化。下面我们将两种歌词作一比较。这种歌谣体裁很典型的方面就是人称代词不用直接称呼，而用“郎”或“哥”（如果是男的唱，意即“我”）和“姣”、“姐”或“大姐”，以及“妹”（如果男的唱，意即“你”）来取代。这首歌是男子唱的，诉说了他爬过山崖到他情人住处的一片忠心（苗族人喜欢选择险峻的地点，以便防卫）；也可能她父亲已留心注视了另外一条易走的通道，乃不得已才翻山越岭，沈从文1926年写下的歌词是这样的：

❶ 萧甘牛编辑，《大苗山情歌》，载于《民间文学》21：59～60（1956年12月）。也请参看杨力行的《湘西南苗瑶的歌谣和舞蹈》第33页上翻译的四行体苗歌。湘西苗语歌很多是典型的七字一行，四行一段，但也有诗段更长的。这点似乎表明了汉对苗的影响，参看《湘西苗族调查报告》，第365～366页。

❷ 这是《筸人谣曲》第十七首歌。也出现在沈从文的《雨后》（收编在《八骏图》之中）第130～131页，《长河》第29页，《雨》之二（收编在《阿黑小史》中，上海，1933年）第43页。另一略有不同的歌出现在王抱云编的《湘西民歌》，载于《民间文艺选辑》9：57（1955年8月）。

娇家门前一重坡；
别人走少郎走多；
铁打草鞋穿烂了，
不是你——为哪个？

王抯云 1955 年记下的歌词是这样的：

情姐门前一条坡，
人家走少我走多，
铁打草鞋也走破，
不为情姐为哪个？

沈从文作品中出现的山歌都来自他 1926 年让他表弟和他军队中伙伴在凤凰收集记录的四百多首之中。❶他的表弟声称，真正的镇箪民谣足还有两千首可采集。沈从文选了 41 首他认为最"动人的"发表，剔除了另一些，理由是这些歌太污秽。❷有些歌谣是家喻户晓的，而另一些则是新近编成的，但根据沈从文对这些歌谣的内在语言结构的分析，大多数都出自镇箪地区。他认为镇箪民谣与附近松桃、铜仁、龙潭和晃县的比较起来，显得粗犷直率——实际上是粗鲁，其原因是因为他家乡地区的苗歌在起着影响作用。❸

沈从文的歌集引人入胜，因为他解释了这 41 首歌在社会交际方面

❶《箪人谣曲》载于《晨报副刊》1498：59～60（1926 年 12 月 25 日），1499：63～64（1926 年 12 月 27 日），1500：67～68（1926 年 12 月 29 日）。

❷ 但是我们仍能看到象征男性生殖器的红薯。在边远苗区桐树也有这种象征。见《箪人谣曲》第十首，载于《晨报副刊》，1499：64。

一株桐子五尺高，
我吃豆荚你吃薯：
豆荚请你大姐煮，
莫有红薯吃我屌。

❸ 见《箪人谣曲》，载于《晨报副刊》1500：68，第 33 首之后。

的作用，这样就进一步说明了一个汉苗社会，甚至于汉族低层社会这一更大范围中男女间关系的类型。他说编歌谣集的想法是他去北京西面山上度两周假时产生的（“谁都不晓得我一个人在山坡上做些什么事”）。他一面观赏“壮实”漂亮的青年姑娘砍柴，一面低声哼着镇筸民歌。一些女子对他微笑，然后低下了头，但沈从文生性羞怯，决不敢像镇筸青年那样利用这样的时机，“在山坡坳里太阳下头，用木叶作为褥子，来举行这种健康的娱乐”。他替自己掩饰这种行为不是北方的风俗。“我想起在我乡下，这样的天气，适当挖薯折包谷的时节，工作的休息里正不知是给了若干年青男女们的娱乐的方便！在这里却连借此来表示两者希望的山歌也不能闻，很是可怪的事。要说是这类人是没有这种需要呢？我可不敢相信。……也许是近于都城的人，都学到了在‘渴的接吻’中是应守着死样的沉默罢，那可就不是我所能知道的事情了。”❶

沈从文认为，在边远地区“凡是一男一女唱来的歌，其结果总多半是互相到感动中接近，用树叶子作褥垫，就举行那种健康的娱乐了。”❷举一些例子来加以说明对我们的分析会有所帮助。沈从文歌谣集第一首像是“沿路唱”的歌子，《雨后》中的四狗抚摸着他情人的胸脯，对她唱了这首歌。集子中也确实告诉我们，这首歌典型地是男青年看到沿路而过的乡村姑娘的丰满胸脯不由而唱的，用以表达“想欣赏而又不敢的细致的心情”。第 1 首：

大姐走路笑笑底，
一对奶子翘翘底，
我想用手摩一摩，
心里只是跳跳底。❸

沈从文对第 2 首歌谣句尾的重复同样很有感触。在《雨后》中，当姐

---

❶《筸人谣曲》，载于《晨报副刊》1498：60。

❷ 同上，1499：64。

❸《筸人谣曲》，第 63 页。《雨后》，载于《八骏图》，第 124 页。

姐同男友在山谷那侧调情时，七妹唱了这首民谣，气气他俩。《萧萧》中的女主人公萧萧的未成年丈夫也唱这首歌，他是从一心想勾引他妻子的长工那儿学来的，但并不明白其中色情的含意，这是这篇小说的一大反讽。谣曲第2首：

天上起云云重云
地下埋坟坟重坟
娇妹洗碗碗重碗
娇妹床上人重人。❶

《萧萧》的另一首歌谣中，高大的玉米秆被豆荚缠身，这里包含了内在的性象征。

天上起云云起花，
包谷林里种豆荚，
豆荚缠坏包谷树，
娇妹缠坏后生家。❷

沈从文说《筸人谣曲》中的第24首也可以用来引诱正在溪边洗衣或洗菜的“代帕”（苗语：“女儿”，未婚女子）。第24首：

唱个山歌把姣儿，
看姣抬头不抬头：

❶ 《雨后》，载于《八骏图》，第123页；《萧萧》，载于同名小说集（香港，1961年），第8页。

❷ 第二首歌谣在《萧萧》第8页，也出现在《雨》之二，第60~61页上，但《筸人谣曲》并未收入。此外，根据《灯》第26页上所说，这些都属现代军队中禁唱的歌曲之列。也请将这首歌谣中的象征与王抟云的民歌集第62页上的一首相比较。

高山落雨响叮当，
钥匙缠钥钥缠箱。
钥匙缠断牛尾锁，
么姑缠断少年郎。

马不抬头吃嫩草，
人不抬头少风流！❶

如要引起在外打猪草的姑娘的注意，可用谣曲第 28 首：

莫要慌，莫要忙：
一天日子几多长！
请你过来歇歇憩，
莫有猪草我帮忙。

沈从文称第 29 首是用来留人的。这首山歌的第一句几乎同上一首一样。

你莫慌，你莫忙：
太阳落了有月亮；
月亮落了有星子；
星子落了又天光！

第 19 首是用来嘲笑男子胆怯的。“麻雀”既指鸟也指男性器官。

小小麻雀才出窠，
一翅飞到田落角，
只有麻雀胆子小，
看到杀黄不敢剥。

姑娘唱第 33 首鼓励她情郎再来相会，这样，不管两家相距多远，他们的关系能继续下去；沈从文分析说这首歌起源于贵州。“田”、“园”之类的字频繁出现，不禁使人猜测是否喻指女性器官。插在田里的是萝卜——其硕大会否是女子的赞叹？

❶《筸人谣曲》，载于《晨报副刊》1500：67。

大田大坡栽葡萄，
葡萄长成万丈高。
只要情歌心有意，
哪怕十天走一遭！

各种场合的性合欢都有其幽默的歌谣。如果男子比姑娘黑，他唱第3首来取悦他的情侣，《秋》中的五明对阿黑唱的就是这首。[1]

妹妹生得白又白，
情郎生得黑又黑；
黑黑写在白纸上，
你看合色不合色？

倘若女子的年龄比男子大，他唱歌谣集中的第4首。

姣妹十八郎十七，
口口骂郎无年纪！
大山木叶有长短，
哪得十指一般齐？

如果女子犹豫不决，小伙子唱第25首来说服她：

姐呀！十七十八正当时，
你不联郎到几时？
阎王取人无老少，
怕你黄土盖脸悔后迟！

略略改动其韵脚，另一首便即席凑成。

[1] 沈从文，《秋》之二，收编在《阿黑小史》中，第23页。

姐呀！十七十八正当年，
你不联郎到几年？
阎王取人无老少，
怕你黄土盖脸悔后难！

小伙子可以通过唱歌谣第26首，来尝试与看来比他富有，比他地位高的姑娘进行交往。❶

你要联人就联人，
莫学看牛伢崽望草坪，
高坡平地一样草，
贫穷富贵一样人！

这首歌的韵尾也常作更变，又成一歌。沈从文在评论这首歌时，抓住时机指出他本人相信的一个方面：乡下人要比城里人来得真诚。他把城乡间的区别看作苗汉间的差异，并用一个苗语词汇点缀了他的比较：

这种解释用到在别的如像近来都市中的男女关系上，那当然是只见其优，但在真率的代帕们心中，能够使她的态度坚决走向男的所希望的那一面，那是无疑的罢。❷

别人唱歌调情，也必须用歌来回拒。沈从文记录了几首用作这种场合的歌谣，其中之一是谣曲集中的第20首，歌词像其它较带色情的歌谣一样，通过自然比喻来传导其含意。

---

❶ 请把这首歌与安南蛮人（瑶人）的汉语情歌作对比。Granet在Festivals and Songs 第272页引了那首歌。

我家穷
出外遇人不敢响，
良家女子富家郎！
我家贫苦又低贱，
与妹配对攀不上。

❷《箪人谣曲》，载于《晨报副刊》1500：67。也请参看第68页第32首后的评论。

青山画眉青山叫，
不是鱼儿不上钓：
劝你情哥莫胡思，
不是姻缘不上套。

第 32 首是对第 31 首幽默的反回答，说明拒绝是不会被轻易接受的。这两首歌显示了对歌是如何通过比喻上、措词上和韵脚上往复对应而进一步进行的。第 31 首：

十八大大你莫莽，
姻缘莫落这一方！
火内烤粑各有主，
劝你莫要乱思量！

男子唱（第 32 首）：

十八大姐我要莽，
姻缘落在这一方！
火内烧粑哪有主？
求亲只要人在行！

相好的在一起采辣椒时可以唱第 12 和 13 首，互相逗弄，或如沈从文所说，开自己的玩笑。

女子唱（第 12 首）：

隔田看见辣子青，
辣子辣肚又辣心！
同床夫妇妹不想，
露水夫妻想坏人。

男子唱：

隔田看见辣子黄，
辣子辣肚又辣肠！
同床夫妇郎不想，
露水夫妻想坏郎。

关于一夫一妻制的问题，男子唱道（第 36 首）：❶

捡柴要捡竹子柴，
竹子去了笋又来；
联姣要联两姐妹，
姐姐去了妹又来。

女子唱：

枫木开叶叶三角，
报郎采花莫采多！
联姣若联两姐妹，
天天会要吵长伙！

同一个主题男子唱第 38 首：

蓝花要报满脑红，
吃烟要吃三五筒；——
联姣要联三五个，
这个冷淡那个浓。

❶ 请与 Granet 在 Festivals and Songs 第 227 页上引用的这首客家山歌作比较：

点香只留炉里灰，
烧焦灯芯只留尘。
求婚要求求两个，
一人干活留一人。

真正的爱情也有其忧伤的时刻，如第23首和第5首所表达。

有心上树不怕高，
有心联姣不怕刀：
哪怕一刀（把脑壳）砍下地。
还有魂儿可近姣！

这首歌第四句可以更换，词意猥亵但保留着原韵。从这里我们不难想像到即席发挥在唱歌中的作用。

阳魂散了阴魂嫖！

第五首讲的是不正当的爱情：

姣妹挨打郎知因，
根根打到姣的身！
火烧青山不敢救，
脚踏团鱼痛在心！

一首向非法情人告辞的歌（第21首）与第2首的开头一样。

天上起云朵朵蓝，
报妹妇家要耐烦：
莫拿大夫打骂你，
莫把小郎挂心尖！

在这样缠绵柔情中，恳求对方坚忠不渝是多么必要（第41首）。若稍作改动，这句歌也可以由女子来唱。

久不会，姐莫怨！
久不会，姐莫淡！

莫拿花园[1]与别人，
莫学青粱红了眼！

莫学青粱红了眼，
莫学花椒黑了心！
莫学灯笼千条眼，
（我们是）火烧蜡烛一条心！

你要学竹子朝上长，
你莫学马鞭千条根！
你要学斑鸠回到老，
你莫学阳雀叫半春！

第35首在谈到爱情永恒不变问题时比较无所顾忌。歌谣把女性比作水井，唱给女子听，诱使她以歌作出回答。水的象征使人联想起米基记录的贵州安龙苗歌。[2]

路旁井水凉幽幽，
有人吃来无人修：
小郎有心来修起，
又恐井水不长流！

最后，还有一些关于唱歌本身的歌谣，显然是西南各民族用于开始赛歌的那种。第8和第11首：

山歌好唱难起头；
（犹如）木匠难起的吊脚楼；
岩匠难打岩狮子，

---

[1] “花园”可能是“环圆”的误印。环圆是姑娘送给男子表示忠诚的象征物。

[2] Mickey，Cowrie Shell Miao，第50页。前面已全段引述过。

铁匠难打铁绣球！❶

你歌莫有我歌多，
我歌共有三只牛毛多！
唱了三年六个月，
刚刚唱完一只牛耳朵！

唱歌也常常为了取悦旁人。沈从文告诉我们，一个每天上山的“小猴子”走近土地庙时总是停下唱第40首，让正好听到的人笑一阵。也许听歌人是对面山坡上的一个姑娘。

早晨上坡坡又长，
半坡有个土地堂，
土地公公问我要钱纸，
我问土地公公要婆娘。

边远地区的人民在他们的日常生活中并不过多地为高等儒教的深奥情趣所限制，也不为孔家的优雅道德规范所束缚；毫无疑问，镇筸民歌正是由这些精力旺盛、自由自在的汉苗人民创作的。

沈从文的边远地区恋爱故事

根据上述民族学方面的资料，我们可以来重新探讨沈从文关于乡村和山里人的爱情故事，这些故事以现实主义、浪漫主义、英雄色彩和抒情风调等各种复杂的混合形式出现，而且还常常带点反城市的说教。我们不应把这些故事中对男女间关系的描写看成是色情、离奇的

❶ 在中国南方一些地区，绣球是年经人（最初是小伙子）扔给他希望提婚或想调戏的人的。那位意中的情人以接住或拾起绣球表示同意。这些安南傣族，广西和云南苗族的风俗主要在节庆和“婚姻场”可看到；Granet在Festivals and Songs第140~143，266，267，268页上对此有所记载。孜孜不倦的Bernatzik目睹了一个泰国苗族男女青年间的绣球游戏，并拍了照。姑娘小伙面对面站成两行，谁接不住球就罚一件衣物作抵押。Bernatzik注意到游戏的规则是成年人制定的，在这些规则下游戏提供了“男女接近的机会”。一个几乎赤身露体的参加者在一阵阵笑声中逃回家去，穿上衣服，再重新开始。见Bernatzik，第96页。

东西，或是对外国爱情小说的模仿；反之，这些故事可被作为作者与当地传统、风俗及社会行为的典型互相影响的产物来鉴赏。

《雨后》是一篇关于勾引一个在山坡上采蕨的姑娘的动人小故事。她和她的情人四狗显然在以前就关系密切；他俩发生了性关系，沈从文用描绘而不是暗示的语言写到了在此之前山坡上野外棚屋阴影下发生的一切。❶四狗唱起镇筸的恋歌："大姐走路笑笑底……"使他的情人顺从他的意愿。这样，我们知道故事的背景是湘西。故事并没说明山上的两人是苗民，但他们的行为很像比较随便的湘西"摇马郎"，因为虽然当时他们躲开别人，这对情侣并不想对他们的幽会保守秘密。沈从文示意他们附近有其它采蕨的人，可能知道在发生的事；七妹在山谷对岸戏弄这对情人，唱起镇筸民谣挑逗他们并且顽皮地正告他们："我要告!"我们在前面谈到了有些地方的"马郎"活动有年长妇女陪同。谁同谁相好肯定是大家知道的，

大多数读沈从文作品的人无疑对性爱的直接描写最感兴趣，小说中的性爱是作为故事人物发展和心理本能的结果来描写的。读者在一旁窥视，暗中卷入了这对情人粗俗而调皮的对话、鲁莽的调情和羞怯的反应及逗弄、嘲笑和故意使起的性子，这些在四狗和他恋人达到自然高潮的戏剧性表演对话中先后出现。一场由超人力量支配的普通人类戏剧正在演出，就连四狗也知道这个事实：

> 于是他亲她的嘴——把脸扭着不让这么办，所亲的只是耳下的颈子。四狗为这个情形倒又笑了，他算计得出，这是经验过的，像看戏一样，每戏全有打加官。❷打加官以后是……末了杂戏热闹之至。❸

❶ 此文再版时（在《八骏图》中，第 119 ~ 131 页），把先前的一些文字删除了："她去捏四狗在平时不能轻易尽人损害的一样东西，像生气的是附属于四狗的那个地。"见沈从文《雨后》，载于同名小说集（上海，1928 年），第 11 页。

❷ 打加官是白脸阴司判官，他从一本册子中大声读出一些吉利话，与此同时，台监宣布观众中要人的名字。沈从文在《长河》第 197 页上写到湘西给马援演的地方戏时对此作过描述。根据湘西的做法（特别是在湘西，但其它地区也有戏开始时先由打加官贺吉祥的），提到某人的名字暗示他送红包资助了。

❸《雨后》，收编在《八骏图》中，第 122 页。

在沈从文看来，人生是戏剧，人生也模仿了戏剧。修定后的小说把行将发生的性遭遇称为“神圣的游戏”。❶

沈从文描写他笔下恋人脑中闪过的欲望时，也同样直言不讳；他们的下意识的欲望激发了意在达到性满足的自发举动。沈从文这时像个业余的心理学家，表达了这一切的必然性，他写道：“四狗说，‘人，这诗真好，’——不是说诗好，他并不懂诗。他意思不过是说，念诗的人与此时情景好罢了。他说不出他的快乐。他很快乐，他要‘撒野’。”❷把青年女子的辫子比作一条蛇，这里也许故意包含了弗洛伊德的象征：“……这条蛇已挂在背后了，四狗不怕蛇咬人，从头捏至尾。”❸

沈从文从不带着自我优越感来表现单纯乡民间的性关系的。为了达到可以说是反儒教清规的这一目的，他赞美肉体的享乐。在社会传统不能企及的大自然中，性关系是一种健康、自然、几乎无意识的活动。此外，《雨后》还展开了一场堕落的高等正统文化和充满生力的低等山地民间文化之间的象征性的战斗。后者只有以山歌和达尔文主义的“力量”和“野性”来表现自己。在小说本身及沈从文的叙述评论中，我们都可以看到这两种不同的文化态度和接近自然的方式争夺优势的冲突。在一首无疑是汉语写的诗中，姑娘首次接触到了上流文化的一个没落观点：女人像花。诗歌使她意识到自己也要枯萎凋谢，她变得精神萎靡，无法享受当时的乐趣、体魄的力量及天气带来的喜悦。文盲的四狗由于“迟钝”，不解其意，仍保持了他的原始活力。他以更为直捷的镇筸口头文学和他天赋的体格镇服了他情人的弱点。姑娘为她自己真正的身体自然本能所控制，忘却了那首汉语诗，她与四狗的原始性相结合，又变得强壮了。通过沈从文涉及海洋天空的象征，他们的结合像是宇宙的婚姻。为了不让读者忽视小说的寓意，未修定版中这么说：“虽然深深的爱，总还有不够，——这是认字的过错。四狗幸好不认字，不然这一对，当更不知道在这样天气下找应当找的乐了。”❹

---

❶《雨后》，第 128 页。

❷ 同上，第 126 页。

❸ 同上，第 122 页。

❹《雨后》，收编于同名小说集，第 8 页。《八骏图》第 129 页上描述了姑娘精神恢复后，写到：“她所读的书全忘掉了。”

在《萧萧》中，两种对待性的不同传统又一次象征性地遭遇了。萧萧是个童养媳，愚昧的汉族风俗导致了她的婚姻，这使小说一开始便蒙上了恶的色调，但沈从文又提到了另一个传统的汉族风俗：要新娘与她母亲哭别——故事的讲叙者说这与自然流露的感情是一致的，但萧萧没有表达孝女之爱的机会，因为她是个孤女。❶这样，沈从文更加引起了读者对萧萧的同情。萧萧年幼的丈夫成年之前，长工花狗唱镇筸民谣勾引她。她怀上了个私生子。她在婚姻上受够了苦，而现在她向自然欲望屈服后，并不为此感到痛苦。❷萧萧被允许与她的订婚丈夫正式结婚，他仍然喜欢她，也乐意她的儿子称他"大叔"。沈从文的同代人中很少有人能写出像《萧萧》那样描写人性本质善战胜无人道的社会制度的小说来。沈从文的女主人公也做不可思议的当"女学生"的梦，但她的力量仍然产生于她单纯、自发的基本性质中。

沈从文的好几篇小说都提到甚至赞美了性自由和未婚女子，尤其是寡妇的诱惑力。《阿金》开始的背景是鸦拉营附近的一个汉化的苗族集市村里，鸦拉营是凤凰以西的一个古老边塞。❸小说主人公阿金是个苗族青年，想同一个漂亮的"乌婆族"青年寡妇结婚（这里的族指"部落"或者次种族群；这个族很可能是虚构的）。作为讲叙者的沈从文毫不含糊地揭示，阿金想的大多是肉体上将得到的好处。那女人刚刚丧夫，又很快被嫁了出去。虽然阿金一个当土保的朋友劝他对此婚事要三思而行，但没有迹象表明她因是个寡妇而失了身价。沈从文也介绍了地方色彩的其它成分。娶一个特别好的老婆要付娶亲价是五条黄牛（巧极了，同 1909 年永绥地方志提及的正好一样❹），阿金期待着邀请客人参加他婚宴的日子，因为根据当地习惯，客人要带上礼物。按照

❶ 婚俗因地而易。在辰州，婚礼前三天要举行长达一小时的仪式，邀请女亲戚朋友和天主教修女参加，大肆张扬，引人注目，为家中挣得面子。见慈善团体女教士写的 School at Sherchowfu, Sign，5.7：303（Feb.1926）。也请参看 Rev.Basil Bauer，C.P.，A Chinese Bride，Siqn 5.12：521 ~ 522（Jrly 1926），Rev.Ednin McCarthy，C. P. ，"Marriage in China"，Slqn 9.8：572（March 1930）。

❷ MacDonald，第 97 页上更明确无误地指出，萧萧并不为自己的行为感到问心有愧。我同意此说。

❸ 沈从文，《阿金》，收编于同名小说集，第 101 ~ 111 页。

❹《湘西苗族调查报告》第 94 页上的引文。当地苗族人中娶亲代价是五至六头（匹）牛或马。

乡村水平，相当的财产将要易手。

沈从文在创作这些作品时，各种形式的诡辩伪造使他不满；苗人的单纯便被描写成这一切的对立面。沈从文的这些烦恼强行闯入他的小说之中，因而也加强了苗民的纯朴。1929 年沈从文开始体验到了编辑第一本杂志受到的挫折；他抱怨道："别的许多地方，有钱的人就可以作文学家，用钱收买喽啰，鸣锣喝道，雇人捧场叫好，因此成名，"但"阿金是苗人，生长在苗地，他不明白……"❶到了 1936 年，沈从文自己成了有名作家，但仍然生活贫困。他对上述这段作了修改，删除了成名的文学家的那些话，而添上了关于那些惯于"花五百银子，买一匹名叫'拿破仑'的狼狗；或者花一千银子，买一部宋版书"的人的话。❷到了 1957 年，军官们也加入了阿金"不明白"的富有阶级的行列。❸

这些插入部分幸好只是沈从文这篇短小故事的次要成分，故事的大部分简练而幽默地叙述了在一个爱管闲事的地保的干涉下，阿金试图去媒人家（付娶亲金）遭受的一系列挫折。那位地保是个身高体大，多嘴多舌的人，"能敌得过两个阿金"——很可能是当地戏剧或传说中的现成人物。地保为了"作老朋友"起见，用身体挡住阿金的去路，让这位年轻人有时间三思而行。他再三申辩他出来干涉并不是因为他自己想要那个标致的妇人，也不因为他想招阿金做他侄女婿，更不因为他对他朋友的钱另有打算。故事讲叙者接二连三地说明地保的诚意，使故事讽刺意味随着有关地保真意的神秘气氛的增强而增强。但结尾突然使人感到意外，地保确实只不过是个好管闲事，爱饶舌，不知何时回家的人。也许他确实疑心那个寡妇"克夫"，因为当她嫁到别处去时，他兴冲冲地为阿金的明智庆幸；他以为自己为阿金做了件好事，却不知那位失意年轻人在等地保回家时赌掉了娶亲钱。《阿金》有着《鸭

❶《阿金》，收编于《旅店及其它》，第 36 页。这是发表于《新月》1.11（1929 年 1 月）上原文的再版。

❷《阿金》，见同名小说集的第 107 页。这个文本早在 1936 年在《从文小说习作选》（上海，1936 年）就已出现，见第 96 页。

❸《阿金》，收编在《萧萧》中，第 35 ~ 36 页。编辑在《沈从文小说选集》（北京，1957 年）第 3 ~ 4 页上重印了这个文本。

子》和《过年》中所显示的同样的幽默，与这两篇乡村风俗小说的情趣十分接近，因此我们推想，这篇小说也可能是基于民间佚事的。

《野店》（1926 年）这个剧本是沈从文最早的苗人作品之一。故事讲的是一个不贞的苗族妇女——一家茅屋旅店的女主人。❶一个布贩子勾引了她，但这并不完全违背她的意愿。故事中没有对其道德表示不满的痕迹；而相反，语气显得幽默而愉快。

剧本的对话非常口语化，间或点缀着苗语，是现实主义的手法。剧本的基调一开始在苗族妇女和宿客的自白中就引起了人们的注意；他们在尚未合在一起的床上，各自思考着日常生活问题，而且为此睡不着觉。女店主担心一个亲戚的一头病猪，计算着离集市的日子，考虑要买的东西。而与此同时，宿客却试图弄明白是什么东西弄得他睡不着觉，是狗虱呢还是小鬼在恶作剧？卖布遇到的麻烦使他心乱？但最后他想起了心神不定的真正原因：那是那位他遇到过最有吸引力的女店主，而她的丈夫又似乎不在家。

勾引是直截了当的；宿客最后拥抱了阿好（苗语：大姐），求她别动，虽仍感到别扭却开始答应送她如好看的花布和头巾之类的东西。然而在赢得爱情的过程中，穿插着大量滑稽场面。布贩子偷偷爬上女店主的床，发现她醒着，因此必须找一个借口。他的勇气顿然消失；她告诉他该去哪儿撒尿。语言的粗鲁迫使读者发笑，但主要的喜剧手段存在于男女角色各自在对话中表现出的外表和旁白中显露出的笨拙的计算和意志薄弱这两者之间的悬殊差别之中。女方任何最轻微的反抗迹象，都会使那位买卖人心惊，他对自己说："这怎么办？"……"她不喊就好了，谢天谢地！"❷苗族女店主像是不情愿，但当宿客表示担心阿好的丈夫会回来，把他们当场捉住时，她回答说，"莫是莫是。我老板上贵州去了，代狗（苗语：孩子）进城去三五天还不能归来，我——"❸

在剧本的结尾部分，沈从文令人信服地描写了边远地区的道德伦理：❹

❶ 沈从文，《野店》，收编在《鸭子》中，第 26 ~ 33 页。

❷《野店》，第 30 页。

❸ 同上，第 32 页。

❹ 同上，第 32 ~ 33 页。

客人　阿妍，你又笑了！我问你是已经有了几个同年。

苗妇　我不懂你话。

客人　（想）是莫懂还是莫讲？

阿妍阿妍，当真不懂“同年”罢？就是……就是你，我。

苗妇　老板恶得很，莫敢。

客人　莫有？莫有那我两个是什么？

苗妇　只你这——

客人　（自语）哈哈，第一个！阿妍，喜欢你同年不？

苗妇　（略有羞罢）喜。

客人　（把阿妍脸对着了自己）你，你又笑了！

苗妇　（以手抚客人之脸。）

《野店》的续篇是《旅店》（1929 年）。这是一篇关于另一个年轻漂亮苗族女店主的抒情小故事。一个非凡的机会促使她偏离了坚守寡妇贞操的常轨。故事发生在四个纸张商人常来常去的经途上，他们隔一段时间就从贵州镇远上游的产纸地区来到湘西下游地区。沈从文武断但却自豪地将这一地区标榜为“屈原溯江时所停船的辰阳地方”。故事一开始便展示了那位诚实的寡妇和她的四个憨厚的宿客，他们都是乡下商人，整天梦想“打架、口渴、烧山、赌钱等等事”，一天劳累下来，他们在草席上睡得像“死尸”。《旅店》中说，苗族人和汉族人不一样，喜欢肤色黑黝的女子。❶这篇小说中的女主角同翠翠、夭夭、阿黑和沈从文小说中的许多其他女主人公一样，确实是个黑美人，由于肤黑，她得了“黑猫”的外号。是她的丈夫想出了“这样好名字”。至少在后来，沈从文称他自己的妻子为“小黑猫”。❷

《旅店》中的黑猫守寡三年，没有过一个情人，当地人认为她这样很了不起。她年仅 27 岁，已不得不拒绝了许多好歌手和有钱有势的人

❶ 沈从文，《旅店》，收编于《旅店及其它》第 21 页。

❷ 这点张兆和的妹妹张充和作了证实。看来小黑猫是张兆和在吴淞公学时的外号，沈从文曾在那儿任教，后来追求她——但一度很不顺利。把《旅店》（1929）的女主角称为“黑猫”会否是长时间求爱的一个早期表示？见司徒良裔，《记沈从文》，上海《大公报·文艺》15，529（1947 年 1 月 28 日）。

的求爱。一日早晨天亮前醒来后，她的贞洁观发生了变化。她想到了当地的习惯及当寡妇的权利；在故事叙述的另一处，旅店年长的驼背男雇工事实上说到，妇女在求爱和唱歌方面不像二十年以前那样无所顾忌了。

虫声像为露水所湿，星光也像湿的，天气是太美丽了。这时节，不知正有多少女人轻轻的唱着歌送她的情人出门越过竹林！不知有多少男子这时听到鸡叫，把那与他玩嬉过一夜的女人从山峒中送转家去！又不知道有多少人在那分别时流泪赌咒！黑猫想起了这些，倒似乎奇怪自己起来了。别人作过的事她不是无分！别一个作店主妇人的都有权利在这时听一点负心男子在床边发的假誓，她却不能做。别的妇人都有权利在这时从一个山峒中走出，让男子脱下蓑衣代为披上送转家中，她也不能做。❶

《旅店》也许受了西方心理学理论的激励，描写远远超出了社会的范围，而渲染了肉体爱本身。沈从文文集中写了黑猫“长大”的解除性压迫的肉体需要，以获得“一种力，一种圆满健全的，而带有顽固的攻击，一种蠢的变动，一种暴风暴雨后的休息。”❷他甚至暗示，四个住客中的任何一人都可能使黑猫满足：“她郎或愿意在这四碗菜中好歹选取一碗……”❸当黑猫潜意识地将她的欲望寄托在长着大鼻子的那个纸商身上时，沈从文作品中弗洛伊德的影响似乎显而易见了，黑猫真有一口咬下这大鼻头的潜意识在，所以自己用手揣到自己的奶，把身子摇摆，想同客人说两句话。❹

而后便是调情。黑猫以作者最喜欢用的手法间接向大鼻子客人表白了她的意愿：两行毫不相干的对话互相交错，先使人感到摸不着头脑，随后，当潜在的意识感情变得比较明晰时，双方心境也就不谋而

❶《旅店》，第 23 ~ 24 页。

❷ 同上，第 25 页。请参看第 29 页。

❸ 同上，第 25 页。

❹《旅店》，第 29 页。

合了。黑猫出去打水，宿客跟到外面，可能去赶走野狗（狗是猫的对头）；那些野狗的出现使黑猫心神不安——至少小说里是这样暗示的。他们各自单独回到房里，大鼻子客人进来略迟，因此驼背担心他被狗——或猫——吃了。但故事的讲叙者指出，猫不像狗那样会伤人。那四个行路人离别了；大鼻子商人害了病，没能回到旅店便死了。十个月以后，寡妇家添了个“小黑猫”，迷蒙的村民们只得推想，那是驼背所生的女儿。大鼻子客商是否与黑猫一起纵情过度而得病的？《雨后》和《结婚之前》中的恋人们确实讲到过过分放纵会使男人得病，但也许猫的确不会伤人。

《阿黑小史》是一组关于阿黑和五明一对恋人的短篇小说，不是一个故事的连续片断，但人物和场所是始终如一的。故事显然把我们带入了凤凰以西的苗区；其中提了黄罗寨和一个近硐的村落，天王面前发的誓言，而且用“老子”作为第一人称叙述的人称代词。人们敬山神之类的鬼神，对动物和其它有灵造物的奇怪举动和现象十分注重，这些也都可以在这一组小说中看到。得了病，人们请巫师把阿黑从附身病魔中解脱出来。在另一篇小说中，阿黑被歌声笛声诱引而去。上了年纪的人想起此事就开些玩笑或一笑了之。虽然社会道德观就像贝纳希所观察的苗族人一样，在理论上不赞成这种乱婚，但他们显然暗中为自己的孩子骄傲，并感到这是种趣事。从其中一则故事中我们了解到，阿黑的年龄要比五明大好多，五明称她为“大姐”。有些苗族群体喜欢这种婚姻年龄结构，❶但对于湘西人，我们缺乏佐证。

最后一篇小说《结婚之前》把这些青年塑造成非常单纯的人——除了性以外，各方面都纯洁无瑕，并且以一个老于世故、无所不知的父亲的仁慈同情语气，描写了他们的恋爱、思想和需求。❷叙述中带挖苦的转折强调了青年人的“调皮”，这正是一个为自己儿子成功感到骄傲的苗族父亲可能强调的方面，小说一开始，五明的姑妈急急忙忙赶来操持五明这个无母之家。她既当五明的干娘又当媒妁，但五明和阿

❶ 泰国的苗族人就属于这一类。见 Berratzik，第 139 页。

❷ 沈从文，《结婚之前》，收编在《旅店及其它》中，第 1 ~ 18 页。在《阿黑小史》中题为《婚前》，见第 77 ~ 94 页。

黑两人自己打定主意结婚。

五明的姑妈是个五十左右的妇女，总以为五明还没成年长大，因为他与阿黑在一起时总是那样的规矩（后来我们知道，他只在姑妈面前才如此）。当姑妈把他当作小孩子告诉他一些有关两性的基本常识时，小说展示了幽默而动人的“人事”。她担心他不懂新婚之夜该如何举止，殊不知阿黑和五明在山洞里，在四周的稻草垛里早已成了最亲密无间的恋侣了；阿黑至今尚未有孕，这倒算得上个奇迹。五明同姑妈私谈以后，跑到阿黑那儿，向她详述了每一句话。这对情人对老妇的天真感到好笑，但他们在背着她的尝试中，试图把她的指教付诸实践。结果他们发现，姑妈的指教大多是方枘圆凿，不完全对！

五明对自己从恋人的角色转入了丈夫的身份感到不快，这是沈从文描写的生活方式中进退维谷的主要窘境。从汉族人的社会角色来看，这几乎是难以理解的，但小说把这种现象当作一种普遍的危机来加以处理。小说告诉我们，恋人们可以找些借口到山上，随心所欲地在阳光下浪漫一番，但没人听说过有结过婚的夫妇溜进山去寻欢作乐的。❶婚期临近，阿黑由她的干娘监护，那时五明也须得谨慎持重。而阿黑则开始摆出贞洁的样子。一种爱情的案牍生活即在眼前；五明必须抓住这最后时机，再获一番情趣。阿黑态度坚决，不以相让。事情又被爱管闲事的老姑妈搅得复杂，她是好心（这是故事叙说人告诉我们的），但却弄得五明窘羞不堪，因为五明毕竟确是一个孩子。以父亲身份出现的故事叙说人透露说，他“饿”了就吃，还没学会克制自己。

最后五明找到了与阿黑单独相处的办法，把她带入了一场“超乎好坏以上的”娱乐，沈从文又说，也超离了诗，这也许是为五四浪漫诗人说的。❷这篇小说像《雨后》一样，主要写了恋人之间的言谈、爱抚、打情骂俏。最饶有兴味的是故事中提到未婚青年不能在屋里调情这一禁条。家里和山洞里不一样，有可能让护佑的家神发觉，惹他们发怒。居住在泰国的苗族人也遵守同样的约束，理由相同。❸

---

❶ 已婚男女也确实不去“马郎”坡；见 De Beauclair，Tribal Cultures，第 177 页。

❷《结婚之前》，第 9 页。

❸《结婚之前》，第 13 页。Berratzik，第 134 页。

在民族混杂的《边城》社会中，汉苗（或土家）的婚俗同存共处。天保直截了当地对老艄公——翠翠的爷爷和监护人讲明，他想要翠翠为妻，这用汉族的标准来衡量，显得鲁莽生硬。老人让天保作出选择：他要娶这位少女准备走"车路"还是走"马路"。在这个象棋术语的比喻中，车路是汉族人的风俗，婚约要光明磊落的话，就要请媒人带着彩礼来见老艄公。但爷爷还是让翠翠自己决定取舍，这是当地的风俗。当他意识到了孙女为这桩亲事感到不快，媒人第二次来访时，他对此事不加支持。这样他迫使天保走马路，那是少数民族人的求爱方式，从远处向翠翠唱歌，唱"三年六个月"，寄以歌唱来赢得她的爱情。❶茶洞的歌谣显然色彩浪漫，动人心弦。翠翠在成长的过程中渐渐懂得了其中爱情的含意。爷爷告诉她，茶洞的唱歌传统曾在整个贵州、四川一带边区驰名。她的父亲是"当地唱歌的第一手，能用各种比喻解释爱与憎的结子。"翠翠的母亲也爱唱歌。她同（翠翠的）父亲在未认识以前在白日里对歌，一个在半山上竹篁里砍竹子，一个在溪面渡船上拉船。❷

由于天保的弟弟傩送也爱上了翠翠，事情变得复杂了。沈从文以其独特的手法突出了弟兄俩的浪漫情绪和按城市婚俗必须的物质条件这一对冲突；他们两人中谁要是去追求王团总的女儿，谁就可能得到一份丰厚的嫁妆。根据小说所提，当地的习惯是，情敌必须斗打分出高下，或者由姑娘择爱。❸

最后弟兄俩决定以赛歌分高下，但是，"这两年来两个中秋节，恰好都无月亮可看，凡在这边城地方，因看月而起整夜男女唱歌的故事，皆不能如期举行，故两个中秋留给翠翠的印象，极其平淡无奇。"❹弟兄俩的赛歌，也必须在这月中月亮最圆的三夜之一进行。❺最后一点，虽然总的来说我们缺乏资料说明苗族和土家族恋爱婚姻中女方所有的

---

❶"三年六个月"的说法出现在《筸人谣曲》中，见《晨报副刊》1499：64，第11首，前面已经摘录。

❷《边城》，第73～74页。

❸ 同上，第66页。

❹ 同上，第25页。

❺ 同上，第69页。

主动权，但博克莱尔观察到，贵州东南黑苗（茶洞地区移民的主要来源）的"马郎"坡上，"附近村寨的青年有机会遇见他们喜爱的姑娘，并受到客人的礼遇，但总是由女方在她的追求者中间来决定选择情郎和未来的丈夫。"[1]翠翠所拥有的特权，看来实质上是一个苗家姑娘的特权。

《边城》通过一个日趋成熟的少女的自由联想，探索了翠翠的心理发展。但我们也必须注意到，这篇貌似单纯的小说带有着较为现代的心理象征主义色彩。小说中有船驶进河港的双关含义；关于龙船的白日遐想以及翠翠想像中划过洞庭湖的健壮船民。

"她不明白洞庭湖有多大，也就从不见过这种大船，更可笑的，还是她自己也不知道为什么却想起这个问题！"[2]天保的媒人走后，老艄公问她是否知道那人是来干什么的；他的脑中闪过了她的母亲，于是含糊其词地说，"每一只船总要有个码头，每一只雀儿得有个窠。"[3]翠翠随后的浮想表明，《边城》是一部后期弗洛伊德意识小说："想到许多事情。老虎咬人的故事，与人对骂时四句头的山歌，造纸作坊中的方坑，铁工场熔铁炉里泄出的铁汉，耳朵听来的，眼睛看到的，她似乎都要去温习温习。"[4]她睡觉时听见傩送的歌声，梦见他们将她带上（他在的那个）山坡采虎耳草。[5]《边城》作为一部文学作品，可以比作一部西方小说，或者一支山歌，它以它的各种比喻来"解释爱与憎的结子"。

从传说到小说，从小说到传说

作者曾选出《月下小景》、《媚金·豹子·与那羊》和《龙朱》英译，可见其对这三篇苗人故事喜爱至深。这类故事带着神话或传奇所特有的永久、深远的优美风格，很容易同沈从文那些较多摹拟真人真

---

❶ De Beauclair，Tribal Cultures，第 50～51 页。

❷ 同上，第 39～40 页。

❸ 同上，第 61 页。

❹ 同上，第 61 页。

❺ 同上，第 75，78，82 页。也请参看第 91 页：翠翠出去挖竹笋后，心不在焉地，或者说潜意识地，却采虎耳草了。这里有否性象征我不清楚。但请注意贝壳苗歌谣中红马草的性象征，见 Mickey，Cowrie Shell Miao，第 50 页。

事的苗族恋爱故事区分开来。[1]传奇故事中转达的文化精神气质较之摹拟小说中的来得疏远。故事中恋人的对话也相对比较风格化。故事往往围绕着无比英勇或极其善良的男女主人公展开，讲叙人赞颂他们的美德，并称他们的美德是人神皆知的。此外，小说还包含讲故事人的惯例，有时停下叙述，谈论手头上这篇故事的其它不同说法。沈从文对这类故事大感兴趣，说明了多方面对他的影响，譬如写景，这与西方小说中的相似。也许，其中的王子公主偶然用诗交谈的阇陀伽本生经故事，也留下了它们的痕迹。[2]但是沈从文并不用诗体直接进行叙述，或者用来作为无关紧要的装饰；他的诗作代表了苗族民歌，因而也表现了求爱这一主要情节。沈从文小说人物唱的山歌，和真正的苗歌一样，用以联系身在远处的异性、发誓相爱、挖苦唱歌的对方或者招架对方歌中的讥刺。而传奇故事则不同，充满了射星之类的象喻，确实像在宣传沈从文博爱、人之神圣和泛神的哲学思想。人不是宇宙的中心（《月下小景》中是这样说的[3]），但神也不是。天底下的万物都是生力。但是沈从文企图表现的是一种尚不为众人熟识的求婚形式的实质。可以证实，《月下小景》不仅仅写得像传奇，而确是基于真正民间传说之上的。其它一些稀奇古怪故事或多或少也是如此。

让我们先来看一下沈从文早期一篇文章中写下的一则地地道道的苗族民间故事。

沿着笛子我记起一个故事，六岁至八岁时，家中一个苗老阿妍，对我说出许多故事。关于笛子，她说原先是有个皇帝，要算喜欢每日里打着哈哈大笑，成了疯子。皇后无法。把赏格悬出去，治得好皇帝的赏公主一名。这一来人就多了。公主美丽像一朵花，

[1] Northrop Frye 关于文学式样（摹拟是其中之一）的理论与我这里所作的区分类同，但我发现直接运用 Frye 的分类法是行不通的，因为东西方人与神关系的概念不同。根据 Frye 的定义，《月下小景》和《龙朱》主要是摹拟，带着些神话、传奇和讽刺成分。见 Northrop Frye，Aratomy of Criticism：Foar Essays（Prlnceton，N.J.1971），第 33 ~ 67 页。

[2] 除了《月下小景》本篇外，小说集《月下小景》中的所有故事都来源于阇陀伽本生经。Prince 在 The Life and works of Shen Ts'ung-wen 的第 338 ~ 347 页中也发现《月下小景》中的故事比较忠实地反映了中国编纂的阇陀伽本生经原文。

[3]《月下小景》，第 5 页。

谁都想把这花拿回家去。可是谁都想不出什么好法子来。有些甚至于把他自己的儿子，牵来当到皇帝面前，切去四肢，皇帝还是笑！同此这类笨法子很多。皇帝以后且笑得更凶了。到后来了一个人，乡下样子，短衣，手上空空，拿一枝竹子。皇后问：你可以治好皇帝的病吗？来人点头。又问他要什么药物来治？那乡下人拿竹子给皇后看。竹子上有眼，皇后看了还是不懂。莫名其妙的一个乡下人，看样子还老实，就叫他去试试罢。见了皇帝，那人把竹子放住嘴边勒着，略一出气，皇帝就不笑了。第一段完后，皇帝笑病也好了。大家喜欢得了不得。……那名公主后来自然是归了乡下人。不过，结果公主学会吹笛子后，皇后却把乡下人杀了。……从此笛子就传下来，因为有这样一段惨事，笛子的声音也愈悲。❶

其它"这样我们就有了什么什么"类的故事也同样简短朴素，这些占据了至今有所记录的苗族民间故事的很大一部分。这类故事常常解释一件工具、一种风俗或者也许一种动物的基本性质，然后再通过一个超于一般推理的逻辑环节，解释其从属的、似乎无所联系的特质。如果我们把沈从文"怎么会有笛子的"类型的故事，与凌纯声、芮逸夫记载的湘西苗族、格雷厄姆记载的川苗和克拉克记载的黔苗的同类故事作一比较，我们可以看到他的故事的典型性是令人满意的。❷苗族人有着关于帝王、公主的朴实故事，这些高贵者往往遭受平常的需求和欲望的折磨，往往由于平民百姓的智慧才得以解脱。凌纯声和芮逸夫发现有一处讲到王族特有的病疾，那就是"鸦片的由来"。❸

沈从文说明，《月下小景》是一篇黄罗寨传奇。❹小说的开始部分出现了传奇中的传奇，这是主人公、寨长的儿子傩佑对月冥思时作为

❶《生之记录》，第265～266页。

❷《湘西苗族调查报告》，例如，第256～257页；Graham，Sorys and stories，第127～132页，213～223页；Clarke，第84～88页。

❸《湘西苗族调查报告》，第256～257页。

❹ 金堤和Robert Payne的英译删掉了《月下小景》最后一行（第22页）。这一行是"黄罗寨故事"。

小说宇宙和历史背景的。传说还提出了傩佑悲剧发展的道德方面问题：人们的行为有时是邪恶的，但这些行为仍然存在，使天神不悦。传说中的传说故事是这样开始的："这故事是这样的……"其中讲了一个人尽享尘世的乐趣，以后，怎么追，以及整个人类由于赶日头，找寻月亮，狂妄自大而遭受的惩罚。小说叙述说，他的"这故事有作为月神与恶魔商量结果的传说"，"痛恨日头而不憎恶月亮，土人的解释，则为人类性格中，慢慢的已经神性渐少，恶性渐多。"❶我们很难证实真正的苗族民间故事中是否有这类主题，但苗人有许多关于太阳和月亮的传说，这点是不容置疑的。猎月和猎日、（在其它传奇中）人类失去神性堕落尘俗的主题几乎无处不有。❷一个仲家神话恰好把神的惩罚（发洪水）与人追猎太阳、消除暴热的罪孽结合成了一体。❸

然后开始了小说的主体，那是一对命运不佳的恋人——傩佑和他的姑娘——的悲剧故事。小说中穿插了关于月亮的多情的联想，也提到了贵州求爱用的乐器芦笙（这儿叫芦管）。这对有情人用歌中的比喻互相赞美："应当龙藏在云里，你应当藏在心里。"还有一首歌，它使我们想起了贝纳西所记载的苗歌："我灵魂如一面旗帜，你好听歌声如温柔的风。"❹

《月下小景》对这对恋人作了描写后，讲到了当地人的"极古"的"习俗"，这样便把他们俩置于道德窘境：你不能同取得你童贞的人结婚。沈从文此时在叙述中插入了他非专业的人类学方面的解释。周作人的"初夜权"理论认为，这个"权"是由恐处女心理引出的，沈从文对此解释说黄罗寨传奇中提到的习惯中固有的恐处女心理，一定是"初夜权"的残存。这种夺去妇女的贞节的事，最初是"较开明"的地

---

❶《月下小景》，第5，6页。

❷ 关于射落多余日月的苗族传说，请见《湘西苗族调查报告》，第247，248页；Eberhard, Local Cultures，第427～429页，de Beauclair，Tribal Cultures，第99页。关于人类堕落尘俗，见Ehacle，第441，449页（苗、彝、傣、汉族神话）；《贵州苗夷社会研究》，第117～122页；Barney，第287页。

❸ 李卉，《台湾与东南亚的同胞配偶型洪水传说》，第177～178页。

❹《月下小景》，第8页。也请注意第21页上的四行诗句，这也出现在《边城》第66页上，被说成是"边地俗话"。

方和酋长巫师担任的，后来任何不同她结婚的男子都可以担任“在节欲生活中生活”的。根据黄罗寨的传奇，如果这两人结了婚，对他们的惩罚是双双处死。❶

根据沈从文现在叙述的传说故事主体，这对不幸的情侣无法节制神所同意的结合的乐趣。虽然他们都是童男贞女，但他们还是结合了，并且不顾世俗会给他们带来的后果，发誓爱情不变。小说中其它传说讲到了东逃的风险以及地下正义国永生的乐趣。傩佑和他相爱的人无法逃离。这对有情人希望他们的灵魂能够来世相逢，一起自杀了。如果沈从文忠实地再现了黄罗寨的传奇，那么这个传奇似乎说明了应该废除这种（确有的或虚构的）古代恶俗。

近期对苗族的调查及他们的民间传说中，我们没有发现导致这对恋人悲剧的这种罪恶风俗，但在华南社会的调查报道中，尤其在民间传说中，各种各样的有关习俗和观念仍是屡见不鲜的。埃伯哈德关于瑶族的那一章节中把这些归于“传染”概念之下，但他实际上显示了那儿多民族的文化特征。❷“传染”说就是前面提到的沈从文和周作人所谓的恐处女心理，这在一则广东汉族民间故事中得到了充分的证实。埃伯哈德对这一概念作了这样的归纳：“每个处女体内都带有某种毒素，她把这种毒素转移到第一个占有她的人身上。这个男人非死不可，这样就没人与处女结婚了。”❸像“蛊婆”一样，处女若不将她的内疾转移到一个男人身上，她将自己得病。广东民间故事和黄罗寨传奇至少都提到了婚前剥夺女贞的这一社会风俗。

从西藏到泰国、安南、日本和菲律宾，历史上都曾有初夜仪式的记载。中国元朝有关于西藏、西夏初夜做法的记载，其中说，神对处女不满，因此根据当地风俗不准结婚；马可·波罗的有些版本中亦有

❶《月下小景》，第 15 ~ 16 页。周作人，《初夜权序言》，第 491 ~ 493 页。沈从文把黄罗寨传说与“初夜权”连在一起，这似乎是他本人的推测，因为湘西确另有关于保靖一个土司的“初夜权”的传说。也许这使沈从文受到了启发（见《湘西》，第 46 页；李震一，第 60 页）。请注意东亚的“权”更多指职责，而不是权利或特权。

❷ Eberhard，Local Cultures，第 134 ~ 139 页。

❸ 引文见 Eberhard，Local Cultures，第 134 页。那则广东民间故事收集在 Wolfram Eberhard 编辑的 Folktales of China 中，简装本（纽约，1973 年），第 21 ~ 24 页。

此说。[1]正如埃伯哈德指出的那样，包括苗族彝族在内的中国西南少数民族，往往允许新娘有婚外的性自由，直到她怀上了第一个孩子。[2]在东南亚整个地区到处可以听到因怀疑长子（女）不是亲生而不给继承权或甚至加以杀害的事。[3]据一些报道，湘西红苗也确有剥夺长子（女）继承权的普遍做法。米基从贝壳苗那儿也了解到类似的惯例；母亲则尽其所能为她的私生子提供生活必需。[4]这些做法不一定都与“传染”说有所联系，但故事女子婚前婚后性生活的动机，作为当地民间传说中的重要成分，至少是比较可信的。我们没有理由怀疑《月下小景》是以湘西民间故事为原材料创作的，也没有理由怀疑这则故事对当地人有着特别的魅力；也有可能故事确实联系了对妇女施行初夜或其它步入成年仪式的旧俗。

同《月下小景》一样，《媚金·豹子·与那羊》也讲了一对青年为了浪漫的爱情而牺牲自己的故事，颂扬了他们的坚贞不渝。[5]故事讲了几乎完美无缺的男女主人公豹子和媚金倍受挫折的姻缘和豹子寻求完美的结婚礼物的事。根据他们“族”的习惯，新郎在新婚之夜要送给新娘一只洁白无瑕的小羊，以换取她的初夜的血。我们不清楚这只小羊会被杀以作为供品。这一对新人没有经过正式的仪式；幽会之夜正是他们的第一次见面。[6]在这之前，他们只在相望的两道山坡上对了歌。媚金在一场歌赛中输了，她唱了如“红叶过冈是任那九秋八月的风，把我成为妇人的只有你。”这类情歌表示屈服。[7]幽会的那夜来到了，

---

[1] Eberhard，Folktales，第 206 页；Eberhard，Local Cultures，第 138 页。关于元朝的记载，见 Iwai Hirosato，The Buddhist Priest and the Ceremony of Attaining Womanhood During the Yuan Dynasty，Memoirs of the Research Department of the Toyo Bunko）：116～117，108～110（1935）。Le Bar 等人记载了当今泰国哈尼未婚男女初夜习俗，见第 36 页。

[2] Eberhard，Folktales，第 206 页；Le Bar 等，第 22 页（也请参看第 84 页）。

[3] Eberhard，Local Cultures，第 135～139 页。

[4] 卫聚仁，《红苗见闻录》，第 102 页；Mickey，Cowrie Shell Miao，第 50 页。

[5] 沈从文，《媚金·豹子·与那羊》，见 The Chinese Earth，第 103～113 页。倘若能找到中文原本的话，我们也许能分辨出故事是否来自一个真正的民间传说。《旅店》中的女主人公黑猫被比作媚金，就好像她的传说存在于沈从文的小说之外一样。《旅店》，第 28 页。

[6]《媚金·豹子·与那羊》，第 111 页。当豹子牵着白羊走进山洞时，奄奄一息的媚金甚至还得问明他是谁。

[7] 同上，第 104 页。

但豹子由于尚未找到配得上送给他新娘的小白羊而错过了时机。与此同时媚金感到蒙受了欺骗，用刀子插进了自己的胸口，为真诚的爱情牺牲了自己（也许她取代了小白羊）。当豹子最后找到一只新出生但跛了一条腿的小白羊时，他急急赶到与他订了婚约的姑娘相约的山洞，却发现她已气息奄奄了。当豹子也自杀与她同归阴曹时，她带着一丝微笑与世长辞了。

《媚金·豹子·与那羊》是作为一个传奇故事叙述的。讲叙人直接向读者作交代，并吹嘘本地传奇的丰富："一个熟习苗中掌故的人，他可以告你五十个有名美男子被丑女人的好歌声缠倒的故事。若是……还有故事不说，那必定是他还忘了把媚金的事情相告。"[1]从下面几句话中，我们可以看出故事还有其它不同的说法："尚有一说"，"但是传闻全为人所撰拟，事情并不那样。看看那遗传下来据说……"我们也可以找到故事的来源："我的故事的来源是得自大盗吴柔……他的祖先又是豹子的卷棍师傅，所传下来的事实，可靠的自然较多。后面是那故事。"[2]

《媚金·豹子·与那羊》也可能是沈从文虚构的传奇，尚若如此，故事编写得十分高超。故事除了塑造了坚忠爱情的代表形象外，还对风俗的来源作了解释（"都因为那一只羊，一件喜事变成了一件悲剧，无怪乎白脸族苗人如今有不吃羊肉的理由。"）。故事也讲到了两个神的由来（"宝石洞当年，并不与今天两样。……不过是当年的洞供媚金豹子两人做新房，如今变成圣地罢了。"）。[3]由于叙说人不时直接插叙，说老的传统习惯逐渐消失了，故事更显得一体。现在男人脑子里想的主要是陪嫁的东西；"地方的好习惯是消灭了，民族的热情是下降了，女人也慢慢的像中国女人，把爱情移到牛羊金银虚名虚事上来了……"[4]

我们无法证实这个传奇及把羊当作订婚物或祭品是否真实。在傩祭仪上，羊被作为祭礼品，湘西其它敬神祀鬼的场合，也有曾用现已

---

[1]《媚金·豹子·与那羊》，第 103 页。

[2] 同上，第 103，104 页。

[3] 同上，第 104，105 页。

[4] 同上，第 106 页。在 107 和 113 页上也有类似的悲叹。

不复存在的祭羊的。[1]诸如苗族"椎牛"大祭之类的报道说明，供献牲口的质量和规定的体格特点确实非常重要的，这样，甚至在现实社会中，人们可能会几乎不顾一切地去寻求一头理想的牲口。[2]

值得注意的是，沈从文写了两则关于为爱情献身的浪漫故事。这类故事在中国西南民间传说中并不鲜见。罗克发现纳西族（属藏—缅语系）的年轻人由于处于性自由向贞洁观过渡阶段，有许多男女青年相约自杀。如果意外的怀孕破坏了他们的结合，年轻的恋侣就悬梁或服毒（那是傩佑的办法），作为逃脱或报复的手段。围绕着高山上人们常去的自杀地点，许多传奇油然而生，讲到以前自杀者的幽灵怂恿青年爱侣效法而行。罗克翻译了一首自杀前男女对唱的山歌，歌中用了自然的比喻，有着比沈从文小说中更加温情爱的誓言。[3]罗克认为纳西族人唱给为爱献身的神明的歌中，把来世描写得十分美妙，因而怂恿了自杀。正如《月下小景》那样，纳西民间故事告诉年青人，如果他们一起自杀，他们将"永远年青，永远与心爱的人在一起；他们将随风漫游，不再有死有生，而有永恒的青春和幸福。"[4]但《媚金·豹子·与那羊》是哪方的传说却不为人知。

《龙朱》也有传奇的风味。龙朱不管真有其人还是塑造的，肯定是个传奇式的人物，他太美丽，太神化了，总之，没有女人能接近他因为他太完美无缺了。沈从文的大儿子就取名为龙朱[5]，另外，傩佑及《神巫之爱》中的所有人物都赞美他；神巫的助手据说在龙朱的矮人那儿学过唱歌。[6]故事一开始，叙说者就讲了一些龙朱美的轶事，以及老老

[1]《湘西苗族调查报告》，第 189 ~ 190，151 页。

[2]《湘西苗族调查报告》，第 141 页。

[3] Joseph F.Rock, The Romance of Ká—mä—gyu—mi—gkyi, Bulletin del'École, colse d'Extrême—Orlent 39，fasc.1：1 ~ 152（1939）。那些自杀前对唱的浪漫山歌出现在 122 ~ 152 页上。关于自杀的论述在第 13 页上。

[4] Joseph F.Rock, The Life and Culture of the Na—khi Tribe of the China—Tibet Borderland, Verzeichvis der Orientalischen Hardschrifter in Deutschland, Supplement band 2(Wiesbaden, 1963), P.32。

[5] 见一凌，《我所知道的沈从文先生》，第 75 页。

[6]《月下小景》，第 10 页。《神巫之爱》，第 5，8，10，14，25，26，34，39，48，53，62，87 和 90 页。

少少如何用他的名字在争论中战胜对方，或使相爱的对方脸上无光。故事叙说人在一处曾直接向龙朱或他的精灵讲话："寂寞的王子，向神请求帮忙吧！"[1]故事向读者进行了反诘，对神对龙朱的不公表示不满。

龙朱的矮佣人滑稽地陪衬了这位王子的完善，他俩与花帕族的一个高傲的青年女子约定赛歌。沈从文小说中的苗歌尤其令人感兴趣。这些歌并非固定不变的，而对对方前一首歌中提出的事、人和攻击自然而然地作出回答，以便避开对方的非难，赞美自己，战胜对方。但这些歌不像其它小说中那样以诗的形式出现，而只是写出了它们的大意；这也许为了表现歌的社会作用以及它们的创作范围，不把汉语翻译的赝品引入小说。

> 女人就答一句，意思是：好的女人只有好男子才配。她且即刻又唱出三句歌来，就说出什么样男子方是好男子。说好男子时，提到龙朱的大名，又提到别的两个人的名，那另外两个名字却是历史上的美男子名字，只有龙朱是活人。女人的意思是：你不是龙朱，又不是××××，你与我对歌的人究竟算什么人？你胡涂，你不用妄想。[2]

小说中确有自由体诗行或仿作的译文，分成四句但并不是四行排列。小说中解释说这种四行歌一方唱前三行（结束提出一个问题），让对方想法完成第四句。这种特别的唱歌形式实际上是湘西民间传统所有的。[3]下面我们把这三句分切成诗行。

龙朱的歌意思是：

---

❶《龙朱》，第 24 页。

❷ 同上，第 35 页。

❸ Reni Alley，Amongst Hills and Streams of Hunan in the Fall of 1962（北京，1963 年），第 111 页上记载了湘西的这首山歌：

姑娘：云雾露水没有根，
人言出口没把柄；
从早到晚唱山歌，你何必太费劲？
小伙：只为我爱你，要你唱回音。

凡是好酒就归那善于唱歌的人喝，
凡是好肉也应归善于唱歌的人吃，
只是你姣好美丽的女人应当归谁？

女人就答一句，意思是：好的女人只有好男子才配。❶

双方几经交手，力图贬低对方以后，龙朱爱上了这位花帕族的姑娘。他梦见与她合欢——这是神灵所给的确切征兆。故事以皆大欢喜结尾。

关于沈从文的苗人小说还有很多问题有待解决，沈从文在这方面的艺术才能大部分被人们忽略。由于苗人故事并非现实而将其置之一边，显然是不正确的。在某些方面，它们实际上表现了地方色彩。

译自美国哈佛大学出版社1977年版博士论文《沈从文笔下的中国》，金介甫著。

❶《龙朱》，第35页。

三姐夫沈二哥

〔美〕张充和

我家“外子”逼我写点关于沈二哥同三姐的事，他说：“海外就是你一个亲人与他们过去相处最久，还不写！”我呢，同他们相别 31 年，听不完、也说不完的话，哪还有工夫执笔！虽回去过一次，从早到晚，亲友不断往来，也不过只见到他们三四次，一半还是在人群中见到的。

如何开始呢？虽是 31 年的点滴，倒也鲜明。关于沈二哥的独白情书故事，似乎中外都已熟悉，有的加了些善意的佐料。于人情无不合之处，既无伤大雅，又能增加读者兴趣，就不在此加注加考，做煞风景的事了。

1932 年暑假，三姐在中国公学毕了业回苏州，同姐妹兄弟相聚，我父亲与继母那时住在上海。有一天，九如巷 3 号的大门堂中，站了个苍白脸戴眼镜羞涩的客人，说是由青岛来的，姓沈，来看张兆和的。家中并没一人认识他，他来以前，亦并未通知三姐。三姐当时在公园图书馆看书。他以为三姐有意不见他，正在进退无策之际，二姐允和出来了。问清了，原来是沈从文。他写了很多信给三姐，大家早都知道。于是二姐便请他到家中坐，说：“三妹看书去了，不久就回来，你进来坐坐等着。”他怎么也不肯，坚持回到已定好房间的中央饭店去了。二姐从小见义勇为，更爱成人之美，至今仍然如此。等三姐回来，二姐便劝她去看沈二哥。三姐说：“没有的事！去旅馆看他？不去！”二姐又说：“你去就说，我家兄弟姐妹多，很好玩，请你来玩玩。”于是三姐到了旅馆，站在房门外（据沈二哥的形容），一见到沈二哥便照二姐的吩咐，一字不改的如小学生背书似的："沈先生，我家兄弟姐妹多，很好玩，你来玩!"背了以后，再也想不出第二句了。于是一同回到家中。

沈二哥带了一大包礼物送三姐，其中全是英译精装本的俄国小说。有托尔斯泰、妥斯陀也夫斯基、屠格涅夫等等著作。这些英译名著，是托巴金选购的。又有一对书夹，上面有两只有趣的长嘴鸟，看来是个贵重东西。后来知道，为了买这些礼品，他卖了一本书的版权。三姐觉得礼太重了，退了大部分书，只收下《父与子》与《猎人日记》。

来我们家中怎么玩呢？一个写故事的人，无非是听他说故事。如何款待他，我不记得了。好像是五弟寰和，从他每月二元的零用钱中拿出钱来买了瓶汽水，沈二哥大为感动，当下许五弟："我写些故事给你读。"后来写了《月下小景》，每篇都附有"给张家小五"字样。

第二次来苏州，是同年寒假，穿件蓝布面子的破狐皮袍。我们同他熟悉了些，便一刻不离的想听故事。晚饭后，大家围在炭火盆旁。他不慌不忙，随编随讲。讲怎样猎野猪，讲船只怎样在激流中下滩，形容旷野，形容树林。谈到鸟，便学各种不同的啼唤，学狼嗥，似乎更拿手。有时站起来转个圈子，手舞足蹈，像戏迷票友在台上不肯下台。可我们这群中小学生习惯是早睡觉的。我迷迷糊糊中忽然听一个男人叫"四妹，四妹!"因为我同胞中从没有一个哥哥，惊醒了一看，原来是才第二次来访的客人，心里老大地不高兴："你胆敢叫我四妹！还早呢!"这时三姐早已困极了，弟弟们亦都勉强打起精神，撑着眼听，不好意思走开。最后，三姐说："沈先生，我累了，你去吧。"真有"我醉欲眠君且去"的境界。

那时我爸爸同继母仍在上海。沈二哥同三姐去上海看他们。会见后，爸爸同他很谈得来。这次的相会，的确有被相亲的意思。在此略叙叙我的爸爸。

祖父给爸爸取名"武龄"，字"绳进"。爸爸嫌这名字封建味太重，自改名"冀牖"，又名"吉友"，望名思义，的确做到自锡嘉名的程度。他接受"五四"的新思潮，他一生追求曙光，惜人才，爱朋友。他在苏州曾独资创办男校"平林中学"和"乐益女中"。后因苏州男校已多，女校尚待发展，便结束平林，专办乐益女中。贫穷人家的女孩，工人们的女儿，都不收学费。乐益学生中有几个贫寒的，后来都成了社会上极有用的人。老师中也有几位真正的革命家。有的为革命贡献了他们可贵的生命，有的现在已成当代有名的教育家或党的领导人，爸爸既是脑筋开明，对儿女教育，亦让其自由发展。儿女婚姻恋爱，他从不干涉，不过问。你告诉他，他笑嘻嘻的接受，绝不会去查问对方的如何如何。更不要说门户了。记得有一位"芳邻"曾遣媒来向爸爸求我家大姐，爸爸哈哈一笑说："儿女婚事，他们自理，与我无干。"从此便无人向我家提亲事。所以我家那些妈妈们向外人说："张家儿女婚姻让他们'自己'去'由'，或是'自己''由'来的。"

说爸爸与沈二哥谈得十分相投，亦彼此心照不宣。在此之前，沈二哥曾函请二姊允和询爸爸意见，并向三姐说："如爸爸同意，就早点让我知道，让我这乡下人喝杯甜酒吧。"二姐给他拍发一个电报，简约的用了她自己名字"允"。三姐去电报中却说："乡下人，喝杯甜酒吧。"电报员奇怪，问是什么意思，三姐不好意思地说："你甭管，照拍好了。"

于是从第一封仅只一页、寥寥数语而分量极重的情书，到此时为止，算是告一大段落。

1933年初他们订婚后同去青岛。那时沈二哥在青岛大学教书，写作。暑中杨振声先生约沈二哥编中小学教科用书，与三姐又同到北平，暂寄住杨家。一天杨家大司务送沈二哥裤子去洗，发现口袋里一张当票，即刻交给杨先生。原来当的是三姐一个纪念性的戒指。杨先生于是预支了50元薪水给沈二哥。后来杨先生告诉我这件事，并说："人家订婚都送给小姐戒指，哪有还没结婚，就当小姐的戒指之理。"

1933年9月9日，沈二哥三姐在北平中央公园的水榭结婚，没有仪式，没有主婚人、证婚人。三姐穿件浅豆沙色普通绸旗袍，沈二哥穿件蓝毛葛的夹袍，是大姐在上海为他们缝制的。客人大都是北方几个大学和文艺界朋友。家中除大姐元和、大弟宗和与我外，还有晴江三叔一家。沈家有沈二哥的表弟黄村生和他的九妹岳萌。

新居在西城达子营。小院落，有一枣一槐。正屋三间，有一厢，厢房便是沈二哥的书房兼客厅。记得他们结婚前，刚把几件东西搬进新房那天夜晚，我发现有小偷在院中解网篮。便大声叫："沈二哥，起来！有贼！"沈二哥亦叫："大司务！有贼！"大司务亦大声答话，虚张一阵声势。及至开门赶贼，早一阵脚步，爬树上屋走了。后来发现沈二哥手中紧紧拿了件武器——牙刷。

新房中并无什么陈设，四壁空空，不像后来到处塞满书籍与瓷器漆器。也无一般新婚气象。只是两张床上各罩一锦缎百子图的罩单有点办喜事气氛，是梁思成、林徽音送的。

沈二哥极爱朋友，在那小小的朴素的家中，朋友往来不断，有年长的，更多的是青年人，新旧朋友，无不热情接待。时常有穷困学生和文学青年来借贷。尤其到逢年过节，即使家中所剩无多余，总是尽其所有去帮助人家。没想到我爸爸自命名“吉友”，这女婿倒能接此家风。记得一次宗和大弟进城邀我同靳以去看戏，约定在达子营集中。正好有人来告急，沈二哥便向我们说：“四妹，大弟，戏莫看了，把钱借给我。等我得了稿费还你们。”我们面软，便把口袋所有的钱都掏给他。以后靳以来了，他还对靳以说：“他们是学生，应要多用功读书，你年长一些，怎么带他们去看戏。”靳以被他说得眼睛一眨一眨地，不好说什么。以后我们看戏，就不再经过他家了。一回头四十多年，靳以与宗和都已先后过世了。

七七事变后，我们都集聚在昆明，北门街的一个临时大家庭是值得纪念的。杨振声同他的女儿杨蔚、老三杨起，沈家二哥、三姐、九小姐岳萌、小龙、小虎，刘康甫父女。我同九小姐住一间，中隔一大帷幕。杨先生俨然家长，吃饭时，团团一大桌子，他南面而坐，刘在其左，沈在其右，坐位虽无人指定，却自然有个秩序。我坐在最下首，三姐在我左手边。汪和宗总管我们伙食饭帐。在我窗前有一小路通山下，下边便是龍花巷，是中央研究院史语所所在地。时而有人由灌木丛中走上来，傅斯年、李济之、罗常培或来吃饭，或来聊天。院中养个大公鸡，是金岳霖寄养的，一到拉空袭警报时，别人都出城疏散，他却进城来抱他的大公鸡。

那时沈二哥除了教书、写作外，仍还继续兼编教科用书，地点在青云街 6 号。杨振声领首，但他不常来。朱自清约一周来一二次。沈二哥汪和宗与我经常在那小楼上。沈二哥是总编辑，归他选小说，朱自清选散文，我选点散曲，兼做注解，汪和宗抄写。他们都兼别的，只有汪和宗同我是整工。后来日机频来，我们疏散在呈贡县的龙街，我同三姐一家又同在杨家大院住前后楼。周末沈二哥回龙街，上课编书仍在城中。

由龙街望出去，一片平野，远接滇池，风景极美，附近多果园，野花四季不断地开放。常有农村妇女穿着褪色桃红的袄子，滚着宽黑边，拉一道窄黑条子，点映在连天的新绿秧田中，艳丽之极。农村女孩子，小媳妇，在溪边树上拴了长长的秋千索，在水上来回荡漾。在龙街还有查阜西一家，杨荫浏一家，呈贡城内有吴文藻、冰心一家。我们自题的名胜有："白鹭林"、"画眉坪"、"马缨桥"等。

1941年后，我去重庆。胜利后我回苏州他们回北平。47年我们又相聚在北平。他们住中老胡同北大宿舍。我住在他家甩边一间屋中。这时他家除书籍漆盒外，充满了青花瓷器。又大量收集宋明旧纸。三姐觉得如此买下去，屋子将要堆满，又加战后通货膨胀，一家四口亦不充裕，劝他少买，可是他似乎无法控制，见到喜欢的便不放手，及至到手后，又怕三姐埋怨，有时劝我收买，有时他买了送我，所以我还有一些旧纸和青花瓷器，是那么来的，但也丢了不少。

在那宿舍院中，还住着朱光潜先生，他最喜欢同沈二哥出外看古董，也无伤大雅的买点小东西，到了过年，沈二哥去向朱太太说："快过年了，我想邀孟实陪我去逛逛古董铺。"意思是说给几个钱吧。而朱先生亦照样来向三姐邀从文陪他。这两位夫人一见面，便什么都清楚了。我也曾同他们去过。因为我一个人，身边总比他们多几文，沈二哥说："四妹，你应该买这个，应该买那个。"我若买去，岂不是仍然塞在他家中，因为我住的是他们的屋子。

沈二哥最初由于广泛地看文物字画，以后渐渐转向专门路子。在云南专收耿马漆盒，在苏州北平专收瓷器，他收集青花，远在外国人注意之前。他虽喜欢收集，却不据为己有，往往是送了人；送了，再买。后来又收集锦缎丝绸，也无处不钻，从正统《大藏经》的封面到三姐唯一的收藏宋拓集王圣教序的封面。他把一切图案颜色及其相关处印在脑子里，却不像守财者一样，守住古董不放。大批大批的文物，如漆盒旧纸，都送给博物馆，因为真正的财富是在他脑子里。

这次见面后，不谈则已，无论谈什么题目，总归根到文物考古方面去。他谈得生动、快乐，一切死的材料，经他一说便活了，便有感情了。这种触类旁通，以诗书史籍与文物互证，富于想像，又敢于用想像，是得力于他写小说的结果。他说他不想再写小说，实际上他哪有工夫去写！有人说不写小说，太可惜！我认为他如不写文物考古方面，那才可惜！

1980年12月5日深夜

原载1980年美国《海内外》第28期

沈从文年谱简编

邵华强

1902 年 **生年**

12 月 28 日　凌晨（清光绪二十八年夏历十一月二十九日丑时），生于湖南省湘西镇筸[1]的一个军人世家。姓沈，名岳焕，字崇文，乳名茂林。现名从文，于 1922 年初夏到北京时改。从事创作后所使用的笔名计有：休芸芸、芸芸、芸、沈懋琳、懋琳、木子、小牛、小兵、凤哥、凤茄、王玖原、王玖、若林、为琳、璇吉、璇若、远桂、焕平、何远驹、疑珷、菌、王寿、自宽、沈甲辰、甲辰、张排、罗俊、沈岳焕、岳焕、巴库、沉、红黑旧人、窄而霉斋主人、黑君、岳林、季蕤、沈着、上官碧、上官橘、炯之、刘季、雍羽、巴鲁爵士等。

祖父沈洪富早年卖马草为生，太平天国起义爆发后加入曾国藩统帅的湘军。后因其战功获提督军衔，并成为湘军重要分支——筸军的主要将领之一。1859 年，他才 22 岁时就被清王朝任命为云南昭通镇守使，1863 年（同治二年）升任清王朝贵州提督[2]，不久因创伤回乡，约于 1864 年至 1865 年间在家乡去世。“这个青年军官死去时，所留下的一份光荣与一份产业，使他的后嗣在本地方占了一个优越的地位。”（《从文自传》）

---

[1] 镇筸又名凤凰厅，是清代辰沅永靖兵备道、镇筸镇的所在地，1913 年改为县治，名凤凰县，今属湖南省湘西土家族苗族自治州。

[2] 沈从文回忆祖父沈洪富“作过贵州总督”，据清代职官表，贵州不设总督，沈洪富官职应为提督。

父亲沈宗嗣为苗族女子所生[1]，10岁就开始跟武术教师和塾师“学习作将军不可缺少的技术与知识”。后从军，任天津大沽口罗荣光提督的偏将。1900年6月，八国联军入侵，罗提督自尽殉职，沈少仙也在战火中丧失了因癖好常放在身边的财物，这些财物相当于沈家的一大半财产。北京失陷后，他回到家乡。1911年参加领导了镇筸反清武装起义。1912年因同一个姓吴的人竞选长沙会议代表失败而出走北京。1915年在京和同乡阙祝明等组织铁血团谋刺袁世凯，后被侦探发现逃至热河，改名换姓在赤峰、建平等县谋生。袁世凯死后回乡。以后一直在西南一带的土著军阀部队中就职，曾任上校军医、中医院长等职。1931年病逝。

母亲黄英，是镇筸最早的贡生、亦是本地唯一的读书人黄河清的女儿。她从小就随一个兄弟在军营中生活，读的书不少，见识面也极广，由于沈宗嗣常年不在家，子女的初步教育，全靠这个“瘦小、机警、富于胆气与常识的母亲。”沈从文后来回忆道：“我的气度得于父亲影响的较少，得于妈妈的较多。”

沈从文的兄弟姐妹共9个，1个哥哥，2个姐姐，3个弟弟，2个妹妹，沈从文排行第四。大哥学名岳霖，别字云麓，后改署云镂，在湘军供职。大姐嫁田真一。大弟学名岳荃，后改字叠馀，黄埔军校第五期毕业生（在黄埔军校时叫沈荃），曾任国民党军队工兵营长、团长、少将副师长等职。二姐在十六七岁时病殁，后面的两个弟弟和一个妹妹都在幼年殇去。九妹于1942年病殁。

1904年　　2岁

开始记事。“我能正确记到我小时的一切，大约在两岁左右。”（《从文自传》）

1906年　　4岁

在家由母亲教读识字。沈从文聪明早慧，不久就认得六百多字。

---

[1] 沈洪富无后，其妻为沈洪富弟沈洪芳娶一苗族姑娘，生二子，把老二（沈从文父亲宗嗣）过继为子。

1907 年 **5 岁**

随同两位姐姐一起到一女亲戚家读私塾。由于年纪太小，坐在书桌边读书时间不多，而坐在亲戚膝上玩的时间却不少。

1908 年 **6 岁**

单独上私塾就读。“如一般风气，凡是私塾中给予小孩子的虐待，我照样也得到一份。但初上学时我因为在家中业已认字不少，记忆力从小又似乎特别好，比较其余小孩，可谓十分幸福。”（《从文自传》）

1909 年 **7 岁**

春 改换另一家私塾就读。沈从文开始讨厌《幼学琼林》、《论语》、《诗经》、《尚书》之类的教科书。在这里他从几个年长的学生那里学会了逃学，“逃避那些书本的枯燥文句去同一切自然相亲近”。沈从文后来回忆道，“这一年的生活，形成了我一生性格与感情的基础。”“当我学会了用自己眼睛看世界一切，到不同生活中去生活时，学校对于我便已毫无兴味可言了。”（《从文自传》）

1910 年 **8 岁**

春 家中认为他经常逃学是塾师管教不严的缘故，又为他换一个离家较远的私塾就读。但他仍不改逃学习惯，而且因为路远，“我便应当经过许多有趣味的地方了”。这一切上从孩子眼中看来是十分新奇有趣而又五光十色的事物，使沈从文一面看一面明白了许多事情。他后来回忆说：“二十岁后我‘不安于当前事物，却倾心于现世光色，对于一切成例与观念皆十分怀疑，却常常为人生远景而凝眸’，这份性格的形成，便应当溯源小时在私塾中的逃学习惯。”（《从文自传》）

1911 年 **9 岁**

10 月 10 日 武昌新军起义，辛亥革命爆发。同盟会在各省发动新军响应，它的冲击波很快席卷了湘西。

11 月 本地革命爆发，沈从文的父亲、堂叔和表兄们都参加了当地的武装暴动，沈宗嗣成了起义领导人之一。暴动失败后，本地清朝军队对起义者和乡下苗民大肆杀戮了一个多月。这期间，沈从文每天到城头上看杀人，那血淋淋的场面“真使我永远忘不了，也影响到我一生对于滥用权力的特别厌恶”。他后来回忆道：“我刚好知道‘人生’时，我知道的原来就是这些事情，”（《从文自传》）“这也就影响到我日后五十年的工作态度，在无形中就不赞成这种不公正的政治手段。到了我能够用笔来表达自己意见的时候，我就反映这个问题。”（《从新文学转到历史文物》）

11 月 私塾停办，沈从文休学在家。

1912 年 10 岁

1 月 1 日 孙中山就任临时大总统，宣布中华民国成立。

2 月 清帝被迫宣布退位。

3 月 镇篁本地革命成功，城中的清军官兵向革命军投降，地方上的一切均由本地绅士出面主持，沈从文的父亲即刻成为当地的要人。但是，革命没有使现行制度改变多少，留在童年沈从文印象中的，“却只是杀戮那几千无辜农民的几幅颜色鲜明的图画。”

3 月 私塾复学，沈从文重入学就读。

夏 父亲沈少仙竞选长沙会议代表失败，一气之下出走北京。

1914 年 12 岁

继续在私塾就读，仍不改逃学习惯。

本年 本地建立新式小学。

1915 年 13 岁

2 月 改入新式小学——凤凰城内第二初级小学。新式学校不背诵经书，不随便打人，也不需要整天坐在书桌边，每星期还有一天例假，沈从文不必逃学了。但他“在那学校照例也就什么都不曾学到”，“每天上课照例上上，下课时就遵照大的学生指挥，到操坪中去打架”，或爬上城墙“看城外对河的景致”，放学后，“常常绕了多远的路”，去看城外边街上许多新鲜有趣的人和物。（《从文自传》）

9 月 母亲听从了一个亲戚的建议，把沈从文转学到城外第一小学就读。在这学校里，他还是没认真读书。

12月 父亲沈宗嗣在北京组织铁血团谋刺袁世凯未遂，出逃东北。

1916 年 **14 岁**

2 月 转入凤凰县高级小学读书。

上半年 镇箪军政当局因受蔡锷讨袁护国战争的影响，决定对军队实行改革，成立了“用较新方式训练”的军官团、学兵营、教导队等军事组织。沈从文在同学怂恿下向母亲提出去预备兵的技术班受训，家中因他平时难以管教，而且受训后还有机会补上名额当兵，就答应了他的要求。

9 月[1] 离开凤凰县高级小学，以补充兵的名义入预备兵的技术班受训。这时他“只想进陆军大学”。

11 月 在预备兵技术班参加补当地守军缺额的考试，未中。

1917 年 **15 岁**

1 月 又参加补当地守军缺额的考试，未中。

3 月 再次在预备兵技术班参加补当地守军缺额的考试，仍然未中。

4 月 因教官调离，预备兵技术班无形解散，沈从文遂退伍，回县高级小学读书。

8 月 沈家为外出的父亲还债，卖去了大部分不动产，家境日趋窘迫。

9 月 2 日 母亲征得一位杨姓军官的许可，让沈从文以补充兵的名义，加入湘西民政长张学济所统辖的湘西靖国联军第二军，“开始混进一个更广泛的学校了”。(《从文自传》)

9 月 6 日 随部队补充营到达辰州。[2]

9 月 8 日 到达辰州。因其从预备兵的技术班学到的军事知识，不久就被提升为班长。

---

❶《从文自传》提到的阴历八月即是阳历 9 月。

❷ 辰州即现在的沅陵。

10月 被编入靖国联军第二军游击第一支队的司令卫队，去沅州所属的榆树湾❶"清乡"。在榆树湾"清乡"约三个月，❷沈从文经常看到杀人，他所在的支队共杀了一千多人。

约于12月 部队移防到怀化❸。此时，因其粗通文墨，被提升为填造枪械表的上士司书。

1918年　　16岁

本年 随部队在怀化驻防。驻防怀化期间，亲眼看到了所在的军阀部队以"清乡"为名，杀了七百多人。

本年 结识了一位姓文的秘书官。从他那里知道了火车、轮船、电灯、电话、外国水兵的服装等闻所未闻的新奇事物。他也阅读了秘书官的两厚本《辞源》，从那里知道了"《淮南子》是什么，参议院是什么"。这期间，他又同秘书官和另一位老书记合订了二个月《申报》，他从报上"认识了好些生字"。

1919年　　17岁

约于1月 因受陈渠珍统率的靖国联军第一军威胁，第二军被迫退出怀化，移防到辰州。❹

约于2、3月 靖军联军第二军在辰州也站不住脚，遂以"援川"名义开往川东。沈从文因年龄太小，被留在辰州的后方留守处。他"除了每三天誊写一份报告，以及在月底造一份留守处领饷清册外，别的便无事可做。"

5月4日 五四运动爆发。

---

❶ 榆树湾现名怀化。

❷《从文自传》上说有"四个月"，根据《我的教育》，沈从文所在的部队在初冬就转移到怀化，按时间推算，在榆树湾可能只有三个月左右。"四个月"恐系作者回忆失误。

❸ 怀化现名泸阳。

❹《从文自传》上说驻守怀化时间有"一年零四个月"。根据《自传》所叙述的事件的顺序和季节，应该只有一年多一点，不到一年四个月。1980年8月14日笔者拜访沈从文先生时，曾将笔者对这段时间的推算向沈先生作过请教，沈先生同意驻防怀化时间约"一年多"。另外，沈先生告诉笔者，他当时写《自传》的时候，是以叙述过程为主，对时间的回忆都只是一个大致数。

夏[1] “援川”的靖国联军第二军转入鄂西，与当地民众发生冲突。不久，在当地“神兵”的一次突然袭击中，除去湖南龙山县布防的一团人马外，全军尽数覆灭。

8 月 全军被歼的消息传到辰州后的第五天，留守处便告星散。沈从文拿了遣散费和护照退伍回到了凤凰老家。

12 月 离家去沅州[2]一位舅父处谋生。不久，舅父当上了警察所长，他成了警察所月薪一千二百文的办事员，职务是每天抄写违警处罚条子和每天近黄昏时随同巡官检视牢房。

不久，警察所从地方财产保管处接受了本地屠宰税收业务，沈从文识了“许多事情”。

1920 年　　18 岁

1 月 母亲卖掉了凤凰的房产，带着九妹来沅州与他同住。

此时，为“盼望所抄的诗被人嘉奖”，他开始练习小楷，并学会了刻图章和作些“半通不通的五律七律”。其间，他对另一名亲戚熊希龄弟弟家所藏的商务版《说部丛书》着了迷。其中林琴南翻译的狄更斯的《冰雪因缘》、《滑稽外史》、《贼史》三部书占去了他两个月的时间。

春 当警察所长的舅父因患肺病去世，本地捐税抽收保管改归新成立的团防局。沈从文因得到“不疏忽”的考语，仍然担任旧职，月薪增加到一千六百文。

春 因受骗爱上了一个“脸儿白白的身材高的女孩”，遭到本地一些乡绅的劝阻和反对，当地有势力的亲戚、熊希龄的弟弟为此向他提亲，提出四个女孩子供他挑选，但沈从文仍着迷于前一个女孩。

6 月 被那位女孩和她的弟弟所欺骗，母亲叫他保管的卖房子款三千多元有三分之一“没了着落”。这笔款子的失落使他着骇，遂瞒着家人偷偷地出走。他原想去北京，途经常德时被表兄黄玉书留住，于是与表兄同住在常德的“每天三毛六分”的小旅馆打发日子。

---

[1]《从文自传》记叙辰州留守处时有“春天夏天又过去了，且重新又过年了”句。据《新湘军史》和前后事件的时间推算，全军被歼的时间是在“援川”后的当年。

[2] 沅州即现在的芷江。

10月 经同乡向英生介绍，去桃源靖国联军第一军某支队司令贺龙处谋职，得贺龙应允，当一月九元钱的差遣。由于表兄这时已爱上了学美术的杨小姐，二人没有任职，仍回到了常德的一天费用三毛六分的小旅馆。

1921年 **19岁**

1月中旬 因桃源方面的谋职没结果，旅馆欠账也越积越多，为摆脱窘境，决定去保靖投军。

1月22日 搭乘一位押送军服的曾姓朋友船，离常德去保靖。行程30多天，一路上，那位曾姓朋友讲述了他"赏玩四十名左右的年青黄花女"的故事，这使得沈从文学了不少"关于丰富的俗语与双关比喻言语的应用"。

3月初 到达保靖。多方托人说情谋职，终无结果。于是，一面在熟人亲戚处"打流"（就食），一面在书记处帮忙抄写文件。

4月 一个偶然的机会，靠书记官帮忙，重新入伍，任四元钱一月的司书，每天去参谋部抄写文件。不久，因字写得比一般同事要好，且还能改正文件上的文字和款式上的错误，他被调至参谋处，月薪也由原来的四元增至六元。

8月[1] 筸军一部被川军首领汤子模请去川东填防，沈从文怀着想看看巫峡的秘密，自愿加入去川东的填防部队，任一个月九元钱的机要文件收发员。

他随部队在湘、黔、川三省接壤处行走了六天，第七天到达了司令部驻地龙潭。"这次路上增加了我新鲜经验不少，过了些用木头编成的渡筏，那些渡筏的印象，十年后还在我的记忆里，极其鲜明占据了一个位置。""《边城》即由此写成。"（《从文自传》改订稿）

在龙潭共驻防半年，他同一个原来当山大王的弁目比邻。"从他那里学习一课古怪的学程。从他口上知道烧房子、杀人、强奸妇女，种种犯罪的记录；且从他说明中了解那些行为背后所隐伏的生命意识。"

---

[1]《从文自传》上有"十个月后"句，按时间推算，是10月，根据自传所叙述事件的季节背景，应该是夏天，另外，他在去川东之前共领过5个月薪水，所以，笔者推断去川东时间应为8月。

1922年 **20岁**

1月1日 在熊希龄的促动下，湖南省提倡“联省自治”的省宪法正式颁布。陈渠珍在湘西开始实行“乡自治”计划，准备筹备兴办几所新型学校和几家工厂，此外，还筹办地方报纸，选派学生出外就学。

1月 从川东填防部队调回湘西，仍为湘西军政首脑陈渠珍司令部的书记。每天抄写文件，保管百来幅古画，几十件铜器古瓷，一部《四部丛刊》和十来箱书。有时，他还为陈渠珍抄录古籍经典中的语录。

不久，一位与熊希龄同科进士的聂姓姨夫来到保靖，任陈渠珍的先生，沈从文听他讲“宋元哲学”、“大乘”、“因明”和“进化论”，“但这么一来，我的幻想就更宽，寂寞也就更大了。”

3月 调陈渠珍筹办的地方报馆任校对，同时兼司令部书记。此时，他结识了一位从长沙来的受五四运动影响的进步工人，从他那里看到了《新潮》、《改造》、《创造季刊》[1]等新刊物。“为时不久，我便被这些大小书本征服了，我对于新书投了降。”

不久，从报上看到报童读书、补锅匠捐款兴学的报道，遂产生了捐款兴学的念头，用十天薪金买了邮票，寄到上海《民国日报·觉悟》，请求转给工读团。

5月 因司令部文件誊抄量大，又被调回任书记。

是时，受地方政府公费派出学生影响，打算到北京去读书。

7月上旬 在害了一场持续40多天的大病之后，正式“怯生生”地向陈渠珍提出外出读书，得陈渠珍应允，并让他拿了三个月的薪水（27元），还答应入学后继续资助他。

7月中旬 离开湘西，经长沙、汉口、郑州、徐州、天津等地，19天后，于8月上旬到达北京。到北京后，先住到北京西河沿一家小客店。从此，“便始进到一个永远无从毕业的学校，来学那课永远学不尽的人生了。”

8月中旬 迁移到湘西人办的“西西会馆”居住。

8月 参加燕京大学二年制国文班入学考试。因此时他连标点符号都不认识，一问三不知，得了个零分。

[1]《从文自传》误为《创造周刊》。《创造周刊》创刊于1923年5月，不可能在1922年看到。

下半年 住西西会馆。经常去在农业大学二年级读书的表弟董村生处，在那里结识了十余位来京求学的同乡青年。

冬 迁居北大红楼附近的汉园公寓。不久，结识了燕京大学学生会主席董秋斯，经董介绍，认识了燕京大学、北京大学和其他在京的文学青年张采真、司徒乔、刘廷蔚、韦丛芜、焦菊隐、刘梦苇、黎锦明、陈炜漠和陈翔鹤等。此时，开始对新文学产生了极大的兴趣。

1923 年 21 岁

2 月 开始作为不注册的旁听生去北大听课。

春 因陈渠珍在湘西的地位发生了动摇，他中止了对沈从文的公费经济资助，他在北京的生活开始陷入了困境。不久，向在北京的同乡熊希龄提出请求帮助的要求，也未如愿（据 1980 年 8 月 6 日与笔者谈话），遂开始在北京饥一顿、饱一顿、靠朋友同乡帮忙维持温饱的生活。

1924 年 22 岁

2 月 想回家乡，也想去北方军阀部队当兵，然而"已经读了一点书，于是有了理想"。"我已经厌恶了这种生活，所以不想再回去了"（据 1980 年 8 月 6 日与笔者谈话记录）。

本年 开始学习写作，到处投稿，想以此维持生活，但没有报刊肯发表。

11 月上旬 因生计实在困难，遂投书郁达夫，申诉不幸并请帮忙。郁达夫于 13 日找到他寓所来看望。"后来他拿出五块钱，同我出去吃了饭，找回来的钱都送给我了，那时候的五块钱啊！"（转引自郁风《三叔达夫》，《新文学史料》1979 年第 5 辑）。达夫回去后当日即撰作了著名的《给一个文学青年的公开状》。

11 月 16 日至 28 日 断断续续写成的日记，后来整理成散文《公寓中》，刊于翌年 1 月 30 日《晨报副刊》，署名芸芸（此文是迄今发现的沈从文最早创作的作品）。

11 月中旬（或 12 月上旬） 经郁达夫介绍，刘勉已、瞿世英主编的《晨报副刊》答应给沈从文的习作以发表的机会（据 1980 年 8 月 6 日同笔者谈话）。

约于 11 月中旬 在《晨报·北京栏》发表第一篇文章，得五毛钱书券的稿酬（因署笔名发表，笔者无法断定，1980 年 8 月曾复印了该时期十几篇可能是沈从文的作品请作者本人回忆证实，因相隔年代太久，沈从文先生亦未能辨出。另见 1924 年 12 月 29 日《晨报·北京栏》杂纂部通知沈从文领取稿酬的通知）。

12 月中旬 作散文《一封未曾付邮的信》，刊于 22 日《晨报副刊》，署名休芸芸。

12 月 20 日 作散文《我恨他的是……》，刊于 28 日《晨报副刊》，署名休芸芸。

12 月 26 日 作散文《遥夜—— 一及二》，刊于翌年 1 月 19 日《晨报副刊》，署名休芸芸（收《文集》第九卷）。同日，又作完小说《腊八粥》，刊于翌年 12 月 1 日《晨报七周年纪念增刊》（收《文集》第 1 卷）。

12 月 28 日 作完日记体散文《公寓中（二）》（11 月 29 日起作），刊于翌年 1 月 31 日《晨报副刊》，署名休芸芸。

12 月 曾打算去“照相底版学校”做学徒，“因文学方面开始能谋生”，未去（1980 年 8 月 6 日）。

12 月 因投稿结识《京报副刊·民众文艺周刊》编辑胡也频。不久，又与胡未婚妻丁玲相识。

1925 年 **23 岁**

1 月 作散文《遥夜三》，刊于 2 月 3 日《晨报副刊》，署名芸。

1 月 30 日 作散文《遥夜四》，刊于 2 月 12 日《晨报副刊》，署名休芸芸。

2 月中旬 作小说《三贝先生家训》，刊于 20 日《晨报副刊》，署名芸芸（收《文集》第 11 卷）。

2 月 22 日 作散文《遥夜五》，刊于 3 月 9 日《晨报副刊》，署名芸芸。

2 月 24 日 作散文《小草与浮萍》（收《文集》第 9 卷）。

3 月 1 日 作散文《狂人书简——与 X》，刊于 10 日《京报副刊·民众文艺周刊》，署名休芸芸。

3月中旬 作散文《流光》，刊于21日《晨报副刊》，署名休芸芸（收《文集》第10卷）。

3月20日 作散文《市集》，刊于4月21日《京报副刊·民众文艺周刊》同刊"附告白"，署名休芸芸（收《文集》第10卷）。

3月21日 作小说《夜渔》，刊于10月26日《晨报副刊》，署名休芸芸（收《文集》第1卷）。

4月10日 作散文《狂人书简——给低着头的葵》，刊于5月12日《京报副刊·民众文艺周刊》，署名休芸芸。

4月13日晚 作散文《狂人书简——给师傅的信》，刊于5月12日《京报副刊·民众文艺周刊》，署名休芸芸。

4月15日 作散文《狂人书简——给到X大学第一教室绞脑汁的可怜朋友》，刊于5月5日《京报副刊·民众文艺周刊》，署名休芸芸。

4月16日 作小说《屠桌边》，刊于5月21日《晨报副刊》，署名休芸芸（收《文集》第2卷）。

4月25日 散文《"我心里"也"常常想"》，在《京报副刊》发表，署名懋琳。

4月底 丁玲给鲁迅写信，诉说人生的苦闷，并希望得到指引。鲁迅疑"丁玲"是"挐挐阿文"沈从文的化名，没有理会，只在4月30日日记记下了"得丁玲信"四字。

4月30日 作完小说《代狗》，刊于5月16日《京报副刊·民众文艺周刊》，署名休芸芸（收《文集》第1卷）。

5月2日 作散文《狂人书简——给我将变老祥的大哥》，刊于26日《京报副刊·民众文艺周刊》，署名休芸芸。

5月4日 唯刚（林宰平）在《晨报副刊》发表《大学与学生》。文章误认为沈从文是学生，认为《遥夜九》把学生生活"很曲折地深刻地传写出来"，"全文俱佳"。沈从文遂于8日作《致唯刚先生》公开信（刊12日《晨报副刊》，收《文集》第10卷），声明自己不是学生，并谈了自己的感想。

5月14日 诗《失路的小羔羊》，在《晨报副刊》发表，署名休芸芸。

5月17日 作诗《痕迹》，刊于6月13日《京报副刊·民众文艺周刊》，署名休芸。

5月 作小说《福生》，刊于6月29日《语丝》第33期（收《文集》第8卷）。

6月12日 作散文《怯步者笔记——端阳》，刊于7月16日《晨报副刊》。

6月14日 作散文《怯步者笔记——鸡声》，刊于8月29日《现代评论》第2卷第38期（收《文集》第10卷）。

6月 去熊希龄办的香山慈幼院图书馆工作。

7月12日 诗《乡间的夏》在《京报副刊·国语周刊》发表。鲁迅在当日致钱玄同的信中，批评了沈从文的作品。

7月18日 作诗《到坟墓去的路》，刊于22日《晨报副刊》。

7月23日 诗《到坟墓去》在《晨报副刊》发表。同日，作完小说《绝食以后》，连载于8月4日、6日《晨报副刊》。

7月24日 作诗《余烬》，刊于8月15日《晨报副刊·文学旬刊》。

7月31日 诗《长河小桥——宁道上所见》在《晨报副刊》发表。

8月5日 作散文《到北海去》，刊于25日《晨报副刊·文学旬刊》（收《文集》第9卷）。

8月14日 作小说《用A字记录下来的事》，刊翌月5日《晨报副刊·文学旬刊》。

8月16日 作完小说《第二个狒狒》，刊于22日《晨报副刊》（收《文集》第8卷）。

8月21日 诗《遥夜九》在《晨报副刊》发表，署名休芸芸。

8月22日 作完小说《崖下诗人》，连载于27日、29日《晨报副刊》（收《文集》第8卷）。

8月25日 作完小说《画师家兄》，刊于31日《晨报副刊》（收《文集》第8卷）。

9月1日 作散文《西山的月》，刊于7日《晨报副刊》（收《文集》第10卷）。

9月5日 作完小说《棉鞋》，刊于21日《晨报副刊》（收《文集》第8卷）。

9月8日 作戏剧《卖糖复卖蔗》，刊于翌月29日《晨报副刊》。

9月12日 杂感《旧约集句——引经据典读时事》在《晨报副刊》发表。

9月21日 作完小说《移防》，刊于12月7日《晨报副刊》(后改题名为《船上》，收《文集》第1卷)。

9月23日 作诗《希望》，刊于27日《晨报副刊》，署名休芸芸。

9月28日 作完小说《副官》，刊于10月17日《现代评论》第2卷第45期(收《文集》第8卷)。

9 月下旬 经林宰平等人介绍，开始去北京松坡胡同新月社参加诵诗会，在那儿，认识了徐志摩。后经徐介绍，又结识了陈源(西滢)、凌叔华、林徽因等人。

9月 同胡也频、丁玲商议办一自己的刊物，未成。

9月下旬 因《棉鞋》等作品讽刺了香山慈幼院图书馆的上司，得罪了熊希龄，被迫辞去职员之职。

10月1日 徐志摩接编《晨报副刊》，在是日发表的《我为什么来办我想怎么办》中，徐将沈从文与胡适、闻一多、陈源、郁达夫等人一起作为他的约稿作者。

10月上旬 作小说《茶会以后》，刊于19日《晨报副刊》，署名凤。

10月10日 作完小说《一天是这样渡过的》，刊于21日《晨报副刊》，(收《文集》第8卷)。

10月16日 作完小说《宋代表》，刊于翌年1月25日《东方杂志》第23卷第2号(收《文集》第8卷)。

10月24日 散文《扪虱》在《晨报副刊》发表，署名小兵。

10月27日 作完戏剧《赌徒》，刊于翌月12日《晨报副刊》。

10月26日 小说《瑞龙》在《晨报副刊》发表(收《文集》第8卷)。

10月 作小说《重君》，后修改，刊于翌年4月7日《晨报副刊》，署名芸。

10月 开始任《现代评论》社发报人。

11月6日 作完散文《水车》，刊于14日《晨报副刊》，署名休芸芸(收《文集》第9卷)。

11月8日 作杂感《扪虱》，刊于20日《晨报副刊》，署名小兵。

11月11日 散文《市集》在《晨报副刊》转载。徐志摩同刊《志摩的欣赏》，认为“给这类的作者，批评是多余的”。

11月16日 在《晨报副刊》发表《关于〈市集〉的声明》（收《文集》第10卷）。

11月19日 小说《玫瑰与九妹——故乡回梦之一》在《晨报副刊》发表，署名休芸芸（收《文集》第1卷）。

11月28日 戏剧《野店——拟曲之四》在《晨报副刊》发表。

12月19日 诗《叛兵——军中回忆之三》在《晨报副刊》发表。

12月27日 作完小说《赌道》，连载于翌年1月23日、25日《晨报副刊》，署名休芸芸（收《文集》第8卷）。

1926年 **24岁**

1月1日 作诗《残冬》，刊于3月13日《晨报副刊》，署名小兵。

1月12日 作诗《狒狒的悲哀》，刊于翌月6日《现代评论》第3卷第61期。

2月17日 诗《无题》在《现代评论》第3卷第69期发表。

3月10日 诗《我喜欢你》在《晨报副刊》发表，署名小兵。

3月11日 小说《占领渭城》在《晨报副刊》发表，署名凤哥（收《文集》第1卷）。

3月7日 作诗《爱》，刊于18日《晨报副刊》，署名茹。

3月15日 作诗《呈小莎》，刊于4月17日《晨报副刊》，署名茹。

3月18日 “三·一八”惨案发生。翌日，和朱自清、魏建华（清华学生）等一起，去香山一带散发传单，抗议北洋政府暴行。

3月中旬 作诗《月曲》，刊于5月6日《晨报副刊·诗镌》第6期，署名茹。

3月中旬 作散文《生之记录》，连载于《晨报副刊》27日、29日（收《文集》第9卷）。

3月中旬 作戏剧《母亲》，连载于3月31日、4月5日《晨报副刊》，署名懋琳。

3月24日 作完中篇小说《在别一个国度里》，连载于《现代评论》4月24日第3卷第72期、5月1日第3卷第73期、5月8日第3

卷第74期、5月15日第3卷第75期（收《文集》第8卷）。

3月下旬 作诗《悔》，刊于31日《晨报副刊》，署名茹。

3月28日 作诗《梦》、《还愿——集楚辞之一》，分别刊于4月8日《晨报副刊·诗镌》第2期，5月6日第6期，署名小兵。

3月 作小说《菌子》，连载于《晨报副刊》6月14日、16日、21日、23日和7月3日（收《文集》第8卷）。本月，又作戏剧《盲人》，连载于《晨报副刊》4月14日、17日、19日。同月又作戏剧《支吾》，后于8月修改，收《十四夜间》。

3月下旬 与胡也频等一起在闻一多家讨论新诗并商量筹办《晨报副刊·诗镌》事。

4月上旬 作诗《云曲》，刊于14日《晨报副刊》，署名茹。

4月末 作散文《绿的花瓶》和《槐花镇》，分别刊于《晨报副刊》5月3日和5日，署名懋琳。

约于4月 又回到香山慈幼院图书馆工作（据与笔者谈话，1980年8月6日）。

5月4日 作小说《更夫阿韩》，刊于11月16日《晨报副刊》，署名休芸芸（收《文集》第8卷）。

5月10日晚 作诗《X》，刊于19日《晨报副刊》，署名茹。

5月中旬 作诗《囚人》，载于22日《现代评论》第3卷第76期。

5月25日 作诗《寄柏弟》，刊于31日《晨报副刊》，署名茹。

6月中旬 作诗《薄暮》，刊于28日《晨报副刊》，署名茹。

6月中旬 作小说《黎明》，连载于28日、30日《晨报副刊》（收《文集》第8卷）。

6月20日 作完小说《哨兵》，连载于7月26日、28日《晨报副刊》（收《文集》第8卷）。

6月下旬 作小说《雨》，刊于翌月《世界日报合订本》第1卷，署名休芸芸（收《文集》第1卷）。

6月28日 作戏剧《鸭子》，刊于17日《现代评论》第4卷第84期，署名懋琳。

7月15日 作第一本创作集《第二个狒狒》的序言《〈第二个狒狒〉引》，刊于8月2日《晨报副刊》（收《文集》第11卷）。

7月18日 作戏剧《羊羔》，刊于8月14日《现代评论》第4卷第88期，署名懋琳。

7月20日 作完戏剧《三兽窣堵波》并作《关于〈三兽窣堵波〉》，刊于31日《晨报副刊》，署名懋琳。

8月10日 作完小说《我的小学教育》，刊于18日《晨报副刊》，署名懋琳（收《文集》第2卷）。

8月13日 作戏剧《蟋蟀》（收《鸭子》）。

8月20日 作完小说《一个晚会》，连载于9月29日、30日、10月2日《晨报副刊》（收《文集》第8卷）。

8月21日晚 作散文《Lao Mei zuohen!》（苗语："妹子，真美啊！"），刊于30日《晨报副刊》（收《文集》第10卷）。

8月 作诗《曙》，刊于翌年6月25日《现代评论第二周年纪念增刊》，署名甲辰。

8月27日 作完小说《传事兵》，连载于9月11日、13日《晨报副刊》，署名懋琳（收《文集》第2卷）。

8月27日 又作完小说《记陆弢》，刊于10月22日《世界日报·文学》，署名休芸芸（收《文集》第2卷）。

约于8月底 又辞去香山慈幼院图书馆工作（据与笔者谈话，1980年6月）。

9月 在北京与蹇先艾、张采真、于庚虞等筹备创立文学社团"无须社"，拟在《世界日报》创办副刊并准备出版"无须社丛书"。

10月11日 作散文《此后的我》，刊15日《世界日报·文学》，署名沈懋琳。

10月15日 由无须社主持的《世界日报》副刊《文学》正式创刊，于庚虞任主编。

10月25日 戏剧《过年》在《晨报副刊》发表。

10月29日 诗《读梦苇的诗想起那个"爱"字》在《世界日报·文学》发表。

11月3日 胡也频诗《给懋琳》（沈从文）在《晨报副刊》发表。

11月7日 作完小说《入伍后》（又一名《学吹箫的二歌》，刊于翌年《现代评论第二周年纪念增刊》（收《文集》第2卷）。

11 月 7 日 又作散文《图书室》，刊于 12 月 4 日《晨报副刊》，署名小牛。

11 月 10 日 作完小说《松子君》，连载 22 日、24 日《晨报副刊》（收《文集》第 2 卷）。

11 月 小说、戏剧、散文、诗歌综合性创作集《鸭子》列为“无须社丛书”之一，由北京北新书局出版。

12 月 辑录并注释家乡民歌《筸人谣曲》，撰作序文后，连载于同月 25 日、27 日、29 日《晨报副刊》，署名懋琳。

12 月下旬 开始创作根据二哥日记改写而成的长篇小说《篁君日记》。20 日作《自序》。

本年 由北平晨报社出版小说集《第二个狒狒》和小说散文集《市集》。

1927 年 **25 岁**

本年 仍担任《现代评论》发报员。

1 月 10 日 小说《十四夜间》在《小说月报》第 18 卷第 1 号发表，署名焕乎（收《文集》第 2 卷）。

3 月 26 日 作诗《疯妇之歌》，刊于 4 月 16 日《现代评论》第 5 卷第 123 期，署名甲辰。

3 月下旬 作小说《晨》，刊于 5 月 7 日《现代评论》第 5 卷第 126 期（收《文集》第 1 卷）。

3 月下旬 作戏剧《刽子手》，刊于 5 月 10 日《东方杂志》第 24 卷第 9 号。

3 月 28 日 作完小说《草绳》，连载于 6 月 21 日、22 日《晨报副刊》，署名璇若（收《文集》第 1 卷）。

4 月上旬 作小说《早餐》，连载于《晨报副刊》6 月 17 日、18 日、20 日，署名璇若。

4 月 作小说《蜜柑》，刊于 5 月《现代评论》第 5 卷第 129 期（收《文集》第 1 卷）。同月，又作小说《猎野猪的故事》，刊于 6 月《现代评论》第 6 卷第 1 23 期（收《文集》第 1 卷）。

5 月 作小说《看爱人去》，刊于同月《现代评论》第 5 卷第 128

期，署名为琳。同月，又作小说《初八那日》，刊于6月《现代评论》第6卷第132期，署名为琳（收《文集》第1卷）。同月，又作小说《乾生的爱》，连载于6月23日、24日、25日《晨报副刊》，署名璇若。

6月10日 作长诗《春》，连载于29日、30日《晨报副刊》，署名甲辰。

6月20日 作完小说《或人的家庭》，刊于7月1日《晨报副刊》，署名璇若（收《文集》第2卷）。

6月27日、28日 小说《怯汉》在《晨报副刊》连载，署名璇若。

6月下旬 作小说《山鬼》，连载于《现代评论》7月9日第6卷第136期，23日第6卷第137期，署名为琳（收《文集》第2卷）。

6月 作小说《我的邻》，刊于10月10日《小说月报》第18卷第10号，署名懋琳（收《文集》第1卷）。

6月24日 作《〈篁君日记〉，璇若序》。

6月25日 戏剧《蒙恩的孩子》在《现代评论第二周年纪念增刊》发表。

6月底 《篁君日记》定稿，后连载于7月13日、14日、15日、16日、18日、19日、20日、21日、30日、9月23日、24日《晨报副刊》，署名璇若（收《文集》第2卷）。

7月 作小说《长夏》，连载于8月1日、2日、3日、4日、5日、6日《晨报副刊》，署名何远驹。

8月6日 作诗《给璇若》，刊于8月6日《现代评论》第6卷第139期，署名菌。

8月上旬 作小说《老魏的梦》，连载于18日、19日、20日、22日、23日《晨报副刊》，署名疑斌（收《文集》第5卷，改题名为《上城里来的人》）。

8月中旬 又辑录《筸人谣曲》，以“远桂”笔名，分别载于20日、22日、23日、24日、25日、26日《晨报副刊》。

8月26日 诗《秋》在《晨报副刊》发表，署名甲辰。

8月下旬 作小说《喽啰》，连载于9月5日、6日、7日、8日《晨报副刊》，署名璇若（收《文集》第2卷）。

9月22日深夜 作完散文《游二闸》，连载于28日、29日、30

日《晨报副刊》(收《文集》第10卷)。

9月 小说集《蜜柑》由上海新月书店出版。

10月8日 诗《觑——瞟》在《晨报副刊》发表，署名甲辰。

10月中旬 作小说《连长》，连载于24日、25日、26日《晨报副刊》，署名璇若(收《文集》第1卷)。

10月26日、27日 《〈到世界上〉自序》在《晨报副刊》发表。

10月27日、28日、29日、30日 小说《雪》在《晨报副刊》连载(收《文集》第1卷)。

11月4日 作完小说《这个男人和那个女人》，连载于同月《晨报副刊》21日、22日、23日、24日、25日、26日，署名王寿。

11月中旬 作完小说《老实人》，连载于12月7日、8日、9日、10日、12日、13日、14日、15日、16日、17日《晨报副刊》，署名张琲(收《文集》第1卷)。

11月20日 作完小说《好管闲事的人》，连载于12月19日、20日、21日、22日、23日、24日《晨报副刊》，署名罗俊(收《文集》第2卷)。

11月 作小说《在私塾——一个老退伍兵的自述之一》，刊于翌年1月10日《小说月报》第19卷第1号，署名甲辰(收《文集》第1卷)。

12月12日 创作谈《艺术杂谈》在《晨报副刊》发表，署名自宽。

12月中旬 作《〈老实人〉序》，刊于翌年2月4日《现代评论》第7卷第165期。

12月 因“中国的南方革命已进展到南京，出版物的盈虚消息已显然由北而南”，“在上海，则正是一些新书业发轫的时节。”(《记胡也频》)为了寻求新的发展，于中旬离开北京，经海路去上海。❶

12月中旬 作小说《船上岸上》，连载于29日、30日、31日《晨报副刊》，署名休芸芸(收《文集》第1卷)。

❶《记胡也频》第46页上说“四月里就离开了北京”。根据《记丁玲》第128页，他早于丁玲和胡也频两个多月到上海。另外，从《南行杂记》几封信推断，沈从文离开北京赴上海的准确时间应为1927年12月中旬。

12月 作小说《或人的太太》，刊于翌年3月10日《小说月报》第19卷第3号，署名甲辰（收《文集》第2卷）。

本年 中篇小说《押寨夫人》由上海商务印书馆出版。约于同时，散文书信集《到世界上》亦在上海出版（笔者未找到原书，据沈从文先生本人回忆和广告）。

1928年 **26岁**

1月初 到达上海，在法租界善钟路上的一间亭子间住下。

1月9日 致骑老（夏斧心）和海老信，连载于2月1日、2日《晨报副刊》，署名璇若。

1月10日 致大姐二姐信，刊于3月《晨报副刊》，署名璇若。

1月11日 致胡也频、丁玲（冰之）信，刊于2月3日《晨报副刊》。同日，又致函徐霞村，刊于2月4日《晨报副刊》；二函发表时均署名璇若。

1月下旬起 开始断断续续创作长篇小说《旧梦》，至7月作完，连载于《现代评论》2月25日第7卷第168期至9月29日第8卷第199期，署名懋琳。后于1930年12月由上海商务印书馆成集出版。

2月 作完长篇小说《阿丽思中国游记》第1卷，连载于3月10日《新月》创刊号至6月10日《新月》第1卷第4期。后于7月由上海新月书店成集出版（收《文集》第1卷）。

2月 作小说《爹爹》，连载于23日、27日、28日上海《中央日报·摩登》（收《文集》第2卷）。

2月 作小说《卒伍》，载3月12日上海《中央日报》，署名沈岳焕（收《文集》第2卷）。

3月 作诗《想》，刊于4月10日《小说月报》第19卷第4期，署名甲辰。

4月 作小说《新梦》，连载于5月1日、2日、3日、4日、5日、6日、8日、9日、10日《晨报副刊》，署名王玖（后改题名为《焕乎先生》，收《文集》第2卷）。

4月下旬 陪母亲去北京看病，于5月底返回上海。

5月5日 作散文《“紫禁城骑马”归来》，刊于5月18日《晨报副刊》，署名自宽。

9月9日 作完中篇小说《一个舞女的通信》(收《名家短篇小说选》下册)。

5月20日 作《〈阿丽思中国游记〉第2卷后序》，刊于7月10日《新月》月刊第1卷第5期（收《文集》第1卷）。

5月25日 作完小说《柏子》，载8月10日《小说月报》第19卷第8号，署名甲辰。1935年8月20日修改（收《文集》第2卷）。

5月 作完长篇小说《阿丽思中国游记》第2卷，连载于《新月》月刊7月10日第1卷第5期至10月10日第8期(收《文集》第1卷)。

6月 诗《絮絮》在《〈现代评论〉第三周年纪念增刊》上发表，署名甲辰。

7月 应上海《中央日报》总编辑彭浩徐之约请，与胡也频、丁玲一起编辑上海《中央日报》副刊《红与黑》，副刊每周二期，逢周四出版。至8月15日第8期起，改为每周四期，从星期二至星期五按日出版。至10月31日第49期停刊。

7月 作小说《诱——拒》，刊于10月10日《小说月报》第19卷第10号，署名甲辰。

7月 小说集《老实人》由上海现代书局出版。同月，又在新月书店出版小说集《好管闲事的人》和长篇小说《阿丽思中国游记》第1卷。

8月10日 作完小说《第一次做男人的那个人》，刊于11月10日《小说月报》第19卷第11号，署名甲辰（收《文集》第2卷）。

8月 作完小说《不死日记》，连载于上海《中央日报》副刊《红与黑》24日第14号至30日第17号，署名甲辰。同月，又作小说《雨后》，刊于9月10日《小说月报》第19卷第9号，署名甲辰（收《文集》第2卷）。同月，还作小说《除夕》(收《文集》第8卷)。

8月 中篇小说《长夏》由上海光华书局出版。

9月中旬 作小说《有学问的人》，刊于20日上海《中央日报》副刊《红与黑》第24号（收《文集》第2卷）。

9月21日 小说《屠户》在上海《中央日报》副刊《红与黑》发表，署名巴库。

9月28日 小说《某夫妇》在上海《中央日报》副刊《红与黑》第34号发表（收《文集》第2卷）。

9月下旬 作小说《采蕨》，刊于10月9日上海《中央日报》副刊《红与黑》第39号（收《文集》第8卷）。

9月 作诗《颂》，刊于11月10日《新月》月刊第1卷第9期，署名甲辰。同月，日记体中篇小说《篁君日记》由北平文学社出版。

10月 作小说《他同他的伙伴之一》，刊于12月1日《熔炉》第1期（后改题名为《阙名故事》，收《文集》第2卷）。

10月26日 与胡也频、丁玲一起在《红与黑》第47号上发表《〈红黑〉创作预告》（《红黑》月刊和"红黑丛书"预告）。《预告》暗示了《红与黑》停刊的原因，"事实使我们缄默，我们只能暂时把这工作停顿。"《预告》也再次重申了编者的主张："不漠视别人，不夸捧自己，不以抄袭贩卖新舆论思想惊吓年青人，不假充志士或假装热情骗一部分人喜欢。"

10月 作完中篇小说《阿黑小史》初稿。其中《雨》一章刊于11月1日《新月》月刊第1卷第9期，《序》先发表于1934年4月上海大东书局版《沫沫集》。

10月 《山鬼》和《刽子手》由上海光华书局出版小册，同月，《雨后及其他》由上海春潮书局出版。

12月20日 作《〈红黑〉月刊释名》。

12月22日 作完小说《参军》，刊于翌年2月10日《红黑》月刊第2期（收《文集》第2卷）。

12月26日晚 作完小说《阿金》，刊于翌年1月10日《新月》月刊第1卷第11期（收《文集》第8卷）。

12月 长篇小说《阿丽思中国游记》第2卷由新月书店出版。同月，根据沈从文、胡也频、丁玲在上海法租界萨坡塞路204号地址命名的"204号丛书"开始由上海人间书店出版。沈从文著《不死日记》作为丛书之二在是月出版。

1929年 **27岁**

1月10日 与胡也频、丁玲合编的《红黑》月刊正式创刊。在《释名》中，编者说明刊物取名“红黑”，是“根据于湖南湘西的一句土语，”“便是‘横直’意思。”从这句“‘红黑都得吃饭’的土语感到切身之感，所以我们便把这‘红黑’作为本刊的名称。”在创刊号上，沈从文发表短篇小说三篇：《夜》（收《文集》第3卷），《龙朱》（收《文集》第2卷），《媚金·豹子·与那羊》（收《文集》第2卷）。

与此同时，他们还成立了“红黑出版处”，拟出版发行“红黑丛书”。沈从文计划出版三本小说集《革命者》、《第一次的恋爱》、《男子须知》，另外，再由胡也频编造一本散文集《从文的自序》。除根据《在别一个国度里》改写的《男子须知》在2月出版外，其余的计划都未实现。

1月10日　作完小说《旅店》，刊于翌月10日《新月》月刊第1卷第12期（收《文集》第8卷）。

1月12日　修改完《结婚之前》（《阿黑小史》之一章），刊于翌月《新月》月刊第2卷第1期（收《文集》第5卷）。

1月20日　与丁玲、胡也频一起应去年上海人间书店之约所编的《人间》月刊正式创刊。沈从文在创刊号上发表小说《十年之后》。

1月25日　作完小说《车夫老李》，刊于3月20日《人间》月刊第3期。

1月　日记体中篇小说《呆官日记》由上海远东图书公司出版。

2月　作短篇小说三篇：《过年》（刊于3月《伴侣》第12期，署名甲辰）；《元宵》（连载于《东方杂志》6月10日第26卷第11号，6月25日第26卷第12号，收《文集》第8卷）；《二个马路上的作家》（刊于3月20日《人间》月刊第3期）。同月，作完中篇小说《神巫之爱》，连载于《红黑》月刊第3期、第4期（收《文集》第8卷）。

3月1日　作完小说《七个野人与最后一个迎春节》，刊于10日《新月》月刊第2卷第3期（收《文集》第8卷）。同月，又作小说《傩》，刊于4月20日《人间》月刊第4期。

3月　小说、戏剧集《十四夜间》由上海光华书局出版。

4月20日　因经济不支，《人间》月刊出至第4期宣告停刊。

4月　作小说《落伍》，刊于翌月10日《新月》月刊第2卷第3期（收《文集》第8卷）。

4月至5月　作书信体中篇小说《一个天才的通信》，刊于6月10

日《红黑》月刊第6期（收邵华强编《神巫之爱》）。

5月 作完中篇小说《一个母亲》，刊于7月10日《新月》月刊第2卷第5期（收《文集》第5卷），同月，又作短篇小说二篇：《道师与道场》（刊于6月10日《红黑》月刊第6期，收《文集》第3卷），《寄给某报编辑先生》（刊于7月10日《红黑》月刊第7期，收《文集》第8卷）。

6月 因资金不支，红黑出版处破产停办。《红黑》月刊除已发稿的第7、8期外，也不得不停刊。为还所欠的一千多元债务，胡也频经陆侃如、冯沅君夫妇介绍，去济南高级中学任教，沈从文则由胡适（时任中国公学校长）介绍并向国民党政府教育部力荐，任上海吴淞中国公学讲师。

6月末 作《〈一个天才的通信〉编者序》。

7月上旬 离开市区前往吴淞中国公学。

7月14日 作完小说《夫妇》，刊于11月10日《小说月报》第20卷第11号（收《文集》第8卷）。

7月 中篇小说《神巫之爱》由上海光华书店出版。

8月10日 《红黑》月刊终刊号出版，沈从文发表短篇小说二篇，《一只船》和《大城中的小事情》（均收《文集》第8卷）。

9月初 正式开始任吴淞中国公学讲师。开设的课程有“新文学研究”，“小说习作”和“中国小说史”。

9月 由上海暨南大学政治学教师时昭瀛（潘光旦同学）介绍，兼任上海暨南大学教师，开设“中国小说史”课程。

9月10日 在《新月》月刊第6、7期合刊上发表小说《我的教育》和《牛》（二作均收《文集》第3卷）。同月，小说《会明》在《小说月报》第20卷第9号上发表（收《文集》第3卷）。

9月 小说集《龙朱》以“红黑出版处”名义出版。

10月10日 小说《菜园》在《小说月报》第2卷第10号上发表（收《文集》第6卷）。

约于10月 为《谢冰季的温柔》作序《冰季同我》（收《文集》第11卷）。

12月10日 小说《同志的烟斗故事》在《小说月报》第20卷第

12号上发表（收《文集》第6卷）。

12月 作小说《自杀的故事》（见《沈从文甲集》）；又为散文集《沉》作序（见《沫沫集》）。

1930年 **28岁**

1月10日 小说《萧萧》在《小说月报》第21卷第1号上发表（收《文集》第6卷）。

1月 由舒新城主持的中华书局为同商务印书馆竞争，约请徐志摩主编"新文艺丛书"。徐因为太忙，请沈从文担任事实上的主编，审阅所有收入丛书的文稿。该丛书共收入了丁玲、胡也频、郭子雄、谢冰季、王实味、蹇先艾、冷西、胡山源、徐志摩等作家创作集14部，还收入了日、法、意、德、美等国的翻译作品17种。沈从文的创作集收入该丛书的有两种，《旅店及其他》（1930年1月出版），《石子船》（1931年1月出版）。"此项文学丛刊似不太成功"（未发表的《徐志摩年谱·批注》）。

1月 作小说《血》，刊于2月10日《小说月报》第21卷第2号，又作小说《楼居》，刊于3月10日《小说月报》第21卷第3号（二作均收《文集》第8卷）。同月，又作小说《绅士的太太》，刊于3月10日《小说月报》第21卷第3号（收《文集》第4卷）。

1月 与孙俍工合著的《中国小说史讲义》以"国立暨南大学讲义"名义由上海暨南大学出版室出版，"绪论"和第一章"神话与传统"由沈从文执笔。

2月 作论文《郁达夫张资平及其影响》，刊于翌月《新月》月刊第3卷第1期，署名甲辰（收《文集》第11卷）。同月，书信体中篇小说《一个天才的通信》，由上海光华书店出版。

2月 辞去上海暨南大学兼职。

3月2日 应王哲甫之约，为《中国新文学运动史》作《略传（从文自序）》（见王编著，1933年9月北平直成书局版《中国新文学运动史》）。

3月 作小说《春天》（收《文集》第4卷）。又作论文《论闻一多的〈死水〉》；刊于翌月《新月》月刊第3卷第2期（收《文集》第11卷）。

4 月 13 日　作完小说《丈夫》，刊于翌月《小说月报》第 21 卷第 4 号（收《文集》第 4 卷）。

4 月中旬　致函赵景深（见《中国现代文艺资料丛刊》第 6 辑）。

4 月 24 日　为盈昂著《生命的沫》作题记，刊于 6 月 1 日《现代文学》第 1 卷第 1 期（收《文集》第 11 卷）。

4 月　作小说《微波》，刊于 6 月 10 日《小说月报》第 21 卷第 6 号，同月，又作小说《逃的前一天》，刊于 7 月 10 日《小说月报》第 21 卷第 7 号（收《文集》第 8 卷）。

5 月 6 日　致赵景深函（见《现代作家书简》）。

5 月 24 日　作完小说《灯》，刊于 6 月 10 日《新月》月刊第 2 卷第 12 期（收《文集》第 4 卷）。

5 月上旬　致函骑老（夏斧心），后以"海上通讯"为题，刊于《燕大月刊》第 6 卷第 2 期（收《文集》第 10 卷）。

5 月 15 日　蔡元培代表中国公学校董会同意胡适辞校长职，由马君武继任校长职。胡的去职直接影响到沈从文在中国公学地位。

6 月上旬　胡适和徐志摩向陈源（西滢）和凌叔华介绍沈从文任武汉大学教职，得应允。

6 月　小说集《沈从文甲集》由上海神洲国光社出版。

6 月　作《〈石子船〉后记》（收《文集》第 3 卷）。

7 月 20 日　作完小说《腐烂》，8 月重改（收《文集》第 6 卷）。

7 月 21 日　作完论文《论冯文炳》（收《文集》第 11 卷）。

7 月 26 日　作完论文《我们怎么样去读新诗》，刊于 9 月《现代学生》创刊号（收《文集》第 12 卷）。

7 月　作小说《一个女人》，刊于 9 月 1 日《妇女杂志》第 16 卷第 9 号（收《文集》第 8 卷）。同月，又作小说《平凡故事》，刊于 9 月 15 日《文艺月刊》第 1 卷第 2 期（收《文集》第 6 卷）。

7 月　为徐志摩小说集《轮盘》作序。

8 月 24 日　作完小说《知己朋友》，刊于 12 月 16 日《现代文学》第 1 卷第 6 期。

8 月 29 日　作完小说《三个男子和一个女人》，刊于 10 月 25 日《文艺月刊》第 1 卷第 3 期（收《文集》第 6 卷）。

8月 改作小说《夜的空间》(收《文集》第6卷)。

8月底(或9月初) 启程去武汉大学就职。在武大任中文讲师，开设课程有“新文学研究”和“小说习作”。

9月10日 小说《薄寒》在《小说月报》第21卷第9号上发表(收《文集》第6卷)。

9月 作完中篇小说《一个女剧员的生活》，连载于《现代学生》10月第1卷第2期至翌年2月第1卷第6期(收《文集》第3卷)。

10月 为李辉英(连萃)短篇小说集《秋之沦落》作序，刊于翌年10月1日《新时代》月刊第1卷第3期(收《文集》第11卷)。

11月10日 论文《论落华生》在《读书月刊》第1卷第1期发表(收《文集》第11卷)。

11月15日 论文《论汪静之的〈蕙的风〉》在《文艺月刊》第1卷第4期发表(收《文集》第11卷)。

11月30日 论文《论焦隐菊的诗》在《中央日报》副刊《文艺周刊》第5期发表(收《文集》第11卷)。

11月 在《日出》月刊创刊号发表论文《论郭沫若》。

12月10日 小说《山道中》在《小说月报》第21卷第12号发表(收《文集》第6卷)。

12月15日 论文《现代中国文学的小感想》在《文艺月刊》第1卷第5期发表。

12月26日 在天津《大公报》发表《致“文艺”读者》。

12月 长篇小说《旧梦》由上海商务印书馆出版。

下半年任教于武汉大学期间，陈源、凌叔华曾教沈从文学英语，但一个月下来，“我二十六个字母也背不清楚”(据1981年8月与笔者谈话记录)。

1931年 29岁

1月上旬 武汉大学放寒假，回到上海。

1月10日至17日 与胡也频、丁玲商量“《红黑》应当如何重新出版，大家应当如何设法来支持这刊物使它不至中断，并使这刊物用何等面目与世人见面。”(《记丁玲续集》)。

1 月 17 日 胡也频在上海东方饭店参加共产党江苏省委会议时被国民党军警逮捕。翌日傍晚，在押中的胡也频从狱中送信给沈从文，请沈从文找胡适、蔡元培保释他出狱，以免转押送至龙华警备司令部。“因将此信和丁玲、李达、施存统商量，由我找胡（适）写介绍信，去南京找蔡（元培）”（未发的《徐志摩年谱·批注》）。

1 月下旬至 2 月初 为营救胡也频到处奔走，并两次去南京。在沪宁二地先后找了蔡元培、邵力子、陈立夫、张群等国民党政府官员，终未成功。2 月 7 日，胡也频等五位作家在上海龙华遇难。

1 月 24 日 作论文《人与作品》，刊于 2 月 12 日《中央日报》副刊《文艺周刊》第 18 号，署名芸芸。

1 月 30 日 论文《论朱湘的诗》在《文艺月刊》第 2 卷第 1 期发表（收《文集》第 11 卷）。

1 月 小说集《石子船》由上海中华书局出版。

2 月 因营救胡也频耽搁了回武汉大学报到的时间，被武汉大学除名，再度失业，靠写作为生。

2 月 由徐志摩担任主编的“新文学丛书”改由沈从文具体负责审稿。“新文学丛书”由上海大东书局出版，其收入陈白尘、彭家煌、沈从文等作家创作集十三种，另收入翻译作品五种。

2 月 因胡也频案，丁玲处境危险，李达等人安排丁玲隐藏在沈从文住处。其间包括丁玲母子在内的生活费用，除微薄的稿酬外，“主要还是得徐（志摩）资助”（未发的《徐志摩年谱·批注》）。

2 月 论文《论刘半农的〈扬鞭集〉》在《文艺月刊》第 2 卷第 2 期发表（收《文集》第 11 卷）。

3 月 1 日 韩侍桁在《文艺生活》创刊号上发表沈从文评论《一个空虚的作者》。

约于 3 月底 与李达等人商量后，陪伴丁玲送孩子回湘西常德，约于 4 月中旬回沪。其间所花的费用，由徐志摩、邵间美、王际真等人帮助解决。

约于 4 月中旬 参加由蔡元培主持召开的国际笔会“中国分会”筹备会，参加者另有胡适、徐志摩、陈雪屏、俞大伟、杨度等（1981 年夏与笔者谈话记录，及未发表的《徐志摩年谱·批注》）。

4月 将徐志摩带来的一束卞之琳诗稿编成诗集《群鸦集》，于20日作题记（刊于6月1日《创作月刊》创刊号），但后来未出版。

4月20日 作散文《感想》，刊于6月1日《创作月刊》创刊号。

4月24日 作完小说《医生》，刊于8月10日《小说月报》第22卷第8号（收《文集》第4卷）。

4月27日 作完小说《道德与智慧》，刊于6月10日《新月》月刊第3卷第8期（收《文集》第8卷）。

4月30日 论文《论中国创作小说》开始在《文艺月刊》连载，至6月30日第2卷第5、6期合刊载完（收《文集》第11卷）。

4月 《从文新著》由上海大东书局出版。

4 月 南京一朋友请沈从文编一份刊物，沈答应编一年十二期。他计划"使读者对于十余年来中国文学的过去得失，得到一个较公平的认识。"一面给左翼文学理论者"一点事实上的修改"，另外也想说明"一切流行趣味风气"，是"如何妨碍到有价值作品的产生"。后因人事变动，没办成。

5月10日 作散文《街》，刊于7月15日《文艺月刊》第2卷第7期（收《文集》第11卷）。

5月15日 作完小说《虎雏》，刊于10月10日《小说月报》第22卷第10号（收《文集》第4卷）。

5月19日 作论文《论创作的态度》，刊于6月1日《创作月刊》第1卷第2期（收《文集》第11卷，改题名为《谈创作》）。同月，又作创作谈《给一个写小说的》（收《文集》第11卷）。

约于5月中旬 听从了胡适、徐志摩等人劝告，从上海去北京谋职。到北京后，住燕京大学的达园。

5月21日 《〈连萃创作一集〉序》在《中央日报》副刊《文艺周刊》发表。

5月 《沈从文子集》由上海新月书店出版。

5月 吕慈在《浊新》第3期上发表《论沈从文》。

6月1日 创作谈《谈诗》在《创作月刊》第1卷第2期发表，署名甲辰。

6月8日 作《〈高植小说集〉后序》，刊于7月1日《创作月刊》

第1卷第3期（收《文集》第11卷）。

6月10日 写创作谈《甲辰闲语》，计划“从三十岁起始到五十岁止”“我将用下述各样名字，作为我每个作品的题名。”“一、黄河，写黄河两岸北方民族与这一条肮脏肥沃河流所影响到的一切。二、长江，写长江中部以及上下游的革命纠纷。三、长城，写边地。四、上海，写工人与市侩对立的生活。五、北京，以北京为背景的历史的社会的综集。六、父亲，纪念我伟大抱负的爸爸。七、母亲，纪念我饱经忧患的妈妈。八、我，记述我从小到大的一切。九、她，写一切在我生活中对我有过深刻影响的女人。十、故乡，故乡的民族性与风俗及特殊组织。十一、朋友，我的债主和我的朋友，如何使我生活。（这是我最不应该忘却的一本书）。”刊于7月1日《创作月刊》第1卷第3期（收《文集》第11卷）。

6月10日 作论文《窄而霉斋闲话》，刊于8月《文艺月刊》第2卷第2期（收《文集》第12卷）。

约于6月上旬 作短篇小说《一个体面的军人》（未完稿），刊于7月1日《创作月刊》第1卷第3期。

约于6月上旬 整理书信成《废邮存底一、二》（“一”为致女友张兆和，“二”系致刘廷蔚），连载于《文艺月刊》6月30日第2卷第5、6期合刊和7月15日第2卷第7期，署名甲辰（改题名为《新废邮存底》（一、二）（收《文集》第12卷）。

6月19日 作《废邮存底·三》，刊于7月15日《文艺月刊》第2卷第7期，署名甲辰（改题名为《新废邮存底·三》收《文集》第12卷）。

6月21日 作完小说《中年》，刊于7月《新月》月刊第3卷第10期，后又于10月修改。

6月23日 丁玲致沈从文函，告诉办杂志的计划（即后来的左联刊物《北斗》），向沈从文约稿，并请沈从文代向冰心、凌叔华、陈衡哲等人约稿。

6月 作评论《〈山花集〉介绍》（刘廷蔚著），刊于7月15日《文艺月刊》第2卷第7期（收《文集》第11卷）。

7月 作创作谈《甲辰闲话》，刊于8月1日《创作月刊》第1卷第4期（收《文集》第12卷）。

7月 徐志摩、胡适向青岛大学校长杨振声推荐沈从文任教职，得应允。于8月上旬离北京去青岛，任青岛大学中文讲师，开设课目有“散文习作”“新文学研究”等。

8月5日至9月19日 断断续续地作成小说《三三》，刊于9月30日《文艺月刊》第2卷第9期（收《文集》第4卷）。

8月至9月5日 因在《英文简报》当编辑的朋友之约，作《记胡也频》。后因《英文简报》不能继续出版，改由《时报》连载，但被国民党新闻检查官删节。后又于翌年5月由上海大光书局出版中文本（收《文集》第10卷）。

8月 中篇小说《一个女剧员的生活》由上海大东书局出版。

约于8月至9月 应在上海办“第一出版社”的朋友之约，作《从文自传》，于1934年7月出版（收《文集》第9卷）。

9月 陈梦家编《新月诗选》在上海新月书店出版，收沈从文创作的新诗七首：《颂》、《对话》、《我喜欢你》、《悔》、《无题》、《梦》、《薄暮》。

10月10日 作完丁玲所约的小说《黔中小景》，刊于翌月20日《北斗》第1卷第3期（收《文集》第4卷）。

10月20日 作《〈刘宇诗选〉序》。此书系沈从文编就，出版时，也得到了沈从文的资助。

10月26日 左联报刊《文艺新闻》发表未署名的《生活经验允许他吗？——好一个多产作家》，讥讽徐志摩向史沫特莱介绍沈从文是中国“最多产的作家”。

10月31日 小说《爆》在《文艺月刊》第2卷第10期发表，署名甲辰（收《文集》第8卷）。

11月19日 徐志摩在一次飞机失事中不幸遇难。翌日，沈从文在青岛收到消息，于22日清早赶往济南附近的出事点，向徐志摩遗体告别。

11月 在《现代学生》第1卷第2期发表论文《论施蛰存与罗黑芷》（收《文集》第11卷）。

12月末 作小说《厨子》，载翌年2月28日《文艺月刊》第3卷第2期（收《文集》第4卷）。

本年 在武汉大学的讲义《新文学研究》由武汉大学编印出版。

1932年 30岁

1月25日 作完小说《泥涂》，连载于《时报》3月17日至4月2日（收《文集》第5卷）。

1月28日 上海“淞沪抗战”爆发，商务印书馆毁于日军炮火之中。沈从文时在商务印书馆出版的两本小说集书稿《王谢子弟》和《衣冠中人》亦毁于大火之中。

1月 小说集《虎雏》由上海新中国书局出版。

3月初 作小说《贤贤》，刊于28日《文艺月刊》第3卷第3期，署名红黑旧人。

3月 作完中篇小说《凤子》，连载于《文艺月刊》4月30日第3卷第4期，6月30日第3卷第5、6期合刊（收《文集》第4卷）。

3月30日 作完小说《静》，刊于5月1日《创作月刊》创刊号（收《文集》第4卷）。

4月29日 致施蛰存函，刊于11月1日《现代》第2卷第1期。

4月30日 诗《黄昏》在《文艺月刊》第3卷第4期发表，署名芸芸。

5月22日晚 作完小说《俛之先生传》，刊于11月15日《小说月刊》第1卷第2期（收《文集》第8卷）。

5月 作小说《战争到了某市以后》，刊于12月5日《微音》月刊第1卷第7、8期合刊，署名甲辰（收《文集》第8卷）。

6月30日 在《文艺月刊》第2卷第5、6期合刊发表小说二篇《晚晴》（署名甲辰，收集时改题名为《黄昏》），《玲玲》（署名黑君，收集时改题名为《白日》）（均收《文集》第5卷）。

夏 女友张兆和从中国公学毕业。

7月1日 小说《都市一妇人》在《创作月刊》第1卷第3期发表（收《文集》第4卷）。

7月15日 作完小说《若墨医生》，刊于10月1日《新月》月刊第4卷第3期（收《文集》第4卷）。同日，又作创作谈《一周间给五个人的信摘抄》，刊于9月《现代》第1卷第5期（收《文集》第11卷）。

7月 在《现代》第1卷第3期发表小说《春》（收《文集》第4卷）。

7月 中篇小说《泥涂》由北京星云堂书局初版。

8月 在《现代学生》第2卷第2期发表论文《论徐志摩的诗》（收《文集》第11卷）。

8月 去苏州女友张兆和家，后又往上海于月底返青岛。

9月22日 作成原答应女友五弟张寰和"写些故事给你读"的第一篇《月下小景》（又名《黄罗寨故事》），刊于翌年2月《东方杂志》第30卷第3号（收《文集》第5卷）。《月下小景》又名"新十日谈"，除"序曲"《月下小景》外，余又称"《月下小景》外八篇"，文末均署"为张家小五辑自"等字样。

9月24日 作成小说《黑暗占领了空间的某夜》，刊于11月15日《申报月刊》第1卷第5期（后改题名为《黑夜》收《文集》第5卷）。

9月 在《新时代》月刊第3卷第1期发表《秋》（《阿黑小史》之一章）（收《文集》第5卷）。

10月上旬 作小说《医生》（《月下小景》之一），刊于12月1日《新时代》月刊第4卷第5期，文末署"据《大庄严论》"（收《文集》第5卷）。

10月15日 与高植、程一戎合编，沈从文任第一编辑人的刊物《小说月刊》正式出版，由杭州苍山书店发行。沈从文在创刊号上发表署名编者的《发刊词》。

10月 《雨》（《阿黑小史》之一章）在《新时代》月刊第3卷第2期发表（收《文集》第5卷）。

10月 作小说《扇陀》（《月下小景》之一），刊于翌年1月《现代》第2卷第3期，文末署"辑自《智度论》"（收《文集》第5卷）。

11月1日 《病》（《阿黑小史》之一章）在《新时代》月刊第3卷第3期发表（收《文集》第5卷）。

11月16日 小说《节日》在《东方杂志》第29卷第6期发表（收《文集》第5卷）。

11 月 小说集《都市一妇人》由上海新中国书局出版。同月，在杭州苍山书店出版散文集《一鳞集》。

12 月 8 日 作论文《上海作家》，以“岳林”笔名刊于 15 日《小说月报》第 1 卷第 3 期，文章批评了上海的“新礼拜六派”，并提倡“容纳左翼作家有价值的作品，以及很公正的批评这类作品。”

12 月 15 日 在《小说月刊》第 1 卷第 3 期还发表通讯《关于北方诗人之种种》（署名编者），创作谈《卷头语》，署名甲辰。

12 月 《婚前》（《阿黑小史》之一章）在《新时代》月刊第 3 卷第 4 期发表（收《文集》第 5 卷）。

1933 年 31 岁

1 月 20 日 作成小说《慷慨的王子》（《月下小景》之一），文末署“辑自《太子须大拿经》”。3 月由上海良友图书印刷公司作为“一角丛书”之一出版单行本（收《文集》第 5 卷）。

1 月 寒假期间，从青岛到苏州看望张兆和，并一同前往上海征求张文对婚事意见。张文开明，主张“儿女婚事，他们自理，与我无干。”不几日，两人订婚。寒假后，一同前往青岛大学。张兆和任青岛大学图书馆职员。

1 月 《油坊》（《阿黑小史》之一章）在《新时代》月刊第 3 卷第 5、6 期合刊发表（收《文集》第 5 卷）。

2 月 《小说月刊》出至 1 卷 5 期，因经费不支，被迫停刊。

3 月 1 日 小说《猎人故事》（《月下小景》之一）在《新月》第 4 卷第 6 期发表。

3 月 7 日 作诗《微倦》，刊于 5 月《西湖文苑》创刊号，署名季蕤。

3 月 22 日 作成小说《早上——一堆土一个兵》，刊于 5 月 1 日《东方杂志》第 30 卷第 9 号（收《文集》第 5 卷）。

3 月 中篇小说《阿黑小史》由上海新时代书局出版。

4 月 10 日 作成小说《一个农夫的故事》（《月下小景》之一），刊于 6 月 16 日《东方杂志》第 30 卷第 12 号，文末署“辑自《生经》”（收《文集》第 5 卷）。

4 月 17 日 作成小说《寻觅》（《月下小景》之一），刊于 6 月 5

日《青年界》第3卷第4期，文末署“辑自《长阿含经》、《树提伽经》、《起世经》”（收《文集》第5卷）。

4月22日 作成小说《女人》，刊于7月《现代》第5卷第3期（收《文集》第5卷）。

4月 作小说《来客》，刊于7月15日《申报月刊》第2卷第7期（收《文集》第6卷）。

5月14日 丁玲在上海被国民党政府秘密逮捕，旋即被押解南京。沈从文于25日作评论《丁玲女士被捕》，谴责国民党政府对左翼作家的镇压（刊于6月4日《独立评论》第52、53期合刊，收《文集》第12卷）。

6月4日 又作评论《丁玲女士失踪》，刊于6月12日天津《大公报·文学副刊》，指出“中国当前有两个危机，一面是国家那么穷，一面是国家那么乱。”“国民党为了自己政策的推行，弄死几个反对这种政策的人，并不算得什么稀奇事情。因为拥护自己的主张，牺牲一些人，在共产党看来也一定认为十分平常。”

约于6月 张铁生在《庸报》上撰文，攻击沈从文以及他关于丁玲被捕的文章。对此，沈从文予以反击，王芸生等人支持他向法院起诉，《庸报》被迫派人向沈从文道歉。

6月 作小说《三个女性》，刊于《新社会半月刊》8月1日第5卷第3期至9月15日第5卷第6期（收《文集》第5卷）。同月，作小说《女人》，连载于《申报·自由谈》8月25日至9月10日（后改题名为《如蕤》，收《文集》第5卷）。

6月 开始撰写传记《记丁玲女士》。先作《跋》。刊于9月23日天津《大公报·文艺副刊》（收《文集》第11卷）。❶

7月18日 作成小说《爱欲》（《月下小景》之一），刊于10月《现代》第3卷第5期，文末署“辑自《法苑珠林》”（收《文集》第5卷，改为“辑自《莲花太子经》”）。

❶《记丁玲》一书为何先写“跋”？而“跋文”一般指写在书末的文字，关于这一点，笔者1980年8月访问沈从文先生时，他回忆道：“写《记胡也频》时，就想写一本《记丁玲》，当时想用这些话用作结尾，所以就先发表了。”

7月20日 在《国闻周报》第10卷第27期上开始连载未作完的传记《记丁玲女士》。此作于12月13日作完，《国闻周报》连载至12月18日第10卷第50期。

7月25日 作《〈月下小景〉题记》，申明“本书虽注明‘辑自某经’，其实只可说是‘就某经取材，重新处理’。”

7月 中篇小说《凤子》由杭州苍山书店出版。

7月 杨振声不愿与韩复榘应酬，辞去青岛大学校长之职，回北京接受南京政府教育部委托，编中小学教科用书。约于同时，沈从文辞去青岛大学教职，随同杨振声一起编教科书。这项工作共持续了两年多，不拿稿费，但领薪水（1983年1月与笔者谈话记录）。

8月 离青岛去北京。

9月3日 作成小说《生》，刊于《人民评论旬刊》第1卷第17号（收《文集》第5卷）。

9月9日 与张兆和在北京中央公园的水榭结婚，“没有仪式，没有主婚人、证婚人。三姐穿件浅豆沙色普通绸旗袍，沈二哥穿件蓝毛葛的夹袍，”“客人大都是北方几个大学和文艺界朋友。家中除大姐元和、大弟宗和与我外，还有晴江三叔一家。沈家有沈二哥的表弟黄村生和他的九妹岳萌”（张充和《三姐夫沈从文》）。

9月23日 接手主编天津《大公报·文艺副刊》，每周二期，逢星期一、四版。

10月5日 在《申报·自由谈》发表杂文《劝人读经》，暗喻对时局的看法（收《文集》第九卷）。

10月13日 作论文《文学者的态度》，刊于18日天津《大公报·文艺副刊》（收《文集》第12卷）。

10月14日 小说《驴子故事》在天津《大公报·文艺副刊》发表。

10月25日 作论文《知识阶级与进步》，刊于28日天津《大公报·文艺副刊》（收《文集》第12卷）。

11月1日 论文《打头文学》在天津《大公报·文艺副刊》发表（收《文集》第12卷）。

11月15日 小说集《月下小景》由上海现代书局出版。

12月13日 作《〈萧乾小说选〉题记》（即《〈篱下集〉题记》），

刊于15日天津《大公报·文艺副刊》(收《文集》第11卷)。《篱下集》系萧乾第一本创作集，其中大部分由沈从文修改定稿。同日，传记《记丁玲》全部完稿。

12月25日 致施蛰存函(改题名为《新废邮存底·四》，收《文集》第12卷)。

12月30日 在天津《大公报·文艺副刊》发表论文《创作杂论》(后改题名为《致〈文艺〉读者》。收《文集》第11卷)。

本年 中篇小说《一个母亲》由上海合成书局出版；小说集《懦夫》由上海新时代书局出版。

12月 沈从文主编的教科书之一部分“东方现代文选”由上海东方文学社出版(1936年1月上海东方书局再版)。“东方现代文选”共八种:《现代论杂文选》,《现代书信文选》,《现代创作小说集》,《现代记叙文选》,《现代日记文选》,《现代诗选》,《现代小品文选》,《现代说明文选》。

1934年 **32岁**

1月1日 发表创作谈二篇:《新年试笔(三十四)》(刊于《文学》同日第2卷第1号。后改题名为《谈创作》。收《文集》第11卷);《元旦试笔》(刊于3日天津《大公报·文艺副刊》。后改题名为《元旦日致“文艺”读者》。收《文集》第11卷)。

1月1日 未作完的中篇小说《边城》开始在《国闻周报》第11卷第1期连载，至21日第11卷第4期载完先写的部分。据未发表的1952年香港励力出版社出版的电影文学剧本《翠翠》扉页上的“题记”：“本书起意于1933年春兆和到青岛第二天，我们都与山东大学几位教师游崂山北九水，时暮雨初晴，半道上有山水正横路流注，因洗手，闻女子哭声。见半山上有三四人，一半捧盘水，一女孩子手执小小引路纸幅，看来是照旧规矩去附近山神庙起水报庙，表示家中死了人，举行报庙仪式，因告兆和，可以写一小说。”

1月7日 作评论《论“海派”》，刊于10日天津《大公报·文艺副刊》(收《文集》第12卷)。文章以“海派”这一名词概括了上海一些作家的种种经历，指出“海派”恶习正在有损于新文学的健康发展，倘若“听任海派习气存在发展，就实在是北方文学者一宗罪过。”

约于 1 月 8 日至 10 日之间 离京去湘西家乡探望重病中的母亲。[1]

此时，蒋介石正在江西对苏区进行第五次“围剿”，箪军和黔军也因争夺烟土过境税不时发生战争，路途极不安全。为免除夫人担心，事先约好“每天必写一两个信”，把路上所见的“一切见闻巨细不遗全记下来”。去程近一个月，共寄发了四十几封信。这些信即为后来的《湘行散记》初稿的大部分。

1 月下旬到 2 月上旬 曹聚仁、徐懋庸、鲁迅等人在《申报·自由谈》等报上撰文，讨论沈从文所指责的“海派”现象。

2 月初 到达家乡。由于曾帮助过丁玲，并发表过指责南京国民党政府的文字等原因，家乡有人认为他是“危险人物”。为避免麻烦，只陪了母亲几天，借故北京工作紧迫，匆匆返回北京。在家乡期间，除“礼貌上必需的”拜望老上司陈渠珍外，未走访任何亲友。

2 月上旬至中旬 在返京途中写了约二十封并不付邮的长信。与去程途中加在一起，于 2 月下旬起，陆续整理成散文集《湘行散记》。

2 月 17 日 作评论《先于“海派”》，刊于 21 日天津《大公报·文艺副刊》（收《文集》第 12 卷）。文章对一个月来许多关于“海派”讨论的文章表示“极失望”。

2 月下旬起 续写《边城》，至 4 月 19 日完稿，续载于《国闻周报》3 月 12 日第 11 卷第 10 期至 4 月 23 日第 10 卷第 16 期（收《文集》第 6 卷）。

2 月 28 日 针对国民党中央党部查禁一百多种文艺书籍（包括《记丁玲》），作评论《禁书问题》。指出“近年来大学生中学生左倾思想的普遍，以及对于左倾思想的同情，政府若以为是文学的影响，而忘了社会现实那一面，实在是最大的错误。”“目前有许多事情并不是政府权力能否执行的问题，实在是政府明白如何节制权力或滥用权力，引起国内外有识者对政府厌恶或绝望的问题。”文章于 3 月 5 日《国闻周

---

[1] 《〈散文选译〉序》说“1933 年冬还乡，”系沈从文先生回忆失误。根据这一时期作品下署写作日期和地点，他 1933 年冬没有离开过北京。另据《关于“海派”》一文所叙述的内容，他在《论“海派”》没发表前才离开北京的。

报》第 11 卷第 9 期发表后（收《文集》第 12 卷），《社会新闻》3 月 21 日、24 日第 27、29 期连载了《驳沈从文的〈禁书问题〉》一文，反驳沈从文并提出警告。后来，施蛰存在《文艺风景》上撰文，为沈从文辩护，鲁迅针对施蛰存所辩护的“忠而获咎”作《隔膜》一文，认为沈从文并非“忠而获咎”，实则是不懂统治者心理的“隔膜”。

3 月 13 日 胡适致函沈从文，为何家槐被人指责剽窃沈从文作品一事，请沈从文本人出面“仗义说话”。

4 月 1 日 在《文学》第 2 卷第 4 号发表《湘行散记——鸭窠围的夜》（收《文集》第 9 卷）。

4 月 4 日 在天津《大公报·文艺副刊》上发表《编辑部故事》。

4 月 18 日 在天津《大公报·文艺副刊》发表《湘行散记——一个同我过桃源的朋友》（收《文集》第 9 卷）。

4 月 24 日 作《〈边城〉〈记》，刊于 25 日天津《大公报·文艺副刊》（收《文集》第 6 卷）。文中写道：“我将把这个民族为历史所带走向一个不可知的命运中前进时，一些小人物在变动中的忧患，与由于营养不足所产生‘活下去’以及‘怎样活下去’的观念和欲望，来作朴素的叙述。”

4 月 在上海大东书局出版小说集《游月集》和论文集《沫沫集》（其中《鲁迅的战斗》一文原未发表，《文集》没有收入）。

4 月 作小说《来客》，刊于 8 月 15 日《申报》月刊社“《申报》丛书”第七种《创作小说第二集》（收《文集》第 6 卷）。

5 月 27 日 作《〈凤子〉题记》，刊于 30 日天津《大公报·文艺副刊》（收《文集》第 4 卷）。

5 月 小说集《如蕤集》由上海生活书店出版。

6 月 25 日 致胡适函，请求胡适考虑在中美文化基金会董事年会上提出拨款设立中国新文学奖金，或“有关这方面的事业的使用”，并组织相应的委员会来支配管理。

6 月 30 日 在天津《大公报·文艺副刊》发表《湘行散记——1934 年 1 月 18 日》（收《文集》第 9 卷）。

7 月 1 日 在《文学》第 3 卷第 1 号发表散文《辰河小船上的水手——湘行散记》（收《文集》第 9 卷）。

7 月 5 日 小说《头颅》在《申报月刊》第 3 卷第 1 期发表。同日，又在《人世间》第 7 期发表传记《孙大雨》。

7 月 7 日 散文《湘行散记——一个多情水手与一个多情妇人》在天津《大公报·文艺副刊》发表（收《文集》第 9 卷）。

7 月 23 日 散文《湘行散记——五个军官和一个煤矿工人》在《国闻周报》第 11 卷第 29 期发表（收《文集》第 9 卷）。

10 月 在《文艺风景》第 1 卷第 2 期发表古诗今译《伐檀章今译——用湘西镇筸土语试译》。同月，在由郑振铎、傅东华主编，上海生活书店出版的《我与文学》(《文学》一周年纪念特辑）一书中，发表《我的写作与水的关系》。

8 月 1 日 针对南京政府教育部长通令全国小学教科书一律用语体文，和由此所引起的广东湖南等省勒令小学生读经，以及文化界关于国语运动之失败与提倡大众语的讨论，在天津《大公报·文艺副刊》发表《从"小学读经"到"大众语问题"的感想》。指出："国家与民族厄运，也不过在这些人统治交替中，多读一次经书，加深一层噩梦而已。"

8 月 7 日 作《上海通信附记》，刊于 11 月天津《大公报·文艺副刊》(后又改名为《沈从文先生的复信》，刊于 9 月《社会月报》第 1 卷第 4 期)。指出："当政者以白话文为洪水猛兽，实愚不可及。"同时，又提议"希望国内能有'几个人'，在认真'为大众'的原则下，肯冒点险，能甘于寂寞，认真来试写些作品，我愿意跟着这些人作去。"

8 月 16 日 致赵家壁函。

8 月 22 日 小说《过岭者》在天津《大公报·文艺副刊》发表（收《文集》第 6 卷）。

8 月 29 日 在天津《大公报·文艺副刊》发表《编者复信——致莲生先生》。

9 月 6 日 作"文艺副刊"的《本刊一百期》，刊于 8 日天津《大公报·文艺副刊》。

9 月 12 日 在天津《大公报·文艺副刊》发表通讯《出版消息》。

9 月 散文《老伴——湘行散记》在《学文》第 1 卷第 4 期发表（收《文集》第 9 卷）。

9月 苏雪林作《沈从文论》在《文学》第3卷第3期发表。

9月 传记《记丁玲》由上海良友图书印刷公司出版。良友图书公司在广告中对此书介绍说:“丁玲女士的一生,可以说只有沈从文先生知道得最清楚。本书从丁玲的故乡和她的父母写起,作者特有的那枝生花妙笔,把一个冲破了旧家庭束缚到大城市来追求光明的新女性,活现在读者的眼前。是中国新文艺运动以来第一部最完全的传记文学。”由于国民党政府的书刊检查官员的删除,《记丁玲》只记叙到胡也频被捕前夕为止。

10月7日 为《大公报·艺术周刊》的创刊,发表《〈艺术周刊〉的诞生》(收《文集》第12卷)。

10月10日 与巴金、卞之琳、李健吾、靳以、郑振铎合编的《水星》月刊正式创刊,由北京文华书局发行。在创刊号上,发表《虎雏再遇记——湘行散记》(收《文集》第9卷)。

10月 中篇小说《边城》由上海文化生活出版社出版。《边城》系沈从文当时计划中的以沅水流域为背景的“十城记”之第一部,后来因华北局势吃紧,编辑事务杂忙,加之中日战争爆发,第二部《小寨》写至第一章就不得不中止了计划(凌宇《沈从文谈自己的创作》,和笔者1981年8月访问沈从文先生记录)。

10月 作小说《知识》,刊于12月10日《水星》第1卷第3期(收《文集》第6卷)。

11月10日 创作谈《情绪的体操》在《水星》第1卷第2期发表(收《文集》第11卷)。

11月17日 在天津《大公报·文艺副刊》未署名发表通讯《新刊介绍——关于〈水星〉》。

11月21日 在天津《大公报·文艺副刊》发表回忆徐志摩的散文《三年前的十一月二十二日》(收《文集》第10卷)。

12月17日 作《〈现代中国作家评论选〉题记》,刊于22日天津《大公报·文艺副刊》(收《文集》第11卷)。

12月20日 作创作谈《致一个作者的公开信》,刊于26日天津《大公报·文艺副刊》(后改题名为《新废邮存底·六》,收《文集》第12卷)。

12月25日　致施蛰存函（后改题名为《新废邮存底·五》，收《文集》第12卷）。

1935年　　33岁

1月1日　诗《北京》在《水星》第1卷第4期发表，署名沈甲辰。同日，作创作谈《致一个读书人的公开信》，刊于6日天津《大公报·文艺副刊》（后改题名为《新废邮存底·七》，收《文集》第12卷）。

1月3日　作论文《新文人与新文学》，指出当前文坛中“新文人”的特征：“活下来比任何人做人的权利皆特别多，做人的义务皆特别少。”“中国目前新文人真不少了，最缺少的也最需要的，倒是能将文学当成一种宗教，自己存心做殉教者，不逃避当前社会做人的责任，把他的工作，搁在那个俗气荒唐对未来世界有所憧憬，不怕一切很顽固单纯努力下去的人。这样的人才算得是有志于‘文学’。”文章发表于2月3日天津《大公报·文艺副刊》（收《文集》第12卷）。《中央日报》在3月25日、26日连载了评论《从沈从文斥“新文人”说到作家的成功》。

1月7日　散文《滕回生堂的今昔——湘行散记》在《国闻周报》第12卷第7期发表（收《文集》第9卷）。同日，作评论《论读经》，针对国民党政府提倡“恢复固有道德”和“尊孔读经”，指出“道德同法律政治一样，有些本质不变，形式则经常变动”。积极提倡道德的有两种人，“一为政体统治者的帝王，一为思想统治者的宗教家。对道德取抗议态度的有三种人：一为有见识的思想家，二为诗人，三为革命者。前二种人照例拥护固有道德，后三种人却常常否认道德，修正道德，或创造一新道德和旧的相对抗。”此文刊于21日《国闻周报》第12卷第4期（收《文集》第12卷）。

2月12日　作诗《何其芳浮雕》，刊于17日天津《大公报·文艺副刊》，署名上官碧。

2月15日　作书信体论文《风雅与俗气》，刊于3月10日《水星》第1卷第6期。

2月18日　为李影心著《幽僻的陈庄》作“题记”，刊于3月10日《水星》第1卷第6期（收《文集》第11卷）。

2 月 24 日　《〈李白丁斯基怎么写“一周间”的〉编者附记》在天津《大公报·文艺副刊》发表。

3 月 10 日　署名编者在天津《大公报·文艺副刊》发表《消息》一文，以推论形式反驳北平报纸刊载的“丁玲办理自首手续”，“生活如何自由安逸”之说。

3 月 20 日　作《一封公开信》，刊于 24 日天津《大公报·文艺副刊》，署名编者（后改题名为《新废邮存底·八》，收《文集》第 12 卷）。

3 月 25 日　散文《桃源与沅洲——湘行散记》在《国闻周报》第 12 卷第 11 期发表（收《文集》第 9 卷）。

4 月 10 日　散文《湘行散记——箱子岩》在《水星》第 2 卷第 1 期发表（收《文集》第 9 卷）。同日，作创作谈《一封信》，刊于 6 月《中学生》第 56 期（后改题名为《给一个读者》。收《文集》第 11 卷）。

4 月 10 日至 26 日　作小说《顾问官》，刊于 7 月 1 日《文学》第 5 卷第 1 期（收《文集》第 6 卷）。

4 月 14 日　作创作谈《废邮存底——致李先生》，刊于 5 月 10 日《武汉日报》（改题名为《新废邮存底·九》，收《文集》第 12 卷）。

4 月 29 日　评论《尽责》在《国闻周报》第 12 卷第 16 期发表（收《文集》第 12 卷）。指出“既然有人提倡读经了，这是不是一条出路？路走不走得通？公平的讨论决不犯什么罪。若因为提倡的是另一种人，其余各方面就避嫌不说话了，那是逃避责任。”

4 月　李同愈在《新中华》第 3 卷第 7 期发表《沈从文的短篇小说》。

5 月 3 日　署名发稿人某甲，在天津《大公报·文艺副刊》发表《编者白》。

5 月 4 日　作书讯《介绍〈新文学大系〉》，刊于 5 日天津《大公报·文艺副刊》发表（发表《文集第 12 卷》）。

5 月 5 日　小说《张大相——五溪乡贤录》在天津《大公报·文艺副刊》发表（收《文集》第 7 卷）。

5 月 10 日　散文《湘行散记——一个近视眼朋友》在《水星》第 2 卷第 2 期发表（后改题名为《一个爱惜鼻子的朋友》。收《文集》第 9 卷）。

5月19日 小说《新与旧》在《独立评论》第151期上发表（收《文集》第6卷）。

6月10日 在《水星》第2卷第3期发表小说《失业》（收《文集》第6卷）。同期又发表论文《中国人的病》（收《文集》第12卷）。指出中国人的“病因”是“帝王神佛与臣仆信士对立的人生观”，也是“使国家衰落民族堕落的直接原因。”“我们应明一个‘人’的权利，向社会争取这种权利，”“要有自信心，忍劳耐苦不在乎，对一切事皆有从死里求生的精神，对精神身体不健康的病人狂人永远取不合作态度，这才是救国家同时救自己的简要药方。”

6月21日 作创作谈《废邮存底》，刊于23日天津《大公报·文艺副刊》（后改题名为《新废邮存底·十》，收《文集》第12卷）。

7月2日 署名编者在天津《大公报·文艺副刊》发表《编者附白》。

7月20日 作《废邮存底——关于“批评”一点讨论》，署名编者，刊于28日天津《大公报·小公园》（后改题名为《新废邮存底·十》，收《文集》第12卷）。

8月1日 小说《八骏图》在《文学》第5卷第2期发表。在12月10日所作的《〈八骏图〉题记》中自述道：“活在中国作一个人并不容易，尤其是活在读书人圈儿里。大多数人都十分懒惰、拘谨、小气，又全都是营养不足，睡眠不足，生殖力不足。这种人数目既多，自然而然会产生一个观念，就是不大追问一件事情的是非好坏，‘自己不作算聪明，别人作来却嘲笑’的观念。”“这观念反映社会与民族的堕落。憎恶这种近于被阉割过的侍宦观念，应当是每个有血性的青年人的感觉。”

8月7日 作完小说《自杀》，刊于9月1日天津《大公报·文艺》（收《文集》第6卷）。

8月28日 致施蛰存和赵家壁函。

8月31日 署名炯之在天津《大公报·小公园》发表评论《谈谈上海的刊物》（收《文集》第12卷）。认为“够得上称为文艺杂志，且愿意好好的办下去的依然寥寥无几”，文章又批评了上海文坛“争斗”现象，“这成绩就是凡骂人的被骂的一古脑儿变成丑角”，“除了读者养成一种‘看热闹’的情趣以外，别无所有”，“争斗的延长，无结果的延长，实在可说是中国读者的大不幸”，“一个时代的代表作，结起账来若只是这些精巧的对骂，这文坛，未免太可怜了。”后来鲁迅针对此文，作《七论“文人相轻”——两伤》（署名隼，刊于《文学》月刊10月1日第5卷第4期），反驳道：“现在这‘可怜’的时代，能杀才能生，能憎才能爱，能生与爱，才能文。”

8月31日 作创作谈《论技巧》在天津《大公报·文艺副刊》发表（收《文集》第12卷）。

9月1日 天津《大公报·文艺副刊》改由沈从文和萧乾合作编辑（萧乾任此职由沈从文推荐），并改刊名为“文艺”，每周出版四期，逢周日、一、三、五出版，星期日版由沈从文组稿，为整版，星期一、三、五由萧乾发稿，为半版。

9月9日 评论《论穆时英》在天津《大公报·文艺》发表（收《文集》第11卷）。

9月13日 因小说《自杀》被吴宓等人指责为“讽刺”人，作公开信《废邮存底——给某教授》，刊于15日天津《大公报·文艺》（收《文集》第11卷）。

9月 《水星》杂志第2卷第6期出版后停刊。

10月10日 为一位读者写信提议沈从文组织“作家集团”事，作公开信《废邮存底》，刊于13日天津《大公报·文艺》（后改题名为《新废邮存底·十二》，收《文集》第12卷）。

10月28日 散文《时间》在天津《大公报·文艺》发表，署名炯之（收《文集》第10卷）。

11月3日 为《大公报·文艺》的“诗刊”作评论《新诗和旧账——并介绍〈诗刊〉》，刊于10日天津《大公报·文艺》（收《文集》第12卷）。“诗刊”由孙大雨、梁宗岱、罗念生集稿，每月在《大公报·文艺》上出版两期。沈从文约稿的作者有：朱自清、闻一多、俞平伯、朱光潜、废名、林徽因、方令孺、陆志韦、冯至、陈梦家、卞之琳、何其芳、李广田、林庚、徐芳、陈世骧、孙毓棠、孙洵侯、曹葆华等人。

11月19日 编就“徐志摩纪念特刊”并作“附记”，倡议设立二年前欧美同学会中有人提出过的“徐志摩文学奖”。“特刊”于12月8日出版。

11月29日 在天津《大公报·文艺》署名炯之发表评论《谈〈新文学大系〉》，认为"鲁迅选北京方面的作品，似乎因为问题比较复杂了点，取舍之间不尽合理"，"周作人选散文，大约因为与郁达夫互商结果，选远远的郭沫若而不选较近的朱自清"，"令人微觉美中不足"，"郁达夫选散文全书四百三十余页，周氏兄弟合占二百二十二页，分量不大相称"（收《文集》第12卷）。

12月10日 作《〈八骏图〉题记》，刊于20日天津《大公报·文艺》（收《文集》第6卷）。

12月16日 创作谈《废邮存底——给某作家》在《文学季刊》第2卷第4期发表（笔者以为此信系致巴金的公开信。在凌宇《沈从文谈自己的创作》中，沈从文回忆道"可能是"）。

12月 小说集《八骏图》由上海文化生活出版社出版。

1936年 34岁

1月1日 十年创作选集序文《〈习作选集〉代序》在《国闻周报》第13卷第1期发表。"序文"自述道："我只想造希腊小庙。选小地作基础，用坚硬石头堆砌它。精致、结实、匀称，形体虽小而不纤巧，是我理想的建筑。这神庙供奉的是'人生'。""我希望我的工作，在历史上能负一点儿责任，尽时间来陶冶，给他证明什么应消灭，什么宜存在。""序文"还回忆道："徐志摩先生，胡适之先生，林宰平先生，郁达夫先生，陈通伯先生，杨今甫先生，丁西林先生，这十年来没有他们对我种种帮助和鼓励，这本集子里的作品不会产生，不会存在。尤其是徐志摩先生，......"

1月8日 创作谈《答辞六——从艰难中去试验》在天津《大公报·文艺》发表（后改题名为《新废邮存底·十三》，收《文集》第12卷）。

1月15日 创作谈《答辞八——给青先生》在天津《大公报·文艺》发表（后改题名为《新废邮存底·十四》，收《文集》第12卷）。

1月22日 创作谈《答辞十——天才与耐心》在天津《大公报·文艺》发表（后改题名为《新废邮存底·十五》，收《文集》第12卷）。同日，发表启事《清理积积稿》。

1月 《从文小说集》由上海大光书局出版。

1月 由埃米丽·哈恩（Emily Hahn）和辛沫雷（译音，Shing Mo-Lei）翻译的《边城》（英译名“Green Jade and Green Jade”），开始在上海的英文月刊《天下月刊》（T′ien Hsia Monthly）第2卷第1期连载，至4月第2卷第4期载完。

2月5日 创作谈《答辞十三——给席士先生》在天津《大公报·文艺》发表（后改题名为《新废邮存底·十六》，收《文集》第12卷）。

3月27日 作致天津《大公报·文艺》读者公开信《给志在写作者》，刊于29日（收《文集》第12卷）。

3月29日 在天津《大公报·文艺》发表《沈从文敬启》，宣布《文艺》改由萧乾任主编。

3月 散文集《湘行散记》由上海商务印书馆出版。

3月 由沈从文为之修改并作“题记”的《篱下集》（萧乾著）由上海商务印书馆出版。

4月1日 天津《大公报·文艺》出至第120期，从是期开始，每周四期全由萧乾发稿，据沈从文先生回忆，虽然发稿全归萧乾，实际组稿、编辑仍有他参加决定。

关于沈从文编《大公报·文艺》，朱光潜回忆道：“他（沈从文）编《大公报·文艺副刊》，我编商务印书馆的《文学杂志》，把北京的一些文人纠集在一起，占据了这两个文艺阵地，因此博得了所谓‘京派文人’的称呼。京派文人的功过世已有公评，用不着我来说，但有一点却是当时的事实，在军阀横行的那些黑暗日子里，在北方一批爱好文艺的青少年中，把文艺的一条不绝如缕的生命线维持下去，也还不是一件易事。至今一些已到壮年或老年的小说家和诗人之中，还有不少人是当时京派文人中培养起来的。”

5月 十年创作选集《从文小说习作选》由上海良友图书印刷公司出版。

5月18日 李影心在《国闻周报》第13卷第19期上发表《评〈八骏图〉》。

7月1日 在天津《大公报·文艺》发表“启事”。

7月21日 作诗《时和空——人事有代谢，往来古成今》，刊于8

月30日天津《大公报·文艺》，署名上官碧。

10月8日 作散文《沉默》，刊于11月1日《文季月刊》第1卷第6期（收《文集》第10卷）。

10月19日 鲁迅在上海逝世。据21日上海《大公报》记者“北平通信”：“鲁迅前晨因肺病在沪逝世，平教育文化界友人莫不表示哀痛，昨纷纷致电上海吊唁。此外还决定于最近期间联合举行追悼大会，闻昨已商定追悼的办法如下：一、追悼会之发起，由个人团体双方进行。个人方面有许寿裳、沈兼士、顾颉刚、朱自清、谢冰心、沈从文等。团体方面有作家协会、北方文艺社、世界语编译等；二、追悼地点决定在城内。”

10月25日 署名炯之，在天津《大公报·文艺》发表评论《作家间需要一种新运动》，对文坛上“差不多”现象提出了尖锐的批评，提倡来一场反“差不多”运动。萧乾署编者名加了“按语”：“本文发表在文坛上飘扬着大小各色旗帜的今日，我们觉得它昧于时下阵列风气，爽直道来，颇有些孤单老实。唯其如此，于读者它也许更有些真切的意义。这是对中国新文艺前途发了愁的人的一个呼吁。它代表一片焦灼，一股哀愁，一个模糊然而真诚的建议。我们期待着它掀起的反应。”文章发表后，有孙伏园、肖云、吴蔷（吴强）、彭昭义、光寿、杨刚、茅盾等作家撰文参加讨论。

10月 林徽因选辑的《大公报文艺丛刊小说集》由大公报馆出版，收沈从文散文三篇：《箱子岩》、《一个戴水獭皮帽子的朋友》、《一九三四年一月十八日》。

10月 中篇小说《一个母亲》由上海复兴书局修订重版。

11月16日 针对“国防文学”口号论争，在《国闻周报》第13卷第45期发表评论《文坛的“团结”与“联合”》。

11月18日 应燕京大学学生流金（程应镠）等人之约，为燕大学生文艺社所创办的杂志《青年作家》作发刊词《对于这新刊诞生的颂词》，刊于12月1日《青年作家》创刊号（收《文集》第12卷）。

11月20日 在《大众知识》第1卷第3期发表评论《文学界联合战线的所有意义》。

11月29日 作评论《我对于书评的感想》，刊于翌年1月17日

《大公报·文艺》。指出“解放书评最主要的一件事，我以为就是三五有地位的作家的反省，态度坦白一点，光明一点。”

11 月 小说集《新与旧》由上海良友图书印刷公司出版。

12 月 10 日 作《伟大的收获》(评曹禺《日出》)，刊于翌年 1 月 1 日《大公报·文艺》(收《文集》第 11 卷)。

12 月 15 日 作《一封信》，再谈反文坛上的“差不多”，刊于翌年 2 月 21 日《大公报·文艺》，署名炯之。文中写道：“我认为一个政治组织固不妨利用文学作它争夺‘政权’的工具，但是一个作家却不必需跟着一个政治家似的奔跑(他即或是一个对社会革命存同情的作家，也不必如此团团转)。”

本年 《现代中国作家评论选》在北平出版。散文集《豹斑集》由北平立达书局出版。

本年 由美国纽约雷纳尔和希契科克公司出版、埃德加·斯诺(Edgar Snow)编译的《活的中国：现代中国短篇小说》一书中，收入了沈从文《柏子》——作的英译。斯诺在“序言”中写道：“沈氏的《边城》很受欢迎，篇幅较长，但沈的创作基本上是短篇小说。”“经济压力迫使许多中国作家拉长他们的小说。”

本年 由哈德罗·阿克顿(Harold Acton)和陈世骧合译的沈从文诗《颂》英译，(并附作者简介)，收入英译本《中国现代诗歌集》，由英国伦敦杜克华滋出版社出版。

1937 年 **35 岁**

1 月 10 日 诗《无题》在《新诗》第 4 期发表，署名上官橘。

1 月 20 日 作评论《读〈西班牙游记〉》，刊于 2 月 26 日《大公报·文艺》，署名上官碧。

1 月 25 日 论文《艺术教育》在《国闻周报》第 14 卷第 4 期发表，署名炯之(收《文集》第 12 卷)。

1 月 与萧乾合著的文学论集《废邮存底》由上海文化生活出版社出版。

2 月 10 日 诗《窗》在《新诗》第 5 期发表，署名上官橘。

3 月 15 日 修改稿《主妇》在《日报》第 1 卷第 3 期发表(收《文

集》第6卷）。

3月31日 散文《奔驰》在《大公报·文艺》发表，署名上官橘。

3月 作小说《贵生》，刊于5月1日《文学杂志》第1卷第1期（收《文集》第6卷）。

4月4日 论文《谈写字》在《大公报·文艺》发表（改题名为《谈写字一》收《文集》第12卷）。

5月14日 作完小说《大小阮》，刊于6月1日《文学杂志》第1卷第2期（收《文集》第6卷）。

5月15日 作完小说《生存》，刊于6月15日《文丛》第1卷第4期（收《文集》第6卷）。

5月17日 小说《王谢子弟》重作稿在《国闻周报》第14卷第19期发表（收《文集》第6卷）。

6月3日 论文《滥用名词的商榷》在《大公报·文艺》发表，署名上官碧（收《文集》第12卷）。

6月18日 就《独立评论》第238期絮如指责一部分作品"看不懂"，致胡适函，后以《关于看不懂》为题刊于《独立评论》第241期。

7月1日 中篇小说《凤子》续作《神之再现》（《凤子》之十）在《文学杂志》第1卷第3期发表（后编入《凤子》一集，收《文集》第4卷）。

7月初 作评论《再谈差不多》，刊于8月1日《文学杂志》第1卷第4期，署名炯之。

7月 茅盾在《文学》第9卷第1期发表《新文学前途有危机么？》，在《中流》第2卷第9期发表《关于"差不多"》，对沈从文提出"反差不多"提出不同看法。

7月5日 在《国闻周报》第14卷第26期开始连载小说（未完稿）《小寨》，至8月9日载完第一章。后因抗战爆发，没有续作。

7月7日 卢沟桥事变，抗战爆发，28日，平津相继陷落。

7月 由辛沫雷（译音）英译小说《丈夫》（并译者短序）在美国纽约《亚洲》杂志第37期发表。

8月12日 清早，"我和北大、清华两校一些相熟教师，搭第一次平津通车过天津，第二天在法租界一个住处，见早报才知道上海方面已发生战事，我们的终点是南京，由海船去上海路线已断绝，只好等待时机。”（《〈散文选译〉序》）。

约 8 月 23 日　“却探听出有条英国商船可直达烟台。准备先去烟台，到时设法乘汽车到当时还通行的胶济路中，再搭船就可到南京。一切得看气运。我们无从作较多考虑，都冒险上了船。还记得同舱熟人中有美术学院赵太侔夫妇、清华大学谢文炳夫妇、北大朱光潜教授，及杨今甫先生等等。”（《〈散文选译〉序》）。

9 月初　到达南京。“那天半夜，恰逢日本第一次用一百架飞机大轰炸北极阁。南京方面各机关都正准备大疏散。于是我又和不少北方熟人，于三天后，挤上了一条英国客轮向武汉集中。我既买不到票，更挤不上船，亏得南开大学林同济先生，不顾一切，勉强推我上跳板，随后向船长介绍，得到不必买票的优待，且在特等舱里住了四天才离开船的。”（《〈散文选译〉序》）。

9 月 10 日左右　到达武汉，“我就和几个朋友暂留武汉借武大图书馆工作。”“不久就有熟人相告，延安方面欢迎十个作家去延安，可以得到写作上一切便利，我是其中之一，此外还有巴金，茅盾，曹禺、老舍、萧乾等等。”（《〈散文选译〉序》）。

12 月　到长沙。“一个大雪天，就和曹禺等特意过八路军特派员办事处，拜访徐特立老先生，问问情形。徐老先生明白告我们，‘能去的当然欢迎，若有固定工作或别的原因去不了，就留下做点后方团结工作，也很重要。因为战事不像是三几年能结束，后方团结合作，还值得大大努力，才能得到安定，才能持久作战。’”（《〈散文选译〉序》）。

1938 年　　**36 岁**

1 月初　到达湘西沅陵，在沅陵住了四个多月。

5 月　转移到昆明西南联大中文系任教。先后开设的课程有“现代文学”、“中国小说史”、“各体文习作”。“尤其对于小说史一课，他似乎用力最勤，也很有创获。”（《我所知道的沈从文先生》）。

6 月 14 日　作论文《谈保守》，刊于 7 月 1 日《新动向》第 1 卷第 2 期，后于 7 日修改（收《文集》第 11 卷）。

7 月　创作谈《几封论创作的信》在《文艺季刊》第 1 卷第 1 期

发表。

夏、秋之际 作散文集《湘西》。此书“书名用《沅水流域说小录》，似乎还切题一些”，因“本文在香港《大公报》发表时，即沿用这个名称，因此现在并未更改”。(《题记》)“……到昆明不久，就又写了这本《湘西》，比较有系统地把一条纵横延长将达千里的沅水流域和五个支流地方的‘人事’、‘生产’作个概括性介绍，并用沅陵和凤凰作为重点，人事上的好处和坏处，都叙述得比较详尽些，希望取得‘辟谬理惑’的效果。”(《〈散文选译〉序》)“一面是长沙临时大学、中央军校向川滇迁移过境，一面是政治学校、商学院、艺专、湖南大学，以及三十余公私中学，及无数国家机关单位陆续向上疏散，对湘西都不免怀着戒心，为安全问题而苦恼。绥署深感责任复杂重大，对物价控制、对房屋分配、对难民输送、对整个治安强化及粮役西政进行，也无一不超过想像以上烦难而复周折。还有些属于情绪隔离状态发生的问题，如地方与中央摩擦，本地与外省摩擦，自然更不容易作有效安排。我知道，我还应当为地方为国家作点事，所以到云南后又写了一本小书，名叫《湘西》，对地方各方面略加说明，希望家乡人的自尊信心，和外来者的同情与理解，能作成一种新的调和或混合。一派稀和气氛的形成。在当时，完成任何事情还重要。”(《〈湖南的西北角〉序》)。

9月 论文《谈进步》在《文艺季刊》第1卷第3期发表。同月，作《谈朗诵诗（一点历史的回溯）》，连载于香港《星岛日报·星座》10月1日至5日（收《文集》第11卷）。

10月 李一谢（译音，lee Yi-Hsieh）英译小说《萧萧》在英文版《天下月刊》第7卷第3期发表。

11月15日 评论《给青年朋友》在《新动向》第1卷第10期发表（收《文集》第12卷）。

冬 作《莫错过这千载难逢的报国机会——给湘西几个在乡军人》（收《文集》第12卷）。

12月 作《〈湘西〉题记》，刊于翌年1月8日《今日评论》第1卷第2期（收《文集》第9卷）。

本年 继续随杨振声兼编教科书，任总编辑，负责选小说。此项工作一直持续到1940年。

1939年　　　　　　　　　　　　　　　　　　　　　　37岁

1月22日　论文《一般或特殊》在《今日评论》第1卷第4期发表。指出当前一些作家"在朝在野服务什么机关的，也都只记得'宣传'，不太肯分析宣传的意义。标语口号盛行时，什么标语口号能产生什么结果就不大明白。于是社会给这些东西笼统定下一个名辞，'宣传品'。这名辞内容，包含了'虚伪'，'浮夸'，'不落实'，'无固定性'，'一会儿就成过去'种种意义。又给创造它的人一个称谓，'宣传家'。""据我个人看法，对于'文化人'知识一般化的种种努力，和战争的通俗宣传，觉得固然值得重视，不过社会真正的进步，也许还是一些在工作上具特殊性的专门家，在态度上是无言者的作家，各尽所能来完成的。"文章发表后，巴人等人撰文反驳沈从文在该文中提出的观点。

2月6日　散文《昆明冬景》在香港《大公报·文艺》发表（收《文集》第10卷）。

5月15日　论文《真俗人和假道学》在昆明《中央日报·平明》第1期发表。

6月2日　评论《谈谈木刻》在《大晚报·读书界》发表（收《文集》第12卷）。

6月25日　评论《一种态度》在《今日评论》第2卷第1期发表（收《文集》第12卷）。

6月　散文《记蔡威廉女士》在《新动向》第2卷第10期发表（收《文集》第12卷）。

7月26日　校完《记丁玲续》。

8月　散文集《湘西》由长沙商务印书馆出版。

9月　论文、散文集由上海文化生活出版社出版。同月，《记丁玲续》由上海良友图书印刷公司出版。

12月　小说集《主妇集》由上海商务印书馆出版。

本年　作长篇小说《长河》（第1卷）。完稿后，先分章节发表于香港报刊，因"作品忠实，便不免多触忌讳"，被国民党书刊检查官删节了相当一部分。后于 1941 年重作，其中《大邦船拢码头时》一章发表于翌年 9 月 15 日《文学创作》第 1 卷第 2 期，其它各章“且被检查处认为思想不妥，全部扣留。幸得朋友为辗转交涉，经送重庆复审，重加删节，经过一年方能发还付印。”（《题记》）后又于 1945 年修订全部书稿。并将《秋》和《社戏》两章合编为《秋收与社戏》一文，发表于同年 5 月 1 日《自由中国》第 1 卷第 1、2 期合刊。同年，全书由昆明文聚社出版。1947 年，又修订全书，并单篇发表了四章：《大邦船拢码头时》，刊于 6 月 16 日《知识与生活》第 5 期；《人与地——一个小地方人事叙述》，刊于 6 月 18 日天津《益世报·文学周刊》；《枫木坳》，刊于 8 月 18 日北平《平明日报·星期艺文》；《摘橘子》，刊于 9 月 1 日《文学杂志》第 2 卷第 4 期（亦载同日天津《益世报·文学周刊》）。修订本于 1948 年 8 月由上海开明书店初版（收《文集》第 7 卷）。

按，1942 年《题记》自述：“……用辰河流域一个小小的水码头作背景，就我所熟习的人事作题材，来写写这个地方一些平凡人物生活上的‘常’与‘变’，以及在两相乘除中所有的哀乐。问题在分析现实，所以忠忠实实和问题接触时，心中不免痛苦，唯恐作品和读者对面，给读者也只是一个痛苦印象，还特意加上一点牧歌谐趣，取得人事上的调合。”“作品设计注重在将常与变错综，写出‘过去’‘当前’与那个发展中的‘未来’，因此前一部分所能见到的，除了自然景物的明朗，和生长于这个环境中几个小儿女性情上的天真纯粹，还可见出一点希望，其余笔下所涉及的人和事，自然便不免黯淡无光，尤其是叙述到地方特权者时，一枝笔即再残忍也不能写下去，有意作成的乡村幽默，终无从中和那点沉重感慨。”“虽然这只是湘西一隅的事情，说不定它正和西南好些地方差不多，虽然这些现象的存在，战事一来都给淹没了，可是和这类似的问题，也许会在别一地方发生。”

《长河》原计划写四卷，因战争和书刊检查制度，此计划没有继续下去。

1940 年 **38 岁**

1 月 1 日 论文《谈人》在香港《大公报·文艺》发表。

2月3日 作"废邮存底"二篇：一、《给一个大学生》，二、《给一个青年作家》，均刊于5月1日昆明《战国策》第3期（收《文集》第11卷）。

2月 作《废邮存底——给一个诗人》，刊于5月1日昆明《战国策》第3期（收《文集》第11卷）。

3月 作论文《烛虚》，刊于4月1日昆明《战国策》第1期（收《文集》第11卷）。

3月末 作诗《看虹》，刊于11月5日香港《大公报·文艺》，署名雍羽。

4月15日 论文《白话文问题——过去当前和未来检视》在昆明《战国策》第2期发表。同时，作《废邮存底——给一个中学教员》，刊于5月1日昆明《战国策》第3期（收《文集》第11卷）。

4月末 作论文《"五四"二十年》，刊于5月4日香港《大公报·文艺》（又刊5月5日昆明《中央日报》）。认为："……文学运动，从建设方面看，固然影响大成就多，从破坏方面看，也不可免有许多痛心现象。新工具既能广泛普遍的运用，由于'滥用'与'误用'结果，便引出许多问题。从大处言，譬如北伐成功后国内因思想分歧引起的内战，壮丁大规模的死亡，优秀青年大规模的死亡，以及国富国力无可计量破坏损耗，就无一不与工具滥用、误用有关。从小处言，'学术'或'文化'两个名辞，近十年来，在唯利是图的商贾和似通非通的文化人手中，常弄得非驴非马，由于误解曲解，分布了万千印刷物到各方面去，这些东西的流行，即说明真正的学术文化的发展，已受了何等不良影响。所以纪念五四，最有意思的事，无过于从'工具'的检视入手。"

5月1日 作论文《文运的重建》，刊于5日昆明《中央日报》。认为文运"遭受了这易变社会的摧残，越来越失去原有意义"，"文运实已堕落了。""堕落的原因"是"与上海商业资本溶合为一，文学作品有了商品意义"，另外"被在朝在野的政党同时看中了，它又与政治溶合为一"。而文运的重建则"应当把文运同'教育''学术'联系在一处，不能分开，争取应有的尊重。"

5月15日 针对陈铨发表于《战国策》第3期上的《论英雄崇拜》，在《战国策》第4期发表《读英雄崇拜》，后改名为《读〈论英雄崇拜〉》

收《文集》第12卷）。指出："领袖也是一个人，并不是神。他要人相近，不要人离远。要群众信托爱敬，不要迷信崇拜。"

5月29日 小说《王嫂》在香港《大公报·文艺》发表（收《文集》第7卷）。

6月1日 书评《黔滇道上》在昆明《中央日报·平明》发表（收《文集》第11卷）。

6月3日 萧乾致在美国的胡适信，自述道：他"读书上最好的老师今甫先生，写作上最好的老师从文先生"。

6月16日 论文《习作举例——从徐志摩作品学习抒情》在《国文月刊》第1期发表（收《文集》第11卷）。

6月24日 小说《乡城》（并附记）在香港《大公报·文艺》发表，署名刘季（收《文集》第7卷）。

7月15日 论文《烛虚》（续篇）在昆明《战国策》发表，署名上官碧（收《文集》第11卷）。

8月3日 在西南联大国文学会作以《小说作者和读者》的演讲。演讲稿刊于8月15日昆明《战国策》第10期。

8月5日 论文《新的文学运动和新的文学观》在《战国策》第9期发表。

9月16日 论文《习作举例——从周作人鲁迅作品等习抒情》在《国文月刊》第2期发表。聂绀弩针对此文提出反驳，于12月1日《野卒》第1卷第4期发表《从沈从文笔下看鲁迅》。

10月16日 在《国文月刊》第3期发表评论《习作举例——由冰心到废名》（收《文集》第11卷）。

10月27日 论文《男女平等》在昆明《中央日报》发表。

11月 作散文《看云》，刊于翌月12日香港《大公报·文艺》，署名上官碧（后改题名为《云南看云》。收《文集》第10卷）。

12月 作《废邮存底——给一个广东朋友》，刊于30日香港《大公报·文艺》（收《文集》第11卷）。

12月 由石敏（译音 Shih Ming）英译的小说《王太太的小鸡》（即《乡城》，"Old Mrs.Wang's Chicken"）在英文版《天下月刊》第11卷第3期发表。

冬开始陆续修订旧作，并准备重新发表。

1941年 **39岁**

本年仍继续修订旧作。

2月18日 《新废邮存底——给一个作家》在《中央日报·文艺》发表（收《文集》第11卷）。

3月15日 论文《变变作风》在香港《大公报·文艺》发表（收《文集》第12卷）。

3月21日 作创作谈《明日的文学作家》（收《云南看云集》）。

5月2日 在西南联大国文学会作题为《短篇小说》的演讲。讲稿于5月20日修订，刊于翌年2月16日《国文月刊》第18期（收《文集》第12卷）。

8月 论文集《烛虚》由上海文化生活出版社出版。

12月 作创作谈《新废邮存底——给一个在芒市服务的小学教员》（收《文集》第11卷）。

1942年 **40岁**

1月26日 作《对作家和文运的一点感想——新废邮存底七》，刊于2月11日重庆《大公报·战国》。

5月23日 作创作谈《给一个军人——新废邮存底七》（收《文集》第11卷）。

6月3日 作《学习写作——新废邮存底》（收《文集》第11卷）。

7月7日 创作谈《事业与职业——新废邮存底，给一个改入银行的年青作家》，在重庆《大公报》发表（收《文集》第11卷）。

9月1日 作完论文《文学运动的重造》，刊于10月25日《文艺先锋》第1卷第2期。此文后于12月重写。

9月29日 作完论文《小说与社会》，刊于10月25日《世界学生》第1卷第10期（收《文集》第12卷）。

9月 作《废邮存底——给驻在长沙炮队一个小军官》，刊于10月15日《文学创作》第1卷第2期（收《文集》第11卷）。

秋 作小说《芸庐纪事》，连载于10月15日《人间世》复刊第1

卷第1期，翌年1月15日第1卷第3期。后于1947年初修订补充，重新发表于天津《益世报·文学周刊》2月1日、16日、3月1日、15日、29日（收《文集》第7卷）。

10月末 改写完小说《新摘星录》（初稿写完于1940年7月18日），连载于《当代评论》11月22日第3卷第2期，29日第3卷第9期，12月6日第3卷第4期，12月13日第3卷第5期，12月20日第3卷第6期（收《文集》第7卷）。

12月 作完回忆录《水云——我怎么创造故事，故事怎么创造我》，连载于《文学创作》1943年.1月15日第1卷第4期，2月15日第1卷第5期。后于1944年5月重作，重新发表于9月15日《时与潮文艺》第4卷第1期（收《文集》第10卷）。

1943年 **41岁**

1月20日 论文《“文艺政策”检讨》在《文艺先锋》第2卷第1期发表。

2月23日 改毕《〈长河〉题记》，刊于4月21日重庆《大公报》。

4月20日 修改《读书人的赌博——新废邮存底》（1940年作）。

4月 根据旧稿修订编成的小说集《春灯集》由开明书店出版。

5月24日 《〈看虹摘星录〉后记》在重庆《大公报》发表。此文后于1945年修订，重新发表于同年12月8日、10日《大公报·文艺》（收《文集》第11卷）。《后记》自述道：“我这本小书[1]最好读者，应当是刘西渭先生和音乐家马思聪先生，他们或者能超越世俗所要求的伦理道德价值，从篇章中看到一种‘用人心人事作曲’的大胆尝试。”“另外合乎理想的读者，当是一位医生，一个性心理分析专家，因为也许可以作为他要‘知道’或‘得到’的一分‘情感发炎’的过程记录。”

6月1日 杂感《见微斋笔谈——小说上吃人肉记载》在《文学

[1]《看虹摘星录》系短篇小说集。据程应镠教授向笔者回忆，此书约于1945年左右出版，当时沈从文先生还赠送过一本给他。金隄和罗伯特·潘恩（Robert Payne）合译的《中国大地：沈从文的小说》（The Chinese Earth：Stories by Shen Ts'eng—wen）收入了《看虹录》英译“The Ram-bow.”此书原本笔者至今未找到。

创作》第2卷第2期发表。

6月 论文集《云南看云集》由重庆国民图书社出版。

6月3日 重写小说《乡居》，发表于翌年10月1日《文学创作》第2卷第4期。

7月 根据旧稿修订编成的小说集《黑凤集》由开明书店出版。

12月10日 重作散文《绿魇》，刊于翌年2月1日《当代文艺》第1卷第2期（收《文集》第10卷）。

1944年 **42岁**

1月 小说《雪晴》在《当代文艺》创刊号发表。此作于1946年10月12日重作，载同年10月20日《经世日报·文艺》（收《文集》第7卷）。

4月1日 《作家生活自述（沈从文）》在《当代文艺》第1卷第2期发表。

4月 修订本《湘西》由开明书店出版。

5月15日 散文《绿魇》和《白魇》在重庆《时与潮文艺》第3卷第3期发表（收《文集》第10卷）。

9月16日 致在美国的胡适函，请胡适为其英译小说集写序，并想用此书外销版税去美国，"我希望因此有机会到美国看看，住二三年，或自费，或在需要教'现代中国文学'的什么学校，担任这个部门的课。因为我在国内大学谈这个问题已近十年，解释它的过程得失及作品得失时，还有条理。"

本年 短篇小说《夜》由王世成（译音，Wang Chi-chen）译成英文，收编入美国哥伦比亚大学出版社版《当代中国小说》。

1945年 **43岁**

3月20日 小说《赤魇》在昆明《观察报·生活风》发表（又载6月14日重庆《益世报·益世副刊》。收《文集》第7卷）。

6月1日 《手迹——致施蛰存》在《文艺春秋丛刊》之四发表。

8月15日 日本无条件投降，抗战胜利。

本年 长篇小说《长河》由昆明文聚社出版。小说集《看虹摘星录》和散文集《魇》也约于本年出版。

1946年　　44岁

1月5日　散文《吃大饼》在《月刊》第1卷第3号发表。

3月　作《〈断虹〉引言》，刊于4月1日《春秋》第3卷第1期（复刊号），后于11月修改，刊于11月17日北平《经世日报·文艺》（收《文集》第11卷）。

5月1日　《书评的自由解放运动》在《上海文化》第4期发表。

5月25日　在《民坛周刊》第2、3期合刊上发表论文《云南的美术教育》。

6月1日　小说《虹桥》在《文艺复兴》第1卷第5期发表（收《文集》第7卷）。同日，《上海文化》第6期转载《沈从文鬻字赈灾》："沈从文原籍湖南。近因湖南正苦于旱灾，乃在昆明报上刊登启事，立下心愿，鬻字赈灾。启事原文如下：'湘灾严重，死亡太多。我会写几个草字，想义卖一百件，全部作赈灾。我的朋友、同学、读者，凡乐意助成这件事的，在筹赈会请代收赈款银行或报社捐款万元，函示收据字号，即将所书一件寄奉。'"

夏　由北京大学、南开大学、清华大学三校联合而成的西南联大，因抗战已胜利，分别复员北上。沈从文应北京大学之聘，任北大文学系教授，启程离昆明北上。

7月　到达上海。

7月30日　论文《湘人对于新文学运动的贡献》，在上海《大公报·文艺》发表（收《文集》第12卷）。

8月　去苏州。

8月4日　散文《忆北平》在《大公报》发表。

8月11日、12日　散文《应声虫》在上海《大公报》发表。

8月上旬　作论文《文学与青年情感教育》，刊于9月1日北平《经世日报·文艺》。

8月12日　散文《定和是个音乐迷》在上海《大公报》发表。

8月13日　散文《怀昆明》在上海《大公报》发表（又载9月12、13日天津《大公报·文艺》（收《文集》第10卷）。

8月27日 到达北平。

9月1日 论文《一种新的文学观》在《文潮月刊》第1卷第5期发表。指出："国家进步的理想，为民主原则的实现。民主政治的象征，属于权利方面虽各有解释，近于义务方面，则为各业的分工与专门家抬头。在这种情形中，一个纯思想家，一个文学家，或一个政治家，实各有其伟大庄严处。""然而我们承认'一切属于政治'这个名词的严肃意味时，一定明白任何国家组织中。都应当是除了几个发号施令的负责人以外，还有一组顾问，一群专家，这些人的活动，虽根据的是各种专门知识，其所以使他们活动，照例还是根据某种相像原则而来的。""一个文学作家若能将工作奠基于对这种原则的理解以及综合，实际人性人生知识的运用，能用文学作品为说明，即可供给这些指导者一种最好参考，或重造一些原则，且可作后来指导者的参考。"同日，论文《怎样办好一份报纸——从昆明的报纸谈起》在《上海文化》第8期发表（收《文集》第12卷）。

9月中旬 开始参加杨振声主编的北平《益世报·文艺周刊》编辑工作。

9月17日、18日 上海《大公报》发表了子冈8月31日访问沈从文后所写的《沈从文在北平》一文。"'我有像振铎和一多那样做，我想，'他手指着前额画了许多圈圈说：'便是因为我能承受生活上的一切压力，反抗性不大，这或许是弱点。'""他完全不以报纸上说丁玲批评他与人民脱节为伤害他，'她一向那么说的，抗战初期，曹禺、巴金都曾有可能被一样约往延安去，可是不知为什么，都没去成'。……他又问到显然是经过熟思的另一问题：'丁玲他们为什么去了，反倒没有什么作品了呢？'"

9月22日 散文《新烛虚》在北平《泛世日报·文艺》发表。

9月末 作成小说《主妇》（初稿作完于1945年9月9日），刊于10月13日的《大公报·星期文艺》（收《文集》第7卷）。

9月 作散文《北平的印象和感想》，刊于10月1日《上海文化》第9期。

10月10日 与杨振声（今甫）、冯至合作主编的天津《大公报·星期文艺》创刊。

10月13日 正式署名主编天津《益世报·文学周刊》。同日，发表《〈文学周刊〉开张》（10月7日作）。

10月10日 论文《穷与愚》在天津《益世报》发表（收《文集》第12卷）。同日，又在上海《大公报》发表《谈苦闷——聂清遗文引言》。

10月17日 在《益世报·文学周刊》发表《〈文学周刊〉编者言》。申明道："若有人问我，在你这个理想发展中，二十年努力，即可产生百十个有头脑有成就的作家，百十本有分量的新著，用来和这个乱糟糟的现实社会对面，有什么作用？我不必思索即可以回答，希望它能有作用，即在多数人情感观念中能消毒，能免疫，不至于还接受现代政治简化人头脑的催眠，迷信空空洞洞'政治'二字可以治国平天下，而解决国家一切困难与矛盾。都明白一个国家真正的进步，实奠基于吃政治饭的越来越少，而知识和理性的完全抬头。反的是目前为止，我们对于在朝在野伟人政客的信念，事实上都已完全动摇，尽管有多数人生活都依赖它，可早已失去信仰意义。"

12月20日 作完回忆录《从现实学习》，连载于天津《大公报·星期文艺》11月3日、10日（收《文集》第10卷）。正文前小序自述道："近年来有人说我不懂'现实'，不懂现实，追求'抽象'勇气虽若热烈实无边际。在杨墨并进时代，不免近于无所归依，因之落伍。这个结论不错，平常而自然。极不幸即我所明白的现实，和从温室培养长大的知识分子所明白的全不一样，和另一种出身小城市自以为是属于工农分子明白的也不一样，所以不仅目下和一般人所谓现实脱节，即追求抽象方式，恐亦不免和其他方面脱节了。试疏理个人游离于杨墨以外种种，写一个小文章，用作对于一切陌生访问和通信所寄托的责备与希望回答。"

11月16日 创作谈《新废邮存底一〇一》在天津《益世报·文学周刊》发表，署名编者。

11月24日 小说《青色魇》在天津《益世报·文学周刊》发表（收《文集》第7卷）。

12月1日 论文《从开发头脑说起》在《上海文化》第11期发表。

12月21日 小说改写稿《捉鬼》在天津《益世报·文学周刊》发表。

本年 开明书店结算稿费，“我拿到三百六十元，因为按照伪币折合的。算起来要自己一本书十八年的版税才能买一本书，这是书店的制度。”（子冈：《沈从文在北平》）。

本年 拟写“昆明的《八骏图》续篇”。另，据孙陵《沈从文看虹摘星》(《浮世小品》，台湾正中书店 1969 年版)：“我想他这时（指 40 年代初——笔者）一定醉心于佛洛伊特的学说，因为这时有红学专家之称的吴宓，正和一位‘女诗人’在谈恋爱……情之所钟，良是感叹。胜利后曾于上海得吴由武昌来信，告以某女士已死，言下不胜伤感。当时沈从文曾一再认为吴宓需要性欲的大解放，那时他的恋爱病便自然好了。”

本年 由袁家骅和罗伯特·白恩合译的短篇小说英译《灯》和《黑夜》，收编入译者合编的《当代中国短篇小说》(Contem-porary Chinese Stories)，由伦敦诺埃尔·卡林顿跨大西洋艺术有限（Noel Corrington，Transatlantic Arts Co · Lit）出版。

1947 年　　45 岁

1 月 在《论语》杂志发表论文《宋人谐趣》(收《文集》第 12 卷)。同月在《论语》半月刊第 120 期、121 期连载评论《新书业和作家》。

1 月 杨华在《文萃》第 2 卷第 12、13 期合刊发表《论沈从文的〈从现实学习〉》。

2 月 11 日 作完散文《一个传奇的故事》，刊于 13 日天津《大公报·星期文艺》(收《文集》第 10 卷)。

3 月 20 日 作创作谈《新废邮存底》，刊于 23 日天津《益世报·文学周刊》(改题名为《新废邮存底·十七》，收《文集》第 12 卷)。指出：“诗可以为‘民主’为‘社会主义’或任何高尚人生理想作宣传，但是否一首好诗，还在那个作品本身。”“我们的困难在充数的诗人太多，迫切要他人认为他们是‘大诗人’或‘人民诗人’，没有杜甫十分之一的业绩，却乐意于政治空气中承受在文学史留下那个地位。”

3 月 25 日 复灼人公开函，刊于 4 月 21 日《清华周刊》第 685 期（改题名为《新废邮存底·十八》，收《文集》第 12 卷）。

3 月末 作完小说《巧秀与冬生》，刊于 6 月 1 日《文学杂志》第

2卷第1期（收《文集》第7卷）。

4月12日 署名编者在天津《益世报·文学周刊》发表“新废邮存底”二篇:《新废邮存底二五三》,《新废邮存底二五四》（改题名为《新废邮存底十九》、《新废邮存底二十》，收《文集》第12卷）。

5月4日 论文《五四》在天津《益世报·文学周刊》发表。认为“过去时代，我们把希望寄托到帝王和可控制武力上，不大济事了，虽然变相的帝王和强大武力，还上好存在。但遇到问题来时，这帝王、这武力，都已显得不大中用。其次的把希望寄托到民主初创时的公仆，不免被武人挟制，为所欲为，太过中用的武人，又必然是独断独行，使国家分崩离析，人民无可奈何。”“国家重造的当儿，解决矛盾，平衡感情，还得用集团屠杀方式。这个与其说是‘自然’的，又不如说是‘人为’的。与其说是命中注定，还不如说这只是‘人谋不藏’。中国若真存可谓思想家，或大政治家，应当从这个问题上提出他对于这个国家重造的见解。”

5月10日 创作谈《新废邮存底二五六》在天津《益世报·文学周刊》发表。

6月1日 在《论语》半月刊第130期发表论文《宋人演剧的讽刺性》（收《文集》第12卷）。

6月10日 论文《性与政治》在《知识与生活》第1期发表。认为“……弗氏学说一部分的证实，政治动物的问题研究离不了性。”“凡经营统一他人头脑的，争民主自由的准备社会重造的，一切有效措施或抽象设计，对于这个‘有生不一’现象如果多理解一些，多注意一些，使各得其所，各有所归，这个民族明日悲剧会减少些，进步的理想会容易实现些，而一切发展也会合理些。”

7月 开始参与主编北平《平明日报·星期艺文》。

7月20日 创作谈《新废邮存底二五九》在北平《平明日报·星期艺文》发表（改题名为《新废邮存底·二十一》，收《文集》第12卷）。

7月27日 创作谈《新废邮存底二六〇》在北平《平明日报·星期艺文》发表。

7月 为李震一著《湖南的西北角》作序，刊于翌月2日天津《益世报·文学周刊》(收《文集》第11卷)。

夏 被聘为北平高考委员会委员。

8月1日 评论《欢迎魏德迈》在天津《大报》发表。

9月10日 作《废邮存底二七三——一首诗的讨论》,刊于20日天津《益世报·文学周刊》,署名编者(改题名为《新废邮存底·二十三》,收《文集》第12卷)。

9月20日 创作谈《新废邮存底二八一——益于学习》在天津《益世报·文学周刊》发表。

9月20日 在天津《益世报·文学周刊》发表《启事》:"有个未识面的作家,家中因丧事情形困难。我想作个'乞醯'之举,凡乐意从友谊上给这个有希望的青年解除一点困难,又有余力作这件事的,我可以为这作家卖二十张条幅字,作为对这种善意的答谢。这种字暂定最少为十万元一张。""你们若觉得我这个办法还合理,有人赞助,以后我还想为几个死去了的作家家属卖半年字。"同日"文学周刊"又发表《新废邮存底二八五——一个边疆故事的讨论》(改题名为《新废邮存底·二十五》,收《文集》第12卷)。

9月28日 《窄而霉斋废邮新十九》在北平《平明日报·星期艺文》发表(改题名为《新废邮存底·二十二》,收《文集》第12卷)。

9月 李震一著《湖南的西北角》由长沙宇宙书局出版,除沈从文所作的序言外,此书还收录了沈从文致李震一函三通。

9月 作论文《迎接秋天——北平通信一》,刊于12月《知识与生活》半月刊第16期,署名巴鲁爵士。

10月起 参与主编北平《平明日报》的《诗与文》副刊。

10月18日 在天津《益世报·文学周刊》发表《本刊一年》,署名编者。

10月20日 北平《益世报》副刊《诗与文》创刊,沈从文任主编之一。同日,作《诗与文简稿》,刊于22日北平《益世报·诗与文》。

10月21日 评论《一种新希望》在上海《益世报》发表。

10月23日 作完创作谈《新废邮存底三二四》,刊于25日天津《益世报·文学周刊》(改题名为《新废邮存底·二十六》,收《文集》第12卷)。

11月1日 论文《学鲁迅》在天津《益世报·文学周刊》发表（收《文集》第11卷）。同时，又发表《一个副刊能寄托些什么希望（节引自本刊第一回的）〈编者白〉》。同日，在《文学杂志》第2卷第6期发表小说《传奇不奇》。

12月19日 作完散文《芷江县的熊公馆》，刊于翌年1月3日天津《大公报》（收《文集》第10卷）。

12月22日 在北平《益世报·诗与文》发表《谈现代诗——新废邮存底三五七》（改题名为《新废邮存底·二十六》，收《文集》第12卷）。同时，又署名编者发表《新诗的开始》。

12月31日 重校小说《青色魇》。

本年 由金隄和罗伯特·白恩合作英译的小说集《中国大地：沈从文的小说》（The Chinese Earth：Stories by Shen Tseng-Wen），由伦敦乔治·艾伦和安韦因股份有限公司出版（George Allen and Unwin Ltd）。收小说14篇：《柏子》,《灯》,《丈夫》,《会明》,《三三》,《月下小景》,《媚金·豹子·与那羊》,《三个男子和一个女人》,《龙朱》,《夫妇》,《十四夜间》,《一个大王》（自传）,《看虹录》,《边城》。

1948年 **45岁**

1月1日 论文《怀塔塔木林——北平通信二》，在《知识与生活》半月刊第17、18期合刊发表，署名巴鲁爵士。

1月9日 作完论文《论特写》，刊于31日天津《益世报·文学周刊》（收《文集》第12卷）。

1月13日午夜 作完散文《新党中的一个湖南乡下人和一个湖南人朋友——我所知道的熊希龄》，刊于翌月21日天津《益世报·文学周刊》。

1月14日 改完散文《作梦》（7月初稿），刊于31日天津《益世报·文学周刊》。

2月16日 论文《苏格拉底谈北平所需——北平通信三》，在《论语》半月刊第147期开始连载，至3月1日148期载完（又刊2月16日《知识与生活》半月刊第21期），署名巴鲁爵士。同日，《故都新样——北平通信三》也在《知识与生活》半月刊第21期发表，署名巴鲁爵士。

2月21日 《废邮存底三五八——复一个木刻工作者》在天津《益世报·文学周刊》发表。

3月1日 论文《试谈艺术与文化——北平通信四》，在《知识与生活》半月刊第22期发表，署名巴鲁爵士。

3月20日 在北平《平明日报》发表"启事"，通知副刊"星期艺文"与"一周末"出版日期相对换。

3月21日 作《废邮存底三九一——复市中老百姓社诸同学》，刊于翌月25日北平《平明日报·星期艺文》(改题名为《新废邮存底·二十八》，收《文集》第12卷)。

3月 《大众文艺周刊》发表一组批评沈从文文艺思想的文章:《对于当前文艺运动的意见》(荃麟执笔，本刊同人),《略评沈从文的〈熊公馆〉》(乃超),《斥反动文艺》(郭沫若)。

5月4日 论文《纪念五四》在天津《益世报·文学周刊》发表。指出:"他若当真理作五四精神，必承认对于强权所抱有的怀疑否认的精神，修正改进的愿望，在文运上还得好好保留它，使用它。天真和勇敢，尤其是不能缺少。"

6月10日 作《废邮存底》，刊于12月天津《益世报·文学周刊》(改题名为《新废邮存底·二十九》，收《文集》第12卷)。

8月 作评论《中国往何处去》，刊于9月1日《论语》半月刊第160期。认为:"一个国家政治上多不倒翁式的万能官僚，却少有深远眼光巨大魄力的政治家，学术上多对于强权附会文巧的新式谶纬家，却少有对国家民族具无私热爱的哲学家和诗人。""所以说，'前途''出路'和'危机挽救'，希望于当前，实在无可希望。希望于明天，还是青年的真正觉醒……若新的青年有勇气敢憧憬将国家现实由分裂破碎改造成团结一致，将人民情感由仇恨传染改造成爱与合作，并有勇气将内战视为一种民族共通的挫折，负责者最大的耻辱。""若独立觉醒无可望，而多数青年知识分子定向的抉择，却由于强力的依附，及宣传活动的结果，共同作成一种信仰。不特内战难结果，即结果，我们为下一代的准备的，却恐将是一份不折不扣的'集权'!"

8月 修订本《长河》（第1卷）由上海开明书店出版。

10月1日 论文《收拾残破——文物保卫的一种看法》，在《论语》半月刊第162期发表（至第163期载完，收《文集》第12卷）。同日，论文《读写字》，在《文学杂志》第3卷第4期发表（收《文集》第12卷）。

10月7日 作论文《关于北平特殊手工艺展览会一点意见》，刊于9日天津《大公报·文艺》。

11月7日晚 与朱光潜、冯至、废名等人一起，参加在北京大学蔡子民先生纪念堂召开的以“今日文学的方向”为主题的“方向社”第一次座谈会。提出“我的意见是文学是否在接受政治的影响以外，还可以修正政治，是否只是单方面的守规矩而已。”（11月10日天津《大公报》）。

11月10日 署名编者在北平《平明日报》发表“启事”，宣布与周定一合编的“星期艺文”副刊停刊。

12月 中国人民解放军东北野战军入关，平津战役开始。不久，就包围了北平。

约于年底 听从北大进步学生的劝告，拒绝去台湾。是时，所有主持编辑的报纸副刊都停办。

1949年 **47岁**

1月 傅作义将军接受和平改编，31日，解放军进入北平，北平正式和平解放。

不久，夫人张兆和去华北大学学习。

春 由于巨大的政治压力，导致精神危机，自杀被救。不久，他在北京大学的课程被取消。

出院后，进马列主义学习班学习。

6月1日 论文《读春游图有感》在《子日丛刊·艺舟》创刊号发表，署名上官碧（改题名为《读展子虔〈春游图〉》，收《文集》第12卷）。

本年 由李如绵（译音，Li Ru-mien）翻译的英译小说《小笛》（“Little Flute”，即《箫箫》），在美国《生活与文学》（Life and Letters）

第6卷第137期发表。

1950年　　48岁

秋　正式入革命大学学习。

1951年　　49岁

在革命大学学习结束，不久，去四川参加了一段时间土改。

本年　人民政府接管辅仁大学，"新大学的行政中心已经同我续约，但我决定及时引退，不再向学生灌输发霉的东西。他们现在需要不同的指引，我不能误人子弟，叫他们用落后的马车去走超级公路。"（许芥昱：《(1973年)与沈从文会见记》）

秋正式离开北京大学，被安排到历史博物馆工作。负责管理文物，书写目录和标签。

11月14日　自我批评《我的学习》在《大公报》发表。同月19日、20日、21日、22日香港《大公报》转载。

1952年　　50岁

本年　小说《边城》被香港长城电影公司拍成电影，改片名为《翠翠》，由林黛（程月如）演女主角，严俊演主要配角并任执导。

1953年　　51岁

电影《翠翠》在香港上演，卖座空前。

七月　改写文物论文《中国古代的陶瓷》，刊于10月《新观察》第19期。

9月23日至10月6日　以美术组成员资格，参加中国文学艺术工作者第二次代表大会。

本年　"……由印行我选集的开明书店正式通知，说是各书已过时，凡是已印未印各书稿及纸型，全部代为焚毁。随后是香港方面转载台湾一道明白法令，更进一步，法令中指明一切已印未印作品，除全部焚毁外，还永远禁止再发表任何作品。"

1954 年 52 岁

7 月 作文物论文《文史研究必须结合实物》，刊于 10 月 3 日《光明日报》。

本年 作《〈明锦〉题记》。

1955 年 53 岁

本年 作文物论文《识金锦》，《谈谈“文姬归汉图”》，两文均于 1959 年修改，收《龙凤艺术》。

1956 年 54 岁

2 月 参加中国人民政治协商会议第二次全体会议。6 日在大会发言，发言稿刊于 8 日《光明日报》。

8 月 作散文《北京有许多博物馆，同时又是个大型博物馆》（收《文集》第 10 卷）。

本年 作散文《天安门前》、《春游颐和园》（均收《文集》第 10 卷）。

1957 年 55 岁

本年 人民文学出版社编选《沈从文小说选集》。3 月至 7 月，作成《题记》。《选集》于 10 月出版，《题记》收《文集》第 11 卷。

5 月 22 日 作散文《从一本书谈谈民族艺术》（收《文集》第 10 卷）。

5 月 作散文《新湘行记》，刊于翌月《旅行家》杂志（收《文集》第 10 卷）。

6 月 20 日 作完论文《谈“写游记”》，刊于 7 月《旅行家》杂志（收《文集》第 12 卷）。

7 月 散文《跑龙套》在《人民文学》发表（收《文集》第 10 卷）。同月，作散文《一点回忆，一点感想》，刊于 8 月号《人民文学》（收《文集》第 10 卷）。

本年 与王家树合编并作后记的《中国丝绸图案》由中国古典艺术出版社出版。

本年 作论文《古代镜子的艺术》（即《唐宋铜镜·题记》）。

1958年　56岁

6月　作论文《龙凤艺术——龙凤图案的应用和发展》，刊于《装饰》第1期（收《龙凤艺术》）。

11月　作论文《鱼的艺术——和它在人民生活中的应用及发展》，刊于《装饰》第2期（收《龙凤艺术》）。

本年　《唐宋铜镜》由中国古典艺术出版社出版。

本年　作论文《谈金花纸》（收《龙凤艺术》）。

1959年　57岁

1月1日　散文《让我们的友谊长青——寄海外朋友》，在《乡土》第47期发表。

10月8日晚　作成散文《悼靳以》，刊于12月号《人民文学》（收《文集》第10卷）。

12月　作《龙凤艺术·题记》。

本年　与张仃、雷抚、吴劳合编的《明锦》，由北京文物出版社出版。

1960年　58岁

3月　文物论集《龙凤艺术》，由北京作家出版社出版。

7月22日至8月13日　以美术组成员资格参加中国文学艺术工作者第三次代表大会。在此期间，毛泽东和周恩来接见了包括沈从文在内的十二位老作家，要求他们恢复创作。

1961年　59岁

6月18日　文物论文《从〈不怕鬼的故事〉注谈到文献与文物相结合的问题》，在《光明日报·文学遗产》发表。

8月6日　文物论《"瓟爮斝"和"点犀䀇"——关于〈红楼梦〉注释一点商榷》，在《光明日报·文学遗产》发表。

10月21日、24日　在《光明日报》连载发表。

11月12日　文物论文《〈杏犀䀇〉质疑》在《光明日报文学遗产》发表。

12 月　随一批作家去井冈山，准备在那里逗留三年，体验生活，进行创作。

12 月 12 日　作旧体诗两首：《匡庐诗草——庐山“花径”白居易作诗处》，《匡庐诗草——庐山含鄱口》（均收《文集》第 10 卷）。

12 月 22 日　作旧体诗《井冈诗草——井冈山清晨》，刊于翌年 2 月号《人民文学》（收《文集》第 10 卷）。

12 月下旬　作旧体诗《建设新山村——干部下放上井冈山四周年节日》，刊于翌年 2 月号《人民文学》（收《文集》第 10 卷）。

12 月 30 日　作旧体诗《井冈诗草——下山回南昌途中》，刊于翌年 2 月号《人民文学》（收《文集》第 10 卷）。

1962 年　　60 岁

约于 2 月　“我总算写了一点东西。内容涉及一位革命烈士，她同我妻子娘家有点渊脉。她出身于大家。后来我发现自己无法写下去，就离开那儿，将未完成的草稿毁掉。”“可是时代已经变了，我再也没有写作所需的生活经验。”（许芥昱：《与沈从文会见记》）遂下山回北京。

6 月　作《〈中国的瓷器〉序言》。

本年　《战国漆器》由北京荣宝斋出版。

1963 年　　61 岁

3 月　作散文《过节和观灯》，刊于 4 月号《人民文学》（收《文集》第 10 卷）。

冬　作旧体诗《郁林诗草》七首：《漓江半道花马岩》、《西村》、《漓江半道》、《阳朔刘三姐过渡处》、《新坪道中》、《阳朔公园望郎山》、《唐诗人曹邮读书台》（均收《文集》第 10 卷）。

1964 年　　62 岁

本年　周恩来找到文化部副部长齐燕铭，说每次出国访问，都看到有反映该国悠久文化的历代服饰陈列，我们是个大国，为什么没有这样一本书。当齐燕铭回答说：“沈从文在研究古代服饰”时，周恩来当即决定，给他充分的工作条件，配备助手，编一本中国历史服饰著作。

1965 年 63 岁

本年 由历史博物馆美工组陈大章、李之檀等协助绘画的《中国历代服饰研究》初稿完成，作为试点本，准备付印。

1966 年 64 岁

“文革”爆发，所有研究工作被迫中断，沈从文本人亦被强迫去打扫厕所。

在“文革”中，先后被抄家八次，藏书、图片资料、许多重要手稿及信札均遭毁坏。《中国历代服饰研究》一书的编著工作被迫停顿。

1969 年 67 岁

冬 被下放到湖北咸宁的干校。

在干校期间，仍坚持自己的研究，“除考虑《中国古代服饰研究》一书中应增的有关图像外，还就国内外文物研究工作中，近于空白点的一系列专题，分门别类，试着以图为主排排列，并把资料来源、性质和发展中的情况及不同问题间的纵横联系，以及共同促进的原因等等，默写了一大堆卡片，并逐一拟出了草目，我们现在在服装史研究以外，还将进行的二三十个专题项目，就都是沈先生在干校时期搭的架子，后来又有所增补的。”（王亚蓉：《沈从文小记》）

在干校期间，还为黄永玉的家史写了一个近两万字“楔子”。

1970 年 68 岁

本年 在湖北干校。

10 月 作旧体诗《喜新情》，后于 1979 年 12 月修改，刊于 1980 年 3 月 10 日香港《海洋文艺》第 7 卷第 3 期（收《文集》第 10 卷）。

冬 作旧体诗《双溪大雪》，刊于 1980 年《文汇增刊》第 7 期（收《文集》第 10 卷）。

1971 年 69 岁

冬 作旧体诗《拟咏怀诗》，后数次修改，收《文集》第 10 卷。

1972 年　　70 岁

本年　从湖北干校回到北京。继续他的个人研究。

冬　作旧体诗《京门杂咏——七二年冬过北海后门感事》（收《文集》第 10 卷）。

1973 年　　71 岁

本年　以前的学生，时任美国加州旧金山州立大学比较文学教授许芥昱回国旅游。在北京，许芥昱拜晤了沈从文，回美国后，许芥昱发表了《与沈从文会见记》，是为"文革"中唯一报道沈从文的文章。

冬　作旧体诗《京门杂咏——题个石狮寄庑图》（收《文集》第 10 卷）。

1976 年　　74 岁

10 月"四人帮"被粉碎。

1978 年　　76 岁

本年　胡乔木主持中国社会科学院工作，他安排了把沈从文从历史博物馆调到中国社会科学院历史研究所，并专门成立了古代服饰研究室，重新着手编著《中国古代服饰研究》。

1979 年　　77 岁

上半年　经四个多月的增补修订，《中国古代服饰研究》重写本完稿。

10 月 14 日　作完《〈一个传奇的故事〉附记》，刊于翌年 5 月 10 日香港《海洋文艺》第 7 卷第 5 期（收《文集》第 10 卷）。

1980 年　　78 岁

3 月　编完《从文散文选》。25 日，作完《题记》（收《文集》第 11 卷）。

5 月　广州《花城》杂志开设"沈从文专辑"，沈从文手订的《从文著作简目》在该刊发表。

5 月 17 日 作完《〈从文自传〉跋》，刊于《新文学史料》1980 年第 3 辑。

8 月 10 日 作完回忆录《忆翔鹤——二十年代前期在北京我们一段生活的点点滴滴》，刊于本年《新文学史料》第 4 辑（收《文集》第 10 卷）。

9 月 回忆录《我所见到的司徒乔先生》在《中国建设》第 9 期发表（收《文集》第 10 卷）。

10 月 27 日 获准去美国探亲讲学。于美国时间 27 日晚，到达纽约肯尼迪机场。

在美国，先后在哥伦比亚大学、圣约翰大学、斯坦福大学等十七所学府作了二十二次演讲，题目有："二十年代的中国新文学"，"从新文学转到历史文物"，"中国古代服饰"等等。美国中文杂志《海内外》特为沈从文访美，推出了专刊，《美洲华侨日报》、《时代报》、《太平洋周刊》、《东西报》等报刊也纷纷发表新闻稿。其中，在哥伦比亚大学的讲演稿《二十年代的中国新文学》，在圣约翰大学的讲演稿《从新文学转到历史文物》，收《文集》第 10 卷。

12 月 《从文散文选》由香港时代图书有限公司出版。

本年 花城出版社和三联书店香港分店准备出版《沈从文文集》。

1981 年 **79 岁**

2 月 访美圆满结束，回到北京。

4 月 作完《〈中国古代服饰研究〉引言》。

6 月 1 日 作完《〈沈从文散文选集〉题记》（收《文集》第 10 卷）。

8 月 作散文《友情》，刊于《新文学史料》本年第 4 辑（收《文集》第 10 卷）。

9 月 文物巨著《中国古代服饰研究》由商务印书馆香港分馆出版。

本年 国外一些团体纷纷提名沈从文为诺贝尔文学奖候选人。

本年 由戴乃迭翻译的英译小说集《〈边城〉及其它》，被列为"熊猫丛书"之一，由《中国文学》杂志社出版。

1982 年　　80 岁

1 月 1 日　作《人间重晚晴——〈子冈作品选〉序》，刊于 17 日《光明日报》（收《文集》第 11 卷）。

1 月　由花城出版社和三联书店香港分店联合出版的《沈从文文集》，分国内版和海外版两种，正式公开发行。

编著者附言：

一、本《年谱简编》系《沈从文文集》别卷《沈从文研究资料》一部分。考虑到与《文集》体例相统一，所叙述的时间至 1982 年《文集》第 1 卷出版时为止。为便于读者查对，凡《文集》所收入的著述，均注明收集的卷数，已改变题名的亦予以注明。凡未标明收《文集》卷数的，均为集外或以前曾收入单行本，但《文集》未收的著述。

二、本《年谱》系“简编”。因篇幅所限，本文以文学创作和文学活动的叙述为主。一般的社会活动，所经历的历史事件的背景材料，文物研究的学术活动的详细叙述，以及人际交往等均从略。沈从文先生自述，凡《文集》已收录的，一般亦从略，《文集》未收入的，考虑到与《文集》相对应，酌量摘引，以便研究者使用与查找。

三、编辑《文集》与编撰《年谱简编》，均为第一次系统地整理与研究沈从文先生的著述和生平资料。沈从文先生的文学与学术活动已逾六十年，加之各种历史的和现实的条件所限，这种作为“抛砖”性质的《年谱简编》，难免有不少疏漏甚至错误，这些希望能得到海内外广大读者和学术界同好的批评与指正。笔者在这一方面的研究，还将有较为详尽的《沈从文年谱》交付出版。

四、笔者在整理资料和撰写《年谱简编》过程中，承蒙各方人士的帮助和指教，他们是：沈从文先生，沈夫人张兆和先生，程应镠（流金）教授，程夫人李宗蕖老师，陈从周教授，梁锡华教授，许吕、陈子善、凌宇、王孖、王亚蓉诸先生。在此，笔者要特别感谢金介甫（Jeffrey Kinkley）教授，他数年来对我的一系列帮助，对于《文集》及《年谱简编》都是至关重要的，称他是本《年谱》的编撰者之一，恐怕才是对本文成稿过程的一个最符合实际的记录。

沈从文总书目

邵华强

1926 年

鸭子（戏剧、小说、诗歌、散文合集）

1926 年 11 月北京北新书局初版（无须社丛书）。

目次：戏剧 8 部：《盲人》、《赌徒》、《卖糖复卖蔗》、《霄神》、《羊羔》、《鸭子》、《蟋蟀》、《三兽窣堵波》（附：《关于〈三兽窣堵波〉》）；小说 9 篇：《雨》、《往事》、《玫瑰与九妹》、《夜渔》、《代狗》、《腊八粥》、《船上》、《占领》、《槐化镇》；散文 7 篇：《月下》、《小草与浮萍》、《到北海去》、《遥夜》、《水车》、《一天》、《生之记录》；诗歌 4 首：《残冬》、《春月》、《萤火》、《我喜欢你》。

第二个狒狒（小说集）

1926 年北京晨报社初版。

编者未找到此书。据广告及编者 1980 年 8 月 16 日和 1981 年 7 月 24 日两次访问沈从文先生，此书约于 1926 年冬季出版。

市集（散文、小说集）

1926 年北京晨报社初版。

编者未找到此书。据广告和编者 1981 年 7 月 24 日访问沈从文先生，此集约于 1926 年冬出版。

1927 年

蜜柑（小说集）

1927 年 9 月上海新月书店初版，1928 年 5 月再版。

目次：《初八那日》、《晨》、《早餐》、《蜜柑》、《乾生的爱》、《看爱人去》、《草绳》、《猎野猪的人》。

押寨夫人（中篇小说）

1927 年上海商务印书馆初版。此书即《在别一个国度里》，后又改名为《男子须知》。

到世界上（散文书信集）

编者未找到此书。1981年7月24日编者访问沈从文先生时，沈先生证实此集系他早年散文书信集，约于1927年由上海某书店出版。

1928年

入伍后（小说、戏剧集）

1928年2月上海北新书局初版。

目次：《入伍后》、《我的小学教育》、《岚生同岚生太太》、《松子君》、《屠桌边》、《炉边》、《记陆弢》、《传事兵》；《过年》（戏剧），《蒙恩的孩子》（戏剧）。

老实人（小说集）

1928年7月上海现代书局初版，1933年上海现代书局再版。

目次：《自序》、《船上岸上》、《雪》、《连长》、《我的邻》、《在私塾》、《一件心的罪孽》、《一个妇人的日记》。

好管闲事的人（小说集）

1928年7月上海新月书店初版。

目次：《好管闲事的人》、《或人的太太》、《焕乎先生》、《喽啰》、《怯汉》、《卒伍间》、《爹爹》。

阿丽思中国游记（长篇小说，第一卷）

1928年7月上海新月书店初版。

目录：后序；第一章、她同那兔子绅士是怎样的通信，第二章、关于约翰傩喜先生，第三章、那一本中国旅行指南，第四章、出发的情形，第五章、那一天的事，第六章、他们怎么样一次花了三十一块小费，第七章、八哥博士的欢迎会，第八章、他们去拜访那一只灰鹳，第九章、灰鹳的家，第十章、我一个人先转来同他姑妈说的。

长夏（中篇小说）

1928年8月上海光华书局初版，1932年5月再版（光华文艺小丛书）。

篁君日记（日记体中篇小说）

1928年9月北平文化学社初版

目次：《篁君题词》、《璇若序》、《自序》、《篁君日记》。

山鬼（中篇小说）

1928年10月上海光华书局初版，1932年5月再版（光华文艺小丛书）。

雨后及其他（小说集）

1928年10月上海春潮书局初版。

目次：《雨后》、《柏子》、《第一次做男人的那个人》、《有学问的人》、《诱——拒》、《某夫妇》。

刽子手（戏剧、小说集）

1928年10月上海光华书局初版（光华

文艺小丛书）。
编者未找到此书，据沈从文先生回忆，此集收有戏剧《刽子手》，小说《宋代表》两篇作品。

不死日记（日记体中篇小说）
1928 年 12 月上海人间书店初版（204 号丛书之二）。
目录：《献辞》、《不死日记》、《中年》、《善钟里的生活》。

阿丽思中国游记（长篇小说，第二卷）
1928 年 12 月上海新月书店初版。
目录：《二卷序》，第一章、那只鸭子姆姆见到他大发脾气，第二章、她与她，第三章、她自己把话谈厌了安然睡在抽屉匣子里，第四章、生着气的她却听了许多使心里舒畅的话，第五章、谈预备，第六章、先安置这一个，第七章、又通一次信，第八章、水车的谈话，第九章、世界上顶多女儿的干妈，第十章、看卖奴隶时有了感想所以预备回去。

一个舞女的通信（书信体中篇小说）
编者未找到此作单行本。据沈从文先生回忆，此作单行本约于 1928 年下半年至 1929 年初之际出版，后改名为《信》收戴一鹤编、1933 年 12 月上海大众书局版《名家短篇创作选》下册。

1929 年

呆官日记（日记体中篇小说）
1929 年 1 月上海远东图书公司初版（第二百零四号丛书之六）。

男子须知（小说集）
1929 年 2 月上海红黑出版处出版（红黑丛书之二）。
目次：《男子须知》（中篇小说，目录：第一信，第二信，第三信，第四信，第五信，第六信，第七信，大妹妹的婚事，第八信，结束。），《除夕》（短篇小说）。

十四夜间（小说、戏剧集）
1929 年 3 月上海光华书局初版（文艺小丛书）。
目次：《或人的家庭》（小说），《刽子手》（戏剧），《十四夜间》（小说），《支吾》（戏剧）。

神巫之爱（中篇小说）
1929 年 7 月上海光华书店初版（新世纪文艺丛书）。
目录：第一天的事，第一天晚上的事，第二天的事，第二天晚上的事，第三天的事，第三天晚上的事。

龙朱（小说集）
1929 年 9 月上海红黑出版处出版（红黑丛书），1931 年 8 月上海晓星书店初版。

目次：《龙朱》、《参军》、《媚金·豹子·与那羊》、《阙名故事》、《说故事人的故事》。

1930 年

旅店及其他（小说集）

1930 年 1 月上海中华书局初版，1930 年 7 月 2 版，1930 年 12 月再版，1940 年新 1 版（新文艺丛书）。

目次：《结婚之前》（阿黑小史之七），《旅店》、《阿金》、《七个野人与最后一个迎春节》、《记一个大学生》、《元宵》。

一个天才的通信（书信体中篇小说）

1930 年 2 月上海光华书店初版（新世纪文艺丛书），1936 年 6 月上海大光书局 3 版。

目录：《编者序》，第一封信，第二封信，第三封信。

沈从文甲集（小说集）

1930 年 6 月上海神洲国光社初版。

目次：《冬的空间》（中篇小说），《第四》、《夜》、《自杀的故事》、《牛》、《会明》、《我的教育》。

旧梦（长篇小说）

1930 年 12 月上海商务印书馆初版。

中国小说史讲义（教材）

与孙俍工合著，1930 年上海暨南大学出版室出版。

目次：《绪论》（沈从文），《神话传说》（两章，沈从文），《中国小说史》，（八章，孙俍工）。

沉（小说集）

编者未找到此书，据广告和 1981 年 7 月 24 日编者访问沈从文先生，此集约于 1930 年由上海某书店出版。

1931 年

石子船（小说集）

1931 年 1 月上海中华书局初版，1931 年 9 月再版（新文艺丛书）。

目次：《石子船》、《夜》、《还乡》、《渔》、《道师与道场》、《一日的故事》、《后记》。

从文新著（小说集）

1931 年 4 月上海大东书局初版。

沈从文子集（小说集）

1931 年 5 月上海新月书店初版。

目次：《龙朱》、《丈夫》、《灯》、《建设》、《春天》、《绅士的太太》。

一个女剧员的生活（中篇小说）

1931 年 8 月上海大东书局初版，1931 年 12 月再版（新文学丛书）。

目录：一、后台，二、家，三、一个配角，四、新的一幕，五、大家皆在分上练习一件事情，六、配角，七、一个新角，八、配角做的事，九、一个不合理的败仗。

新文学讲义（教材）

1931年武汉大学编印出版。

编者未见原书，此书系根据武汉大学图书馆目录和沈从文先生回忆证实。

1931年

虎雏（小说集）

1932年1月上海新中国书局初版，1933年1月再版（新中国文艺丛书）。

目次：《中年》、《三三》、《虎雏》、《医生》、《黔小景》。

记胡也频（传记）

1932年5月上海大光书局初版，11月再版，1935年10月上海大光书局3版。

泥涂（中篇小说）

1932年7月北京星云堂书局初版。

都市一妇人（小说集）

1932年11月上海新中国书局初版（新中国文艺丛书）。

目次：《都市一妇人》、《贤贤》、《厨子》、《静》、《春》、《若墨医生》。

一个妇人的日记（小说集）

1932年11月上海新中国书局初版（新中国文艺丛书），1938年8月上海新光书局再版。

目次：《自序》、《船上岸上》、《雪》、《连长》、《我的邻》、《在私塾》（一个老退伍兵的自述之一），《一件心的罪孽》、《一个妇人的日记》。

一鳞集（散文集）

1932年11月杭州苍山书店初版。

编者未见原书，此书系根据苍山书店广告和沈从文先生回忆证实。

1933年

慷慨的王子（短篇小说）

1933年3月上海良友图书印刷公司初版，1933年11月再版（一角丛书）。

阿黑小史（中篇小说）

1933年3月上海新时代书局出版（新时代文艺丛书）。

目录：油坊，秋，雨，病，婚前。

凤子（中篇小说）

1933年7月杭州苍山书店初版，1934年北平立达书局再版。

目录：一、寄居某地的生活，二、一个黄昏，三、隐者朋友，四、某一个晚上绅士的客厅里，五、一个被地图所遗忘的一处被历史所遗忘的一天，六、矿场，七、去矿山的路上，八、在栗林中，九、日与夜。

按：1936年北平立达书局版增收一九

三四年五月二十七日写的《题记》。

月下小景（小说集）

1933年11月上海现代书局初版，1934年5月上海复兴书局再版，1934年10月上海现代书局再版，1936年5月上海复兴书局再版，1946年10月上海开明书店再版，1949年3月上海开明书店再版。

目次:《题记——新十日谈之序曲》、《月下小景》、《扇陀》、《慷慨的王子》、《医生》、《一个农夫的故事》、《寻觅》、《猎人故事》、《女人》、《爱欲》。

按：此集又一名:《月下小景》(外八篇)。

一个母亲（中篇小说）

1933年上海合成书局初版，1936年10月上海复兴书局第一次再版。

目录:《序》、《一个母亲》(三章)。

懦夫（小说集）

1933年上海新时代书局初版。

编者未见原书，此书系根据新时代书局广告和沈从文先生回忆证实。

1934年

游目集（小说集）

1934年4月上海大东书局初版（新文学丛书）。

目次:《腐烂》、《除夕》、《春天》、《夜的空间》、《三个男子和一个女人》、《平凡故事》。

沫沫集（文艺评论集）

1934年4月上海大东书局初版（新文学丛书）。

目次:《论冯文炳》、《论郭沫若》、《论落华生》、《鲁迅的战斗》、《论施蛰存与罗黑芷》、《〈轮盘〉的序》、《〈沉〉的序》、《〈阿黑小史〉序》、《论朱湘的诗》、《论焦菊隐的〈夜哭〉》、《论刘半农的〈扬鞭集〉》、《我的二哥》(沈从文九妹沈岳萌作)。

如蕤集（小说集）

1934年5月上海生活书店初版，1934年10月再版（创作文库之三）。

目次:《如蕤》、《三个女性》、《上城里来的人》、《生》、《早上——一堆土一个兵》、《泥涂》、《节日》、《白日》、《黄昏》、《黑夜》、《秋》。

从文自传（传记）

1934年7月上海第一出版社初版(自传丛书)，1935年5月上海良友图书印刷公司再版，1940年5月再版，1943年桂林良友图书复兴社再版，1945年上海开明书店再版，1976年台湾庐山出版社再版，1980年在《新文学史料》上连载三期，1982年人民文学出版社出版。

目录：一、我所生长的地方，二、我的

家庭，三、我读一本小书同时又读一本大书，四、辛亥革命的一课，五、我上许多课，六、预备兵的技术班，七、一个老战兵，八、辰州，九、清乡所见，十、怀化镇，十一、姓文的秘书，十二、女难，十三、常德，十四、船上，十五、保靖，十六、一个大王，十七、学历史的地方，十八、一个转机。

记丁玲（传记）

1934 年 9 月上海良友图书印刷公司初版，1935 年 6 月再版，1936 年再版（良友文学丛书），1940 年 5 月桂林良友图书复兴社再版，1949 年上海开明书店再版。

边城（中篇小说）

1934 年 10 月上海生活书店初版（创作文库之九），1936 年上海开明书店初版，1943 年 9 月桂林开明书店再版，1946 年 10 月上海开明书店再版，1948 年上海开明书店再版，1976 年台湾中华艺林文物出版公司出版，1981 年发表于《小说界》创刊号，1982 年江西人民出版社出版（百花洲文库）。

目录：《题记》、《边城》正文（二十一章）。

1935 年

八骏图（小说集）

1935 年 12 月上海文化生活出版社初版，1936 年 2 月再版，1936 年 6 月 4 版，1941 年 6 月 5 版，1946 年 1 月 6 版（文学丛刊）。

目次：《题记》、《八骏图》、《有学问的人》、《某夫妇》、《来客》、《顾问官》、《柏子》、《雨后》、《过岭者》、《腐烂》。

1936 年

从文小说集（小说集）

1936 年 1 月上海大光书局初版。

目次：《长夏》、《神巫之爱》、《一个神秘的颠子》（即《山鬼》），《一个天才的通信》、《或人的家庭》、《刽子手》（戏剧），《十四夜间》。

湘行散记（散文集）

1936年3月上海商务印书馆初版，1936 年 8 月再版，1938 年 5 月 3 版（文学研究会创作丛书）。

目次：《一个戴水獭皮帽子的朋友》、《桃源与沅州》、《鸭窠围的夜》、《一九三四年一月十八日》、《一个多情水手和一个多情妇人》、《辰河小船上的水手》、《箱子岩》、《五个军官与一个煤矿工人》、《老伴》、《虎雏再遇记》、《一个爱惜鼻子的朋友》。

沈从文选集（盗印本）

徐沉泗、叶忘忧编，1936 年 4 月上海万象书屋初版（现代创作文库第十五辑）。

目次:《题记》(编者),《沈从文论》(苏雪林),《八骏图》、《顾问官》、《生》、《如蕤》、《扇陀》、《绅士的太太》、《龙朱》、《我的教育》、《会明》、《牛》、《在私塾》、《船上岸上》。

从文小说习作选

1936年5月上海良友图书印刷公司初版，1945年重版（良友文学丛书特大本）。

目次：《习作选集代序》；一、短篇选（包括《三三》、《柏子》、《丈夫》、《夫妇》、《阿金》、《会明》、《黑夜》、《泥涂》、《灯》、《若墨医生》、《春》、《龙朱》、《八骏图》、《腐烂》等十四篇）；二、《月下小景》各篇（包括《题记一》、《题记二》、《月下小景》、《寻觅》、《女人》、《扇陀》、《爱欲》、《猎人故事》、《一个农夫的故事》、《医生》、《慷慨的王子》）；三、《神巫之爱》（目录：第一天的事，晚上的事，第二天的事，第二天晚上的事，第三天的事，第三天晚上的事。）；四、《从文自传》（目录：我所生长的地方，我的家庭，我读一本小书同时又读一本大书，辛亥革命的一课，我上许多课仍然放不下那一本大书，预备兵的技术班，一个老战兵，辰州，清乡所见，怀化镇，姓文的秘书，女难，常德，船上，保靖，一个大王，学历史的地方，一个转机。）。

沈从文小说选（盗印本）

少侯编，1936年6月上海仿古书店初版（现代名人创作丛书）。

目次:《渔》、《春》、《松子君》、《三三》、《七个野人与最后一个迎春节》、《灯》、《或人的家庭》、《泥涂》、《猎野猪的人》、《八骏图》、《刽子手》(戏剧)。

沈从文杰作选（盗印本）

巴雷、朱绍之编，1936年10月上海新象书局初版（当代创作文库）。

目次:《沈从文小传》(巴雷、朱绍之),《如蕤》、《扇陀》、《龙朱》。

新与旧（小说集）

1936年11月上海良友图书印刷公司初版，1940年再版，1945年再版（良友文学丛书）。

目次：《萧萧》、《山道中》、《三个男子和一个女人》、《菜园》、《新与旧》、《烟斗》、《失业》、《知识》、《薄寒》、《自杀》。

豹斑集（散文集）

1936年北平立达书局初版。

此书系根据立达书局广告和沈从文先生回忆证实，编者未见原书。

现代中国作家评论选（文艺评论集）

按：编者未找到此书。据编者1981年7月24日访问沈从文先生和沈先生1982年2月来信，此集约于1936年由北平某书店出版。

1937 年

废邮存底（论文集）

与萧乾合著，1937 年 1 月上海文化生活出版社初版，1937 年 4 月再版，1948 年 4 版（文学丛书）。

目次：甲辑，沈从文的《废邮存底》（包括《一周间给五个人的信》、《给一个写诗的》、《给一个写小说的》、《给一个大学生》、《给某教授》、《谈创作》、《致“文艺”读者》、《元旦日给“文艺”读者》、《我的写作生活与水的关系》、《风雅与俗气》、《情绪的体操》、《给某作家》、《给一个读者》、《〈边城〉题记》等十四篇。）；乙辑，萧乾的《答辞》（包括《理想与出路》、《象棋的哲学》、《文章阔老》、《风格的金字塔》、《创作与撒谎》、《为时代伸伸手》、《坚实文学》、《客观化些》、《论翻译》、《临帖：死路一条》、《文章的创造性》、《理发师、市场、典型》、《认真，一个妥实的出路》、《书评政策》、《美与善》、《创作与书评》、《生活的意图》、《给飘在帆船上的》、《伟作是怎样投胎》、《取名的直觉性》、《两种心灵活动》等二十一篇。）；《后记》。

1939 年

湘西（散文集，一名《沅水流域识小录》）

1939 年 8 月长沙商务印书馆初版，1944 年 4 月开明书店修订本初版，1945 年上海开明书店再版，1946 年 10 月再版，1948 年 3 月 4 版。

目次：《题记》、《引子》、《常德的船》、《沅陵的人》、《白河流域几个码头》、《泸溪·浦市·箱子岩》、《辰谿的煤》、《沅水上游几个县分》、《凤凰》、《苗民问题》。

昆明冬景（论文、散文集）

1939 年上海文化生活出版社初版，1942 年 8 月再版（文学小丛书）。

目次：《一般与特殊》、《真俗人与假道学》、《谈保守》、《谈朗诵诗》、《昆明冬景》（散文）。

记丁玲续（传记）

1939 年 9 月上海良友图书印刷公司初版，1940 年再版（良友文学丛书）。

主妇集（小说集）

1939 年 12 月上海商务印书馆初版，1947 年 3 月 3 版，1948 年 6 月 4 版（新中学文库之一）。

目次：《主妇》、《贵生》、《大小阮》、《王谢子弟》、《生存》。

1940 年

我的教育（小说集，盗印本）

上海三通书局编，1940 年 10 月上海三通书局初版（三通小丛书）。

绅士的太太（小说集，盗印本）
上海三通书局编，1940 年 11 月上海三通书局初版（三通小丛书）。
目次:《绅士的太太》、《龙朱》、《扇陀》。

过岭者（小说集，盗印本）
1940 年上海星光出版社初版。

1941 年

如蕤（小说集，盗印本）
上海大陆书报社编，1941 年 1 月上海大陆书报社初版。

烛虚（论文集）
1941 年 8 月上海文化生活出版社初版（文季丛书之十四）。
目次：第一辑：《烛虚》、《潜渊》、《长庚》、《生命》；第二辑：《新的文学运动与新的文学观》、《白话文问题》、《小说作者与读者》、《文运的重建》。

1943 年

春灯集（小说集）
1943 年 4 月开明书店初版，1948 年 3 月再版，1949 年 3 月再版。
目次:《春》、《灯》、《八骏图》、《若墨医生》、《第四》、《如蕤》。

云南看云集（论文集）
1943 年 6 月重庆国民图书社初版。
目次：第一辑；《“文艺政策”检讨》、《文学运动的重造》、《小说与社会》；第二辑：新废邮存底十六则，一、《云南看云》，二、《给一个广东朋友》，三、《给一个大学生》，四、《给一个青年作家》，五、《给一个诗人》，六、《给一个中学教员》，七、《给一个军人》，八、《学习写作》，九、《职业与事业》，十、《给一个在芒市服务的小学教员》，十一、《给一个作家》，十二、《给驻长沙一个炮队小军官》，十三、《明日的文学作家》，十四、《美与爱》，十五、《论投资》，十六、《读书人的赌博》；第三辑：废邮存底十三则，一、《一周间给五个人的信摘抄》，二、《给一个写诗的》，三、《给一个写小说的》，四、《给一个大学生》，五、《给某教授》，六、《谈创作》，七、《致“文艺”读者》，八、《元旦日致“文艺”读者》，九、《我的写作生活与水的关系》，十、《风雅与俗气》，十一、《情绪的体操》，十二、《给某作家》，十三、《给一个读者》。

黑凤集（小说集）
1943 年 7 月开明书店初版，1948 年再版。
目次:《三个女性》、《贤贤》、《静》、《主妇》、《白日》、《三三》、《贵生》。

1945 年

长河（长篇小说，第一卷）
1945 年昆明文聚社初版，1948 年 8 月上海开明书店修订本初版，1949 年 2 月再版，1982 年重刊《长江》第 1 期。

目录:《题记》，人与地，秋(动中有静)，橘子园主人和一个老水手；吕家坪的人事，摘橘子——黑中俏和枣子脸，大邦船拢码头时，买橘子，一有事总不免麻烦，枫木坳，巧而不巧，社戏。

沈从文选集（盗印本）

陈磊编，1945 年绿杨书屋初版(现代文艺丛书)。

目次:《编者题记》、《雨后》、《如蕤》、《爱欲》、《八骏图》、《一个戴水獭皮帽子的朋友》、《白魇》、《辰河小船上的水手》。

看虹摘星录（小说集）

编者未找到原书。据沈从文先生回忆，此书约于抗战后期在西南出版。另据上海师范大学历史系程应缪教授回忆，抗战胜利后不久，沈从文曾赠他此书。程教授记得是江西某书店在 1945 年出版的。

魇（散文集）

编者未找到此书，据广告和编者 1981 年 7 月 24 日访问沈从文先生，及沈先生 1982 年 4 月来信，此集约于 1945 年出版。

1946 年

在昆明的时候（散文集）

与何其芳、田汉、巴金等合著，1946 年 2 月重庆中外书店初版，1946 年 3 月重庆中外书店广州分店 2 版，1946 年 5 月重庆中外书店北平分店 3 版(均属抗战文艺丛书)。

目次:《在昆明的时候》(沈从文作)，《还乡杂记》(何其芳作)，《孩子的从军》(田汉作)，《旅行途中》(巴金作)，《平居散记》(缪崇群作)，《人物印象》(熊佛西作)，《主妇生涯》(苏雪林作)，《三月书简》(骆宾基作)。

1949 年

阿金（小说集，盗印本）

1949 年开明书店初版，1977 年香港汇通书局翻印。

春（小说集，盗印本）

1949 年开明书店初版。

黑夜（小说集，盗印本）

1949 年开明书店初版。

1952 年

翠翠（电影文学剧本）

改编者不详，1952 年香港励力出版社初版。

1957 年

沈从文小说散文选

1957 年香港新学书店初版。

沈从文小说选集

1957 年 10 月人民文学出版社初版，1982 年重版。

目次：《选集题记》、《阿金》、《萧萧》、《牛》、《会明》、《绅士的太太》、《丈夫》、《烟斗》、《菜园》、《灯》、《新与旧》、《黑夜》、《三三》、《泥涂》、《生》、《边城》、《过岭者》、《顾问官》、《大小阮》、《失业》、《生存》、《王谢子弟》、《贵生》。

中国丝绸图案

与王家树合编并作后记，1957 年 12 月北京中国古典艺术出版社初版。

1958 年

唐宋铜镜

1958 年北京中国古典艺术出版社初版。

1959 年

明锦

1959 年北京文物出版社初版。

萧萧（小说集）

1959 年香港新月出版社初版，1960 年香港国光图书公司翻印。

1960 年

龙凤艺术（文物论文集）

1960 年 3 月北京作家出版社第 1 版。

目次：《题记》、《织金锦》、《谈染缬》、《"明锦" 题记》、《谈皮球花》、《湘西苗族的艺术》、《塔户剪纸》、《古代镜子的艺术》、《龙凤艺术》、《鱼的艺术》、《谈瓷器艺术》、《谈金花纸》、《谈谈〈文姬归汉图〉》、《北京有许多博物馆，同时又是个大型博物馆》、《文史研究必须结合实物》。

1962 年

战国漆器

1962 年北京荣宝斋出版。

1973 年

沈从文选集

1973 年 6 月香港文学出版社初版（中国新文学丛书）。

目次：《〈沈从文选集〉序》（编者），第一辑：《柏子》、《丈夫》、《春》、《八骏图》；第二辑：《月下小景》、《寻觅》、《爱欲》、《医生》；第三辑：《萧萧》、《菜园》、《新与旧》、《失业》。

1980 年

从文散文选

1980 年 12 月香港时代图书有限公司初版（时代文学丛书）。

目次：《题记》、《从文自传》（细目略），《湘行散记》（细目略），《湘西》（细目略），《劫后残稿》（目录：雪晴，巧秀和冬生，传奇不奇。）。

1981 年

中国古代服饰研究（文物论著）
沈从文编著，王㐨助理，陈大章、李之檀、范曾主图，王亚蓉插图，1981 年 9 月商务印书馆香港分馆初版。

目录❶：一、商代墓葬中的玉石陶铜人形，二、周代雕玉人形，三、周代男女人形陶范，四、战国楚墓漆瑟上彩绘猎户、乐部和贵族，五、战国帛画妇女，六、战国楚墓彩绘木俑，七、战国彩绘漆卮上妇女群像，八、战国雕玉舞女，九、战国雕玉小孩和青铜弄雀女孩，十、战国铜鉴上水陆攻战纹，十一、战国青铜壶上采桑、习射、宴乐、弋猎纹，十二、战国　尾冠被练甲骑士，十三、战国佩玉彩琉璃珠和带钩，十四、西汉墓壁画二桃杀三士部分，十五、汉空心砖持戟门卒，十六、汉贮贝器上滇人奴隶和奴隶主，十七、高冠盛装乐舞滇人，十八、西汉画像砖，十九、汉石刻垂绶佩剑武士，二〇、汉代陶俑砖刻所见农民，二一、戴花钗三女仆，二二、汉望都壁画五百八人，二三、汉代舞女，二四、汉画刻中所见几种骑士，二五、汉朱鲔墓石刻，二六、汉墓壁画男女像，二七、汉石刻簪笔奏事官吏，二八、东汉墓彩绘壁画和石刻，二九、汉讲学图画像砖，三〇、汉武氏石刻贵族梁冠和花钗，三一、长沙马王堆一号汉墓中几件衣服，三二、汉代锦绣，三三、东晋竹林七贤图砖刻，三四、晋女史箴图中八舆夫，三五、晋女史箴图中临镜部分，三六、南朝斲琴图部分，三十七、晋六朝男女俑，三八、戴菱角巾披鹿皮裘的帝王和二宫女，三九、南北朝邓县画像砖妇女和部曲鼓吹，四〇、南北朝著两当铠拥仪剑门官，四一、北朝景县封氏墓著袴褶俑，四二、北朝景县封氏墓出土男女俑，四三、北朝敦煌壁画甲骑和步卒，四四、北朝著帔子伎乐俑，四五、南北朝宁懋石棺线刻各阶层人物，四六、南北朝宁懋石室石刻武卫和贵族，四七、北齐校书图，四八、北齐张肃俗墓出土男女陶俑，四九、隋青褐釉陶舞俑，五〇、隋敦煌壁画进香妇女，五一、隋李静训墓出土男女陶俑，五二、隋灰陶缠须著袴褶两当武官俑，五三、隋青釉陶甲士俑，五四、隋青瓷执步盾甲士俑，五五、隋青釉陶袍服平巾帻文官俑，五六、隋文帝和二侍臣，五七、隋李静训墓出土首饰，五八、唐代农民，五九、唐代船夫，六〇、唐代猎户，六一、步辇图，六二、唐贞观敦煌壁画帝王和从臣，六三、唐人游骑图部分，六四、唐凌烟阁功臣图部分，六五、唐画塑中所见戴帷帽妇女，六六、唐永泰公主墓壁画中妇女，六七、唐著半臂妇女，六八、唐胡服妇女，六九、唐胡服妇女，七〇、唐著半臂坐薰笼妇女及大髻小袖衣妇

❶ 主图、插图目录略。

女，七一、唐敦煌壁画乐廷环夫人行香图，七二、唐虢国夫人游春图，七三、唐张萱捣练图部分，七四、唐高髻盛装妇女，七五、簪花仕女图，七六、宫乐图，七七、文苑图，七八、唐代几种甲士，七九、唐代壁画分舍利图骑士，八〇、唐敦煌壁画甲骑鼓吹，八一、唐白石雕像执弓刀武弁，八二、唐代行脚僧，八三、唐壁画中的古人衣著形象，八四、唐代彩绘陶俑和三彩陶俑，八五、唐末五代回鹘进香人，八六、唐代丝绸，八七、麦积山壁画中几个青年妇女，八八、五代南唐男女陶俑，八九、五代甲士，九〇、五代南唐重屏会棋图，九一、五代十国前蜀石棺座浮雕乐部，九二、五代宫中图的宫廷妇女，九三、五代夜宴图中几个乐伎，九四、五代夜宴图宴席部分，九五、五代壁画曹义金像，九六、女孝经图，九七、宋初敦煌壁画农民，九八、南宋耕织图中农民，九九、清明上河图中劳动人民和市民，一〇〇、南宋中兴祯应图中吏卒和平民，一〇一、宋百马图中马夫，一〇二、宋四川大足石刻老幼平民，一〇三、南宋李嵩货郎图，一〇四、宋村童闹学图，一〇五、宋杂剧图，一〇六、宋砖刻杂剧人丁都赛，一〇七、宋砖刻厨娘，一〇八、宋瑶台步月图，一〇九、宋太原晋祠彩塑，一一〇、宋墓壁画乐舞，一一一、宋墓壁画梳装和宴饮，一一二、宋会昌九老图，一一三、赵匡胤蹴球图，一一四、宋太祖赵匡胤像，一一五、宋皇后和宫女，一一六、宋大驾卤簿图中甲骑与鼓吹，一一七、宋中兴四将图中岳飞韩世忠及随从武将，一一八、辽庆陵壁画契丹人，一一九、卓歇图，一二〇、便桥会盟图，一二一、胡笳十八拍图，一二二、宋免胄图中甲骑，一二三、射猎图，一二四、西夏敦煌壁画男女进香人，一二五、煮盐图，一二六、宋代丝绸，一二七、元代农民工人和官兵，一二八、元代百工百业，一二九、元代几个儒流贤士，一三〇、元代几个奏乐道童，一三一、元代衣唐巾圆领服男子和齐膝短衣卖鱼人，一三二、元裹巾子短衣草鞋渔民，一三三、元斗浆图，一三四、一组蒙古人乐舞俑，一三五、元男女俑，一三六、元墓壁画，一三七、元人演戏壁画，一三八、元代帝后像，一三九、元代行猎贵族，一四〇、元敦煌画行香人，一四一、元代玩双陆图中官僚和仆从，一四二、元饮宴图中官僚和仆从，一四三、明代农民牧童和工人，一四四、明皇都积胜图所见各阶层人物，一四五、水浒图部分，一四六、明代巾帽，一四七、明戴网巾的农民和工人，一四八、明初制墨工人，一四九、明男女乐部，一五〇、明妇女时装与手饰，一五一、明代暖耳和罩甲，一五二、明贵族男女，一五三、明宪宗行乐图中杂剧人内监宫女和帝王，一五四、明帝后金冠，一五五、明代丝绸，一五六、清初刻耕织图，一五七、清初妇女装束，一五八、清初回族男女，一五九、清初藏族男女，一六〇、清初维族男女，一六一、清初苗族男女，一六二、清初彝族男女，一六三、清初壮族男女，一六四、清初瑶族男女，一六五、清初哈萨克族男女，一六六、清初白族男女，一六七、清初傣族男女，一六八、清初黎族男女，一六九、清初高山族男女，一七〇、清初赫哲族男女，一七一、清大宴蒙古王公图，一七二、清代几种帝王袍服，一七三、清代雍正四妃子便服，一七四、清代丝绸。

沈从文散文选

湘潭大学中文系现代文学教研室编，1981年11月湖南人民出版社第1版。

目次：《题记》、《从文自传》（细目略），《湘行散记》（细目略），《湘西》（细目略），《一个传奇的本事》（附《太阳下的风景——沈从文与我》，黄永玉作），《新湘行记——张八寨二十分钟》、《后记》。

沈从文小说选

湘潭大学中文系现代文学教研室编，1982年12月湖南人民出版社第1版。

目次：《题记》（即《〈沈从文散文选〉题记》），《福生》、《我的小学教育》、《柏子》、《龙朱》、《媚金·豹子·与那羊》、《牛》、《菜园》、《萧萧》、《丈夫》、《七个野人与最后一个迎春节》、《三个男人和一个女人》、《三三》、《虎雏》、《月下小景——新十日谈之序曲》、《边城》、《顾问官》、《新与旧》、《贵生》、《长河》（细目略），《雪晴》、《巧秀和冬生》、《后记》（即《〈沈从文散文选〉后记》）。

1982年

沈从文文集（第1卷，小说）

邵华强、凌宇编，1982年1月广州花城出版社、三联书店香港分店联合出版第1版（国内版和海外版两种）。

目次：《鸭子》（小说部分共9篇：《雨》、《往事》、《玫瑰与九妹》、《夜渔》、《代狗》、《腊八粥》、《船上》、《占领》、《槐化镇》）；《蜜柑》（小说5篇：《初八那日》、《晨》、《蜜柑》、《草绳》、《猎野猪的故事》）；《老实人》（小说7篇：《老实人》、《船上岸上》、《雪》、《连长》、《我的邻》、《在私塾》、《一个妇人的日记》）；《阿丽思中国游记》第一卷（细目略）；《阿丽思中国游记》第二卷（细目略）。

沈从文文集（第2卷，小说）

邵华强、凌宇编，1982年1月广州花城出版社、三联书店香港分店联合出版第1版（国内版和海外版两种）。

目次：《入伍后》（小说8篇：《入伍后》、《我的小学教育》、《岚生同岚生太太》、《松子君》、《屠桌边》、《炉边》、《记陆弢》、《传事兵》）；《雨后及其他》（小说5篇：《雨后》、《柏子》、《第一次做男人的那个人》、《有学问的人》、《某夫妇》)；《山鬼》；《十四夜间》(小说2篇：《或人的家庭》、《十四夜间》)；《篁君日记》；《好管闲事的人》(小说6篇：《好管闲事的人》、《或人的太太》、《焕乎先生》、《喽啰》、《卒伍》、《爹爹》)；《龙朱》(小说5篇：《龙朱》、《参军》、《媚金·豹子·与那羊》、《阙名故事》、《说故事人的故事》)。

沈从文文集（第3卷，小说）

邵华强、凌宇编，1982年5月广州花城出版社、三联书店香港分店联合出版第1版（国内版和海外版两种）。

目次：《石子船》(小说6篇：《石子船》、《夜》、《还乡》、《渔》、《道师与道场》、《一日的故事》、《〈石子船〉后记》)；《沈从文甲集》(小说5篇：《第四》、《我的教育》、《冬的空间》、《会明》、《牛》)；《一个女剧员的生活》(细目略)。

沈从文文集（第4卷，小说）

邵华强、凌宇编，1982年6月广州花城出版社、三联书店香港分店联合出版第1版（国内版和海外版两种）。

目次：《沈从文子集》(小说4篇：《丈夫》、《灯》、《建设》、《绅士的太太》)；《虎雏》(小说4篇：《三三》、《虎雏》、《医生》、《黔小景》)；《都市一妇人》(小说5篇：《都市一妇人》、《厨子》、《静》、《春》、《若墨医生》)；《凤子》(目录：《凤子》题记，一、寄居青岛的生活，二、一个黄昏，三、隐者朋友，四、某一个晚上绅士的客厅里，五、一个被地图所遗忘的地方被历史所遗忘的一天，六、矿场，七、去矿山的路上，八、在栗林中，九、日与夜，十、神之再现)。

沈从文文集（第5卷，小说）

邵华强、凌宇编，1982年9月广州花城出版社、三联书店香港分店联合出版第1版（国内版和海外版两种）。

目次：《一个母亲》(目录：《一个母亲》序，一个母亲)；《月下小景》(细目略)；《阿黑小史》(目录：《阿黑小史》序，《油坊》、《秋》、《病》、《婚前》、《雨》)；《如蕤集》(小说10篇：《如蕤》、《三个女性》、《上城里来的人》、《生》、《早上——一堆土一个兵》、《泥涂》、《节日》、《白日》、《黄昏》、《黑夜》)。

沈从文小说选（第1集）

凌宇编，1982年10月人民文学出版社第1版。

目次：《〈选集〉题记》、《连长》、《雪》、《船上岸上》、《柏子》、《雨后》、《龙朱》、《阿金》、《七个野人和最后一个迎春节》、《牛》、《会明》、《菜园》、《夫妇》、《烟斗》、《萧萧》、《灯》、《绅士的太太》、《丈夫》、《三个男人和一个女人》、《山道中》、《夜》、《三三》、《虎雏》、《黔小景》、《泥涂》、《黄昏》、《黑夜》、《早上——一堆土一个兵》、《月下小景》、《扇陀》、《一个农夫的故事》、《如蕤》、《三个女性》、《生》、《静》、《来客》。

沈从文小说选（第2集）

凌宇编，1982年10月人民文学出版社第1版。

目次：《过岭者》、《失业》、《顾问官》、《八骏图》、《新与旧》、《主妇》、《贵生》、《王谢子弟》、《大小阮》、《王嫂》、《青色魔》、《阿黑小史》（细目略），《边城》、《劫余残稿》（小说3篇：《雪晴》、《巧秀与冬生》、《传奇不奇》），《长河》（细目略），《编后记》（凌宇），附录：《沈从文主要著作年表》。

沈从文散文选

凌宇编，1982年12月人民文学出版社第1版。

目次：《从文自传》（细目从略），《湘行散记》（细目从略），《湘西》（细目从略），《云南看云》、《水云——我怎么创造故事，故事怎么创造我》、《绿魇》、《白魇》、《黑魇》、《在昆明的时候》、《一个传奇的本事》、《新湘行记——张八寨二十分钟》、《过节和观灯》、《编后记》。

1983年

沈从文文集（第6卷，小说）

邵华强、凌宇编，1983年1月广州花城出版社、三联书店香港分店联合出版第1版（国内版和海外版两种）。

目次：《游目集》（小说4篇：《腐烂》、《夜的空间》、《三个男人和一个女人》、《平凡故事》）；《边城》（《〈边城〉题记》、《边城》）；《八骏图》（小说4篇：《〈八骏图〉题记》、《八骏图》、《来客》、《过岭者》、《顾问官》）；《新与旧》（小说9篇：《萧萧》、《山道中》、《新与旧》、《菜园》、《烟斗》、《失业》、《知识》、《薄寒》、《自杀》）；《主妇集》（小说5篇：《主妇》、《贵生》、《大小阮》、《王谢子弟》、《生存》）。

神巫之爱（沈从文早期作品选）

邵华强编，1983年3月广州花城出版社第1版（花城丛书）。

目次：《前言》（《花城》编辑部）；小说选：《船上》、《宋代表》、《占领》、《入伍后》、《我的小学教育》、《松子君》、《岚生同岚生太太》、《晨》、《腊八粥》、《初八那日》、《蜜柑》、《我的领》、《连长》、《在私塾》、《柏子》、《雨后》、《龙朱》、《媚金·豹子·与那羊》、《牛》、《菜园》、《萧萧》、《绅士的太太》、《丈夫》、《在别一个国度里》、《神巫之爱》、《一个天才的通信》；散文选：《遥夜——一及二》、《公寓中》、《到北海去》、《一天》、《水车》、《生之记录》、《Lao Mei You hen!》、《小草与浮萍》。

沈从文文集（第7卷，小说）

邵华强、凌宇编，1983年5月广州花城出版社、三联书店香港分店联合出版第1版（国内版和海外版两种）。

目次：《长河》（细目略）；《小砦及其它》（小说7篇：《张大相》、《小砦》、《王嫂》、《乡城》、《虹桥》、《主妇》、《青色魇》）；《新摘星录》；《芸庐纪事》（目录：陌生的地方和陌生的人，大先生，你一天忙到晚，究竟干吗？动静）；《雪晴》（小说4篇：《赤魇》、《雪晴》、《巧秀和冬生》、《传奇不奇》）。

沈从文选集（第1卷）

凌宇编，1983年5月四川人民出版社第1版。

目次：《出版说明》、《序》、《从文自传》（细目略），《湘行散记》（细目略），《湘西》（细目略），《街》、《昆明冬景》、《云南看云》、《水云》、《绿魇》、《白魇》、《黑魇》、《一个传奇的本事》、《新湘行记》、《天安门前》、《春游颐和园》。

沈从文选集（第2卷）

凌宇编，1983年6月四川人民出版社第1版。

目次：《在别一个国度里》、《学吹箫的二哥》、《连长》、《船上岸上》、《雪》、《上城里来的人》、《柏子》、《雨后》、《有学问的人》、《龙朱》、《阿金》、《媚金·豹子·与那羊》、《旅店》、《七个野人与最后一个迎春节》、《牛》、《会明》、《菜园》、《夫妇》、《烟斗》、《萧萧》、《灯》、《绅士的太太》、《丈夫》、《道德与智慧》、《三个男子和一个女人》、《山道中》、《夜》、《渔》、《三三》、《虎雏》、《黔小景》。

沈从文选集（第3卷）

凌宇编，1983年6月四川人民出版社第1版。

目次：《泥涂》、《黄昏》、《都市一妇人》、《若墨医生》、《黑夜》、《节日》、《早上——一堆土一个兵》、《月下小景》、《扇陀》、《慷慨的王子》、《一个农夫的故事》、《如蕤》、《生》、《来客》、《三个女性》、《腐烂》、《过岭者》、《知识》、《失业》、《顾问官》、《八骏图》、《新与旧》、《自杀》、《主妇》、《王谢子弟》、《贵生》、《大小阮》、《生存》、《乡城》、《虹桥》、《王嫂》。

沈从文选集（第4卷）

凌宇编，1983年6月四川人民出版社第1版。

目次：《神巫之爱》（细目略），《一个女剧员的生活》（细目略），《阿黑小史》（细目略），《长河》（细目略）。

沈从文选集（第5卷）

凌宇编，1983年6月四川人民出版社第1版。

目次：《废邮存底》(《一、一周间给五个人的信摘录》、《二、给一个写诗的》、《三、给一个写小说的》、《四、给一个大学生》，五、给某教授)，《六、谈创作》、《七、致〈文艺〉读者》、《八、元旦日致〈文艺〉读者》、《九、我的写作与水的关系》、《十、风雅与俗气》、《十一、情绪的体操》、《十二、给某作家》、《十三、给一个读者》)；《烛虚》(《烛虚》、《潜渊》、《长庚》、《生命》、《新的文学运动和新的文学观》、《白话文问题》、《小说作者和读者》)；《云南看云集》(《小说与社会》、《新废邮存底》(《一、给一个广东朋友》、《二、给一个大学生》、《三、给一个青年作家》、《四、给一个诗人》、《五、给一个军人》、《六、学习写作》、《七、职业与事业》、《八、给一个在芒市服务的小学教员》、《九、给一个作家》、《十、给驻长沙一个炮队小军官》、《十一、明日的文学作家》、《十二、美与爱》、《十三、论投资》)，《谈朗诵诗》、《湘人对于新文学运动的贡献》)；《序言·题记及其它》(《〈阿丽思中国游记〉后序》、《〈阿丽思中国游记〉第二卷序》、《〈月下小景〉题记》、《〈边城〉题记》、《习作选集代序》、《〈长河〉题记》、《〈看虹摘星录〉后记》、《〈长虹〉引言》、《〈沈从文小说选集〉题记》、《〈从文散文选〉题记》、《在美国哥伦比亚大学的演讲》、《答凌宇问》)；《中国现代作家论》(《论施蛰存与罗黑芷》、《论冯文炳》、《论落华生》、《郁达夫张资平及其影响》、《论闻一多的〈死水〉》、《论焦菊隐的〈夜哭〉》、《论汪静之的〈蕙的风〉》、《论朱湘的诗》、《论刘半农的〈扬鞭集〉》、《论中国现代创作小说》)；《编后记》。

沈从文文集（第 8 卷，小说）

邵华强、凌宇编，1983 年 9 月广州花城出版社、三联书店香港分店联合出版第 1 版（国内版和国外版两种）。

目次：《福生》(小说 17 篇：《三贝先生家训》、《福生》、《第二狒狒》、《崖下诗人》、《画师家兄》、《棉鞋》、《副官》、《一天是这样渡过的》、《宋代表》、《瑞龙》、《赌道》、《堂兄》、《菌子》、《更夫阿韩》、《黎明》、《哨兵》、《一个晚会》)；《在别一个国度里》(小说 2 篇：《在别一个国度里》、《除夕》)；《采蕨》(小说 5 篇：《采蕨》、《落伍》、《寄给某编辑先生》、《一只船》、《大城中的小事情》)；《神巫之爱》(细目从略)；《旅店及其他》(《旅店》、《阿金》、《七个野人与最后一个迎春节》、《元宵》)；《夫妇》(《逃的前一天》、《夫妇》、《血》、《楼居》、《一个女人》、《道德与智慧》、《燥》、《俛之先生传》、《战争到某市以后》)。

沈从文文集（第 9 卷，散文）

邵华强、凌宇编，1984 年 3 月广州花城出版社、三联书店香港分店联合出版第1版（国内版和国外版两种）。

目次：《鸭子》（散文部分共7篇：《月下》、《小草与浮萍》、《到北海去》、《遥夜——一及二》、《水车》、《一天》、《生之记录》）；《记胡也频》；《从文自传》（细目略）；《湘行散记》（细目略）；《湘西》（细目略）。

沈从文文集（第10卷，散文、诗）

邵华强、凌宇编，1984年2月广州花城出版社、三联书店香港分店联合出版第1版（国内版和海外版两种）。

目次：《怯步集》（散文 13 篇：《一封未曾付邮的信》、《流光》、《市集》（附：《志摩的欣赏》、《关于〈市集〉的声明》），《狂人书简——给到×大学第一教室绞脑汁的可怜朋友》、《怯步者笔记——鸡声》、《西山的月》、《Laomei, Zuohen！》、《游二闸》、《海上通讯》、《街》、《三年前的十一月二十二日》、《时间》、《沉默》）；《非梦集》（散文10篇：《昆明冬景》、《记蔡威廉女士》、《云南看云》、《绿魇》、《黑魇》、《白魇》、《北平的印象和感想》、《怀昆明》、《一个传奇的本事》、《芷江县的熊公馆》）；《新景与旧谊》（散文 13 篇：《天安门前》、《北京有许多博物馆，同时又是个大型建筑博物馆》、《从一本书谈谈民族艺术》、《新湘行记——张八寨二十分钟》、《春游颐和园》、《跑龙套》、《一点回忆一点感想》、《悼靳以》、《湘西苗族的艺术》、《过节和观灯》、《忆翔鹤》、《我所见到的司徒乔先生》、《友情》）；《水云集》（散文5篇：《致唯刚先生》、《水云——我怎么创造故事，故事怎么创造我》、《从现实学习》、《二十年代的中国新文学——一九八〇年十一月七日在美国哥伦比亚大学的讲演》、《从新文学转到历史文物——一九八〇年十一月二十四日在美国圣若望大学的讲演》）；《新晴集》（诗歌17首：井冈诗草（《井冈山清晨》、《建设新山村》、《下山回南昌途中》），匡庐诗草〔《庐山“花径”白居易作诗处》、《庐山含鄱口》〕，郁林诗草（《漓江半道花马岩》、《西村》、《漓江半道》、《阳朔刘三姐过渡处》、《新坪道中》、《阳朔公园望郎山》、《唐诗人曹邺读书台》），《喜新晴》、《拟咏怀诗——七十岁生日感事》、《京门杂咏（《七二年冬过北海后门感事》、《题个石师寄庑图》），《双溪大雪》）。

沈从文文集（第11卷，文论）

邵华强、凌宇编，1984年4月广州花城出版社、三联书店香港分店联合出版第1版。

目次：《序跋集》（序跋21篇：《〈第二个狒狒〉引》、《冰季同我》、《〈生命的沫〉题记》、《〈秋之沦落〉序》、《〈雪〉序》、《〈群鸦集〉附记》、《〈刘宇诗选〉

序》、《〈小说月刊〉一卷三期卷头语》、《〈记丁玲〉跋》、《〈篱下集〉题记》、《〈现代中国评论选〉题记》、《〈幽僻的陈庄〉题记》、《〈从文小说习作选〉代序》、《〈看虹摘星录〉后记》、《〈断虹〉引言》、《〈沈从文小说选集〉题记》、《〈从文散文选〉题记》、《〈从文自传〉附记》、《〈沈从文散文选〉题记》、《〈散文选译〉序》、《人间重晚晴——〈子冈作品选〉序》);《沫沫集》(现代作家论 18 篇:《论冯文炳》、《论落华生》、《论施蛰存与罗黑芷》、《论焦菊隐的〈夜哭〉》、《论刘半农〈扬鞭集〉》、《郁达夫张资平及其影响》、《论闻一多〈死水〉》、《论汪静之的〈蕙的风〉》、《论中国创作小说》、《〈山花集〉介绍》、《论徐志摩的诗》、《论穆时英》、《伟大的收获》、《〈黔滇道上〉》、《从徐志摩作品学习"抒情"》、《由冰心到废名》、《学鲁迅》);《昆明冬景》(论文 2 篇:《谈保守》、《谈朗诵诗》);《烛虚》(论文 4 篇:《烛虚》、《潜渊》、《长庚》、《生命》);《废邮存底》(共 11 篇:《一、一周间给五个人的信摘抄》、《二、给一个写诗的》、《三、给一个写小说的》、《四、给一个大学生》、《五、给某教授》、《六、谈创作》、《七、致〈文艺〉读者》、《八、元旦日致〈文艺〉读者》、《九、我的写作与水的关系》、《十、情绪的体操》、《十一、给一个读者》);《续废邮存底》(共 12 篇:《一、给一个广东朋友》、《二、给一个大学生》、《三、给一个青年作家》、《四、给一个诗人》、《五、给一个中学教员》、《六、给一个军人》、《七、学习写作》、《八、职业与事业》、《九、给一个在芒市服务的小学教员》、《十、给一个作家》、《十一、给驻长沙一个炮队小军官》、《十二、美与爱》)。

沈从文文集(第 12 卷,论文)

邵华强、凌宇编,1984 年 7 月广州花城出版社、三联书店香港分店联合出版第 1 版(国内版和海外版两种)。

目次:《新废邮存底》(二十九则);《创作杂谈》(论文 10 篇:《甲辰闲话一》、《甲辰闲话二》、《窄而霉斋闲话》、《我们怎样去读新诗》、《论技巧》、《给志在写作者》、《短篇小说》、《小说与社会》、《论特写》、《谈写游记》);《文学运动杂谈》(论文 13 篇:《文学者的态度》、《打头文学》、《论"海派"》、《关于海派》、《新文人与新文学》、《介绍〈中国新文学大系〉》、《谈谈上海的刊物》、《新诗的旧账——并介绍〈诗刊〉》、《读〈中国新文学大系〉》、《对于这新刊诞生的颂词》、《湘人对于新文学运动的贡献》、《怎样办好一份报纸——从昆明的报纸谈起》、《书评的自由解放运动》);《艺术教育》(论文 11 篇:《〈艺术周刊〉的诞生》、《艺术教育》、《谈写字一》、《谈写字二》、《滥用名词的商榷》、《谈谈木刻》、《宋人谐趣》、《宋人演剧的讽刺性》、《读展子虔〈春游图〉》、《收拾残破——文物保卫的一种看法》、《关于北平特种手工艺展览会一点意见》；《新烛虚》（论文15篇：《丁玲女士被捕》、《丁玲女士失踪》、《劝人读经》、《知识阶级与进步》、《禁书问题》、《关于看不懂》、《论读经》、《尽责》、《中人的病》、《给青年朋友》、《一种态度》、《莫错过这千载难逢的报国机会——给湘西几个在乡军人》、《变变作风》、《读〈论英雄崇拜〉》、《穷与愚》）。

附录：沈从文作品英译目录

邵华强

边城（Green Jade and Green Jade）（小说）
埃米莉·哈恩（Emily Hahn）和辛沫雷（译音：Shing Mo-Lei）合译；
连载于1936年《天下月刊》（T'ien Hsia Monthly）1月第2卷第1期，2月第2卷第2期，3月第2卷第3期，4月第2卷第4期。

柏子（Pai Tsu）（小说）
埃德加·斯诺（Edgar Snow）译；
收编在斯诺编《真正的中国：现代中国短篇小说》（Living China: Modern Chinese Short Stories）中；美国纽约 Reynal and Lfitchcock 公司1936年出版。

颂（Ode）（诗）
哈罗德·阿克顿（Harold Acton）和陈世骧合译；
收编在《中国现代诗歌》（Modern Chinese Poetry）中；英国伦敦 Duckworth 1936年出版。

短篇小说《丈夫》序言（Prologue to a story, "Husband"）
石敏（译音：Shih Ming）译；
载1937年7月美国纽约《亚洲》（Asia）第37期。

萧萧（Hsiao-Hsiao）（小说）
李一谢（译音：Lee Yi-Hsieh）译；
载1938年10月《天下月刊》（T'ien Hsia Monthly）第3期。

乡城（Old Mrs·Wang's Chickens）（小说）
石敏（译音：Shih Ming）译；
载1940年12月～1941年1月《天下月刊》（T'ien Hsia Monthly）第11卷第3期。

夜（Night March）（小说）
王世成（译音：Wang Chi-Chen）译；
收编在美国哥伦大学出版社 1944 年版《当代中国短篇小说》（Contemporary Chinese Stories）中。

灯（The Lamp）（小说）
袁家骅和罗伯特·白恩（Robert Payne）合译；收编在袁家骅和白恩合编的《当代中国短篇小说》（Contemporary Chinese Stories）中；英国伦敦 Noel Carrington 跨大西洋艺术有限公司 1946 年出版。

黑夜（Under Cover of Darkness）（小说）
袁家骅和罗伯特·白恩（Robert Payne）合译；收编在袁家骅和白恩合编的《当代中国短篇小说》（Contemporary Chinese Stories）中；英国伦敦 Noel Carrington 跨大西洋艺术有限公司 1946 年出版。

《中国大地：沈从文的小说》（The Chinese Earth：Stories by Shen Tseng-Wen）（小说集）
金隄（Ching Ti）和罗伯特·白恩（Robert Payne）翻译并编辑；
英国伦敦 George Allen 和 Unwin 有限公司 1947 初版；
目次：《编译者序》（Introduction），《柏子》（Pai Tzu），《灯》（The Lamp），《丈夫》（The Husband），《会明》（The Yellow Chickens），《三三》（San-San），《月下小景》（Under Moonlight），《媚金·豹子·与那羊》（The White Kid），《三个男人和一个女人》（Three Men and A Girl），《龙朱》（Lung Chu），《夫妇》（The Lovers），《十四夜间》（The Fourteenth Moon），《一个大王》（The Wang），《看虹录》（The Rainbow），《边城》（The Frontier City）。

萧萧（Litt1e Flute）（小说）
李如绵（译音：Li Ru-Mien）译；
载美国《生活与文学》（Life and Letters）1949 年 1 月第 60 卷第 137 期。

雨后（After Rain）（小说）
大卫·基德（David Kidd）译；
载美国新闻协会会刊《法国与亚洲》（France-Asia）1961 年 11 月～12 月第 17 卷第 170 期；又载《东西方评论》1967 年夏季号第 3 卷第 2 期。

鱼的艺术（The Fish Motif in Chiuese Art）（论文）
译者不详；
载中国《中国文学》（Chinese Literafure）1962 年 2 月号。

边城（The Border Town）（中篇小说）
戴乃迭（Gladys Yang）译；
连载于中国《中国文学》（Chinese

Literafure）1962年10月号、11月号。

龙朱（Lung Chu）（小说）

蔡楚（译音：Chai Chu）和温博格·蔡（Winberg Chai）合译；收编在蔡楚和温博格·蔡合编的《中国文学宝库：新散文文集，包括小说和剧本》（A Treasury of Chinese Literature：A New Prose Anthology, Inclading Fiction and Drama）中；纽约 Appleton-Century 1965年初版。

沈从文的《长河》部分翻译并介绍（The Long River by Sheu Tsung-Wen：Introduction and Partial Translation）

莉莲·C. M·朱（Lillian C. M. Chu）译并作；1966年美国哥伦比亚大学硕士论文。

《〈边城〉及其它》（The Border Town and Other Stories）（小说集）

威廉·L·麦克唐纳翻译并编辑；

美国伊利诺斯州厄巴纳伊利诺斯大学1971年付印，未公开出版，黄封面，线装本。

目次：《边城》（根据戴乃迭1962年刊于《中国文学》的译本），《静》（Quiet），《阿金》（Ah Chin），《黑夜》（Black Night）。

一个大王（《从文自传》节选）（A Bandit Chief）

威廉·L·麦克唐纳（William L. Macdonald）译；收编在西里尔·伯奇（Cyril Birch）编《中国文学文集》第2卷（Anthology of Chinese Literature, Volume 2）中；美国纽约格罗夫（Grove）出版社1972年简装本初版。

静（Quiet）（小说）

威廉·L·麦克唐纳（William L. Macdonald）译；载美国 Triquarterly 第31期，1974年秋出版。

七个野人和最后一个迎春节（Seven Barbarians and the Last Spring Festival）（小说）

斯坦利·R. 芒罗（Stanley R. Munro）译；收编在斯坦利·R·芒罗编《一场革命的起源：现代中国短篇小说集》（Genesis of A Revolution：An Anthology of Modern Chinese Short Stories）中，1979年新加坡 Heinemaun 教育图书出版（亚洲）有限公司初版。

萧萧（Xiao Xiao）（小说）

戴乃迭（Gladys Yang）译；

载中国《中国文学》1980年第8期。

丈夫（The Husband）（小说）

戴乃迭（Gladys Yang）译；

载中国《中国文学》1980年第8期。

贵生（Guisheng）（小说）

戴乃迭（Gladys Yang）译；

载中国《中国文学》1980年第8期。

在昆明的时候（While in Kunming）（散文）
黄金铭（Wong Kan-Ming）和金介甫（Jeffrey C. Kinkley）合译；载美国纽约《海内外》1981年第28期。

静（Quiet）（小说）
夏志清（C. T. Hsia）和叶蔚廉（Wai-Lim Yip）合译；收编在夏志清编《二十世纪中国短篇小说》（Twentieth Century Chinese Stories）中；美国哥伦比亚大学出版社1981年初版。又收编在约瑟夫S. M. 劳（Joseph S. M. Lau）编《现代中国短篇小说和中篇小说：1919～1949》（Modern Chinese Stories and Novellas：1919～1949）中；美国哥伦比亚大学出版社1981年出版。

白日（Daytime）（小说）
夏志清（C. T. Hsia）和叶蔚廉（Wai-Lim Yip）合译；收编在夏志清编《二十世纪中国短篇小说》（Twentieth Century Chinese Stories）中；美国哥伦比亚大学出版社1981年初版。

柏子（Pai-Tzu）（小说）
许芥昱（Kai-Yu Hsu）译；
收编在约瑟夫S. M. 劳（Joseph S. M. Lau）编《现代中国短篇小说和中篇小说：1919～1949》（Modern Chinese Stories and Novellas：1919～1949）中，美国哥伦比亚大学出版社1981年初版。

灯（The Lamp）（小说）
许芥昱（Kai-Yu Hsu）译；
收编在约瑟夫S. M. 劳（Joseph S. M. Lau）编《现代中国短篇小说和中篇小说：1919～1949》（Modern Chinese Stories and Novellas：1919～1949）中，美国哥伦比亚大学出版社1981年初版。

三个男人和一个女人（Three Men and One Woman）（小说）
许芥昱（Kai-Yu Hsu）译；
收编在约瑟夫S. M. 劳（Joseph S. M. Lau）编《现代中国短篇小说和中篇小说：1919～1949》（Modern Chinese Stories and Novellas：1919～1949）中，美国哥伦比亚大学出版社1981年初版。

萧萧（Hsiao-Hsiao）（小说）
尤金·欧阳（译音：Eugene Eoyang）译；
收编在约瑟夫S. M. 劳（Joseph S. M. Lau）编《现代中国短篇小说和中篇小说：1919～1949》（Modern Chinese Stories andNovellas：1919～1949）中，美国哥伦比亚大学出版社1981年初版。

橘子园主人和一个老水手(The Orange Grower and the Old Sailor)(《长河》第三章)
南希·吉布斯(Nancy Gibbs)译:
收编在佩切西·艾伯雷(Patricia Ebrey)编《中国文明和社会》(Chinese Civilization and Society)中,美国纽约麦克米兰(Macmillan)出版公司和自由出版社(Free Press)1981年初版。

《〈边城〉及其它》(小说集)
戴乃迭(Gladys Yang)译;
北京熊猫出版社1981年第1版;
目次:《边城》(The Border Town),《萧萧》(Xiao Xiao),《丈夫》(The Husband),《贵生》(Guisheng),《太阳下的风景——沈从文与我》(My Clncle Shen Congwen,黄永玉作)。

《散文选译》序(Preface to Pecollections of West Hunan)
戴乃迭(Gladys Yang)译;
载中国《中国文学》1982年第2期。

雪晴(After Snow)(散文)
戴乃迭(Gladys Yang)译;
载中国《中国文学》1982年第2期。

巧秀和冬生(Qiaoxiu and Dongsheng)(散文)
戴乃迭(Gladys Yang)译;
载中国《中国文学》1982年第2期。

传奇不奇(Truth is Stranger Than Fiction)(散文)
戴乃迭(Gladys Yang)译;
载中国《中国文学》1982年第2期。

《沈从文散文选译》(散文集)
戴乃迭(Gladys Yang)译;
北京熊猫出版社1981年初版;
目次:《〈散文选译〉序》、《从文自传》(前两章),《湘行散记》(4篇),《湘西》(4篇),《劫后残稿》(三章)。

沈从文研究资料目录

邵华强

给一个文学青年的公开状　郁达夫
载1924年11月16日《晨报副刊》

读了郁达夫先生的《给一个文学青年的公开状》以后　彭基相
载1924年11月20日《晨报副刊》

大学与学生　唯刚
载1925年5月3日《晨报副刊》

致钱玄同　鲁迅
1925年7月12日写
载1981年人民文学出版社版《鲁迅全集·书信卷》

志摩的欣赏　徐志摩
载1925年11月9日《晨报副刊》

志摩的回信　徐志摩
载1925年11月16日《晨报副刊》

给懋琳（诗）　胡也频
载1926年11月3日《晨报副刊》

沈从文的《鸭子》（广告）
载1927年1月1日《北新周刊》第20期

沈从文的《鸭子》　徐霞村
载1927年4月16日《北新周刊》第34期

《神巫之爱》　文
载1929年6月1日《金屋月刊》第1卷第6期

沈从文已赴北平（通讯）　娟
载1931年4月10日《现代文学评论》第1卷第1期

论沈从文　吕慈
载1931年5月《浊流》第3期

沈从文回沪（通讯）
载1931年5月10日《现代文学评论》第1卷第2期

沈从文又赴北平（通讯）
载1931年6月10日《现代文学评论》第1卷第3期

沈从文印象记　王以仁
载1931年10月《文艺战线》第5期

生活经验允许他吗——好一个多产作家
载1931年10月26日《文艺新闻·新儒林话栏》

一个空虚的作者　韩侍桁
载1931年3月1日《文学生活》第1卷第1期

沈从文同丁玲　郑君谋
载1931年上海千秋出版社版《作家赋事》

沈从文的"得妻"　郑君谋
载1931年上海千秋出版社版《作家赋事》

《刘宇诗选·跋》　刘　宇
载1932年1月上海北新书局版《刘宇诗选》

沈从文的《旧梦》　陈子展
载1932年3月20日《青年界》第2卷第1期

沈从文　顾凤城
载1932年上海图书发行公司版《中国文学家辞典》

沈从文论结婚　朱　雯
载1933年1月8日《申报·自由谈》

作家与作品四——关于沈从文　激　励
载1933年4月4日《庸报·另外一页》

沈从文《丁玲女士被捕》附记　胡　适
载1933年6月4日《独立评论》第52、53期合刊

沈从文的创作　王哲甫
见1933年9月北京杰成书局版《中国新文学运动史》（王哲甫著）

沈从文　杨晋豪
载1933年上海现代书局版《一九三二年文艺年鉴》第27页（杨晋豪编）

京派与海派　曹聚仁
载1934年1月17日《申报·自由谈》

"商业竞争"与"名士才情"　徐懋庸
载1934年1月20日《申报·自由谈》

续谈海派　曹聚仁
载1934年1月26日《申报·自由谈》

“京派”与“海派”　栾廷石（鲁迅）
载1934年2月3日《申报·自由谈》

北人与南人　栾廷石（鲁迅）
载1934年2月4日《申报·自由谈》

怎样清除“海派”　毅　君
载1934年2月10日《申报·自由谈》

致沈从文　胡　适
1934年3月13日写
见1979年5月中华书局版《胡适往来书信选》中册

致吴奔星　胡　适
1934年3月13日写
见1979年5月中华书局版《胡适往来书信选》中册

再论京派与海派及其他　古　明
载1934年3月17日《申报·自由谈》

驳沈从文的禁书问题（社论）
载1934年3月21日、24日《社会新闻》三日刊第27、28期

沈从文论结婚　朱　雯
载1934年4月18日《申报·自由谈》

我的二哥　沈岳萌
载1934年4月上海大东书局版《沫沫集》

故事的复制——评沈从文著《月下小景》　侍　桁
载1934年5月31日《中央日报》

读《边城》　汪　伟
载1934年6月7日北平《晨报·学园》

京派的起源　何　如
载1934年8月29日《申报·自由谈》

致赵家璧　鲁　迅
1934年9月1日写
载1981年人民文学出版社版《鲁迅全集·书信卷》

南京通信——给沈从文先生　周曙山
载1934年9月8日天津《大公报·文艺》

沈从文论　苏雪林
载1934年9月《文学》第3卷第3期

读过了《边城》　罗　曼
载1934年12月6日北平《北辰报·星海》

教育救国及生活读书化——答罗俊君
载1935年2月《读书生活》第1卷第7期

天才作家沈从文先生
载1935年3月15日北平《晨报》

从沈从文斥新文人说到作家的成功　　秉　权
载1935年3月25日、26日《中央日报》

沈从文的短篇小说　　李同愈
载1935年4月《新中华》第3卷第7期

京派海派之争　　杨晋豪
载1935年6月上海北新书局版《一九三四年中国文艺年鉴》第9页至第12页

《边城》与《八骏图》　　刘西渭
载1935年6月《文学季刊》第2卷第3期

沈从文　　杨晋豪等
载1935年7月上海北新书局版《北新活页文选·作者小传》

七论“文人相轻”——两伤　隼（鲁迅）
载1935年10月1日《文学》月刊第5卷第4期

沈从文　　阿　英
载1935年上海良友图书印刷公司版《中国新文学大系·史料索引集》第212页

《边城》的英译　　高　植
载1936年2月3日天津《大公报·文艺》

评《从文自传》　　毕树棠
载1936年2月《宇宙风》第10期

《沈从文选集·题记》
徐沉泗　叶忘忧
载1936年4月上海万象书屋版《沈从文选集》

评《八骏图》　　李影心
载1936年5月18日《国闻周报》第13卷第19期

读沈从文《习作选集代序》　　胡卜人
载1936年6月22日《新东方半月刊》第1卷第5期

沈从文　　赵景深
载1936年9月上海北新书局版《文人剪影》，又收1937年3月上海万象书局版《中国文学家传记》

北平通信　　《大公报》记者
载1936年10月21日上海《大公报》

沈从文《作家间需要一种新运动》按语　　萧　乾
载1936年10月25日上海《大公

报·文艺》

《沈从文选集·编者题记》　编　者
载1936年绿杨书屋版《沈从文选集》

沈从文作品评判　贺玉波
见1936年上海大光书局版《现代中国作家论》第2卷（贺玉波著）

介绍沈从文　埃德加·斯诺
收斯诺编、1936年纽约Reynal和Hithcock公司版《真正的中国：现代中国短篇小说》

《边城》读后　烈　烽
载1937年1月8日福建《民报·小园林》

《边城》再评　雪　琳
载1937年1月29日福建《民报·小园林》

论鲁迅知堂沈从文蒋光慈巴金废名的创作　施蛰存
载1937年1月《宇宙风》合订本第3集（一人一书栏）

差不多论　孙伏园
载1937年2月《潇湘涟漪》第2卷第12期

编者附记　编　者
载1937年2月21日上海《大公报·文艺》

反差不多运动的根数值　肖　云
载1937年2月21日上海《大公报·文艺》

老实话　吴　蔷
载1937年2月21日上海《大公报·文艺》

文坛上的公式主义　彭昭义
载1937年2月21日上海《大公报·文艺》

谈"差不多"并说目前文学上的任务　光　寿
载1937年3月《光明》第2卷第7期（革新号）

《废邮存底》　若　愚
载1937年4月20日上海《大晚报》

关于"差不多"　杨　刚
载1937年2月24日上海《大公报·文艺》

沈从文的《贵生》　凡　容
载1937年5月《中流》第2卷第7期

新文学前途有危机么　茅　盾
载1937年7月《文学》第9卷第1期，

又载同月《月报》第1卷第7期

关于"差不多"　　茅　盾
载1937年7月《中流》第2卷第9期

拥护"差不多"（文化运动检讨）
载1938年2月10日《新学识》第2卷第9期

谈"抗战八股"　　宋之的
载1937年12月10日《抗战文艺》第3卷第2期

什么是"抗战八股"　　姚蓬子
载1938年12月10日《抗战文艺》第3卷第2期

什么是"与抗战无关"　　魏猛克
载1938年12月10日《抗战文艺》第3卷第2期

一切都"与抗战有关"　　姚蓬子
载1938年12月10日《抗战文艺》第3卷第2期

展开文艺领域中反个人主义的斗争　　巴　人
载1938年《文艺阵地》第3卷第1期

沈从文　　胡自立
载1939年上海版《当代中国名人志》

致胡适　　萧　乾
1940年6月3日写
载1979年5月中华书局版《胡适往来书信选》中册

沈从文先生的天真　　黎　禄
载1940年10月20日《野萃》第1卷第3期

评《主妇集》　　林　淡
载1940年11月1日《中国文艺》第3卷第3期

从沈从文笔下看鲁迅　　聂绀弩
载1940年12月1日《野萃》第1卷第4期，收人民文学出版社版《聂绀弩杂文选》

"新的文学运动"　　大　弦
载1940年《谷雨》第1卷第2、3期

沈从文　　〔日〕桥川时雄
载1940年北京中华会馆版《中国文化界人物总鉴》第181页

《昆明冬景》　　林　茨
载1941年5月《中国文艺》第4卷第3期

作家小传——沈从文　　乙　乙
载1943年3月8日《太平洋周报》第58期

记忆中的沈从文　郭　明
载1943年2月10日《杂志》第10卷第5期
收1943年11月上海杂志社版《人物种种》

新文艺的使命　郭沫若
1943年3月10日作
收《沸羹集》，见《沫若文集》第13卷

抗战以来的文艺思潮　郭沫若
1943年3月11日作
收《沸羹集》，见《沫若文集》第13卷

沈从文　小　山
载1945年10月1日春秋杂志社四维出版社联合出版《作家笔会》（“春秋文库”第一集，柯灵编）

三本书（《湘西》）　刘西渭
载1946年4月1日《文艺复兴》第1卷第3期

沈从文的《旅店及其它》
〔日〕冈本隆三
载1946年6月日本日文《中国文学》第96期

沈从文论
载1946年6月日本日文《中国文学》第96期

沈从文在北平　子　冈
载1946年9月19日《大公报》

关于沈从文的几则消息
载1946年10月1日《上海文化》第9期

记沈从文——追忆他在云南的生活　老　天
载1946年10月13日上海《大公报·出版界》

学者在北大——沈从文　姚卿祥
载1946年10月23日天津《益世报》

记沈从文——文坛人物记　司徒良乔
载1946年10月26日《益世报·益世副刊》

关得住吗？关不住了！　尉迟青
载1946年《文艺生活》新11、12合刊

沈从文简讯　编　者
载1946年12月1日《上海文化》第11期（中国文化栏）

论沈从文的《从现实学习》　杨　华
载1947年1月1日《文萃》周刊第2年第12、13期合刊

沈从文的恋爱史　　虚　人
载1947年1月7日《大公报·大公园》

“清高”和“寂寞”　　默　涵
载1947年2月22日《新华日报》

致沈从文　　灼　人
1947年3月25日写
载1947年4月21日《清华周刊·清华文艺》第7期

沈从文　　冈崎俊夫
载1947年4月日本日文《新中国》第12期

我所知道的沈从文先生　　一　凌
载1947年6月15日《文讯月刊》第7卷第1期

沈从文（文坛点将录）　　碣　民
载1947年7月1日《文艺知识连丛》一集之三

文艺骗子沈从文和他的集团　　初　犊
载1947年9月17日《泥土》第4辑

《中国大地：沈从文的小说》前言　　罗伯特·佩恩　金　隄
载1947年伦敦George Allen和Unwin有限公司版《中国大地：沈从文的小说》

二丑与小丑之间　　荃　麟
载1948年2月2日《华商报》

边城的世界　　高山俊夫
载1948年2月日本日文《中国文学》第103期

略评沈从文的熊公馆　　乃　超
载1948年3月1日《大众文艺丛刊》第1辑
又载1949年2月20日北平《新民报》

对于当前文艺运动的意见　　荃麟执笔　本刊同人
载1948年3月1日《大众文艺丛刊》第1辑

斥反动文艺　　郭沫若
载1948年3月1日《大众文艺丛刊》第1辑

初次的印象——沈从文先生　　北大同修
载1948年3月21日《唐山日报》

写什么？怎么写——本刊招待文友及文艺写作者茶叙会
载1948年5月17日《益世报·诗与文》

沈从文　　善秉仁　苏雪林

收善秉仁、苏雪林编，1948年版英文本《当代中国小说戏剧一千五百种提要》，见1979年香港实用书局版《沈从文著作及研究资料》第1辑

莫辜负了思想自由——访问沈从文先生　　《新民报》记者

载1949年2月15日《新民报》

介绍《边城》　　于梨华

载1949年6月2日台湾《正义日报》

又载1980年美国《海内外》第28期

风俗画与老舍与沈从文　　冈崎俊夫

载1951年6月日本日文《中国语杂志》第6卷第4、5、6期

我所知道的沈从文　　江　篱

载1952年3月《星岛周报》第20期

《背影》和沈从文——关于新中国的思想改造问题

载1952年9月日本《亚东资料》第51期

翠翠（电影文学剧本）

1952年香港励力出版社出版

从《边城》改编《翠翠》谈起　　唐纪元

载1953年12月香港《热风》半月刊第6期

记一个真实人的一生　　丁　玲

见1954年人民文学出版社《胡也频小说选集》

沈从文谈吃大饼　　橄　生

载1954年7月香港《热风》半月刊第20期

沈从文的小说创作　　王　瑶

见王瑶著、1954年12月上海新文艺出版社版《中国新文学史稿》上册第236页至237页

抗战文艺的动向——五：思想斗争　　王　瑶

见王瑶著、1954年12月上海新文艺出版社版《中国新文学史稿》下册第28页至34页

新的人民文艺的成长——五：思想斗争　　王　瑶

见王瑶著、1954年12月上海新文艺出版社版《中国新文学史稿》下册第238页至246页

与反动文学倾向的斗争　　丁　易

见丁易著、1955年7月北京作家出版社版《中国新文学史略》第134页至136页

和错误的及反动的文学倾向的斗争　丁　易
见丁易著、1955年7月北京作家出版社版《中国新文学史略》第172页至173页

沈从文的小说　丁　易
见丁易著、1955年7月北京作家出版社版《中国现代文学史略》第289页至291页

对敌思想斗争　刘绶松
见刘绶松著，1956年4月北京作家出版社版《中国新文学史初稿》下册第62页至64页

国统区文艺运动概况　刘绶松
见刘绶松著、1956年4月北京作家出版社版《中国新文学史初稿》下册第289页至290页

记沈从文　杜　陵（李辉英）
载1956年香港《热风》半月刊5月16日第65期、6月1日第66期，又刊1967年12月《当代文艺》第二周年特大号，收《李辉英散文选》

文学作家沈从文　颖　子
载1956年6月香港启明书局版《中国新学术人物志》（颖子著）

怀念沈从文教授　马逢华
作于1957年元旦
载台湾《传记文学》第2卷第1期，又刊1965年9月《焦风》第155期

沈从文论宋四家书法　橄　生
载1957年9月1日香港《热风》半月刊第96期

沈从文教授在北京　曹聚仁
载1960年香港三育书局版《北行小品》（曹聚仁著）

与"抗战无关论"等反动文艺思想的斗争　吉林大学中文系
见1960年4月吉林人民出版社版《中国现代文学史》下册第59页至61页

对国统区反动文艺思想的斗争　吉林大学中文系
见1960年4月吉林人民出版社版《中国现代文学史》下册第153页至155页

沈从文小传
载香港南岸文社版《五四时代作家书信选》

沈从文　季　林
载季林著《作家的生活》，收香港陶斋书屋版《沈从文资料集》

沈从文像小商人　温梓川

见1960年星州世界书局版《文人的另一面》（温梓川著）

沈从文《看虹摘星》　孙　陵

见1961年台湾正中书局版《浮世小品》（孙陵著）

《萧萧》代序　李永义

见1961年香港国光图书公司版《萧萧》

沈从文的边远地区文学　尹雪曼

见台湾成文出版有限公司版《中国现代文学研究丛刊》十三《鼎盛时期的新小说》（尹雪曼著）

沈从文的创作与恋爱　林秀石

载1966年8月号香港《明报月刊》

沈从文——有美丽躯壳而没有灵魂的人　施秀乔

载施秀乔著《近代中国作家论》，收香港陶斋书屋版《沈从文资料集》

沈从文的《昆明冬景》　司马长风

载1967年2月20日香港《快报》，收香港南山书屋版《新文学史话》（司马长风著）

沈从文的《长河》　司马长风

载1967年8月11日香港《快报》，收香港南山书屋版《新文学史话》（司马长风著）

沈从文的《湘西》　司马长风

载1967年8月13日香港《快报》，收香港南山书屋版《新文学史话》（司马长风著）

沈从文和他的作品　汪　度

载1967年9月《纯文学》第6期

沈从文的兄与弟　黄村生

载1968年1月15日香港《笔端》半月刊第2卷第1期

沈从文其人　井　心

载1968年6月9日台湾《中央日报》

沈从文的生平和作品（英文论著）

安东尼·杰·普林斯

1968年澳大利亚悉尼出版社出版

大小说家沈从文　赵　聪

见1970年俊人书店版《卅年代文坛点将录》，收香港陶斋书屋版《沈从文资料集》

沈从文小说的人物和主题

威廉·利　易斯·麦克唐纳

1970年美国华盛顿大学博士论文

艺术巨匠的浮雕——《萧萧》读后　　方皞
载1971年香港《中流》月刊第2期，收香港陶斋书屋版《沈从文资料集》第2辑

漫谈文学作家沈从文　　王秀兰
载1971年5月香港《展望》第222期，收香港实用书局版《沈从文著作及研究资料》第1辑

中共文坛近况简介　　周青
载1971年12月14日香港《明报》，收香港陶斋书屋版《沈从文资料集》第2辑

从诗人到考古学家　　南扬
载1971年12月21日香港《明报》，收陶斋书屋版《沈从文资料集》

介绍沈从文　　西里尔
载1972年纽约Grove出版社版《中国文学文集》第2卷

《沈从文评传》（英文论著）　　聂华苓
1972年美国Twayne出版社出版
目次：序言，年表，第一章：起自源河的又一支流，第二章：河水染红了，第三章：肉摊、报馆、步兵团，第四章：政治变异，第五章：北京的学徒生涯，第六章：上海，一九二七年，第七章：委曲求全，第八章：文学批评（I）沈从文小说中的人物，第九章：文学批评（II）沈从文小说中的主题、意象和风格，第十章：书刊检查和压制，第十一章：结束语，注解。

沈从文追求校花　　某先生
载1973年2月8日香港《真报》，收香港陶斋书屋版《沈从文资料集》第2辑

《沈从文选集》序　　编者
见1973年6月香港文学出版社版《沈从文选集》（中国新文学丛书）

沈从文编《大公报·文艺》　　司马长风
载1973年9月27日香港《明报》，收昭明出版社版《新文学丛谈》（司马长风著）

沈从文剪影　　李立明
载1973年10月香港《东西风》第12期，收香港陶斋书屋版《沈从文资料集》第2辑

沈从文和他的小说　　夏志清作　刘绍铭译
载1973年11月《中华月报》第698期，收香港实用书局版《沈从文著作及研究资料》第1辑（此文即夏志清著《中国小说史》第8章）

李健吾评沈从文　　司马长风
载1974年3月8日香港《明报》，收

香港昭明出版社版《新文学丛谈》（司马长风著）

忆沈从文　梁实秋
见1974年3月台北志文出版社版《看云集》（梁实秋著）

从《边城》到《倪焕之》　余　伞
载1974年9月29日香港《星岛日报》，收香港陶斋书屋版《沈从文资料集》第2辑

忆“新月”　梁实秋
载梁实秋著、香港未名书屋版《文学因缘》

沈从文剪影　世　民
载1975年3月1日《学生杂志》第2期，收香港陶斋书屋版《沈从文资料集》第2辑

沈从文劝施蛰存　司马长风
载1975年3月19日香港《明报》，收昭明出版社版《新文学丛谈》（司马长风著）

浅谈沈从文　张锦铭
载1975年5月香港《时代青年》第71期，收香港实用书局版《沈从文著作及研究资料》第1辑

沈从文的书法及其他　丝　韦
载1975年6月4日香港《新晚报》，收香港陶斋书屋版《沈从文资料集》第2辑

韩侍桁评沈从文　司马长风
载1975年7月10日香港《明报》，收香港南山书屋版《新文学史话》

沈从文的乡土文学　蔡义忠
载1975年9月台湾清流出版社版《从施耐庵到徐志摩》

《从文自传》下半部　司马长风
载1975年10月1日香港《明报》，收香港陶斋书屋版《沈从文资料集》第2辑

新文学史的缩影——读沈从文的《从现实学习》　司马长风
载1975年香港昭明出版社版《新文学丛谈》（司马长风著）

沈从文吃蚕蛹　胡菊人
载1976年2月17日香港《明报》，收香港陶斋书屋版《沈从文资料集》第2辑

蚕蛹与血压　胡菊人
载1976年2月21日香港《明报》，收香港陶斋书屋版《沈从文资料集》第2辑

与沈从文会见记

许芥昱作　李国威译

载1976年3月号香港《明报月刊》(总第123期)

未熟的天才——沈从文　司马长风

见1976年6月香港昭明出版社版《中国新文学史》上卷第160页至162页

"从武"到"从文"　温健骝

载1976年6月《文学与美术》第3期，收香港实用书局版《沈从文著作及研究资料》第1辑

《沈从文资料集》第二辑

1976年香港陶斋书屋出版

目次：沈从文剪影（李立明），沈从文剪影（世民），从《边城》改编《翠翠》谈起（唐纪元），怀念沈从文教授（马逢华），沈从文的创作与恋爱（林秀石），沈从文的兄与弟（黄村生），漫谈文学作家沈从文（王秀兰），从《边城》到《倪焕之》(余伞)，艺术巨匠的浮雕——《萧萧》读后（方皞），沈从文的书法及其他（丝韦），沈从文编《大公报·文艺》（司马长风），李健吾评沈从文（司马长风），沈从文劝施蛰存（司马长风），沈从文的《昆明冬景》(司马长风)，韩侍桁评沈从文（司马长风），《从文自传》下半部（司马长风），沈从文的《长河》（司马长风），沈从文吃蚕蛹（胡菊人），蚕蛹与血压（胡菊人），沈从文的《湘西》(司马长风)，中共文坛近况简介(周青)，150 MODERN CHINESE NOVELS AND PLAYS（JOS.SCHYNS），沈从文追求校花（某先生），让我们友谊长青（沈从文），井冈山清晨（沈从文）。

沈从文的《记丁玲》　东不拉

载1977年4月香港《象牙塔外》第13期，收香港实用书局版《沈从文著作及研究资料》第1辑

社会大学磨练出来的作家——沈从文的散文和小说　江淑静

载1977年7月《突破半月刊》第33期，收香港实用书局版《沈从文著作及研究资料》第1辑

沈从文笔下的世外桃源　之　宁

载1977年8月《人美》月刊第5期，收香港实用书局版《沈从文著作及研究资料》第1辑

论沈从文《边城》的结构、象征及对比手法　王润生

载1977年9月香港《南北极》第88期，收香港实用书局版《沈从文著作及研究资料》第1辑

沈从文的《长河》　司马长风

载1977年12月香港《观察家》第2

期，收香港实用书局版《沈从文著作及研究资料》第1辑

沈从文温柔敦厚　　今圣叹

载1977年香港文化生活出版社版《新文学家回想录》

沈从文　　李立明

载1977年香港波文书局版《中国现代六百作家小传》(李立明著)

沈从文

见日本霞山会1978年(昭和53年3月)版《现代中国人名辞典》日文本第418页

《沈从文笔下的中国》(英文论著)　　金介甫

1977年美国哈佛大学博士论文

目次：第一章。背景：湘西与筸军；第二章，在边区成长；第三章，军阀主义；第四章，从士兵到学者；第五章，作家沈从文：观点和哲学；第六章，地方色彩；第七章，苗民和边区宗教；第八章，边区人民浪漫的自发性和创造力；第九章，“世外桃源”的丧失：沈从文的预言。

现代中国文学运动　　贝尼姆·威尔士

载1978年《新文学史料》第1辑

湘西的“落洞少女”　　司马长风

载1978年6月4日香港《明报》，收香港南山书屋版《新文学史话》(司马长风著)

沈从文写《服装史》　　唐琼

载1978年10月28日香港《大公报》

沈从文的《边城》　　司马长风

见1978年11月香港昭明出版社版《中国新文学史》中卷第37至40页(司马长风著)

沈从文的《八骏图》　　司马长风

见1978年11月香港昭明出版社版《中国新文学史》中卷第70页至74页(司马长风著)

沈从文的《湘行散记》　　司马长风

见1978年11月香港昭明出版社版《中国新文学史》中卷第125页至128页(司马长风著)

刘西渭的《咀华集》　　司马长风

见1978年11月香港昭明出版社版《中国新文学史》中卷第248页至253页(司马长风著)

沈从文的《长河》　　司马长风

见1978年12月香港昭明出版社版《中国新文学史》下卷第76至80页(司

马长风著）

沈从文的《湘西》　司马长风

见1978年12月香港昭明出版社版《中国新文学史》下卷第161页至162页（司马长风著）

沈从文《昆明冬景》　司马长风

见1978年12月香港昭明出版社版《中国新文学史》下卷第344页至348页（司马长风著）

《沈从文著作及其研究资料》第1辑

1978年12月香港实用书局编辑出版

目次：让我们的友谊长青（沈从文），一点回忆，一点感想（沈从文），过节和观灯（沈从文），中国古代陶瓷（沈从文），井冈山清晨（沈从文），跑龙套（沈从文），悼靳以（沈从文），从文自传（毕树棠），沈从文论宋四家书法（橄生），沈从文谈吃大饼（橄生），沈从文看虹摘星（孙陵），沈从文和他的作品（汪度），沈从文和他的小说（夏志清），沈从文像小商人（温梓川），沈从文的《记丁玲》（东不拉），沈从文的《长河》（司马长风），沈从文的创作与恋爱（林秀石），沈从文写《服装史》（唐琼），湘西的落洞少女（司马长风），沈从文剪影（李立明），沈从文笔下的世外桃源（之宁），文学作家沈从文（颖子），记沈从文（杜陵），论沈从文《边城》的结构、象征及对比手法（王润华），我所知道的沈从文（江篱），"从武"到"从文"——沈从文的生活之一（温健骝），从《边城》改编《翠翠》谈起（唐纪元），浅谈沈从文（张锦铭），社会大学磨练出来的作家——沈从文的散文和小说（江淑静），漫谈文学作家沈从文（王秀兰），与沈从文会见记（许芥昱著、李国威译），怀念沈从文教授（马逢华），沈从文温柔敦厚（今圣叹），沈从文同丁玲（郑君谋），沈从文的得妻（郑君谋），沈从文小传　（李立明），沈从文小传（善秉仁、苏雪林、赵燕声等）。

对反对"作家从政"的批判

山东八师专现代文学组

见临沂师专中文系1978年印、山东八师专中文系现代文学教研组编《中国现代文学史第317页至318页

沈从文

见1979年5月北京语言学院编印《中国文学家辞典》现代第二分册第 262页至265页

沈从文的创作　田仲济

见田仲济、孙昌熙主编，山东人民出版社1979年8月版《中国现代文学史》第261页至264页

抗战时期文艺——文艺思想斗争　田仲济等
见田仲济、孙昌熙主编，山东人民出版社1979年8月版《中国现代文学史》第363页至366页

国统区文学——文艺思想斗争　田仲济等
见田仲济、孙昌熙主编，山东人民出版社1979年8月版《中国现代文学史》第513至517页

夏天里春天——访几位在京的湖南老作家
载1979年8月号《湘江文艺》

访沈从文先生　夏　云
载1979年9月24日香港《新晚报》

赠沈从文同志　荒　芜
载1979年10月4日《文汇报》

团结盛会喜空前——第四次文代会侧记之一　《光明日报》记者
载1979年11月3日《光明日报》

沈从文的创作　唐　弢
见唐弢主编，人民文学出版社1979年11月版《中国现代文学史》第2册第279页至280页

对资产阶级文艺思想的斗争
见刘绶松原著、陆耀东等改编，1979年11月人民文学出版社版《中国新文学史》初稿下卷

《记丁玲》中的丁玲　山　石
载1980年2月19日、20日、21日香港《文汇报》

踏雪初访沈从文　易　征
载1980年3月10日香港《海洋文艺》第7卷第3期

沈从文的散文艺术　林　非
见林非著，1980年3月天津百花文艺出版社版《现代六十家散文札记》，又载南京师范学院《文教资料简报》第112期

不受岁月羁绊的人——访老作家沈从文先生　龙海清
载1980年3月号《湘江文艺》

也频与革命　丁　玲
载1980年《诗刊》第3期

“独轮车虽小，不倒永向前”——访沈从文先生　诸有琼
载1980年4月12日《北京晚报》

来函更正——关于易征《踏雪初访沈从文》　本刊编辑室
载1980年5月10日香港《海洋文艺》第7卷第5期

钟开莱教授谈沈从文
载1980年美国《海内外》第26期

沈从文小记　王亚蓉
载1980年《战地》第4期，又刊美国《海内外》1980年第28期和南京师范学院《文教资料简报》第112期

抗战前期的文艺运动——抗战文艺运动的勃兴和文艺思想斗争　林志浩等
见林志浩主编，人民大学出版社1980年5月版《中国现代文学史》下册第470页至480页

国统区的文艺运动与宣传捍卫毛泽东文艺思想的斗争——关于民主个人主义及其在文艺界引起的斗争　林志浩等
见林志浩主编，1980年5月人民大学出版社版《中国现代文学史》下册第601页至667页

给沈从文的一封信　金介甫
载1980年5月《花城》总第5期，又刊美国《海内外》1980年第28期，收1981年花城出版社版《文坛老将》

从沈从文先生的人格看他的文艺风格　朱光潜
载1980年5月《花城》总第5期，又刊美国《海内外》1980年第28期，收1981年花城出版社版《文坛老将》

太阳下的风景——沈从文与我　黄永玉
载1980年5月《花城》总第5期，又刊美国《海内外》1980年第28期，收1981年花城出版社版《文坛老将》

生命之火长明　黄苗子
载1980年5月《花城》总第5期，收1981年花城出版社版《文坛老将》

从文习作简目　沈从文
载1980年5月《花城》总第5期，收1981年花城出版社版《文坛老将》

沈从文先生二三事　萧　离
载1980年10月10日《文汇增刊》第7期

沈从文论　金介甫作　杨　苡译
载1980年11月《钟山》第4期

不受岁月羁绊的人——访老作家沈从文先生　龙海清
载1980年第3期《湘江文艺》

文学——友谊——记美国学者
访问沈从文　　高　鹏
载1980年11月《钟山》第4期

沈从文小说的倾向性和艺术特色　凌　宇
载1980年《中国现代文学研究丛刊》第3辑

“永远地拥抱着自己的工作不放”
——访著名文学家、古文物学家
沈从文　　贾树牧
载1980年11月7日《光明日报》，又刊美国《海内外》1980年第28期

“沈从文热”　　《光明日报》记者
载1980年11月7日《光明日报》，又刊南京师范学院《文教资料简报》第112期

善于读大书的人——记老作家
沈从文　　彭荆风
载1980年11月7日《羊城晚报》

抗战开始后的文艺运动——在民族解放旗帜下的文艺运动与思想斗争
唐　弢　严家炎等
载唐弢、严家炎主编，1980年人民文学出版社版《中国现代文学史》第3册

国统区的文艺运动和思想斗争
——对资产阶级自由主义文艺思想的批评　　唐　弢　严家炎等
载唐弢、严家炎主编，1980年人民文学出版社版《中国现代文学史》第3册

沈从文纽约哥大第一场演说
前后　　朱婉清
载1980年11月12日台湾《中国时报》

中国现代文学研究会举行首届
学术讨论会　　丁尔纲
载1980年11月《文学评论》第6期

《从文散文选》在香港
出版　　新华通讯社
载1980年11月23日《参考消息》

边城之外——沈从文在纽约　丛　甦
载1980年11月25日台湾《联合报》

色彩特异的乡土风俗画——沈从文的《湘西》和《湘行散记》　　凌　宇
载1980年《时代的报告》第4期

不倒的独轮车　　萧　离
载1980年《新苑》第4期

中国印象——赠沈从文，他跟他叔叔去看过人头　保罗·安格尔作　荒　芜译
载1980年美国《海内外》第28期（欢迎沈从文先生访美专辑）

访问沈从文之后
的感想　　金介甫作　罗杞筠译
载1980年美国《海内外》第28期

沈从文先生散记　　林　蒲
载1980年美国《海内外》第28期（欢迎沈从文先生访美专辑）

写在星光灿烂的夜晚——记
沈从文先生　　龙海清
载1980年美国《海内外》第28期（欢迎沈从文先生访美专辑）

重逢沈从文先生　　王　浩
载1980年美国《海内外》第28期（欢迎沈从文先生访美专辑），又刊1981年《大地》第2期

确是有缘——和沈从文先生在
美国相见　　黄伯飞
载1980年美国《海内外》第28期（欢迎沈从文先生访美专辑）

乡下人——浅谈沈从文的小说　　聂华苓
载1980年美国《海内外》第28期（欢迎沈从文先生访美专辑）

三姐夫沈二哥　　张充和
载1980年美国《海内外》第28期（欢迎沈从文先生访美专辑）

我和沈从文的初次相识
傅汉思作
张充和译
载1980年美国《海内外》第28期（欢迎沈从文先生访美专辑）

王瑶谈该怎样评价沈从文
王瑶《关于中国现代文学研究工作的随想——在中国现代文学研究会学术讨论会上的发言》，载《中国现代文学研究丛刊》1980年第4辑

沈从文赴美讲学　　瑾　希
载1980年香港《中报月刊》第11期

“新月”及其重要作家　　陈敬之
1980年台湾成文出版社出版

沈从文谈自己的创作　　凌　宇
载1980年《中国现代文学研究丛刊》第4辑

论沈从文的《边城》　　何益明
载1981年《湘潭大学学报》第1期

沈从文的悲哀　　茶　陵
载1981年1月10日台湾《联合报》

重读《长河》　　林　蒲
载1981年美国《海内外》第29期

沈从文先生会见记　李任之
载1981年美国《海内外》第29期

沈从文先生在美西　雷　平
载1981年美国《海内外》第29期

沈从文先生在美国西岸　高　洋
载1981年2月15日、16日香港《大公报》

初晤沈从文　江　南
载1981年2月25日香港《新晚报》

此老耐寒　林海音
载1981年2月27日台湾《联合报》

略论沈从文的初期创作　邵华强
载1981年3月《上海师范学院学报》第1期

从反差不多看沈从文的文艺观　飞　舟
载1981年3月《上海师范学院学报》第1期

沈从文的笔名　爱　黎　凌　宇
载1981年3月《上海师范学院学报》第1期，又刊南京师范学院《文教资料简报》第112期

沈从文研究资料目录之一　本刊编辑室
载1981年3月《上海师范学院学报》第1期，又刊南京师范学院《文教资料简报》第112期

沈从文访问记　姚北全
载1981年4月12日《广州日报》

沈从文的“浮沉”与现代文学的研究　吴立昌
载1981年《复旦学报》第2期

沈从文和鲁迅（并英译）
龙海清作
金介甫译
载1981年美国《海内外》第30期

沈从文主要著作书目　凌　宇
载1981年4月南京师范学院《文教资料简报》第112期

英译《边城及其它》介绍
见1981年中国文学杂志社版《边城及其它》

记沈从文——“三十年代作家直接印象记”之八　陈纪滢
载1981年4月台湾《传记文学》第38卷第4期

重读《边城》　潘旭澜
载1981年5月《小说界》第1期

沈从文与张兆和结缡经过——
致绍唐函　陈纪滢
载 1981 年 5 月台湾《传记文学》第 38 卷第 5 期

沈从文与张兆和结缡经过——
致陈纪滢函　钟鼎文
载 1981 年 5 月台湾《传记文学》第 38 卷第 5 期

从《边城》到《长河》　凌　宇
载 1981 年《花城》第 2 期

沈从文论（英文并杨苡汉译校订稿）　金介甫
载 1981 年美国《海内外》第 31 期

沈从文和他的《边城》　汪曾琪
载 1981 年《芙蓉》第 2 期

“浮沉半世纪”的沈从文　吴立昌
载 1981 年《书林》第 3 期

雍容丰满，气韵贯通——读
沈从文的《桃源与沅州》　诸孝正
载 1981 年《广州文艺》第 3 期

沈从文及其《丈夫》　屈　文译
载 1981 年第 3 期《文艺生活》

沈从文　王荣初
见十四院校编，1981 年 6 月云南人民出版社版《中国现代文学史》第 397 页至 401 页

文艺战线上的思想斗争　戴绍瑶
见十四院校编，1981 年 6 月云南人民出版社版《中国现代文学史》第 455 页至 469 页

对民主个人主义者的批判　苏光文
见十四院校编，1981 年 6 月云南人民出版社版《中国现代文学史》第 613 页至 619 页

小说散文分不清　司马长风
载 1981 年 7 月香港南山书屋版《新文学史话》（司马长风著）

散文的早熟与蹉跌　司马长风
载 1981 年 7 月香港南山书屋版《新文学史话》（司马长风著）

《长河》里的夭夭　司马长风
载 1981 年 7 月香港南山书屋版《新文学史话》（司马长风著）

沈从文评幽默　司马长风
载 1981 年 7 月香港南山书屋版《新文学史话》（司马长风著）

做盏灯不做雷电　　司马长风
载1981年7月香港南山书屋版《新文学史话》(司马长风著)

关于鲁迅和沈从文　　吴立昌
载复旦大学中国语言文学研究所编，1981年8月复旦大学出版社版《纪念鲁迅诞辰一百周年论文集》

重印《边城》题记　　施蛰存
载1981年《百花洲》第3期，收江西人民出版社版《边城》(百花洲文库)

海外的"沈从文热"　　秦　牧
载1981年9月10日《羊城晚报》

翠翠(电影文学剧本)　　徐昌霖等
载1981年《芙蓉》第3期

《郁达夫文集》《沈从文文集》出版预订手册
1981年花城出版社、三联书店香港分店联合付印发行

"京派"和"海派"的斗争　　汤逸中
载1981年11月湖南人民出版社版《鲁迅研究百题》

关于徐何创作之争　　汤逸中
载1981年11月湖南人民出版社版《鲁迅研究百题》

《沈从文散文选》编后记
湘潭大学中文系现代文学教研室
载1981年11月湖南人民出版社版《沈从文散文选》，又载同时出版的《沈从文小说选》

沈从文教授谈其近作《中国古代服饰研究》　　金东方
载1981年12月15日、16日香港《明报》

沈从文的服饰研究　　司徒浩
载1981年12月22日香港《新晚报》

沈从文目录笔记(英文)　　金介甫
载1981年12月美国国会图书馆馆员华人协会学报

拓荒者的笑——重访老作家、老学者沈从文
载1981年第6期《文艺生活》

《沈从文文集》出版说明
三联书店香港分店编辑部
见1982年1月三联书店香港分店、花城出版社联合出版《沈从文文集》海外版第1卷，又刊1982年3月12日香港《文汇报》

辰州途中(即《湘行散记·一九三四年一月十八日》)　　叶圣陶
见1982年1月上海文艺出版社版《叶

圣陶论创作》

故乡人谈沈从文　蒙慕秋等
连载于《吉首大学学报》1981 年试刊1期、1982年第1期

也是战斗的文学——沈从文小说阅读札记　谢枋一
载《吉首大学学报》1981年试刊1期

沈从文和他的诗　君　君
载1982年2月2日香港《文汇报》

一轴色彩斑驳的湘西历史生活画卷——评沈从文描写湘西社会生活散文的思想倾向　余永祥
载1982年《湘潭大学学报》第1期

《郁达夫文集》《沈从文文集》已开始出书
载1982年2月18日《文学报》

沈从文和他的《边城》浅论　陈　越
载1982年《绍兴师专学报》第2期

沈从文与熊猫　唐　琼
载1982年3月8日、9日香港《大公报》

喜闻郁达夫沈从文文集即将面世　何丙郁
载1982年3月12日香港《文汇报》

模范　刘以鬯
载1982年3月12日香港《文汇报》

热诚推荐！　侣　伦
载1982年3月12日香港《文汇报》

抄书为证　李辉英
载1982年3月12日香港《文汇报》

欣闻《沈从文文集》出版　张向天
载1982年3月12日香港《文汇报》

郁达夫、沈从文文集（广告）
三联书店香港分店
载1982年3月12日香港《文汇报》

为沈从文文集出版题字六幅（手迹）
饶宗颐　李侠文　黄继持等
载1982年3月12日香港《文汇报》

沈从文与郁达夫相识　王海吟
载1982年3月14日《中国青年报》

沈从文的《边城》　金介甫作　爱黎译
载1982年3月《上海师范学院学报》第1期

普通的乡下人——写在沈从文先生访美归来的时候　龙海清
载1982年《山花》第3期

沈从文和他的《边城》　冉忆桥　李振潼
载山西师范学院《语文教学通讯》1982年第1期

略论沈从文短篇小说的开头和结尾　侯达航
载1982年第1期《新文学论丛》

郁达夫和沈从文　陆建明
载1982年4月22日《文学报》

沈从文的古风与章草　曾敏之
载1982年5月12日《文汇报》

从郁达夫和沈从文两文集谈起　王辛笛
载1982年《读书》第5期

春夜的寻访——记沈从文　谷　苇
载1982年6月17日《文学报》

贴进自己的人民和土地——评沈从文的小说《长河》　李恺玲
载1982年《长江》第3期

桃李不言　下自成蹊　刘一友
——浅谈沈从文的作品与人品兼及湘西的沈从文热
载1982年《吉首大学学报》第2期

从特异世界探索美的艺术　凌　宇
载1982年《读书》第6期

不露声色的鞭笞——从小说《新与旧》窥沈从文的艺术风格　李恺玲
载1982年《江汉论坛》第7期

台北书商竞相翻印大陆图书
载1982年8月29日香港《明报》

独具风采的“山民艺术家”、淳朴隽秀的湘西风情画——现代著名作家沈从文及其作品赏析　武柏索
载1982年《文艺生活》第8期

论沈从文的《湘行散记》和《湘西》　王继志
载1982年《南京大学学报》第3期

鲁迅与沈从文　华济时
载1982年《湘潭大学学报》第3期

他眷恋着这里的土地和人民——记老作家沈从文回湘西　颜家文
载1982年11月5日《羊城晚报》

沈从文和他的新著　黄　裳
载1982年《读书》第11期

冲淡又深情——从小说《萧萧》谈沈从文的艺术风格　李恺玲
载1982年第6期《武汉师范学院学报》

一个不寻常的人——记沈从文　徐秋水
载1982年《北疆》第4期

沈从文杂感　官原哲雄作　高　鹏译
载1982年《文学研究动态》第21期

今年我要变法　凌子风
载1983年1月3日《文汇报》

关于沈从文同志的文学成就
历史将会重新评价　朱光潜
载1983年《湘江文学》第1期

获取知识与智慧的旅行——读
沈从文两本散文集　邓牛顿
载1983年《名作欣赏》第2期

爱的颂歌，美的旋律——读
沈从文《月下小景》　李旦初
载1983年《名作欣赏》第2期

清新奇峭　不同凡响——浅谈
沈从文散文的语言特色　张　鹄
载1983年《湘西文学》第2期

沈从文重友谊　鲁　海
载1983年2月5日《羊城晚报》

沈从文与电影《边城》　赵绍义
载1983年《艺术世界》第3期

评《沈从文论》　邢铁华
载1983年《艺谭》第1期

访沈从文　易　征
载1983年《集萃》第2期

"说明员"：沈从文　徐城北
载1983年4月24日《天津日报》

他说："我实在是个乡下人"——著名
文学家、学者沈从文成才侧记
龙海清
载1983年《年轻人》第4期

晚来还卷一帘秋霁　陈可雄
载1983年5月11日《文汇报》

略论苗族作家沈从文及其创作　龙海清
载1983年《求索》第2期

沈从文论　高　云
载1983年《复旦学报》第2期

一个熟悉而又陌生的女编剧——访姚云
载1983年6月20日《文汇报》

灵魂的颤栗与人的尊严的
觉醒　凌　宇
——沈从文的小说《丈夫》读后
载1983年《十月》第2期

有关现代文学研究几个问题的看法（材料辑录）
载1983年《文艺情况》第9期

一部有艺术魅力的中篇小说　彭荆风
载1983年《个旧文艺》第5期

夜访沈从文　谷苇
载1983年《云冈》第6期

自己走出来的路子——试谈沈从文小说的艺术特色　董易
载1983年《中国现代文学研究丛刊》第2辑

论沈从文笔下的人性美　吴立昌
载1983年7月上海文艺出版社版《文艺论丛》第17辑

拉开人与兽的距离（试评沈从文先生的《雨后》）　英武
载1983年《洞庭湖》第4期

是色情还是爱情（从沈从文的《雨后》等文谈开去）　邓丁波
载1983年《洞庭湖》第4期

沈从文与《边城》　邹建文
载1983年《大众电影》第9期

愿改编者与原作者真诚合作——由电影《边城》的改编想到的　礼淦
载1983年9月29日《文学报》

诗情画意人性美——沈从文和他的中篇小说《边城》　孙光萱
载1983年《语文学习》第10期

《边城》的含蓄美　肖宏
载1983年《电影创作》第11期

试谈沈从文部分小说思想倾向的复杂性　董易
载1983年《文学评论》第6期

我看《边城》的心理描写　许子东
载1984年《书林》第1期

《边城》不是现实主义的作品　徐葆煜
载1984年《书林》第1期

怎样评价《边城》　张德林
载1984年《书林》第1期

略谈《边城》的民族性　宋耀良
载1984年《书林》第1期

论沈从文笔下的人性异化和人性恶　吴立昌
载1984年1月上海文艺出版社版《文

艺论丛》第19辑

《沈从文笔下的中国》引言
金介甫作　邵华强译
载1984年《文学研究动态》第3期

历史、时代、对一个作家的
评价　彭燕郊
载1984年《湘潭大学学报》第1期

它提供了几条研究沈从文的
重要线索　陈　淞
载1984年《湘潭大学学报》第2期

沈从文的寂寞——浅谈他的
散文　汪曾祺
载1984年《读书》第4期

对小说《边城》的不同看法　白　甘
载1984年《作品与争鸣》第4期

关于几位中国现代作家研究综述（徐
志摩、沈从文、钱钟书）　晓　行
载1984年《作品与争鸣》第5期

海外的"沈从文热"　宋永毅
载1984年6月1日《新民晚报》

一篇很有特色的短篇小说——
读沈从文的《牛》　刘敦纲
载1984年《名作欣赏》第6期

论沈从文抒情小说的思想
基础　赵福生
载1984年《河南师范大学学报》第5
期

流动的画、神奇的诗——论沈从文小说
的艺术风格　姚晓南
载1984年《江西师范大学学报》第4期

植根在民间——论沈从文小说
的特有风貌　笛富论
载1984年《中国现代文学研究丛刊》
第1辑

沈从文概论　凌　宇
载1985年《湖南师范大学学报》第1
期

《边城》——一部风格独特的
小说　孙光萱
载1985年《文科月刊》第3期

沈从文及中国现代文学中地方
主义色彩的运用　金介甫
载美国加州大学《中国现代文学研究》
1985年春季号

"翠翠，你在哪里？"——访电影《边
城》女主角戴呐　竹　君
载1985年6月22日《解放日报·周
末增刊》

《中国文学史资料全编·现代卷》总目

1	冰心研究资料	范伯群　编
2	沙汀研究资料	黄曼君　马光裕　编
3	王西彦研究资料	艾以　等编
4	草明研究资料	余仁凯　编
5	葛琴研究资料	张伟　马莉　邹勤南　编
6	荒煤研究资料	严平　编
7	绿原研究资料	张如法　编
8	李季研究资料	赵明　王文金　李小为　编
9	郑伯奇研究资料	王延晞　王利　编
10	张恨水研究资料	张占国　魏守忠　编
11	欧阳予倩研究资料	苏关鑫　编
12	王统照研究资料	冯光廉　刘增人　编
13	宋之的研究资料	宋时　编
14	师陀研究资料	刘增杰　编
15	徐懋庸研究资料	王韦　编
16	唐弢研究资料	傅小北　杨幼生　编
17	丁西林研究资料	孙庆升　编
18	夏衍研究资料	会林　陈坚　绍武　编
19	罗淑研究资料	艾以　等编
20	罗洪研究资料	艾以　等编
21	舒群研究资料	董兴泉　编
22	蒋光慈研究资料	方铭　编
23	王鲁彦研究资料	曾华鹏　蒋明玳　编
24	路翎研究资料	杨义　等编
25	郁达夫研究资料	王自立　陈子善　编
26	刘大白研究资料	萧斌如　编
27	李克异研究资料	李士非　等编

28	林纾研究资料	薛绥之　张俊才　编
29	赵树理研究资料	黄修己　编
30	叶紫研究资料	叶雪芬　编
31	冯文炳研究资料	陈振国　编
32	叶圣陶研究资料	刘增人　冯光廉　编
33	臧克家研究资料	冯光廉　刘增人　编
34	李广田研究资料	李岫　编
35	钱钟书　杨绛研究资料集	田蕙兰　马光裕　陈珂玉　编
36	郭沫若研究资料	王训诏　等编
37	俞平伯研究资料	孙玉蓉　编
38	六十年来鲁迅研究论文选	李宗英　张梦阳　编
39	茅盾研究资料	孙中田　查国华　编
40	王礼锡研究资料	潘颂德　编
41	周立波研究资料	李华盛　胡光凡　编
42	胡适研究资料	陈金淦　编
43	张天翼研究资料	沈承宽　黄侯兴　吴福辉　编
44	巴金研究资料	李存光　编
45	阳翰笙研究资料	潘光武　编
46	“两个口号”论争资料选编	中国社会科学院文学研究所现代文学研究室　编
47	“革命文学”论争资料选编	中国社会科学院文学研究所现代文学研究室　编
48	创造社资料	饶鸿兢　等编
49	文学研究会资料	苏兴良　等编
50	鸳鸯蝴蝶派文学资料	芮和师　等编
51	左联回忆录	中国社会科学院文学研究所《左联回忆录》编辑组编
52	中国现代文学总书目·散文卷	俞元桂　等编
53	中国现代文学总书目·诗歌卷	刘福春　徐丽松　编
54	中国现代文学总书目·小说卷	甘振虎　等编
55	中国现代文学总书目·戏剧卷	萧凌　邵华　编

56	中国现代文学总书目·翻译文学卷	贾植芳　等编
57	中国现代文学期刊目录汇编	唐沅　等编
58	抗日战争时期延安及各抗日民主根据地文学运动资料	刘增杰　等编
59	老舍研究资料	曾广灿　吴怀斌　编
60	文学的"民族形式"讨论资料	徐迺翔　编
61	刘半农研究资料	鲍晶　编
62	丁玲研究资料	袁良骏　编
63	成仿吾研究资料	史若平　编
64	沈从文研究资料（上）	邵华强　编
65	沈从文研究资料（下）	邵华强　编
66	徐志摩研究资料	邵华强　编
*	陈大悲研究资料	韩日新　编
*	曹禺研究资料	田本相　胡叔和　编
*	戴平万研究	饶芃子　黄仲文　编
*	冯乃超研究资料	李伟江　编
*	柯仲平研究资料	刘锦满　王琳　编
*	李辉英研究资料	马蹄疾　编
*	梁山丁研究资料	陈隄　等编
*	马烽　西戎研究资料	高捷　等编
*	邵子南研究资料	陈厚诚　编
*	司马文森研究资料	杨益群　司马小莘　陈乃刚　编
*	闻一多研究资料	许毓峰　等编
*	萧乾研究资料	鲍霁　等编
*	袁水拍研究资料	韩丽梅　编
*	周瘦鹃研究资料	王智毅　编
*	苏区文艺运动资料	汪木兰　邓家琪　编
*	文艺大众化问题讨论资料	文振庭　编

* 本书即将出版，敬请关注。

64

沈从文研究资料（上）

SHENCONGWEN YANJIUZILIAO

邵华强 编

中国社会科学院
文学研究所 总纂

中国文学史资料全编

现代卷

知识产权出版社

内容提要：

沈从文，原名沈岳焕，我国现代著名作家。本书多方搜求、广泛收录了不同时期对沈从文生平、创作的研究和回忆文章，并编制了沈从文的年谱、总书目和研究资料目录，全面收集了关于沈从文的研究资料。

责任编辑：马　岳　　**责任校对：**董志英
装帧设计：段维东　　**责任出版：**卢运霞

图书在版编目（CIP）数据

沈从文研究资料 / 邵华强编. —北京：知识产权出版社，2011.3
（中国文学史资料全编·现代卷）
ISBN 978-7-5130-0431-2
Ⅰ. 沈…　Ⅱ. 邵…　Ⅲ. ①沈从文（1902～1988）—人物研究　②沈从文（1902～1988）—文学研究　Ⅳ. ①K825.6　②I206.6

中国版本图书馆 CIP 数据核字（2011）第 036823 号

中国文学史资料全编·现代卷
沈从文研究资料（上）
邵华强　编

出版发行：知识产权出版社

社　址：北京市海淀区马甸南村 1 号	邮　编：100088
网　址：http://www.ipph.cn	邮　箱：bjb@cnipr.com
发行电话：010-82000860 转 8101/8102	传　真：010-82005070/82000893
责编电话：010-82000860 转 8171	责编邮箱：mayue@cnipr.com
印　刷：北京市凯鑫彩色印刷有限公司	经　销：新华书店及相关销售网点
开　本：720mm×960mm　1/16	总印张：52.5
版　次：2011 年 8 月第一版	印　次：2011 年 8 月第一次印刷
总字数：770 千字	定　价：106.00 元（上、下）

ISBN 978-7-5130-0431-2/K·076(3343)

汇纂工作小组
名单

（按姓氏笔画排列）

王润贵　刘跃进　刘福春　严　平

张大明　杨　义　欧　剑　段红梅

编 辑 说 明

中国社会科学院文学研究所向来重视文学史料的系统整理与深入研究，建所50多年来，组织编纂了很多资料丛书，包括《古本戏曲丛刊》、《古本小说丛刊》、《中国现代文学史资料汇编》、《近代文学史料汇编》、《当代文学史料汇编》以及《文艺理论译丛》、《现代文艺理论译丛》、《古典文艺理论译丛》等。其中，介绍国外文艺理论的3套丛书，已经汇编为《文学研究所学术汇刊》9种30册，交由知识产权出版社出版。该书出版后，国内一些重要媒体刊发评介文章，给予充分肯定。为满足学术研究的需要，2007年初，中国社会科学院文学研究所与知识产权出版社商定继续合作，编辑出版《中国文学史资料全编》，将以往出版的史料著作汇为一编，统一装帧，集中出版。

这里推出的《中国文学史资料全编·现代卷》就是其中的一种。本卷主要以《中国现代文学史资料汇编》为基础而又有所扩展。《中国现代文学史资料汇编》的编纂工作启动于1979年，稍后列入国家第六个五年计划社科重点项目。该编分为《中国现代文学运动、论争、社团资料丛书》、《中国现代作家作品研究资料丛书》、《中国现代文学书刊资料丛书》即甲乙丙3种，总主编陈荒煤，副主编许觉民、马良春，编委有丁景唐、马良春、王景山、王瑶、方铭、许觉民、刘增杰、孙中田、孙玉石、沈承宽、芮和师、张大明、张晓翠、杨占陞、陈荒煤、唐弢、贾植芳、徐迺翔、常君实、鄂基瑞、薛绥之、魏绍昌，具体组织主要由徐迺翔、张大明负责。此项目计划出书约200种。至 20世纪末，前后20多年间，这套书由数家出版社陆陆续续出版了80余种，还有数十种虽然已经编就，由于种种原因，迄今尚未出版。“现代卷”包括上述已经出版的图书和若干种当时已经编好而尚未出版的图书。

这项工作得到了中国社会科学院文学研究所和知识产权出版社的高度重视，为此成立了汇纂工作小组。杨义、刘跃进、严平、张大明、刘福春等具体负责学术协调工作，于2007年11月，向著作权人发出《征求〈中国文学史资料全编·现代卷〉版权的一封信》，很快得到了绝大多数编者的授权，使这项工作得以如期顺利开展。为此，我们向原书的编者表示由衷的谢意。为尽快将这套书推向社会，满足学界和社会的急需，除原版少量排印错误外，此次重印一律不作任何修改，保留原书原貌，待全部出齐，视市场情况出版修订本。为此，我们也诚挚地希望广大读者能给予充分谅解。

《中国文学史资料全编·现代卷》出版后，我们将尽快启动“古代卷”、“近代卷”和“当代卷”的编纂工作，希望能继续得到专家学者的大力支持和热心参与。

现代卷汇纂工作组

目 录

沈从文研究资料（上）

沈从文研究资料（下）

给一个文学青年的公开状

郁达夫

今天的风沙实在太大了，中午吃饭之后，我因为还要去教书，所以没有许多工夫和你谈天。我坐在车上，一路的向北走去，沙石飞进了我的眼睛，一直到午后四点钟止，我的眼睛四周的红圈，还没有退尽。恐怕同学们见了要笑我，所以于上课堂之先，我从高窗口在日光大风里把一双眼睛曝晒了许多时。我今天上你那公寓来看了你那一副样子，觉得什么话也说不出来。现在我想趁着这大家已经睡寂了的几点钟功夫，把我要说的话，写一点在纸上。

平素不认识的可怜的朋友，或是写信来，或是亲自上我这里来的，很多很多，我因为想报答两位也是我素不认识而对于我却有十二分的同情过的朋友的厚恩起见，总尽我的力量帮助他们。可是我的力量太薄弱了，可怜的朋友太多了，所以结果近来弄得我自家连一条棉裤也没有。这几天来天气变得很冷，我老想买一件外套，但始终没有买成。尤其是使我羞恼的，因为恰逢此刻，我和同学们所读的书里，正有一篇俄国郭哥儿著的嘲弄像我们一类人的小说《外套》。现在我的经济状态比从前并没有什么宽裕，从数目上讲起来，反而比从前要少——因为现在我不能向家里去要钱花，每月的教书钱，额面上虽则有五十三加六十四合一百十七块，但实际上拿得到的只有三十三四块——而我的嗜好日深，每月光是烟酒的账，也要开销二十多块。我曾经立过几次对天的深誓，想把这一笔糜费节省下来，但愈是没有钱的时候，愈想喝酒吸烟。向你讲这一番苦话，并不是因为怕你要来问我借钱，而先事预防，我不过欲以我的身体来做一个证据，证明目下的中国社会的不合理，以大学校毕业的资格来糊口的你那种见解的错误罢了。

引诱你到北京来的，是一个国立大学毕业的头衔，你告诉我说你的心里，总想在国立大学弄到毕业，毕业以后至少生计问题总可以解决。现在学校都已考完，你一个国立大学也进不去，接济你的资金的人，又因为他自家的地位动摇，无钱寄你，你去投奔你同县而且带有亲属的大慈善家 H，H 又不纳，穷极无路，只好写封信给一个和你素不相识而你也明明知道和你一样穷的我，在这时候这样的状态之下你还要口口声声的说什么大学教育，"念书"，我真佩服你的坚忍不拔的雄心。不过佩服虽可佩服，但是你的思想的简单愚直，也却是一样的可惊可异。现在你已经是变成了中性——半去势的文人了，有许多事情，譬如说高尚一点的，去当土匪，卑微一点的，去拉洋车等事情，你已经是干不了的了，难道你还嫌不足，还要想穿几年长袍，做几篇白话诗，短篇小说，达到你的全去势的目的么？大学毕业，以后就可以有饭吃，你这一种定理，是哪一本书上翻来的？

像你这样一个白脸长身，一无依靠的文学青年，即使将面包和泪吃，勤勤恳恳的在大学窗下住它五六年，难道你拿毕业文凭的那一天，天上就忽而会下起珍珠白米的雨来的么？

现在不要说中国全国，就是在北京的一区里头，你且去站在十字街头，看见穿长袍黑马褂或哔叽旧洋服的人，你且试对他们行一个礼，问他们一个人要一个名片来看看，我恐怕你不上半天，就可以积起一大堆的什么学士，什么博士来，你若再行一个礼，问一问他们的职业，我恐怕他们都要红红脸说，"兄弟是在这里找事情的。"他们是什么？他们都是大学毕业生吓，你能和他们一样的有钱读书么？你能和他们一样的有钱买长袍黑马褂哔叽洋服么？即使你也和他们一样的有了读书买衣服的钱，你能保得住你毕业的时候，事情会来找你么？

大学毕业生坐汽车，吸大烟，一攫千金的人原是有的。然而他们都是为新上台的大老经手减价卖职的人，都是有大力枪杆在后面援助的人，都是有几个什么长在他们父兄身上的人，再粗一点说，他们至少也都是会爬乌龟钻狗洞的人，你要有他们那么的后援，或他们那么的乌龟本领，狗本领，那么你就是大学不毕业，何尝不可以吃饭？

我说了这半天，不过想把你的求学读书，大学毕业的迷梦打破而已。现在为你计，最上的上策，是去找一点事情干干。然而土匪你是当不了的，洋车你也拉不了的，报馆的校对，图书馆的拿书者，家庭教师，男看护，门房，旅馆火车菜馆的伙计，因为没有人可以介绍，你也是当不了的——我当然是没有能力替你介绍——所以最上的上策，于你是不成功的了。其次你就去革命去罢，去制造炸弹去罢！但是革命不是同割枯草一样，用了你那裁纸的小刀，就可以革得成的呢？炸弹是不是可以用了你头发上的灰垢和半年不换的袜底里的污泥来调合的呢？这些事情，你去问上帝去罢！我也不知道。

比较上可以做得到，并且也不失为中策的，我看还是弄几个旅费，回到湖南你的故土，去找出四五年你不曾见过的老母和你的小妹妹来，第一天相持对哭一天，第二天因为哭了伤心，可以在床上你的草巢睡去一天，既可以休养，又可以省几粒米下来熬稀粥，第三天以后，你和你的母亲妹妹，若没有衣服穿，不妨三人紧紧的挤在一处，以体热互助的结果，同冬天雪夜的群羊一样；倒可以使你的老母不至冻伤，若没有米吃，你在日中天暖一点的时候，不妨把年老的母亲交付给你妹妹的身体烘着，你自己可以上村前村后去掘一点草根树根来煮汤吃。草根树根里也有淀粉，我的祖母未死的时候，常把洪杨乱日，她老人家尝过的这滋味说给我听，我所以知道。现在我既没有余钱可以赠你，就把这秘方相传，作个我们两位穷汉，在京华尘土里相遇的纪念罢！若说草根树根，也被你们的督军省长师长议员知事掘完，你无论走往何处再也找不出一块一截来的时候，那么你且咽着自家的口水，同唱戏似的把北京的豪富人家的蔬菜，有色有香的说给你的老母亲小妹妹听听，至少在未死前的一刻半刻中间，你们三个昏乱的脑子里，总可以大事铺张的享乐一回。

但是我听你说，你的故乡连年兵灾，房屋田产都已毁尽，老母弱妹也不知是生是死，五年来音信不通，并且现在回湖南的火车不开，就是有路费也回去不得，何况没有路费呢！

上策不行，次之中策也不行，现在我为你实在是没有什么法子好想了。不得已我就把两个下策来对你讲罢！

第一，现在听说天桥又在招兵，并且听说取得极宽，上自五十岁的老人起，下至十六七岁的少年止，一律都收，你若应募之后，马上开赴前敌，打死在租界以外的中国地界，虽然不能说是为国效忠，也可以算得是为招你的那个同胞效了命，岂不是比饿死冻死在你那公寓的斗室里，好得多么？况且万一不开往前敌，或虽开往前敌而不打死的时候，只教你能保持你现在的这种纯洁的精神，只教你能有如现在想进大学读书一样的精神来宣传你的理想，难保你所属的一师一旅，不为你所感化。这是下策的第一个。

第二，这才是真正的下策了！你现在不是只愁没有地方住没有地方吃饭而又苦于没有勇气自杀么？你没有能力做土匪，没有能力拉洋车，是我今天早晨在你公寓里第一眼看见你的时候，已经晓得的。但是有一件事情，我想你还能胜任的，要干的时候一定是干得到的。这是什么事情呢？啊啊，我真不愿意说出来——我并不是怕人家对我提起诉讼，说我在嗾使你做贼，啊呀，不愿意说倒说出来了，做贼，做贼，不错，我所说的这件事情就是叫你去偷窃呀！

无论什么人的无论什么东西，只教你偷得着，尽管偷罢！偷到了，不被发觉，那么就可以把这你偷自他，他抢自第三人的，在现在社会里称为赃物，在将来进步了的社会里，当然是要分归你有的东西，拿到当铺——我虽然不能为你介绍职业，但是像这样的当铺却可以为你介绍几家——里去换钱用。万一发觉了呢？也没有什么。第一你坐坐监牢，房钱总可以不付了。第二监狱里的饭，虽然没有今天中午我请你的那家馆子里的那么好，但是饭钱可以不付的。第三或者什么什么司令，以军法从事，把你枭首示众的时候，那么你的无勇气的自杀，总算是他来代你执行了，也是你的一件快心的事情，因为这样的活在世上，实在是没有什么意思。

我写到这里，觉得没有话再可以和你说了，最后我且来告诉你一种实习的方法罢！

你若要实行上举的第二下策，最好是从亲近的熟人方面做起。譬如你那位同乡的亲戚老H家里，你可以先去试一试看。因为他的那些堆积在那里的财富，不过是方法手段不同罢了，实际上也是和你一样的偷来抢来的。你若再慑于他的慈和的笑里的尖刀，不敢去向他先试，那么不妨上我这里来作个破题儿试试。我晚上卧房的门常是不关，进去很便。

不过有一个缺点，就是我这里没有什么值钱的物事。但是我有几本旧书，却很可以卖几个钱。你若来时，最好是预先通知我一下，我好多服一剂催眠药，早些睡下，因为近来身体不好，晚上老要失眠，怕与你的行动不便。还有一句话——你若来时，心肠应该要练得硬一点，不要因为是我的书的原因，致使你没有偷成，就放声大哭起来——

原载1924年11月16日《晨报副刊》

大学与学生

唯　刚

这里所说大学，专就北京方面本文所指那一类大学而言，所谓学生，比较范围宽些，然大多数亦是指北京大学生而言，范围既明，且将感想所及，叙述如下：

近年来最觉得肉麻的一桩事情，——自然还有其他的，但我就学界说来，就是好些专门学校一个一个都自己大吹大擂的搭了新架子嵌上某某大学的榜额，其实这些学校说是某某专门，恐怕还要在他名称上大大的打一个问号。若是办学人稍有良心或稍有眼光，老早就应该改良学校内容使名符其实，否则自贬尊号，连高等专门都不要瞎吹，误了人家子弟。无奈久假不归的好名称，人人都舍不得他，到现在脸皮更厚了，一不做，二不休，率性由专门而大学，头插野鸡毛的大王，爬上金交椅，称孤道寡，岂不快哉？此许多大学之所由成立也。尤可怪者，此种虚伪的欺骗的局面，而一般被欺骗的青年学生及其家长，却十二分欢迎他。去年有些学生告诉我，他的父亲定要他进了一个大学而且国立的，然后肯给他学费；至于家庭并没有这种条件，而学生自己高兴做了所谓大学的牺牲者，似乎亦不在少数；进了学校之后，教习还是从前的教习，讲义还是从前的讲义，——甚至还是宣统初年的讲义——本国参考书呢？没有，外国参考书呢？没有，即使图书室里偶然有了一两本外国书，大学生先生们又苦于不能全懂——尽管有些学校历史地理皆用美国教科书原文讲授——每日看见欠薪日久，无精打采，迟到早去，敷衍上堂的教授讲师们，随便讲了些老旧的功课；在这种暮气沉沉的新大学里面，今天开索薪会，明天又开驱逐校长会。自从这些大学倒了旧铺底择吉开张以来，差不多天天闹饥荒，有几校教职员学生胡乱凑在一块儿似解散非解散的度了大半年或小半年，到了暑假一班一班的居然也就算了毕业，取得一张文凭，昂然出校去了。这种毕业，可谓“时效的”毕业，因为顺着时效进行，一届某年某月，就可取得一种权利。至于学校这个东西，仿佛是一个名义罢了，不必有什么实在的学问教给人。以上我们讲的现在所谓大学——范围见前——只就他坏的一方面看，自然觉得很难叫人满意，真实我们所最痛心的，还不在他换汤不换药的或是比早先还要退化的学校内容，而在社会上无论办学人们乃至教员学生大多数皆为一种“虚伪”恶魔所征服，我还可以大胆说一句，不管什么哲学科学，什么主义习惯道德信仰等等，可以下一个断语“凡虚伪的皆不是”，今日虚伪病毒弥漫于我们社会，其上等有知识人们，教育就筑在这个可怕的地盘上，大家试想这是一种多么危险的事情！

学生们呢？这几年已成了一个特殊阶级，然而实在替社会成就什么事业？就北京而论，好些有用的青年，多数只是困在饮食男女上。物价一天比一天腾贵，房租伙食时常成了问题，异性的交际一天比一天自由。恋爱失欢又时常成了问题，此问题都比天压下来力量还要大，尽管自命不凡的大学生，一个一个软化在这里头，缠缚在这里头，跌倒在这里头，乃至粉身碎骨在这里头，历年以来不知整千整万人，逃不出这个鬼门关，——不是二龙坑的贵人关——只看学生们的近年作品，也就可明白个中情形了。

> “日来风也太猖狂了，我为了扫除我星期日的寂寞，不得不跑到东城一友人校中去消蚀这一段生命。诅咒着风的无聊，也许人人都一样，但是我同你在车上并排坐着，我却对这风私下致过许多谢忱了。风若知同情于不幸的人们，稍稍的，只要稍稍的因顾忌到一切的摧残而休息一阵，我又哪能有这样幸福？你那女王般骄傲使我内心生出难堪的自惭与毫不相恕的自谴。我自觉到一身渺小，正如一只猫儿初置身于一陌生锦绣辉煌的室中，几欲惶惧大号……这呆子！这怪物，这可厌的东西……当我惯于自伤的眼泪刚要跑出眶外时，我以为同坐另外几个人，正这样不客气的把

那冷酷的视线投到我身上，露出鄙视的神气。

到这世上，我把被爱的一切外缘早已挫折消失殆尽了，我那能再振勇气多看你一眼？

你大概也见到东单时颓然下车的我，但这对你值不得在印象中久占，至多在当时感到一种座位宽松后的舒适罢了！你又那能知道车座上的一忽儿，一个同座不能给人以愉快的，平常而且褴褛的少年，心中曾有许多不相干的眼泪待流？……”（见三月九日《晨报副刊》）

上面所抄的这一段文章，我是做不出来的，是我不认识的一个天才青年休芸芸君《遥夜》中的一节。芸芸君听说是个学生，这一种学生生活，经他很曲折的深刻的传写出来，——《遥夜》全文俱佳——实在能够感动人。然而凄清，颓丧，无聊，失望，烦恼，这是人类什么生活呢！我们固然不能把一二人思想代表多数的生活。我再看到近日报上先后披露的青年爱读书“统计的结果”，废票中灯草和尚隔墙红杏记等等书名，虽非道学先生对此也不能不“吃了一惊”。打穿后壁说亮话，平常人若是没有好教育没有坚强的意志与努力，则听讲义何如看小说，上讲堂何如逛公园，正经的集会，辛苦的工作，何如馆子里小吃，女朋友闲谈，一般趋势自然都走到眼前快活的这一条路上了。我们以为现在学生们，尤其大学生，应该有个共同的目标，即是立志要在天地间做一个人，不要随随便便混过了有用的光阴。学校不好就是我们的不好，——现在有些学生在校专寻别人短处，一味挑眼，自己却丝毫不求反省，——学校即是一个社会的缩影。在学校时代，即是我们全生活中之一部分。改良社会可先改良学校，立志做人要先立志做好学生，万事不可待诸将来，眼前一举一动，就是毕生成败的关头。我这些话板起面孔说得太严重了，读者但能了解区区的微意，似乎也不必再往下多话了。总而言之，统而言之，虚伪与堕落，是我们的公敌，大家非拿革命的精神硬把他打破不可！

原载1925年5月3日《晨报副刊》

沈从文的《鸭子》

——未必如此杂记之四

徐霞村

这几天拿在手里的是欲读已久的《鸭子》。本书所集的虽不是著者最好的作品，却还能代表他的作风的一般。

本书共分四篇，第一篇是戏剧。北新的广告上说，“他的戏剧是便于表演”，我不知是什么意思。若说他的戏情简单，我应当承认，但简单的东西未必是“便于表演”，有时还更难表演。他的戏剧虽与“狂言”相似，可是在舞台条件上，却比“狂言”更为不合。同时我又相信，著者的本意也不在表演，不过写出给大家读书罢了。譬如《野店》和《卖糖复卖蔗》两篇，读起来很有趣味，但若把他搬到舞台上去，结果恐怕就难以成功。

这不是说他的戏剧没有价值，却是，它的价值是在文学方面，而非舞台方面。我觉得，如果有什么东西使沈君的戏剧捉住人的情绪，那就是它们的对话。那些对话是那样流利，那样流利，以至能给你一种完全出于自然的印象，叫你找不出一点生硬的痕迹。一字字地在你耳边震荡，如同麻雀的叫声那么清脆。

著者所以能写出这样妙的文字，我以为，一半固然是因为他笔下来得快，一半也是因为他能大胆地运用土语。土语是我们从小就开始用的一个工具，所以用起来更为方便一些。并且有时一个土语的意思永远不是普通话所能完全表达出的。譬如在苏格兰语里有“Auld lang-syne”[1]一句话，若译成别国语言，就是“许久没见”的意思，但是要

❶ 苏格兰谚语：“美好的往日”——编者注

想把它的真意透澈地表现出来，那就必须仍旧回到那句老话去。沈君能把最生动的土语用在最恰当的地方，这是他的一个长处。

接着戏剧是九篇小说。著者有很久以前，就作小说，所以在小说的技术上更有经验。他的小说的主要的特点就是细腻，因为他专能在小地方着笔。最好的例子就是《占领》，描写军队入城时的景况，他没有用一个抽象的字眼，只说说卖豆腐的人怎样停止他的工作，来研究新来的军队，并且豆腐坊里的一只狗怎样吓得藏到它主人的胯下，就把当时人民的态度全盘托出。又如一五〇页描写腊八粥的那一段——

> “栗子会已烂到认不清楚了罢，赤饭会煮得浑身成了患水蛊胀病那样了罢，花生仁儿吃来总已麦东东的了！
>
> 枣子必大了三四倍，要是真的干红枣也有那么大，那就妙极！糖若做多了，它会起锅巴……”

——我觉得没有人能够写得更细腻。在这几篇小说里，我们可以找出两个很明显的背景：就是著者的乡村生活和兵的生活。

据我的推测，著者是长在湖南的一个小城里，从那里用很短的时间就可以到他们的田庄。他们的田庄是近着山坡和溪水，它的景致当然非常美丽。他住在城里，有时也搬到乡下住几天。乡下的亲属都待他很好，有的给他东西吃，有的给他讲故事，有的同他去看夜渔或别的东西。两手不能抱拢的竹子，能上树的鸡，自动的水车，一切一切都使这个小孩子惊奇。在一部分小说里，著者就把这时的情形清楚地写出来。又因为著者能够把小孩的心里体贴入微，所以读的人更能寻出无限的趣味。

记得著者曾在什么地方说过，当兵，在他的故乡，是一件好玩的事，青年人们在小学毕了业，都喜欢去当几年兵。著者大概也本着同样的动机，在十五六岁时入了伍。我虽没入过他们那种军队，可是他们的生活我还可以想像出来。一些青年人聚在一块，他们的生活里除了快乐还有什么呢？只要他们做完自己的几点钟的工作（上操或站岗），他们就可以爱怎样就怎样。他们的欢笑是坦白的，他们的谈话是爽直的，他们的娱乐是粗野不羁的。比起这虚伪的社会里的日子，这种生活不能不说好过得多。因此它常常引起著者的恋意。如《船上》、《占领》等篇，都是用它做背景。

末后两篇是“散文”和“诗”，但我却比较喜欢他的散文。在他的散文里，我们可以看出他受过《圣经》的影响，除了他的对话的流利和叙述的细腻外，还有抒情的深刻一个特点。它们使我们知道，在著者的天真的面孔后还藏着深刻的悲哀。……我本来想多写一点，但我的头现在已经昏了，只好放笔罢。

四月十四日夜

原载 1927 年 4 月 16 日《北新》第 34 期

论沈从文

吕　慈

作为这一型人物的一个代表，在这简短的四枚原稿里，我想检出几个特点来讨论。

曾为许多读者所暗会，也是作者所自稔的，是风格的独异的奇趣。使说是及于读者的感受觉爱好，无宁说是他自身的耽好于这贴切些。对于如作者所惯用的题材，那类的（人）和（景），如那样的文体是颇能裕如的吻合那企望琐杂而不倦的叙述出来的。

这里，我们可以作个作者所惯描写的对象，即题材的归纳的考察。

写兵士生活，尤其是早年的偏多，是使读作者的小说的人都知道的。根源自然是那样的生活的经验的特富的原故。——这在作者令妹岳萌女士与作者自家的传序中我们可以知道，作者的父亲或者至上的前辈似乎都有军籍的。

平常的生活或者偶然兴起的微波，和静的乡村，小市集，这些集在一堆，而抽出一个，顺即出数个竟至大家的姿态，这些人物上，总是质朴，作者想像那么地相安着跳到纸上。如《会明》等是。

除对于写自家的私事与另外一部分放在后面来说外，甚多的取材有关于性爱成分与质朴农民的划像等。而大都基伍在是那样可爱的乡村。作者展开的自然都是和平的称颂，赞美得使人有几分疑心这不是中国，混战下的中国的领土。

这观取暂作一他疑问吧，我说沈从文先生的每一篇，主题（Thema）设置是怎样的在完成那故事的爱美，纵然有时也写小小的悲剧与透露作者个性的忧郁。如《菜园》等篇是那样在罩出一点苦难时代的影子，然而这是危弱的量与质。

明显地一个透境根基在生理上的，最近发表的如《微波》之类，轻微的快就中年与“性”的悲哀与烦闷是新多的质素，纵然是那么隐约的。

以上的结论的说明，作者所成就的是，对和穆的未必是今日中国所有的乡村的歌颂，特别是兵士生活的那样诗化，这成就使得作者要再回到那样的生活中去了。（参看《灯》）其它也写几个艰辛的人物，而如《丈夫》与《夫妇》那类的东西总是时常纠缠着作者的笔。至如《绅士的太太》那类暴露的东西，我觉得是比作者自己得意的《会明》再增多十篇还抵不住，就意义上来说的话。

作者近来似乎掉转笔头愿意时常写点评论之类的东西了，已刊露的几篇是使我们相信很有写这类文字的能力的。

对于社会的实质性，沈从文先生是很能清晰的理解出的，这在《论郭沫若》与《我们怎样读新诗》……等等文字际边的我们可以看出。而沈从文先生为什么不能走到如他的朋友胡也频君等的一步呢？

这里踵达到个人的考察，使我有一个不敬的猜疑，沈从文先生阶级性的估定，是梁实秋教授口里的那一类有出息的人。就是那类从地底下翻精斗到天堂上的幸运者。不过，一个是精光的劳动者一个是小资产的知识阶级罢了。

在如《一个天才的通信》、《楼居》等自家评苦的文字里，郁达夫似的行径的那东西，我们知道，沈从文先生及于青年的影响是同情的。

一个生活的艰苦的印贴利更追亚的苦辞，过去如叶圣陶、朱自清……等是不乏人与己同情的，一旦“位”与“钱”的获得是什么也哑然了。这说明着这只是失意的印贴利更追亚的浩叹罢了，在另一个世界里的那成万的血与泪的号声对照着，将说什么？不吝付与不必要眼泪的朋友们。

时间的轮子将带沈从文先生到何处去？我们俟观着，以我们的希冀并且切盼着。

Nov.16.吴淞.（留）

对于沈先生作品全豹的展露的分析，这工作或者另外将有人做。如上的，这小论只个想解决那么的一些问题。至于在一作者各上冠一（论）字，似乎有说大了内容的嫌疑，殊知（论）的方式的取决，是执笔者抓着的那一点的什么，纵然是（一点的），这，聪明的读者们当然很知道。

20日晨记。

原载1931年5月《浊流》第3期

一个空虚的作者

——评沈从文先生及其作品

侍桁（韩侍桁）

一个享受着较大的声誉，在某一部分领有着多数的读者，其实是轻轻地以轻飘的文体遮蔽了好多人的鉴赏的眼，而最有力地诱引着读者们于低级的趣味的作者，是沈从文先生。

我想，无疑地，有许多青年男女学生曾读过他的作品，并且赞赏他；有许多已经结束了学生生活而从事于各种职业较新的青年们曾读过他的作品，并且赞赏他；甚至有许多从事文艺的青年们曾读过他的作品，并且至少也说“他是有着创作的才干”。但是，一个在思想上，在生活上有着较深的根底的，对于文艺的要求是超过了一切的趣味——更不用说低级的趣味——而具有真实的鉴赏和判断的眼和心的人，看了他的作品，不但厌恶他作品中的人物，而甚至对于那作者的本身发生反感，唾弃这位作者的创造的态度。

由这种效果的差异，我们就可以断定这位作者的作品的价值。他在某一方面——社会中的较大部分——因为是正适合了一般人的本能的低级的趣味，所以受了赞赏！同时在另一方面——那成为社会的文化中心的动力的一个较小的部分——因为他的创造正是他们所认为是阻止社会向前进展的妨碍，所以他不但从他们得不到赞赏，而是相反地发生一种深深厌恶的情感。当然，另外也有一部分的读者，虽有着要分辨哪是好的作品哪是恶的作品的存心，但因为他们对于文艺的知识的不足，常常不能分别他的好坏的；这后者，虽然也有着较大的数目，而是不能作为任何作品的评价的标准的。

一个作家在社会上所发生的效果，主要地是以那个作者对于创作的态度为根据的；因此我们品评他的价值，也只有看他在他的创造上表现出来的对于人生与对于社会所取的态度。这里所谓的态度，实际上便是一个作家的思想的意识的或下意识的表现。但在文学的境界里，无论他写作的是诗歌，戏剧，小说和散文，那作为他的思想的表现的，总不外乎两个条件——内容和形式。正确地分析了一种作品的这两点，我们便可以说是尽了批评的完全的任务。不过一个缺少才干的作者，往往因为他处理内容或操纵外形的能力的不足，因此他不能产生出他思想的充分正确的表现或甚至发生了完全相反的效果，也却是有的。可是在我所观察着的现今的这位青年作者的场合上，似乎可以无庸有忧虑到这一点上的必要，因为，如我在前面讲过，他是被某一部分人们称为是具有着表现的才干的，并且实际上他的作品也确实没有因为表现方法的不良或表现力的不足而致使读者误解了他的思想或态度。倘使我们说他的表现法实际上并不是好的说话，那只是因为他自己为得着某一部分人们的赞赏而有意或无意地那样作了的。

若顺序地读了这位作者前后的作品，我们可以看出他是没有得到良好的发展，他的文字变得越来越轻飘，他的内容变得越来越空虚。我还记得在许久以前当我读着他的最初的作品《鸭子》时，所得到的印象，那时他虽然还是一个完全没有什么思想的青年，缺少对于事物的深刻的认识，但他的文字却是单纯的，那写作的态度虽然已经含着游戏的成分，但时时对于取材的认真的心总还是大部分地保存着，所以仍能偶然地在读者的心上产生出有力的效果。假若那时作者认真地写作下去，随着年代把自己的思想深刻化，到现在能有了怎样的结果，我们实是不敢料想的，可是他的周围的环境并没有给他以这样的助力。根据从私人方面听来的消息，当他一得到了少许的成功，便有他的朋友们给他献来了颂辞，说他的作品是像法国的某大作家，说他的作风在某一点是像某某小说家，于是这位青年作家，这位如一般方开始从事创作对于自己的作品并不知道是有着怎样的确信而正在小心翼翼地向前奋进的青年作者，便被那些周围的人们的话语所眩昏了，渐渐对于自己的作品生了一种确信，这时，为适合着人们的颂辞，大量地写作，尽力地向着外表上发展，时时苦心地构想出那自己以为颇有深刻意味而又机警的词句。

在文体方面，这种倾向是最显然的。沈从文先生的作品里，几乎没有什么形式的技巧可讲；他的文字中属于形式的一个主要的特色，是在于他特有的文体上。这并不是因为他轻视技巧的功效，想以一种有力的文体，而致成单纯的艺术，反之，他是因为自从发现了这种便于叙述的文体，便以为足够描写出他所要写的故事了。的确，复杂的内容是需要多变的技巧，但若叙述着琐碎平凡的故事，只具有一种操纵文体的力量便足够应用的，并且实际上，缺少技巧并不见得有害于文艺的成功。所以，现在让我们看一看他的文体是属于怎样的一种。

所谓文体，简单地讲，便是叙述的方法。某一种事实被构想出来后，随之就要想到怎样去叙述它，这是自然的进展。因此，无论是怎样的一个作家，因为他自己的性格与其所选择的材料的特异，全是各自有他自己的一种文体。不过一般作者的文体，是没有什么特殊的差异的，作者为创造自己独有的风格，是需要对于表现的能力有着多时的修练，——这是颇费作者的苦心的。因此，有取巧的作者们，不肯经过这样苦心的修练，时常取用一种最易于模仿而是轻飘的文体，那虽便于叙述，而是有害于力的表现。现今我们所论着的这位作者，便是这样的。我随意取来一段引例，来证实我的意见吧。他曾作过一篇名《菜园》的小说，内中叙述一个破落户的寡母，有一个青年儿子在外读书，儿子在一年暑假来看母亲，同时还带着一个女同学，这是他预先并没有通知她的，于是作者叙述这位作母亲的欢喜，写道：

“如期儿子归来了，更出于意外惊喜的是有一个可以说是媳妇的女人同来。这事情直到进了家门母亲才知道，一面还在心中小心埋怨，一面把‘新客’让到自己的住房中去，作母亲的似乎人年青了十岁。”

儿子与“可以说是媳妇的女人”没有停过几天，因为别的关系，全被捕了，作者继续地写：

“……忽然有人来请，说有事情，来人连洗手的暇裕也没有留给主人，把一对青年人皆‘请’去了。”

像这样的叙述，有些人也许以为是新奇的，但那母亲迎接儿子的诚意和欢喜，与那儿子的被捕的不幸事件的重要，全被作者儿戏叙述的笔调所毁坏了。所以其次他继续写那母亲的苦痛——仍是用这同一的调子——也就完全对于读者成为不关心的事了。

以上举的一例，还是较好的，另外有些地方，作者为着使文字显着活泼，怪异得甚至使人不能理解。但一件奇异的事，有许多读者也便是因为他的这种笔调，而称他是有着才干的！

其次我们看一看他的作品的内容。

他的取材，是范围很小的，一，描写城市青年男女的性的诱惑与恋爱的关系；二，描写乡村没有教育的男女的本能的性的冲动；三，带着游戏的颜色眼镜来观察，将士兵的痛苦的生活变成了滑稽；四，便是如作者替他自己一篇小说所起的名称的平凡的故事。全部地讲，是一些作者偶然感觉着有趣的琐碎无聊的事件，他的目的也就是在把自己对于那事件所感到的趣味再传给读者，因为他所写的材料无论描写得多么细致，对于社会的进展与对于个人在社会上的责任的认识，毫无启示的；并且就是从美的观点看，它们也不能发展出美的外形或给读者以美的感觉。

文艺事件的本身，并不含有任何绝对的意义，那意义是随着作者的思想而变的，作家给那事件以怎样的解说，它也便有怎样的意义。但无论如何，事件的选择是必要的，像那种说一切的事件全是可以作为文艺题材的论调，我们绝不能同意；并且从一个作家的取材的选择上，读者可以认识出他的思想与他对于文艺的观念。只要一看这位作者的《第一次作男人的那个人》以及《雨后》一书里所收集的其他小说，我想无论任何读者，都可以看出这位作者在描绘那样无聊的事件上是感到怎样的兴趣，并且可以理解了他的思想是怎样地不正确而缺少根底。他就在描写一幅田园风景里，他都要加以“性”的点缀。

一件有趣的参考，是在这位作者一篇批评上，那是题名《郁达夫张资平及其影响》。他所刻薄张资平先生的话，全是可以说向他自己的身上，读者最好找来看一看的。不过在这里，我要指示给读者，他与张资平是有不同之点的，他所描写的性的关系是有着含蓄而是暗示的，那后者却是完全显露的，但前者在刺激性的本能的一点上，是比后者更有效果；并且后者的通俗与无味大多数的人一看便可了解，而前者是能掩遮过许多人的眼的。

关于这位作者，我想我们无需多说了，因为以他的以前的空虚的题材与轻飘的文体为证，对于这位作者我们已是失望了。

原载 1931 年 3 月 1 日《文学生活》第 1 卷第 1 期

沈从文的《旧梦》

陈子展

《旧梦》也是一部以恋爱为题材的小说，并没有什么稀奇，就是难得有一个丈夫是那么伟大的肯让自己的老婆和人家要好，又难得有那么一个肯替阿弟作"邦闲"去找情妇的哥哥，更难得有一个男子对于自愿滚到脚边来的一个女人，迫于一种不可遏抑的热情要去接受而又不敢接受——全盘接受那女人火一般血一般的爱，只在感情同理智的纠葛里，——"在一种牵牵扯扯中经过一切的地狱中苦恼！"这个男的主人公，便是所谓"小沈"，许是作者自己罢。他说：

> ……我不问这是向天堂或地狱走去的路。我不是在要人礼赞与指摘。我为了纪念这柔弱的我，与柔弱的人类，为了追悼这既已消失之感情光彩与颜色，我把自己的事告白了众人。妄诞之极的道德家与批评家，我诚恳的告你们，若我能因供你们用什么什么批评方法胡说以外有增加你们理论精彻道德高尚之自尊心思，我更将怎样忠实地来叙述过去历史一页！……只要这样算是可以使你们又有机会来批之评之，能在一般可怜的青盲一样的青年读者面前博得一些喝彩与一些鼓掌，则我这记录不为无意义了！（一百十八——一百十九页）

这是书中主人公很郑重的一段告白，也可以说是对于那些"妄诞之极的道德家与批评家预设的一道防御线"，因为书中关于情欲的官能的描写，有很大胆的地方。我没有什么“道心”去做道德家，也没有什么雅心想当批评家，我愿读者的资格再来说几句话，想没有什么不可罢。

“不懂恋爱的人，好像玉杯没有了底”这句话出自不喜法婚而喜独身生活的兼好法师，就似乎要使人不很了然了。实质这是很为了然的，人是情种、情欲的动物，无论圣人贤者、正人君子，都有情欲。不过他们没有现出，却不能说他们的心里没有这东西。像白玉一般高洁的陶渊明而有凄艳欲绝的《情赋》，像卫道的儒者欧阳修而有善写儿女深情的《六一词》，又像谥为刚直的骨鲠的名臣彭玉麟而有哀感顽艳的《梅长诗》，这都好像要使人不很了然的，但若我们知道人这东西，本来是情欲的动物，就会很了然于这类文章了。他们在外表上理智虽战胜了情欲，在内心上情欲却战胜了理智，至少情欲同理智有同样的气力而纠葛不清，他们的文章便是铁证。《旧梦》的主人公说是“我为了纪念这柔弱的我，与柔弱的人类，为了追悼这既已消失之感情光彩与颜色，我把自己的事告白了众人。”也正是写这种情欲同理智间的纠葛。不过这位主人公在这种纠葛中自觉“忧郁无用徘徊柔弱”，自己承认自己的柔弱人类的弱柔自己。

作者写这种柔弱的性格，潦倒的生活，所遭的命运，所演的悲剧，自伤自嘲，曲折，有很动人处。鲁迅先生诙谐的风趣，郁达夫先生感伤的调子，似乎都于作者有些影响罢，我以为。

原载 1932 年 3 月 20 日《青年界》第 2 卷第 1 号

故事的复制

——评沈从文著《月下小景》

侍 桁

依我自己的私见，那条腐旧的文艺原则——“小说就是讲故事”——现今的人还必要重视的；因为我们时代的创作是太属于观念的而缺乏故事了。没有故事的小说，无论写得怎样精致，正和害痨病的美人一样。但只是故事，也不能就算做小说，那还必须一番小说话的苦心的创作。所以有些故事写出来还仍是故事，而另有些故事却穿上了精美的小说的外衣。

适于成为小说的材料的故事是没有限定的，由于现实的观察自己可以选造，由实际发生的社会生活事件自己可以加以幻想，由一般民间的传说自己可以润色，由一民族古代残缺的艺术材料，自己可以复制，甚至从几个现成的故事中抽取其精美的部分而创造出一个完整的新故事也未为不可。

不过有许多既成的故事，都是带着浓厚的时代性。因为创造了那故事的当时的社会，已经多少地输进了它的现实味，但只要那故事的本身，是有着新的寓意的可能，那纵是出自远古的时代，也有创造成现代性的小说的可能。所以，一个作家如是想利用过往的社会的故事的话，不足必要故事的选择，而对于故事的认识，同样必须有着同样的见地。

从现在社会的生活里提取材料，或利用既成的故事作为材料，在创作的意义上，是有着很少的区别。一般把故事的复制划出真实的创作之外的那种见解，是错误的。他没有理解复制故事所必须的创作的才干。倘使一个作家只是像鹦鹉似地把人家的故事学唱了一遍，而毫未给与一些新的意义，那工作是无味的精力的浪费。

许久以前，当我读完了《元曲选》时，我曾表示过像这样的意见，《元曲选》中最大部分的作品，做为完整的艺术制作看，是没有什么价值的，但它给我们保存了许多较好的材料，这些材料是可以复制一遍；而且鉴于中国封建社会一般地给艺术所加的毒害之深，我更推想这论断是可以适用于中国过去的大部分的文学上的。这种工作的重要，不下于一切所谓国故的研究和整理；同时，这种工作也并不如我们想像的那么容易。第一，那些故事既是为了封建社会的思想宣传制作出来的，只把它们复制一次，便想完全剥画那封建的毒害，而成为现代的东西，是否是可能呢？第二，继承认是可能的话，会不会就有许多作家崇于故事的魅力，反为其利用，以致那作品成了时代的反动呢？还有，如果这提倡一经成了风气，大家都只想那偷巧的一面，结果，不是反倒断了这条可行的路吗？

所以，在原则上，这故事的复制，虽是一种颇可利用的创作方法，其有赖于作家的慎重，是不待多言了。

据我所知，在新文艺界里，第一个从事这种工作的人，是沈从文先生。他在这一两年间，陆续发表了他的《新十日谈》的故事，而且现在已经收成一集题名《月下小景》而出版了。这书里包含着九个故事，全是取自佛经的。因为这种工作在中国文艺界里尚属初创，作者自己也虽难免怀疑这工作的意义，不但在每一篇故事后谦逊地写了“为张家小五辑”等样，而且在全书的《题记》上更加上一番慎重的解说。但我却是还着一种强烈的期待读了这本书。

倘使真明白如今收集在《月下小景》的这些故事，是如何程度地与原作相仿佛，我们就必须把佛经和这集子摆在一起比较着看了，然而那些经书在我是很难得到的，因此我就只能取这重新编过的故事的本身来品评。好在作者自己也说：“本书虽署明，辑自某经，其实则只可说是‘惟就某经取材’重新处理。”这点我们无需作者保证，一看这作品就可明白。

首先，一个困难，我们应当给作者预想到，既这些出自佛经的故事，作者无论怎样设法改造，是不是总要带着传教的意味呢？把这种宗教的思想若全部舍去，那故事不会变成无意义的么？因为我们不能相信作者只是为了讲故事的欲望，为了一个年纪十四岁的亲戚张小五，而便写了这近十万字的书。至少，他在这些故事中是感到了喜悦，或是看见了这些故事的思想有和其一向组织艺术的观念相近之点。

那末，我们就看是为了什么，这些佛经的故事，竟祟感了我们的这位作者。

无疑义地，这里没有宗教的宣传。勉强地讲，《慷慨的王子》、《医生》以及《寻觅》是相当地带有些宗教味，可是那故事本身的兴味，掩饰过了那宗教的气氛。在《一个农夫的故事》里，我们可以看见有如近世侦探小说的机警；在《猎人故事》里，我们更看见作者的讽嘲的发挥。其他便全如《爱欲》的一篇题名所暗示，是男女的爱欲的故事了。

从这种分列归纳起来，我们得到表现在这书中的几种主要的特色：其一，为了故事的机警，或是创造了故事的机警，感到重述那故事的冲动；其二，藉着一种非现实的或甚至是非人类的故事，安插了对于现实的作者的独特的讽嘲；其三，把宗教上用为教训的男女的故事，完全按照自己的解说，写成平常的爱欲的故事；这最后一点，在全书中占有最大的部分，而也是与作者一向写作的动机最相适应的创作精神。

熟读这个作家作品的人，就一定会承认，这三种特色：故事的魅力；文章的讽嘲的调子；对于爱欲的题材的喜爱；是和他一向创作的特色，完全没有两样。所以这书虽作者明言其故事有所根据，我们是可以当作一种完全的创作着。

顺序地考察，第一，故事的魅力，没有读古原本佛经的我，不敢武断那些是原作的所有，而那些是现今的作者的创造，所以暂时置疑。

第二，讽嘲的调子，是可以举出很明显的例子来，如：

> “但这个古怪仙人并非其他国家知识阶级可比，据说知识阶级，若为政府蔑视，过久时节，性之所近，喜发牢骚，诅咒政府，常有话说，只须政府当局，稍稍懂事，应酬有方，就可无事。……”（《扇陀》）

“他们（雁与鹅）既然能够谈得来，所谈到的，大概也不外乎艺术，哲学，社会问题，恋爱问题，以及其他种种日常琐事，件闻。不过他们从不拿笔，不写日记，不做新诗，故中外文学家辞典上没有姓名，也不到上海文艺茶话同大作家吃喝，不加入笔会。”（《猎人故事》）

“两兄弟那时业已结婚，少年夫妇，恩爱异常，家中境况又十分富裕，若果能够安分在家住下，看看那个国家一些又怕事又喜欢生点小事的人写出的各样‘幽默’文章，日子也就很可以过得下去了。”（《爱欲》）

我不愿多引了，因为那将占去极大的篇幅。只从这几个举例，读者可以看得出来，这讽嘲不只是真对着一般人性的弱点，而更是对着时事的流行病了。他不但说得很天真，而且说得很有力，这是这个作者的独特的才干。不过这种随处散见的讽嘲，是不与其所叙述的故事有任何关系，说是应插进来的也未为不可。但是读者对它们感到喜悦，因为作者并没有想藉用这些以强调起故事的现实味的企图，而只是在表现着他的明快的智慧。

最后，关于爱欲的故事这部分，我们既有《月下小景》，《扇陀》，《女人》以及《爱欲》等为着强有力的实证，所以无需再重述某个故事而加以分析了。缘于这个作者在过去曾过多地使用这种题材，可以说是引起一般地对于他的反感。我们在当时得不到解说，为什么那样特殊的喜悦爱欲的题材，可是如今在这全书的序曲中，《月下小景》里，作者泄露出他的理论了，当两青年男女不顾一切社会的制裁，一度放纵，便将拿生命来抵偿的可怕的社会制裁，而终于被爱欲征服了的时候，作者说：

“神的意思不能同习惯相合，在这时节已不许可人再为任何魔鬼作成的习俗加以形为的限制。理智即是聪明的，理智也毫无用处。两人皆在忘我行为中，失去了一切节制约束行为的能力，各在新的形式下，得到了对方的力，得到了把另一个灵魂互相交换，移入自己心中深处的满足。到后来，于是两个人皆在战栗中昏迷了，暗哑了，沉默了，幸福把两个年青人在同一行为上皆弄得十分疲倦，终于两个人昏睡去了。”

从作者这种对于爱欲的发展的严重的解释，我们不但明白了为什么他喜用爱欲的题材，而更是理解到这作者，作为一个自然主义者，是把爱欲看为人性的冲动的最高的形象而表现着了。所以上面的那一段引用文是可以拿来作为沈从文的许多同样题材的短篇小说的解说。

总之，这部《月下小景》，虽然是利用了现成的故事，却完全和一部独创的作品无异，作者把他一向创作的精髓都输进里边去，从此我们能够更明晰地看出作者艺术创作的态度。但若作为一种故事复制的创例看，这书并没有很大的成功，他从远古的坟墓里虽然搬出一些美丽的尸首，而他没有能力注射进活人的血液使他们重新复活在现世上。

原载 1934 年 5 月 31 日《中央日报》

读《边城》

汪　伟

昨天我在电车上翻一本风谣集，翻了好些页，可是似乎不曾看进什么。我的朋友见了好笑，说是读这类的东西非得在明窗净几之下，阳光洒满身，一个人哼哼唧唧，那才哼得出一点光风霁月来，一点温柔敦厚来。要像咱们这样终日营营，人事都忙不了，还讲的什么冲淡，谈的什么闲静！"那么将来呢？""将来自然更不会有闲阶级的存在了。"但我以为有闲"阶级"也许不再存在，而让大家都有点闲，却也是应该而且当然的。何谓闲？"忙里偷闲"，之谓闲；何为静？"闹中习静"之谓静。

其实这都是废话，今日我们之所以不能欣赏古典趣味，我以为不仅在无闲，而尤在纵有闲心亦不适。大和尚是有闲的，然而他们艳羡世俗，他们要组什么特别法庭。阔人家的太太小姐是有闲的，有人给她们钱花，然而她们赌输盘打麻将的时候，心比谁都热中。说到知识分子那更是整天都埋头字纸堆中的啰，然试从实供招，除有时看看小说外，有过毫无目的地读书的时候吗？易安小姐说："险韵读成，扶头酒醒，别是闲滋味。"我们可不懂这是怎么一种滋味啦！我们是在"价值"，"效率"，"计划"，……的时代！

近代人的粗糙麻木了的心，要想一口吞下牧歌风的《边城》，大约难免隔雾看花之憾的。

说起牧歌情调，茶峒的风土人情可真美呵！那儿的空气"安静，和平"，那儿的人物"聪明，正直，勇敢，耐劳"，"也好利，也仗义"，对于自然安排的损失，抱一种不怨不尤的宿命论。连那当兵的，做妓女的，也都给诗化了，“更真切一点，也就更胡涂一点”。这是中国现在的农村吗？仿佛是，又仿佛不是。本文作者也算是乡下人，去年回到故乡一次——岂但兵匪焚杀早使山河改容，淳厚的人情美也寻不见痕迹了。像样的流氓组织那儿就也有；人与人之间是仇怨的坚壁。我想中国农民意识的变革，第一次恐怕要溯到唐中叶募兵制与科举制的确立，从此社会上凭空添出当兵的和读书的这两种人物，他们出身农民同时剥削农民，农民一面诅咒他们的寄生，一面自己又只想步武他们的后尘。第二次，当然是资本主义国家的商品底输入了。农民尽管如何刻苦安分，也不能不眼看着相继破产，嘴里骂“世风日下人心不古”，却不知不觉跪倒在金钱的座下。《边城》里就也淡淡地用了几件商品，暗示着商业向农业的侵略。然而农民到底不曾十分堕落，中国的希望还在农民身上，只问新的牧歌时代什么时候来到罢了。

大约我们这些喜欢留连已往的光景的人，生当今世，明知逝水不归，总不免有几分怅惘。翠翠老惦记着爷爷会死，“假如爷爷死了呢？”这设想而对于将来的事怀着恐怖。爷爷的那边则看着翠翠一天一天长成，也总想到翠翠的母亲的故事，怕得可怕的事总归要来的罢。社会的生长蜕变就很有点像女子出嫁，娘家固然难舍，可是婆家更可恋呵。翠翠的爷爷到底不免一死，要来的是迟早要来的。《边城》结尾说：“也许二老明天回来，也许永远不回来。”这么一句太灰色，我觉得白塔既经重建，“明天”已经到临，二老很可以回来的了。

《边城》也可以说是淡淡的一幕悲剧，构成这悲剧的原因之一是天保大老的失恋。翠翠为什么不爱大老而爱二老的呢？作者的意思，借了目前流行的用语来说，那是因为大老的性格是实际的，二老的则是诗意的；大老的择偶标准是“又要马儿不吃草，又要马儿走得好”，他的求爱方法也是走着所谓“车路”。在实际的爱情市场中，成功恐怕倒是走车路的这一面吧，二老竟得凌驾大老，也许是作者诗情的一种下意识的满足，我因此乃想到恋爱这把戏真是一出永远唱不完的悲剧，因为当初上帝造人就安排下许多矛盾，譬如说爱我的我不爱他，我爱的人家又不爱我，这儿有着旁观者看来要说是不肯安分的悲剧。又譬如体力的优胜者未必钟情，才智我性情的杰出者未必美好，浅人的目光大抵短视，这儿乃有所谓“丑小鸭”的悲哀。《边城》的读者每不自觉地同情大老，大抵就意识到自己的缺陷，过去经验了多多少少的失意的缘故。

《边城》里最让人难忘的是老船夫，在他身上我们看到一种男性的伟大，凡百委屈莫不可以包含，凡百苦难莫不可以忍受，凡百罪恶莫不可以宽容。大老怪他，二老怪他，顺顺怪他，连翠翠也不很清楚他。他真是一肚皮的委屈，可是一句话也不说就躺下了，留下一大堆心事，大约是虽死不瞑目的。天下最不肯恕人的我想莫过于还不曾与人生接触的所谓贞洁的处女了，Pinero 在 The Second MrsTangueray 中有几句话说得好：

“天使也有沾染了她的白衣服的时候，付过几次洗衣费之后，就会懂得宽容（charity）是怎么回事。”

“Of all forms of innocence mere ignorance is the leastadmirabe.”

《边城》整个的调子颇类牧歌，可以说是近于“风”的，然而又觉得章法尚严，针线尚密，换言之，犹嫌雅多于风。其中尤以白鹅关的倒叙，虎耳草的映带，不愧精心结撰之文。

以文章而论，新小说中废名与沈从文二君的最为我喜欢。沈氏文章颇受佛经影响，也有融化唐诗的意境而得到可喜的成功的。“歌声的来复，反而使一切更寂静一些。”“雨落个不止，溪面一片烟。”（这儿牵涉到一个问题，就是中国诗的情绪与散文并无不同，新诗既是散文其质，今并诗型而去之，是否尚能称之为诗的问题。）他写翠翠初与二老会面，“她觉得好像是个熟人；可是眼睛里像是熟人，却不明白在什么地方见过面。”又一次，翠翠正满心不自在，见二老失足落水，便借黄狗发话到：“得了你又不翻船，谁要你落水呢。”这些地方都很容易看出是脱胎《红楼梦》的。写至此处我有点手痒，姑且效一次时髦，抄几段文章在此以示一斑，——据说这是写小品文的秘诀哩。

> 翠翠在风日里长养着，故把皮肤变得黑黑的，触目为青山绿水，故眸子清明如水晶。自然既长养她，且教育她，故天真活泼，处处如一只小兽物，人又那么乖，如山头黄麂一样，从不想到残忍事情，从不发愁，从不动气。遇陌生人对她有所注意时，把光

光的眼睛瞅着那陌生人，作成随时皆可举步逃入深山的神气，但明白了人无机心后，就又从从容容在水边玩耍。

风日清和的天气，无人过渡，镇日长闲，祖父同翠翠便坐在门前大岩石上晒太阳，或把一段木头从高处向水中抛去，嗾身边黄狗从岩石高处跃下，把木头衔回来。或翠翠与黄狗皆张着耳朵听祖父说给城中些多年以前的战争故事。或祖父同翠翠两人，各把小竹作成的竖笛，逗在嘴边吹着迎亲送女的曲子，过渡人来了，老船夫放下竹管，独自跟到船边去，横溪渡人，在岩上的一个，见船开动时，于是锐声喊着：

“爷爷，爷爷，你听我吹你唱！”

由于边地的风俗淳朴，便是做妓女，也永远那么浑厚，遇不相熟的人，做生意时虽得先交钱，再关门，人既相熟后，钱便在可有可无之间了，妓女多靠四川商人维持生活，但恩情所结，则多在水手方面。感情好的，互相咬着嘴唇咬着颈脖发了誓，约好了分手后各人皆不许胡闹，四十天或五十天，在船上的浮着的那一个，同在岸上的这一个，便皆呆着打发这一堆日子，尽把自己的心紧紧缚着远远的一个人。尤其是妇人，痴到无可形容，男子不回来，做梦时就总常常梦船拢了岸，一个人摇摇荡荡从船跳板到了岸上，直向身边跑来，或日中有了疑心，则梦中必见男子在桅上向另一方面唱歌，却不理会自己。性格弱一点的，继着就在梦里投河吞鸦片烟，强一点的则必手执菜刀，直向那水手奔去。他们生活虽那么同一般社会疏远，但是眼泪与欢乐，在一种爱憎得失间，揉进了这些人生活里时，也便同另外一片土地另外一些人相似，全个身心为那点爱憎所浸透，见寒作热，忘了一切。稍微不同处，不过是这些人更真切一点，也更近于胡涂一点罢了。……

原载1934年6月7日《北平晨报·学园》

沈从文论

苏雪林

五四运动以后的六七年中，北方有几个作家颇引起读者的注意，而使得一群青年读者特别倾倒的则推那个年龄最轻而出身又有些奇异的沈从文了。这是一个以作品产量丰富迅速而惊人的作家。屈指他自从事文艺生活以来，至今不过八九年光景：而单行本著作，已有《入伍后》,《蜜柑》,《好管闲事的人》,《阿丽思中国游记》,《旧梦》,《一个天才的通信》,《阿黑小史》,《都市一妇人》,《虎雏》,《石子船》,《山鬼》,《龙朱》,《神巫之爱》,《旅店及其他》,《篁君日记》,《长夏》,《一个女剧员的生活》,《老实人》,《十四夜间》,《从文子集》,《沈从文甲集》,《记胡也频》,《月下小景》等二十余种；零星发表于报章杂志者如《记丁玲女士》,《湘行散记》,《边城》等也还有十来种。我们现在将他的作品总括起来则有以下的四类：一、军队生活，二、湘西民族和苗族的生活，三、普通社会事件，四、童话及旧传说的改作。

现在先论他第一类作品。沈从文是当兵出身的，所以稔熟军队生活。像《入伍后》,《会明》,《传事兵》,《卒伍》,《夜》,《虎雏》,《我的教育》等篇所写人物都以军人为典型，所记事迹也不过是军队间日常发生的琐屑。像《我的教育》那篇描写自己少时混迹军队的生涯，每日除上操以外，无非看审土匪，看杀头，看捉逃兵，或在修械所看工人修械。情节原平淡无奇，不过我们读着时很能感觉得一种新鲜趣味。这因为我们普通人生活范围仄狭，除了自己阶级所能经验到的以外，其他生活便非常隔膜，假如有一个作家能于我们生活经验以外，供给一些东西，自然要欢迎了。所谓富于“异国情调”的诗歌小说得人爱好，也是一个道理。但沈氏在军队中所处地位似乎比一般士兵优异。据《卒伍》那篇自述，他是在一个亲戚军官领率的队伍中当学习兵，与营长连长儿子同居一处，正如世俗所讽嘲的“少爷兵”的资格是。他没有受过刻苦的训练，没有上过炮火连天惊心动魄的战线，也没有经验过中国普通士兵奸淫杀掠升官发财的痛快，也没有经验过他们饥渴劳顿流离琐尾的惨苦。所以所写军队生活除了还有点趣味之外，不能叫人深切的感动。近来有一位署名黑炎的所著《战线上》，颇为文坛所称道。他的军队生活经验较沈氏丰富，所以他虽显明地受了沈从文这类文字的启示写成，却有出蓝之誉。韩侍桁批评沈从文这类文字道“带着游戏眼镜来观察士兵的痛苦生活而结果使其变成了滑稽”这话说得似乎不大公允。士兵生活诚然是痛苦的，但也有很舒服的。沈氏所过军队生活，原属于后者一类，教他怎样捏造呢？

黎锦明有《水莽草》，《黄药》等篇，论者谓足以表现湘西的地方色彩。但黎氏以写故事为首要目的，表现地方色彩为次要目的，所以成功不大。至于沈从文则不然。他的《旅店》（一名《野店》），《入伍后》，《夜》，《黔小景》，《我的小学教育》，《船上》，《往事》，《还乡》，《渔》，对于湘西的风俗人情气候景物都有详细的描写，好像有心要借那陌生地方的神秘性来完成自己文章特色似的。有些故事野蛮惨厉，可以使我们神经衰弱的文明人读之为之起栗。像《夜》的那篇写自己少时混迹军队时和同伴四个军人寄宿某老人家，各讲自己离奇的经历。一个同伴说自己从前曾和一个住在沙罗寨的苗族妇人恋爱。妇人虽黑却甚美丽，她的丈夫是一个巫师。这军人每夜必邀一个朋友去那巫师屋后树林中与妇人相会。有一夜因为有点事不得早脱身，便使朋友先去通知妇人，自己事毕立即赴约：

> 到了那里，凭藉目光，看到妇人同朋友在一株大树下搂在一处，像没有知道他会来，心中非常气忿。走拢去一看，才吓慌了，原来两个人皆为一个矛子扎透了胸脯，矛尖深深的固定在树上，两人皆死了。他不由得惊喊了一声。那个凶手，那个头缠红巾同魔鬼常在一块的怪物，藏在林里阴惨的笑了。像一个鸱枭，用那

诅人的口，向他说：“狗，回到你营里去告给他们，你那懂风情的伙伴，我给他一矛子永远把他同妇人连在一块了。这是他应得的一种待遇。”他先是为那奇突的事情所恐怖，到后来是为这暗中的嘲弄所愤怒，且明白那伙计是在一种误会中代替了自己遭了这苗人的毒手，他就想跑进深林去找寻这个东西。但是，进去时，已经不知到什么地方去了。他走回营去报告时，这人家已起了火，火焰烛天，这火就是巫师放的，他完全明白。

又像《渔》的那一篇写两个宗族间械斗的情形道：

在田坪中极天真的在相以流血为乐，男子向前作战，女人则站到山上呐喊助威。交锋了。棍棒齐下，金鼓齐鸣，软弱者毙于重击下，胜利者用红血所染的巾缠在头上，矛尖穿着人头，唱歌回家，用人肝作下酒物，此尤属诸平常的事情。最天真的还是各人把活捉俘虏拿回，如杀猪把人杀死，洗刮干净，切成小块，用香料掺入，放大锅中把文武火煨好，抬到场上，一人打小锣，大喊吃肉吃肉，百钱一块。凡有呆气汉子不知事故想一尝人肉走来试吃一块，则得钱一百。然而更妙的却是在场的一端也正如此喊叫，或竟加钱至两百文。在吃肉者大约也还有得钱以外，在火候咸淡上加以批评的人。

据说湘西沅水上游，和川黔边境一带有许多苗瑶民族和汉族杂居在一起，惟其生活习惯与我们大不相同。沈从文是湘西人，又曾在黔边军队混过几年，对于苗族生活比较别人多知道一些，故他的作品关于苗族生活的描写要占一部分。这种描写，许多人称为作者作品特具的色彩，也似乎为作者自己所最得意，观其常引“龙朱”二字可知。但以我个人的观察，则较之湘西民族生活之介绍似逊一筹。我们现在以《龙朱》与《神巫之爱》为例。这两篇故事大致仿佛，可说是姊妹篇。龙朱与神巫同是苗族中的美少年；同为许多青年妇女所倾心而庄矜自持；后来同为一个极美少女所感而陷入情网；同有一个愚蠢而颇具风趣像 Don Quixote 里的山差邦托的奴仆。故事是浪漫的，而描写则是幻想的。特别对话欧化气味很重，完全不像脑筋简单的苗人所能说出。像《神巫之爱》里五羊知道主人思慕某女郎，自愿充媒介人而主人不许时的一段对话。

主人，差遣你蠢仆去做你所要做的事吧，他在候你的命令。——仆

你是做不到这事的，因为我又不愿意她以外另一人知道我的心事。——主

五羊喋喋不已，坚欲充任斯役，主仆又有一段对话：

你舌头的勇敢恐怕比你的行为大五倍。——主

主人，说，金子是在火里炼得出来的，仆人的能力要做去才知道。——仆

神巫既见所思慕的女子呈现于前，便向她求爱道：

我的主人，昨夜里在星光下你美丽如仙，今天在日光下你却美丽如神了。……神啊，你美丽庄严的口辅，是应当为命令愚人而开的，我在此等候你的使唤。我如今是从你眼中望见天堂了。就立刻入地狱也死而无怨。……我生命中的主宰，一个误登天堂用口渎了神圣的尊严的愚人行为如果引起了神圣的憎怒，你就使他到地狱去吧。

作者原想写一个态度娴雅辞令优美的苗族美男，然而却不知不觉把他写成鲁易十四宫廷中人物了。又苗族男女恋爱时喜作歌辞互相唱和，其歌辞虽非我们所能知，但想也不过和《楚辞》，《九歌》，《巴歈舞歌》，六朝民间乐府，刘禹锡所拟《竹枝词》；以及今日所采集的《延虫歌》，《狼撞情歌》，《岭东恋歌》，《客音情歌》大同小异。不意在沈从文笔下写来，却都带着西洋情歌风味。像神巫所唱：

瞅人的星我与你并不相识
我只记得一个女人的眼睛，
这眼睛曾为泪水所湿
那光明将永远闪耀我心。

又：

天堂门在一个蠢人面前开时，
徘徊在门外这蠢人心实不甘：
若歌声是启辟这爱情的钥匙，
他愿意立定在星光下唱歌一年。

本来大自然雄伟美丽的风景，和原始民族自由放纵的生活，原带着无穷神秘的美，无穷抒情诗的风味，可以使我们这些久困于文明重压之下疲乏麻木的灵魂，暂时得到一种解放的快乐。我们读到这类作品，好像在沙漠炎日中跋涉数百里长途之后，忽然走进一片阴森蓊郁的树林。放下肩头重担，拭去脸上热汗，在如茵软草上躺了下来。顷刻之间，那爽肌的空翠，沁心的凉风，使你四体松懈百忧消散，像喝了美酒一般，不由得沉沉入梦。记得从前读过法国 19 世纪大作家夏都伯里阳（F.A. Chateaubriand）的名著《阿达拉》（Atala）《海纳》（René）等关于美洲北部未开辟时土人生活的描写，颇感此等妙趣。但夏氏曾亲赴美洲游历，对北美蛮族的风俗习惯曾下过一番研究功夫，所以其书虽然富于浪漫气氛，实非向壁虚造的故事可比。至于沈从文虽然略略明白一些“花帕族”“白面族”的分别；能够描写神巫做法事的礼仪；那能够知道他们男女恋爱时特殊的情形，而他究竟没有到苗族中间去生活过，所有叙述十分之九是靠想像来完成的。许多地方似乎从希腊神话，古代英雄传说，以及澳洲非洲艳情电影抄袭而来，虽然另有用意——解释见后——初读尚觉新奇，再读便味如嚼蜡了。最近发表的《新十日谈序曲——月下小景》还是以苗族中间英雄美人做题材，意境也没有超过《龙朱》和《神巫之爱》。不过篇幅很短，所取又是散文诗体裁，使读者陶醉于故事的凄厉哀艳的情绪之中，不暇去苛求它的“真实性”。以文笔论，这倒可算沈从文一切苗族生活介绍之中最优秀的一篇。

关于第三项作品题材，极为复杂。以中上阶级而论，则报馆的编辑、官厅的小科员、大学教授、大学男女学生、亭子间里潦倒文士、官僚军阀、资本家、土豪、下台后终朝拜佛念经而又干着男女秘密勾当的政客、假作正经暗地养着姘夫的太太、争妍取怜妖淫百出的姨太太、骄贵如太子公主的少爷小姐……都曾在他的文中字间留下了一幅剪影。以下等阶级而论则像船夫，厨子，仆役，草头医生，小店主，边城旅店的老板娘，私娼，野鸡，荒村的隐者，老农夫，小贩子，运私者，木匠，石匠，建筑工人，猎人，渔夫，强盗，土匪，兵士，军队中的伙夫，勤务兵，刽子手，……也曾在他作品中当过一度或数度的主角。不过作者对于写作题材虽然这么“贪多”，而他人生经验究竟不怎样丰富，他虽极力模拟他们的口吻，举止；解剖他们的气质，研究他们职务上特别名称，无奈都不能深入。他所展露给我们观览的每个人物，仅有一副模糊的轮廓，好像雾中之花似的，血气精魂，声音笑貌，全谈不上。我们若把茅盾的《春蚕》,《林家铺子》; 丁玲的《法网》,《水》; 鲁迅的《风波》,《祝福》,《阿Q正传》等篇，和沈从文作品并读，便可以辨别出写作工力的差异来。这就是说茅盾等人的作品好像一股电气震撼读者心灵。沈从文的作品，则轻飘飘地抓不着我们痒处。

童话有《阿丽思中国游记》上下两卷。这是根据英国加乐里(Carroll)《阿丽思漫游奇境记》(Alicés Adventure inWonderland)而写作的。上卷写阿丽思与兔子约翰傩喜先生到中国游历，发现中国许多腐败情形。下卷则写阿丽思由上海大都市到了他湘西的故乡，看到湘西许多野蛮风俗。这是沈氏著作中最失败的作品，内容和形式都糟。正如他自己序文中所说“我不能把深一点的社会沉痛情形融化到一种天真滑稽里，成为全无渣滓的东西，讽刺露力乃所以成其浅薄”，又说“在本书中思想方面既无办法，要救济这个失败，若能在文字的美丽风趣好好设法，当然也可以成为一种大孩子读物。可惜这个又归失败。蕴藉近于天才，美丽是力，这大致是关乎所谓学力了。”这算是他还有自知之明的话。新近称为改变作风的《月下小景》——原名《新十日谈》——体裁模仿意大利 Baccaccio 的《十日谈》（Decameron），借一群偶然聚集某处的旅客在消遣漫漫长夜或无聊光阴的方便谈出一个个故事来。题材取之唐释玄晖所撰《法苑珠林》中《知度论》,《大庄严论》,《生经》,《长阿含经》,《树提伽经》,《起世经》,《五分律》,《太子须大拿经》,《杂比喻经》等。或把不完全的故事写成完全；或把几个并非同出一经的小故事连缀一处成为一个大故事；或把故事中人物性格改变了赋以现代人的灵魂血肉。里面如《扇陀》,《慷慨》,《王子》,《寻觅》,《一个农夫的故事》,《爱欲》写得都很动人。不过作者存心模仿《十日谈》体裁，把每个美丽如诗的故事，放在骡马贩子，珠宝商人，市侩，农夫，猎人口中说出，我觉得很有些勉强。但这还可恕，最不该的是故事中间往往插进作家自己的议论或安上毫无意义的头尾，将好好一篇文章弄成“美中不足”。有人说沈从文是一个“文体作家”（Stylist），他的义务是向读者贡献新奇优美的文字，内容则不必负责。不知文字可以荒唐无稽，神话童话和古代传说正以此见长——而不可以无意义。《月下小景》这本书无意义的例子我可以举出几个来。像《寻觅》那篇，×地青年为了有所不满足抛弃家财和娇妻远赴朱笛国。朱笛国王为了有所不满足抛弃王位而远赴白玉丹渊国。二人努力的结果，知道宇宙的字典永远没有“满足”这二字的存在，要想快乐除非你自己能“知足”。故事写到这里本可以戛然而止了。但作者为要使故事由本人口中叙出起见，又把那个国王和青年打发上“寻觅”的道路，并把他们一生的运命支配在到处漂泊之中，这岂不成了蛇足么？或者我们的作家以为“知足”是东方懒人思想，永远追求真理，才是现代人精神，所以要给故事这样一个结束。不知道文章的结构是要前后相称的。像裁制衣服一样，你起头既裁成一件宽袍大袖的东方式衣服，后来又加上一个西洋式尾巴，便弄得不伦不类了。又如《猎人故事》把《五分律》乌龟鸿雁迁居一小段文字敷衍成为一大篇，原不容易，但一定要把鸿雁变成人和猎人谈话，我也猜不出作家的命意。《爱欲》那篇被刖刑者的爱，全文既侧重妇人与刖者发生恋爱那一点，则前面兄弟为求学之故携带眷属旅行沙漠以至弟妇自杀等等描写都成了累赘。我考《法苑珠林》前后两段本属两个故事，作者将它们连接一起，又不肯使它们互相照应，所以到底还是两橛。

我们既将沈从文四部分作品讨论完毕，不妨再将他作品的哲学思想和艺术来观察一下。

沈氏虽号为“文体作家”，他的作品却不是毫无理想的。不过他这理想好像还没有成为系统，又没有明目张胆替自己鼓吹，所以有许多读者不大觉得，我现在不妨冒昧地替他拈了出来。这理想是什么？我看就是想借文字的力量，把野蛮人的血液注射到老迈龙钟颓废腐败的中华民族身体里去使他兴奋起来；年青起来，好在廿世纪舞台上与别个民族争生存权利。中国民族以年龄论并不怎样衰老，我们只须将中国民族组织的历史研究一下便可以知道。先秦时代夏商周三民族历史虽比较久远，代之而兴的楚秦民族却是很青春的。五胡十六国之际卑鲜，匈奴，跖跋等族，以及唐以后辽金元清等游牧民族之同化于我，衰老身体里也增加不少新鲜血液。若说现代欧美民族是个二十左右的少年，我们也不过三十来岁的壮年罢了。说起竞争，我想我们的力量并不见得比他们逊色，不过中国民族的年龄虽不算老，文化的年龄却太老了。文化像水一样流注过久便会发生沉淀质。我们的文化经过四五千年长久的时间，沉淀质之多不问可知。这沉淀质运行在我们身体里，使我们血管日益僵硬，骨骼日益石灰化，脏腑工作日益阻滞，五官百骸的动作日益迟缓，到后来就百病丛生了。加之东汉以后，又接受了印度文化。印度文化是很奇怪的，那些生长热带衣食无忧的圣人，终日危坐森林：竖则恒河沙劫，阿僧衹劫；横则大千世界，三十三天，将精神驰骋在无边无际的境界里，将心灵陶醉在冥想法悦中。实际生活，永远闭着眼睛不看。这思想流传到中国来与我们固有的老庄无为哲学结合，于是我们的文化便更酵发一层毒素了。胡适曾说印度人曾赠给我们两种有害礼物：一是佛教思想，一是鸦片烟。这话我认为是极有见地的。因为这种种关系，中国文化不但富于沉淀质而已，后来竟成了一潭微波不起臭秽不堪的死水。无论你是一个怎样勇敢有为的青年，到这死水里洗个浴，便立刻变成恹恹不振的病夫。许多新民族入了这老国以后多则一二百年少则七八十年没有不腐化的，便是铁样的证据。我们生长在这文化里，生存竞争，引为大戒。乐天安命，视为固然。由保守而退化，由退化而也就失去在地球上立足的权利。我们瞻望民族的前途，哪能不黯然以悲，又哪能不栗然以惧。

西洋民族那样的元气淋漓，生机活泼，有如狮如虎如野熊之观。大约因为他们的文化比较年轻的缘故。我们要想恢复民族的青春，便应当接受西洋文化。接受西洋文化便应先养成强悍粗犷的气质。记得一个日本学者曾说中国人比之日本人和西洋人面貌上似乎缺乏一种野兽气息。五四运动前陈独秀在《新青年》上极力提倡青年的兽性，或者就是为此。沈从文虽然也是这老大民族中间的一分子，但他属于生活力较强的湖南民族，又生长湘西地方，比我们多带一分蛮野气质。他很想将这分蛮野气质当做火炬，引燃整个民族青春之焰。所以他把"雄强""犷悍"整天挂在嘴边。他爱写湘西民族的下等阶级，从他们龌龊，卑鄙，粗暴，淫乱的性格中；酗酒，赌博，打架，争吵，偷窃，劫掠的行为中，发现他们也有一颗同我们一样的鲜红热烈的心，也有一种同我们一样的人性。那怕是炒人心肝吃的刽子手，割负心情妇舌头来下酒的军官，谋财害命的工人，掳人勒索的绑票匪，也有他的天真可爱处。他极力介绍苗瑶的生活，虽然他觉得苗瑶是被汉族赶入深山退化民族，但他们没有沐浴汉族文化，而且多与大自然接触，生活介于人兽之间，精力似乎较汉族盛旺。所以故意将苗族的英雄儿女，装点得像希腊神话里阿坡罗倭娜斯一样。他嘲讽中国文化的地方也极多，如《阿丽思中国游记》，《猎人故事》等等皆是。沈从文文字能得多数青年的同情，或者就因为他文字中具有这种投合青年心理的哲学思想吧。

谈到沈从文作品的艺术，我也有点意见想倾吐。沈氏作品艺术好处第一是能创造一种特殊的风格。在鲁迅，茅盾，叶绍钧等系统之外另成一派。丁玲在文坛上的地位虽然高过他，但丁玲文体却显然受过他的影响。他的文字虽然很有疵病，而永远不肯落他人窠臼，永远新鲜活泼，永远表现自己。他获到这套工具之后，无论什么平凡的题材也能写出不平凡的文字来。好像吕纯阳的指头，触到山石都成黄金，好像神话里的魔杖能够将平常境界幻化为缥缈仙国。第二结构多变化。茅盾在《宿莽》弁言中曾说"一个已经发表过若干作品的作家的问题也就是怎样使自己不至于粘滞在自己所铸成的一定的模型中"。郁达夫除自叙体小说外不能写别的东西，张资平三角恋爱小说千篇一律，可见茅盾所说的困难打破之不易。沈从文小说题材既极广博，结构上要使它不雷同很难办到。但我们的作家，在这方面很显了些手段。他的小说有些是逆起的例如《喽啰》；有些是顺起的，例如《岚生同岚生太太》；有些是以议论引起来的，例如《第四》；有些是以一封信引起来的，例如《男子须知》。他虽然写了许多篇短篇小说，差不多每篇都有一个新结构，不使读者感到单调与重复，其组织力之伟大，果然值得赞美。而且每篇小说结束时，必有一个"急剧转变"（a quick turn）像《虎雏》那篇他所收养教育的聪明小兵终于逃走；《夜》那篇隐居老人开房示人以死妇尸体；《牛》那篇牛大伯的牛被拉夫者拉去；《冬的空间》那篇X女士之投海；《入伍后》那篇二哥之被仇人肢解；《岚生同岚生太太》那篇太太闻女校学生烫头发出而掷其火酒瓶……全篇文字得这样一结，可以给人一个出乎意外的感想，一个愉快的惊奇。

第二，句法短练简练，富有单纯的美。听说沈氏常以此自夸，则这种文笔之造成，一定是他有意的努力。如《我的小学教育》自述小时生活道："正月，到小教场去看迎春；三月间，去到城头放风筝；五月，看划船；六月，上山捉蛐蛐，下河洗澡；七月，烧包；八月，看月；九月登高；十月打陀螺；十二月扛三牲盘子上庙敬神；平常日子，上学，买菜，请客，送丧。"这似由一首旧式儿歌变化而来，句法则似月令。举此一例便可概其余了。

第三，造语新奇，有时想入非非，令人发笑。像"这个人那时正从山西过北京，一个又体面又可爱的人物，在×××最粗糙的比喻上，说那个人单是拿他的脸或者一张口，或者身上任何一部分放到当铺中去也很容易质到一笔大数目款项"（《第四》）"因为好的天气，是不比印子钱可以用息金借来的"（《牛》）"人家的怜悯，虽不一定比送礼物来得不慷慨，却实在比礼物还无用的一种东西"（《爹爹》）诸如此类的言语沈氏作品中几于俯拾即是，不必具引。别说这是容易，一个性灵尚未被旧文学格式压扁和窒死的人才能有这能有这样自由的想像，才能作这样有趣的譬喻。

沈从文创作的缺点也不能说完全没有。首为过于随笔化。他好像是专门拿Essay的笔法来写小说的。他曾自己解释道："从这一小本集子上看可以得一结论，就是文章更近于小品散文，于描写虽同样尽力，于结构更疏忽了。照一般说法短篇小说的必需条件所谓'事物的中心'

‘人物的中心’‘提高’或‘拉紧’我全没有顾到。也像有意这样做，我只平平的写去，到要完了就止，事情完全是平常的事情，故既不夸张，也不剪裁的把它写下去了。……我还是没有写过一篇一般人所谓的小说的小说，是因为我愿意在章法外接受失败，不想在章法内得到成功”（《石子船·跋》）本来用随笔体裁写故事，在法文有所谓“Conte”者之一体。如佛朗士《我友之书》（Le Livre de mon ami）都德的《磨坊尺牍》（Les Lettres de mon moulin）《日曜故事》（Les Contes du Lundi）就是这类文章，这与小说（Novel）是大有分别的。沈氏原是个“说故事的人”，用Conte体裁来写故事亦未尝不可，不过篇篇如此，也就有些讨厌了。

次则用字造句，虽然力求短峭简练，描写却依然繁冗拖沓。有时累累数百言还不能达出“中心思想”。有似老妪谈家常，叨叨絮絮，说了半天，听者尚茫然不知其命意之所在；又好像用软绵绵的拳头去打胖子，打不到他的痛处。他用一千字写的一段文章，我们将它缩成百字，原意仍可不失。因此他的文字不能像利剑一般刺进读者的心灵，他的故事即写得如何悲惨可怕，也不能在读者脑筋里留下永久不能磨灭的印象。在这一点上他与王统照初期作风倒有相像处。据赵景深说王统照的文字“都是经过若干次的修改和锤炼的”，然而我们读了他的《春雨之夜》，《黄昏》，《一叶》等作只觉得它们“肉多于骨”；只觉得它们重复，琐碎，令人厌倦。世上如真有“文章病院”的话，王统照的文字应该割去二三十斤的脂肪，沈从文的文字则应当抽去十几条使它全身松懈的懒筋。作者写文字时信笔挥洒毫不着意。思想到了那里他的笔锋也就到了那里。不幸他的思想是有些夹杂不清的，所以文字的体裁也就不能十分精醇爽利。

作者虽未曾受过高深的教育，未曾读过多少书，然而他有像英国哲学家斯宾塞磁石一般善于吸收的头脑，野猫一般善于侦伺的眼光。那怕在一个平凡人生经验上，一篇书上，一句普通朋友谈话上都可以找到他创作的灵感。似乎世间没有一件事一件东西不足融化而为他写作的题材的。有时他的灵感从什么地方得来，我们都可以清楚知道，不过叫我们去写却写不出来。他自己说能在一件事上发生五十种联想（《阿丽思中国游记·自序》）大约不是一句夸诞的话。为了他有这样能力，所以拚命大量生产，拚命将酝酿未曾成熟的情感，观察未曾明晰的对象，写成文章。有时甚至不惜捏造离奇古怪不合情理的事实来吸引读者的兴趣，像《都市一妇人》和《医生》简直写成了一篇低级趣味的 Romance，他文章的轻飘，空虚，浮泛等病均由此而起。这时候他过强的想像力变成他天才的障碍，左右逢源的妙笔也变成他写作技巧的致命伤了。我常说沈从文是一个新文学界的魔术家。他能从一个空盘里倒出数不清的苹果鸡蛋；能从一方手帕里扯出许多红红绿绿的缎带纸条；能从一把空壶里喷出洒洒不穷的清泉；能从一方包袱下变出一盆烈焰飞腾的大火，不过观众在点头微笑和热烈鼓掌之中，心里总有"这不过玩手法"的感想。沈从文之所以不能如鲁迅，茅盾，叶绍钧，丁玲等成为第一流作家，便是被这"玩手法"三字决定了的！

但是作者的天才究竟是可赞美的。他的永不疲乏的创作力尤其值得人惊异。只要他以后不滥用他过多的想像力，将作品产量节制一点，好好去收集人生经验，细细磨琢他的文笔，还有光明灿烂的黄金时代等着他在前面！

原载 1934 年 9 月《文学》第 3 卷第 3 期

读过了《边城》

罗　曼

读过了《边城》，心里老觉得有点那么的滋味。文字的玲珑简直像是一脉清水在心里流过似的，美丽的词句，固会陶醉了人的灵魂。

作者有他独创的风格，有他个人的笔力，任是怎么样，是绝不会为别人而能摹仿的，一支笔落在纸上，总是静悠悠的流出那么细腻，那么深情，那么使人神往的句子来。他不会用什么臭汗，铁，杀，反抗等刺眼的字眼；也不会用多少唇，肉，酥胸，爱的等肉麻的描述；他只是那么朴素的真情的，像小儿女在月夜窗下细语似的说出故事的本身来，有着温静的灵魂和脉脉的情绪。

有人说作者是受过佛学影响，所以文章总是那么深情而旖旎的。这也许是有相当理由。你看作者是何等的精心体贴，描绘深刻，并且在平淡的行文里绝找不出半句危峭的字句来耸动读者而取巧的地方。

作者有着写小品文似的情感和动欲，一点也不着急的穿插起一个故事来。这在现在作家之群里还是很少见到的成绩。在《边城》的每个字句里，似乎是渗有着些作者的灵魂和读者心情。

展读了故事本身，作者取材和意识上，显然是有着同样的成功。

在文章的正面，是赤裸裸的对于爱情的解释，翠翠为什么不爱大老？为什么车有车路马有马路？这完全是人性的情爱的矛盾。

翠翠爱二老，爷爷爱翠翠，爷爷有爷爷的一颗心，翠翠有翠翠的一颗心，但是在爷爷说起什么时，翠翠却在喊着：“爷爷疯了！”

但是翠翠一颗心的深处，却在神秘似的缠想着什么；结果，在梦里摘了一把虎耳草。

不过，翠翠到底不了解爷爷，爷爷到底不明白翠翠；这便是大人不了解孩子心情，孩子不了解大人的慈爱。

“要是爷爷死了呢？”

翠翠到底是那悲剧的主角。

在文章的背面，却像是把城市和乡村经济矛盾的地方，暴露了许多。

这在老船翁的生活，便是城市生活的一个反衬。

经济老是那么的支配了爱情。大老的死，使得二老都不愿意再爱翠翠，并且独个儿把着船儿走了。

什么时候回来呢？

“也许就回来，也许不回来！”

翠翠那么天真的一个姑娘，那么真情的在等人爱，但是，爷爷死了后，都只落孤零零了！

老船翁的一生，也真使人同情的怜悯他；他总是谨慎的，笑脸的，慈爱的，但是别人不了解，二老不了解他，连翠翠都不了解他。

白塔倒了，老船翁也终于死啦！

翠翠在念着二老呢还是在念着爷爷？……作者没告诉我们，但是想请读者，也不难替翠翠争得到吧！

原载1934年12月16日《北辰报·星海》

从沈从文斥新文人说到作家的成功

秉　权

“‘文学作家’，在青年人心中已成为一个有魔术的名词，这是我们不能否认的事实。这名词不知毒害过多少青年人，使他们皆得了极其厉害的精神衰弱症，有业务的搁下业务不理，正求学的抛开书本不读，每天在一堆流行杂志里研钻‘浪漫’‘古典’‘象征’‘幽默’字眼儿。”(《沈从文：新文人与新文学》)这话并不过火。文学在现在，确已成为一般青年人普遍的嗜好了。中学生尽多抛开旁的课本，而特别努力于文学写作的。努力文学的人，自然是因为志之所在，此外文学作家因作品的感动人，而获得广大的崇仰与敬爱，自也引起一般人的羡慕。沈从文又说：“这些大有影响于青年人的文学作家，其实大多数只宜称为‘新文人’。就因为从前旧文人的恶德，既可以在他们身上发现，现社会的恶德，在他们身上也更富于传染性。一个新文人的特征是：‘活下来比任何种人做人的权利皆特别多，做人的义务皆特别少。’这些人照例多少知道一点中外古今文学名著，同时还记起一些中外古今文坛掌故，各有一张口，好说空话，又会说空话，(对于吃肉喝酒自然也不委屈自己。)看事既朦朦胧胧，作事又马马虎虎，……他们皆怕同真实社会对面，不愿受社会规律束缚，因此全是个人自由主义赞同者。(下面大意说或白昼嫌长，则打打麻将，夜晚嫌静，则进进舞场)”沈先生这番感慨，实非无因。新文人中自然尽有向生存与进步努力的前进作家，但沈先生所议论的这种新文人也者，却也很多。可是这种人，他那里是真正的新文人，他那里配做新文人！真正的文学作家，他做人的义务只有特别多，不会特别少的。他要有坚苦卓越的精神，百折不挠的勇气；不能比人格外能吃得苦，耐得劳，那是不行的。

法国现实派大作家巴尔扎克曾说："因为我并不讲究服饰，我的服装是与一个劳动者差不多的，所以当他们放了工回家，大家在路上争论或讲生意经时，我很可以去混在他们的队伍里，若无其事地观察他们，而不曾被他们所注意。观察，好像已成为我一种本能，我能够洞察他们的灵魂，而并不忽视他们的肉体。"他这种接近现实，深入社会的精神，自非现在一般住住亭宇间洋房，进进咖啡馆、跳舞场的与现实隔绝的所谓新文人所可同日而语。（巴氏上述的话，是记他初到巴黎时的生活。虽然那时生活不富裕，而他后来稿费收入很多的时候，也还是一样的不讲物质享受，能够深入社会下层）他又说："有一个时期我住在一条叫赖斯底格路的小街上，……热烈的求知欲使我局居在一间顶阁里面，夜间劳力工作，白天就在附近的奥梁图书馆里埋头读书。……我采取了修道院中的生活方式，那也是每一个劳动者所不得不采取的方式。"还有大文豪左拉，他少年时家境不好，自己有一个小职务，不久也被革了职，因此他袋里常常没有一个钱，困苦得要命，但他一点不在意，常常独坐在鲁森堡公园里作诗。他自己说他那时有了马铃薯就可充饥，偶尔弄到一支蜡烛，可以读夜书，便有升天般的快乐。这种刻苦的精神，实在可敬。

从事文学的人，"入迷"也是必要的。我国诗人贾岛先生一个人在月亮底下肘臂频挥的推敲，是我们所熟知的事情。这就因为贾先生做诗入了迷了。前面说过的世界大文豪巴尔扎克，他常常为一篇文字的构思，几夜不睡觉；忽然半夜里构思成熟了，立刻就爬下床来写，写得一天一夜不停手。据说有一次他找了一个文学青年来同他合作。那青年住在巴氏家里不久就走了，他向人说，巴尔扎克家里饮食都很好，可是我却无法住下去，因为我在夜里要被他拖起来几次，问我种种意见，有一夜竟被喊起八次，我实在住不下去了。巴氏的专心文学，可见一斑。又如曹雪芹的《红楼梦》描写香菱学诗，说她弄得终日吟哦，茶饭都无心吃，梦里也做诗，结果竟把诗做好了。虽然香菱是一个书中人，但能这样专心致志，自然没有不成功的。这种情形自然也是文学家的曹雪芹自己体验出来的。

又如大文豪高尔基，他在他自己“我的文学修养”中有这样一段：“有一回我必须用几句话，表出中央俄罗斯的村镇的外貌来。于是挑选了下面那样的言语，加以排列，其间恐怕几乎想了三点钟。‘高低起伏的平原，被给鞭子抽伤的肿痕似的灰黑色的道路所隔，斑点一般的村镇渥库罗夫市，就像放在手掌里的精工的玩意儿似地，躺在平原的中央……’我以为是写得不坏了，但到小说印出的时候再一看，写在这里的却觉得好像是什么漂亮的糖果匣，或是什么似的了。”一段短短的描写，想了三点钟还不满意，这与昨天“艺人的行为”中提起过的王安石的为一句“春风又绿江南岸”，改了十多次才成功，托尔斯太作《战争与和平》，写了七年，改了七次，同样的见得他们为求艺术的逼真性更充分，是以怎样的注其全副精力在治文学，这就是他们之所以成为文豪，名家了！

原载 1935 年 3 月 25、26 日《中央日报》

沈从文的短篇小说

李同愈

若干年前，有人读到了北京《晨报》的副刊上署名沈从文的短篇小说，感到了非常兴趣，介绍给一般爱读小说的朋友们。在每一句对话中用着特别的文字组织，全篇充满着轻松的调子，甚至在每个字眼上都镶着引吸人的力量，这就是沈从文初期小说的特长处。日子稍久以后，凡是沈从文写的文章酿成了一种独特作风，即使到现在也还不曾有过和沈从文作风比较相似的作家。那时间，在《晨报》的副刊上沈从文用了许多笔名发表小说，但他那种不变的独特的作风并不因署名的生疏而使人认错了作者。他初期的小说体裁给予一般人以非常大的影响，几乎以为写小说非要用这一种笔调才能成功。那样无知的见解固然十分可笑，但沈从文初期的短篇小说之迷人的力量却可知了。

从甲辰的笔名开始从北京寄到上海的《小说月报》发表了小说以后，沈从文的短篇小说才引起了大多数读者的注意。许多学习写作的年轻人也不知不觉地模仿起他的调子来，我就是其中一个。经过几年文学作品的涉猎，仿佛觉得沈从文作品中有些像很受到外国作家的影响，其中以法国都德的气息为尤多。于是我接连读了《小物件》、《达哈士孔的狒狒》、《磨坊手扎》，从这些书中，寻到了同沈从文小说中相同的一点，那就是文章的轻松。还有一点相似的，则沈从文小说中往往有作者口吻在里边说话，虽一般批评家认为这种写法是恶劣的，但用特殊风格写下的小说，这些作者口吻的说话却无疑地增加了文章的力量。

然而沈从文初期作品是否能够称为完善的"短篇小说"，则真是一个问题。这一点，当沈从文住到上海后，也似乎有了自觉。我曾收到从《新月》退回的一篇短篇小说，因为自己提到了爱读沈氏小说而不禁效颦的话，中间附来了沈从文的回信，大意说，他对于自己那种小说的写法也不敢确信是准确的，也许这种写法始终给了他一种限制和拘束。然而到后我再读到他发表的大量作品时，在风格上仍然很少改变。

被称为短篇小说的模范的，当然是莫泊桑和契诃夫的作品了，在这两个人的短篇小说里，我们可以每篇都画出一个严正的结构，而且每篇都有一个故事的最高点（Climax）存在。如果这一种结构和最高点是一篇完善的短篇小说所必具的条件，那么沈从文初期小说之不被批评家所器重也是应该的。沈从文从北方到南方，又从南方回到北方，较后时间写下的小说（如《新十日谈》）中，其与以前不同处，也正是这结构方面，使一个故事保留到一个最高点。同时因题材的变换，使他不得不抛却了过去所最精彩的文句组织和轻松调子。可是沈从文小说中所给予人的影响，后者远不如前者之大。有人说，像《蜜柑》、《老实人》、《篁君日记》、《长夏》……那些优美的散文似的短篇小说，是今日的沈从文要写也写不出的。这话或者（应是"许"，此系作者笔谈——辑录者注）有几分理由的。

沈从文是曾经被誉为"天才的作家"的，我们至少可以相信，他过去一时期那种独特的可爱的风格，是不容许人学到的。也许那一种风格写不了伟大的东西，在某一意义上说，那种轻松、那种优美，都是无聊而甚至应该排斥的，但无论如何，沈从文的短篇小说到底引诱了许许多多年青的读者，照亮了通到文学之园的途径。至少我就是其中的一个。

原载 1935 年 4 月 10 日《新中华》第 3 卷第 7 期（文学专号）

《边城》与《八骏图》

刘西渭

我不大相信批评是一种判断。一个批评家，与其说是法庭的审判，不如说是一个科学的分析者。科学的，我说是公正的。分析者，我是说要独具只眼，一直剔爬到作者和作品的灵魂深处。一个作者不是一个罪人，而他的作品更不是一片罪状。把对手看作敌人，即使无辜，尊严的审判也必须收回他的同情，因为同情和法律是不相容的。欧阳修以为王法不外乎人情，实际属于一般常人的看法，不是一个真正法家的态度。但是，在文学上，在性灵的开花结实上，谁给我们一种绝对的权威，掌握无上的生死？因为，一个批评家，先得承认一切人性的存在，接受一切性灵活动的可能，所以人类最可贵的自由，然后才有完成一个批评家的使命的机会。

他永久在搜集材料，永久在证明或者修正自己的解释。他要公正，同时一种富有人性的同情，时时润泽他的智慧不致公正陷于过分的干枯。他不仅仅是印象的，因为他解释的根据，是用自我的存在印证别人一个更深更广大的存在，所谓灵魂的冒险者是：他不仅仅在经验，而且要综合自己所有观察和体会，来鉴定一部作品和作者隐秘的关系。他不应当尽用他自己来解释，因为自己不是最可靠的尺度；最可靠的尺度，在比照人类已往所有的杰作，用作者解释他的出产。

所以，在我们没有了解一个作者以前，我们往往流于偏见——一种自命正统然而顽固的议论。这些高谈阔论和作者作品完全不生关联，因为作者创造他的作品，倾全灵魂以赴之，往往不是为了证明一种抽象的假定。一个批评家应当有理论（他合起学问与人生而思维的结果），但是理论，是一种强有力的作证，而不是唯一无二的标准；一个批评家应当从中衡的人始追求高深，却不应当凭空架高，把一个不相干的同类硬扯上去。普遍却是，最坏而且相反的例子，把一个作者由较高的地方揪下来，揪到批评者自己的淤泥坑里。他不奢求，也不妄许。在批评上，尤其甚于财务上，他要明白人我之分。

这就是为什么，稍不加意，一个批评者反而批评的是自己，指摘的是自己，暴露的是自己，一切不过是绊了自己的脚，丢了自己的丑，返本还原而已。有人问他朋友，“我最大的奸细是谁？”朋友答道：“最大的奸细是你自己。”

我不得不在正文以前唱句加官，惟其眼前诸论的不仅仅是一个小说家，而且是一个艺术家。在今日小说独尊的时代，小说其多如毛的现代，我们不得不稍示区别，表示各个作家的造诣。这不是好坏的问题，而是性质的不同，例如巴尔扎克是个小说家，伟大的小说家，然而严格而论，不是一个艺术家，更遑论乎伟大的艺术家。为方便起见，我们甚至于可以说巴尔扎克是小说家的小说家，然而福楼拜，却是艺术家的小说家。前者是天真的，后者是自觉的。同是小说家，然而不属于同一的来源。他们的性格全然不同，而一切完成这性格的也各各不同。

沈从文先生便是这样一个渐渐走向自觉艺术的小说家。有些人的作品叫我们看，想，了解；然而沈从文先生一类的小说，是叫我们感觉、想、回味；想是不可避免的步骤。废名先生的小说似乎可以归入后者，然而他根本上就和沈从文先生不一样。废名先生仿佛一个修士，一切是向内的；他追求一种超脱的意境，意境的本身，一种交织在文字上的思维者的美化的境界，而不是美丽自身。沈从文先生不是一个修士。他热情地崇拜美。在他艺术的制作里，他表现一段具体的生命，而这生命是美化了的，经过他的热情再现的。大多数人可以欣赏他的作品，因为他所涵有的理想，是人人可以接受，融化在各自的生命里的。但是废名先生的作品，一种具体化的抽象的意境，仅仅限于少数的读者。他永久是孤独的，简直是孤洁的。他那少数的读者，虽然少数，都是有了福的（耶稣对他的门徒这样说）。

沈从文先生从来不分析。一个认真的热情人，有了过多的同情给他所要创造的人物，是难以冷眼观世的。他晓得怎样揶揄，犹如在《边城》里，他揶揄那赤子之心的老船夫，或者在《八骏图》里，他揶揄他的主人公达士先生；在这里，揶揄不是一种智慧的游戏，而是一种造化小儿的不意的转变（命运）。司汤达是一个热情人，然而他的理智（狡猾）知道撒诳，甚至于取笑自己。桑乔治是一个热情人，然而博爱为怀，不唯抒情，而且说教。沈从文先生是抒情的，然而他不说教；是抒情的，然而更是诗的。（沈从文先生的文章有时很像女人的，不管写怎样粗野的生活，他能够细致的叫你相信他有一个玲珑的灵魂——他却也真有一个玲珑的灵魂！）《边城》是一首诗，是二老唱给翠翠的情歌。《八骏图》是一首绝句，犹如那女教员留在沙滩上神秘的绝句。然与其说是说人，作者才更是艺术家，因为说实话，在他制作之中，艺术家的自觉心是那真正的统治者。诗意来自材料或者作者的本质，而调整材料的，不是诗人，却是艺术家。

他知道怎样调理他需要的分量。他能把丑恶的材料提炼成功一篇无瑕的玉石。他有美的感觉，可以从乱石堆发现可能的美丽。这也就是为什么，他的小说具有一种特殊的空气，现今中国任何作家所缺乏的一种舒适的呼吸。

在《边城》的开端，他把湘西一个叫做茶峒的地方写给我们，自然轻盈，那样富有中世纪而现代化，那样富有清中叶的传说小说而又风物化的开展。他不分析；他画画。这里是山水，是小县城，是商业，是种种人，是风格，是历史而又是背景。在这样真纯的地方，请问，能有一个坏人吗？在这样光明的性格，请问，能有一丝阴影吗？“由于边地的风俗淳朴，便是做妓女，也永远那么浑厚……”我必须邀请读者自己看下去，没有再比那样的生活和描写可爱了。

可爱！这是沈从文先生小说的另一个特征。他所有的人物全可爱。仿佛有意，其实无意，他要读者抛下各自的烦恼，走进他理想的世界，一个肝胆相见的真情实意的世界。人世坏吗？不！还有好的，未曾被近代文明沾染了的，瞧，这角落不是！——这些可爱的人物，各自有一个厚道然而简单的灵魂，生息在公园的晨阳的空气之中。他们心口相应，行为思想一致。他们是壮实的，冲动的，然而有的是向上的情感，挣扎而且克服了私欲的情感。对于生活没有过分的奢望，他们的心力全是用在别人身上：成人之美。老船夫为他的孙女，大老为他的兄弟，然后倒过来看，孙女为他的祖父，兄弟为他的哥哥，无不先有人而后——无己。这些人都有一颗伟大的心。父亲听见儿子死了，居然定下心，捺住自己的痛苦，体贴到别人的不安："船总顺顺像知道他的心中不安处，说，'伯伯，一切是天，算了罢。我这里有大兴场送来的好烧酒，你拿一点喝去罢。'一个伙计用竹筒上一筒酒，用新桐木叶蒙着筒口，交给了老船夫。"是的，这些人都认命，安于命。翠翠还痴心等着二老回来要她哪，可怜的好孩子！

沈从文先生描写少女思春，最是天真烂漫。我们不妨参看他往年一篇《三三》的短篇小说。他好像生来具有一个少女的灵魂，观察的不是别人，而是自己。这种心理现象的描写是沈从文先生的另一特征，回头我们还有机会再看。

我们现在可以看出，这些人物屈于一个共同类型，不是个个分明，各自具有一个深刻的独立的存在。沈从文先生在画画，不在雕刻；他对于美的感觉叫他不忍心分析，因为他怕揭露人性的丑恶。

《边城》便是这样一部 idyllica[1]杰作。这里一切谐和，光与形的适度配置，什么样人生活在什么样空气里，一件艺术作品，正要叫人看不出艺术的。一切准乎自然，而我们明白，在这种自然的气势之下，藏着一个艺术家的心力。细致，然而绝不琐碎；真实，然而绝不教训；风韵，然而绝不弄姿；美丽，然而绝不做作。这不是一个大东西，然而这是一颗千古不磨的珠玉。在现代大都市病了的男女，我保险这是一服可口的良药。

作者的人物虽说全部良善，本身却含有悲剧的成分。惟其善良，我们才更易于感到悲哀的分量。这种悲哀，不仅仅由于情节的演进，而是在于带在人物的气质里的。自然越是平静，"自然人"越显得悲哀：一个更大的命运影罩住他们的生存。这几乎是自然一个永久的原则：悲哀。

这一切，作者全叫读者自己去感觉。他不破口道出，却无微不入

[1] 英文，田园诗——编者注。

地写出。他连读者也放在作品所需要的一种空气里，在这里读者不仅用眼睛，而且五官一齐用——灵魂微微一颤，好像水面粼粼一动，于是读者打进作品，成为一团无间隔的谐合，或者，随便你，一种吸引作用。

《八骏图》具有同样效果。没有一篇海滨小说写海写的像这篇少了，也没有像这篇写的多了。海是青岛唯一的特色，也是《八骏图》最汪洋的背景。作者的职志并不在海，却在藉海增浓悲哀的分量。他在写一个文人学者内心的情态，犹如在《边城》之中，不是分析出来的，而是四面八方烘染出来的。他的巧妙全在利用过去反衬现时，而现时只为推陈出新，仿佛剥笋，直到最后，裸露一个无常的人性。"这世界没有新"，新却不速而至。真是新的吗？达士先生不用往这里想，因为他已经不是主子，而是自己的奴隶。利用外在烘染内在，是作者一种本领，《边城》和《八骏图》同样得到完美的使用。

环境和命运在嘲笑达士先生，而作者也在捉弄他这位知识阶级人物。"这自以为医治人类灵魂的医生（他是一个小说家），以为自己心身健康，'写过了一种病（传奇式的性的追求），就永远不至于再传染了'！"就在他讥诮命运的时光，命运揭开他的瘢疤，让他重新发现他的伤口——一个永久治愈不了的伤口，灵魂的伤口。这种暗藏在暗地嘲弄的心情，主宰《八骏图》整个的进行，却不是《边城》的主调。作者爱他《边城》的人物，至于达士先生，不过同情而已。

假若有人问我，"你喜欢《边城》，还是《八骏图》？"如若不得不选择的时候，我会脱口而出，同时把"喜欢"改做"爱"："我爱《边城》。"或许因为我是一个城市人，一个知识分子，然而实际就是，《八骏图》不如《边城》丰盈，完美，更能显出艺术家的作者。

廿四年八月×夕

原载 1935 年 6 月《文学季刊》2 卷 3 期

《从文自传》

毕树棠

近来文人自传的书已经出了好几部，我却只于最近读了《从文自传》，委实是一部很可爱的书。

书里自述的是作者二十岁以前的生活，从家庭进学校到入伍都在湘西一带，退伍离乡到了北平，生活一大转变，书即于此结住，这只是他的自传的第一部。书中关于年代的记载似乎没有正确的注意，他是湖南凤凰县人，生于庚子之役的第三年，总在光绪二十八九年上，六岁入私塾，中间经过辛亥革命，民四进新式小学，民六转高小兼入预备兵的技术班，时年十三岁，十四岁离家入伍，辗转于辰州怀化常德保靖，及川东的龙滩等地，二十岁到北平，约在民国11年左右，这段时期大约是一九〇二到一九二二。他的家世是军人，好动冒险，不怕颠沛流离，是有遗传的习性。他的家乡是湖南，好奇进取，遇见新机就转，是有地方的特性。任情而善适应环境，所以不悲观，多感而不钟情，所以不颓废，行己而“无耻”，不学而有术，这都是个性的特异，硬炼就一副结实的人格。我们知道沈君是一个成名的小说作家，而在这书里却找不出他的文学修养的所在，其实这二十年的生活情景便是他后来文学创作的根基，高尔基的少年浪荡，康拉德的海上漂泊，都是后来文章成功的种子，文学是生活的反映，此之谓也。

自传是一个人就他过去的生活作回忆的自述，是实事真意和挚情的自由表露，是人格和环境相磨擦的活动写照，要紧处全在一个真字，不过写法则各有不同。一个军人历经战场，一个政客饱尝世变，一个创业家一往努力，一个探险家遍临奇境……回头自述一番，都是动人的有趣文字。他们都是一出戏文里的主角，以坚强的意志实现个别的成功，他们对人生的态度是人世的主宰的创造的，事业的规模便是人格的表现，他们的自传是报告读者他这一出戏是怎样演的。文人的自传则有些不同，他是艺术家，他是所有戏文的观客，以灵慧的眼光和亲切的感情看进一切动相的真实，他对于人生的态度是观察的体验的是玩世的，灵魂的寄托便是人格的纯全，他的自传是报告读者那些戏他是怎样看的。一者是只认得自己的舞台，我只演我的戏，前人是怎样下场，后人又怎样登台，与我无涉。一者是世间处处都是戏，演不尽也看不尽，却是看一出便得一出。所以我们读文人的自传，不能存寻求模范和教训之心，只能采取些丰富的印象，只多能得些启示和发些深醒，交接一个深彻的灵魂，认识一个新型的人格，如此而已。

所以一个文人的生活经历和他的文学成就关系似乎是当然的，而不是必然的。他的生活所有的特点是他的自由性格的活动形成，而在文字上作成自然的表现，并非有人意的设计，将其预约的成功。记得前几年读过一本 Michael Pupin 的自传 From Immigrant to Inventor，说他本是欧洲一个农家的穷孩子，听说美国有个福兰克林和林肯，心向往之，便跳上船，到了美国，举目无亲，身无分文，后来历经艰苦与努力，居然成一个电器发明家，做了哥伦比亚大学的教授，为科学界的闻人云云。这种“模范伟人”式的自传，由文人看来，和才子佳人的故事一样平凡，因为它所表现的是“超人”，而文人的自传则只是表现“人”，这是一个很大的区别。

《从文自传》颇得此旨。他在小学上课，都老放不下那“一本大书”，是为什么？他在军队里混来混去，追求的又是什么？都无所为，全都是性格的自由活动。直到后来，所谓“一个转机”那是环境变了，人还是那个人！在未转机之前，他做梦也想不到要成就一个著作家，既转机之后，仿佛一条野兽穿林越谷，登上一座山峰，回头一望，好一片世界也！可以走下山峰，又是一个世界，那尽头的所在隐约又是一个山峰……嘻，哪里是归宿？向前走罢！所以这部自传只是他走过第一座山峰，在平川大道之上，一面观山览水分花扶柳的向前进，一面把他第一段程途上的回忆对着新世界作出散淡的歌唱，情极声彻，惊动那一带的村舍男女都出而拍手相迎，而且茶饭相待，便是他今日在文艺界的收获了。

西人的自传常以 Confessions 一字书名的，意在自道其实，读之者可以又认识一个人，却不比存旁的心思。一般人久闻沈从文是个当兵的，而伟然成功为小说家，不禁赞叹："这孩子真能啊！"及至看过他的自传，似乎又感觉不类，说声："原来如此，倒也难为他！"如此，这本书算他一字未读。

这本书的文字近于随笔演述，写得细密而轻松，在字句上看不出什么精巧的锻炼，而组合起来，却朴素而丰韵，参差而有致，整个脱去传统散文的节奏，而另具一新格调。这是作者久写小说，文笔独造，习惯成自然，有 Simplicity 之美，非偶然所能至者。这本书的可爱处，风格也居重要之点。不过写自传是否可以这种风格为最好，以及这本书是否为作者文笔最好之一，则不敢说，因为自传之作在今日文坛尚是初起，而沈君的文章也尚在进步之中呢。

廿四年. 八月。

原载 1936 年 2 月《宇宙风》第 1 卷第 10 期

评《八骏图》

李影心

在几位较有成就的作家中，沈从文先生的创作无论在题材择取与描写手法上，都绝少有与人偶同处。的确，作者文章风格实呈现极度的奇特，与其他作者都迥然异趣的。作者笔下触及得极广，且惯用为一般作者读者皆不大熟习的题材，从生动的故事中把捉某些类人物的生活、思索、性格及品德，加以逼真的刻描记载。由于透视的别致，兼之作者艺术处理手法的超绝，在表现上，机巧文笔的运用便成为作者成就之判然的优异；特别是色调通一及和谐，乃为文格永恒的新颖。

这类奇拔的风格被保持着，且是，在晚近作者之创作中，显着极纯真的凝固，为其艺术强调了风采。我们是说，作者已把其精力集中于某几点而有所写作，虽说态度“无所谓”，却仍希望多少为这民族的理智与德性表彰上尽一分力。且能流动的支配那一个笔，不拘泥亦不夸张。这趋向在较近集子《八骏图》中，最为明显。

《八骏图》有一个中篇八个短篇，旧作约占多半数，且皆经过作者的重改（无论是在字句篇章或故事组织），所以这次的收辑，便不缺乏意义可寻。集中大半皆把描写对象着重到两性生活关联的阐明上，以进步的观点，对旧的因袭的束缚加以抨击，且为真挚的性生活寻得解脱的路；是以内中不缺乏对社会民族间的堕落的憎恶，讽刺，嘲笑的勇气和力量。为了完美的做到这工作，作者乃试从若干生活的角落觅取各色类型，及与其相密结的性生活姿态，极恰切的顺序发展，使人能从中得到关于两性间合宜的认识及理解。

《八骏图》中所收集各色错综的故事，从相互观照中，便可发现一种极锐利的对比的机会。以生活及教育为划分，则写教育所达不到角落的无知的生存者性发泄，《柏子》中那种“丑的努力”与《雨后》中含有极圣洁成分的少女少男间的恋爱，便因生活气质的不同而有颇相挺经的差异。写都市读书人两性间的暧昧，如《有学问的人》的萎缩，矜持，及《某夫妇》中那点俨然是意外的奇迹，同是喜剧的成分，但内中的滋味却各别的。像《八骏图》那中篇，那位自以为治疗人类灵魂的医生，虽身心精神都极健全，却仍感染了一种流行性的病症。这变化，正暗示着一点反抗的气息，对于习俗及命运牵制做一摆脱；便多少含有一点浪漫的因子，为一些微的“不安分”，但正因为如此，人类生存才有活气，人性的发展才算较近理想。

惟是合理的两性间的关系，只有在双方互爱中方能得见。较高的爱情不仅在一点肉欲的发泄与满足上，它应奠基于彼此精神上的互相了解，互相爱慰。——这却不是说，肉欲发泄的不必需，在《八骏图》中，教授丙所提供的那一对精神恋爱者为了理想生活，致把身体发展为畸形，白白为那理想殉了葬，不是一个极好的对照的明鉴吗？我们仅于指明，单纯为发泄而行的一切性行为，不是正常的生活；如《柏子》中那人所玩的勾当，只局部的被陷于环系的限度，使若干日子的劳苦所得完全消费在颇急暂的麻醉与兴奋上去，不计得失亦不知改善，这失却常轨的生活，并不是适宜的生存方法。性关联为人类整个生活的一部分，而且是极重要的阶段，但只有把两性共同生活解作肉体与灵魂的合一，使双方皆为同一件东西所陶醉，那爱情方能完美。一个极好的例，便是《雨后》中所描写的那一对青年人的迷乱及放肆。“四狗仿佛若有所得，又仿佛若有所失”，（129页）对方则觉到“身子找不到安置处，想同四狗变成一个人”。（128页）这情节，正当神圣游戏的开始，为一切教育及理智道德所不能影响的领域上，是极好的诗。一点歪缠或一些撒野，使人及周围空气变成恬静，愉快和温暖，我们看，那景色有如一首牧歌。或者有人怀疑，这情景同一切实际相隔绝，或如云烟一样，为刹那间虚构的幻觉；但谁又能否认，这乃是较远时代风气未开时民族及村落所保持的一点忠诚的真实？我们得说明，这且为近代文明勇猛突进下僻角落的属于中国内地生活的写实。现代性知识道德容或至今尚未能为那些角落的生存者所习知，惟是，那社会对两性观念所持态度的自由及解放，反为享受一切物质文明的都市人所竭力追求而不能及。物质文明，使都市人在纵欲上有着惊人的进展，致弄得“营养不足，睡眠不足，生殖力不足”；（注 1）一切都无节制，不如带原始性的民族更为自然与近乎人性。

实际的讲，都市物质进步繁杂且多矛盾；人们生活在多方面的畸形状态下，生活为两截的。就如《有学问的人》中那位 × × 先生及其相类：“教育修正了他们的身份，却并能克服他们的本能”；（页 54）虽如此，另一面，被进步物质文明助长了荒诞幻想的人，仍不缺乏从旧社会道德中蜕脱出的各分观念。这就是何以 × × 先生当那暧昧的野心在稍稍进取时，便会有礼貌的制止了放肆，只略一嗅嗅另一种新鲜的“酒”。那人有身份，有好的教育与名声，但当有诱惑侵袭时，仍不忘记把方便的机会错过。藉着这种局面，我们可以清楚明白绅士阶级的一些可笑的行为及意念，正是为一个人灵魂阴暗面之极好的写照；这类人在意识上所患伤，并不减于若干都市欲念及淫靡中伤的年轻色情分子。但似乎也有一类人，学识宏富够得上一位“学者”，为一般人所尊敬、崇仰，因而无形给个人生活加上一层锢制，拘谨另一面被看为庄严；在人性上，却因抑制欲望而致起心理上某种病，身心皆不健全，有《八骏图》中那几位声誉隆重的教授一些面影可资参证。如故事主角达士先生在信中所写，“这些人虽富于学识，却不曾享受过什么人生”；所以虽为人老成，“心还是天真烂漫”（页 14），对属于女人及两性上的一切事态感到不小的殷念及关怀。教授乙情欲的捡起一只刚为着红色浴衣的赤足女郎所踏过的蚌壳时的姿态，及教授丙想从希腊爱神雕刻照片中那大理石胴体凹下凸出处发现些什么神情，和前面所提到《有学问的人》中那位 × × 先生一切动作行为相较，便可看出极明显的差别；但回溯两者间的种因，却都能同在性牵制中找到去处，虽相反实则是相向的。

因而，我们推测，两性关系似乎极复杂而且多曲折的问题；各人对这问题的见解既不一致，在实际上，褊狭的观感便会形成了差异的生活。如《八骏图》那几位教授所活的各别方式，由于缺乏合理节制，且过分忽视了人类对生活享受的均衡，便显得不大自然。像教授成为摆脱女人及家庭生活的牵制而离婚，虽属是超越的见解，仍觉有点违反人类生活的秩序，同教授丁之逃避了真挚的爱的行为而企图从幻想中找得精神的安慰，皆为不近情理的事。他们有个共同思想点，把个人幸福看得太重，他方面便完全抹杀了个人生活同社会的关联，固持着利己且会影响了整个人群的进步与发展，如其他独身者一样。高尚纯洁的爱情容许平凡，同一切人类生活习惯一样；亦和艺术同样，两性关系不拒绝紧张奇拔或惊人突兀，但都须有个限制；近人性且不反乎自然。否认爱情生活中有“平凡”这个俗气的存在，把理想建在自我意志上，避免两性间人事方面的因习，如《八骏图》中教授丁，或根本对这种凡庸的关联摆脱，如教授戊，因为极怪癖的行为；但把“人性”两字看得太过分或生误解，使偶然的变态致成畸形的发展，如《某夫妇》中那女主人的一点意外的特出，同为极端偏颇。过度的平凡奇特，为事物之两极，皆不适宜于需要若干自然合理成分的两性生活；且为真正爱情生活所绝少见的现象。我们把不健全的两性关联或根本抹杀人类生活中有爱情因素的人事演进相对看，便极容易发现那使一切皆成为病态的原因，乃是在于有太多的束缚，阻碍了两性间彼此正常的发展，且毁弃了崇高爱情的前途。所以知道自身不是阉鸡，希望从两性关系中得到一点分内的满足和愉快，且把那舒适作为自己对某项事业努力的一种鼓舞和兴奋，皆不该忘记争取那属于人类应有的自由。

两性关系是沿着自然顺序中发展，如我们前面所说；使爱情为一种超卓的存在，则当“爱她，得到她。爱她，一切给她。”（页 29）但这之中，仍有一个限度。爱情倘为两性间身心融洽的洁体，这情境是否能容纳一个第三者插入的存在？就如《八骏图》中的达士先生，已经订过婚，却在凑巧的情形下另有新的刺动，这局面为极不易应付的。根据那拘束人类旧道德而拒绝一切异性的友谊，该是极固持的思想，但反过来，在同时接受两个异性的爱，那牵制会给后以绝大的纷扰。我们明白，一切变化并非人力所能强制，但倘在人事上“多有一分理智”（页 10），解除那种缠缚便不觉费难。两性间似乎仍宜保持着一种节操，且当互相遵守一点性道德。别于社会习俗成见或由禁忌而致起的旧道德，新的性道德应建在自由平等及彼此敬爱上；节操不是义务，乃是爱情纯热中的获得，为一切相爱人的一种忠诚结合的标示。如一切崇高的艺术所写赤裸裸之人性似乎在无形中当有一个圣洁的限制同样，爱情亦应有一个高尚完美的性道德辖治，方能有适宜的进程及归趋。好的约束，不是事物发展的阻隔，反为一种辅助；我们将见！合理节制对任何人事关系的助益，为无秩序及散漫流动在最终目的所不能及的。因为，这两者是相伴及相互发明，其关系的密结，不容忽视。

把因两性关系而引起的一切发展相联系，且寻求彼此的牵制处，便可发现环系于爱情的各色纠纷，似乎为两性间反常但不容避免的特殊征示；不易于一般人所能深切了解的。就一个作家的职责论，《八骏图》作者沈从文先生在两性关系的透辟阐示上。不曾吝惜那支分内的笔致，亦未过分浪费了贬责与袒护。卓绝作者在作品人事间应具赏罚分明的判断，且不缺乏对事件描画的浓淡匀称，这几层，都可从《八骏图》中找到说明。作者对人性内质有极深邃的观察，在作品中，亦不大否定兽性发泄在人类生活过程中所占的重要的地位，但关于单纯性刻描，我们仅见其包孕在简捷的含蓄中，以“一种丑的努力，一种神圣的愤怒……”（《柏子》页115）及“一切照办”（《雨后》页129）来暗示男女间性行为，至少应在低级趣味之类的名词以外找到解释，方能恰宜。使作者揭示了人类内心性格的深处，但仍在中保持着圣洁的气息，由于特出风格的决定，作为一个艺术家，作者便不缺乏一切杰出者所具的必要因素。大致说，艺术的完整是在于内质与形式的合一，这完全有赖作者篇章组织的支配与文笔辞藻的运用。沈从文先生有一支洒脱的笔，能流丽而无拘的刻画故事人物性格，态度从容，使情节支配自如活泼，为风格强烈的一点特征。作者善于择选辞藻，字句类皆深刻机警，生动有力；每个词语皆用在一种适常的地方，使平凡句词具有独特的生机，奇丽处为拙劣促陋中国文字上增加几许新的变幻。特别是语句运用，和所要表达的人事相吻合，最为难得。一个极好的例，就如《有学问的人》中所写，含蓄、隐晦，仍在处处闪露锐利的机锋。作者铺张事实，且隐伏了若干待发的刺动，为故事情节增强摇荡及暧昧的程度，在紧张中，我们看得到那一对两个偶然相近的心情的变幻，轮廓分明；且使对活在节制中内蕴着多量神秘的成分。那情景，在逼真之外，仍含有不少的幻奇的想像，使艺术气氛加强了浓度。在这点上，我们更愿特别推崇那题名《雨后》的短篇，为作者艺术手腕运用之精妙的极峰。我们设想，这故事或容有甚多作者的构想成分，然那刻描之真挚，则为一向仅见的。《雨后》所达到的境界为一种想像中的真实。我们看，故事开首所写的对话，是那样恰如说话人的身份。如“雨是要落了，……天又是黑的，我喊了五声，或者七声。……雨可真来了。……我不怕，可只担心你。”（页 119）这时节，当一个异性正在期待那爱人的来临，这种确切的关怀便不容一点虚伪的因子在内。又如“你少野点”，（页 123）“人，这诗真好”，（页 126）及“四狗，不许到井边去那个冷水”，（页 130）这种刻画入微的地步，应为作者的精心细腻处，不当抹杀的。

我们以为，沈从文先生的创作中，有一种混然一致的气质，使艺术成就显得完整，若干奇拔或透辟，则当在偏持之外，为作者独特的优异，如文笔简捷及句法新颖是。然这些的枝节当是无须持别意的优异，因为在《八骏图》中，我们见到作者整个人格的存在。倘若有一个更高的尺度，就作者的禀赋再有所比较，则我们愿说，《八骏图》及《雨后》的造诣当更超越一点。

注：

（1）文中引文所标页数，均为 1935 年 12 月上海文化生活出版社出版的《八骏图》一集的页数。

（2）文中的“注 1”，见 1935 年 12 月 20 日《大公报》副刊《文艺》刊登的《八骏图题记》。

原载 1936 年 5 月 18 日《国闻周报》第 12 卷第 19 期

《辰州途中》

叶圣陶

上面的一篇文章从沈先生的《一九三四年一月十八日》(《湘行散记》之一)中间录出来的，可以独立成篇，原来的题目不相称了，我就给另起了一个题目。

这是一篇旅行记。读者诸君在学校里，每年至少有或远或近的一回旅行。旅行回来之后，国语教师总是不肯放过，出着题目教你们写旅行的经历。因此，你们每年至少要作一篇旅行记。凭着你们写旅行记的经验，当阅读人家的旅行记的时候，一定不止神往于人家所写的景物，同时还要关心到人家写旅行记的手法。现在选这篇旅行记给诸君阅读，诸君在领略辰河风物之外，不是更想看看沈先生怎样写他的旅行记吗?

旅行是一串的生活。短期旅行或是一天，或是半天，长期旅行延续到几个月几年，总之是旅行者生活的历程。在这一串的生活中间，耳目所接触到的和心思所想念到的，真可以说多到不可胜数，若要完全记录下来，即使是半天的旅行，也可以写成很厚的一本书。就是并不跑出去旅行，或者在学校里上学，或者在什么地方做工作，每天所接触到的和想念到的也是记不胜记。所以写旅行记和写日记一样，第一先得放弃那完全记录下来的野心，因为这是不可能而又不必需的事情。为什么说不可能?遇见一个人，你要从他的头上一直记述到他的脚上。走进一间房子，你要从屋角一直记述到墙脚。心思像漫无拘束的飞鸟，一会儿飞到天涯，一会儿飞到海角，你要一刻不停地追逐它的踪迹，你想这是可能的吗？为什么说不必需？要像这样一毫不漏地记录下来，手里将永远执着一支笔，再也不能做旁的工作，但是这种辛苦的工作有什么用处呢？

写旅行记或日记既不能完全记录，就只能从一串的生活中间选择若干部分来下手。通常有两种手法。一种是记下一些重要的项目，以备查考之用。有如旅行记中的“行若干里，到某某地方，观某某古迹”，日记中的“午后访某某，谈某事”之类。又一种是把给与自己印象最深的事物记下来，宛如摄一套活动影片，与此无关的，简直丢开不写。沈先生的这一篇，就是属于这一种。前一种只有实用的价值。后一种写得好，却有文学的价值。

这篇文章并不把“上三个滩与一个长长的急流”的情形完全写下，只写了上第一个长滩时所见的搁浅的船只，上第一个长滩第二段时所雇用的一个临时牵手，以及上尽长滩后所经过的小小村边的风物。这三者分配作篇中主要的三节，在这三节前后的文章便是发端和结尾。为什么只写这三者呢？因为它们给与作者的印象最深。其中第一节注重在摹出滩水险急的印象。并不多用那些形容词，只是平平常常地叙述着，然而险急的情形已可想见。“四只大船斜卧在白浪大石上”，“人一下水后，就即刻为水带走了，……过一会，人便不见了。”何等惊心动魄的叙述呵！第二节注重在摹出那老头子“对于生存还那么努力执着”的印象。文中叙述他为了一分钱的讲价不合，不惜“大声嚷着而且辱骂着”，待“小船已开出后”，他又“赶忙从大石上一跃而下，……躬着腰向前走去了”，工作“得了钱”，他便“坐在水边大石上一五一十数着”。平凡的叙述，却刻划出深微的人性。读者仔细体会，定会觉得恍如看见了那老头子。以下描摹他的相貌，说他同托尔斯泰相去不远，反而不是主要的笔墨。第三节注重在摹出那小小水村如画如诗的印象。这里只记述一些声音，一些极单纯的景物的速写。读者读到“莫不皆停止了工作，向锣声起处望去”，几乎要想自己也是这些人中间的一个，给那锣声引得抬头远望了。而就全般的声音和景物来体会，“母鸡生蛋的声音”，“人隔河喊人的声音”，“有人正在一只船边敲敲打打”的声音，“炮仗声音”，“唢呐声音”，“锣声”，“等待修理的小船皆斜卧在岸上”，木筏“在平潭中溜着”，一切人“停止了工作，向锣声起处望去”，今经沈先生写入这篇文章，就觉得这如画如诗的境界，自己也曾领略过了。是尝新，又是回味，于是越见出这段文章的佳胜。

这三节都有一个结尾，第一节的是“这件事从船上人看来可太平常了。”第二节的是“这人给我的印象真太深了，但这个人在他们看来，一个又老又狡猾的东西罢了”。第三节的是“多美丽的一幅画图，一首诗！但除了一个从城市因事挤出的人觉得惊讶，难道还有谁看到这些光景矍然神往”。这些表明这三个印象对于作者特别深刻，在当地的人却都若无其事。原来旅行者在旅行记中连篇累牍写着的，往往是当地人以为不值得一说，甚至是向来没有关心到的事情，这不全由于“当局者迷”，也由于旅行者的眼光和心胸超过了一般人的缘故。

末一节的结尾“转过山岨，就可以见到税关上飘扬的长幡了”，意味有余不尽。若是写作“转过山岨，就可以望见辰州了”，这便是呆笨的笔墨。

选自1982年1月上海文艺出版社版《叶圣陶论创作》

沈从文的作品评判

贺玉波

（上）

一

以多产著名的作家沈从文是湖南人。据说他起初经历过军人生活，后来在北京《晨报》社供编校职。从那时候起，他便开始创作，作品散登于北京当时的各报副刊和国内的文艺杂志。三年前在上海和已故作家胡也频等组织红黑社，出版《红黑杂志》。旋复任教职于上海中国公学，现居住上海全力从事于创作。

他的作品很多，大部为短篇小说。有《鸭子》，《入伍后》，《蜜柑》，《好管闲事的人》，《老实人》，《沈从文甲集》，《沈从文子集》等。长篇有《神巫之爱》，《一个天才的通信》。童话有《阿丽思中国游记》两卷。其他新近作品还多，一时难于察考。作品的特色为描写苗族的习俗与军人生活，颇带湘西地方色彩。

本文以北新书局出版的《入伍后》，和光华书局出版的《神巫之爱》和《一个天才的通信》为评判的根据。其他新月书店出版的《蜜柑》，《好管闲事的人》，《沈从文子集》，和《阿丽思中国游记》等，则用作《沈从文的作品评判》（下）的根据。

二

《入伍后》于 1928 年由北新书局出版，内容为八个短篇小说，和两个独幕戏，为了考察便利起见，我们把那十篇分作几类。第一，描写军人生活的作品；第二，描写儿童生活的；第三，内容空虚的作品；第四，片断的印象。属于第一类的有：《入伍后》,《传事兵》,《过年》三篇；属于第二类的有：《我的小学教育》,《炉边》二篇；属于第三类的有：《岚生同岚生太太》,《松子君》二篇；属于第四类的有：《屠桌边》,《记陆弢》,《炉边》,《传事兵》(后两篇虽曾列入第一、第二两类，但因是片断的印象，所以也可以列入这类）四篇。现在，我们便按照这样的分类，来开始讨论起来。

《入伍后》描写湘西一带的乌合的军队情形。在我的故乡湘西地方，有许多不安分的流氓地痞，不是拿钱去买个军官做，便是成群结党地来“拖队伍”；简直和土匪没有什么分别，占据一块地盘好刮地皮。或是奖励农民种烟勒取重税，并包运烟土；或是诬害富绅，提取罚款，形同绑票；或是多设苛捐杂税，以充军饷。他们渐渐变成富有，而一般上中阶级的人民却个个破了产。这是我故乡人民受大小军阀剥削的情形。沈从文的这篇《入伍后》便是描写一部分的那种情形。我们且看看下面的文字：

> 第二天，午时以前，监牢做成后，下午就有三个新来的客，不消说看管的责任就归了我们。逃脱是用不着担心的。这些人你让他逃也不敢。这缘故是这类人并不是山上的大王或喽啰。他们的罪过只是因为家中有了钱而且太多。你不好好的为他们安置到一个四围是木柱子的屋子里，要钱真不是一件容易事情呵！果真是到了这屋子还想生什么野心逃走，那就请便罢，回头府上的房子同田地再得我们来收拾。把所有的钱捐一点儿出来，大家仍然是客客气气的吃酒拉炕，关于用力量逼迫到这类平时坏透了的土绅拿出钱来，是不是这例规还适用于另一个世界，我可不知，但在当时，我是觉得从良心上的批准，像这样来筹措我们的饷项，

是顶合式而又聪明的办法了。（P.9～10）

作者虽然把那种土匪军队筹措军饷的政策说明了，但说话的语气却是偏重于军队方面的，而对于那些被剥削的人民一点不曾加以同情。因为他们所剥削的人们不仅是“平时坏透了的土绅”，还有一些安分守己的良民，像那样一视同仁的剥削，到底不是合理的行为！可是作者的语气偏是那样含混而欠公平！所以，我们看来，《入伍后》所表现的思想是极其模糊而容易被人误会的。

更进一步来研究这篇作品的思想所在。我们先且注意着这样的文字：“你应当用力量固执着你的希望向前去奋斗，到力尽气竭为止。你当认清你生活周围的敌人：时时想打仗的军阀？不是的！穿红绿衣裳用颜料修饰眼眉的女人么？不是的！在不合理的社会制度下养成的一切权威，就是你的敌人！在两样的命运下，我是希望你没有为枪呀炮呀打死，侥幸能活下找得出这对世界施以一种酷刻的报复的。在生活的侮辱下糟蹋，与其每天每天去尽了全力与柴米油盐来打仗，结果胜负还是未可知，不如走这士大夫所不齿的一条路，还是于你我都适宜。”（P.31）我们看看他在上面这段里所表现的是些什么东西啊？他对于社会制度有个真的认识吗？能认清我们的敌人到底是谁吧？能指示我们一条正当的道路吗？唉！他实在什么都不能啊！

第一，是他对于社会制度的盲目。他说过我们的敌人不是“时时想打仗的军阀”，也不是“穿红绿衣裳用颜料修饰眼眉的女人”，而是“在不合理的社会制度下养成的一切权威”。那末，请问什么是“在不合理的社会制度下养成的一切权威”呢？那穷兵黩武的军阀和那安闲享乐的女人，与那种权威有什么关系呢？他们是不是和它站在相反的方向的？其实所谓权威不过是抽象的名词，而那样的军阀和女人正是代表权威的具体的东西。我们惟其要反抗那种不合理的权威，就要更加要反抗那样的军阀和女人。因为他们便是我们的敌人，是我们应该要反抗要报复的。可是作者却那样含混，把抽象名词和实体弄不清楚，把敌人认不清楚！

第二，是他指示我们的那条可笑的出路。退一步说，即使他已经认清了真正的敌人，而不愿做被他们剥削的良民，并且不愿糟蹋在生活的侮辱下，那末，就应该走条正当的道路。为什么我们的出路就只有为“士大夫”所齿的一条路么？难道走上了这条路，我们就真的抬头了吗？我们当了兵，还不是同样地被上级官长和军阀剥削吗？万一我们一旦自己也成了军阀时，不是又被人家认为敌人而被反抗吗？唉！他所指示的出路，正是死路呢！是我们被人剥削而剥削人的一条死路呢！我们的作者啊，你在这篇作品里所表现的到底是什么思想啊？于是，我们可以明白，《入伍后》不过是一篇描写军人生活的作品罢了。除此以外，还能找到什么呢？还能找到什么呢？

至于其他两篇描写军人生活的作品，《传事兵》和《过年》，比较《入伍后》就差多了，无论思想与技巧方面。《传事兵》所表现的只是一个传事兵在某早晨起床后的情形，他一时想到《文选》，一时想到《古文辞类纂》，一时又看到公务日记，一时又想到去钓鱼，不知闹些什么。《过年》是一幕独幕剧，描写一个战士和一个老将开玩笑的故事，像作者其他滑稽短剧一样是没有一点意思的。这里我们也不必把它们多说及了。

其次，我们便来谈论描写儿童生活的《我的小学教育》和《炉边》两篇。前者描写作者故乡二月八日，土地菩萨生日，玩木傀儡戏的风俗。那天各家的小孩都欢欢喜喜地去看戏，有时候为占据戏场的缘故，他们甚至和别街的孩子们打起仗来，情景也是很激烈的。甲街和乙街的孩子们常常互相敌视，每遇细故，便有斗殴。败者从此含恨一时，以待日后寻机报复。湘西一带地方，与汉族杂居的苗族不少，所以那种勇敢好斗的习气从小孩们的游戏中表现出来了。至于《炉边》，不过是描写一家小兄弟姐妹们的生活情状，也渲染了一层浓厚的地方色彩。除此以外，便找不出其他什么意义来。总之，在儿童生活的描写这一点上，作者虽不见怎样失败，但在作品的内容方面说，无论怎样是很空洞的。如果把它们同叶绍钧的童话比较起来，那是相隔很远的。

再次，就来讨论《松子君》这一类的作品吧。在上面我们已经说过，它是属于内容空虚一类的，所谓内容空虚的意义，不仅是没有思想，而且连故事本身也是空空洞洞的。没有一定的主要人物，没有一定的主要故事，作者的笔只是随便写写，像小孩涂画墙壁一般地没有什么意思。这是他创作的惯病，在很多他的作品里，可以看出来。在这本集子里，《松子君》便是一个很好的例子。

他在作品的开始，只写些无聊的消闲的情形，接着就随便骂人起来，《性史》和《兰生弟日记》及其作者便是被骂的对象。在骂人这一点来说他是和张资平犯着同一毛病的。第八三面到八九面，松子君所说的故事是极无头绪的，简直等于无聊的废话。而第九九到一〇五面，松子君文章上的周君日记，也不过是些无聊的情史，极其零碎散漫的情史。

他既然对松子君本人没有特别的描写，对他所说的故事以及所做的文章，又没有什么意思。这样长长的一篇小说，简直使我们仍找不出半点文学作品的价值出来，真是罕有的事！退一步说，我们也只能把它看作一些琐碎的杂记，决不能看作文学作品读的！实在，它的内容未免过于空虚了！

现在，我们说出一点极普通的小说原理出来吧。大概分来，小说是可以分为三种的：第一，描写人物的；第二，描写故事的；第三，描写景物的。有些作品兼描写这三种要素中的两种，甚或统统描写到。但最普通的一篇作品，多半只描写一种要素的。不过，像沈从文的《松子君》那样的作品，是连人物，故事，景物，都不曾描写到的，所以，使我们看了觉得非常空虚。

末了，我们就谈谈其他的几篇。《屠桌边》，《炉边》，《记陆弢》，《传事兵》四篇也是为我们所不满的。同样，它们不能给我们什么意义，也是很空虚的。不过与《松子君》那类作品不同的，就是还有点比较联贯的情节罢了。可是那种情节毕竟是太平凡了，不能引起我们的趣味来。所以，我们只能把它们看作一些片断的印象，好比我们看新闻影片一样。严格地说，作者不过是摄取片断风景的照相师。如果客气地说呢，那末，他就算一个风土人情的描写家吧。

三

据我的记忆，《鸭子》是沈从文的最早的一本作品，说不定就是他的处女作。它是于1926年由北新书局出版的。照理我应该把它摆在前面去讨论，只因为先看过《入伍后》，然后才看到它，所以写作批评的时候，不能按照它们出版的先后为次序。

内容分为戏剧，小说，散文，与诗四门，所含作品名目很多，不便一一记出。在这里，我们只讨论他的戏剧和小说，把散文和诗不提。因为散文的好处只在于情绪的优越和文字的美丽，合乎这样条件的作品就是好的，否则是坏的；用不到我们仔细去评论。而作者在这本集子里所收的诗呢，因为太少的缘故，也不能作为批评的根据。

现在，我们开始考察他的戏剧吧。所收戏剧有：《盲人》，《野店》，《赌徒》，《卖糖复卖蔗》，《霄神》，《羊羔》，《鸭子》，《蟋蟀》，和《三兽窣堵波》九篇。除第三篇因为所用的方言和成语难懂，和第四篇没有多大意思不谈以外，其他七篇，我们都要大概地讨论一下。

《盲人》一幕是表达一个年老而瞎眼的父亲希望女儿得有情人的心理。这在作者的说明里已经说明了的。我们从盲人的对话里更可以了解他的寂寞："爹爹是个很可怜的瞎了眼睛的老人家，什么希望也没有了，只望女儿能得到一个真能相爱的朋友。……"（P.19）他女儿为了安慰他的缘故，便请了校中的戏剧教员到家去，冒充她的情人。那老人家听了他们的谈笑声，是很快乐的了。他怎能分辨得出他们是在扮演着喜剧呢？

《野店》是写野店里的苗妇和客人通奸的一段趣情。那客人黑夜去引诱女店主，以及他们互相逗搭的情形，是表现得还有点生动。他们的对话说得是很有趣味的，我们稍微举出几句来看看：

客人　不喊就好了，谢天谢地！
　　　阿呀身上肥呢，看不出！你看这一对奶奶，像两匹小猪崽。
苗妇　你这客人莫是个好人。莫缠我！莫缠我！你再乱……我就要——
……
客人　阿呀阿呀，你又笑了！
苗妇　笑呢，你娘……坏良心的人，莫讲礼，乱做事，我不……
客人　笑了，我可以全放心了。……（P.30～31）

至于《霄神》，《羊羔》，和《鸭子》三篇是同样表现骗取食物的喜剧。第一篇是外甥骗取舅舅祭霄神所供的三牲；第二篇是把总骗取屠户的羊羔；第三篇是痞子骗取卖鸭者的鸭子。各剧里的人物都是有点狡猾的，他们以自己的聪明彼此来欺骗，而闹出种种可笑的事情来，这便成了喜剧的题材。

其他如《蟋蟀》是儿童笑剧，如《三兽窣堵波》是根据佛教的传说而作的滑稽剧。总之，风格是和上面各剧相同的，我们也不必详细说及了。

我们所要讨论的不是各个剧本的优劣，而是作者写作它们的态度。我们应该明白：到底它们所有的是那种戏剧方式呢？他为什么欢喜写作它们呢？在未答复之前，不得不注意他的自白：

> 我所以把这类故事改成小剧，这又正如我近年把故乡中大小皆知的笑话改成像《鸭子》一类的那种"狂言式"的小剧样：若无"狂言"中各样趣剧作我的启示，纵要写，是无从写，也是很明白的罢。这年头，大人有大人的游戏，小孩的游戏则更多；只我这不大不小之人感到异常的寂寞；虽然近来到一个亲戚家中，见到一部《礼文备录》，其中各样的礼数都说得极其详尽，但我要像江绍原先生样去做一点冠礼与赌咒之类的文章又做不出，想到幼稚园去同小孩子坐摇船当然更办不到：是以，同二爷为人棒药样，莫可奈何的写下来了。呵，创作，这样果真也说是创作！我只觉得可哀。（P.108～109）

于是，我们可以明白，他的短笑剧是模仿周作人译《狂言十番》的日本古代小喜剧而作成的。而他写作它们的态度，只是由于寂寞时而起的游戏作用。从这点看来，我们便容易下断语了。

因为只是作者的游戏笔墨，这九篇短剧除了滑稽与兴趣之外，便找不出其他的意义出来。它们既不像易卜生的问题剧，也不像萧伯纳的社会剧，也不像王尔德的唯美剧，也不像美尔博的讽刺剧，不能给我们戏剧思想和技巧上的一种优点，所以没有什么文学的价值。如果把它们认真当作戏剧来看，自然是不会为我们所满意的；如果当作儿童的游戏戏剧，那还可以说得过去。

还有呢，就是我们认为在技巧上不满意的几点。第一，方言太多。像《野店》,《赌徒》两篇里的对话，实在太含有湘西语气，不容易为他乡人懂得。第二，太旧剧化。有很多话语如“自家狐大哥是也”；“或本人葛喜发是也，小有微名，全城大小皆知”；都未免过于带有旧剧式的自白了。第三，独白太多。戏剧里脚色的独白，在近代的作品里是不易多见的。作者并不曾留心到这一层。以上都是技巧上的短处。

其次，我们就把笔锋转到小说上吧。这本集子共有短篇小说九篇，为《雨》、《往事》、《玫瑰与九妹》、《夜渔》、《代狗》、《腊八粥》、《船上》、《占领》、《槐花镇》。在上面我们已经一再说过，沈从文的小说，内容是极其空虚的；多大半像些片断的印象。这些作品自然也不是例外。在它们之中，除《船上》一篇比较有意思外，其它都不可取。

《船上》描写一个团长带了部下和家眷，乘民船往辰州赴任的情状。他的豪放的笑声表示他有升官的希望，使他的太太和部下听见了非常高兴。希望最大的便是太太。她为着团长升迁旅长的种种布置都预先打算了一番；官轿应该用新的，他和她各人一乘；卫队连长呢，最好是用她的私人。为着这些，她不知费了多少心血。在太太的虚荣这种表现上，作者是有一点成绩的。有一段描写军需长和团长吸烟时的情形，是很好的：

> 军需长是有瘾的，当团长笑话讲到一段落时，军需长便把上好了泡的竹枪，推过去放到团长嘴边。团长拒绝的时候似乎也少，但团长却不承认是有瘾的人。
>
> ——军需长，你听我讲。去年子向司令造册到镇座时，造册的书记，把职员也填上一枝枪了。哈哈！他们军队那来那么多枪械呢？原来他们是烟枪！以后我们造册子上去时，倒要嘱咐他们莫把军需长名忘掉……
>
> 团长没有说完，军需长的烟枪已推送过去了，于是只听到呼呼呼，很匀的吸烟声。
>
> ——哈哈！他们还说我军队徒手太多！军需长都有枪，难道……哈哈哈哈！（P.160）

作者自己是曾经做过军人的，所以对于湘西一带地方杂色军队的恶习很清楚。差不多那地方的军官不吸烟的是少数，甚至于兵士也有很多染着这种嗜好。他把那种军队的实情通通表现出来了。和《入伍后》所表现军队的变相绑票，勒捐乱罚，有同样的意义。

至于论到作品的文字方面，作者还不算失败。像在《往事》和《夜渔》两篇里的文字是很美丽的。现在只列出两小节来以供参阅：

那时人真小，我同大哥还是各人坐在一只箩筐里为四叔担去的！大哥虽是大我五六岁，但在四叔肩上似乎并不什么不匀称。乡下隔城有四十多里，妈怕太阳把我们晒出病来，所以我们天刚一发白时就动身，到行有一半的唐峒山时，太阳还才红红的。到了山头，四叔把我们抱出来各人放了一泡尿，我们便都坐在一株大刺栎树下歇憩。那树的杈桠上搁了无数小石头，树左边又有一个石头堆成的小屋子。四叔为我们解说小屋子是山神土地：为赶山打野猪人设的；树上石头是寄倦的：凡走长路的人，只要放一个石头到树上，便不倦了。但大哥问他为甚不也放一个石子时，他却不做声。（P.118～119）

读了上面这样的描写，谁不回忆到幼年时的情景，而心快神怡呢？当我们还是儿童时，被长辈用箩筐担着行走，眼看着路旁的景色，那是多么幸福啊！在《鸭子》这集里，除了这样的描写外，我们似乎找不出什么东西来了。还有风景的描写，也还不错。尤其以《槐花镇》一篇为最好，可惜不便摘抄下来。在《夜渔》里描写田野夜景一段，也是可以值得特别举出来的：

凉气逼人，微飔拂面，这足证明残暑已退秋已将来到人间了。茂儿同他五叔，慢慢的在一带长蛇般黄土田塍上走着，在那远山脚边，黄昏的紫雾迷漫着，似乎雾的本身在流动又似乎将一切流动。天空的月还很小，敌不过它身前后左右的大星星光明。田塍两旁已割尽了禾苗的稻田里，还留着短短的白色根株。田中打禾后剩下的稻草，堆成大垛大垛，如同一间一间小屋。身前后左右一片繁密而细碎的虫声，如一队音乐师奏着庄严凄清的秋夜之曲。金铃子的“叮……”像小铜钲般清越，尤其使人沉醉。经行处，间或还闻到路旁草间小生物的窣悉。（P.136～137）

还有《腊八粥》一篇在内容和形式上，是很不行的。作者把它分成了两半，前半148～151面，是写吃腊八粥的风俗，主要人物是八儿小孩。他所表现的也不过是一个普通的贪食的小孩罢了。到了后半，他的笔墨却注重到哈叭狗上面去了，这似乎与正题太不相关。在技巧上，尤其在结构上，它是有点欠缺的。

四

在这里我们来讨论作者的长篇小说,《神巫之爱》这书出版于1929年，发行者为光华书局。题材是写神巫在苗族里的权威和尊贵；当他到花帕族做法场时，一大群美貌的年青女人对他表示着热烈的情爱，各个都愿嫁给他做妻。但他因为是神的仆人，所以非常骄傲，拒绝她们的热爱。可是，渐渐地他为一个少女所迷了，宁愿牺牲神仆的尊严，而愿做她的仆人。她是个哑子，有个姐姐也是一样。神巫还是爱着她不休。在一个星光的夜里，神巫带了仆人去看他的情人；从窗户里偷进去，他发现她们姐妹俩人都睡在床上。这时他已经很满足，做了人的仆了。故事的梗概就是这样。

在这篇作品里，我们可以找到些什么呢？让我们来细心研究一下吧。首先就要谈到苗族的风俗。在湘西沅水上游和川黔边境一带地方，有很多苗族与汉族杂居在一起，他们的语言和风俗虽然有点受汉族的同化，但仍能保有他们所固有的生活现象。像他们的勇蛮与耐劳的习性，是他们的美德。男女平等，工作婚姻都能自由选择。这种情形在所谓开化了数千年的汉族里，是不容易找到的。他们工作，休息，大家都很快乐。比较我们这些住在交通便利地方的人民，年年受着天灾人祸的人民好多了。他们保有朴质的风气，不为资本主义文明的毒焰所侵。能好好地隐居于深山荒原，繁殖他们的优良的种族。

但在另一方面，他们也和汉族一样，对于神的信仰很力。他们崇拜神巫，因为他是神的仆人，能为他们祈求幸福。大约做神巫的人都是高尚的漂亮的男子，所以苗族的妇女对神巫是极端的爱慕。每到神巫经过的路线，总有成群的美丽女人，唱歌跳舞来欢迎他。她们都希望得到他的爱怜，但常常只有失望。神巫因为是神的仆人，所以不得不装起假面具，对于她们的诱惑不理。在他为人们向神祈求幸福的法场里，不知要受多少女人的烦扰，但他只有硬着心肠如石人一样。有几节描写神巫做法场的情形很好，可以抄来以见苗族的风俗之一斑。

> 松明，火把，大牛油烛，依秩序燃点，照得全坪通明如白昼。那个野猪皮鼓，在五羊手中一个皮槌重击下，蓬蓬作响声闻远近时，神巫上场了。
>
> 他头缠红巾，双眉向上竖。他脸颊眉心擦了鸡血，红缎绣花衣服上加有黄纸符。他手执铜叉牛角，有节拍的跳舞着，还用呜咽的调子念着娱神歌。
>
> 他双脚不鞋不袜。预备回头赤足踹上烧得通红的钢藜。那健全的脚，那结实的腿，那活泼的又显露完美的腰身折的姿式，使一切男人羡慕，一切女子倾倒。那在鼓声蓬蓬下拍动的铜叉上圈儿的声音，与牛角呜呜喏喏的声音，使人相信神巫的周围与本身，全是精灵所在。（P.19～20）

在苗族的风俗描写这一点上，作者是很尽力了的，而且成绩还不错，这是我们研究所得的第一着。

其次，我们便进一步研究作品的内容了。作者在它里面所表现的到底是些什么呢？这是很容易见到的。像一般描写灵肉冲突和宗教与爱情的作品一样，这篇小说总不出那一类事体的。神巫是代表人民向神祈求幸福的人，因为他所处的地位非常高贵，所以对于自己的热情不得不抑制下去。虽有许多漂亮妇女围绕着他，等候他的手臂与嘴唇，他只好装做木人一般，而不敢有所表示。

可是爱情这东西是常常和宗教发生轇轕的，常常对服务宗教的人袭攻，因而惹出许多悲愁来。霍桑所作的《红字》（The Scarlet Letter），与德国乌发公司雅宁氏所主演的影片《罪恶之街》，以及去年来沪开演的《禁脔》，都是描写灵肉冲突，宗教与爱情之争的。《神巫之爱》就是和它们相仿佛的。神巫起先对于妇女是极其矜持的，后来看见一个白衣女郎，他的心再也不能镇静下去了。所以他在刚刚说过“我的骄傲是使这些女人误认为难堪，那我仍得骄傲下去”。这句话之后，便忍不住吐了这样的真情：“我不信这骄傲了，无味的贪婪我看出我的错来了。我愿做人的仆，不愿意再做神的仆了。”（P.36）这时，他的心已经为那个女郎所震动了，自然也不能顾他神巫的地位，而去经历那星夜幽会的情景。

全篇的描写是很好的，尤其是人物的个性很像。最使人快乐的就莫如神巫的仆人五羊，他那种忠实的态度和伶俐的口才，是很使人相爱的。而他那种滑稽而带愚笨的言行，与吉诃德先生（Don Quoxite）的仆人山差邦一样，处处令人发笑。在人物个性表现这一点上，作者可算是成功的。最末，我们举出篇末的一段描写，以作结束，它会使我们非常满意的。

为忘记把窗关上，一阵风来，无油的灯便吹熄了。灯熄了时神巫刚身到床边，正想用手揎那细白麻布帐子。灯一熄，一切黑暗，神巫茫然了。过了一阵他记起身边有“取灯”了，他从身上摸出来刮燃，又把灯点上，五羊在外面见了灯光，又几乎喊出声来。灯燃了时他又去摸那帐子。这年青无经验的人在虎身边时还无如此害怕，如今可是全身发抖在那行为上。

还有更使他吃惊的事，在把帐门打开以后，原来这里的姐妹两个，并在一头，神巫疑心今夜的事完全是梦。

……

五

在这最后的一章。我们就来考察一下《一个天才的通信》。这也是由光华书局于 1930 年出版的。内容为三封信，不外是作者自己的生活状况。情节与结构是谈不到的，这在序里已说得明白。这一本书上面的文字，原是一塌糊涂，没有秩序段落，也没有结构故事，譬如画，既然不是线也不是色，却只是一些点，一些点儿当然不会成为佳作，也不消说了。那末，既然抛开这些不谈，我们就谈点关于描写上的话吧。

在描写上，作者是很忠实的，他把自己身边的困苦如实地供出来了，使我们看了很觉得可悲。我们这些穷得没法靠文章吃饭的人，没有一个不是像他那样情形的。在家人疾病的呻吟中，我们自己还要忍受着疲倦与饥饿，干这两元一千字的苦工。遇着书店老板不高兴时，我们只好像丧家之犬归来，把家人热烘烘的衣裳脱下去当，以换煤米。在这样无法的环境之下，我们这些不顾生存的生命，像病人的残息般地延挨下去。作者在这本通信里所表现的，就是这种情形。所以我们容易对他表同情。

末了，虽然不能对沈从文的作品表示具体的意见，但我们对本文所论及的四本，也不能缺少一个比较的评判。据我私人的见解，北新出版的《入伍后》和《鸭子》是空洞无物的。而光华出版的《神巫之爱》和《一个天才的通信》，无论怎样比上面两本进步多了，在内容与形式两方面，还有相当的成功之处。对于他的作品的总评，那只好放在下篇文章里去了。

（下）

一

我们在这篇文章所要考察的他的作品全是新月书店出版的，即《蜜柑》，《好管闲事的人》，《沈从文子集》，《阿丽思中国游记》，《阿丽思中国游记》（二卷）。在我们把它们一一考察之后，再来从考察的所得作一个总评，看作者的作品特点怎样，创作态度怎样，我们对于他的意见怎样。等到我们能够把那种工作依次完了之后，我们的目的就算达到了。

现在，就来开始考察《蜜柑》吧。出版于 1927 年，内容为：《初八那日》，《晨》，《早餐》，《蜜柑》，《乾生的爱》，《看爱人去》，《草绳》，《猎野猪的故事》八篇。为了篇幅有限的缘故，我们不能把它们统统拿来讨论，只要讨论几篇比较重要的便够了；其实也因为有几篇不见得怎样行，值不得我们去费神。

在《沈从文作品评判》(上)那篇文字里，我们已经再三说过，沈从文的作品大都是空洞无物的，不外是些片断的影片和琐碎的生活记录罢了。思想呢，是说不上的；纵然有点，也不过是鸡零狗碎，混乱得成一团糟！至于技巧呢，也是同样说不上。结构是平面的，板滞的；描写是琐碎的，不得其当的，文字呢，又是极其奇特，累赘重复的句子很多，并且参混了许多难懂的方言和成语。

因此，我们难于找到批评的立场，来估量他的作品。既不能站在"为人生的艺术"这一点来说话，也不能站在"为艺术的艺术"这一点来说话。如果我们站在上面任何一点上来批评他的作品，不消说，那会使我们感到失望的。在思想上，它们给我们的是什么呢？在技巧上，它们给我们的是什么呢？实在，我们会连什么也找不着呢！连什么也找不着呢！

也许有人说："沈从文的作品是含有丰富趣味的"，但这也不能使我们完全相信无疑。在他的全部作品中，有几篇固然是含有一点趣味的，但大部分不曾含有的。在少数作品中所含有的所谓趣味，也只能当作"新奇"的解释。因为他把一般人难于明了的苗族的风俗人情表现在作品中，才使我们感到新奇。除了这一项以外，虽然他竭力地想使他的作品趣味化，那也是没有效用的，我们看起来并不见得有趣味，即或有也不过是很低级的罢了。何况趣味也不是文学作品的全价呢！

我们且把话回到《蜜柑》上来吧。《初八那日》描写两个锯木匠因婚姻问题而起的悲观心情。年长的锯木匠是个单身汉，年轻的刚刚由家庭订婚。后者在订婚的那天非常欢心，很受前者的羡慕，两人正在高兴之际，一个不小心，便跌下来被木头压死了。像这样意外的事变，固然足以显示他们的命运之可怜，但不能使我们有再大的感动。作者只把这样情形轻描淡写出来，不曾把他们的悲哀表现得比这样更有力。如果他能让他们不这样听天由命地死去，而让他们死在店主的虐待中，或死在困苦的生活中，那末，是能使我们感到更大的同情。这样，他的作品就来得更加有力了。总之，这篇东西是免不掉空虚的，无论在情节与思想方面。

在《晨》这篇作品里，我们可以找到作者的一个很普通的毛病。那就是他自己在作品里用第三者地位所说的话太多。在旧式的小说里，作者是常常把小说的人物和情节丢开，说说他自己的解释和感慨；往往忘形说了一大遍，才返到正文上去。这是顶讨人厌的毛病。在新的小说里，这样的毛病是应该要避免的。但是有许多作家都太受过了旧小说的毒，仍然不能免去他们自己现身说法的毛病。这是很可叹的。我们的作者沈从文就是他们的代表。

在《晨》的开始作者便作了一个旧式小说所常有的序幕，把他自己的意见演说了一大遍。譬如："虽然你不是财政部书记，身体也不一定胖；也许你还是一个每日到国立大学讲国文历史音韵学的大教授，遇到这潮流，你能抵挡这潮流不为所动么？除了让旧式的太太赶快把发剪去后，你来消受那俨然崭新的爱情外，你当真是无法的。一个太太与时髦宣战时，你将得到比没有太太以上的苦恼，可不是么？其实岚生先生也不止一个，你们都是。我所说的你们就是你们。你们不拘谁一个，日常生活自然要比岚生先生同岚生太太合在一块儿时来得更精神，更热闹，但总不会与岚生先生是两样。我的意思就是把平常的岚生先生的生活来说一下，做一个参考，好让大家都从岚生先生身上找出一点自己的相貌，无别意。"（P.16 ~ 17）这是序幕的后半。就是作者写作这篇的用意。

在序幕之后，他才慢慢说到正文。在正文中他还掺加了一些发表自己意见的说话，使我们看来感到厌恶。像这样的毛病是很有妨害于作品的，但他却不曾注意到这一点，以至每一篇作品里差不多要犯这种毛病，这是很为可惜的。至于内容呢，我们也找不出什么东西来，不过是一个小书记官和他太太剪烫头发的故事，空虚得可笑。如果我们把它看作游戏笔墨，亦未尝不可；如果作小说读，实在冤枉极了！

其次，我们看看《蜜柑》这篇怎样。它描写教会学校的教授和学生开茶话会的情形。男女挤在一堂，分吃着教授夫人的蜜柑；如果是一对情人，他们便可领得双份的蜜柑。内容就是这样简单，也是免不掉空虚之弊的。除了表现这片断的印象之外，作者不能有一点思想上的显示。这是我们所认为不满的地方。

还有一点技巧上的欠缺，我们也有提出讨论之必要。那就是景物描写。作者在这篇里的景物描写是与人物的情节不相关的，仿佛是单独的风景画一样。下面的一段是最好的例子：

> 时间是三月快完了，桃李杏花是已在花瓣落后缀有许多黄豆大的青子了。丁香花开得那样的繁密，像是除了专为助长年青人爱情，成全年青人在它枝下偷偷悄悄谈情话外无什么意思。草，短短的，在丁香下生长的，那是褥子，也只单为一对情人坐在上面做一些神秘事情才能长得那么齐。
>
> 在这样天气下，一个年青人没有遐想，那是他有病。再不然是已经有个爱人陪到在身边，他只在找出一打机会使女人红脸，没有空再去想那空洞爱情了。（P.51～56）

像上面这样的例子还有，譬如从第六十二面第六行到第六十三面第五行，那段景物描写，也是同样与人物没有关系的。为了免除冗长起见。我们也不必抄录了。

但是，景物描写要怎样才与小说的人物和情节发生关系呢？这个问题，我们不得不附带地在这里讨论一下。有许多作家开始多半注重天气的描写：什么灰白的云，金色的阳光，暖和的微风等等滥调。他们往往疏忽了其他重要的景物，这景物是和人物的故事有关系的。他们所描写出来的是些死板的景物，像一幅单独的图画一样，与人物和情节不相连接。

那末，怎样的景物描写才对呢？我们要用画家采取景物的眼光去描写小说中的景物。先把方向取定把自己所站的地点选定，然后用眼去观察景物。经过一番意匠的工夫，认定那是应该描写的景物，那是不应该描写的景物，然后来着笔。我们所描写的景物要和小说的人物发生联切的关系，如同电影中的景物一样。那就是不能离开了人物和情节，单独地摄些风景片子。在电影中单独的风景片子是可以有的，可是在小说中单独风景片子是不可以有的。我们很可以把小说比做电影：风景正是小说的景物描写；剧中人正是小说的人物；剧情正是小说的情节。电影中的风景，除了风景片外，是不能单独地摄取的，也不能附摄在正片的前后或中间的，违反了这样摄制原理的电影，不是好的电影，同样，小说中的景物描写，也是不能单独地摆在正文的前后或中间的。违反了这样描写景物原理的小说，不是好的小说。再可以拿图画打个比喻，小说的人物与景物是要在一个平面以内的；决不可前者在甲平面内，而后者在乙平面内。所谓图画的平面就是一张纸，而小说的平面却不是一张纸的意义，其境域是比较宽广得多了。这是不可不分清的。

再次，我们所要讨论的便是《乾生的爱》。在上面我们已经说明，如果站在思想表现这一点上面来批评，那是要失望的。所以，我们只好把它的内容丢掉不说，只谈谈它的形式。不过，这也仍然不能使我们满意，那是因为在《晨》里面犯过的毛病，又在《乾生的爱》这篇里面重犯了。从第 64 面到 66 面上的两大段，也是旧式小说所常用的序幕。作者在这个序幕里，从文学家，艺术家，“有志事竟成”，“文化运动”等而谈到四维大学，闺范大学《爱的法宝》，和恋爱的意义，乱七八糟地扯了一阵，才慢慢地上了正题，而开始“乾生是四维附中的学生……”这样地写下去。我们看看像这样的开始，不是很使人感到累赘吗?

在这篇里我们仍然可以找得出作者自己的说话来。在上面我们已经一再说过，他这种毛病差不多可从他每篇作品中找出来，这并不是故意夸张的话，我们且看看下面的一段废话：

> 世界上，原是有那许多人，为一个虚荣的冲动，骄傲的冲动，才感到要爱一个人，是当真的。这人美，在社会上能够摇撼许多年青人的心，归结这人为我有，在这自己的占有中，别人的企羡中，才能见到胜利光荣和富有，在这种情形中才算完成他爱情，这不只是某一类人有这种心情，全都是。也许你的爱人并不怎样美，你们一块儿自顾自同在家里时，会亲切得像块饧。但是一出到北海一类大庭广众中，你若陪你黄脸小脚太太玩，你必不大能高兴。你无形中也会故意离你太太走得远一点。反之，你若同到一个美的妇人走，这人就不是你的什么；至多是你朋友的太太，你也愿意别人疑到你们是一对，让人把妒嫉暂时落在你头上，你

不以为不应当，也是自然吧。（P.79～80）

这段废话是继在描写密司马的跳舞之后，在跳舞的人裙子扬起时，“唔——”的后面，我们便找不到正文的描写了。一直说过了这许多不关重要的废话，作者才回转那支灵活的笔，而“因此我们可以想起乾生此时的心情”这样地写到正文上去。其实，要形容乾生对于爱人的快乐心情，是不必花费这许多文字转一个大弯，才能成功的；只要能用一两句适当的语句，如“人人看到美好的爱人都是非常高兴的，乾生是不必说了”便可以收同样形容的功效，比较作者的呆板方法经济多了。

其他如《早餐》，《看爱人去》等篇，也是非常空虚，在技巧上也更谈不上好处，所以我们只好把它们略去了。总之，《蜜柑》这本集子，像《蜜柑》那篇小说一样，全是为我们所不满意的作品，无论在内容与形式两方面。

二

既然对于《蜜柑》不满意，那末，我们就来考察《好管闲事的人》这本作品吧。它会使我们不至于有上面那样的失望，因为有两篇如《卒伍》和《爹爹》，还写得不错，虽然免不了技巧上的小毛病。无论怎样，作者这两篇里已经把他所要表现的家人生离死别的悲哀表现出来了，所以我们能为它们感动。现在，且依照书目来考察那些作品吧。

《好管闲事的人》是写一个少年画报编辑好管闲事的性情。有一天他检阅一张投来的稿件——某将军小姐的相片，打算登在画报上去。那时经理看见了却不许他登载。他便疑心那相片一定与经理有什么秘密关系，想把它探听出来。经过屡次向经理询问，都没有结果，他的心里很是不安。又屡向别人探询，仍然是一无所得，仿佛非达到目的不能罢手的样子。等到后来经理告以并无秘密之真情，他才释然。故事的大意就是这样，是没有什么趣味可言的。

像许钦文的《赵先生的烦恼》一样，《或人的太太》是描写一个女人除丈夫外还恋爱着另一男人的故事。这个女的背了丈夫和另一男人发生过肉体关系，不幸被丈夫知道了，很觉得不安。丈夫也是同样感到精神上的苦闷，不便宣布她的罪恶，一天她随丈夫去逛公园，竟大胆地把那秘密告诉了他。可是他很原谅她，不加责备。事后，她却偷偷地把这种情形写信告知她的情人，认为得计。

她主张在丈夫之外另有情人，与《赵先生的烦恼》的女主人公石英的思想相同。她对他说过这样的话："我恨我是女人，又偏心不能够见了可爱的男子时竟不去爱他。我又并不是爱了他就不爱你，就在他顶热顶乐的拥抱中，亲嘴中，我那一回会忘了你呢。他吻我，我就在心上自己划算；唉，多可怜的芝呀！倘若是知道了这事，不是令他伤心么？他要我到床上去，我就想到离开那个地方，但是我不能不为那谄媚的言语同那牙色的精致身体诱惑！我如他所求的作了使他满意的事以后，我就哭，我念起了一个人在办公桌上低头办公的你，我哭了。我就悔。我适间用了五分的爱，便在后来用一倍的恨。"（P.62 ~ 63）这也许是她的真情。一个女人背了她自己的好丈夫和别人欢爱的时候，是往往要受着良心上责备的。她又对他说道："我感觉到有一个好丈夫以外还应有一个如意情人，故我就让他恋着我了。……"（P.64）因为这样的缘故，她不能改悔已错的罪恶，仍然那样地淫荡下去。

在思想上，我们不想多说什么话。因为作者所表现的那种妻子在丈夫外应有情人的思想，并不是怎样新奇的，没有讨论之必要。这是很自然的现象；妻子在丈夫身上得不到满足的安慰，而向另一男人去追求，并没有什么说不过去。我们对于这种女人，是没有责备的。不过，既是夫妇，两方面就应该有点迁就，非至万不得已时，不去追求分外的爱情，免得忍受痛苦。如果觉得非去向第三者追求不可，那末，顶好是各自离异，免得受着名分上的缚束。比较那样名为夫妇，实若嫖客妓女的办法，来得好多了。这就是很普通的两性自由恋爱结合自由离婚的主张。

在技巧上，这篇小说又犯着描写不适当的毛病。譬如开始全是些琐碎，不主要的描写，累赘得要死。作者由天气说到了公园，于是扯到了收票的巡警和卖票人。既然扯到了他们，那末，只要稍一提及便够了，又何必嘮哩嘮嗒扯上许多呢！请看看下面的描写，那尽是不必要的，都给他硬塞在一起。

给这么一喝，睡着正作着那吃汤圆的好梦的卖票人，忽然把汤圆碗掉在地上，气醒了。巡警见了所作事情已毕，就对这一对年青人表示一个北方仆人对上司极有礼貌的微笑，走过收票处去了。

“一碗——两碗？”他还不忘到汤圆是应论碗数，把门票也应用到“碗”的上面。这人算是一个很可爱的人。

“是两张。”女人对于“碗”字却听不真，说是要两张。

“二六一十二，三十二枚。”一面用手按到那黄色票券一面说着在头脑中已成习的钱数的卖票人，用着令人见了以为是有过三天不睡觉的神气，望买票的一男一女，在卖票人心上，是在这样时节来到这地方的，总不是一对正式夫妇，就用一个惯用的姿势，在脸上漾着“我全知道”意思的微笑，这微笑，且在巡警脸上也有着，当女人在取票以及送票给那长脸巡警时，就全见到了。女人也就作另一种意义的笑。（P.48～49）

我们看看上面的这段描写与正文有什么关系。他们夫妇逛公园就是逛公园，买门票就是买门票，作者何必拿出卖票人和他们捣麻烦呢？什么“睡着正作着那吃汤圆的好梦”，什么“一碗——两碗？”什么“在脸上漾着‘我全知道’意思的微笑”等等，和小说的主人公有什么关系呢？它们能够形容他们的某种个性吗？或是和他们的行为有什么影响吗？我们猜想作者定不能回答这些问题。他不过只是一时高兴，信笔乱写罢了，把不重要的地方误作了重要的地方，浪费了不少笔墨！

接着，我们来讨论《焕乎先生》。完全描写焕乎先生对于对门亭子间女人的单恋，一切情节多半由他的心里幻想出来，缺少真实性，所以令我们感不到趣味。还有一个缺点，就是缺少描写，太偏重于第三者理论的叙述，结果文字十分枯燥。这一项在上面我们已经再三说过，作者所以不能用自己的地位在作品中说废话，也已经在上面说过，这里不必再有所麻烦。不过，我们总要记得，沈从文的这种缺点是很普通的，差不多在他的每篇作品里都能找得到。

如果没有《卒伍》和《爹爹》两篇比较好一点，那末，《好管闲事的人》这本作品就会像《蜜柑》一样地完全失败。所以我们对于这两篇不得不另眼看待。在《卒伍》里所表现的是中落人家儿子出门当兵的悲哀心情。一个十四岁的孩子既不能受充分的学校教育，又不能安居在家里，为了生存问题被迫离开慈母，而去当勤务兵，他是多么可怜！“娘，我想起你我要努力活下来了。这世界上还有你这样一个人，我就应当活到这世界上了。我不要一切，只愿意将一切所得供献到你面前，我好好的作人，我找钱，我找名誉，都只是想把这些来给娘赔偿那因爱儿子而流得太多的珍贵眼泪！只愿能够从这些事上赎我所有的罪过万分之一，我就死得了。作儿子的即或永远是穷困下去，让娘长此随到亲戚飘荡，但娘你所给我的爱，我却已经把它扩大到爱人类上面去了。我能从你这不需要报酬的慈爱中认识了人生是怎样可怜可悯，我已经学到母亲的方法来爱世界了。”（P.200～201）这是他在动身时对母亲的感动，也可以用作全篇的主旨。

描写最好的地方，则莫如孩子的离别情绪，是很能使我们感动的。我们只好不惮麻烦把那段优美的文字，摘抄在下面：

> 又到那个荷池边旁。头上飞着毛毛雨，我却不顾它，就站在那池子边恣肆的流泪！我觉得我此后到这世界上是孤独的一个人了。我觉得我的未来已堕入到那做梦的一种情境里了。我觉得这在我面前扩张无垠的陌生生活太可怕了。我觉得我忽然太小，一个人独立着当不住许多生疏事情的应付。
>
> 我不知道我是应当怎么办。为未来的眼前已来的新生活所恐吓，我流泪的意味是同怕鬼一样流的！又像是在往天做梦哭喊一样，可是那种哭喊以后即时就醒了，如今在什么时候是我醒转来取得我在小学校每天同人打闹的自由时候？
>
> 想起蛐蛐，想起河里的一切，想起看戏，想起到米厂上去掷六颗骰子，又想起同几个打架的同学的事情，以后是全不能记得了。（P.210～211）

最后，我们谈谈《爹爹》这篇。主人公外科医生傩寿先生是个很善良的老人家。他在妻死后，为了年幼儿子的幸福，不肯续弦，免得后妻劣待儿子。他为着儿子活着，给人家诊治疾病，以为儿子的幸福就是他的幸福，儿子的快乐就是他的快乐。但是“等到儿子长大在外乡做事的时候，不幸被水溺死了。可怜这个老年的医生便骤然失去了生存的目标。精神上感到极大的痛苦。他把他的药铺关闭了，自住在庙里，去和亡子的灵位相伴。在这样非常忧郁的时期，他还是像往昔般地替病孩诊治，并且对他表示更深的爱怜。不过，这总容易惹起他对儿子的思念，而益陷于痛苦之中。

> 打架顽皮做一件不当做的事，是他自己小时经过的。到儿子长大，则儿子又每天到外面同人打闹给自己看。儿子在外面同人打架，管教是无法。或者儿子被人打流血，到家来，哭着要药，到上好以后，又笑笑的说要爹爹教一两手拳脚好报仇，这小孩的麻烦事情，这个时候哪里会再有？把别个人打伤了儿子，回家来答答讪讪不好意思说同别人打过架，到爹爹说明被打伤的人已经给爹爹给了伤药，又为他调解和了以后，儿子那种羞愧感激的样子，这个时候也不能见了。在爹爹面前撒赖，不上学，也不再有了。在爹爹身边走着，一面念自己作的诗给爹爹听，也成了过去的很久的事了。在离开爹爹以后，从四川寄回野山七来，谎爹爹说是从峨嵋山上采来的，直到为爹爹认识是假货，才又说是捡得的，这天真的谎话这个时候也不能够再听到了。这以后，又有谁能寄这个药来？儿子一死一切皆完了。什么也不有。儿子把作爹爹的所有快乐，以及一点小小脾气，也带到土里去了。”（P.235～236）

像这样含满老年人丧子的悲哀的文字，我们看了忍不住酸泪直流！在作者的作品中，除了《卒伍》和《爹爹》两篇外，是不容易找到这样好的感情的描写。

在上面我们已经说过，《好管闲事的人》这本集子，如果没有《卒伍》和《爹爹》两篇作品参混在中间，那是要完全失败的。到现在我们做这章结论的时候，还觉得这样的意见不会有错的。

三

《沈从文子集》出版于 1931 年 5 月，算是作者新近的一本作品。包含《龙朱》、《丈夫》、《灯》、《建设》、《春天》、《绅士的太太》六篇。

除《绅士的太太》这篇因描写得过于混乱不谈外，其他五篇，我们就来依次考察一下。

《龙朱》像《神巫之爱》一样，描写苗族的风土人情，不过是没有后者那样带有宗教气氛。苗族男女以山歌答唱，自由恋爱，婚姻也由本人自主。凡是不会唱歌的人，或是答不来对方的歌词，就不能得到和恋人亲近的机会。这篇里的主人公龙朱便是个善歌的美貌男子，为白耳族全族男女所崇拜。但没有女人敢于爱他，实在是因为他的仪表太好了。有一天，他的仆人矮奴被一花帕族女人的歌词所塞，他便随了仆人去和她对歌。不消说，那女的是被龙朱的歌词打败。于是，隔日他去追寻那躲藏不敢露面的女人，因为他已经有点爱她了。故事的大概就是这样。但我们看来，故事的结束似乎过于迅速，好像形势上不能这么完结的样子。因为这篇根本是描写风俗的作品，所以，除了苗族男女唱歌求爱的风俗外，不能找到其他什么东西出来。在思想技巧两方面，都不见得怎样完好，不过这也是应该被我们原谅的。原来它只是描写风俗的作品啊。

和《龙朱》同一目标的《丈夫》，也是尽力于风俗的描写。不过所描写的是另一种风俗罢了，在黄庄地方，有很多船妓。她们多半乡村农人的妻子，为了挣钱的缘故，便来到这个镇市上卖淫，她们替客人装烟，陪他们住夜，可是所得的报酬却很微薄。有一个农人带了乡下食物，来看他的妻子。看见时，她已经镇市化了，服装举动都改了平日朴质忠实的原样。这是使他惊异而不敢接近的。在船上住过两夜，他简直不能和她有过一次亲近的谈话，眼见别人蹂躏着她，不免感到悲愤。所以，他终于决心牺牲那物质上的利益，把他的妻子带返家乡了。作者在篇末所表现那农人的悲伤，使我们很为感动。

> 一定要走了，老七很为难，走出船头呆了一会，回身从荷包里掏出昨晚上那兵士给的票子来，点了一下数，是四张，捏成一把塞到男子左手心里去，男子无话说，老七似乎懂到那意思了，“大娘，你拿那三张也送我”。大娘把钱取出，老七又把这钱塞到男子右手心里去。
>
> 男子摇摇头，把票子撒到地下，把两只大而粗的手掌捣到脸

孔，像小孩那样莫名其妙的哭了。

五多同大娘都逃到后舱去了，五多心想这真是怪事，那么大的人会哭，好笑，她站在后艄舵边，看到挂在艄舱顶梁上的胡琴，很愿意唱一个歌，可是也总唱不出声音来。

水保来船上请远客吃酒，只有大娘同五多在船上，问到时，才明白两夫妇皆回到乡下去了。（P.77～78）

《丈夫》这篇在技巧上还不能找出什么毛病来，这是很难得的。加以充实的内容，还能算做一篇好的作品。

其次，我们讨论讨论《灯》这篇作品吧。作者自己便是作品的主人公。有一天，有一个青衣女客来看他，瞧见了写字台上的煤油灯，便询问这灯的来历。他随即把那个关于灯的故事讲出来。先前有个他家庭里的老家人，脱离了军队生活，漂流到上海来，暂时寄住在他的寓所。虽然是出了行伍，这个老年人还是不改变军士的装束，所以主人的朋友们都说他有个军官听差。

老家人对于少年作家非常忠心，为他料理膳事及一切杂务；闲时和他谈论往昔的事迹，或是询问他的生活状况，显出极其关怀的样子。从前老家人希望过少年的父亲，以为是很可以做一番事业的，但父亲却不曾有过伟大的成就便死了；他以同样的心情希望过的哥哥，也是感到失望。现在又希望这个少年的主人了。以为他前程远大，不可限量；主人的幸福与光荣好像就是仆人的一样。

最可笑而不可嘉的就是这个老兵对于青年婚姻的关怀。他总希望主人早日得一爱人，以便过着快乐的家庭生活。所以很注意于来往的女客，看是否和主人有爱情。对她们招待得十分殷勤，以表示对主人婚姻的热诚。但是，没有个女朋友是主人的情人，不免枉费了他几番心血。并且因为他过于殷勤麻烦的缘故，有时候还得到主人的厌恶，他的心也是很可怜的。到后来他觉得对主人的希望一时难以达到，而且，恐怕长久寄住下去有妨害主人的工作，便不辞而别了。

作家对青衣女郎讲完了灯的故事，不觉感慨之至，很怀念着那个忠心的老家人。而女郎呢，也是同样对老家人有着爱好的心情，很想陪伴作家往南京去探访他的消息。原来她是作家的情人，可惜先前那个希望作家有情人的老家人，却没有亲眼见她的缘分。《灯》的情节大约就是这样。

在这里，我们对于这篇的结构和情节有一点意见。原来整篇文字在于表现那个古典的老兵。他的正直而忠厚的性质，以及对于主人远大的期望等是应该注重描写的。我们的作者已经这样做过了，而且成绩还不坏。从篇首起到第一百一十四面，《灯》的故事完结的地方止，便是他那人物个性的成功的表现，像下面这样的结束是很好的：

> 这就是我桌上有这样一盏灯的理由了。这灯我仍然常常用它。当我写到我所熟习的那个世界上的一切时，当我愿意沉溺到那生活里去时节，把电灯扭熄，燃好这个灯，我的房子里一切便失去了原有调子，我在灯光下总仿佛见到那老兵的红脸，还有那一身军服，一个古典的人，十八世纪的老管家——更使我不会忘记的，是从他小小眼睛里滚出的一切无声音的言语。（P.114）

照理，作品就应该结束的，以后的几节描写是应该删去的。在情节上说，它们与灯的故事并不见有重要的不可少的关连，如果省略，决不会对它有什么妨害。因为全篇文字是在于表现那个老兵的行为，与这一点不相关的文字，便是多余的文字。不论那青衣女客是否作家的情人，那接在故事后面的一段开玩笑的情节，无论怎样是不需要的。如果作者要表明她是主人公的情人，藉此和老兵对他婚姻的成就一事做个照应，那末，也用不到写上那样多的文字，只须稍一提及便够了。这是我们要明白的：全篇的目的在于表现老兵的故事，而不在于青年作家底得有情人。且把篇末抄录在下面，再来讨论其他。

> “可是穿蓝衣的人如今不是有一个了么？”
>
> 女人承认，“是有一个，但他将来也一定不让老兵快乐”。
>
> “我赞成你这个话，倘若真有这个老兵，实在不应好了他。”
>
> “真是一个坏人，原来说的全是空话！”
>
> “可是有一个很关心他的听差，而且仅仅止把听差的样子告给别人，就使人对于那主人感到兴味，十分同情，这坏人……！”

女人忍不着笑了。他们于是约定下个礼拜到苏州去，到南京去，男子还答应了女人，就便探听那个老司务长的下落。（P.117～118）

这是后面的结束，和《灯》的故事的结束比较起来，其重要性是不及的。但是作者却把这样的结束摆在篇末，也许是误认为全篇的主旨了。这不能不说是他错误的地方。

在结构上说，后面的那几节也应该是删去的；只须用几句话照应篇首便够了。添加了它们上去，反把正文的重要性减少，而且对于表现的东西也减轻了效力。此外，正文的调子也不和它们相同：一个是庄严而稍带感伤，一个是轻率而稍带快意。总之，《灯》这篇作品在内容方面的确不错，在形式方面，那是要经过一番改造的。明白地说来，从第一百一十四面第二节起，一直到篇末止这一段蛇足可以断去，而掉以几句足以照应篇首的便很好了。

在这里，我们把《建设》稍微考察一下。照例故事是要先知其大概的。与其累累赘赘地说了一大篇，倒不如简略点为好。现在，我们就来按照作者所分的章数各加以一点说明吧。

（一）退伍兵偷卖枪械，在菜馆和人谈交易。

（二）工人甲与驻防兵商量谋杀退伍兵，夺取钱财。

（三）建筑教会校舍工人的工作状况。

（四）工人甲因谋杀退伍兵不遇，不幸为一牧师所缠，即把他用铁锤击死，抛入河中。

（五）工人甲由驻防兵带嫖船妓。

（六）牧师惨案经中美官厅和解。

像上面这样情节混乱的故事，是为我们所不满的。既找不出故事的线索，也找不出描写的中心。不知道作者所描写的是什么情节，所表现的是什么思想，是很令人猜疑不定的。那末，我们权且说他是在描写工人的真实生活吧。但这也是仍然为我们所不满的。因为他所描写出来的工人，不是有思想和组织的工人，而是些偷盗，好酒逐色，谋财害命的恶徒。我们看见他们，不觉生出大大的厌恶。所以，他在这一点上是失败了。至于技巧呢，不消说，是糟到极点：既没有连贯的故事，也没有紧张的结构，更没有精致的描写。篇名叫“建设”，我们真不知道作者的脑筋里所建设的是些什么！

至于《春天》和《绅士的太太》两篇也都是同样糟糕的作品。前者写大学教授的琐碎的学校生活，如学生的询问，他自己的鼻血病，以及作家的来访等。后者写旧日议员绅士们的家庭情形，不外太太们的赌牌和赌宝，年青姨太太和少爷轧姘头等。总之，这两篇在内容形式两方面，免不了平凡和疏忽的缺点。

总括地说一句：《沈从文子集》只有《龙朱》,《丈夫》和《灯》三篇还勉强说得过去，其他三篇就不行了。

四

《阿丽思中国游记》是长篇童话，分两卷，每卷各分十章。第一本是以小女孩阿丽思，和兔子傩喜先生为主要人物。他们从欧洲到中国来旅行，带有友人所赠的《中国旅行指南》一书，所记完全是中国的不良风俗，充满讽刺的意味。他们来到上海，亲眼见过所谓中国文化和奇怪风俗，感到惊异和快乐。他们游行过中国的街道，参加过八哥博士的欢迎会，拜访过灰鹳，并经历过其他种种情形。内容的大概就是这样。

在我们发言之前，不得不先注意作者在序文里的说话。“在本书中，思想方面既已无办法，要救济这个失败，若能在文字的美丽上风趣上好好设法，当然也可以成为一种大孩子读物。可惜是这个又归失败。蕴藉近于天才，美丽是力；这大致是关乎所谓学力了。我没有读过什么书，不是不求它好，是求它也只有这样成绩。我自愧得很。”在序末他又表明了他的意见：“在这本我承认失败的创作上，我要介绍给其他愿意看我的文章的朋友们，是这个算我初写的一个长篇。这个长篇的试作，也许仍然可以说是值得一读的吧。”他真有自知之明，一点不错，这本作品在思想上技巧上都是不行的。除了用讽刺的笔调，把中国的恶风陋习表现出来外，他再没有别的长处。

据我的私见，作品中有两点是不行的，不妨提出稍微讨论一下。第六章一个挨饿的穷人给傩喜先生所陈的请愿书似的文字，“给中国一切穷朋友一个方便的解决办法之商榷”，里面所述的固然是中国社会的不良现象，但以出自于一个普通的饿汉口中，不免缺乏真实性。所以我们对于这事，有点难于相信。

其次，第七章共有70面，完全写众鸟开会时的争辩情形，未免篇幅过多。而且歌句太多，也使人感到单调。作者至多不过是借此以讽刺他人，开一次文字上的玩笑罢了。这样一来，这本东西是免不了草率和无聊之嫌的。这并不是恶意的指摘，只要是读了这本作品的人，没有不相信上面的话是公正的。

第二本《阿丽思中国游记》是比较第一本好一点。作者把这个欧洲的女孩阿丽思已经由上海大都市引到了他的荒僻的故乡。她看见了各种奇异的风俗，比在上海时还要感到新的趣味。如小孩所穿的白衲衣，做七百二十个小孩干妈的老太太等等都是使她吃惊的事情。到后来，她看见了苗人卖掉儿女的情状，觉得卖买奴隶太不合乎人道主义，便决心终止她的游行了。

因为是故乡中的风土人情，所以他能描写得很好，比较第一本所描写的容易使人相信。而且在内容方面也比较得充实些。这是因为第一本的情节大半是幻想的，而第二本的则是真实的见闻录，所以两者的成绩各有不同。这本作品在思想表现上是不错的，我们不妨举出几节来以作参考。

> 阿丽思，我告诉你，假若坐到船上，你眼看到一群赤膊流汗唱着那种可怜的歌的汉子中一个，忽然倒到河坎上死去，你千万不要大惊小怪。这是顶平常的事！他们这样死去，这一船，同到这一群拉船的人不过稍稍休息一下，搜搜他身上有无一点零钱，随即就得离开他上一个滩了。为这平常事情耽搁三点五点钟，出钱雇船的人可不答应的。他们的同伙，就全不奇怪到晚上泊船时少一个人或两个人。他们不是不知道，你应明白也有两父子或两兄弟在一处的，可是一死也就完事了。生前就全不曾算人的，死后当然更不足道……（P.108～109）

在湘西一带地方，交通梗塞，沅水流域滩多水急，小火轮只能达到桃源；以上各地运输仅赖帆船，所以拉船为生的苦力很多，和大都市的人力车夫一样可怜。他们每至精疲力倦而死在途中，也得不到船主船客的怜惜。这与《党人魂》影片中所表现的伏尔加河的船夫的痛苦差不多，作者的人道主义是充满于文字之间的。

再者，他很明白帝国主义国家侵略中国的政策，在这本作品里也说得很详细而适当。"日本人成千成万的移过中国地方来，又派兵成千成万的过中国来占据地方，然而中国官既不说话，中国人民有许多也还不知道有这会事，有一些田产房屋被占了的无刀无枪平民，且老老实实搬一个新的地方住，如政府意见终不与侨民冲突，若不是中国地方特别大便办不到这个。……甚至于各国皆可以这样办，中国地总还够分配。到那时节自然是所有中国不安分青年全杀尽，也不必中国的政府再来用戒严令制止反日反英运动，邦交是不愁不巩固，一切作官的，作了中国官以外还可以作外国官，全中国所余的是顶有礼貌，讲容忍，守信义之中国上流人；与以政府意见为意见之平民。……"（P.122～123）正当现在日本帝国主义积极侵略满蒙强占淞沪的时候，像上面的这样的见解，是很能邀得一般人的赞美的。我们的作者对中国所处的危境，也算有了相当的认识，这是很难得的。

仅仅举出上面那两个例子，我们还认为不满足。因为占这本作品最重要地位的风俗人情的描写，我们还不曾加以讨论过。这本童话之所以高出于第一本的缘故，就是在于作者的真实地描写。而他所描写的题材大部就是他故乡的风俗人情，因为生长于那里，所以很明了它们。他的描写都是根据于平日的观察，以及可靠的传闻，所以很能使人相信。现在不妨抄录一两节在下面，给大家看看他描写的成绩。

本地人，他们吃的是普通白米，作干饭，一天三餐或两餐。菜蔬有钱的人照规矩吃鱼吃肉，穷人则全是辣子同酸菜。很可怪的便是纵然落在肚里的只是辣子酸菜，像是样子还是不差多少，也能说，也能笑。吃不同样的东西，住不同样的房子，各人精神生活却很难分出两样情形，这是使阿丽思吃惊的。他们那听天安命的人生观，在这随命运摆布的生活下，各不相扰的生儿育女，有希望，有愤懑，便走到不拘一个庙里去向神伸诉一番，回头便拿了神的预约处置了这不平的心，安安静静过着未来的日子，人

病了，也去同神商量，请求神帮忙，将病医好，这办法，都不是欧洲人懂的。（P.137）

这不过是作者故乡中一般人的生活状况，与别地方的没有什么不同。虽是仅仅湘西一隅的人民生活情况，但我们看见了，也可以断定与全中国的差不多。

还有一种奇怪的风俗，是属于迷信方面的，即是小孩穿的什么百衲衣。“原来这衣服是一百人的小衣襟作成，而且这是一百个作把总的老爷的小衣襟。把这东西得到，看好了日子，专请成衣人到家，用四盘四碗款待这成衣人，于是在七天中把衣制成了，于是再看日子将衣服请托划龙船的人带去，挂在乾龙船上漂游一年零八天，到了日子再由两个曾经带过红顶子的老辈一同捧这衣服进门，披到小孩子身上去，——于是到今天，被阿丽思说拿去开展览会卖钱，……一百个把总的小衣襟，一个十全十美的黄道吉日，七天的四盘四碗酒席，一年零八天的放荡日子，……还有两个戴红顶子的阔老……”（P.197～198）像这样的百衲衣给小孩穿上，是可以使他幸福而尊贵的。这种迷信的风俗在别处恐怕是不容易找到的吧。

奴隶买卖是现在还残存在内地的一种制度；是违反人道主义的。国家的法律早已严禁这种制度，以救济那些受痛苦的贫穷孩子。可是在湘西汉苗杂居的地方，它仍然盛行着。有许多苗子仍然把儿女当作货品出售。我们且看看作者是怎样描写的：“在货上则常常嘱咐奴隶把上衣搂起，检验有无疮疤伤痕，又用苗话问奴隶试试是不是哑子。又要奴隶走几步路，看腿脚有不有毛病。奴隶年龄多数是三岁到八岁。在这情形下，这些天真烂漫的孩子，全然是莫名其妙，只规规矩矩的尽人检察一切，且痴痴的望到父母同人讨论价钱。当到把她用腰带捆起，挂到秤钩上去；或者要她藏到经纪所备置的竹笼里，预备过秤时，多数是还望到这些人作着生疏的微笑的。价钱一讲妥，那经纪，便用了习惯方法拿出一点糖果之类来，把小孩哄到一旁去，以便两方负责人，在用粗棉纸印就的契据上画押交钱。到这时，比较懂事一点的孩子，从父母眼睛中看出了这事的重要，就低低的哭起来了。”（P.219）阿丽思看见了这种不人道的买卖，非常有感，便决心回欧洲去。故事就这样结束了。

在技巧上，这本作品的缺点还不多，比较第一本《阿丽思中国游记》进步一点。不过有一个地方，我们觉得不妥当。那就是从第五十七到七十三面，作者把“阿丽思”放置在抽屉里的情形，有点不大好；因为那不过是一束原稿罢了，而把它当作童话的人物，总有点不大适当。尤其是他把他自己的母亲妹妹介绍给阿丽思认识，谈话，这是不需要的情节。更滑稽的是：他把他自己经历和创作态度，也和盘托出地说出来了。实在，这些情节都是与《阿丽思中国游记》无分毫关系的。可是，他却随便把它们参混在作品里，这不能不算作疏忽的地方。

总之，《阿丽思中国游记》和他的其他作品一样，不过是他自己故乡的生活记录，而用讽刺的笔调把它写出罢了。里面还参混了他的许多感慨和废话，使我们发生见到他小说时的那种厌恶。至于童话里的丰富的幻想，优美的情绪，高贵的寓意。以及美丽的文字，在他的两本作品里都找不出来；所以它们只具有童话的形式而没有实质。所以，我们不能把它们当作完美的童话来读，只能当作奇怪的见闻杂记。

五

在这最后的一章，我们就把沈从文的作品作个总合的评判吧。此外还附带地谈谈他的创作哲学，作为结论。现在我们便开始说到他作品的题材。他的戏剧，小说，和童话里所用的题材，第一便是故乡的见闻。凡是人民的一切生活状况，故事传说，都是他的好题材。如《屠桌边》，《炉边》，《记陆弢》，《爹爹》等小说，就是湘西一带地方人民的生活记录。《赌徒》，《卖糖复卖蔗》，《霄神》，《羊羔》，《鸭子》等戏剧，就是根据他故乡中的故事传说而写成的。

第二，便是作者自己的家庭的日常情状。凡是他家庭父母兄妹等的故事统统包括在这一类。此外，还加上了他自己的童年的回忆，以及他成年后在外方所经历的生活。如《蟋蟀》，《往事》，《玫瑰与九妹》，《腊八粥》，《我的小学教育》，《炉边》，《灯》，《春天》，《焕乎先生》，《卒伍》，《喽啰》，以及长篇《一个天才的通信》等，都是属于这一类题材的。

第三，便是军队的生活。因为作者是曾经当过四年兵的，所以很熟悉军队生活，便把它尽量地表现在他的作品里。如《入伍后》，《传事兵》，《过年》，《船上》，《占领》，《喽啰》，《卒伍》等都是属于这一类题材的。

第四，便是苗族的风俗人情，因为他的故乡近于苗族所在地，所以很明了他们的生活状况，以及风俗人情。他把这许多不容易找到的题材，描写在他的作品里，造成了一种奇异的趣味。有些人之所以爱读他的作品，就是因了这个缘故，如《野店》，《代狗》，《龙朱》，《神巫之爱》，以及《阿丽思中国游记》（二卷）等，都是属于这一类题材的作品。

第五，便是其他的题材。如《岚生同岚生太太》，《蒙恩的孩子》，《槐花镇》，《好管闲事的人》，《或人的太太》，《丈夫》，《建设》，《绅士的太太》，《初八那日》，《蜜柑》，《看爱人去》等，是属于这一类题材的作品。这些作品的背景不外是他的故乡，北京，上海等地方。

其次，我们便来讨论他作品里的思想。在上面我们已经说过，他作品里的思想是非常空虚的。有些作品里的思想，混乱无条理，令人不容易捉摸。所以，我们可以说他的作品是谈不到思想的。因为他自己说过，他是不站在任何派别任何主义下来从事于创作，所以，结果他的作品里便找不出一定的思想来。

不过，在少数的作品里如《阿丽思中国游记》，是对穷人，船夫，和奴隶表同情的，有点人道主义的气味。其他描写他自己家庭以及他本身的作品，隐隐中含有小资产阶级在崩溃时的呻吟的气息。表现这种思想最烈的，莫如《一个天才的通信》，完全发他自己所受的痛苦和牢骚。除此以外，我们便再找不出其他思想的痕迹了。

在总评里，作者的技巧也是不可放过的，我们就顺便谈谈吧。第一，他的作品都缺乏适当的形式。这就是说戏剧不具有完美的戏剧形式；小说不具有完美的小说形式。他的大部作品都是这样，只有很少很少的作品是例外。

第二，没有适当的结构。这是把作品形式分开来说的。除《神巫之爱》，以及很少很少的作品之外，他的作品都是没有适当而完美的结构。记得在上面我们已经说过这事。第三，因为没有好的结构，所以情节的布置也不妥当。有许多不重要的情节，本来是用不到详细描写，或者是可以删去的，但是作者却不曾这样做。这种情节配合的适当，是因为不明材料取舍的意匠的缘故。他不曾注意到这一点，是很为可惜的。

序幕和废话就是作者的第四种毛病。有些作品在开始总是说上许多不相干的话。或是故意把全篇的大意说明，像论文的序引一样，很多很多的作品在中间总是参混许多作者自己的说话，如感慨牢骚等。这是有妨害于作品人称的统一的。这事在上面我们已经再三再四地说过，现在也不必详谈了。

第五，便是描写没有重心，作者往往不知道什么是应该注意描写的，什么是只轻淡描写便可了事的。什么是应该删去的，在全篇中描写的重心应该放在什么地方。因此，在他的作品中，我们找不出 Climax 来。并且作品也十分松弛，而没有力。

第六，便是方言和成语太多。在他的作品中，他总是用着他自己故乡的方言，或是苗族的方言，以及许多为人难懂的成语。这也是我们所不满的。理由不外是：不容易使读者明了。我们也不必详细说了。

最后，我们还要谈谈作者的创作哲学。关于这点我们也在上面谈过了，不过，在这里还有重复讨论之必要。从他的许多作品中，我们看出了他的创作哲学，那就是说他是主张“为艺术的艺术”的。所以，他不求什么思想的表现，只求他的作品含有趣味，这是他努力不懈的一点。他抱着这样的态度来选取小说的题材，来结构，来描写，所以结果他的作品大部是内容很空虚的。有许多不过是关于风土人情的片断照片罢了。关于这一层，在上面实在说得太多了，在这里，我们只好省略。

总之，沈从文是个没有思想的作家，在他的作品里只含有一点浅薄的低级的趣味。如果我们要赞美他的话，那末，就赠给“一个趣味文学作家”的头衔吧。反而言之，他就免不掉要受“一个空虚的作家”的指摘！

选自贺玉波著，1936 年上海大光书局版《中国现代作家论》第二卷

谈“差不多”并说到目前文学上的任务

光　寿

一　文坛上“差不多”的现象是否存在

几年来中国的新文化运动，的确有了巨大的进步。在文化的各领域内，已经产生了不少的专门家，收到了许多新的成果。关于社会科学方面，暂不谈它，单就艺术领域内来讲：即如演剧运动，目前正大踏步向前开展，在这方面，我们已经有了许多新的优秀人材。我们的电影已经在国际市场上出现，并且博得了不坏的声誉，我们已经有了许多有为的木刻家与漫画家，特别是从旧的国画圈里，走出了好几位独创的民众画家，把向来为文人墨客所玩弄的国画，解放给大众，从而将垂危的国画救援出来，付之以泼剌的新的生命。新的音乐，虽然还在萌芽时代，然而我们已经有了好几位新的作曲家，演奏家，声乐家；产生了不少新的歌曲，这在目前民众救亡运动中，收到了伟大的效果。至于文学方面，几年来不能否认我们已经有了几部优秀的作品，几位前途有望的青年作家，读者范围，已扩大到店员学徒当中去。大批的青年，正在那里努力学习写作。这都是铁一般的事实。这些事实，在像我一样隔离了中国社会六七年的人来，更是明显。我初初回到这社会里来的时候，什么都高兴，什么都满足；我对这几年那些在艰难困苦中，在最不利的条件下努力奋斗的文化人，表示甚深的敬意与感情。

然而在我的高兴与满足中，近来从各方面听来看来读来的结果，却立刻又感到了有些地方，有点“不安”。同朋友见面的时候，也不免要谈到“国防文学”，“公式主义”，“创作自由”等等的名词，因此也渐渐地形成了自己的一些意见。前两天在《大公报》的《文艺副刊》里，看到了“反差不多运动”的几篇文章，这就刺戟了我也来说几句话。

首先我们要问：文坛上“差不多”的现象是否存在？

我大胆地回答：是存在的！这表现在对于理解文学与政治的关系底机械上，表现在题材范围的狭隘上，表现在作家对于社会，人，生活的理解的肤浅上，表现在作家仅能以头脑来组织材料；而不能以全人格来创作上，表现在批评的公式主义上。

这“差不多”的现象不独文坛为然，其他的艺术部门，或多或少，也是如此。譬如许多新的歌曲吧，听起来也有点“差不多”。绘画吧，也大概“差不多”。即以最近出版的许多杂志来说，其形式“差不多”，其内容“差不多”，写文章的人，也“差不多”。这些事实，不容我们不承认。

然而我们绝不为这些“差不多”所唬倒，这“差不多”里面，我们可以看出两种事实：第一，是我们作品的量的增加。如果我们没有许多作品来比较，就决不会感觉着“差不多”来。第二，内容的“差不多”，正表现了作家们的世界观之一致。这两样都是我们多年来努力的结果，也可以说是文学运动必经的阶段；谁要是因为看到了“差不多”的现象，便否认过去的一切，便唬得后退，那他真不足与言文学运动。

“差不多”一方面虽然也包含着进步的意义，然而我们决不能以“差不多”自豪，“差不多”的确成为目前文学运动的主要危险；如果我们不能将“差不多”及早克服，我们的文学运动将不能向前进展一步。

为得要有效地克服“差不多”，我们必须找出它真正的来源。

二　差不多的来源及其克服

1. 对于“文学与政治”关系理解的机械，炯之先生说：“为作家设想，为作品的自由长成而能引起各方面的影响设想，我认为一个政治组织固不妨利用文学作它争夺‘政权’的工具，但是一个作家却不必需跟着一个政治家似的奔跑。”我想：除了少数出卖灵魂的人以外，大多数有血性的青年，绝不甘心替人作工具的。如果单为夺“政权”，则文学绝不是最有力的“工具”，它远不如“暗杀”“飞机大炮”之直接了当。如果许多青年，不是为了自己，为了同胞与人类的幸福，不是为了文化健全的发展，为了热爱艺术起见，他为什么要来苦苦地玩“文学”这捞什子呢？炯之先生认为这是“跟着……奔跑”，“人云亦云”，“庸俗”，“虚伪”，未免对于青年太不理解了。炯之先生把目前文坛上“差不多”的现象，完全归罪于政治，以为只要文学与政治绝缘，作品便会“自由长成”。然而事实并不这样简单。几千年的文学史上，我们就不曾看到文学与政治完全绝过缘的。这一点许多人已经无数次地重复说过，炯之先生也不是完全不知道。然而目前许多的青年作家，把文学与政治的关系，理解得那么机械，看得那么简单，往往企图在作品中直接做出政治的结论来，这就容易使我们的作品，变成单纯的说教。这的确也是形成目前“差不多”现象的主要原因之一。说教固然必要，然而为使得人们更容易接受这些教义起见，许多的基础工作更是必要的。譬如已经病萎了的心，应该使它健康起来，麻痹了的感觉，应该使它灵敏起来，枯燥了的感情，使它莹润起来，堕落的使它高尚，污秽的使它净化，浅薄的使它深刻，轻浮的使它真挚，陈腐的使它新鲜，流于沉滞者，给之以昂扬，安于现实者，给之以想像，习于丑恶者，给之以美！这些在政治上不能直接达到的目的，我们的文学就应该负担起这任务来。我们只有通过艺术的特殊性，从人的最深处去打动读者的感情、情操、想像，以达到意识，人生观，行动的改变。政治与文学的关系，是经过了这么多的屈折，这么多的层次，绝不是那样单纯、直接、机械的东西。

2. 对于国防文学的不正确的理解，一部分的人，又以为目前文坛上“差不多”的现象，要由国防文学来负责，这是不公平的。国防文学必须提倡，在目前提出国防文学这一口号，并不错误，只有我们把国防文学理解为目前文学运动上总的口号时，才是错误。我们必须明白认识！“国防文学”，只是文学上一个独立的范畴，它决不能包括文学上的一切。这一点曾经有许多人感觉到，因此将“国防文学”解释得非常广泛，以为目前什么都有国防的意义，似乎“国防文学”，也可以作为统一的总的口号。但是“国防文学”必须是“国防文学”，如果将穿衣吃饭，大小便利，都解释为国防，（虽然也未尝不可）那“国防文学”将失其独立存在的意义。我们虽然重视“国防文学”，却并不轻视或反对其他范畴的文学，我们并不主张有“国防文学”专家，他今天写了“国防文学”，明天仍可以写恋爱。写了《最后的一课》的都德，他也写《沙浮》那样的作品。我们更不主张有专门“国防文学”的杂志，因为即是在国防期中，人们对于文学的要求，仍是多方面的。更就整个文学运动来说吧，如果认为目前是“国防文学”的阶段，那么像《雷雨》及《大雷雨》那样的作品，究竟是不是“国防文学”呢？如果不是的话，那我们就应该关起一道门来，把它摈拒于现阶段文学之外，就不应该拿来上演。如果我们硬起头皮，也把《雷雨》及《大雷雨》解释作“国防文学”，那么现在所提倡的“国防文学”，将变成毫无意义的一句废话？“国防文学”将失其独立存在的意义。这是把“国防文学”理解为总的口号的人们，在理论上不能自拔的矛盾。在事实上，因为“国防文学”既为现阶段的文学，那么我们的题材，就不得不选择与国防有关的，这就限制了作家们对于题材的自由选择，形成了在题材上在内容上的“差不多”，我们必须明白地告诉一切的作家们，“国防文学”并不是一个总的口号，它只是文学上一个特殊的范畴，我们希望有许多优秀的“国防文学”作品产生，然而不要忘记，在“国防文学”以外，你们还有广大的自由活动的天地！

3. 借来的意识，又有一部分人以为束缚作家的创作，驯致目前“差不多”现象的，是那什么“世界观”，“意识”等捞什子，这些名词，听来觉得甚为可厌。我想这也不是公允的。事实上，目前许多作家的“意识”，还是从书本上借来的死的概念，还没有通过他的生活，成为他的血与肉，成为他真正自己的东西，甚至于这借来的“意识”与他自己的生活分裂对立起来。因此，一提起笔来，这“意识”不免就要从中作梗，只好把自己真正的生活，放在一边，把许多听来的或在报纸上看到的材料，用头脑来组织一下，就算完事。这还要最聪明的人，才能做到，那些老实一点的作家，简直就无法动笔。当然用头脑来组织材料，并不是什么坏事，可是，如果被组织的人物与事件，不能用我们自己的生活，体验去充实它，那些人物将变成死人，事件的进展，将变成概念的堆积，作品将变成冷冰冰的无感情的东西。所以，如果作家的“意识”不是从实际生活中得来，或是他从书本中借来的“意识”还没有通过他的生活，真正变成自己的东西以前，他在创作上的确要感到一种束缚的。然而这束缚他的不是任何别人，而是他自己，不是外来的，而是内面的。当然，我们也不能忘记批评家无理解的打击，将给作家们在创作心理上一种掣肘；然而这只能对于那些尚无自信的作家们有点影响，有把握的作家，绝不会因为批评家的一两句话，就会感觉创作不自由的。如果有人感到创作不自由，这不是任何别人剥夺了他的自由，而是他还没修养到自由地创作的本领。创作本来是自由的，我觉得从来没有任何权威发表过一道命令：禁止“创作自由”！即或有了这样一道命令，仍然可以“创作自由”，至多不能发表而已，所以创作的不自由，与发表的不自由，完全是两回事。要争取发表的自由，尽可直接了当地争取言论自由好了，不必牵涉到创作上来。第二，我们就承认是不正确的公式主义的批评，束缚了作家们的自由吧，那么，我们积极地纠正这种批评好了，而批评终归是需要的。我们试想，怎样才是彻底的“创作自由”呢，那只好是禁止“批评”，叫一切的批评家们不准作声，不然，他一开口便会被别人诬告为“妨碍自由”了。那时候我们还要不要批评家呢？还要不要批评呢？“创作自由”的提倡，必然会走到批评的否认。如果“创作自由”，是向批评家提出的，那么，反过来，批评家也有要求“批评自由”的权利。你说我妨碍了你的自由，我也说你妨碍了我的自由，试问将来的“妨碍自由”的官司，何日了结！第三，退一步讲，假如我们就向一切的作家们宣布，现在是“创作自由”了！（其实本来是自由的）作家们是否就能产生优秀的作品呢？问题没有这样简单，那时候恐怕有人又要感到自由的不自由了。问题是我们怎样想出一些具体办法来，解除那些外来的或内面的束缚，这样作家们才有实际的帮助；不然，只给他一个“创作自由”，其实等于什么也没有给他。所以“创作自由”的提倡，不惟于实际无补，还会引起许多无谓的混乱。第四，说用“创作自由”来动员其他各派的作家吧，他们本来就比你自由得多了，并不稀罕你这点自由。目前各派的文学家，在文学上还有许多各自不同的见解，这些见解，一时也无法一致。所谓作家的大联合，也只能先从政治上入手。然而将来走向文学上一致的预备条件，是有了的。第一，中国目前的社会，没有使与新文学对立的任何文学滋长繁荣的基础。第二，在政治上的共同行动中，在我们的文学实践上，许多作家们将慢慢地会理解我们在发展文化上的真挚的努力会理解我们才是真正忠于艺术的尊敬艺术家的人，会理解新文学运动才是文学自由发展的康庄大道。将来文学上的接近甚至于一致，都是可能的，但目前想用文学上的一个口号来动员一切作家，还未免过早。所以我想，"创作自由"从解除作家们的束缚上，纠正文学的"差不多"上着想，都甚为无力；我们必须指出，束缚作家的，首先是他自己借来的意识。

4. 公式主义的批评，公式主义的批评，的确也给作家们以外面的束缚，特别是给那些初学写作的青年们以不好的影响。这不独影响到作品的"差不多"，同时也形成了批评的"差不多"。文学上一般原则的问题，不是不应该讲，但我们还要注意到那些具体细微的事实。我们不要拿出不变的尺度来，度量一切。我们不独应该理解社会的机构，还应该理解人的机微。不独应该理解既成的作品，还应该理解创作的过程。特别是在目前的情形下面，许多作家是在不断地转变与进步之中，不要轻易地给人盖上一颗烙印。应该从作家前后作品的关系上去理解他的发展。应该在文学运动上有远大的眼光，不要有丝毫帮口或个人意气的偏见。缺点应该指出，小的进步也应该重视。为得提高批评的水准，为得克服公式主义，我提议我们可以来一个"批评的批评"。譬如我们在每天的报纸杂志上，常常看到许多关于某一作品，戏剧，电影的批评，不妨将这些批评来批评一下。这样不独使我们对于某一作品有比较更深更正确的认识，同时在别人批评的研究中，更能提高自己的批评能力。目前文学上"差不多"的现象，各方面都有点责任，绝不能专归罪于我们的批评家。几年来批评家在各方面的努力与成绩，丝毫不能否认。我们的批评家，不要因为有人指出了过去的公式主义，就把笔搁下。过去的缺点，也只有在今后我们的批评实践中才能克服。目前的评坛，在电影戏剧方面，似乎活泼一点，在文学上，就不免有一点消沉了。目前文坛上许多问题还没有解决，许多新书报须得介绍，许多新的作品须得批评，我希望今后的评坛，有划时期的活跃！

关于目前文坛上"差不多"现象的主要来源，我举出了上面几点；现在我们除了在运动上，在批评上努力来解除对于作家的外来的束缚以外，还向一切的作家们，贡献以下几点意见：

1. 希望一切的作家们，打进社会生活的各领域中去，在实际生活中去，把你那从书本中借来的意识，变成真正自己的意识。在实际生活中，去摄取无尽藏的材料。等到你的体验感情渐次地贮蓄丰富起来，忍无可忍自然而然泄出为作品的时候，那作品一定是优秀真实的作品，你也将感不到任何的束缚。因此，我对于一切的作家，首先劝他做一个“人”，做一个真挚的“人”。我觉得这一点也没有危险，因为他如是一个真挚的“人”，在目前的中国，必然是一个民族解放的战士。做“人”才是做一个作家的先决条件，一个伟大的作家，必然地是一个伟大的“人”！

2. 假如你一时尚无办法跳进实际生活中去，那你的畸形的亭子间生活，须知道也是一种生活。你的社会生活虽然贫乏，你仍可以丰富你的内面生活。应该凝视你自己，在你的最深处，你一定能发现与宇宙人类社会一脉相通之点。你不必一定要去写那些你不熟习的伟大的题材，你的身边杂事也未尝不可以写，只要不是一篇琐事的流水账，而是在一微尘中能反映大千世界的精深的作品。这就要看你的态度是否真挚，反省与分析是否深刻了。

3. 研究社会固然必要，你尤须进一步去在那些大师们的作品感想语录中去研究“人”，研究许多创作上的技巧。我想作家们经了这些锻炼以后，他一定能自由地创作，他的作品绝不是“差不多”的了。

三 目前文学运动的任务

炯之先生的《作家间需要一种新运》的原文，我不曾读过。在他的《一封信》中，虽然有许多意见，我不能苟同，然而他所同意的《大众知识》的一段话，我也完全同意。

> 联合实具有解放的意义，因为既联合了，既在一个广大范围中联合了，至少从此以后一般刊物中，消极的，我们可以不必再读一些属于私人的吵嘴，肉麻的批判，不会再见到左翼的“双包案”，更不用使许多青年学生，把兴趣集中到观战一件事情上，向

大小刊物去收集文坛消息。积极的，我们还可以希望作家各自努力来制作那种经典：真的对于大多数有益，引导人向健康，勇敢，集群合作而去追求人类光明的经典。同时尚留下一点机会，许可另外一种经典也能够产生，就是那增加人类的智慧，增加人类的爱，提高这个民族精神，丰富这个民族感情的作品产生。正因为这些作品，是在某一时为少数人嘲讽，却也必然为当前与将来那些沉默无言的多数人所需要的。它的内容也许不是革命，不是义勇军，不是战争，不是中学生和大学生的读物。但是我们只要想一想，除了学生以外，支持这个社会的中坚分子还有多少人；便是学生，除了文法科以外，尚有多少在实验室的，在工场里的，以及先前是学生，现在已离开学校，在种种事业上直接参加这个国家建设工作的人（尤其是身在边地僻县服务的人），工作之余，还有一点需要，从一本书上得到一点有合于心的快乐，得到一点忘却寂寞与疲劳的安慰，得到一点向上的兴奋，就明白那些作品如何重要了。

（《大众知识》第三期）

这一段沉痛恳切的话，的确代表了各阶层的读者对于目前文学的要求了，满足这些要求，是目前文学上的任务。我们为完成这任务，必须巩固目前既得的成果，对于那些否认过去一切的倾向，坚决地加以反对；一方面勇敢地承认自己的缺点，尤其是目前“差不多”的现象，必须克服。在这基础上，不断地努力求得质的提高，同时应采取一切可能的办法，求得更进一步的大众化。

原载 1937 年 3 月《光明》第 2 卷第 7 期

《废邮存底》

若　愚

《废邮存底》该是一部切合读者需求而近于理想的小册子。这是一本文字简练而活泼有着书信体式的小书，它里面包有沈从文十七信（尚有一篇《边城·题记》），萧乾廿二信，都可当得起"短简警关"，在这些短简警关的信函中，包孕着多方面的问题：属实生活的如怎样写小说，谈创作，诗，技巧，翻译，风格，书评……及读者所要求解答的各种不同的问题。更成为这部书的特色的，是作者把生活，做人，文艺三者粘合得极严密，融融合合搅在一起（这在沈从文信函里更其鲜明），有一种重大意义含蓄着。文字虽说简短，但它们都能勾画出一个明确意义，在这里，我们可看出作者的耐性和热心肠，"……人热得头尽发昏，然而桌上却还永远堆满着各方的来信。是多么可珍贵的友谊啊！于是挥着汗，……答复着各方的来信。（本书《后记》）"，我们应承认作者的这种工作，不是庸常的应酬，不是在贩卖"小说作法讲义"式的知识，而是其本人的切身体验。以其如此，所以它告诉读者的不是模糊的抽象概念，缥缈的空话或一些皮壳，而确是有灵肉的实体与精华。它指示给初学写作者的，是坚强他"脚踏实地"去干的信念，要多在实际问题上做功夫。你失败了，作者在信里会给你说出失败的所以，并热诚地关心地给你一种勉励（如：《给一个写小说的》——沈从文，页 12，《认真：一个妥实的出路》——萧乾，页 123），不使你灰心馁气；作者又使用着生动活跃的笔调，娓娓地告诉你文艺界的病象与做人的病态，（如《给某教授》），及初学写作者所不宜走的笨蠢的乖僻的路，要你走正确的健康的大道。

总之，这部书它能给你写作的鼓励，同时又给你一种生活的勇气。使你结实硬朗的活下去，做一有活气的强健人。

这里，我愿抄录文中一段，以见一斑："中国近两年来产生了约二十种幽默小品文刊物，就反映作家间情感观念种种的矛盾。（这类刊物的流行，正说明这矛盾如何存在于普通读者群。）这些人一面对于文章风格体裁的忽略与鄙视，便显得与流行文学观并不背道而驰。这方面幽默一下，那方面幽默一下，且就证实了这也是反抗，这也是否认，落伍不用担心了。另一面又有意无意主张把注意点与当前实际社会拖开一点……因此一来，作者既常常是个有志之士，同时也就是个风流潇洒的文人，谁不愿做个既风雅又前进的文人？……"——（《风雅与俗气》——沈从文，页 47，《对幽默文章的意见》）。又："……因此活跃的文字必须在一极简单的外形蕴藏着多量的内容。这内容是想像，是情感。……一切精采的文字，其含义和价值都必须高高溢出那表面的边缘，勾引出繁复辽远的情绪。它的内容和价值永不依赖字面，却取决于其情绪撩引的质量"——（《文章创造性》——萧乾，页 118、119）。

以沈从文在文艺活动上的历史与贡献，萧乾是青年作家中的健者，我们来估计，他们的见解一定有相当分量的。内容的充实，意义的明确，笔调的简练活泼生趣，既说明了这部书的价值，又证明了作者在诚挚热情的与读者接近。

原载 1937 年 4 月 20 日上海《大晚报》

沈从文的《贵生》

凡　容

贵生是个独身的庄稼汉，住在五爷田地上，为人有点戆劲，不愿受管束，平常砍柴草为生，农忙时做做短工。桥头一家杂货铺里有个十六岁的姑娘金凤，爱和贵生说笑，贵生很欢喜她。她爹爹有意把她嫁给贵生，可是贵生有点迷信，以为她是个克夫的相，想等她过了十八岁的“关”再说。一天，四爷、五爷上山打兔子，无意中看见了金凤，四爷因为五爷近来大输，就劝五爷弄进房冲冲手气，事情随随便便定了局。这时，贵生还蒙在鼓里，等到他觉得事情有点儿险，赶快进城跟舅舅商量好，买了猪头跟官青布回来，杂货铺老板已在准备红纸喜封了。那天晚上，贵生在大伙儿的笑闹中闷闷地喝酒，后来溜走了。于是在半夜，桥头杂货铺和贵生的屋子同时起了火。

以上是故事的梗概。

《贵生》有一个晶莹的形式的外壳，这外壳是由于被人称为文体的作者独具的种种技巧上的特色造成的：文字惊人的明朗，有单纯的美和魅力。方言，口语，俗语，文言，被运用得异常圆熟。用字大胆，简练——有时简练到吝啬的程度。他能抓住人们动作或神情中的那些一闪即逝的成分，几笔一来，就十分生动。

《贵生》在形式上能够有这样的成就，自然是由于作者的努力，然而在这种努力里面，我们发觉有刻意求工的现象：忽略了描写对象，专从字句上下功夫，而作者越是这样刻意求工，文章也越是出毛病。举一个简单的例：

“杂货店补充了个毛伙，全身无毛病，只因为性情活跳，取名叫做癞子。”

句子的不合文法，是小事情。“癞子”这个名字，是杂货店取的呢，还是毛伙自己取的呢？所谓“全身无毛病”，是说他没有癣疥杨梅还是没有古怪脾气？——我们不明白。而且“活跳”两字也不能清楚地告诉我们究竟是怎样一种性情，仿佛近于活泼，又近于调皮，但两者的性质是很不同的。

语言这东西，它一方面表现思想内容，一方面也限制思想内容的表现。可是，如果明晰的思想内容必然要求明晰的语言来表现它，则语言的含混无疑就是思想内容含混的反映。刚才举的例（《贵生》里这种例子很多），不过想藉此说明它们在《贵生》里怎样地互相作用而已。

在《贵生》里，作者写四爷、五爷把妇女不当人，大嫖大赌，爱伪面子，虽然被写得有几分可爱，叫人羡妒，但明白的读者还是看得清楚的。不过看不清楚的地方更多，譬如贵生是“一个单身汉子”，有时做短工，平常砍柴草为生，这是我们已经知道的，但作者在51页末尾写他逗弄金凤道：

“你记不记得在我砂地上偷粟子，不是跑得快，我会打断你的手！”

这块“砂地”是不是贵生自己的？从全篇看来，贵生是没有地的。推测作者的意思，也许以为贵生左右不过是贵生，有地无地都差不多，可是依我看来，一个有地的贵生和一个无地的贵生对于“失恋”的态度应该是有分别的，特别在对付他的“情敌”的时候。我们再看那结尾：

“鸭毛伯伯匆匆忙忙跑去两处看火，到火场近边用一根长竹子向火里捣了一阵，鼻嗅着，人在火里不在火里还是弄不出所以然。他心中明白这件事，转围子时，半路上正碰着五爷和那新姨。五爷说，‘人烧坏了吗？’”

“鸭毛伯伯结结巴巴地说，‘这是命，五爷，这是命。’……”

火是贵生放的，没有问题。但贵生自己烧死了没有呢？鸭毛伯伯用长竹子捣了一阵，“还是弄不出所以然”，在鸭毛伯伯“这是命”的宿命的叹声里，作者给我们故意留下了一个永远的朦胧。因此，要判断贵生这一反抗的性质——积极的呢，烧了就逃了？消极的呢，连自己也一齐烧毁了？——便成为不可能。

四爷、五爷和贵生、鸭毛等人之间的关系，被写得很平等、融洽、愉快。四爷、五爷对他们总是有说有笑，有时招呼来做点事，也必定赏东西，而他们也是忠诚不二，恰如奴隶对待主人，老是带那么“一点敌畏之忱”的。在内地，这种情形不算稀奇；然而问题是：他们之间的关系是否止于如此呢？《贵生》告诉我们，五爷一夜可以输二万八千，家里地窖里面藏着一对一对的元宝；读者会问：四爷、五爷既不做工，也不种地，这些银子钱从什么地方来的呢，总该和贵生们有点关系吧？《贵生》里面不写这种关系，我觉得说不过去；它只写“恋爱”的不平等，也因而失掉了根据，自己矛盾了。因为金凤事件，正如朱光潜先生在《编辑·后记》里用嘲笑的口吻说的，也是一种“阶级斗争”。

在《贵生》里，下等人总是不穷不苦，“有鱼有肉”够吃够穿，有时“坐在火旁矮凳板上喝酒，一面喝一面笑”的。他们的观念，在相信命运一点上都差不多。他们忠诚如狗，愚笨如猪，羞怯如女子，勤快如自动机器，纯厚，有礼貌，知进退，不大爱钱钞，有时还会装娘儿们的哭嗓子说：“娘……你那想到那小伙心坏，夜里不许我撒尿！”的笑话。《贵生》里出现的所有的下等人，是四爷、五爷们最理想的人，即如贵生，他宁肯放火烧自己的屋子，也不愿动他的仇人——五爷的一根草，他是多么忠厚，多么乖呵！

以上说的，都是极平凡极简单的事情，别说是作家，就是普通的人也见得到，想得出的。所以这里的问题完全不是理论问题，而是一个（倒是蛮重要的）艺术家的良心问题。艺术家的主张，派别，我们读者绝对尊重，虽然不一定同意；他们应该有自由发展自己、完成自己的权利（写作自由是“发展”和“完成”的条件，广大的读者才是审判者）。但是，不论他主张现实主义也好，浪漫主义也好，自然主义也好，未来主义也好……左也好，右也好，他总得有一颗一切艺术家必须具有的良心！凭这颗良心，他去观察现实，分析现实，体验现实，认识现实，于是从现实出发，制作他的作品。因为我们人类，自有历史以来，总是住在地上的，社会使我们不能分开，生活使我们苦恼、嫉妒、杀害、排斥、团结、欢喜、悲哀……在这种混乱中，错综复杂的关系和演变中，艺术家用他们的作品使我们认识现实（任务的最低限度），认识现实的美和丑，善和恶的真相。倘使他不能、不愿的话，那他只有去学习——从书本、生活、富翁、店员、工匠、妓女、流氓、叫化……或者被读者憎恨、唾弃，此外无法可想。

闲话休提。作者在人物的性格上，永不肯多费笔墨，他只给你一个大致不离的类型的模样就算数（好多还是打别人嘴里谈出来的）；他最注意写的是人物的风貌。他有一种本领：只用几句话，就能使读者脑筋里浮现出一个生动的人影。举例：

> “一个顶年青的（过路人），向金凤瞟着个眼睛，只是笑。掏钱时故意露出扣花包肚上那条大银链子，且自言自语的说，‘银子千千万，难买一颗心……’。”

然而，正如我们看到的，生动尽管生动，终于只是些影子。像四爷和五爷，除了一个爱嫖，一个好赌外，我们丝毫分辨不出是两个人。总之，写得都不具体，形相和性格永远不分明。

作者对于自己创造出来的人物缺少尊敬，常常随意驱使，不给他们丝毫活动的自由。有时毫无必要地把一些人拉上场（例如那三个过路人），用过立刻一脚踢开，好像对付野狗一样。固然，小说里的人物是作家创造出来的，他的生命是作家赋予的，但他一经有了生命，便能和活人一样有“自己的生物学上的意志”，按照决定他的社会条件去自由活动。倘作家不知道尊重他的意志，随意剥夺他的自由——那当然听便——人物就变成了可怜的奴隶，不再是有自由意志的社会的人了。《贵生》里所以没有一个有血有肉，性格鲜明，生气蓬勃的人物，我们可以从作者这态度上找到一个最重要的说明。据说巴尔扎克，就是被刘西渭先生贬为“小说家的小说家”❶（刘

❶ 见刘西渭先生的《咀华集》。这是一本奇妙的书，我劝对于文艺批评有兴趣的读者都去买一本来看看。

先生并且说沈从文才是“艺术家的小说家”）的那位可怜的法国文豪有一次从屋里走出来，别人见他满脸泪痕，问起来才知道他小说里的主人公死了。看吧，人家是用了怎样的尊敬和热爱来对待自己笔下的人物的！

在创作方法上，联带的在用语上，《贵生》里有着多量的“章回”（还有一点儿文言）成分。为了进一步探索它们在这篇作品里起着怎样的作用又怎样地把它牵引到反历史的路上去，我们在这儿要多举些例子：

（一）那老婆照浦市人中年妇女打扮，头上长年里一块长长的黑色绉绸手帕，把眉毛拔得细细的。见男的必称大哥，女的称嫂子，待人特别殷勤，因此不到半年，桥头铺子不特成为乡下人买东西地方，并且也成为乡下人谈天取乐的地方了。

（二）那舅舅听说有这种好事，岂有不快乐道理。

（三）（贵生）远远的看到张家大围子嘉树成荫，几株老白果树向空挺立，更显得家道兴旺。

（四）不知哪一阵风吹换了方向，他想起事情有点儿险。金凤长大了，毛伙随时都可以变成金凤的人。此外在官路上来往卖猪的浦市人，上贵州省贩运黄牛收水银的辰州客人都能言会说，又舍得花钱，在桥头过身，有个见花不采，闪不知把女人拐走了，那才真是“莫奈何！”

从这些例子里，我们清楚地看到：一个人的形相性格的具体刻画，怎样被一种朦胧的风貌的描摹所代替；一个复杂的心理变化过程怎样被阉割，只装上一句“岂有不快乐道理”的皮相的说明；所谓“嘉树成荫”，“向空挺立”，“家道兴旺”这些贱价的古董，这些“概念的”的描写怎样把自己和“形象的”的描写掉了一个包；贵生的担忧，被作者写成这样偶然，突然，仿佛从前绝未想到过这件事，真“不知哪一阵风吹换了方向”，而且什么“见花不采”，“闪不知”……一类词儿，是多么发着恶臭的词儿！

在《贵生》里，动作，对话，都是一般化的。例如笑，五爷的笑法和贵生的笑法，毛伙的笑法和金凤的笑法，完全一个样，因为作者只用一个无往不宜的“笑”字。对话上，除了四爷、五爷偶尔带出个把文言字眼，再找不出个人的特征，甚至有一两处即使把两个人的话当作一个人的话连读下去，也不感到不自然。

在《贵生》里，作者用的是平铺直叙的写法，虽然他能够用辞藻、“噱头”来减少故事的乏味，可是他不能够把材料好好地剪裁；他什么都要写进去，却什么都写不分明，写不具体。重写和轻写的分别是没有的，不相干的琐碎的情节反而拉了一大堆。

在《贵生》里，生活的描写是很少的，这是漠视现实的作家共同具有的特色。因为只有这样，故事才能随意编排，因果才能不必顾忌，仿佛一切都是偶然；其实，社会现象，正和自然现象一样，是有它自己的发展的规律性的，这既不能用辞藻代替，也不能用“噱头”兑换。

总之，《贵生》里的人物，事件，环境，都是作者观念的化身，贵生里的世界，并非如朱光潜先生所说是“湖南边境”而是作者观念的世界；在这个世界里，农村是“未曾被近代文明沾染了的”[1]，农村，人民是些“可爱的人物，各自有一个厚道然而简单的灵魂”[2]，他在简单地制造出这一观念的世界来以后，自己就向里面一钻，暂时“舒适的呼吸”[3]几口。《贵生》结局的朦胧，故事发展得不合理（并非全部），“噱头”的多，以及在形式上用语上的乞灵于“章回”和文言——那所有的向后转的姿态都可以从这点得到完满的说明。

没有勇气正视现实的人，必然不能表现现实。这种人，即使做买卖、当兵，也必然要亏本、打败仗，何况当艺术家或“艺术家的小说家”。凡是艺术家，我再重复一次，不论是“左”，是“右”，“浪漫”，“写实”，“自然”，“未来”……他必须有一副艺术家应有的正视现实的胆量和一颗艺术家应有的决不歪曲或粉饰现实的良心，否则，即使你以艺术家自命，也决不会被读者承认；在读者的眼中，他只是一个，客气点说：一个文字的魔术师，不客气地说：一个挂着艺术招牌的骗子而已。

原载 1937 年 5 月《中流》第 2 卷第 7 期

[1][2][3] 均见《咀华集》的《〈边城〉与〈八骏图〉》。

关于《差不多》

杨　刚

去年《大公报·文艺》刊出炯之先生一篇《作家间需要一种新运动》。这是一篇清醒的勇敢的文章，因为它的确嚷出几年来一般人的闷损，说通了一些安在问号上的犹疑，最不济，写和读的人大约都可以由它得到一层痛快或不痛快，夸张一点，它在新文学身上已重重抽了一鞭子！挨抽的愿不愿受这一鞭是另一句话，但已被抽，必发腿跑了。

到今天，"差不多"果然近乎拉成了一个水平，它平铺在文坛上面像一种不可见的势力。说青年人们都喜欢它，企望它，浮萍样以飘在它上面为莫大生命的满足，也不一定，但若以为全没有依附，攀赖的心，怕谁也不能承认。青年人一面焦切地想："我写的要超越中常 above Normal"，另一边又急迫地要文章在自己并不十分崇拜的文坛上出现，名字一旦列在长串的目录表里，心里便不觉十分充实，嘴上终溢出满足的笑容。讲感情志愿，青年人讨厌"差不多"，提力量，他们支不起自己的志愿。

这原因复杂，一个或许可以归之于写实主义，意思就是说，目前作家们的课题要难了一些。比起来，浪漫的作品较写实的容易。它主要的题目材料是自己的情绪，它感刺读者的方法更直接，更原始，人的耳膜泪腺都和它熟习。并且按习惯，人在发舒自己情绪时，手段也是照例要滑溜些。材料既不陌生。大都是自己所身经，心和神经都有真的关切，这情调往往就能达到某种深度，也还带着真实性，即使它只是随着时起时落的感触而来，但趁它一起就倾泻而出，仍不失为一种壮观。这情形在写实是两样。要写实，得和倏起倏落的浮情夸绪暂时分手，感情要一点一点滤入炼炉里去，汇积、沉淀、溶合、熬炼，成一股滂溥的洪流。就这样，你不能把这洪流哗喇一下，以为就尽了表现的功夫。现在得用一根细管把它引出通流在人生万象中，用琐屑巨大繁简混杂的生活实迹把它包裹起来，只容它搏动起伏的行为透过外层包裹，令人觉察到那点生命。以前有感情就有文章，现在糊涂泡花感情既说不上写文章的边，即有壮大情深的感情没有透彻丰厚的人事，仍然要望文兴叹。一旦多与人事交往，成天想着王大嫂丢鸡，李二娘补鞋，某城的街道有几尺宽，某个地摊上有几堆花生，几匹苍蝇的事，人又悴憔，兴不起感情了。结果，一片干燥霉涩的旧账，很容易涂毁文章的光华。

课题难不能为写不精解释，倒是说上了准备的问题。近来流行似乎有种观念，以为安排故事，观感人生有聪明就足够，用不着思想。深思细索，把人生这样囫囵的东西拿来考问是哲学家的事，文人的本分只在写，只在看。人在这儿就没有工夫弯回来问问：未曾得到自己的思想，能用什么去看，看什么呢？你有了思想，有了主张，能按照它制出许多新的人物典型，系高尔基的“马卡·求德拉”，“玛尔伐”，是尼采主义生出来的，陀思妥耶夫斯基的“米希金王子”，“爱力若沙”是希腊正教生出来的，没有思想信念，用什么作创制典型的源流？单靠这硗薄软弱的人生怕不够吧。

一个人的行为说来大都非常堂皇显耀，骨子里和自己总说不了关系。写文章说是表现美，表现人生，推动社会，这是大门口贴的春联，为别人。至于你自己，你明白在写时你作的是什么，你是在演七十二变，在每篇文章里安进你的灵魂。无论这人多么无私，一到他提笔讲表现，自己的观照、感触、思虑总占第一位；要不，他不能写，写来也难得人理会。既这样，人在提笔之前，就不妨先问问自己，第一，我自己是什么，我有些什么要这人类明白。第二，我是否有个无尽无缺的结实信念，倚之为文学生命的心脏。不但问问而已，他且会真的下苦功去思索，他会把大思想家们的成果拿来作参证。他可以景慕卢梭放情的自然主义，或欣赏尼采那绝世离群的超人，再不然托尔斯太献身为人的彻底牺牲的不抵抗主义会诱惑他，陀思妥耶夫斯基崇尚人世受苦，借以超凡入圣的主张使他迷恋；最后，或者他断然掉过头，把马克斯的教条擎在手里，按在心上，这些他都可以作，但若这些他全不喜欢他竟要自己独出心裁，创造自己的信念，只要他不流于替造孽的人说话，敢情更好。总之人有了这个东西，便是他的文学生命有了太阳。太阳怎样叫生命丰厚强力，这东西也可说就那样。

未曾准备好自己，就来动笔，是很危险的，这意义不仅仅在于文字配备，题材安插上，要紧的是打算用纸同笔将自己描了出来，使他站在众人眼前，立在闹市，摆在陈列架上；不但如此，并且还要使铅用墨，希冀这自己活到久远。这不比在吸烟室里，歪在沙发上和朋友扯淡，更不比是在摇篮边为孩子讲故事，说荒唐。在这些事上，人怎样扯都可以，听者不希望由闲天里雕出他这个人物，雕出了，听话人自己的记忆也会把它擦掉。但等到人家在书摊边，图书馆里寻找作者时，他却发现任一篇任一册的文章里找不出作者自己生命和形迹，那时一场心力岂不白费？作家也许把故事编排得极有趣，也许讲笑话很动人，在茶余酒后大大的能令人拍几下大腿，打几个喷嚏，但是要紧的他要人把他安在心上，别人却把那印象同哈哈一起呵出去了。在新文学运动中，过去许多人崇拜自我，表扬自我，今日大家摒弃自我，厌弃自我，却单主张表现某种意识。可是在写文章时，这个不得不有，不能不让它出现的自己的意识信念，及因不能从文章里给人较深印象，而遭无视放逐，实在是不宜有的矛盾和悲运。这运气使文章失去了光辉同形相，使作家在得到了全世界时丢了自己。原因是一班人虽主张摒弃自我，获取意识，功夫却并未做到家，意识还未在他心里生根，成为一种带血带肉的信仰，变为他自己的生命。它不过如浮云般飘在作者感觉上，在写的人也许不一定要求费力把握住它，将它融在字里，因此文章上面未免材料是材料，材料不能传达深意；意识是意识，意识不能解透题材。热心过度的人只好硬令它两方面生凑在一起，冷淡点的马马虎虎把故事编成了就得，文章就容易往空陈憔悴的路上走去。

其次，生活上的准备我们似乎也还缺乏。讲写实，必得有实可写；又必得上笔的实生活多，动手时才不会死呆入套。人和那一番人事接近，他笔下就能有那种人事的真迹。莫泊桑学写小说时，每天必得他街头巷角碰到的人与事，作一段极逼真的描写，交他老师福楼拜过目。有人要写饿的经验，就下决心自己饿了七天；还有人要写理发匠的心理，他自己特地去做理发师。这些小事不一定要学，并且学它也是过分，但在表明写实同实生活的一种关系上，它们倒值得人提提。尼采主张超人，有人批评他太个人主义的，其实这种观念即从他生活得来。终尼采一生，差不多都是种离群索居的光阴，人讨厌他的傲岸偏执，喜怒无常，他也厌恶人的愚恶虚伪。结果朋友给他闹走了，熟人被骂得掉转来踢他一脚。他一生局闷在自己的天地里，以超人作他唯一的安慰，于是写出了他的《查拉徒士特拉》。生活差不多能作文章的决定力，那情形正是如此。当目前现实主义的写法正为人所注意时，我们青年人似乎该以大部分的时间去生活，小部分的时间来写作。四万万以上的人民要求表现，几亿万万悲苦、矛盾、愤恨、惨酷、庄严、壮烈的人事要求刻在人的印象里，繁星样丛密复杂的情调全在呼求吐露，而我们通共算来也只有少少几百老少作家在处理它们。这时候，青年人没理由成天关在自己的公寓小屋里，将脑袋伏在书案子上，尽自己高兴写下去。正为人民多，情感杂，能了解能写的人们就要了解得深切，尝出了那种心里人事的特别动人，特别隽永处才好拿笔。所以少少地写作人不能不多多地去到社会当中，埋在各式各样的人事、物理、情调里面，把感觉磨得溜尖来作人，使自己的智慧肥壮，心脑盛得饱满硕大，文字在笔下流出时可挤掉一切臆造的幻想，推测的空谈。若有力，竟不妨让这个民族以它各式各样的新鲜、瑰伟、平凡、奇特全在自己的纸上跃出来。不要普遍化了的乡村农民，那似乎使人以为湖北人和东三省人是一路的出品；也不要世界化了的情调，那使人明白我们是受着西洋文学的控制。如果现实主义这名目在我们是提示一种此时此境这民族的意旨，我们的青年人就有理由拒绝一种特殊的文学家阶级的生活，把自己埋没在社会各项职业层里，事业林里，把这民族的甘苦酸辣亲身尝一个够。终年累月活在纸墨笔砚里的聪明人也有苦到说不出的时候。

年代过得极匆忙。马车奔驰，汽车飞走，时光如小水蛇般疾窜，人似饿鸟不见食从这条街扑过那条街，扇起衣裙助着跑势。急速卷来的贫困鞭着忙乱的心，这姿势夹住人，不许人系统地将大作家大批评家的文字精读细究，使人在他们那番精深博大的面前扬长走过如盲人。多少人或因头脑疲累不愿接近沉重作品，多少人近前了，却只在故事同写绘上看几眼就过去。一个观念，一点理想如何在文字间穿插，如何长成骨骼，附上血肉，我们都来不及去考究。前人把大作品不惜读上四五次乃至上十次，我们抢着读完了一部小说，就算是对于一位神人之间的大作家尽了欣慕之极忱，至于彻底明了他和他的思路手法，往往都谈不到。在读小说方面这现象还要好点，到读大批评家的文章几乎人少得可怕。前人对于美的启示，思想的创发，形相的组织，各种写文学作品时极其必要的问题，不避艰苦，不怕枯燥冷淡写下了无数重要的意见，就单为领会这见地、了解一点艺术的门路，已经值得人为它们结结实实坐下几个钟头，而我们却非常的将自己交给忙乱，使头脑在沉淀的精读之前如水碰了壁。切实说，我们今日之所谓的读书，大抵是浏览居多，而精读极少。读书读得多的人，大概难的书本比较多，浏览得快。以揣测凑和极模糊的印象就是我们对于一本书的了解，以常识的触发来作为我们的见地，结果乃趋向于艺术了解的薄弱，到手头需要这种了解时，它自然是不够用了。

大作家之能奠定一个真正创作的基础不是偶然的。莎士比亚在写他的戏剧之先，该读了多少他前一代的流血悲剧。那些所谓的西班牙悲剧并不是上层作品，可是莎士比亚却几乎每一篇都读到。果戈里是醉心于西洋文学的，陀思妥耶夫斯基把十九世纪英国小说几乎读了个遍。并且我们可以推想他们读书绝不是飞快地浏览了完事。为了挖出时用力来消化某些更重要，更合自己意向的东西，为了充裕知识的容量，浏览泛读是必要的。若要切挚的了解把握、学习，树立起自己的能耐和力量，离了系统地读、精读，很少有希望。因为我们新文学还是一只新苗，它的培养与灌溉应该要特别加力。

“差不多”的现象底下多分有差不多的准备在作祟，凤凰上攀九千里，绝云霓，苍天，足烂浮云，它不是从平地一下跳上去的。它栖止在山岭峰顶，一举翅，说上去就上去了。可是在墙洞里局促的小麻雀再怎么也只能在树梢屋角扑来扑去。为了这民族的意向，为了这一股文化，我们是在走着事倍功半的路。费一倍事，得一半功，这心愿我们得总把它存着。倘若存这心愿的人们中，有一位居然能拿他费的这一倍事换来同样一倍的功，我们的收获已值得人鼓舞和庆幸了。

原载1937年2月24日《大公报·文艺》

关于“差不多”

茅　盾

“差不多”，曾使炯之先生愤慨。他说：“针对本身弱点，好好的各自反省一番，振作自己，改造自己，去庸俗，去虚伪，去人云亦云，去矫揉造作；更重要的是去‘差不多！’……这‘反差不多’的运动，在刊物上杂志上热闹是不必需的事，却应当在作家间成为一个创作的基本信条。”

手头没有《作家间需要一种新运动》，上面引用的一段抄自《大公报》《文艺》三〇一期“讨论：反差不多运动”炯之先生的《一封信》中，而也是炯之先生议论的要点。

炯之先生在《一封信》中又说：“我的对象是一些同我一样有诚心写作，而又感于自己成绩不佳，且明白失败根本所在，也希望自己作品更好一点，坦然承认必须虚心努力的作者。这种作者在当前不是没有的。”

据这一段补充的话看来，炯之先生那篇《作家间需要一种新运动》好像是出发于“自我批判”的精神，虽然事实上他那篇大文充满了挑战的态度。

为什么自己“感于自己成绩不佳，且明白失败根本所在，……”的炯之先生写那篇《作家间需要一种新运动》时倒取了向人挑战的态度而没有“自剖”的精神，我在这里不想研究；又炯之先生所指摘的“差不多”现象以及他所提出的“创作的基本信条”，也早早有许多人反复说过，——当然用语不同而态度也不同，在这里我也不想多所引证，以免浪费篇幅；我只想就炯之的大议论中指出两点：

第一，炯之先生大声疾呼痛恨“差不多”，然而他不知道应从新文艺发展的历史过程中去研究“差不多”现象之所以发生。新文艺的历史虽仅二十年，但至少可分为三期；每一期中都有“差不多”这现象发生。详言之，即第一期的作品“差不多”全以知识分子的学校生活和恋爱事件为描写的对象；第二期呢，作品的主人公主要的还是知识分子，但生活的范围扩大了，——从学校到革命营垒，从家庭到十字街头，甚至写恋爱时也从礼教与恋爱的冲突到革命与恋爱的冲突了；至于第三期，则工人，农民，小市民，最近是义勇军，扮演着主要的角色，而市场、工厂、农村、山林等等成为主要的背景。（这样分为三期，只是个粗枝大叶的分法，但和炯之先生讨论，这样分期也就够了。）倘以各期分开来看，各期本身自难逃于“差不多”之讥；但若统而观之，则有一事不容抹煞，即作家的视野是步步扩大了。新文艺和社会的关系是步步密切了。而这“扩大”这“密切”的原动力，与其说是作家主观的制奇出胜，毋宁说是客观形势的要求。亦唯其是迫于客观的要求，所以大多数作品的描写范围的扩大不能在作家的生活经验既已充分以后。然而新文艺发展的这一条路是正确的；作家们应客观的社会需要而写他们的作品——这一倾向，也是正确的。炯之先生只见了“差不多”的现象，就抓住了来“开四门”，且抹煞了新文艺发展之过程，幸灾乐祸似的一口咬住了新文艺发展一步时所不可避免的暂时的幼稚病，作为大多数应社会要求而写作的作家们的弥天大罪，这种“立言”的态度根本不行！

第二，炯之先生所谓“创作的基本信条”，——所谓“针对本身弱点，好好的各自反省一番，……去庸俗，去虚伪，……”倘若炯之先生以为这一些空洞抽象的格言式的词句可以矫正“差不多”，那又大误而特误。大概在炯之先生看来，作家们之所以群起而写农村工厂等等，是由于趋时，由于投机，或者竟由于什么政党的文艺政策的发动；要是炯之先生果真如此设想，则他的短视犹可恕，而他的厚诬了作家们之力求服务于人群社会的用心，则不可恕。事实不如炯之先生所设想，因而他的格言式的“基本信条”等于没有。我很奇怪：既见有“差不多”现象的炯之先生何以不见近数年来到处可见的“作家应多向生活学习”一类的议论。在炯之先生发议论以前，许多定期刊上曾经屡次指出文艺界的不健全的现象（即炯之先生取名“差不多”的），并且讨论如何矫正的方法，——“充实生活经验”，“写自己所熟悉的人和事”，诸如此类的提示，不是到处可见么？同时，西欧先进作家指导青年作者写作方法的书籍也翻译过好几部来了。然而炯之先生好像全未闻见。他那篇《作家间需要一种新运动》充满了盲目的夸大。盲目，因为他不知道他所“发见”的东西早已成为讨论的对象；夸大，因为在他看来，国内的文艺界竟是黑漆一团，只有他一双炯炯的巨眼在那里关心着。此种闭起眼睛说大话的态度倘使真成为“一种运动”，实在不是文艺界之福！

原载 1937 年 7 月 5 日《中流》第 2 卷第 8 期

展开文艺领域中反对个人主义斗争（节选）

巴　人

三

在文艺领域上，早先反差不多的口号的提出，基本上，是打击集团主义的文艺思想的；但主要却是打击彼时甚嚣尘上的国防文学——为反抗日本帝国主义而揭起的文学运动。这因为抗日行动，必须是集团的行动。而集团主义的思想与行动的深化，又必须有个必经的相当的阶段。——即量的增大的阶段。没有量的增大，也就没有质的提高。但在这量的增大的过程中，最明显表现于我们面前的，自然是它的“共相”，（但也有它的“异相”，不过是潜伏的，表现得不很明显。）我们的高超的文学家们，既然不愿参加这集团行动，自然更无法理解这量的增大是质的提高的先决条件。于是抓住这“共相”，一顿丑打，想达到他那压制抗日的国防文学的怒潮似的生长。我们如其不从这些方面上探求出这揭起反差不多文艺运动口号提出者的社会根源，而斤斤地和他讨论“差不多”的枝枝节节的问题，那是上了他的老当了。在今天，有若干人痛骂抗战文艺为“抗战八股”，正是也从这一社会根源中产生的。明白的说吧，他们要消灭的：不是“抗战八股”而是“抗战”。否则，正如何容先生所说：“话要常说，才会有实效。”便是“抗战八股”，也还有它用处。

可是我们的梁实秋先生却又提出更积极的意见来了。“要求无关抗战的文字”，活在抗战时代，要叫人作无关抗战的文字，除非他不是中国人，然而他终于提出要求来了。他的用意是非常明显的。他要我们的作者从战壕，从前线，从农村，从游击区，拖到回研究室去。——因为要写些“无关抗战的文字”呀。两年以前曾经以朱光潜的美学的观点，——所谓以心理的距离冷看投水女人的姿态底美妙的那种观点——为无比的残酷的梁实秋先生，今天却以出家僧似的心境提出这个要求，那意义必须打在政治的阴谋这算盘上的；不幸在孤岛上，竟有我们的陶亢德先生，加以响应了。以为既然写不了抗战文字，还是藏拙，不写为是，研究研究“什么莎士比亚”之类吧。而另一方面，我们的沈从文先生，在《今日评论》上，又写出他那《一般或特殊》的高妙文章。时代没有将沉浸于湘西水手们粗野的感情里的这位作者叫醒过来，这是我们的损失。现在为免除多所引征，且看他的结论吧——

> 据我个人看法，对于“文化人”知识一般化的种种努力，和战争的通俗宣传，觉得固然重视，不过社会真正的进步，也许还是一些工作上具特殊性的专门家，在态度上是无言者的作家，各尽所能来完成的。中华民族要抬头做人，似乎先还得一些人肯埋头做事，这沉默苦干的态度，在如今说来是特殊的，希望它在未来是一般的。

这是多么漂亮的结论。谁能摇动他的论旨呢？然而他结论所含的毒素，却比白德璧的徒子徒孙梁实秋直白的要求，更多！更毒！而且手法也更阴险了！

在沈从文先生的论点里，是更着重于“专门研究”，那是谁都看得出来的。同时他把一般的工作和特殊的工作，截然分为两截，那在他的题目上，也很分明的指示了。他不说“一般与特殊”，而说“一般或特殊”。然而，他却把这“特殊的工作”和抗战牵上了一根线，让做特殊工作者有名义特殊下去，这一阴险的毒计，是超过梁实秋以上了。

再也没有比沈从文先生的意见更明白的了。

中华民族要抬头做人，首先得专门家，作家——多好听的名词呵——埋头苦干，一切一般化的努力，不是中华民族抬头之道。你听：“似乎先还得——”这有力的声音，是表示什么？抗战停止吧，等过五十年的埋头苦干过以后再说！胡适主义的最好注脚，无过于这一篇高妙的文章了。如果真的照沈从文的办法，那么抗战完结，在敌人的鼻息下，“建国开始”，千秋万岁，沈从文也就“懿欤盛哉”了。

不是的，朋友，我们必须明白：任何文化的工程，必须是集体的创造。真正具特殊性的专门工作，必须是从一般化这一基地上生长的。在作家作为一个宣传者而出现于民众之前，战线之上的时候，他的工作是一般的；然而由于战斗的实践，他将懂得更多，见识得更深，他的生活经验是一天天的深化了；这就造成他将来有可能成为一个伟大的作家的基础。如果我们不否认：生活经验是文艺作家创作的生命力，那么，这生活经验的不断的积蓄，正也是他具有特殊性的专门工作之一。我们又何用抛开这战斗的动的现实，到坟墓里去“埋头做事，沉默苦干”呢？墓中的骸骨，特殊是特殊了，但将来是无法变为一般的，因为他已经不是有血有肉的人！

理论脱离了实践，或强调理论的功能，而忘却实践是理论的源泉，那在其终极的意义上，是阻止这世界的动的向前推进。医生即使读尽了天下所有的医书，知道药石的应用，但他从没有诊断过一个病人，他将会成一个杀人的庸医。而我们在今天特殊地向作家提出“特殊”的要求，也无非要造成一批误国的文人！

摘自1938年《文艺阵地》第3卷第1期

评《主妇集》

林 茨

今天，我的桌子上多了这么一册灰紫色的薄薄小书，我偷闲把这五个短篇，一气读完，想起了好些话要说。

沈从文，一个多么令人响往名字：有一个时期里他以情感抓住了年青的读者，有一个时期他拿独有的地方色彩叫读者惊奇。有人说他走的是偏路，他的作品渐渐被人们忽略了，轻视了。而把热情赋给了那些有激情，有烈响的大作品里。但是，沈从文的道路果真就日暮途穷了吗！这话耐人细心去想一想。

说来也许是一个人的一点点儿，我觉得沈从文对于中国文艺界的贡献不是他那些一篇紧接一篇的小说而是文章的风格被后来作者模拟不少。这色彩在散文上更见得鲜明。可是，我们再钉问一句这影响就是他的贡献吗？我们不尽退一步想了：沈氏的作风和中国文学中各种形式一样，不过是他所占有的一个小小领域而已。

十几年来，他为文艺界不知道抛下了多少篇小说。起初，以一个军人出现，使文坛上产生了不少描写兵士生活的作品。后来，他逐渐由军队中投身到知识界，和大城市中人接触时，又有了不少描写青年男女，大学教授的故事出现。但是，他还忘不掉自己的家乡，那有着美山丽水，保持着中古堡塞遗风的湖南县份。于是就有许许多多充分代表了地方一色彩的小说。这三大题材可以包括了沈氏小说创作的全部。其中有粗制，然而也有的是真实——是的，忠实于自己的生活，这是他小说里面顶顶可贵的东西。

所以，尽管有人责备他“多产”，有人责备他摆脱不掉都市中小资产阶级的气味。其作品却多少有些时代的意义，不只是空虚的一阵软绵蜜语，一片空阔的笑声。可惜，这三年来，他去到内地，据说是担负着教育下一代青年学文学的责任。我们是多么希望这个导师的新作品呢？——可惜，我们眼睛达不到；我们力量来不及，不能够见他怎样把这阶段的真实生活写在新作品里。一册《昆明冬景》却永久是我梦寐中的读物。

而今，有一本《主妇集》，我怀着一颗欣喜，兴奋的跳动心房，打开了第一页的目录。我失望了！这集子初版于28年底，集中的作品竟全是二十五六年间的。

但是，我仍是如重温旧梦地读罢这册薄薄的小书。我又失望了！作者出这个集子有点近于凑数，里面是多么庞杂，多么不调和呢？

《主妇集》第一篇《主妇》，是描写所谓知识阶级的青年男女间的事。题材如前所说，是他作品的重要体裁之一。他写的这些人物并非平常的男女，而多少有些高贵的身份，也正因为有点身份，使他们于生活之外感到悠闲，于是便想在男女间安排人为把戏，来做生活上的调剂和点缀，这是构成沈氏笔下恋爱事件的总背景，曾经被称赞一时的《八骏图》，不就是这种“闲情”的代表吗？你看做《主妇》的碧碧，是活在一个多么幸福，和平，安静的家庭里——她“睡在新换过的净白被单上，一条琥珀黄绸面薄棉被里藏着个温暖的身子，长发披拂的头埋在大而白的枕头中，翻过身时，现出一片被枕头印红的小脸，睡态显得安静和平。眼睛闭成一条微弯曲的线。眼睫毛长而且黑，嘴角边还镶了一涡微微笑。”而另张小床上有自己的丈夫；床前小台几上有四方的小表，屋外有女仆，有明朗的天，多么幸福的小家庭！

活在这里的人还有什么事情，读者不妨自己去想一想恐怕和碧碧一样的笑了。想起的不外幸福的日子过去的和未来的。于是，这一篇小说便全是这个幸福的回忆了。

她想起了三年前结婚的日子，想起了她做新嫁娘时情景，更想起了她在中学读书时那个陌生人怎样向她求爱，怎样成了功。而且自己便越发是觉得可骄傲。她想起了一个诗人所说的“日子如长流水逝去，带走了这世界的一切，却不曾带走爱情的幻影，童年的梦，和可爱的人的笑和颦，”于是，她觉得可笑和害羞。就停止幻想了，那个已经做了她丈夫的男人，也在幻想着人生的秘密！

> 他想，一个人心头上的微风，吹到另一个人生活里去时是偶然还是必然，在某种人常受气候年龄环境所控制，在某种人又似乎永远纵横如溢，不可范围，谁是最合理的！人生的理想，是情感的节制恰到天的好？（页15）

而结果他觉得还得“站近地面”看着他的碧碧好，说她是好主妇想方设法去爱她了。

这里面有什么内容？谁说不是生活中的“闲情”呢？沈氏只描写了这情感的变幻，说意义恐怕除了一时心理的倾诉以外再没有别的了。

同时，再看全集里末一篇《生存》。这也是一个写青年人的故事，然而它的氛围气竟和《主妇》那么完全相反。这里面已经不是生活的“闲情”而是一个人必不可少的“生存”了。这青年艺术家住在会馆南屋的“学习用手和脑建设自己，对面是那么一个陌生，冷酷。流动的人海。”“可这青年人的希望，到明天会不会实现了他有不有个光明的未来？”

然而，环境对这青年只增加痛苦的成分。他常自己流泪。他有一个留在家乡的妻子，却来信说：“我完了，我知道我快要死了，身上冷汗只是流。”还汇给他最后的十元汇票。后又遇见朋友陆尔全的好友从陕西边地回来，病倒在忠会公寓里，需款进医院，青年给了五块钱，又眼见死者之惨景。看，这是些多么叫人痛心的事啊！

可是他晚上想起了妻说的话：“……哥哥，我知道你在北京的生活，刀割我的心了！……你是个有志气的人，我希望你莫丧气！……身体务要好好保重！”也想起了那个将死的话，“……死让它死去，活着的要好好活下去！”又想起了朋友陆尔全的话，“……你什么都有希望，只要努力……世界终归是年青人在支配的，来创造的！”于是他想，“我一定要活下来奋斗！我什么都不怕，我要作个人，我要作个人！”这青年“生存”了，通过死的教训才生存下来，而且我们相信他活得相信会更有意义的！

这篇风味是硬的，再不像《主妇》那样的了。但两者都是一点“情”的力量，一点“爱”的力量。在运用上就有不同了，然而，《生存》这篇却仅只给了我们一个轮廓，这只是一个短短的“速写”，虽缺乏完美的组织，却有一针见血的力量。即就风格说，在沈氏的小说里也是很少见的，这风格和后面将提到的那篇《王谢子弟》相同，构成这集子中特别的作品。

《大小阮》一篇也以青年做主人公，而作者的态度便和那些有点差别。毋宁说，他是以讽刺和对比的方法来写青年思想间的距离和在我们这个社会中常常有思想上的冲突，尤其是青年与老年间。然而，竟使是年龄相近的人也会有相差几十年的隔离。我们看小阮，在学校里在社会上是一个怎样活泼的人物。他离开学校到上海，到日本，到武汉，到北京，到唐山，一生——哪里说得上“一生”呢，不过几年之间耳！干过多少轰轰烈烈的事情，而最后也就在这事情里死掉了。他的七叔大阮却是上着大学，专捧戏子，把钱又看得如命的人。像文章最后作者写的：

> 大阮从不再在亲友面前说小阮的糊涂，却用行为证明了自己的思想信仰是另外一路。他还相信他之所以各事遂意，就为的是他对人生对社会有他的正确信仰。他信仰的是什么：没有人询问他，他自己也不大追究个明白，他很幸福，这就够了。这古怪时代，许多人为找寻幸福，都在沉默里倒下完事了，另多一些活着的人，却照例以为活得很幸福，尤其是像大阮这种人。（页78）

这不是作者的感慨吗？是什么使得他生这种感想，有人埋怨社会。但社会同是一个大阮看着小阮而自己仍旧是“君子不立乎岩墙之下。”他仍在想，“世界如果照你所说的已经坏透了，一切高尚动机或理想都不再存在，一切人都是狗彘是虫豸，人心在腐烂，你跳下火坑也依然不会死，你想想这几年你跳了多少次火坑，是不是把世界变好一点，另外有多少人腐烂在这土里，对于这个世界多少好处？”（页 72）这成了大阮和小阮间的距离，原因该是归罪于大阮的。

讽刺感慨之外，《大小阮》由时代的反映中，会给读者一点新的教训，我想。《王谢子弟》是一篇在沈氏作品中不常见到的写法，说故事也极平凡，只是一个旧的大家庭中的七爷到天津办祠堂官产，而结果把钱用尽接得一个妓女史湘云同居，一切希望仍成幻想而已。

这使我们想起张天翼，这个作者，笔下的人物大半是富有的阶级或是政府的官吏：因为他们手头上有几个钱，不由得不向生活之中找趣味，而他们所谓“趣味”也者，自不能离开“吃喝嫖赌”之数，因此，也造成许多永久纠缠不清的问题，我想起《王谢子弟》若是给张天翼写一定会更生动更活泼，“七爷为人也怪，大处不扣小处，在场面上做人，花钱时从不失格，但平常时节却耐心耐气向茅大算零用，发信，买纸烟，买水果，都计算得一是一，二是二毫不马虎。”（页 83）这里充满幽默和讽刺，是张氏的特长，此外写史湘云为一个才女，“读书还不到三个月，懂得看诗话之类，七爷糊糊涂涂去作梦使律师竟成了‘吹喇叭的’”，这些是作者的写意的倒而描写，然而力量绝不及张天翼，因为这两个作者的写作方法毕竟不同的《王谢子弟》这样具有浓厚讽刺意味的题材，在沈从文的笔下竟显得平凡，故到最后“七爷总还以为地产事极有希望”，端末尾作者只好说：“七爷就是七爷，有他的性格。也同许多人一样，对他的事只能负一半责任，另一半还得制度去负。”（页 11）。这真是无可奈何的呼声了。

我们看另一篇《贵生》，这实是充分代表“沈从文特色”的一篇小说。背景是溪口；有围子，树枣，有溪流，有桐子，有小铺，有乡村，有地主、女孩子、男孩子。这些是习见于他作品里面的东西。换句话，是洋溢着地方色彩田野无知男女间的爱和恨。像《边城》里的翠翠，爱情是生长得那末自然有动力；而又不浪漫。贵生也是期待着杂货铺中的女孩子金凤。然而地方却不是《边城》中的渡头，这人物也不仅是乡间的弟兄。这地方有五爷和四爷统治着，这些人物也依仗势力来胡作非为。于是，金凤遂被五爷拿一顶喜轿抬进了门。这儿有多少错综的关系，这绝不是简单的故事了。

这结局呢？有些人也许会料到。贵生的爱逝去了，他便以恨来报答那占有了他所爱的人。这样，就在“五爷正在雕花板床上细麻布帐子里拥了新人做梦时”，桥头杂货铺和贵生的房子都烧了火，也不见了贵生。

这是一个故事，然而我们却望见故事后面许多复杂的背景。即使抛开这个以外，这儿还有充分的美的句子：

四爷眼睛尖，从门边一眼瞥见了那女的白手帕，大而乌光的发辫，问鸭毛“女人是谁？”鸭毛说，“是桥头上卖杂货铺市人的女儿。老板去年热天回娘家吃喜酒，在席面上害蛇钻心病死掉了头，今年就只剩下这个小毛丫满十六了。名叫金凤。其实真名字倒应当是‘观音’。卖杂货的大约看中了贵生，又壮又强一个好帮手，将来承继他的家业。贵生到底还拿不定主意，等风向转了白等。”（页35）

这颇像中国旧小说中的描写。和作者喜用的双关语句同样优美，如：

“相信天狗咬月亮？你尽管不信，到时天狗还是把月亮咬了，不由人不信。我和你说，山上竹雀要母雀，还自己唱歌去找。你得留点心。”（页38）

所以，《贵生》是全集里顶完美的一篇。

但是，像开头说过的。这五篇小说的作风很不调和。我希望这只是算他过去时代的结束，同时期待着他更真实的作品出现。

一九四〇年十月初

原载1940年11月1日《中国文艺》第3卷第3期

从沈从文笔下看鲁迅

聂绀弩

周作人和鲁迅作品……一个近于静静的独白，一个近于恨恨的咒诅。一个充满人情温暖的爱，理性明莹虚廓，如秋天，如秋水，于事不隔。一个充满对于人事的厌憎，感情有所蔽塞，多愤激，易恼怒，语言转见出异常天真。……

周作人的小品文，鲁迅的杂文，在二十年来中国新文学活动中，正说明两种倾向：前者代表田园诗人的抒情，后者代表艰苦斗士的作战。一取退隐态度，只在消极态度上追究人生，大有自得其乐意趣；一取迎战态度，冷嘲热讽，短兵相接，在积极态度上正视人生，也俨然自得其乐。对社会取迎战态度，所以鲁迅的作品，便充满与人与社会敌对现象，大部分是骂世文章……

以上是沈从文先生在《国文月刊》第二期《习作举例》里对周作人和鲁迅所下的判断。另外还说鲁迅的文章“感慨沉痛，在新文学作品中实自成一格。另外一种长处是冷嘲，骂世。……”

沈先生的意见，本来有时候是很费解的。比如：说周作人“二十六年北平沦陷后，尚留故都，即说明年龄在一个思想家所生的影响，如何可怕”（同文），把一个极端严重的问题看成一个“年龄”的“影响”，简便自然很简便，但“年龄”是指老大而言，却未免忘记了鲁迅就是周作人的哥哥，哥哥一定比弟弟更老大，“年龄”何以没有在鲁迅身上发生“可怕”的“影响”呢？

但对于这两兄弟所下的判断，却是相当确切的。关于周作人的部分，我不想谈；评鲁迅的那些话，其实就和崇奉鲁迅的人们所说的“差不多”，虽然沈先生是以反“差不多”为职志的。崇奉鲁迅的人们笔下的鲁迅，我们看得太多了，什么改革思想，什么战斗精神，什么现实主义……老实说，人就会很容易想到：正因为他们是鲁迅崇奉者，所以不能不这样吹捧的吧。沈先生不是鲁迅崇奉者是周知的。连沈先生也说鲁迅“代表艰苦的斗士作战”，“迎战态度”，“在积极态度上正视人生”，足见鲁迅崇奉者笔下的鲁迅，并不是什么阿好的私言。从这一意义上看，沈先生的一句当得别人的十句百句。

然而，“对于人事憎厌，情感有所蔽塞”，什么“愤激”，“恼怒”，“骂世”，“冷嘲”，这些不十分表示敬意的字样，却很容易使老实的读者们迷惑的。自然，我们应该原谅沈先生，天下看起来像是表示敬意的词句只有那么多，最好的词句，沈先生就用在对徐志摩的作品上(《习作举例》第一篇是:《从徐志摩作品学习抒情》)，其次的也都用在对周作人的作品上。而且，如果把鲁迅也看得和徐志摩、周作人一样好，把鲁迅看作和徐志摩、周作人完全是一类的或者是“差不多”的作家，那不但沈先生不肯，就是读者的我们也会不肯的吧。

如果鲁迅真是一个憎厌人事，感情蔽塞，愤激恼怒，骂世冷嘲的作家，那么，他的作品会有什么价值呢？又怎能“自成一格”，“代表”一种“倾向”呢？或者有人会这样发问，我想在这里加一点解释。

先说愤激恼怒，感情蔽塞等字样。这似乎是一种新的说法。但是不是有人说鲁迅的文章是“无病呻吟”么？鲁迅自己答辩：

> 即如自胡须直至屁股等辈，倘使相安无事，谁爱去纪念它们；……待到慨然于“头颅谁斫”，“髀肉（又说下去了，尚希绅士淑女恕之）复生”的时候，是早已别有缘故的了，所以，“呻吟”。而批评家们曰：“无病”。我实在艳羡他们的健康。
>
> ——《从胡须说到牙齿》

关于感情的问题也正如此。天下尽有“如秋天，如秋水，于事不隔”的人物，但那都是值得“艳羡”的“健康”的人们，决不是鲁迅。

鲁迅既然要“迎战”，既然要“正视人生”，如沈先生所判断，那就如现在正在前线搏斗生死的将士一样，难免有愤激，恼怒，蔽塞之处，是很难以秋天秋水期望他们的。

其次说到“骂世”。鲁迅自己是并不讳言骂的。他说过：

> 我想，骂人是中国极普通的事，可惜大家只知道骂而没有知道何以该骂，谁该骂，所以不行。现在我们须得指出其可骂之道，而又继之以骂。那么，就很有意思了，于是就可以由骂而生出骂以上的事情来的罢。
>
> ——《通讯》

但这还只就一般人所认为骂的骂而言，其实骂与非骂，是有一条明确的界限的。鲁迅说：

> 假如你到四马路去，看见雉妓在拖住人，倘大声说：“野鸡在拉客”，那就会被她骂你是“骂人”……但事实呢，却的确是“野鸡在拉客”，不过只可心里知道，说不得，在万不得已时，也只能说“姑娘勒浪做生意”……这才不是骂人……
>
> ——《论讽刺》

这意思似乎很明白：如野鸡正在拉客，纵然直斥之曰“野鸡拉客”，这不过指出了事象的真实：虽然被骂者或者别人会骂是骂，其实倒不是骂的。只有诬良为娼，含血喷人，才是真的骂。鲁迅的“指出其可骂之道”的“很有意思”的骂，是不是应该称之为骂，不是很明白的么？

但沈先生也并不一定以为只有鲁迅的作品才是骂。在他看来凡是批评辩论的文章也都是骂，除了他自己对于别人所加的一些难堪的字样。请原谅我的谫陋，沈先生的专集我很少拜读，不知道发抒了这样的伟论的大文，搜集在什么书上，但翻翻鲁迅的《且介亭杂文二集》，就看见有一篇《七论“文人相轻”——两伤》，是专为沈先生的《谈谈上海的刊物》而发的，那里面引用过沈先生（那时候沈先生用的笔名是“炯之”）的一段文章，现在转录如次：

说到这种争斗，便我们记起《太白》，《文学》，《论语》，《人间世》几年来的争斗成绩。这成绩就是凡骂人的与被骂的一古脑儿变成丑角，等于木偶戏的互相揪打或以头互碰，除了读者养成一种“看热闹”的情趣以外，别无所有……我们是不是还有什么方法可以使这种“私骂”占篇幅少一些……

鲁迅曾指出沈先生（或者说炯之先生）对于无论什么论辩，一律称为“私骂”的态度，犹如“知县老爷出巡，路遇两人相打，不问青红皂白，谁是谁非，各打屁股五百完事”。而且说：“纵使名之曰‘私骂’，但大约决不会件件都是一面等于二加二，一面等于一加三，在‘私’之中，有的较近于‘公’，在‘骂’之中，有的较合于‘理’的。居然来加评论的人，就该放弃了‘看热闹的情趣’，加以分析，明白的说出你究以为那一面较‘是’，那一面较‘非’来。”但这自然只是一个小百姓的请求，在“知县老爷”，却还是以“各打屁股五百完事”，为最简便。所以沈先生的态度和用语都一直保存到现在。

再说“冷嘲”。沈先生没有下过怎样的注解，要知道什么是冷嘲，还是只有到鲁迅的文章里去找：

如果貌似讽刺的作品，而毫无善意，也毫无热情，只使读者觉得一切世事，一无足取，也一无可为……这便是所谓“冷嘲”。

——《什么是讽刺》

鲁迅的作品是不是毫无善意和热情，使读者只觉得一切世事，一无足取也一无可为呢？不必别求证明，沈先生就说鲁迅：“态度积极”，作品“感慨沉痛”。既然态度积极，就不是毫无善意和热情；既然感慨沉痛，就不是读者得到的只是不足取，无可为——也就不是冷嘲。

剩下的是“憎厌”，“恨恨”这些字样。说鲁迅的作品里有很多憎恨的感情，别人不知道怎样，我个人是并不抱什么反感的。问题是沈先生把鲁迅的憎恨和周作人的“充满人情温暖的爱”对比地说，以为爱与憎只是绝对相反，而毫无相成之处，似乎不算知言。有所爱，就不能不有所憎；只有憎所应憎，才能爱所当爱。用目前一个极浅近的事例：正因为我们爱中华民族，才不能不憎日本帝国主义；只有憎日本帝国主义到底（打倒），才有中华民族存在来被我们爱。鲁迅在上面引过的“两伤”里，曾对沈先生讲过：

在现在这“可怜”的时代，能杀才能生，能憎才能爱，能生与爱，才能文。

在《再论文人相轻》里也说：

文人还是人，既然还是人，他心里就仍然有是非，有爱憎；但又因为是文人，他的是非就愈分明，爱憎也愈热烈……

他得像热烈地主张着所是一样，热烈地攻击着所非，像热烈地拥抱着所爱一样，更热烈地拥抱着所憎——恰如赫尔库来斯（Hercules）的紧抱了巨人安太乌斯（Antaeus）一样，因为要折断他的肋骨。

进一步说，天下也尽有表面上是憎而实际却是爱的。并不是象朱熹所说“其词若有憾焉，其实乃深喜之”之类；而是耶稣的“这悖谬而又不信的世代呀，我什么时候才能离开你们”之类。耶稣的爱，大概不会有人否认吧。鲁迅的许多作品也正如此。关于这，鲁迅是否有过直接的解释，我忘记了。但对于类似的事理的解释是有的：

例如嵇、阮的罪名，一向说他们毁坏礼教。但据我个人的意见，这判断是错的。魏、晋时代，崇奉礼教的看来似乎很不错，而实在是毁坏礼教，不信礼教的。表面上毁坏礼教者，实则倒是承认礼教，太相信礼教。因为魏、晋时所谓崇奉礼教，是用以自利，那崇奉也不过偶然崇奉，如曹操杀孔融，司马懿杀嵇康，都是因为他们和不孝有关，但实在曹操、司马懿何尝是著名的孝子，不过将这个名义，加罪于反对自己的人罢了。于是老实人以为如此利用，亵黩了礼教，不平之极，无计可施，激而变成不谈礼教，不信礼教，甚至于反对礼教。——但其实不过是态度，至于他们的本心，恐怕倒是相信礼教，当作宝贝，比曹操、司马懿们要迂执得多。

——《魏晋风度及文章与药及酒之关系》

由此可知，说鲁迅的作品只是憎恨，憎恨里头没有热爱，自然皮相；若更自以为有和周作人一样的“人情温暖的爱”，而沾沾自喜，以为可以对鲁迅骄傲骄傲，那倒不仅“语言”，那态度也就“转见出异常天真”了。

其实，沈先生是聪明人，既然知道鲁迅的正视人生的，迎战的积极态度，又何尝不知道鲁迅的作品并非冷嘲骂世乃至只有憎恨而已呢？其所以仍旧这样说者，实别有苦衷。

现在人们常常开口学习鲁迅，闭口学习鲁迅，这意思决不仅是说学习鲁迅写小说，写杂文，翻译翻译外国书而已，主要的恐怕倒是要学习鲁迅的正视人生的迎战态度。嗟乎，如果这样，则鲁迅岂易学哉！若正视人生，则人生实有其不尽美好之处，看清楚了之后，总难免要这样说说，那样挑挑，势必至成为“人生”诅咒派，而被不正视或熟视无睹或装作无睹的“人生”讴歌派所深恶痛绝。向社会迎战，必是那“社会”有可战之道，有对战之人，又势必至被“社会”所深恶痛绝。我们常常说：鲁迅一生的历史就是战斗的历史，其实只说出了一面，就另一面说，鲁迅的历史就是被“社会”围剿的历史。鲁迅幸而终其身未罹缧绁之忧，得保首领以没，学习鲁迅的人，却不见得人人都有这种幸运的。岂但学习鲁迅，就是评论鲁迅，真也谈何容易！如果对鲁迅多事推崇，就无异表示和鲁迅站在一边，也间或赞成向社会迎战，鲁迅的遭遇以及鲁迅所幸免了的灾祸，都有落到自己头上的危险。这场合，最好是无视人生，放松社会，把一切都归之于鲁迅个人感情上的缺点；倘对鲁迅又略加褒扬，则于社会，于鲁迅也就面面俱到，自在圆通，拥皋比，参政议，臧否人物，放论文章，都不减于周作人氏之“如秋天，如秋水，于事不隔”了。问题是在读者，他们应该明白：怎样的人物笔下，只能写出怎样的鲁迅来。

1940年11月5日，桂林。

原载1940年12月1日《野草》第1卷第4期

《昆明冬景》

林　茨

从离开这北方大城以后，沈从文先生的作品已经和我们隔离好久了。我们知道他在内地担任教育的工作，然而对于他的新作，却一向是陌生着。也是他现在已经不常写小说了。这原因并不像有一般人说他“落伍”，而是他这个人毕竟有他自己的生活观点，他永久固守着自己的观点过活，在我们看来也未始不是一件难能而可贵的事。

在我们不知道他是否有新的作品产生的时候，早就听到了他出版一本散文集——《昆明冬景》。这一个薄薄的小册子直到现在才有机会读到。

这本小书，与其叫做散文集还不如称它为杂文集。里面包括五篇短文，除了最后一篇的《昆明冬景》外，其余的四篇多半都是属于杂感文之类的。

这，我们就很奇怪了。作者原是一个小说家，他写短文很少，《废邮存底》只不过是一些信件，至于杂文，恐怕在从前还很少见过。

这五篇文章有四篇是在28年写的，一篇在27年写的，多半发表在香港《星岛日报》的副刊《星座》上。这几篇文章对我们主要的用途，就是能明白一点这二年来作者的思想。他在这时代里抱着怎样一种心肠来过活，想来都是大家所关心的事。从这本小书里，我们推想他一定很匆忙，然而在匆忙中看到了好多平常的故事，他也发出了许多深具己见的感想，写成了这两万多字的文章。

我说他“深具己见”，这话是的确的，这是作者历年来在他作品里所表现的一贯的见解，也正是他的忠实处。作者不是严肃端重的大学教授，因为他常在文章中攻击那种人；然而他也不是投合青年嗜尚的领导者，因为他时常攻击那种流行的口号和趣味。他只是真诚地做人，怀着理想（却不是空想）不空喊，不嚣张，老老实实的脚踏实地，一点也不慌张的热心者。这样，明白他的人能了解他，不明白他的，就说他是天天在落后了。

《昆明冬景》里表现他这种见解最明显的，是《真俗人和假道学》，和《一般或特殊》两篇文章。作者在前篇文章里攻击着自命“风雅”的人，攻击那一群“假道学”。最后作者说明道：

新式假道学又必将从战争上学得一些新说明，来热热闹闹度过他由二十岁到三十五岁一段生活。文化或文明从表面上看，是这些读书人在维持，在享受，余人无分，可是真正异常深刻的看明白这个社会的一切，或用笔墨或用行动来改造，来建设活人的观念，社会的组织，说不定倒是要一群不折不扣的俗人来努力。

这种见解，有些是可爱的。所以，说到文学作品，作者也愿意“多有几个仿佛极俗的作家，肯三十年一成不变，继续做他的事业，”而沈从文先生也就是这样的一个作者。

所以，他在《一般或特殊》中，更特别固定了这个见地。他说“一个民族的文化或文明，重在一般事情能够特殊化，同时这特殊化的东西又能应用于一般生活。”而文学方面也有特殊和一般的问题很值得讨论。

他说明使用工具（文字）的“恰当”性的重要。但他又很坦白地说“在这时提起技巧，很自然会成为一种迂论，一种反世违俗的见解。”原因是有句话在可解不可解情形下流行：“一切文字都是宣传。”

但作者近因为是“反世违俗”，才独有他的长处。他不满意以文学当宣传，不满意一般化的“文化人”增多。他说有些人很沉默，很冷静，远离了“宣传”空气，远离了“文化人”身分，用平常人的资格实实去生活，这些人在现在特殊，然而将来毕竟是一般而可望的。他说：

据我个人看法，对于“文化人”知识一般化的种种努力，和战争的通俗宣传，觉得固然值得重视，不过社会真正的进步，也许还是一些在工作上具特殊性的专家们，在态度上是无言者的作家，各尽所能来完成的。中华民族想要抬头做人，似乎先还得一些人肯埋头做事，这种沉默苦干的态度，在如今可说还是特殊的，希望它在未来是一般的。

另外，在《谈保守》一篇文章里，作者说明了“保守”是阻碍进步，和中国人的保守性以后，对于文学说：

一个文学作者若自觉为教育青年而写作，对于真理正义十分爱重，与其在作品上空作预言，有信仰即可走近天堂，取得其“信”，不如注入较多理性，指明社会上此可怀疑，彼可怀疑，养成其“疑”。用明智而产生的疑，来代替由愚昧而保有的信。因疑则问题齐来，因搜求问题分析问题即接近真理。文学理想若必需贴近人生，这样来使用它时，也许容易建设一较健康作风与良好影响。

这许多意见，在这战乱的日子里都是很难见到的。一般人早喧迷于战争文学的氛围下，而作者特别清醒，更认识战争的背后。在一般流行的口号和趣味下，作者特别提出了他永久坚守的立场，切切实实的作人。这不都是顶可宝贵的吗；也从这里，我们更深的了解了沈从文先生的忠言，不但明白他个人，而且乐于接受这一片至诚的话语。

以《昆明冬景》做书名的一篇文章，是一个很短的散文，写战后这个城市的情况。是极好的一个“速写”。作者最后的结论，更有非常深远的意味：

“美”字笔画并不多，可是似乎很不容易认识。“爱”字虽人人认识，可是真懂得他意义的人却很少。

最后，谈到这集子中一篇比较长的文章，《谈朗诵诗》，这是就目前文坛上所流行的朗诵诗歌的现象而发的。这几年谈的朗诵运动，对我们还很生疏。尤其是新的诗作，有怎样的成就，我们是一点不知道的。但是，在这篇文章里，沈从文先生告诉我们历代诵诗的情形，和新诗朗诵的历史。谈到现在的“朗诵诗”他说是失败了的。因为大多数不合于群众欣赏朗诵条件。他说使新诗适于朗诵，是应该：

理论上似值得从丙午年来中国过去凡与“诗”有关系的一切作品，如诗，词，曲，挂枝儿，山歌，小调等等，重新加以检讨，分析取舍，就中抽出一些意见，供给作家。作者却根据这些意见，再从活用说言，来学习控纵驾驭这些语言的技术，写成诗歌。若希望它可以成为多数人在公众集会上拿来诵读，使不识字的人也能在听觉上受到教育，有所启发，还必需使诵读者受相当训练。

这是一个当前值得讨论的题目。我们觉得“朗诵诗”的成功，并不是几句口号所能够做到的，那需要从各方面讨论，还应和整个新诗的发展联系一起，才能达到成功的地步。

三月末

原载 1941 年 5 月《中国文艺》第 4 卷第 3 期

沈从文在北平

子 冈

他全无半点湖南人的豪迈，却有点叫我怀疑《浮生六记》中的主人翁就该是这个样子。

在一个茶会里听到说沈从文在 8 月 27 日到了北平，正象其他万千读者一样，虽然只能从幻想中尽出他底轮廓，却感到亲切的喜悦，最近他发表了《忆北平》，不想他马上到了北平。我经过景山前街的红墙，在杨槐树下走过，寻找沙滩的北大教职员宿舍，原来就在红楼的贴隔壁。

这里也曾经住过日本人，不过现在仍作鸽笼式的分隔。校工把我领到四十一号，门上有下置“湖南凤凰”的他底名片，可是门上一把锁。我告诉冯至先生，假如沈先生愿意接见一个记者和读者，请他给个电话。

这是 8 月 29 日，北平秋天的黄昏，街上果子摊的复杂色调氛环了画家画版，我似乎已经嗅到了良乡栗子的香味了。北平各大学的复员带来了各式各样的学者教授文人，以及活跃的知识青年，北平的文化气息必然浓厚，色调也必然繁复丰富，这才是文化的温床，清一色会令人窒息死亡。

没有电话。31 日午后我又去了。沈先生正伏在方桌上，在整理旧稿，跳起来向徐盈和我说：“你们是——”

报了名字，于是象旧师生般地握手大叫起来。

“我正写了封信要寄给你！”他还给一封信给我说：“十年不摸电话，

不知怎么拨它。也已点了十年清油灯了。”

客人占据了他尽有的两把椅子，主人便只好坐在覆了白被单，有一条绿毛毯的板床上。有点意外，这么玲珑瘦小的一个人写了八十多本书；并不意外，文格与人格的形象甚至内心是统一的，他全无半点湖南人的豪迈，却有点叫我怀疑《浮生六记》中的主人翁就该是这个样子，怪的是反而他的夫人张兆和是苏州人。白皙柔弱，鬓发匀淡淡的，两片白镜片后是一双和易近人的眼睛。好象他永远不会发怒似的。

他自己也说，他一生最怕听打杀之类的事，这表现到行为上便是牢守一个读书人最基本的本份，只在用脑子用笔，想留下这一时代的乡村记录，小儿女的恩怨，以及青年们情绪的转变。“我没有像振铎和一多那样做，我想，”他手指着前额画了很多圈圈说：“便是我能承受生活上的一切压力，反抗性不大，这或许是弱点。”

他完全不以报纸上说丁玲批评他与人民脱节为伤害他，“她一向那样说的。抗战初期，曹禺、巴金都不会有可能约往延安去，可是不知为什么，都没去成。我自己是一个没受过教育的人，所以书也教不好；不习惯受管束，也不会管束别人，还是让我和青年人在一起，看了他们如何转变。”他又问到了显然是经过熟思的另一个问题：“丁玲他们为什么去了，反倒没有什么作品了呢？”

他同意丁玲他们在向人民学习，为人民服务，以及在干部教育等工作的说法。对于题材直拨汲取于农工且就正于农工的创作方法他也不表示反对，但似乎他还是看重作家的作品，或者更在为写作生命的有限担心，因为他说：“我也许还能写十年，别人写百万字的时间，我只能写十万字。我曾经和巴金同住过，他写《火》，我写《边城》，他一天写七千字，我一周才写三千字。”

我说他的原稿是别人看不清的，东一点，西一点，句子不完全，修整好了才对凑起来。果然桌上正在修整的旧稿好似女人正在电烫的头发，添的句子像夹子鬈儿向四周散射。

他打算写湖南十城记，已写的有《边城》，《芸芦记事》，《小寨》……将来有机会打算旅行，顺便写些游记，所以对于新闻记者的采访术特别发生兴趣。他上讲堂上，好学生不一定会多，但是旋转在他身旁的好学生一定不少，他那份温暖与玩笑会吸得住他们。

他写过《八骏图》，深沉的铸刻在许多读者心上。他要写昆明的《八骏图续篇》，而且谈起了茅盾的《清明前后》，他高兴的说，他已有意思要写剧本，而且一定在《大公报》刊载。

他的掉牙和别人有些不同，他先掉左右后牙，并不痛，却与他的爱说笑的气息不相配合。他承认是为了“吃得太坏”。鼻血病这几年好些了。说起了丁玲他们的勤务兵，他说：“我们这几年什么都没有办。”有人说沈从文在联大担水，有人说梅贻琦补袜子以及夫人蒸蛋糕出售帮家用，他说一点不假，梅先生住的房是马厩改的。沈夫人在昆明一周教十八点钟书，照顾两个孩子从头至脚，现在在苏州娘家，沈先生说：“来不了啊，家里房子佣工是现成的，教授们的较好房子要等抽签。”他十二岁的儿子已上了苏州中学了。

版税呢？读者们会惊讶的，可是他不会愤怒，却显然是会伤心的，“今年开明结算稿费，我拿到三百六十元，因为按照伪币折合的。算起来要自己一本书十八年的版税才能买一本书，这是书店的制度。”他又讲起部定的那本国定教本逻辑学，作者的年数版税只九元七角五分，为此他慨息：“文化文化，原来我们就活到这么一种现实文化空气中，奇异的是活在这种文化空气中，居然还有人写作……工作的庄严并未失去……原因是这种人明白现实尽管如何要不得，他的对面还有读者。”

“这些我也不在乎，只要我的书出在那儿，有读者看就行了。”

他为客人们打水洗手，为的吃饭清洁，我相信他是有点洁癖，至少不是拉里拉塌。身上那件白绸小褂虽未烫过，却极干净。

我发现这位作家不只用笔娴熟，且也用语娴熟，他有他的文字形象用语。例如他说某某人婚姻多变，“情绪生活”一定很苦；例如他对记者说俟国家安定，应该放下记者生活写点久远性的文艺东西，因为“生活不应该这样用法的”；例如他感觉九年不见的北平老了，洋车夫的头发也似乎白了，怕北平将不会“发生头脑作用”；例如他管管场人物叫“拿皮包的人”，又例如某某人的性格是“抒情的”……

他在昆明乡间会经常要往返走四五里路去教难童学校的孩子们，“他们有人程度极好，比联大考生卷子还好呢，真是国家对不起他们。”他谈起巴金曾经是一位唯一赖版税生活的新文艺作家，可是现在书商用三百万元印了他的书，只能在上海批出三百本。这是对作家们多大的威胁！而且书本走不出上海，“在苏州都只看到些有美女像片的书刊。”

由《忆北平》也可以看出他对时局的焦愁，他屡屡地追问时局的症结，坦白地说：“你们告诉我，批评我，免得我发了傻气说了糊涂话。”他不断地提到他的“小朋友”们，那些环绕着他的青年人，他最推崇的新作家是汪曾祺，在本报《文艺》栏及上海的大型刊物《文艺复兴》，均有其作品。

如果你在北平的庙会或小胡同碰见一位提了网线袋，穿着一件灰色或是淡褐色的毛质长衫，身材矮小瘦弱，一脸书卷气，眯着眼睛在书摊子上找旧书或是在找门牌号数，说一口湖南北平云南杂揉的普通话，那便是沈从文。你可以告诉他，他该去理发店去理发啦。

9月2日寄

原载1946年9月19日上海《大公报》

论沈从文的《从现实学习》

杨　华

上月，在上海的《侨声报》上刊出了一篇沈从文访问记，赫然大字标着《沈从文论作家》，在这篇访问记中所记关于作家的“精警”之论是：“茅盾很沉稳，不像郭沫若一般的飞莫斯科，……丁玲则到铁矿上去体验工人生活，写了文章还要请工人纠正。”

这位记者描写沈从文“随说随笑，……并且用三个手指轻轻地抚在上嘴唇上，像是想大笑而又不好意思笑出来时用手去堵嘴一样，他还向后仰几下子。”我不知道沈从文先生为什么觉得那样可笑？是笑丁玲到铁矿里去体验工人的生活吗？既是描写矿工的生活，难道不该到矿上去体验，而该到像沈从文先生所有的“放满大理石镶面的檀香木桌椅”的各色房间中去体验才不可笑吗？写矿工生活的作品不该请矿工“纠正”，一定要请像沈从文先生一样的“老京派”（沈从文自称）作家来纠正才算合理吗？茅盾“很沉稳”，并非因为他写出了几部沉重的作品，而是因为他“不像郭沫若一般的飞莫斯科”。可惜的是沈从文先生刚说过这句话，茅盾即已动身去苏联，虽说出发时是乘船，而并非“飞”的，但在沈从文眼中，其罪孽一定是与郭沫若同等的了！“飞莫斯科”一事不知为什么会使沈从文先生觉得那么可轻蔑？是因为“莫斯科”太危险呢？还是因为“飞”太气人呢？假如美国国务院发现了沈从文先生的重要性，请他赴美“讲学”，那末，我想：他一定不会拒绝邀请，也不会拒绝“飞”的，自然飞的目的地不是“莫斯科”，而是华盛顿或纽约。而且，他也许还会到处接见记者，发表长篇的“中国作家论”，使洋人也认识沈从文先生的“单纯”和“谨严”，那时，沈从文先生一定不会再“仿佛沉默无闻”，感到“近于完全败北”，而会名震洋都，利收美钞，与林公语堂并驾齐驱了！

本来，新闻记者的记录也可能不尽可靠，但是，参看了沈从文先生的近作《从现实学习》一文的理论，并复读了三年前沈从文先生“中央文化运动委员会”的献议（载该会机关志《文艺先锋》第二卷），却使我相信这位记者的记录是并无大错的。沈从文先生自有一贯的理论。

沈从文先生认为作家有两类：一种是“用文学去认识社会，反映社会，进而去改造社会”；另一种则是“把文学当作一种事业”。他认为前者是“点缀时代风景”的作家，后者才能“产生受得住岁月陶冶的优秀作品”。自然，他本人是属于后者的，即二十年前所说滥了的“为艺术而艺术”是也。认为艺术不可能与政治分离，艺术作品如非推动社会的进步，必致阻碍社会进步的主张，沈从文先生是一向反对的，二十年如一日，可是，奇怪的是他也在说：“将作品中所浸润寄托的宏博深至感情，对读者引起普遍而良好影响。”既云“普遍”，那末读者当不能限于“专家学人”或“纯粹知识分子”；既云“良好影响”，总不能叫人终生沉醉于自己的小天地。假如承认这两点，那末以文艺来改造社会又为什么要不得？作家描写工人农人或向工人农人学习又为什么可笑？沈从文先生口口声声器重的三作家之一的何其芳在《夜歌》的“后记”里曾说：“创作不一定发表他的理论，但是他应有一个理论在支持着他的写作，这个创作理论的正确或错误，直接影响到他的实践与成就。抗战以前，我写那些‘云’的时候，我的见解是文艺什么也不为，只为了抒写自己，抒写自己的幻想、感觉、感情。后来由于现实的教训，我才知道人不应该也不可能那样盲目的，自私地生活着，我就否定了那种所谓为艺术而艺术（实际是为个人而艺术）的见解。抗战以后，我也的确有过用文艺去服务民族解放战争的决心与尝试……”何其芳这段自剖无异对沈从文先生的答复。何其芳和沈从文先生的分界线，就在他“已走到劳动人民的队伍中，愿意与他们同甘苦，共命运，一起为着理想的社会而奋斗”（《夜歌·后记》）。而沈从文先生的眼光却仅能及于“几个良师益友”及“一个家中人”的小天地，而且二十年如一日！

沈从文先生所最害怕的是政治"干涉"文艺，是文艺为政治"宣传"。假如说，"干涉"是指执政者以强力来限制文艺（例如三年前沈从文先生所参加讨论过的"中央文运会"的"六不""四要"的"文艺政策"或检查制度之类），而"宣传"是指执政者明令或暗令作家歌颂自己的政策，诋毁别人的主张，那末，我也将举手赞同。但是，假如像何其芳所说的说出"知识分子的个人主义"，"走向劳动人民的队伍"，在"思想上武装自己"，而"使你的歌唱不是一种浪费或多余，而与劳动人民的事业血肉相联，成为其中的一个部分"，也算是政治"干涉"文艺，是文艺为政治"宣传"，那末，我就不懂得沈从文先生所说的"干涉"和"宣传"的含义了！一个作家在不同的生活环境中，思想逐渐演变（我们说是"进步"），而自发地按照自己的新思想，写成为劳动人民（不为自己个人）说话的作品，我觉得这完全是本义的纯正的艺术，这类作品虽未必尽优秀，但却绝对可能产生"受得住岁月陶冶的优秀作品"；这样的作家也绝对可能成为"有思想、有热情、有成就的作家"。而沈从文先生却轻轻地抹杀了这些向上的青年知识分子的忠诚努力，而诬蔑地说"他们（何其芳及其同道者）是跟了政治跑的"，说延安给了作家"抽象的"限制！沈从文先生居然不嫌自己的说法太抽象。

一个知识分子出身的作家，大步走进劳动人民的世界，虔诚地向劳动人民学习，忠实地以作品为劳动人民服务，反而不能"丰饶人民的感情"，"提高人民的觉醒"，倒是沈从文先生所善作的"从多阳光的海岸边所作的长时间的散步"，看"大海岸边的天云与海水。以及浪漂洗得晶莹如玉的螺蚌残骸"，能够产生受得住"公正的时间来陶冶清算"的作品吗？请问，这样的作品又在哪里？沈从文先生似乎对十九世纪的俄国文艺是佩服的，认为苏联文艺"简直不能比"，但是十九世纪俄国的伟大作家——如普希金，冈查洛夫，果戈里，托尔斯泰等的不朽作品，哪一篇不是从真诚地体察劳动人民的艰辛甘苦而来的？这只要一读他们的传记就会得到解答。

沈从文先生说："二十年来的学习，担当了一个多产作家的名分"。其实，"多产作家"的名分并不可鄙，问题是在"多产"的是怎样的作品。假如是像《摘星录》那样的东西，即使再"多产"百篇千篇，这样的作家再多三十五十，又于"国家的不祥局势"何补？于"人民的觉醒”何助？（自然，我也决无意否定说从文先生前期的一些反映了部分社会生活之真实的作品）。近三十年来的新文学运动所留下来的业绩，固然不能说“丰富”，但决非一片空白却也是公认的事实。在这二十余年间，经过“时间”的返复淘汰，至今也还未失一读价值的作品，大概百部是不难举出的吧？这些未为人所忘却的作品，十九都是反映了时代社会的真实，而强烈地表现了爱憎之情的（也许这也是沈从文先生所说的“政治”或“宣传”）。即以沈从文先生所说“一离开上海，过二三年后，活泼热闹便无以为继，且若无可追寻”的“九·一八”以后的杂文而论，其实也并非真的“无可追寻”，这个优秀的传统一直继续到现在；现今，即使是初离中学的青年，只要他对文学感到一点兴趣，大概没有不知道鲁迅先生的《伪自由书》、《准风月谈》以及《花边文学》诸书的，这难道不是“公正的时间”所证明的“什么将消灭”，“什么能存在”吗？历史确是残酷的。

最使人感觉到沈从文先生太没有“纯正的知识分子”气度的，是对于一二年前昆明的民主热潮，他竟不以自己处身事外为耻，也不从青年学生（以“西南联大”为主）对国事的赤诚和中央与地方关系的矛盾这些条件上去认识，而检拾了最落后的反动“政治家”的牙慧，诬为是“少数人领导欲要寻找出路”的结果！这真是无意间把沈从文先生的真面目暴露出来了！闻一多先生是沈从文认为“态度”不错的，难道他的获得千万青年拥戴的为民主的苦斗，也是“领导欲”作祟，或是受有“领导欲”者的利用吗？有了三十年为学术忠贞苦斗的历史的闻一多先生难道还看不透“隔靴搔痒的座谈”，“七拼八凑的主张”，而会舍命以赴吗？这种论调实在是对于闻一多先生以及其他昆明民主运动中的牺牲者的最卑鄙的诬蔑！我真料想不到聪明的沈从文先生会说出这样的话！这真是把沈从文先生的“一切现实，背后空虚”的底里暴露无遗了！

关于政治上的各党派，他说：“都说是为人民，事实上在朝在野却都毫无对人民的爱和同情。在……调停声中，凡为此而奔走的各党各派，也都说是代表群众，仔细分析，却除了知道他们目前在奔走，将来作国府委员，有几个人在近三十年，真正为群众做了什么事？又曾经用他们的工作在社会上有以自见？”由此看来，沈从文先生简直是个高明的政客了！你看，他一笔抹杀，玉石不分，多么痛快！二十年来不知有多少仁人志士、纯洁青年不为任何目的，而只想为劳苦人民做一点事，以致失去自由，牺牲生命。不知沈从文先生也知道，这些事实否？别的不说，你的朋友胡也频是怎样死的，该尚可忆及吧？你能说胡也频以及其他无数比胡也频更艰苦的革命者也是为了名利，而并无对群众的爱和同情，并无心真正为群众做些事吗？中国的大多数人民固然至今犹在苦难的煎熬中，然而抗战迄今，许多地区在内外双重压力之下，为了人民的真解放所作的政治经济的新试验，也是为了什么人的私利吗？假如真是如此，那些不惜生命的牺牲者岂非太愚蠢？这里，只叫人听出了沈从文先生的"弦外之音"！而真正"有思想、有热情、有成就的作家"，是无人会如此不辨黑白，抹杀是非的，他们今日的公正的言行作品就是一个最有力的证明。

在这一切有关文艺，政治的高论之外，还使我发现了沈从文先生一套巧妙的逻辑。他说："第一次送我到学校里的，就是北大主持者胡适之先生，民 18 左右，他在中公作校长时，就给了我这种难得的机会。这个大胆的尝试，也可说是适之先生尝试第二集，似乎比他的诗集还影响大。"胡适之先生介绍了沈从文先生去北大当教员，原是一件不平常的事，可是在沈从文先生看来，居然比他的尝试集影响还大！读者们大概很不是摸懂此中的奥妙吧？你也许会以为这是沈从文先生不忘旧恩，过分感激，故未免把适之先生阿谀得夸张一点吧？然而，不然，他的中心之点原来是"这个作用极显然处，便是自由主义在文学运动中的健康发展，以及其成就。"请看，原来"自由主义"在文学运动中的健康发展及其成就的起点是由胡适之介绍沈从文当教员而来的！由此，你当可了解：沈从文先生那么夸张胡适之引荐他入北大的功绩之奥妙了！他是旨在引出：沈从文是文学运动中的"自由主义"的代表，其一切发展与成就都是由他沈从文而来的。

沈从文先生常喜欢自称为"乡下人"，其实这只是他自谦，写访问记的那位记者倒泄漏了一个秘密：沈从文先生除了常说"我是个乡下人"之外，还不时的流露出"我们这种买卖"等话。大概沈从文先生确是把文学当作"买卖"，而且深通"买卖"之道的；你看，可诬蔑的尽量诬蔑，该吹捧的大胆吹捧，而且从来不忘记抓住机会，委婉曲折地自吹自捧一番。要不是深通“买卖”之道，焉能运用巧妙，一臻于此！

请参考:《沈从文论作家》(11月13日上海《侨声报》)。《从现实学习》(11月3日、10日上海《大公报·星期文艺》版)。

原载1947年1月1日《文萃》周刊第二年第12、13期合刊

斥反动文艺

郭沫若

今天是人民的革命势力与反人民的反革命势力作短兵相接的时候，衡定是非善恶的标准非常鲜明。凡是有利于人民解放的革命战争的，便是善，便是正动；反之，便是恶，便是非，便是对革命的反动。我们今天来衡论文艺也就是立在这个标准上的，所谓反动文艺，就是不利于人民解放战争的那种作品，倾向和提倡。大别地说，是有两种类型，一种是封建性的，另一种是买办性的。今天的反动势力——国家垄断资本主义，是集封建与买办之大成，他们是全面武装，武装到了牙齿了。文艺是宣传的利器，在这一方面不用说也早已全面动员“戡乱”了。因此，在反动文艺这一个大网篮里面，倒真真是五花八门，红黄蓝白黑，色色俱全的。

什么是红？我在这儿只想说桃红色的红。作文字上的裸体画，甚至写文字上的春宫，如沈从文的《摘星录》，《看云录》，及某些“作家”自鸣得意的新式《金瓶梅》，尽管他们有着怎样的借口，说屈原的离骚咏美人香草，索罗门的雅歌也作女体的颂扬，但他们存心不良，意在蛊惑读者，软化人们的斗争情绪，是毫无疑问的。特别是沈从文，他一直是有意识的作为反动派而活动着。在抗战初期全民族对日寇争生死存亡的时候，他高唱着“与抗战无关”论；在抗战后期作家们正加强团结，争取民主的时候，他又喊出“反对作家从政”；今天人民正“用革命战争反对反革命战争”，也正是凤凰毁灭自己，从火里再生的时候，他又装起一个悲天悯人的面孔，谥之为“民族自杀悲剧”，把我国的爱国青年学生斥为“比醉人酒徒还难招架的冲撞大群中小猴儿心性的千万道童”，而企图在“报纸副刊”上进行其和革命“游离”的新第三方面，所谓“第四组织”。这些话见所作《一种新希望》，登在去年10月21日的《益世报》上。这位看云摘星的风流小生，你看他的抱负多大，他不是存心要做一个摩登文素臣吗？

什么是黄？就是一般所说的黄色文艺。这是标准的封建类型，色情，神怪，武侠侦探，无所不备，迎合低级趣味，希图横财顺手。在殖民地，特别在敌伪时代，被纵容而利用着，作为麻醉人民意识的工具。在黄色作家群中，多是道义观念贫弱的穷文人，性格破产者，只要靠一枝毛锥可以糊口，倒不必一定有祸国殃民的明确意识，但作品倾向是包含毒素的东西，一被纵容便象黄河决口，泛滥于全中国，为害之烈，等于鸦片。正因为这是一种有效的麻醉剂，足以消磨斗志，甚至毁灭人性，在今天集反动之大成的“当局”当然也就更从而加紧利用。利用的方法很多，或用金钱津贴，纵容放任，暗中加以保护，这是无形的利用。还有有形的利用，便是使他们的意识彻底反动，以反人民为主题，明目张胆的帮助“戡乱”，或于黄色的方块报中时时插入一些反人民的言论，以利宣传。这样被利用的结果，这黄色之祸，也就更加猛烈起来，黄河决口，不是由于自然崩溃，而是出于有心的抉发了。然而黄河本身其罪固不小，我们断难容恕的是这抉发黄河的滔天大罪。

什么是蓝？人们在这一色下边应该想到著名的蓝衣社之蓝，国民党的党旗也是蓝色的。胜利前潘公展在重庆曾经组织过“著作人协会”，胜利后张道藩又组织了“中华全国文艺作家协会”，都是存心和由战时的“中华全国文艺界抗敌协会”后改名为“中华全国文艺协会”相对立的。但他们事实上都只有协会而无作家。记得在重庆时蒋宋美龄曾与谢冰心作过一番谈话。蒋宋美龄问“中国国民党为什么没有一位女作家？”谢冰心回问“中国国民党又有那一位男作家？”这是在文艺圈子里面传播得很广的一段插话。但我想：冰心在回问时恐怕疏忽了一点，国民党是可以有一位男作家的，那便是国民党中央监察委员的朱光潜教授了。朱监委虽然不是普通意义的“作家”，而是表表堂堂的一名文艺学学者，现今正主编着商务印书馆出版的《文学杂志》。我现在就把他来代表蓝色。

抱歉得很，关于这位教授的著作，在十天以前，我实在一个字也没有读过。为了要写这篇文章，朋友们才替我找了两本《文学杂志》来，我因此得以拜读了他的一篇《看戏与演戏——两种人生理想》（二卷二期）。这俨然是一位教授写的文章，东方说到孔丘、老庄，还有释迦牟尼，西方则从柏拉图、亚理士多德，说到尼采和克罗齐，又是哲学，又是文艺，又是《神曲》，又是“佛典”，一下是嵇康、王羲之、陶潜、杜甫，一下又是但丁、歌德、莎士比亚、斯蒂文生，学通中外，道贯古今，的确是够教授的斤两，也够监察委员的斤两的。然而他说了一些什么呢？他只说了一篇连自己也并未能圆其说的宿命论而已。他说：“人生有两种类型，一种是生来爱看戏底，另一种是生来爱演戏底”，“这是一件天生注定丝毫不能改动底事”。真是呜呼妙哉了！中国到了今天，还有这样高明，坐享盛名的大学教授！这些都不必管，且看这位大教授自认为属于他所说的那一类型。教授自己说“我们这批袖手旁观的人们”，他当然是属于“看戏底”的类型了。但要留意，这倒并不是谦虚，而是自命为和孔子、老子、庄子、释迦、耶稣、柏拉图、亚理士多德、尼采，克罗齐等等大思想家并驾齐驱的。但是，不幸得很，我这个不知道应该属于那一类型的，就亲自“袖手旁观”过我们这位当今大文艺思想家，在重庆浮屠关受军训的时候，对于康泽特别“必恭必敬”地行其军礼。那到底是在“看戏”，还是在“演戏”呢？我在这里还可以更进一步问问：当今国民党当权，为所欲为的宰治着老百姓，是不是党老爷们都是“生来演戏”的，而老百姓们是“生来看戏”的呢？照朱教授的逻辑说来，又能够得出一个答案，便是“是也”！认真说，这就是朱大教授整套“思想”的核心了。他的文艺思想当然也就是从这儿出发的。由他这样的一位思想家所羽翼着的文艺，你看，到底是应该属于正动，还是反动？

什么是白？这是一批无色而其实杂色的货色，有属于封建型的，也有属于买办型的。无色的白，在光学上讲来是诸色的混成，文艺上的无色派事实上是各种颜色都杂在里面的。当然有的是天真的白，但也有的是伪装的白。故在这儿可以有桃红色的沈从文，蓝色的朱光潜，黄色的方块报，最后还有我将要说出的黑色的萧乾。别种货色的反动作家，伪装成白色，固然是反动之尤，而无心的天真者流，自以为虽不革命，也不反革命，无党无派，不左不右，而正位乎其中，然而狡猾的反动派在全面动员“戡乱”之下对他们却乐得利用，自己伪装为白色固然是利用，让天真者作为花瓶，甚至拉一两位“前进者”来伪装“前进”，是尤其恶劣的作用。在这儿，我倒有一个或许会被认为十分偏激的见解，“前进者”固不用说，天真者的作家们，在今天最好不要敷衍或顾忌反动势力而写，写了也决不要在反动或伪自由主义报刊上发表。敌人正想利用你的天真，你又何苦让自己去给人家当伪自由主义的幌子呢？我们在这里还可以区别出有些无色者之流入于御用是出于因袭旧套，和另一批因循苟合者稍有不同。前者因客观传统的束缚而无力自拔，后者却因主观策励的薄弱而和光同尘。那一批和光同尘者流，说不定还会自诩聪明，所谓“明哲保身”，然而要当心，老兄们已经在“曲线戡乱”了。

什么是黑？人们在这一色下最好请想到鸦片，而我所想举以为代表的，便是《大公报》的萧乾。这是标准的买办型。自命所代表的是“贵族的芝兰”，其实何尝是芝兰又何尝是贵族！舶来商品中的阿芙蓉，帝国主义者的康伯度而已！摩登得很，真真正正月亮都只有外国的圆。高贵得很，四万万五千万子民都被看成“夜哭的娃娃”。这位“贵族”钻在集御用之大成的大公报这个大反动堡垒里尽量发散其为幽缈，微妙的毒素，而与各色的御用文士如桃红小生、蓝衣监察、黄帮兄弟、白面喽啰互通声息，从枪眼中发出各色各样的乌烟瘴气，一部分人是受他麻醉着了。就和大公报一样，大公报的萧乾也起了这种麻醉读者的作用。对于这种黑色反动文艺，我今天不仅想大声疾呼，而且想代之以怒吼：

御用，御用，第三个还是御用，
今天你的元勋就是政学系的大公！
鸦片，鸦片，第三个还是鸦片，
今天你的贡烟就是大公报的萧乾！

今天是人民革命势力与反人民的势力作短兵相接的时候。反人民的势力既动员了一切的御用文艺来全面“戡乱”，人民的势力当然有权利来斥责一切的御用文艺为反动。但我们也并不想不分轻重，不论主从，而给以全面的打击。我们今天主要的对象是蓝色的，黑色的，桃红色的这一批“作家”。他们的文艺政策（伪装白色，利用黄色等包含在内），文艺理论，文艺作品，我们是要毫不容情地举行大反攻的。我们今天要号召读者和这些人的文字绝缘，不读他们的文字，并劝朋友不读。我们今天要号召天真的无色的作者，和这些人们绝缘，不和他们合作，并劝朋友不合作。人们要袖手旁观，就请站远一点，或站在隐蔽的地方，假使站进敌对阵营里去而自以为在袖手旁观，那就请原谅，你就不受正面射击，也要被流弹误伤。有人或许自认为“我是入虎穴而取虎子”，但请当心，你不要已经为虎作伥了。我们也并不拒绝人们向善，假使有昨天的敌人，一旦翻然改悟，要为人民服务而参加革命的阵营，我们今天立地可以成为朋友。但假使有今天的朋友而走上相反的道路，明天也可以成为敌人。我们也知道一味消极的打击并不能够消灭所打击的对象。我们要消灭产生这种对象的基础。人民真正作主的一天，一切反人民的现象也就自行消灭了。我们同时也要积极的创造来代替我们所消灭的东西。人民文艺取得优势的一天，反人民文艺也就自行消灭了。凡是决心为人民服务，有正义感的朋友们，都请拿着你们的笔杆来参加这一阵线上的大反攻吧！

1948年2月10日脱稿。

原载1948年3月1日《大众文艺丛刊》第一辑《文艺的新方向》

莫辜负了思想自由

——访问沈从文先生

《新民报》记者

（本报专讯）在郭沫若的《斥反动文艺》里，对沈从文是这样写的："他一直是有意识地作为反动派而活动着。在抗战初期全民族对日寇争生死存亡的时候，他高喊着与抗战无关论；在抗战后期，作家们正加强团结，争取民主的时候，他又喊出'反对作家从政'。今天人民正'用革命战争反对反革命战争'……他又装起一个悲天悯人的面孔，谥之为'民族自杀悲剧'……进行其和革命游离的新第三方面。"北平胜利解放后，强烈的阳光，普照着大地，我们这位长期自命超然的桃红色作家，比以前更自由自在的吃着睡着，该有什么新感觉，新打算么？

走进他的书房，一只太师椅围绕着寂小茶几，线装的前后《汉书》躺在书架上，他说："我们真觉得惭愧，看见今天那些为人民服务的人，他们是那么紧张、严肃、吃苦、耐劳，一切为大家，一切为人民，我们从来没有看见过。"沈先生是这样说了，他为什么这样说呢，谁怀疑他说真说假呢？唯心论二元论的清华冯友兰先生也这样说，是不是存在决定思维呢？抑或是做梦呢？谈到郭沫若对他的批评，他说："我觉得郭先生的话不无感情用事的地方，但我对郭先生工作认为是对的，是正确的，我的心很钦佩。"这句话是怎样讲呢？是不是说人有一种纯粹的理智呢？理智与感情该分开吗？沈先生过去所写的小说是从那一种理智生出的文笔感情？又是从那一种感情推动了该不该写的理智？他并没有往下说。随后他接着谈：他认为无论是从香港来的人也好，在此地作梦幻生活的所谓作家也好，都应该要学习，向群众学习，向人民学习，他说：明天的文学，应该是记述的（？）不是在书店里想象着的白日梦。所以他希望有机会到农村去到工厂去，把现有的文学技巧（？）交给工农大众，然后写出铁路是怎样修成的。他以为新中国可写的材料实在是太多，可是有些人怕做实际的工作，这又是不够的。

明天的文学是"记述"的吗？是站在旁边照抄一篇吗？"现在的文学技巧"又是些什么呢？是从什么内容搞出来的？如何去交呢？工农大众要的与不要的"现有的文学技巧"又怎样？这是值得好好去想呢。

他又说："郭先生说我只写恋爱小说，其实不对，在抗战时期我写的东西很多，不过有的是受检查没有被通过不能出版，自焚的作品就有几部。"果戈里自己曾把死魂灵的下半部烧了，却与沈先生的原因不同，果戈里对文学为什么有这样沉重的责任感呢？因为听说，沈先生是神经质的人，过去和在香港的文人，打过一阵文笔官司，在北平初解放的那几天，在精神上凭空感到非常大的压迫，所以去看看沈先生，还好，这种传说并不为确，他刚从城外清华大学观光回来正在草拟《关于教育改制四原则及技术问题一点意见》好了，教育要改制因为世界在改，而为什么世界在改呢？这一切本都该从头好好想想才对，谁也不要辜负了思想自由才是。

原载 1949 年 2 月 15 日北平《新民报》

沈从文的小说创作

——《中国新文学史稿》节录

王　瑶

沈从文的小说产量极多，长短篇集有三十余种。他最早是写军队生活（如《入伍后》）的。但写的也多是以趣味为中心的日常琐屑，并未深刻地写出兵士生活的情形。接着就写以湘西地方色彩为背景的原始味的民间生活和苗族生活的作品（如《黔小景》、《龙朱》等），他有意藉着湘西黔边一带等陌生地方的神秘性来鼓吹一种原始性的野的力量，他老说自己是乡下人，原因也在此。但作者着重在故事的传奇性来完成一种文章风格，于是那故事便加入了许多悬想的野蛮性，而且也脱离了它的社会性质。（《边城》中说："由于边地的风俗淳朴，便是作妓女，也永远那么浑厚。"）他采用的多是当作一种浪漫情调的奇异故事，写法也是幻想的。后来这种题材写穷了，就根据想像组织童话及旧传说了（如《月下小景》、《阿丽思中国游记》），以文字的技巧来传达一个奇异哀艳而毫无社会意义的故事。除了这些奇特的，最多的当然还是写小市民的，也不缺乏多量的恋爱故事（如《八骏图》）。下层社会的人他也写到过，但他笔下的人物都是只有一个轮廓。有人说他是"文体作家"，就是说他的作品只有文字是优美的；其实他也有要表现的思想，那就是对"城市人"的嘲笑和对野蛮原始力量的歌颂。这一方面固然表示他不满于现实，但不自觉地其实是对过去的时代寄予了一些怀恋。丁玲说："沈从文是一个常处于动摇的人，又反对统治者，又希望自己也能在上流社会有些地位"。初期的确是如此。他的文字自成一种风格，句子简练，“的”字用得极少，有新鲜活泼之致。作品甚多而结构并不如张资平似的彼此雷同，运用文字的能力是很强的。但作品中不注意写出人物，只用散文漫叙故事，有时很拖沓。他自己说能在一件事上发生五十种联想，但观察体验不到而仅凭想像构造故事，虽然产量极多，而空虚浮泛之病是难免的。他的才能使他在说故事方面比写小说要成功得多。

摘自王瑶著《中国新文学史稿》，上海新文艺出版社 1954 年重版

沈从文的创作

——《中国现代文学史》节录

田仲济

沈从文，1903年生，是湖南西部凤凰人，十五岁时离开了他的故乡。湘西是著名的民性“犷悍”的区域，是清王朝的屯戍重镇；他祖父曾入军籍，做过镇守使；父亲曾做过中级军官。他自己说由于“地方极其偏僻，与苗民杂处聚居，……幼小时就显出生命的那一面，是放荡与诡诈。”可以说他是出身于行伍家庭中，十二岁他就接受了军事的基础训练，十五岁时就随军外出，充部队中的上士，辗转于川、湘、鄂、黔，他这个上士是不同于一般上士，是属“少爷兵”一类的。

他的经历，使他接触到广阔的地区和各种的社会层。混迹军队的生涯他除了终天完不了的操练外，就是看审土匪，看杀头，看捉逃兵；在湘西，他看到的是少数民族，主要是苗民的生活习惯。这就使他的题材成为多样的，除了一般的社会生活外，更有部队生活，苗民生活，以及湘西的粗犷的民族生活特点。在1924年左右，他开始写作，在连续六年中，就是说在他28岁时已写了《入伍后》、《蜜柑》、《旧梦》等四十本作品，这使他成为当时的年青而多产的作家。他以冲淡的笔，小品散文的手法，写青年的苦闷，军队中的生活，乡村中的民族的以及苗族的生活，形成了他多样的题材和独特的艺术风格。人们常称道这是作者的特色，这也成为作者所引以自豪的。倘若我们展现他作品中的人物，真是如入大千世界，无所不有：从军阀、官僚、资本家，到地主、土豪、倒台后念经拜佛而又干着秘密勾当的政客武将、大学教授、男女青年、潦倒文人、官厅的小职员、以至假作正经却暗地养着姘夫的太太，争风吃醋，妖淫百出的姨太太，骄贵如太子和公主的少爷小姐。在底层社会中，他写的人物也是众多的，有船夫，渔夫，猎人，小贩，有运私者，小郎中，木匠，石匠，仆役，厨师，小店主，小商人，强盗，土匪，还有军队中的士兵，刽子手，边区的人物如边区旅店的老板娘，私娼，苗族的巫师，少数民族的少女，情妇等等。在当时的作家群中，无论是来自农村或城市，就接触到的生活面来说，的确没有象沈从文这么广阔了。他不但接触到，而且都收入到他的创作中了。他的作品曾激动了许多青年男女的心，在社会上毕竟有着较大的影响。但他所接触或经历的各种各样的生活，毕竟未深入到这些生活的内层去。他当了几年兵，但当的是比一般士兵优越得多的兵，据他自己说，他不仅是在一个亲戚军官统帅的队伍中，而且是和营长连长的儿子同居一处，既没有受过刻苦的训练，也没曾上过炮火连天惊心动魄的战线，他自然就没有一般士兵被压迫被侮辱以至饥渴劳顿受伤流血的惨苦的经验。他了解湘西人民的生活，但无论汉人或苗族，他仅是晓得他们一些情形，并不曾和他们生活在一起，自然更没曾血肉相连。他就是以这样一些生活素材再加以中外古籍中许许多多的故事传说，益以自己的想像，成了他大量的著作来源。固然，其中有神秘的美，有抒情的风味，更有惊险新奇的情节，引起了读者的爱好，但也使人感到什么东西都仅仅得到了一个模糊的轮廓，好象雾中的花，云中的月。

沈从文的文字永远是他独自风格的文字，永远新鲜活泼，不落他人的窠臼。虽然他是拿小品散文的笔法写故事，于描写于结构，都刻意安排，可是，他总喜欢信笔挥洒，毫不着意，想到那里，他的笔锋也就到了那里，这就形成了他轻飘、空虚、浮泛的文风，苦心的安排无用了，左右逢源、运用自如的技巧反而成为致命的累赘。所以有人说，他的文章我读了几页，也许还不知道他是在写什么。他一千多字的一段文章，我们将它缩成几百字，仍可以不失原意。有人说，他“是一个新文学界的魔术家。他能从一个空盘里倒出数不清的苹果鸡蛋；能从一方手帕里扯出许多红红绿绿的缎带纸条；能从一把空壶里喷出洒洒不穷的清源；能从一方包袱下变出一盆烈焰飞腾的大火。”自然，这些是吸引了许许多多的观众，但观众欣赏之余总不免想，这不过是玩弄手法。他的长处在这里，他的致命伤也在这里。总的看来，沈从文的作品反映的生活面很广阔但不深厚，思想意境不高。他创作的数量极多，唯其多，则不免给人空虚浮泛之感。

摘自田仲济、孙昌熙主编《中国现代文学史》。

山东人民出版社 1979 年初版

从沈从文先生的人格看他的文艺风格

朱光潜

《花城》编辑同志远道过访，邀我写一篇短文谈沈从文先生的作品。我对文学作品向来侧重诗，对小说素少研究，还配不上谈从文的小说创作，好在能谈他的小说的人现在还很多。我素来坚信“风格即人格”这句老话，研究从文的文艺风格，有必要研究一下他的人格。在从文的最亲密的朋友中我也算得一个，对他的人格我倒有些片面的认识。在解放前十几年中我和从文过从颇密，有一段时期我们同住一个宿舍，朝夕生活在一起。他编《大公报·文艺副刊》，我编商务印书馆的《文学杂志》，把北京的一些文人纠集在一起，占据了这两个文艺阵地，因此博得了所谓“京派文人”的称呼。京派文人的功过世已有公评，用不着我来说，但有一点却是当时的事实，在军阀横行的那些黑暗日子里，在北方一批爱好文艺的青少年中把文艺的一条不绝如缕的生命线维持下去，也还不是一件易事。于今一些已到壮年或老年的小说家和诗人之中还有不少人是在当时京派文人中培育起来的。

在当时孜孜不辍地培育青年作家的老一代作家之中，就我所知道的来说，从文是很突出的一位。他日日夜夜地替青年作家改稿子，家里经常聚集着远近来访的青年，座谈学习和创作问题。不管他有多么忙，他总是有求必应，循循善诱。他自己对创作的态度是极端严肃的。我看过他的许多文稿，都是蝇头小草，改而又改，东删一处，西补一处，改到天地头和边旁都密密麻麻地一片，也只有当时熟悉他的文稿的排字工才能辨认清楚。我觉得这点勇于改和勤于改的基本功对青年作家是一种极宝贵的"身教"，我自己在这方面就得到过从文的这种身教的益处。

从文是穷苦出身的，属于湖南一个少数民族。他的性格中见出不少的少数民族优点。刻苦耐劳，坚忍不拔，便是其中之一。从《新文学史料》第五辑中所载的他初到北京当穷学生时和郁达夫同志的交往，便可以生动地看出这一点，少数民族是民间文艺的摇篮，对文艺有特别广泛而尖锐的敏感。从文不只是个小说家，而且是个书法家和画家。他大半生都在从事搜寻和研究民间手工艺品的工作，先是瓷器和漆器，后转到民族服装和装饰。我自己壮年时代搜集破铜破铁，残碑断碣的癖好也是由从文传染给我的。从文转到故宫博物院和历史研究所之后，在继续民间工艺品的研究，他在这方面的成就并不下于他的文学创作。不过我觉得他因此放弃了文学创作究竟是一件很可惜的事。

谈到从文的文章风格，那也可能受到他爱好民间手工艺那种审美敏感的影响，特别在描绘细腻而深刻的方面，《翠翠》可以为例。这部中篇小说是在世界范围里已受到热烈欢迎的一部作品，它表现出受过长期压迫而又富于幻想和敏感的少数民族在心坎里那一股沉忧隐痛，翠翠似显出从文自己的这方面的性格。他是一位好社交的热情人，可是在深心里却是一个孤独者。他不仅唱出了少数民族的心声，也唱出了旧一代知识分子的心声，这就是他的深刻处。

原载1980年5月《花城》总第5期

太阳下的风景

——沈从文与我

黄永玉

从 12 岁出来，在外头生活了将近 45 年，才觉得我们那个县城实在是太小了。不过，在天涯海角，我都为它而骄傲，它就应该是那么小，那么精致而严密，那么结实。它也实在是太美了，以致以后的几十年我到哪里也觉得还是我自己的故乡好；原来，有时候，还以为可能是自己的偏见。最近两次听到新西兰的老人艾黎说："中国有两个最美的小城，第一是湖南凤凰，第二是福建的长汀……"他是以一个在中国生活了将近六十年的老朋友说这番话的，我真是感激而高兴。

我那个城，在湘西靠贵州省的山洼里。城一半在起伏的小山坡上，有一些峡谷，一些古老的森林和草地，用一道精致的石头城墙上上下下地绣起一个圈来圈住。圈外头仍然那么好看，有一座大桥，桥上层叠着二十四间住家的房子，晴天里晾着红红绿绿的衣服，桥中间是一条有瓦顶棚的小街，卖着奇奇怪怪的东西。桥下游的河流拐了一个弯，有学问的设计师在拐弯的地方使尽了本事，盖了一座万寿宫，宫外左侧还点缀一座小白塔。于是，成天就能在桥上欣赏好看的倒影。

城里城外都是密密的、暗蓝色的参天大树，街上红石板青石板铺的路，路底有下水道，蔷薇、木香、狗脚梅、桔柚，诸多花果树木往往从家家户户的白墙里探出枝条来。关起门，下雨的时候，能听到穿生牛皮钉鞋的过路人丁丁丁地从门口走过。还能听到庙中建筑四角的"铁马"风铎丁丁当当的声音，下雪的时候，尤其动人，因为经常一落即有二尺来厚。

最近我在家乡听到一个苗族老人这么说，打从县城对面的“累烧坡”半山下来，就能听到城里“哄哄哄”的市声，闻到油炸粑粑的香味道。实际上那距离还在六七里之遥。

城里多清泉，泉水从山岩石缝里渗透出来，古老的祖先就着石壁挖了一眼一眼壁炉似的竖穹，人们用新竹子做成的长勺从里头将水舀起来。年代久远，泉水四周长满了羊齿植物，映得周围一片绿，想起宋人赞美柳永的话：“有井水处必有柳词”，我想，好诗好词总是应该在这种地方长出来才好。

我爸爸在县里的男小学作校长，妈妈在女小学作校长。妈妈和爸爸都是在师范学校学音乐美术的，不知道什么时候爸爸用他在当地颇为有名气的拿手杰作通草刻花作品去参加了一次“巴拿马赛会”（天晓得是一次什么博览会），得了个铜牌奖，很使他生了一次大气（他原冀得到一块大金牌的）。虽然口味太高，这块铜牌奖毕竟使他增长了怀才不遇的骄傲快感。这个人一直是自得其乐的。他按得一手极复杂的大和弦风琴，常常闭着眼睛品尝音乐给他的其它东西换不来的快感。以后的许多潦倒失业的时光，他都是靠风琴里的和弦与闭着的眼睛度过的。我的祖母不爱听那些声音，尤其不爱看我爸爸那副“与世无争随遇而安”的神气，所以一经过噪聒的风琴旁边时就嘟嘟囔囔，说这个家就是让这部风琴弄败的。可是这风琴却是当时本县唯一新事物。

妈妈一心一意还在做她的女学校校长，也兼美术和音乐课，从专业上说，她比爸爸差多了，但人很能干，精力尤其旺盛。每个月都能从上海北京收到许多美术音乐教材。她教的舞蹈是很出色而大胆的，记得因为舞蹈是否有伤风化的问题和当地的行政长官狠狠地干过几仗，而都是以胜利告终。她第一个剪短发，第一个穿短裙，也鼓励她的学生这么做。在当时的确是颇有胆识的。

看过几次电影：《早春二月》那些歌，那间学校，那几位老师，那几株桃花李花，多么象我们过去的生活！

再过一段时候，爸爸妈妈的生活就寥落了，从外头回来的年青人代替了他们。他们消沉，难过，以为是某些个人对他们不起。他们不明白这就是历史的规律，后浪推前浪啊！不久，爸爸到外地谋生去了，留下祖母和妈妈支撑着摇摇欲坠的自古相传的“古椿书屋”。每到月底，企盼着从外头寄回来的一点点打发日子的生活费。

有一天傍晚，我正在孔庙前文星街和一群孩子进行一场简直象真的断杀的游戏，忽然一个孩子告诉我，你们家来了个北京客人！

我从来没亲眼见过北京客人。我们家有许许多多北京、上海的照片，那都是我的亲戚们寄回来让大人们觉得有意思的东西，对孩子来说，它又不是糖，不是玩意，看看也就忘了。这一次来的是真人，那可不是个随随便便的事。

这个人和祖母围着火炉膛在矮凳上坐着，轻言细语地说着话，回头看见了我。

“这是老大吗？”那个人问。

“是呀！”祖母说，“底下还有四个咧！真是旺丁不旺财啊！”

“喂！”我问：“你是北京来的吗？”

“怎么那样口气？叫二表叔！”祖母说，“是你的从文表叔！”

我笑了，在他周围看了一圈，平平常常，穿了件灰布长衫。

“嗯……你坐过火车和轮船？”

他点点头。

“那好！”我说完马上冲出门去。继续我的战斗。一切一切就那么淡漠了。

几年以后，我将小学毕业，妈妈叫我到四十五里外的外婆家去告穷，给骂了一顿，倒也在外婆家住了一个多月。有一天，一个中学生和我谈了一些很深奥的问题，我一点也不懂，但我马上即将小学毕业，不能在这个中学生面前丢人，硬着头皮装着对答如流的口气问他，是不是知道从凤凰到北京要坐几次轮船和几次火车？

他好象也不太懂，这教我非常快乐。于是我又问他知不知道北京的沈从文？他是我爸爸的表弟，我的表叔。

“知道！他是个文学家，写过许多书，我有他的书，好极了，都是凤凰口气，都是凤凰事情，你要不要看？我有，我就给你拿去！”

他借的一本书叫做《八骏图》，我看了半天也不懂，“怎么搞的？见过这个人，又不认得他的书？写些什么狗皮唠糟的事？老子一点也不明白……”我把书还给那个中学生。

"怎么样？"

"唔、唔、唔。"

许多年过去了。

我流浪在福建德化山区里，在一家小瓷器作坊里做小工。我还不明白世界上有一种叫做工资的东西，所以老板给我水平极差的三顿伙食已经十分满足。有一天，老板说我的头发长得已经很不成话，简直象个犯人的时候，居然给了我一块钱。我高高兴兴地去理了一个"分头"，剩下的七角钱在书店买了一本《昆明冬景》。

我是冲着沈从文三个字去买的。钻进阁楼上又看了半天，仍然是一点意思也不懂。这我可真火了。我怎么可以一点也不懂呢？就这么七角钱？你还是我表叔，我怎么一点也不明白你在说些什么呢？七角钱，你知不知道我这七角钱要派多少用场？知不知道我日子多不好过？我可怜的七角钱……

德化的跳蚤很多，摆一脸盆水在床板底下，身上哪里痒就朝哪里抓一把，然后狠狠往床下一摔，第二天，黑压压一盆底跳蚤。

德化出竹笋，柱子般粗一根，山民一人抬一根进城卖掉买盐回家。我们买来剁成丁子，抓两把米煮成一锅清粥，几个小孩一口气喝得精光，既不饱，也不补人，肚子给胀了半天，胀完了，和没有吃过一样。半年多，我明白大腿跟小腿都肿了起来，脸也肿了；但人也长大了。……

我是在学校跟一位姓吴的老师学的木刻，我那时是很自命不凡的，认为既然刻了木刻，就算是有了一个很好的倾向了。听说金华和丽水的一个木刻组织出现，就连忙把自己攒下来的一点钱寄去，算是入了正道，就更是自命不凡起来。而且还就地收了两个门徒。

堪惋惜的是，那两位好友其中之一给拉了壮丁，一个的媳妇给保长奸污受屈，我给他俩报了仇，就悄悄地离开了那个值得回忆的地方，不能再回去了。

在另一个地方遇见了一对夫妇，他们善心地收留我，把我当作自己的孩子一样照顾，这个家真是田园诗一样善良和优美。我就住在他们极丰富的书房里，那些书为我所有，我贪婪地吞嚼那些广阔的知识。两夫妇给我文化上的指引，照顾我受过伤的心灵，深怕伤害了我极敏感的自尊心，总是小心地用商量的口气推荐给我的系统性的书本。

“你可不可以看一下威尔斯的《世界史纲》，你掌握了这一类型的各种知识，就会有一个全局的头脑。你还可以看看他写书的方法……”

“我觉得你读一点中外的历史，文化史，你就会觉得读起别的书来更有本领，更会吸收……”

“……莱伊尔的《普通地质学》和达尔文《在贝尔格军舰上的报告书》之类的书，象文学一样有趣，一个自然科学家首先是个文学家这多好！是不是？”

“……波特莱尔是个了不起的诗人，多聪明机智，是不是，但他的精神上是有病的，一个诗人如果又聪明能干，精神又健康多好！”

“不要光看故事，你不是闲人；如果你要写故事，你怎么能只做受感动的人呢？要抓住使人感动的许许多多的艺术规律，你才能够干艺术工作。你一定做得到……”

将近两年，院子的红梅花开了两次，我背着自己做的帆布行囊远远的走了，从此没有再回到那个温暖的家去。他们家的两个小孩都已长大成人，而且在通信中知道还添了一个美丽的女孩。这都是将近四十年前的往事了。我默祷那些活着的和不在人世的善良的人过得好，好人迟早总是有好报的，遗憾的是，世上的许多好人总是等不到那一天……

在两位好人家里的两年，我过去短短的少年时光所读的书本一下子都觉醒了，都活跃起来。生活变得那么有意思，几乎是，生活里每一样事物，书本里都写过，都歌颂或诅咒过。每一本书都有另一本书作它的基础，那么一本一本串联起来，自古到今，成为庞大的有系统的宝藏。

以后，我拥有一个小小的书库，其中收集了从文表叔的几乎全部的著作。我不仅明白了他书中说过的话，他是那么深度地了解故乡土地和人民的感情，也反映出他青少年时代储存的细腻的观察力和丰富的语言的魅力，对以后创作起过了不起的作用。对一个小学未毕业的人来说，这几乎是奇迹；而且坚信，人是可以创造奇迹的。

抗日战争胜利后我只身来到上海，生活困难得相当可以了，幸好有几位前辈和好友的帮助和鼓舞，正如伊壁鸠鲁说过的：“欢乐的贫困是美事”，工作还干得颇为起劲。先是在一个出版社的宿舍跟一个朋友住在一起，然后住到一座庙里，然后又在一家中学教音乐和美术课。

那地方在上海的郊区，每到周末，我就带着一些刻好的木刻和油画到上海去，给几位能容忍我当时年青的狂放作风的老人和朋友们去欣赏，记得曾经有过一次要把油画给一位前辈看看的时候，才发现不小心早已把油画遗落在公共汽车上了，生活穷困，不少前辈总是一手接过我的木刻稿子一手就交出了私人垫的预支稿费。记得一位先生在一篇文章里写过这样的话，“大上海这么大，黄永玉这么小”，天晓得我那时才 21 岁。

我已经和表叔沈从文开始通信。他的毛笔蝇头行草是很著名的，我收藏了将近三十年的来信，好几大捆，可惜在令人心疼的前些日子，都散失了。有关传统艺术系统知识和欣赏知识，大部分是他给我的。那一段时间，他用了许多精力在研究传统艺术，因此我也沾了不少的光，他为我打开了历史的窗子，使我有机会沐浴着祖国伟大传统艺术的光耀。在一九四六还是四七年，他有过一篇长文章谈我的父母和我的行状，与其说是我的有趣的家世，不如说是我们乡土知识分子在大的历史变革中的写照，表面上，这文章有如山峦上抑扬的牧笛与江流上浮游的船歌相呼应的小协奏，实质上，这文章道尽了旧时代小知识分子，小山城相互依存的哀哀欲绝的悲惨命运。我在傍晚的大上海的马路上买到了这张报纸，就着街灯，一遍又一遍地读着，眼泪湿了报纸，热闹的街肆中没有任何过路的人打扰我，谁也不知道这哭着的孩子正读着他自己的故事。

朋友中，有一个是他的学生，我们来往得密切，大家虽穷，但都各有一套蹩脚的西装穿在身上。记得他那套是白帆布的，显得颇有精神。他一边写文章一边教书，而文章又那么好，使我着迷到了极点。人也象他的文章那么洒脱，简直是浑身的巧思。于是我们从“霞飞路”来回地绕圈，话没说完，又从头绕起。和他同屋的是一个报社的夜班编辑，我就睡在那具夜里永远没有主人的铁架床上。床年久失修，中间凹得象口锅子，据我的朋友说，我窝在里面，甜蜜得像个婴儿。

那时候我们多年轻，多自负，时间和精力象希望一样永远用不完。我和他时常要提到的自然是“沈公”，我以为，最了解最敬爱他的应该是我这位朋友。如果由他写一篇有关“沈公”的文章，是再合适也没有的了。

在写作上，他文章里流动着从文表叔的血型，在文字功夫上他的用功使当时大上海许多老人都十分惊叹。我真是为他骄傲。所以我后来不管远走到哪里，常常用他的文章去比较我当时读到的另一些文章是不是蹩脚？

在香港，我呆了将近六年。在那里欢庆祖国的解放。与从文表叔写过许许多多的信。解放后，他是第一个要我回北京参加工作的人。不久，我和梅溪背着一架相机和满满一皮挎包的钞票上北京来探望从文表叔和婶婶以及两个小表弟了。那时他的编制还在北京大学而人已在革命大学学习。记得婶婶在高师附中教书。两个表弟则在小学上学。

我们呢！年轻到了家，各穿着一套咔叽布衣服。充满了简单的童稚的高兴。见到民警同志也务必上前问一声好，热烈地握手。

表叔的家在沙滩中老胡同宿舍。一位叫石妈妈的保姆料理家务。我们发现在北方每天三餐要吃这么多面食而惊奇不止。

我是一个从来不会深思的懒汉。因为"革大"在西郊，表叔几乎是"全托"，周一上学，周末回来，一边吃饭一边说笑话，大家有一场欢乐的聚会。好久我才听说，表叔在革大的学习，是一个非常奇妙的日子。他被派定要扭秧歌，要过组织生活。有时凭自己的一时高兴，带了一套精致的小茶具去请人喝茶时，却受到一顿奚落。他一定有很多作为一个老作家面对新事物有所不知，有所彷徨困惑的东西，为将要舍弃几十年所熟悉用惯的东西而深感惋惜痛苦。他热爱这个崭新的世界，从工作他正确地估计到将有一番开拓式的轰轰烈烈，旷古未有的文化大发展，这与他素来的工作方式很对胃口。他热爱祖国的土地和人民，但新的社会新的观念对于他这个人能有多少了解？这需要多么细致的分析研究而谁又能把精力花在这么微小的个人哀乐上呢？在这个大时代里多少重要的工作正等着人做的时候……

在那一段日子里，从文表叔和婶婶一点也没有让我看出在生活中所发生的重大的变化。他们亲切地为我介绍当时还健在写过《玉君》的杨振声先生，写过《莫须有先生坐飞机以后》的废名先生，至今生气勃勃，老当益壮的朱光潜先生，冯至先生。记得这些先生当时都住在一个大院子里。

两个表弟那时候还戴着红领巾，我们四人经过卖冰棍摊子时，他们还客气地做出少先队员从来不嗜好冰棍的样子。使我至今记忆犹新。现在他们的孩子已经跟当时的爸爸一般大了，真令人唏嘘……

我们在北京住了两个月不到就返回香港，通信中知道表叔已在“革大”毕业，并在历史博物馆开始新的工作。

两年后，我和梅溪就带着七个月大的孩子坐火车回到北京。

那是北方的二月天气。火车站还在大前门东边，车停下来，一个孤独的老人站在月台上迎接我们。我们让幼小的婴儿知道：“这就是表爷爷啊！”

从南方来，我们当时又太年轻，什么都不懂，只用一条小小的薄棉绒毯子包裹着孩子，两支小光脚板露在外边，在广东，这原是很习见的做法，却吓得老人大叫起来：

“赶快包上，要不然到家连小脚板也冻掉了……”

从文表叔 18 岁的时候也是从前门车站下的车，他说他走出车站看见高耸的大前门时几乎吓坏了！

“啊！北京，我要来征服你了……”

时间一晃，半个世纪过去了。

比他晚了十年，我已经 28 岁才来到北京。

时间是 1953 年 2 月。

我们坐着古老的马车回到另一个新家，北新桥大头条 11 号，他们已离开沙滩中老胡同两年多了。在那里，我们寄居下来。

从文表叔一家老是游徙不定。在旧社会他写过许多小说，照一位评论家的话说：“叠起来有两个等身齐”。那么，他该有足够的钱去买一套四合院的住屋了，没有；他只是把一些钱买古董文物，一下子玉器，一下子宋元旧锦，明式家具……精精光。买成习惯，也送成习惯，全搬到一些博物馆和图书馆去。有时连收条也没打一个。人知道他无所谓，索性捐赠者的姓名也省却了。

现在租住下的房子很快也要给迁走的。所以住得很匆忙，很不安定，但因为我们到来，他就制造一副长住的气氛，免得我们年轻的远客惶惑不安。晚上，他陪着我刻木刻，看刀子在木板上运行，逐渐变成一幅画。他为此而兴奋。轻声地念道一些鼓励的话。……

他的工作是为展品写标签，无须乎用太多的脑子。但我为他那精密之极的脑子搁下来不用而深深惋惜。我多么地不了解他，问他为什么不写小说，粗鲁地逼迫有时使他生气。

一位我们多年尊敬的，住在中南海的同志写了一封信给他，愿意为他的工作顺利出一点力气。我从旁观察，他为这封回信几乎考虑了三四年，事后恐怕始终没有写成。凡事他总是想得太过朴素，以致许多年的话不知从何谈起。

保姆石妈妈的心灵的确象块石头。她老是强调从文表叔爱吃熟猪头肉夹冷馒头。实际上这是一种利用老人某种虚荣心的鼓励，而省了她自己做饭做菜的麻烦。从文表叔从来是一位精通可口饭菜的行家，但他总是以省事为宜，过分的吃食是浪费时间。每次回家小手绢里的确经常胀鼓鼓地包着不少猪头肉。

几十年来，他从未主动上馆子吃过一顿饭，没有这个习惯。当他得意地提到有限的几次宴会时——徐志摩、陆小曼结婚时算一次，郁达夫请他吃过一次什么饭算一次，另一次是他自己结婚。我没有听过这方面再多的回忆。那些日子距今，实际上已有半个世纪。

借用他自己的话说：

“美，总不免有时叫人伤心……”

什么力量使他把湘西山民的朴素情操保持得这么顽强。真是难以相信，对他自己却早已习以为常。

我在中央美术学院教学的工作一定，很快地找到了住处，是在北京东城靠城边的一个名叫大雅宝的胡同，宿舍很大，一共三进院子，头一间房子是李苦禅夫妇和他的岳母，第二间是董希文一家，第三间是张仃夫妇，然后是第二个院子，第一家是我们，第二家是柳维和，第三家是程尚仁。再是第三个院子，第一家是李可染，第二家是范志超，第三家是袁迈，第四家是彦涵，接着就是后门了。院子大约有大大小小三十多个孩子，一来我们是刚从香港回来的，行动和样子都有点古怪，引起他们的兴趣；再就是平时我喜欢跟孩子一道，所以我每天要有一部分时间跟他们在一起。我带他们一道玩，排着队，打着扎上一条小花手绢的旗帜上公园去。现在，这些孩子都长大了，经历过不少美丽和忧伤的日子，直到现在，我们还保持了很亲密的关系。

我搬家不久，从文表叔很快也搬了家，恰好和我们相距不远，他们有三间房，朝南都是窗子，卧室北窗有一棵枣树横着，映着蓝天，真是令人难忘。

儿子渐渐长大了，每隔几天三个人就到爷爷家去一趟。爷爷有一具专装食物的古代金漆柜子，儿子一到就公然地面对柜子站着，直到爷爷从柜子里取出点什么大家吃吃为止。令人丧气的是，吃完东西的儿子马上就嚷着回家，为了做说服工作每一次都要花很多工夫。

从文表叔满屋满床的画册书本，并以大字报的形式把参考用的纸条条和画页都粘在墙上。他容忍世界上最噜苏的客人的马拉松访问，尤其仿佛深怕他们告辞，时间越长，越热情越精神的劲头使我不解，因为和我对待生熟朋友的情况竟如此相似。

有关于民族工艺美术及其它史学艺术的著作一本本出来了，天晓得他用什么时间写出来的。

婶婶象一位高明的司机，对付这么一部结构很特殊的机器，任何情况都能驾驰在正常的生活轨道上，真是神奇之至。两个人几乎是两个星球上来的人，他们却巧妙地走在一道来了。没有婶婶，很难想像生活会变成什么样子，又要严格，又要容忍。她除了承担全家运行着的命运之外，还要温柔耐心引导这长年不驯的山民老艺术家走常人的道路。因为从文表叔从来坚信自己比任何平常人更平常。所以形成一个几十年无休无止的学术性的争论。婶婶很喜欢听我讲一些有趣的事和笑话，往往笑得直不起身。这里有一个秘密，作为从文表叔文章首席审查者，她经常为他改了许多错别字。婶婶一家姐妹的书法都是非常精彩的，但她谦虚到了腼腆的程度，面对着称赞往往象是身体十分不好受起来，使人简直不忍心再提起这件事。

那时候，《新观察》杂志办得正起劲，编辑部的朋友约我为一篇文章赶着刻一幅木刻插图。那时候年轻，一晚上就交了卷。发表了，自己也感觉弄得太仓促，不好看。为这幅插图，表叔特地来家里找我，狠狠地批了我一顿：

"你看看，这像什么？怎么能够这样浪费生命？你已经 30 岁了。没有想像，没有技巧，看不到工作的庄严！准备就这样下去？……好，我走了……"

给我的打击是很大的。我真感觉羞耻。将近三十年，好象昨天说的一样，我总是提心吊胆想到这些话，虽然我已经56岁了。

在从文表叔家，常常碰到一些老人。金岳霖先生、巴金先生、李健吾先生、朱光潜先生、曹禺先生和卞之琳先生。他们相互间的关系温存得很，亲切地谈着话，吃着客人带来的糖食。印象较深的是巴老伯（家里总那么称呼巴金先生），他带了一包鸡蛋糕来，两个老人面对面坐着吃这些东西，缺了牙的腮帮动得很滑稽，一面低声地品评这东西不如另一家的好。巴先生住在上海，好些时候才能来北京一次，看这位在文学上早已敛羽的老朋友。

金岳霖先生的到来往往会使全家沸腾的。他一点也不像在世纪初留学英国的洋学生，而更象哪一家煤厂的会计老伙计。长长的棉袍，扎了腿的棉裤，尤其怪异的是头上戴的罗宋帽加了个自制的马粪纸帽檐，里头还贴着红纸，用一根粗麻绳绕在脑后捆起来。金先生是从文表叔的前辈，表弟们都叫他“金爷爷”，这位哲学家来家时不谈哲学，却从怀里掏出几个其大无匹的苹果来和表弟家里的苹果比赛，看谁的大（当然就留下来了）。或者和表弟妹们大讲福尔摩斯。老人们的记忆力真是惊人，信口说出的典故和数字，外行几乎不大相信其中的准确性。

表叔自己记性也非常好，但谈论现代科学所引用的数字明显地不准确，问题在聊天，孩子们却很认真，抓着辫子就不放手，说爷爷今天讲的数字很多相似。表叔自己有时发觉了也会好笑起来说：“怎么我今天讲的全是‘七’字？”（七十辆车皮，七万件文物，七百名干部调来搞文物，七个省市……）

文化大革命时，那些“管”他的人员要他背毛主席语录，他也是一筹莫展。

我说他的非凡的记忆力，所有和他接触过的年青朋友是无有不佩服的。他曾为我开过一个学术研究的一百多个书目，注明了出处和卷数以及大约页数。

他给中央美院讲过古代丝绸锦缎课，除了随带的珍贵古丝绸锦缎原件之外，几乎是空手而至，站在讲台上把近百的分期和断代信口讲出来。

他那么热衷于文物，我知道，那就离开他曾经朝夕相处近四十年的小说生涯越来越远了。解放后出版的一本《沈从文小说选集》序言中有一句话：

“我和我的读者都行将老去。”

听起来真令人伤感……

有一年我在森林，我把森林的生活告诉他，不久就收到他一封毛笔蝇头行草的长信，他给我三点自己的经验：

一、充满爱去对待人民和土地。二、摔倒了，赶快爬起来往前走，莫欣赏摔倒的地方耽误事，莫停下来哀叹。三、永远地、永远地拥抱自己的工作不放。

这几十年来，我都尝试着这么做。

有时候，他也讲俏皮话——

“有些人真奇怪，一辈子写小说，写得好是应该的，不奇怪；写得不好倒真叫人奇怪。”

写小说，他真是太认真了，十次、二十次地改。文字音节上，用法上，一而再的变换写法，薄薄的一篇文章，改三百回根本不算一回事。

文化大革命开始了。

我们两家是颠簸在波浪滔天的大海中的两只小船，相距那么远，各有各的波浪。但我们总还是找得到巧妙的机会见面。使我惊奇的是，从文表叔非常坚强洒脱，每天接受批斗之外，很称职地打扫天安门左边的历史博物馆的女厕所。（对年纪大的老人比较放心。）

真是人人熟悉的一段漫长的经历。

我的爱人也变了另一个样，过去从学校到学校，没有离开过家门，连老鼠也害怕的人，居然帮着几家朋友处理起家务来了。表叔一生几十年收藏的心爱的书、家具，满堆在院子里任人践踏，日晒雨淋。由我爱人一个决心，论斤地处理掉了。骑着自行车，这家料理，那家帮忙，简直是一反常态。锻炼得很了不起的精明能干，把几家人的担子全挑在肩膀上，过了这么些年。

我们一有机会就偷偷地见面。也有大半年没有见面的时候，但消息总是非常灵通的。

生活变化多端，有一个规律常常使我产生信仰似的尊敬。那就是真正的痛苦是说不出口的，且往往不愿说。比如，在战场上，身旁的战友突然死去，看谁口头细致地对人描述过这些亲身的经历，那个逐渐走近死亡的战友的痛苦煎熬的过程？这几乎是不可能的。描述总有个情感能承受的极限。它不牵涉到描述才能问题。

聪明的莱辛把这个道理在艺术理论范畴里阐述得很透彻（见拉奥孔），但有一点我还在考虑；照他说：

“为什么拉奥孔在雕刻里不哀号，而在诗里却哀号？”又说：

“为什么诗不受上文的局限？”

依我看，莱辛和他列举的诸般中外诗人是不是经历过痛苦的极限的生活？我不知道；知道了，肯不肯写到头，那又是一回事。用现实生活印证，雕塑和诗的描写深广度应该是一致的。

从文表叔一家和我们一家在那段年代的生活，我就不想说得太多了。因为这不仅仅是我们两家的事。太具体、太现实的“考验”面前，往往我们的生活变得非常抽象，只靠一点点脆弱的信念活下去，既富于哲理，也极端蒙昧。

不久，从文表叔就下乡了。走之前，他把他积留下来的一点点现金，分给所有的孩子们，我们也得到一份。这真是一个悲壮的骊歌。他已经相信，再也不可能回到多年生活过的京华了。

他走得非常糊涂，到了湖北咸宁，才清醒过来，原来机关动员下乡的几十个人，最后成为下乡现实的就只老弱病三个人。几乎是给一种什么迷药糊里糊涂弄到咸宁去的。真用得上“彷徨”两个字。那么大的机关只来一个老高知和另外二老弱病，简直不成气候。吊儿郎当。谁也不去理会他，他也管不着任何人。

幸好，我说幸好是婶婶较早三个月已跟着另一个较齐整的机构到了咸宁，从文表叔作为“家属”被“托”在这个有点慈善劲头的机构里，过了许多离奇的日子。在这多雨泥泞遍地的地方，他写信给我时，居然：

“……这儿荷花真好，你若来……”

天晓得！我虽然也在另一个倒霉的地方，倒真想找个机会到他那儿去看一场荷花……

在这场文化大革命中，他的确是受到锻炼，性格上撒开了，“七十而从心所欲，不逾矩”，派他看菜园子，“……牛比较老实，一轰就走，猪不行，狡诈之极，外象极笨，走得飞快。貌似走了，却冷不防又从身后包抄转来，……”还提到史学家唐兰先生在嘉鱼大江边码头守砖，钱钟书先生荣任管仓库钥匙工作，吴世昌先生又如何如何……每封信充满了欢乐情趣，简直令人忌妒。为那些没有下去的人深感惋惜。

这段时间，仅凭记忆，写下了的《中国服装史》稿的补充材料。还为我的家世写了一个近两万余字的“楔子”。《中国服装史》稿充满着灿烂的文采，严密的逻辑性，以及美学价值，以社会学、历史唯物主义的角度阐明艺术的发展和历史趋势。（这部巨型图录性的著作得到中央领导同志的关注，不久恐将问世。）那个“楔子”，从文表叔如果在咸宁多呆上五年，就会连接成一部几十万字的长篇小说，当然，留下那个“楔子”就已经很好，我宁愿世界没有这部未完成的小说，也不希望从文表叔在咸宁多呆上一天。在那种强作欢悦的忧郁生活中，对一位具有细腻心地的老年人说来，是不适宜维持过久的。

咸宁有个地方也叫双溪，当然跟金华的那个双溪是两码事，从文表叔呆在那里不少日子了。我几次地想在信上提一提李清照的《武陵春词》：“……闻说双溪春尚好，也拟泛轻舟，只恐双溪舴艋舟，载不动，许多愁。”都深感自己可耻的残忍。这不是诗情大发的时候！

几年之后，我们全家在北京站为表叔举行一个充满温暖的归来仪式。“楔子”不必继续写下去了，“要爷爷，不要‘红楼梦’！”（孩子们把那部未完成的小说代号为“红楼梦”）能够健康地回来，比一切都好。

原来的三间房子已经变成一间，当然，比一切都没有要好得多。回忆前几年的生活，谁不珍惜眼前的日子呢？

再过半年，婶婶作为退休也回来了，和从文表叔得到一些关心，在另一条两里远的胡同里，为他们增加了一个房间。要知道，当时关心人的人，自己的生活也是颇不稳定的，所以这种微薄的照顾是颇显得具有相濡以沫的道义的勇气和美感的。于是，表叔婶一家就有了一块“飞地”了，象以前的东巴基斯坦和西巴基斯坦一样。从文表叔在原来剩下的那间房间里为所欲为，写他的有关服装史和其一些专题性的文章，会见他那批无止无休的不认识的客人。把那小小的房间搅得天翻地覆，无一处不是书，不是图片，不是零零碎碎的纸条。任何人不能移动，乱中有致，心里明白，物我混为一体。床已经不是睡觉的床，一半堆随手应用的图书。桌子只有稍微用肘子推一推才有地方写字。夜晚，书躺在躺椅上，从文表叔就躺在躺椅上的书上。这一切都极好，十分自然。恩格斯说过：“……除了真实的细节之外，还应注意典型环境的典型性格……”在这里，创作的三个重要元素都具备了。

不管是冬天或夏天的下午五点钟，认识这位“飞地”总督的人，都有机会见到他提着一个南方的带盖的竹篮子，兴冲冲地到他的另一个“飞地”去。他必须到婶婶那边去吃晚饭，并把明早和中午的两餐饭带回去。

冬天尚可，夏天天气热，他屋子特别闷热，带回去的两顿饭很容易变馊的。我们担心他吃了会害病。他说：

“我有办法!”

“什么办法？”因为我们家里也颇想学习保存食物的先进办法。

“我先吃两片消炎片。”

……

……

从文表叔许许多多回忆，都像是用花朵装点过的，充满了友谊的芬芳。他不像我，我永远学不像他，我有时用很大的感情去咒骂、去痛恨一些混蛋。他是非分明，有泾渭，但更多的是容忍和原谅。所以他能写那么好的小说。我不行，忿怒起来，连稿纸也撕了，扔在地上践踏也不解气。但我们都是故乡水土养大的子弟。

十八岁那年，他来到北京找他的舅舅——我的祖父。那位老人家当时在帮熊希龄搞香山慈幼院的基本建设工作住在香山，论照顾，恐怕也没有多大的能力。从文表叔据说就住在城里的湖南面西会馆的一间十分潮湿长年有霉味的小亭子间里。到冬天，那当然是更加凉快透顶的了。

下着大雪，没有炉子，身上只两件夹衣，正用旧棉絮裹住双腿，双手发肿、流着鼻血在写他的小说。

敲门进来的是一位清瘦个子而穿着不十分讲究的，下巴略尖而眯缝着眼睛的中年人。

“找谁？”

“请问，沈从文先生住在哪里？”

“我就是。”

“哎呀……你就是沈从文……你原来这么小。……我是郁达夫，我看过你的文章，好好地写下去……我还会再来看你。……”

听到公寓大厨房炒菜打锅边，知道快开饭了。“你可吃包饭？”

“不。”

邀去附近吃了顿饭，内有葱炒羊肉片，结账时，一共约一元七角多，饭后两人又回到那个小小住处谈谈。

郁达夫走了，留下他的一条浅灰色羊毛围巾和吃饭后五元钞票找回的三元二毛几分钱。表叔俯在桌上哭了起来。

……

……

从文表叔有时也画画，那是一种极有韵致的妙物，但竟然不承认那是正式的作品，很快地收藏起来，但有时又很豪爽地告诉我，哪一天找一些好纸给你画些画。我知道，这种允诺是不容易兑现的。他自然是极懂画的。他提到某些画，某些工艺品高妙之处，我用了许多年才醒悟过来。

他也谈音乐，我怀疑七个音符组合的常识他清不清楚？但是明显地他理解音乐的深度用文学的语言却阐述得非常透彻。

“音乐、时间和空间的关系。”

他也常常说，如果有人告诉他一些作曲的方法，一定写得出非常好听的音乐来。这一点，我特别相信，那是毫无疑义的。但我的孩子却偷偷地笑爷爷吹牛，他们说：自然咯！如果上帝给我肌肉和力气，我就会成为大力士……

孩子们不懂的是，即使有了肌肉和力气的大力士，也不一定是个杰出的智慧的大力士。

……

……

契诃夫说过写小说的极好的话：

“好与坏都不要叫出声来。”

这几乎是搞文学的基本规律和诀窍。也标志了文学的深广度和难度。

从文表叔的书里从来没有——美丽呀！雄伟呀！壮观呀！幽雅呀！悲伤呀！……这些词藻的泛滥，但在他的文章里，你都能感觉到它们的恰如其分的存在。

他的一篇小说《丈夫》，我的一位从事文学几十年的，和从文表叔没见过面的前辈，十多年前读到之后，深受感动，他说：

“……这篇小说真像普希金说过的，‘伟大的俄罗斯的悲哀’。”……

……

……

跟表叔的第三次见面是最令人难忘的了。经历的生活是如此漫长、如此浓郁，那么彩色斑斓；谁也没有料到，而恰好就把我们这两代表亲拴在一根小小的文化绳子上，象两只可笑的蚂蚱，在崎岖的道路上作着一种逗人的跳跃。

我们那个小小山城不知由于什么原因，常常令孩子们产生奔赴他乡的献身的幻想。从历史角度看来，这既不协调且充满悲凉，以致表叔和我都是在十二三岁时背着小小包袱，顺着小河，穿过洞庭去“翻阅另一本大书”的。

1979年12月31日

原载1980年5月《花城》总第5期

生命之火长明

黄苗子

一

“自然既极博大，也极残忍，战胜一切，孕育众生，蝼蚁蚍蜉，伟人巨匠，一样在它怀抱中，和光同尘。因新陈代谢，有华屋山丘。智者明白‘现象’，不为困缚，所以能用文字，在一切有生陆续失去意义，本身亦因死亡毫无意义时，使生命之光，煜煜照人，如烛如金。”

沈从文：《烛虚》

40年代开始，那时在多雾的山城——所谓抗战“陪都”，天天躲警报，天天听到“摩擦”消息，天天看物价飞涨，天天读德、日法西斯向全世界疯狂屠杀、读大隧道惨案、公务员贫不聊生全家自杀、“孔二小姐”奇闻、航空奖券发财逸话……之类的报纸新闻，使我感到空气窒息，有如在污浊的阴沟中受到六月炎暑的蒸溽，人在衙门公案上天天盖图章，心里却茫然惘然，不了解这生活和生命到底为了什么，生存俨然只是烦琐继续烦琐，什么都无意义。

那时，偶然在民生路书店买到沈从文的新作《烛虚》，发现他写得极美，从文字之美使我发现生命原来也极美，因为这种文字是生命所赋予的。于是我被《烛虚》带到另一个境界去：

"宇宙实在是个极复杂的东西，……人心复杂，似有过之无不及，然而目的却显然明白，即求生命永生。永生意义，或为分裂而成子嗣延续，或凭不同材料产生文学艺术。也有人仅仅从抽象产生一种境界，在这种境界中陶醉，于是得到永生快乐的。"

这种"抽象"并不是神，不是唯心的宗教，而是作者心目中的"美"。据作者的意见，这种美的感受，诉诸文字不如诉诸图画，诉诸图画不如诉诸数学，诉诸数学不如诉诸音乐。但是，更好的是连音声都没有："大门前石板路有一个斜坡，坡上有绿树成行，长干弱枝，翠叶积叠，如翠翣，如羽葆，如旗帜。常有山灵，秀腰白齿，往来其间，遇之者即喑哑。爱能使人喑哑——一种语言歌呼之死亡。"是的，在至美之前，人们最好无声。

沈先生把美与爱的抽象提到高度，于是他觉得生命有极伟大之处。"金钱对'生活'虽好像是必需的，对'生命'似不必需。……生命本身，从阳光雨露而来，即如火焰，有热有光。"他认为生命的目的只是对人世的美好——形与质的发现，并且让别人也去发现。用他自己的话说："这个我（用别一种人格的光和热去照耀烧炙，重获新生的我）的存在，还是为的是反照人。"

他主张真、善和美的统一："然抽象之爱，亦可使人超生。爱国也需要生命，生命力充溢者方能爱国。至如阉寺性的人，实无所爱。对国家，貌作热诚，对事，马马虎虎；对人，毫无情感；对理想，异常吓怕。也娶妻生子，治学问教书，做官开会，然而精神状态上始终是个阉人，与阉人说此，当然无从了解。"他认为人的好坏，"并不以教育身份为标准"，不识字身份低的人，在保卫国家民族的战争中慷慨捐躯的确如恒河沙数。"至于有许多受过高等教育，在外表上称绅士淑女的，事实上这种人的生活兴趣，不过同虫蚁一样，在庸俗的污泥里滚爬罢了。"有某些人知识上已成"专家"后，在做人意识上只是一个单位或一种生物。"只要能吃能睡，且能生育，即已满足愉快，并无何等幻想或理想推之向上或向前，尤其是不大愿因幻想理想而受苦，影响到已成习惯的日常生活太多。"这种人获得了"生活"（然而是在庸俗的污泥里滚爬的生活），丢失（或"阉割"）了"生命"，因而也就失掉了美。在沈先生看来，生命永远是美的化身。

理想的美失去，于是："对国家，貌作热诚，对事，马马虎虎，……"失去做人的真和善。

二

从以上所引的文字看，文章的风格很像《庄子》，也像佛经，思想的哀艳处像屈原，句子美得像经过精雕细镂的琉璃瓶那样，光芒耀目，它是从哪里得来的？沈从文大概从小就是个"书香子弟"，是泡在书里长大的？

不！他自己的回答是："是个乡下人"。

14岁前是从不爱用功，爱看热闹，打架斗蟀的野孩子，20岁以前，是在湘西一带小码头流浪的"拉兹"（虽然他还没像拉兹那样当过小偷，他大部分时间是当兵，当无业游民、旧军队的文书和税收员）。二十岁以后他在北平继续"打流"。他出生于湘西、黔北、川东交界的山区凤凰县，这个地方是苗族、土家族、汉族杂处的自治区，在他的家族中，有土家人的血统。家庭世代出身行伍，祖父在清朝当过武官，父亲也当过级别不高的民国军官，后来破了产。沈从文就是这样一个民族、籍贯、出身的文学家。

如果说：马克·吐温年轻时候也和沈从文有相似的经历（虽然时、地、社会背景不同，他们的文风全不相同），那么就是上帝给予他们一个与他们的身世非常不相称的头脑，真是没有办法的事！

从出生到他第一次夹着铺盖让火车拉到北京前门车站为止，这二十年间，沈从文细致地领略自己祖国的一个偏僻地区的社会生活（十多年后，他在抗日战争初期，又回去过一次），他凭着爱和同情去看自己的乡土、亲人、士兵、农妇、水手和勤劳的少女。他迷恋那些河市、山城、荒邑、小镇、码头船筏、缆火楼灯。他熟悉士兵、铁匠、纤夫、店主、舵工的生活作息，悲欢喜怒，撒野性情。在他的文学作品中，每一个人都显出性格，具有灵魂。使人感到是活生生的真人。由于他对于这些人如此熟悉，如此热爱，他善于用这些工、农、船户自己的语言神态，入木三分地去表现他们的身份、性格。他以悲悯的心情去描写土匪豪霸愚蠢和“英雄”交错的行径，描写江边“吊脚楼”上妓女的日常生活。他对于一个摆渡人的小孙女爱情的不幸写出叙事诗般的故事（《边城》）。“我的青年人生教育恰如在这条水上（按指沅江流域上下千里各个地方）毕的业。我对湘西的认识自然较偏于人事方面。活在这片土地上的老幼贵贱，生死哀乐种种状况，我因性之所近，注意较多。”（《湘西·题记》）凡是读过沈先生的《边城》、《湘行散记》、《湘西》、《从文自传》等作品的人，都为他那情致缠绵的乡土之爱所陶醉，使人觉得这里的芸芸众生，既是非常可爱，又非常可悯。这就是五十年前旧中国的缩影。是作者掬出自己对土地、对人民的至诚，写出来的挽歌。

由于对湘西风物的熟悉，沈从文能一口气把沅江流域各种航船的名称、特点、船户、航程娓娓动听地告诉你：运盐的“大鳅鱼头”是三桅的大方头船；桅高帆大，首尾收敛的“乌江子”，是粮船；方头高尾、颜色鲜明的洪江油船，平头大尾，船身坚实的“白河船”，……辰谿的“广舶子”，活跃的“麻阳船”，“桃源划子”都各有特性，他几乎能数出那些船的历史，以及船主、水手的习惯爱好，和这些船只所经过的每个码头的风土、生活和可歌可泣的故事。

例如他写沅陵地方：“弄船女子，腰腿劲健，胆大心平，危立船头，视若无事。同一渡船，大多数是妇人，……有些卖柴卖炭的，来回跑五六十里路，上城卖一担柴，换两斤盐，或带回一点红绿纸张同竹篾作成的简陋船只，小小香烛。问她时，就会笑笑的回答：‘拿回家去做土地会。’你或许不明白土地会的意义，事实上就是酬谢《楚辞》中提到的云中君——山鬼。这些女子一看都那么和善，那么朴素。年纪四十以下的，无一不在胸前土蓝布或葱绿布，围裙上绣上一片花，且差不多每个人都是别出心裁，……天时常常是那么把山和水和人都笼罩在一种似雨似雾，使人微感凄凉的情调里，然而却无处不可以见出‘生命’在这个地方有光辉的那一面。”

接着他就告诉我们，这地方妇女出来多的原因由于兵役法的苛刻。男子不是被拉去当兵，就是被逼逃避兵役，“抛下他的耕牛，向山中走，就去当匪。”“乡下人照例都愿意好好活下去，官吏的老式方法居多是不让他们那么好好活下去，……”

对于湘西的风景，照例写得极美：沅陵下行四十里就经过青浪滩，“青浪滩脚有个大庙，名伏波宫，敬奉的是汉老将马援。行船人到此必在庙里烧纸献牲。……庙中屋角树梢栖息的红嘴红脚小小乌鸦，成千累万，遇下行船必飞往接船送船，船上人把饭食糕饼向空中抛去，这些小黑鸟就在空中接着，把它吃了。上行船可照例不光顾。虽上下行船只极多，这小东西知道向什么船可发利市，什么船不打抽丰。船夫传说这是马援的‘神兵’，为迎接船只的神兵，照老规矩凡伤害的必赔一大小相等银乌鸦，因此从不会有人敢伤害它。”（《湘西·沅陵的人》）

关于伏波祠“神鸦”的记述，记得宋以来有些笔记、游记等，就有记载，但如此美丽自然的文字，却是少见。

令人神往的描写在他的作品中不胜枚举。他提到沅水上游的泸溪、浦市之间的箱子岩，在写完一段龙舟竞渡的动人光景之后，他描写这一带的平时景色：“遇晴明天气，白日西落，天上薄云由银红转成灰紫。停泊崖下的小渔船，烧湿柴煮饭，炊烟受湿，平贴水面，如平摊一块白席。绿头水凫三只五只，排阵掠水飞去，消失在微茫烟波里，一切光景，静美而略带忧郁。随意割切一段，勾勒纸上，就可成一绝好宋人画本。满眼是诗，一种纯粹的诗。”（《湘西》）

不但写景，河边小村镇生活也写得非常之美：“小船上尽长滩后，到了一个小小水村边，有母鸡生蛋的声音，有人隔河喊人的声音，两山不高而翠色迎人，许多等待修理的小船，皆斜卧在岸上，有人在一只船边敲敲打打，我知道他们正用麻头与桐油石灰嵌进船缝里去。一个木筏上面还搁了一只小船，在平潭中溜着，忽然村中有炮仗声音，有唢呐声音，且有锣声；原来村中人正接媳妇。锣声一起，修船的，放木筏的，划船的，都停止了工作，向锣声起处望去。——多美丽一幅画图……。”（《湘行散记》）

这真是一幅令人神往的山村小景！

近几十年来，人们普遍知道生活是创作的唯一源泉，凡是好的作品，都是从人民生活中来。人民生活中本来存在着文学艺术原料的矿藏，这是自然形态的东西，是粗糙的东西，但也是最生动、最丰富、最基本的东西。沈从文常常把对社会生活的体验叫做“读一本大书”，他把这本异常伟大、无边无尽的大书贪婪地翻阅、思考、学习。他那二十年没有离开的乡土，使他得到真正的学问，写出如此美好的乡土文学。

然而，近几十年来，到生活中去、到火热的斗争中去这一正确道路也有不少经验教训。有些同志下去一年两年、五年十年却依然写不出作品或写不出好作品，下乡下厂，晃晃悠悠，时间过去，脑子还是空空的，没有反应。这是为了什么？我想，读一读沈从文的作品，我们就该感觉到感情对于一个作家的必要。沈先生不但熟悉自己家乡的一草一木，那里的人民的作息生死，更重要的作者本人具有深切的对人民生活之爱，对家乡之爱，对大自然之爱，这一点爱是那么真切，那么纯洁，它能燃起读者无限的同情。由于作家带着火热的感情去爱土地，爱人民，他才能深入地同化在生活里，同那些贩夫走卒、普普通通的乡妇、船夫、士兵、苗女同其忧乐，同其对自己长期休养生息的一山一水怀恋赞叹。如果没有这一点拥抱着大地、拥抱着人民的深挚的爱，这样的文章是写不出来的。鲁迅先生对于他的故乡绍兴，老舍先生对于北京，也都非常熟悉，非常爱，但他们很少留给我们正面描写家乡的散文游记，他们主要是把自己家乡的山川人物作为背景去描写，而以虚构的故事为中心的（当然，沈先生也经常采用这个方法，例如《边城》）。现代作家中，像沈从文这样深刻地表达对乡土之爱的，还是少见的。文笔之美还是其次，感受之深则是主要的。

当然我们不能忘记，沈先生的这些作品，是三十年代的产物，他所表现的只是旧中国、旧风土和旧时代的人物，这些描写，总不免打上时代的烙印，因此文笔尽管很美，而感情却多少带点哀伤，他所描写的人物，尽管大多数是劳动人民，他们除极少数外，大都具备勤劳、吃苦、乐观、勇健的品质，但是他们身上还存在着几千年封建制度和山沟闭塞风气、军阀暴力统治下的落后愚昧；爱这些亲人的美好品性而怜悯这些人愚蠢的缺点。“当我拿笔写到这个地方种种时，本人的心情实在很激动，很痛苦。”的确，他虽然把“山大王”写得很豪侠，对“吊脚楼”的妓女和水手写出缠绵的爱情，可是这都是蘸着悲悯的泪水写出来的。他的大多数小说和散文，总不免带着二千三四百年前那个疯疯癫癫的楚人屈原的影子。似乎因为他也是楚人。后面他接着写道：“觉得故乡山川风物如此美好，一般人民如此勤俭耐劳，并富于热忱与艺术爱美心，地下所蕴藏又如此丰富，实寄无限希望于未来。”（1944年版《湘行散记·题记》）在《湘行散记·箱子岩》一章末尾，即提及“二十年前澧州地方一个部队的马夫姓贺名龙一菜刀切下了一个散兵的头颅，二十年后就得惊动三省动员二十万大军来解决这马夫。谁个人会注意这小小节目，谁个人想像得到人类历史是用什么写成的？”虽然沈先生那时还不太明白这个“未来”的实景是什么，他也不大理解那时他的湘西同乡——我们的贺龙同志等，基于对未来的信心，不多久即创出不朽历史业绩。

可是，沈从文也创出了他自己的事业，那就是像《九歌》、《九章》那样把对国家、对人民、对乡土的赤诚，贡献给后来的人。

三

我第一次同郁风去拜望沈从文的印象至今犹新，那是五十年代初我们刚到北京不久，那时沈先生住在沙滩中老胡同，记得是由熟人先约了时间去的。小个子，眼镜里透出眯缝眼睛，见陌生人露出羞涩的笑容，说话声音低而清晰，带着湘西口音。话到投机，感情就跟着语言像散花、像喷泉一样飘扬一室之中，使人感到生命之火闪闪发光。我把这位温良恭俭学者，同他童年在家乡跟铁匠师傅比蟋蟀，跟野孩子赌博，十八九岁时跟几个当兵伙伴为了一个炮仗去打“镇关西”的形象一对比，不觉为之失笑。

第一次见面，沈先生就激动而沉静地对郁风回忆起1923年冬，郁达夫冒雪到北京西城一个小公寓去看他，这个青年沈从文，那时住在冰冷的小屋子里，没有人知道，也没有钱，没有生炉子，没有棉衣，正把一件旧棉被包围着脚和腿部，还用一双冻僵肿红了的手在写点什么。郁达夫一进门看见这光景，就先解下围在自己脖子上的围巾给他围上。然后同他一起去吃一顿饭，并把吃饭剩下的几块钱全都给了沈从文。不多久，就发表了那篇《给一个青年的公开状》。这件事沈先生是经常充满了感情回忆起来的。

人对于世事常常有错误的估计，我自己最大的错误估计是对于沈先生，我那时坚信他在解放后仍然将继续写小说或在大学教书，谁知后来他却改了行，去历史博物馆作说明员。并且不折不扣作了整十年。我不知道他老人家在什么时候装满了一肚子的美术考古学知识，但是以后见面，我总是孜孜不倦地向他老人家请教这方面的知识。他告诉我汉代外销丝绸的产地、质料、纹样，告诉我周以前已经有了带釉的陶器。告诉我新疆出土几个戴假发的唐代女尸，发式极美，可以看到唐代妇女化妆的考究，可惜出土时假发损坏了。殷周的一处墓葬，墓穴表层约两丈见方微微凸起的覆盖物上用各色土粉绘成花纹图案，可惜揭开时全毁掉了。沈先生形容新出土的楚漆器纹样，战国玉器的雕工，洛阳博物馆陈列的汉壁画……总是带着悠然神往的心情说："真美呀！美得简直叫你不可想像"。他提到这些先代遗产的时候，是那样欢喜赞叹，那样陶醉，那样心情舒畅，他涉想着这些文物珍品将如何对今后的中国文化艺术辉煌发展，起着作用，仿佛人生最大的幸福就是作为一个有长远优秀文化的民族成员。

事物总是有反有正，正是由于这份幸福感，才带来了林、江一伙对文物大破坏大掠夺给予沈先生的沉重创伤。在和朋友谈到这件事时，我总是说：如果沈先生不是那么对祖国文化艺术遗产的了解和热爱，一个对文物价值了无所知，对祖国文化漠不关心的人，他也就没了这份苦恼了。

事物也总是有盈有亏。我们这位"五四"以来具有影响的作家，由于从事"文物"，便没有再生产"文章"。我说没有，那也是有点夸张的，其实 1960 年他还出版过一本主要是关于文物的散篇文集《龙凤艺术》。可是拿他三十年前的写作量——长篇和短篇小说、散文、杂文等等来比，那就等于没有。因为事实上他的时间大多数用在为各方面打杂消耗掉了。可是沈先生对于这一点，他并没有介意——我说至少在表面上。他永远是兴致极高地谈他的美术考古。只要你识货，解放初期琉璃厂和其它地方的古董店，甚至地摊、挂货铺都很容易买到珍贵书画、文物、家具、古锦等等，沈先生就像着了迷一样去搜罗，搜罗得多，家里没地方放，就无条件捐给博物馆和学校，这些珍物经过他手，最后"得其所哉"，这就是他精神上莫大的享受了。

打倒"四人帮"以后，他还是兴致极高地去研究十多个考古专题，去参观秦俑、看马王堆那老太婆殉葬品。最近他来信，还谈到今年要到广东去看汉代玻璃，到福建看宋代纱衣，到景德镇去看一千多宋代戏剧瓷俑。

去年 8 月，那时齐燕铭同志还在医院，他给我一封信，让我去看一次沈先生。他关心他那本《中国服装资料》，信上提到这是敬爱的周总理生前让齐燕铭同志建议沈先生写的。这本书经过“四人帮”的文化大扫荡，就不必谈它的悲惨遭际了。最近，沈先生（他已经 77 岁高龄了）又兴致极高地把它整理出来，但齐燕铭同志也已经看不到它的出版了。

沈从文先生是否就永远忘记了他的文学创作生涯了呢？并不。最近我同沈先生谈起，在国外，有一位研究他的文艺作品的学者得到了博士学位。沈先生羞涩地笑了一笑，大拇指按着小指伸出手来，轻声地更正说：“三位了。”

原载 1980 年 5 月《花城》总第 5 期

沈从文小说的倾向性和艺术特色

凌　宇

1924年，有一位年轻的作者，在“五四”精神的影响下，带着特异的经历和一身泥土气息，从湘西“一小角隅”走上文坛，开始了他的创作生涯。他就是沈从文。

这个出现于20年代中期，成熟于30年代作家，以休芸芸笔名发表文章开始，到解放前夕基本终止创作，曾先后出版过五十余种小说集。其作品的质和量，在现代文学史上，都是屈指可数的作家之一。可是，这位在当时颇负盛名的作家，现在几乎不为年轻读者所知；他的作品在台湾被禁止发行；而台湾海峡这边，他的许多手稿在文化大革命中被付之一炬。在图书馆里，其作品也残缺不全，几成绝品。

在文学发展史上，确有这种情形：随着时间的推移，那些站不住脚的作品，终于“大江东去”了。但也确有另一种情形：一些尚有价值的东西，不意蒙上历史的灰尘，湮没在泥土里。沈从文的小说属于哪种情形？让我们打开沈从文的小说创作集，来进行一番研究吧。

一　沈从文小说的倾向性

沈从文从14岁起离开家庭进入军队，在延长千里的沅水流域开始了他青少年时代的飘泊生涯。动荡的社会生活潮流将他卷到中国社会一角的下层，使他得以和下层人民接近。“我的青年人生的教育恰如在这条水上毕的业。”(《湘西·题记》)这些人物的“生命形式”，成了他的小说创作的重要题材。他“对于农人和兵士，怀了不可言说的温爱，”(《边城·题记》)表现了他们“永远用血和泪在同样情形中打发日子”的辛酸遭遇及其“生命的庄严”。(《湘西》)

作者广泛地叙述着下层人民生活的不幸和苦痛，多方面涂染着罩在他们生活中的暗影。他忠实地叙写着城市贫民、小职员、艺人、湘西的农民、水手、妓女、童养媳、小店主、寡妇……的凄惨扎挣，展开了中国下层人民生活的逼真图画。他们经济极端贫困，生命朝夕难保，人格惨遭践踏、蹂躏。即使像《菜园》里过着宁静生活的母子，也难免不测风云。追求新思潮、一去数年的儿子带回美丽聪慧的媳妇与母亲团聚，却被县府“请”去，旋即以共产党的罪名，双双陈尸校场。母亲也悲愤得悬梁自尽，转瞬间翻福为祸。小说以菊花盛衰为象征，写得凄婉动人，深刻地反映出大革命失败以后，反动势力对人民的血腥镇压。

如果说这是写某种特定环境下的不幸，那么，在许多篇章里，作者也发掘着下层人民平凡人生的悲凉。《柏子》篇写一个名叫柏子的水手，在船到码头后卸货、上岸与相好的妓女相会、返回船上的种种情形。像柏子这类人物，成年在船上劳作，辛苦万状，并随时可能翻船丧命。所得微薄工资，常常一夜花尽。月复一月，毫无改变地打发着自己的生命。可是，他们反倒满足，“不曾预备要人怜悯，也不知道可怜自己。”(《柏子》)

> 他的板带钱已光了。这种花费是很好的一种花费。并且他也不是全无算计，他已预先留下了一小部分钱，作为在船上玩牌用的。花了钱，得到些什么，他是不去追究的。钱是在什么情形下得来，又在什么情形下失去，柏子不能拿这个来比较。……
>
> 轻轻的唱着《孟姜女》，唱着《打牙牌》，到得跳板边时，柏子小心小心的走过去，预定的《十八摸》便不敢唱了——因为老板娘还在喂小船老板的奶，听到哄孩子的声音，听到吮奶的声音。
>
> ——《柏子》

在柏子的这种高兴面前，读者大约是笑不出声来的。他们到底是人，不是任人践踏的野草，听凭蹂躏的畜牲。他们有着人的尊严。沈从文看到并叙写了这种“生命的庄严”。《生》里那个孤苦无依的老艺人，冒着酷暑，用他衰老的躯壳里的全副精力，在满是尘灰的场地上滚打，反复地玩着木偶戏：先是王九被赵四打倒，但王九总是反败为胜，最后打倒赵四。在人们感到滑稽的笑声里收取几个铜板。但谁解其中真味呢？原来在老人心里，深藏着一个秘密：王九就是他的儿子，赵四就是打死王九的凶手。现实不能替老人申冤，老人只能在木偶上寄托自己的愤怨！“王九死了十年”，老人“表演王九打倒赵四也有了十年”。我们看到老人对人生尊严的紧迫要求。他仿佛在心底呼喊：还我儿子！《丈夫》叙述的是一个乡下农民探望在河船上卖身的妻子一天的遭遇。他忍受着不堪忍受的屈辱，亲眼看着自己的妻子被人蹂躏。他失去了做丈夫的权利，也失去了人的尊严。难言的痛苦咬啮着他的心。终于，他再也忍受不住这种屈辱，宁愿与妻子贫困相守，也不愿再以屈辱换取金钱。他丢掉妻子给他的卖身钱，双手蒙面哭了起来，最后毅然将妻子带回家去。不是作者在呼喊，而是他笔下的生活在呼喊：给他们生的权利，给他们爱的权利，给他们做丈夫的权利，给他们人的尊严！

沈从文反映下层人民对生存权利和人生尊严的要求，植根于他对下层人民作为人，具有同别人一样的人性的认识。在《习作选集代序》中，他说：“我只造希腊小庙。……这种庙供奉的是‘人性’。”沈从文小说里“人性”的具体内容是什么呢？

人类进入阶级社会以来，社会就产生了阶级的裂痕。上流社会与“抹布阶级”的爱憎与哀乐出现了各自独特的形态。这种分野使上流社会对下层人民怀着偏见与歧视。在他们看来，下层人民愚蠢、粗野、悖理、不通人性，除了做工、吃饭、生殖外，别无他求，也别无所能。简言之，他们只有生物的性能，而无人的感情。在新文学的第一个十年里，我们不止一次地从文学作品中看到这种形象。在沈从文的小说里，这种情形得到了改变。他笔下的水手、厨子、农民、士兵、土娼、强盗、土匪以至刽子手，在他们各式各样的生活中，无论平常或怪异，都跳跃着一颗鲜红热烈的心！都具有活泼泼的人性。他们爱美、重情谊、有自己的爱情，有人的尊严……。以爱情题材的小说为例，《阿黑小史》、《月下小景》、《边城》等篇的男女，爱得真挚，热烈，以至生死不渝。就是《柏子》里的柏子，与他每月一会的沦落风尘的情人，也不是只追求生理的满足，他们也有着活泼泼的爱情：

> “婊子我告诉你听，近来下头媳妇才标得要命！”
>
> “你命怎么不要去，又跟船到这地方来？”
>
> “我这命送她们，她们也不要。”
>
> “不要的命才轮到我。”
>
> “轮到你，你这……，好久才轮到我！我问你，到底有多少日子才轮到我？”
>
> 妇人嘴一扁，举起烟枪把一个烧好的烟泡装上，就将烟枪送过去塞了柏子的嘴，省得再说混话。
>
> 柏子吸了一口烟，又说，“我问你，昨天可有人来？”
>
> “来你妈！别人早就等你，我算到日子，我还算到你这尸……”
>
> “老子若是者在青浪滩泡坏了，你才乐！”
>
> “是，我才乐！”妇人说着便稍稍生了气。

在这段对话里，有妒嫉，有关切，有蕴含在妒嫉与关切中相互的爱。言语是粗野的，却又真情毕露、有血有肉。沈从文是将柏子的爱情与城市上流社会“没有爱情的接吻”对照着写的。作为对上等人偏见的回答，表现这种人性，要求给他们人的权利与尊严，是一种具有积极意义的民主要求，“人性”，是资产阶级经常使用的概念。在资本主义社会里，人权具有特定的阶级内容，下层人民的人性、人权是得不到尊重的。但是，在人压迫人、人剥削人的社会里，从同情下层人民的立场出发，喊出尊重人性、要求人权，对于人民大众，到底是有益的。只是在沈从文的小说里这种呼喊还不十分有力。

沈从文在离开湘西、进入都市以后，曾多次谈及自己的故乡。这不只是一种乡情的流露，还包含着与乡下人身上那些美的品性远离的叹惋。他痛悔着进城后，湘西民族给予自己的“所有值得称为高贵的性格，如像那热情，与勇敢，与诚实，早已完全消失殆尽。”（《写在〈龙朱〉一文之前》）于是，刻划下层人民身上的高贵品质，讴歌单纯、诚实、雄强，成为贯串沈从文小说的又一鲜明的脉络。

《灯》叙述“我”与一个老兵交往的经过。这个老兵对人忠诚并重情谊，十分关心“我”的生活。“他做着盼我荣归的好梦，把他一生的希望寄托在我的身上。”他关心“我”的婚事，甚至自做主张和并不相识的女人谈起“我”的一切。当他希望落空时，“他黄黄的小眼睛里，酿了满满的一泡眼泪，他又哭了”，“显出万分衰弱的神情。”终于向“我”告辞，独自走了。《会明》中的老伙伴会明，曾跟随蔡锷参加过反袁称帝的战争。十年过去了，同他一起参军的，凭聪明爬了上去，他依旧是一个伙伕。但他始终不忘蔡锷“把你的军旗插到堡上去”那句话，把一面军旗在身上“谨谨慎慎的缠裹着。”老兵与会明，简直是两个“忠仆”形象。他们诚实到近乎愚蠢的地步。在这诚实里，羼和着几千年封建伦理的影响，表现为一种复杂的形态，但其中确实含有可贵的因素。

在沈从文以爱情为题材的小说里，歌颂劳动人民爱情的纯洁，是常见的主题。我们且跟随作者的足迹，到《边城》作一次漫游吧。于是，我们看到了那个美丽而又单纯的少女翠翠。当生活的铁的逻辑夺走了相依为命的爷爷的生命，使她醉心的爱情的梦幻被击碎而回到现实里来的时候，她没有做自己爱情的叛徒，而是在傍河的小屋里，在往返河岸的渡船上，翘首等待自己爱人的回来。虽然命运并未给她作任何许诺，因为“这个人也许永远不回来了，也许明天回来！”如清沙滤出的泉水，容不下一粒灰尘，明净清亮，照出了乡村少女美丽的灵魂。

这里值得一提的是《虎雏》。虎雏是一个勤务兵，在湘西长大，乖巧秀气，机灵聪明，性格却极为犷悍。都市的生活环境未能磨掉他的“虎性”。一次，因同伴受欺，他竟打死了一个警察，只好出走。小说刻划了一个装在“美丽的盒子里”的“野蛮的灵魂”。作者是赞许这个灵魂的。如果说，虎雏的雄强与野蛮羼和在一起，显得不够光亮，那么，当作者从爱国者和阶级解放的斗士身上去发掘这种品质时，小说就闪耀出明亮的光辉来了。《早上——一堆土一个兵》描写一个老兵在严寒早晨，在死人堆里，独自坚守抗日的阵地。作者谴责了大官显贵们的自私卑怯，赞扬这个老兵“值价”的品格和立志“为守土而死”的高尚情操。《大小阮》以一九二七年大革命失败后的阶级斗争为背景，描写了大阮、小阮叔侄二人的性格和命运。小阮是一个革命者，在险恶的社会环境里，百折不挠，终为理想献身。小说以大阮的卑鄙怯懦、保身自荣做陪衬，歌颂了小阮坚韧不拔的斗争精神。由于沈从文对下层人民的热爱和对生活的忠实，使他能够透过表面现象，发掘到下层人民身上的许多优秀品质，诸如从“卑贱”中见出单纯、从“野蛮”中见出雄强，从“平凡”中见出伟大，从“愚蠢”中见出诚实。作者讴歌的下层人民身上的这些品质，在他的小说中的城市绅士阶级身上，是几乎找不出来的。但对这些品质的歌颂，却缺乏具体的分析。虽然，在彻底剔除剥削阶级思想意识的影响之前，下层人民的道德表现形态，必然是精芜杂陈，不会完全那么纯粹。从这个意义上说，沈从文小说中人物身上的各种道德表现形态，是一定环境的产物，是真实的，各具一定的典型意义。但是，这些道德表现形态的社会价值确实存在着差异。会明和《灯》里老兵的诚实，虎雏的雄强，毕竟含着过多的消极成分。那种封建主义的愚忠，那种原始的蛮悍，是有破坏力的。它可能成为反抗残暴的力量，也可以成为革命的阻力。问题不在于能不能表现这些道德形态，而在于对它们所取的态度。对这些道德形态，作者是一概予以歌颂的。这样，他的小说的思想价值就呈现出一种不平衡状态。当他歌颂抗战的士兵、赞美小阮等人物时，作品的内容就闪耀着明亮的光辉；当他歌颂会明、虎雏等人物时，光彩就黯淡了许多。

往事容易引起人的回忆，而回忆的帷幕是由现实的绳索拉开的。痛苦的现实，常常使人从记忆中找到甜蜜，仿佛过去的痛楚里也含有一种欢乐。沉浸在这种回忆里，沈从文写下了他的一篇又一篇以湘西生活为题材的小说。可是，每当他从回忆里醒来，面对眼前现实的时候：

> ……我真愿意到黄河岸边去，和短衣汉子坐在土窑里，面对汤汤浊流，寝馈在炮火铁雨中一年半载，必可将生命化零为整，单单纯纯的熬下去，走出这个琐碎、懒惰、敷衍、虚伪的衣冠社会。
>
> ——《烛虚》

回忆与现实，城市与乡村，上等人与乡下人，这是两幅完全不同的图画。色彩、声响、光线、节奏、气氛……，对比是强烈的。这种对比，使沈从文将他的愤疾与厌恶倾泻到“衣冠社会”里来。他用手里的笔，为“高等人”造出了一面面“能照出自己真实面貌”的镜子（诗:《到坟墓的路》）——以绅士阶级和知识分子生活为题材的许多篇章。

沈从文对城市生活的描写，始终是同乡村对照着写的。与发掘下层人民身上的美德相反，对于“衣冠社会”，他从“整洁”中见出肮脏，从“文明”中见出怯懦，从自大中见出渺小，从“聪明”中见出虚伪。从中，我们可以看到那些世家子弟，如何机灵地躲开时代的浪头，不露声色地谋取着财富和地位，如何荒淫地挥霍着钱财，以满足自己的淫欲，又如何在华丽衣饰的掩盖和彬彬有礼的交往中，干着淫乱与不贞的勾当；那些正人君子们，在自欺欺人的行为里，变幻着他们的两种面目；那些远离时代潮流的大学生们，一面淋漓尽致地发展着无药可治的自大狂，一面丧魂落魄地上演着失恋的悲剧；在这些人的生活里，充满了无法言说的空虚与无聊……。这些“在外表上称绅士淑女的，事实上这种人的生活兴趣，不过同虫蚁一样，在庸俗的污泥里滚爬罢了。这种人在滚爬中也居然掺杂泪和笑，活下来，就活在这种小小得失恩怨中。”（《烛虚·长庚》）

人们的社会生活构成社会环境，社会环境又铸造着人们的性格。在这种“滚爬”中，在这种“恩怨得失”里，他们上演着自己的悲喜剧。自然，这种悲喜剧是不能刻划出坚实强健的灵魂来的。自私、虚伪、怯懦必然在这种病态生活里孳生、蔓延。《八骏图》正是这些性格的真实写照。围绕着男女情爱问题，小说描绘了几个不同性格的教授形象。在他们的行为里，浸透着利己、虚伪、怯懦，这是具有普遍性的类型概括。如果说，对这些“千里马”们的病态发展，作者在讽刺中透露着同情，那么，在《绅士的太太》里，就更多暴露了。这真是上流社会家庭的一面镜子。丈夫背着妻子去会女人，妻子瞒着丈夫与人偷情，姨太太与少爷通奸。可是，在表面上，一个个风度翩翩，毫无惭色地互相欺骗和敷衍，于是，混合着哭声与笑声，安慰与解释，发誓与戏谑，虚情与假意，过着自欺欺人、醉生梦死的生活。

在这样一种“病的发展”中，人们的心理失去了常态，而被严重地扭曲了。《都市一妇人》里那个漂亮的将军遗孀，看透了社会的人情冷暖，害怕被年轻情人遗弃，竟买通人毒瞎了他的眼睛。《自杀》里的刘教授，由于一个偶然的机会，见到一个有着神秘身世的可爱的少女，就开始对生活厌倦，竟莫名其妙地想到自杀。就在这些爱情游戏里，作者给我们翻开了许多发疯、自杀的人生书页。然而，也有觉醒与挣扎。中篇《一个女剧员的故事》中的主人公萝，是在一个中产阶级家庭长大的女性。在她的爱情生活里，充满了使她乏味的那一套。那些热烈、矜持、多情包裹着虚假、妒嫉、怯懦的爱情方式使她厌倦，她要寻求新的充满活力的爱情。终于，她挑中了一个叫宗泽的男子，因为他以简截、明快、知心、有力的方式向她表示了爱情。如果宗泽是小阮一类人物，他们可能摆脱这种环境，走上新的道路。可是，谁又保得定宗泽不是觑准机会扑下来的鹰？如是，这就只是下一幕悲剧的开始。生活就是生活，它的结局只能由生活来规定！

在谈到自己的创作时，沈从文曾说："请你试从我的作品里找出两个短篇对照看看，从柏子同八骏图看看，就可明白对于道德的态度，城市与乡村的好恶，知识分子与抹布阶级的爱憎。"（《习作选集代序》）这句话是可以视作沈从文小说创作总体结构的纲来读的。对城市上流社会的暴露和批判，是他创作的明显倾向。应该说，沈从文小说中的这种暴露，是具有一定典型意义的。当《自杀》发表以后，作者就受到一个教授责难，说是讽刺了他。正是在这里，作者为我们"提出一个社会普遍型的人物。"（《废邮存底·给某教授》）可是，除了《大小阮》等不多篇章，直接触及到时代的敏感问题，具有较大深度，其余大都以爱情为题材，局限于游离时代主潮之外的一般大学教授、大学生的生活圈子里，作者的镜子映照的上流社会的生活面毕竟太狭窄了一些。在不少篇章里，作者只是较多地去暴露他们的病态性格，较少注意发掘产生这种病态性格的时代原因，这就冲淡了作品的思想价值。

由于作者只想表现"人生形式"，不着意在作品中表现什么思想，难怪人们感到他的小说的思想难以把捉。但不着意表现思想并不等于没有思想。仅就上面涉及的看，他的作品在情节发展中，明显地倾注着爱情。诚然，那部分以苗族生活为题材的作品，歌颂爱情纯洁的居多；《新十月谈》中的小说取材于佛经故事，内容多含劝世说教的腐旧观念；在反映湘西生活的小说里，某些篇章纯属“故事”，多传奇色彩，没有多少思想价值。但这显然不能代表沈从文小说的主流。

二　沈从文小说的创作方法和独特的艺术意境

我们在上面谈到，沈从文的小说是为着表现各种“人生形式”，但在表现社会生活时，又不能不对人生、道德、爱情等表示自己的态度，引导读者对社会和自然中的美倾心。这样，当他侧重表现“人生形式”时，其作品写实成分较重；当他侧重于寄托自己的美学理想时，其作品抒情色彩较浓。而最能体现他的创作风格的，是写“实”与叙“梦”二者的结合。他在《烛虚·小说作者和读者》一文中说：“个人只把小说看成是‘用文字很恰当记录下来的人事’……既然是人事，就容许包含了两个部分：一是社会现象，即是说人与人之间的种种关系；二是梦的现象，即是说人的心或意识的单独种种活动。……必须把‘现实’和‘梦’两种成分相混合。”那么，他是如何写现实的？“梦”又包含哪些因素？依靠二者的结合，他又如何创造艺术意境，并形成他独特的美学风格？

沈从文小说所叙述的故事，都是直接从现实中取材的。以都市生活为题材的许多篇章，是在何等程度上反映出社会的真实，绝少主观和想像成分，这是能够为读者了解并承认的。问题集中在以作者的故乡——湘西人民的生活为题材的那部分作品上。其中，确有许多使人大感诧异、难以置信的东西。这里有恩情结于水手，养身却靠商人，常为爱情自杀和拼命的妓女；有免费招待烟茶，拒绝过客报答，至少也要物物易赠的淳朴民俗；有动不动就拔刀格斗，第三者不许帮忙，对手倒地不再填刀的侠风；有苗族青年男女唱歌求爱，订情后若婚姻受阻，常双双殉情自杀的动人故事；以及按照自己对生活的理解形成的特殊道德形态。这一切，都与殖民地化程度较深的都市社会大异其趣。它们所反映出来的人们的社会关系，究竟有多大的真实性？是不是作者的虚构和幻想？凡是熟悉湘西社会历史的人，是不会怀疑这一切的真实性的。翻翻沈从文的三本记实性作品——《从文自传》、《湘行散记》、《湘西》，就可以找到许多小说的生活原型。这是由湘西的地理、风土、民族的特殊性造成的。

湘西位于湖南北部，毗邻四川、贵州、湖北三省，著名的武陵山脉纵穿其中。由于地方的偏僻和交通的特别闭塞，外部的生活方式和思想的影响来得特别缓慢。数千年的封建传统，掺和着某些原始习俗，再加上苗族、土家族等少数民族特有的民族习惯的渗透，使湘西社会的特殊性十分突出。这种特殊性，与中国社会的发展不平衡紧紧联系在一起。虽然到了二十世纪初叶，中国都市社会的殖民化程度逐步加深。可是在湘西，小农经济依然占据主要地位，使社会的风俗、道德形态，与都市和靠近都市的农村产生极大差异，这也就必然造成外部人们对湘西的不理解。这种特别的“人生形式”一进入文学作品，就极易引起人们的奇怪与惊讶。

沈从文确是有意突出湘西的地方性，仿佛要借湘西的原始神秘性特异性来完成作品的特色。但是，这些人生现象又是特定的社会环境的产物。顾及湘西的历史、地理、民族的特殊条件，就会发现这一切正是一种必然性的产物。对于整个中国社会的普遍性，它们可能是特殊的。但在包括湘西在内的广大西南地区，它们又是普遍的、平常的。因而也是真实的。从特殊见出平常，既带“传奇性”，又具现实性，是沈从文小说现实主义的重要特色。

沈从文小说写实的特色，不仅表现在他的小说中人物事件具有生活真实的基础，还表现在对人物性格的刻划严格地忠实生活的逻辑。在描写作者喜爱的人物时，既写他们身上的优点，也写他们身上的弱点，爱而知其恶，憎而知其善。沈从文说：“他们是正直的，诚实的，生活有些方面极其伟大，有些方面又极其平凡，性情有些方面极其美丽，有些方面又极其琐碎。”（《边城·题记》）伟大与平凡，美丽和琐碎，对于这对立的两个方面，作者没有主观地取其一面，剔其一面，而是“老老实实地写下去”。

这里所谓的“伟大”和“美丽”，就是沈从文努力表现的蕴藏在下层人民身上的生命的尊严，诚实、重情义、雄强、热情、单纯等等。这些“伟大”与“美丽”，是与平凡、琐碎水乳般交融在一起。例如，会明与《灯》里老兵的诚实、重情义，不仅表现在他们琐屑与平庸的一举一动里，而且还与封建的愚忠密不可分。虎雏的雄强也掺杂着野蛮。作者没有因为热爱这些人物将他们的性格净化，而是按照生活的本身逻辑来叙写。伟大、美丽其里，平凡、琐碎其表。这就是沈从文的小说很少表现重大主题，而作品真实动人的原因。他的小说以写普通人的普通生活为职任，是风俗画，人情小说，不是英雄传奇。他是黄永玉风趣地称呼的"山民艺术家"。写英雄人物，从英雄业绩中表现英雄性格，这是另一个创作天地。沈从文的小说大多不属于这个天地。

沈从文小说的这种写实倾向，与他的创作倾向紧密相关。他在《从文自传》里说："我就是个不想明白道理却永远为现象倾心的人，我看一切，却并不把那个社会价值掺加进去，估究我的爱憎。"这种倾心于现象，不按社会价值估究爱憎的创作思想，必然导致作者按照现象的本来面貌反映生活，因而使作品具有强烈的真实感，但也容易产生某些自然主义的倾向。读沈从文小说的某些篇章，常使人觉得缺少修葺，会情不自禁地希望作者更多些提炼，更集中些。但上述两个特征，却正是沈从文小说独特意境的极其重要的构成因素。沈从文小说中的那种原始、蒙茸的自然美，即由此而来。看黄永玉的花鸟画，虽不像一般中国画那样虚实鲜明、线条清晰，却能在一种略呈朦胧、似雾似烟的氛围中，显出深远神秘的美来。沈从文的小说就是黄永玉似的风物画。作为一个艺术种类，在文学园地里，自有它不容忽视的地位。

沈从文在谈及创作时又说："文学是用生活作根据，凭想象生着翅膀飞到另一世界里去一件事情，它不缺少最宽泛的自由，能容许感情到一切想像上去散步。"（《记胡也频》）于是，我们看到他的小说"在写实中依旧浸透一种抒情幻想成分"。（《选集题记》）他希望借助这种幻想与感情，"达到人与美与爱接触的路。"（《阿丽思中国游记·序》）

沈从文小说相当多一部分，幻想或想象的成分是很重的。这首先表现在那些以苗族传说和佛经故事为题材的小说上。这些小说的情节安排，是完全在想象中完成的。《月下小景》是以苗族男女的爱情为题材的小说，画面在凄婉清丽的想像中展开。人物的形体、像貌被诗化了；在一对情人的约会中，插入关于月亮的神奇传说和原始野蛮习俗的叙述，以及一对情人怀着对另一世界的憧憬，口含毒药含笑死去……，所有这一切，都是幻想的。但就在这种幻想中，寄托了作者的爱情理想。这一部分小说，具有强烈的浪漫主义色彩。这种幻想成分，不仅在以神话、传说为题材的小说里，显得分量沉重，就是在描写现实生活的作品里，有时也很分明。在《牛》这篇写实性极强的小说里作者赋予牛以人的特征。它有人的知觉、痛苦和情感。全篇交织着老牛伯与牛的种种心理活动。小说通过人和牛的心理刻划，把老牛伯这个贫苦农民心里的希望抒写得淋漓尽致。故事组织在一种半梦幻的情境中。它是非现实的，又是现实的。最后，牛被官府征用，人与牛的梦都消逝了，老牛伯的全部希望也成了泡影。《边城》是沈从文的代表作，在主人公翠翠的身上，倾注着作者的理想。作品通过许多动人情节，来表现翠翠温柔、明慧、天真、机灵和对爱情的坚贞。小说充分展示了翠翠的形体美和灵魂美，他不忍心在她身上撒上一点灰尘。作者将他的笔，深入到人物的内心，运用想像，描绘着一个神奇世界：

> 翠翠不能忘记祖父所说的事情，梦中灵魂为一种美妙歌声浮起来了，仿佛轻轻的各处飘着，上了白塔，下了菜园，到了船上，又复飞窜过对山悬崖山腰——去作什么呢？摘虎耳草！白日里拉船时，她仰头望着崖上那些肥大虎耳草已极熟悉。崖壁三五丈高，平时攀折不到手，这时节却可以选顶大的叶子作伞。

多么浪漫的情境！这是一块纯净的心灵的土壤。在这上面，孕育着少女被歌声唤起、却又朦胧的爱情的幼芽。这种理想也反映在情节发展的某些环节和故事结局的处理上。翠翠与傩送的爱情，是做为作者的理想来歌颂的。他不仅是这爱情的歌颂者，也是它的监护者。由于在翠翠与傩送的爱情上，浪头叠起，波折横生，爷爷的心上，梗塞着女儿的惨死与翠翠的祸福不保，终于经不起命运的打击，在一个雷雨交加的晚上，伴随白塔的坍塌而奇异地死去了。这一情节的安排虽然合于情理之中，却出人意料之外。它显明地反映着作者对翠翠爱情结局的忧虑。他多么希望作品中的人物相互了解，来保护这一爱情免遭摧毁啊！出于这一愿望，在傩送兄弟二人同爱翠翠的戏剧性的争执中，作者又是那样地以意外之笔，安排了哥哥闯滩而死的情节，再一次排除了爱情面临的险情。故事的结局，是解决现实与理想冲突的折中方案。作者是希望喜剧的结果的。但生活的逻辑谁又预料得到呢？但这也就够了。在人们的期待里，作者已将这种美丽、康健、诚实的爱情，无损地保留到人们的头脑中去了。

让想像插着翅膀飞翔，带人进入神话般的境界，像海市蜃楼，又似雨后虹桥，呈现出一种诱人的幻美。这是构成沈从文小说意境主观情意的第一个因素。

画家作画都有自己喜爱的基色。有特色的作家也有自己喜爱的色调。沈从文正是这样一个作家。他常说："水和我的生命不可分，教育不可分，作品倾向不可分。"（《一个传奇的本事》）因此，他的小说使用翠绿涂染小说的背景，像水一样清新，水一样柔和。

在沈从文的小说里，大段大段写水并不是很多的。可是，在偶然点染的几笔里，就给全篇染上了基色，水的色泽浸润到文字中去。作者极喜欢把故事放到水的背景下去表现。"我作品的一切背景，都少不了水。"（《一个传奇的本事》）他的许多优秀篇章，都是以水为背景的。《边城》、《三三》、《贵生》、《丈夫》、《柏子》、《八骏图》……等等，或溪边，或河上，或海滨，演出人物的悲欢离合。当我们掩卷默想故事中的人物、场面的时候，眼前总是晃动和流溢着水的色彩。

不仅直接以水为背景的故事具有水的色泽，其余的故事，也带着水的颜色与柔和。不用说《月下小景》中微带淡绿的晶莹的月光、青黛的山色，给那个悲惨的故事配上了多么合适的颜色，就连小说的题目，与山、青、春、雨、绿等字眼连在一起的，也数得出许多来！

色彩本来不是主观的东西。可是当它注入人的感情，与人的个性连在一起的时候，它给人的感觉就远远超出于客观物色之上了。在沈从文的小说里，这种水的颜色、光彩，已不是无我之物，而是融入了作者的灵性与情感。他是那样迷恋着水：

这地方既有小河，我当然也欢喜到那河边去，独自坐在河岸高崖上欣赏那河上滩，那些船夫背着纤绳，身体贴在河滩石头下，那点颜色，那种声音，那派神气，总使我心跳，那光景实在美丽动人，永远使我得到快乐和忧愁。

——《从文自传》

这样抓住山水灵性，以水作背景，将故事置于一种翠绿的基色之下，使作品具有一种清新、柔和的格调，是构成沈从文小说意境主观情意的第二个因素。

有意提醒我们似的，在《习作选集·代序》里，作者对我们说："你们能欣赏我故事的清新，照例那作品背后蕴藏的热情却忽视了，你们能欣赏我文字的朴实，照例那作品背后隐伏的悲痛也忽视了。"沈从文的小说浸透着作者的情感，有热情，有悲痛。我们在分析作品的倾向性时，曾谈到作者对他笔下人物的热爱。这种情爱，有时表现是很强烈的：

……我望着这个老兵每个动作，就觉得看见了中国那些多数陌生的悲哀，他们是那么纯厚，同时又是那么正直。好像是把那最东方的古民族和平灵魂，为时代所带走，安置到这毫不相称的战乱世界里来，那种忧郁，那种拘束，把生活妥协在新的天地中；所做的梦，却永远是另一个天地的光与色。对于他，我简直要哭了。

——《灯》

读着这一段的时候，我已经被激动了。作者感情，已透过文字的表皮，射出热力来了，热情中夹着忧郁，同情里透着感伤。

即使在那些冷静的叙述里：

爸爸死后，母亲作了碾坊的主人，三三还是活在碾坊里，吃米饭同青菜、小鱼、鸡蛋过日子，生活毫无什么不同处，三三先是眼见爸爸成天全身是糠灰；到后爸爸不见了，妈妈又成天全身是糠灰……于是三三在哭里笑里慢慢的长大了。

——《三三》

作者同情下层人民年复一年在辛苦里打发日子的命运，淡淡的忧郁，辽远的愁绪。挟裹在平静的叙述里。像这样的例子，在沈从文小说里，实在太多了。他用抒情的笔调写创作，他的相当一部分小说包含着明显的抒情成分。可是，这种感情并非直露的、爆发的，而是隐伏于清新朴实的叙述背后。这是由作家在作品中处理感情的方式决定的。不同的作家，在作品中处理感情的方式是不同的。沈从文这样说过："更值得注意处，是应当极力避去文字表面的热情。"(《废邮存底·给一个写诗的》）主张"把哀乐爱憎看得清楚一些，能分析它，也能节制它"。(《废邮存底·给某作家》）沈从文是能节制自己的感情的，他没有让自己的感情潮水在作品中奔涌泛滥。但节制并非制止。他也没有死死关住感情的闸门。他让感情的细流在平静的叙述里缓缓流动。他不像鲁迅那样，把火样的热情包裹在冰一样的冷静里；也不像巴金，是爆发的倾泻式的热情洋溢。而是在微笑中藏着哀痛，微凉里夹着忧郁，形成自己独有的美学风格。

将感情渗透在人物、景物、场面的描写中，在娓娓而谈里自然透出，平淡而辽远，不烈却撩人，从而构成沈从文小说意境主观情意的第三个因素。

作品的意境是一个有机构成，是由作品的内容和形式的种种因素融合而成的。总起来说：沈从文的小说，题材本身具有神秘色彩，在"老老实实"勾勒的蒙茸自然的物境上，展开作者的想像和幻想，用水一样明亮、碧透、柔和的色调涂染画面，并以特有的方式，揉进自己的情愫，熔原始的神秘美、幻想美、色调美、情感美于一炉，从而构成沈从文小说独创风格的艺术意境。这意境是健康的、美丽的，它引导读者对自然美、对社会里那些与丑恶对立的美倾心，给人极大的美感享受。

三　沈从文小说的语言、人物心理刻划和结构特点

沈从文的小说十分重视人物的心理刻划，展示了各种人物繁复的感情世界。可是，在他的作品里，大段大段的内心独白，条理明晰的判断推理，这种方式的心理描写是几乎找不出来的。他注重心理刻划，

却立足中国民族传统的基础上。

> 贵生不做声，咬着下唇，把手指骨捏了又捏，看定那红脸长鼻子，心想打那家伙一拳。不过手伸出去时，却端了土碗，咕咕嘟嘟喝了大半碗酒。

这是《贵生》中的主人公在自己心爱的姑娘被人娶去成亲的晚上，听到伙计们粗野地谈论新娘时的情态。愤怒交织着乱麻似的烦闷，这一心理状态通过人物捏拳、喝酒的行动和盘托出。

沈从文曾这样阐述作家塑造人物的方法："作家从这方面应学的，是每一件事各以身份性别而产生的差别。简单地说，就是'求差'……求差知道人的特性。"（《废邮存底·给一个读者》）这种求差法，也运用到了人物心理刻划上。

> ……五多心想这真是怪事，那么大的人会哭，好笑！可是他不笑。他站在船后稍看见船舱顶上的胡琴，很愿意唱一个歌，可是不知为什么也总唱不出来。

这是《丈夫》篇里的一个场面。五多这个下层社会的女孩子，看见男子像小孩一样哭，她觉得好笑。而隐含在事件中的悲哀又在扰着她的心。但这种悲哀，在她是不明确的。她缺乏必要的理性概念来分析前因后果。于是，她感到有一种东西塞住了她的喉咙，却不明白那是什么，在她，只是一种下意识的感觉。这是与人物的身份完全吻合的。因为五多这类人物，缺乏必要的文化教养，当一种新的东西突然出现在眼前，打乱了原先的平静时，原有的判断、推理的概念就不够用了。

以行动披露心理，注意心理状态与人物身份吻合，都只是心理刻划的常见技巧，它们还不足以代表沈从文人物心理刻划的最高水准。沈从文是刻划山村少女形象的高手。萧萧、三三、夭夭等许多人物，都写得鲜活可爱、情态逼真。这在很大程度上取决于细腻入微而又传神的心理刻划。这里，我们以《边城》里的翠翠为例，窥测一下作者刻划人物心理的奥秘。

……她有时仿佛孤独了一点，爱坐在岩石上去，向天空一片云一颗星凝目。祖父若问：“翠翠，你在想什么？”她便带着点儿害羞情绪，轻轻的说：“看水鸭子打架！”照当地习惯意思，就是“翠翠不想什么”，但在心里却同时又自问：“翠翠，你真在想什么？”同时自己也就在心里答着：“我想的很远，很多。可是我不知想些什么”。她的确在想又的确连自己也不知是想些什么。

在这里，农村少女的天真、娇憨、迷惘却又单纯的心地跃然纸上。刚刚萌动的爱情在她心田里躁动，她已隐约地敏感到某种新的东西正闯入她的生活。由于年龄小，没有必要的感情历练，当人生的新问题朝她面前扑来，她不能不想，却又不能作条理明晰的思考。这种情况，必然引起人物内心的“乱”。这种“乱”反映到神态上来，就是那种下意识的迷惘和莫名其妙的发痴。但这种“痴”，正是人物真性的流露。作者说：“我只是用一种很笨的，异常不艺术的文字，捉萤火那样去捕捉那些在我眼前闪过的逝去的一切。”（《第二个狒狒引》）在生活中，人的这类情态的确是像萤火一样，稍纵即逝的。作家如果没有极敏锐的感受能力，是很难表现它的。沈从文的艺术感受力是很敏锐的，他能迅速捕获人物在特定情景下的纤细感情和神态，艺术地再现出来，达到神韵天成的境地。作者表现这种纤细感情和神态，都是通过人物的神态、行动，尤其是人物在特定环境中的下意识行为及其产生的环境，构成强烈的暗示，让读者自己去体味。这是沈从文刻划人物心理最具个性的特点。

最能体现沈从文小说语言风格的，是以湘西生活为题材的那部分小说。

先从沈从文对“的”字的使用说起。在白话文里，“的”是一个重要的虚词，使用频率极高。在沈从文的小说里，“的”字使用率极大地低于一般水平。别轻视这一点！它能逼迫口语成分增加，使句式简短，让风格古朴。人们历来都这样说：不用浮词，少用虚字，文章便不古自古了。这是深得中国语言三昧的。沈从文深知这一点。在小说中，他尽量避免“的”字的使用。

> 这时节他们正过一条小溪，两岸极高。溪上一条旧木桥，行人走过时便轧轧作响。傍晚山腰老树上猴子叫喊。水流汩汩。远处山雀飞起时朋朋振翅声音也仿佛可以听到。溪边有座灵官庙，石屋上尚悬有几条红布，庙前石条上过路人可以休息。
>
> ——《山道中》

这段文字中没有一个“的”字。我们明显看到，句子短峭简洁，富有单纯的美。没有对景物作繁复的修饰，却显得古朴清新。这种语言风格，与沈从文小说的题材是十分相称的。沈从文小说的那种蒙茸、原始的自然美，一旦穿上这种少修饰的古朴的语言外衣，那分神气就更加凸现出来。

> 他们在行路时，是沉默的。从洞边过，从溪边过，从茅屋边过，路上所见全是一种寂寞荒凉情形。茨堆上忽然一朵红花。草地里忽然满是山莓。一条行路的蛇。一只伏在路旁见人来始惊讶飞起的山鸡。一间被兵匪焚去的屋。一堆残败的泥墙。一个死尸。一群乌鸦……
>
> ——《山道中》

全由短句甚至词组构成，一句一顿。作者表现的湘西山道上原始、荒莽、神秘的景象。一句话像一条古藤，不加修饰地缠绕在一起，语言形式与它表现的内容出现高度的谐和统一。

其次，沈从文小说常常造语新奇，出人意表，令人耳目一新。

> 萧萧……风里雨里过日子，像一株长在园角落里不为人注意的草麻，大枝大叶，日增茂盛。……婆婆虽生来像一把剪子，把萧萧暴长的机会都剪去了，但乡下的日头同空气都帮助人长大，却不是折磨可以阻挡得住。
>
> ——《萧萧》
>
> 小牛却站在田塍上眺望好景致。它那情形正像小孩子因牙痛

病不上学的情形，望到其他学生背书，费大力气，自己才明白做学生真不容易。

——《牛》

柏子……像一堆带泥的吊船棕绳，散漫的搁在床边上。

——《柏子》

这一类句子有两个共同特点。其一、将人比草麻，比剪子，将牛比小学生，将人体比带泥的棕绳，都是十分奇特的，使人感到新鲜别致，而又极为自然贴切。其二、这些比喻和描写，都是活泼泼的，毫无陈旧的书蠹气。语言贵在创新，我们不能不佩服作者丰富的想像力和创新的本领。

沈从文自己说过："我文字风格，假若还有值得注意处，那只因为我记得水上人言语太多了；"（《废邮存底·我的写作与水的关系》）"文字中一部分充满泥土气息"。（《选集题记》）这里，沈从文说出了自己的语言来源。人民生活是文学活的源头，是语言的活的源头。沈从文小说中的这些活鲜鲜的语言，是从实生活中攫取的，植根于湘西的生活土壤之中，带着浓郁的地方色彩。在他的小说中，"大老"、"二老"、"三三"等对孩子的称呼，在湘西是普遍的；"过路"（路过）、"泡坏"（淹死）、"走脱"（逃掉）、"标"（漂亮）、"精怪"（妖怪）等名词和动词，是湘西的土产。作品中人物的语言，也是地方化的。这些带着强烈地方色彩的语言，回荡着湘西的乡音，使人油然而生真实、亲切之感，仿佛将人带到湘西的河船上、茅屋里、晒坪上、碾坊中、溪河边，直接面对湘西的山水，湘西的父老，湘西的习俗，配合着逼真的自然景物和社会风俗的描写，作者"把整个自然都斟在自己的酒杯里。"（雨果：《莎士比亚论》）

不仅摄取湘西的日常用语，以增强地方色彩，而且在叙述方式上，也汲取着民间故事和歌谣的长处。

在一种近乎奇迹中这遗孤居然长大成人，一转眼间便十五岁了。为了住处两山多竹篁，翠色逼人，老船夫随便给这个可怜的孤雏，拾取了一个近身的名字，叫作"翠翠"。

——《边城》

这显示出传统的民间文学介绍人物的特色，娓娓叙来，不绕弯子，画龙点睛，突出重点，简明而得其要，经济而又动人。正是由于吸取民间文学叙事方法，沈从文小说的语言带着具有民族特色的朴素美。

文章贵在创新，也适用于文章的体式和结构。有的作家创造了一种得心应手的体式以后，就常常凝固不变，自己模仿自己。突破别人不易，突破自己更难。沈从文曾被人称为“文体作家”，他的小说经常变换文体形式，突破自己，另辟新径。他说：“失败了就换个方法再来，作对了也决不停留在已有小小成就上。”（《沈从文小说选集·题记》）因此，他的小说在体式与结构方面，无雷同因袭之弊，有式样多变之长。

正如他自己指出的，他的小说“文体不拘常例”、“故事不拘常格”，“有的故事全个无对话，如《腐烂》，有的故事又全是对话，如《若墨医生》。”不断变换体式。在他的小说中，有日记体、书信体、记游体、寓言体、传奇体、民间故事体、叙话体以及其它小说体式。为了使故事的叙述避免呆板的毛病，在故事发展中，沈从文小说常常出现多种形式的穿插，使叙述灵活多变。以《八骏图》为例。在这篇小说中，作者描绘了八个教授的不同形貌、心理及生活，讽刺他们虚伪、自私、怯懦、庸鄙。逐一介绍八个人物，是极易平铺直叙、呆板少变的。作者却以达士与其未婚妻的通信为主要形式，配以电报、日记穿插其间，就变平板为灵活，使全篇各镜头组接为一个整体。这些穿插，既避免了逐一介绍可能造成的平板，又能起评点人物的作用，格式是新颖的。

在组织情节方面，沈从文小说也采用了多种方式。其一、按照情节发展的时序，连贯地叙述下去，直至故事结束，情节发展在表面上首尾连贯。其二、截取生活的一个横断面，没有完整的情节，故事起因和结果，偶作几笔交待。其三、集中笔墨涂染重点场景，各场景之间没有表面的连续，情节发展线索是暗伏的。各场景之间在时间上常出现大幅度跳跃。但故事情节却是完整的。

在情节的发展上，沈从文小说也富于变化，常常在篇末出现一个突然的转折。这种转折在他的小说中也有区别。在部分篇章中，这种转折在情节发展上有出奇制胜效果。如《山道中》三个士兵在灵官庙前遇到四个纸客和两个军人模样的人。这些人在接触时彬彬有礼，言语和平。但年长的士兵从险恶的地形感到一种不安，便催促同伴赶路。第二天早上，他们在旅店里听到消息：就在灵官庙前，昨天发生抢案，死了两个人。这一转折，除了情节发展上波折突起、新人耳目，给人一种快感，此外的意义却谈不上了。但在更多的篇章中，作者把转折明显地放到最能体现事件意义的那一点上。《牛》这篇小说，从老牛伯误将黄牛的脚打伤写实，刻划了老牛伯担心迟误农时的焦急心情，对自己下手太重的悔恨，以及求人借牛、请人帮工、延医给牛治病的种种不便和吃亏。可是，当牛的脚一好，小黄牛却被衙门“征发”去了。这时，老牛伯“后悔为什么不重重的一下把那畜生的脚打断。”人物心理的这种突变，表现了老牛伯对官府衙门掠夺农民财产的强烈不满，从而点明了全篇的主题。这一转折，一下子将全篇的纲提了起来。可见，这类转折都关乎全篇主旨，常常体现小说的主题，收一峰突起，照亮全篇之效。

事物发展的辩证法常常如此：事物所具有的长处又同时带来它的对立面。沈从文小说在艺术上的长处也带来了他的弱点。其一、由于追求客观地表现“人生形式”，一方面使作品人物、事件显得真实，但同时，又导致对人物、事件的社会意义不求深刻剖析，有时限制了小说的典型化程度的加深。其二、减少“的”字使用，固然使文字显得古朴，但也导致小说语言出现“一部分文白杂糅”的现象，有些地方显得不够顺畅。其三、有些篇章剪裁不够，铺述过多，显得累赘。但这些缺陷，显然不能代替和压倒沈从文小说艺术成就的基本方面。

论定一个作家的创作成就，不只看他从前人那里接受了什么，重要的是他提供了些什么新的东西。为了正确估价沈从文小说的地位，有必要回顾一下历史。

自 1917 年陈独秀揭起“文学革命”的旗帜，新文学一开始就显示出巨大的实绩。小说是一个有成绩的部门。鲁迅的小说，为现代小说的发展奠定了不朽的基石。文学研究会、创造社及其它文学社团的作家们，也做出了杰出的贡献。然而，在其初期，大多数小说“技术是幼稚的。”（鲁迅语）1921 年以后，情况才开始改变。可是，由于当时作家大多封建阶级逆子贰臣，其出身、教养和经历，限制了他们的视野。因此，作品题材狭窄，成了这一时期小说的明显缺陷。社会的变动与发展推动着文学的发展。当新文学第二个十年开始以后，一批被生活的大潮卷到社会底层，亲身感受和经历到社会苦难的年轻作家陆续走上文坛。老舍、丁玲、巴金、张天翼、沙汀、艾芜、吴组缃、叶紫、萧红……，他们的出现，给小说园地注入了新的活力，带进了令人兴奋的新鲜空气。小说创作的题材和视野扩大了。挟裹着风雨雷电，动摇的中国社会的逼真图景直逼读者的眼帘，使人胸野廓开，目不暇接。他们的创作，弥补了第一个十年多数作家的弱点，在内容和形式上显示出不同的特色。沈从文与老舍差不多同时开始创作，早于第二个十年其他有成就的作家。在题材方面，他开拓了现代小说的广阔疆域。他的小说，从乡村到都市，反映的生活面极其广阔，再现了中国社会形形色色的人物面影与生活方式。这种反映生活面的广阔程度，在现代小说史上是少见的。

其次，在现代小说史上，对乡村劳动人民形象的刻划，大体经历了三个阶段。第一个十年新文学小说中的乡村劳动人民形象，或者苍白无力，缺乏实感；或者过多渲染他们的愚昧、麻木，较少发掘他们身上的美德。到30年代，对乡村劳动人民生活和精神风貌的描写，真实性大大加深了。许多作家开始自觉地表现他们身上的优秀品质。这是30年代小说的重大发展。乡村劳动人民作为时代的主人出现在小说中，是1942年以后中国现代小说的特征。沈从文的小说在表现乡村劳动人民的人生形式、道德形态时，以其具体、生动、真实的长处，成为从20年代向30年代过渡的一块重要桥板。

第三，现实主义是中国现代小说的主潮。浪漫主义和其它文学流派，虽然未曾断流，但始终处于次要地位。在新文学初期，以鲁迅的小说和郭沫若的《女神》为标志，耸立起现代文学初期现实主义和浪漫主义两座高峰。可是，由于时代和文学本身的种种原因，浪漫主义未能得到充分发展。就连早期以浪漫主义为旗帜的创造社，到后来也转向现实主义。在这种情势下，沈从文从废名那里受到启发，发展了“用抒情诗的笔调写创作”（《夫妇》篇附记）的路子，创造了具有独创风格的艺术意境，影响到不少作家创作，这是应当承认并予以肯定的。

第四，在现代文学初期阶段，小说多平铺直叙，结构简陋单一。因此，现代小说不仅面临内容上的变革和创新，叙述语言和结构形式也需要有一个试验、探索过程。沈从文在小说的体式和结构方面，进行了各种尝试，为现代短篇小说结构形式的发展，提供了有益的经验。

对于作家的功过，应该历史地、客观地评价。确实，从 20 年代到 40 年代，沈从文在政治上走着一条中间道路，他的一些言论，也曾有过错误。他总想躲开政治斗争的浪头。他是一个作家，不是一个斗士。这反映到作品中，常出现对矛盾有意无意的“中和”。这种缺陷，是应该切实加以指出的。但不能以其政治上的原因，代替作品的全面分析。何况，在 30 年代，他曾为营救胡也频四处奔走。全国解放前夕，蒋介石诱骗作家逃往台湾，他终于听从党的劝告留了下来。解放以后，从事文史研究，感念周总理的关切，遵嘱撰写中国服装史。在资料缺乏的条件下，锲而不舍，终见成功，对人民是有贡献的。而且，文学作品一旦产生，就成为一种客观存在。一个作家之所以值得研究，就因为他有作品。因此，对于作家，主要的应该把他做为作家来研究，估价作家在文学上的得失，就应该从他的作品出发，引出相应的结论。将人分品，以品衡文，必然失之公允。这是文学研究中不能不引起注意的问题。

1979 年 10 月 13 日—11 月 3 日，初稿于北京大学。

原载 1980 年《中国现代文学研究丛刊》第 3 辑

沈从文谈自己的创作

——对一些有关问题的回答

王 瑶

去年年初，我开始比较全面地接触沈从文先生的作品。为此，我拟定了二十余个问题，蒙沈先生十分热情地对每个问题都用笔做了简要的回答。为了有助于沈从文创作的研究，现依原样将我所提的问题和沈先生的回答抄录如下。

凌 宇

1980年4月

1．生年。

1902年旧历十一月二十九日丑时生。

2．曾用过的笔名及发表过作品的刊物。

不可能记得。至于刊物，在30年代前后，几乎京沪大刊物都有作品发表，大书店都出过我的集子。有的新书店最先出我的集子。并不是作品有什么大不了的成就，只不过是在比较中，还能引起读者兴趣而已。有人因此骂了我三十年。以至五十年，直到如今，还“依样葫芦”的，在现代文学史中还总得带上一笔。事实上我即因此改了业，三十年来在博物馆作工作。

3．共出过多少集子？未成的散篇有多少？

已过了三十年，全烧掉了，不宜再想它。提它毫无意义。

4．您是如何与徐志摩结识的？

因投稿而相熟。我对于他的散文和诗的成就，都感到极大的兴趣，且比较理解他对人的纯厚处，和某些人说的“花花公子”完全不同。所以在我 1936 年良友出的习作选题记中，提到他对我的好影响。到我作《大公报》文艺副刊编辑时，对陌生作者的态度，即充分反映出他对我的好影响。工作上要求自己较严，对别人要求却较宽。

5．您是何时认识胡也频的？

大革命以前几年即相熟。他成为左翼作家，是最后两年事。

6．您曾将《柏子》与《八骏图》对比，应该如何理解？

前者单纯，后者复杂，如此而已。

7.《废邮存底》中《给一个作家》那一篇，是不是写给巴金的？

可能是，给一个教授指吴宓。

8．您在作品中歌颂中下层人民的雄强、犷悍等品质，与当时改造国民性思想有无共通之处？

毫无什么共通处。我是试图用不同方法学习用笔，并不有什么一定主张。我因为底子差，自以为得踏踏实实的学习三十年，才可望在工作实践中达到成熟程度。

9.《虎雏》、《七个野人与最后一个迎春节》等篇是否含有提倡返归自然、回复野蛮的创作意图？

一切都是在学习用笔中完成的。不可能一面写什么，一面还联想到什么。当时最主要企图，还是能维持最低生活，作品能发表就成了。

10.《边城》、《黔小景》、《贵生》等篇是否含有人生莫测的命定论的倾向？

我没有那么高深喻意。只有一个目的，就是企图从试探中完成一个作品，我最担心的是批评家从我习作中找寻“人生观”或“世界观”。

11．以佛经故事为题材的那些作品，其创作意图是什么？

引言说得已极明白，这就是就故事而加些新的处理。以欣赏态度去采用佛经中故事，加以贯串改造，也只希望读者能用欣赏方式留下个印象。我一切习作都缺少什么喻意。

12．关于城市中绅士阶级的生活描写，您是否（一）与乡村生活相比，揭露其腐朽性；（二）揭露他们生活悲喜剧的心理原因。此外，还可以怎样理解？

你应当从欣赏出发，能得到的是什么。不宜从此外去找原因。特别不宜把这些去问作者，作者在作品中已回答了一切。

13．关于苗族生活的一些作品，有人说大多虚构，缺少现实依据，这种批评有根据吗？

这是苏雪林说的。她是国民党的立法委员。一时恭维鲁迅到极点，次一年又用快邮代电方式，罗列十大罪状申讨鲁迅先生。她从不想到《三国演义》和《西游记》的真实性，却要求我作品的"真实"。这是上海一折八扣出盗印我的作品时附上她那个批评的。照理写批评应当是"真实"的，但这个人对鲁迅的态度究竟什么意见最可靠，她自己恐怕也回答不出。

14．对下层人民的描写，一方面同情他们悲苦但不自觉的命运，一方面发掘他们身上美德的光辉，这样理解对吗？

从我一堆习作中，似不值得那么认真分析、探讨。因为是习作。写乡村小城市人民，比较有感情，用笔写人写事也较亲切。写都市，我接近面较窄，不易发生好感是事实。

15．《过岭者》、《黑夜》等反映的背景是什么？

就是纪念二朋友的死亡而已，故事后边写得极明白。内中有个郑子参，是同乡同学，十分要好，后来入黄埔四期骑兵科，听熟人说在东江作战死去了，因为从另外熟人通信中，说是作通讯员死去的，因纪念这些同乡友好而作。

16．您曾谈及创作需将"现实"与"梦"结合，《边城》是不是这种结合的典型？

这个作品只是偶然完成的。在良友出的《习作选》已作过解释，只能说是写作较成熟的一个篇章。本拟写十个，用沅水作背景，名《十城记》。时华北闹"独立"，时局日益紧张，编《大公报·文艺》，大部分时间都为年轻作者改稿件费去了。来不及，只好放弃。

17．您曾说您的创作受过废名的影响。一般认为废名的小说有两个特点，一是具有唐诗一般的意境，一是文字的简约含蓄。您所受的影响，是不是主要在这两个方面？

这也限于某一时某些作品而得到的启发，因为很快我就在文字上和处理问题上，作多方面发展了。我因为把一切作品都当成习作过程，真正受的影响，大致还是契诃夫对写作的态度和方法。

18．您的小说具有一种独创的艺术意境。这种意境的创造：一、依靠“现实”与“梦”结合的创作方法；二、题材本身的特异性；三、与故事保持一定距离，力图避免文字表面的热情；四、理想成分和特有的色彩，等等。这样理解您作品艺术意境构成各因素，是否可以？

这只是读书多而杂，文体也不拘常例，生活接触面又广，故事不拘常格的必然结果。并无什么有意为之。有的全个故事无对话，如《腐烂》，有的故事又全是对话，如《若墨医生》，多是在学校示范举例表示不拘常例，通可以写成短篇而且动人的理由。这也是逐渐成熟的，只是谨慎耐烦，去从文字和故事上拈斤播两，再客观地理会如何处理能产生的效果。改来改去的结果，说的“示范”，含意并无什么标准化意思，只在告给同学，对于一个故事的写作得打破一切常规框框；文字也有同样情形，写来写去就自然理解他的效果了。总的说来，求不受任何影响，必须从实践上，从成功和失败两个方面取得经验，才明白叙事的多样性，才可望同样在三五千字极平常事件中，得到动人效果。

19．关于您创作的批评，您认为哪些较中肯？

凡是用什么“观点”作为批评基础的都没有说服力，因为都碰不到问题。

20．苏雪林曾批评您的作品过于随笔化，描写繁冗。多凭灵感，显得轻飘浮泛，人物刻划不能深入。您对这些批评如何看？

以早期作品为例，她说的基本上是对的。苏写批评时，并不曾看过我多少作品。在武汉大学教现代文学时，听她发挥较为合理。当时她把鲁迅捧上了天。可是第二年又用“快邮代电”方式骂鲁迅为什么“贼”。原因是一切随个人感情用事。对于她的批评，最好的解释人是同在武汉大学的陈通伯和凌叔华，给她看了我全部作品，并告诉她我的一切，她才不再开口。到抗战时我借住武大时，却特别对我表示好感，我照例是不以为意的。

21．理解您的作品，您的那些文章比较重要？

主要是四个题记：《边城》题记、《长河》题记、《从文小说习作选》代序，《沈从文小说选集》题记。另外还有《湘西》题记。

22．中国古典文学和外国文学作品在思想、艺术和创作实践上给您什么影响？

看得多而杂，就不大可能受什么影响，也可说受总的影响。是理解文字的一定程度后，从前人作品得到个总的印象，即一个故事的完成，是可以从多方面着手，都可达到一定效果的。懂得这一点，就不会受任何权威影响。正相反，不太费事就可以自出新意自成一格。

23．有人说您受泰戈尔影响，这话对吗？

未受泰戈尔什么影响。倒是较多地读过契诃夫、屠格涅夫作品，觉得方法上可取处太多。契诃夫等叙事方法，不加个人议论，而对人民被压迫者同情，给读者印象鲜明。屠格涅夫《猎人笔记》，把人和景物相错综在一处，有独到处。我认为现代作家必须懂这种人事在一定背景中发生。

原载1980年第4辑《中国现代文学研究丛刊》

海外的“沈从文热”

秦 牧

海外现在流行着一股“沈从文热”。

欧美好些国家，风起云涌似的，有好些文学爱好者都在研究我国作家沈从文。在美国，有四人因研究沈从文获得博士学位，有三十多人获得硕士学位。哈佛大学有一个文学博士写了长达五百多页的有关研究沈从文的专著。在法国，巴黎大学甚至作出了这样的规定：凡是要投考“终生中学中文教员”的，都要读四本中国文学书，其中必须有一本是沈从文写的。

在香港，爱好沈从文著作的人也颇有一批。因此那里常有沈从文的散文出版。最近该地报纸上预告他的学术著作《中国古代服饰研究》快要出版，也吸引了许多人前来预约订购。去年香港有一家书店出版了一份月历，每一页的图片都印上了沈从文的墨迹。

从这些事例，可见“沈从文热”，是的确流传于海外不少地方的。

解放以后，沈从文改行从事考古，研究出土文物、中国丝绸、工艺美术图案和中国古代服饰之类，先后在中国历史博物馆、故宫博物院等单位工作，现在是中国社会科学院历史研究所的研究员。当前，三四十岁的文学爱好者认识他的人大概不多了。但是上了年纪的文学爱好者，对于这位多产作家的印象却是深刻的。因为他的文笔，别有一种情趣和魅力。我年轻的时候，读他的描绘湘西人情风物的散文，就受到强烈的吸引。

一位虽然从前写过几十本书，但是近三十多年在文学领域已经基本搁笔的作家，这些年来在海外却受到某些人如此热烈的欢迎，其中原委，是很可以探索一番的。

首先，不能把这当做“一哄而起”的现象。人们也不是这么容易“起哄”的。沈从文的作品确有它的独特清新、别具艺术魅力之处，从作品里，我们是可以看到他在刻意求工的。这样，就使得他的作品具有比较悠长的生命。

其次，这也是海外的某种政治气候造成的。中国是这样巨大的一个国家，海外的白脸孔、黄脸孔的文学研究者，能够对于中国现代文学完全不加研究吗？不行。像美国，像欧洲的许多国家，不都在大学里逐渐增加了中文专业的设置吗！像巴黎大学，还编写出版了一部当代中国作家的传略，在众多的研究者当中，比较全面和深入进行研究的人固然也有，但是，难免有数量相当可观的一批人，总是尽力避免接触政治色彩鲜明的作品，而老是去找一些和现实政治保持距离的文学来研究。美国现在就有些文学博士，是由于研究中国二三十年代鸳鸯蝴蝶派的作品而获得博士学位的。这些海外的文学研究者，找来找去，觉得像沈从文这样，近三十多年来在文学上已经搁笔，而前此却留下了大量作品的作家，是最适合的研究对象了。我们可以设想，如果闻一多当年不是拍案而起，挺身斗争，被反动派行刺殒命；如果谢冰心不是早就回到祖国怀抱，并且色彩鲜明地表明了自己的政治立场，那么，海外现在研究闻一多、谢冰心的人也一定会更多，像“沈从文热”一样，海外现在也会有一股“闻一多热”和“谢冰心热”的。

我这样说，内心并没有贬低沈从文的意思。这不过是实事求是地分析罢了。我虽然并不赞美沈从文解放前夕的政治立场，但是对他的许多文学作品，一直都很称许；而对于他的干一行、精一行的钻研精神，甚至还感到佩服。

从海外研究沈从文的文科学生中涌现了一批博士、硕士，还给了我们一个有趣的启发。这就是：博士、硕士之类，固然大体上表现了一定的学识水平。但这样的水平，并不像好些人所理解的，那样的绝对。试想：对沈从文的作品研究得好，未必就是对于中国的现代文学有很多了解，但这就可以得博士、硕士学位了。那些对于大学文凭、博士、硕士学位看得很重的人（现在这种风气已经稍有改变了，但是势力还是不小，影响所及，就出现了相当一部分青年，没考上大学就惶惶不可终日了），从这件事情上也可以取得一点教益。沈从文是我国有数的以很低的学历，经过艰苦自学，成为著名作家、学者和大学教授的人物之一。他的真正学历只是小学毕业。他当过兵，做过屠宰收税员（因此他曾有一个笔名叫做“小兵”），因为经过辛勤的学习，文章写得很好，作品受到好些老作家的赏识之后，逐步走上了文学道路，后来并当过一些大学，包括北京大学的教授。那些把学历水平绝对化地加以理解的人应该想一想：为什么一个原来的小学毕业生可以成为大学教授？为什么他的作品出版后多年，外国许多研究它的人还因而一批批成为洋博士、洋硕士？理解这一点，对于破除“学历迷信”，促使大量青年广泛地振作起自学精神，是很有好处的。俄国大科学家罗蒙诺索夫讲过一句逻辑性很强的饶有深意的话：“第一个教大学的人必然没有上过大学。”和这类自学者的故事很可以相映成趣。

因为这几个缘故，我觉得：海外的“沈从文热”，就颇值得评说几句了。

原载 1981 年 9 月 10 日《羊城晚报》

桃李不言　下自成蹊

——浅谈沈从文的作品与人品兼及湘西的沈从文热

刘一友

1981年9月10日秦牧先生在《羊城晚报》上发表了一篇大文:《人和事小品》，共三则，第一则为:《海外的沈从文热》。在这一则里介绍了海外研究沈从文的种种盛况。他写道:“海外现在流行着一股沈从文热，欧美好些国家，风起云涌似的，有好些文学爱好者都在研究我国作家沈从文。在美国，有四人因研究沈从文获得博士学位，有三十多人获得硕士学位。哈佛大学有一个文学博士写了长达五百多页的有关研究沈从文的专著。在法国，巴黎大学甚至作出了这样的规定:凡是要投考‘终身中学中文教员’的，都要读四本中国文学书，其中必须有一本是沈从文写的”。接着秦先生还谈及了香港如何常有沈从文散文出版，如何热心地预订沈从文新著《中国古代服饰研究》，如何在某年的月历上印着沈从文的手迹等等，好不热闹!

秦先生说的虽然是海外，但触动我联想到的则是国内。近几年来，在北京、上海、南京、广州、四川、湖南、浙江都有作家、专家们在报刊上或学报上谈论沈从文先生了。谈他的作品，谈他的人品，也谈及了他的沉浮。很有几个出版社已出版或正排印他的散文和小说。他的《中国古代服饰研究》也出版了。总之，国内也是一番热闹景象，其发展的势头，探讨问题的深度，决不亚于海外，为此，打算勉力追随秦先生，同他一唱一和写一篇《国内的沈从文热》的文章，一直因为忙于他事，未及动手，今年来写，岂料一动手，便遇到作品难找，资料不足，难于终篇等等情况，只好就自己见闻所及，写一浅谈湘西沈从文热的文章来。题目一缩小，与秦先生文章想配上套就更不容易了。

一

在谈及湘西的“沈从文热”之前，不妨先谈一下湘西的“沈从文冷”。

六十年前，20岁的沈从文受到“五四”运动的感召，提了一卷行李，孑然一身地离开湘西到北京去追求知识和光明。在那里，他饱受了一般人难以想像的生活搓磨，但却奇迹般地步入了作家行列，抱着用自己笔“推动社会，促之向前”的动机，在二十多年的创作时期内，为人民献出了六七十本小说和散文，成为名噪一时的“多产作家”“文体作家”。鲁迅在一次同斯诺谈话时，把他同郭沫若、茅盾、丁玲等人相提并论，称他为新文学运动中出现的好作家之一。

然而，也就是这位曾为新文学运动作出过出色贡献，当然也为自己家乡争得一份荣誉的沈从文，近三十余年来却极少为家乡人所知了。说来可笑，在他家乡的凤凰县城里，四五十岁的人其所以知道他，还搭帮了他那位长期赋闲在家的老兄。“文化大革命”前，他这位老兄常出现于凤凰城内石板铺的小街小巷之间，因他戴着一副深度近视眼镜，他的同辈常亲昵地称呼他为“沈瞎子”，年轻一辈中爱打探的人，才由此及彼知道了这位“沈瞎子”伯伯还有一位老弟在遥远的外地做事，是真正“从文”而不是“从武”的。至于这位真正“从文”的凤凰人到底写了些什么，年轻人中连见过书皮的人也不多，因为五十年代后期，他的书从家乡的图书馆书架上也消失得无影无踪了。

1980年《新文学史料》第三期重新发表《从文自传》时，沈先生为它写了个附记，其中有云：“如今说来，四五十岁生长在大城市的知识分子，已很少有明白我是干什么的人，即部分专业同行也很难有机会读到我过去的作品，即或偶然见到些劫余残本，对于内中反映旧社会部分现实，也只会当成‘新天方夜谭’或‘新聊斋志异’看待。”这确是一段读来令人感到有几分难过的真情实话，而这情况，在沈从文先生的家乡，甚至是有过之而无不及的。

原因是什么呢？模糊感到与“左”有关，家乡人见识有限，无从知道沈先生是否有踩过古久先生帐簿之类的差错。

不过，近几年，情况发生了耀眼的变化。“四人帮”倒台，十一届三中全会召开，文艺界和学术界思想开始解放，在湘西，一股“沈从文热”也自发地涌流起来了。

在湘西，首先是一些热忱而敏感的文学青年重新发现了沈从文。

1978年夏季，省城里来了一位编辑，把湘西大批业余的和专业的作者邀集到一个著名山区公社为某人写颂歌，写他蹲的点、爬的坡、坐的板凳等等如何发出光辉。在那批热忱的青年作者间，常见他们争抢一本用牛皮纸包着，揉得破旧不堪的书，争到的人，有时把它扎在裤腰上，并用衬衣掩护，以防别人又夺去。逼他们拿出来看是什么，原来是一本1957年版的《沈从文小说选集》，书上既盖有公章，又盖有私章，辗转落在这些人手中，到底主子是谁也弄不清了。经过这么多年的浩劫，这本书还保存下来了，即使是偷来的，偷者也是有功的吧，因此，也无人追究主权问题。散步时，那批年轻人常围绕着这书的内容和技巧讨论得十分热烈，赞美得十分真诚，也几乎忘了请他们到这里来的任务是歌颂谁了。从这里，我得到了湘西的沈从文热的最早信息。

此后，湘西的沈从文热就日胜一日了。

1979年，吉首大学的一位讲师在一次全国性的学术讨论会上发出了重新评价沈从文的呼吁；吉大学报连续发表了有关沈从文的论文；发表了新发现的沈从文的佚文；吉大学生曾酝酿办一个刊物，大家高高兴兴要把刊物命名为《边城》，以示对沈从文先生的敬意。

在沈从文的老家凤凰县，县志办开始注意搜集有关沈从文的材料，有人雄心勃勃也还有点自不量力的想写沈先生的传记；两年前，凤凰县的领导为了让自己干部都知道本县还有沈从文这样一位出色的作家和学者，曾油印过沈先生的几个短篇，一直发到公社，这一来，沈先生家乡的年轻一辈就不再是“拐弯抹角”、“由此及彼”地知道沈从文了。

湘西地区的报纸——《团结报》，也注意到了这位热爱湘西的沈从文了。不仅刊登有关沈从文的消息，还转载过他为英文版《沈从文选集》所写的长篇序言，把沈从文的名字带到了土乡苗寨。

如今的湘西人，特别是文学青年，热切地希望更多地了解沈从文，只要与沈从文有关的书刊，无不飞快销行。黄永玉在《花城》上写了《太阳下的风景》，人们因从中见到一位活生生的沈从文而高兴叫好。前不久，湖南人民出版社出的《沈从文散文选》和《沈从文小说选》两个集子，一运到湘西各家书店，便被抢购一空，买不到书的读者莫不深感遗憾。湘西读者对沈从文的喜爱，前不久，作家谢璞在一篇谈乡土文学的短文中也提及了。他说："我就在我常住的雪峰山区不少泥脚杆读者房子里见到翻得稀烂的《红楼梦》《西厢记》《李白诗选》及《边城》等不朽之作。"

最值得一提的是，出身于湘西的青年作家、文学编辑和一些较有成绩的业余作者，当问及他们喜爱哪些作家时，几乎是没有例外地会提到沈从文。沈先生影响，有如细雨润物。注意湘西文坛的读者，如果细心一点，很容易从一些年轻人的习作里看到沈从文的影响日益明显。如果说山西有个"山药蛋派"，京津地区有个"荷花淀派"，那么，说湘西有个"边城派"正在孕育之中，恐怕也并非言过其实吧！这情况，是格外令人兴奋的。

总之，湘西的沈从文热已成明显的事实，它的特点是不受某些文学史家评断所左右，也不待什么权威点头认可，更不像秦牧先生所说海外那样堂哉皇哉，它是自发的，同时也是更切实和更真诚的。

然则，湘西这自发的、切实的、真诚的沈从文热的根本的起因何在呢?

下面，我们拟从沈从文的作品和人品两方面对上面这个问题作些初步的探索。

二

在中国近代的散文和小说中，第一个对湘西山水加以诗化的是沈从文；第一个对湘西人民璞玉般美质和深沉痛苦作极真切描绘的也是沈从文。

在沈从文之前，并非没有描绘湘西的文学，但在那些记载中，写风物，无非是黄芦苦竹、悬崖深涧；写民情，无非是娱鬼喜神，性情慓悍。一言以蔽之，不外贫瘠野蛮而已。

沈从文先生笔下的湘西风景，真实而又迷人。这里的山水，雄浑中蕴涵着秀美。也许因时代的缘故，那秀美中常不免露出几分悲凉。至于点缀于那山川之间的古镇边城，则虽古老却不乏生机，贫困而又常带着几分畸形的繁荣。这种种，绝非“穷山恶水”“边远荒僻”之类字眼所能概括，如真用这种简单看法写湘西风景，落笔定然失真，结果必然失败。

至于湘西人，由于长期受封建统治阶级格外严酷的镇压，长期受种种愚民政策的损害，同时也有着为生存而进行的苦斗历史，又加上这里大自然灵秀之气的感染，诸种原因，铸就了湘西人十分独特而复杂的性格：粗犷但却爱美，强悍而又深情，正直却常常流于迂板，豪爽而又常常失之轻信。这种种，当然也不是蛮悍等词所能准确表达的。沈从文出生于湘西，他敏锐地看到了湘西人性格的复杂性，并且在自己的作品中对它作了活生生的个性化的描绘，从而为人们留下了二三十年代湘西人心灵和命运的真实历史。这，也是构成沈从文作品不朽价值的重要因素。涉猎过他作品的人不难发现，他笔下的矿工、农民、水手、士兵、官吏以至于土匪、妓女，大都是具备着自己复杂的个性，活灵活现，命运各异，绝少图解概念的痕迹。他，是忠实于自己眼睛的。

沈从文先生笔下二三十年代的湘西，是当时苦难中国的一角。它不是某些人所误认的“世外桃源”。在沈从文的作品里，有一部分是以秀美细腻的笔触，貌似平淡地对所谓清平时日进行描绘的。即使在这类作品中，他也揭示着那病态社会所加给山里农民、河里水手、矿山苦力、吊脚楼上妇女等人的难言和难忍的痛苦。有的人仅读了《边城》，便匆忙地为这位作家笔下的湘西作出断语，认为那是“世外桃源”的情景，其实，就以《边城》来说，翠翠那份莫名的哀愁和莫测的爱情命运，它何尝不与那不合理的社会千丝万缕地联系着呢！更何况，沈从文笔下还如实地、惊心动魄地描绘过反动派频繁的清乡清党的暴行，揭露过那些刽子手们如何野蛮地把成千上万无辜农民的血和革命志士的血泼洒在湘西这块美丽的土地上！沈从文不仅看到了湘西劳苦人民备受摧残的一面，他还看到了那起于青萍之末的风暴，无声之中的惊雷。《丈夫》中那位丈夫的愤懑；《贵生》中最后那一把火；《七个野人与最后一个迎春节》中的那伙农民进山的举动；《五个军官与一个煤矿工人》中那位矿工起义失败后坦然跳井的行径，等等，却使人感受到这地方人民要改变自己命运的强烈意愿和惊人的潜力。至于写到“二十年前澧州镇守史王正雅一个平常马夫，姓贺名龙，兵乱时一菜刀切下一个散兵的头颅，二十年后就得惊动三省集中十万军队来解决这马夫。谁个会注意这小小节目，谁个想像得到人类历史是用什么写成的”，这段话，不正如实地记下了当时湘西的隆隆春雷么！

写到这里，我得顺带提及秦牧先生的一个观点了。在本文开始时就提及的秦先生的那篇大文中，他认为沈先生的作品属于“和现实政治保持距离的文学”，是“政治色彩不鲜明”的作品，而“海外的白脸孔和黄脸孔的文学研究者”热的也就是这种东西。所以“找来找去”才找上了沈从文。秦先生还暗示人们，这同美国有人找上鸳鸯蝴蝶派进行研究是类似的。秦牧先生在当今也是颇有影响的人物了，我等也是迷信权威成了习惯的人，这次，如果不是用沈从文作品同秦先生断语对照，我还是会听秦先生话的。可是，现在读了些沈从文作品，我觉得秦先生的断语未免失实，而拉上鸳鸯蝴蝶派来不一定是别有用心，但至少可以说是巧妙地类比，则有点失之轻率。

其实，政治是生活里的东西，在阶级社会里，它虽非生活的全部，但却在生活中广泛地渗透。一个真正忠实于反映现实生活的作家，是不会，也不可能使自己作品内容完全脱离政治的。沈从文并不例外。前面我们已指出，他笔下二三十年代的湘西，正是苦难中国的一角。不过，他不属于“席勒式”的作家，他成熟时期的作品，是更倾向于“莎士比亚化”的。如果有人认为他的作品没有“时代号筒”的长处，就断定他的作品内容脱离现实政治，这难说不是一种偏见。沈从文作品的基本特色是高度的真实，用生活本身来进行表现而不图解某种概念，这特点，在他那些涉及湘西的小说和散文里，更是达到了耀眼的程度。

概括说来，沈从文先生为人们提供了二三十年代生活在湘西这片土地上的老幼贵贱、生死哀乐的种种极为真实而鲜明的生活图景，甚至在经济和风俗细节方面为人们提供的东西，也使当时的某些研究湘西的经济学家和民俗学家感到难于匹敌。这种种，是他作品基本价值所在，也是湘西读者热他的基本原因之一。

人们，特别是湘西人对沈从文作品入迷的另一原因在于沈从文对家乡人民和风物的那片强烈而真挚的深情。这深情搏动于他的小说和散文之中，时而欣喜，时而忧虑，时而愤懑激越。沈从文以这不绝如缕的深情作为纬线，把他在湘西所看到的和听到的，当前的和历史的，风俗的和风景的，心理的和哲理的多样内容，细细密密，错落有致地织成了令人难忘的锦绣文章。鲁迅诗云："无情未必真豪杰"，把它改动一下，用到文学创作上来，则应是"无情必非真文学"。读沈从文的作品，有时如听密林深处传来的木叶声声，幽远而又深情；有时如听山村竹笛，质朴而又活泼；有时，也有如回荡在峰峦间的山鼓，单纯，然而却是沉重的。作家感情灌注在作品中所形成的这种调子，在外地人说来，是一种风格的特征，对湘西人说来，则属一种乡音，因而，格外容易拨动家乡人的心弦，引起家乡人的由衷的喜爱。

上面提到，深情是沈从文作品的一大特色，仅止于此，还是没有说透，我们看到，沈从文在表达自己深情时，在手法上，也是别具一格的。他不属于那种大喊大叫或无病呻吟的呵吗呢呀派。他特别长于寄深情于真切的白描之内，寓悲愤于平淡甚至幽默之中。《丈夫》中，作者的强烈愤怒是无声的；《边城》中那幽婉的诗情是含而不露的。在《阿丽思中国游记》中，抨击时政，常以幽默出之。在他作品的许多篇章中，常见他对一些人事，只作寥寥数笔的白描，读来却令人回肠荡气。且看他对沅江上游一个小镇上妓女的几笔素描吧："经营'最古职业'的娘儿们，多数身子小小的、瘦瘦的，露出睡眠不足，营养不良的神态，着短衣大脚裤，并在腰边系一条粉红绸巾，会唱小曲，也会唱党歌、军歌、抗战歌……"读罢这样的文字，想起那些瘦瘦小小，蓄意作了些打扮、唱着党歌、军歌、抗战歌去接待那些军警政商各界来的嫖客等等情景和造成这怪诞现象的原因，所引起人的怜悯、愤慨的复杂情绪，简直是无以名状的。这种令人感到揪心的白描，在沈从文作品中，极为常见，这里只顺手引证而已。"好与坏都不要叫出声来"这是契诃夫的艺术诀窍，恩格斯在论述现实主义时，也曾提倡："作者的见解愈隐蔽，对艺术作品来说就愈好"，中国古典美学中也早有"大音希声"的提法，沈从文可谓得其真谛！

真实、深情、含蓄，这是沈从文作品的基本特色。如果我们对沈从文作品成就和特色进一步作总体考察的话，我们不难发现，在创作方法上，沈从文是属于恩格斯所说的“充分的现实主义”的。当沈从文在鲁迅以乡村回忆为题材的小说启迪下，运用现实主义方法对自己家乡的风土人情进行描绘时，他创造了新文学运动以来第一流的乡土文学作品。

若干年来，当人们对于那种装腔作势、图解概念、对人耳提面命的“样板文学”感到作呕时；近几年来，当人们对于一些恋爱加打斗、加怪诞、加豪华、加风景的“时髦文学”也很快失去兴趣的时候，又，当人们对于那些把边远地区风俗习惯作为佐料，把兄弟民族服饰或某种称呼作为脂粉涂抹的“假乡土文学”的浅薄作法也看淡时，人们的眼光再次转向了“充分的现实主义”。有眼光的人感到必须继承和发扬“五四”以来的现实主义的优秀传统，才能创造出为中国老百姓所喜闻乐见的作品来。于是，人们对中外现实主义的大师们进一步热了起来，正是在这样一种特定的历史情况下，人们也才开始热上了沈从文。很显然，这是对文学创作上“假大空”思潮的一种反动，是一种合乎规律的现象，因而也就自自然然，具备着一种自发性的外观了。

总之，同秦牧先生分析的海外沈从文热的原因截然不同，国内的、特别是湘西的沈从文热，热的是沈从文那富于个性特色的、真正的、充分的现实主义！

三

国内的、特别是湘西的沈从文热，不仅起因于沈从文的作品，同时也还起因于他的人品。

沈从文是一位正直的、爱国的作家和学者。国民党统治时期，他抗拒了反动派用官职对他的收买；解放前夕，他打破了反动派裹挟他去台湾的企图；解放后，他高高兴兴地在共产党领导下为社会主义祖国文物研究事业服务，并作出了出色的贡献。这些，充分地表现了他正确的、实际的政治立场。他“临事壮肃、为而不有”的作风，这方面有人专文作了介绍，不必重复。下面，我想就他人品的另外几个侧面来作一些初步的探讨，用以进一步解释国内的、特别是湘西的沈从文热产生的原因。

湘西口碑有云："乾州的城，凤凰的兵"。乾州的石头城，固若金汤，自有其光荣历史，且不说它。凤凰的兵，近百余年，威名赫赫，也是有据可查的。不过，由于种种历史的原因，为谁服务这一大方向则有解决好了的，也有没有解决好的，还有先好后坏，先坏后好的，因此，可喜可悲，实在一言难尽。凤凰产兵，有其经济和政治的根源，而凤凰兵特别能战斗，则与他们祖传那种格外顽强，甚至顽强到有几分顽固的传统性格有关。至于这种强悍性格是如何形成的，则有待专家们去研究，我们只能说它确实在不少凤凰人身上表现得十分明显。当有人把具有这类性格的人引向战场冲锋陷阵时，就诞生了大批的猛将和勇士。沈从文的祖辈就曾争得过当将军的一份光荣；沈从文年轻时，也走进了湘西的土著部队，只是由于"五四"的余波，才把他卷了出去，一改当年家乡青年大都"从武"的传统而名副其实地"从文"了。他职业变了，但从祖辈秉承过来的那份顽强性格却没有变。在沈从文走过的漫长的人生历程中，可说无处不留下他那顽强性格的光彩。他之所以能取得种种令人惊异的成就，从主观方面观察，实在也离不开这份性格的助力。

试看，六十年前，20 岁的沈从文决心到一个陌生的大世界去经风雨、见世面时，他是怎样想的。当初，他打算在北京读书，读书不成，便作个警察，如警察也当不成，那就肚子瘪瘪的饿死在人家空房下或阴沟边算拉倒。到北京后，果然衣食均成问题，警察那个饭碗，不是他所想的那样容易端上；他想卖报，谁知卖报是划了区域的，不容外人抢生意；他想讨饭，叫化子也有势力范围，分了街道，主权也不容侵犯，到北京的头两年，冬天都只穿着两件夹衣顶过的。北京的冬天，零下二十几度的时候也有，而他住的会馆小房既无炉火，更无暖气。说到吃，时有时无，无时，曾到朋友处"打游击"。为了吃，有几次，他还跟着北洋军阀在北京的招兵旗子走，到了招兵站，吃它一顿，待点名时，他却溜了，回到会馆看他的书，写他的文章，或者是去北京大学旁听去了。那时他生活真艰难极了。但是，他不是无路可走的，他有一条退路，这便是回湘西，湘西有他的家，有他过去的长官和同事，一碗饭还是有吃的。不过，走这条路，不合他的性格！说不清他是怎样顶了过来，并撞进了当时的文坛，成了知名的作家！郁达夫风雪访从文时所见的是他穿着两件夹衣，脚用被子包着，手冻得通红，正握笔在那里为自己的理想，也为糊口而奋斗着。有人觉得那一幕中，沈从文显得怪可怜的，我却认为那是湘西人强悍性格在闪光，是颇有几分悲壮的。我常想，沈从文如果没有这份湘西人所常说的“蛮劲”，那么，在中国文坛上，也就不会多出一个沈从文了。再看，史无前例的十年内乱中，多少人在莫名其妙的混战中倒下去了。人们意中，沈从文恐怕连肉体也被扫进“历史的垃圾堆”了。真没想到，他这“独轮小车”竟然不倒，奇迹般地从内乱的烟尘之中推了出来，还吱吱哑哑地又继续向前了。1979 年 10 月，荒芜先生借《文汇报》火柴盒大小的篇幅，登了几首赠沈从文的小诗，许多人才因此得知沈先生还健在人世，虽然过着居陋巷、出无车的生活，但还在埋头编写周总理嘱托他编写的《中国古代服饰研究》。这事，真令人惊奇不已，同时想到了他是何等的顽强呵！

不过，湘西所赋予沈从文的，并非仅是顽强性格，人们还可以看到，他身上也还具备着湘西人那种爱美和深情的传统。从沈从文的作品中，我们可以察觉到湘西妇女在襟前袖口描花绣朵的那份爱好；土乡苗寨男女青年创作的那些多情的山歌；老祖母们口中那些流传了千百年的娓娓动听的故事；街头巷尾耳闻目睹的种种侠义行为；还有那凤凰县南门外边街上工匠们创造的多样工艺品；还有那结构匀称的水车、布局精巧的吊脚楼等等，无不在他记忆中打下深深的烙印，无不铸造过沈从文那颗作为艺术家的心灵。

沈从文爱美和深情的心灵是他家乡土壤所孕育起来的，反过来，他又用这艺术家的心灵为自己家乡谱写出了一首首美好而深情的歌。

沈从文是爱美的。可以说，他数十年中，不曾放弃过这种对美的追求。如果我们把沈从文已走过的生活道路分为青少年时期、文学创作时期、文物研究时期来观察，我们不难发现，他青少年时期在湘西千里沅水、十余边城所度过的生活，以及这生活所孕育起来的爱美的心灵，对他后来生活道路的选择，影响是十分明显的。从职业上看，他从士兵到作家，从作家到文物研究者，但这变化中却有着不变的、一以贯之的东西，那就是艺术家的敏感和意趣，也即一颗爱美的心灵。

这，帮助他迷上了创作，从而创造了卓越的乡土文学典范；后来，又帮助他迷上了那千姿百态、色彩斑斓的古代文物。

沈从文是深情的，这不仅表现在他的作品中，就是在日常生活里，也流露得十分强烈。他的乡情和他那一口乡音同样浓重，同家乡人见面，除问及人事外，还问及草木，对于离凤凰城郊枫木坳的枫树也惦记着，还要回忆起每当秋天到来，枫叶如火，枫籽满天飘舞的情景。而这，对他来说，已是六十多年前的印象了。

沈从文把湘西所赋予他的正直、顽强、爱美和深情的性格传统保持得相当完好，这种性格，一旦与正确的人生目的结合起来，与人类进步的理想结合起来，它就必定会发出夺目的光彩。沈从文先生今年80岁了，当有人问及他生活和工作有何基本体会时，他回答说："抽象的东西我总不大懂，要说领会较深的不过是下面几个字：'为人民服务'，'实践'，'古为今用'。加起来就只这十一个字。"说来，十一个字多简单，但要在行动上做到这些，谈何容易；不过，就沈从文走过的道路来看，他是无愧于这十一个字的。记得他曾在给画家黄永玉的一封信里提出过三点："一，充满爱去对待人民和土地。二，摔倒了，赶快爬起来，莫欣赏摔倒的地方耽误事，莫停下来哀叹。三，永远地，永远地拥抱自己的工作不放。"这几点，实际上是他自己的经验，也正是他美好人品的一个写照。

说到这里，得声明一下，我并不认为湘西人的传统性格是完美的。实际上，在一些湘西人身上表现出的某种程度的固执迂板，某种程度的单纯轻信，某种程度对于抱团体，进组织以利于近代化竞争的隔膜等等，都是无庸讳言的弱点，这些性格上的弱点，在一定的历史情境下具体化时，往往导致某种失误，为此吃亏上当，付出代价。

总之，沈从文的性格，是湘西人典型性格的一种，他是一位虽在外地"混"了六十年，但秉性不改的"乡巴佬"。近几年来，湘西的青年对沈先生了解略多，他们一方面惊异于沈先生奇迹般的生涯和成就，一方面却从沈先生那里看到了自己。看到了沈先生的气质和性格同他们是何等的相近，因而倍感亲切。一部分人中，不免引起了彼乡巴佬也，我乡巴佬也，有为者当如是的豪情，增添了对自己创造潜力的坚强信心。这里，并没有不敬的成份，而是一种"见贤而思齐焉"的心理状态。在这种心理的支配下，他们对沈从文也就热得更起劲了。

可以说，沈从文的人品和他的作品是同样富于魅力的，这正是国内不少青年，特别是湘西年轻一辈热他的又一重要原因。

以上，我们粗浅地从沈从文作品和人品两方面探讨了湘西沈从文热的原因，行文至此，本可结束，但由于本文的写作是拟同秦牧先生唱和才动笔的，因此，唱和得如何，总得有个交代。结果如何？调子不一、旋律各异，原来打算只好作罢。具体说，我们之间在对沈从文作品和人品的基本评价上产生了分歧。

对沈从文的作品，从总体上看，我们认为是充分现实主义的，秦牧先生则另有看法，对此，在前面我们已提过质疑，这里从略。

对沈从文的人品，从沈从文先生走过的八十年的人生道路来看，我们认定他是一位正直的、爱国的、对人民和对社会主义事业有深厚感情的作家和学者。而秦牧先生在自己文章中则不免有点巧设微词。在以一种漫不经心式的笔触，说了沈从文立场曾经怎样怎样的同时，还扯出了如下一个判断，“我们可以设想，如果闻一多当年不是拍案而起，挺身斗争，被反动派行刺殒命；如果谢冰心不是早就回到祖国怀抱，并且色彩鲜明地表现了自己的政治立场，那么海外现在研究闻一多、谢冰心的人也一定会更多，像‘沈从文热’一样，海外现在也会有一股‘闻一多热’和‘谢冰心热’的。”这话给人的印象自然是说当今海外沈从文热是热了沈的落后。引申开来，我们国内有觉悟者岂能也来热他！秦牧先生这种寄谤词于含糊之内，寓褒贬于吞吐之间的笔墨，颇给人一点不良印象。记得毛泽东同志曾说过，评价一个人要看他全部历史和全部工作，我想，这一教导总不曾过时吧。沈从文虽不曾有“拍案而起”的壮举，也不曾有过留洋的幸运和早就回国的机会，但，解放前也曾有拒当参议、拒去台湾的明确态度，解放后所作所为也都集中于一个“为人民服务”，作为一个爱国主义者，他是无愧于任何人的！他有他的局限，他不是社会活动家，平日也拙于言辞，但他的确是一个极为勤奋而脚踏实地的优秀作家和学者，对他，我们还应苛求什么呢！不过，秦牧先生在说了上述那一通话后，又说不希望人们得出我们已得到的那种印象，因而立即声明“我这样说，内心并没有贬低沈从文的意思”。这当然很好，但愿这是他发自内心的一句真话，而我们所得印象，纯属误解。

说到这里，我觉得不必同秦牧先生有所争论。我想沈从文的沉浮毁誉，并非谁想压他或谁想抬他所能决定的。对一个人作出定评，自有严正的法官出面，这严正的法官就是历史！说到历史，不知为什么我这时想到司马迁写的《李将军列传》，同时也清晰地记起这列传结尾处作者所引用过的一句古谚来。我想，海外的沈从文热且不说它，而国内的，特别是我所熟悉的湘西的沈从文热似乎还正在对这古谚所包涵的真理在作出一次新的证实，因此，我特意转引来结束本文，这句古谚是——

"桃李不言，下自成蹊！"

原载1982年第2期《吉首大学学报》

不露声色的鞭笞

——从小说《新与旧》窥沈从文的艺术风格

李恺玲

鲁迅当年很为陶潜惋惜，因为论客们只赞赏陶潜的“采菊东篱下，悠然见南山”这一面，而把他视为“飘逸”的“田园诗人”的代表；却忘记了他还有“精卫衔微木，将以填沧海，刑天舞干戚，猛志固常在”的“金刚怒目”式的另一面。鲁迅认为，写这两种诗的是一个人，“倘有取舍，即非全人，再加抑扬，更离真实”。这种评人评文的科学态度，值得我们学习。现在这里要说的沈从文，似乎也由于他的《边城》之类的小说，在人们印象中，便也是“牧歌”歌手或“田园诗人”的一个代表；然而他也有“金刚怒目”式的东西，却很少被人注意。这恐怕也会在“取舍”、“抑扬”之间，离开了作家的真实的。

其实，沈从文的小说题材包罗范围极广，人物形象可称千姿百态；有大量的篇章反映了船工、木工、农民、兵士等城乡下层人物的辛勤生活和悲惨命运；也有不少篇章揭露了军阀、官吏、上层知识分子的腐朽生活和丑恶灵魂。而在若干作品中，作者还以明显的敬意描写了共产党人，歌颂他们的高贵品格；与此同时，表现了对鄙俗无聊的生活道路的批判（如《大小阮》），对靠杀共产党人起家的“新贵”的讽刺（如《菜园》）；其中小说《新与旧》且对反动统治者血腥屠戮共产党人的罪行大张挞伐，真有“金刚怒目”之概。这类作品在沈从文作品中虽然不是很多，然而倾向十分鲜明，和当时广大人民对蒋介石反动政权作斗争的历史步调一致，是很可贵的。

然而尤其可贵的，是沈从文在处理这类题材时艺术上的创新。他以一枝极具特色的彩笔，常从独到的角度取材，借着极其精湛的构思与巧妙的手法，用看似轻松幽默的笔致，作不露声色的描写，却深深包蕴着他对黑暗现实的谴责和鞭笞。作品既以生活画面的别致清新、语言的爽劲多采引人入胜，又以画面本身内涵的深邃思想发人深思。短篇小说《新与旧》就是这样一种优秀的艺术作品。

《新与旧》从一个很特别的角度取材，写的是湘、黔之间，苗汉边境上，一个退休多年的老刽子手杨金标的故事。杨金标年轻时是防苗部队的战兵，年老时吃着有限的军饷，承着守城的闲差。他身怀一手独传的“拐子刀法”绝技，杀人头一刀落地，不连皮带肉，这使他年轻时名扬边陲。民国以来，废除刀斩，他的绝技自然搁置不用。但这一年忽然间又把他起用了一次，是为着杀害两个共产党人示众。这次事情，使得老兵精神上受到莫大的震动，就此死去。这故事带着浓厚的“讲古说异”色彩，却同时代生活的主脉紧紧相联，由于两个共产党人的死，使故事中跳动着时代精神的脉搏。作者借着事件背景、过程和若干场景的生动具体的描绘，以及老兵内心活动的刻划，曲折地表现了作者对反动派血腥屠戮人民的刻骨痛恨和严厉批判。

对这个题材的艺术处理，显示了作者巧夺天工的手段，使思想在作品中既不肤浅直露，又不忸怩晦涩，而呈现出一种在艺术上含蓄蕴藉，在是非上明朗坚定的美好境界。这种境界，大体可说是由以下四个方面因素构成的。

一

首先，小说把故事组织在集中而鲜明的对比之中，用真实的描写把同类事情在不同时代引起的不同效果渲染出来，让事实显示它无可掩盖的荒谬性、反动性来。这一对比，是以杨金标的青年时期与老年时期两次当刽子手为中心而构成的。在作品中，则以“光绪……年”与“民国……年”作为小标题，将文章分为两个部分，分别描述杨金标两次当刽子手的不同背景气氛和过程。

在前一部分中，那时杨金标 24 岁，清光绪某年霜降节前，他作为县里大衙门供差的一名刽子手，奉令到刑场执法。我们看到，那过程是很有气势的。先是穿红褂子的传令兵赶来，站在滴水檐前传话："衙里有公事，午时三刻过西门外听候使唤！"饭后，他穿好双盘云青号褂，神清气爽，提前到场"等候差事"。晌午时，城中先放三响小炮，然后推出犯人。刽子手先到监斩棚公案前请示，然后动手，刀起头落，他于是得到"军民人等齐声喝彩"，这时的杨金标似乎很光彩。执刑以后，那在城隍庙里神前禳罪领赏的仪式，更俨乎其然，尽管装腔作势，透着几分虚假和滑稽，却也显出对处决人命的慎重和对神祇——实质上也可以说是对天道和舆论的敬畏。正如作者所说，是"统治者必要使市民得一印象，即是官家服务的刽子手，杀人时也有罪过，对死者负了点责任。然而这罪过却由神作证，用棍可以禳除。"这之后，刽子手便可按惯例得到二钱三分银子，打酒买肉请队中兄弟一同吃喝说笑一番。这时的杨金标又是何等快乐！

第二部分中，杨金标已经60岁了，时在民国某年，又值霜降节前。这回却是"挂红带子的副官"派守城排长来叫他带刀到西门外刑场杀人。在这"时代已经变化"，刽子手"事业"歇手三十六年之后，命令突然而来，不能不叫他觉得"一切都那么匆忙，那么乱。"，好像是往昔的事在重演，可又"简直以为是在梦里"。自始至终，他精神恍惚不宁，同三十六年前当然大不相同。

这次没有设公案和监斩棚；执行前也没有什么"请示"和"许可"，倒只是一个护送囚人的兵士拖着他的手说："老家伙，一刀一个，赶快赶快！"显得极其粗疏草率。事后的神前禳罪更闹成了大笑话：庙里敬神的人见他进来吓得大叫大嚷；法场上追来的兵士把他当作疯子，包围神庙，拉上枪闩，准备进去打死他。后来他只好扔出刀子，被五花大绑起来吊在廊柱上，有人闪不知从老兵背后倾了一桶脏水，把他从头到脚淋个透，据说可以解他的"痰迷心窍"。监斩官不但不向神禳罪，反而走来问他见了什么鬼，闯了什么邪气。这一次，杨金标是既不光彩又不快乐，憋了一肚子不明不白的窝囊气。

两段描述，比用两倍于此的文字就野蛮屠戮所发议论，给读者的印象更深，更引人思索。刽子手这行职业，本来是同古老的时代、野蛮的制度等等相伴而存在的，它服务于封建统治者。杨金标年轻时奉令执刑，显他的“拐子刀”绝技，是在清王朝，那时中国的战斗武器还是长矛、大刀、牛皮盾，治理百姓的是那拍打着惊堂木审案的县官，参与裁判人生功罪的神祇。这一切，在色调上大体协调，组成一幅既古老又荒诞的图画，就像是别一世界里发生的事情。而他后一次施展刀技，却是在钢枪早已代替长矛，“政府”已经代替“朝廷”的“民国”，应该是民主、进步、文明主宰的时代，而竟要动用早已废弃的落后野蛮的斩刑，这在新统治者以为“杀一儆百”对革命者有更大的恐吓力量，其实正意味着时代的大倒退，意味着统治者的黔驴技穷而已。作品中通过一个曾以杀人为职业的老刽子手既难信又不安的那种“做梦”之感，恰恰在最深刻的意义上表达了这种谴责。至于那斩刑过程中的粗疏与轻率，特别是“神前禳罪”被监斩人看作笑话一桩，则又曲折地表明：这个罪恶的统治者，当他捡拾起那已被推翻的统治者所用的杀人刀之时，并不觉得需要借神来遮羞，靠神来分担罪责，他们的统治是更加赤裸裸的血腥统治，不是很明白的么？一句话：杀人手段比之旧的统治者更加残酷而无耻。这就是故事的作者所给予现实的一记重鞭。

二

用极其从容舒徐的笔描写事物，充分发挥“烘托”的艺术手段。所写的有时乍看似乎游离于主干情节，实际上处处从主观、客观上为主干情节作铺垫，从而使主题思想突出于主、次情节的连贯之中。这是沈从文小说创作的一个重要特色。在《新与旧》中，作者便极尽其从容舒徐的意态，用美作丑的铺垫，用合乎自然的人性之美作非人性的罪恶之丑的铺垫，最终是突出一个思想：谴责血腥杀戮的反动罪恶。

这里有大段文章描写老兵的暮年生活：

> 他会喝一杯酒，因此常到杨屠户案桌边去谈谈，吃猪脊髓川汤下酒。到沙回回屠案边走一趟，带一个羊头或一副羊肚回家。他懂得点药性，因此什么人生疱生疮，托他找药他必很高兴出城去为人采药。他会钓鱼，也常常一个人出城到碾坝上长潭边去钓鱼，把鱼钓回来焖好，就端钵头到城楼上守城兵士伙里吃喝，大

吼几声五魁八马。

大六月三伏天，一切地方热得同蒸笼一样，他却躺在城楼上透风处打鼾……

这段文字是闲笔吗？否。它使读者同一个闲适自在、乐意助人，自足知份的普通人精神上如此亲近，由之对那突然而来的叫他去杀人的命令自会感到格外抵牾。

这里又有大段文字描写城厢的日常风光，更加细腻：

城下是一条长河，每天有无数妇人从城中背了竹笼出城洗衣，各蹲在河边，扬起木杵捣衣，或高卷裤管，露出个白白的脚肚子，站在流水中冲洗绵纱。河上游一点有一列过河的跳石，横亘河中，同条蜈蚣一样。凡从苗乡来作买卖的，下乡催租上城算命的，割马草的，贩鱼秧的，跑差的，收粪的，连牵不断从石跳上通过，终日不息。对河一片菜园，全是苗人的产业，绿油油的菜圃，分成若干整齐的方块，非常美观。菜园尽头就是一段山冈，树木郁郁苍苍。有两条大路，一条翻山走去，一条沿河上行，皆进通苗乡。

城脚边有个小小空地，是当地卖柴卖草交易处，因此有牛杂碎摊子，有粑粑江米酒摊子。并且还有几个打铁的架棚砌炉作生意，打造各式镰刀，砍柴刀，以及黄鳝尾小刀，与卖柴卖草人作生意。

作家一支笔由近及远，又由远而近，将远近自然风物与人生动态用如此爽洁的语言细细写来，交织成一幅美丽生动的图画。先就河边，细写那洗衣妇女背的、使的，赤脚的姿态，河中的绵纱，已使这湘西小镇生活气息扑面而来；又就河上一列跳石，引出一连串来往奔忙各种事务的人，一口气说了七种之多；再就城脚边小坪上写各种吃食小摊、农副业及手工业交易，又一口气说了三四种摊、棚及铁匠打造各种刀具三种之多。这类极富地方特色的细节，作者娓娓道来，如数家珍，更使小镇生活气息洋溢满纸。

然而这在文章中也丝毫并非闲笔。这里歌颂的是山川自然之美，是人民辛勤自得的劳动和质朴无奢的需求，一个充满着流动生机的世界；它对于后来发生在这个地方的野蛮屠戮实在是一个强烈的反衬！

当老兵来到西门外时，那一派和平宁静，又与刑场的杀机何等地不相称：

> 看看天，天上白日朗朗，一只喜鹊正曳着长尾喳喳喳喳从头上飞过去。
>
> 敞坪过去一点有小小溪流，几个小学生正在水中拾石头捉虾子玩，各把书包搁在干牛粪堆上。老战兵一看，全是北门小学校的学生，走过去同他们说话，
>
> “小先生，小先生，还不快走，这里要杀人了！”
>
> 几个小孩子一齐抬起头来笑着，
>
> “什么，要杀谁？谁告诉你的？”
>
> ……那染坊晒布的正想把白布在坪中摊开，老战兵又去同他说话：
>
> “染匠师傅，你把布拿开，不要在这里晒布，这里就要杀人！”
>
> 染匠师傅同小学生一样，毫不在意，且同样笑笑的问道：
>
> “杀什么？你怎么知道？”

老战兵看着、问着，可是每一个景象，每一次答复，都使他更加不敢相信即将面临的残酷现实。他一次又一次想：“这是做梦吗？”他十分不安地想从惶惑中自拔，却愈陷愈深。这里，人们的质疑，老兵的自疑自问，难道不恰恰代表着正常头脑的人们和自然的生活秩序对那些丧失人性的统治者们所发的质问吗？

读至此，我们委实不能不意识到，这一段又一段看似枝蔓、散漫的文字，正是作者在不露声色中，用发自衷心的愤怒，给现实的一记又一记鞭笞。

三

在充分渲染铺垫之后，突然急转直下，在用大量笔墨描绘生活现象的基础之上，以极精练的语言，揭示实质，推出文章主题的精要之

点，使作品的思想意义豁然明朗，向深广处延伸，读来有“柳暗花明”的深长韵味。这是沈从文在小说创作中独具一格的手段。《新与旧》的“画龙点睛”之笔，就是值得称道的一例。

可以说，作品的绝大部分篇幅，都是用来描述刽子手杨金标两次杀人的过程，特别着重在渲染后一次中他的惝恍迷离，烦恼不安的心情。却一直给人留着一个悬念：这究竟是怎么回事？直到末段，作者方才揭开：

> 军部玩新花样，处决两个共产党，不用枪决，来一个非常手段，要守门的老刽子手把两个人斩首示众。

只一笔，有如舞台演出时的聚光灯，把野蛮杀人的非人性的荒谬现象，一下子集中到强烈的政治分析的光束之下，彻底暴露了这一行为的本原，和其中所包含的反动政治的残酷性和荒谬性的实质。

故事写到这里，似乎满可以结束，但作者却意有未足，又进而写道：

> 那一对被杀头的，原来就是北门小学校两个小学教员。

这一笔，更以强烈的光束照亮了篇中许多隐约处，形成耀目的光点。请看，老兵迷迷糊糊来到杀人场时，岂不是曾经看到：

> 两个年轻轻的人被绑着跪在坪子里。并且一个是男人，一个是女人。脸色白僵僵的，一瞥之下这两个人脸孔都似乎很熟悉，匆剧间想不起这两人如此面善的理由。

又，当老兵过着宁静自在的日月时，岂不是常常可以遥望小学里有趣的生活，有时给来到城头上玩的小学生表演舞盾，或遥为在坪子里踢球的小学生呐喊打气么。正是那学校“为一对夫妇主持”；带小学生来城头玩的正是那女先生。而按老兵的观察，“小学生好像很喜欢他们的先生，先生也喜欢学生”。

这几个光点串在一起，给人的印象不能不是：小学校两位教员是那么善良勤恳，热爱学生也受到学生爱戴；可是年轻的生命却以革命的罪名，被残酷处死在统治者的屠刀之下；而执刀者与其说是那奉命执法糊糊涂涂的刽子手，毋宁说是那挂红带子发布命令的监斩官所代表的“民国”政府。这就是说：以“民主”自我标榜的新统治者拾起了旧统治者的屠刀向着善良勤恳的人民挥舞，这面目是何等狰狞！这一笔，把主题向更深处推进了一步。

至此，作者还没有停止向艺术的深处掘进。似乎仅出于故事本身完整性的需要，他对老兵之死作了一个简截的交代：

> 小学校接事的还不来，北门城管钥匙的职务就出了缺——老战兵死了。

简截的交代却能引起许多思索。当然可以理解，这老兵在意外事件中身心受到猛烈打击自不免产生这个后果。而这有意无意的“小学接事的还不来”一句，又令读者分明想见：当老兵在事后明白自己所杀的就是善良可亲的小学教员以后，那空荡荡的小学对他尤其是多么难堪的悲哀，这必是使他速死的重要原因。这里，在老兵的悲哀中，难道不曾寄托作者在当时不敢明言的哀悼？

三个善良人的死亡，故事的悲剧性是明显的。看来作者很愿意给读者留下一点积极的东西，可他无法超越自己所能见的现实去写出一种力量，给凶残者以某种惩罚。但他却凭着一点历史的信念和正义的要求，在故事里周围人们关于老兵之死的笑谈的掩映中，诚心祈愿这将是“最后一个刽子手”；祈愿那违反人性，违反历史的野蛮与凶残终将成为过去。

四

在统一的风格下，笔姿随心所欲，色彩变化无穷，境界常新，是沈从文作品的无限魅力所在。

“让形象和细节自己说话”，是沈从文创作小说的基本方法。他总是具体、生动地把所要描写的事物的作品中从容不迫地展示出来。在他作品中，很难见到作者把抽象概念硬塞给读者。而由于形象的丰富，给读者留下了更广大的思索的空间和咀嚼的余地。这正是现实主义的艺术要求，沈从文在这方面作了不倦的探索，始终如一，刻意求工。

但沈从文又不属于那种压抑的现实主义。他认真地写生活中的悲剧，而不愿意用眼泪去浸泡自己的文字，却常常用一种适度的幽默和谐趣去写出事实，让读者在事实中咀嚼出不公正、不合理、非人性……而产生愤懑和悲哀。他曾说：

> 应当力求避去文字表面的热情。
>
> 神圣伟大的悲哀不一定有一摊血一把泪，一个聪明作家写人类痛苦是用微笑表现的。（见《废邮存底·给一个写诗的》）

这形成了沈从文独到的艺术风格。《新与旧》的基调就是如此。

另一方面，在极端重视现实事物的描写的原则下，他又显示出在描写中随事物本身特点的需要，随感情色彩的需要而活泼泼地变化笔姿的绝妙本领。他极善于描绘边地的自然山川，生活风习；也善于细致入微地刻划人物的心理活动，能传达各样的语言，而在数百篇小说中出现的风光、人物、其风貌各不相同，常有更新境界。这就使作品保有历久不衰的艺术魅力。即以《新与旧》而论，一篇之中笔姿就有多种变化。

起手一段写“光绪……年”的教场练兵情景时，用的是中国明清小说的手法：

> 日头黄浓浓晒满了教场坪，坪里有人跑马。演武厅前面还有许多身穿各色号衣的人，在练习十八般武艺。到霜降时节，道尹必循例验操，整顿部伍，执行升降赏罚，因此直属辰沅永靖兵备道各部队都加紧练习，准备过考。演武厅前坐得是千总同教官，一面喝茶，一面点名。每个兵士俱有机会选取合手行头，单个儿或配对子舞一回刀枪。驰马尽马匹入跑道后，纵辔奔驰，真个是来去如风，人在马上显本事，便用长矛杀球，或回身射箭。看本领如何，博取采声和嘲笑。

用颇饶古风的笔调描写历史场景，能使读者浑如置身于清末时代，对所述事物的古老有极强的直感。但到城隍庙禳罪领赏一节，则笔调显出谐趣来：

> 县太爷虽明明白白在稍前一时，还亲手抹朱勒了一个斩条，这时节照习惯却俨然吃了一惊，装成毫不知情的神气，把惊堂木一拍，"青天白日之下，有这等事！"

便一面半真半假地责打刽子手，一面将给刽子手的赏银包封向他身边掼去，"等到一切应有手续当着城隍爷爷面前办理清楚后，县太爷便打道回衙去了。"这节写来全然是一台趣剧，把古老的事物谐趣化，完全剥去了开始一段那一点严肃性，就只剩下它的荒诞性了。

到第二部分"民国……年"，开手一段便显出锋利的讽刺笔风：

> 时代有了变化，……时代一变化，"朝廷"改称"政府"，这个小地方毙人时常是十个八个，因此一来，任你怎么英雄好汉，切胡瓜也没那么好本领干得下。被排的全用枪毙代替斩首，于是杨金标变成了一个把守北门城上闩下锁的老士兵。

在这段里，"时代变化"不过表现在"朝廷"改称"政府"，无非是招牌换新；而小小地方，一毙人动辄十个八个，比旧时代多得多。那么这究竟是民主革命的进步还是更加吓人的反动？尽管讽刺被包裹在不露声色的故作轻松之中，有心的读者却可以读出作者的悲愤。

往下，笔风一转，对老兵半退休状态的日常生活描述，略含谐趣；对城厢景象的描绘尤富于情致。这些又为文章增加了恬淡而严肃的气氛。至于老兵得到杀人令后的思想混乱，迷惑，如在梦中的杀人行动，是用颇为平板的语言写的，如"他便走到犯人身边去，擦擦两下，两颗头颅都落了地"；却以多次反复出现的老兵内省："以为是在梦里"，"真是做梦吗？"……画下了老兵受痛苦折磨的心，潜伏下悲剧因素。而老兵后次跑进城隍庙一节，则别开生面，用喜闹剧方式来结束杀人事件的过程，也由此把事情的荒诞性推到极点，到底逼出了老兵的愤怒。直到此时，借着喜闹剧的氛围，借着老兵愤怒的爆发，作者终于挥下了最响的一鞭：

“你们就是一群鬼。还有什么鬼！”

然而，“热骂”毕竟被掩映在嬉闹中间，从作者来说，倒也仍是本色的，不露声色的鞭笞。

原载 1982 年第 7 期《江汉论坛》

论沈从文的《湘行散记》和《湘西》

王继志

一

《湘行散记》和《湘西》(一名《沅水流域识小录》)是我国现代著名老作家沈从文30年代以家乡的风土人情为题材写成的两本散文集。前者收散文11篇，后者包括“题记”收散文10篇。

在小说《长河》[1]的“题记”中，作者曾对两个散文集的写作缘由进行过概括的说明。他说,《湘行散记》(以下简称《散记》)和《边城》成书于同一时期，即1934年第一次回故乡归来之后。两部作品虽然体裁不同，一是散文，一是小说，但写作缘由却是相同的：同是有感于故乡在近二十年来“变化中的堕落趋势”，所以拟将“过去”和“当前”加以对照，目的是通过《散记》“把最近二十年来当地农民性格灵魂被时代大力压扁扭曲失去了原有的素朴所表现的式样，加以解剖与描绘”；通过对《边城》人物的“正直与热情”的赞颂，“重新燃起年青人的自尊心和自信心”。同第一次回故乡归来后写成《散记》和《边城》的情况相同，1937年作者第二次回到故乡，归来后写成了散文集《湘西》和长篇小说《长河》。作者认为这次在故乡的所见所闻，一面证明湘西仍在继续“堕落”下去，“四年前的一点杞忧，无不陆续成为事实”，一面由于这时抗日战争已经爆发，“公私机关和各省难民向湘西疏散的

[1] 1949年2月，开明书店改订本。

日益增多，一般人士对湘西实缺少认识”，对它的真正好处看不到，真正的坏处又不知如何克服。所以便从“沅水流域人事琐琐小处”入手写成《湘西》，再用“辰河流域一个小小的水码头作背景”写成《长河》，目的都是将这里平凡人物生活中的常与变、哀与乐错综，写出这个地方的“‘过去’、‘当前’与那个发展中的‘未来’”。以便给外来者一种比较“近实的印象”，用以“点燃起行将下乡的学生一点克服困难的勇气和信心”。在最近出版的《沈从文散文选》❶的“题记”中作者亦作了类似上述的说明。

从这里我们不难看出，沈从文创作《散记》和《湘西》态度是积极的，用心是良苦的。首先他不是无病呻吟，而是有感而作，即有感于湘西乃至国家“变化中的堕落”，立意在“民族品德的重造”；其次是他写作的目的，不是为了“恋旧”，不是用世纪末的眼光仅仅对过去唱一曲哀婉动听的挽歌，而是积极干预当时的时政，把“过去”和“当前”对照，希图创造和争取到一个好的“未来”；正是因为如此，所以第三，作者在对故乡人事的具体描绘中，不是称赞腐朽，歌颂反动，而是以“一种燃烧的感情，对于人类智慧与美丽永远的倾心，康健诚实的赞颂，以及对愚蠢自私极端憎恶的感情”，歌颂真善美，抨击假恶丑，从而引起人们“对人生向上的憧憬，对当前一切的怀疑”❷

然而，许多年来，正如作者极力为之辩诬的湘西被人们误解了一样，沈从文这位曾被鲁迅誉为新文学运动开始以来所出现的最好的作家之一❸的现代文学巨匠及其作品也被误解了。

对于这种误解沈从文似乎有所预见。早在《边城》问世不久，作者就从人们对它的评论中看出某些端倪。在作者看来他的《边城》明明是“选山地作基础，用坚硬石头堆砌”成的一座“希腊小庙”，虽然式样旧些，形体小些，但“精致、结实、匀称，形体虽小而不纤巧，是我的理想的建筑”，可是由于这小庙里供奉的不是“神”，主宰万物的神，而是“人性”，具体的而不是抽象的人性，于是就有人认为他是

---

❶ 1981年11月，湖南人民出版社出版。

❷ 见《从文小说习作选·代序》，1936年上海良友图书印刷公司版。

❸ 参见尼姆·威尔士：《现代中国文学运动》（《新文学史料》1978年第一辑）。

想“在沙基或水面建造崇楼杰阁”，给他送了个“空虚的作家”的头衔。他还举了一个有趣的例子，这就是当时有两个书评家，他们的政治观点是完全不同的，一个属于民族主义文学派，一位则属于民族主义文学的对立派。但他们对于《边城》却同样采取否定的态度，“一个说‘这是过去的世界，不是我们的世界，我们不要’。一个却说‘这作品没有思想，我们不要。’”这件事用沈从文的话说就是，他们对作品的要求原来都有个“预定的形式”，而“我写的又不是他们预定的形式”所以他们都“不要”。

然而作者却坚定地认为“一切作品都需要个性，都必需浸透作者的人格和感情，想达到这个目的，写作时要独断，要彻底独断！”至于《边城》，他说：“它或许目前不值得注意，将来更无希望引人注意；或许……受得住风雨寒暑，受得住冷落，幸而存在，后来人还须要它”，对于这些“我全不管”[1]。事实难道不正像作者所预料的那样吗？经过几十年的冷落、埋没，沈从文的作品终于像出土文物一样重新被人们挖掘出来，引起了人们的重视。他的那些散发着浓郁的乡土气息，具有强烈的传奇色彩和艺术个性的小说、散文，虽然不能说毫无瑕疵，但却仍不失为我国现代文学的稀有瑰宝。

尽管沈从文对他个人及其作品的沉浮毫不介意，并且早就表示过“我全不管”。但是对于广大的现代文学研究工作者以及文艺部门的领导者来说却不能不对这种现象进行研究，从中引出应有的教训。解放前对于沈从文作品的毁誉，自有当时的原因，我们在此姑且不论，但是解放之后，为什么会对沈从文及其作品也愈来愈采取否定态度呢？以至到了50年代末60年代初的一些文学史的著作中对沈从文竟至“上纲”为“继承地主官僚立场”的“资产阶级文学逆流”的代表人物，对其作品贬斥为“用别出心裁的精巧外壳来掩盖反动糜烂内容”的无聊之作呢？为什么会使沈从文的研究成了无人（或不敢）问津的“禁区”，以至使许多青年同志（包括许多文学青年）对这位大作家竟几乎一无所知呢？最近有的同志指出：一是由于对作家只看一面，忽视或无视另一面，即“只看作家没有激烈的革命言论，而忽视了他对新旧

[1] 见《从文小说习作选·代序》，1936年上海良友图书印刷公司版。

军阀统治的不满；只看到他对左翼文学的理论与实践不感兴趣，格格不入，而忽视了他对艺术风格的惨淡经营；只看到他与胡适、徐志摩等人过从甚密，而忽视了他对左翼作家被捕杀深表同情以至谴责反动当局的事实……”二是由于对沈从文的作品“缺少比较的研究”❶。其实，对沈从文还不仅仅是一个“忽视或无视另一面”的问题，而是究竟如何看待这个“另一面”的问题。诚然，沈从文与胡适、徐志摩等有过较深的交往，这在沈从文的许多谈及个人身世的文章中曾多次提到过，比如在前面我们曾引用过的《从文小说习作选·序》中作者就明确地说过，如果没有徐志摩先生，“我这节也许照《自传》上说到的那两条道路选了较方便的一条，不过北京市区里作个巡警，就卧在什么人家的屋檐下，瘪了，僵了，而且早已腐烂了”，“从他那儿我接了一个火”。但这只是一个严肃的正直的作家对启发他走上文学之路的友人应具的一份真诚的怀念，况且对于徐志摩、胡适等人在现代文学上的地位不是也到了应该给予公正评价的时候了吗？沈从文对在文学上以及生活道路上给自己以积极影响的人是从不忘怀的。在《从文自传》中他亦用同样感激的口吻记叙过在他尚未离开家乡之前，在旧军队里担任一份报纸的校对员时，就曾受到过一个“由于‘五四运动’的影响，成了进步工人”的人的启发，他说“若没有他的一些新书，我虽时时刻刻为人生现象、自然现象所神往倾心，却不知道为新的人生智慧光辉而倾心”。他“使我对于新书投降了，不再看《花间集》，不再写《曹娥碑》，却喜欢看《新潮》、《改造》了。”他“使我明白人活到社会里应该有许多事情可做，应该为现在的别人去设想，为未来的人类去设想，应当如何去思索生活，且应当如何去为大多数人牺牲，为自己的一点点理想受苦……”正因为如此，所以他一直把跟这位工人的接触看作是生活道路中的“一个转机”。在谈到他的乡土文学创作时，他更不忘鲁迅对他的影响，他说“由鲁迅先生起始以乡村回忆做题材的小说正受广大读者的欢迎，我的学习用笔，因之获得不少勇气和信心”❷。至于对他初来北京时，在生活困顿中郁达夫冒雪造访，给予他

❶ 吴立昌：《沈从文的“浮沉”与现代文学的研究》（《复旦学报》1981 年第二期）。

❷ 参见《沈从文小说选集·题记》，1957 年人民文学出版社版。

的关怀与帮忙他更是没齿不忘[1]。这些也都是早就见诸文字的，为什么长期以来人们却视而不见呢？

我们知道沈从文是最反对作品的"商品化"和作家的"清客家奴化"的。早在30年代后期他就针对当时的文艺现状指出："作品成为商品之一种，用同一意义分布，投资者当然即不免从生意经上着眼，趣味日益低下，影响再坏也不以为意。五四谈男女解放，所以过去一时南方就有张资平三角多角恋爱小说出现，北方就有章衣萍《情书一束》出现，同时在国内都得到广大的销路。变本加厉，因此过不久张竞生所提倡性生活亦成一时风气。……读者越多，影响也就越不好。""至于作家被政治看中，作品成为政策工具后，很明显的变动是：表面上作品能支配政治，改造社会，教育群众，事实上不过是政客从此可以畜养作家，来作打手，这种打手产生的文学作品，可作政治点缀物罢了。"只要我们不存偏见，坚持实事求是，仔细地检讨一下沈从文的上述言论，那就不难看出他的这些话主要还是针对当时国民党统治的黑暗文坛的：难道不正是作品的"商品化"倾向孵化出张资平的一大堆破烂，而张资平之流的一大堆无聊之作又进一步加重了作品的商品化倾向吗？那种被鲁迅斥为替帝国主义、国民党反动派"尽'宠犬'职分"的民族主义文学及其变种不是地地道道的"打手"文学吗？那一群被鲁迅称为"上海滩上久已沉沉浮浮的流尸"的民族主义文学家不正是反动政治畜养的一批打手吗？如果说在沈从文的文艺批评中有些地方涉及到了左翼文艺运动的某些问题，但它指责的也多是这一运动中实际存在的某些应当防止和克服的不正确的东西，即使在论述中存在某种片面性，也只是思想认识问题，怎么能得出这是对整个"左翼文艺运动的理论和实践格格不入，全盘否定"的结论呢？况且，沈从文虽然反对文学的"商品化""政治化"的倾向，但始终没有否定和反对文学的社会意义和教育作用。相反，他认为作家应对"人生具有深刻的同情和悲悯，……用文字故事来给人生作一种说明，说明中表现人类向崇高光明向往以及在努力中必然遭遇的挫折。"[2]认为一

[1] 黄苗子：《生命之火长明》，（《花城》1980年第五期）。

[2] 引文见《烛虚·白话文问题》，（《花城》1980年第五期）。

部好的作品除了使人获得“真美感觉之外，还有一种引人‘向善’的力量。”并且解释说这种“向善”，“不仅仅是属于社会道德方面‘做好人’为止”，而是要让读者“从作品中接触到另外一种人生，从这种人生景象中有所启发，对人生或生命能作更深一层的理解。”❶这就证明沈从文绝不是一个主张“为艺术而艺术”，“艺术可以脱离社会、人生而存在”的“艺术客观主义”论者。相反证明他的文学主张是与“五四”运动以来我国新文学发展的主潮——现实主义相吻合，是与鲁迅关于“文艺是国民精神所发的火光，同时也是引导国民精神的前途的灯火”❷，文学“必须是‘为人生’而且要改良这人生”❸的主张相一致的。从而也就证明对沈从文的误解完全是不应该的，是应予以重新认识和估价的。

二

如果说上面我们还只是从沈从文创作《散记》、《湘西》的意图，谈到了他的一贯文学主张，为我们分析这两本散文集提供了某些应当遵循的原则的话，那末，下面我们就从《散记》《湘西》所记录的事实，所表现的具体生活内容，看看他是如何实践他的文学主张和创作意图的。

《散记》、《湘西》的内容之一是作者通过湘西现实生活的描绘，真实而又深刻地揭示了造成这一地区“堕落趋势”的社会原因。湘西本是苗民较集中的地区，自清朝开始，苗民一直被视为蛮族，他们“虽愿意成为附庸，但终不免视同化外”，长期以来内地派往这里的统治者为防苗民叛乱，采取的一直是封锁、屠杀、怀柔兼施的手段。民国以来，派往这里的统治者“在习惯上的错误照例认为必抑此扬彼，方能控制这个民苗混处的区域。”他们一不对“当时社会各方面作调查”，二不对“历史上的民族性加以分析”，“只凭一群毫无知识诈伪贪污的小官小吏来到湘西所得的印象，决定所谓应付湘西的政治策略”（《湘

---

❶ 引文见《烛虚·小说作者和读者》，(《花城》1980 年第五期）。

❷ 鲁迅：《坟·论睁了眼看》。

❸ 鲁迅：《南腔北调集·我怎样做起小说来》。

西·苗民问题》)。他们勾结土匪，收买地主武装，一面拉伕抓差，巧取豪夺，鱼肉百姓，残害人民，使湘西有的地方竟呈现出一片“骸骨盈郊，青磷遍野，黄昏月冷，白日烟消”的凄凉景象；一面又因受到苗民的惩治，故意将湘西诬为苗蛮匪区，把湘西人民诬为苗蛮土匪，所谓“地极险，人极蛮；妇女多会放蛊，男子特别欢喜杀人”等等(《湘西·引子》)。针对这种野蛮的掠夺，别有用心的诬蔑，作者在书中怀着极大的愤怒感情写道：“三十年来，牧民者来来去去，新陈代谢，不知多少，除认为（湘西）‘蛮悍’之外竟别无发现。外来作官为宦的，回籍时至多也只把当地久已消灭无余的各种画符捉鬼荒唐不经的传说，在茶余酒后向陌生者一谈。”“许多人对于湘西民或匪都留下一个特别蛮悍嗜杀的印象，就由这种教训而来。”在作者看来“只要在上的不过分苛索他们，鱼肉他们，他们就不至于铤而走险”，因此“匪多的原因,外来官吏苛索实为主因,乡下人照例都愿意好好生活下去”。(《湘西·沅陵的人》)

除了历代统治者的残酷统治之外，作者还对帝国主义在这一地区的政治、经济、文化侵略进行了深刻揭露。散文集中写道：随着帝国主义对中国侵略的深入，这个边远地区也伸进了帝国主义的魔爪，致使湘西在原始的“神道设教”的迷信色彩中，又加进了所谓新的“现代文明”的精神奴役，使原来就极端落后的穷乡僻壤，又增加了一层新的经济掠夺。外来势力不仅在这里培养了一批直接为其服务的“吃教饭的人物”，而且还与当地的军、警、商、政各界相互勾结，愈加残酷而巧妙地压榨人民。正是在这种双重压榨下，湘西人民肉体遭受摧残，灵魂遭到扭曲，世风遭到破坏。在《湘西·辰溪的煤》中，作者含泪记述了一个“普遍的，随处可以掇拾的”悲惨故事：矿工向大成为了挣得一毛八分钱，每天都要下到四十三丈的地下替帝国主义豢养的资本家挖上十二个小时的煤。由于生活艰难七个孩子死了五个。剩下的两个女儿，大的在未成年时就被当地驻军的一个排长诱奸，到十六岁，只得押给一个“老怪物”，后来竟沦为当地各种恶势力共同玩弄的对象，在不堪忍受下，喝药自杀。向本人又在井下被煤块砸死，撇下的寡妻，只得以出卖小女儿的肉体作为未来生活的希望。同样在《散记·辰河小船上的水手》中，作者亦怀着沉痛的心情记述了为自己行船的一名老水手的生活苦况：这人十六岁起就在辰河上行船，今年已经五十三岁，“划了三十七年的船，还只是孤身一人，把经验与力气每天作八分钱出卖”，作者曾无限感慨地说：“十五年来竹林里的鸟雀，那分从容处，犹如往日一个样子，水面划船人愚蠢、朴实、勇敢、耐劳处，也还相去不远。但这个民族，在这一堆日子里，为内战、毒物、饥馑、水灾，如何向堕落与灭亡的大路走去，……”

沈从文在这里所描绘的湘西人民的苦难生活其实是旧中国劳动人民苦难生活的一个缩影，他所揭示的造成湘西日趋堕落的社会根源其实也是整个旧中国日趋堕落的真正社会根源。因此，过去那种认为沈从文的作品没写压迫和剥削，没有表现阶级矛盾和阶级斗争，把农村和军队描绘成“世外桃源”等等，是不全面的，没有根据的。

《散记》、《湘西》的内容之二是作家怀着对家乡的深情，对乡亲的挚爱，赞颂了湘西优美的自然环境，讴歌了湘西人民的美好心灵，为读者精心描绘了一幅生动别致的湘西风土人情的美丽画卷。

沈从文是以“风格作家”的身份出现在新文学史上的。他之所以被称为风格作家是因为他以独特的思想艺术风格描写了湘西；而他之所以能以独特的风格描写湘西又是与他独特的身世、经历、爱好乃至个人气质分不开的。他出生在湘西凤凰县，凤凰本是湘西苗民最为集中的三县之一。在这个以苗族为多，苗、土家、汉族杂居的县城里，他从小就有机会结识不同民族的各色人等。加上他的家族本身就存在着不同民族的血统，他的祖母是苗族，他的母亲是土家族。十四岁前，他一直在家乡读书，“读一本小书同时又读一本大书”，他“不安于当前事务，却倾心于现世光色，对于一切成例与观念皆十分怀疑，却常常为人生远景而凝眸”，“希图在日光下认识这大千世界微妙的光，稀奇的色，以及万汇百物的动静”❶。他对居住于这个小城里的各样的人，各种各样的谋生职业都细心地观察过。在他刚刚知道“人生”时，又碰上了辛亥革命时期苗民反抗清廷的暴动，他曾避难于苗乡，随后便亲眼看到衙门大量屠杀苗民的惨剧。他的这种独特的家世、性格和生活见闻，使他对家乡怀着依恋，对乡亲们抱有无限的同情。在他的作

❶ 引文见《从文自传》，1936 年，上海良友图书印刷公司版。

品中常常带着一种辩诬的口吻赞美湘西少数民族优美的人性和善良的品质，其源盖出于此。在他看来他的家乡是“山明水秀，景色宜人，土匪不入于耳，兵士善如平民，农民勇敢安分，敬神守法，商人老成洒脱……一切遵从古礼，保持淳朴风习……妇女温柔耐劳”❶，然而他们却屡遭荼毒！有的同志直到现在还认为沈从文的作品“缺乏社会内容和思想意义”，其实这仍然是对沈从文作品的一种误解，殊不知，这正是沈从文对反动统治阶级的一种深沉而又强烈的反抗！

十四岁后，沈从文离开家乡——凤凰县城镇筸，开始了他的湘西沅水流域的流浪生活，他当过兵，当过无业游民，旧军队的文书，小镇上的收税员，小报的校对……他对湘西整个社会尤其是下层人民的生活有了更深入广泛的了解，对人事的观察更加细致周密。他可以一口气把行驶在沅水流域的各种船只的名称、特点、航程乃至船户的姓氏、家世、性格特征有根有据的讲述出来（《常德的船》）。他可以熟练地将生活在沅水中部沅陵的各种人，从他们的衣着打扮，思想行为到他们的长相、性格娓娓动听地告诉给读者（《沅陵的人》）。他说：“这地方的人民喜、怒、哀、乐，生活感情的式样，都各有鲜明特征。我的生命在这个环境中长成，因之和这一切分不开。”❷他总是“凭着爱和同情去看自己的乡土、亲人、兵士、农妇、水手和劳动的少女。他迷恋那河市、山城、荒邑、小镇、码头船筏、缆火楼灯。他熟悉士兵、铁匠、纤夫、店主、舵工的生活作息，悲欢喜怒，撒野性情。”❸

正因为沈从文对家乡的风土人情怀有深沉的爱的迷恋，所以他的《散记》和《湘西》首先讴歌了蕴含在这里的人民群众心灵中的“人情”美。在作者笔下，无论是起于绿林，被一些人称为豪杰，被另一些人称为坏蛋“毁誉平分”的牯子大哥（《散记·戴水獭皮帽子的朋友》），还是保留着屯垦子弟性格，虽有学习机会，不愿读书而甘心为人当保镖，任侠使命的虎雏（《散记·虎雏再遇记》）；无论是被“贪官污吏坏保甲”逼得走投无路，入山为匪的分子（《湘西·苗民问题》），还是被

❶ 引文见《从文自传》，1936 年，上海良友图书印刷公司版。

❷《从文自传〔一〕》（《新文学史料》1980 年第三期。

❸ 黄苗子：《生命之火长明》，(《花城》1980 年第五期）。

拉伕抓来在派定地点默默忍受虐待，工程一完又笑嘻嘻转回乡村的善良百姓（《湘西·沅陵的人》）；无论是有着爱美的天性，衣服围裙上绣着花，“把流汗与吃饭打成一片”的劳动妇女（同上），还是为生活所逼，虽出卖肉体乃忠诚信誉的吊脚楼上的妓女（《散记·一个多情水手和一个多情妇女》）无不在他们的精神素质中包含着一种崇高的人情味与人性美。纯朴正直，急公好义，助人为乐，扶弱锄强，有诺必践，感情专一，尊重知识，敬事长辈是他们的主要性格特征。

在热情讴歌湘西淳朴善良的人情世态的同时，《散记》和《湘西》还为读者精心描绘出一幅幅新奇幽雅，色彩绚丽的风景画图。在《沅陵的人》中，作者曾这样描绘站在沅陵江北向南边望去的景色：

> 河边小山间，竹园，树木，庙宇，居民，仿佛各个都位置在最适当处。山后较远处群峰罗列，如屏如障，烟云变幻，颜色积翠堆蓝。早晚相对，令人想像其中必有帝子天神，驾螭乘蜺，驰骤其间。……最令人感动处，是小船半渡，游目四瞩，俨然四周是山，山外重山，一切如画。水深流速，弄船女子，腰腿劲健，胆大心平，危立船头，视若无事。……天时常常是那么把山和水和人都笼罩在一种似雨似雾使人微感凄凉的情调里，

然而却无处不可以见出“生命”在这个地方有光辉的那一面。这是一幅多么绝妙的风景风俗画图！不知现在是否还有人认为这是作者在有意“粉饰现实”？如果有这种认为，我觉得这仍是一种误解。因为文学创作是作家感情活动的产物。一个有成就的乡土文学作家，只要对故乡的人民怀有炽热的爱的情感，那么，即使在最悲惨苦难的生活面前，他也会发现描写对象所蕴含的一切美点的存在。这是因为任何腐朽反动的黑暗势力只能破坏美，戕害美，却不能在人世间灭绝美，消尽美。尤其是作为自然形态的美，更是一个永久的存在，否则，又怎样理解屈原笔下的故乡的美呢！况且，沈从文讴歌家乡的美还有着如前所述的辩诬需要。

《散记》、《湘西》的内容之三，是作者从历史与现实相联系的角度，对形成湘西民族独特而又复杂的社会人情（包括风俗习惯、心理

素质、道德信仰诸方面）的生活底蕴进行了认真的思考，严肃的探究。在此我们仅以《湘西·凤凰》为例，看看作者是如何进行这种思考与探究的。

作者首先从历史与现实相联系的角度分析了凤凰特殊的政治、经济地位：县城“镇筸”是一个被五百多个苗寨包围着的边鄙小城。早在二百多年前，清政府为防边苗叛乱，便派千总守备镇守其间。民国以降，这里仍派驻重兵，湘西镇守使辰沅道仍设置于此，致使县城居民不过五六千人，而驻防这里的正规军却多至七千，除当地屯粮之外，国家每年还要拨银八万两经营这座小小的山城。长期的封建军事统治，造成这里的当权者只重防范，不事建设，整个县城连一个完全小学都办不起来。人人只知“洁身信神，守法爱官”，家家有人服役，按月到营上取银领粮，田地一律收归政府，人们耕种的全是公田。正是这种特殊的原始的政治经济结构产生出特殊的落后的意识形态，使这里“好鬼信巫的宗教情绪，专诚热烈到不可想像”。而这种专诚热烈的宗教情绪一旦被历史巧妙地糅合进军人的武德之中，于是就形成了这里人民的一种特殊的精神性格，即勇敢与团结的游侠精神。这种轻生好义的游侠性格本身又包含成功与失败两方面的内容。因此，作者指出，如果领导得人，这里的民众则个个可以成为卫国守土的模范军人，反之，若领导不当，也会使这块地方愈来愈糜烂腐败。又因为凤凰在湘西的特殊地位，“凤凰的军校阶级不独支配了凤凰，而且支配了湘西沅水流域二十县”，所以湘西的今日与明日实与凤凰有极大的关系。这样沈从文就从历史探究到了现实，从经济基础探究到了意识形态乃至人的性格特征。

正是在这种大的社会生活背景下，作者对这里的道德习俗，观念信仰进行了探赜索隐，给现象以理性的说明。比如，人们常常从传闻中知道湘西女性有三种迷信形式，即“放蛊”、“扮巫”和“落洞”，但对这三种迷信形式的根源却多所不知。然而沈从文却对此作了深入的探究。他认为三者“同源而异流”，都是“情绪被压抑后”产生的“变态女性神经病”。只是由于年龄、社会地位的不同分别表现为三种不同形式：老年而穷，或因经济拮据，或因男女新欢旧爱的得失，怨愤郁结，采用一种报复手段以排泄情感，便产生了放蛊的蛊婆；“三十岁左右，对神力极端敬信，民间传说如‘七仙姐下凡’之类故事又多，结合宗教情绪与浪漫情绪而为一，总认为神对她特别关心，发狂、呓语，天上地下，无所不至，必需作巫，执行人神传递愿望与意见的工作，经众人承认其为神之子后，中和其情绪，狂病方不再发。”这就是中年变巫的过程；十六岁至二十岁的青年女子，“一面为戏文才子佳人故事所启发，一面由于美貌而有才情，婚姻不谐，当地武人出身中产者规矩又严”，性行为受到极端压制，于是在人与人相互得不到爱悦的情况下，“便产生人与神爱悦”的传说，借此为压抑的情绪找一条出路，于是便有年青美貌女子“落洞”（即嫁于神怪）的现象存在。作者对上述三种女性神经病的造成原因进行探究之后，指出：这里“隐藏着动人的悲剧，同时也隐藏着动人的诗。”说是动人的悲剧，是因为她们或因穷苦寂寞，或因感情无所归宿，或因性行为受到压制；或受经济地位的支配，或受封建道德的约束，而这一切又都与军人的那种流动的，不顾家室，轻贱妇女的职业、生活方式、道德观念有关。说是动人的诗，是因为它反映了妇女在极端压制下的反抗情绪，是人的欲望与感情对泯灭人的尊严与人格的原始野蛮行为的反抗！可以说整个湘西无处不被这类浪漫与严肃，美丽与残忍，爱与怨，自然与神秘的色彩包裹着。

鲁迅先生一向重视文艺创作中的地方色彩。他认为，文学艺术有了地方色彩，一方面“容易成为世界的，即为别国所注意的艺术”❶，另一方面可以“避免千篇一律”，而且“还于学术上也有益处”❷。

沈从文以他丰富的知识和深邃的眼光，通过《散记》和《湘西》对隐藏于湘西风俗画背后的社会生活底蕴所进行的认真思考与探究，不仅为文苑提供了别人所未曾提供的反映湘西人民生活的艺术珍品，而且为中国的民俗学、社会学提供了可资借鉴的重要文献，不仅开拓了人们的艺术视野，而且丰富了人们的社会生活知识。沈从文的作品愈来愈引起国外读者与研究者的重视绝不是偶然的，它的确提供了很多“为外国人所注意”的艺术上与学术上“有益的东西。”

---

❶ 鲁迅：《致陈烟桥》（1934 年 4 月 19 日）。

❷ 鲁迅：《致罗德祯》（1933 年 12 月 26 日）。

三

沈从文在回顾自己的创作历程时曾说过："在1928年到1947年前约二十年间，我写了一大堆东西。……笔下涉及社会面虽比较广阔，最亲切熟悉的，或许还是我的家乡和一条延长千里的沅水，及各个支流县份乡村人事"。❶这表明作家对他的《散记》和《湘西》是给予充分肯定的。因为这两本散文集所表现的正是作家认为"最熟悉最亲切的""家乡和一条延长千里的沅水，及各个支流县份乡村人事"。

那么，《散记》和《湘西》最主要的艺术特色是什么呢？如果用一句话来概括，我想那就是：一，自然；二，含蓄；三，诗情。

沈从文特别强调美的自然与朴实。在跟《湘西》差不多同时写就的文艺杂感集《烛虚》中，作者认为"自然即极博大，也极残忍，战胜一切，孕育众生。蝼蚁蚍蜉，伟人巨匠，一样在它怀抱中，和光同尘。……智者明白'现象'，不为困缚，所以能用文字，在一切有生陆续失去意义，本身亦因死亡毫无意义时，使生命之光，煜煜照人，如烛如金"。他认为："自然"就是"有生"，"有生"中包含着"美"，比起这种美来，任何"典雅词令与华美文字，都如细碎星点在朗月照耀下同样黯然无光。"❷正是在这种以追求和表现"自然美"的美学观指导下，形成了沈从文以自然朴实为主要特征的文字风格，因为只有这样才会使文章的形式与其所要表现的内容得到和谐统一。

请看作者在《泸溪·浦市·箱子岩》一文中对"箱子岩"的一段景物描写：

> 遇晴明天气，白日西落，天上薄云由银红转为灰紫。停泊崖下的小渔船，烧湿柴煮饭，炊烟受湿，平贴水面，如平摊一块白幕。绿头水凫三只五只，排阵掠水飞去，消失在微茫烟波里，一切光景静美而略带忧郁。随意割切一段勾勒纸上，就可成一绝好

---

❶ 参见《沈从文小说选集·题记》，1957年人民文学出版社版。

❷ 引文见《烛虚》第一辑"烛虚"一章。

的宋人画本。满眼是诗，一种纯粹的诗。……

这一段景物描绘，似乎是信手拈来，铺在纸上，自然朴实，毫不造作，既无“啊”、“呀”的感叹，又无“迷人”、“陶醉”等夸张字眼，只用“画”和“诗”来引人联想，其中有动有静，有声有色，文字有限，余味无穷。

再看作者在同一篇作品中关于当地居民端阳节龙舟竞渡的场面描写：

箱子岩洞窟中最美丽的三只龙船，全被乡下人拖出浮在水面上。船只狭而长，船舷描绘有朱红线条，全船坐满了青年桡手，头腰各缠红布，鼓声起处，船便如一枝没羽箭，在平静无波的长潭中来去如飞。……两岸皆有人看船，大声呐喊助兴。且有好事者从后山爬到悬崖顶上去，把百子边炮从高崖上抛下，……边炮声与水面船中锣鼓声相应和，引起人对于历史发生一种幻想，一点感慨。……

如果说上一段是一幅静态的风景画的描绘，那么这一段就是一幅动态的风俗画的铺染。文字不矫不饰，自然晓畅。通过赛龙船的气氛渲染，勾起人们的遐思和向往，通过一种古老而又新鲜的娱乐场面的记述，赞颂了人的旺盛生命力和热爱生活的天性，在人们痛苦单调贫穷悲哀的命运中投射上一束热烈温暖的阳光。

沈从文曾颇有感慨地对一些“感觉官能都有点麻木不仁”的读者和书评家说过：“你们能欣赏我故事的清新，照例那作品背后蕴藏的热情却忽略了，你们能欣赏我文字的朴实，照例那作品背后隐伏的悲痛也忽略了。”[1]是的，若从文字表面看来，沈从文的许多作品，包括《散记》、《湘西》似乎没有直书尖锐对立的阶级矛盾和阶级斗争，即使像《辰溪的煤》那样直接鞭挞和暴露地主资本家剥削罪恶的作品也没有只图用鲜血染红稿纸。但是仔细阅读，掩卷遐思，这些作品却处处给人

[1] 参见《沈从文小说选集·题记》，1957年人民文学出版社版。

以沉重和辛酸。即如上文提到过的湘西妇女的三种悲剧，那一种不掺和着作者对旧制度血与泪的控诉。这就是沈从文作品的含蓄处。构成这种含蓄的有两个方面的因素：一是作者总不爱将自己的“思想”作简单的号筒般的传达，不去追求细节描写上的“血”和“泪”，而是通过现实生活自然形态的描摹，让读者自己去体味生活中蕴含的各种悲喜苦乐成份。二是作者在描摹自然人生时，不是着力表现“生的悲苦”，“美的易折”，而是赞扬“生的强大”，“美的永恒”。以美去衬托丑，把美作为主要的歌颂对象。在他看来“金钱对‘生活’虽好像是必需的，对‘生命’似不必需……生命本身，从阳光雨露中来，即如火焰，有热有光。”文学的作用就是要从生命中发现真善美，并用这种真善美去“培养‘智’，启发‘慧’，悟彻‘爱’与‘怨’……重新给‘人’好好作一度诠释。”[1]这样就构成了他的文字既不像“屈原的愤世”，也不像“庄周的玩世”，而呈现出一种含蓄的风格。

至于说到《散记》、《湘西》的诗情，那更贯穿其中的每一篇文字。这是因为作家在描写湘西的风物人情时总是融进了一个“我”，融进了“我”的独特感情，独特感受，独特的美学观念。请看作者是如何怀着诗情写他在去乡十多年后再次看到辰州时的感情的——

> 我第一次离乡背井，随了那一群肩抗刀枪向外发展的武士为生存而战斗，就停顿到这个码头上。这地方每一条街，每一处衙署，每一间商店，每一个城洞里做小生意的小担子，还如何在我睡梦里占据一个位置……山头一抹淡淡的午后阳光感动我，水底各色圆如棋子的石头也感动我。我心中似乎毫无渣滓，透明烛照，对万汇百物，对拉船人与小小船只，皆那么爱着，十分温暖的爱着！我的感情早已融入这第二故乡一切光景声色里了。

这一段不像是用文字，而像是用整个心灵呼喊出来的对故乡人民热恋感情的文字，将写景、叙事、抒情熔于一炉，读来亲切有味，隽永迷人，集中代表了沈从文的诗情文字风格。

---

[1] 引文分别见《烛虚》第一辑“烛虚”、“潜渊”、“长庚”诸章。

似乎无需更多的举例，我们从上引各段中已经可以看出沈从文在语言上的精深造诣了。他的语言同他的整个思想艺术风格是一致的。总的特色是平易自然通俗晓畅，但平易中包含着绚丽，自然中显露出峥嵘，通俗中见凝练，晓畅中见哲理。这里再举一个例子，略加阐述。这是在《沅陵的人》一文中关于太平铺的一段景物描绘：

> 溪流萦回，水清而浅，在大石细沙间漱流。群峰竞秀，积翠凝蓝，在细雨中或阳光下看来，颜色真无可形容。山脚下一带树林，一些俨如有意为之布局恰到好处的小房子，绕河洲树林边一湾清水，一道长桥，一片烟。香草山花，随手可以掇拾。楚辞中的山鬼、云中君仿佛如在眼前。

这一段文字犹如作者笔下的沅水，或急或缓，自然流淌。山、水、屋舍、桥、烟、树木皆照直写来，没有任何夸张、比拟、铺陈、排比，但又形象生动，色彩明丽。句式长短参差，错落有致，极富音乐感。凝练，精警处如“溪流萦回，水清而浅，群峰竞秀，积翠凝蓝”足见作者古典诗文的功底；周密谨严处如“一些……小房子”又可知作者外国文学的素养，但又绝非古典格式的照搬，外文句式的摹仿，而是在吸收基础上加以创造，形成了纯属个人的独特语言风格。

*本文所引《湘西》中的文字皆依开明书店 1946 年 10 月出版的改订本，所引《湘行散记》中的文字亦依开明书店改订本。

原载 1982 年第 3 期《南京大学学报》

鲁迅与沈从文

华济时

鲁迅与沈从文没有见过面，也没有书信往来。但从鲁迅的作品、书信和沈从文的文章中，我们发现，他们互有谈及的地方，从中可以了解鲁迅对沈从文的看法和沈从文对鲁迅的态度。

1924年，当沈从文在北京以休芸芸的笔名登上文坛时，中国文化新军的英勇旗手鲁迅正在北京战斗。次年7月12日，鲁迅在给钱玄同的信中首次提到沈从文，说："这一期《国语周刊》上的沈从文，就是休芸芸，他现在用了各种名字，玩各种玩意儿。"（《鲁迅书信集》第71页）当时，沈从文正在贫困中挣扎，为了维持生活，不得不用各种笔名写稿，鲁迅说他"玩各种玩意儿"，显然含有贬意。据陈漱渝在《鲁迅与丁玲》(1981年2月8日《湖南日报》)一文中说，一天，鲁迅收到一封署名丁玲的来信。鲁迅当时不知道丁玲，恰在那天晚上荆有麟来访，"荆看到信上细小的钢笔字迹，便武断地说'丁玲'是'休芸芸'（即沈从文）的化名。沈从文当时在《现代评论》社当发报员，而鲁迅与现代评论派论战方酣，内心不悦，故未回复"。不过值得我们注意的是，当鲁迅相信荆有麟的话，认为是沈从文故意"用一女人之名，以细小如蚊虫之字"写信来，因而"恶之者"时，又说沈从文"确尚无偷文如欧阳公之恶德，而文章亦较为能做做者也"（《鲁迅书信集》第72页），对沈从文的文德和能做文章给予肯定。

由于沈从文的刻苦自学和勤奋写作，到20年代末已成为著名作家。1929年，山东青岛大学开学时，准备聘请他去任教。鲁迅在书信中提到此事（《鲁迅书信集》第228页）。次年，鲁迅在《“硬译”与“文学的阶级性”》一文中，又谈到沈从文的小说，认为它与徐志摩的诗和凌叔华的小说一样，是所谓“读了会‘落个爽快’的东西”。

朱光潜先生说，有一段时间，沈从文“编《大公报·文艺副刊》，我编商务印书馆的《文学杂志》，把北京的一些文人纠集在一起，占据了这两个文艺阵地，因此博得了所谓‘京派文人’的称呼”（《从沈从文先生的人格看他的文艺风格》，《花城》1980年第五期）。1933年10月18日，沈从文在天津《大公报·文艺副刊》上发表《文学者的态度》一文，讥笑上海作家为“海派”，说“海派”是“在上海赋闲”，“赋闲则每礼拜必须有三五次谈话会之类”，由此引起关于“京派”与“海派”的论争。同年12月，“第三种人”苏汶在《现代》杂志上对沈从文进行攻击，并引用鲁迅的话替自己辩护。为此，鲁迅写了《“京派”与“海派”》一文，记载了这一桩公案。鲁迅批驳了苏汶所谓“海派”就是指上海人的谬论，指出“所谓‘京派’与‘海派’，本不指作者的本籍而言，所指的乃是一群人所聚的地域，故‘京派’非皆北平人，‘海派’亦非皆上海人”。鲁迅对“京派”与“海派”都进行了批评，指出他们各自的特点。并希望“京派”利用研究或创作上的优越环境，“能够看见学术上，或文艺上的大著作”。

1934年2月，国民党中央党部发布命令，查禁新文艺书籍149种。沈从文为此写了一篇题为《禁书问题》的文章，对国民党当局以所谓“迹近反动”为理由查禁新文艺书籍表示异议。他从发展民族文化，使民族增加知识、减少愚昧的思想出发，对在困苦中从事创作而遭受压迫和虐待的作家深表同情，批评国民党当局查禁“由事实上说来毫无什么坏影响的文学书籍”失之审慎，并引历史上的焚书坑儒为例，希望“当局”不要作出“野蛮人的行为”。因为这个缘故，沈从文遭到国民党反动派的猛烈攻击，反动报纸《社会新闻》说：“我们从沈从文的……口吻中，早知道沈从文的立场究竟是什么了，沈从文既是站在反革命的立场，那沈从文的主张，究竟是什么主张，又何待我们来下断语呢？”针对这点，施蛰存出来替沈从文辩解，认为沈从文“原意也不过希望政府方面要以史实为殷鉴，出之审慎……他并非不了解政府的禁止左倾书籍之不得已，然而他还希望政府能有比较更妥当、更有效果的办法”。施蛰存的这种说法，其实是有片面性的。一则，他忽略了沈从文在文章中对“政府”的批评和对民族文化的关心；二则，也不懂得“政府”是不容许别人批评的，即使是希望“政府”好，也不能“越俎代谋”。因此，鲁迅说，施蛰存“很为‘忠而获咎’者不平，就因为还不免有些‘隔膜’的缘故”（《隔膜》）。国民党当局不仅把沈从文也看作反动，而且对他的作品进行删节。这年9月，《记丁玲》一书出版。在出版过程中，国民党检查官老爷对它进行删节，鲁迅很为原作鸣不平：“《记丁玲》中，中间既有删节，后面又被截去这许多，原作简直是遭毁了。以后的新书，有几部恐怕也不免如此罢。”（《鲁迅书信集》第621页）

也是在1934年，文化生活出版社计划出一套创作集，共12本。其中有巴金、沈从文等人的作品，并希望有萧军的一本。鲁迅受黄源之托，将此事写信告诉萧军，要他在五天内将书名定好，以便登广告，并说：“这十二本中，闻系何谷天，沈从文，巴金等之作，编辑大约就是巴金。我是译文社的黄先生来托我的。我以为这出版社并不坏。”（《鲁迅书信集》第874页）该出版社出版的这本沈从文作品，就是短篇小说集《八骏图》。鲁迅对文化生活出版社的赞扬，也包括了对沈从文作品的肯定。

1935年8月，沈从文以炯之的笔名，在天津《大公报》上发表一篇文章《谈谈上海的刊物》，就文坛的“争斗”发了一通议论，认为《太白》、《文学》和《论语》、《人间世》几年来的论争是“私骂”性的“争斗”，是不必要的。“凡骂人的与被骂的一古脑儿变成丑角，等于木偶戏的互相揪打或以头互碰，除了读者养成一种‘看热闹’的情趣以外，别无所有”。“争斗的延长，无结果的延长，实在可说是中国读者的大不幸。”沈从文把“争斗”的双方都看成丑角，不分是非曲直各打五十大板，这种态度显然是错误的。鲁迅写了《七论“文人相轻”——两伤》一文，对他进行严肃批评。在举出了沈从文的大段言论之后，鲁迅分析批评说：“试看路上两人相打，他们何尝没有是非曲直之分，但旁观者往往只觉得有趣；就是绑出法场去，也是不问罪状，单看热闹的居多。由这情形，推而广之以至于文坛，真令人有不如逆来顺受，唾面自干之感。”鲁迅又指出：“纵使名之曰‘私骂’，但大约决不会件件都是一面等于二加二，一面等于一加三，在‘私’之中，有的较近于‘公’，在‘骂’之中，有的较合于‘理’的，居然来加评论的人，就该放弃了‘看热闹的情趣’，加以分析，明白的说出你究以为那一面较‘是’，那一面较‘非’来。”鲁迅对沈从文的这个批评，是很中肯的。

但是，随着时间的推移，鲁迅对沈从文的看法由过去的贬多于褒，转而采取比较肯定的态度。1936 年，鲁迅在与埃德加·斯诺的一次谈话中说：“自从新文学运动开始以来，茅盾、丁玲女士、郭沫若、张天翼、郁达夫、沈从文和田军大概是所出现的最好的作家。这里包括了最好的短篇和长篇小说家，到现在为止，还没有真正重要的小说家。沈从文、郁达夫、老舍等的‘小说’实际上只是中篇小说或长的短篇小说，他们是以短篇而闻名的，不是由于他们对长篇小说的尝试。”（《活的中国》附录一：《现代中国文学运动》）鲁迅的这段谈话，将沈从文与茅盾和丁玲等并提，不仅肯定了沈从文在中国新文学史上的地位，而且指出了他以短篇小说闻名的特点，很值得我们注意。

毛泽东同志曾指出：“统一战线的原则有两个：第一个是团结，第二个是批评、教育和改造。”（《文化工作中的统一战线》）上述鲁迅对沈从文的态度，正确地体现了这个统一战线的原则，说明了鲁迅对统一战线的马克思主义立场。

下面再来看看沈从文是如何评价鲁迅的。

1930 年，沈从文写了《论中国创作小说》的长文，论述了“五四”以来的小说创作。他在谈到自“五四”至 1924 年的小说时，将鲁迅的《呐喊》和《彷徨》作为重点来论述。他认为鲁迅的作品属于“人生文学”，却没有当时某些作品的那种“吓人的单纯”或者说“非常朴素”的局限性，超出了同时期其他同类小说。对《狂人日记》和《阿 Q 正传》，他的看法是：鲁迅“写《狂人日记》，分析病狂者的心的状态以微带忧愁的中年人感情，刻画为历史一名词所毒害的一切病的想像，在作品中，注入嘲讽气息，因为所写的故事超拔一切同时创作形式，文字又较之其他作品为完美，这作品，便成为当时动人的作品了”。“其中在《晨报副刊》刊登的一个短篇，以一个诙谐的趣味写成的《阿 Q 正传》，还引起了长久不绝的论争，在表现的成就上，得到空前的注意。当时还要‘人生的文学’，所以鲁迅那种作品，便以‘人生文学’的悲悯同情意义，得到盛誉。”他还分析了《故乡》等作品对青年的影响，说“《故乡》、《社戏》给年青人展览一幅乡村的风景画在眼前，使各人皆从自己的回忆中去印证”。又说：《故乡》与《示众》一类作品，“说明作者创作所达到的纯粹，是带着一点儿忧郁，用作风景画那种态度，长处在以准确鲜明的色，画出都市与农村的动静”。在 30 年代初，沈从文对鲁迅的小说创作能作出这样的评价，是难能可贵的。当然，他对鲁迅小说的看法也有不正确的地方，如说鲁迅小说“混和的有一点颓废，一点冷嘲，一点幻想的美”，“《阿 Q 正传》在艺术上是一个坏作品”等。至于后来他将《两地书》与章衣萍的《情书一束》相提并论，那就更加错误了。

然而，沈从文对鲁迅的认识也是随着时代的发展而提高的。1947 年，他在为纪念鲁迅逝世 11 周年而写的《学鲁迅》一文中，对鲁迅作了比较全面比较正确的评价。他认为鲁迅有“明确而永久”的贡献，“有三方面特别值得记忆与敬视”：

> 一、于古文学的爬梳整理工作，不作章句之儒，能把握大处。
>
> 二、于否定现实社会工作，一支笔锋利如刀，用在杂文方面，能直中民族中虚伪、自大、空疏、堕落、依赖、因循，种种弱点的要害。强烈憎恶中复有一贯深刻悲悯浸润流注。
>
> 三、于乡土文学的发轫，作为领路者，使新作家群的笔，从教条观念拘束中脱出，贴近土地，挹取滋养，新文学的发展，进入一个新的领域，而描写土地人民成为近二十年文学主流。
>
> 至于对工作的勤恳，对人民的诚恳。一切素朴无华性格，尤足为后来者示范取法。

他还指出，鲁迅在拟遗嘱中对家人的告诫，“言虽若嘲谑，而实沉痛”，特别是不要做空头文学家之言，值得大家警惕。

沈从文非常推崇鲁迅以乡村生活做题材的小说，不但尊鲁迅为“乡土文学”的“领路者”，而且明确表白自己从鲁迅小说中受到鼓励。1957 年，他在《选集题记》中这样写道：“从小又读过《聊斋志异》和‘桂枝儿’小曲，新作家中契诃夫和莫泊桑短篇正介绍进来，加之由鲁迅先生起始以乡村回忆做题材的小说正受广大读者欢迎，我的学习用笔，因之获得不少勇气和信心。”他把自己的创作与鲁迅小说对他的影响联系起来，这从中国新文学的发展来看，是很自然的逻辑。

以上所述鲁迅与沈从文相互之间的一些看法，对研究鲁迅与评论沈从文，也许有些参考价值吧。

原载1982年第3期《湘潭大学学报》

冲淡又深情

——从小说《萧萧》谈沈从文的艺术风格

李恺玲

一

读沈从文的小说《萧萧》，不禁想到鲁迅的《祝福》。出自两位不同作家笔下的两个妇女形象——萧萧和祥林嫂在精神上竟是这样亲近，俨然互相补充，互相延伸，构成旧中国受封建制度及其道德观念之苦最深的农村劳动妇女命运的悲凉画卷。

鲁迅从他执笔为文之时起，就对封建制度下中国妇女的惨苦命运表现了极大的关注；而且这种关注又特别集中于穷苦农村的劳动妇女。这使他的作品具有了同时代许多以"个性解放"为主旨，以描写青年知识分子在爱情婚姻上的自由为题材的作品所不及的思想深度。

早在 1918 年 7 月，他的第一篇白话论文《我之节烈观》，就以磅礴气势历数了道学家们利用"节烈"二字施于妇女暴虐残害的罪恶。文中警辟的思想，不久在小说创作中得到更深刻的形象表现。

他的第四篇小说《明天》(1920 年 6 月) 就写的是乡镇中青年寡妇、纺线的女人单四嫂子在淫邪的社会包围中，按所谓"贞节"之教活下去的艰难。过了三年，《祝福》出现了。其中那一次又一次受到由别人强加的不幸婚姻折磨，然而竟又恰恰因此被人强加以不"节烈"之名，从精神上践踏致死的祥林嫂，以更大的悲剧力量震撼了万千读者的心。读《祝福》，如听得鲁迅在他论文中的呼号又在耳边震响。

> 不节烈的女人……在这社会里，是容不住的，社会上多数古人模模胡胡传下来的道理，实在无理可讲；能用历史和数目的力量，挤死不合意的人。

作品通过祥林嫂悲惨的命运令人悲愤地看到了这种“历史和数目的力量”的凶残。

鲁迅写《祝福》时，对祥林嫂来鲁镇前的身世交代，用的是略笔，只说：她是“山里人，丈夫打柴为生，比她小十岁”。她从山里逃到鲁镇谋生时二十六七岁，丈夫已经死去，凶恶的婆婆强要把她嫁往更僻远的山里去，以换取财物来办自己儿子的婚事，等等。简略的交代，留给了读者想像的空间。五年之后，来自湘西边地农村的青年作家沈从文却恰恰从《祝福》略去的一面着笔，展现了穷苦农村女儿萧萧的无法自己主宰的一生，从而把《祝福》的主题从另一个角度加以深化。

萧萧作为童养媳出嫁时只有十一岁，她的丈夫比她小十岁，也有一个恶婆婆。萧萧本分地在辛劳中长到十五岁，却被大她十岁的长工引诱失身，于是被当然地看做不“贞节”，是绝大的伤风败俗的“弥天之罪”，她面临着要么“沉潭”，要么“发卖”的严厉惩处。萧萧也曾想像祥林嫂那样逃出而不成，受了不少精神折磨，却幸而活了下来，如果说祥林嫂之死，罪在以拥有高贵书香门第自豪并受古老文明直接熏陶的城镇社会，则萧萧的遭遇便更进一步表明着：由封建礼教所养成的社会偏见，无孔不入地渗透在中国的各个角角落落，不仅在城镇，也在辽远的山村，从幼至长，追踪着无辜的少女少妇，使沉重的辛劳和无爱的生活始终伴她，随时准备为她烙下耻辱的印记，以至于强加以阴森的伤亡。

所以，从命运看，萧萧活脱脱是祥林嫂的少年时；从主题看，《萧萧》、《祝福》都是苦难妇女对封建制度尤其是礼教的控诉书。

然而，《萧萧》和《祝福》在艺术上却无丝毫雷同。优秀的作家，各按自己对生活的体察和认识，各从自己所熟悉的生活落笔，调动得心应手的艺术手段，去构筑艺术的殿堂，从不同的侧面去显示一定的主旨，原可以千差万别，各具姿态。

首先，《祝福》是以鲁四老爷这样的书香世家、道德典范为中心的江南小镇作舞台，正面展开的是祥林嫂在镇上勤朴谋生的种种行事，及小镇上舆论之力的阴森沉重；至于祥林嫂在山里以及更僻远的山里那两次婚姻经历，则都借卫老婆子的追述来补足形象的另一面。而《萧萧》则恰恰从《祝福》隐去的一面落笔，正面展开了边远山村的生活景象和"小夫大妻"生活的种种细节：那唢呐声中一顶花轿接新娘的乡村喜庆；那如梦的夏夜瓜棚闲话；秋来收摘硕大如盆的南瓜和挥竿打枣；那有比有兴的撩人的山歌；那纺线、绩麻、哄孩子、洗尿片的乡村生活……一幅幅极富地方风光的图景，散发着浓郁扑鼻的泥土气息。萧萧正是在这块土地上，承受着别人所强加于她的生理与心理的重压，在似属偶然又属必然的机缘中，混混沌沌地生于斯，长于斯，也将一无例外地终于斯。

其次，两部作品艺术显示的重点因而也就各有不同。《祝福》全力描写祥林嫂在生活折磨特别是精神打击中，渐失生机。作者为她三次出现在鲁镇所作的肖像画，立于作品中最凸出的地位，由之透视封建礼教的狰狞面目，它如何撒布弥天罗网，用伦常、迷信、偏见等等作践人的心灵，直至致人于死。《萧萧》则不同，它一力发扬人物与环境内在的混沌生机，即自然天性和人性；由萧萧的不幸婚姻，无知受惑，映照那骇人听闻的野蛮惩律，烘托萧萧的无辜，从而谴责那违反自然天性和人性的事物，赞美和寻求自然天性和人性的闪光。因此，作者怀着无限温爱，写萧萧的蓬勃生机，那不相称的婚姻压不住：她尽管在"风里雨里过日子"，却"大枝大叶，日增茂盛"；婆婆的戕贼压不住：哪怕她像把"剪刀"扼杀萧萧的生机，也阻拦不住她在乡下的日光和空气中长大。萧萧失身了，可她的无辜写得分明：她那时十四岁，"高如成人，心却还是一颗胡涂的心"，她生来只是被人家支使着为生活不断去作超乎年龄的劳动，却不曾具有在生活中护卫自己的能力。然而，社会认为这是"丢了脸"；仅仅为了别人"要面子"，萧萧面临以自己的生命作赔偿的可怕境地，可是"自杀"或被杀都于她太不相宜，她"年纪太小"，正在欣欣向荣地长大，为什么不该"很高兴活下去，愿意活下去"呢？她应该活，这是符合自然规律的人性，然而社会却要她死。这恰恰反衬出那礼教的狰狞，它的嗜血和贪婪的兽性。这样，《萧萧》从人性的立场谴责了封建礼教。

然而作者却并不让悲剧结束在赤裸裸的野蛮行径这一点上。那样结束，充其量是由一个血淋淋的恐怖场面撕裂读者的心，而不再留给更多的思索余地。作品的处理却是别具一格：由于萧萧唯一可称之为“家长”的伯父的“不忍”，她被免予作惨酷死刑的牺牲；而尤为意外之笔的，就连祥林嫂所遭的那“发卖”的事，竟也没有发生；而且，在萧萧等待买主期间，丈夫家对一切竟都“释然”了，于是一切恢复原样，大家“有说有笑过日子”。后来萧萧生了儿子，也被全家所欣然接纳，所谓“发卖”的处分，自行取消。一场惊惶，就此烟消云散。原因是那为了要面子而将活人处死或发卖之类的事，对于“不读‘子曰’”的老实农民如萧萧伯父及丈夫家里人来说，根本属于“莫名其妙”的东西，只是“照规矩”“不得不做”；既然做来不便，也就罢休。这事的过程使人懂得：那些朴实的、身心贴地的农民，用来衡量事物的善与恶，道德与否的衡器，根本上与读“子曰”的道学家们迥异。对他们来说，其一，生命是没有罪的；其二，劳动是一切之本。因此，一切有利于劳动的生，就是善。“面子”问题，于他们远哉遥。萧萧、萧萧的壮实的儿子牛儿都是好劳动力，有什么理由不欣然接纳到自食其力的生活里来呢？由此，作者在从人性立场谴责封建礼教的同时，还从礼教的阴霾笼罩里为读者寻到了存在于人间的人性之光，并用生动的形象显示出：在实际生活中，它比凶神恶煞、威临一切的礼教更有力，最终裁决着生活中的是非的是它——人性。

然而，在过分的穷困与落后的社会中，人性，虽然给人以温暖，毕竟不等于真正的幸福。萧萧为“人性”所容纳，到底熬到了十二年，得到了合乎“规矩”的圆房。她幸而从礼教的魔掌下滑过，得到了一种安宁。就这时，家中照例出于“媳妇年纪大，方能诸事作帮手，对家中有帮助”的考虑，按老办法为十二岁的牛儿接了一位比他大六岁的媳妇。此时萧萧手中抱着自己的小毛毛，“同十年前抱丈夫一个样”，无动于衷地看自己那大儿子的“热闹”（1936 年良友版结束于此），也随口哄小毛毛说：“明天长大了，我们讨个女学生媳妇”（1957 年人民文学出版社版改订如此）。淡淡一个结尾，引人无限感慨：十年前，所谓“女学生”者，曾作为相当于“自由”“平等”之类的概念被农民当作不可理解的笑话说的，至今也不过是不可实现的笑话一句。谁知道小毛毛十年后所遇会怎样？多半是，一代一代走着一式一样的路，循环着一式一样的喜与忧，以至无穷。并且也将如萧萧一样，哪怕曾经置身于动人心魄的生死界上，侥幸生存，而今眼看类似十多年前自己命运的重演，也并无动于衷。然而，整个的生活结构如此，待叫她不麻木不仁，又能怎样？而这，岂不正是历史所证明了的30年代中国农民的命运！

如果说，《祝福》由祥林嫂的屈辱与冻馁而死，给予人们以悲愤的重压，《萧萧》则由萧萧的混沌的颠踬与幸存，留给人们既重又轻、既苦而甘……不可言说的品味与深长的思索。

二

艺术美，有不同的形态。《祝福》以浓郁的气氛、沉重的调子显示其悲剧美；《萧萧》则别具一种轻松幽默的风姿，写痛苦的历程而略无苦涩味道，通体如流动着一派冲淡的、优美的波光。

构成《祝福》悲剧特色的因素很多，作者深挚的抒情应当是重要因素之一。而“我”这个形象，恰恰起到了使作者的主观抒情同精炼的描写完美结合的作用。作品中有“我”，便可以用有比较的眼睛看祥林嫂前后的变化；还可以用“我”思想上的迅速冲撞（如“我”的“万料不到”、“悚然”、“惶急”、“踌躇”、“吃惊”、“胆怯”等等），反映出祥林嫂语言中蕴藏的内心世界。特别重要的是用“我”的揣测，自省和忧虑，如为将要发生的风暴酝酿密云那样的为即将发生的悲剧事件酝酿气氛，抒发感念或议论，影响人们形成接受这悲剧事件应有的肃穆心情和评价。这里是有口皆碑的一段著名文字，抒写“我”由祥林嫂之死所生的悲愤，是很典型的：

> 我独坐在发出黄光的菜油灯下，想，这百无聊赖的祥林嫂，被人弃在尘芥堆中，看得厌倦了陈旧的玩物，先前还将形骸露在尘芥里，从活得有趣的人们看来，恐怕要怪讶她何以要存在，现在总算被无常打扫得干干净净了，灵魂的有无，我不知道，然而在现世，则无聊生者不生，即使厌见者不见，为人为己也都还不

错。我静听着窗外似乎瑟瑟作响的雪花声，一面想，反而渐渐地舒畅起来。

相对来说，《萧萧》的冲淡，则似乎在相当程度上得自于“无我之境”。作品中并没有作者或作者化身露面，不用作者的感慨或议论，全由生活自身显示出一切善善恶恶，去唤起读者的喜、怒、哀、乐。有人把这叫作描写的“客观化”，好像是作者对所描写的事物毫不搀进自己的感情，这才使作品在反映生活上有真实而在描写风格上有幽默，但事实并不尽然。作者曾激烈地抗议说，有些读者“能欣赏我故事的清新，照例那作品背后蕴藏的热情却忽略了”（见《从文习作选·代序》）。事实上，一个细心的读者，果然能处处看到一个十分有情的“我”，隐藏在冲淡幽默的字里行间。

这有情的“我”，首先表现在作品中叙述语言的微妙感情色彩上。说它“微妙”，是因为它往往言在此而意在彼，有冲淡、平凡之表，而有深邃情愫之实；甚至有时用相反意思的语言来表达。但当它被放置在一定的语言环境中，却具有了完全可以理解到的意义，任何有心的读者，都不难准确地体察到在淡泊的文字之中怦然跳动的作者的心，而与之产生共振。

例如，写萧萧在辛劳的白日之后，继之以不眠的夜一段。那是小丈夫常因种种原因，半夜大哭，而婆婆不耐烦扰，想要睡觉时：

> 于是萧萧轻脚轻手爬起床来，眼屎朦胧，把人抱起……孩子气的“嗨，嗨，看猫呵”那样哄着，于是丈夫笑了。玩一会儿，困倦起来，慢慢的瞌上眼，人睡定后，放上床，站在床边看着，听远处一传一递的鸡叫，知道天快到什么时候了，于是仍然蜷到小床上睡去。天亮后，虽不做梦，却可以无意中闭眼开眼，看一阵在面前空中变幻无端的黄边紫心葵花。那是一种真正的享受。

正是迷睡的十二岁小姑娘，“眼屎朦胧”是睡意方浓，而起床竟那么“轻脚轻手”，是懂事而颇干练的，然而毕竟是一团稚气，哄那哭着的孩子时其实自己也那么“孩子气”。那哄孩子的过程写得多么平凡琐细，然而当事毕时已能“听远处一传一递的鸡叫”了，一个夜晚的宝贵睡眠，就是在这一系列的“一会会”、“慢慢”之中消磨罄尽了。蜷到小床上，并已不能再得到有梦的好睡，剩给她的只是稍闭一下眼，算是假寐。然而不脱孩子气的姑娘，却在苦涩的生活中自寻乐趣：在眼睛的开、闭之间，看“面前空中变幻无端的黄边紫心葵花”，那也许是熹微的晨光在眼中的留影，但谁又能说不是极度疲倦后的晕眩所致的霓幻光影呢？然而这在小姑娘，却竟是唯一可以自得其乐的享受！这一切，是何等冲淡的描写，然而读着它，人的心会痛得紧缩起来。

又例如，叙述到萧萧在备受折磨的生活中居然长大成人时，作者写道：

> 萧萧嫁过了门，做了拳头大的丈夫小媳妇，一切并不比先前受苦，这只看她一年来身体发育就可明白。风里雨里过日子，像一株长在园角落里不为人注意的蓖麻，大枝大叶，日增茂盛。这小女人简直全不为小丈夫设想那么似的，一天比一天长大起来了。

征诸前文，十二岁小姑娘白日忙于抱丈夫、洗衣裳、搓尿片，夜晚还得起身哄孩子让婆婆好睡觉，那日子之苦可知；较之嫁前“提着小竹兜箩，在路旁田坎捡狗屎”的日子之苦，虽不更多，也不会少，这里却说“并不比先前受苦”，冲淡之中，该有多少辛酸！但身体发育是自然规律，却不能为丈夫太小而停顿，强施的折磨也不能阻拦。正如后文所说的那样：

> 天保佑，喝冷水，吃粗粝饭，四季无疾病，……婆婆虽生来像一把剪子，把凡是给萧萧暴长的机会都剪去了，但乡下的日头同空气都帮助人长大，却不是折磨可以阻拦得住。

这里作者简直禁不住欢喜之情，一边诅咒那剪子似的婆婆的暴虐，嘲笑那不相称的婚姻，一边为萧萧的长大喝彩。那“有情之我”，带着满面喜色，几乎将从字里行间踊跃而出了。

再看作者在写对萧萧处罚上人们的态度时叙述语言的感情色彩。

先是发现真相后，一家长辈委实乱了一阵：生气的、流泪的、骂人的……怎么处理呢？“祖父想出了个聪明主意”，是派人找萧萧本族人来说话，由后者定处罚。这其实是没有决心也自己不愿直负萧萧死活的责任而把它推给别人。但后来“事情既经说明，倒又像不什么要紧，大家反而释然了”，彼此相处和睦一如往日……其实是该弃者不愿弃，该去者不愿去，那处罚本来就“大家莫名其妙，像逼到要这样做，不得不做”。那被“逼”的感受显然来自于一种无形的传统势力；岂不是也即鲁迅所说那种“历史与多数的力量”。在 1957 年的修订本上，作者把这个意思进一步挑明道：

> 照习惯，沉潭多是读过“子曰”的族长爱面子才作的蠢事。伯父不读“子曰”，不忍把萧萧当牺牲。
>
> 大家全莫名其妙，只是照规矩逼到要这样做，不得不做，究竟是谁定的规矩，是周公呢还是周婆，也没人说的清楚。

这样，突出了礼教与普通劳动人民之格格不入，使本来文字中就有的讽刺“礼教”的色彩更其明显了。

三

更微妙也更重要的是在叙事方法上体现作者的感情色彩。同一事情，述事时所取的角度、笔意的轻重所在、语气的清浊不同，无不能使读者体察出对所叙事物应有的爱憎，这其实也就是作者的爱憎。这在作者运笔中可说变化多姿，不一而足，从本篇中可见的即有下列诸方面：

其一，对比、反衬的结合运用，在作者手中收到了强烈的效果。作品开篇，把笔宕开去写乡下人吹唢呐接媳妇场面中那照例的荷荷大哭，反衬出萧萧的出嫁而“不哭”；还有一系列因素的对比：别的新娘是为要“从母亲身边离开”而哭，将同“陌生汉子”做“承宗接祖的事”而哭；而萧萧没有母亲，对于惯于寄人篱下生活的萧萧来说，出嫁只是从这家转到那家，生活把她的感情早已擦磨得粗糙，更加之年才十二，什么也不知道，她自然“又不害羞，又不怕”；而况且她将与之共同度日的并不是什么“汉子”，而是一个三岁娃娃。她实在对这婚姻的全部不幸也还懵懂着，要是她哪怕知道一点，她的泪该哭成河了。然而她不哭，“还只是笑”。读者看到了她的笑，却并笑不出来，正因为作者写这笑时，笔头蘸着无限悲悯！

也还有的是着力写那作为“衬”的一面，而把那“反”面留给读者去联想的。这里，我们看到作者用活泼泼的笔很有兴趣地写萧萧的梦：

> “到了夜里睡觉，便常常做世界上人所做过的梦，梦到了门角落或别的什么地方捡得大把大把铜钱，吃好东西，爬树，自己变成鱼到水中溜扒，或一时仿佛很小很轻，身子飞到天空众星中，没有一个人，只是一片白，一片星光，于是大喊‘妈！’人醒了。……隔壁的人，就骂着，……却不作声，只是咕咕笑着。”

常言道，“日有所思，夜有所梦”。萧萧还是孩子！想望好得吃，自在的玩，而且理应有一个能庇护她的妈妈；但在现实里，伴随她的却永远是贫困、饥饿和超乎年龄的沉重劳作，没有亲人的温暖。她只在梦里能寻得一些弥补，尽管醒到现实中来时又是骂詈声声，却满足于自己梦中的快乐，一派稚气地“咕咕笑着”。在这个梦与现实的反衬中，作者对小姑娘贯注了多么深厚的温爱！

其二，对平凡生活作具体描写而使之极富象征意味，这种描写由沈从文运用起来简直微妙不可思议。写萧萧过门后生活的一段文字就是如此：

> “她每天应作的事是抱弟弟到村前柳树下去玩，饿了，喂东西吃，哭了，就哄他，摘南瓜花或狗尾草戴到小丈夫头上，或者亲嘴，一面说，‘弟弟，哪，啅。再来，啅。’在那满是肮脏的小脸上亲了又亲，孩子于是便笑了。孩子一欢喜，会用短短的小手乱抓萧萧的头发。那是平时不大能收拾蓬蓬松松到头上的黄发。”

这里，为人妻了的萧萧，似乎也算时时搂抱着“丈夫”，也“啅、啅”

地亲嘴，时而还被“丈夫”扰乱了头发，等等。可是，实际上这都不过是一个十二岁黄毛丫头同一个三岁婴儿的周旋，于是，那一切细节就都成为一种象征而被赋予了滑稽可笑的性质，从而包含着作者对这种不合人性的婚姻的谴责，读者可以分明意识到：这哪能算婚姻！

其三，在叙事过程中，有时展开某些场景，从容不迫地描绘一派宁静的农家风光，好像诸般矛盾不复存在，使读者为萧萧神伤的心情为之一舒；有如湍湍河流到得一展平阳地带，蔚为碧波荡漾的湖泊，使人心旷神怡。但这类场景在作品中其实并非多余笔墨，它把对话、风景、生活风光等结合在一起，不着痕迹地写出了地方风气，特别是写出了人物性格发展，潜伏下推动矛盾的一些因素，却使文章益增那既冲淡又有情的风格。在那幅夏夜纳凉图背景上展开的场景便是一例：那蒲扇、小凳、天上的星、屋角的萤、瓜棚上纺织娘的欢叫，禾风轻吹，艾蒿火绳袅袅升烟，萧萧带着熟睡的小丈夫在高高的草料堆上轻轻地、睡意朦胧地哼着歌……这时，那乡间夏夜如梦的境界中，有了如下的对话：

> 祖父说：“听三金说前天有女学生过身。”
> 大家就哄然笑了。
> ……
> 祖父又说：“萧萧，你将来也会做女学生。”
> 于是大家更哄然大笑起来。
> 萧萧觉得是不利于己的了，接口说：“我不做女学生！”
> “不做可不行。”
> “我不做。”
> 众口一声说：“非做女学生不行！”

请看，“女学生”是这样地成为供乡民以无穷笑料的谈资，就因为在乡人看来它就是荒谬不经和不可思议，因而可以拿来给无知的小姑娘一个小小的恐吓性的打趣。但这农民式的打趣，却在萧萧心中引发了一种模模糊糊的愿望，由于祖父关于“女学生”的“说明”中那些稀奇古怪的内容：唱歌、打球、读书呀，大匣子带人走路呀，男女一处可以“自由”呀，不受男子委屈呀，等等等等，倒恍惚感到“做女学生极有趣味”。虽然口头上也学着乡下人用“女学生咬人”之类荒诞无稽之说来吓唬“弟弟”，此后心中却有了个“女学生”。就这么着，作者一方面生动地写出了地方的偏僻闭塞，但显然并无恶意，却有微含悲悯的幽默；而另一方面，则显示了萧萧那痛苦而又敏感的心，按照自己的粗浅方式，对自由、平等、幸福等等所生的向往。这却是同她身体长大相关联着的心的长大，也是她日后面临引诱而终于动心的一个潜在因素。而同时，这种事情为乡间闭塞风气决不能容，居然会创制出那样野蛮的惩律来，则也是可以理解的了。

其四，写复杂的心理活动不留连于人物情感理念的抽象剖析，却从人物表现出来的具体行动举止等细节着笔，并不加一字点评，而由所写的种种细节本身蕴含着作者对事情的褒贬。

例如祖父给萧萧说笑话，叫她也把辫子剪去，像女学生那样。萧萧也知道是笑话，却禁不住“到水边去，必用手捏着辫子末梢，设想没辫子的人那种神气，那点趣味”。作者取这朴素的小小举动，写出了萧萧对“女学生”亦即想象中的自由幸福的向往。这语气里显然毫无嘲笑意味，却涵蕴着一种愉快的欣赏，一种真诚的同情。

又如，萧萧被诱失身，长工花狗又不辞而别，一个人千方百计弄不掉肚里的东西，心中害怕、悔恨、着急……走投无路。作者写时不用一个这类词儿，却写道：

> “到秋天，屋前屋后毛毛虫更多了。丈夫像故意折磨她一样，常常提起几个月前被毛毛虫所螫的话，使萧萧难过。她因此极恨毛毛虫，见了那小虫就想用脚去踹。”

借毛毛虫写心理，实在别出心裁，然而恰到好处。向前溯，由于萧萧失身那日，小丈夫是被花狗支使到山下采刺莓手被毛毛虫螫伤，肿了一片，毛毛虫固而等于那胡涂事的一个象征，踹它，是恨自己胡涂。另方面，萧萧此时全无依靠，满腹忧急，敢向谁倾诉，踹它，算得是一种发泻。可想而知，没有贴心的理解，写不出这样的细节来刻画人物心理。

有时，取一个场面，把几个人物放在同一活动中，表现不同的性格和心理状态，把场面、心理描写和情节发展结合起来。例如秋天打枣一段。花狗打枣，小丈夫捡了枣来，喂进萧萧口里，他是孩子式的乐；花狗却不，他尽打尽打，“仿佛完全因为丈夫要枣子，花狗才不听话”，这“仿佛”二字有文章，岂不见小丈夫后来唱给萧萧听的情歌就是花狗教的？他唱“十岁娘子一岁夫”，讲“女学生”的“自由”，作种种露骨的挑逗。而萧萧呢，她和小丈夫亲密如姊弟；对花狗的挑逗，有的“懂到一点儿”，有的笑话使她“乐坏了”；她歆羡等十二年后才“圆房”的幼稚无知的小丈夫，一边是有心逗引的成年男子花狗，于是一个初知他的体魄却不懂他的暗示……现在，尽管作者并没有一字说明，读者却看到了：一边是须世事而仍未脱混沌天真的少女已被推到危险的边沿，后来出事，人谁不会为她叹一声无辜？其实这也正是作者在描写中所已蕴含的结论。

现实主义文学巨匠契诃夫诚恳告诫青年的小说作者谢普金娜道：

“（你的小说）一切都好，写得艺术。不过，比方说，您的小说里这样写着：‘而她，这可怜的姑娘，为了她受到的考验而很愿意向命运道谢’。可是应当让读者读完她为了考验而感谢命运以后，自己说：‘这可怜的姑娘’才对。……又例如，您的小说里写着：‘这种情景看上去是很动人的。’……这也应当让读者（读完后）自己说：‘这情景多么动人呵！……’总之，您自管喜爱您的人物，可就是千万不要说出声来！”

喜爱自己的人物，可就是不说出声，也就是，着力于铺陈开客观的叙事和描写，写情节，场面，细节，心理……等等，而把自己的爱憎溶解在叙事和描写之中，让读者去看，去体察，去思考，去理解，最后自己得出结论，这正是沈从文小说的动人力量所在。

四

在冷静、客观的描写中体现一种冲淡的风格，是沈从文所刻意追求的艺术境界。他明确强调："应当极力避去文字表面的热情"。但若因此把他推到"客观主义"，也是不符实际的。

这里不由想起1875年12月至1876年春在法国两位卓越的小说家乔治桑与福楼拜之间一场饶有趣味的朋友式的讨论，焦点在于："作家应否在自己作品中露面"。福楼拜坚决认为"艺术家不该在他的作品里露面，就像上帝不该在自然里露面一样"。而乔治桑则说："把本人对自己创造的人物的意见隐藏起来，因而让读者对人物的意见陷于迷离惝恍，等于甘愿不要人了解；这样一来，读者只好丢开你了。"这时乔治桑已71岁，福楼拜55岁，都是拥有丰富创作经验的老作家，这个问题的讨论中，凝聚着他们长期创作实践中的珍贵体会。

看来，他们似乎各执一端，互相对立。其实，不管在理论上或实践上，二者都有本质上的共同之处。福楼拜说，"上帝"不露面，但首先是承认了"上帝"于自然中无所不在，只是不露面而已；则作者于作品中人物也是如此：作家对自己所描绘的事物必有自己的感情和态度，而且于描绘中无所不在，重要在于不要浅露。而乔治桑也曾反问道："谁告诉你把本人放到场面上的？假如不像一个故事那样老老实实写出来，当然，不值一文。"显然她也不是鼓励作者在作品中直露地去宣告、说明或解释，而是首先要如实地描绘生活本身的图景。在这意义上，她的另一句话作了准确的概括："真正的描绘，充满推动画笔的灵魂"。作家首先要有一枝得心应手的画笔，而他对所写事物的感情和态度，则是画笔的灵魂；但是去推动，而不是取代，否则，就不会有艺术。因此，要真实生动的描绘，而不要直露的告白。这实质上是两位作家共同的追求，尽管在实践上，福楼拜确曾耽于过分地客观，而乔治桑则偏于主观理想；但后者在暮年之际达到这一接近完善的认识，前者则于这番讨论后次年所写的小说《一颗简单的心》里在朴素的白描中蕴含着真挚的赞美之情，显示出讨论的收获。

那么，这次讨论实质上的针对性究竟是什么？为什么会引起了两位作家的关注？算起来，这次讨论正发生在左拉实践着并提出了主张以"客观"态度对待社会现象，认为作家只应对社会现象作客观记录的"自然主义"理论的19世纪60～70年代，恐怕是不无原因的。两位作家坦率的、友谊的探讨，显然流露着对"自然主义"的应有的警惕，充满着积极提高现实主义的表现能力的热烈愿望，这对现实主义的健康发展，无疑是十分有益的。

在30年代的中国，沈从文面对的则是另一种现象：一种以虚夸的满纸“血泪”，一派呐喊去取代艺术地描绘生活的所谓文学。他曾痛心地说：“你们多知道要作品有思想，有‘血’，有‘泪’，且要求一个作品具体表现这些东西到故事发展上，人物言语上，甚至于一本书的封面上，目录上。你们要的事多么容易办呵！”可是这种“徒有血泪的文学”并不是真正的文学，他说：“神圣伟大的悲哀并不一定有一摊血，一把眼泪，一个聪明的作家写人类痛苦是用微笑表现的。”这话说得何等深刻！但是，客观描写决不是无动于衷的机械反映。在他所有的作品中，处处流贯着“一种燃烧的感情，对于人类智慧与美丽的永远的倾心，康健诚实的赞颂，以及对愚蠢自私极端憎恶的感情。”小说《萧萧》从一定方面为这段自述作了有力的印证。

原载1982年第6期《武汉师范学院学报》

关于沈从文同志的文学成就历史将会重新评价

朱光潜

我和沈从文相知已逾半个世纪，解放前我们长期在一起生活和工作，我一直是他的学生和知心朋友。解放后他在城里搞文物考古工作，我一直留居乡下当教书先生，往来就很少。我一向惋惜他改了行，虽然他在文物考古方面取得了很卓越的成就，我总不免感到他“改行”对新文学是个可惋惜的损失，这次在四届文联全委会中我碰巧和他同房，促膝谈心的机会较多，他细谈了他最近在湖北江陵参观一座新发现坟墓的发掘整理工作情形，和所发现的珍贵丝织刺绣文物，在文化史方面所具有的重要意义，那种激昂赞叹的心情仍不减当年，令我想起：“道逢曲车口流涎”和“大人者不失其赤子之心”那些老话来，私幸他一定长寿，并且前途无量。我近几年因译维柯的《新科学》，在研究古代原始社会，过去这方面知识太差，处处都感到“捉襟见肘”，就向他提出一些关于古代社会的问题，他不但引证他自己在研究文物中所取得的收获和启发，作了令人信服的解答，而且还指导我去看我国最近社会科学工作者在这方面的新论著，取得的不同的新成就。我从中认识到研究文学和美学已不能画地为牢，闭关自守，考古和研究古代社会也还是分内事，从文暂不写小说而专心文物考古，是迫于分工的需要，决不是改行。

散会回校后，我立即把从文送给我的《从文自传》（后附黄永玉画家的回忆录）读了一遍，对从文的文学成就稍有进一步的认识。他前半生一直在上学，受过严格的军事训练，小时是个相当顽皮的孩子，后逃学打架、泅水、爬城墙，爱探听穷苦人民怎样过生活，工人们怎样造纸、造锅碗，小商贩们怎样做买卖。他总结自己写的散文说："我上许多课。仍然不放下那一本大书。"指的就是深入人民群众的实际生活，他在《边城》题记里说他"对于农民、手工艺人与兵士，怀了不可言说的温爱"，因为他一生都在和穷苦的人民同呼吸，共命运，他能苦中作乐，乐中也嚼出苦味来，他亲身经历过近代中国的几次大骚动和大改革，从满清那些败家子的胡作非为，北洋军阀的混战，直到五四运动以及孙中山和毛主席在艰难岁月里进行的以民主与社会主义为目标的革命，终于解放了全中国，从文先以边城穷乡的一个苗族的"老战兵"和司书，后以北京和青岛两大学的文学教师和文学编辑，带着一副冷眼睛和热心肠，一直孜孜不倦地废寝忘食地把亲身见证和感受到的一切，用他那一管流利亲切的文笔记录下来，赢得了广大读者的爱戴和专业同道的器重，决不是偶然的，他的刻苦习作的精神永远是青年作家的榜样。

当然，对从文不大满意的也大有人在，有人是出于私人恩怨，那就可"卑之无甚高论"。也有人在"思想性"上进行挑剔，从文坦白地承认自己只要求"作者有本领把道理包含在现象中"，"接近人生时绝不是所谓道德君子的感情"。我自己也一向坚持这种看法，所以对从文难免阿其所好，因此我也很欣赏他明确说出的下列理想：

"这世界上或有想在沙基上或水面上建造崇楼杰阁的人，那可不是我，我只造希腊小庙，选山地作基础，用坚硬的石头堆砌它，精致，结实，匀称，形体虽小而不纤巧，是我理想的建筑。这神庙供奉的是'人性'。"我相信从文在他的工作范围内实现了这个理想，我特别看出他有勇气提出"人性"这个别扭倒霉的字眼，可能引起"批判"，好在我们仍坚持双百方针，就让仁者见仁，智者见智吧！在真理的长河中，是非就终究会弄明白的。

于今文学批评家们爱替作家们戴些空洞的帽子，这人是现实主义者，那人是浪漫主义者，这人是喜剧家，那人是悲剧家，如此等等。我感觉到这些相反的帽子安在从文头上都很合适，这种辩证的统一正足以证明从文不是一个平凡的作家，在世界文学史中终会有他的一席地。据我所接触到的世界文学情报，目前在全世界得到公认的中国新文学家也只有从文和老舍，我相信公是公非，因此有把握地预言从文的文学成就，历史将会重新评价，而他在历史文物考古方面的卓越成就，也只会提高而不会淹没或降低他的文学成就。

1982年6月

原载1983年第1期《湘江文学》

自己走出来的路子

——试谈沈从文小说的艺术特色

董 易

沈从文的创作个性，同他所处的时代，个人的生活经历，社会立场和个人的气质、性格有关，而他在艺术上独特风格的形成，又与他自觉的艺术实践分不开。人们称他为“文体作家”，称他为“自觉的艺术家”，正由于他在创作方法和各种表现手法上进行不断的探索和试验，并不拘于一格，总是刻意求工的缘故。他早期的作品，如收在《鸭子》、《旅店及其他》、《蜜柑》中的短篇创作，以及《好管闲事的人》、《老实人》和中篇创作《长夏》等，尽管精芜并存，风格迥异，都留下了他“失败了就另换一种方法再来，作对了也决不停留在已有小小成就上”[1]的前进足印。一直到 20 年代末，他才渐渐找到表达自己思想和感情的恰当形式，终于在 30 年代能够运用自如，从而形成了在小说创作上自己独具的艺术特色。

我们在沈从文 30 年代初发表的《论中国创作小说》一文[2]和收在《沫沫集》[3]的论文中，可以见出他的认真探讨和独到发现。虽然他对这些作家的看法，难免不无偏见，但也可以从中看出他自己在艺术上的偏嗜和努力揣摩的轨迹。他的早期创作颇受周作人散文的影响，如收在《鸭

[1]《沈从文小说选集·题记》，1957 年人民文学出版社发行本。

[2] 据收入陈思所编《小说甲选》上册，上海群众图书公司 1931 年 8 月初版本。

[3] 据沈从文 1934 年 4 月上海大东书局出版的《沫沫集》初版本。

子》中那些“拟狂言”等戏剧小品；早期写的不少小说，则是直接模仿郁达夫的，如《不死日记》、《呆官日记》和《篁君日记》、《一个天才的通信》等；而在小说写作上给他启发更大的，却是废名（冯文炳）与落华生（许地山）。在《论冯文炳》一文中，我们看到沈从文一开篇就首先是对周作人的推崇：“从‘五四’以来，以清淡朴讷文字，原始的单纯，素描的美，支配了一时代一些人的文学趣味，直到现在还有不可动摇的势力，且俨然成一特殊风格的，是周作人先生。”他认为周作人“无论自己的小品，散文诗，介绍评论，通通把文字发展到‘单纯的完全’中，彻底的把文字从藻饰空虚上转到实质言语来”，是“那么非常切贴人类的情感”，这种“文体的美丽，最纯粹的散文”，尽管“时代虽在向前”，周作人的那种文体风格，“将仍然不会容易使世人忘却，而成为历史的一种原型”。沈从文又特别指出：“周先生在文体风格独自以外，还有所注意的是他那普遍趣味。……用平静的心，感受大千世界的动静，从为平常眼睛所疏忽处看出动静的美，用略见矜持的情感去接近这一切，在中国新兴文学十年来，作者所表现的僧侣模样领会世情的人格，无一个人有与周先生面目相似处。”从这里不难令人想像到，沈从文观察人生的态度，以及在行文上力求含蓄，隽永，幽默中带着悲天悯人的冷嘲意味，是渊源有自的。他的审美观和美学趣味，无疑是同当时作为人文主义者，后来又以隐士自居、自称“老僧”的老京派作家周作人，在某些方面有着共通之点。他早期写的不少日记体小说，固然与郁达夫的影响分不开，但他那愈来愈趋于冷静型的个人气质，使他后来却不再像郁达夫那样崇尚情感，专重自我表现。

在乡土题材的写作上，给予沈从文启发较大的，是他所说在趣味的显现上与周作人“一致”的冯文炳。他在《论冯文炳》中曾这样赞颂冯文炳笔下的田园风味：“作者的作品，是充满了一切农村寂静的美。差不多每篇都可以看得到一个我们所熟悉的农民，在一个我们所生长的乡村，如我们同样生活过来的活到那地上。不但那农村少女动人清朗的笑声，那聪明的姿态，小小的一条河，一株孤零零的长在菜园一角的葵树，我们可以从作品中接近，就是那略带牛粪气味与略带稻草气味的乡村空气，也是仿佛把书拿来就可以嗅出的。”这段文字，其实也可以拿来形容沈从文自己所写的以湘西乡土题材为主的作品。特别是沈从文所指出“作者所显示的神奇，是静中的动，与平凡的人性的美”这一点，也正是沈从文在自己的小说创作中所努力追求的境界。沈从文承认“与现代中国作者风格并列”，同冯文炳“最相称的一位”，是他自己。他甚至把冯文炳的《桃园》、《竹林故事》、《火神庙和尚》、《河上柳》诸篇，与自己写的《雨后》、《夫妇》、《会明》、《龙朱》、《我的教育》诸篇进行了比较，认为冯文炳“所显示的是最小一片的完全，部分的细微雕刻，给农村写照，其基础，其作品显出的人格，是在各样题目下皆建筑到‘平静’上面的。有一点忧悒，一点向知与未知的欲望，有对宇宙光色的眩目，有爱，有憎，——但日光下或黑夜，这些灵魂，仍然不会骚动，一切与自然谐和，非常宁静，缺少冲突”。但是，沈从文自己接着说：“《雨后》作者倾向不同。同样去努力为仿佛我们世界以外那一个被人疏忽遗忘的世界，加以详细的注解，使人有对于那另一世界憧憬以外的认识，冯文炳君只按照自己的兴味做了一部分所欢喜的事。使社会的每一面，每一棱，皆有一机会在作者笔下写出，是《雨后》作者的兴味与成就。用矜慎的笔，作深入的解剖，具强烈的爱憎有悲悯的情感。表现出农村及其他去我们都市生活较远的人物姿态与言语，粗糙的灵魂，单纯的情欲，以及在一切由生产关系下形成的苦乐，《雨后》作者在表现一方面言，似较冯文炳君为宽而且优。创作基础成于生活各面的认识，冯文炳君在这一点上，似乎永远与《雨后》作者异途了。”这就是说，《雨后》作者沈从文认为自己的社会视野较诸冯文炳要开阔得多，沈从文更广泛地接触了现实生活领域中各个方面；在这一比较上，我们得承认沈从文并没有夸大其辞，从创作的发展和成就上来看，无论在数量上和质量上，他的确远远超过了冯文炳。他对冯文炳以废名为笔名写的《莫须有先生传》的批评也是实事求是的。他认为废名这部小说“情趣朦胧，呈露灰色，讽刺诙谐的文字奢侈僻异化，缺凝目正视严肃选择，有厌世意识。”[1]言下之意，就是说废名的作品从此渐渐走上逃避现实的不那么健康的路子，这是沈从文所不愿苟同的。但沈从文后来仍然承认，“用抒情的笔调写创作”，自己是“受了废名先生的影响”；他说：“自己有两种笔调写文

❶ 以上所引，均见《论冯文炳》一文，收入《沫沫集》。

章，其一种，则仿佛与废名先生（有）相似处。”❶这些话，特别是“两种笔调”的提法，很值得我们玩味。

为沈从文所推重的作家中，还有一个许地山。在《论落华生》一文中，他这样提到许地山：“在中国，以异教特殊民族生活，作为创作基本，以佛经中邃智明辨笔墨，显示散文的美与光，色香中不缺少诗，落华生为最本质的使散文发展到一个和谐的境界的作者之一……这调和，所指的是把基督教的爱欲，佛教的明慧，近代文明与古旧情绪，糅合在一处，毫不牵强的融成一片。作者的风格是由此显示而存在的。”又说：“佛的聪明，基督教的普遍的爱，透达人情，而于世情不作顽固之拥护与排斥，以佛经阐明爱欲所引起人类心上的一切纠纷，然而在文字中，处处不缺少女人的爱娇姿式，在中国，不能不说这是唯一的散文作家了！”❷他并且指出许地山的创作与鲁迅或郁达夫不同之处，在于鲁迅或郁达夫坚持的是现实主义创作方法，他们总是“使创作的基本人物，在实现的情境里存在，行为与生活，叙述真实动人”；而“落华生的创作，同‘人生’实境远离，却与艺术中的‘诗’非常接近”。因此，他赞美许地山：“以幻想贯串作品于异国风物的调子中，爱情与宗教，颜色与声音，皆以与当时作家所不同的风度，融会到作品里。一种平静的，从容的，明媚的，聪颖的，在笔致，散文方面，由于落华生作品所达到的高点，却是同时几个作家无从企望的高点。”❸但是，他也指出，像《空山灵雨》里面的“鬼赞”中所反映的许地山那种矛盾的思想倾向：“那么积极的对于‘生的任性’加以赞美，而同时（却）把福气归到灭亡，作者心情与时代是显然起了分解，现在再不能在文学上有所表现，渐被世人忘却，也是当然的事了。”❹在这里，我们可以体会到沈从文对于与他风格相接近的“五四”以来诸作家深入细致的观察和有所借鉴而又有所扬弃的态度。而他那些从佛经中汲取神话故事加以改造的创作（如《月下小景外八篇》中所收八篇故事），以及

❶ 见沈从文《〈主妇〉篇附记》。

❷《论落华生》，收入《沫沫集》。

❸ 见《中国新文学大系小说二集·序》，收入《且介亭杂文二集》，《鲁迅全集》第6卷。

❹ 见《论中国创作小说》。

他在自己的小说创作中对于“异域情调”的渲染，对于“爱欲题材”的喜爱，显然得力于许地山的启发。

这里还可以提一下沈从文对杨振声的《玉君》一书所持的见解。与坚持现实主义原则和创作方法的鲁迅对《玉君》所作的评价不同，沈从文认为《玉君》是“用一个新的方法写一个传奇”，而“因作者创作态度，在使作品‘成为一个作品’，却不在使作品‘成为一个时髦作品’，故在这作品的各方面，不作趋时的讽刺，不作悲苦的自白，皆不缺少一个典型的法则”。[1]沈从文对于这位也是最早的“京派作家”这部小说的肯定，实际上正在于他奉为“一个典型的法则”的那种“用一个新的方法写一个传奇”的创作方法，和“使作品‘成为一个作品’”的“创作态度”，这也是值得我们注意的。

从以上沈从文对于“五四”以来新文学诸作家的评述中，可以看出形成他的小说创作的风格和艺术特色的血缘关系。沈从文正是博采众家之长，通过他本人逐步深入的创作实践过程，才形成自己那些杰出之作的独特风格与艺术特色的。

“五四”文学革命开辟了中国文学发展的新纪元，由文学革命兴起的新文学运动，创造了从内容到形式都与旧文学不同的新文学。当1926年沈从文开始登上文坛的时候,新文学经过了近十年的创作实践,已进入蓬勃发展的时期，新文学史上第一代作家正在发挥他们巨大的影响，呈现出各种艺术流派五彩缤纷的繁荣气象。但始终支配着新文学的主流的，不外是文学研究会倡导的写实主义倾向与前期创造社形成的浪漫主义倾向。固然，一个作家开始写作前，并不是先研究了哪种创作方法才执笔的；但是，对前辈作家表现手法的借鉴与模仿，往往是新的作者不可避免的过程。而一个时代的文艺思潮，对当时的作家更发挥着一定的作用和影响。我们可以从沈从文这个多产作家的创作历程中，在他各种风格不同的小说创作上，发现他对浪漫主义、写实主义（后来发展成为具有明确的内涵和外延的现实主义）两种创作方法，都曾用心揣摹过。他的早期作品，大多带有浪漫主义的倾向，20年代末到30年代初，他交替使用浪漫主义与写实主义的创作方法，

[1] 见《论落华生》，收入《沫沫集》。

即他所说的自己是在用两种笔调进行创作；而在30年代他的思想和艺术臻于成熟之境，他已经能把浪漫主义与现实主义两种创作方法结合起来，形成了自己独特的艺术表现手法，创造了只有沈从文才具有的那种既充满现实主义细节描写的真实性，又富有浪漫主义抒情色彩的牧歌体小说，或浸透了乡土抒情诗气氛的文学创作。

沈从文早期小说创作大多具有明显的浪漫主义倾向，这类作品可以拿《渔》、《雨后》、《龙朱》、《神巫之爱》，以及收入《月下小景》一书中的“黄罗寨故事”和八篇根据佛经改编的故事为例；而20年代末到30年代初，他的小说创作则从具有自然主义倾向（早期的写实主义往往与自然主义划不清界限）发展到按照严格的现实主义原则和创作方法进行写作的特点，这类作品可以拿留有自然主义痕迹的《建设》、《腐烂》等篇，以及称得起是现实主义杰出之作的《丈夫》、《生》、《牛》、《贵生》、《大小阮》和《王谢子弟》诸篇为例；而早期创作的《阿黑小史》，已经表现出作者能将具有浪漫主义倾向的富于牧歌情趣的小说结合现实主义精神的表现手法写出来。后来在思想上艺术上成熟后，他就更自觉地把浪漫主义与现实主义两种不同的创作方法和表现手法结合起来了，写出了像《萧萧》、《三三》和《新与旧》等短篇小说，以及堪称最具有沈从文独特风格的代表作《边城》和《长河》这样的中篇和长篇小说。

浪漫主义侧重从主观内心世界出发，以感情的抒发为中心，强调人与大自然的关系，重视想像力的驰骋，往往以异域情调、传奇色彩取胜。沈从文的大多数小说创作取材于湘西地带少数民族的生活，这本来就足以使他的作品富有瑰奇绚丽的地方色彩和异域情调。作于1928年的《雨后》，描写边地一对青年男女四狗与阿姐雨后在山上相悦情景，意在表现尚未被都市文明所污染而在大自然中能够自由自在生长发展的“粗糙的灵魂，单纯的情欲”。当这对青年在草棚下相会时，对山上传来七妹子唱的山歌，这山歌尽管俚俗，猥亵，表现出“一个欲望的恣肆”，却与雨后的大自然情景相融，它的猥亵的内容给大自然的壮丽风光所净化了。施蛰存曾称赞说，“我以为沈先生底文体，写到《雨后》，正是恰到好处”。[1]但是，我们也会发现这篇作品仍然留有沈

[1] 见施蛰存《一人一书》一文，载于1937年1月《宇宙风》半月刊。

从文早期创作中矫揉造作的不成熟的痕迹。既然表现的是“粗糙的灵魂，单纯的情欲”，令人奇怪的是，他笔下的这位农村阿姐却多愁善感，担心自己“我也总有一天要枯的”，她不但记起一册唱本书上“自古红颜多薄命”的成语，还居然会背诵北宋词人晏几道的“落花人独立，微雨燕双飞”的诗句，这一败笔不能不破坏了整个小说的牧歌情调。[1]

写于20年代末的《渔》，才真正开始显示出沈从文具有浪漫主义倾向一类作品的创作才华。而且，这篇带有传奇色彩的故事，已经表现出沈从文是能够在现实生活的描写中创造出诗一般意境的。篇中写的是边地人民7月间夜渔的风光（作者早期创作中已有《夜渔》一篇，收入他第一个作品集子《鸭子》里，虽然内容比较简单，却显示了作者不仅熟悉边地人民这方面的劳动生活，而且开始把抒情成分引进小说了），一开篇作者就把读者带进充满湘西地方色彩那原始方式的捕鱼场面中来。故事主要是写负责在上游滩口推翻装满毒鱼药船的两兄弟，在等待沉船信号时在荒滩上的一段奇遇。这吴姓两兄弟是一对双胞胎，身边各佩有宝刀一口，当年父亲落气时，曾嘱咐他们要用这两把宝刀替祖父复仇。作者追述了吴姓与甘姓两族之间结下世仇的往事，展示了过去在田坪上械斗的流血场面。但是现在甘姓族人却已无一人存在，只听说有个女儿，也早在发大水时为水冲去，因此作者告诉读者：“这事情到近日说来自然是故事了。”仇既无从报，“刀也终于用来每年砍鱼或打猎时砍野猪这类事上了”。现在，由于沉船时间还早，两弟兄把船绳用石头压好，上滩去玩了。“这时长空无云，天作深蓝，星月嵌天空如宝石，水边流萤来去如仙人引路的灯，荒滩中蟋蟀三两嘒嘒作声，清越沉郁……”故事开始把读者引进幻境了。两兄弟上了山，彼此模样虽一样，性格却有不同，哥哥一面挥刀，一面记起爹爹嘱咐复仇的话，感慨着甘姓“烟火实在绝了，我们的仇是报不成了”；而弟弟呢，却发现地上一束草花，他想这是女人遗下的东西，甚至假定这是甘族中顶美貌的女人留下来的。山上传来古庙中的木鱼声，他又想，莫非和尚那里藏有女人？庙里的和尚接待了这弟兄俩，邀他们喝蜜茶，谈起过去两族间许多故事；两弟兄非常满意，并且，从和尚那里，又隐

[1]《雨后》，据上海文化生活出版社1935年12月《八骏图》初版本。

隐约约知道所谓朝字辈甘姓族人还有存在的事情。"这弟兄把这事都默默记到心上，不多言语"。作者虽然没有明说，但两兄弟所想的似乎并不相同：哥哥想的是复仇，而弟弟想的却是爱情。下山以后，听见放了炮，他们把船推翻，开始斫鱼了。"那哥哥，勇敢如昔年战士，在月光下挥刀撩斫水面为药所醉的水蛇，似乎也报了大仇。那弟弟则一心想到旁的事情，篓中一无所获。"人们捉到许多鱼回家，而"那吴家年青一点的汉子，他只得一束憔悴的花。"小说结尾写道："下过药的乌鸡河，直到第二天，还有小孩子在浅滩上捡拾鱼虾。这事情每年一次，好像过节划龙船。"

作者描写的是边地人民夜渔的风俗画，有声有色；但却在月光，古庙，荒滩，乱石之间，又穿插了这么一个关于两族人械斗的轶事，而兄弟之间对于复仇的记忆与爱情的向往，竟把读者引入了一个迷离的幻境：憔悴的花束是谁丢下的？山顶上古庙里那个蹊跷的和尚又是谁？那个为大水冲去的甘姓女儿到底死了没有？作者都故意不作交代，而让读者自己去发挥想像力。这里充满了牧歌式的浪漫情趣和传奇色彩，但却以边地现实生活中的夜渔风光为背景，作者提醒他的读者说："关于报仇，关于女人恋爱，都不是今夜的事，今夜是'渔'。"然而它却已经给了读者一个纠结着爱与仇的传奇故事。❶

如果《渔》这篇小说证明浪漫主义的创作方法也必须深深植根于现实生活的土壤，那么《龙朱》、《神巫之爱》和《月下小景——新十日谈之序曲（即"黄罗寨故事"）》，这些以湘西苗族人民的神话或传说为题材的小说，所以带给作者的是毁誉参半的结果，是因为它们几乎都是作者靠了想像力杜撰出来的故事，虽然作者尽量渲染上瑰丽的地方色彩，赋予故事以浪漫的情调，但毕竟缺乏充分的现实生活依据。它们也可能博得一些喜欢猎奇的读者的欢迎，然而杜撰不等于艺术上的虚构，一旦读者看出这些夸饰的描写中难免的破绽，那吸引人的魅力就失去了。

在作者笔下，《龙朱》尽管写的是什么"白耳族，以及巫婆、倮倮、花帕、长脚各族"这些边地少数民族之间的传奇故事，其实正如苏雪

❶《渔》，据收入中华书局1931年《石子船》初版本。

林在《沈从文论》中曾指出的那样，他是“故意将苗族的英雄儿女，装点得像希腊神话里阿波罗、维纳丝一样”了；这位30年代的批评家指出，《龙朱》与《神巫之爱》“故事是浪漫的，而描写则是幻想的”。这就是说，沈从文在《龙朱》等篇中虽然别有自己的寓意，但他的描写不免背离了生活的真实，因而也就失去了艺术的真实。

在内容的荒诞不经上，《神巫之爱》与《龙朱》似乎没有什么不同。很难想像，当初湘西一带苗族妇女有那么热烈追逐神巫垂爱的习俗。这位“神巫”不仅是个巫师，还兼有类似王子的贵族身份，全村镇所有年轻妇女都在他来临时出来争宠，为数多达五十，争先恐后祈求获得神巫一夜之欢。但是这位神巫却那么矜持，竟被当地女子的求爱弄得烦恼不堪了。一如龙朱带着自己的奴隶去“对歌”，这位神巫也有个仆人五羊跟着凑趣，而且打扮得居然像京戏舞台上的武丑“蒋平”一样。在故事中还引了《旧约全书·雅歌》里的句子：“虽说‘爱情如死之坚强’，然而任何女人，对这神巫建设的堡垒，亦无从下手攻打……”而当神巫后来在同他终于看中了的女人“对歌”时，歌词又居然像“五四”时代流行的白话新诗，这些描写实在令读者很不舒服。

但作者所描写的神巫作傩的那一盛大场面，无疑是整个小说中最能够吸引读者兴趣的一部分。因为这里毕竟有着作者早年曾耳闻目睹过的一定的生活依据，这些描写大概与古代楚国“沅湘之间其俗信鬼好祠，作鼓舞以乐诸神”的民间遗俗相去不远，在一定程度上也还概括了我国民间巫觋跳神的情景，而且的确写得有声有色。

但是，这幅风俗画却又被奇怪的歌词破坏了，谁能相信从这位苗族巫师（而且被描写得像莎士比亚十四行叙事诗《维娜斯与阿当尼》中那个美少年一般的人物）所唱的娱神歌词中，竟把关夫子、尉迟恭、张果老、铁拐李、洪秀全、李鸿章……都当作“大神”“大仙”从天上请下来，一起享用“宰好的猪羊心”牲礼呢？难怪苏雪林这样说过沈从文：“他自己说能在一件事上发生五十种联想（《阿丽思中国游记·自序》），大约不是一句夸诞的话。为了他有这样能力，所以拚命大量生产，拚命将酝酿未曾成熟的情感，观察未曾明晰的对象，写成文章。有时甚至不惜捏造离奇古怪不合情理的事实来吸引读者的兴趣……他文章的轻飘，空虚，浮泛等病均由此而起。”[1]这一批评虽然不免过分苛刻，意思却是中肯的。在她写这篇评论时，事实上还没有来得及看到沈从文后来在创作上的发展。在《神巫之爱》里，作者当作真有那么回事似的写出来的这巫师作傩的场面，到了后来写《阿黑小史》时，就变成以幽默和调侃的调子写那个老巫师在装神弄鬼了。一个作家总有他在成长之中从幼稚走向成熟的创作过程。

在沈从文早期创作的许多作品中，中篇小说《阿黑小史》是应该给以重视的一部作品。据收入《沫沫集》中那篇《〈阿黑小史〉序》文末所注“十七年十月末序于上海”来看，它的写作时间与《龙朱》（写于1928年冬）相近，从这篇序文可以看出，作者似乎正力图摆脱过去的浪漫主义倾向，开始想运用写实主义的创作方法、即另一种“笔调”进行写作：“若把心沉静下来，则我能清清楚楚的看一切世界。……这一本小册子，便是我纯用客观写成，而觉得合乎自己希望的，文字则似乎更拙更怪，不过我却正想在这单纯中将我的风格一转，索性到我自己的一条路上去。”这里所说“索性到我自己的一条路上去”，虽指文字技巧而言，大概也同时指的是沈从文正尝试着将浪漫主义的表现手法与写实主义（现实主义）的创作方法结合起来，以创造出自己独具的风格。《阿黑小史》正是一部既有浓厚的牧歌风味的“抒情诗的小说”，但又克制了荒诞不经的浪漫主义倾向，在写作上力求遵守比较严格的现实主义原则，它正是作者后来所写的《边城》、《长河》那些名作的一个雏形，开始显现了沈从文善于调动各种艺术手段的那种创作才能。

这部中篇包括《油坊》，《秋》，《雨》，《病》及《婚前》共五章[2]，由于小说整个故事情节有些地方连贯不起来，令人猜想到作者似乎始终还没有把它最后定稿。但各章却几乎都可以独立成篇，它的牧歌风味和所描绘的湘西地方风俗画，已经给读者留下了难忘的印象。第一章《油坊》，一开篇就把读者带进了边地乡村中古老的油坊里热气腾腾的生产场面，让人仿佛身临其境，目睹到那圆顶的屋，从屋顶透进的

---

[1] 见苏雪林的《沈从文论》，载于1934年9月1日出版的《文学》第3卷第3号。

[2] 据1933年上海新时代书局印行的《阿黑小史》初版本。

微光，照见屋正中的石碾盘怎样在三条黄牛的缓步下转动，熊熊的发着哮吼的火又怎样使锅上沸腾的水弥漫着蒸汽，而长约三丈的一段圆而直的木正在空中摇荡着，赤着膊，腰边围了小豹之类兽皮，挽着小小发髻的打油人，又怎样手扶了那根长长的悬空的槌正在操作，一面还唱着简单而悠长的歌调。于是，“那从各处远近村庄人家送来的小粒的桐子”，就“变成稠黏的，黄色的，半透明的流黄，流进地下的油槽了”。这是一幅色彩浓重而有立体感的巨幅油画，没有深入实际的观察，是描绘不出这种明暗交错有声有色的图景的。第二章《秋》，曾经过作者不断加工[1]，创造了如诗如画的牧歌境界。最后一节描绘出黄昏时恬静的大自然中绚丽夺目的风光，简直宛如一首令人心醉的田园诗。而在第四章《病》中，则又出现了最能吸引读者兴趣的老法师替生病的小说女主人公阿黑来捉鬼的场面，但试与《神巫之爱》中那神巫作傩的场面一加比较，便可发现这偏僻地带的迷信习俗，在作者笔下已经一扫故作神秘的浪漫主义色彩，充满了现实生活的气息，写得既真切生动，又幽默有趣。过去，人们一提到湘西，眼前就会浮现出一个头缠红巾，身披红袍，手拿镶银牛角的巫师形象，令人认为那地方充满了神秘的气氛，这是同沈从文这个作家在不少作品中的着意渲染分不开的。但在《阿黑小史》里，这个巫师却是一个富于风趣和幽默感、让我们觉得亲切可爱的老人，他对熟人并不讳言自己装神弄鬼是为了混饭吃。

遵循现实主义的原则和创作方法，始终是新文学发展的主流，而现实主义又是在坚持从客观事物出发这一本质特征的基础上，随着时代的发展而不断发展的。浪漫主义虽侧重从主观内心世界出发，任凭作者去充分发挥自己的想像力，但它也必须植根于现实生活的土壤，因此，浪漫主义并不是跟现实主义完全水火不相容的。高尔基就说过，在伟大的艺术家们身上，现实主义和浪漫主义时常好像是结合在一起的。“五四”以来新文学诸巨匠中，不乏这样的例证。一般说来，年轻作者往往倾向浪漫主义，阅历既深，现实主义的成分就渐渐在作品中加多了；而运用自如的大手笔，却能将二者结合起来，按照现实主义

[1] 这一章曾独立成篇，收入1934年生活书店出版的《如蕤集》。

的原则进行创作时并不拒绝浪漫主义的表现手法，这是艺术成熟的标志。但达到这一境界，是要经历一个不断实践的历程的。沈从文的小说创作，从《龙朱》、《神巫之爱》到《阿黑小史》以及赞美朴素单纯的原始部落民族生活，把敬神仪式加上哲理色彩的《凤子》❶，就说明了这一成长过程。

在沈从文的早期创作中，以所谓“普通社会事件”❷为题材的大量作品，大多以写实主义的笔调进行写作。其中有些作品留有较多的自然主义痕迹，例如短篇小说《第一次做男人的那个人》❸、《十四夜间》❹和中篇小说《长夏》❺，由于带有不少猥亵成分的描写，格调不高，为人所诟病。以后沈从文开始面对社会生活中严酷的现实，写了《腐烂》、《建设》和《泥涂》❻等小说，态度是严肃的，但在表现手法上也还没有完全摆脱自然主义倾向。与此同时，沈从文在思想上艺术上渐渐成熟了，陆续发表了不少按照现实主义原则和创作方法写的杰出之作，如《牛》、《会明》、《丈夫》、《烟斗》、《菜园》、《黑夜》、《生》、《顾问官》、《大小阮》、《王谢子弟》以及《贵生》等短篇小说❼，既是沈从文在创作上达到现实主义高度的代表作，也堪称是属于他的传世之作。

如果说，“真正的现实主义所要求的是从具体客观事物出发，去伪存真，去粗取精，对客观事物加以典型化或理想化，显出客观事物的本质和规律，而自然主义虽然也从具体客观事物出发，却满足于依样画葫芦，特别侧重浮面现象的细节。这是现实主义和自然主义的基本

❶《凤子》共分十章，写于1932年，完成于1937年。现收入花城出版社出版的《沈从文文集》第四卷。

❷ 这里暂按苏雪林《沈从文论》一文中对沈从文的大量作品进行分类时的提法。

❸《第一次做男人的那个人》，收入《雨后及其它》一书。

❹《十四夜间》，1929年光华书局出版过单行本。

❺《长夏》，1928年10月上海光华书局出版过单行本。

❻《建设》，收入1931年5月新月书店出版的《从文子集》，写于1930年5月；《腐烂》，收入1934年上海大东书局印行的“新文学丛书之一”《游目集》，后又收入1935年12月上海文化生活出版社出版、列为巴金主编的“文学丛刊”第一集中《八骏图》一书，大约写于1929年；《泥涂》，收入1934年5月上海生活书店出版、列为“傅东华主编《创作文库》(三)”的《如蕤集》，又最初由北平星云堂书店1932年7月出版过单行本，大约写于1932年。

❼ 这些作品后来均收入1957年人民文学出版社的《沈从文小说选集》一书。

分歧”[1]，那么，写于1929年的《牛》，已经显示了沈从文在真正的现实主义方面取得了不寻常的成就。小说写的不过是在旧社会地方军阀统治下农村中一件最普通的平凡事件，却别出心裁，细腻入微地刻画了一个自耕农在辛苦挣扎中长期养成的种种侥幸心理活动，他和自养的耕牛相依为命，靠天吃饭，彼此都无法主宰自己的命运：在这里，人的价值和尊严几乎等于牛的价值和尊严，而在善于说故事的作者笔下，人和牛仿佛都彼此理解他们之间互相依存的关系，不但人会思想，会做梦，有心事，连牲口也居然会思想，会做梦，有心事："他们都在各自流泪。……对于生存，有一种悲痛在心。"当沈从文写这只牛也有同它的主人几乎一样的心理活动时，读者不仅感到入情入理，而且觉得其中所有的细节，都具有令人信服的真实性。而这些描写是完全符合现实主义的精神的。

现实主义要求作家按照事物本来的样子进行描写，这就迫使一个有良心的作家必须面对现实，在应该歌颂还是应该暴露的问题上，说出客观存在事物的真相。现实主义往往能够战胜作家世界观中那保守、落后的一面，让他不得不"想要祝福那该诅咒的，却诅咒起来了"[2]。在最具有沈从文思想上艺术上独特风格的短篇小说《丈夫》里，我们也会发现现实主义所取得的这种胜利。

一向以赞美边地民俗淳厚为己任的这位作家，在《丈夫》里却让我们看到了那民俗淳厚的另一侧面。曾不断有人根据他说过"由于边地风俗淳朴，便是作妓女，也永远那么浑厚"[3]这句话，批评他写的许多故事都脱离了社会的性质，掩盖了阶级矛盾，美化了现实；但是在《丈夫》这个短篇里，他却揭开了那些泊在河滩，系在岸边吊脚楼下的支柱上的那些烟船、妓船里妓女生活的真相。他用冷静到近于讥诮的调子叙述这些在船上供男子"放肆取乐"的事情说："船上人，把这件事也像其余地方一样称呼，这叫做'生意'。她们都是做生意来的。"他告诉我们"许多年青的丈夫，在娶媳妇以后，把她送出来，自己在

[1] 引自朱光潜《谈美书简》，1980年8月上海文艺出版社第一版，第103页。

[2] 见《托尔斯泰论文学》，第287页。语出1886年为俄文版的莫泊桑短篇小说集所写序文。

[3] 此语出自《边城》。

家中耕田种地，安分过日子，也竟是极其平常的事情。”这种实际上极不平常的现象，为什么变成了“竟是极其平常的事情”？作者终于做出了这样的解释：“地方实在太穷了，一点点收成照例要被上面的人拿去一大半，手足贴地的乡下人，任你如何勤省耐劳的干做，一年中四分之一时间，即或用红薯叶和糠灰拌和充饥，总还是不容易对付下去。”又说，“地方虽在山中，离大河码头只二十里，由于习惯，女子出去讨生活，男人通明白这做生意的一切利益，他懂事，女人名分仍然归他，养得儿子归他，有了钱，也总有一部分归他。”仿佛连当丈夫的也都心安理得了。作者还告诉我们：“这样丈夫在黄庄多着！”然而他的故事展开后，却写了一个做丈夫的对于这种违反人性的“习惯”的沉默忍从，已经到了快要破裂的边缘。作者把这个年轻的乡下人写得那么纯朴，憨厚，甚至天真无邪，读到篇终，使我们不能不对他那被侮辱被损害的心灵倾注出由衷的同情，跟着他的突然爆发的哭声一起感到难以抑制的哽咽。作者纯用白描手法，展开一个一个具体的情节，终于揭示出这个来到妓船上探望妻子的年青的丈夫再也无法忍受下去的心灵上的创伤，一个做为男人所感到的说不出口的羞辱。

作者着力刻画的是那丈夫，几乎对女人没有怎么多费笔墨，但作为供人“放肆取乐”的妓女，她处境的痛苦已经不言而喻了。除了开篇一些必要的说明，作者没有发过任何议论，他让船上一昼夜之间接连发生的几个事件本身，控诉了这对夫妻不幸的遭遇，使悲怆的调子贯穿全篇，使我们终于感到他们对于这种命运的忍从，再也不能继续“习惯”下去了。读罢这篇小说，使我们耳边仿佛响起了如泣如诉的乐句，联想到柴可夫斯基第一弦乐四重奏中的第二乐章。据说这《如歌的行板》曾那么深深感动过列夫·托尔斯泰，使他认为它“接触到了苦难的俄罗斯民族的灵魂深处”。沈从文的《丈夫》，岂不也接触到了苦难的旧中国日渐凋敝的广大农村中那些农民沉默的灵魂深处么？一位专门研究沈从文的美国学者谈到沈从文这类描绘乡下人题材的小说时，说：“他掌握了他们自己的复杂心理与动机。他给他们恢复了应有的尊严。”[1]不久前有人还曾把沈从文的这篇《丈夫》与柔石写的《为

[1] 引自美国金介甫著：《沈从文论》，杨苡译文，载于1980年《钟山》第4期。

奴隶的母亲》和罗淑写的《生人妻》相提并论，做了比较；它们确属于同一类型的题材，而沈从文又别开生面，同样为苦难的旧中国农民刻画了令人难忘的艺术形象。仅就这一篇《丈夫》在思想上艺术上所达到的高度而言，沈从文应该当之无愧地被归入继承了“五四”以来新文学伟大的人道主义传统的杰出作家的行列中去。

艺术的真实来源于生活的真实。有才能的作家并不叫喊空洞的口号，他让生活本身发言。写于 1937 年的《贵生》，在沈从文根据现实主义原则和创作方法写的作品中，同《丈夫》一样占有一个特殊的位置。虽然可以说作者又继续“仍在开发那个层出不穷的宝藏——湖南边境的人情风俗”❶，但作者确实深入到了现实生活的深处，接触到农村中十分尖锐的阶级对立的问题了。联想到作者 1938 年写的那部未完成的长篇小说《长河》，我们看到这个曾主张“文学与政治绝缘”的作家，在创作实践中正在起着微妙的变化，他开始要探索更广阔的社会生活中的实际情况，就不能不接触到实质上与现实斗争有关的重大题材，和涉及到与政治并不能“绝缘”的尖锐内容。是的，《贵生》写的仍不过是一个乡下小伙子的“爱情”悲剧，但小说的主人公贵生，却恰恰正是“爱情方面‘阶级斗争’的牺牲者”❷。这就是说，恐怕作者也不能否认他写的是一幕阶级压迫的悲剧。那乡下小伙子贵生，尽管并没有真正站起来跟地主进行斗争，而且他的报复似乎也认错了作为真正敌人的对象，他的抗议是以自我毁灭的方式来实现的，但他的性格已经比《丈夫》中那个逆来顺受的年轻人有了比较积极的内容，带着几乎敢于反抗的成分了。

作者故意把贵生写得“和一切乡下人差不多，心上也有点迷信”，为了他看上了的那个姑娘——一个杂货铺老板的女儿金凤——“是个‘克’相”而有所忧虑，但当他下决心筹办婚事时，那个姑娘却被地主张五老爷倚仗财势娶去作妾了，还叫他“前去帮忙，抬轿子接人!”于是，就在当夜杂货铺起了火，贵生房子也起火烧了，“谁也不见贵生，烧死了还是走了说不清楚”，“一把火两处烧，详细情形一点也不明白”。

❶❷ 据最初刊载《贵生》这篇小说的 1937 年 5 月 1 日出版的《文学杂志》中《编辑后记》一文的评述。

然而读者心里是清楚的。作者让小说里别的人物不断说“这是命”，“一切有个定数”，仿佛他所写的只是一个命运的悲剧。但他毕竟写了贵生的放火，写了一个老实的农民不肯屈从自己的命运，贵生已经不是《丈夫》篇中那个怨而不怒的乡下人了。发表这篇作品的《文学杂志》在《编辑后记》中说：“他描写一个人或一个情境，看来很细微而实在很简要；他不用修辞而文笔却很隽永；他所创造的世界是很真实的而同时也是很理想的。”这里说的正是现实主义的典型化手段。又说，“乡下小伙子和毛丫头逼死了一个两个，只是点滴落到厄运的大海，像莎翁所说的：The rest is Silence。沈从文先生的作品常留下这么一点悲剧意识。”这“悲剧意识”究竟意味着什么？那“厄运的大海”又是怎么形成的？读者心里自然也是清楚的，但他们读罢这篇小说所感到的，大概决不是“此外仅余沉默而已”吧！

最后，还应该提一下写于 1930 年的《新与旧》，它在写作技巧上很有值得注意的地方。这篇小说体现了沈从文这一写作时期既注意现实主义的原则，又尝试运用了浪漫主义的表现手法，真实地塑造了典型环境中典型的性格。

写刽子手杀人场面的题材，在沈从文早期创作中已屡见不鲜；但这一篇却是把这类题材推陈出新之作。故事中的细节描写有声，有色，有光彩，而深刻的思想内容又表达得那么新颖别致，令读者必须掩卷深思，才能领会出它那内在的涵义。形式是为内容服务的，沈从文最善于为他作品的内容找到恰当的完美形式。故事分为两截，一开篇读者就被光绪年间二十四岁的战兵，充当刽子手的杨金标那虎虎有生气的英雄风采吸引住了，以为作者又要叙述一个富有浪漫情调的传奇故事，然而这不过是序幕。正文展开后，已经是民国十八年，早就投闲置散的这个老战兵如今六十岁了，刽子手的职务变成了去守城门。但是，奇怪的是，忽然他又奉上级命令去执行杀人的任务了——这次是：“处决两个共产党，不用枪决，来一个非常手段，要守城门的老刽子手把两个人斩首示众。”这两个“共产党”，老战兵认得他们，只不过是附近小学校两个教员，一男一女，在他看来原是一对安分守己的夫妇。上命差遣，概不由己，杨金标只得抖擞当年精神，按三十年前一个刽子手的“老规矩”，行刑后就放下大刀跑进城隍庙，躲入神案下，以便等县官来履行那套古老的仪式。却没料到，三十年后按文明办法不再斫头，这套“老规矩”，“自然被当成迷信废止了”，他因此被当成“老疯子”来对待，不仅遭到胡胡涂涂一顿痛打，且五花大绑给吊在戏台下柱子上任人戏弄着，还被人从背后倾了一桶脏水，从头到脚淋了个透，给他辟邪驱鬼。老战兵因此气死了，但满县城却还“流行着那个‘最后一个刽子手’的笑话”，“并且还依然传说那家伙是痰迷心窍白日见鬼，终于吓死的”。

作者最后才向读者解释了那老刽子手所谓“老规矩”的来源：“这是边疆僻地种族压迫各种方式中之一种，……原因是边疆僻地的统治，本由人神合作，必在合作情形下方能统治下去”，所以杀人也要安排一个戏剧场面，让刽子手事后跑进城隍庙躲入神案下，待官长来后假装审问打四十大板，表示杀人有罪，虽刽子手也在所不免，然后给赏。老刽子手按“老规矩”行事，却不料时代不同了，闹了笑话，还赔掉了性命。然而时代既然不同了，执政当局却为什么仍要袭用“斩首示众”这种不文明的办法杀“共产党”？这就令人不能不进一步认识到当年新的统治者那反动的本质。沈从文善于在怀旧中翻出新意，写出世事的沧桑变化，也在这里寄托了自己深刻的用意，刻画了一个始终被当作镇压人民的工具，而并不自觉地被称为“最后一个刽子手”的老战兵的悲剧性格。作者是同情这个成了残忍的统治阶级进行愚民政策的牺牲品的。现实生活中新与旧的矛盾在一切事物中普遍存在，而在新的统治者仍袭用旧的统治者以杀人的办法镇压人民这一点上，基本上新与旧倒并无不同。而跟不上时代的老战兵，却成了新旧两个时代的牺牲品，他“闹的笑话”，似乎颇有喜剧色彩，但在仍然迷信“闯到什么邪气”的愚昧笑声中，悲剧的意味就更浓重了。实际上，小说也还从侧面揭露了当年反动当局疯狂反共滥杀滥捕的真相。沈从文的笔，真是达到了运用自如的程度。

从浪漫主义走向现实主义，又将二者结合起来，沈从文走着自己的路子，终于形成了自己的独特风格和艺术特色。

（本文系《沈从文和他的小说创作概观》中的一部分）

原载 1983 年第 2 辑《中国现代文学研究丛刊》

论沈从文笔下的人性美

吴立昌

一

沈从文的世界观比较复杂而又充满矛盾，但有一根贯串线，即对人性的执意追求。如果说，沈从文那么多不同文体的创作是“磨盘”，“人性”则是“轴心”，离开它，作家的笔就无法转动。他创造的形形色色故事和人物，都可以说是从人性的“轴心”向四面辐射出来的。人性问题该是解开沈从文创作内容的一把钥匙。

“我只想造希腊小庙。选山地作基础，用坚硬石头堆砌它。精致，结实，匀称，形体虽小而不纤巧，是我理想的建筑。这神庙供奉的是‘人性’。”❶这是沈从文的自白。他把自己的创作喻为只是建筑并不宏伟的小庙，也许是自谦之词，但从其创作实绩来看，倒也是事实。沈从文的小说和散文，大多只写一些平凡人事，由于作家对所经历的生活的熟悉和了解，这些平凡人事的基础确是比较坚实的；艺术形式的精美而不流于纤巧，正是为了更好地表现它们。人性，是沈从文描绘平凡人事的核心和精神；人性，是沈从文创作的起点和归宿。

在理论上，沈从文一直主张，文学只有表现人性，才能发挥它应有的作用，他说：“人心与人心的沟通和连接，原是依赖文学的。人性的种种纠纷，与人生向上的憧憬，原可依赖文学来诠释启发的”，“一个伟大作品，总是表现人性最真切的欲望，——对于当前社会黑暗的

❶《习作选集代序》,《国闻周报》第13卷第1期（1936年）。

否认，以及未来光明的向往”。[1]正是从文学通过表现人性，可以感化教育读者，鼓舞人们向上这一点出发，沈从文自认为是“人性的治疗者”。[2]

既然人性在文学中占有如此重要的地位，那么一部作品的成败得失，自然首先要看它是否表现了人性，是否起到“人性的治疗”的作用。因此，人性也成了沈从文文学批评的主要标准。他曾经给小说下过一个定义：“用文学很恰当记录下来的人事”。所谓“恰当”，不是以文字的美丽或简练为准，“必须以‘人性’作为准则。是用在时间和空间两方面都‘共通处多差别处少’的共通人性作为准则。”[3]

马克思主义创始人并不一般的反对人性，相反，他们却非常重视对人的研究。马克思的《1844年经济学——哲学手稿》、《神圣家族》等早期著作，就是在批判黑格尔和青年黑格尔派唯心主义错误的同时，把人放在现实社会里进行分析研究，揭开了资本主义生产过程中劳动的异化、人的异化现象，并指出只有到了共产主义社会，才能真正实现人性的复归，实现人的彻底解放。这样，马克思就首先把人的研究从黑格尔的唯心主义和费尔巴哈抽象的爱的说教拉回到现实生活中来。在《关于费尔巴哈的提纲》里，马克思提出了一个著名论断：“人的本质并不是单个人所固有的抽象物。在其现实性上，它是一切社会关系的总和。”后来在《资本论》中又再次指出：“首先要研究人的一般本性，然后要研究在每个时代历史地发生了变化的人的本性。”[4]这就告诉我们，人性客观存在于人类社会，但不是抽象的孤立的存在，而是具体的历史的存在。文学是人学，表现的是人类社会的生活，当然得写人，写人的本性，写人的本质。

人的本性、人的本质是什么，是一个自古以来就争论不休的老问题。中国从先秦时期孟子的性善说，荀子的性恶说，告子的性无善恶说开始，历代的著名哲学家、思想家，如汉代的杨雄、王充，唐代的

---

[1]《给志在写作者》，《大公报·文艺》1936年3月29日。

[2]《废邮存底·给某教授》。

[3]《烛虚·小说作者和读者》。

[4]《马克思恩格斯全集》第23卷第669页。

韩愈、李翱，宋代的二程、朱熹等，无不对此进行过探讨和研究。外国同样如此，著名的启蒙运动思想家卢梭就是主张性善说最力的一位，而近代精神分析学派创始人弗洛伊德则认为人生来具有一种攻击破坏的本能。沈从文虽然没有对性善性恶这一哲学问题直接发过什么议论，但是在他心目中，人性总是美的，善的，人类社会许多丑行和恶德均是人性美丧失所致。沈从文那座供奉"人性"的小庙，主要包括两方面内容：一方面是对人性美的赞扬和讴歌，一方面是对摧残、破坏人性美的种种社会罪恶势力的揭露和鞭挞。因此，在接触沈从文的作品时，就有必要先对他笔下的人性美作一点分析，例如，沈从文强调的人性美，究竟是抽象的，还是具体的？如果是具体的，它又包含那些社会内容？是否反映了某种历史生活的真实？分析这种人性美能否对今天的文学创作有所启示？……对于这一系列问题，我们不能回避，只能力求给予实事求是的解释和评价。

二

无论从独特的艺术风格，还是从所表现的人性内容来看，中篇小说《边城》都应是沈从文当之无愧的代表作。书中的人物，在作者看来，"他们是正直的，诚实的"，他说，"我动手写他们时，为了使其更有人性，更近人情，自然便老老实实的写下去。"[1]基于此，我们就先由《边城》的人性美谈起。

《边城》的诗情画意是人们公认的。这诗情和画意，不只是来自美丽的青山绿水，更主要的是来自边疆僻地那小小山城的淳厚民风。《边城》，更准确一点说，应该是一幅描绘人性的风俗画，一首讴歌人性的赞美诗。《边城》的主人公是摆渡船的老船夫和他的十七岁外孙女翠翠。整个故事是围绕翠翠的爱情纠葛展开的。这爱情，由于别人的关心，也由于别人的一些误解，得到的却是隐含忧郁、略带凄凉的悲剧结局。然而，在关心和误解交错中，却闪烁着人性的美的光辉。

七十六岁的老船夫，撑船摆渡，不管白天黑夜，刮风落雨，忠于

[1]《边城·题记》。

职守，五十年如一日。端阳龙舟，令人神往，但他出于责任，不离渡船，“因为过节，明白一定有乡下人从城里看龙船还得乘黑赶回家乡”，他就耐心地守在船边等候着。老人的热诚和负责精神，受到过渡客人由衷的感激，但他却觉得这一切皆理所当然，平常得很。“渡头属公家所有，过渡人本不必出钱；有人心中不安，抓了一把钱掷到船板上时，管渡船的必为一一拾起，依然塞到那人手心里去，俨然吵嘴时的认真神气：‘我有了口粮，三斗米，七百钱，够了！谁要你这个！’”实在却情不过，他就把这些钱买了草烟、茶叶，放在船上免费供应。他上街，请人喝酒，“从不吝啬”。“投我以木瓜，报之以琼琚”。在小小边城里，人们的以诚相待总是相互的。水手、商人送红枣，送粽子，“作为对这个忠于职守的划船人一点敬意”。这时他知道多少总得领点情；但另一时又非常固执：“他想买肉，人家照例不愿接钱。屠户若不接钱，他却宁可到另外一家去，决不想沾那点便宜。……你不收钱他会把钱预先算好，猛的把钱掷到大而长的钱筒里去，攫了肉就走去的。”这里不只是几个钱的谦让，而是体现了老船夫与边城人民之间的相互友爱和尊重。“他从不思索自己职务对于本人的意义，只是静静的很忠实的在那里活下去。”这样的人，这样的生活，真是再平凡不过了。可是，在这平凡中间，老船夫那颗见义就上、见利就让的心却金子般闪闪发光。

如此忠厚善良的老人，心灵深处也隐藏着忧郁。他的唯一亲人，也是他生活的力量源泉，是外孙女翠翠。十七年前，他的独生女悄悄爱上了一个屯防军人，准备双双远走高飞，但是男的又不愿有损军人名誉，女的则难舍孤单老父。后来男的病故，女的也生下孩子后随之而去。遗下的孤雏翠翠自然和老外祖父相依为命。因为爱之深深，老人也就时刻挂念着孙女的将来。于是在安静、恬淡的生活背面，潜伏着一种说不出的忧郁——它缓缓地、隐隐地啃啮着老人的心。他忧郁什么呢？“翠翠既是她那可怜的母亲交把他的，翠翠大了，他也得把翠翠交给一个可靠的人，手续清楚，他的事才算完结！”翠翠总有一天会走的。翠翠走了，留下老人更加孤单；也许老人先走向另一世界，留下孤雏更使他无法瞑目。最令他担心的还是他看出翠翠的心思和性情，“乖巧”得同她母亲一模一样。母亲的悲惨经历仍记忆犹新。“从老船夫说来谁也无罪过，只应由天去负责。翠翠的外祖父口中不怨天，不尤人，心中却不能完全同意这种不幸的安排。”所以，老船夫深悔过去对独生女心思的疏忽，力图在外孙女身上补救，以防悲剧之重演。他的“心事重重的”。对于翠翠的婚姻，毋庸说是加倍的关心，也加倍的谨慎行事。他要让翠翠自己作主。他自以为了解孙女，其实好心的老人并不真正懂得一颗被青春爱情的火焰所燃烧的少女的心。于是在这位好心老人过分的“关心”中，反而产生了一系列误会和误解，增加了翠翠爱情的曲折。他虽然后来已朦胧意识到翠翠爱的与他想的是两个人，他害怕了，忧愁了，“因为他忽然觉得翠翠一切全像那个母亲，而且隐隐约约便感觉到这母女二人共同的命运。”他希望能以自己的努力来逃脱这命运的摆布。遗憾的是由于自己的“聪明”实乃笨拙的心计，引起另一方误解，最后事情反而弄巧成拙。老船夫自己也在一个雷雨交加之夜，撇下孙女，寂寞地死去。

老船夫的“忧郁”，不仅表现了他为人的忠厚善良，而且从他在命运面前既相信、害怕又想挣扎、摆脱的矛盾心情，反映出我国广大劳动人民在长期封建统治下形成的天命观和依附心理。这种观念自然成了压在人民肩上的沉重精神负担，但是我们从中却丝毫看不出有任何虚伪和奸诈，有的只是令人悲悯的淳朴和善良。有人说，《边城》“表现出受过长期压迫而又富于幻想和敏感的少数民族在心坎里那一股沉忧隐痛”。[1]其实岂止少数民族，广大汉族劳动人民又何尝不如此呢？

在淳朴善良的老外祖父抚育熏陶下度过十七个春秋的翠翠，很自然的保存了爷爷身上一切美好的品格，糅杂着一个山野少女固有的德性，于是小说女主人公出现于读者面前便是这么一个活跳跳的形象：

> 翠翠在风日里长养着，把皮肤变得黑黑的，触目为青山绿水，一对眸子清明如水晶，自然既长养她且教育她。为人天真活泼，处处俨然如一只小兽物。人又那么乖，和山头黄麂一样，从不想到残忍事情，从不发愁，从不动气。平时在渡船上遇陌生人对她有所注意时，便把光光的眼睛瞅着那陌生人，作成随时都可举步逃入深山的神气，但明白了面前的人无机心后，就又从从容容的

[1] 朱光潜：《从沈从文先生的人格看他的文艺风格》，《花城》第5集（1980年）。

来完成任务了。

翠翠天真活泼，心地善良，既有少女的羞怯，又有大自然赋予她的一股生气，充满青春活力。像所有的女孩子那样，到了一定的年龄，随着生理上的变化，心理上、情绪上也渐渐滋长着一种说不出的东西："无意中提到什么时，会红脸了。时间在成长她，似乎正催促她，使她在另外一件事情上负点儿责。她欢喜看扑粉满脸的新嫁娘，欢喜述说关于新嫁娘的故事，欢喜把野花戴到头上去，还欢喜听人唱歌。茶峒人的歌声，缠绵处她已领略得出。"这一切，均预示着这个虽然天真未凿，而又情窦初开的少女，开始成熟了。原来无忧无虑不知人间烦恼为何物的翠翠，自从初次邂逅船总顺顺家的傩送二佬，一下子被这英俊勇敢又关心体贴人的小伙子吸引住了，以至使她为此"沉默了一个夜晚"。

翠翠的本质是淳朴的、纯洁的，犹如深山流出的一线清泉，从未受到城市工业文明的污染，始终保持着她的透明和纯净，没有杂质，更无毒素。因此，当她从心底爱上一个人后，就矢志不移。可是，她的爱情并不一帆风顺。当最亲的爷爷也不了解自己的心思时，她烦恼，忧愁，同时还要在爷爷面前撒撒娇；当她知道傩送二佬仍然惦念着自己，她快乐，她幸福，她做着各色各样美丽甜蜜的梦，"只让她的心，在一切顶荒唐事情上驰骋。她从这分隐秘里，便常常得到又惊又喜的兴奋。"祖父死后，她才明白一切："二佬的唱歌，顺顺大儿子的死，顺顺父子对于祖父的冷淡，中寨人用碾坊作陪嫁妆奁，诱惑傩送二佬，二佬既记忆着哥哥的死亡，且因得不到翠翠理会，又被逼着接受那座碾坊，意思还在渡船，因此赌气下行。祖父的死因，又如何和翠翠有关……凡是翠翠不明白的事情，如今可全明白了。翠翠把事情弄明白后，哭了一个夜晚。"翠翠悲痛祖父的遽然逝去，悔恨一系列误解的产生，同时也更坚定了对二佬的爱恋。祖父安静地长眠于渡口山岨，圮坍的白塔到冬天也修缮完毕，那个在月下唱歌，使翠翠在睡梦里为歌声把灵魂轻轻浮起的年轻人还不见回来。尽管"这个人也许永远不回来了，也许明天回来！"翠翠未来的命运如何，谁也不知道，但她仍然等着，等着。一颗对爱情忠贞不渝的少女的心，将在时间的流逝中永远跳动。

自人类从野蛮时代进入文明时代，婚姻形式从群婚制、对偶制发展到一夫一妻制以来，无数文学作品，讴歌青春，讴歌爱情。对于任何一个天真纯洁的青年男女来说，爱情都是美丽的，充满理想和幸福。爱情之花虽然会因人世生活风风雨雨而遭受挫折、摧残以至最后枯萎，但是，在爱的波涛里，坚定地勇敢地向着幸福彼岸前进的青年男女总要赢得人们的赞誉和一掬同情之泪。我们从翠翠身上看到的正是这样的人性美。

小说主人公祖孙二人的心性是这么美，同他们发生各种关系的小小边城其他人物的心性同样是美的。

掌水码头的船总顺顺，原来在军队里做过什长，后来弄船发了家，但是他却并不自恃有钱有身份，而是“明白出门人的甘苦，理解失意人的心情”，对本乡及过路人，一律慷慨好义，又不爱财，明事明理，正直和平，因而受到人们的尊敬。

顺顺的两个儿子天保大佬和傩送二佬，从他们父亲那里秉承了勇气和义气，从不仗恃父亲钱势欺凌别人，而且自小养成刻苦耐劳的好习性。当弟兄俩都悄悄爱上翠翠之后，产生了矛盾。怎么办？“兄弟两人在这方面是不至于动刀的，但也不作兴有‘情人奉让’，如大都市懦怯男子爱与仇对面时作出的可笑行为。”他们还是本着友爱而又公正的办法，要让翠翠自己作出抉择。他们“遵照当地的习惯，很诚实与坦白去为一个‘初生之犊’的黄花女唱歌”。大佬自知不是乃弟敌手，就主动退出，离家远行。至于二佬，虽然因大佬出行不幸淹死而对老船夫产生了误解，但他对翠翠的心始终如一，即使有人拿一座碾坊来诱惑，他也不为财所动，而宁愿将来与翠翠守着渡船过穷日子。兄弟俩，为了爱情，一个主动退出成了失败者，一个虽因种种误会也没能如愿以偿，但是他们的磊落胸襟，一往情深，却显示了一种高尚优美的情操。

小说其他人物，如出场不多的杨马兵，作为背景陪衬人物的过渡客人，商人，水手等等，无一不是那样热诚、质朴、善良……正是这些具有美好人性的芸芸众生，创造了茶峒山城和平安静、为“爱”的氛围笼罩着的人生一隅，正如作家在《习作选集代序》中谈到《边城》时所说：

“我要表现的本是一种‘人生的形式’，一种‘优美，健康，自然，而又不悖乎人性的人生形式’。我主意不在领导读者去桃源旅行，却想借重桃源上行七百里路酉水流域一个小城小市中几个愚夫俗子，被一件人事牵连在一处时，各人应有的一分哀乐，为人类‘爱’字作一度恰如其分的说明。”《边城》凭借其高超精致的艺术，充分表达了作者当初的创作意图，发挥了以美好人性净化人们心灵的“治疗”作用。

三

《边城》的人性美集中体现在一个“爱”字：两性之爱，亲子之爱，朋友之爱，人类之爱……沈从文赞美的提倡的正是这样的“爱”，但是他又并未将这“爱”滥施于人。在《边城》题记中，他开宗名义声言：“对于农人与兵士，怀了不可言说的温爱，这点感情在我一切作品中，随处都可以看出，我从不隐讳这点感情。”农人和兵士，是沈从文青少年时代在湘西故乡接触最多的两种人。虽然他的出身及社会关系使他在军队里的地位有点特殊，但是，他毕竟很少飘浮于军队上层，相反大多混迹于下层士兵之中。旧军队广大士兵的主要来源还是普通农村子弟，沈从文同他们有过一段较长时期同甘共苦的生活经历，对他们的喜怒哀乐，是非爱憎深有体味，对他们的心性品质也十分熟稔。他“温爱”农民和士兵所具有的人性和人情，他赞赏他们心灵深处的博爱精神。这点感情不仅在《边城》，而且在其它不少作品里均可看出。

《牛》[1]的主人公大牛伯耕田时为了一点小事，无意把那条与他相依为命的小牛后脚敲伤，心痛异常，多方求医，好不容易治好，旋即又被政府强行征去。大牛伯从后悔把牛打伤一变而为悔不该当初未曾把牛脚打断，免得让政府抢走。小说主要篇幅是描写大牛伯把牛打伤后的懊恨及对牛的歉疚心情。将牛拟人化，让人与牛展开感情上的交流，生动地揭示了人与牛在劳动中建立的共甘苦同命运的亲密关系。大牛伯把小牛当作自己的朋友和亲人看待，在牛脚上药后的当天夜里，这一对亲密“朋友”各自进入梦境：“这牛迷迷胡胡时又做梦，梦到它

[1] 见小说集《沈从文甲集》。

能拖了三具犁铧飞跑，上山下田，犁所到处土地翻起如波浪。主人正站在耕过的田里，膝以下全被松土所掩，张口大笑。”大牛伯则在梦中看到：“那参预这收成的功臣——那只小牛，两角间就披了红，站在身边。他于是向它说话，神气如对多年老友。他说：‘朋友，今年我们好了。我们可以把围墙打一新的了；我们可以换两扇腰门了；我们可以把坪坝栽一点葡萄了；我们……’”作家写的是人与牛之间的相互关系和感情交流，实际上是农民在劳动中产生的一种丰收喜悦和对未来憧憬的情绪的折射。写牛是为了突出它的主人素朴、善良和勤劳的本质。大牛伯对小牛的爱，体现了广大农民对劳动，对让他们得以休养生息的土地深厚的眷恋之情。

与《牛》同时创作的另一短篇《会明》，[1]主人公农民出身的火夫会明也是个很有人性的人。火夫是旧军队里最卑微的职务。会明当了十几年“火头军”，虽说参加过蔡锷领导的护国战争，是全连资格最老的一位，但始终升不上去。由于他“天真如小狗，忠厚驯良如母牛”，所以“在为军阀流血之余，人人把他当呆子看待，用各样绰号称呼他，用各样工作磨难他。”所谓“呆”，按世俗眼光看来，即愚笨，甚至傻里傻气，往往为人们瞧不起。但在沈从文心目中，却把“呆”当作为人处世的一种美德。他自己就常以具有“呆气”而自得。在那具有自况味道的中篇小说《不死日记》中，沈从文就肯定自己身上那股“乡巴佬”的“呆气”：“许多思想是近于呆子的，越呆越见出人性。”会明正是这一类“呆子”。过去，他特别崇拜蔡锷，“不是由于威风，只是由于简朴，像一个人不像一个官”，所以在讨袁战争中也很勇敢，并从都督那儿知道军人应到国境边沿屯边卫国。新军阀内战开场后，他也盼望打仗，不过只是为“冲上前去就可以发三个月的津贴”，同时也希望速战速决，早日实现他那屯边卫国的理想。他最怕的是战事相持，自己无事可干。小说后半部分有一段关于会明在战事间歇时养鸡的描绘。他从村中熟人处得到一只母鸡，悉心饲养，鸡生蛋二十只，又精心孵成小鸡。士兵向他讨，“他用的是一种慷慨态度，毫不悭吝的就答应了人，却附下个条件，虽然指派定这鸡归谁那鸡归谁，却统统仍然

[1] 见《沈从文甲集》。

由他管理。他在每只小鸡身上作了个不同记号，却把它们一视同仁的喂养下来。他走到任何帐篷里去，都有机会告给旁人小鸡近来如何情形，因为每一个帐篷里面总有一个人向他要过小鸡。”进村时，他还要把一笼鸡带给母鸡原主看看，对方夸他养得好，他却谦逊地说“这完全是鸡好”，仿佛这光荣原主亦有一份。会明身上这种忠厚善良、热爱生命、慷慨大方的美德是与老船夫、大牛伯一脉相承的。他确实有点“呆”，但又决非世俗观念的蠢笨。蔡锷的一次训话，使他树立了一个美好的理想：“他把一切戏弄放在脑后，眼前所望所想只是一幅阔大的树林，树林中没有会说笑话的军法，没有爱标致的中尉，没有勋章，没有钱，此外嘲笑同小气也没有”。但这理想同他所处的军队现实完全对不上号。生活在教育他，十多年内战结果流了许多愚人的血，升了一些聪明人的官，会明也懂得打着“打倒军阀”幌子的“他的上司的上司，也就是一个军阀。这个人，有些地方他已不全呆了。”但是，会明仍安心做“愚人”，不学那些“聪明人”。沈从文“温爱”的正是会明身上这股“呆气”，亦即素朴的人性美。

沈从文在《连长》❶里，曾对主人公连长与一个他所爱的驻地年轻寡妇离别时的难分难解发了一通议论：“在把身子去殉情恋的道路上徘徊的人，其所有缠缚纠纷的苦闷，凡圣实没有很大区别的。一个皇帝同一个兵士，地位的不同，是相差到几乎用手可以摸得出，但一到恋着一个人，在与女人为缘的应有心灵上的磨难，兵士所有的苦闷的量与皇帝可并不两样。一个状元同一个村塾师也不会不同。一个得文学博士的人同一个杂货店徒弟也总只会有一种头痛。”作家的意思很清楚：在爱情方面，是不应该有什么等级差别的，人人都可以爱，也可以被人爱，都可以爱得真诚，爱得热烈。上述一段话的重点又是在“凡”这方面，因为千百年来，对“圣”都是颂扬赞美备至的。沈从文的意图是要写出凡人对爱的追求，表现凡人这种值得赞美的人性。这一态度和他对农人士兵的“温爱”之情完全一致。

比如妓女，一提起她们，人们总习惯同淫荡、邪恶、肮脏等等词汇联在一处。这种职业是最卑贱最不道德的，但是，沈从文笔下出现的妓

❶ 见小说集《老实人》。

女，多为只出卖肉体，不出卖灵魂的尚未完全失去人性的妇女，特别是当她们一旦遇到对方把她们当人一样尊重，如同长诗《曙》[1]的主人公“我”对妓女说的，“我要你来我只是爱你”，“我把你当成亲的姐妹来看待，我可怜你在生活中所受的摧残”，甚至把她比作《茶花女》中的玛格丽特，这时她们也会将自己的心交给对方。《十四夜间》[2]里那个妓女也是这样“遇到了一个情人”，“在往日，她的职业使她将身体送人去作践，感情带了伤，这时的他就是来擦她的伤处的一个人。”她们虽操皮肉生涯，但是天真未泯。她们需要的不是金钱，而是真诚的同情和爱怜。这样的妓女颇有点类似欧仁·苏《巴黎的秘密》里的玛丽花，“尽管她处在极端屈辱的境遇中，她仍然保持着人类的高尚心灵、人性的落拓不羁和人性的优美”，她朝气蓬勃，精力充沛，愉快活泼，生性灵活。马克思指出，“只有这些品质才能说明她怎样在非人的境遇中得以合乎人性地成长。”[3]妓女也是人，而且大多是来自下层人民，为生活所迫才干此营生，所以她们原先具有的素朴人性并未完全泯灭。“婊子是卑贱而且肮脏的，我们都得承认。作婊子的也就知道自己算不得人，处处容忍。在这里我们却把婊子的伟大疏忽了，都因为大家以为她是婊子。”[4]沈从文有意识的为妓女鸣不平，他要努力挖掘潜藏于她们心灵的高尚、纯洁的人性美，以扭转千百年来人们对妓女的封建世俗观念。《边城》虽未出现具体的妓女形象，但在作者介绍茶峒民情风俗时，已明确指出：“由于民情的淳朴，身当其间的不觉得如何下流无耻，旁观者也就从不用读书人的观念，加以指摘与轻视。这些人既重义轻利，又能守信自约，即便是娼妓，也常常较之讲道德知羞耻的城市中绅士还更可信任。”我们只要看看《柏子》[5]、《一个多情水手与一个多情妇人》[6]等篇，就可以知道青年水手和小镇妓女之间久别重逢的欢娱和放肆，分手时的叮咛和盟誓，离别后的缠绵和眷恋，都不应该仅仅看成是金钱和肉体的买卖

❶《现代评论二周年增刊》（1927年1月）。

❷ 见小说集《十四夜间》。

❸《神圣家族》第215页，人民出版社1958年出版。

❹《雨后及其它·第一次作男人的那个人》。

❺ 见小说集《雨后及其它》。

❻ 见散文集《湘行散记》。

关系，而应承认他们由于生活遭遇的相似，有着一种相互同情、爱慕和慰藉的真情实意，这正是下贱如妓女的“凡人”身上所显示的人性美。沈从文打破一切传统观念的束缚，给予同情和赞美，还是颇需一番勇气的。

又如土匪，总是与抢劫、残杀、奸淫等等罪恶分不开。其实土匪成分极为复杂，各色人等均有。被逼得走投无路的农民，铤而走险，落草为寇，自古以来屡见不鲜。他们也是平凡的人，也都懂得爱。在我国现代文学作品中，反映土匪生活的作品虽然为数甚少，但也不乏正直善良的人物，如姚雪垠40年代中篇小说《长夜》中的几个土匪形象就颇有人性。沈从文笔下的土匪也有不少具有人性，如《在别一个国度里》❶那个山大王，他要强娶宋家大妹妹为押寨夫人，甚至不惜以此向官兵妥协。当他如愿以偿后，对妻子倒也百般爱护。大妹妹婚前极其害怕，准备作出牺牲，终日以泪洗面；婚后却出乎意料，山大王外表既不如过去所想像的那样狰狞可怕，待她又体贴、驯善像一匹羊。她得到了他的爱和温暖。沈从文在自传中还写到一个土匪出身的弁目，他爱上了狱中一个美貌女土匪，二人相约逃出去占山为王，快活一辈子。不幸事泄，女囚被斩，死得从容，弁目也为她哭了整整七天，看来他们之间的确产生了感情❷。这件作家少年时代亲见的传奇故事，后来还变成了小说《说故事人的故事》❸的素材。可见，沈从文笔下的土匪不是个个都像凶神恶煞，处处都在残害骚扰百姓的。土匪也有人性；与官相比，匪比官有人性，有值得赞美之处。《喽啰》❹中的“我”，幼时曾被绑票上山，在土匪窝里生活过一段日子，将这段日子与“我”正生活着的北京社会比较，“我”反而神往土匪的世界：“山上大王气派似乎并不比如今的军官大人使人怕，喽啰也同北京洋车夫差不多；和气得要你一见了他就想同他拜把兄弟认亲家。”山大王抢来财物，也要“按功劳分派”，大王不能独吞，但是，“从中国有官起，到如今，

❶《现代评论》第72～75期（1926年），后改名《男子须知》，与另一短篇《除夕》于1929年合集出版，书名即为《男子须知》。

❷《从文自传·一个大王》。

❸ 见小说集《龙朱》。

❹ 见小说集《好管闲事的人》。

钱是手下人去找，享用归一人。”官与匪比，孰好孰坏，不言自明。

此外，沈从文笔下还出现不少社会地位同样低下而闪发人性光芒的凡人，如《船上岸上》❶里的卖梨老妇人，一摊十个梨，四十钱，主人公“我”买下四摊，付一百六十钱，她却主动提出全买下要便宜，只收一百二十钱，“我”一定多给，她收了钱也一定要再增加几个梨。为什么这老妇人不想多得几个钱？就因为她诚实，“我”感慨这诚实正是城里所谓“道德家”们所缺少的，“良心这东西，也可以说是一种贫穷的原素”。再如《乡居》❷、《王嫂》❸中的主人公则是靠帮佣为生的普通女佣，她们虽然愚昧、迷信，甚至有时还有点小小狡黠，但本质同样是忠厚而善良。总之，农人士兵也好，妓女土匪也好，小贩女佣也好，由于他们身上蕴藏着一种素朴人性美，因而使得沈从文对他们充满“不可言说的温爱”，而这种“温爱”又总是同作家对丧失素朴人性美的上等人、城里人的憎交织在一起，从而显示出作家分明的是非和爱憎，这正是沈从文反封建思想和人道主义精神的自然流露。

四

沈从文笔下的人性美，往往是一曲生命力的赞歌。

生命，对于人来说，无非指人的肉体和精神力量，人的本性即蕴含于人的肉体和精神之中。所以，首先生命存在，才谈得上人性。沈从文笔下的人性美同他对人的生命力的充分肯定分不开，他以泛神论观点认识自然，认为大自然无不具有神性。他是将大自然予以人格化，其神性实即人性。大自然里凡生命的欢跃，在他看来无不具有一种人性的美。生命，是大自然赋予的，凡有生命的生物，在自然的雨露阳光下萌发、生长、跳跃，这一切均使沈从文十分醉心和神往。他可以从昆明寓所园子里那只跳跃于树枝间的小松鼠，“证实生命存在的快

❶ 见小说集《老实人》。

❷《文学创作》第2卷第4期（1943年）。

❸ 天津《益世报·文学周刊》1946年10月13日。

乐”；[1]他也会像《绿魇》[2]中的“我”那样，躺在绿色山坡上，从蚕豆发芽，水里的浮游生物，阳光下的瓢虫，感应着生命的意义。自然界生物如此，人类更是珍惜生命的价值。健康的肉体和朝气蓬勃的精神，是人的生命力旺盛的标志。在具有强悍民风的湘西地区，苗族和汉族广大劳动人民身上潜藏着一股原始的粗犷的生命力，它表现于一切人事的爱憎和哀乐。沈从文对这种原始性的生命力基本持肯定态度，认为这是一种人性的表现形式，它既来自大自然，那就不应该对它有任何禁制，“禁律益严，人性即因之丧失净尽。”[3]人的生命力应该让其顺理天成，不可力强而致。《虎雏》[4]就表现了这样的主题。第一人称的“我”计划把一个表面温文尔雅实则野性难驯的湘西小兵，用现代文化教育予以改造，但是结果失败了。小兵虎雏终于为朋友义气闹出了人命，不告而别。这个小兵在作家生活中是有模特儿的。四年后的1934年，沈从文回湘西故乡，虎雏已当上副官，仍然保持着他的原始野性：勇敢，强悍，灵便敏捷，如同小豹子。作家由此体会到，“一切水得归到海里，小豹子也只宜于深山大泽方能发展它的生命”，“这人一定要这样发展才像个人！”[5]

沈从文肯定虎雏身上所具有的这股原始生命力，并非完全抽象的，它的具体内涵是指一个人尚未受到现代社会种种文明弊病的沾染，仍然保持着自然、素朴、粗犷、淳厚的品质。所以，他不是盲目地无条件地赞扬原始生命力，而是在同城市社会各种腐朽堕落的生活现象对比中，肯定前者尚保存着素朴的人性，具有生命的意义和价值，后者则丧失了这一切，于是沉溺于此中生活的人就成了“阉寺性的人”，他们“实无所爱，对国家，貌作热诚，对事，马马虎虎，对人，毫无情感，对理想，异常吓怕。也要妻生子，治学问教书，做官开会，然而精神状态上始终是个阉人。”[6]人如何使用自己的生命力，如何使自己

[1]《昆明冬景·昆明冬景》。

[2]《当代文艺》1944年第1卷第2期。

[3]《烛虚·烛虚（三）》。

[4] 见小说集《虎雏》。

[5]《湘行散记·虎雏再遇记》。

[6]《烛虚·生命》。

活得更有意义，是沈从文表现人性美，唱生命赞歌时努力探究的重要课题。他一直主张，“知生存意义，不仅仅是吃喝了事!”而应该追求一种生命的“美”，“生命之最大意义，能用于对自然或人工巧妙完美而倾心”。这里的“美”，包括美的人性，美的理想，美的自然，美的艺术，等等。它们都应该超脱庸俗的利害观念。一切美好的事物和思想，都是自然的恩赐，人活着就要对此孜孜以求，锲而不舍。然而，现实社会许多人并不是这样，他们无任何理想，“仅知生乃吃喝，生儿育女”，“生活得像一个‘生物’了”，可是“思想平凡而自私”，“剩余生命的耗费”就用于玩牌之类的娱乐。沈从文认为这些人就不懂得生命意义何在，当然更不可能担负挽救国家民族命运的责任，因为“爱国也需要生命，生命力充溢者方能爱国。”[1]沈从文这席话虽颇带哲理性，但其矛头所指恰恰是他眼中所见的抗战期间国民党统治区的现实生活。他正是从对生命力肯定的特定角度，辨别现实生活里的是与非，美与丑，从而显示出他在表现人性美，肯定生命力的同时对破坏人性美，窒息生命力的社会现象的不满和批判。

沈从文对生命力的赞美，对现实的不满，又都和他积极向上的人生态度紧密相连。1935 年，他写了一篇题为《时间》[2]的哲理性散文，集中抒发了自己对生命，对现实，对理想的看法。沈从文特别强调人生数十年，要活得有意义，必须执着于理想的追求，不能只习惯于“生活”。他也看到各人理想的具体内容不尽相同，“他们的方法不同，他们的时代不同，他们的环境不同，他们的遭遇也不同，相同的是他们的心，同样为人类而跳跃。”可见，沈从文并不要求别人都与他有一样的理想，当然他也未自觉认识人们理想有阶级本质的差别，他只要一个人的心不是为了个人之私欲，而是“为人类而跳跃”，就一律给予赞美。他认为在 30 年代国民党新军阀白色恐怖下，“只有那些从日光下牵入牢狱，或从牢狱中牵上刑场的倾心理想的人”，才最懂得生命的价值和意义，他们“为事实皱眉，却胆敢对理想倾心”。沈从文所指，实际上即革命者，他们对现实不满，反抗，斗争，终而遭致反动当局逮

[1] 本段引文均见《烛虚》集中《烛虚》、《潜渊》、《生命》等篇。

[2]《大公报·文艺》1935 年 10 月 28 日。

捕和杀害。这些革命者自然大都是服膺共产主义理想的，他们那种不惜牺牲自己的生命为崇高理想奋斗不息的精神同样使沈从文赞佩不已。四年前写《记胡也频》时，沈从文也充分流露出这样的感情，尽管他不赞成胡也频的革命理想和为实现理想所采取的方法，然而有这种感情毕竟是可贵的。

就在写《时间》的同年，沈从文还创作了一篇出现革命者形象的短篇《大小阮》。❶作者有意识把主人公大阮小阮叔侄二人不同的生活道路，他们对生命意义和价值的不同理解相对照。大阮完全是一个纨袴子弟，亦即作者最厌恶的“阉寺性的人”。他在学校读书以及毕业后工作，全都在混日子，写艳诗，玩女人，附庸风雅，攀龙附凤，“生存另一目的就是吃喝，活下来是醉生梦死，世界上这种人有一个不多，无一个也不少”。小阮，虽与大阮同一家庭出身，又在一起读书，但走的却是一条革命道路。他参加北伐战争，南昌起义，广州暴动，被捕越狱，又去唐山搞工人运动。大阮劝他别去，说是唐山“除了钻进煤洞里短期活埋无可玩”，小阮却回答：“一个要作事的人，关在黑牢里也还有事作。”小阮最后为革命而献出生命，大阮却觉得自己活着很幸福。沈从文不可能以无产阶级革命的观点去评价这一对叔侄，小说既没有具体描绘小阮革命的历程，更找不出什么激烈的革命言词，但它的倾向却不难看出。小说最后是这样结束的：“这古怪时代，许多人为多数人找寻幸福，都在沉默里倒下，完事了。另外一些活着的人，却照例以为自己活得很幸福……尤其是像大阮这种人。”一褒一贬，作者态度十分明显，虽然作者肯定的仍然是小阮为多数人找寻幸福的精神，非指小阮具体的革命道路。不过即使这样，我们也应看到这是沈从文创作的进步，正如最初发表这篇小说的《文学杂志》编辑后记所言：“从题材，作风以及作者对于人物的态度看，《大小阮》在沈先生的作品中似显示转变的倾向。”❷

沈从文强调生命的意义和价值，固然缺乏马克思主义阶级分析的革命内容，但他坚持人活着不能像大阮那样只为吃喝，而应像小阮，

❶ 见小说集《主妇集》。

❷《文学杂志》第1卷第2期（1937年）。

像胡也频那样倾心自己的理想，这一点值得我们充分肯定。他明确说过："一个人不仅仅以能平安生存为已足，尚许可在他的生存愿望中，有些超越普通动物的打算，比饱食暖衣保全首领以终老更多一点的贪心或幻想，方能把生命引导到一个崇高理想上去。这种激发生命离开一个普通动物人生观，向抽象发展与追求的兴趣或意志，恰恰是人类一切进步的象征。这工作自然也就是人类最艰难伟大的工作。"❶人之所以为人，就在于他的生命力不止体现于肉体，更重要的是体现于精神。马克思说："动物是和它的生命活动直接同一的。它没有自己和自己的生命活动之间的区别。它就是这种生命活动。（着重点原有——引者）人则把自己的生命活动本身变成自己的意志和意识的对象。他的生命活动是有意识的。"正由于此，人和动物同样是有生命的，但又有本质的区别，"人是类的存在物"❷沈从文反对把人的生命意义和价值降低为动物，是符合马克思这一科学论述精神的。一个人，如果缺乏精神力量的支柱，徒有强健体魄，结果必然会造成生命力无意义的浪费。比如湘西地区的原始械斗，固然可以从中看到民风慓悍、雄强勇武的一面，但是沈从文认为这种械斗是生命力的用于不当。小说《传奇不奇》❸描写了两个家族为了一点人事和财物而发生的一场械斗，一方虽在县当局支持下获胜，但另一方却惨遭屠杀。双方表现出来的残忍和麻木，作者持否定态度，认为他们都"混和野性与顽劣"。由此可见，沈从文对生命力的肯定和赞美有个大前提：人应把自己的肉体和精神力量贡献于人类社会。

沈从文用笔唱了数十年生命的赞歌。他对生命意义的认识支撑着他一生的创造活动。前半生醉心于文学创作，后半生沉溺于文物研究。他自己就非常珍惜时间，珍惜生命的利用。"独轮车虽小，不倒永向前"，"死者长已，生者实宜百年长勤。"❹这股激励着他握管挥毫、坚持工作的顽强生命力不就是一种素朴的人性美吗？

❶《短篇小说》,《国文月刊》第 18 期（1942 年）。

❷《1844 年经济学——哲学手稿》，人民出版社 1979 年刘丕坤译本第 50 页，下同。

❸《文学杂志》第 2 卷第 6 期（1947 年）。

❹《拟咏怀诗·喜新晴》,《花城》第 5 集（1980 年）。

五

对于沈从文的小说和散文，无论是当时的毁誉不一，还是近三十年的过分贬低，关键不在艺术评价，而在思想评价，特别是在对他笔下的人性美应如何评价。当我们对他创作的这部分内容略作剖析之后，则需要回答这个问题了。

首先应该肯定，沈从文把摄取人性美的焦点对着家人、士兵、妓女、水手、女佣等等下层人民，甚至还对着革命者，这是对准了。因为客观历史的发展早已证明，真善美的品质，诸如忠厚、善良、勤劳、勇敢、坚贞、纯洁……一般说来，存在于广大劳动人民身上。他们所处的被压迫被剥削的经济地位决定了他们具有上述的思想品性和道德风貌。“中华民族不但以刻苦耐劳著称于世，同时又是酷爱自由、富于革命传统的民族。”❶这种优秀品质，主要是从历史上占中华民族绝大多数的奴隶、农民身上体现出来的，到了近代社会，更是集中表现于最革命的无产阶级。在资本主义社会里，马克思也从自我扬弃的无产阶级革命实践行动中看到真正具有人性的人，他说，“从法国社会主义劳动者的聚会就可以看出，这一实践运动取得了何等光辉的成果”，“人与人之间的兄弟情谊在他们那里不是空话，而是真情，并且从他们那由于劳动而变得粗犷的容貌上向我们放射出人的高贵精神的光辉。”❷历史也同样证明，假恶丑的品质，诸如奸诈、残忍、贪婪、懒惰、虚伪……一般说来存在于日益走向没落腐朽的剥削阶级身上，这也与他们所处的压迫人民剥削人民的权势地位分不开。

沈从文的笔大多是从劳动者，从被压迫受屈辱最深的平民百姓心灵深处去挖掘闪光的人性，这就使得他作品中表现的人性美，能够给读者以积极健康的影响和美的享受。无论是老船夫和他的外孙女翠翠，还是大牛伯、火夫会明和水手柏子，都跳动着一颗善良纯朴的心，即使是描写妓女和土匪，沈从文赞美的也是他们对爱的真诚追求，决非

❶ 毛泽东：《中国革命和中国共产党》，《毛泽东选集》第2卷第617页。

❷《1844年经济学——哲学手稿》第93～94页。

赞美卖淫和抢掠本身。所以这些人物都能使读者感到可亲可爱，他们的悲剧命运又十分令人同情和惋惜。他们身上的许多可贵品质确实是一种“优美，健康，自然，而又不悖乎人性的人生形式。”[1]特别像《边城》里所展示的人们之间相互友爱、相互关怀、相互信任的融洽关系，对于身处充满压迫和剥削的黑暗社会的读者来说，该具有多大吸引力。这样的作品只会激起人们对自己所处现实产生不满，发出诅咒，当然它也不可能鼓励人们起来反抗现存社会秩序，不过要说它会产生什么麻痹人民革命意志的毒害作用，恐怕也不合事实。不用说对过去的读者，即使对今天的读者，比如在林彪、“四人帮”肆虐时期，假若谁读了《边城》，也会神往于书中描绘的理想境界。因为那不堪回首的十年动乱，不仅毁灭经济和文化，而且毁灭人性，将多少年建立起来的社会主义社会人与人之间革命的同志关系破坏殆尽。在没有革命激情，缺少阶级友爱的现实生活里，小小边城那种和平安静气氛，尽管是一种自然素朴的人生形式，也会引起人们的企羡。当然，理智会立即提醒我们，人与人之间的友爱和谐的关系，对于无产阶级来说，不是对过去留恋，而是向未来争取，靠我们革命者双手去创造，其正人性的复归只能是共产主义来到的时刻。不过，我们还得肯定，像《边城》这样的作品，通过它的主人公，充分揭示了劳动人民身上蕴含的人情美和人性美，并以高超的艺术表现给它们以浓郁的诗情画意，即使作品在思想倾向方面还有这样那样的不足和缺陷，但在今天读来，仍然令人心醉。它的艺术魅力是经得起时间考验的。

六

沈从文笔下的人性美，多数是具有社会内容的，并不是完全存在于作家的主观臆想之中。作家往往把人物身上的人性美置于同丑恶黑暗的现实产生的矛盾里，从而使作品获得不同程度的现实意义。比如，《会明》主人公的忠厚驯良，不仅不能使他得到上司的信任和同事的尊敬，反而成为被嘲弄轻视的对象，“十年来，世界许多事情都变了样子，

[1]《习作选集代序》。

成千成百马弁、流氓都做了大官；在别人看来，他只长进了他的呆处，除此以外完全无变动。”为什么？因为在军阀连年内战时代的腐朽的旧军队里，根本不允许美好人性的存在和发扬。社会充满毁灭、戕贼人性的罪恶力量，善的美的人性自然无容身之处。即使像《牛》里的大牛伯，虽然小说集中表现的是他与小牛亲切柔和的关系，但是他与小牛毕竟不是生活在真空之中，他们生活在现实社会，就必定要受到各种社会因素的干扰。大牛伯为医小牛脚伤去请兼作牛医的甲长，恰逢甲长接到“鸡毛文书”，说是县里军队过境，“要办招待筹款”，召甲长去县里开会，连甲长也骂开了：“办你个妈的鬼招待，总是招待！”甲长这一去，不仅延误了小牛伤势，而且可以肯定，甲长开会回来，大牛伯也逃不了捐款。小牛的最后被官府强征，更使他和小牛所作的丰收美梦在严酷的现实面前立即化成泡影。小说描写道：“好梦是生活的仇敌，是神给人的一种嘲弄，所以到大牛伯醒来，他比起没有做梦的平时更多不平。”这无异告诉读者，大牛伯的素朴人性只有在虚幻的梦里才得以自由发扬，而在清醒的现实生活中只能遭到窒息和破坏。

对于沈从文笔下人性美所包含的现实内容究竟作何评价，困难不在《会明》、《牛》等篇章，而在《边城》一类作品。

《边城》所描绘的人性美与人物生活的环境是谐和的。小说中每个人物虽都有自己的哀乐爱憎，但又均为一系列误解和偶然因素引起，其中有老船夫和翠翠祖孙间的隔膜，有船总顺顺父子与老船夫之间的误解，有翠翠和傩送之间爱的波折，等等。但是矛盾的双方没有任何一方表现出什么贪得自私、虚伪奸诈，而是一律显示出淳朴、正直、真诚。古诗云：“春来遍是桃花水，不辨仙源何处寻”[1]，沈从文在离桃源上行七百里地跨川湘黔三省的边城茶峒却寻到了他理想的人性境界。小说给这个故事规定的情境十分明确：

> 两省接壤处，十余年来主持地方军事的，知道注重在安缉保守，处置还得法，并无特别变故发生，水陆商务既不至于受战争停顿，也不至于为土匪影响，一切莫不极有秩序，人民也

[1] 王维：《桃源行》。

莫不安分乐生。这些人，除了家中死了牛，翻了船，或发生别的死亡大变，为一种不幸所绊倒，觉得十分伤心外，中国其它地方正在如何不幸挣扎中的情形，似乎就还不曾为这边城人民所感到。

这里人们之间，不分贫富，不讲地位，均以诚相待，充满了爱，长官可以与民同乐，"兵士仿佛并不存在"，"一切总永远那么静寂，所有的人每个日子都在这种不可形容的单纯寂寞里过去。"在这样一个具体的规定情境内，老船夫祖孙，船总顺顺父子以及杨马兵、过渡客人等身上具有的素朴人性，应该说有一定的真实性，特别是在与首遭外来侵略和军阀内战，天灾人祸遍地的沿海或中原腹地相比较，由于交通闭塞，经济文化落后，在某些边疆僻地，仍然固守着封建小生产者自给自足的自然经济和社会秩序，出现"莫笑农家腊酒浑，丰年留客足鸡豚"，"箫鼓追随春社近，衣冠简朴古风存"❶的农家乐景象，也不是完全不可能的。鲁迅的《故乡》虽然重点刻画二十年后的闰土，由于"多子，饥荒，苛税，兵，匪，官，绅，都苦得他像一个木偶人了。"但是童年时代的闰土和他的家乡，在"我"的回忆里却是美丽的，充满生气的。《社戏》展示的19世纪末那个不满三十户的浙东临河小村庄——平桥村不也是十分令人神往的和平宁静的世界吗？那里人与人之间的关系融洽而友善，从勇敢聪明的双喜，到主动提出"偷"自家罗汉豆的阿发，到热情好客的六一公公，直至有点身份的"我"的和蔼慈爱的外祖母和母亲，男女老幼无不具有淳朴美好的人性。30年代王统照的著名长篇《山雨》写的是农村经济的破产，但我们从书中人物农民奚二叔口中可了解到，"上去三十年，六七十吊钱的一亩地，二十文一尺棉花线布。轻易连个拦抢的案子也没有"；连那个陈庄长也发牢骚："管干什么的再没有以前的忠厚样儿，耍滑，取巧，求小便宜，打人家的闷棍。"❷丁玲在谈自己的创作时也说过，她把农村写得太美

❶ 陆游：《游山西村》。

❷《山雨》第6，8页，人民文学出版社1954年版。

丽了，因为“我爱的农村，却还是过去的比较安定的农村。”❶上述诸作家对往日农村的描述和表白都说明封建社会的农村尚有相对稳定并保持素朴人性的一面，现实农村与之相比则今不如昔。因此对于《边城》这样着重表现昔之农村的作品就不应一笔抹煞，而应肯定它具有一定程度的真实性，并非完全是太虚幻境。

问题的另一面我们当然也不能忽视。边城与通都大邑或广大农村相比，虽较安定，但它总还是中国特定历史条件下的一座小城。历史的现实的种种人事都要在它上空笼罩阴影，它终究不是陶潜诗中那个“不知有汉，无论魏晋”的桃花源。即以茶峒历史而言，清嘉庆七年（1802）就建筑一座石堡，设置东西南北四门，门楼各有四座炮台，四百二十个垛口。❷干什么用？镇压少数民族人民的反抗斗争。整个湘西更是如此。官方书籍有云：“明末苗种日繁，奸民窜入者亦变为苗，往往出劫乡村，辰沅泸麻诸边地几无宁岁，而镇筸乾州更遭荼毒。厥后徐祁冯莫四都督进剿，斩苗万余级，患始稍戢。”❸沈从文自己也承认，在他故乡，“两世纪来满清的暴政，以及因这暴政而引起的反抗，血染赤了每一条官路同每一个碉堡。”❹可见，即使闭塞的边陲，也存在尖锐的阶级矛盾和阶级斗争，因此人们的哀乐爱憎不都是由误解和偶然所造成，而应有更深刻的社会原因。从这个角度看，《边城》所表现的人性美是过于理想化抽象化了。作家自己也意识到，其中人物的正直和热情，“已经成为过去了”。❺他承认“得到一种近乎严厉而讥刺的责备”：“这是一个胆小而知足且善逃避现实者最大的成就”。❻所谓“现实”，真是每况愈下。抗战时期曾经有一篇《湘西北农村现状》的报道写道：“农民们过的生活是牛马般奴隶的生活”，“大部分的田地在地主手里，自耕农极少，差不多都是佃农”，而且田租越来越高，“一亩要二担五斗至三担的谷子……农民没有牛耕田，多数向地主租用，每年

---

❶《我的创作生活》，《丁玲选集》（现代创作文库）万象书屋 1935 年出版。

❷ 参见《湖南画报》1981 年第 1 期。

❸ 严如熤：《苗防备览》卷十四。

❹《凤子·一个被地图所遗忘的一处，被历史所遗忘的一天》。

❺《长河·题记》。

❻《水云》，《文学创作》第 1 卷第 5 期（1943 年）。

要好多担谷子的租金……要是遇到灾害只有二担收成，叫他们如何养得活一家老少呢？”❶沈从文对农村的今不如昔亦深有所感，但是《边城》一类作品只写出昔之农村的和平，而没有像鲁迅王统照丁玲等人那样，敢于正视和揭露今之农村的苦难，有时触及到一点，也想在“苦酒”中加点儿“糖”，以中和其苦味。这样，沈从文笔下保持素朴人性美的农村，就有过去评论所指出的把现实农村美化成“世外桃源”的弊病。

恩格斯批评哈克奈斯的《城市姑娘》时说过：“您的人物，就他们本身而言，是够典型的；但是环绕着这些人物并促使他们行动的环境，也许就不是那样典型了。”❷这一批评按之沈从文的《边城》也颇恰切。过去某些全盘否定沈从文的评论，只看到作者从昔日农村追求已失去的素朴人性这个带有空想色彩的消极因素，没有看到作者之所以这样做，也反映了他对扼杀人性的现实世界的失望和不满，更没有注意到作者当时还酝酿着表现农村另一面的创作计划。在《边城》题记里，作者就表示要给读者一个对照机会，“将在另外一个作品里，来提到二十年来的内战，使一些首当其冲的农民，性格灵魂被大力所压失去了原来的朴质，勤俭，和平，正直的型范以后，成了一个什么样子的新东西；他们受横征暴敛以及鸦片烟的毒害，变成了如何穷困和懒惰！”要使读者由此“认识这个民族的过去伟大处和目前堕落处。”从时间和空间不同角度，把过去与当前对照，将城市与农村比较，以显现人性的善与恶，美与丑，是沈从文创作的一个特点，也是他创作的一个总体规划。比如《柏子》和《八骏图》❸同样写到爱情和道德，前者属于农村下层人民，后者属于城市知识阶层。两篇创作虽相隔数年，但作者却希望读者会从它们“明白对于道德的态度，城市与乡村的好恶，知识分子与抹布阶级的爱憎，一个乡下人之所以为乡下人，如何显明具体反映在作品里。”❹正如作者最近对此所注疏的：“前者单纯，后

---

❶ 转引自袁水拍：《为农村富裕说者进一解》，香港《大公报》1940年12月29日。

❷《恩格斯致玛·哈克奈斯》，《马克思恩格斯选集》第4卷第445页。

❸ 见小说集《八骏图》。

❹《习作选集代序》。

者复杂。”[1]“单纯”，正是农村素朴人性美的体现；“复杂”则含有城市知识阶层和绅士阶级种种虚伪和矫情，乃是素朴人性美的淡薄和消失。《边城》一类作品所表现的人性美，我们应承认只是作家描写过去农村的一面，是创作总体结构的一个部分，因此不能只孤立的就《边城》论《边城》，应该越过《边城》看到其他同类题材创作中，尚有敢于正视现实，反映现实的一面。与《边城》相对照以表现现实农村的创作意图在《湘行散记》《小砦》[2]等作品中均有所流露，而《长河》更是作家有意识与《边城》相对照的一部未完成的长篇。从问世的第一部内容看，就触及到现实农村不少矛盾冲突：保安队长对小说主人公桔子园主人滕长顺的敲诈勒索以及对他女儿夭夭心怀不轨的觊觎；地方军政当局相互勾结对小镇商人和百姓的欺压盘剥；农民对城市“新生活运动”的揶揄和嘲讽……正因小说较多写到客观现实中的压迫和剥削，不满和愤懑，“便不免多触忌讳”[3]，于是从单篇发表到改定出版，中间不断遭到反动当局的审查删改。

总之，对于《边城》一类着重表现过去农村素朴人性美的创作，我们应该从作品实际出发，从当时中国特定社会环境出发，从作家创作的总体规划出发，给以实事求是的评价，既不能只根据某些抽象的政治概念对其无限上纲，全盘否定，也要谨防因其艺术形式之精美而忽视其思想内容之缺憾。

七

我们不能苛求沈从文这样的作家在 20 年代 30 年代就运用马克思主义阶级分析的观点去描绘人性，但是，一个正视现实，并能如实反映现实的作家，不管他是否自觉意识到现实生活中的阶级对立现象，他的作品总会给人们对当时客观存在的压迫和剥削有所认识。沈从文对现实并非视而不见，他看到不少黑暗现象，也用笔加以反映，但当

[1]《沈从文谈自己的创作》,《中国现代文学研究丛刊》1980 年第 4 辑。

[2]《国闻周报》第 14 卷第 26、28、29、30 期（1937 年），连载未完。

[3]《长河・题记》。

他着力表现理想人性时，则易把环境和人物加以脱离现实土壤的美化，以便放开手脚唱一曲人性赞歌。

沈从文善于将城乡对比，有些作品如《泥涂》[1]、《贵生》[2]等篇在不同程度上接触到城乡的阶级矛盾，但在更多场合则有一种以城乡矛盾代替或掩饰阶级矛盾的错误倾向。理论上沈从文也主张作家要了解社会人事，注意各人因环境地位不同，其爱憎感情也有差异，例如一千元钞票，被知识分子商人水手妓女等不同身份的人拾去，其处理就各不相同，“简单说来就是‘求差’。应明白每种人为义利所激发的情感如何各不相同。”[3]他还说过，“‘道德’，‘社会思想’，‘政治倾向’，‘恋爱观念’，凡属于这一类名词，在各个阶级，各种时间，各处环境里，它的伸缩性，也必须了解而且承认它。”[4]看来沈从文对阶级地位不同的人思想感情也有差异这一点有所感觉，长篇小说《阿丽思中国游记》第一卷第六章关于主人公傩喜和饿汉的一段对话以及傩喜读报的一段描写，就是作家对社会贫富不均的阶级对立有所觉察的明证。遗憾的是，他没有循此思路深入下去，相反在大多数作品中有意无意规避着，于是出现了这样的矛盾：既看到现实黑暗，特别是农村的今不如昔，但又不忍狠狠予以揭露和鞭挞；既要赞美农村素朴人性，但当人性美受到摧残时又想方设法去中和调谐，这就使一些作品在反映社会矛盾时吞吞吐吐，欲说还休，想掩盖又无法掩盖。《长河》这个问题比较突出。与《边城》相比，在揭露社会矛盾方面《长河》已大大进了一步，但也有明显缺陷。作品表现的矛盾双方，一方是桔子园主人滕长顺，一方是包括保安队长在内的地方特权者，即国民党反动当局。这矛盾客观上是存在的，但它不可能达到阶级矛盾的尖锐程度，再加之作者“唯恐作品和读者对面，给读者也只是一个痛苦印象，还特意加上一点牧歌的谐趣，取得人事上的调和。”“尤其是叙述到地方特权者时，一支笔即再残忍也不能写下去，有意作成的乡村幽默，终

---

[1] 见《如蕤集》。

[2] 见《主妇集》。

[3]《一封信》，《中学生》1935年第56号。

[4]《文学者的态度》，《大公报·文艺》1933年10月18日。

无从中和那点沉痛感慨。”[1]这样的软弱宽容，写矛盾自然只能隔靴搔痒，无法深入现实生活究里。其根源在于沈从文忽视了中国农村普遍存在的阶级矛盾。不错，地方特权者也要欺压滕长顺这样的财主，但他们的主要对象却是农民。沈从文只看到财主受害一面，看不到农民受害更深，更看不到财主往往要把自己受地方特权者的迫害转嫁到农民身上。既然农村阶级矛盾被城乡矛盾（实际上是农村财主与反动当局的矛盾）所掩盖，那么在作家笔下的农民、水手和财主（包括船总顺顺这样的乡镇权势人物）当然都一样保持着农村纯朴古风。于是，在这些人物身上，只见共同人性，不见带阶级性的人性，人与人之间的阶级关系也就无从寻觅。

人性和阶级性，或者说共同人性和带有阶级性的人性之间的关系，不像水油那样分离，而是水乳交融于每一个活生生的社会成员身上。马克思在分析资本主义社会劳动异化时指出，劳动者在生产过程中感到劳动“是不属于他的本质的东西”，他只感到痛苦和不幸，“并不自由地发挥自己的肉体力量和精神力量，而是使自己的肉体受到损伤、精神遭到摧残。”[2]但是，“自由自觉的活动恰恰就是人的类的特性”，“有意识的生命活动直接把人跟动物的生命活动区别开来”。[3]因此，人类的机能不只是作为动物机能的饮食男女，更主要的是他们“有意识的生命活动”。人的这种活动不是孤立的，而是在人类社会里进行的，人与人之间必然要发生各种关系，人就是各种社会关系的总和，人性的内容应该包括人作为动物所具有的自然属性和作为人类社会一员所具有的社会属性，二者也是有机统一于具体的个人，不可能孤立抽象的存在，它们只能通过社会关系体现出来。社会关系是指人类产生社会之后所有人与人之间的关系：两性关系、家庭关系、朋友关系、国家关系、民族关系……在阶级社会，阶级关系更为突出，并要影响和制约其他各种关系的发展和变化，当然这并不意味着时时处处都给其他关系打下阶级的烙印。所以，人的社会属性包括范围十分广泛复杂，

[1]《长河·题记》。

[2]《1844年经济学——哲学手稿》第47页。

[3] 同上书，第50页。

阶级性是其中最重要的因素，且在阶级矛盾尖锐时会对人的思想行为起决定作用，但并不等于说阶级性可以代替人的全部社会属性。社会属性尚有不少部分是阶级性概括不了的，特别是一些不同阶级共同存在的本性，更非某一阶级所能垄断。既然如此，我们就不能把人的本质仅仅归之为阶级性。通常所讲的阶级特征，只是对各个阶级的经济政治状况进行科学的历史的分析研究之后抽象出来的概念，而任何一个人均不是概念的化身。如果文学创作只是给各种人物贴上阶级标签，是决不能把人写真写活的，否则这样的“创作”就太轻而易举了。人生活在大千世界，除了他的阶级地位，其他如民族、历史、文化、家庭、亲友以至自然山水等各种因素都会对他的思想感情和性格气质发生影响，只表现人的阶级性，而把人性包含的其他丰富内容排斥在外，人物只能成为干巴巴的几条所谓“阶级特征”的筋。反之，如果在表现人性时，其他方面均很注意，偏偏忽视或否认人在阶级社会所处的不同经济政治地位及其在人物身上的影响，亦即抹去人的思想上的阶级烙印，阉割掉人性中极重要的阶级性因素，结果人物也势必变成完全脱离社会现实的抽象的人，纯粹自然的人，至少看不出他是阶级的一员，社会的一员。

如何正确认识阶级性和人性的关系，恩格斯在批判费尔巴哈时有两段话值得我们深思。恩格斯说：“费尔巴哈的唯心主义就在于：他不是直截了当地按照本来面貌看待人们彼此间以相互倾慕为基础的关系，即性爱、友谊、同情、舍己精神等等”，“在他看来，主要的并不是存在着这种纯粹人的关系，而是要把这些关系看做新的、真正的宗教。”[1]这样一来，费尔巴哈就离开了现实社会土壤而把“纯粹人的关系”抽象化。恩格斯并不否认现实社会存在“这种纯粹人的关系”，但是他更进一步看到，“在我们不得不生活于其中的、以阶级对立和阶级统治为基础的社会里，同他人交往时表现纯粹人类感情的可能性，今天已经被破坏得差不多了。”[2]这即是说，“纯粹人类感情”，诸如“性爱、友谊、同情、舍己精神等等”，亦即沈从文笔下的人性美，存在的

❶《路德维希·费尔巴哈和德国古典哲学的终结》，《马克思恩格斯选集》第4卷第215页。
❷《路德维希·费尔巴哈和德国古典哲学的终结》，《马克思恩格斯选集》第4卷第216页。

可能性还有，但比较小，大多场合被打上阶级的烙印。文学写人，表现人性，很重要的一点是，描写阶级社会里“纯粹人类感情”、“纯粹人的关系”是怎么被破坏的以及被破坏的程度如何。既是“被破坏”，自然会出现未被破坏时和被破坏后的鲜明对照，这对照的两面应是杂糅于人的肉体和精神。因此。文学作品中的人物应该和生活中的真人活人一样，是丰富复杂的，是一个立体的人，不是一个平面的人，文学要写出人物的各个侧面。

人是非常复杂的，自然和社会无时无刻不在影响人的本性，甚至连伟大与平凡，高尚与庸俗，坚强与懦弱，光明磊落与阴暗卑琐等等看似相互对立的品质，表现于人的思想、行为、心理、情绪方面，也常常纠缠一处，难分难解。然而，任何一个社会成员，都有他基本的主导的一面，这一面通常为他的阶级性所决定。文学应当写出人物的各个侧面，无须担心写了另一面就会否定那基本的主导的一面。厨川白村在《苦闷的象征》里举了个例子：一个冷酷无情，重利盘剥的老人看到舞台上母子生离一段戏时，会暗暗流泪。作者解释为，“虽说重利盘剥者，然而也是人，就有人类的普遍的生活内容，不过平日为那贪心，受着压抑罢了。”[1]实际上这是老人内心“纯粹人类感情”与他作为重利盘剥者的阶级本性发生冲突，结果可以想像，他出了剧场，放高利贷时，“人”的感情一定又被抛到九霄云外，否则他就不是一个高利贷者。凡夫俗子如此，历史上的杰出人物也难例外，文学写他们时同样要切忌片面性，简单化。曾在中国公映的法国影片《拿破仑在奥斯特里茨战役》，除了表现拿破仑作为最高指挥官指挥战争，也写他的生活琐事。他既能对教皇大发雷霆，又能对妻子、情妇另一副面孔；他主观武断，要别人服从，却不介意侍从取笑其矮小。这样的英雄人物就使观众觉得有血有肉，有“人”气而无“神”味。有个普通观众拿该影片中的拿破仑形象和我国某些影片塑造的老一辈革命家形象相比，认为后者“给人以呆板单薄之感”，他们“本来是感情丰富，性格鲜明的，可是一上银幕就显得貌似神非，言行超俗。听他们说话演讲字字珠玑，看他们举手投足拿架作势，就连抽烟划火柴也别有一种伟

[1] 译文见《鲁迅全集》第13卷第78页，人民文学出版社1973年版。

大风度。银幕上很少表现他们的‘七情六欲’，更不敢反映他们的弱点、癖好，即使偶尔写了工作上的失误，也是为了反衬他们的谦逊伟大、光明磊落。这样塑造的领袖、英雄，形象是高大了，品格是完善了，但也使他们脱离了斗争复杂的尘世，变成了不食人间烟火的天仙神人。”[1]这实在是过去那种不从生活出发，只从政治概念出发，想以阶级性代替一切的创作倾向影响的结果。卢梭在《忏悔录》里大胆披露自己少年时代不少劣迹，鲁迅也深刻解剖过自己灵魂中的“毒气”和“鬼气”，文学作品如果全面表现他们，怎能将这一面完全抹去呢？人物的伟大与渺小，固应看其主导的一面，但作为真实反映生活的文学却不能有意为尊者讳，为贤者讳。这样要求文学表现人性，决非否认人有阶级本质的区别，将好人坏人一锅煮，只是强调人的本性十分复杂，人性的真善美和假恶丑在具体的活人身上，不是时时处处都那样泾渭分明，更不是哪个阶级的专利品。不过，沈从文笔下的人性所显示的错误倾向并不在此，而是走向另一极端：以“纯粹人类感情”代替一切以至否定阶级性。

文学要写出人性的各个侧面，离不开人物活动的社会历史环境，一旦离开，必将陷入抽象和片面。沈从文在《边城》里有意虚构了一个“纯粹人类感情”“纯粹人的关系”未被破坏或很少被破坏的社会环境。其中活动的人物，如翠翠的天真纯洁，与她的年龄、经历及所处之环境是十分和谐的，她的性格给人以真实亲切之感。老船夫这形象也非常真实，他的忠厚善良，是来自他辛勤撑船五十年如一日的生活遭遇，但是他的心毕竟不像十六七岁的孙女那么纯洁透明，五十年人事沧桑在他身上留下不少烙印：那小小的狡黠，那种对碾坊的企羡心情，都显示了老船夫性格的另一侧面。作者如此表现是成功的。但是，在船总顺顺身上，却看不到人物性格的多侧面。作为一个清末就在营伍中混过，又在水码头管事多年的人来说，边城虽远离城市，但也未完全与世隔绝，小小世界亦有三教九流，生活于此，又处于这样一个权势地位，小说则只表现他的慷慨好义，“公正无私”，“既明事明理，正直和平，又不爱财”，纯洁得如同翠翠，这实在无法使人信以为真。

---

[1] 张玉柱：《有感于拿破仑发脾气》，《大众电影》1981 年第 8 期。

《长河》中的桔子园主人滕长顺也有类似情况。沈从文虽然也有客观上反映阶级对立现象、揭露剥削阶级丑行的作品，但确实存在比较显明的以人类共同本性掩盖阶级性的倾向，不少作品中的农村地主一类的剥削者都和被剥削的农民一样善良、宽厚、慈祥，特别是40年代后期那篇受到人们指责的散文《芷江县的熊公馆》[1]中那些大官僚大地主家庭的老爷太太们竟然个个如此富有人性美，实在是令人不可思议。我们不否认，上述各类人物身上也会不同程度保持某些“纯粹人类感情”，但这种感情由于他们所处的阶级地位和生活环境，决不可能没有丝毫被破坏甚至大部分被破坏的痕迹。从这个意义讲，沈从文笔下的顺顺、滕长顺以至熊公馆的老爷太太们，与那种除了阶级性什么也没有的人物形象，同样显得抽象和概念。

沈从文在描写人的本性时，一方面反对把人仅仅写成具有动物的欲望，一方面自己有时又易犯此病。他写妓女，虽然着重表现她们也懂得爱，有人性，但是有时下笔则忽略了她们卖淫生活的社会内容，而突出她们的动物本能。比如《厨子》[2]的女主人公青年妓女二园，作者虽也写她每夜陪一陌生男子时，“一颗心仍然永远不会变坏”，写她被横蛮人物欺凌时的辛酸流泪，可是同时又忽视妓女作为社会的人是有思想感情的（尽管被扭曲和压扁），只着眼她是个“动物”，并用了如下字眼来形容：“这女人全身壮实如母马，精力弥满如公猪，平常时节不知道忧愁，放荡时节就不知道羞耻”，“每逢一个宽大胸膛压到她胸膛上时，她照例是快乐的”，等等。殊不知妓女卖身，强颜欢笑的背后流淌着多少血和泪。至于二园那个干枯瘪疲77岁还要找一个马伕鬼混的鸨母以及《辰河小船上的水手》[3]里那个提了家养母鸡去追逐年青结实水手的老妓，似乎只表现出一种旺盛的动物欲望。再如《一个同我过桃源的朋友》[4]，描绘一个行伍出身，有着丰富人生经验，性格又豪爽直率的旅馆老板，作者以赞赏的笔触表现他既粗犷又颇懂艺术的

---

[1] 天津《大公报》1948年1月3日第三版。

[2] 见小说集《都市一妇人》。

[3] 见《湘行散记》。

[4] 发表于1934年4月18日《大公报》，后收入《湘行散记》，题目改为《一个戴水獭皮帽子的朋友》。

性格，夸他的言行皆“粗中有细，且带点儿妩媚，真可算得是一个妙人！”如果这种性格表现为他对朋友的热情，对艺术的鉴赏，那是一种人性美。但是，作者同时又十分赞叹他在女人身上的丰富经验，“他懂得多哩，只要想想，人还只在25岁左右，就有一百个妇人在他面前裸露过胸膛同心子，这是一个如何丰富吓人的经验！”十年之后，他还要继续糟蹋一个只有十五六岁的雏妓以满足兽欲，这本身是一种荒淫无耻的生活，是人类社会的丑行，它不能表明人物的豪爽性格，而作者却不加分辨，也用来作为赞美此人富有人性的一个依据。这不是对人性的真实描绘，而是对现实生活的歪曲。马克思早就指出，如果把饮食男女这类动物机能“同其它人类活动割裂开来并使他们成为最后的和唯一的终极目的，那么，在这样的抽象中，它们就具有动物的性质。”❶我们认为，在阶级社会里，人性的美丑和善恶是有标准的，不同阶级虽有某些共同标准，但更多的是不同标准。离开具体阶级标准，无视人的本性的社会属性，抽掉人性的阶级内容，必然导致善恶不分，美丑颠倒。正因如此，沈从文笔下的人性美才犯有抽象化的毛病。殷鉴不远，值得我们记取。

对于沈从文笔下的人性美，我想，是否应作如是观。

〔附言〕沈从文尚有部分表现性爱的作品，也是他笔下人性美的重要内容，因要在另外题目下谈及，本文不赘。

1981年10月初稿

1982年2月二稿

3月三稿

原载上海文艺出版社1983年7月版《文艺论丛》第17辑

❶《1844年经济学——哲学手稿》第48页。

是色情还是爱情

——从沈从文的《雨后》等文谈开去

邓丁波

沈从文先生是当代国内国外都有深远影响的小说家，他的代表作品《边城》、《从文自传》、《湘行散记》等等，以独具风格的优美笔调，诗情画意，浓郁乡情、民俗和风土气息，赢得了广泛的读者，在我国文学史上将占有重要的一席地位。50年代以来，沈先生受极左路线打击，他的作品和名字在国内销声匿迹，作品被打入冷宫，遭到禁锢，不准出版，这是极不公平的。粉碎“四人帮”以后，特别是党的十一届三中全会以来，沈先生和他的作品像“出土文物”被重新开掘出来，中青年读者得以重新认识他，同他的作品见面，这是一件大好事。读了他的那些优秀作品，对于增长年轻人的文学知识，提高美学欣赏水平，冲破极左文艺镣铐的束缚，已经产生积极的影响，这是公认不讳的，本文不多加讨论。

正因为是“文物出土”，各出版社争相翻印沈先生的作品，于是各种《沈从文小说选》、《沈从文散文选》相继问世了。从出版部门的商业观点看，发行量是不错的，一定也赚了不少钱。但是，30、40年代写的那些作品，如果选得不严，印得太滥，反而会损害沈先生那些脍炙人口的优秀作品在青年读者心目中的纯洁美好形象。谦虚谨慎的沈从文先生在1957年出版《短篇小说选》题记中说：“在这么一个伟大历史时代进展中，我目前还只能把二三十年前一些过了时的习作，拿来和新的读者见面，心中实在充满深深的歉意。”沈先生把自己“著作等身”的大量作品，都称为“过了时的习作”，那是过分谦虚了。但是，他又说出了一部分历史的真相。沈先生的作品，除了一部分公认的优秀之作外，的确也有一些是“过时”了。例如凌宇编的《沈从文小说选》中的短篇《雨后》、《柏子》、《丈夫》、《夫妇》、《三个男子和一个女人》等等，这些描写色情、甚至是性生活、奸尸一类污秽行为的作品，重新印出来给今天的年轻人看，显然是益少害多的了。更重要的是，给当今的文学评论界和文艺创作思想造成了混乱！这个问题不光是重印沈从文作品引起的，也包括重印 30 年代其他的一些作家的作品，还包括翻印出版越来越多的国外作家的作品。现在给人造成一种印象：好像我们这个国家，当今有两种文艺批评标准——一种严，一种宽；一个左，一个右。对当代中青年作家要求过严，甚至过左；对 30 年代“过时”的老作家要求宽，甚至过右。对国内作家的作品要求严，甚至过左；而对国外作品的翻译出版要求宽，甚至过右！

我们把沈先生的《雨后》、《柏子》等篇章，粗略地分析一下，就不会感到上面的立论过于荒谬，或者是故意耸人听闻。《雨后》，写了农村青年四狗和一个年轻的摘蕨女人，在雨后初晴的山坡上一个草棚子里撒了一回野——发生了一次肉体关系的故事。故事很简单，立意也平常——无非是“云雨”了一番，所以题目取名《雨后》。倒是整个“撒野”的全过程写得十分细腻：从四狗和女的用言语挑逗，到抚摸全身、亲嘴，“这是经验过的，像看戏一样，每戏全有‘打加官’。打加官以后是……末了到唱杂戏，热闹之至”；接着唱歌：“娇妹洗碗碗重碗，娇妹床上人重人”；接着他的手“大胆无畏从她胁下伸过去，抓定一件东西了”，“一对奶子翘翘底”；“习惯事情（非一次也）已不能使这个男子心跳，除非是把桐木叶子作她的褥，四狗的身作她的被，那时的四狗只想学狗打滚”；“他很快乐。他要撒野”；“要她把舌子给他咬”；“四狗你真坏，跟谁学来这下流行动？”“她却笑了……想同四狗变成一个人。有点迷乱，有点……”；接着，“一种神圣的游戏”要开始了，“结果她将承认四狗在她面前放肆是必要的一件事……‘讨厌的人，我让你摆布，可是你让我……’一切照办……”问题还不仅只此，“撒野”的过程更是写得那样细腻逼真：“四狗，你把我压死了吧。”“四狗仿佛若有所得，又仿佛若有所失，预备挪开自己”；两人“云雨”过后，还把他们的心理状态仔细描写了一番："四狗给她一些气力，一些强硬，一些温柔，她用这些东西把自己陶醉，醉到不知人事。到后她恢复了，有点微倦，全身还软软的……"过后她还特地嘱咐四狗，"不许到井边吃那个冷水"……够了！难道如今的年轻人不知道怎样"撒野"，还需要一篇小说来教导，来引诱，来挑逗吗？至于《柏子》，写了一个年轻的、力气如牛的水手，在辰州靠了码头的这个晚上，嫖了一个妓女的故事。那"嫖"的全过程和那些淫秽的语言、下流的动作，就不必引用分析了。如果说《雨后》写的还是相好的青年男女，还有可能粉饰，开脱到"爱情题材"上去，那《柏子》就毫无爱情可言：女方是个惯妓，"这时妇人是睡眠了，还是陪别一个水手又来在那大白木床上作某种事情"？贝多芬说："没有爱情的肉体结合，这是连动物也会做的。"《柏子》的嫖妓女是一种兽欲的宣泄！这样"过时"的作品，摆在今天的青年人面前，将起怎样的作用呢？

为了文学界研究和了解 30 年代一些老作家，以及外国古典文学名著，像对待所谓"天下第一淫书"的《金瓶梅》、《十日谈》一样，内部印刷一定数量，严格控制在内部发行，那还是可取的。但是，如沈先生《雨后》《柏子》一类作品，惟恐落后，不加选择地一窝蜂地争相印刷，大量发行（据说还有更为庞大的这类作品的出版计划），这就不能不引起人们关于"两种标准"的立论的深思了。评论界对现在的中青年作家，有过"捧杀"、"打杀"的说法。对老一代作家，是否也有个"捧杀"、"打杀"的问题呢？"打杀"是不用说的了，沈先生过去的作品一律被禁锢就是一例；现在是不是反其道而行之，又来个"捧杀"呢？诸如沈先生一样已成大名、已有定论的老作家，对于他们的作品——甚至当年就没有发表出版过的废稿，也当成圣物，一律印刷出来，而且认为只有大捧而特捧的义务，却绝无批评的权利，此种不正常的评论风气，忽左忽右的批评标准，实在令人费解！冷静地分析一下——沈先生的《雨后》、《柏子》、写奸尸的《三个男子和一个女人》、写一对青年夫妇在探亲路途的荒坡上，因大白天发生肉体关系而被老百姓双双捆绑的《夫妇》，这样的作品同薄伽丘《十日谈》里最"黄"的篇章，又逊色多少呢？拿这些作品和近年来被批评过的中青年作家的作品比较一下，究竟谁的更"黄"呢？如曾经被批评过的《飞天》、《调动》、《女贼》等等，除了政治方面的原因，就色情方面来说，同沈先生的上述作品比较，我看是小巫见大巫。甚至同被我们大量翻译出版的，被视为苏联当代优秀作品的《这儿的黎明静悄悄》、《莫斯科不相信眼泪》，也无法相比。试想，倘若我们的中青年作家，写出像男女战士乱搞两性关系的《这儿的黎明静悄悄》、三个女青工“先搞情人后结婚”的《莫斯科不相信眼泪》这样的作品，在我们国家能获通过，发表，出版，还能评为得奖作品吗？谁要写出像上述沈先生一类型的作品，别说没地方发表，出版，就是偶然发表了，那还不早早地就挨批了吗？目前我们的文艺、出版界有个十分奇怪的现象——也不光是小说，还有电影、电视这些群众面极广泛的文艺形式，无限制地容许 30 年代的，香港、台湾的、外国的重印和翻译小说、译制电影、电视片，在书本上、银幕上宣扬资产阶级的生活方式、低级庸俗的色情，色相，性关系，污染空气，腐蚀灵魂，搞得乌烟瘴气；而对国内的、年轻的、需要扶植和鼓励的新创作，管得过死过严，甚至还是用极左的那套清规戒律来束缚他们。有时连描写正当爱情的作品也受到压制，不能通过。于是，一方面是反映现实生活中正当爱情生活的新作品出不来；另一方面那些陈腐的、黄色的“出土文物”或“舶来品”自由泛滥！这就形成一种奇怪的社会现象：在不少人心目中，香港的、台湾的、外国的电影、电视、小说大受欢迎；而“国产货”遭受冷遇。我们花钱去发展“舶来品”的再生产，而“国货”、“新货”不能获得生产、发展的机会！

文艺创作和评论界，现在既有左，也有右，左右混淆在一起，纠缠不清。拿沈先生的两篇作品来分析，只是作个例证，作面镜子，无损于沈先生大量优秀作品的光彩。鱼龙混杂，瑕瑜共生，对一个成名既早的老作家来说，这是正常现象，是历史唯物主义观点，老作家本人就是这样看待自己作品的。重要的是，现实中是不是存在“两种批评标准”；应不应该允许“两种标准”存在下去；究竟什么是爱情，什么是色情；怎样正确对待爱情题材的创作。希望通过这篇粗糙的短文，引起人们注意，大家都来争鸣，以廓清是非，有利于文艺创作和刊物、出版事业的健康发展。

原载 1983 年第 4 期《洞庭湖》

拉开人与兽的距离

——试评沈从文先生的《雨后》

英　武

人民文学出版社 1982 年再版的《沈从文小说选》，系四五十年前的作品。沈先生在《选集题记》中说，读来“真令人有隔世感”。

其实不尽然。翻开这本选集，便有一股陌生而又亲切的生活气息扑面而来。作者仿佛一位高明的导游，把你引到湘西的一条古老的长河上，一面娓娓动听地向你讲解，一面让你自己去看，去听，去触摸，去品味当年的种种生活场景和其中的细微末节，辨别社会、自然和人生的真假美丑；从而净化灵魂，提高人品，感到自己是个欣欣向荣的活物，健康而清新了许多。

仅以其中的《雨后》为例，虽然被某些人斥之为“诲淫”的篇章，我却认为不是“诲淫”而是诲人。沈先生以诚挚的心，带着淡淡的哀愁，诲人省悟灵魂中的兽性，从而剔除它，把人与兽的距离拉得更远一点。

小说的情节很单纯：一对青年男女在深山里采蕨，趁躲雨的机会撒了一次野。这类情节，当今的作者是不敢贸然采用的。小说《被爱情遗忘的角落》就因为写了撒野的一笔，拍成电影后立刻舆论大哗。在电影界组织的一次座谈会上，有人便抓住这一笔，断言“编导灵魂深处的一些不健康的情绪，充分地被表现出来了。小豹子、存妮感情冲动的一场，表现了什么？兽性发作！”而沈先生在五十多年前（《雨后》写于 1928 年）。却截取这所谓“兽性发作”的场面，来冷静地剖析人性与兽性的冲突。其作的认识价值和审美价值，我以为至今也没有失去意义，因为这类现象至今还没有在现实生活中绝迹。

人是社会环境与自然环境的产物，《雨后》所描写的人们，生活在怎样的环境之中呢？

他们的物质生活是贫困的，采蕨聊补食物的匮乏。不仅阿姐和四狗在采，七妹子和同伴们也在采。“同伴是在落雨时各藏躲岩下树下，雨止以后又散在山头摘蕨菜的。”一个“各”字，点出了采蕨的并非一家一户，大家的日子都很艰难；一个“又”字，点出了对蕨菜的需要是多么迫切，必须在雷雨的间隙中抓紧时间采集。

文中没有直接描写雷雨，但通过阿姐的讲述，也可以想见其声威之烈：“谁知道这雨要落多人多久。天又是黑的，我喊了五声，或者七声……落雨了，打雷了……哗喇哗喇，这里树叶响得多怕人。”这场面，近于原始人群为求生存而过的采集生活，读来令人心酸。

尤其令人心酸的，是他们的精神生活的贫乏。闭塞的山区，单调的劳动，艰苦的求生，这一切犹如重重磐石，压在他们的心灵上，以致心灵全麻木了，不知感情为何物。青年男女在劳动的间隙中撒一次野，就是最大的快乐和满足，足以填补精神上的偌大一片虚空。处境如兽而又不知其为兽，环境把人逼到了何等悲惨的地步！

然而他们毕竟是人，不是兽。他们也有正常人的追求，有高级情感活动。主人公阿姐的感情是真挚而细腻的，她赞美自然，珍惜青春，渴望爱情。雷雨将至，首先想到的不是自己，而是情人四狗。“我不怕，可只担心你。我知道你不曾拿斗篷的……我要问你到底打哪儿来。身上也不湿多少，头又是光的，我问你，躲到什么洞里。”看到枯草，便为自己的青春而叹息：“我也总有一天要枯的——一切全要枯，到八月九月。我总比你们枯得更早。”她也憧憬纯洁、高尚、富有诗意的爱情，一面劝阻四狗的撒野，一面想，“好花开不长，知道枯的比其他快，便应当更深的爱。然而四狗不是深深的爱吗？虽然深深的爱，总还有什么不够，这应当是认字的过错。四狗不认字。然而若同样的认字识书，在这样天气下不更好些么？”

然而她的种种体贴、珍惜、热爱和憧憬，都在一次不可抗拒的撒野中化为缕缕清烟，无影无踪。“所读的书全忘掉了”，一个斤斗，从美好的诗情画意中摔到现实生活里，如狗，“仰天望，望得见四狗的大鼻子同一口大白牙齿”。她嗔怪谁呢？“四狗，你真讨厌!”“你是个坏人。”

四狗却并非坏人，只是一个麻木的人。在这个自以为“身体强壮如豹子”的青年的心灵上，一切可能培养起来的高尚感情，都被艰难的生活环境和千百年来的陈规陋习扼杀殆尽。他的感情的触须是萎缩的，僵死的，而且目不识丁。阿姐向他诉心曲，叹息“我总比你们枯得更早”，他感到莫名其妙：“我的天，我听不懂你的话!”她给他念诗，浅浅的“落花人独立，微雨燕双飞”，他也不懂，嘴里称赞这诗真好，“意思不过是说念诗的人与此时情景好罢了”。她斥责他“真坏，跟谁学来这个下流行动？”他却不答，“仍然那么坏。他心想，‘什么叫作下流。’他不懂这两个字的意义。”在那个特定的生活环境里，粗俗鄙俚的山歌也许是最精美的情感养料了，然而也不能拨动他那麻木了的心弦，口唱“心子只是跳跳底”，实际上“习惯事情已不能使这个男子心跳”。精神与情感退化到这般地步，简直等于空白，与兽还有什么距离可言？他唯一的需求就是撒一次野。“只想学狗打滚”。作者给这主人公取名“四狗”，也许是不无深意的；没有辱骂或斥责之意，但从字里行间，隐隐露出沉痛的叹息声——因为这些勤劳善良的青年男女，都是作者的故乡人，手足同胞啊！而且，这五十多年前的隐隐的叹息声，今天的男女青年以及并非青年的人们，不妨再听一听，想一想，看一看，“四狗”在生活中究竟绝迹了没有？！

沈从文先生是1922年到达北京的，时年二十岁。他离开了在其中生活了五年的那支湘西土著部队，到“五四”运动的策源地来寻求真理，“生气虎虎，憨劲十足……且明确意识到是在真正十分自由的处理我的当前，并创造我的未来”。入学无门，便缩在一个“仅可容膝安身”的贮煤间里弄文学。23岁时（1925年），便以独特的风格登上中国文坛，被当时的评论界誉为“乡土作家”，可谓年少英俊，才华横溢。然而，随“五四”运动而起的新文学运动的浪潮，已过去好几年了，他恰好落在波谷里。待到26岁（1928年）发表《雨后》时，去《狂人日记》问世已有十年，去《呐喊》成集已有六年；轰轰烈烈的第一次国内革命战争已淹没在“四·一二”政变的血海之中；文学革命的主将鲁迅47岁了，在悲愤中埋下头去，钻研马列，磨砺思想，转而以杂文（而不再是小说）作匕首投枪，向旧制度发动又一次猛攻。沈先生作为当时的文坛晚辈，青年作家，由于客观环境与自身成长道路的使然，其作多少有点游离于时代漩涡之外。虽然也敏悟到“由鲁迅先生起始以乡村回忆做题材的小说正受广大读者欢迎”，决心效法，但就思想深度而言，到底与鲁迅相差甚远。即以对“撒野”这一生活现象的洞察为例，对四狗在阿姐面前撒野的描述与剖析，仅止于揭示其精神面貌的苍白和情感的枯索，旁及对生存环境的暗示性的否定；而鲁迅对阿Q在吴妈面前“撒野未遂”的描述与剖析，却有震撼心灵的力量。

然而这是奔向同一目标的两条不同的创作道路。沈先生自有他的远见卓识，认为文学革命“决不是一回‘五四’运动，成立了三五个文学社团，办上几个刊物，同人写文章有了出路，就算大功告成”；而必须“创造出千百种风格不一、内容不同的新作品，能代替旧有的一切，才可望万壑争流，异途同归，汇入长江大河，东流到海。这么一个伟大艰巨工作，用上半个世纪的时间，并不算太费！我既然预备从事写作。就抓住手中的笔，不问个人成败得失，来作下去吧。”他另辟蹊径，自成一格，终于实现了当初的理想，其作在文坛上取得了不可动摇的地位，深为海内外广大读者所喜爱。

因为应约写一篇关于《雨后》的评论，促使我去思索和比较前辈作家的创作道路，区区心得，不敢自以为是，惴惴地拿出来，祈盼文界前辈与同辈赐教。

原载1983年第4期《洞庭湖》

《边城》不是现实主义的作品

徐葆煜

对《边城》，较普遍的看法是：小说有其特殊的规定情景，是在“边疆僻地”，因此，它所反映的那种田园牧歌式的生活是有一定的真实性，并非“太虚幻境”。既然如此，这篇小说基本上是属于现实主义的了。

什么是现实主义？恩格斯说：“现实主义的意思是，除细节真实外，还要真实地再现典型环境中的典型人物。”按照这一原则，我认为《边城》所表现的环境和人物都不够典型。因而，它不是现实主义的作品。

先看小说中的环境。所谓典型环境就是指能够概括作品所反映的时代的本质特点，并使典型人物能赖以成长的环境。在阶级社会里，所有的社会环境无不打上阶级的和时代的烙印。那种超阶级、超时代的环境是不存在的。《边城》反映的是 30 年代的社会生活。当时中国正处在尖锐激烈的阶级矛盾和民族矛盾之中。然而，小说描绘的却是一个没有压迫，没有剥削，人人平等，安居乐业，人与人之间充满着真诚的“爱”的桃源仙境。在那里，军民之间互不相扰，除了号声，“其余兵士仿佛不存在”。船主与船夫，不分贵贱，患难相助，亲如一家。以卖淫为生的妓女对顾客也是重情义，轻钱财。在那里，素昧平生的人都能见危相救，至爱亲朋更是情深如海。凡此种种，小说所描写的各种人物关系都是没有具体的阶级内容和特定的时代内容，甚至连一点阶级和时代的投影也没有。对此，作者自己也是直言不讳的。他说，《边城》就是要“为人类‘爱’字作一度恰如其分的说明”，要创造出一个“爱”的世界来。然而，这种人与人之间充满着抽象的“人类爱”的世界是不存在的。“在我们不得不生活于其中的，以阶级对立和阶级统治为基础的社会里，同他人交往时表现纯粹人类感情的可能性，今天已被破坏得差不多了”；“每一个阶级，甚至每一个行业，都各有各的道德”（恩格斯：《路德维希·费尔巴哈和德国古典哲学的终结》）。可以说，人与人之间的关系离不开特定的阶级和时代的束缚。因此，《边城》为我们提供的环境是不真实的，也是不典型的。

再看小说中的人物。作者曾说，他要表现的是一种“优美、健康、自然而又不悖乎人性的人生形式”。因此，他给小说中的各种人物赋予了许多优美的人性。但这种人性是抽掉了具体的阶级和社会内容的，有的还只是人的自然属性。如翠翠的性格像水晶般的透明纯洁，她的灵魂丝毫也没受到文明社会的污染。她天真、爱美，喜看牛羊过渡、新娘出嫁，还偷偷地采花插头扮新娘，这可以说是少女的天性。她温柔多情，爱她的祖父，与他生死相守，这也是一种人所固有的骨肉感情。她向往爱情，忠于爱情，始终等待着幸福的到来。然而她与二老的爱情是一见钟情式的，是男女之间的本能之爱，其中不包含关于门第、贫富、学问、爱好等具体的社会内容的。因此这个人物是抽象的。老船夫身上也有许多优美的人性。他热情豪爽，正直无私，不爱钱财，不占小利，忠于职守，乐于助人。但小说集中刻划的是他对自己的亲骨肉孙女翠翠的感情；他在作品中的全部行动就是要在他离世之前，“把翠翠交给一个可靠的人”。这个人物也是缺乏具体的社会内容的。总管顺顺，他是掌水码头的主人，有财有势，但在他身上也丝毫看不到阶级的烙印；能看到的也是些抽象的人性美。他慷慨仗义，乐善好施，不分贫富，仁义待人。他对老船夫以礼相待。船夫死后，由他料理后事，照看孤女。此外，凡小说中出现的人物，无论是大老、二老、军官、士兵、妓女、屠夫，人人都像天使，都有天赋的人性美。但是这样的人物只能是作家主观头脑中的产物。“实际上他们不是生活在现实的，历史地发生和历史地确定了的世界里面；虽然他同其他的人来往，但是任何一个其他的人也和他本人一样是抽象的。”（引文同上）因此，《边城》中的人物也是不典型的。

也许有人会说，作品写的是湘西，这地方的情况特殊，可能产生小说中的环境和人物。那么，就让我们来看看当时湘西的现实状况吧。

在沈从文的一篇自传和有关湘西的散文中都有着具体的记载。民国时期，旧军队辗转湘西各地，部队所到之处，尽是杀人。在沅州东乡就杀了两千人，在名叫怀化的“小镇上也杀了近七百人”。杀的大都是“老实乡下人”。兵士以杀人取乐，去除“过分寂寞”（《从文自传》）。在沅陵，“任何捐税，乡下人都有一份，保甲在糟蹋乡下人这方面的努力，‘成绩’真极可观！”（《湘西》）再看看《桃花源记》所记的仙境桃源的情况。那里有以抢劫为生的，“仿照水浒传上英雄好汉的行为”。妓女特多，为了生活，“有些人在五十以上，还不甘自弃，同孙女辈行来参加这种生活而斗争”。也有贩毒卖鸦片的。阶级剥削也很严重，那里的小水手承担繁重劳役，每天只能得到八分、一角，有时落水淹死了，“烧几百纸钱完事”。流血的斗争也常有。有一大学毕业生率领二万以上的学生、乡民上城请愿，守兵开枪，牺牲四十多人，带头人“被兵士用刺刀钉在城门木板上，示众三天。”（《湘西散记》）从以上可见，湘西那里的环境并不那么纯真和美好。

事实上，小说中的人与环境都是作者编造出来的。当时，他对现实不满，为了拯救人性的堕落，唤起原始的美好的人性，就创造了一个田园牧歌式的环境，虚构了几个具有原始的朴素的人性美的人物，表达他的那种“返朴归真”的乌托邦的社会理想。他自称《边城》的创作，“这是一个胆小而知足且善逃避现实者的最大成就”（《水云》）。因此，《边城》并不是一篇现实主义的作品，它反映的世界在当时是不存在的。《边城》所反映的是作者头脑中的理想世界。当然，对待这样的作品，也不能一笔抹杀，它具有自己的独特的价值。当时作者的创作愿望是好的，想把人性引向真善美方面去是应该肯定的。虽然这样的作品不可能解决社会的根本问题，不能从根本上改变社会环境和人性的素质，但对净化人的心灵还是起到一些作用的，因此也要给予它一定的地位。

原载 1984 年第 1 期《书林》

试谈沈从文部分小说思想倾向的复杂性

董　易

沈从文从事文学创作二十五年，发表过大量小说等作品，出版的集子卷帙浩繁，涉及的题材十分丰富，内容相当庞杂，后期创作与早期创作虽往往风格迥异，但思想上艺术上却一直带着他个人一贯的特色。他的作品问世以来，就始终在文坛上受到褒贬不一的评价。特别在30年代，誉之者，称他为"文体作家"，把他比做不同于巴尔扎克的福楼拜，说他是"一个渐渐走向自觉的艺术家的小说家"❶；贬之者，据说是"属于民族文学派"的、即显然来自右翼的批评家，认为他没有写出"我们的世界"；而"属于对立那一派"的、也就是来自左翼的批评家，又认为他的作品"没有思想"❷。关于他作品中反映出来的对人生、对社会的观察和批判，对国家的命运，特别是对革命的态度，也就是他的小说所流露的总的思想倾向，直到现在，还往往众说纷纭。

是的，沈从文在本世纪20年代和30年代，不仅对无产阶级革命文学运动与左翼文艺运动采取了冷眼旁观的态度，还在一些重大的文艺论争中发表过不合时宜的言论；甚至在40年代人民解放战争期间政治上一度以自由主义者自居，并且公开提出过"文学与政治绝缘"的主张；在当时特定的历史条件下，受到革命营垒的文艺工作者尖锐的

❶ 见施蛰存的《一人一书》一文，发表于1937年1月《宇宙风》第32期"新年特大号"：及刘西渭收入《咀华集》中的《论〈边城〉》一文，1936年上海文化生活出版社出版。

❷ 见沈从文自己在《从文小说习作选》中《习作选集代序》所述，1936年5月上海良友图书印刷公司初版本。

指摘，是可以理解的。但是，有些人把他当做“国民党御用文人”来对待，甚至号召读者“与他的文字绝缘”，把他的作品一概斥之为“反动文艺”[1]，可就缺乏事实根据，未免过分了。

全国解放后，1957年人民文学出版社给这个在中国现代文学史上不断受到非议的作家出版了一本《沈从文小说选集》，当时沈从文承认自己思想上存在着“保守和凝固”的一面，但也慨叹：“我和我的读者，都行将共同老去了。”[2]也就自那一年起，这位作家从文坛上悄然隐退了。然而，当我们几乎已经忘掉这个作家的名字的时候，海外忽然掀起一场所谓“沈从文热”[3]，并且在粉碎“四人帮”后的国内，也又引起了各种不同的反应。这就使这个现在已经成为历史文物专家的作者，不得不声称自己“虽十分认真地写了许多作品，它的得失成毁都还缺少应有理解”[4]，他希望对于他过去的作品，能有人真正采用历史唯物主义的严肃认真态度，不带任何成见地进行研究，以弄清楚他从事写作的意图和理想[5]。

二

在二十五年写作生涯中，沈从文在小说创作上一直走着自己的路子。他从自己的故乡不断开掘层出不穷的题材源泉，提供了当时别的作家还没有写过的湘西地方风土人情的风俗画，以优美的文字、丰富的想像力取胜，在写作技巧上确有独到之处；他的创作方法不拘于一格，从20年代到40年代，他在思想上艺术上是不断有所发展的。他既写过从《雨后》、《龙朱》、《神圣之爱》到《阿黑小史》以及《凤子》

---

❶ 见1948年3月1日香港生活书店发行的《大众文艺丛刊》第一辑中郭沫若：《斥反动文艺》及乃超：《略论沈从文的熊公馆》二文。

❷ 见《沈从文小说选集·题记》。

❸ 见1981年9月10日《羊城晚报·花地》上秦牧所作：《人和事小品：海外的沈从文热》一文。

❹ 据沈从文于1980年5月17日写的《从文自传》的《附记》，载于1980年《新文学史料》第3期（总第8期）上。

❺ 沈从文：《〈散文选译〉序》，载于1982年第二期《读书》月刊。

这类富有牧歌情调、充满浪漫主义传奇色彩的作品，也写过从《柏子》、《石子船》开始，到《牛》、《丈夫》、《贵生》那类具有现实主义精神的作品；在思想上艺术上成熟时期，则写出了既按照现实主义所要求的具有细节描写上的真实性、塑造了典型环境中的典型人物，而又结合着浪漫主义表现手法，“一例地浸透了乡土抒情诗气氛”❶的《边城》与《长河》这样最能代表他那独具风格的作品。从大多数作品（其中当然难免精芜并存）的故事内容来看，他在描绘湘西人民的强悍的同时，歌颂的是边地民俗的淳厚，并以此与大都市的所谓“近代文明”形成强烈的对比，想表达出他对城里的“绅士阶级”和乡下的“抹布阶级”的不同的爱憎，总的思想倾向是向往一种健康的世态，富有人情美和心灵美的人与人的关系，恢复被“近代文明”所污染、所泯灭了的人性，因此他不惜赞美原始部落氏族所过的那种单纯、朴素的生活方式（他甚至在《凤子》这部中篇小说最后一章里给少数民族的敬神谢神仪式作出具有哲理色彩的解释），同时又揭露大都市里的“绅士阶级”虚伪、堕落的生活方式（如《绅士的太太》），以及高级知识分子那种他所谓“被阉割了寺宦观念”（如《八骏图》）。他决不是“没有思想”，只追求艺术美的作家。他的大量作品贯穿了“应当寻求人性和使人性复归”❷的思想基调，从其中具有比较进步、积极的因素这方面来说，他仍然继承了“五四”以来新文学中要求人性解放和人道主义的传统。但是，他一心想维护和恢复的边地的淳厚民俗和朴素人性，其赖以存在的农村自然经济生产关系，当时却正在迅速解体，这就使作家不免常常流露出一种怀旧的情绪，使读者从这些作品中感到作者似乎缺乏应有的时代感和历史使命的迫切感，甚至认为他有意美化了过去，不仅没有写出“我们的世界”，并且掩盖了现实生活中正在日趋尖锐的阶级矛盾。这是就他大多数作品主要倾向而言的。

然而，如果我们只看到沈从文在思想上那“保守、凝固”的一面，而没有注意到他世界观中积极、进步的一面，那的确不符合历史唯物

❶ 同上页注❺

❷ 借自陀思妥耶夫斯基通过小说《斯捷潘奇科沃村》中人物说的话，见藏仲伦所译《伪君子及其崇拜者——摘自一个无名氏的回忆录》一书，1982年云南人民出版社出版。

主义严肃认真的态度。我们不应该忽略这个多产的现代作家也还用另一种“笔调”[1]，写过一系列反映现实生活的作品，甚至直接描写以革命斗争为题材的作品，这些作品都跳动着时代的脉搏，接触到半封建半殖民地中国社会现实生活中一些尖锐的问题。这些作品，往往被我们的现代文学研究者忽略了。而正是这一部分小说创作，反映了沈从文思想深处的复杂性。

沈从文在早期创作中，就写过《阿丽思中国游记》那样具有反帝反封建色彩的童话体小说，对半封建半殖民地的中国社会的政治、文化进行了无情的讽刺，这证明了那种把沈从文说成是“一开始就能够拒绝接受共产党解释中国社会结构的滥调：封建主义与帝国主义”[2]的论断并不符合事实。尽管作者在小说《附记》里表示不愿意把这本小书说成属于“革命文学”，实际上他的不少作品对中国社会结构性质的某些方面还是作了一定真实的反映。从20年代末起，他就写了一系列反映在封建主义与帝国主义统治下的、处于社会底层的劳动人民现实生活和斗争的作品，如《上城里来的人》、《夜的空间（一个平面的纪录）》、《腐烂》、《建设》、《泥涂》、《节日》、《黄昏》等中短篇小说，甚至直接描写1927年大革命时代的国内革命战争和“一·二八”抗日战争乃至反映红军作战，如短篇小说《黑夜》、《早上——一堆土一个兵》和《过岭者》等，还描写过地下革命者的斗争生活，如《除夕》、《大小阮》等短篇小说。这些作品，无疑是作者受到时代思潮的感染的产物，固然同他本人的生活经历和个人与革命者之间交往所留下的印象分不开，但显然同当时无产阶级革命文学运动的提倡和左翼文艺运动的兴起的影响分不开。

《腐烂》和《夜的空间（一个平面的纪录）》[3]可能是作者与胡也频、丁玲合作主编《红与黑》月刊时期的作品，都近于速写性质。在《腐烂》中，作者描绘出靠近大都市附近“承受了市里阴沟脏水的稻草浜一带”

[1] 沈从文说他“自己时常觉得有两种笔调写文章”，除了“用抒情的笔调写创作”外，还用另一种写实的笔调，即运用现实主义创作方法从事创作。“两种笔调”的提法，见他的《〈主妇〉篇附记》。

[2] 夏志清：《中国现代小说史》，香港出版的中文译本第213页。

[3] 这两篇均收入1934年上海大东书局印行的《游目集》。

下层社会人民痛苦生活的阴暗画面，尽管这里堆满垃圾、臭气熏天，一切腐烂到使人无法生存下去，但从“市里公安局”和区长到巡丁，都从没有忘记在这里榨取“凡是一个活人”都逃不掉的苛捐杂税，甚至卫生捐、治安捐这类动人名目，也居然在这种地方作为神圣的国课来征收；在深夜里，江湖看相人，无家可归的流浪儿，粪船上的船夫，招揽嫖客的卖淫妇人……和夜巡的警察，都同时在这最肮脏的黑暗角落里活动着，而跟这里时时形成强烈对照的，则是对岸租界上辉煌的灯火。《夜的空间（一个平面的纪录）》写的是生长在大江边，住在肮脏的船上或岸边小屋里的各种人在半夜里各式各样的梦想与欲望，而不做梦、不关心潮涨潮落的做十三点夜工的贫血体弱女孩了，她们的父母此刻却在那里想的是“人的行市”！这些阴森森的画面，反映了一个敢于面对现实的作家对处于社会底层的劳动人民悲惨命运的关心。

但是，更能说明沈从文这类作品的代表之作，是具有较完整的故事情节，并刻画了一些人物性格的两部中篇小说：1929 年写的《建设》和 1932 年写的《泥涂》。❶

在《建设》中，作者以他惯有的那种冷峭笔调，描写了帝国主义分子侵入内地后农村濒于破产，一个小市镇突然呈现畸形繁荣的面貌，而在这里一个失去土地的纯朴农民在这种环境中怎样在精神上堕落下去的过程。美国人准备建设一座传播基督教文明的教会学校，当局派了一小队步兵在工地附近安营扎寨进行监督，被大家揶揄为“乡下人”的那个青年工人，不甘心每天只拿三毛钱出卖自己的劳动力，卷进了兵士偷卖枪支一类勾当，想从中捞点便宜，不料未能得逞，在慌乱中奔走河边时，偶然碰见一个喝醉了酒的美国牧师，为了摆脱他的纠缠，竟用铁锤把这个洋人打死了。尸首被发现后，官厅同教会查不出死因，于是，作者用他那特有的嘲讽调子叙述了这凶杀案的处理经过：

> 这里就轮到一个故事的布置了，按照一个时代的风气，按照了一种通常的执政者无耻的习惯，就是由中国官厅借口说是“共

❶《建设》收入 1931 年 5 月新月书店出版的《沈从文子集》。《泥涂》曾于 1932 年 7 月由北平星云堂出版单行本，列为“星云小丛书第一种”，后又收入 1934 年 5 月生活书店出版的《如蕤集》。

产党有意破坏中美邦交”所行的一种手段，请求美国外交官谅解，领事方面则在承认这假定是一个最有益于中美邦交的估计以外，也照例请求中国赔一点款，且在换文里声明这笔钱捐到××将来的大学里面去，作为纪念这为敦睦邦交而死去的牧师。中国官厅凡是这类事自无有不答应的道理……派交涉员来去商量了几次，双方很爽利的就把这件事结束了。

至于每天依然做他三毛钱一天粗工的“乡下人”，“先是还常常做梦”，忘不了那个软软的身体倒下去的情形，久而久之这件事他就忘记了；成为有力的讽刺的是，当第二年教会方面为那牧师建筑一座纪念亭时，他也被派来挖地基平土，还因此“得了一点奖赏”，于是他立刻拿这钱到当日还不敢逗留的妓船上，真的在那里过了夜：他已经变得麻木不仁了。

在这里，沈从文描述了在沦为半殖民地的中国土地上经常发生的事件，刻画出当时中国执政当局卑怯的嘴脸和帝国主义分子伪善的面孔；一个廉价出卖劳动力的农民，怎样在生活里失去忠厚老实的本色，而逐渐跟周围的人一样变得厚颜无耻的过程。尽管我们看到在作者笔下，工人和其他劳动人民都还处于一种自在阶级的消极状态，但他也在一定程度上分析了是什么环境什么缘故造成这种状态的，而作者对于“乡下人”的同情与怜悯，也使我们感到这个作家面对残酷的现实时，确是由衷而发的。

如果说《建设》还明显地带着左拉式自然主义的痕迹，那么，另一部中篇小说《泥涂》，几乎是作者在创作方法上的一个跃进，一个新的突破。我们看到，现实主义开始在沈从文笔下取得了胜利。在这部作品里，作者不仅摒弃了夹叙夹议的手法，十分注意形象的具体刻画和细节的生动描绘，像卢卡契所说的，是以“描写”代替了“叙述”，来展开他的故事，塑造他的人物的；而且，作者还从挣扎于泥涂中的劳动人民中，努力发掘了他们那种善良，讲义气，乐于助人乃至不惜自我牺牲的美好品质，还发掘了在这些人们内心深处也埋藏着的敢于反抗恶势力的火种。

《泥涂》描写的虽然是“长江中部一个市镇上”边街陋巷中所发生的一天一夜之间的事情，但却具有典型意义，因为这还是自从“年来外国商人资本的流入”后，在旧中国大小市镇中每天每夜都可能发生的事情。地皮由“官家”圈定，卖给了当地财主团，于是人们被驱赶到“依照地狱铺排的区域里”，跟陋巷附近土牢中的罪犯一起熬煎着日子。而“一阵干燥，一阵淫雨，便照例不知从何处而来一个流行传染病，许多人家小孩子皆害着天花”，后来连大人也都传染上了：“各处皆可看到一些人，用红纸遮盖着头部，各处皆看到肿胀发紫的脸儿，各处皆看到小小的棺木”。小说就是从这场灾难开端的。紧接着又阴雨连绵，而附近大工厂竟不顾居民死活，还在挖沟排除积水，眼看泡在水中的泥屋就要坍倒了。已经被饥饿和瘟疫所压倒的人们不得不奔走呼号了，他们向区里请愿，向工厂抗议，而工厂的头头自然认为淹了篷户与他们无干，照旧继续挖沟排水。紧接着，在夜里，又不知从何而起，烧起了一场大火，人们被逼得四处乱逃；这真是一座活地狱！火被扑灭了，人们却发现正是那个白天发起请愿的退伍上士张师爷，为奋力救火牺牲了。故事在一昼夜之间发生，每个场面在细节的真实性上都无可置疑，情节的发展正是按照规定的情境展开的，而小说中不肯屈服于自己的命运挺身而出的三个热心公益的人——刘娘，祖贵和那个张师爷，又都各有自己的性格，写得栩栩如生。虽然有人认为比起《边城》来，这篇《泥涂》在结构上掩沓了一些❶，但《泥涂》已经洗去了这个作家过去作品中那种行文唠叨的毛病和令人不舒服的冷嘲调子，而且它的内容无疑地比《边城》更接近现实生活。写于1932年的这篇小说，会令人不禁联想到稍早一些时候左翼作家丁玲发表的名篇《水》来。比起《水》来，《泥涂》似乎还缺乏一种较为宏大的气势，但读者也会看得出来，沈从文显然有着更为深厚的生活底子。但是，这部严肃的重要作品，却也被历来的论者所忽略了。

二

沈从文直接反映以革命战争为题材和描写革命者形象的作品虽然

❶ 见汪曾祺：《沈从文和他的〈边城〉》，载于《芙蓉》文学丛刊1981年第2期。汪曾祺是沈从文的入门弟子，他发表的一些近作在艺术特色上都有沈从文风格的明显痕迹。

为数不多，也很值得我们注意。我们知道，沈从文少年时代曾当过五年小兵，有着一些关于军队生活的体验（他在《会明》、《灯》和《新与旧》等短篇小说里塑造过旧军队中一些老兵的动人形象），但那是在地方土著部队里；而且，站在旧人道主义的立场上，他本来是一贯“认为不应有战争”[1]的：那么，他是怎样来处理以两次国内革命战争为题材的这些作品的呢？

首先要指出，沈从文在1933年写过一篇《早上——一堆土一个兵》[2]歌颂了“一·二八”战争发生后一个坚决守土抗日的老兵形象：“妈妈的，你们讲和我不和。我怕丢丑。我们祖宗并不丢丑。”明显地反对当时南京政府妥协求和的政策。由此可见，他似乎也并不是反对各种不同性质的战争的。

写于1932年9月的《黑夜》（原名《黑暗占领了空间的某夜》）[3]，文末注明“纪念郑子参而作”，郑是作者在第一次国内革命战争中英勇牺牲的一个朋友。作者是运用了匠心来精雕细刻这篇小说的，在思想上艺术上应该是属于沈从文最出色的作品之列；它一开篇令人想起莫泊桑艺术上最卓绝的短篇之一的《水上》，但莫泊桑写的是月光下轻雾中船在湖上荡漾时一个迷离的幻境，而沈从文在这里写的却是黑夜里一条河流上，一场令人透不过气来的紧张战斗；夜愈是黑愈是寂静，而气氛就愈是紧张得快要破裂了。故事是简单的：“罗易，××部队通信联络人”，带着平平（“这人还只是一个小孩子”），划着竹筏沿河边向下游划去，过五里外完成一项通信联络任务，河中这一带全是敌区，中间须经过“多少人家多少哨卡”，他们必须及时通过而不能让敌人发觉。开篇写竹筏搁浅，青年人下水去排除障碍物时，发现竹筏被一根木桩和一具死尸挂住了。他们在水中已接连发现两具拴着磨石的沉尸，断定都是他们牺牲了的同志。竹筏无法划动，水上已有敌船巡过，他们只好弃筏沿岸潜行；

---

[1] 见沈从文《从新文学转到历史文物》一文，载于《新文学史料》1982年第1期；这是根据1980年11月24日作者在美国纽约圣若望大学的一次讲演录音整理而成，经过沈从文作了详细修改。文中说由于他在很小的时候，常见大规模的屠杀，给了他“一个远久的影响——就是认为不应有战争……”。

[2] 收入1934年5月生活书店出版的《如蕤集》。

[3] 收入1934年5月生活书店出版的《如蕤集》。

但最后必须决定：是从河中泅过对岸，还是爬山而过？山那边是峭壁。大路上正传来马蹄声。两人赶快爬上山去，等待敌骑过去再作打算；而这时“罗易扭坏了一只脚”，不能行动了，他当机立断，决定让孩子泅过河去，自己却从山岭上爬过，故意吸引敌人向自己开枪，以便平平泅水冲出敌人防守的浮桥（这是最后一道关隘了），孩子果然乘机冲了过去，终于泅到自己人那边了，他应了口号，却不忍回答为什么只剩下他一个人来的问话。这里写了坚定的革命者牺牲自己让更年轻的同志去完成任务的英雄事迹，而通篇没有任何议论，也不做任何叙述，只用一个个具体的细节描写把故事交代得清清楚楚。是的，作者何必发什么议论，做什么叙述呢？作者有意隐藏了自己的观点，他让小说中人物的行动来说明作品内在的思想倾向。作家显然希望采取一种客观的态度，来表示自己对那位革命者由衷的钦敬之情。然而，作者的客观态度，却掩盖不了他对这场残酷战斗本身所流露出来的某种迷惘的情绪，这从水中发现那几具沉尸的细节描写上，不能不被读者感觉出来。

到了《过岭者》这个短篇中，终于明白地流露出这个作家在描写这类革命战争题材时，虽然力图采取纯客观态度，但却无法回避自己内心深处的怀疑情绪。这正是值得我们注意的地方。

《过岭者》[1]描写的显然是工农红军在第二次国内革命战争时期中的一个场景。为了有意的避讳，或是遭到了官方的检查，我们在文中会看到有大段以××××符号代替的删略处，说明这篇作品所涉及的题材在当时政治上的尖锐性。守在山岭上土窟里已经九天的一个秘密交通站的联络员，与单独过岭的交通员见面了，交接了机密文件后，他立刻打发这个交通员匆匆上路；此刻日头正在落下，沿岭已镶了重云，而接着雷声已在山谷中回响着了，忽然间，岭上响起了枪声，一连响了十来下，此后便沉寂了；显然，那个年青的交通员已被“某方面游动哨兵”发现，而且在那一阵枪声中被“结果”了。

于是，作者描写了守在土窟中这个联络员此刻的思想活动。他“记起了先前一时年轻人口传来总部命令中一句话：‘从长时期残酷斗争里

[1]《过岭者》首次公开发表于1934年8月22日天津大公报《文艺副刊》第95期上，已收入1957年人民文学出版社出版的《沈从文小说选集》内。

方可见到一点光明’”。现在呢，又是“一个有志气的人完事了”。“但这是革命！是残酷战斗！”小说不断强调着这两句话。因此，这个联络员开始“设想什么是光明，向光明走去的一路上，可见到些什么景致”，但在他一串记忆中，则无非只是：

> ……围城，夜袭，五千人一万人的群众大会，土劣的枪决，粮食分配的小组会，特工团的解决；又是围城，夜袭……大刀，用黄色炸药作馅的手榴弹发疯似的抛掷，盒子，手提机关，连珠似的放，拍……一个翻了，訇……一堆土向上直卷，一截膀子一片肉在土墙上贴着。又是大会，粮食分配……

这就是那个联络员“向光明走去的一路上”所见到的“景致”，也就是这位作家在革命战争中所见到，或者确切地说，所想像到的一切。不能说作者在反对这种“残酷的斗争”，他的确是怀着同情来描写参加这一“残酷的斗争”的革命者的。然而，这同情实际上包含着一种悲天悯人的成分。他描写守在土窟里的联络员“设想什么是光明”，而代替“光明”的竟仍然是一连串“残酷的斗争”。他是想要写出这个联络员对战斗生活的厌倦吗？他是想表现这个联络员对革命前途的怀疑和动摇吗？显然不能简单地这么看。又是“一个有志气的人完事了”，但作为革命部队的联络员仍然回到山岭上的土窟里去，坚守着他的战斗岗位。作者是故意要“把革命写歪了”吗？然而这位作者并不以革命作家自居，也并没有把自己的作品标榜为“革命文学”。如果这里流露着迷惘和惆怅，那是由于作家本人对革命斗争以及对革命者虽然同情而并不真正深刻理解。正因为同情而并不深刻理解，所以他对革命斗争和参加这一斗争的革命者实际上存在着一种不难想像的隔膜。

沈从文对于自己的先后投身革命的朋友，是同情的，自以为理解他们而实际上是并不深刻理解的。他一方面钦佩他们那种认为“即使失败，也比因为畏难苟安的保守现状为好的勇气”，另一方面他却在心中想道：“你也许比我‘作得认真’，我也许比你‘想得透彻’。”[1]正由

[1] 据沈从文《记胡也频》，1932 年上海光华书局印行本。

于自以为“想得透彻”，他才产生了并且始终怀抱着对人生，对革命那么一种悲天悯人的态度。《过岭者》流露的正是这么一种悲悯的情绪。这里，使我们看到一个作家世界观的复杂性，它的矛盾，它的局限处。

在《三个女性》[1]这篇小说里，我们又看到作者对正在受难的革命者由衷的同情。熟悉30年代文坛掌故的人不难看出小说中被议论而始终未露面的革命者是谁。篇中通过三位有高度文化教养正在青岛游山玩水的女性，议论了被捕入狱而下落不明的梦珂，赞美“她革命，吃苦”，敢于投身冒险的事业，也认为“她虽那么切实工作，但她如果到了这儿来，同我们一块，她也会同我们一样，为目前事情而笑”，同时又断定她“决不会如某种俗气的革命家，一见人就只说：‘不好了，帝国主义者瓜分了中国，×××是卖国贼。’她不乱喊口号，不矜持，这才真的是能够革命的人！”她们对于不像梦珂的一般革命者是感到不舒服的，以为他们是浅薄、“俗气”的，这里反映了这些高雅的女性的“洁癖”，其实也反映了小说作者的这种“洁癖”；小说末尾写到黑凤接到未婚夫“梦珂已死”的电报，就心想：“这世界，有用的就是那么样子的结果！”又自言自语说：“勇敢的同有用的好人照例就是这样，于是剩下些庸鄙怕事自足胡涂的……”后者指的是什么人，以及篇中通过另一位女士说的“某一方面既养了一群小鬼，自然就得有一个地狱来安插这些小鬼的”一些话，都不免会使读者难以揣度何所指，不明白作家为什么要故意把自己的意思写得这样暧昧。

这一方面也许出于作者的美学理想，他不愿做那种“简单的时代传声筒”，要力求使自己的作品写得含蓄、隽永；但另一方面也可能由于写作时必须顾及当时的政治环境，有意要把自己的观点隐蔽起来，努力表现出尽量客观的态度。但是，更多地恐怕还是反映了作者在思想深处的矛盾。

写于1931年7月，改于1934年10月“为纪念采真而作”的《若墨医生》[2]，最能说明沈从文这种复杂的内心活动。这篇小说几乎通篇都用两个人之间的对话组成，而对话直接讨论的正是当时中国人民政

[1] 收入1938年4月开明书店出版的《春灯集》。

[2] 收入1938年4月开明书店出版的《春灯集》。

治生活中最尖锐的问题，那位若墨医生（写的也许就是作者所要纪念的那位朋友），显然在政治上是一个自由主义者，他的关于政治、关于女人的谈话（着重点在于政治，关于女人的谈话无非是为了吸引读者的兴趣所作的陪衬，或者是为了要瞒过书报检查官的眼睛了），固然意在刻画出这位医生凡事都那么认真而又略带怪癖的性格，但他们围绕着当时中国政治前途的讨论，说明这个医生是在为“承认现在统治者的合法，而且信赖他”这种政治主张进行辩护的：“一个人的结核病还得三五年静养，这是一个国家，一个那么无办法的国家，三年五年谁会负责可以弄得更好一点？”困此他反对一切动乱，如果把中国比做“载了一个民族走去的船”，那么他认为“我们现在只能修补。假若现在船长能具修补决心，能减少阻力，能同知识合作，能想出方法使坐船的各人占据自己那个位置，分配得适当一点，沉静的度过这一重险恶的伏流，这船不会沉没的。”医生谈到解决中国当时的动乱，出路在于“需要信仰”；对话的人——小说中的“我”——承认“我也以为要信仰的”，但又反驳医生说：“先信仰那个旧的不可靠，得换一个新的，从新的基础上，建设新的信仰，一切才有办法。”而医生却认为这是一种“徼幸”的思想，并且认为所谓“新的信仰”乃是“基督教情绪之转变”，不过是“属于愚昧和夸张彻头彻尾为天国牺牲地面而献身的感情”，还进一步说：“正因为基督教的衰落，神的解体，因此，‘来一个新的’便成了一种新的迷信，这新的迷信综合了世界各民族，成为人类宗教情绪的尾闾。这的确是一种有魄力的迷信，但不是我的信仰！”通过这篇谈话（其中还有关于“女人”的谈话），作者终于得出一个印象，认定这个医生是“存在三种不可通融的主张了”，即除了“讨厌青年会式教徒，同自作多情的女人……两样人以外还极端怀疑中国共产党革命”。

然而，小说的收尾却照例惯用了沈从文经常使用的那种“急剧转变”（a quick turn）手法❶，这位在政治主张上“承认现在统治者的合法，而且信赖他”，而在女人问题上似乎是个女性憎恶者的若墨医生，

❶ 这是30年代苏雪林在《沈从文论》中指出的沈从文在短篇小说布局上惯用的手法之一。沈从文自己也说过写小说从契诃夫那里学得不少技巧，契诃夫是善于使用这种手法的。

后来的实际行动并不符合他以前的言论：十个月后，小说中的“我”接到医生寄来的“用高丽发笺印红花的结婚喜帖”，原来这位女性憎恶者竟同一个来治牙病的女人结婚了，而尤令人意外的是，这个在政治上是正统派的医生却“为了人类远景的倾心，为人类幸福”，夫妇二人“为了同一案件最近在汉口地方死去了”。

作者对于这位起初对革命表示怀疑，却又在显然与革命活动有关的“案件”中牺牲了的似乎言行不一的“朋友”，决没有任何嘲笑的意思，相反，他赞美了若墨医生那种对人生严肃、认真的态度。

在这里，我们似乎隐约地看到了沈从文笔下若墨医生的言论同他后来的行动之间的矛盾，这也反映了作者在涉及中国革命问题时思想上的矛盾和复杂心理。显然作家是认真、严肃地思索过他在这篇小说中所讨论过的那些政治问题的，但他似乎并没有真正彻底解决这些问题，他只限于赞赏似乎有着怪癖倾向的那位医生对于人生的严肃，认真的态度而已。

三

沈从文也以对于人生态度的严肃、认真自诩，他再三说过：“我实在是乡下人”，“乡下人照例有根深蒂固永远是乡巴佬的性情，……他保守，顽固，爱土地，也不缺少机警，却不懂诡诈。”[1]随着社会地位的提高，阅历的加深，他在文艺上的造诣日臻成熟，使他决不愿人云亦云，在对待涉及中国革命问题的题材方面，他那“保守、顽固”的一面似乎愈来愈加深了，但“也不缺乏机警”，他在艺术上也愈来愈懂得怎样善于把自己的观点隐蔽起来，努力要表现出自己采取的是尽量客观的态度。他曾劝别人：“你不妨为任何现象所感动，却不许被那个现象激发你到失去理性。”[2]这种偏于冷静型的个人气质，使他显示出自己和同时代的其他民主主义作家在作风上也是很不同的。他创作后

❶ 与454页注❶同。

❷ 见沈从文《情绪的体操》一文，列为《废邮存底》第十一篇，收入1943年6月重庆国民图书出版社印行的《云南看云集》。

期写的《大小阮》[1]，直到现在也还会引起人们不同的看法。

试把他同老舍比较一下，我们就会发现作家不同的个人气质是怎样决定了创作个性的形成和发展，显示了作品风格上的差异。这两位作家都写过童话或寓言体裁的小说，抒发自己"感时忧国"的情绪。老舍写了《猫城记》，沈从文写过《阿丽思中国游记》。两个人都以幽默的笔法讽刺了当时中国的政治、社会现状，老舍的这部作品虽然反映了他对无产阶级革命者及其政党的隔膜和误解，但他对当时所谓"国民性"进行抨击和讽刺时简直无法遏制自己的激情；而沈从文却意态从容得多，尽管他对帝国主义和封建主义统治着的旧中国的揭露是针针见血的，他却能克制自己的感情，字里行间流露着那么一种嘲讽的调子，使他的文章显得冷隽而并不峻急。一个简直是干脆的骂世，一个则含蓄的冷嘲。两个人也都在各自的短篇小说中描写过革命者：老舍写过《黑白李》，沈从文写了《大小阮》。这两篇作品虽然主旨不同，题材却十分近似，都是企图刻画他们那一时代两种不同的人物性格和命运的。《黑白李》以30年代初北平地下党组织领导的一次人力车夫砸电车的事件为背景，意在反映由于时代不同，相隔五岁的兄弟之间的不同性格。作者显然把同情倾注在不惜自我牺牲的哥哥身上，但也没有故意贬低作为革命者形象出现的弟弟，虽然在作者心目中，当时的革命者往往属于那类鲁莽灭裂，只凭盲目热情冲动行事的"狂傲少年"。黑李冒充弟弟替死后使白李得以从容逃脱追捕，小说最后写白李在上海提起此事时说的两句话是："老二大概是进了天堂，他在那儿顶合适了；我还在这儿砸地狱的门呢。"作家把这两种不同性格的人物行动的不同，归之于时代的不同教养和影响所造成，他同情黑李忠于旧时代的那种道德伦理观念，对于他那近于基督教徒的殉道精神，表示了温厚的怜悯，却也丝毫没有因此就菲薄或嘲弄那还在"砸地狱的门"的革命者的意思。使我们感兴趣的是，沈从文在《大小阮》中也刻画了两种不同的典型性格，他们辈分虽不同，年龄却相差不多，这叔侄二人出身一样，却各自走了不同的道路。细心的读者会看出，沈从文面对着更为严峻的现实，在他笔下决不肯对自己所塑造的形象加上任

---

[1] 已收入1957年人民文学出版社的《沈从文小说选集》。

何理想化的成分。值得我们注意的是，对于这篇小说的主旨即内在的涵义，在文艺批评界存在着那么不同的分析，说明这个作品的客观效果是复杂的。有的现代文学研究者充分肯定沈从文小说中思想倾向进步的一面，认为这篇小说在描写大阮、小阮叔侄二人的性格和命运上，意在刻画："小阮是一个革命者，在险恶的社会环境里，百折不挠，终为理想献身。小说以大阮的卑鄙怯懦、保身自荣做陪衬，歌颂了小阮坚韧不拔的斗争精神。"[1]但最初发表这篇小说的刊物编者，却对于这篇作品做了不同的分析和说明："沈从文先生在《大小阮》里描写五四前后青年中两种人物典型，一个伤人逃命，东奔西窜，神出鬼没煽动革命而终于丢掉脑袋的侄子，和一个讲究打香水，宿倡捧戏子，当小报编辑，成名了'作家'而回到母校当训育主任的叔父。每人都自信对人生有正确信仰而实在又同样地胡涂。世界成天在变。小阮成了'烈士'，大阮当了训育主任，而学校里当年提灯照他们爬墙的老更夫却依然在燉狗肉下烧酒。从题材，作风以及作者对于人物的态度看，《大小阮》在沈从文的作品中似显示转变的倾向。讽刺的成分似在逐渐浸入他素来所特有的广大的同情。正因为这层，他的观察比从前似更冷静深刻。"[2]这就是说，作者把大小阮都看成是讽刺的对象，其中似乎对"为理想献身"的小阮，并没有什么"歌颂"的意思。

是的，细读这篇小说，不能不引起我们产生一种复杂的感情。一方面，我们得承认作者比较忠实地反映了第一次国内革命战争与第二次国内革命战争之间中国当时的时代背景、社会环境，刻画了青年知识分子中两种不同的典型性格，他们之间的分化，反映了彼此所走的不同道路；作者虽然采取的是尽量客观的态度，把自己的观点隐蔽得那么深，不愿分明地显示自己的爱憎，他着力鞭挞的还是像大阮那样卑鄙怯懦、保身自荣的反面人物，对出生入死的革命者仍然流露了一定的同情；但是，另一方面，我们又感不到像在老舍笔下的《黑白李》中多少还会感到的一种英雄主义与理想的闪光，相反的，在《大小阮》

❶ 见凌宇：《沈从文小说的倾向性和艺术特色》，载于《中国现代文学研究丛刊》1980年第3期。

❷ 据1937年6月1日初版《文学杂志》第一卷第二期的《编辑后记》中有关文字。这一杂志的主编是朱光潜。这段分析和说明可能出自朱光潜的手笔。

中，令我们不能不感到的确有那么一种“天地不仁，以万物为刍狗，圣人不仁，以百姓为刍狗”的冷气逼人而来。是的，尽管“世界成天在变”，作者的态度似乎更接近于那个在人世间历尽沧桑、对人生已无动于衷，只知“燉狗肉下烧酒”的老更夫。从他描写小阮在学校就参加“棒棒团”、喜欢“寻衅打架”的荒唐胡闹行为以及参加革命后“他嘲笑保守，轻视妥协，同往日在学校在上海两地方生活的方式，从一个新环境里发展下去，计划打倒这个，清除那个……”以及从他对于大阮只相信“混”的哲学，一味吃喝玩乐，乃至随波逐流，在精神上彻底堕落下去的描写来看，的确有点儿近乎“每人都自信对人生有正确信仰而实在又同样地胡涂”。

据说，老舍和沈从文的两篇小说，作者写作时都有人物原型作为依据的。❶那么，沈从文是不是要用那么冷峭的笔调有意亵渎作为革命前驱者的形象呢？在这里，我以为与其说“讽刺的成分似在逐渐侵入他素来所特有的广大的同情”，不如说这个作家由于“我比你‘想得透彻’”而产生的那种“悲天悯人”的成分愈来愈在自己的作品里增加了比重。在他看来，无论大阮和小阮，他们无非都是时代的牺牲品，他们的悲剧一半是险恶的社会环境造成的，一半也是由于人性的泯灭（或者用目前较流行的名词“异化”）形成的。大阮的自私、卑鄙，自甘堕落而毫不自觉，固然是由于他陷入邪恶的社会势力中不能自拔；小阮的参加革命，似乎也只出于生性好斗而又接受了“斗争的哲学”使然。作品所以产生这种客观效果，是因为作家站在一个自由主义者的社会立场上，他对革命虽然有同情的一面，但对于中国革命的长期性、曲折性和复杂性并不深刻理解。他对当时一些小资产阶级的狂热和一味蛮干很不以为然，他曾说过，“在新的观念下看我，我也不会是好人，因为对一切太冷静，不能随到别人发狂”❷。其实革命并不要求“发狂”，如果“左派幼稚病”的出现是一种历史现象，但它决不是历史的主流和本质的一面；作者对当时中国革命的观察和感受，似乎只看见那并

---

❶《黑白李》写的是老舍一位老朋友家发生的真人真事；而《大小阮》中的小阮的经历，与左联最早的盟员潘漠华烈士有一定的关联。

❷ 语见《阿丽思中国游记·后叙》。

非主流和本质的一面，因此，他把小阮和大阮都写成了不过是时代的牺牲品。

是的，“因为对一切太冷静”，在接触到有关革命者的生活和斗争的现实题材时，沈从文不愿苟同于那些早期提倡无产阶级革命文学时流行的公式化和概念化的简单写法，为了显示“我比你‘想得透彻’”，他宁肯采用另一种“笔调”，即摒弃了他自己过去作品中一贯的“抒情的成分”以及任何理想化的手段，而严格地遵循着现实主义的创作方法，而这种现实主义，实际上是还没有完全摆脱自然主义的写实主义。同时，又由于他始终未能突破资产阶级人道主义的局限性，他在自己的创作中，总是流露了一种悲天悯人的情绪。怀着这种情绪写作，看来仿佛站得更高一些、更超脱一些了，但这也就往往减弱并且模糊了爱憎分明的态度，使一般读者捉摸不透作品的命意所在，把握不住作者在作品中明确的思想倾向。

但是，《大小阮》里所描写的人物性格还是具有无可置疑的真实性的。例如，小说在描写小阮参加广州起义失败，冒险逃出广州，回到北京大学暂时隐蔽下来时，有一段对话，这段对话真实地把大阮精神上无可救药的堕落和小阮对革命认识上的成熟与清醒以及甘冒危险自我牺牲的气概，刻画出来了。大阮劝侄子不要再去跳火坑，以为“对于这个世界”没有“多少好处”，小阮回答说：

> 对多数当然有好处。至于对你个人，不特好像无好处，并且实在无意义。可是革命成功后，你就会知道对你是什么意义了。第一件事是没收你名下那三千亩土地，不让你再拿佃户的血汗在都市上胡花，第二件事是要你们这种人去抬轿子，去抹地板，改造你，完全改造你，到那时节看看你合宜不合宜。这一天就要来的。自然会来的。

小阮牺牲后，作者又描写大阮：“订过婚，大阮生活全变了，虽不做官，已有些官样子。虽不是国民党员，但对党同情可越来越多了。”小说是以这样一段话结束的：“他很幸福，这就够了。这古怪时代，许多人为寻找幸福，都在沉默里倒下，完事了，另外一些活着的人，却照例以为活得很幸福，尤其像大阮这种人。”在这里，我们看到作家毕竟对“这古怪时代”提出了自己的怀疑和抗议。

四

沈从文“守住一个‘独立自主’的做人原则”❶，自以为必须不偏不倚，不介入任何党派的政治斗争；但他也认为自己有着对“抹布阶级”和“绅士阶级”不同的“爱憎观念”和态度❷，这使他的确写出了不少同情下层劳动人民的作品，甚至同情革命者的作品，也有不少作品揭露了所谓“绅士阶级”在文明面纱遮掩下那空虚、伪善、自私、卑怯的一面，但他的爱憎观念是建立在历史唯心主义的人性论基础上的，在刻画人物的性格时往往抽掉了现实生活中人的社会属性特别是阶级性这一重要内容。如果他也同情“抹布阶级”，甚至同情勇于自我牺牲的革命者，他的同情实际上局限在人道主义者的立场上。当他总结二十五年创作经验提及自己那些“一例地浸透了一种乡土抒情诗气氛”的作品时，他觉得这些作品往往“带着一分淡淡的孤独悲哀，仿佛所接触到的种种，常具有一种‘悲悯’感”❸，确实，几乎他的全部作品都具有这么一种“悲天悯人”的悲悯感❹。沈从文创作上的这种特点，反映了一个中间阶层的作家在急剧变化的中国社会大变革进程中世界观上的复杂性。如果说，这个具有爱国思想的作家始终对于中国革命还缺乏比较深刻的理解，客观上是同中国革命的长期性、曲折性和复杂性分不开，那么，在主观上则同他始终没有能摆脱我们这古老民族文化传统上的精神负担分不开；也就是说，同那来源于道家、儒家哲学的思想根源分不开。

我们有理由相信，沈从文也认为社会上各种弊端、各种病态，都

---

❶ 与455页注❷同。

❷ 与454页的注❶同。

❸ 与455页的注❷同。

❹ 沈从文于1931年在青岛写出《三三》这一名篇后，于1941年又在昆明重看此篇，把它收入《黑凤集》时于文末注云：“前后相去已十年，人生实可悲悯。”《三三》写的是一个倾慕城里人生活的农村少女，她的哀怨、惆怅心情也许反映了作者本人当时内心的一种隐痛。

是由不合理的社会制度造成的。但他似乎认为这种不合理的社会制度，只在于歪曲和毁灭了人的本性，压抑了人的自然发展；而外国资本主义侵入后形成的所谓大都市的“近代文明”，乃是中国这个社会所以日益腐烂、堕落下去的原因。因此，他总是十分留恋过去在自己的家乡湘西一带那种尚未被“近代文明”所污染的边地的淳厚民俗，那种人与人之间单纯而朴素的关系；他理想的境界似乎仍然是田园诗一般充满牧歌风光的世界，如他在《边城》里所描写的那样。他说：“我只造希腊小庙，……这神庙供奉的是‘人性’。”人性在大自然中健康地成长，在与世无争的环境里保留着外在的人情美，内在的心灵美；如果发生矛盾，一切听由不可知的天命安排，即使由此演变成悲剧，仿佛也只能是不可抗拒的命运的悲剧。这个世界已经十分接近“日出而作，日入而息，凿井而饮，耕田而食”的葛天氏之民的时代，那原是“鸡犬相闻，民至老死不相往来”的理想社会，可惜它已一去不返了。

鲁迅说过，“人是‘生命之川’中的一滴，承着过去，向着未来，倘不是真的特出到异乎寻常的，便不免包含着向前和反顾。”沈从文仿佛总是从“反顾”中受到启发，这使他对照当前“这古怪时代”时，便有意无意地歌颂和美化了那长期停滞在以小农经济为主、手工业为辅、以一家一户家长制为单位的，实际上仍然处于自然经济形态的农村社会。他认为“天下一致而百虑，同归而殊途”，在写作的意图和理想上，自以为当然也是“向着未来”的。他希望他的文字对世道人心有所裨益，改变“在这古怪时代”中正在“腐烂”和“堕落”下去的中国社会。但这就难免使他的作品往往被认为是与时代脱了节，看不见历史发展的必然趋势、社会发展的必然规律；他并没有真正找到并深刻理解解决这个“古怪时代”各种矛盾的原因和途径。他那时的思想似乎始终还没有突破人性论和人道主义的局限。

沈从文曾在四十年代写过一篇题为《芷江县的熊公馆》[1]的文章，追述了正当五四运动时期，他作为部队一名收屠宰税的税丁住在湖南熊希龄旧宅中开始接触谭嗣同、梁启超的著作以及林译西方小说的情景，显然从那时起他才开始接受民主主义启蒙的思想教育——那还是

[1] 这篇写于1947年12月19日的文章原载于1948年1月3日天津大公报第三版。

属于旧民主主义革命的范畴。但这一篇回忆性纪念文字，却遭到了不应有的误解，硬给说成是作者有意抗拒当时土地改革运动而创作的作品，因此还给作者加上了“地主阶级的孝子贤孙”的恶谥❶。这种选错了靶子的“批判”，并不符合实事求是的原则。

沈从文有没有类似美化封建秩序的作品呢？批评家似乎也不是丝毫没有根据的，根据就在于这个作家的确写了一些不断“反顾”的作品。正是这类流露着怀旧情绪的作品，显示出了作家世界观上那种复杂的矛盾状况，但是对此也不应该不具体分析，就做出简单化的“判决”。

这里以 1947 年 6 月出版的《文学杂志》第二卷第一期和 11 月出版的第二卷第六期所分别发表的《巧秀和冬生》和《传奇不奇》（题目下注有“本文系接《赤魇》、《雪晴》、《巧秀和冬生》，为故事第四”的说明）为例。❷这部中篇从内容和形式上看，可以说是作者继《阿黑小史》与《凤子》、《边城》与《长河》等小说风格一贯的精心结构之作。但正像 1938 年写的《长河》一样，里面已经接触到较多的现实政治课题。《长河》已展开了较广阔的现实生活场景，而《巧秀和冬生》与《传奇不奇》则加进了作者更多的关于当时中国现实中社会问题的议论与分析。作者后来说他所写的这个故事“是个纪实性的回忆录”，记的是作者于 1920 年冬天回凤凰时，去应一个同乡邀约，去县城约四十里乡村“高岘”作客吃喜酒时，村子里发生一件事的全部经过。❸但他的议论和分析却是针对中国社会的历史和现状而发的，我们看到作家本来已接触到造成中国农村社会正在解体的历史根源，然而却始终从阶级矛盾和阶级分化这个本质问题上游离开去，做出了历史唯心主义的解释：“凡事有个规矩，虽由于这个长远习惯的规矩，在经济上有人占了些优势，于本村成为长期统治者，首事人。也即因此另外有些人就不免世代守住佃户资格，或半流动性的长工资格，生活在被支配状况中。但两者生存方式，还是相差不多，同样得手足贴近土地，参加劳动生

❶ 与 454 页的注❷同。

❷ 这部作品也许是沈从文后期创作中仅有的一部中篇小说了，其中《赤魇》一章未能查到，《雪晴》与《巧秀和冬生》两章现收入湖南人民出版社 1981 年出版的《沈从文小说选》。

❸ 与 455 页的注❷同。

产，没有人袖手过日子。惟由此相互对照生活下，依然产生了一种游离分子，亦即乡村革命分子。”于是作者从过去的历史转入了 20 年代的现状：“但近二十年社会既长在变动中，二十年内战自残自黩的割据局面，分解了农村社会本来的一切”，他这里指的是在地方封建军阀的统治下，使得他所谓的“游离分子”或“乡村革命分子”，使“农村社会本来的一切”变了样，从此，“有家有户的可能成为‘土豪’，无根无柢的又可能转为‘土匪’，而两者又必有共同的趋势，即越来越与人民隔绝，却学会了世故和残忍。”无论“土豪”与“土匪”，他们“永远有个‘不得已’作借口，于是绑票种烟都成为不得已。学会了各种不得已而作成的堕落，便形成了后来不祥局面的扩大继续”。沈从文这里写的是湘西边境这特定的偏僻内地一个村子里发生的故事，但他似乎又认为很可以把它概括为“整个社会的矛盾的发展与存在，即与这部分的情形完全一致”。并且奇怪地把农村中不断“有了斗争，有流血事继续发生，而结怨影响到累世”的现象，又一概都说成是一种“游侠精神”和“浪漫情绪”的表现。对小说的社会背景作了这种分析后，作者还赞美了他理想中的农民和理想中的地主富农。他赞美了贫苦农民那种安贫乐道的“美德”（实际上也就是安分守己和听天由命的精神），例如描写《巧秀和冬生》中冬生的母亲杨大娘时，他是这样落笔的：

> 丈夫十年前死去时，只留下一所小房屋和巴掌大一片土地。生活虽穷然而为人笃实厚道，不乱取予，如一般所谓“老班人”，也信神，也信人，觉得这世界上有许多事得交把“神”，又简捷，又省事。不过有些问题神处理不了，可就得人来努力了。人肯好好的做下去，天大难事也想得出结果；办不了呢，再归还给神。如其他手足贴近土地的人民一样，处处尽人事而处处信天命，生命处处显出愚而无知，同时也处处见出接近了一个“道”字。

而理想的地主富农呢？则应该像满老太太那样的人：

> ……老太太为人正直而忠厚，素朴而勤俭，恰恰如一般南中国旧式地主富农神情。家产系累代勤俭而来，所以门庭充分保留

传统的好规矩。一身的穿着，照例是到处补丁上眼，却永远异常清洁。……头脚都拾理得周周整整，不仅可见出老辈身分，还可见出一点典型人格。一切行为都若与书本无关，然而却处处合乎后人所悬想，尤其是属于性情温良一面，俨然与道同在。更重要的是深明财富聚散之理，平时赡亲恤邻，从不吝啬。散去了财产一部分，也就保持了更多部分。……一切作来都十分自然，因此新屋落成时，村子里上了块金漆朱红匾额，“乐善好施”。

不难想像，作者在这里似乎一心向往的正是这种并不巧取豪夺而且“乐善好施”的“旧式地主富农”与不乱取予守着“老班人”规矩的农民，他们互相虔诚地尊敬天地鬼神，一个“俨然与道同在”，一个“处处尽人事而处处信天命，生命处处显出愚而无知，同时也处处见出接近了一个‘道’字”，他们彼此之间是能够和平共处的。这岂不是十分明显地在美化封建秩序吗？然而，故事展开后，却使我们还很难断然做出这样的结论。在作者笔下，现实生活的本身恰恰破坏了这个“道”的存在，证实着作者本来想努力维护的那个理想社会，已经万难避免地动摇了，崩溃了。也许，作者本来意在提供给读者又一个充满浪漫主义情调的传奇故事，但现实生活本身却使遵循现实主义原则的作家必须按照现实生活的逻辑写作，故事的结局便不能不正如最后一章题目上点明的，是“传奇不奇”。这里就反映出作家世界观中固有的矛盾。

小说写的是发生在高岘这个小村子里“四十天的倏忽变化”中一幕悲剧：“巧秀的妈被人逼迫在颈项上悬个磨石，沉潭只十六年，巧秀的腹中又有了小毛毛，而拐了她同逃的那个吹唢呐的中寨人，才 21 岁活跳跳的生命即已不再活在世界上，却用另外一种意义更深刻的活在 17 岁巧秀的生命里，以及活在这一家此后的荣枯兴败关系中。”而造成这一悲剧的不仅是当地残酷的封建陋规，还更在于受到了出身“少壮军官”的县长支持的，当地团防局以保长自兼的满大队长（他就是那位“乐善好施”的满老太太的大儿子）那直接的残忍行动。故事逼真就逼真在那位县长的出现，他亲自下乡督战，小题大做，号称“围剿老虎洞巨匪”（所谓“巨匪”，其实不过是一小伙拦路抢劫了烟帮的烟土躲到山洞去的人，其中就有拐走巧秀的那个吹唢呐的中寨人被裹胁在内）；实际上“本意只是利用人民怕父母官心理，名义上出巡剿匪”，事实上是想捞上一把回去报功。他在满载着乡绅所送礼物打道回衙后，“剿匪”的重任落在满大队长肩上，他以极其残忍的手段“大获全胜”，消灭了躲进老虎洞拒捕的“土匪”，于是这个地主之家出现了另一番风光：

……满家庄子在新年里，村子中有人牵羊担酒送匾，把大门原有的那块“乐善好施”移入二门，新换上的是“除暴安良”。

小说最后是以换匾额的这一天，“满老太太却借故吃斋，和（死里逃生的）巧秀守在碾房里碾米”来结束的。读罢这个故事，读者不难看出，作者的同情显然是倾注在受害的那个会吹唢呐的田七哥、巧秀和冬生这些无辜者一边的；他固然歌颂了“乐善好施”的旧式地主富农，却更具体地暴露了仗着官府的权势得以横行乡里、还博得了“除暴安良”美名的土豪。尽管作者在开篇作了那么多不必要的解释和分析（除了表现出作家思想上的混乱，这些议论在读者看来简直毫无意义），尽管作者以什么“游侠精神”、“浪漫情绪”来努力渲染这个故事的“传奇”气氛，作品的客观效果却使读者认识到小说所揭露的其实正是在封建习惯势力的重压下和地方军阀腐败的统治下所酿成的一幕旧中国内地农村经常发生的流血惨剧。在这里，恰恰呈现了沈从文这类作品的全部复杂性，而且反映了作家本人世界观中所存在的矛盾状况。作者一心想维护那原已一去不返的古老农村秩序，借此歌颂湘西地方固有的淳厚民俗和纯朴的风土人情，但他那支忠于生活本身的笔却无法回避严峻的现实生活中那残酷的一面，终于不由自主地依然真实地再现了中国社会属于本质方面的实际情况。他甚至企图给地主富农满老太太和贫苦农民的处世之“道”同样地涂上一层哲理色彩，有意无意地想回避阶级矛盾这一事实，然而，他却无法回避现实生活中这一本质问题：“不管个人在主观上怎样超脱各种关系，他在社会意义上总是这些关系的产物。”❶

一部文学作品会产生不同的客观效果，终究是由作品本身的思想

❶ 引自《马克思恩格斯全集》第23卷，第706页。

倾向在起着决定性的作用。作品的思想性与艺术性很难截然分开，沈从文世界观中积极的因素，同他结合了浪漫主义的表现手法而又忠实于现实主义原则的创作方法一起，使他的许多作品具有进步的倾向；但他的世界观中又存在着消极的因素，积极因素和消极因素交互作用，便使他的某些作品呈现出了复杂性。

原载1983年第6期《文学评论》

怎样评价《边城》

张德林

我对沈从文小说《边城》的一个总的看法是：艺术上有较高的成就，思想上则有较大的局限性；艺术与思想的矛盾，在《边城》中表现得相当突出。对这部小说的正确评价，我认为应该是两点论，而不是一点论。

沈从文是我国现代文学中一位著名的“乡土文学”作家。他描绘湘西的山山水水，风土人情，富有浓郁的地方色彩和民族风格。这位老作家，对当代中、青年作家中的“乡土文学”派，影响相当深刻，如汪曾祺、古华等优秀作家，他们的艺术个性和风格的形成，可以说是受了沈从文小说的直接滋养和熏陶。鲁迅说：“有地方色彩的，倒容易成为世界的，即为别国所注意。”这话有道理。近年来，“乡土文学”派的作家和作品，受到国内外广大读者的重视和赞赏，看来决不是偶然的。小说《边城》是沈从文的代表作。这部小说格局较小，生活容量不大，但它写得精致、灵巧、含蓄、隽永，充满了诗情画意。首先，作者是一位高明的风俗画家，他所描绘的边城茶峒，凭水依山，风景如画：“近山一面，城墙俨然如一条长蛇，缘山爬去。临水一面则在城外河边留出余地设码头，湾泊小小篷船。”“贯串各个码头有一条河街，人家房子多一半着陆，一半在水”，而且到处设有“吊脚楼”。寥寥数笔，就点明了环境的特色。一望而知，这是湘西山城所特有的自然风光，是别的地方所不能取代的。其次，作者善于选择各种角度，对当地的民俗风习作深入细致的描绘，如：青年男女用对歌的方式在月夜倾吐爱慕之情；每临端午节，家家锁门闭户到河边、上吊脚楼观赏年轻小伙子在河面上赛龙船；

中秋夜晚，舞龙、耍狮子、放烟火，使那个小小的山城沉浸在一片欢乐之中……。这些山花流水般的风俗画笔，散发着馥郁清新的泥土香气，显示了湘西山城的独特的地方色泽。更为突出的是，作者还以清丽挺拔、意象流溢的笔墨，描绘了山城百姓那种古朴淳厚的民风。这里的每个人物，不论是船夫、姑娘、士兵、水手、过往客商，尽管物质生活条件不同，但他们的心灵是那么质朴、诚挚、善良。人与人之间的关系是真诚相待，和睦相处，一家遭难各方帮助，决不以金钱、利害、得失来权衡一切，没有受到都市物质文明所带来的精神污染。这些描绘在一定程度上揭示了生活在底层的劳动人民的灵魂美。

可见《边城》是一部风格独特的小说。它在艺术上取得的上述成就，我认为应当给予充分的肯定，不能低估。但是，有的西方评论家把这部小说说成是我国现代文学史上“压卷之作”之一，誉之为“伟大湘西抒情作品”（其用意无非是以此来贬低“左联”时代进步作家的革命现实主义作品），这类溢美之辞未免使人感到吹捧过头了。

我们在肯定《边城》的艺术成就的同时，也必须指出它的明显的弱点。总的说，《边城》不是一部革命现实主义的小说，它缺少深广的社会内容和深刻的社会主题。沈从文的不少小说，思想倾向是比较复杂的，《边城》也不例外。我们知道，在三四十年代，沈从文是不主张写阶级矛盾和阶级斗争的。他向来自觉地企图用他的艺术实践来证实“人性论”的正确。他的多数作品几乎都贯穿着“人性美”这一基本思想。沈从文在谈到他的创作实践时说：“一个伟大作品，总是表现人性最真切的欲望——对于当前社会黑暗的否认，以及未来光明的向往。”他在介绍《边城》的写作意图时也说过类似的话：“我要表现的本是一种‘人生的形式’，一种‘优美，健康，自然，而又不悖乎人性的人生形式’。我主意不在领导读者去桃源旅行，却想借重桃源上行七百里路酉水流域一个小城市中几个愚夫俗子，被一件人事牵连在一处时，各人应有的一分哀乐，为人类‘爱’字作一度恰如其分的说明。”可见，《边城》的主题是明确的，——自觉地写出“人性美”。所谓“一件人事”，那是指翠翠的爱情悲剧和老祖父的死。所谓为这件事牵连在一处的“几个愚夫俗子”，那是指围绕着这个爱情悲剧的有关人物，翠翠、祖父、傩送二老、天保大老、杨马兵、船总顺顺。尽管这个爱情故事以悲剧为结局，但是，这里的每个人物之间除了发生一系列的误会以外，他们几乎都没有任何过失，也不存在任何品质上的问题。他们之间虽有贫富之分，贵贱之别，阶级地位不同，但在他们身上看不到什么阶级烙印，人物的各方也并未构成矛盾冲突。天保大老知道傩送二老与翠翠相爱，便主动出走，以致在滩下漩水丧身，无疑是个正人君子。作为父亲，又是船总的顺顺，居然没有丝毫责怪和怨恨之心，自然也是个少见的正人君子。祖父死后，翠翠像一只"孤雏"，失去了靠山，不仅祖父的生前好友杨马兵主动承担起养育翠翠的责任，而且船总顺顺也愿意收养她，把她接到家里来，准备将来促成翠翠与傩送二老的婚事。这则"悲剧"只是流露了一股淡淡的哀愁，然而却是哀而不"悲"，因为有许多正人君子在爱着翠翠，护着翠翠，与翠翠分忧解愁。翠翠并不孤独。翠翠的未来归宿虽然未定，但由于顺顺的宽容和表态，她的前途预示着希望。在这里，作者所要刻画的，并不是现实生活中实际存在的错综复杂的社会关系，而是摈弃一切阶级矛盾的"君子国"里田园牧歌式的"人性美"和"人类之爱"。这种经过作者"理想化"的小农社会人间关系，在当时战乱频繁、动乱不安的旧中国是很难找到的。即使是地处偏僻、交通闭塞的湘西山城，离沿海城市或其他交通发达地区甚远，也不能说一点也没有笼罩上时代和阶级的阴影。这则爱情"悲剧"没有跳出"三角恋爱"、"一见钟情"的窠臼，既没有反封建的内涵，又没有民主主义个性解放的要求，因而看不出多少深刻的社会内容。把这样一部小说称之为压倒一切的"伟大"作品，犹如把山间的小溪、明澈的潭水夸大成大江、大海一样，纯属无稽之谈。对文学表现"人性美"究竟应该怎样评价，这个问题非常复杂，一时颇难下结论。马克思说，"人的本质并不是单个人所固有的抽象物。在其现实性上，它是一切社会关系的总和。"人性固然大于阶级性，但在阶级社会中，人性的主要内容无疑就是阶级性，完全脱离客观存在的阶级关系来颂扬抽象的人性，无论如何是很难真正揭示人的本质的。沈从文的小说对社会问题的揭露，往往流于表面，不够深刻，这跟他有意回避社会的阶级矛盾，用抽象的人性论来认识、理解、解释社会问题有密切关系，其根本性的弱点，正暴露在这里。

原载 1984 年第 1 期《书林》

论沈从文笔下的人性异化和人性恶

吴立昌

一

讲到人性，势必要接触人性的异化问题。“异化”的概念是马克思从黑格尔、费尔巴哈那里沿袭运用的，但他对它加以批判地改造，注入了新的革命内容。“异化”，简言之即异己化，指本来是自己的东西后来变成不属于自己，甚至与自己相敌对并能控制自己的东西和力量。近几年来，人们在运用“异化”这一概念时，更是泛指一切盲目的、自我不能控制的力量对人的统治或支配。在黑格尔的哲学体系里，绝对理念经过逻辑阶段、自然阶段和精神阶段自我异化的过程，虽然充满辩证法，但从物质和精神的关系来看，却是头脚倒置。费尔巴哈从黑格尔那儿接过“异化”概念，用以批判宗教，认为宗教是人性的异化，是人按照自己的面貌理想创造出上帝，然后人又把上帝当作异己存在的神，接受它的统治。因此他要用抽象的“爱”把赋予上帝身上的神性（即人性）夺回来还给人。费尔巴哈虽然否认神的存在，强调人的本性，但又把人仅当作单纯自然的人，看不见人是社会实践的存在物。马克思批判吸取了黑格尔的辩证法和费尔巴哈的唯物主义，把人性的异化放在人的劳动实践中加以考察，他首先抓住人的本质是有意识的活动——劳动，人性的异化是从劳动产品和劳动的异化开始的，这就触及到资本主义生产的要害。马克思对资本主义生产方式下人性异化现象的科学考察，有助于我们更准确地分析和评价沈从文关于人性异化的艺术描绘。当年的沈从文不懂也不拥护马克思主义，但是由于马克思主义是从社会实践中科学概括出的理论，因此只要作家在不同程度上能正视现实，反映现实，不故意掩盖或美化，至少可以在揭露旧社会如何戕害摧残人性这一点上与马克思早年深刻剖析的人性异化现象有不谋而合之处。沈从文的作品正是在一定程度上揭示了私有制社会人性异化的客观现实，因而具有较高的真实性。我们试从沈从文笔下人性异化的三方面内容略加论述。

第一，丧失了人性的外观。

马克思在谈到有产阶级和无产阶级同是人的自我异化时指出："有产阶级在这种自我异化中感到自己是满足的和稳固的，它把这种异化看做自身强大的证明，并在这种异化中获得人的生存的外观。而无产阶级在这种异化中则感到自己是被毁灭的，并在其中看到自己的无力和非人的生存的现实。""无产阶级身上实际上已完全丧失了一切合乎人性的东西，甚至完全丧失了合乎人性的外观。"❶看，一方"获得人的生存的外观"，一方则"完全丧失"。马克思虽然分析的是资本主义社会，但在中国半封建半殖民地社会，"朱门酒肉臭，路有冻死骨"的现象也随处可见。沈从文有不少作品对深受剥削和压迫的工人农民等下层人民"丧失了合乎人性的外观"的现象有所描绘，客观上揭露了现实社会普遍存在的阶级矛盾和阶级对立。他在讴歌农村素朴人性美的同时，没有忘却在城市里，厂矿中，还有很多挣扎于饥饿线上的工人和贫民。他们生活的环境就与《边城》迥不相同，那里到处是肮脏、贫困、疾病、愚昧……一句话，不是人过的日子，不是人待的环境。

《建设》(见《从文子集》)是一篇写工人生活的小说。某工程处从四面八方招来一千名建筑工人造房屋，办教会学校，但工人每天收入仅三毛钱。他们只知道"今天作工明天也同样作工"，"天气冷下来，用粗糙的手抓着冰冷的铁，直到出汗以后才明白这手是自己的手"；跳进污泥沟挖泥，"虽全身累到出了汗，两只脚还是冻结在水中"；谁早上稍稍睡过了头，不仅挨工头打骂，还要"扣薪一半，作为惩罚"，三毛只剩一毛五了。他们每天清晨从肮脏的工棚起床，冒着严寒出工，

❶《神圣家族》第44、45页，人民出版社1958年版。

小说对此有一段生动描写：

> 他们从住处走出，各人鼻孔皆在寒气中放出热气，各人皆用手喝着搓着，各人还很随便毫无拘束的扯脱了裤子的前裆，露出黑色的一条，哗哗的洒着热尿。他们皆仿佛没有什么话语必须与同伴说及，各人望望天，不拘天气好坏，似乎从天上的云彩皆可望出日子的意义，皆明白今天一切与昨天一切完全一样，点名，发签子，按工头所分配的工作去做事，搬砖，扛铁条……

我们再看看另一篇类似速写的小说《夜的空间》（见《游目集》）关于童工令人心酸的生活。当沿海小镇的船妇、屠户、短工各自做着与现实相反的美梦时，“不做梦，不关心潮涨潮落，只把二毛六分钱一个数目看定，做十三点钟夜工，在黄色薄明的灯光下，站在机车边理茧，是一些大小不一的女孩子。这些贫血体弱的女孩子，什么也不明白的就活到这世界上了，工作两点钟就休息五分钟，休息时一句话不说，就靠在乱茧堆边打盹，时间到了，又仍然一句话不说到机车边做事”。

小说《腐烂》（见《游目集》）虽然写的是城市贫民，并且缺少完整的情节和人物，但却比较客观地展示出大城市贫民窟居民连人性的外观也丧失殆尽的悲惨情景。这儿是一条臭水浜，岸上聚居着各种各样的穷人。夏夜，臭水浜臭气熏天，到处是垃圾，肮脏异常，妇女甚至赤着上身在河边倒马桶，小孩子满头疥癣。与洋人租界高楼大厦隔河相望的贫民窟百姓过的就是这样一种非人生活，他们不仅生活于腐烂的空气里，而且还要时刻承受各种名目的苛捐杂税。马克思描述无产阶级非人生活时说：“光、空气等等，甚至动物所固有的最简单的洁癖，都不再成为人的需要了。污秽，这人的堕落、腐化的标志，这文明的阴沟（就这个词的本来意义而言），成了劳动者的生活要素。”[1]《腐烂》中的贫民们所处的腐烂的生活环境不正是这样吗？

沈从文笔下这些工人和贫民，似乎没有思想，没有欢乐，也没有悲哀，显得是那么的麻木。他们不是“人”，只能算是一群“做工的动

[1]《1844年经济学——哲学手稿》第87页。

物”，“他们都明白他们在生只会劳作同饥饿。”（《建设》中语）他们从肉体到精神，都完全丧失了自由活动的权利，过着俗话说的“吃的猪狗食，睡的滚地笼”的悲惨生活。他们把作为人的本质力量并区别于动物的劳动，从生活需要变成了求生手段。劳动对于他们来说，已经毫无快乐幸福可言，有的只是劳累、饥饿和痛苦。他们在劳动中不是肯定自己，而是否定自己。沈从文通过艺术的语言所反映的劳动人民非人生活，恰恰是马克思用科学语言所概括的：“外在的劳动，人把自己外化于其中的劳动，是一种自我牺牲、自我折磨的劳动”，这时“生命过程表现为生命的牺牲。”❶

第二，灵魂的扭曲和变形。

沈从文并不以表现下层人民如何丧失人性的外观为满足，他还以比较深刻的笔触揭示人们灵魂的扭曲和变形。如果说前一类作品在五四以来文学创作中还较为常见，那么写灵魂的扭曲和变形则为沈从文所擅长，也是他表现人性异化的深刻性所在。“把最近二十年来当地农民性格灵魂被时代大力压扁扭曲失去了原有的素朴所表现的式样，加以解剖与描绘。”❷这是沈从文在写《边城》时的另一个打算。其实在这之前的作品里，作者已经有意识地表现这方面的题材和主题了。在农民灵魂被压扁扭屈的样式中，最突出的是麻木和愚昧。由于沈从文的亲身经历，他最擅长通过对杀人场面的描绘，展现人物愚昧麻木的灵魂。无论是被杀者，还是周围看客，以至执刑的刽子手，大多数是农民或农民出身的士兵。他们对于杀人这件事，只知道刀举起，人头落下，简单极了。至于为什么要杀人？为什么一天动辄杀上成百上千？为什么被杀者都是与自己境遇相差无几的乡下人？他们从不去究问，更不会认真思索。只是闻见越多，越习以为常，当作每天必做的“功课”。

《从文自传》中的《辛亥革命的一课》、《清乡所见》、《怀化镇》等章节中，对残杀无辜百姓的罪恶现象均有比较真实的反映。表面上作者的态度似乎颇为冷静客观，实则蕴含着极大的反感和不平。军队杀人的唯一理由是清乡剿匪，但是大多是乘机诬良为匪，敲诈勒索。“被

❶《1844 年经济学——哲学手稿》第 47、56 页。

❷《长河·题记》。

杀的差不多全从苗乡捉来，胡胡涂涂不知道是些什么事，因此还有一直到了河滩被人吼着跪下时，方明白行将有什么新事，方大声哭喊惊惶乱跑，刽子手随即赶上前去那么一阵乱刀砍翻的。”被杀者如果有点“特别”表现，如招供爽快，临刑镇定，或痴痴呆呆，死后不倒，等等，都会引起周围看客的种种议论。例如《我的教育》（见《沈从文甲集》）写到一个被杀者临刑前居然结结巴巴说了一句“二十年又是一条好汉”，立刻引起看客的兴趣甚至钦佩之情。围观的士兵回营后还津津有味讨论着，从这汉子下跪姿势中看出他做匪无经验，因为作匪多年应懂一切规矩，下跪只应屈一只腿，或重伤则盘腿坐下，以便头落地后，尸首可仰卧地上，对于投生方便。但那汉子说了“二十年又是一条好汉”那样慷慨决绝的壮语，却到头不懂这些小事，“算不得完全的脚色。”这真是一段带泪的可悲的描绘，反映了周围看客的精神也陷入极端愚昧麻木的境地。他们把杀人当成“有趣味的一件事”在欣赏，议论，根本不了解残杀背后包藏着多少罪恶，多少血泪，多少悲愤。相反，杀人过后却引起他们的“兴奋”，出现了这么一种反常现象：“杀了一个人以后，他们大家全都像是过节，醉酒饱肉，其乐无涯。”如果说，上层统治者有这种反应，是因为这一来可以除去心腹心患，更加巩固自己的统治地位，为什么这些本身就处于军队最底层，又多为农民出身的士兵，面对此种情景竟无动于衷，激不起半点同情和怜悯？是他们嗜杀成性？是对被杀者有什么深仇大恨？都不是。这是长期以来，在战争动乱，压迫剥削下面，人性的丧失。他们的灵魂变呆钝了，变麻木了，没有爱憎，没有是非，无所谓悲，无所谓恨。在他们心目中，不仅被杀者，而且连他们自己，都不像一个“人”。

被杀的愚昧，看杀的麻木，杀人的刽子手又何尝清醒呢？他们充其量不过是反动统治阶级用以残杀无辜百姓的一件工具、一架机器而已。面对“犯人”，他们只知听命令，举刀砍下去就是，其他什么也不考虑。小说《新与旧》（见小说集《新与旧》）中那个自清末就当上刽子手，曾经风光一时的老兵，就是如此一个“工具”和“机器”。他机械的完成杀头任务，机械的按旧例跑到城隍庙与县太爷串演一出忏悔、自首、挨打而后又领赏的闹剧。几十年后的民国，早已时行枪毙，“失业”已久的老兵忽然又奉命去杀两名共产党。他仍像过去那样胡胡涂涂去刑场，胡胡涂涂举起刀，然后习惯地再跑到庙中，准备重演那出闹剧，结果反而被人们视为疯子，嘲笑、痛打一番。他似醒非醒的觉得："眼前一切已证明不是梦里，那么刚才杀人的事也应当是真的了。多年以来本地就不杀人了，那么自己当真疯了吗？一切疑问在脑子里转，终究弄不出个头绪。"老兵在这场惊吓中，很快自己也死了。可悲的是他至死也不明白自己为何要杀人，杀的又是些什么人。他麻木的干了几十年刽子手，又麻木的在寂寞中离开了人世。

沈从文耳闻目睹并反映在作品中的都是他故乡湖南的杀人场景。王鲁彦的名篇《柚子》写的同样是湖南杀人，那个观看杀人的青年对刽子手是这样称赞的："这人的本领真好，只是一刀！"鲁迅 1928 年的一篇杂文《铲共大观》也是从湖南长沙屠杀共产党时群众观看的"盛况"中想像那些看客"脸上都表现着或者正在神往，或者已经满足的神情"，并断言"中国现在（现在！不是超时代的）的民众，其实还不很管什么党，只要看'头'和'女尸'。只要有，无论谁的都有人看。"两位作家与沈从文的描绘多么相似，虽然这是时间、地点的巧合，但不也正表明三位作家所见略同，他们作品所具有的真实性吗？鲁迅对中国杀人时周围看客的那种麻木神情一直深以为忧。他不仅在《药》、《示众》等小说里对此有惟妙惟肖的艺术表现，而且早在日本留学期间，就探索"怎样才是最理想的人性"的问题。众所周知，鲁迅的弃医从文正是从日军屠杀中国百姓而周围同胞看客却神情麻木的画面中受到启示："凡是愚弱的国民，即使体格如何健全，如何茁壮，也只能做毫无意义的示众的材料和看客。"❶沈从文虽然思考这个问题远不及后来成为共产主义者的鲁迅之深广，但他确实在思考着。从人性被压扁被扭曲的角度来剖析人们对待杀人场面麻木不仁的精神状态，正是他认真思考的结果。这类作品的批判性是毋庸置疑的。

马克思说："任何一个存在物只有当它立足于自身的时候，才在自己的眼里是独立的，而只有当它依靠自己而存在的时候，它才算立足于自身。靠别人的恩典为生的人，认为自己是一个从属的存在物。"❷

---

❶《呐喊·自序》。

❷《1844 年经济学——哲学手稿》第 82～83 页。

在生活的重压下，多少人成了“从属的存在物”，失去了自己的独立人格。那些杀人场上神情麻木的士兵和看客，实际上都是一种“从属的存在物”。除了这类人物，沈从文笔下经常出现的还有不少湘西小镇妓女。卖淫，正如作家自己所说，“是人类一种最古的职业”。[1]历史唯物主义认为，自从人类社会产生财产不均现象和雇佣劳动之后，“作为它的必然伴侣，也出现了与强制女奴隶献身于男性的现象并存的自由妇女的职业卖淫。”[2]妇女把自己的肉体当商品出卖，卖给嫖客作泄欲工具。卖淫是穷困妇女的一种谋生手段。从夫妻正常的性关系变成为了求生而不得不将肉体无节制地去满足任何肯出钱的陌生男子的欲望这样一种现金交易，是与站在机器边被迫强制进行劳动的工人一样，都是一种异化现象。人应该有自由支配自己肉体的权利，但对妓女来说，却反过来要被自己的肉体所控制。沈从文在《桃源与沅州》里所反映的妓女命运多么凄惨。从十三四岁直到五十开外，她们为了生存，“有些人在五十以上，还不甘自弃，同孙女辈行来参加这种生活斗争，每日轮流接待水手同军营中火夫。”因为她们人老珠黄，只能贱价出卖。在这种环境里，她们怎么会有什么独立人格和人类尊严。她们的灵魂都被卑鄙丑恶的卖淫制度压成畸形。小说《厨子》(见《都市一妇人》)里那个七十多岁的老鸨，当回忆起自己年轻时作“状元”给达官贵人玩弄时，津津乐道，自以为荣。这是极力要“从奴隶生活中寻出‘美’来，赞叹，抚摩，陶醉”[3]的十足奴才的精神状态。还有那个从乡下赶来探望当船妓的妻子的年轻丈夫，见到船主或商人一上船就大声嚷着要与自己妻子亲嘴睡觉时，“那宏大而含糊的声音，那势派，皆使这作丈夫的想起了村长同乡绅那些大人物的威风。于是这丈夫不必指点，也就知道怯生生的往后舱钻去，躲到那后梢舱上去低低的喘气，一面把含在口上那枝烟卷摘下来，毫无目的地眺望河中暮景。”[4]过去人们习惯于否定沈从文这类描写，认为是对劳动人民的污蔑和歪曲。殊不

---

❶《湘行散记·桃源与沅州》。

❷《家庭、私有制和国家的起源》，《马克思恩格斯选集》第 4 卷第 58 页。

❸ 鲁迅：《南腔北调集·漫与》。

❹《从文子集·丈夫》。

知广大劳动人民在旧社会，绝大多数尚处于不觉悟状态，他们在层层迫害下喘息着。他们并不心甘情愿如此，而是没有法子。“女子出乡卖身，男子皆明白这做生意的一切利益”，亦即为了增加收入以维持生活。时间一长，人的精神自然随之麻木起来，对于妻子卖身也就安之若素了。我们应该看到这样的丈夫和一切失去独立人格的妓女，都不能意识到自身存在的价值，他们只以为是靠别人恩典为生。他们对自己的痛苦遭遇采取麻木不仁态度，乃是私有制社会人异化为物的必然现象。

小说《上城里来的人》(见《如蕤集》)所揭示的农民性格灵魂的扭曲和变形更令人吃惊。小说以一个乡间农妇的口吻，叙述一支军队突然来到某村，抢牛羊、抢财物的同时，还抢女人。农妇也身受其害，被迫进城做女佣。小说有一段描写军队强奸妇女时农妇的反常态度。她认为军队强奸民女是常事，不必害怕，这表明她已司空见惯甚至亲身遭遇过而见多不怪了。但她的大表妹是个黄花闺女，被军队叫去，害怕得脸色难看，双脚发抖。可是她的反应则是：“我的天，你这样胆小，一个女人总有一次的事，怕什么？我是不怕的。用过了他们就会走路。”于是她反过来劝慰表妹：“……不要怕，让他吃，让他用，衙门做官的既不负责，庙里菩萨又不保佑，听他们去，不过一顿饭久就完事。”农妇的态度确实出乎人们意料。她的态度一方面显示了对军队和官府的变相抗议，一方面也表明在此种情况下，她是逃避不了的，所以只能采用这种无可奈何的被扭曲的方式表示自己的不满。农妇表面的麻木不仁却蕴藏着罄竹难书的苦难。沈从文这样表现，应该承认，比之一般正面描写旧军队如何狂暴追逐妇女，妇女又如何呼天喊地四处躲藏的场面，更富特色，更能触及人物的灵魂。

第三，人性的复苏和觉醒。

在现实黑暗势力重压下，农民、士兵、工人等下层人民的灵魂虽然被扭曲得变了形，但是沈从文并没有忘记，而是十分注意挖掘他们身上尚未完全泯灭的人性。即使《新与旧》里那个胡里胡涂操着刽子手生涯的老兵，当他“失业”时候，也还表现为人采药、钓鱼、给踢球的小学生打气等等富有人情味的天真淳厚的一面。至于那些湘西小镇妓女与水手间的爱，更是一种素朴人性美的自然流露。她们在金钱物欲控制支配的罅隙，仍然执着追求真诚的爱。《一个多情水手与一个多情妇人》（见《湘行散记》）中那个妓女结识了年轻水手牛保，一夜露水姻缘，次日分别。时间虽仓促，但因相同命运而产生了感情，他们之间已超脱了“肉”的交易而达到“灵”的融合。妇人送水手一包核桃，还叮咛说：“我等你十天，你有良心，你就来——。”“良心”就是感情，就是爱。这席话对于经年累月操劳于水上的无室无家的牛保来说，是多么的温暖，多么的富有情意。散文中的“我”，想像十天后牛保回到妇人身边的情景：“十天完了，过年了，那吊脚楼上，一定门楣上全贴了红喜钱，被捉的雄鸡呵呵呵的叫着，雄鸡宰杀后，把它向门角落抛去，只听到翅膀扑地的声音。锅中蒸了一笼糯米饭，长年复着搁在门口的老粑槽，那时节业已翻动，粑槌也洗得干干净净，只等候把蒸熟的米饭倒下，两人就开始在一个石臼里捣将起来。一切事皆两个人共力合作，一切工作中皆掺合有笑谑与善意的诅骂。”小两口子亲热的夫妻生活，家庭之乐，正是萍水相逢产生知己之感的水手和妓女所神往的，他们多么希望舍弃各自痛苦的非人生活，而组织一个甜蜜的、富有人情味的小家庭。“多情”，正表明他们身上人性的复苏。

《柏子》也写了类似的一对水手和妓女。水手柏子一方面灵魂被扭曲压扁，一个月辛苦得来的钱，都用于烟、酒、嫖、赌，以为这样就能得到休息和快乐，忘了周围的世界，忘了自己的过去和未来，他“不曾预备要人怜悯，也不知道可怜自己”，而是自得其乐，自感满足；但是另方面，柏子从与妓女短暂的欢聚中，也产生了爱，精神上有所寄托，因此，“以后也将高高兴兴的作工，高高兴兴的吃饭睡觉，因为今夜已得了前前后后的希望，今天所‘吃’的足够两个月咀嚼，不到两个月他可又回来了。”可怜的人呵，你们既精神麻木，又保存着对爱的希望和憧憬；你们虽然粗犷而具野性，但又缠绵而富于人情味。这另外的一面恰恰是沈从文所不曾忽略并努力发掘的素朴人性美。

正因为处于社会最低层的人们身上的素朴人性尚未完全泯灭，所以当他们意识到自己的非人境遇后，必然要产生不满、愤慨甚至反抗，尽管这种觉醒是不自觉的，朦胧的。马克思在分析无产阶级的自我异化必然发展到对现存制度的反抗时深刻地指出：“这个阶级之所以必然产生这种愤慨，是由于它的人类本性和它那种公开地、断然地、全面地否定这种本性的生活状况相矛盾。”因此他们“不得不愤怒地反对这种违反人性的现象。”❶沈从文笔下的人物，不都是无产阶级，更没有出现无产阶级中的先进分子，但是他们却在不同程度上丧失了人的本性甚至人性的外观，因而从一种求生本能和做人权利出发，自发地对周围现实表示愤慨以至反抗。湘西煤矿工人的生活和命运是如此凄惨：“……黑脸黑手脚人物，全身光裸，腰上围上一片破布，头上戴了一盏小灯，向那个俨若地狱的黑阱爬进爬出。矿坑随时皆可以坍陷或被水灌入，坍了，淹了，这些到地狱讨生活的人自然也就完事了。”❷其中一个矿工就是因为忍受不了这种人间地狱畜生般的生活而杀死一个看管的士兵，拿了武器投奔“土匪”。小说《泥涂》（见《如蕤集》）顾名思义，即是写的草野小民。该篇具体反映了聚居于贫民区的老百姓因忍受不了官府与资本家勾结起来的迫害而进行自发反抗的过程。贫民区地势卑隰，房屋颓败，瘟疫流行，人们“仿佛为天所弃的样子”，大家牢骚满腹，要向使他们受害的当局提出抗议。富有正义感和同情心的祖贵、张师爷自告奋勇作群众代表，喊出“我们要我们做人的权利”的愤怒声音。虽然抗议仍然无效，但人们在反抗“违反人性的现象”时，能相互帮助，体谅，显示出劳动人民固有的斗争精神和高尚品质，这就是人性的觉醒，它表明阶级压迫和剥削是怎样摧残人性，人性的觉醒则是阶级对立的现实生活的必然产物。《泥涂》能够客观上给读者这样一个正确认识，在沈从文创作中确实是难能可贵了。

由于沈从文自己也没真正意识到阶级的对立和斗争，更不可能给他笔下的人性异化注入多少阶级内容，所以直接表现被压迫人民为维护做人权利而进行反抗斗争的作品，不仅数量不多，而且颇嫌粗糙和肤浅。但是，在剖示人们灵魂深处怎样从麻木到觉醒的过程，却非常真实而有深度。《丈夫》即其代表作。小说以细腻深刻的笔致，雕镂出主人公的灵魂。为了求生的需要，妻子上船当妓女，丈夫前来探望；当他躲在后舱听任嫖客在同妻子调笑时，突然感到孤单，因为“如今与妻子接近，与家庭却离得很远，淡淡的寂寞袭上了身，他愿意转去

❶《神圣家族》第44、45页。

❷《湘行散记·五个军官与一个煤矿工人》。

了。”可是，当夜间妻子从前舱过来往他嘴里悄悄塞进一块冰糖时，他又谅解了妻子的行为，平静的睡去。这时的丈夫虽有点寂寞，但还比较安于现状，精神也较麻木。次日有钱有势的水保来找妻子老七时，他在来人威势面前，卑微异常。水保称他为“朋友”，他居然受宠若惊，甚至把没时间同妻子讲的私房话也统统倒出来。最后水保又要他关照妻子晚上不要接客，水保自己要来。此时他一面因妻子有此熟客可以多得钱而觉得“愉快”；同时“他记忆得到那嘱咐，是当到一个丈夫面前说的！”便在心上增加了愤怒，“喉咙为妒嫉所扼，唱不出什么歌，他不能再有什么快乐。按照一个做田人的身分，他想到明天就要回家。”丈夫失去作人起码尊严的自惭形秽的心理和毕竟还保持着一点人格独立的意念，矛盾而又复杂的交织在一起。不久，妻子和老鸨从街上回船，送他一把胡琴，还用酒菜热情款待，他原来的愤怒和妒嫉情绪又一下子化为乌有。他似乎感到在享受一种天伦之乐，“年青人在热闹中象过年，心上开了花。”突然间两个烂醉如泥的士兵闯上船来，硬要妻子接待，丈夫又吓得躲进后舱。士兵走后，丈夫沉默不语，也无心再拉胡琴。夜里水保又带了警察查夜，走时还关照巡官等会还要来“过细考察”妻子。老实的丈夫不明此话含义，还准备着与妻子讲和，同她在床上说笑话。就这样丈夫来看望妻子的一两天间，目击妻子连续接了三批“客”。虽然他在乡下早知妻子干的是何“生意”，但如今是耳闻目睹自己的妻子为了几个钱在给任何男人作践和蹂躏，他终究忍无可忍了。所以第二天清晨，当妻子把夜里得到的几元卖身钱一齐交给他时，“男子摇摇头，把票子撒到地上，两只大而粗的手掌捂着脸孔，象小孩子那样莫名其妙的哭了。”这对年轻夫妇为了摆脱这种非人生活给他们精神上的痛苦，最后毅然离船回乡。丈夫的觉醒是朦胧的，几经周折的，而且根据他原有的觉悟，决不会有更激烈的言词和行动；然而，他终于开始认识到自己存在的价值，争取作一个有独立人格的人。这是人性在与非人性的环境冲突中，在自我异化的过程中取得的胜利。这样的作品，与柔石的《为奴隶的母亲》或罗淑的《生人妻》相较，虽然有人们指出的“缺少愤怒”的缺点，但是亦有着重于解剖人物灵魂的长处，而作者对下层劳动人民的“温爱”之情更是渗透于字里行间，形成沈从文的特色。

二

自产生人类社会以来，每一个人都是社会关系的总和，人的本性就不能以纯粹的动物性来显示了。因此，人性的善和恶，也不能像吃喝性交那样被看成完全是生理现象，而应该是社会实践的产物。性本善或性本恶，各执一端，古已有之。之所以争论不休，解决不了实际问题，就在于离开社会实践把人性抽象化。一个人的本性是善还是恶，主要从他与别人的关系中体现出来。如把他架空，离开了具体的社会关系，就无法辨别是善还是恶。过去关于人性问题的片面理解，不在对性本善或性本恶的否定，而在把阶级性和社会性等同起来，社会关系统统被当作阶级关系，因而解释不了许多与阶级性无关的社会现象，把一些明明是不同阶级共有的人性的善或恶，硬要指为某阶级所特有的属性。比如，民风强悍，就是某个民族历史发展的产物，是民族关系（也是一种社会关系）的一种表现形式，就不能与阶级关系等同。人性的善和恶虽然有某些超越阶级性的部分，但还是不能离开人类社会。例如对爱情的忠贞，可以在古往今来许多文学作品中受到不同阶级作家的歌颂和赞美，但这种忠贞爱情却不能说是自有人类社会就已存在，因为在群婚制的野蛮社会，人们对忠贞爱情并无任何道德的、审美的观念，它只是到一夫一妻制的文明社会里才被人们所珍惜和称颂。

然而，我们也不应忽视，作为社会的人是从自然的人进化发展而来的。恩格斯在批判杜林把人性的人与兽性的人截然分开的错误时指出："人来源于动物界这一事实已经决定人永远不能完全摆脱兽性，所以问题永远只能在于摆脱得多些或少些，在于兽性或人性的程度上的差异。把人类分成截然不同的两类，分成人性的人或兽性的人，分成善人和恶人，绵羊和山羊，这样的分类，除现实哲学外，只有在基督教里才可以找到。"❶这段话明确告诉我们，每个人身上都存在着不同程度的兽性。以往主张性善说者，把善称为人性，把恶称为兽性或非人性。从这个意义上，人性恶也是人性的一种异化形式。人类身上遗

❶《马克思恩格斯选集》第3卷第216页。

留的兽性，在人类社会发展过程中，不可能完全消失，有时甚至会不顾一切社会法律道德的约束而膨胀，即成为人性恶，亦即恩格斯在另一处所说的“人的恶劣的情欲——贪欲和权势欲。”[1]恩格斯从整个人类历史发展的高度认为：“在黑格尔那里，恶是历史发展的动力借以表现出来的形式”，但统治阶级贪欲和权势欲的实现总是建立在摧残人性，压迫广大劳动人民的基础之上，“被压迫阶级追求幸福的欲望不是被冷酷无情地和‘由于正当理由’变成了统治阶级的这种欲望的牺牲品吗？”[2]

由此可见，人性本身就包含着善和恶，特别自私有制社会产生之后，因为劳动的异化，人性中的假恶丑更得到恶性发展。我们一般讲的人性与非人性，人性与兽性的冲突，实际上就是人性中的善与恶的冲突，在阶级社会里带有强烈的阶级斗争色彩。从被压迫被剥削阶级来说，要求恢复人性的外观，改变畜生般的生活环境，取得做人的权利，这就是人性的发扬；从剥削阶级来说，则是以给奴隶、农民和工人以非人待遇来换取自己的恶劣情欲即兽性的满足。沈从文的作品，在讴歌人性真善美和描绘下层人民在社会压力下人性异化的同时，还把他的笔锋直指统治者剥削者的恶劣情欲，揭露这种人性恶正是摧毁农民素朴人性美的罪魁祸首，从而使作者这部分作品具有比较强烈的批判现实的社会意义。

第一，揭露摧残人性的社会恶势力。

沈从文从人道主义立场出发，为了维护人性，发扬人性，对摧残人性的种种社会罪恶势力发起攻击，这种攻击表面看来没有多少激烈言词，更缺少一般左翼文学的火药味，但仔细品读之后，就可在似乎平平淡淡，不动声色，甚至有点冷漠的描写里，觉察到作家对现存秩序的不满和对无辜受害百姓的“温爱”。

我们还记得《会明》里那位火夫，虽然忠厚善良，精神上还有点麻木，但毕竟在旧军队混了多年，看穿一些内幕而显示出他的不“呆”处：“这火夫，有了十多年内战的经验，这十多年来，是中国做官的在这新世纪别无可为、只成天互相战争的时代。新时代的记录，是流一

[1][2]《路德维希·费尔巴哈和德国古典哲学的终结》，《马克思恩格斯选集》第4卷第218～219页。

些愚人的血，升一些聪明人的官。他看到的事情太多，死人算不了什么大事。”看，军阀杀人如麻的现实，竟把这个对小鸡都充满了爱的善良火夫“教育”得对杀人反而觉得无所谓了。沈从文对战争的憎恨和诅咒，早在青少年时代目击旧军队种种惨无人道的现象时，就已深深扎下了根。因此当他一旦拿起笔来建筑人性“神庙”，就时刻未曾忘记对摧残人性的战争的抨击。在早年一篇暴露旧军队移防时乘机浑水摸鱼骚扰百姓的小说《占领》(见《鸭子》)里，有这么一段议论：“到双方的子弹消耗数、兵士的死亡数相等时，长官便自然而然又停下攻击令来。这不是故意拿人命来相赌吗？然而‘服从’为军人天职，这类战事，就是一直延长下去，到最年轻的兵士白发苍然（幸而每战均无子弹着身）后，恐怕还是要再延长下去！”

战争还可说是双方均拿着武器厮杀，而对于手无寸铁的平民百姓，军队杀人也同样眼不眨，手不软。《我的教育》通过“我”，那个十五岁的军队司书的眼睛，映出来杀人前审讯的一幕：

> 军法说，“他们说你是土匪，不招我打死你。”
> 那人说，“冤枉，他们害我。”
> 军法说，“为什么他们不害我？”
> 那人说，“大老爷明见，真是冤枉。”
> 军法说，“冤枉冤枉，我看你就是个贼相，不招就为我打！”
> 那人就磕头，说，“救命，大人！我实在是好人。是团上害我。”
> 军法看禀帖，想了一会，又喝兵士把人拖下阶去打了一百。

这个乡下人先后被打了五百下。对此情景，“我想明天必定要杀了他，因为团上说他是土匪，既然地方有势力的人也恨他，就应当杀了。我们是来为他们地方清乡的，不杀人自然不成事体。”可是，“对于这人又像全无仇恨，且如果说到仇恨时，我清楚有许多人是愿意把上司杀了的。”审讯的昏庸，惩罚的凶狠，杀人的视同儿戏，士兵的麻木和对上司的仇恨，一切旧军队的腐朽、野蛮，在短短几句对话和“我”的反应中栩栩如生，跃然纸上。作家深深同情和悲悯这些为军阀私欲而被送上前线作炮灰的兵士和被当作土匪捉来杀头的善良农民。他们的生命在军阀眼中如同草芥，而战争就是草菅人命的一部罪恶机器。沈从文如此热爱生命，自然要对军阀的战争和杀人激起无比愤怒。

凡是生命力旺盛的，沈从文都认为富有人性，值得赞美。当然，作家热爱生命并非肯定贪生怕死。对于那些勇于为自己崇高信仰献身的人，包括共产党人和一切革命者，他都一律尊敬，赞扬他们最懂得生命的意义；反之，毁灭这些最懂得生命意义的革命者的反动军政当局，则被目为灭绝人性的恶势力。比如小说《菜园》(见《新与旧》)，主要篇幅写主人公玉氏母子的富于人性，他们守着一个菜园相依为命，待人诚实谦和，生活于自然平静、恬淡舒适的气氛里。后来儿子出外求学，三年后带了位新妇回家，一家三人团聚，享尽天伦之乐。母亲已看出，“儿子已慢慢是个把生活插到社会中去的人了。许多事都还仿佛天真烂漫，凡是一切往日的好处完全还保留在身上，所有新获得的知识，却融入了生活里，找不出所谓痕迹。”忽然有一天这对青年夫妇被捕，次日遇难，陈尸教场，原因是共产党。母亲惨遭打击，支撑了三年，终而感到“像这样活下去日子已够了，春天同秋天不用再来了。”于是自动告别了人间的春天和秋天。作者这样描述的出发点并不是因被杀者是共产党而激起了“阶级仇恨”，但由于这家人那么富有人性，却突然惨遭统治者屠刀的毁灭，所以他用笔写了这一场人性的善与恶的冲突，至少客观上给读者一个印象：共产党并非青面獠牙，而是有人性的，杀共产党的反动当局才是绝灭人性的。作品的爱憎感情和是非观念十分明显，平淡叙述中蕴含的批判精神也不难觉察。

俗话说，匪来如梳，兵来如篦，官来如剃。官兵勾结，沆瀣一气，老百姓的身家性命更难保全。“三月间剿过一次，杀了四百多人，洗了三个村子”，“连鸡犬也不留他一个”，“地方太苦了，剿一次，地方也更荒凉了”，“那样大村落，不见一个人，不见狗，不见鸡，真是怪事。为什么杀那样多人？是四百，要许多时间才杀得完。还有小孩子，娘子，老太婆。老太婆也杀。”[1]这就是发生在湘黔山区的“剿匪”真相。这种连老弱妇孺亦难幸免的官厅“剿匪”，同后来的日本帝国主义侵略军在华北农村实行的“三光”政策又有什么区别呢？！

[1]《新与旧·山道中》。

杀人如草不闻声，固然是灭绝人性的兽行，巧立名目搜刮民脂民膏同样也是对人性的戕贼。长篇小说《长河》里，作者安排了个小小插曲：一个农民收了一只三十二斤的大萝卜，报县里请赏，县又报省请了金牌。但结果金牌未拿到，反倒被县衙门敲去一笔竹杠。后来又有什么委员下乡看大萝卜，保长要大家凑份子请酒，临走还带去菜种和七八只肥母鸡。委员吃够捞足却大夸其县长："你们县长人好，能任劳任怨，父母官真难得。"这真是对骑在人民头上拉屎撒尿的"父母官"绝妙的揶揄和讽刺。小说主人公桔子园主人滕长顺在乡间算得上头面人物，但他的桔子一旦为保安队长看中，也逃脱不了被敲诈勒索，甚至连自己的女儿夭夭都有被队长看上抢走的危险。难怪他牢骚满腹："巴掌大一片土地，刮去又刮来，有多少可刮的油水？""今年省里委员来了七次，什么都被弄光了。"滕长顺一家尚且如此，连"巴掌大一片土地"也没有的贫苦农民的境遇更是可想而知了。"地面上确有些人成天或用手，或用脑，各在职分上劳累，与自然协力同功，增加地面粮食的生产，财富的储蓄；可是同时就还有另外一批人，为了历史习惯的特权，在生活上毫不费力，在名分上却极重要，来用种种办法，种种理由，将那些手足贴地的人一点收入挤去。正常的如粮赋、粮赋附加捐、保安附加捐……常有的如公债，不定期而照例无可避免的如驻防军借款、派粮、抢掠，总而言之，一年收入用之于'神'的若需一元，用之于'人'的至少得有二十元。"虽然作者立意在为桔子园主人的受欺压鸣不平，而广大处于最低层的农民却有意无意置于他的视野之外，但是小说揭露了那种"兵来如篦，官来如剃"的真实情况，在旧中国农村却颇有普遍意义。

在《顾问官》（见《八骏图》）、《失业》（见《新与旧》）等小说里，沈从文更把矛头直接对准反动军政当局，尖锐地揭露和鞭挞他们残害百姓的种种丑行。那个秀才出身，作过圣谕宣讲员、冬烘先生、小官吏的师部挂名顾问官，虽然还保留一些为人厚道，待妻儿颇好的人情味，但由于宦海浮沉多年，沾上阿谀奉承、贪污受贿的恶习，身上的人性已逐渐淡薄稀释净尽。落魄时靠打秋风作清客混日子，得意时则心狠手辣大捞油水。一次机会给他钻营到担任某地征收烟亩捐催款委员的肥缺，于是大显身手，只是二十来天工夫，捞足二千块大洋。怎么捞，小说未正面写；但从这个顾问官嘴脸可以推知一切大小官吏的腐朽本质，他们的所作所为无一不给百姓带来灾难，无一不在摧残人性。再看《失业》的主人公，那个有点心性的青年大忍，他在县电话局当管理员，在接线中明白了官兵勾结残害百姓的黑幕。小说构思精巧地描绘了主人公转接的几次电话：先是一个乡长打电话要县里派兵下乡剿匪，县里答应让大队长带了一百二十名士兵下乡，下午大队长即来电话报告战果："……该李三率领匪众，顽强抗拒，经士兵奋勇上前，将其擒获。余匪五名见势不佳，方各向……逃去。此役共用去子弹约六百粒，坏枪一枝，我部队幸无伤亡。……"县里马上用电话向专员报告："……闻报告，职即亲率部队下乡……共耗费子弹约一千粒。"然而事实是被打死的乃一无辜农民，只用了五夹半子弹，大队长还受到乡长一百二十元贿赂。"好生意！抄了三次同样报告，不到的说到，没有的说有，战事既越说越厉害，子弹耗费也就越说越多。无怪乎报上说这些人剿匪那么认真，下乡那么勤快！"旧官场就是如此黑暗，一级对一级，充斥谎言和欺诈，大家黑吃黑，抓紧一切机会盘剥百姓，层层加码，中饱私囊。"凡关于衙门里的玩意儿，纳贿，以少报多，作奸犯科，打官司讨价还价，……一切不名誉而在中国又公认为极其自然的种种事情"，大忍均从来往电话中洞悉一切。小小电话局成了"一个地方腐烂的灵魂交换总机关。"大忍终于忍无可忍，愤而辞职——失业了，因为他还未丧尽天良。

所谓"剿匪"、"征税"、"请赏"、"视察"……一切冠冕堂皇的名目在沈从文笔下均被刻划得淋漓尽致，而反动统治阶级摧残人性以满足自己的恶劣情欲的真面貌亦暴露无遗。

第二，抨击城市文明对农村素朴人性的破坏。

沈从文对城市文明的抨击，并非否定造成城市物质文明的工业技术本身，而是反对由物质文明所带来的人们精神上的堕落，这种堕落精神侵入农村，必然破坏千百年来农民所保有的淳厚、质朴、善良、正直等等人性美。1934 年年初，沈从文回到阔别十八年的湘西，从表面进步下察觉到人们精神堕落的趋势，"最明显的事，即农村社会所保有那点正直素朴人情美，几乎快要消失无余，代替而来的却是近二十年实际社会培养成功的一种唯实唯利庸俗人生观。"许多时髦青年把上一辈尚保存的一点古风抛到九霄云外，只一味追求所谓现代物质文明，可是这在湘西“不过是点缀都市文明的奢侈品”，[1]诸如自来水笔、外国纸烟、各样罐头、太阳眼镜、扑克牌、手电筒之类，时髦青年就以拥有这些为满足。资本主义物质文明带来的正是作者所谓唯实唯利人生观的泛滥。世道浇漓，人心不古。城市中人欲横流、尔虞我诈、投机取巧的风气的侵蚀，使得人与人之间关系再也不可能像封建自然经济下的农村那样带有素朴色彩了。特别在年轻一代身上的变化更加显著。他们知道过去生活一去不复返了，为了适应“时代潮流”，就“老老实实从当前世界学习竞争生存的方法……学习忍受强暴，欺凌懦弱，与同辈相互嫉视，争夺，在弄钱事情上又虚伪诡诈，毫无羞耻。”[2]那些被迫来到城市当妓女的农村妇女，“慢慢的变成为城市里人，慢慢的与乡村离远，慢慢的学会了一些只有城市里人才需要的恶德，于是妇人就毁了。”[3]《丈夫》《柏子》里的女主人公便是如此，虽然她们还保存一些农村固有的淳朴，但精神上确实已有被城市文明造成的恶德弄毁的地方。

农村素朴古风表现在爱情上，是纯洁和坚贞。《边城》之外，《阿黑小史》《贵生》《巧秀和冬生》《传奇不奇》等篇的主人公都是这样对待爱情的，即使悲剧结束，他们的爱也不会枯萎。《媚金，豹子，与那羊》（见《龙朱》）是根据苗族民间传说写成的一个爱情悲剧。媚金与豹子以死起誓，相约在山洞幽会。豹子为了找一只白羊作为礼物献给情人，晚来一刻，女方以为他失约而自杀，豹子结果也跟她一起双双殉情。作家正面歌颂的是古老苗乡青年男女坚贞不渝的爱情，但还有弦外之音，即慨叹时下农村被城市文明侵蚀后，纯真的爱情已开始变质，“女人也慢慢的像中国女人，把爱情移到牛羊金银虚名虚事上来了，爱情的地位显然是已经堕落，美的歌声与美的身体同样被其它物质战胜成为无用东西了。”所以作者有意安排一个殉情的结局，“省得来为现代的爱情脏污女子!”“爱情的字眼，是已经早被无数肮脏的虚伪的

[1]《长河·题记》。

[2]《小寨·引子》,《国闻周报》第14卷第26期（1937年7月）

[3]《从文子集·丈夫》。

情欲所玷污，再不能还到另一时代的纯洁了。”这即是小说立意之所在。

城市文明侵蚀农村，无孔不入，从物质生活习俗到精神生活状态以至爱情婚姻家庭，都受其巨大影响。中国虽然是个半封建半殖民地国家，但它的生产方式已不完全是封建式的，特别在城市里，资本主义因素由于帝国主义侵略和民族工业的勃兴而急遽增长。这样势必要使整个社会生活，特别是人与人之间的关系发生变化，正如《共产党宣言》所说：“资产阶级在它已经取得了统治的地方把一切封建的、宗法的和田园诗般的关系都破坏了。它无情地斩断了把人们束缚于天然首长的形形色色的封建羁绊，它使人和人之间除了赤裸裸的利害关系，除了冷酷无情的‘现金交易’，就再也没有任何别的联系了”，“资产阶级撕下了罩在家庭关系上的温情脉脉的面纱，把这种关系变成了纯粹的金钱关系。”沈从文揭露的所谓城市文明，主要指资本主义商品生产中体现的人与人之间的金钱关系，而他所留恋向往的素朴农村，乃封建宗法式的自然经济形态及其社会关系。“资产阶级使乡村屈服于城市的统治。”[1]但是，乡村还是时刻想抵制、反抗的，因此在城市使乡村屈服的过程中必然要发生争斗，甚至流血。英国十六世纪发生的“圈地运动”不就给广大农村带来灾难并将农民的暴动残酷镇压下去了吗？沈从文的小说《七个野人与一个迎春节》（见《旅店及其它》）也写了城乡之间的矛盾：乡村原来男耕女织，没有赖债，没有欺骗，没有盗贼，迎春节保留着痛饮的习俗，但是，设官之后，“新的制度来代替旧的习惯”，一切就得改变，“不久就有种不必做工也可以吃饭的人了。又有靠说谎话骗人的大绅士了。又有靠狡诈杀人得名得利的伟人了。又有人口的买卖行市，与大规模官立鸦片烟馆了。”这样，原有的淳朴逐渐淡薄以至消失殆尽。人们想制止这变化而又无力量，“年高有德的长辈，眼见到好风俗为大都会文明侵入毁灭，也是无可奈何的。”但是小说的主人公，一个师父和六个徒弟却竭力阻挠地方的新变化，阻挠不成就躲到山上当“野人”。他们希望在城市文明已玷污素朴农村之时保留一块原始生活的“孤岛”。然而，在七十名手持先进武器的兵士包围下，连自己的肉体也被消灭了。小说充满浪漫主义传奇色彩，

---

[1]《马克思恩格斯选集》第1卷第243页。

整个作品即一种象征，象征农村的素朴人性在城市文明侵入下的毁灭。七个野人的抵制完全是乌托邦的幻梦，也是作家返朴归真的消极社会理想的流露。由于沈从文对现实毕竟比较清醒，所以虽然赞美七个野人的勇敢和纯朴，但也深知他们的作法不切实际，从而不得不给他们安排一个灭亡的惨痛下场。

沈从文虽然对农村古老的素朴人性美十分向往，但又感到在现实社会中越来越罕见，因而他自然而然把不满和谴责转向造成这种现象的文明城市。他身居闹市，却一直以“乡巴佬”自豪，“在都市住上十年，我还是个乡下人。第一件事，我就永远不习惯城里人所习惯的道德的愉快，伦理的愉快”，❶他肯定“乡下人”的气质是有朝气，自由，胆大，精力强盛，不拘小利小害等等，城里人则怕事，偷懒，不结实，凡事投机取巧，媚世悦俗等等。所以，城市文明所带来的违反人性的种种恶德就成了沈从文着重鞭挞的对象。

第三，鞭挞绅士阶级的道德沦丧。

在资本主义物质文明的都市里，人欲横流，实即兽性的膨胀，人性的堕落。人性的善与恶，正象恩格斯所说：“这一对立完全是在道德领域中，也就是在属于人类历史的领域中运动。”❷人的恶劣贪欲更赤裸裸地表现为对金钱的崇拜。为了金钱，什么丑行也干得出。自私、虚伪、投机取巧、争权夺利等等道德堕落现象之根源乃金钱拜物教。当然，道德的沦丧，在农村并非没有，沈从文曾在小说《三贝先生家训》❸里刻划了一个极端自私、吝啬的乡村守财奴形象，对此极尽讽刺嘲笑之能事。但是作家在城市生活多年后，耳闻目睹，深感道德沦丧，城市比乡村为烈，现今比过去为烈。由于沈从文当年的切身体验，在早期作品中表现青年知识分子苦闷的题材比较突出，特别是那些以作家身份出现的小说主人公，为了谋生，拼命写作，但又要受书商所拘囿，不能完全根据自己的意愿自由创造。这种矛盾痛苦的心情正反映了文明社会即使清高如作家，也摆脱不了对金钱的依赖。《唤乎先生》

❶《萧乾小说集题记》，1934 年 12 月 15 日《大公报》文艺副刊。

❷《反杜林论》，《马克思恩格斯选集》第 3 卷第 208 页。

❸ 发表于 1925 年 2 月 20 日《晨报副刊》。

《一个天才的通信》等对此有不同程度的反映。在中篇《不死日记》里，作者愤激的把书商与作者比喻为猎人和鹰，猎人常叫鹰挨饿，才能嗾使它去作事。作家正像一只饿鹰，“挨一点饿文章就作出来了”，而且“挨了饿的文章会好点，尤其是会贱一点。”

在男女性爱关系上，金钱的神力同样是不可抗拒的。对爱情的忠贞不渝，应是人类文明社会的美德，但实际上从野蛮时代的群婚制发展到一夫一妻制，只是对妇女加以约束，到了资本主义社会，更纯粹以现金交易形式表现出来。“自古就有的杂婚制现在在资本主义商品生产的影响下愈变化，愈适应于资本主义商品生产，愈变为露骨的卖淫，它在道德上的腐蚀作用也就愈大。”❶沈从文对中国绅士阶级这方面的揭露比较尖锐，比较富有批判精神。《公寓中》❷那个小知识分子，刚从农村来，还未失去他固有的天真和纯洁，由于性的苦闷，梦见一妓女，愿向老鸨出三块钱求得妓女一吻。他需要的是异性的爱，并非只图肉欲的满足。但是老鸨和妓女却不相信他除一吻外别无要求，因为按一般情况，以金钱作肉的交易是现代文明社会天经地义的事，所以她们对主人公如此要求反而感到惊奇和迷惑。由此可见，沈从文是十分反感这种建立在金钱交易基础上的性爱关系的。他对那种“用一块两块三块钱把她自由尊贵践踏”，❸“一切皆转成为商品形式”❹的城市畸形的两性关系完全持否定态度。

绅士阶层人物对恶劣情欲的追求，表面上往往以有道德的面貌出现，以显示自己高贵的绅士身份。这种道貌岸然的虚伪在城市上流社会是屡见不鲜的。官僚、政客以及某些教授、文人，在沈从文眼里，就是此类典型的人物。作家对他们口头讲的、心里想的和实际干的，十分熟悉，因此就能用笔洞幽烛隐，褪下绅士们的长袍马褂、西装革履，裸露出他们的本相。小说《有学问的人》（见《雨后及其它》）写一个大学教授，傍晚乘妻子不在家时，同妻子一个离婚独居的女友调

---

❶《家庭、私有制和国家的起源》，《马克思恩格斯选集》第4卷第66页。

❷ 发表于1925年1月30日、31日《晨报副刊》。

❸《鸭子·遥夜二》。

❹《如蕤集·如蕤》。

情，但又有碍于绅士体面，踌躇不前，结果妻子归来，丑剧结束。小说开头就揭示了本篇主题："到了夜里，天黑紧，绅士们，不是就得了许多方便，说谎话时不会为人从脸上看出么？有灯，灯光下总不比日光下清楚了，并且何妨把灯捻熄。"记得鲁迅在题为《夜颂》的一篇杂文里也说过类似的话："人的言行，在白天和在深夜，在日下和在灯前，常常显得两样"，"现在的光天化日，熙来攘往，就是这黑暗的装饰，是人肉酱缸上的金盖，是鬼脸上的雪花膏。"[1]沈从文对中国城市里那些带有浓厚封建色彩的资产阶级绅士虚伪道德的揭露和抨击，可说就是在作掀开"金盖"擦净"雪花膏"的工作。他们的虚伪表现于各个方面，在男女关系中则更显突出。他们既要肆情纵欲，又想装得一本正经，例如《八骏图》（见《八骏图》）里教授们矫揉造作的感情欲望，《春天》（见《从文子集》）里那对青年男女无病呻吟、空虚无聊的谈情说爱，显得多么虚伪庸俗，完全没有农村小儿女那种真诚，那种质朴，那种原始性的粗犷泼辣味儿。

写于 20 年代末的《绅士的太太》（见《从文子集》）是表现这一主题比较深刻的一篇。小说男主人公某绅士，曾作过议员，总统府顾问，参议，如今则"一事不作，成为有钱的老爷了"。他表面上规规矩矩：念佛、静坐、打拳、谈相法、听戏、鉴赏书画，颇为风雅，有时也打点牌，喝点酒。然而，"凡是一切绅士的坏德性他都不曾缺少"，特别表现于两性关系上。作者刻意披露的是他与妻子相互欺骗，各自在外通奸的丑行。绅士的太太年轻貌美，为绅士生了四个儿子。太太发现绅士在外胡搞，时常争吵；但太太有类似情况时，绅士则很大度，他"明白每一个绅士太太，都在一种习惯下，养成了一种趣味，这趣味有些人家是在相互默契情形下维持到和平的，有些人家又因此使绅士得了自由的机会。"一次太太到另一绅士家作客，此家主人乃一疯瘫老废物，有一妻三妾，大儿子留美刚回来，正与废物第三妾私通，被作客的绅士太太撞见，于是三人间达成默契，作了一桩肮脏交易：绅士太太有意包庇这家大少爷和三姨太太的奸情，而后者也作好圈套，诱以钱财，使绅士太太心甘情愿入壳，与大少爷通奸，并有了私生子，算作绅士第五个儿子。

[1]《准风月谈·夜颂》。

从此，太太因自己也在欺骗，就不再追问绅士的事了。这一对夫妻互不干涉，各自在外与人私通，当绅士向太太提到外面传说废物公馆大少爷与三姨太太有染时，太太居然一本正经说："一个绅士都不讲身分，亏得你们念佛经，这些话也拿去随便说，拔舌地狱不知怎么容得下你们这些人!"绅士原就对三姨太太垂涎，经太太一说，有所内愧，而太太肚子里也明白，同样感到羞惭。小说在此处也点出了即使这对夫妇，身上还残存着些微道德观念和羞耻之心，可是这种人性的善的成分毕竟在上层社会犹如一株无根小草，很快淹没于恶劣情欲的浊流中。《巴黎的秘密》中那个巴黎浪漫女子"斑鸠"丽果莱特和大学生或工人保持着的纯朴关系，虽然被作者出于对资产阶级的恭顺而极力涂抹掉，但马克思却指出："正是在这种关系中，她和那些虚伪、冷酷、自私自利的资产者的太太和整个资产阶级的圈子即整个官方社会形成了一个真正人性的对比。"[1]所以，尽管欧仁·苏力图在道德上将浪漫女子丽果莱特理想化，但是资产阶级那一套虚伪的自私自利的道德仍然是非人性的，是人性的堕落和恶化。绅士夫妇以及另一家大少爷和三姨太太的所作所为，与农村的素朴人性美，以及与那些尚保持某种程度真诚的爱的妓女和水手，恰恰形成鲜明的对比。在绅士们中间，体现于两性关系里的一些纯粹人的感情，真正的爱情，已被文明社会污染破坏无遗，剩下的只是浸透金钱物欲的相互之间肉的满足。

在资本主义社会两性关系上，由于历史的原因，经济的利益，妇女总是首当其冲的受害者，其实男子应负更大的责任。这一点是沈从文一直坚持的。他在这篇小说起始就说："我不是写几个可以用你们石头打她的妇人，我是为你们高等人造一面镜子。"作家憎恨的矛头十分清楚。恩格斯在总结婚姻形式历史发展时指出："其特征就在于，妇女愈来愈被剥夺了群婚的性的自由，而男性却没有被剥夺。"[2]这是因为一夫一妻制产生是以经济条件为前提的，而丈夫在家庭中占统治地位，所以一夫一妻制实际上是针对妻子的，它"根本没有妨碍丈夫的公开的或秘密的多偶制"。[3]在资产阶级国家，这种矛盾发展的结果之一即：

[1]《神圣家族》第97页。

[2][3]《家庭、私有制和国家的起源》，《马克思恩格斯选集》第4卷第66、62页。

“丈夫方面是大肆实行杂婚，妻子方面是大肆通奸。”[1]沈从文在表现文明社会婚姻和两性关系方面也体现了类似的观点。他在为娼妓辩护时，曾揭露封建礼教要求妇女贞节的目的是“用着贞节或别的来装饰男子的体面，是只能证明女人的依傍男子为活，才牺牲热情眷恋名教的。”而娼妓与良家妇女虽然名分两样，但同样是依傍男子为活，为什么封建名教“却要作娼的独感到侮辱”，其实娼妓的存在，“那男子的责任是应比女人为重的。”[2]即使如绅士的太太这类放荡淫乱道德沦丧的贵妇人，说到底仍是作为丈夫所有的商品，只是与妓女相比，表面上高雅些、隐蔽些罢了，实际上也没多少独立人格，人性在她们身上也逐渐转变为兽性了。正如马克思赞赏和引用的傅立叶关于婚姻问题的“精辟的评述”：“某一历史时代的发展总是可以由妇女走向自由的程度来确定，因为在女人和男人、女性和男性的关系中，最鲜明不过地表现出人性对兽性的胜利。”[3]《绅士的太太》所揭示的两性关系恰恰相反，是兽性对人性的胜利，表明妇女并未自由，仍为男人所占有。绅士太太的秽行不能说明她们已获得解放。还是傅立叶说得“精辟”：“侮辱女性既是文明的本质特征，也是野蛮的本质特征，区别只在于：野蛮以简单的形式所犯下的罪恶，文明都赋之以复杂的、暧昧的、两面性的、伪善的存在形式……对于使妇女陷于奴隶状态这件事，男人自己比任何人都更应该受到惩罚。”[4]《绅士的太太》一类作品，正是由于在一定程度上撕破了资本主义文明社会“以通奸和卖淫为补充的一夫一妻制”的假面具，从而具有比较深刻的暴露性和批判性。它们所反映的社会内容，很自然的使我们想起十九世纪欧洲批判现实主义作家笔下类似题材的杰作，虽然二者之间有着时代、民族、国家的种种差别，但是在二三十年代半殖民地半封建的中国社会，即使无产阶级革命文学运动已处于发轫期，一个“乡巴佬”作家能写出这样的作品，其批判现实的精神也是应该给以充分肯定的。

沈从文的批判不可能达到用马克思主义观点进行阶级分析的高度

[1]《家庭、私有制和国家的起源》，《马克思恩格斯选集》第4卷第66、62页。

[2]《雨后及其它·第一次作男人的那个人》。

[3][4] 转引自《神圣家族》第249～250页。

和深度，对此我们无须也无法苛求。我们应该看到的倒是他的爱憎是非并不模糊，其立足点明显的站在反对封建的资产阶级的黑暗势力和虚伪道德一边。过去人们多指责沈从文的作品掩盖粉饰现实，这缺陷也确实存在，但是批判者往往忽略了作家还有批判现实的一面。本文所述即在把沈从文这一面剖析一下，恢复他的本来面貌，以便对这位长期引起争论的老作家有一全面理解。

1981 年 11 月初稿

1982 年 8 月改定

原载上海文艺出版社 1984 年 1 月版《文艺论丛》第 19 辑

沈从文概论

凌　宇

一

不曾戏弄历史的人，终究不会受到历史的戏弄。

在经历了多年的浮沉、冷遇及近几年的褒贬不一的评判之后，历史已将科学评价沈从文及其文学成就的课题，提到了人们面前。

作为现代著名作家，沈从文自1922年从湘西一个偏僻的山城，独自走到北京，开始从事文学创作，至今已有整整六十个年头。六十年来，这个具有苗族血统的作家，不仅早已蜚声30年代文坛；被视为“自从新文学运动开始以来”“所出现的最好的作家”之一[1]，而且从那时开始，便超越国境，走向世界，为越来越多的读者和文学研究者关注。一位英国的作家在谈及中国文学的发展前途时说过，“一种能够产生鲁迅、闻一多、沈从文的文化，不需要谁来为它辩护”[2]。一个美国的沈从文研究者，用充满热情的笔调写道：“先生的代表作品是世界上好多文学者永远要看，而且要给自己的子女看的”[3]。在国内，沈从文研究也打破了近三十年的沉寂。然而，也有人将这视为一种反常现象。这正相矛盾的议论，已使不明底蕴的读者莫所适从。显然，无论是空洞

---

[1] 鲁迅与斯诺的一次谈话，载《新文学史料》，1978年第一期。

[2]〔英〕W·I·F·詹姆尔：《现代中国文学能否出现？》，载《编译参考》1980年第二期。

[3] 金介甫：《给沈从文的一封信》，《花城》第五辑。

的褒扬还是缺乏论证的贬斥已不能满足人们的需要，历史向研究工作者提出了要求：面对全部有关的材料，做出实事求是的分析、评判与论证。

也许，进行这样的研究真是时候了。这是因为，作为一个整体，当中国现代文学的发展尚处于它行程中的每一点的时候，一切都仿佛是浮动的、难以把捉的。诸多必然的、偶然的因素错综在一起，以难以卒料的形态呈现出千变万化，它还未获得完全的确定内容，即是说，它还未具有质与量的完全而丰满的规定性。可是，当新的发展已明确无误地宣告先前这个阶段已经过去，并开始成为陈迹的时候，先前那个跃动的历史过程在一瞬间仿佛凝定了，就是说，在它的内部，不会再有新的质与量的变更，时间与空间将它内部的每一具体内容固定在某一特定位置上，即一定的历史发展的纵横交叉点上。这时，文学史家便获得了远比身处这个发展过程中的文学批评家和文学预言家们优越的地位。他不必为有可能出现某些出乎意料的新因素而坐卧不宁，他面对的是获得了各自规定性的完整的事实材料；他也不必为层出不穷的新事变弄得激动不安、应接不暇，他已有可能对全部历史现象做出冷静的审视和凝神观照。

然而，历史研究并非历史现象的简单复印，不是事无巨细的全部感性材料的堆积。而且，任何历史现象就其本身看，它诉诸人们感官的也只是它的外在面影。它为什么会出现？从哪儿来？又以它特有的影响走向哪里？在它与其他现象的错综复杂的联系中，又具有什么样的内在必然性？当我们从这里出发，试图对沈从文及其文学活动进行分析时，就仿佛触动了一部构造复杂的庞大机器的开关，在这一瞬间，这部机器的所有部分全都运转起来。不，它远比单纯的机械运动复杂，因为作为文学活动，是以人的社会生活为表现对象、并在极大程度上渗进了作家生命过程的有机的精神活动。沈从文不是“天外来客”，他和他的文学活动终究不过是中国现代文学这一历史发展过程的产物。可是，全部文学现象，无论巨细，也全都是历史的必然产物，纯粹偶然的现象只是子虚乌有。那么，我们为什么要强调沈从文研究的重要？沈从文既不是共产党员，甚至连左翼作家的历史身份也没有。但是，研究对象的确立，并不能以作家的政治身分为标准，研究并不意味着肯定，当然更不仅仅是颂扬。我们的研究应该上升到这样的高度：从广阔的历史视野出发，审视我们民族的文学在历史上究竟以一种什么样的方式存在？这种存在的一切内因和外因是什么？它对这个民族的文学和文化心理产生过什么影响？依照其内部矛盾诸方面的运动，又会将民族的文学与文化心理引向什么方向？唯其如此，才能引出有益于社会主义文学发展的正确结论。因此，文学研究对象的确立，必须以其在上述诸方面所具有的典型性的程度而定。

从这个高度出发，鲁迅与郭沫若理所当然的具有勿庸置辩的典型性。他们的文学活动显示了作为封建阶级“逆子贰臣”的小资产阶级作家向无产阶级的诤友和战士转变的历史必然性，而且有某种农民气质的鲁迅与更多地带有城市小资产阶级气质的郭沫若在这种转变中，又显示出怎样不同的表现形态；从这个高度出发，闻一多也具有典型性。他的文学活动勾画出一个深受西方资产阶级文化薰陶的知识分子，如何最终成为激进的民主主义战士的鲜明轨迹；从这个高度出发，即便胡适、周作人，也同样具有典型性。从胡适的历史活动中，我们看到了一个头脑浸透西方资产阶级思想的知识分子，如何从新文学初期的改良主义走向与封建势力妥协，乃至于成为国民党文化官僚的最终归宿；从周作人身上，我们看到这个五四初期的封建阶级的“叛徒”，由于骨子里潜伏着的“绅士鬼”如何驱使他逐渐成为醉心于“花草虫鱼”的“隐士”，以至最后堕落为汉奸的历史过程……作家的人生道路与世界观的演变尚且如此，更不必说他们的作品创作就其艺术风貌着眼，还有着相对独立的内部规律，作品的影响越大，作用于后来文学发展的因素越多，其研究价值越大。越过对历史人物及现象的好、坏的简单评判，我们便明显地感觉到隐伏于这种必然性之中的巨大历史教益。这种教益，对我们民族文化目前及未来的发展，是价值无量的瑰宝。正是从这个角度着眼，我们从沈从文及其文学活动中，窥见到了一种鲜明突出的典型品格。

为着说明这种典型品格，有必要简单回顾一下中国现代文学在二三十年代的发展轨迹。

1917年前后，中国文学发生了重大的历史转折。虽然在这之前，中国文坛已经生长出资产阶级改良主义文学的萌芽，但由于先天不足，它带着外貌的纤弱与筋骨的疲软。到五四前夜，无论是封建文学还是资产阶级改良主义文学，都已经不能满足人们对文学提出的审美需要，一场文学变革势在必行。到1917年，在俄国十月革命的影响下，“五四”文学革命终于应运而生。“反对旧道德，提倡新道德；反对文言文，提倡白话文”，从内容到形式，向文学提出了变革的历史要求。这所谓新道德，是以肯定个性、张扬民主、维护人权以及反帝爱国为基本内容的，它与封建阶级压抑人欲、摧残个性、维系专制的旧道德尖锐对立。虽然十月革命的影响和马克思主义的早期传播，使这场变革获得了前所未有的深度与力度，但在具体的文学创作中，社会主义思想的新质因素并没有成为主流。正如郁达夫指出的那样，“五四运动最大的成功，第一要算‘个人’的发见”[1]。1925年前后，虽然提出了“革命文学”的口号，“也只是理论上的初步讨论，并未产生相应的作品”[2]。

1927年大革命失败以后，尤其是随着1930年中国左翼作家联盟的成立，结束了1921年文学社团纷起的局面，中国现代作家形成了三大作家集群。一是以上海为中心的左翼作家群，二是以北京为中心的北方作家群，三是以南京为中心的国民党作家群。左翼作家发展了“五四”精神中的革命部分，他们以“无产阶级文学”为旗帜，将民主主义和个性解放，纳入反对国民党独裁统治和争取无产阶级解放的轨道；国民党作家则从根本上背离“五四”民主主义和个性解放的精神，扯起“民族主义文学”的招牌，将封建主义与西方资产阶级思想中的腐朽部分糅在一起，以维护国民党的独裁统治为目的；北方作家却承袭了五四民主主义和个性解放的精神财产。在30年代国共两党激烈的阶级斗争中，一方面，这种民主主义与个性解放的要求与国民党反动的独裁统治和思想禁锢政策相冲突，另一方面，他们又对无产阶级革命抱有程度不等的怀疑和不理解，在政治上走着一条中间道路。但中间道路绝非纯粹的不偏不倚。他们在政治上和文化思想上与左翼作家同

[1] 郁达夫：《中国新文学大系·散文二集导言》。

[2] 沈雁冰：《一九三五年记事——回忆录〔十八〕》，见《新文学史料》1983年第一期。

处被压抑的地位，这决定了他们在反对国民党独裁统治的文化战线上，必然成为左翼作家的同盟军。这个作家群对30年代为数众多的不满国民党的黑暗统治、但又一时找不到出路、在人生道路上感伤和迷惘的文学青年的影响是巨大的。上述三个作家群的出现及它们之间的对立、斗争或联系，构成30年代错综复杂的文学情势。那种对30年代文坛所做的非左即右、非革命即反革命的描述，显然不符合30年代文学发展的客观实际。

追踪沈从文20年代到40年代的思想轨迹，我们惊异地发现，沈从文一直固执地坚守着民主主义的政治立场，信守着看人论世的思想独立和自由的原则。任凭政治风云变幻，他抱定自己的信念，一动不动。当政治潮流漫向右边，他仿佛站在左边；而当河道更移，水流冲向左边，他仿佛又成了右翼。政治上的行情涨落丝毫没有更移他的立场。“识时势者为俊杰”，他却那么不识时势。这带来了他严重的局限性，却也显示了他思想品格的某种可贵性。无论人们对此做何评价，有一点却是明白的，即在中国现代作家中，这种思想品格正是一种罕见的典型。随着沈从文在中国文坛上影响的扩大，这种典型性愈加引人注目。

沈从文的文学活动始于20年代中期。但在1927年以前，他不过是一个在文坛上初露头角的“小兵”。其创作虽然显示出某些崭新的色彩，却还比较幼稚，影响也不大。到1927年以后，尤其是从30年代初期开始，沈从文的创作日趋成熟，开始成为北方作家的重镇。朱光潜这样回忆说：“他编《大公报·文艺副刊》，我编商务印书馆的《文学杂志》，把北京的一些文人纠集在一起，占据了这两个文艺阵地，因此博得了所谓‘京派文人’的称呼。”❶姚雪垠在回忆录里写道：“在北京的年轻一代的‘京派’代表是沈从文同志，他在当时地位之高，今日的读者知道的人很少。他为人诚恳、朴实，创作上有特色，作品多产，主编刊物，奖掖后进，后来又是《大公报》文艺奖金的主持人，所以他能够成为当时北平的文坛的重镇。”❷这两位作家不约而同地道

❶ 见1980年版《花城》第五辑。

❷ 见《新文学史料》1980年第三期。

出了一个客观存在的史实。从 1933 年开始，沈从文主编了《大公报·文艺副刊》，这是 30 年代影响极大的文艺刊物之一。从这个刊物上，我们可以读到许多现代著名作家和诗人最初发表的作品的名字。为着扶持文学新人，他认真而耐心地给青年作者看稿、改稿，这占去他的许多时间，乃至不得不停止自己写作《十城记》的计划❶。

沈从文在 30 年代的巨大影响，并不仅来自他在《大公报·文艺副刊》所居的地位，而是更多地来自他的创作本身。这不仅由于他的作品的思想情感集中地代表了 30 年代北方作家的共同倾向，而且因其题材的多样性、风格的独特性及创作方法、艺术表现形式异乎寻常的丰富性吸引了为数众多的文学青年的目光。许多人最初走上文学道路，就是从接受沈从文的影响开始的。当时就有人指出："沈从文的短篇小说到底引诱了许许多多年轻的读者，照亮了通到文学之园的途径。"❷而且，这种影响并没到现代文学终结而止，而是一直延续到今天的当代作家的创作。当沈从文的名字终于不再成为一种忌讳的时候，我们读到了越来越多的作家关于自己创作承受沈从文影响的公开申明，据此可以开列一个作家的长名单。

为什么随着时间的推移，沈从文的创作仍然没有减弱它的魅力，具有活跃的生命力？那些承受过他的影响的作家，固然没有承袭他当年的政治立场，可是这种影响仅仅是沈从文作品形式方面提供的某些成功经验吗？抑或也包含了思想认识上的某些合理而积极的因素？而沈从文的思想形成究竟具有哪些社会历史与个人经历的内在必然性？只有在对这些问题做出回答以后，我们才能找到沈从文及其文学活动典型品格的全部内涵。

二

在三四十年代复杂的文学环境中，沈从文在政治上属于既孤立于左翼文学运动之外，又拒绝与国民党同流合污的民主主义作家。只要

❶ 见《沈从文谈自己的创作》，该文载 1980 年第四期《中国现代文学研究丛刊》。

❷ 李同愈：《沈从文的短篇小说》，载 1935 年 4 月《新中华》一卷七期。

肯面对历史事实和有关沈从文历史活动的全部材料，得出这个结论并非难事。然而，面对全面事实的选择似乎真使人难堪，有的人宁可按照自己的需要解释历史，把沈从文描绘成始终站在左翼文学运动对立面的右翼文人。直到今天，我们还从国内一些公开场合听到“沈从文是反共的”批评，并由此发出对沈从文研究的嘲笑；在国外，有人着意将沈从文打扮成共产党错误的批评家，似乎沈从文从来就与他们处于反共的同一政治立场。可是，在这种种批评声里，我们听不到支持各自论断的完全的事实根据。关于一个作家政治历史的喋喋不休的议论是够令人厌烦的，本来可以把这种精力用于作家作品的研究。然而，问题既经提出，我们也就无法绕开路走，某种分辩也许是必要的。

沈从文在解放前长达四分之一世纪的文学活动中，究竟在政治上是不是反共的？在我国的政治生活中，反共首先是一个政治概念。沈从文在历史上究竟有没有从事过反共的政治活动？回答是否定的。从1924年步上文坛，到全国解放基本上终止文学创作，沈从文的全部历史活动没有展示他参与任何党派和政治集团活动的任何迹象。沈从文正是以这种无党派作家的身份著称于世，他也曾以此自诩。他不曾加入国民党，不曾担任国民党政府下的任何官方职务。在30年代，他曾被湖南推为省参议员，但却遭到他轻蔑的拒绝。抗战时期，他转移到云南，从事抗战的文化工作，在他这一时期发表的大量文字里，我们感受到对抗战必胜的信心与热情，连半点抗战无望的消极色彩也没有。抗战胜利以后，他复员到北平，仍然从事教学与文学编辑的老行业。这期间，中国历史舞台上曾出现过走“第三条道路”的政治派别，但他与这些政治派别无缘，始终与政治党派保持距离，完全符合沈从文思想发展的逻辑。

如果从思想上着眼，从沈从文的历史活动中，我们首先看到的，是一个清朝政府、军阀势力和国民党黑暗统治的批判者的形象。他的文学创作，鲜明地表现出他对中国从近代直至40年代重大政治事件的基本态度。他不仅愤怒控诉过清政府和军阀势力对湘西苗民和人民群众的血腥镇压[1]，强烈批判1927年大革命失败以后国民党对人民群

[1] 可参阅《从文自传》、《七个野人和最后一个迎春节》等作品。

众的肆行屠戮[1]，深刻地表述了30年代农村经济破产导致的人性沦落触发的内心隐痛[2]，无情嘲弄过蒋介石亲自导演的“新生活运动”[3]，直接否定了国民党对少数民族采取的压迫、歧视与经济掠夺的反动政策[4]，而且还直接描述了民族解放战争和共产党领导的革命战争及共产党人革命活动的动人情景[5]。甚至在与他直接有关的政治事件里，也显示了他鲜明的民主主义姿态。在30年代，他曾对国民党的禁书政策提出过强烈抗议[6]。1931年，他的好友、左翼青年作家胡也频被国民党逮捕，他受李达委托，以无党派作家身份去南京向国民党当局提出释放胡也频的要求，并非如后来有人说的，沈从文对国民党政府抱有幻想[7]。1933年，沈从文对国民党特务秘密逮捕、暗杀、污蔑左翼作家的反动行径，提出了愤激的抗议[8]。他虽然与左翼作家交往不多，却与许多共产党人保持着联系，抗战时期一些文学青年投奔延安，就得力于他的介绍。全国解放前夕，国民党拉拢作家去台湾，沈从文听从一些中共地下党员的劝告，坚决地拒绝了国民党的诱惑。以至他的作品在台湾同其他拒绝去台的作家作品一样，遭到禁止出版的命运。自然，沈从文上述种种表现，是从政治民主与思想自由的立场出发的，他没有也不可能得出必须由共产党发动革命结束国民党反动统治的结论，但这并不妨碍他对国民党政策反动性的激烈批判。

这必然使沈从文处于国民党反动统治的对立面。在30年代，沈从文就曾被国民党报刊咒骂为“反革命”，他的作品也多次被删改和被禁止出版。鲁迅的日记上有过这样的记载：“《记丁玲》中，中间既有删节，后面又被截去这许多，原作简直是遭毁了。以后的新书，有几部恐怕也不免如此罢。”[9]小说《过岭者》至今还赫然留着当年被国民党检查机关大

---

❶ 见《菜园》《新与旧》等小说。

❷ 见《丈夫》等作品。

❸ 见《长河》。

❹ 见《湘西·苗族问题》等。

❺ 参阅《早上——一堆土一个兵》、《黑夜》、《过岭者》、《大小阮》、《三个女性》等作品。

❻ 见《禁书问题》，载1934年3月《国闻周报》十一卷九期。

❼《一个真实人的一生》，见开明书店1951年7月版《胡也频选集》。

❽ 见《丁玲女士被捕》，1933年6月《独立评论》第五十二、五十三合刊；《丁玲女士失踪》，见天津《大公报·文艺副刊》1933年6月12日。

❾《鲁迅书信集》第六二一页，《致赵家璧》。

量删削的痕迹，他的《长河》因犯国民党时忌，虽于1938年就已完成，却屡遭扣压，竟过了十年才得以出版，并在许多地方被开了“天窗”。

民主主义者决不等同于共产主义者。在关系中国现代政治和文学运动的许多具体问题上，二者的认识当然不会完全一致，甚至也会构成矛盾与冲突。在这方面，沈从文自有他的偏见或认识模糊之处。在30年代，对中国共产党领导的革命运动和左翼文学运动，一方面，他从反对国民党专制统治和坚持政治、思想的独立出发，肯定共产党人勇敢、执着地探索民族未来出路的“雄强”精神，而另一方面，他在思想上对共产主义并未认同，坚持一切思想、主义和政治必须“从实生活里取证”的信念。而且，自三十年代以后，他参与或者挑起了不少惹是生非的争论。他在这些论争中的态度，成了人们全面否定他的根据。这些论争计开：（一）1933年10月，沈从文发表的《文学者的态度》❶引起“京派与海派”之争。沈从文站在“京派”立场上，批评了“海派文人”的“白相文学”的态度，从而引起苏汶挺身而出为“海派”辩护，后又触发鲁迅写了《“京派”与“海派”》，对“京派”与“海派”的弱点均作了批评。（二）1935年，沈从文发表《谈谈上海的刊物》❷，对当时《太白》、《文学》、《论语》、《人间世》等刊物之间的论争提出批评。在这篇文章里，沈从文未能区分论战双方的是非，从而导致鲁迅的反批评，这就是《七论“文人相轻”——两伤》❸。（三）1936年10月，沈从文发表了《作家间需要一种新运动》❹，第二年又写了《再谈差不多》❺，他从文艺创作要求个性的原则出发，批评1936年前后两三年间文学创作中的“差不多”即公式化的倾向，并认定这是作家太过注意“时代”，而少过问“艺术”所致。此论一出，反响强烈，赞同者有之，反对者有之，介乎赞同与反对二者亦有之。这几次论争涉及的问题不大，严格地说，也没有牵涉政治问题，故后来少有

❶ 载1933年10月18日天津《大公报·文艺副刊》。

❷ 载1935年8月18日天津《大公报·小公园》。

❸ 见《鲁迅全集·且介亭杂文二集》。

❹ 见1936年10月25日上海《大公报·文艺》。

❺ 见1937年8月《文学杂志》一卷四期。

人提及。而以下的几次论争就不同了。（四）在抗战前期，沈从文因发表《一般与特殊》、《文学运动的重造》等文章❶，被作为“与抗战无关论”的典型之一遭到批判。其实，创作题材“与抗战无关”的主张是梁实秋提出来的❷，沈从文的主张，冠以“反对作家从政”或许近之，但也不很准确，因为它抽去了沈从文这一主张立论的前提，留给人们的，似乎只是沈从文反对作家抗战的印象——这当然成了政治问题。然而，沈从文的主张是针对抗战初期一时间文学创作质量的下降这一特定情况提出来的。他将这种现象的出现归因于作家纷纷搁笔、去从事抗战的一般政治工作。他并不反对作家投身抗战，且强调抗战是每个中国人（包括作家在内）的神圣职责。但他要求作家抗战应从作家的“特殊”性出发，应以文学为武器，而不是去从事“一般的”抗战政治工作。沈从文的意见并非无合理之处，但它发于全民抗战风云初起、作家们的抗战热情宜多所鼓励之际，其不合时宜自不待言，但决非主张作家游离抗战之外，也是极显明的。（五）抗战中期，因在陈诠、林同济创办的《战国策》上发表文章而涉嫌“战国策派”。他确曾在《战国策》上发表过文章，但他的观点与“战国策派”的观点正相对立。他的《谈英雄崇拜》❸一文就是明证。他不可能是“英雄崇拜”论者，否则，沈从文就根本不是沈从文了。不能根据他在《战国策》上发表过文章就推断他是“战国策派”，正如不能根据他在左翼刊物上发表过作品推断他是左翼作家一样。在文章中，他驳斥了陈诠由强权统一世界的论点，反对“英雄崇拜”，申明领袖“也是一个人，并不是神”，并以罗斯福和斯大林与人民的关系说明领袖“要人相近，不要人离远。要群众信托爱敬，不要迷信崇拜。”（六）抗战结束，国共两党分裂，国民党撕毁停战协定，全面内战爆发。将民族复兴的希望寄托于抗战胜利后国共两党合作的沈从文，对此感到极大失望。在《从现实学习》、《一种新的文学观》、《〈文学周刊〉编者言》❹等文章里，他将这场战争

❶ 分别载 1939 年 1 月《今日评论》一卷四期和 1939 年《文艺先锋》一卷二期。

❷ 梁实秋：《编者的话》，载 1938 年 12 月 1 日重庆《中央日报 · 平明》。

❸ 载 1940 年《战国策》第四期。

❹ 载 1946 年 11 月 3 日、10 日天津《大公报》及 1946 年 10 月 20 日天津《益世报 · 文学周刊》。

说成是“民族自杀的悲剧”，主张有识之士发起一场新的文学运动，重造民主建国的“经典”。他严重地混淆了战争双方正义与非正义的界限，所谓“文运重造”、“经典重造”，在当时的历史环境里，只能是一种不切实际的幻想，显然带有“第四条道路”的思想色彩。但他却不曾为国民党发动内战、企图凭借美国援助一举消灭共产党领导的人民革命力量的反动行径辩护，正如毛泽东同志指出的：“他们不是国民党反动派，他们是人民中间的中间派或右派。”❶

事极明显，沈从文在他的全部历史活动中，始终不曾充当国民党反动派的帮凶，始终未曾与人民为敌。他并非没有偏见、弱点和错误，但在整个民主革命时期，他一直站在人民大众的阵营里。在三四十年代错综复杂的文学环境里，对他的思想的片面性和错误方面提出批评，是完全应该的。可是，到了 40 年代末期，沈从文的政治面貌却被描述成“一直是有意识的作为反动派而活动着”❷的“桃红色”作家。他的《芷江县的熊公馆》❸也被当做“最反动的文艺”遭到批判，沈从文因而成了“地主阶级的弄臣”❹。其实，这是一篇为“纪念熊希龄逝世十周年”而作的回忆性的文字。熊希龄是中国近代史上著名人物，关于他的功过，史学界自有定论。沈从文在文章中回忆了他少年时在熊公馆做客的情景及对熊母的印象，称赞熊母“忠厚宽和”和“心慈”，称熊希龄“悲悯与博大”“远见与深思”。这种称赞不管有多少失当的地方，熊希龄及熊母不是具有普遍意义的艺术形象，而是两个特指的历史形象。在中国的传统里，悼死祭亡，是极重为死者讳的。沈从文不可能在这种文章里，去暴露死者的阴私和罪过。其实，这篇文章并不足以反映沈从文对熊希龄的全面看法，对这个与沈家有点亲戚关系的熊希龄的许多方面，沈从文是颇多微词的。他的著名的暴露性作品《绅士的太太》❺，就是以熊希龄及其议会同僚的家庭生活为模特儿的。

---

❶ 见《毛泽东选集·丢掉幻想，准备斗争》。

❷《斥反动文艺》，载 1948 年 3 月 1 日《大众文艺丛刊》第一辑。

❸ 载 1948 年 1 月 3 日天津《大公报》。

❹《略评沈从文的〈熊公馆〉》，载 1948 年 3 月 1 日《大众文艺丛刊》第一辑。

❺ 见人民文学出版社 1957 年版《沈从文选集》。

可见，当时对沈从文的这种批评，混淆了思想问题与政治问题的界限，带有“左”的简单化倾向。如果将当时的这种批评，当做一个已成过去的历史现象，我们宁愿主要着眼于这种批评出发点的正确性与必要性，不必过多计较批评方法的片面性与其中夹杂着的某些感情因素。但是，如果从评价历史的方法论着眼，却不能对这种片面性轻描淡写。姑息这种片面性，会将我们民族带到什么样的悲惨境地，这在十年浩劫期间是用大量的血与泪验证了的。当然，否定这种片面性，绝不意味着对沈从文当时思想错误的肯定。

评价一个作家，必须将其全部历史活动作为一个整体来认识。当历史还在行进的时候，不能苛求人们对作家错误方面提出的批评事事全面。否则，也许就根本没有了批评。但当我们对作家进行全面的历史考察的时候，全面地看待作家就成为必要。如果仅就作家错误或成绩的某一面来论定作家的方法能够成立，那么，任何一个作家都可以描述出两个甚至几个完全不同的人格与文格来，那就从根本上违反了历史研究的科学精神。当然，作家的人格或文格，也有可能发生前后的质的转化，这在历史上也不乏先例，但这种转化必然具有显示前后质的区别的充分可靠的事实依据。而且，在这种变化过程中，也必然隐伏着前因后果。如果前后显示不出这种质的变化，在同一质的规定性上，也会显示出具体表现形态的丰富性。这种丰富性甚至会显出某种矛盾，但透过这矛盾的表面现象，追踪这些具体表现形态的来根去脉，就会发现隐伏于其中的内在统一性。沈从文在民主革命时期的政治态势，他所具有的貌似矛盾的“左右摇摆”，就根源于他始终一贯的政治独立、思想自由的民主主义立场。这种立场，使他拒绝与国民党反动政治合流，又死死地拖住他，使他不能再跨前一步，走向革命的集体主义。

三

作家不是政治家，作家的政治面貌毕竟不是作家研究的主要方面。人们有权要求作家具有进步的政治立场和世界观，能与时代、人民一道前进，但终不能企求作家主要在政治上建功立业。作家更直接与社会对面的，理应是他的作品。任何一个时代的文学成就及其对后来文学发展的影响，归根到底主要是由作家作品体现的。作家的政治面貌、生活经历乃至个人气质的研究之为必要，是由于它们在或一方面影响到作品面貌。然而，作家作品毕竟不是政治宣言，对作家政治面貌的认识，不能代替作家作品的价值鉴定。即使仅就作品的思想内容着眼，作家的政治立场与其作品之间，有直接联系、没有多少直接联系、甚至充满矛盾的情况，在中外文学史上都可以找到各自的先例。

尽管沈从文的政治姿态在现代文学史上也是一个典型，但是诱惑人们对沈从文发生兴趣的，恰恰不是他的政治历史，而是他的作品。大可不必为他早期创作溢美，那是他试验用笔阶段，文字尚无从把握，幼稚浅露势不可免。即便是成熟期的创作，也并非都处同一水准。然而，正是这成熟的创作，显示出一种独特的品格。

这种独特品格，首先表现为其中包含着丰富的社会历史内容和对社会人生的独特观照。沈从文从亲身经历的乡村社会和都市人生这两个经验世界中，看到了20世纪初叶到40年代这两个世界的对立。他从都市上流社会的沉落和乡村社会的历史演变两方面落墨，再现了我们民族的灵魂，揭示出中国在半殖民地化过程中，资产阶级“现化文明”对民族灵魂的污染——“人性的扭曲”，及保留在充满原始民风的乡村社会和都市下层人民身上的朴素人性美。对都市上流社会的厌恶和对下层人民道德的讴歌，构成其作品感情的基本走向。他笔下的人性扭曲或人性美，并非抽去人的社会关系内容的超现实抽象存在，而是植根于特定历史条件下我们民族社会生活的土壤，取自他对“生命”的深刻观照。他从“必然”与“偶然”的交织中，认识到生命的复杂多方。他的创作，使我们看到这复杂多方的生命在不同时间、空间下，演出了怎样色彩斑斓的人生场面。现实主义精神成为沈从文创作的基石。然而，他又有理想寄托。他始终渴望人与人之间关系的改善，以摆脱黑暗现实的泥淖。尽管生活现实在使他痛苦，有时甚至使他感到迷惘，却从来没有幻灭过。他是一个对社会人生有着独立思考的作家。并且，沈从文对人生、人性的观察，几乎时时追溯到中国最古老的文化传统，并充分展示了近半个世纪的人性的历史演变，从这种演变中，我们看到了鲜明的时代内容。深刻的历史感兴是沈从文创作的鲜明特点之一，它显示出沈从文爱国主义民族感情的浓烈与厚重。历史感兴原是中国文学的一个重要传统，它像一条无形的纽带，将这个民族的过去、现在、未来紧紧联系在一起。无论沈从文对人生和中国社会历史演变的认识带有多少局限性，可是，就其认识某些方面所达到的深度，却给我们提供了十分可贵的教益。而且，他认识所达到的某些人生领域，例如中国社会的一些特殊地域的人生状貌和少数民族的历史命运，正是中国现代其他作家鲜少达到的。

对沈从文创作思想内涵的认识，决非易事。他不是将认识、道理、伦理观念粘附于作品外部，他不预先带什么主题。他总是将道理和情感倾向隐蔽在现象描绘中，让意象展示生活的全部丰富性、复杂性和微妙性。思想和倾向的直接亮相，在沈从文作品中很少见到，在多数作品中几乎根本见不到。从预定的某种思想出发或先要从作品中找主题，沈从文的作品便难免“空虚”或“没有思想”之讥。其实，这正是尊重艺术的形象可感性的可贵之处。因此，他要求人们在理解他的作品时，“从欣赏出发，看能得到的是什么，不宜从此外去找原因”，从观点出发，“都碰不到问题”[1]。其次，沈从文的文学世界是由他数以百计的小说、散文作品构建起来的。这是一个纵横交错、横直勾联的艺术体系。他的每一篇作品，只有放在这一整体构造中，才能显示出它在沈从文对整个人生世界认识中的地位，这也造成人们对沈从文作品思想内涵认识的困难。他的每个短篇，甚至单个的中篇、长篇，往往只能触及人生的一角，各自的内在蕴含只有合起来才能得到充分显现。他不像有的作家，一个作品就是一只解剖人生的五脏俱全的麻雀，他的单个作品只是一羽、一鳞、一爪。因此，只有从沈从文作品的整体把握中，才能真正认识单个作品的思想内涵。当我们试以这种方法着手观察他的每个作品时，其内容的丰满性便鲜明地呈现在我们面前。

在保持中国艺术传统的基础上，以开放的眼光广采博取，显示出中

[1] 见《沈从文谈自己的创作》，该文载1980年第四期《中国现代文学研究丛刊》。

国民族文学风骨与借鉴西方各艺术流派的多样性的统一，成为构成沈从文创作独特品格的又一重要方面。他从不把自己束缚于历史已经形成的某种创作方法的固定模式，而是根据题材、体裁的需要自觉地探索运用不同创作方法的可能性。“故事不拘常格”❶是他奉行的原则。他在许多谈创作的文章里，申明自己创作所承受的多方面的影响。中国古代作家如曹雪芹、屈原、曹植、庄子，乃至于《史记》、竹枝词、民间歌谣，现代作家如鲁迅、郁达夫、废名等；外国方面如契诃夫、托尔斯泰、屠格涅夫、狄更斯、莫泊桑、乔哀斯，乃至《圣经》、佛经故事，皆成为他取法的对象。但他捧给我们的，却不是各样零星杂碎的大拼盘，也不是承袭某一艺术流派衣钵的教门弟子。他始终从表现本民族现实人生的需要出发，吸取古代和外民族文学艺术营养。“看得多而杂，就不大可能受什么影响，也可以说受总的影响。是理解文字的一定程度后，从前人作品得到个总印象，即一个故事的完成，是可以从多方面着手，都可达到一定效果的。”❷因此，现实主义、浪漫主义、现代主义各流派如象征主义、印象主义、潜意识和变态心理描写（这使沈从文的一些作品又带有心理小说的某些特征）诸因素，都曾化为他的作品的血肉。他不排外，一切适用于自己创作的尽可拿来，但他又不是西方艺术现存模式的抄袭者。他始终固守在中国传统艺术的根基上。这不仅是他的作品意象构成的客观因素是中国民族生活的活生生现实，他的看人论世带着中国山民的思想色彩，就连他的幽默也是中国山村的幽默（只要看看二三十年代某种欧化严重的作品是怎样将西方绅士的气质、风度及语言硬塞进中国民族生活，就十分显然了。甚至他的幽默明显地有别于中国都市的幽默，将他的作品与老舍的作品对照着读读，是十分有趣的）。而且，在作品意象构成上，他强调意境，追求作品中人与物的物我浑一，重视作品构图的虚实相因，突出写实基础上的人、物神韵。无论从西方艺术中吸取什么东西，在上述诸方面，他从不退让，并在这个基点上，形成他作品独有的抒情风格。对沈从文创作这种艺术品格的诸方面做出判断，相对说来并不太难。问题在于评价。在这里，妨碍着对沈从文创作做出恰如其分评价的，是创作方法问题上的某种凝固的艺术观念。多年来，是否运用

❶❷ 见《沈从文谈自己的创作》，该文载1980年第四期《中国现代文学研究丛刊》。

了现实主义创作方法的原则成为判断一部作品艺术优劣的前提。这是不公平的。现实主义创作方法并不一定意味着作家世界观的唯物主义性质，浪漫主义等创作方法也并不一定导源于唯心主义世界观。从文学历史看，现实主义固然产生过许多伟大作品，但也不乏平庸之作；浪漫主义甚至现代主义各流派，固然流出过许多泥沙，也未必不曾熔冶出闪光的金子。即便鲁迅，他的优秀之作在创作方法上也并非全是现实主义的。姑不论《野草》表现出何等显明的象征主义色彩，《故事新编》洋溢着怎样的浪漫主义激情，被称作中国现代文学史上第一篇白话小说的《狂人日记》，在创作方法上也恰恰是象征主义的。不从把握狂人形象的双重性入手，即不去理解狂人的现实形象——一个现实生活中的“迫害狂”和狂人的象征形象——一个清醒的革命先觉者这二者的统一，就无法解开一个革命先觉者何以同时又是一个“迫害狂”这一艺术之谜。这决不是在鲁迅与法国早期象征主义之间划等号，正像不能在今天主张的现实主义与18、19世纪西方的现实主义之间划等号一样，《狂人日记》毕竟没有什么神秘主义色彩，狂人象征形象具有极大的具体可感受性，而不像西方早期象征主义作品，象征形象只是一种空濛难以把握的影子。郭沫若的历史剧《屈原》，其创作方法无疑是浪漫主义的。剧中屈原的性格，绝不是历史上屈原性格的真实再现，婵娟更只是“屈原辞赋的象征”❶。作者极力追求的，不是历史事件真实演变透射出来的历史必然性，而是蕴含于屈原性格中的全部诗情。这种创作方法与现实主义是相去甚远的。可是，确有人为了将《屈原》傅会为现实主义作品，不惜将《屈原》于抗战时期问世所具的现实意义，归结为作品本身的现实主义内涵，这是违反艺术的常识的。《屈原》确是一种历史的讽喻，但这种对当时政治现实的讽喻内容，是需要借助读者（或观众）的联想才能通达，作品本身只是一种喻体。现实主义恰恰要求作品本身有从现象到本质的客观实在性。如果非要强调这种讽喻性，那么《屈原》倒更接近于象征型艺术，而远离现实主义了。因此，肯定一部作品的艺术价值，并不依赖这部作品是否表现为某种创作方法，而在作品表现出来的创作方法具体形态的质的规定性。我们这样说，决非倡导艺术创作的现代派倾向，也决不是为沈从文

❶ 见人民文学出版社版《沫若剧作选》第一八六页。

创作艺术价值的人为升格编造理论依据。否则，我们大可从强调沈从文创作中的现实主义因素方面入手。因为严格地说，沈从文的创作从整体构成看，与任何西方现代派的艺术体系无缘。沈从文完全有理由从现实主义出发为自己辩护。在沈从文创作中占有重要比重的一部分作品中，确实自有其典型环境与典型人物，并提出了中国现代文学中少见的艺术典型。这种典型性，不是理论观念的图解，却是充满复杂性与丰满性的感性显现。然而，文学反映生活的途径是多样的。沈从文的作品由于创作方法的多样性，在相当多的作品中，人物性格的描写就不是主要着力于性格刻画。本来，人物的性格、人物的命运、人物的心理情绪，都可以达到揭示人物和社会生活风貌的目的。沈从文的这一部分创作，有的侧重写人物的命运，有的侧重揭示人物特定环境下的心理情绪，性格刻划退居次要地位；有的甚至连面目清晰的人物都没有。不应当单单从人物性格方面对作品提出苛求。鲁迅《祝福》的巨大力量就主要不是源于祥林嫂的性格，而是源于祥林嫂独特而又典型的人生命运。文学诸种类中的抒情诗，就根本寻不出什么人物性格，其中唯一的人物就是那个抒情主人公“我”。抒情诗的艺术魅力全在于作品表达的情感的深刻性与普遍性。沈从文作品的抒情品格（尤其是那些以乡土为题材的作品），就取决于他的小说与散文的诗的质素。这种渗透了作者情愫的作品中的人物之情，构成沈从文作品的重要审美内涵。

沈从文创作的独特品格，还表现为文体和语言形式的独创。早在30年代，沈从文就被人称为“文体作家”、“文字的魔术师”❶。确实，沈从文在文体方面，永远不肯承袭旧法，永远不愿意驾轻就熟。他宁愿“在章法外接受失败，不想在章法内得到成功”❷。“失败了就换个方法再来，作对了也决不停留在已有小小成就上”❸。因此，他的作品呈现出因不断创新而形成的文体多样化的特征。这反映在作品开头的形式多变，结尾更与文体的内在结构相关。沈从文的一个学生援引汤显祖论戏曲时指出的两种结尾——“煞尾”与“度尾”解释说：“‘度尾’

❶ 参见苏雪林：《沈从文论》。载1934年9月《文学》第三卷三期。

❷ 沈从文《石子船·跋》。

❸ 见人民文学出版社1957年版《沈从文选集》。

如画舫笙歌，从远地来，过近地，又向远处去；‘煞尾’如骏马收缰，忽然停住，寸步不移”，并据此断定沈从文作品的结尾“两种兼见”❶。这是正确的。其实，由于两种基本类型，沈从文又衍生出多种形态。与结尾相关联，沈从文又特别擅长在作品中安排亚里士多德指出的“发现”与“突转”，使结尾蕴藉含蓄，富于暗示，事变的结局常在人们意料之外，却又全在情理之中，沈从文深明“惊讶”与读者美感的心理联系。他的中篇与长篇的组织，更是现代文学史上的独创。《边城》一问世，就获得极大赞誉。这部小说具有完整的故事构架，有头有尾，中间各部分之间的衔接、转折，都毫无疵瑕。但故事一完成，他几乎同时就将这种组织故事的方法放弃了。他又独辟蹊径，这以后的中、长篇，大都由一个个单篇连缀而成，单独看，每个章节是独立的短篇小说或散文，合起来又成为气理贯通的长卷。他仿佛有意打破行文的首尾连贯的原则，篇与篇之间甚至没有任何过渡性文字，乍看残缺不全。但正由于这残缺不全，给读者留下广阔的联想空间。他还有意打破散文与小说之间的文体藩篱，小说具散文性，散文具故事性，这使他的散文长卷在中国现代散文体例中也独具一格。可惜，由于种种原因，他后来的中长篇大多没有终卷。他的试验终于成为“残缺”而难以为继了。沈从文在文体的革新上是尽了全力的。如果说，这种文体的不断变换仅仅是为形式的新而变（也确有这方面的因素，一个时候，他是为了在课堂上给学生文体举例而有意为之的），那真难免变戏法、玩魔术之嫌，文体如何多变也意义有限。可是，分析一下沈从文作品这多变的文体形式与相应的内容之间的关系，就会发现这多样的文体形式恰恰适宜着沈从文表现形式复杂多方的需要。虽然不断创新难以俱佳，其中也有失败，但在大多数篇章里，内容与形式的关系是协调的、妥贴的。他仿佛用自己的艺术实践在发问：没有这多变的文体，如何反映这复杂多方的生命现象？

沈从文对文字表现意象的性能是经过潜心研究和反复试验的。他曾形象地叙述过他对文字性能的探索：“扭曲文字试验它的韧性，重摔

---

❶ 汪曾祺：《沈从文和他的〈边城〉》，载《芙蓉》1981年第二期。

文字试验它的硬性”[1]。他特别追求文字的暗示性、音乐性与传神状貌的表现力。为达这个目的，他以湘西方言为基础，注意向民间富有表现力的语言学习，然后予以加工、提炼，书面化，于是他获得了写人状物抒情得心应手的工具。正如当时的评论家所说：“他的文字虽然很有疵病，而永远不肯落入窠臼，永远新鲜活泼，永远表现自己。他获得这套工具以后，无论什么平凡的题材也能写出不平凡的文字来。”[2]虽然这套语言用于描写都市生活，常常显得不甚协调（尤其是人物语言），在这方面，老舍的语言获得了大显神通的广阔天地。可是，这套语言一用来表现湘西的特殊生活形态，则如龙游大海，得臻全功的（大约一种语言与产生这种语言的生活环境存在着天然协调的关系，二者的相互配合，即用这种语言描绘产生这种语言的生活形态，本身就是语言形式美产生的条件？）。有时，他的句子并不顺畅，显得拗口，甚至有些不合文法，但就在这些地方，却常常显得意象飞动。如果换一种说法或按文法加以改动，则神采全失。这大约与中国书法与绘画中故意增减笔划与有意歪曲人、物比例关系，以凸出意象神采的情形相似。我们无意提倡无视文法的倾向，也许，人们可以或已经找到了两全其美的语言形式，但沈从文的这种探索，无疑会给人以启迪的。

综上所述，沈从文以其创作的独特品格，当之无愧地属于中国现代文学史上为数不多的出色作家之列。在沈从文作品的价值尚未为人们充分认识并得到普遍首肯的今天，这一结论是在我们心中几经怀疑、犹豫、甚至否定之后，再深入接触有关沈从文的全部史料，最终认定的。概论的简述只能是一个轮廓，一些抽象出来的概念性的东西，当然还需要更详尽的阐述与论证。在结束了这篇绪论之后，我们即将从沈从文的生活道路、他的人生观、艺术观以及主要通过小说和散文建造的艺术世界诸方面，全面地提出我们的论据。

（注：本文为《从边城走向世界》一书的绪论）

原载 1985 年第 1 期《湖南师范大学学报》

---

[1] 沈从文：《废邮存底·情绪的体操》。文化生活出版社 1937 年 1 月。

[2] 参见苏雪林：《沈从文论》。载 1934 年 9 月《文学》第三卷三期。